谷长春／主编

——满族口头遗产传统说部丛书

松水凤楼传（上）

该书通过形象流畅的民间口语和跌宕起伏的故事情节，向人们展示了清代中期吉林省江城令人眼花缭乱的社会现象，歌颂了边疆大吏富俊、德英等吉林将军深沉忠贞的爱国热情以及为社稷、为庶民鞠躬尽瘁、死而后已的可贵品德。

富育光／讲述　于　敏／整理

吉林人民出版社

满族口头遗产传统说部丛书

爱新觉罗·溥杰题

满族说部是我国非物质文化遗产的瑰宝

周巍峙 题 丙戌年

满族说部是北方民族的百科全书

九十三翁贾芝

丙戌之春

吉林小白山望祭殿遗址

清代都督衙门

清代乌拉街魁府

清代船厂示意图

（本书照片除署名外均选自翟立伟主编的《吉林旧影》一书）

吉林清代东大滩木材集散地

吉林市西大街

吉林市乌拉街

从事松花江水运的桅船

魁府后屋

满族上层妇女

满族迎亲花轿

乌拉街满族民居

满族妇女的服装(荆宏 提供)

满族氏家(荆宏 提供)

该书讲述者富育光(左一)与中国社会科学院孟慧英(右二)访问说部传承人关士英(左二)

满族口头遗产传统说部丛书编委会

主　编：谷长春
副主编：林　君　马少红　吴景春
　　　　荆文礼

编　委：（以姓氏笔画为序）
　　　　于　敏　马少红　孙桂林
　　　　邢万生　邵　干　谷长春
　　　　吴景春　林　君　林　毅
　　　　金旭东　荆文礼　赵东升
　　　　曹保明　富育光

编辑部主任：荆文礼（兼）

总 序

《满族口头遗产传统说部丛书》在文化部和中共吉林省委、省人民政府的领导与支持下，经过有关科研和文化工作者多年的辛勤努力和编委会的精选、编辑、审定，现在陆续和读者见面了。

中华民族大家庭中的满族，同其他民族一样有着自己独特的文化源流，作为非物质文化遗产的满族传统说部，是满族民族精神和文化传统的重要载体之一。"说部"，是满族及其先民传承久远的民间长篇说唱形式，是满语"乌勒本"（ulabun）的汉译，为传或传记之意。20世纪初以来，在多数满族群众中已将"乌勒本"改为"说部"或"满族书"、"英雄传"的称谓。说部最初用满语讲述，清末满语渐废，改用汉语并夹杂一些满语讲述。在漫长的历史进程中，满族各氏族都凝结和积累有精彩的"乌勒本"传本，如数家珍，口耳相传，代代承袭，保有民族的、地域的、传统的、原生的形态，从未形成完整的文本，是民间的口碑文学。清末以来，我国社会发生了翻天覆地的变化，由于历史的、社会的、政治的、文化的诸多原因，满族古老的习俗和原始文化日渐淡化、失忆甚至被遗弃，及至"文革"，满族传统说部已濒临消亡。抢救与保护这份珍贵的民族文化遗产已迫在眉睫。现在奉献给读者的《满族口头遗产传统说部丛书》，是抢救与保护满族传统说部的可喜成果。

吉林省的长白山是满族的重要发祥地。满族及其先民世世代代在白山黑水间繁衍生息，建功立业，这里积淀着深厚的满族文化底蕴，也承载着满族传统说部流传的历史。吉林省抢救满族传统说部的工作始于20世纪80年代初。在党的十一届三中全会解放思想、拨乱反正精神的指引下，民族民间文化遗产重新受到重视，原吉林省社会科学院有关科研人员，冲破"左"的思想束缚，率先提出抢救满族传统说部的问题，得到了时任吉林省社会科学院院长、历史学家佟冬先生的支持，并具体组织实施抢救工作。自1981年起，我省几位科研工作者背起行囊，深入到吉林、黑龙江、辽宁、北京以及河北、四川等满族聚居地区调查访问。他们历经四五年的艰辛，了解了满族说部在各地的流传情况，掌握了第一手资料，并对一些传承人讲述的说部进行了录音。后来由于各种原因使有组织的抢救工作中断了，但从事这项工作的科研人员始终怀有抢救满族说部的"情结"，工作仍在断断续续地进行。1998年，吉林省文化厅在从事国家艺术科学规划重点项目《十大艺术集成志书》的编纂工作中，了解到上述情况，感到此事重大而紧迫，于是多次向文化部领导和专家、学者汇报、请教。全国艺术科学规划领导小组组长、中国文联主席周巍峙同志，文化部社文图司原司长陈琪林同志，著名专家学者钟敬文、贾芝、刘魁立、乌丙安、刘锡诚等同志都充分肯定了抢救满族传统说部的重要意义，并提出许多指导性的意见。几经周折，在认真准备、具体筹划的基础上，于2001年8月，吉林省文化厅重新启动了这项工程。2002年6月，经吉林省人民政府批准，省文化厅成立了吉林省中国满族传统说部艺术集成编委会，团结省内外一批专家、学者和有识之士，积极参与满族说部的抢救、保护工作。

　　这项工作，得到中国民间文艺家协会以及黑龙江、辽宁、北京、河北、吉林等省市民间文艺家协会和有关人士的认同与无私帮助，特别是得到了文化部和有关部门的鼎力支持。2003年8月，满族传统说部艺术集成被批准为全国艺术科学"十五"规划国家课题；2004年4月，被文化部列为中国民族民间文化保护工程试点项目；2006年5月被国务院批准为第一批国家级非物质文化遗产名录。这使我们增强了责任感、使命感和克服困难的信心。根据文化部和中国民族民间文化保护工程国家中心有关指示精神，我们对满族说部采取全面的保护措施，不但要忠实记录，保护好文本，还要保护传承人及其知识产权；不但要保护与说部的讲述内容和表现形式相关的资料，还要保护与说部传承相关的文物，从而对满族说部这一口头遗产进行整体保护。我们坚持保护为主、抢救第一的原则，以只争朝夕的精神，组织科研人员到满族聚居地区深入普查，扩大线索，寻源探流，查访传承人，利用现代化手段，通过录音、录像、文字记录等方式采录传承人讲述的说部。在记录整理过程中，不准许增删、编改，只是在文法、句式、史实方面作适当的梳理和调整，严格保持满族传统说部的原创性、科学性、真实性，保持讲述人的讲述风格、特点，保持口述史的原汁原味。

几年来的工作，使我们深感"抢救"二字的重要。目前健在的传承人多已年逾古稀，体弱多病，渐渐失去记忆。就在二三年前，我们刚刚采录完傅英仁、马亚川讲述的说部，还没来得及进一步发掘其记忆宝库，他们就溘然长逝了。一些熟悉往昔满族古老生活的长者和说部传承人，如二十多年前我们曾经访问过的黑龙江省的富希陆、杨青山、关墨卿、孟晓光，吉林省的何玉霖、许明达、关士英、赵文金、胡达千、张淑贞，辽宁省的张立忠，北京市的陈氏兄弟、富察·庄净，河北省的王恩祥，四川省的刘显之等先生都已相继谢世，使其名传遐迩、珍藏在记忆中的说部无以名世，成为永远的遗憾。今天出版这套丛书，也是对他们最好的纪念。

《满族口头遗产传统说部丛书》所选的作品，都是满族各氏族传承人讲述的优秀传统说部的忠实记录，反映了满族及其先民自强不息、勤劳创业、爱国爱族、粗犷豪放、骁勇坚韧的民族精神，具有很强的思想震撼力和艺术感染力，可以说是我国民间文学中的宝贵珍品，具有较高的科学价值。它的出版，不仅是对弘扬我国优秀民族文化遗产，建设社会主义先进文化的贡献，而且也为世界非物质文化遗产保护工程增添了一分光彩。

一、满族传统说部产生的历史渊源

满族及其先民是一个有着悠久历史的古老民族。满族的先民肃慎人自古就在白山黑水一带繁衍。据《山海经》载："东北海之外……大荒山中有山，名曰不咸，有肃慎氏之国。"据《孔子家语》卷四载：肃慎就以"楛矢石砮"为信物贡服于周天子。而后，汉、魏、晋、南北朝之挹娄、勿吉，隋唐之靺鞨，辽宋之女真，明清之满洲，这些同属于肃慎族系，只是不同朝代称谓不同罢了。唐朝初年，靺鞨人曾建立"渤海国"，是北方少数民族的地方政权，史称"海东盛国"。辽代以降，满族先世黑水女真部迅速崛起，其首领阿骨打，承继祖业，敏毓韬晦，扫平有二百余年历史的桀骜恃强的庞然大国——辽王朝，建立了雄踞北方的大金王朝。到金世宗乌禄时代，在文化和经济等诸方面均达到了鼎盛时期，史称"小尧舜"。明末，建州女真首领努尔哈赤统一女真诸部，建立中国历史上又一个东北少数民族地方政权"后金"。其后人又从建立大清国，到打败明王朝，定鼎中原。满族及其先民绵长的一脉相承的历史,是满族传统说部赖以产生的客观基础。

满族是一个创造源远流长、光辉灿烂文化的民族。满族及其先民女真人作为北方边远的游牧、渔猎少数民族,能够两度逐鹿中原,建立政权时间长达420年,对统一中国版图,形成多元一体的历史格局产生了深远影响,做出了重要贡献,这是与其以自己的文化养育顽强、坚毅的民族精神分不开的。一方水土养一方人。满族及其先民历经三千余年的风雨沧桑,世代生活在广袤数千里的山林原野,征伐变乱的砥砺,苦寒环境的锤炼,培育了自己的民族精神与品格,使他们成为粗犷剽悍、质朴豪爽、善歌尚勇、多情重义,"精骑射,善捕捉,重诚实,尚诗书,性直朴,习礼让,务农敦本"(引自《盛京通志》)的民族。渤海的武人颇喜角斗,以骁勇为荣,有"三人渤海当一虎"(引自宋·洪皓《松漠纪闻》)之谚。靺鞨人盛行歌舞之风,其渤海乐不仅传入中原王朝和日本,而且在民间不断延续流传。金太祖完颜阿骨打在对辽作战相当激烈的时候,便命开国元勋完颜希尹创制女真文字,在金朝建国不久的太祖天辅三年(1119年)正式颁行,当时被称为国书。女真有了文字,促进了文化的发展,以歌伴舞在民间广为盛行。有些贵族子弟为求佳偶,常"携尊驰马,戏饮其地,妇女闻其至,多聚观之,间令侍坐,与之酒则饮,亦有起舞歌讴以侑觞者"(见《三朝北盟会编》卷三)。这说明,女真民间一直保持先祖古朴的风俗习惯。随着北宋灭亡,金人大量入关,女真民间歌舞很快传遍中原大地,甚至在金、元杂剧中广为传唱。满洲统治者从建立后金到入主中原,注意保持满族及其先民尚武骑射和语言风俗方面的独立性,努尔哈赤时期创制满文,皇太极时期改革老满文,推动了民族文化的发展。康、雍、乾等几代皇帝,在强调"国语骑射"为治国之本的同时,也注意各民族之间的文化交流与融合,特别是积极吸收汉文化。这是满族传统说部得以滥觞的文化根源。

几度争战几度崛起,几度鼎盛几度衰落,漫长的历史充满着可歌可泣的英雄人物和壮烈悲怆的故事,构筑了深厚的文化根基,从而孕育和产生了古朴而悠久的满族民间口头文学——传统说部。满族说部的形成与传播,历史相当久远。满族先民,在从肃慎、挹娄到靺鞨以及创建大金国的历史过程中,各氏族、部落迁徙、动荡、分合频繁,到明中叶以后,随着女真社会内部矛盾日益尖锐，强凌弱，众暴寡，各部落之间互相争雄，连年战乱，及至进入清代，内部争斗不断，外患与内祸迭起，这使各个氏族都无法选择地交织在历史的漩涡里，涌现众多的英雄人物和感人的业绩。满族及其先民凭借自己对善恶美丑的感受和对社会现象的审视，把一桩桩、一件件值得传诵、讴歌的人和事，详细地记载在各个氏族世代传袭的口碑之中，以此谈古论今。为此，不遗余力地随时积累、记录、采集、传扬本氏族的英雄故事，以光耀门楣，激励族人。满族诸姓氏间，都以据有"乌勒本"而赢得全族的拥戴和尊重，"乌勒本"令族众铭记和崇慕。

满族传统说部的广泛流传得益于"讲古"的习俗。满族及其先世女真人，是一个讲究慎终追远，重视求本寻根的民族。他们通过"讲古"、"说史"、"唱颂根子"的活动，将"民间记忆"升华为世代传承的说部艺术。讲古，就是一族族长、萨满或德高望重的老人讲述族源传说、家族历史、民族神话以及萨满故事等。元人宇文懋昭所撰的《大金国志》中说，女真金代习俗，"贫者以女年及笄，行歌于途。其歌也，乃自叙家世"。这说明在女真时期就有"行歌于途"，"自叙家世"的讲古习俗。据《金史》卷六六载："女真既未有文字，亦未尝有记录，故祖宗事皆不载。宗翰好访问女真老人，多得祖宗遗事。"从中可知，金代初期民间讲古的习俗就很盛行，已引起上层统治者的重视。据《金史·乐志》载：世宗不令女真后裔忘本，重视女真纯实之风，大定二十五年四月，幸上京，宴宗室于皇武殿，共饮乐。在群臣故老起舞后，自己吟歌，"上歌曲道祖宗创业艰难……歌至慨想祖宗音容如睹之语，悲感不复能成声"。世宗及群臣参与"唱颂根子"的活动，势必张扬民间讲古的习俗。满族先人的故事在"讲古"中传播，在传播中又不断被加工、修改或产生新的故事。讲古不单单是本氏族内部的事，各氏族间互相比赛，场面十分热烈。据《爱辉十里长江俗记》中记载："满洲众姓唱诵祖德至诚，有竞歌于野者，有设棚聚友者。此风据传康熙年间来自宁古塔，咸居爱辉沿成一景焉。"由此可见，满族早年讲唱"乌勒本"，是相当活跃的，甚而搭棚竞歌，聚众观之。此景与我国南方一些民族的歌圩相类似。

满族及其先民将"讲古"、"说史"、"唱颂根子"的"乌勒本"，推崇到神秘、肃穆和崇高的地位，考其源，同满族先民所虔诚信仰的原始宗教萨满教的多元神崇拜观念，有着十分密切的关系。原始先民在漫长的社会劳动和生活中，由于生产力的极端低下，无力与强大的自然力抗衡，于是幻想在人的周围有一种超自然的力量主宰一切，并认为自然的东西都有灵魂，是他们控制着人类，给人类带来幸福，也带来灾难。正如恩格斯所说的，"由于自然力被人格化了，最初的神产生了"。这就是万物有灵论和原始神话。原始先民有了原始信仰和原始神话，便利用各种方法举行祭祀，向神灵祈祷、膜拜，于是产生了原始宗教，即萨满教。在萨满教诸神中，除自然神祇、动物神祇（包括图腾神祇）外，最重要而数目繁多者便是人神，即祖先英雄神祇。宗教与民俗从来就是形影相随的，"讲古"的习俗与萨满教的祭祀仪式结合了起来。满族及其先民以讲唱氏族英雄史传为中心主题的说部艺术，正是依照传统的宗教习俗，对本族英雄业绩和不平凡经历的讴歌和礼赞。人们对祖先英雄神，供奉它，赞美它，毕恭毕敬，祈祷祖灵保佑族众，荫庇子孙。萨满教极力崇奉祖灵，亦包括对本族历世祖先和英雄神祇的讴歌与缅怀。所以，在萨满祭祀中，有众多歌颂和祈祷祖先神祇的神谕、赞文、诗文和祷语，亦有叙事体的长篇祖先英雄颂歌。满族及其先民的"颂祖"、"讲祖"礼俗，世代承继不衰，是因为把勉励子孙铭记祖先创业艰难，承继祖德宗功，继往开来，奋志蹈进，作为祖先崇拜的根本目的和信条。特别是乾隆十七年颁布的《钦命满洲跳神祭天典礼》，统一了萨满祭规，使萨满祭祀变成家族祭祖活动，把祖先崇拜推向高峰。经年累世，各氏族在集体智慧的滋育下，赞文日益丰富扩展，情节愈加凝炼集中，使之逐渐升华为长篇祖先颂歌。这也成为满族传统说部的一种源流。

二、满族传统说部的本体特征

满族传统说部经过千百年来的创作、传承和演变，形成了独特的表现空间和表现形式。满族先民自古"无文墨，以语言为约"（《太平御览》卷七八四），所以，说部是以口头形式产生和传承的，讲唱内容全凭记忆。最初记述手段，用一缕缕棕绳的纽结、一块块骨石的凹凸、一片片兽革的裂隙，刻述祖先的坎坷历程。这便是说部的最古老的形态，也叫"古本"、"原本"、"妈妈本"。满族人将这种"妈妈本"尊称"乌勒本"特昌。古人就是通过望图生意，看物想事，唱事讲古的。随着社会的发展，氏族中文化人的增多，满族说部的"妈妈本"逐渐用满文、汉文或汉文标音满文来简写提纲和萨满祭祀时赞颂祖先业绩的"神本子"。讲述人凭着提纲和记忆，发挥讲唱天赋，形成洋洋巨篇。

满族传统说部内容丰富，气势恢宏，它包罗天地生成、氏族聚散、古代征战、部族发轫兴亡、英雄颂歌、蛮荒古祭、生产生活知识等，每一部说部都是长篇巨著。满族说部之所以如此厚重，主要有以下三个方面的因素：

（一）关于记录和评说本氏族所发生的重大历史事件的说部，具有极严格的历史史实约束性，不允许隐饰，以翔实的根据来讲述；

（二）说部由氏族中德高望重、出类拔萃的专门成员承担整理和讲述义务，整理和讲述时吸收了众人谈资，所讲内容全凭记忆，口耳相传，无固定文本拘束，因而愈传愈丰愈精，是群体创作的累积；

（三）具有民间口头文学的生动性。说部多由一个主要故事为经线，辅以多个枝节故事为纬线，环环相扣，错综复杂，又杂糅地域的、民俗的奇特情景，加之口语化的北方语言，因而有深厚的文化积淀和感人的艺术魅力。

据我们掌握的三十余部满族说部来分析，从内容上可分为四种类型：

（一）窝车库乌勒本：俗称"神龛上的故事"，是由氏族的萨满讲述，并世代传承下来的萨满教神话和萨满祖师们的非凡神迹。窝车库乌勒本主要珍藏在萨满的记忆与一些重要的神谕及萨满遗稿中，如黑水女真人创世神话《天宫大战》、东海萨满创世史诗《乌布西奔妈妈》、爱辉地区流传的《音姜萨满》、《西林大萨满》等。

（二）包衣乌勒本：即家传、家史。如富察氏家族富希陆、傅英仁从爱辉、宁安传承的姊妹篇《萨大人传》和《萨布素将军传》（又名《老将军八十一件事》），黑龙江省双城县马亚川先生承袭的《女真谱评》，河北石家庄王氏家族传承的《忠烈罕王遗事》，乌拉部首领布占泰后裔赵东升先生承袭祖传的《扈伦传奇》，富氏家族传承的《顺康秘录》、《东海沉冤录》，傅英仁先生传承的《东海窝集传》等。

（三）巴图鲁乌勒本：即英雄传。满族说部有关这方面的内容很丰富，可分为两大类：一是真人真事的传述，如金代的《金兀术传》，明末清初的《两世罕王传》（又名《漠北精英传》）、《雪妃娘娘和包鲁嘎汗》，清中期的《飞啸三巧传奇》等；一是历史传说人物的演义，如《乌拉国佚史》、《佟春秀传奇》等。

（四）给孙乌春乌勒本：即说唱故事。这部分主要歌颂各氏族流传已久的历史传说中的英雄人物，如渤海时期的《红罗女》、《比剑联姻》，明代的《白花公主传》以及民间说唱故事《姻缘传》、《依尔哈木克》等。

满族传统说部在长期流传中形成了自己独特的风格，凝聚了有别于其他口头文学的鲜明特征。主要表现在：

（一）讲述环境的严肃性。各氏族讲唱"乌勒本"是非常隆重而神圣的事情。一般在逢年遇节、男女新婚嫁娶、老人寿诞、喜庆丰收、氏族隆重祭祀或葬礼时讲唱"乌勒本"。讲唱"乌勒本"之前，要虔诚肃穆地从西墙祖先神龛上，请下用石、骨、木、革绘成的符号或神谕、谱牒，族众焚香、祭拜。讲述者事前要梳头、洗手、漱口，听者按辈分依序而坐。讲毕，仍肃穆地将神谕、谱牒等送回西墙上的祖宗匣子里。这一系列程序表明有严格的内向性和宗教气氛。不像平时讲"朱奔"（意为故事、瞎话）那样随便地姑妄言之，姑妄听之。

（二）讲述目的的教化性。满族传统说部与萨满祖先崇拜的敬祖、颂祖、祭祖观念密切相关。讲述祖先过去的事情，都是真实地记述，是对祖先英雄业绩的虔诚赞颂，不允许隐瞒粉饰和随意编造，否则则认为是对祖先的不敬。讲唱说部的目的，不只是消遣和余兴，而是非常崇敬地视为培育儿孙的氏族课本和族规祖训，是对族人进行爱国、爱族、爱家的教育，起到增强氏族凝聚力的作用。因此，讲述内容、目的以及题材艺术化程度，均与话本、评书有较大区别。

（三）讲述形式的多样性。满族传统说部多为叙事体，以说为主，或说唱结合，夹叙夹议，活泼生动，并偶尔伴有讲叙者模拟动作表演，尤增加讲唱的浓烈气氛。从《萨大人传》和《飞啸三巧传奇》中我们可以看出，有说有唱，甚至还记录了讲唱的曲谱。讲唱说部关键在于说，说讲究真、细、险、趣四个字。真，即真实，故事情节合情入理，真实可信；细，即细腻，绘声绘色，细致入微；险，即惊险，突出关键的地方，有悬念，有艺术魅力；趣，即语言要风趣幽默，使人发笑。说唱时多喜用满族传统的以蛇、鸟、鱼、狍等皮革蒙制的小花抓鼓和小扎板伴奏，情绪高扬时听众也跟着呼应，击双膝伴唱，构成跌宕氛围，引人入胜。

（四）传承的单一性。满族传统说部的承继源流，主要以氏族中的一支或家庭中直系传承为主，虽有师传，但多半是血缘承袭，祖传父，父传子，子子孙孙，承继不渝，从而保持了说部传承的单一性与承继性。《萨大人传》是富察氏家族的祖传珍藏本，其传承顺序是：富察氏家族第十一世祖、清道光朝武将发福凌阿传给长子、爱辉副都统衙门委哨官伊郎阿将军；伊郎阿又传给长子富察德连；富察德连又传给其子富希陆和其侄富安禄、富荣禄；富希陆又传给长子富育光。一般来说，讲唱人大都与说部所宣扬的事件及其主人公有直系血缘关系，他们既对本氏族历史文化有一定的素养，又谙熟说部内容，并有组成说部题材结构的卓越能力和创作才华。《乌伦传奇》的传承就是很好的证明，其最早的传承人乌隆阿，纳喇氏第十一代，他把家史传给曾孙德明（五品官，通今博古），德明经过梳理后传给其侄十六辈霍隆阿（笔帖式），再传给十七辈双庆（五品官，精通满汉文），下传伊子崇禄（八品委官），二十辈的赵东升继承祖父崇禄先生，对家史进行整理。这些传承人都有高深的文化和创作才能。他们把记忆和传讲自己的族史视为己任，当做崇高而神圣的事情，世代不渝。他们在氏族中自行遴选弟子或由自己的后裔承继传诵。传承的方法是口耳相传，心领神会。所以，传承人在满族说部的纵向传承与横向传播的过程中，为保存民族文化遗产做出了应有的贡献。可以说，没有传承人，就没有满族说部。

（五）流传的地域性。满族说部在一些地域流传过程中，深受广大群众喜爱。因此，有的说部逐渐脱离原氏族的范围，被众多氏族传承诵颂，如《尼山萨满传》、《红罗女》、《飞啸三巧传奇》、《双钩记》（又名《窦氏家传》）、《松水凤楼传》、《姻缘传》等，在长期传诵中，已成为该地域更多姓氏甚至外族群众讲述的书目，并代代传承。

满族传统说部和其他口头文学一样，在流传过程中也有变异性。在传播中，传承人根据自己对讲述内容的认识和理解，不断加工、升华，从而产生新的故事纲目。特别是，随着氏族的繁荣，分出各个支系，每个支系都有自己的传承人，在讲述内容和形式上也有了变化。所以在不同的支系、不同的地域出现了不同的传本，如《红罗女》在黑龙江省牡丹江一带流传《比剑联姻》、《红罗女三打契丹》，而吉林省的东部就有《银鬃白马》、《红罗绿罗》等不同传本，这是正常的现象。说部在传播中演变，获得新的发展,并吸收汉族的评书和明清小说章回体的特点,这正是满族传统说部具有顽强生命力的表现。

三、满族传统说部的价值和意义

满族传统说部,是满族及其先民在一定历史时期、一定社会中的一种意识形态的反映,其中蕴藏着丰富、凝重的社会、历史内容。

满族传统说部具有历史学价值。满族传统说部大都是以古代英雄人物为中心、以历史事件为背景编织而成的,是述说满族及其先民各个部落、氏族的兴亡发轫、迁徙征战、拓疆守土、抵御外患等"先人昨天的故事"。如《萨大人传》、《东海窝集传》、《扈伦传奇》等所讲述苦难的经历,不朽的宗功,都从不同的侧面反映了各个氏族充满血泪、卓绝斗争的雄浑壮阔的历史。从各个氏族的说部中,能使人更好地了解到满族及其先民是怎样从遥远的过去走过来的,经历了哪些曲折坎坷和历史沧桑,而且比起正史有更多底层人民群众的历史活动和当时社会各层面的具体细节。高尔基说:"如果不知道人民的口头创作,那就不可能知道劳动人民的真正历史。"说部的历史价值在于它是原生态的历史记忆,是"那时"民间留存下来的口述史。满族的先世在没有文字时,许多史实都靠各个氏族的说部代代相传,据《金史》卷六六载:"天会六年(1128年)诏书求访祖宗遗事,以备国史。命勖与耶律迪越掌之,勖等采撷遗言旧事,自始祖以下十帝,综为三卷。"金代统治者重视采集民间遗闻旧事,并根据民间传说给始祖以下十帝立传,编入金史,这是满族说部为民间口述史的很好证明。满族说部是满族及其先民用自己的声音记述自己的历史,对各个部落、氏族重大事件的生动描写,细致记录,很多实事是鲜为人知的,有的补充了史料之不足,有的供专家研究或可匡正史误。说部以浩瀚的内容、恢宏的气势展示北方民族生动、具体的历史画卷,提供了各个历史时期活生生的人文景观。在《两世罕王传》、《扈伦传奇》、《雪妃娘娘和包鲁嘎汗》中记述了明朝与女真的交往、马市的内幕、东海窝集部与乌拉部的关系、扈伦四部争锋角逐、努尔哈赤创建八旗对女真的分化等等,都是各部族祖先的亲身经历。这对满族史、民族关系史、东北涉外疆域史的研究,都有见证历史的特殊价值。

满族传统说部具有文学审美价值。满族传统说部之所以能够世代传承诵颂,因为它具有独立情节,自成完整结构体系,人物描写栩栩如生、有血有肉，是歌颂克难履险、不畏强暴、能征善战、疾恶如仇的英雄的壮丽诗篇，充满了对英雄的崇敬，对美好生活的向往。说部中讲述的故事曲折生动，扣人心弦，语言朴实无华，简洁明快，具有感人至深的艺术魅力。许多说部都展现了浓郁的民族风韵，朴素、剽悍的独特风格，贯穿了反抗强权、除暴安良、保家卫国、急公好义、扶危济贫、知恩必报的积极主题，突出体现了满族及其先世的人文精神。它对启迪人们的智慧，端正人们的品格，鼓舞爱国主义思想，增强民族自豪感，有着潜移默化的作用。满族传统说部中反映的内容，与人民息息相通，因而受到北方各族群众的欢迎和享用。像《尼山萨满传》、《萨大人传》、《雪妃娘娘和包鲁嘎汗》、《松水凤楼传》等故事早已在达斡尔、鄂温克、赫哲、鄂伦春、锡伯以及汉族中广泛流传，只是过去没有被发掘而已。说部的创作不排除有被流放到北疆的高官和文化人的参与，如《飞啸三巧传奇》把北方民族抗俄守边的斗争与宫廷斗争相联系做了具体生动的描写，就可见流民文学的影子。满族传统说部创世神话《天宫大战》，反映了原始先民与自然力的抗争，歌颂了掌管日月运行、人类繁衍的三百女神与恶神进行惊心动魄地鏖战，是我国史前文化的重要遗迹，可以同世界诸民族的古神话相媲美，丰富了世界神话宝库。满族传统说部中的史诗《尼山萨满传》和有着六千余行的萨满史诗《乌布西奔妈妈》，以北方民族的独特语言，瑰丽神奇的情节，宏伟磅礴的气势，歌颂了萨满的丰功伟绩，具有很强的震撼力。可以说，满族说部是满族及其先世的史诗，是民族文化的精华和古卉，是我国和世界学术界研究满族及其先民历史和文化的不可或缺的宝贵资料，填补了我国民间文学史的空白。

满族传统说部具有民俗学价值。满族及其先世，在长期社会生活中，主要靠口碑传承生产、生存经验。在《飞啸三巧传奇》、《雪妃娘娘和包鲁嘎汗》中介绍了用桦树皮造纸、皮张的熟制、不同兽肉的制作和保鲜、鱼油灯的制作过程等古老工艺，还介绍了北方各种草药的药性和采集，北方少数民族的海葬、水葬、树葬等民俗。在《天宫大战》中介绍了祭火神，"跑火池"，在《两世罕王传》中记述了明末清初一种娱柳活动——"跑柳池"等等。因此满族传统说部，为我们展现了满族及其先民等北方诸民族沿袭弥久的生产生活景观、五光十色的民俗现象、生动的萨满祭祀仪式和古时的天文地理、航海行舟、地动卜测、医药祛病以及动植物繁衍知识等，特别是有关生产知识、操作技艺，往往通过故事中的口诀和韵语得以传承。这为研究北方诸民族的人文学、社会学、民俗学、宗教学等学科提供了具体、真实、形象的资料，使这些学科得到印证、阐明和补充。所以，有些专家称满族传统说部是北方诸民族的"百科全书"，其言不为过誉。

　　满族及其先民，数千年来，在亚洲阿尔泰语系乃至通古斯文化领域里，做出了不可泯灭的贡献。特别是有清二百六十余年来，为世界文化保留了浩瀚的满学典籍及各种文化遗产，满语的翻译历来为世界各国学者所青睐，满学已成为民族学、语言学的重要学科。满语因久已废弃，现存满语仅是清代书面语的沿用。近年来，我们采录了黑龙江省孙吴县78岁的何世环老人用流利的满语讲述的《音姜萨满》、《白云格格》等满族说部，它向世人重新展示了久已不闻的仍活在民间的活态满语形态，这对世界满学以及人文学的研究是弥足珍贵的。除此，在满族传统说部中还保留着大量的环太平洋区域古老民族与部落的古歌、古谣、古谚，故而具有丰富世界文化宝库的意义。

　　满族传统说部作为民间口述史，其中对历史的记忆也会有不真实、不准确的地方，但它毕竟是民间口头文学而不是史书，作为信史虽不排斥传说但不可要求口头传说与史书一样真实可信。满族及其先民由于受历史的局限和各种思想的影响，在说部中难免有不健康的东西和封建糟粕的成分，但这不是主流，它和所有非物质文化遗产一样，自有其存在的价值。我们把满族传统说部原原本本地奉献给广大读者，相信在批判地继承民族文化遗产的原则指引下，一些不健康的东西会得到剔除。我们在采录、整理、校勘、编辑过程中难免有所疏漏，敬请读者批评指正。

　　我们抢救、保护和编辑、出版《满族口头遗产传统说部丛书》，是为了贯彻落实党的十六大精神和"三个代表"重要思想，传承中华文明，发展社会主义先进文化，为建设社会主义精神文明和构建和谐社会尽绵薄之力，希望这套丛书的出版能发挥它应有的作用。

谷长春
2006年6月

目 录

《松水凤楼传》流传与采录 ·· 001

上　册

引　子 ·· 001

第一章
　　囚困江城 ··· 003

第二章
　　智斗群魔 ··· 175

下　册

第三章
　　收服逆僧 ··· 379

第四章
　　乱世重逢 ··· 613

尾　声
　　亮星从凤楼升起 ··· 857

后　记 ·· 917

《松水凤楼传》流传与采录

长期以来，满族传统说部《松水凤楼传》在东北各地民间广为流传，深受各族妇孺老幼所喜爱，且百听不厌。全书以清嘉庆二十五年庚辰秋，尤成额公子携妻室，即湖广总督桂良大人胞妹之女茗兰小姐由京师赴吉林就任左翼官学教习之职，适逢吉林将军更替，将军衙门总管乘机屡屡作梗，妄图采用移花接木之策将教习职任密授于盛京吏部侍郎卢涟之妻弟鲍昌公子，致使尤成额伉俪久羁江城、受尽欺辱、生活陷入困顿为开篇，穿插以众多的人物，生动的情节，由此铺展开波澜跌宕、曲折感人的泱泱巨部。不但淋漓尽致地勾勒了上自显赫的皇帝、贵胄，下至行省将军、豪门霸主、科举考生、杂技师班、少林名僧、江湖奇侠以及衣食窘迫之烟花小民心灵的美与丑，揭示了嘉庆至同治年间的社会状况，而且歌颂了边疆大吏富俊、德英等几位吉林将军为国家、为黎民施以德政，鞠躬尽瘁，劬劳一生，可钦可敬。值得特别称道的是本书还大量记载了当年吉林江城的景物和风土人情，使我们俨如进入清代中期令人眼花缭乱的万花筒，新奇而感奋，津津乐道，传诵不衰。

说起来，那是1980年春，我在省社科院开展满族民间文化调查与抢救项目，当时刚刚起步不久。为摸清濒临消散的满族传统说部遗存现状，首选黑龙江省宁安市和吉林省吉林市进行重点考察，解剖麻雀。我们在宁安与傅英仁先生商妥，由他讲述满族说部《东海窝集传奇》《红罗女》，返回长春后，便投入到对吉林省乌拉街满族文化遗产的考察。这是我首次造访乌拉古镇，倍感亲切，关晓彦镇长给予了大力支持。关晓彦，满族，乌拉街满族镇张老乡土生土长的民族干部，热忱干练，威信很高，对全镇谙熟于心，乃闻名的"乌拉通"。他告诉我说："你来得真巧，镇里正在开展民族遗产普查，请来十几位满族老人，个个能歌善讲，是我们乌拉街的圣人哪！"

感谢晓彦镇长的热心关照，让我参加了文化普查会议，在其引荐下，认识了乌拉街5位出名的满族文化人，即旧街村的许明达、赵文金，北兰村的罗汝明、罗治中、关世英等。他们邀请道："满族数百年前就有讲古的习俗，各屯都有故事王，能写能讲，请你也来听听我们讲故事吧！"

乌拉街满族古镇历史悠久，是闻名全国的明代扈伦四部之一的乌拉部所在地，保存有清代三百余年打牲乌拉总管衙门的古建筑遗迹，蕴藏着深邃丰富的满族古文化遗存。乌拉街是满族文化之乡，会上还遇到了几位知音和朋友，相互之间攀谈得很是投缘。我曾问他们："老辈人都传留下哪些满族故事？最喜欢最爱听的是啥名儿？"他们回答道："乌拉街可是满族故事窝，最打烙印的有《银牌太子》《白花公主与巴拉铁头》《白花点将台》等。要说乌拉街颇为出名的大部头书算得上《德青天》了。"经深入叙谈，得知吉林乌拉街地方很多满族老人的确熟知讴歌吉林清官、弘扬正义、鞭挞邪恶的满族说部《德青天》，不少人还能讲上几段儿。在我一再鼓动下，大家一时兴起，公推赵文金当场讲了段儿"秦大门牙刁难弱公子，赵西丹仗义诉怨情"，说者激昂慷慨，听者吁吁动情，并报之以热烈的掌声。

听罢赵文金娴熟、生动的讲唱，我异常兴奋，激动不已，凭借以往对满族说部传承情况的了解，认为《德青天》是值得关注和应予采录的一部长书，其情节的铺陈、叙述的脉络颇具有乌勒本的结构坯子。当即下了决心，会后便告别晓彦镇长，随赵文金和许明达两位故事家先去旧街村，想听听他们讲唱《德青天》全书。为了采访方便，我紧跟着赵文金，住在旧街生产大队院里，同他睡在一铺火炕上。赵文金是老饲养员，勤快、能干，白天夜里负责全大队耕牛、马匹的饮水和草料。每到空闲时，或为省里的《民间故事》杂志写些民间故事，或到各户给老少爷儿们讲故事，是位令人尊敬的文化老人，对我的到来分外重视。当夜他叫来许明达，我们仨躺在火炕上，唠起了满族传统说部《德青天》在乌拉街的传承始末。

若是追忆《德青天》最初在乌拉街得以传播的功臣，有位老师傅不能忘记，那就是住在村子里的慈祥憨厚的燕德林。燕德林，农民，汉族，清光绪二十一年（1895）生，祖籍山东历城，时年85岁。清光绪二十三年，山东闹大旱与蝗灾，不到3岁的燕德林由爷爷燕福臣、父亲燕玉财、母亲尤氏轮换挑着出了关，千里迢迢逃难到吉林，在沙河沿落下脚。当年,沙河沿一带是庆亲王奕匡的属地,凡讨得盖有"庆字大契"的凭据,方准许侍弄亨德河至永吉界林地。其父燕玉财幸获恩赐"庆字大契",得以招揽农工、购置牛马、农具,兼办学塾,经营五载,日子渐渐富裕起来。光绪二十六年,吉林闹起了义和团,因庆王爷交好法国天主教,故而其所属房舍、财产均被焚毁。此时,燕德林的爷爷已逝,父亲夜深带着他藏匿江城,才险遭厄运。

辛亥革命那年,燕玉财病逝,燕德林17岁,种过地,做过船工。民国六年(1917),燕德林23岁了,身材魁梧,不饮酒,不吸烟,由于从小在塾馆习文,尤精于珠算,有"袖里吞金"之术,被江城姜大把头看中,招为记档师傅。此后,开始为主家管理金银账目,不仅要乘船去松花江上游林场核查输送流筏的原木趟数,回到江城三道码头后,还需监管在江滨的原木楞场出纳账目,天天披星戴月的,时不时被木排挤伤,很是辛苦。1932年春,日本关东军将松花江上筏木运输业收归株式会社,激起了姜大把头和筏木工人的愤慨,一齐与其交涉,结果悉数被捕入狱。燕德林出于对姜大把头的感激之情,不顾命地从狼狗群里把他抢了出来,见已被恶犬咬得鲜血淋漓,昏死过去。背回家后,日夜伺候在侧,端水喂饭,过了3天方苏醒。可惜他染上了破伤风,日军拒供医药,病势日渐沉重。弥留之际,大把头从内怀掏出一把钥匙交给燕德林,说道:"谢谢你救我,一个人无牵无挂,走就走了,用这把钥匙打开我家房门尽管住吧!惟一惦记的是有一部庆王府管家偷出来被我买下的说部,平日里既喜欢又爱看,在江上放排时只要给伙计们讲上一段儿,疲困顿消,个个赛猛虎,遇到再凶煞的吃人浪、阎王汀、鬼门关,飞筏都能像支箭似的急驶而过,一路平安,这岂不是一部圣书么?你可要好生保管哪!"燕德林点头答应下来。

姜大把头去世后,燕德林将其安葬罢,来到他的小屋中,见贵重物品寥寥,只留银元5块,还有一部订好的《德青天》手抄书稿。燕德林举家迁到乌拉街旧街后,逢年过节或姜大把头的忌日,他都不忘拿出那把钥匙和《德青天》书稿供奉于案,祷祝一番,再讲上一段儿。时间一长,被细心的屯邻发现了,赵文金、许明达等人隔三差五去看望他,关心他,听他讲《德青天》,燕德林很受感动,并收许明达为徒,旧街也就从伪满初年开始传讲长篇说部《德青天》。

乌拉街素以盛产大蒜、白菜名噪东北,每年初秋到冬季,来自四面八方的车马远客汇聚满街筒子。市面很繁华、最热闹,房子连成片,居民颇多，饭馆儿、商铺更是生意兴隆。这个季节，也是许明达和弟子们最忙碌的时候，因为东北大鼓《德青天》开唱啦！不仅如此，年年从江城来一伙儿叫"四海堂"的说书班子，其中有的是许明达的好朋友，有的是远方弟子，到乌拉街选处临街的小门市房低价租下，作为清茶馆儿，贴出海报，讲唱《德青天》《德青天断案》《德公案》等。由于屋小人多，十分拥挤，进不去的只能站在门外大道上听。德英大人解迷津，探奇案，严挞贪官，为庶民吐苦水，雪仇冤，故事震撼人心，听众连连称快，乌拉街人人感谢燕德林老人，从此便有了知名度。

赵文金，满洲镶蓝旗人，民国七年生于旧街村，时年62岁。自小家穷，上不起学堂，没文化，然素喜看书听书，博闻强记，人到中年成了旧街的"大秀才"。其记忆力惊人，听后不忘，会讲《小八义》《三侠剑》《杨家将》等书段子。早年乌拉街的圆通楼和娘娘庙的所有楹联，他大部分能背诵下来，晚年发表不少民间故事，成为省内知名的满族民俗家、故事家。据本人介绍，他癖好搜集满族长书和民间故事，且爱说爱讲。五十年代时，农村走向合作化，生活渐渐好了，他开始一心苦记和学讲《德青天》《德英断案》，社员们皆爱听，从此越讲越有劲头儿。本村的许明达会唱大鼓书，他便向其学唱大鼓，不仅是省内说、写民间故事的能手，也与许明达一起成为全大队讲唱说部的大家。至于《德青天》一书怎么进入乌拉街旧街大队的，赵文金告诉我："追本溯源，乌拉街的《德青天》，最早是从我们村燕德林老师傅那儿传下来的，这里还有许明达的功劳呢！"

许明达，汉族，民国十七年（1928）生，祖籍山东掖县。祖上清代时闯关东到了吉林乌拉街，许明达则降生在旧街村，时年53岁，1961年加入中国共产党，任生产大队党支部书记。他认为自己是最幸运的人，缘何呢？伪满时，乌拉街商务会的会首叫陈百川，出资将各屯选送的伶俐童子交给属下一位绰号叫"阔四爷"的师傅，亲口授艺，学唱《小五义》《封神榜》《白蛇传》，其中就有许明达。童年时代有了专长，就像捧着金饭碗，加之勤奋、努力，几十年苦磨苦练，到今天已能熟练地掌握演唱东北大鼓的技艺了，在全村、全乡乃至全县都颇有声誉。每当年节，各个屯子都用贴红字的马车接他去唱大鼓书，还常常把农村涌现出的好人好事自编大鼓词唱出去，成为社会主义建设积极分子。

说起许明达学讲满族说部《德青天》，还有段儿故事呢！伪满时期，有一天，少年许明达得悉旧街屯新迁来一家，户主姓燕名德林，据传家藏全本歌颂黑龙江将军德英施行德政的《德公断案》。作为一位说书人，面对一部好书，可谓莫大的诱惑呀，使他寝食难安。许明达几次登门拜访，燕德林因曾救过反日的人，所以处处谨慎小心，对他冷漠不理。许明达仍不死心，便按照求师拜艺的老规矩，请来村里的头面人物坐陪，办了桌酒席，还带着大公鸡和四件礼品，到燕德林师傅家磕头拜师。最初，燕德林推辞不收，但在许明达虔诚跪地不起的情况下，感动之余，只好拿出钥匙和《德青天》手抄书稿摆于案上，焚香收徒。自此，许明达成为乌拉街燕家《德青天》大书的正宗传人，并与燕德林关系甚密，亲如父子。许明达并不满足，不负燕家传人之责，勤于钻研，精于学习，不但熟记《德青天》全书，而且打听到北兰村满族罗姓家族传讲《松水凤楼传》，即《德青天》《德公断案》的再传本。这引起了他极大好奇，多次徒步走访北兰村的罗汝明、罗治中叔侄，二位先生为之敬服，给他讲唱了《松水凤楼传》。许明达听后豁然开朗，罗姓家族将《德青天》《德公断案》做了大胆的发挥、丰富，补充了蛟河祖祠密寨、拉林河狂洪流尸、富俊忘我为国、壮心未酬等佚闻和情节，增加了史料价值，使其更加饱满，更具有吸引力和无穷魅力。许明达归来后，与燕德林、赵文金商量了一下，决定采用罗姓家族的方法，将《德青天》一书改称《松水凤楼传》了。

5天的调查结束了，我辞别旧街众友，去北兰村访问罗汝明、罗治中、关世英等满族故事家。北兰村是乌拉街满族聚居地之一，居住着满族关姓、罗关姓、何姓、赵姓等氏族，保留着古老的满族习俗和古文化遗存。罗汝明、罗治中、关世英等人是满族文化遗产传承和保护的优秀代表，其中的罗汝明，满洲罗关氏，宣统三年（1911）生，祖上世居吉林乌拉街，满洲镶蓝旗人，时年69岁。1945年参军，1949年负伤转业还乡，回到乌拉街镇，落户北兰村，任村党支部书记。在其倡导下，北兰村由小学教师、村干部以及具有民族文化知识的男女村民组成说唱满族故事会，罗治中、关世英分别任正、副会长，年年办秧歌戏和故事会。讲唱《德青天断案》《松水凤楼传》，也是在罗汝明的关心下，凡到农闲或村中来客时，便由罗治中、关世英等人主讲，既活跃了村里的文化生活，又扩大了北兰在外界的名声。

关世英，农民，民国十七年（1928）生，满洲正蓝旗人，时年51岁，擅讲满族故事，其中的《德青天断案》就是从罗汝明、罗治中处学来的。

罗治中，满洲罗关氏，清光绪三十三年（1907）生，满洲镶蓝旗人，时年73岁。他与罗汝明同宗，比其小一辈，是满族重要故事家，也是《松水凤楼传》成书的重要奠基者。幼年时，在乌拉街私塾念书，读过《论语》《孟子》《大学》《中庸》等，并存藏有清史古籍，古文造诣深，文学素养高。到了晚年，头脑仍十分清晰，手不释卷，谈吐颇有文采，不少人登门求教，总是热心答对，被称为民间师爷。性格孤傲倔犟，一生颇不顺利，长期任乡村教师，年龄大了，开始做豆腐。我去访问时，发现豆腐房里放着所书写的故事底稿，约十万字之多。据本人讲，他很早就喜好写小说，伪满时曾投稿文学刊物，后被警视厅审查，险些入狱，抓到蛟河充当劳工，修筑吉延线国道，一干就是两年多。工友中有许多能人，结识了一位因受日伪思想矫正而抓做劳工的江城老师，精通清史，也是满族，擅讲很多历史故事，讲《德英断案》，讲《富俊除奸》，其中有"范蔼仁蛟河藏兵，老和尚三难将军府"、"烟花巷众侠聚义，小金佛盗宝被擒"等情节，丰富了《德青天断案》。罗治中还亲自到吉林购买《清史稿》《东北岁时节序研究》《双城堡屯田纪略》等书籍，以便在讲述《德青天》时，充分展开德英的家世以及与其同时代各行各界人物的性格、作为与业绩，并以《松水凤楼传》之名传讲开来。他在归结说部《松水凤楼传》的成因时曾言："《松水凤楼传》蕴酿和产生的年代，大约是在清光绪至民国年间。当时社会动荡，民不聊生，生活在社会底层的人们表现得尤为愤世嫉俗，向往和怀念那些刚直不阿、廉正无私、爱民如子的清官为黎庶做主，久而久之，便在民间孕育、创造出来了满族长篇故事。《松水凤楼传》在最初流传时，随着情节的不断充实、内容的不断丰富，说部名称叫法很多，有《德青天断案》《德公传》《关东奇侠传》《白虹传奇》等。我们在讲述的过程中，也在不断地修润、完善着，使其永葆生命力。"

我从1980年至2011年间，曾无数次前往乌拉街满族镇。早年，每去必到旧街和北兰看望赵文金、许明达、罗汝明、罗治中、关世英等知心老友，相互间像亲兄弟一样，有唠不完的嗑儿，叙不完的情，分别时总是难舍难分。近些年，他们大多已陆续离世，惟罗汝明老哥于1985年夏迁往黑龙江绥化县儿子所在的农村，后久无信息。而今算来，斯人已逾百岁，想已仙逝了。这些可钦可敬的满族故事家一生不求酬报，默默无闻，锲而不舍地为传播、弘扬民族文化奔忙着、劳碌着，那深深的民族情结和高尚品德让我永远缅怀和敬慕。《松水凤楼传》在满族众多乌勒本中，堪称一部绘声绘色叙述吉林历史、风土人情的民间优秀艺术奇葩。多年来，我始终有个夙愿，一定要把乌拉街5位老人一生所讲唱的《松水凤楼传》讲出去，纳入积年家传和搜集的满族传统说部公诸于世，让更多的人记住他们，学习他们，这就是之所以废寝忘食、不顾疲惫、用一年多时间含泪讲唱《松水凤楼传》的初衷。在采录本说部的过程中，尽量汲取诸位故事家所讲唱的内容，既要保持原貌，又要融于一炉，故而显得有些浩阔庞杂。由于来自众多讲述者，难免出现错误、矛盾之处，明显处做些调整，多处因考虑系民间口承文化，有其一定的理想主义色彩，所以未作较大改动。此外，值得提出的是本说部为了力求吸引听众，有些关于勾栏低俗情节的描述，讲唱时着意做了必要的删减。《松水凤楼传》的故事来源，主要是以旧街村许明达和北兰村罗治中讲述本为基础，本人抄录后讲述的。为了在省内了解一下其他的传播源，1992年去了永吉县，碰巧遇上了双河镇小学校长胡达千先生，也是满族。据他讲，1986年冬，在吉林市群众文化艺术演出会上见过乌拉街北兰村的罗治中，听其讲唱了一段儿《松水凤楼传》，从此也很关心这部说部。其后曾与罗治中多次接触，并看过了《松水凤楼传》的讲述本，对当年吉林两翼官学的考取制度提出了合乎史实的更正。我几番去该校访问达千先生，依据他的意见，作了一些充实与修改。本说部的讲唱磁带于2008年交于于敏先生，她再从录音机下载，用了3年的时间给以了精心整理、修润、补正与通校，花费了不少心血，在此特致以深切敬意和诚谢之情。

引　子

　　朱伯西①我以十分崇敬的心情，按照先辈罗汝明老先生 30 年前讲述的原委，向在座的各位阿哥讲唱满族说部《松水凤楼传》。

　　讲唱满族说部，按通常的惯例，要有引子，即书头，也就是说部的开头。此说部亦不例外，不过不是在开篇之前唱开头，而是以两首词开头，逐渐引出一桩桩、一件件晚清的陈闻遗事。"词"者，乃文体之名称，诗歌的一种，起源于隋，形成于唐，至宋大盛，固有唐诗、宋词之说。说起这词，实为伴随着当时的新兴音乐燕尔而产生的，按谱填词，合乐歌吟，句子长短不一，依曲调节拍而定。古词的声韵很美，特别是江南的词牌子，经配乐是可以吟唱的，且好听悦耳。遗憾的是本说书人不会汉词，更不擅吟唱，只能请各位阿哥，尤其是汉家先生多多海涵了。为保持说部的完整性，还是要在此将其词记录下来，作为本书的书头。

　　第一首词是个很美的词牌，名曰《鹊桥仙》，原词为宋代著名大词人陆游陆放翁所作。我记录的可不是原词，而是由大清国朝中的一位赫赫有名的都统、御前大臣文祥，字博川，步陆游之词韵所作的另一首《鹊桥仙》，其词曰：

　　　　霏雨轻辙，
　　　　雕鞍驰射，
　　　　谁记当年豪举？
　　　　凤楼岁岁忆倩影，
　　　　楼依旧，
　　　　江柳荒冢。

　　　　激浪撑帆，
　　　　笑惹儒骨，
　　　　占断松江烟雨。

---

①　朱伯西：满语，说书人。

寇虏乘嚣全是债，
独声吟，
德翁安否？

  这首词虽不像陆游的原词那样流芳百世，但也很有气派，词意深远含蓄，把该说部中主人公的行为与心情勾勒得一清二楚。
  本说部用的第二首词是南唐后主李煜所作的《虞美人》，其词曰：
春花秋月何时了？
往事知多少。
小楼昨夜又东风，
故国不堪回首月明中。

雕栏玉砌应犹在，
只是朱颜改。
问君能有几多愁，
恰似一江春水向东流。

  这首词本是感怀故国之作，作者从一国之君变为阶下囚，沉思前世，不堪回首。以问起，以答结，由问天、问人而自问，将其度日如年、悲恨相续的痛楚心境委婉地展现出来。本说部借此词开篇，目的是以李煜之情怀，抒发和补缀主人公的心声。
  一段引子道过，朱伯西现在就正式开讲《松水凤楼传》。

第一章　囚困江城

诸位阿哥,《松水凤楼传》所讲唱的传奇故事从发生的时间上看,不比其他古老满族说部那么久远,而是清代晚期的一些事儿,有些长寿老人的玛发①、奶奶小时候就是在这个年代度过的,距今二百余年。若按大清的朝代来说,正是嘉庆、道光、咸丰、同治相继亲政之时;若按西历计算,应是在1796年至1875年。在这79年间,大清国经历了由盛转衰的过程,其朝代更迭及治理是怎样一个状况呢?我们不妨简单回顾一下。

嘉庆元年正月,乾隆皇帝第十五子颙琰受禅即位,尊父乾隆帝为太上皇。3年后的正月初三,太上皇病逝,颙琰始亲政。这时的大清朝可不比圣祖玄烨、高宗弘历在位时的康乾盛世,倡导励精图治,文治武功。那时,康熙爷要求开垦荒地,禁止圈占民田,禁止各级官吏行贿受贿,下令对有此行为者互相纠举,以缓和社会矛盾。乾隆帝在治国中,则实行宽严相济的为政之道,整顿吏治,严惩贪官。正因如此,社会矛盾得以缓和,生产得到发展,百姓安居乐业,也才出现了康乾盛世。而今开始走下坡路了,大清国由盛转衰,内忧外患等阶级矛盾和民族矛盾逐渐暴露出来。这种情况下,颙琰整饬吏治,崇俭黜奢,禁烟禁赌,赐死大学士和珅,处决户部尚书福长安,镇压白莲教起义,时刻保持着对外国殖民主义侵略的高度警惕性。在民族保护政策方面亦有具体体现,比如对八旗满洲发祥地吉林实行封禁,保护、安置闲散旗民,不准旗人与汉人通婚,不许领养汉人子弟,增加宗学缺额等,对于爱新觉罗家族以及满族的传承、发展起了一定作用。

嘉庆二十五年,仁宗嘉庆帝次子旻宁御太和殿即皇帝位,改次年为道光元年。尽管旻宁着手巩固边疆,平定张格尔叛乱,收复喀什噶尔,严禁鸦片,对外抗战,在宗族管理上也比较严格,制定了宗室犯罪律令,不失为勤于政事的"守成之君",然清王朝此时已是国势危殆,到了全面走向衰败的阶段。外国殖民主义侵略者对中华大地虎视眈眈,自

---

① 玛发:满语,爷爷。

嘉庆十五年三月，以京城广宁门巡役缉获所谓的阿芙蓉，即鸦片6盒始，到嘉庆二十年的流毒甚炽，再至道光朝，英吉利的国货以及鸦片已大量输入中国。道光十九年一月，道光帝授命湖广总督兼兵部尚书林则徐为钦差大臣前往广州，与两广总督邓廷桢整饬海防，二人合力严缉走私烟贩，迫令英、美烟商交出鸦片237万斤，并于四月二十日在虎门当众焚毁，史称"虎门销烟"。此举长了国人的志气，灭了敌人的威风，大清儿女终于吐出了一口恶气。

道光二十年，即庚子1840年，英国以我国禁止英商贩卖鸦片为借口发动了侵华战争，陈兵定海。开战后，虽然林则徐等人率领广东爱国军民进行了坚决抵抗，但腐败无能的清政府却一再向侵略者谋求妥协，致使其先后攻陷厦门、宁波、上海等地，兵临南京城。道光二十二年八月二十九日，清政府在侵略者的武力威迫下屈膝投降，最终与英国代表签订了我国近代史上第一个丧权辱国的《中英南京条约》，把国人的脸丢尽了。自此，西方侵略者敲开了中华大地的大门，中国社会开始进入半封建半殖民地社会。

道光三十年正月，宣宗旻宁第四子奕詝按照父皇的密诏，于20岁时登基，以次年为咸丰元年。在位期间，正是清王朝江河日下、内外交困的转折时期，坐殿当年的十二月，洪秀全便于广西桂平县金田村宣告起义，建号"太平天国"。战火燃遍14省，地域之广、时间之长、耗银之巨、影响之深是历次起义无法比拟的，加之紧接着的河南捻军起事，致使清朝的统治元气大伤，此乃咸丰帝登基之后面临的内忧。与此同时，也面临着外患，咸丰八年四月，黑龙江将军奕山与俄签订了《瑷珲条约》。同年五月，桂良与俄、美、英、法四国公使分别签订了《天津条约》。咸丰十年，即1860年四月至七月，英法联军战船驶入北塘，攻陷天津，占领通州。八月初八日，一贪女色、二贪丝竹、三贪美酒、四贪鸦片的咸丰帝在外敌入侵、义军蜂起、社稷多难、江山危急的情况下，却率领重臣及眷属逃离北京，躲进热河避暑山庄，拒不回銮。八月二十二日，英法联军兵进北京海淀，洗劫圆明园。一周后进入北京城，再赴圆明园，纵火焚之。九月十一日，恭亲王奕䜣分别与英、法签订了《中英北京条约》《中法北京条约》。十月，又与俄签订了《中俄北京条约》，将黑龙江以北的大片领土割让给了沙皇俄国，乌苏里江以东地域为中俄共管，后来渐渐沦丧殆尽。

咸丰十一年十月初九日，文宗奕詝之长子、时年虚6岁的载淳按照遗训即皇帝位，颁诏天下，以次年为同治元年，奉慈安皇太后、慈禧皇太后于养心殿垂帘听政。此前，咸丰帝曾担心死后出现八大臣或两宫皇太后专权的局面，故而下旨让八大臣和两宫皇太后联合执政。然咸丰的担心归担心，就在辞世不久，发生了"辛酉事变"，经过是这样的：载淳登基九鼎时，朝廷的大臣一半儿在热河，即以肃顺为首的八大臣势力；另一半儿在北京，即以皇六叔恭亲王奕䜣为首的帝胤势力，其作为深得皇帝及两宫皇太后的支持。咸丰十一年七月十七日，在京的奕䜣惊闻咸丰帝晏驾于热河行宫之烟波致爽殿，非常悲痛，遂以皇六弟的身份前往避暑山庄拜祭，叩谒奕䜣的梓宫。恭亲王到后，乘叔嫂见面的短暂时机，商定了返京铲除八大臣的政变安排。八月初六，支持恭亲王的御史董元醇上折，请皇太后权理朝政。十一日，两宫皇太后据此领着同治帝载淳召见顾命八大臣商议此事，对方则以咸丰遗诏和祖制无皇太后垂帘听政为由予以驳斥。两宫皇太后当仁不让，据理力争，与其辩论得异常激烈，肃顺等人冲着两宫皇太后恣意咆哮，声震殿陛。双方相持不下，谁也不让谁，最后八大臣不得不答应回京再议。

九月二十三日，同治帝、两宫皇太后、顾命八大臣奉大行皇帝的梓宫由热河避暑山庄起驾返京，两宫皇太后只陪行了一天，便以载淳年龄太小、自身又是妇道人家为借口，抄小道先行回京。灵驾本来速度就慢，正赶上天下大雨，道路泥泞，越发难行。好不容易抵达密云时，恭亲王与两宫皇太后发动了政变，公布八大臣的罪状，解除其职，命睿亲王仁寿、醇郡王奕𫍽前往密云，将在途的肃顺等人解京。十月，诏赐载垣、端华自尽，肃顺处斩，夺景寿、穆荫、匡源、杜翰、焦佑瀛职，穆荫遣戍军台。铲除了顾命八大臣，两宫皇太后顺理成章地开始了垂帘听政，恭亲王进了军机，坐上了议政王之位。

《松水凤楼传》讲的就是嘉庆末年到同治亲政所发生的一些事儿，此时的大清风雨飘摇，内政纷乱，贪官如毛，为一己私利而不顾百姓的死活，社稷已到将要崩塌之时。社会治安混乱，盗匪蜂拥，马贼横行，户户夜不能寐，日日无法安生，致使民怨沸腾，义军揭竿而起，刀光剑影震撼了奉天、吉林、黑龙江等地。更令人气愤的是八旗子弟中，有些败家子早已没了往日勇武、彪悍的气概，意志消沉，精神萎顿，懒懒散散，不知上进，玩鸟儿、逛窑子、抽大烟、耍大钱，过着衣来伸手、饭

第一章 囚困江城

来张口的颓废生活,给祖上丢尽了脸。就在这时,阿布卡恩都力[1]送来了一位衣食父母官,此人是谁呢?即被称为"青天"的德英大人。他施行了德政,不仅为国家着想,也为百姓办事,久而久之便发生了可喜的变化。所以说,本说部可谓一部痛史、泪史,听了之后,必会五味杂陈,有感而发。首先是恨,八旗的败家子何其多;其次是愁,八旗子弟中,尚有吃喝嫖赌大烟鬼;然后是悯,可怜黎民百姓嚎啕泪;继而是奋,要合力擎起倾厦拯危势,勉励爱国志士仁人,天下兴亡,匹夫担双肩。

《松水凤楼传》最早流传于吉林故地,讲唱本书不能不提到本书主要人物之一尤成额收养的义子郎德瑄,即"虎子",因为他是这部书最初的讲唱者和传承人。清末民初之时,吉林、黑龙江一带一提到此人的名字,那可是如雷贯耳,无人不知,无人不晓。他是位讲唱艺人,擅讲乌勒本[2],《德青天传》《德大人断案》等段子都出自其口。在当地,其智慧、聪明以及流利的口才无人能比,人们皆言他是南极翁转世。为啥这么说呢?据传,南极仙翁后身有个大罗锅儿,里面装的全是智慧。而这位受欢迎的讲唱艺人后背有个小罗锅儿,只要一开口,说部段子便一出接一出没个完,故而称其乃南极翁转世。他是何方人氏呢?就是住在吉林街牛马行凤楼阁旁边那座三楹木屋的郎德瑄,外号儿"郎铁嘴",自号抱璞。"璞"即璞玉,意为抱块未经雕琢和打磨的玉,感慨自己怀才不遇。那个年代,一般不直呼其名,而是叫号或字,称抱璞先生即指郎德瑄。其外号儿乍叫起来可能觉得不太好听,铁嘴嘛,肯定是天天没事儿时四处咧咧,口若悬河,挺能白话,让人不尊敬,故此很少有叫他外号儿的,都称抱璞先生、郎老师或郎师傅。郎德瑄凑些银子买下的三楹木屋其实也不是什么好住处,破乱不堪的,到处布满蜘蛛网。他挺有办法,先把木屋里里外外彻底清扫一番,然后请来匠工又是粉刷又是镂刻的,破损的门窗也都修好并涂上了油漆,顿时焕然一新了。还自行其乐,在门楣上悬挂一块匾,自书"抱璞斋",这便成其美居了。

郎德瑄没有罗锅儿前是一高个子,身材伟岸,略显肥胖,气质不凡。据老人们讲,他生而能言,言而能卜,卜而皆准,被老少爷儿们称为神人。一生奇幻异常,见多识广,生活经验丰富,阅历过很多事,说

---

[1] 阿布卡恩都力:满语,天神。
[2] 乌勒本:满语,传、传记之意。

起他的名字,还有一段儿故事呢!

郎德瑄原本不住在吉林街,祖上是珲春东大荒子圈儿河人氏,乃当地的土著,满洲人,隶属满洲镶红旗,钮祜禄哈拉①,钮祜禄为满洲郎姓。自打出生就没起过大号,因长得虎生生的,甚是可爱,家里家外都叫他虎子,这便成乳名了。

道光年间,珲春一带匪患四起,占山为王,连偷带抢,搅得黎民不得安宁。朝廷虽屡次派兵前去剿匪,但均未奏效,官兵前脚儿走,匪徒后脚儿又到,照样惨景不绝,遭殃的是百姓,日子很是难熬。

虎子的家族原先住在海边,称"边户",也称"海户",依海而生,乃海上人家。终朝每日叉海参,采海菜,抓螃蟹,捞鱼虾,日出而作,日落而归。后来全家沿海岸北上,迁到岩杵河中游,于林边搭个窝棚住下了。不到一年,又从岩杵河逆流而上,去了珲春圈儿河。为什么在海边住得好好儿的,日子也能过得去,却两次迁移呢?就因为沙皇俄国的入侵,不得已而为之。那几年,罗刹②驾驶着战船、舰只入境,强占日本海一带的岛屿和锡霍特山麓,手持刀枪将当地的满洲人、恰克喇人及其他各少数民族往北赶。倘若不走,不是烧就是杀,还掳掠财物,损毁家园,让你无立足之地。百姓实在没法儿过活了,无奈之下,只好卷起铺盖,肩挑担子,拖儿带女地逃到了珲春圈儿河,老郎家就是这么过来的。

虎子的阿玛③身板儿挺结实,黑红脸膛儿,尽管年轻,面相却显老,故而身边的人皆称其为老郎。他的妻子原本体弱多病,在生虎子时,又得了产后风,没满月便撒手人寰了。老郎只好又当爹又当娘,吃尽辛苦,一把屎一把尿地拉扯着儿子,好不容易长到两岁了,便背着虎子入了军旅,当了一名牌子兵。从此,虎子把八旗军营当成了自己的家,每天生活在牌子兵堆里,在他们身前身后转,像个跟屁虫似的,撵都撵不走。何为牌子兵呢?各地旗营都有这个兵种,即专管打更报时。所穿号坎儿的胸前挂一铜牌儿,上写"更"字,佩带腰刀,手拿铜锣,于一更、三更、五更边敲边报。老郎不同于一般的牌子兵,而是营站牌子兵的头儿,手下管7人,一个牌子5至7人,倒也不累。

---

① 哈拉:满语,姓。
② 罗刹:原意指恶鬼,此为对沙俄入侵者的蔑称。
③ 阿玛:满语,父亲。

在八旗军营呆到第五个年头时，该着老郎倒霉，7个牌子兵里头有个叫袁五的，是混进旗营卧底的土匪，他对此丝毫不知。袁五挺鬼，点子也多，瞄上了旗营牌子兵的最大头儿、老郎的顶头上司、一位姓杨的翼长，想方设法拉关系、套近乎，采用行贿的办法予以收买，终于将其说服了。咋的呢？袁五只要见到翼长，便满脸堆笑地主动上前问候，并装出一副很关心的样子说："翼长大人，您如此有能耐，为啥非在牌子营里混呢？眼瞅着大清就要完蛋了，没看见还没听说么，清廷干正事儿的文官武将不多，贪官污吏可不少，终朝每日花天酒地，脑满肠肥，而受苦受穷的却是百姓。不如调转枪口跟兄弟干，别听朝廷叫嚷什么剿除马贼呀、土匪呀，其实我们是杀富济贫、解救天下的穷苦大众、为黎民谋利的，乃积德行善哪！"

翼长是位满洲人，一开始没往心里去，可架不住袁五几次三番蛊惑呀，仔细一琢磨，觉得说得也是，眼下的确不像话，军营里的官儿根本不像官儿，贪得无厌，月月的饷银从不全发给兵丁，余下的被他们暗地里克扣了，我还留在旗营里干啥呀？真不如到胡子帮去，起码能为穷人着想，替百姓做事。一气之下，就带领牌子兵投了土匪，叛了朝廷。老郎不知就里，见顶头上司走了，自己当然不能落下，也稀里糊涂地跟了去。

牌子兵谋反，成了发生在珲春的一件大事，朝廷上下尽知。吉林将军闻听此报后，异常震怒，这还了得！遂命属下千员八旗官兵即刻前往，全力抓捕，反抗者斩不赦。是夜，大队人马赶到珲春，兵分两路，对这伙儿叛逃之人层层包抄，翼长及手下六七十号人被杀，其中包括老郎，仅有20来个牌子兵侥幸逃出。翼长上头分管珲春一带安全的四品翼领如坐针毡，觉得实乃自己对下属管理不严所致，愧对朝廷，罪责难逃，无奈之下，只好悬梁自尽了。

其时，吉林将军派出的八旗官兵不单单剿灭了这伙儿反叛的牌子兵，为了平定社会治安，接着又按令抓捕、斩杀马贼和匪盗。结果人是越抓越多，一时难以辨真伪，致使不少无辜的贫民被捆上绳索，一排排、一行行地押至吉林将军属下的柳林镇，关入死牢中。总的来说，里面多数是反叛的牌子兵和扰乱社会治安的匪盗。

由于天天不停地往里抓，牢房却是有限的，现建又不赶趟儿，这就乱了套了。你想啊，牢房里的人逐日增加，粮食能够吃么？水也供不上了，饿死的、踩死的、渴死的、病死的多了去了，根本没人管，那真是叫天天不应、叫地地不灵啊！看管囚牢的狱卒见里头的人死的死、伤的伤、病的病，实在太惨了，很是不忍心，暗地里寻思道："谁都有家有口的，咱可别干缺德事儿，还是多积点儿德吧。再说了，光天化日之下，哪有那么多叛匪呀？"索性便睁一眼闭一眼，发现不守监规或企图逃跑的，就像没看见一样，亦不认真过问。被关押的所谓叛匪见狱卒们看管不严，有了生的希望，不少人乘机逃了出去，每天都能跑出几十个。

老郎被杀时，虎子的年龄尚小，刚满7岁，此前一直跟父亲和牌子兵一起生活。阿玛死了，虎子孤苦伶仃无依无靠，又年少无知，只好回到四壁透风的家，听凭命运的安排了。一帮逃出柳林镇死牢的牌子兵毕竟和老郎一块儿入伍，同睡一铺炕，父亲没了，其子怎么生活？他们找到了郎家，看孩子怪可怜见儿的，不逃走只能等死，谁管他呀？一想还是带走吧，逃出一个是一个，总是条小命啊！于是拉着虎子的手出了家门，随逃难的人群好歹跑了出来，往哪儿逃呢？只能往吉林方向去，赶紧离开这死亡之地。

一路上，虎子紧紧跟在那帮牌子兵身后，一连气儿跑了半个多月，双脚磨出了血泡，钻心地痛。白天穿行于密林之中，夜晚歇息在野甸子里，没铺没盖。饿了，向周围同是逃难的讨点儿干粮或嚼些嫩草根儿、树叶儿、摘几个野果子充饥，有时抓些可食的虫子用火烤着吃；渴了，喝河泡子里的水或山泉水；困了，大地当炕，倒头便睡，任虫咬蚊叮。当逃到吉林街亨德河口、即松花江的一条支流时，虎子又饥又渴又累，实在跑不动了，眼前一黑，扑通一声倒在了岸边的草丛里。牌子兵一看，孩子不行了，躺在地上一动不动。伸手试了试鼻息，似乎没气儿了，万没想到这儿竟成小虎子的坟茔地了，个个唉声叹气，难过得直掉泪。其中一瘦高个子兵弯下身瞅了瞅，见其紧闭双目，嘴巴微张，摇摇头道："咳，死就死了吧，死是享福，跟着咱们也是个遭罪，还得继续往前跑哇！眼下谁也顾不上谁了，只能各顾各了，保命要紧哪，赶快逃吧！"在场的牌子兵都没吱声儿，只好扔下孩子，一步三回头地走了。

说来小虎子的命够大的，当时并没死，只是由于又累又饿、连惊带吓的，一时昏厥过去而已。也该着他有救，碰上贵人了，真是巧了。怎么的呢？小白山东面的这条河叫亨德河，是从数百里外流进松花江的，水草肥美，鱼虾颇多，水獭也不少。河口附近搭建有一座座茅草房，里面住着渔民和猎户，还有一些逃难的也聚集在这儿，哪儿的口音都有，只要勤快点儿，下河摸鱼捞虾，进山打打狍子，日子总能过得去。

这天清晨，太阳从东方升起，蓝蓝的天空万里无云，映衬得松花江水一片碧绿，一位穿着整齐、戴着员外头巾、具有学士风度的中年男子漫步河岸，此人是吉林将军衙门属下的左翼官学教习尤成额。何为"教习"？即老师，教书的。当时，不上官学是不行的，各旗为培养子弟，旗民按照旗属纷纷把自己的孩子送到学堂念书，学习汉文和满文，且边学文边习武。3年之后，经考试合格了，再去州府读书，此为清代八旗子弟从文武这条路上入仕升官的一条重要途径。尤公子通常是晚上备课，白天教书，闲暇时读读古诗，写写宋词，感觉累了，或陪4岁的儿子玩玩儿，或到亨德河口遛弯儿。这日，他同往常一样，溜达了一会儿，便走到岸边的一棵柳树下，抻抻胳膊撂撂腿，又晃了晃腰。偶然间一侧头，发现草丛里似乎有个东西，走到近前一看，不禁大吃一惊，竟是个小男孩儿躺在那儿！只见他浑身灰土，光着脊梁，下身儿穿一条七窟窿八眼的破裤子，根本遮不住屁股，只是小鸡鸡没露出来。两只小脚掌磨出了血泡，脚后跟处沾着血嘎巴，几只苍蝇嗡嗡叫着落在上面吸吮着。头发乱蓬蓬、脏兮兮的，都擀毡了，似乎很长时间没洗了。脸色蜡黄，瘦瘦的，胳膊像麻秆儿，小手像鸡爪，浑身上下只剩一把骨头，一对儿眼睛就是两个坑，上下牙咬在一起龇龇着。乍一瞧，纯粹是个纸扎的孩子，同传说中的小鬼没啥区别，谁看谁都得认为那是个死倒儿。再仔细一瞅，男孩儿的眼皮动了动，小脑袋瓜儿往左偏了偏，伸出舌头舔了舔干裂的嘴唇，哎呀，他还活着！

尤成额是个很有教养的文士，为人忠厚，心地善良，同情弱者。常常是遇到衣不遮体的穷汉，就把自己的衣服脱下一件给他穿上；看见下河摸鱼充饥的妇孺、老者及难民，就将省下来的捧饷小米拿出来，让他们熬粥喝。心肠这么好，今天见到奄奄一息、坐以待毙的幼儿岂能不管？他撩起长衫蹲下身，全然不顾孩子埋汰与否，伸出双手轻轻将其抱了起来。这一动，男孩儿缓过来了，长出了一口气，慢慢睁开眼睛，怔怔地瞅着公子，一句话也说不出来，他便是虎子。

尤成额抱着虎子三步并作两步地回到家，一进门便高声唤夫人，吩咐赶紧生火，熬点儿稀溜溜的小米粥。夫人方氏见夫君怀里抱个男孩儿，估计是捡来的，来不及多问，边喊侍女边进了厨房，生火扛水，淘米下锅，很快就把粥做好了。方氏盛了一碗端进屋，晾温乎后，让丈夫抱着孩子，自己则用小勺儿一口一口地喂。你想啊，虎子连跑带颠半个来月，累得浑身瘫软，一点劲儿都没有了，又未吃过一顿饱饭，腹内空空的，能不饿嘛，很快就把那碗粥吃光了。方氏让侍女再去盛一碗，尤成额制止道："不用了，孩子长时间饿肚子，胃里没食儿，冷丁吃多了承受不了，得慢慢来。"说着，把虎子平放在炕上，也好躺得舒服些。

方氏见虎子上身光着，下身穿一条破裤子，快成小光腚了，遂脱鞋上炕，打开炕柜，找出几件洗得干干净净、叠得整整齐齐、略小一点儿的旧衣服，想给孩子换上。尤成额觉得虎子灰头土脸的，太脏了，得先洗个澡，然后再换衣服，便拿过衣服对夫人说："你把被褥铺好，填把柴烧烧炕，在家等我们。我抱他去河边洗洗，再给理理发，一会儿就回来。"

方氏点点头道："好吧，路上小心，别着急，河岸的斜坡挺陡的，慢点儿下，要不我跟你一起去？"

尤成额摆摆手道："不用，我一个人就行，没事儿。"边说边抱起虎子，扯过一条床单裹在其身上，快步出了家门。虎子的小脑袋瓜儿靠在尤公子肩上，两只手搂着他的脖子，两条腿耷拉着，虽然7岁了，但只长骨头不长肉，体轻得很，活像个小瘦狗，可怜巴巴的，谁看了都得心疼。

尤成额径直来到河东岸，顺斜坡儿而下，到了水边，让孩子站在河里，然后轻轻朝他身上撩水。虎子脏到什么程度呢？这么说吧，撩到他身上的是亨德河清亮亮的水，淌下来的却是一条条泥道子，鱼儿都被气跑了。尤公子不停地撩水，洗得很仔细，头、脸、脖子、耳朵眼儿、屁股沟儿、小脚丫无一遗漏。用了约两袋烟的工夫，虎子浑身上下洗得干干净净，这才有个人样儿了，清清爽爽的，小脸儿白白的，要不就是个小黑孩儿。尤公子用毛巾把虎子身上的水擦干了，换上了干净衣服，然后抱到岸上。此刻的虎子已喝了一碗粥，接着又洗了澡，折腾了一阵子，感到不那么软塌塌的了，有点儿精神了，尤成额上上下下打量了一番，笑着问道："孩子，咋样啊，觉得好些了吧，能不能跟我一块儿走走？"

虎子抬头看了看，没吱声儿，伸出左手扯着尤成额的衣襟儿往前走去。走出没多远，就看见道边有一理发店，其实并不是什么正经八百的店铺，只是在树下搭了座小窝棚，外头放把木椅子，旁边立一牌子，上写"理发"二字，很简单。剃头匠见过来一位文士，穿着很讲究，身边跟着个男孩儿，知道这是找自己剃头的，有银子可赚，当然高兴了，忙起身迎上前打招呼："老爷，快请坐！"

尤成额说："色夫①，我不理发，请给孩子理一理。"

剃头匠陪着笑脸应道："好嘞，这就来！"反身走到椅子跟前，用手中的毛巾照椅座啪啪甩了两下，随即冲虎子唤道："哈哈济②，过来，坐这儿！"然后又从窝棚里搬出一把靠背椅，对尤成额说："请老爷坐下歇歇，稍等片刻，很快就好。哎呀，真是对不起，老爷若想喝茶，小的可没备，只有白水。"

尤成额谢过，坐在椅子上笑了笑道："色夫，不用客气，我不渴，请抓紧时间给孩子理发吧！"

剃头匠立马抖开一块白布单搭在虎子的前襟儿，把两个上角儿往脖子上一系，又正了正他的头，梳了两下，拿起剪刀理了起来，边剪边说："哎呀，哈哈济长得白白净净、眉清目秀的，又懂事又听话，真乖呀，太招人喜欢了，就是瘦了点儿。孩子，得多吃饭，嘴壮才能长高长胖，听见没？"虎子只是眯着眼睛听着，没做声儿。尤成额叹了口气，爱怜地看看小家伙，一副心事重重、若有所思的样子。

清代，男人都留辫子，理发时，从前额上方理到耳后，头顶及脑后的头发留下不剪，为的是梳辫子。这个剃头匠算得上成手儿了，喊哩喀喳一顿剪，没一会儿便理完了，然后抬头问道："老爷，要不要给哈哈济梳上辫子？"

尤成额回道："不用，回家再梳吧，唉，可怜的孩子呀！"

剃头匠听罢，马上反应过来，遂问道："老爷，这哈哈济……莫不是从哪儿捡来的？"

尤成额未接茬儿，只低声儿说了一句："色夫，别问了。"

剃头匠知道，附近方圆几十里逃难的人太多了，妇孺老幼皆有，还有一家一户的，自己不也是逃过来的嘛！男孩儿的身子骨儿十分瘦弱，又没有老人跟着，一准是死了爹娘或家中摊上啥事儿了，为求活路才逃离家乡的。看来这位老爷是个热心肠儿，心眼儿不错，肯做善事，把孩子救下并收养了，让人敬佩，不禁感叹道："唉，世上菩萨多好哇，那是穷人的福气。可惜呀，现在的世道不好，行善之人太少了！"

咱们且不细讲剃头匠对社会现状和百姓的不幸发出怎样的感慨，单

---

① 色夫：满语，师傅。
② 哈哈济：满语，小子。

说尤成额付了碎银，拉着虎子的手往回走，刚看到自家的房山墙，就发现夫人和两个侍女早已等在大门口儿了，正抻脖儿往这边望呢！方氏见夫君领着孩子回来了，这才长出一口气，迎上前道："咋去这么久呢，可把我急坏了，就怕出点啥事儿，眼下世道多乱哪！"

尤成额说："没事儿，净担没用的心，不是好好儿的嘛！我给孩子洗了澡，换了衣服，理了发，这回你再看看，招人喜欢不？"

方氏弯下身，侧着头仔细打量着眼前这个穿着不太合体却很干净的衣裳、头发梳得顺顺溜溜的、小脸儿白白的男孩儿，嘎！真是大变样了，简直就是天上掉下来的漂亮可人的哈哈济。虽然由于身子骨儿瘦弱，那张原本的圆脸变成长脸了，尖尖的下颏儿，肤色白里透黄，看不到一点儿血色，但两只大眼睛水灵灵的，睫毛挺长，毛嘟嘟地忽闪着，甚是好看。她掩饰不住内心的高兴，啧啧夸赞道："哟，哈哈济，好俊气呀，没比的，谁看了都得喜欢！"边说边拉着虎子的手进了屋。

尤成额随后跟进，让虎子坐在椅子上，取来梳子说道："孩子，大清国的男人都得留辫子，没辫子不好看，像个讨饭的。我给你也梳条辫子，梳完再看，较前可就不一样了，立马成个新人了！"虎子听话地点点头。

这时，方氏端来一碗温热的小米粥递给虎子，说是喝完再梳辫子。可能是先头喝了一碗没当事儿，肚子咕咕直叫，肠子肚子仍在打架，虎子接过粥碗几口就喝进肚了。由于喝得急，嘴唇和下巴颏沾满了米粒儿，方氏忙用毛巾为其擦了擦。尤成额见孩子吃完了，便站在其身后，用梳子把头发全梳到脑后，编成辫子，再用红绳儿系上。辫子很短，也就一拃长，像条羊尾巴。一切停当，尤成额夫妇端详开了，左瞅瞅右瞧瞧，越看越高兴，越看越看不够，真是打心眼儿里喜欢，或许这就是缘分吧！

尤成额自打携夫人从京师到吉林来，经常在身边的除了两个侍女，再就是为公子挑书担子的小满堂。今儿个一早，方氏打发小满堂去赶集了，准备添置一些日用品以及公子所需的纸、笔、墨，尚未返回。方氏每天除了照顾夫君的起居，还要吩咐侍女斟茶倒水、洗菜、做饭、收拾屋子、打扫院子，一点儿闲不着。尤成额则全身心地忙着教授弟子课业，认真负责，因材施教，一丝不苟。学生嘛，啥样的没有哇？聪明的，愚笨的，老实的，淘气的，懦弱的，要尖儿的，性情温和的，脾气暴躁的，全乎着呢！再加之学生的智力参差不齐，有好学的，有不好学

第一章 囚困江城

的，哪那么容易教啊？特别是当时大清的社会秩序紊乱，人心不稳，一些满洲家族已不太关注子弟的学业了，孩子又不习文又不习武，即便坐在学堂上，也是调皮捣蛋不听话。作为教习的尤成额看在眼里，急在心里，只好哄着这个，劝着那个，时不时强调读书的重要，还需把课业讲好，几乎成"孩子王"了，天天连气带累的，吃不好饭睡不好觉，夫人很是心疼。

别看二人是两口子，出双入对的，但真正坐下来一起聊天的时间并不多。每日天一亮，方氏就起来了，吩咐侍女生火、烧水、摘菜、淘米做饭，人手不够得亲自干，一忙活就是半个时辰。尤成额起床后，先洗漱一番，然后坐在椅子上吃着可口的饭菜，放下碗筷便拿起教案去学堂授课，傍黑儿才回来。家中人口不多，转来转去就那么几个，尤公子整个白天不在家，方氏闲下来时会感到寂寞。这下好了，夫君领回个乖巧的男孩儿，并将如何捡到的详情一五一十告知了。方氏见虎子长得挺可爱，很是喜欢，便想收留下来，让他做夫君的贴身书童，既然有前世的缘分，又是老天赐给尤家的，那就当宝贝护佑了。或许是心有灵犀吧，尤公子也有同感，虽然与孩子见面没两个时辰，但觉得已难舍难分了，如果可以的话，打算养育在侧。

虎子很懂事，见老爷、太太对自己这么好，渐渐产生了一种亲切感，不仅不拘束了，也不那么紧张害怕了，脸上流露出对二位长辈的感激之情。他最担心的是洗完澡换了衣裳、吃罢饭后，家主赏点儿银子打发自己走，前面的路举目无亲，往哪儿去呀？孩子挺机灵，站起身来扑通一声跪在地上，抱着尤成额的双腿哭着哀求道："老爷、太太的救命之恩永世不忘，虎子不想走了，不走可以吗？请行行好，收下虎子吧，千万别撵我走！"

虎子自打进了尤家门，这是头一次开口，若再不出声儿，夫妻二人还以为他是哑巴呢！现在一看，不但会说话，而且说得让人听了挺揪心。方氏的眼圈儿红了，弯下身把孩子扶起来，紧紧搂在怀里抚慰道："虎子，别哭，别哭哇！"边说边掏出手帕为其擦眼泪，不停地哄着、劝着，没一会儿自己也泪流不止了。

尤成额说："噢，你叫虎子，好哇！不用怕，不撵你走，今后这儿就是你的家了，住下吧，住到什么时候都行。"

虎子听罢，感动得眼泪一对儿一双地往下掉，重又跪在地上咣咣咣磕了3个响头，口中一个劲儿地致谢道："谢谢老爷的救命之恩，谢谢太太能收留我，谢谢老爷，谢谢太太……"

就这样，虎子不愿走，尤成额夫妇愿收留，从此便住在了尤家。每天除了在屋内或院子里玩一玩，服点儿汤药调理一下身子骨儿，有时方氏还领着他到外头走一走，晒晒太阳，去林间散步，于水边嬉戏。尤公子授业回到家，用罢晚膳，便耐心地教他认字并照字帖书写。虎子头脑聪慧，教什么会什么，且过目不忘。尤成额作为先生，见眼前的学生老实听话，不多言不多语，稳稳当当的，学起来十分用心，脑袋瓜儿又好使，很是高兴，于是开始教其背诵唐诗、宋词、元曲。过两天一问，学生一字不差地对答如流，先生早乐得嘴都合不拢了。

时光如梭，一晃两个月过去了，一日早膳后，成额同夫人商量道："看来这孩子与尤家前世有缘，是注定了的，也是他的造化。老天有眼哪，不吝恩惠于咱，送来一个神童，干脆收为义子吧，夫人以为如何？"

方氏听罢，有些激动，眼含热泪不住地点头道："好，好哇！夫君所言极是，哈哈济招人喜欢让人怜哪，就做咱们的干儿子吧，求之不得呀！"

转天，尤成额吩咐夫人炒了6盘菜，拿出一瓶阿勒给①，洗手漱口后，从红木匣子里恭恭敬敬请出孔夫子的画像，端端正正地挂在西炕墙上。再把菜肴和白酒供到画像前，燃上香，跪在地上磕了3个头，站起身来坐在椅子上，让夫人把孩子唤过来。虎子进屋后，尤成额郑重地问道："哈哈济，今天老爷和太太准备收你做义子，可否？"

虎子忽听此言，一时怔住了，继而露出久违的笑容，忙不迭地表示道："阿玛、额莫②，谢谢，谢谢，我愿做二老的儿子！"说着，跪地咣咣咣磕了3个响头。

尤成额微笑着点点头，抬了抬手，虎子这才站起身来，方氏高兴得一把将其揽在怀里。从这日起，尤家多了一个正式成员，被捡来的可怜男孩儿一步登天，成了教习的义子，他该多有福气呀！

可是只过了一天，尤成额猛然想道："哎呀，不对劲儿呀，认义子之事干得未免太冒失了。此前一直以为虎子是个孤儿，无依无靠，无奈之下才离开家乡的，从未详细问过其家世。至于他究竟是哪个地方的人，今年几岁了，父母是否安在等一概不知，怎能平白无故地收下别人

---

① 阿勒给：满语，白酒。
② 额莫：满语，母亲。

第一章 囚困江城

家的孩子给自己当义子呢？起码得先弄清其家里的具体情况，心里也好有个数。再说了，想认义子，光虎子同意不行啊，将来人家二老找上门来，这成啥事儿了？孩子在家呆得好好儿的，也养这么大了，凭啥跑出去给尤家当义子呀？认别人之子为己之子，夺人所宠，夺人所爱，这可是犯下了大罪呀！我是个知书达理之人，又是育人的先生，不管碰到什么事，皆应深思熟虑而行之，怎能如此莽撞、如此荒唐？"越寻思心里越没底，站也不是坐也不是，遂将自己的想法向夫人讲了。

方氏听后，略一思忖，觉得夫君言之有理，认义子之举是有些欠妥。当时只看孩子可怜了，一心巴火施以援手，尽力留住那条小命，其他什么都没顾上打听，是该问问虎子。用罢晚膳，天刚擦黑儿，方氏便将回到小暖阁准备歇息的孩子唤到了书房。虎子见父表情挺严肃，不知咋回事儿，很是局促不安，瞪着一对儿大眼睛愣怔怔地瞅着。尤成额看出孩子眼神儿怯怯的，不知所措，忙安慰道："虎子，别怕，今晚没啥事儿，闲着也是闲着，咱们唠唠家常。"

一旁的方氏接过了话茬儿，轻柔细语道："哈哈济，按理说，关于你的家世，做义父母的尚不知晓，早就应该问问，都怪我们疏忽了。你呢，不妨说说，别瞒着，该是怎么个情况就是怎么个情况，原原本本地讲出来，也好让我们心里有个谱儿。你是个好孩子，无论家里发生过什么事，阿玛和额莫不仅不嫌弃，而且会帮你。有啥难处别放在心里，你现在也是尤家的儿子，不跟父母讲跟谁讲啊，你说是不是？"

虎子听罢，低下头诺诺连声地答应着，狂跳的心渐渐平复下来，不那么慌了。夫妻二人拉孩子坐在油灯下，一问一答地慢慢聊开了。当虎子把自己的家世和经历从头至尾讲了一遍后，早已泣不成声、泪流满面了。尤成额和夫人听得真切、明了，认为孩子所言可信，小小年纪就吃了不少苦，遭了不少罪，父母又不在世了，今后怎么活呀？方氏眼泪八叉地看着虎子，那副小模样儿着实令人怜爱，心疼得赶忙掏出手帕，又给擦眼泪又给揩鼻涕的。

虎子刚刚两岁就被阿玛背进了军营，接触的全是八旗官兵，在人堆里爬来滚去5年有余，听得多见得广，**渐渐懂得了市面上的一些事儿**，知道啥时候该说啥话。此刻他想："既然不愿意离开老爷、太太膝下，就应真诚表白自己的态度，吐露心声，以求得二老的接纳。"于是扑通一声跪在地上，起誓发愿道："阿玛、额莫，孩儿绝不忘此救命之恩，生是尤家的人，死是尤家的鬼，一生一世孝敬二老。若忘恩负义，神鬼诛之！"

方氏忙上前搀扶，边扶边道："孩子，使不得，使不得，快起来！"

待虎子重新坐定，夫妻二人小声儿商议一番后，决定把这个可怜的孤儿留在身边，作为亲生儿子抚养。尤成额特别喜欢虎子，因一直没起大号，所以就给他起了个文雅的名字，叫郎德瑄。"德瑄"意在述志，企盼孩子将来也同自己的何图哩氏家族成员一样，品行端正，济世以德，像块无瑕美玉般光泽四射，不枉来世上走一回。由此可见，尤教习对这个乳臭未干的荒野苦儿不仅给以了深切的关怀，而且寄予了何等厚望啊！果不然，郎德瑄长大成人后，人如其名，真就出息了，没有辱没钮祜禄氏家族之祖德，没有辜负义父母的谆谆教诲和殷殷期望。这就是我朱伯西前面讲的那位在吉林、黑龙江一带擅讲乌勒本的郎德瑄是《松水凤楼传》这部书的最早的传人。

下面咱们书归正传讲讲尤教习这个人。各位阿哥也许会问，尤成额何许人也？此乃《松水凤楼传》的主人公，本书即是写他的家族和后代的一些事儿，现将其家世简单道来。

尤成额，何图哩氏，隶属蒙古正蓝旗。其五世祖乌里莫原是科尔沁王爷府邸的守殿大将军、大台吉，乾隆初年，随主子奉调京师，任理藩院译卷员外郎，专门负责蒙疆一带文书的翻译，或将蒙文译成满文，或将满文译成蒙文，即做些文墨、文牍案头之事。他善文辞，文笔好，字体工整、匀称，字形规范，语句通顺，文字精通，且精通蒙文、满文、汉文，加之办差认真，一丝不苟，故而很得上司的赏识和信任。

到了乾隆中期，鉴于乌里莫忠于朝廷，恪尽职守，勤勤恳恳，任劳任怨，在员外郎任上从未出现过任何差错，遂调其去翰林院，任编修理事。此时，他的年纪较大了，因为长期伏儿，劳累过度，所以眼神儿也不那么好使了，左眼还长了玻璃花儿，一到晚上就看不清东西，稍微累着点儿就淌眼泪。哪承想这下可糟了，由此惹出了祸殃，竟大难临头了！怎么回事呢？冬月的一天，乌里莫同家人一块儿用晚膳时，觉得没有胃口，吃啥都不香，还又乏又累的，提不起精神来。坐在旁边的夫人便给他斟了一杯酒，说是喝了可暖暖身子解解乏，并关切地嘱咐道："老爷，你眼睛不好，往后别太累了。活儿得慢慢干，不能着急，误不了就行呗！"

夫人为啥这么说呢？因为她太清楚丈夫的脾气、禀性了，在一起生活了几十年，早已了如指掌，知其是个急性子，办起差事来不要命，恨

第一章　囚困江城

不得一天就干完。乌里莫对夫人的话像未听见似的，也没搭腔儿，只是闷头儿喝酒，胡乱吃了几口菜。膳罢，待仆人把碗筷拾掇下去，他便趴在桌子上就着烛光缮写诰封。写着写着，由于毛笔蘸的墨水略多了点儿，一不小心，一滴墨汁滴在了皇绫上，很快向四外扩散，顷刻间洇成一个墨点儿，非常显眼。这还了得，那是皇家的东西呀，在御旨上留下墨印儿，犯的可是杀头之罪，况且要得又急，第二天皇上还得御览呢，耽搁不得。要知道，皇绫卷不同于纸，一张一张的，写错了或滴上墨汁，可以撕掉重写，方便得很。而皇绫是由内侍太监送到翰林院的，只此一卷，染上墨点儿很难去掉痕迹。通常情况下，别说污染了诰封，就是要求转天送达，如没按时奉上，都得掉脑袋。乌里莫吓坏了，额头直冒冷汗，双眼愣怔怔地瞧着诰封，不知如何是好。他心里明镜似的，咋弄都不赶趟了，无奈之下，便低下头用舌尖儿轻轻舔那个黑点儿，看看是否能舔掉。可是费了九牛二虎之力却无济于事，无论如何也舔不干净，总是隐隐约约有个墨印儿。乌里莫傻坐在桌边，盯着那忽明忽暗的灯花儿一个劲儿地叹气，心里思摸着："唉，一点儿辙没有，只能硬着头皮奉上，不交不行啊，皇上的谕旨谁敢扣下？吃了豹子胆也不敢哪！反正交也是死，不交也是死，脑袋肯定保不住了，听天由命吧！"想至此，又坐直了身子，将诰封全部缮写完后，折上皇绫收好，合衣躺在床上，翻来覆去一宿未曾合眼。

转天一早，乌里莫洗漱完毕，无心用早膳，穿好衣服便去了翰林院，将皇绫诰封交给内侍太监并说明了情况。内侍太监听后，大吃一惊，脸都白了，还没等拿给皇上看呢，御前大臣先震怒了，指着乌里莫大声吼道："乌里莫呀，乌里莫，你可捅大娄子了，在朝廷干了几十年，怎么能出如此大错呢，是不是老糊涂了？好好儿地皇绫卷上留下了墨印儿，这不是有辱圣命、犯欺君之罪嘛，我也难逃其咎哇！"

御前大臣说得也是，下属惹出大乱子，上司跟着受挂累，能不生气嘛！实际上，御前大臣平时跟乌里莫的关系挺好的，认为老先生为人正派、坦诚，办差认认真真，兢兢业业，从无差错，令人敬重。然此事非同一般，大清的立法是相当严格的，对于铸成大错者，更甭说是犯下了罪，没有一点儿可以讨价还价的余地，该判刑的不可能缓刑或轻判，所订立的连坐法毫不含糊，你犯罪了，身边的有关人员及上司一块儿治罪，亲属、家眷亦不例外。此次乌里莫沾污了圣上的御旨，犯下了杀头之罪，作为御前大臣起码有管教不严之责，怎么能用这样的庸才呢？其行为同样是犯罪，推脱不掉的，或跟着一块儿判刑，或一起正法。

御前大臣当时气坏了，怒冲头顶，大发雷霆。然而冷静下来后，觉得与乌里莫总还是老朋友，不能不管，得想办法救他，救他也是救自己。于是转身坐在椅子上，手摸额头沉思良久，可谓绞尽脑汁。过了两袋烟的工夫，终于琢磨出个招儿来，随即从内侍太监手中拿过文诰，起身去叩见皇上。到了皇宫，双手将皇绫诰封奉于文案之上，并把乌里莫不小心弄上墨印儿之事一一禀奏，继而恳请万岁看在乌里莫祖上有德、本人多年以来做员外郎直至任翰林院编修理事之职期间，勤勉办差、踏实肯干、尽职尽责、忠心耿耿几十载的份儿上，饶过他因一时疏忽而铸成的大错，作为翰林院的老先生实属不该，罪不可赦。然其没有功劳还有苦劳，请赐给将功赎罪的机会，尽量大事化小，小事化了，望圣上恩准。

正襟危坐的乾隆皇帝听罢，又看了看文案上的黄绫诰封，思忖半晌，总算点头允应了。御前大臣不由得长舒了一口气，扑通一声跪叩在地，代乌里莫共谢圣上不杀之恩！就这样，乌里莫的脑袋虽保住了，但官是做不成了，翰林院编修理事之职当即被罢免。后来在御前大臣及众同僚、好友的斡旋下，乌里莫到礼部文院行走，无实权，只挂个虚名，没有具体差事可做，每天去点个卯就行。

乌里莫因不小心一个大墨点儿滴在黄绫卷上，惹出横祸，被罢官撤职，这件事对他的打击太大了，人活一世，谁不想博取功名啊？何况差事一向干得很好。未承想到了晚年却落了个可悲的下场，千怨万怨还是怨自己，咋那么粗心大意呢？老先生从此愁眉紧锁，心情烦闷，一蹶不振，自恨自谴，不到一年便抑郁而死。

乌里莫的儿子、即六世祖克其顿也很有文才，是个有大学问的后生，原本再过二三年，就可以继任阿玛之职了，或许会比翰林院编修理事的官阶还要高，大臣们也都看好了他。然天不遂人愿，由于其父犯下了欺君之罪，瓜连了儿子，克其顿只能在家呆着，无事可做。在朝廷当差时间一长，谁没几个知近朋友哇？乌里莫也不例外。因其老实厚道，心地坦诚，谦虚礼让，所以人缘很好，尽管已故去，大伙儿还经常提到他，对其子及家人眼下的处境也很同情，日子总得打发不是？然差事难找哇，哪儿都不缺员。知近朋友们便分头到各个部院东打听西问的，好话说上千千万，费了九牛二虎之力，总算为克其顿谋到了一个混饭吃的官差。到底是干什么的呢？你使劲儿猜都猜不着，即整天后背背个大囊袋，没早没晚地往返于各个部院之间，传送文告、书信、公文等，说白了，就是跑腿儿的。文牍天天都得送，从这个部到那个部，从这个院到那个院，几乎不歇气儿地跑。文牍多的时候，需拽出事先备好的单轮车轱辘轱辘来回推，生怕不能按时送达，忙得脸上的汗珠子都顾不上擦。

大家皆知，传送文书的差事既累又辛苦，谁也瞧不上眼，很多人不愿干，什么钱不能挣，天天跑来跑去的不说，还得看人家脸子。任人都能支使你，父母给起的名儿你呼他唤的，可倒忘不了。说实在的，各部院的大人喊喊还行，有些衙役所干的差事并不比克其顿强，也装模作样地说呲就呲一顿，说骂就骂一通儿，还大声儿嚷嚷着："混账东西，怎么才送来呀，想不想干了？我们忙得脚打后脑勺儿，你可倒好，慢腾腾一步一步地挪，好像老牛拉破车，差务这么多，还得特意等你不成？若因此误了要事，上司怪罪下来，是你的不是还是我的不是？"这还算好听的，比这难听的有的是，你也得受着，有啥招儿？可惜呀，克其顿空有一肚子学问却用不上，为了生计，再苦再累也得干，一家老小全靠他养活呢！

冬去春来，一年又一年转瞬即逝，克其顿用坏了无数单轮车，渐渐感到体力有些不支了，手脚不那么利落了，双脚迈步费劲儿了，像铅砣子一样沉，耳朵也不灵便了。无奈之下，只好告老还乡，由其子都布纳接替了差事。克其顿窝窝囊囊活了大半辈子，所学无所用，不得不认命了。按理说，他到了晚年，早已儿孙绕膝，衣食无忧，应高兴才是。恰恰相反，由于始终不得志，为了一大家子人能饱腹，忍气吞声地去干自己最不愿干的活儿，受人奚落，遭人白眼，胸中的郁闷无法排解，久而久之便坐下病了，喝了几十服汤药均不见效，且病势越来越沉重。冬月的一天下晌，克其顿怀揣万般不舍和遗憾，微睁双目撒手人寰了。

七世祖都布纳接下了阿玛的差事后，每日在宫廷各部院之间转来转去，传送文告、公文、书信、文书档案等。除此之外，还多了个活儿，即专替礼部跑腿儿学舌，因该部常有一些事情需要通知属下的驿馆。这座驿馆接待哪些人入住呢？一是来自全国各地赴京办事或向皇上启奏的官员，二是皇上要召见的各地权贵及文武官员，三是进京参加殿试的书生、举子等，对此礼部皆一一掌握。这些人到后，都布纳需按礼部的指派，前去驿馆通报今天有多少人入住，来的是哪个地方的官员，是江浙的、湖广的，还是西北的，或是都统属下哪个行辕的，务要准确无误地告知，并送些相关的材料给他们。这么多活儿全由他一个人担着，显然比克其顿在世时跑腿儿还要多，更累更辛苦。

都布纳很会办事儿，也特别会来事儿，见人先施礼，不笑不说话，还总是嘘寒问暖的，让对方感到热热乎乎的。人哪，活着得有精气神儿，到啥时候都要往前看。家族也是一样，不能因为某个成员出了大错或犯了罪，就认为从此辈辈都不行了，要相信一定会有转机的。只要多积德，多做善事，暂时背了点儿，慢慢便会好起来。这不，都布纳就不像满腹经纶的克其顿那么老实巴交只知干活儿，憋屈一辈子没直起腰来，白读了那么多年书，只干上个跑腿儿的官差。他虽然没有玛发、阿玛读书多，但聪明过人，会看火候儿，活儿总干在节骨眼儿上。无论到哪儿，都让官员们满意，哪个部院的大人皆愿见他，看到都布纳来了就高兴，岂不是有福分、有造化吗？尤其是都布纳在办差过程中，不忘牢记一个"忍"字，不管谁说啥，哪怕再不中听也不顶撞，总是"嘛嘛"地答应着，好话说上千千万，然后背上装满文牍的大囊袋、推着小车接着送。有时连饭都顾不上吃，饿了就一边走一边嚼着干饽饽，渴了就到井边摇辘轳把，打上凉水咕咚咚咚喝个痛快。偶尔被正在院子里干活儿的老者看见了，便会关切地告诉他："后生啊，生水喝不得，容易闹肚子哩！"

都布纳则笑呵呵地说："谢谢老伯提醒，放心吧，我的肚子就是泔水缸，什么都能装！"喝够了，用衣袖儿擦擦满脑门子的汗，再抹抹嘴巴，然后推着小车继续往前蹽，天天这么干。

到了嘉庆初年，早就娶妻生子的都布纳已40来岁了，或许是祖祖辈辈平日积德了，或许是该到出头之日了，其家族开始翻身了。有一天，他偶然邂逅了一位赫赫有名的大人，准确地说是遇到贵人了，从此时来运转，日子一天比一天好起来。怎么回事呢？这日一早，礼部郎球大人把都布纳唤了去，手举一个封口儿的信札吩咐道："你赶紧跑趟馆驿，把这个面交刘馆主，让他仔细看看再转送。信札很重要，是圣上要召见一位大人，且不是一般人，而是朝廷的命官，千万别误了。"

都布纳立马跪地叩头道："请大人放心，小的这就去，肯定误不了！"

礼部大人点点头，又叮嘱一番，催其快去快回。都布纳站起身来，取过背囊，把信札装好，快步出了大门。传递信件一般都是骑马去，可他不这样，而是撂开大脚板儿使劲儿蹽，速度快如风，只一袋烟功夫便到了馆驿，把信札交到了刘馆主手里，返身赶紧往回跑。为啥这么急

第一章　囚困江城

呢？因为通常情况下，礼部的差事干完后，其他各部需传送的文牍也不少，随时随地唤他去。如果都布纳不在，人家会不高兴，还得到处找他，容易误事，所以得立即返回。在经过驿馆的外走廊时，都布纳见长廊两侧摆放着一盆盆的花卉，盛开的各色鲜花散发出沁人的清香，遗憾的是没有人观赏，因大家都在各忙各的。他抬头往前一看，西下屋墙角处聚了一些从各地来的举子、官员，正围成一圈儿低头瞧着什么，遂三步并成两步地走了过去。到跟前抻脖儿往里一瞅，见地上躺着一个双眼紧闭、衣着颇为讲究的人，穿的不是补服，而是便装，显然是从外地来的，但看不出是多大的官或干啥的。大伙儿都围着那人瞧，有的弯下身伸手试试鼻息，看气儿喘得匀不匀；有的轻轻拍其脸颊，边拍边唤，试图叫醒他；有的则说："这人脸色蜡黄，发着高热，病得不轻，得赶紧告诉驿馆的人，让他们请郎中来，救人要紧哪！"有的接茬儿道："对呀，是得快请郎中，病不等人哪！"虽然这么说，却没一个动地儿的，就那么干瞅着。

都布纳是个心地善良、乐于助人的汉子，听着大家的议论，心里思摸开了："老这么躺着哪行啊，地上太潮，时间一长，即使身子骨儿好也容易生病，何况是个病人呢！再说了，眼看着此人有难，焉能见死不救？应该快点儿请郎中给以疗治才是。"想至此，立马分开人群走到那人跟前，蹲下身将其胳膊搭在自己肩上，然后背起往外走。都布纳平时常在京城里跑，对每条街路及两侧的商家非常熟悉，知道哪儿有药铺和坐堂先生，便将病人径直背到驿馆西边太师府旁挂膏药牌子的中草药店，进屋之后，急切地对坐堂郎中说："先生，快快救命，这位大人突然昏迷，人事不省。他不是咱京师的，乃外地来的客人，我也不认识。甭管认不认识，有病就得治，所需银两由我付，不能再耽搁了！"

郎中一看病人已经进店了，素不相识的壮汉又那么热情相助，很是感动，忙起身帮着将病人放倒在一张木床上，拿过脉枕开始为其把脉。号完左手号右手，继而取来两枚毫针于面部穴位刺入，轻轻捻后拔出。不一会儿，那人长出一口气醒转过来，都布纳一直提溜的心这才落了地。郎中随后开了一张药方，所抓之药具体怎么服，需服几天，一一交代了一番。都布纳多亏带了点儿散碎银子，付了钱取了药，又背起病家往回走。路上，那人仍感浑身没劲儿，头晕目眩，趴在都布纳的后背上有气无力地说："老弟呀，谢谢了，你是哪里人氏？咱们萍水相逢，你却救了我一命，说谢言轻啊，大恩大德永不忘。我到京师刚刚在驿馆住下，未承想重要的事还没来得及办呢，就两眼一黑晕倒了，这可咋整？老天哪，急死我了！"

都布纳说道："老哥哥，千万别言谢，小事一桩，不必放在心上。人生在世，就应该你帮我、我帮你，说不定哪天老弟遇到啥难处了，只要大哥看见了，不照样得管嘛！方才郎中说了，你原本就有疾患在身，又偶感风寒，当然撑不住了。不过没啥大事儿，喝几服汤药会好的，咋的也得躺几天。别着急，急没用，事儿总得一件一件办，等把身子骨儿将养好了，再办也不迟呀……"

都布纳就这么边走边唠，穿过几条街巷，晌午时分方回到驿馆。因其平时总来驿馆传送文牍，所以这里的上下人等都认识他，管家见背着病人回来了，忙走上前竖起大拇指夸赞道："行啊，都布纳，生就一副热心肠儿，时时积德行善，将来肯定错不了！"边说边扶着那人回到入住的房间，仰面放倒在炕头儿，拽过被子盖其身上。

都布纳擦了擦额头上的汗，从怀里掏出3包药交给管家，请他分派个会煎草药的伙计熬好，按时给病人服下，并嘱咐道："请好好儿伺候着，出门在外不容易，谁都免不了有个病有个灾的，让你们费心了。我不能在此久呆，得赶紧回去，各部大人找不到该着急了，误事可不得了。"接着又详细地告知草药如何煎、一日服几次、几个时辰一服等，然后走到病人跟前告辞道："老哥，我得回去了，还有不少事儿要办，有功夫再来看你。以后到京师就来找老弟，我叫都布纳，咱们兄弟有缘哪，有啥事儿尽管讲，我不怕跑腿儿，能帮的一定帮！"说罢又把被角儿披了披，这才转身离去。

从此，都布纳把那位老哥当做自己的亲人一样看待，就像是其随从，每天多了份儿差事，即伺候病家。他一直没问此人从哪里来、干啥的，认为那都不重要，既然老哥病了，世上人与人之间就应互相帮衬，给以关照，助其渡过难关，没什么可讲的。他天天需往驿馆跑几趟，除了给住宿的客人传送文诰、书信等，还得抽空儿去照顾那位老哥哥。伺候病人也不那么容易呀，不但不怕脏不怕累，而且要有耐心。老哥哥说吐就吐，弄得浑身上下、床铺、地上到处是呕吐物，气味极其难闻，驿馆的人谁也不靠前，全捂着鼻子躲开了。可都布纳不在乎，先是找些破布、废纸、干草把地面清理干净，然后将老哥的脏衣服脱下来，连同床单一块儿抱到水房去洗，再给换上一套干净衣裳，铺上新床单。接着又怀揣银子去药铺抓药，回到驿馆立马用炊火熬，煎好后喂其服下。一切就绪，还得赶紧返回各衙门，两条腿都累直了，真是难为他了。说实在的，这可不是每个人皆能做到的，只是嘴皮儿上说不行，得来真格的。何况二人萍水相逢，一人重病在身，另一人伺候起来如同自己的一奶同胞般上心，谁做到了？惟有都布纳。这人多好哇，仗义呀，难得啊！

　　那位老哥在都布纳不厌其烦、周到用心地照顾下，十多天后，病体渐渐好转了，你说他能不感激热情相帮的恩人么？不光本人哪，连驿馆的刘馆主及各地赴京下榻此处的官员、举子看到此情此景，也无不深受感动，打心眼儿里佩服，异口同声地慨叹道："世上若多一些都布纳这样的热心人该有多好哇，急人所难，帮人帮到底，令人肃然起敬啊！"

　　都布纳此举一阵风似的传进了宫廷，各部大人都知道了，吏部也听说了。一个月前，嘉庆爷下御旨，立马召见一位朝廷命官，即都布纳相助的这位老哥，不仅要亲耳听其奏报，以便掌握一方的防务情况，而且有要事相商，然而一直不见他影儿。吏部尚书急坏了，派人四处打听，当得报此人病倒在驿馆后，不得不一次次地向圣上禀奏某某大人突染疾患，正在抓紧调治，不日即可入朝觐见。未承想都布纳每每借去驿馆传送文牍之机，精心伺候、照顾那位患病的大人，这几天好多了，吏部尚书能不高兴吗？等于在节骨眼儿上替他们解决了燃眉之急，自然也是感激不尽。

　　讲到这儿，朱伯西说两句题外话。人活在世上，怎样做才能得到公众的认同、尊敬、甚或赞赏呢？就是把心放正，肯于帮助别人，遇事为大家着想，不计较个人得失，宁可自己吃点儿亏，也不能亏了人。反之，处处想着自己，总怕吃亏、挨累、受损，只想占便宜而不付出，斤斤计较，见风转舵，这样的人没个有出息，必然被社会所淘汰。

　　闲话少叙，我得向各位阿哥透露一个信息，都布纳帮助的这位老哥是干什么的呢？他是正经八百的高官、权贵，当今大清朝赫赫有名的湖广总督桂良，字燕山，瓜尔佳氏，贡生出身，隶属满洲正红旗。其父玉德，乃乾隆、嘉庆两朝之名臣，官至闽浙总督。福建和浙江沿海一带地理位置十分重要，对过儿就是台湾，当年海患、盗贼猖獗，基于此，皇上授玉德以军权，专管海上之事。在其长期治理下，收到了显著效果，海患大为减少，深得两朝皇帝的宠信。

　　玉德非一般高官，聪悟睿智，原先是乾隆身边的重臣。乾隆六十年九月初三，乾隆帝册立第十五子颙琰为皇太子，次年禅位，改元嘉庆。嘉庆元年正月，举行归正大典，颙琰尊父乾隆帝为太上皇，仍行训政。

乾隆帝将皇位交于颙琰时，一再叮嘱道："皇儿，玉德是咱大清的栋梁之才，为政清廉，司职认真，做人处事堪称楷模。只要尊崇他，重用他，以诚相待，必会竭尽全力辅佐朝政的。"嘉庆帝牢记父皇的教诲，在位期间，对辅弼大臣玉德非常敬重，常召其进宫议事，并把父皇最不放心、时时惦记的沿海一带之兵权交给了他。

玉德没有愧对乾隆爷和嘉庆帝的信任，披肝沥胆，一心为了朝政，一心为了海防，可谓鞠躬尽瘁。战船总是修整一新，着力训练海上官兵的技能，且纪律严明。每当螺号一响，海面便发出一片呜呜之声，随之战舰齐发，似离弦之箭，所向披靡。当时的海寇没有不知道玉德的，一提到他的大名及属下勇猛善战的将士，皆吓得胆战心惊。

朝廷的众位文臣武将对玉德更是敬佩得五体投地，认为那是了不起的军中大将、皇上身边的重要佐臣，为国政操碎了心。其夫人共生养了3个孩子，其中两个男孩儿，一个女孩儿，遗憾的是次子后来战死四川。夫妻二人情爱甚笃，相敬如宾，你尊我让。可惜夫人突患重病，中年便离开人世了，玉德悲痛不已。过了百天，朝中上下人等及其同僚出于关心，怕他孤独、寂寞，劝其续弦，并张罗着给选位贤妻，可玉德没这个心思。其实，还是在夫人得病的时候，玉德身边的同僚及亲朋好友就开始为其选小妾了，左一个右一个地送上门来，可他连看都不看一眼，全推掉了，心中只装着国事、海事和战事。

让玉德感到欣慰的便是有个得力的儿子，那就是长子桂良，不但头脑灵活，成熟稳重，而且善于思考，有独立见解。他小时候就聪明好学，喜欢历代名家的诗词歌赋，在理解其深意的基础上，还能背诵如流。因其父是皇上的佐臣并得到赏识，桂良又一直在阿玛身边长大，学业长进很快，所以嘉庆帝非常喜欢玉德这个儿子，常让他给皇子们做伴读。

桂良入了军旅后，在未任职之前，主要是辅佐父亲共同治理海疆。总督的权力不小，方方面面都得顾及到，加之朝中诸事缠身，玉德常被皇上召进宫廷商讨国事，天天忙得不可开交。这样一来，好多急需办的要务就落在了宝贝儿子身上，桂良也因此得到了锻炼。他虽然没有职位，但啥都管，时常帮着处理一些总督权限以内的关于海疆防务之事，玉德也放心让儿子去做。桂良几乎成了家里家外一把手了，家中的花销、日常事务的处理、阿玛的饮食起居以及春秋夏三季穿什么衣服、冬天披什么袍子、一日三餐吃什么、逢年过节喝什么酒皆由他来定，管

第一章 囚困江城

家、丫环、家院全听他的分派。外头的事更不含糊，包括帮着阿玛接待从闽浙海疆一带来的各方将帅、统领、府州县衙的大小官员以及商贾等，其食宿由他安排，出行车驾由他张罗，天天迎来送往脚不沾地，有时甚至比阿玛还忙。

玉德大人由于海事繁难，劳累过度，身子骨儿欠佳，疾患不断，58岁便缠绵病榻，当年冬腊月寿终正寝。他的逝世，对清廷来说是一大损失，朝野上下一片悲号，嘉庆帝更是泪流不止，一向喜欢、宠信的爱臣过早离世能不痛心嘛，亲自派人代其前去祭奠。悲伤之余，想到了玉德训育出的儿子桂良，尽管一直未吃皇俸，却像阿玛一样能干，父辈的良好品德在他身上皆有充分的体现，帮着解决了不少海疆防务的燃眉之急，是块总督的料。此人不可多得，眼下不用，还待何时？于是转天早朝散后，留下了吏部尚书以及御前大臣等，将自己的决定告知，并想听听大家怎么看。众臣听罢，纷纷表示赞成，没有一个持反对意见的，说是有啥样的阿玛就有啥样的儿，玉德大人乃朝廷栋梁，儿子肯定差不了。何况这些年来，桂良辅佐总督做了不少事，干得不错，并且积累了丰富的经验，到该起用的时候了。嘉庆帝扫视了一下眼前的臣子，问道："朕恕尔等直言，桂良是接任闽浙总督呢，还是就任湖广[①]总督更为妥当？"

御前大臣首先开口道："皇上，微臣以为闽浙总督最好先选派别的大人接任，因那一带在玉德大人的多年治理下，海疆比较稳定，安宁无事，起码目前不必花大力气去经营。而眼下的当务之急是加大力度治理湖广，为啥这么说呢？湖南、湖北的苗患颇甚，两地的苗民联合在一起，一些闲杂的流民也卷了进去，滋扰闹事，聚众不法，致使百姓永无宁日，在惊恐中苦熬岁月。那是大清的重要之地，耽搁不得，必须尽快平乱，还黎民一个安定的社会秩序和生活环境。依微臣看，应立即派能人前去担任湖广总督，而桂良是比较合适的人选。"

话音刚落，在场的吏部尚书和其他大臣分别表态，认为此提议极是，湖广总督非桂良莫属。嘉庆帝心中甚喜，觉得众位大臣言之有理，当即下旨，任桂良为湖广总督，随后令太监传其进宫。

桂良来到皇宫大殿，跪地叩道："吾皇万岁，万岁，万万岁！"

太监展开御旨朗声宣毕，桂良接旨，叩头谢恩。下得大殿，嘉庆帝

---

① 湖广：今湖南，湖北两省。

令内侍太监将桂良唤至偏殿,关切地问道:"怎么样,家里的事情挺多吧?抓紧时间安排,争取尽早赴任。此次苗乱是有原因的,苗人生计本薄,客民等交易不公,与苗人争执,以致生变。客民与苗人争利,固事之所有,但地方胥吏、兵役藉端滋事,良民尚被扰累,何况苗人,岂有不恣行绫虐之理?而地方微末员弁,任意侵欺,亦所不免,何得以客民交易争执,即为起衅之由。尔到湖广后,要想办法收拢民心,安抚流人,千方百计予以平定之。切记,对苗民须少用兵,多用心,以情感之,以心攻之,总还是大清各民族的兄弟嘛!然苗乱之首领必须切实查询,究明严办,以示惩创。"

桂良叩道:"谢皇上教诲!请放心,卑臣谨遵圣明,不负圣恩,想方设法稳妥地平定苗乱,绝不以兵镇之。用兵不慎,必激起民怨,愤懑之情越大越难以平定。陛下所言情真意切,对苗民晓之以理,动之以情,三思而后行,才会收到预期的效果。"

嘉庆帝又道:"桂良啊,有什么困难尽管提出来,朕命人帮你解决。"

桂良禀道:"回皇上,卑臣没啥困难,只请陛下宽松几日赴湖广。老父去世后,家里尚有一摊子乱事儿堆在那儿没个头绪,现在就走,无法心安,故而需安顿好方可,否则陛下也得替卑臣操心不是。"

嘉庆帝笑了笑道:"朕知道此情,当然可以延后,不差这几天。桂良,朕对你的能力略知一二,也很放心,相信会尽心尽力司职的。待把家事处理完,赶紧起程,行前不必向朕告辞了。"桂良再次叩头谢恩,退出了偏殿,急匆匆地返回自家的宅院。

诸位阿哥可能会问:"京师有桂良住的地方吗?"有,玉德大人在世时,乾隆爷就赏赐这位总督房子了,在西郊那儿,当时称西山的八旗营子,西郊之名是晚清以后取的。原起先,西山那块儿是一大片荒地,后来把草窝子以及獾子成群的野甸子全平了,包括一些柳树通也砍了,才盖起了像模像样的八旗营子,且越建越多。此地离京师挺远,星星没出齐时上路,晌午才能进城,还得骑马而行。乾隆爷赏赐给玉德的住处是个大院套儿,院内有20多间房子,四周用青砖砌的围墙,这就成了闽浙总督的府邸了。玉德的夫人故去后,家中的所有事务均由儿子桂良打点,料理得有条不紊。玉德前往闽浙赴任时,将全家都带去了,桂良也不例外,跟着阿玛到了闽浙一带,玉德府邸便空了下来。平时各个房间的门紧关,院门上锁,旁边有两间房子,住着几个看宅护院的家丁。逢年过节,家丁把所有的房门全部打开,彻底清扫一遍,对屋内的物品查验一番,看看有否丢失或发霉,然后给神佛燃香,摆上供品。事毕,再把各个房间的门重新锁好,周而复始皆如此。

玉德总督仙逝后,儿子为其操办了丧事,老父入土为安。烧完"五七",桂良与家人把闽浙两处府邸内的东西收拾收拾,进行了清点,将多余的被褥、锅碗瓢盆及不少生活用品送给了当地的贫民和流人,衣物、细软、玉德大人喜欢读的书、手抄笔记、记事簿及常用的物品则装入几十个木箱内,套上车拉回了京师西郊的玉德总督府邸,算来也没多少日子。今儿个桂良叩辞了皇上,心急火燎地回到玉德府,府中的老差人、老管家、老妈子赶忙迎上前伺候着,沏茶倒水,准备晚膳。难怪桂良恳请皇上允准延缓几日赴湖广,确实有些事需要办,如果不办,真就走不了。是些啥事儿呢?一件是得把阿玛在世时专用的书籍和物品重新清理一下,哪些是必须留的或者有纪念意义的,装箱封存收好。不准备再留的,用袋子装上,打发老管家出去变卖或送给用得着的人。东西太多了,只能摊在地上一件件地挑选,还得分门别类,这便需要时间。再一件就是桂良不日将去湖广赴任,南国距京可是千里之遥,得走不少天,又不知啥时候能回来,日常生活用品是不可或缺的,只能带走,行前总得整理一番,这也需要时间。

在这里,说书人要向各位阿哥介绍一下,桂良的身边有两位重要的亲人,非同一般。一位是夫人娉娉,不但貌美如花,聪明伶俐,温柔贤惠,通情达理,而且文才出众,通晓诗词歌赋,会填词,喜欢宋代名家的诗作,并能背诵如流。娉娉原本是嘉庆帝身边的才女,怎么嫁到瓜尔佳氏了呢?大家知道,乾隆爷才华横溢,善于赋诗,并收罗一些才气不凡的青年男女在身边。这些天资聪敏的赫赫[①]和能文能武的哈哈[②]皆选自朝中的文武大臣家族,个个德才兼备,出类拔萃。乾隆帝在闲暇时,以博览群书为乐,阅后时常有感而发。身边的才子和才女们则在一旁帮着润色,选选词啊,找找韵律呀,提提建议呀,用哪一字更恰如其分哪等等。

乾隆爷多年来还养成一个习惯,即每天早晚必习武,且要有很多对手接招儿。刀枪剑戟,斧钺钩叉,皇上操什么兵器,对手就得持什么兵

---

① 赫赫:满语,女人。
② 哈哈:满语,男人。

器，一块儿练功，对手便是那些哈哈。而乾隆爷的第十五子颙琰在没即位之前，也像父皇一样，同其他皇子和贝勒一块儿习练武功，互相对打，你来我往，一点儿不含糊。颙琰登上皇帝宝座后，继承先帝之风，也注意收罗年轻有为的人才，哈哈作为侍卫，赫赫作为伴读，与自己共同作词赋诗。刚刚说到的娉娉，就是这些才女中的才女，美女中的美女。

嘉庆帝同样十分赏识身边的佐臣玉德总督，也很喜欢其子桂良，知道他尽管尚未入仕，却主动辅佐其父共同治理海疆，收效显著。那么，怎样奖赏玉德以表心迹呢？思来想去，决定把身边的才女娉娉赐给他。嘉庆的用意很清楚，赏给玉德，实际上就是赏给其子桂良，将来成为瓜尔佳氏的儿媳妇。玉德受宠若惊，千恩万谢，跪在地上咣咣磕着响头感谢圣恩！娉娉聪颖好学，不仅喜欢宋代大词家柳永的《蝶恋花》《望海潮》《八声甘州》《雨霖铃》《夜半乐》《定风波》等，也喜欢欧阳修的《诉衷情》《生查子》《采桑子》《踏莎行》《玉楼春》，还对苏东坡的《水调歌头》《江城子》《卜算子》《浣溪沙》《念奴娇》情有独钟。所有名家的词作皆刻在脑子里，滚瓜烂熟，倒背如流。每当拿起这些由五言诗、七言诗和民间歌谣发展而成的词章时，总是爱不释手，那绝妙的文思，那字里行间所蕴藉之深邃的哲理、深刻的含意令其大开眼界，无比兴奋，心潮激荡，不由得一次次地提笔填词，抒发自己的情怀。她的词填得十分地道，不乏神来之笔，词藻华丽，优美动人，嘉庆帝以至于满朝的文臣武将皆交口称赞，认为娉娉乃一代词人再世，称其"词仙"亦不为过。

桂良身边的另一位重要亲人是其外甥女茗兰，年方二十，乃胞妹14年前留下的遗孤。妹夫也是满洲人，姓方，是位出名的武将，有勇有谋，战功赫赫。可惜在一次两军对垒、带兵冲杀时，马失前蹄，倒在了敌方的箭雨下。据说其后清理战场时，将士们眼含热泪，把他和阵亡的官兵都埋在了江淮一带。胞妹得知夫君毙命沙场的噩耗后，痛不欲生，非要死见其尸不可，哭哭啼啼地沿着淮河边前去寻夫。可上哪儿找哇，战场早平了，兵马全撤走了，当地的百姓谁也说不准阵亡的将士究竟埋在何处。胞妹寻找夫君月余未果，实在承受不了死别的巨大打击，一连号啕三天三夜后，纵身跳入滔滔的淮河，瞬间便被大浪冲得无影无踪……

胞妹为夫殉情，作为兄长的桂良难过至极，感喟不已。看着妹妹抛

第一章 囚困江城

下的刚刚6岁的外甥女哇哇大哭，十分心疼，自己也止不住眼泪了，遂将其抱到家中抚养。小女孩儿格外招人喜欢，脑瓜儿机灵着呢，眼珠儿一转一个道道儿，像个小大人儿似的，还会看脸色说话，深得姥爷玉德的偏爱，并给起了个好听的名字——茗兰。老人家只要有空闲，就吩咐侍女把外孙女领过来，逗着她痛痛快快地玩耍一番。小丫头从此掉进蜜罐儿里了，每天有专人伺候，衣来伸手，饭来张口，过着锦衣玉食的生活。玉德还请了教习先生到府中为其授业，怕的是一个女孩子天天往返学堂，路上不安全，也担心万一遇上雨天受凉而生病。

桂良对这个外甥女更是关怀备至，事无巨细，疼爱有加。自阿玛去世后，更是把思念妹妹和妹夫之情全部倾注到小茗兰身上了，冬天怕冷着，夏天怕热着，含在嘴里怕化了，像爱护自己的眼珠儿一样护佑着胞妹的骨肉，一有工夫就把茗兰拉到身边，给她吟诵历代名家所作的诗词并详细讲解。不仅如此，还将"四书"、"五经"、《昭明文选》等一本本地搬到她面前，耐心认真地教，一点点儿地灌输文化知识。茗兰渐渐对读书产生了浓厚兴趣，成为一种自觉行为，进步很快。通过十几个春秋的学习和积累，眼界大开，见识颇广，如今已不是当年那个不谙世事的小格格了，而是一位博闻强记的才女了。

这里要多说几句，玉德大人在世时，十分崇尚宋儒之风。宋儒代表的理学观念，崇尚"程朱"的理学，即北宋的著名哲人程颢、程颐兄弟，世称"二程"，乃理学的奠基人。到了南宋，又出了一位大理学家，即朱熹，字元晦，号晦庵，别号紫阳。他从小颖慧过人，18岁进士及第，而后成为蜚声文坛的大儒，不但继承了"二程"的理学学说，而且有所发展，集宋代理学之大成，形成了完整的理论体系，对社会贡献极大，可谓大哲学家，名副其实，当之无愧。朱熹去世后，被追封为信国公、徽国公，进入孔庙，接受后人的祭祀和朝拜。

理学学说的内容是多方面的、丰富的、很有代表性的，也是最受欢迎、最有号召力的。其口号是"去人欲，存天理"，就是要丢掉私心杂念和贪求，把天理留下。何谓"天理"？即孔孟之道、商周以来的正义之道，提倡爱人，做仁人志士，具有仁慈怜悯之心。这些字样和口号在当时是很容易被人们接受的，尤其是清中叶以后，朱熹的思想和理论越来越深得人心，受到普遍重视。为什么会这样呢？前书讲过，大清国从嘉庆朝开始已是老太太过年、一年不如一年，阶级矛盾和民族矛盾逐渐暴露出来。进入道光朝便全面走向衰败，外国殖民主义侵略者对中国发动了鸦片战争。重压之下,激发了国民巩固边疆、保家卫国的斗志,决心携起手来,励志图强。到了咸丰朝更是江河日下,内外交困,社会动荡不安,人心叵测,贫富相差悬殊。富贵者家资连城,穿金戴银,饱食终日,吃香的喝辣的;贫寒者穷困潦倒,腹内空空,早晨起来揭不开锅,身上没有一件囫囵衣衫,可谓天上地下。这种形势下,人们期盼着理学观念能真正运用到实践中去,以求社会秩序的安定。还有人提出应学习陆游、司马光、辛弃疾等诗词巨匠的爱国思想和革弊图强之心,目的是振奋精神,想办法将国家治理好。而进入同治年间就不同了,同治中兴,观念虽得到一定的恢复,但已经很差了。

朱熹倡导的理学理论影响很大,深入人心,不仅是湖广总督桂良,与他关系密切的都布纳、其子尤成额以及何图哩氏家族的其他成员也不例外,皆崇尚宋儒之风。尤成额就任教习之后,极力推崇宋儒思想,很多学生受其影响,主动替国家分忧。茗兰则是在姥爷玉德大人和舅舅桂良大人的言传身教下,崇尚朱熹的理学学说,主张人和、少欲、爱人、为人,喜欢闭门苦读,继而萌发了一种爱国之志。她在此次桂良南下之前,曾向舅舅、舅母表明自己的态度:"舅舅南下赴职,任重道远,此乃国家大事,耽误不得,须及早动身。湖广引发的苗患,打乱了以往的安宁,应尽力平定之,不过要小心才是。舅母此去会很辛苦,家里家外忙碌不说,还得细心照顾舅舅的衣食住行,望多多保重。我就不准备跟你们去了,请二老不必担心,已是成人了,生活上早就能够自理了,况且府中还有侍女和佣工,他们自会多方关照的。我要在家继续读书,三五年内,把一些必读的书读完,只有下苦功夫,方能有所收获,这也是姥爷和舅舅一再叮嘱过的,想必二老会答应的。"

桂良夫妇听了茗兰的话,很有感触,是呀,外甥女的确长大了,已不是当年的小丫头了,不但聪颖好学,而且明事理,还知道关心长辈,是该放心了,遂点点头表示同意了。

桂良带着家人整整忙活了3天,将所有的物品都倒腾到院子里,该归拢的归拢,该装箱的装箱,该变卖的变卖,该送人的送人,总算收拾完了。转天一早,车夫套上马车,把需带走的生活用品装上车,桂良对仆人作了详细的交代,又拉着茗兰千叮咛万嘱咐了一番,这才吩咐车夫赶着马车驶向去南边的大道。

话说简短。一路的千辛万苦且不讲,单讲桂良到了地儿赴任后,经过一番调查,开始着手进行治理,把个别不司职、不称职的官员罢免了，提拔一些熟悉民情、体察百姓疾苦、有头脑、敢作为的人任职，使得仍留在原任的官员不得不小心翼翼地办差，惟恐不周，丝毫不敢疏忽。还大胆任用了几个在民众中威望较高的苗人做职官，军衔不等，有的破格提拔为副都统。桂良身边的一位心腹看在眼里，急在心里，直言相劝道："总督大人，起用逆苗为官，等于认贼作父，把握不住会惹乱子的，一旦出事怎么办？"

桂良却不以为然，说道："既然皇上谕旨我是湖广总督，那就一切听总督的，其他人不得多言！"

那么，桂良本是来平苗患的，为啥重用苗人呢？因为他知道，苗民之所以起事，是不堪忍受官僚地主与不法商客的兼并土地、贱买贵卖、索草要粮、滥派差役、征收重税等盘剥之苦，他们反的主要是盘剩百姓的贪官污吏、横行乡里的家族恶棍，也包括一些满洲人。有的满洲人当了官以后，忘了自己的本分，跟着贪官污吏一起克扣良民，索草要粮，据为己有，引起了苗民的不满。苗人听说总督大人到任了，于是扶老携幼地前往总督府，向桂良哭诉道："总督大人，你是不知道哇，满洲人太坏了，一个个全是吸血鬼，把我家害惨了！只有砍了满洲人，还有那头上的辫子，天下方可太平。"

桂良笑了笑道："各位父老、各位兄弟，难道满洲人都不好吗？不见得吧，我也是满洲人。大清皇爷不单单是满洲人的皇爷，而是所有国民的皇爷，官员若是不为黎明百姓做主，皇帝必会下旨诛之。请放心，我作为湖广总督，理当向圣上负责，对满洲的败类决不手软，胆敢欺压百姓，鱼肉乡里，必将受到严惩。如果父老爷们儿看我桂良也是那号人，不用你们抓，本人束手就擒，就地正法！"

经这么一说，还真起了作用，苗民立即平静下来，不再吵嚷了，气氛也有所缓和。为什么能立竿见影呢？因为玉德大人在世时，其大名如雷贯耳，特别是在闽浙一带，可谓家喻户晓，人人皆知。他对当地的一些少数民族，如苗族、畲族、黎族、瑶族的民众平等相待，视为自己的父母、兄弟、姐妹，其尊老爱幼、爱民如子的品德早在江南各族民众中传开了。令大家没想到的是，此次来湖广赴任的总督不是别人，恰恰是玉德大人的公子——踌躇满志的桂良。苗民认为，这新任的湖广总督和其他官员得分别对待，玉德大人对苗族有恩，是咱的贴心人，所训教出来的儿子肯定也是好样儿的，有良心的，错不了。

苗民估计对了，事实正是如此。先前，苗人在地主阶级的残酷剥削和欺压下，忍无可忍，揭竿而起，一心想杀个痛快，把官府烧了，再抓几个贪官以车裂处之，用五辆马车将他们分拉撕裂致死。或者效仿凌迟刑法，先分解污吏的肢体，然后割断其咽喉，让民众解解恨。可桂良到任后，没有施以武力，而是按皇上的旨意，采取以情感之、以心攻之的策略，使苗民深受感动，不仅心中的怨气泄了，怒冲头顶的火儿也消了，聚集的人群自动解散了，长时间未解决的苗乱没用几天就平息了，从此桂良的名声大震。试想一下，如果桂良平定苗民起义不得法，采用武力予以镇压，那么义军造反的声势会越来越大，烈焰会越烧越旺，最终肯定不可收拾，必将成为嘉庆初年的一场难以扑灭的燎原之火，待回返京师亦没法儿向皇上复命。就这样，或许是桂良的神机妙算，很快平息了湖广一带的苗患，一时间成为一件奇闻，马上奏报了皇上。嘉庆帝听后甚喜，当即下旨，召其进宫。

一个月后桂良抵京，来到皇宫大内向圣上报捷，并把引发此次苗乱的缘由及平定的情况详细禀奏之。嘉庆帝和文臣武将听罢，对桂良的能力赞许有加，有的佐臣当朝荐举，认为好钢得用在刀刃上，应将桂良召至京师，在军机部行走，为皇上出谋划策。

嘉庆思忖片刻，觉得此议甚好，正合朕意，湖广总督一职可换个臣子去，刚要点头表示允准，桂良却上前一步跪叩在地道："启禀皇上，依卑臣之见，这场声势不小的苗乱虽然告一段落了，反抗的怒潮暂时平息了，但由于多年的积怨、愤懑在胸，不等于永远相安无事，还要密切关注其发展。如果卑臣现在就离开湖广，一旦苗乱再起，难以收拾。最好能稳定一段时间，待彻底风平浪静了，出现男耕女织、生活安适、一派祥和、太平景象，陛下再召奴才进京，岂不无后顾之忧？请皇上放心，卑臣定将忠于职守，不负圣恩，鞠躬尽瘁，死而后已。"

众臣觉得桂良言之有理，切合当前实际，由他继续坐镇湖广甚妥，一致表示赞同，嘉庆帝自然也不说什么了。桂良在京逗留了3天，回趟西郊的家看了看，便急匆匆地返回长沙了。

那么，这次桂良为什么又来京师呢？乃皇上为镇压川楚农民大起义之事谕旨召见他。起义的参与者基本上是白莲教徒，当时，白莲教传播广泛，在河南、湖北、陕西、四川等地的民众中影响很大，故而又称白莲教大起义。苗民造反平息了，紧接着爆发了白莲教大起义，刚刚按下葫芦又起了瓢，缘何如此呢？乾隆后期至嘉庆元年，由于土地的有限性和所有权的垄断性，阶级矛盾、民族矛盾愈加尖锐，地主、土豪、劣绅

第一章　囚困江城

通过圈占、强霸、贱买贵卖、放高利贷等手段巧取豪夺，侵吞了大片土地，致使自耕农手中的耕田越来越少。特别是地主、豪强原本占有很多土地，却又极力隐瞒真实的数目，并通过各种手段逃避国家税收。而自耕农则依据田亩的多少，老老实实地向国家缴纳各种赋税，还得承担中小地主的滥派差役及转嫁之经济负担。当所拥有的一小块有限土地不能获得正常的经济收益时，生活就维持不下去了，可一家老小总得糊口哇，于是不得不向地主出卖自己仅有的田亩，回过头来再向买主租种已出卖的土地。这样一来，地主从自耕农手中不断购买土地，被兼并的地块儿越来越多，久而久之，广大农民因丧失了耕田而沦为佃户或佣工。他们租种地主的土地，终朝每日辛勤劳作，汗珠儿掉在地上摔八瓣儿，腰都累弯了。可是到了秋末，收获的粮食六七成以上需交给地主，自己却所剩无几。遇到荒年，颗粒无收，交不上租息，不得不借"驴打滚"的高利贷。地主、豪绅从不放过任何获利的机会，而且不择手段，以大斗收租、小斗出贷进行非法盘剥。大地主和土豪劣绅这么做，中小地主也上行下效，变本加厉，重负像座山一样压在农民的头上。更有甚者，有的田主催租逼债不成，便私设公堂，把欠租人捆绑在树上，棍棒相加，打得皮开肉绽，然后关入私牢。无奈之下，欠租人只能卖儿鬻女顶租，或者带着家口出外乞讨。

  地主阶级对广大农民进行残酷剥削的同时，官僚阶级贪赃枉法、欺压百姓亦愈加严重，聚敛之风弥漫。当时管理治黄工程的官吏为了制造贪污的机会，竟丧尽天良，故意掘开河堤造成水患，致使百万民众流离失所，家破人亡。尤其是湖北，江防由于年久失修，连年发生水灾，江水猛涨，水深丈余，冲溃堤城。在肆虐的洪水侵袭下，百姓已丧失了抵御自然灾害的能力，许多人拖儿带女逃到深山老林寻找生路，有手艺的技匠则流落他乡成为流民。面对极其残酷的剥削和压迫，黎民不堪忍受，又无路可走，反抗情绪异常激烈，从开始的抗租抗税渐渐发展到杀官夺城，进而纷纷揭竿造反，终于爆发了白莲教起义。

  白莲教是一种流传于民间的半僧半俗的秘密宗教团体，为清代众多的宗教组织之一，起源于南宋绍兴初年。吴郡延禅院的和尚茅子元仿天台宗教义与吸取由摩尼教演变而来的明教会之教义、仪式创立的白莲社，以佛教中的弥勒代替明教会中的迷摩尼佛，到元代末年，才逐渐成为以崇拜弥勒佛为主的白莲教。从创始到清代中叶的几百年中，白莲教始终不是以正统宗教被推崇，而是作为异教被排斥。成员复杂，男女老幼皆可参加，基本群众是贫苦农民、流人和失业的手工业者，入教的"有田之人"绝大多数是自耕农或半自耕农。其教仪简单，教义通俗易懂，规定信教者戒酒、戒荤、"不杀"、"不淫"、"不盗"、"不妄"等。号召信徒敬奉祖先，要烧香，诵经，信奉弥勒佛和明王，一直到明末清初，白莲教的教义教理方趋于完备和系统化。

乾隆中期以后，白莲教组织发展尤为迅速，白莲教徒所发动的起义没有间断过。此次白莲教起事，斗争的区域遍及湖北、四川、甘肃、陕西、河南5省，是清朝统治时期一次大规模的农民起义。他们互相援助，"穿衣吃饭，不分尔我。"白莲教头领刘之协、宋之清提出"清朝已尽，日月复来属大明"的口号，还宣扬"劫运"已满，弥勒佛即将出世，信奉白莲教可顺利渡过难关并分得土地。农民最渴望的是得到土地，那是命根子，没有土地就无法生存。因为教头说出了农民的心里话，唤起了求生的欲望、反抗的本能，所以入教者越来越多，纷纷操起大刀响应起义，形成了一股与清政权对抗的强大力量。面对此情此景，太上皇乾隆坐不住了，嘉庆帝更是焦躁不安，认为此乃心头之患，惟有坚决镇压，去掉这块痛疽，方能保住大清江山。于是旨下，令派往各地主管军事的官吏进京，共同商议解决办法，桂良自然也在被召之列。此前他虽然暂时平息了湖广地区的苗民起义，社会秩序表面看上去安定了，但作为总督岂敢高枕无忧？不可能天天像没事儿人似的在府内呆着，而是经常一个人微服私访，扮成平民到苗人聚居的地方巡察，在各个村屯、角落出现。身边的官员很是担心，总怕出事儿，一再提醒道："总督大人，千万小心哪，刁民无处不在，要是有个一差二错，吾等咋向皇上交代呀，还是带着亲随侍卫下去为好。"

桂良不以为然，说道："吾心在民中，与民心合一，民安怨吾何？"什么意思呢？就是我与百姓一条心，为其着想，坦诚相待，他们还能反过来怨恨我、伤害我吗？不会的。接着又道："我走得正行得正，因为惦着民瘼才去的，归根到底，是为了救父老乡亲出水火，相信他们对此良苦用心早晚会明白的。谁最惧怕百姓？是那些不顾庶民死活、专门与其为难作对之人，绝不是吾等！"这番话启发、教育了周围的官员和将士，觉得总督大人所言极是，官在民中，官民合一，其力断金。

桂良办差非常认真，严格执行大清的政策、法令，而且雷厉风行，立竿见影。那双脚几乎把整个湖广一带踏遍了，今天到这个屯，明天去那个庄，后天前往酒肆、集市，了解、掌握了不少情况，常常是能解决的，则就地解决；不能马上解决的，则与属员共同商议后，拿出一个切实可行的办法予以处理，决不拖延时日。他办事稳妥，脚踏实地，不喜张扬。无论到哪儿，开始时，谁都不知道来的是湖广总督，有意不露身份。出行也不同于其他官员，从不摆那种耀武扬威的阵势，好家伙，前头是鸣锣开道的，接着是打执事的、呼喊回避的，再接着是车轿、马队、卫队、兵将，大队人马排出去一里多长，前呼后拥的。桂良就是单骑而行，啥都用不着，车轿也省下了。惟有参加大的迎宾礼仪，才按清代官员出行的执事要求，插多少面旗，备多少架鼓，多少护卫马队随行等，样样不能少，除此很少见到这位总督大张旗鼓地出行或迎客。那些专司迎来送往差事的傧相天天呆在府中，闲得五脊六兽，很是闷得慌，总嚷嚷光拿俸饷没活儿干，心里觉得过意不去。

　　桂良长年累月像游侠一样游走于各村屯，深入到民众之中，吃不好睡不安，日久天长，即使铁打的身板儿也禁不起这么折腾啊，能不得病吗？江南当时流行一种疾患，叫血吸虫病，又称罗汉病。所说的血吸虫，是一种灰白色的寄生虫，雌雄常合抱在一起。卵随粪便到水中，在水中孵化成毛蚴，进入钉螺体内变成尾蚴。尾蚴离开钉螺，遇到入水之人、畜就钻进皮肤，侵入体内，变为成虫，主要寄生在肝脏和肠内，引起血吸虫病。其症状是发热，起风疹块儿，肚痛腹胀伴随腹泻，有腹水，肝、脾肿大等，很难治愈。桂良就得了这种病，已经一个多月了，被折磨得面黄肌瘦，浑身无力，吃了十几服药仍不见强，总是打不起精神。恰在此时，嘉庆帝为平定白莲教起义之事，谕旨召见他。桂良接到皇命，一刻不敢耽搁，急忙整衣束带，拖着病体飞马驰往京师。一路马不停蹄，风餐露宿，终于进了京师，还没等入朝叩见圣上呢，下马时两腿一软，躺倒在地，说啥起不来了。正好一个拉着空车的脚力打身旁经过，桂良忙唤住他，从怀里掏出碎银子递上，让其把自己背到车上，送到驿馆，打算歇息一会儿再去皇宫。

　　脚力拉着浑身滚烫的桂良很快到了驿馆大门口儿，馆内的差役见来客人了，赶忙上前搀扶着进了门，将其安排在靠南侧的一个单人间。桂良进了屋，早已犹如一摊泥般拿不成个儿了，一头扎到炕上，不一会儿便迷迷糊糊睡着了。可能是心里有事的关系，顶多过了一袋烟的工夫，冷丁一下就醒了，睁眼看看四周，空空如也，心里这个急呀："看来现在去不了皇宫面圣了，可总不能躺在驿馆里吧？不如雇辆车先回西郊的家，让外甥女茗兰伺候几天，待身子骨儿稍好些再说。"想至此，遂起身下地推门出屋,刚走到西墙角儿那块儿,眼前一黑竟昏过去了。也真是该着,偏巧被都布纳碰上了,自此便天天往返于驿馆和药铺之间,抓来药煎好,让他按时服下。十多天后,桂良的高热退了,病体也见强了,觉得有点儿精神了,较前轻松些了。

说来桂良不仅人品好,有才气,而且为人谦和,清廉耿正,仗义疏财,因此才被嘉庆爷看中并决定予以重用,破格擢升其为湖广总督。他还是个知恩图报、有良心之人,身在难处时,有人主动伸出援手,热情相帮,你说能不心存感激么?常常眼望棚顶思摸:"卧病在床十多天,是一位素不相识、终朝每日往返驿馆传送文牍的衙役在默默服侍我,不怕脏不怕累、跑前跑后、忙这忙那的,如同诺诺听令的家丁、随从,甚至比他们伺候得还要精心。而今上哪儿去找这样有情有义的人哪,却让我碰到了,真是祖上积德了,怎么感谢才好呢?"

一天头午,都布纳来到驿馆,把背囊里的文书、信件取出,一并交给刘馆主,然后去南侧的那间屋探望大病初愈的老哥。一进屋,桂良赶忙迎上前就地下拜道:"老弟呀,谢谢你,请受湖广总督桂良一拜!有朝一日,定会报答老弟的救命之恩,此恩此情将永世不忘!"

桂良这一跪,可吓坏了都布纳,当即怔住了,一时不知所措。通常住在驿馆里的人干啥的都有,桂良又没着官服,只看那身儿打扮,都布纳原以为顶多是个八九品的差官而已,做梦没想到自己救助的竟是位总督大人!大清朝才有多少总督啊,湖广是最大的,处于中原腹地,闽浙远远赶不上。总督乃朝廷重臣,不是头品也是二品,今天却给小的下跪,实在受不起。我算什么呀,一个跑腿儿学舌的而已,根本不入流哇!惊愕之下,慌忙扑通一声跪在地上,咣咣磕着响头道:"总督大人,使不得呀,快快请起,这不是折杀小的嘛!"

桂良一看,这哪儿行啊,于是在起身的同时也搀起了都布纳,并拉到椅子边道:"老弟,快请坐,不要称呼什么大人,你是我的恩人,今后咱俩就是兄弟了!"说完,拽过一把椅子相对而坐。

都布纳见眼前这位朝廷重臣举止沉稳,相貌堂堂,没有高官的架子,平易近人,立马产生了一种亲切感。加之来来去去相处十几天了,彼此算是熟悉了,也就不感到拘束、紧张了,便同总督大人天南海北地聊开了。桂良越聊越兴奋,觉得与都布纳很是投缘,有唠不完的嗑儿,好似亲兄弟一般。此刻,二人之间已没有丝毫的生疏之感,恨不得把心里话一股脑儿全掏出来,两颗心也自然而然地贴近了,甚至相见恨晚,一直唠到晌午仍意犹未尽。都布纳担心宫中各部有事找他，不能耽搁太久，那会挨骂的，于是又叮嘱一番后，方万般不舍地告辞离去。

第二天清早，桂良洗漱完毕，整肃衣冠，出得驿馆，前往皇宫觐见圣上，与众文臣武将共同商议平定白莲教起义之事。嘉庆帝这才知道了一直盼着召见的湖广总督半个月未见影儿的缘由，原来此前有一段得病被救的经历，故而误了入朝的时间，虽有些许不快，但也为他高兴，为他庆幸，认为好人必有好报，会得到阿布卡恩都力眷佑的。还破例下旨，湖广总督桂良可在京师设立行辕府，随时通报下情。这可是个特例，前朝没有，嘉庆朝也是头一回。

那么，嘉庆为啥会有此举呢？因为以往发生农民起义，朝廷不知得派多少全副武装的人马前去镇压，用几年的时间都很难说能平定下来，还得赔上好多兵将的性命，损失的银两更是不计其数。而此次的苗乱声势之大曾震惊朝野，皇上派桂良率兵去了，基本没用武力，而是以情感之，以心攻之，却收到了意想不到的效果，苗乱很快平息了。此乃朝廷之福，桂良功不可没，嘉庆很是满意，对他更加器重、宠信，便想将其留在宫中，或安置在军机部，或留任礼部，去理藩院也可，皆能发挥本人的聪明才智。转念又一琢磨，桂良的年岁还算年轻，资历又浅，现在就任于某个部院的高位，尽管颇有建树，朕也有意提拔，众臣恐怕不能心服口服。怎么办好呢？思谋来思谋去，噢，有了，不妨采用迂缓的办法，即在京师设立行辕府，由桂良坐镇，湖广总督的差事还要继任，两头兼顾，这不就把他留在身边了吗？妙哉也，随即便下了谕旨。

众文武大臣听罢，个个是丈二和尚摸不着头脑，一时没寻思过味儿来，有史以来，还从未听说过下边的哪个省在京师设立行辕府的呢！散朝后，私下里议论开了，七嘴八舌地话不落地，猜测着皇上此旨的真正用意。喊喳了好一会儿，方恍然大悟，纷纷竖起大拇指夸赞当朝天子英明有远见。湖广一带十几个省的通衢要道，长沙、荆州、两广、江南乃大清的半壁江山，地理位置十分重要。如果把桂良从长沙调回京师，任职某部院，就得另派得力的官员在那儿治理。何人能胜任呢？事实证明，谁也代替不了有功之臣桂良。目前，湖广一带的苗乱暂时是平息了，可谁知道葫芦什么时候再起呀，务必得时刻提高警惕。桂良对那一带的山山水水、风土人情已经了如指掌，知道黎民想什么，需要什么，百姓也听他的，治理起来得心应手，真要将其撤回，有百害而无一利。皇上让他仍做镇守湖广一带的总督，职位不变，显然是为了稳定军心、民心，使那里的社会秩序得以安定。而眼下的大清并不太平，有的省份时不时地爆发农民起义、教徒揭竿，且连续不断。这种形势下，抽出湖广的力量坐镇京师不失为良策，于一国的心脏设立外省行辕府，堪称创举，切中时弊，可谓一箭双雕。表面看，建的只是个不起眼儿的行辕府，桂良的主要差事是治理长沙，让当地的官兵和各族百姓知道大人仍然是湖广总督，军心稳定了，民心亦朝向他，轻易不会出啥大事儿。实际上，则是让其以建行辕府之名进驻京师，协助朝廷各部院办差，为皇上出点子，将湖广平苗乱之举措推向全国，以利于大清社稷的稳定，这才是真正的用意。仁宗颙琰不愧为一代天子啊，颖异睿智，深谋远虑，奇才也！

桂良倒没想那么多，只是遵照圣上的旨意，在京师竖起牌子，筹建了"湖广总督京师行辕议事府"。从这日起，他就忙开了，天天闲不着，京师和长沙之间两头儿跑。主要执掌所在之地是湖广一带，下情必须得掌握，否则怎么上传呢？桂良办差干净利落、效率高，从不拖泥带水、断而不决，众属员皆愿跟这位干练的高官一起谋事，认为他想得远，有计谋，下属的责任分明，活儿好干。桂良每次回到京师行辕府，要做的第一件事就是向皇上具禀下情，提出切实可行、因地制宜之办法。在天子身边办差不可能有闲暇之时，什么事儿都要想得仔细、周全，还得冥思苦索治国良策或作战方略，随时向圣上启奏。要知道，那时的大清国交通十分不便，出行主要靠马车和坐骑，兵将还得背着粮食，一走就是连续几天或月余。不管是烈日炎炎，还是寒风凛凛，没膝的深雪也好，瓢泼的大雨也罢，全是这么个走法，非常辛苦。山路崎岖不平，一旦遇上大雾或乌云弥漫不散，只能停下，三五日走不了。说实在的，桂良往返于京师、长沙两地任职，并不是什么好干的差事，实乃为其加压、加担子，还得欣然接受，皇命不可违呀！他心里倒有个小九九，即外甥女住在京师西郊，只有老妈子和家院照顾，让人不放心。这下好了，不仅自己可常去京师，夫人娉娉也能回到西郊自家府上，跟茗兰一块儿读书，共同切磋诗词歌赋，机会难得呀！

嘉庆帝就不必说了，心里暗暗高兴，行辕府一建，便可名正言顺地召桂良进宫，君臣一起议政，较前方便多了。他特别愿意听桂良分析国情乃至当前各省的形势，认为其言透辟入理，有根有据，听着痛快。嘉庆帝平时话不多，性格内向，办事稳重，思虑审慎，除了上奏的折子需要询问、批阅及与臣子商议国事外，很少说些没用的。惟独跟桂良在一

第一章 囚困江城

起的时候话多,唠起来就没个完,且话题广泛,上说基本国策、朝纲大政,下言百姓的生活,包括衣食住行、吃喝拉撒,连接见外藩时发生的趣事都成了谈资。桂良也真能应付,每次嘉庆帝谈天说地、兴致颇浓时,他总是面带微笑毕恭毕敬地听,时不时地插上几句,所言恰到好处,很讨圣上喜欢,觉得跟这位臣子聊天心情舒畅,可倒好,身边有解闷儿的了。

桂良在京师的大部分时间是同军机大臣等官员去各地巡视,为其出主意、想办法,发现问题就地解决,协助军机部安抚参与暴乱的百姓。由于需要处理的事情太多,涉及到方方面面,必要时还得从中调和,竟忙得日夜不得闲,啥也顾不上了。即使再分身有术,行辕府没人坐镇不行啊,起码日常事务得有专员负责,这便须添人进口,而且那个负责的自然得用贴心人。桂良选中的是谁呢?各位阿哥可能已经猜着了,就是他的救命恩人都布纳,并很快申报上去了。桂良在朝中的威望很高,人缘也不错,不管是礼部还是吏部,官员们都听他的。人家立过大功啊,还是皇上的心腹,举足轻重,起用都布纳又是本人的提议,湖广总督尊口一开,谁能反对呀?于是都布纳顺利被录用,官职也有了。其实呢,各个部院的大人皆愿将都布纳留在身边当小打,因为他腿儿勤,不偷懒,办差上心,让怎么干就怎么干,听喝儿。不仅如此,还任人支使,喊一通儿也好,骂一顿也罢,从无怨言,嘴有把门儿的,不该自己知道的事儿一概不问,独有优长。既然总督大人提出将其要到身边,部院的官员再不想放,也得点头答应,无话可说。从此,都布纳可不再是那个为各部院传送文牍的无品无位的小衙役了,也不用拎着大背囊或推辆单轮车汗流浃背地往驿馆跑了。而今时来运转,彻底告别了那个跑腿儿学舌的低级差位,一步登天,来到桂良大人身边,成为湖广总督京师行辕议事府的一位重要差官了。要不咋说人都势利眼呢,进入大衙门口儿,人还是原来那个人,一切却全变了。粗布衣裳一脱,绸布朝服一穿,人饰衣裳马饰鞍嘛,品位立马上来了,俸银随之也涨了。都布纳脱掉了衙役之服,换上了象征官位的补服,品位比他低的差官一看胸前的补子就得叩头下拜,那可是朝廷的命官哪!宫中大大小小的官员及上下人等皆称他为都大人、都老爷、都军爷,还有唤爷爷的,一下子升了好几辈儿呢!

诸位阿哥要问,都布纳的职衔到底是多高的品位呀?总督相当于从一品,桂良封他为湖广总督京师行辕议事府总管,还要兼顾军营之事,又称军爷。行辕府的军爷即管理军队的官员，主要负责招兵买马，调查了解各地的兵源情况，执掌兵将的异地征调，建立兵册，促进兵源之间的交流、疏通以及筹集军费，划拨赈济款等，总之，这些必办之事一股脑儿全压在行辕府头上了。桂良作为湖广总督，对当地百姓的处境非常清楚，那里的流民也很多，生活十分困苦，需把国家的帑银分拨给他们，方可渡过难关。为安抚湖广一带的流民，得有专人管理从各个渠道汇聚来的钱和物，合理分配，急流民之所急，使其生活得到改善，进而稳定民心。可以说这个差事的权力不小，桂良放心地委任给都布纳了，由此看来，这位行辕府的总管兼军爷不是二品官也是三品官，乃总督手下的贴身幕僚，在京师已有了重要位置。

　　桂良原本就为人谦和、不张扬，虽坐在高位上，但从不摆权贵的架子。都布纳来到行辕府后，因其对自己有救命之恩，所以总是另眼相看，显得格外亲切，如同亲兄弟一般，二人相处得非常融洽。桂良处处关照他，信任他，像其他僚属一样，尊称其为军爷。都布纳肩上的担子的确不轻，光招兵买马、扩充兵员就够忙乎的了，何况还有别的差务，天天忙得脚打后脑勺儿。当时，大清国各地的兵员皆不足，不光湖广需要招募新兵，闽浙呀，两淮呀，云贵、川黔、晋冀鲁等地也都急着扩兵，为啥呢？因清朝中叶正处于动荡的年代，流民和兵匪混在一起，社会的安宁秩序遭到破坏，若想治理一方，就得扩充武装力量，兵马不足肯定不行。大清的国民中，不少人无差事可做，终朝每日闲呆，时间一长，只能两手捧空饭碗。尤其是那些拉家带口的，每天得吃得喝吧，只出没个进项哪儿成啊？好在京师设立了招募闲杂人等的机构，说实在的，人们对京师何地设了什么衙门并不十分清楚，然皆知桂良大人坐镇的行辕府，这可不是虚假的，而是朝廷设的。不管咋的，先上那儿去试试，一旦被征用了，立即就能入兵册，不仅有差事做了，找到稳定的吃饭地方了，年年还能发俸饷。无论领到多少银两，能养家糊口、马马虎虎混日子就行，起码一家老小不至于饿死。入了兵籍好好儿干，将来或许有出头之日呢，祖坟冒青烟也不是不可能。

　　正因为大伙儿全这么打算的，小小行辕府的名声很快传遍四面八方，轰动了京城，前来应召的人越来越多。每日天一放亮儿，人们就三个一帮儿、两个一伙儿地拥向行辕府，有赶车来的，有骑马来的，有步行来的，门都推不开，到傍晚也不散。常常是后半夜了，打更的四下一瞅，行辕府的灯还亮着，仍未消停。要问此刻谁最忙？毫无疑问，当然

第一章　囚困江城

是都布纳，忙得头不抬眼不睁的，不停地询问着，一笔笔地记着，案头上堆的兵册一摞又一摞，应召之人争先恐后地介绍自己的情况，生怕不被征用。一时间，都布纳成了大家都想看到的、受尊敬的、接受磕头最多的军爷了，大号也叫出去了，无人不知，无人不晓。

都布纳为了把招募之事做得更好、更妥帖，经总督大人允准，又找来十几个亲朋好友帮着登记造册或干一些杂务。你想啊，天天前往行辕府要求当兵的青壮年络绎不绝，人一多，把屋里外头弄得又脏又乱，这便需要随时进行清理，扫一扫哇，担来水擦拭一番哪，收拾收拾屋子呀，还得有把门儿、护院的，光这些活儿也得六七个人干，那还忙不过来呢！都布纳办差一向认真、细致、有条理，别看行辕府的人多，却安排得井井有条，兵员造册笔笔有宗。比如此人从哪儿来的、多大岁数了、以前干过什么差事、有否专长、家中几口人、为啥前来应召、应领多少俸银等等，皆记得清清楚楚，一项不落，且字迹工整，行文规范。绝不是乱七八糟一大摊子，没个头绪，人来了啥也不问就收下了，连案底都不留，一旦查起来说不清道不明的。对那些不适合征用的，也要一一列上，留下案底，写明不被征用的缘由，让人看了一目了然。

都布纳办差为什么能这样得心应手呢？诸位阿哥知道，他原先在皇宫大内是专门给各部院传送文牍的衙役，差事要求甚严，不能出半点儿纰漏，必须准确无误送达。身后的大背囊中装着几本档册、几份公文、几封书信、应交给谁、什么时候送到等全得记在脑子里，送错了人或误了时辰必被治罪，久而久之，便养成了办事认真、有条不紊、细微之处也不马虎的良好习惯。他每天于行辕府接待来自全国各地的应召者，认识了不少英雄豪杰，还有许多身怀绝技的武林中人。当这些人一一介绍自己的出身和特殊技能后，都布纳一般都会酌情征用，以发挥其一技之长，不会浪费人才，在军爷这个职位上，可以说做得很好，上情下达，下情上禀，左右逢源，人人感激。招募兵员本来是个得罪人、容易引发不满、免不了吵架的差事，征用你不征用他，能没意见吗？凡是前来应召的，谁都想被征用，事实上不可能全要啊，怎么办？都布纳做得很得体，不是简单地抛出一句话拒之，而是不厌其烦地向对方讲明不被征用的理由，让他心服口服。其结果是同意征用的，高高兴兴留下了，感激的话说上千千万；不被征用的，毫无怨言，认为自己确实有些方面不够条件，没啥可说的，只能唉声叹气地离去。对都布纳所做的一切，桂良看在眼里，喜在心头，庆幸这个总管没选错，办事让人放心。从此更加放权，鼓励他放手大胆地干，小事不用通禀，可自行决定，只要对招募有利。都布纳没有愧对上司的信任和栽培，充分利用手中的权力，全身心地投入到办差中去，眼睛熬红了，人也累瘦了，然乐在其中，行辕府成了京师最热闹的一处所在，兵员滚滚而来。

　　前书讲过，桂良的夫人娉娉乃大家闺秀，出身高贵，是位才女，前些年跟着夫君去了湖广总督府。后来桂良奉命回京，设立并坐镇行辕府，仍需主理湖广总督府，一人兼顾两处衙门，两头牵扯精力，事情多如麻。他大多时间留驻京师，尽管没任命于军机部行走，实际上也同军机部的官员一样参政，经常受到皇上的召见。桂良离开湖广，夫人总不能一个人在长沙呆着，夫君得有人照顾不是？于是娉娉也回到了京师，住进位于西郊的总督府，又能与外甥女亲亲热热、形影不离了。一家人团聚本是件高兴的事儿，可娉娉是拖着病体回来的，不仅乐不起来，还眉头紧锁，痛苦不堪。咋得的病呢？她自幼生长在北方，一年中较热的天儿不过两个多月，早已习惯凉爽的气候了。而湖广的盛夏骄阳似火，烘烤着大地，炎暑逼人，且持续的时间长。娉娉自打随夫君到了南方，一直水土不服，受不了那里的酷暑，天天只能呆在府里，大门不出二门不进的。由于情绪沉郁，闷倦难耐，心火上攻，在一次发高热之后，得了乳痛症，即奶疮。症状为左乳红肿，又痛又痒，浑身难受，坐也不行，站也不行，躺着还不行，大声儿说话或者咳嗽疼得更厉害，且越来越严重，不仅左胳膊抬不起来了，渐渐地半拉儿身子也肿了，可把她折腾苦了。这个期间，曾将一位较有名气的老郎中请入府中瞧病，号脉过后开了药方，按方抓了草药，不断捻儿地喝了十几服，直到天稍凉时方见强，从此坐下了病根儿，连着犯了两年。此次回京之前，娉娉突感身子骨儿不适，原来乳痛症又犯了。好在刚刚发病尚能挺住，一天没敢耽搁，赶紧坐上轿车马不停蹄地回来了。哪承想今年夏季京师的气温格外高，一丝风没有，闷热闷热的，不动都一身汗，每日用温水冲澡好几遍也不觉得凉快。娉娉的病势一天比一天重，茶饭难进，服药一点儿不见效。可叹美女昼夜遭受乳痛煎熬，涕泪满襟，花枝消瘦，形容枯槁，可怜已极。

　　茗兰见舅母被病痛折磨得泪流不止，心里如同刀扎般难受，整天围在身前身后转，百般抚慰，除此不知如何是好。舅母掉泪，她也跟着哭；舅母推开膳食不想尝一口，怎么送到内室怎么撤走，她同样也吃不下。桂良大人更是干着急没办法，坐不稳站不安，既心疼又无奈。所有

第一章　囚困江城

的仆人、家院皆为尊夫人的病痛担忧，每天于佛堂上香祈祷，祈求神灵护佑太太早日康复。总之一句话，京城西郊总督府内的上下人等个个心境不佳，愁眉苦脸，好像所有的阴云全部压在了这座宅院的上空，令人喘不过气来。

都布纳早已闻听总督夫人有疾患在身，虽然忙着招募新兵，但眼见总督为夫人的病急得直上火，满嘴起燎泡，日渐憔悴，心里很不安生，暗暗思摸道："只干等不行啊，得抓紧时间疗治呀，都说有病乱投医，去啥地儿能淘换到专治乳痛症的偏方呢？郎中有的是，没准儿哪个神医就让咱碰正当了，只要服下药有效，花重金购之也好，舍下脸皮求爷爷告奶奶也罢，全都成啊！"这么想着，便开始留心了。

眼下的行辕府天天仍然人来人往，登门请求登记上册的应召者颇多，方方面面的人都有，皆想与军爷聊上几句，多陪笑脸，显得更加亲近，也好得到他的认可并帮忙，能够同意征用自己，以便挣些银两养家。都布纳每接待一人，一番登记造册后，总不忘向其打听知不知道哪儿有郎中能治乳痛症，姓甚名谁，家住何处。真是老天有眼，世上无难事，只怕有心人，竟真的在上百上千应召者中，听到有位神医掌握根治奶疮的秘方，你说这不是奇了、巧了、神了？据此人讲，他认识一位坐堂郎中，乃保定府济生堂大掌柜的，姓刘，人称"疙瘩刘"，手中掌有祖传秘药，专治积年乳痛，无需动刀，药到病除。都布纳暗自高兴，向其问清了去保定府的路线及必经的屯落，随即把花名册交给下属，叮嘱务要认真地对每位应召者进行逐项登记，不可疏忽，不可漏记，更不能出错儿……交代完毕，属员连连点头，嘁嘁称是。都布纳起身急匆匆地出了行辕府，骑上快骥，日夜兼程地赶到保定府，找到济生堂，登门拜访老郎中"疙瘩刘"，说明来意，从怀中掏出纹银12两递上，如愿买下了专治乳痛顽症的神药。向"疙瘩刘"致以谢意并告辞后，出了济生堂，进入路边挂着单幌儿的小饭馆儿，点了两盘儿菜、5个馒头，胡乱填饱肚子。出得门来跨上坐骑，抄小道儿马不停蹄地返回京师行辕府，把讨来的药双手交于总督大人。

桂良正为被乳痛顽症折磨多日的夫人犯愁呢，听说此乃神药，不禁喜上眉梢，都没顾得上打听一下药的来历，出门一骗腿儿上了坐骑，急速往家赶。到了门前翻身跳下马，一进屋便迫不及待地吩咐侍女生火熬药，待煎好端到床前，扶起躺在病榻上的夫人服下。该着娉娉吉星高照、福寿齐天，连续服了6服后，左乳就不疼了，肿胀的奶胖子也渐渐消了，而且有饥饿感了，能吃下饭了，还一连睡了三宿好觉。乳痛痼疾药到病除，"疙瘩刘"真乃神医呀！

府中的上下人等见太太的病体痊愈了，个个长出了一口气，一直提溜的心总算落了地，西郊总督府邸的上空阴云散尽，个把月来头一遭听到了朗朗的笑声。都布纳闻之，倍感欣慰，于一日抽空儿前去登门探望。桂良亲自迎出门来，连连道谢，口口声声称其为大恩人。娉娉更是感激不尽，一口一个巴尼哈①，老弟乃救苦救难的菩萨呀，并表示一定要重谢，却被都布纳婉言回拒了。

当天夜里，桂良躺在炕上辗转反侧不能入睡，深感欠都布纳的人情太多了。他默默地单骑去保定府讨神药，不单单救了夫人，也救了我全家呀，怎么回报好呢？思来想去，忽然想到都布纳有一子，名叫尤成额，年方二十有三。温文尔雅，诚实稳重，礼貌待人，很有教养，且诗词歌赋俱佳，有才子之风，人人皆竖大拇指夸赞之。看得出来，那是个有出息的好后生，自己和娉娉都打心眼儿里喜欢，不如把身边的外甥女许配之，况且茗兰也有意。茗兰若与尤成额成婚，可谓郎才女貌、天上难找、地上难寻的一对儿呀，对，就这么办了！决心下了，心也落体了，翻了个身，没一会儿便打起了呼噜。

次日清晨，桂良一觉醒来，见夫人正要起床，便把自己昨晚想了小半宿的打算和盘托出。娉娉听后，当即表示赞同，还高兴得直嚷嚷："哎呀，真是太好了，此乃绝配呀，我咋未想到呢？这些日子没事儿时就琢磨，欠了人情总得还，知恩图报是做人的本分。茗兰已长成大姑娘了，到了该出嫁的年龄了，此乃人生之大事。给她找个合适的主儿，咱算是尽到心思了，妹妹、妹夫九泉之下也能瞑目了。"

用罢早膳，娉娉帮夫君穿戴完毕，推开房门，目送其去了军爷的住处。都布纳一家就住在总督府邸的旁边，是座新房，去年年初才竣工。两家人一墙之隔，房脊连着房脊，院墙连着院墙，后院儿有角门相通。房宅的结构、样式以及房瓦的颜色、形状等一模一样，只是都布纳家的规模较总督府小些，这是由官位决定的。总督府邸在东侧，军爷府邸在西侧，外人皆称这两座房宅为"姊妹楼"，也有称"双楼"的。两家的女主人由于毗邻而居，隔墙相望，彼此便渐渐熟悉了，下人之间也有些走动，遇有急活儿就互相帮着干。尤成额跟茗兰曾不止一次地打过照

第一章　囚困江城

---

① 巴尼哈：满语，谢谢。

面,但只是以礼相待,从未攀谈过。那时,男女之间的交往是有严格限制的,讲究礼俗,各自必须恪守身份,完全不同于当今社会的自由交友。今年春天,二人之间曾发生过一件事,让桂良至今记忆犹新。那是清明节的傍晚,桂良骑马从行辕府回到西郊的总督府邸,翻身跳下,仆人忙迎上前接过缰绳,将坐骑牵到马厩里拴好。桂良进了正厅,刚想坐下歇歇,却见外甥女掀开门帘儿径直走到跟前,看似很委屈的样子,眼里满含泪水,遂问道:"茗兰,咋的了,难道谁敢欺负你不成?"

茗兰摇摇头,打了个唉声,缓缓道来。原来当天一大早,茗兰收拾收拾,带上蚊香、烧纸等去给阿玛和额莫上坟。其实,她的父母没有坟,阿玛战死沙场,尸首被兵丁就地掩埋,根本未送回家。额莫跌跌撞撞地去两淮一带寻夫未果,绝望之下,呼天抢地号啕一通儿后投江而亡。茗兰自懂事起,无时不在思念二老,为能有所寄托,便在后院儿的一间空屋里设了灵堂,供了两个牌位,一个是父亲的灵台,一个是母亲的灵台,此后天天去灵堂上香磕头,逢年过节或清明扫墓则去祭拜。前些年,茗兰因思母心切,在一块白绢,即香绢上写过一首词,为啥不写在宣纸上而写于白绢上呢?宣纸与白绢相比,从价格上看,当然是前者比后者便宜。那时,只有一些富贵、阔气之家的公子、公主、格格才能用得起白绢,常常提笔蘸墨在上面抒发情怀,穷人家的子弟不敢奢望。茗兰的这首词是以南宋爱国词人辛弃疾的《菩萨蛮》之词韵而书就的:

淮柳尘风清江水,
波涌低吟妇人泪。
思亲问孤雁,
可怜万重山。
晨晨盼伊归,
更更空哀息。
残灯愁无限,
惟伴褓婴哭。

什么意思呢?前4句写的是一妇人去两淮寻找征人,即自己的丈夫,来到清冷的江边,放眼望去,只见波水涌动,低吟着向前流淌,四周白蒙蒙的,什么也看不见。抬头问空中的孤雁,可见我的夫君?孤雁不回答,飞走了。周围是座座群山、片片山林,秋风瑟瑟,发出阵阵悲鸣之声。触景生情,难过至极,愁肠百结,抽泣不止。后4句是写妇人的哭诉,天天清晨盼着夫君归,日日夜晚空自哀叹,望着如豆的灯花儿无限伤感，孤寂、忧郁的心绪向谁去诉？只能伴着襁褓中的婴儿一起流泪。

茗兰写这首词时，尚不满 13 岁，却能把当年母亲两淮寻夫、渴盼征人早日归家的急迫心情表达得淋漓尽致，哀伤凄恻，情感深沉。桂良是偶尔间发现这块白绢的，展开一看，上写一首词，细读之，不仅潸然泪下，心想："外甥女聪明好学，很有天分，文笔不俗哇，不可小觑。若是妹妹、妹夫健在，看着女儿一天天长大，这么有出息，那得多高兴啊！"他非常喜欢这首词，便对茗兰说："外甥女还行，写得不错，留着吧，压在你额莫的灵台下面。"茗兰点点头，转身去了后院儿的灵堂，照舅舅的话做了。

今年清明扫墓，茗兰燃香焚纸、祭拜了二老的亡灵之后，从额莫的灵台下抽出那块白绢揣在怀里，出得灵堂，来到后花园高处的亭子里。当掏出薄薄的白绢刚想展开再看看写在上面的那首词时，不料一阵清风吹来，忽地将手中的白绢刮向空中，好在风不大，眼睁睁地瞅着它随风飘到西院儿去了。西院儿恰好是都布纳的家，后花园也立了亭子，还砌了个池塘。此刻，尤成额由于在屋里写读书笔记的时间长了，感觉有点儿疲倦，便想去后花园散散心、解解乏。于是撂下笔，起身出屋，信步走到池塘边，倒背手低着头细瞧池中戏水的红尾鲤鱼，顿觉清爽愉悦，心情舒畅。正这时，突然一阵春风拂面，有块见方的白绢顺风飘飘悠悠地落在脚前。弯下身捡起一看，白绢上写着一首词，字迹工整、秀气，文辞清通，文笔不凡。咦？怪了，从哪儿刮来的呢？抬头四下一瞅，见茗兰格格正站在东院儿后花园的亭子里抻脖儿往这边望呢！当四目相对时，茗兰那张白净脸皮腾地红了，忙在侍女的搀扶下出了亭子，急匆匆地离去了。尤成额自然知道白绢的主人了，立马跑到前院儿，将白绢交给一位老嬷嬷，让其赶紧去东院儿还给茗兰格格。

老嬷嬷按尤公子的吩咐，双手捧着白绢到了东院儿，向门房说明来意。茗兰闻声而出，接过白绢，一再称谢，却难掩羞答答的神态。老嬷嬷走后，茗兰转身回房，忧心忡忡地坐在红木椅子上，心里既忐忑又烦乱，有如十五个吊桶打水七上八下的。缘何如此呢？她生怕尤家少爷对自己有误解，因为那首词抒发的是一种思念之情，尤公子肯定读过了，又不知就里，还不得以为一个女孩儿家正期盼着见到什么人哪，那可羞死人了！她站起又坐下，坐下又站起，在屋里来回走着，不停地搓着手，急得快要哭了。茗兰为啥这么在乎尤成额的感受呢？他们两家毗邻

第一章　囚困江城

而居,咫尺之隔,互相看到或听到的要比其他人家多些。茗兰早已闻听都布纳之子勤奋好学,读书万卷,堪称才子,且心地善良,待人诚恳,明白事理。也亲眼见过尤公子举手投足所显露出来的书卷气,那正是自己所喜欢的读书人应具备的风度和气质,暗地里对其钦佩之至。在这样一位知书达理的公子面前,时时期盼着对方也能注意到自己,并给留下些好印象。冥冥中,尤公子的身影总在眼前晃动,心里一直牵挂着,究竟牵挂什么?她不敢想,亦说不清楚……

茗兰整个一下晌把自己关在闺房里,连口水都没喝,一对儿大眼睛始终盯着窗外,盼着舅舅早点儿回来。直到傍晚时分,府门开了,舅舅进院儿了,赶忙起身来到正厅,竹筒倒豆子般将头午发生的事及自己的担心向其告知。桂良听罢,笑着劝慰道:"茗兰,我当啥事儿呢,看把你急的,大可不必如此。尤公子为人正派,有教养,懂事明理,不会胡乱猜测的,是你想多了。"

尽管舅舅说得十分肯定,可茗兰的心仍然提溜着,没着没落的。桂良见外甥女一副怅然若失的样子,很是心疼,接着又连哄带劝了一番,好说歹说,茗兰这才抹着眼泪回房了。桂良望着她的背影儿思忖良久,方恍然大悟,对其内心里的小九九已猜出一二,噢,怪不得呢,原来外甥女看上尤家少爷了!

单讲桂良来到了西院儿,推门进屋,直截了当地向都布纳夫妇道出了来意。二人听后,既震惊又高兴,夫人高氏笑道:"哎呀,这是真的吗,不是在做梦吧?天大的喜事竟降临到自家头上,太出乎意料了!茗兰端庄贤淑,貌美赛天仙,既是大人的掌上明珠,又是位才女,喜读圣贤书,诗词歌赋样样通,咱是打心眼儿里喜欢,背地里也时常夸赞。您的夫人未回京前,虽然抽空儿尽可能地帮着关照茗兰小姐,可从没有非分之想,娶过来做尤家的媳妇儿呀!因为秃子脑袋虱子明摆着,大人乃当今圣上的心腹重臣,在朝中很有影响,赫赫有名。外甥女从小到大一直抚养在侧,如同心尖宝贝般疼爱,即使出嫁,也进不了普通的官宦人家,只能许给皇宫大内的皇子呀、贝勒爷呀,或者朝中的大臣之子以及贵胄,再有就是哪位将军受到皇上的恩赐,亲选才女嫁之。无论如何,扒拉着挑,绝挑不到何图哩氏家。可事实却如此,总督大人独具慧眼,相中了我的儿子,还亲自登门提亲,这不是前世注定的缘分嘛!"

都布纳更是乐得不知说啥好了,一个劲儿地点头称谢:"谢谢,谢谢大人的抬爱!犬子成额真是前世修来的福哟,竟能讨得这么好的姑娘为妻,此乃家族之幸啊,只怕太委屈格格了。"

桂良笑道:"说哪里话,这两个孩子的婚姻乃天作之合,关家也是求之不得呀,看来茗兰的福分不浅哟!抓紧准备吧,我将以重金作陪嫁,最好于本月选个良辰吉日迎娶,你们看咋样?"

都布纳和夫人嚈嚈称是,并请总督大人放心,婚礼定会办得风风光光。桂良点点头,遂起身告辞,满脸带笑地出了客厅,尤家两口子一直送到大门口儿,见其进了东院儿方回屋。都布纳一想到茗兰要做自家的儿媳了,那真是喜不自禁,心里这个乐呀,忙去佛堂焚香,给众神磕头,感谢对何图哩氏家族的眷顾和恩赐。拜毕,出了佛堂进了书房,高声儿唤正坐在桌案前低头看书的成额,将隔壁总督大人如何上门提亲、准备下嫁外甥女于尤家之事详细告知。

尤成额听了阿玛的一席话,欣喜异常,激动万分,颤声儿请求父亲代儿向总督大人致以谢意。他为啥这么激动呢?实际上,尤公子早就对邻家的才女情有独钟,一个如此美丽、聪慧、贤德的武将之后谁不倾慕呢?不过就自己的家境而言,只能是心存奢望、不敢高攀、更不敢表露罢了。万没料到梦想竟在今天成真了,让这个闭门苦读的学子如愿以偿,不久将迎娶最心仪的公主为妻,岂能不动情?不由得在心底里呼唤道:"感谢上苍,感谢阿不卡恩都力的眷佑,谢谢总督大人的偏爱!"

半个月后,尤家迎娶新人的一切准备就绪,选了个黄道吉日,为尤成额和茗兰举办了隆重的婚礼。桂良大人说话算数,出重金为外甥女购置了令人羡慕的上等陪嫁,茗兰感动得热泪盈眶。湖广总督之外甥女出聘的消息早就一阵风般传出去了,人们奔走相告,轰动了京城。西郊的姊妹楼这天热闹极了,桂良的亲朋好友、同僚以及一些高官、贵胄纷纷赶来,有骑马的,有乘轿的,络绎不绝地到总督府邸登门道贺,送上厚礼。

军爷府邸门前更是车水马龙,人声嘈杂,人头攒动。人人皆知都布纳之子娶的是京城最有才气且容貌出众的方氏公主,都想到场亲睹一番,当然也像总督府一样,前来贺喜的各方人士特别多,甚至超过了总督府。为什么桂良大人那边反而没有都布纳这边的客人多呢?很简单,因为是何图哩氏家族娶媳妇,乃婚礼的主办方,当然登门的少不了。这些来客中,也有到京师行辕府应召的各方人等,为了讨好军爷,以便被顺利征用,一听说家门办喜事,能不去么,机会难得呀!于是个个带着贺礼,一窝蜂地拥来,把军爷府邸围得水泄不通。当司仪宣布婚礼正式开始的话音一落，整个西郊顿时锣鼓喧天，鞭炮齐鸣，掌声如雷，热闹非凡。待仪式结束，婚宴摆开，好几十桌的宾客频频举杯，阿勒给、奴勒①喝得不断流儿，道贺的话语千千万，朗朗的笑声传四方，双楼上空祥云朵朵，忽聚忽散，借以祝兴，红红火火大办了3天，详情不多赘述。

喜事儿过后，桂良大人为了更好的感谢都布纳，打算把人情做到底，心里思摸着：”尤成额23岁了，仍在家苦读，尚不能入仕。眼下朝中人满为患，国库匮乏，拿不出那么多俸饷，各部院都在裁员。社会上出现很多失业者，闲散游民随处可见，举子、进士找不到差事的多得是，有的甚至靠到死也没混上个吃饭的地儿，这就是大清国的现状。茗兰倒是出嫁了，成为尤公子的夫人，可小两口儿不能靠老子养着吧？特别是成额，总在家呆着哪儿成啊，得想办法弄个差事做，而且必须抓紧办，要不茗兰还不得天天跟我哭闹哇！把他安排到啥地方好呢？京师各部肯定不行，啥都缺，就是不缺员，哪儿也没空额。湖广一带没有适合他干的，即使有门路留在长沙任职，茗兰必得跟着去。长沙距京师那么远，要是想他们了，见一面都难。再说也不放心哪。茗兰到了南方，倘若水土不服，那可有罪遭了。"他在屋内踱来踱去，反复思量，忽然眼前一亮，一个老友在脑中闪现："噢，是了，此事可求达禄哇，或许能够帮着解决入仕之难题。"

达禄何许人也？乃一位武将，满洲镶红旗人，很有名气，现于吉林将军衙门任职。自嘉庆七年十二月始，满洲镶白旗人秀林将军首次坐镇吉林将军衙门，达禄便在其手下做副都统。桂良率军赴湖广平苗乱时，达禄也去了，在其麾下摇旗呐喊。二人也曾携手战于两淮，同舟共济，历经风风雨雨，结下了八拜之交。桂良认为，如果达禄能在吉林给成额找个差事做，那可太好了，两地相距不算远，来去较为方便。于是展开宣纸，提笔蘸墨修书一封，向时任吉林将军衙门的副都统达禄大人极力举荐尤成额，称其是位做学问的人，文才出众，博览群书，适合任官学之教习，请无论如何在贵处予以安置，望倾力帮忙，切切。

十多天后，达禄收到了桂良的推荐函，阅毕，自然是认真对待，对莫逆之交的求助能不尽心么？认真思索一番后，便按照桂良的意愿，分别找到身边几位知近的同僚说明了情况，然后大家共同向将军荐引尤成

---

① 奴勒：满语，黄酒。

额。果然效果不错，没几日，录用函下发了，将其安排在吉林将军衙门属下的左翼官学任教习之职。达禄随即发出信函，告知桂良事已办妥，请尤成额携眷属尽快赴吉。

诸位阿哥或许不十分清楚，自乾隆中期以来，朝廷冗员日甚不说，随之又刮起了捐官、买官、预定官阶之弊风，官位几乎全被名门望族、权贵、宗室子弟、亲朋、外戚所挤占，可谓有个茅坑就有一帮等着拉屎的人。不难想象，这种情况下，找个差事做得多不容易呀！良家子弟尽管满腹经纶，却无用武之地，连处糊口的地儿都混不上，只能闲居家中。而那些不学无术、没有教养的子弟便开始琢磨邪门歪道了，或者出去寻衅滋事，或者入伙儿干见不得人的营生，做偷鸡摸狗之徒。不夸张地说，自暴自弃者遍地都是，多如牛毛啊！

尤成额也是个读书人，满汉齐通，博雅精深，算得上有识之士，按理早该入仕了。可从18岁一直等到23岁，却未找到一处落脚之地，无奈之下，只能闭门在家习文。好在有桂良大人帮忙，曾将其介绍到私塾教了4年书，不过如此。当他得知妻舅为自己谋得了教习的差事，所学有所用，竟激动得热泪盈眶，一而再、再而三地感谢桂良大人的提携和关照。都布纳夫妇更是乐得合不拢嘴，跪谢总督的大恩大德，并为自己的儿子庆幸，嘴里一个劲儿地念叨着："真是老天有眼哪，也是咱成额有福气呀，那些书总算没白念，终于派上了用场，指不定哪天能出人头地呢！"

乐归乐，都布纳没忘嘱咐儿子和儿媳："成额、茗兰哪，抓紧时间打点行囊，多带些被褥、衣物，北地冷啊！收拾好后，尽快起程，赶赴吉林莅职，万不可因迟延行期而得罪了地方官吏。倘若错过了此机会，丢了好不容易得到的差事，后悔可就来不及了。"

小两口儿连连点头称是，并让二老放心，我们不是小孩子了，会珍惜的，明天就收拾，不会误事的。

当天夜里，尤成额可能是太兴奋了，双眼望着棚顶儿，一点儿困意没有，心里思摸开了："桂良总督乃当今天子的爱臣，也是朝中数一数二的命官，声望很高。全仗大人帮忙，加之故友的力荐，才为我在吉林谋得了差事，到那儿一准错不了。真得感谢他老人家呀，还要感谢从未谋面的吉林将军衙门府为此事奔波的前辈，更要感谢新婚夫人。茗兰美丽善良，温柔贤淑，是位难得的才女。我尤成额这辈子受到妻舅的恩宠，得此天作之合，乃三生有幸啊！此番到了吉林，必将煞下心干出个

第一章　囚困江城

样儿来,不做等闲之辈,方能对得起桂良大人的一片苦心,对得起随夫远离家乡赴塞北的娇妻,对得起二老双亲的殷切期望。阿玛、额莫呀,儿已身为人夫,是家中的主心骨,应担负供养之责。请二老放心,我会努力去做的,踏踏实实地走好每一步,以此报答父母的养育之恩……"

转天,尤成额、茗兰用罢早膳,便着手打点行囊,二老也过来帮忙。都布纳考虑到儿子、儿媳此前没出过远门,何况去的又是陌生之地,必会遇到困难或有许多不便,就把自己的贴身管家、灯倌儿小满堂赏给了成额,并将其叫到一边叮咛道:"满堂啊,你跟少爷北去吧,路上精心照护着。到了吉林,纵有千难万险,也要紧随小主子的鞍前马后,提灯挑书,不离左右,不可有半点儿疏忽,记住没?"

小满堂连忙点头道:"嗯,老爷,小的记住了。请放心,一定不辜负萨克达额真①的信任,会尽心尽力照顾好少爷和少奶奶的。"

高氏一边帮着归拢一边掉泪,为啥呢?儿子在家时,别看没差事干,暗地里也为其着急,可天天能看到在眼前晃,心里觉得踏实。这回倒好,离开故土远去,如同心头肉被摘走了,做母亲的当然不是滋味了,感到空落落的。再加之使唤惯了的管家、灯倌儿小满堂也跟着公子一起去,家人顿时分出去一大半儿,偌大的一个家会较前冷清许多。常言道:"人生最苦生离别",儿子还未启程呢,高氏已是心头酸楚、愁绪萦怀了,含着眼泪对儿子、儿媳说:"唉,不知你们的大舅、小姨现在何处,据传去了吉林,后来又听说到三姓了,还有说早已不在人世了,这些年一直打探不到准信儿。此番前去不妨四处打听一下,设法找到他们。如果仍活着,又住在吉林,那可再好不过了,你俩总算有个伴儿、有了依靠不是?一旦遇上为难遭灾之事,也能有个照应,可助一臂之力。"

高氏提到的尤成额之大舅、小姨,即自己失散多年的弟弟和妹妹,乃始终念念不忘的两位亲人。二人究竟长得啥模样儿,现今快50岁的高氏印象不深了,其丈夫都布纳和儿子更是连面儿都没见过。然而,一奶同胞的弟弟、妹妹已成夫人的口头禅了,每当逢年过节或身子骨儿不适时,总是眼含热泪凝望着北方,看得出内心十分苦涩,思念之情溢于言表。正因如此,高氏才从遥远的南国来,可与想象中的身居关外的弟弟、妹妹距离能近一些。

---

① 萨克达额真:满语,老主子。

前书介绍了何图哩氏家族的起根发蔓、主人公的境况以及近亲、先祖的生活，也讲了五世祖乌里莫墨滴皇绫卷的不幸遭遇，六世祖克其顿由于父辈闯下了大祸而一辈子不得志的郁闷，又讲了克其顿之子都布纳干上了给各部院传送文书的差事后，如何与病中的湖广总督桂良不期邂逅，施以援手相助，当上了行辕府的总管、军爷，一家人的生活慢慢好了起来。事儿得一件一件地唠，话得一句一句地说，朱伯西只有一张嘴，还未顾得上向大家介绍都布纳的夫人高氏女之家世，早就该讲讲其来龙去脉了。

高氏女的故乡在天府之国四川，出身于峨眉山下的一个小山沟里，只有几十户人家。屯子的周围生长着一片橘林，各家各户于山前开垦了荒地，种些栗子和番薯，偶尔也结伴儿出外打猎。她的父母勤劳能干，生养3个孩子，高氏女排行老大，身下有个弟弟和妹妹。姐儿仨皆未起大号，只称乳名，大的叫英子，二的叫顺子，老小叫兰子，英子比弟弟大9岁，比妹妹大11岁，为啥年龄差这么多呢？因为母亲生下她后得了病，山沟也没个郎中，只靠父亲上山采点儿草药拿回熬水喝。还算不错，母亲的病真就好了，第九个年头儿才又接连生下了一男一女。一家人的日子虽然不富裕，但也不缺吃少穿，平静安定，共享天伦之乐。

乾隆六十年夏末，连日的倾盆大雨下个不停，致使山洪暴发，雨水夹裹着泥石轰然而下，砸向了这个小山沟。村子瞬间变了模样，庄稼被淹，房倒屋塌，英子的父母躲闪不及，被埋在泥石下丧了命。当年，英子22岁，还是个尚未出嫁的姑娘。慌乱中，她左手拉着11岁的兰子、右手拽着13岁的顺子跑出家门，喊父父不应，唤母母不答。外面一片漆黑，伸手不见五指，哗哗的流水声令人胆寒，双腿浸在瓦凉瓦凉的水里，不知该往何处去。这时，只听屯子里有人惊恐地喊道："老少爷儿们呀，赶紧逃命吧，发大水了，快跑哇！"一时间，整个屯子乱套了，孩子哭老婆叫，人们争先恐后地从高家姐弟身边跑过，英子来不及多想，双手紧紧拉着弟弟和妹妹跟随屯邻往前逃。试想一下，在连呼带叫、你拥我挤的情况下，一个姑娘家即使再有力气，一双手哪能同时拽住两个人哪，结果弟弟和妹妹被逃难的人群冲散了，从自己身边消失了。英子吓得哇哇大哭，像疯了一样声嘶力竭地呼喊着顺子和兰子，转悠了一宿，连个人影儿都没见着，只好哭哭啼啼地追赶逃难的人群，边走边寻找弟弟和妹妹。屯邻中的一位老者冲人群大声儿说道："乡亲们哪，咱们只能往北走，过了长城到塞外去。不用怕，听说那里的日子好过些，能混碗饭吃，老天饿不死瞎家雀！"长辈开口了，大伙儿似乎有了主心骨儿，便跟着他深一脚浅一脚地朝东北方向而去。

那么，当时的塞外是个什么样呢？白山黑水乃满洲的发祥之地，河流纵横，土地肥沃，修筑了边墙，从长城边一直延伸出很远，朝廷明令不许汉人进入，否则格杀勿论。到了康熙年间，刚开始时，八旗兵把守甚严，之后逐渐松动，因为难民不在少数，长着两条腿的活人哪儿那么好挡啊，总是有办法闯关的，大多是乘黑夜偷偷溜过去。乾隆朝以后，闯关的男女老少越来越多，清军对边墙的护卫随之亦愈加松弛。

高氏女英子此前虽未出过家门，但年轻啊，腿脚利落，跟着一伙儿难民过了盛京，前往锦州。没承想半道儿却被八旗兵抓住了，立即押解出山海关，圈在关外新辟出的一处四周全是粗木围成的障子、障子内临时搭建的一片土坯房内，难民住在里面，外边有兵丁把守，每天派专人给他们熬稀粥喝，准备一批批地遣散到关内各地。难民们岂肯坐等？谁也不愿在里边圈着，好不容易逃到了关外，还能回去吗？活命要紧哪！全副武装的看守再多，狗急还跳墙呢，何况人乎？于是在一个月黑夜，英子同大家合力将粗木围成的障子推出个豁口儿，然后一个跟着一个悄悄儿跑出去了，一步不能停啊，只想快点儿离开那儿，逃到京师再说。他们不敢往内城去，而是向北京城的边塞跑，因那里骑兵少，不太容易被逮住。反正不管到哪儿，只要能活命，有饭吃，有地方栖身就行。

转年，即嘉庆元年正月，气候很反常。往年的这个季节天气特别好，晴朗无云，人称小艳阳天。今年却不同，时近正月中旬了，雪还在下，天天飘个不停，深已没膝。大地披上了银装，被白白的厚雪覆盖，不仅马不能进，其前蹄刚一落地，整条腿顿时没入雪中，只见身子不见腿。人也不能行，根本挪不动步，眼瞅着困在雪窝子里，就是拔不出腿来。尽管天气恶劣，却阻止不了难民的脚步，还挺有招儿，不是走不了么，干脆躺在地上往前滚，脸、头、衣服上沾满了雪，几乎成"雪人儿"了。他们为能活下来，连大清律都不顾了，到哪儿抢哪儿，见着粮食必夺，只要能饱腹就行。一时间，北京城内家家户户紧关房门，层层上锁，老幼妇孺轻易不敢出屋。

英子与其他难民一样，有时两天弄不到一口吃的，家家大门紧闭，咋敲都不开，饿得前腔儿贴后腔儿，饥肠辘辘，头晕目眩，十分可怜。一日清晨，北风呼啸，大雪纷飞，英子晃晃悠悠地来到一户院门前嘭嘭敲门，敲了半天没人应，推也推不开，仔细一看，门内的插关儿插着呢！她又冷又饿，浑身直哆嗦，一点劲儿没有，实在挺不住了，双腿一软堆缩在地，后背靠着院门，双手抱着肩，没一会儿便昏昏沉沉睡过去了。

此处正是何图哩氏家，即尤成额祖上的房宅，现今谁在这儿住呢？五世祖乌里莫早已过世，家主乃六世祖克其顿。其夫人于8年前病故了，3个女儿也各嫁他乡，身边只剩下儿子都布纳，19岁了，闲居舍中。前书讲过，克其顿尽管读书万卷，才识非同一般，却受阿玛的连累而无用武之地，只当了个为各部院传送文书的差役，所挣俸饷不多，经济拮据，日子过得紧巴巴的。夫人过世后，他将家中用了多年的男女仆人都打发回家了，只留下一个没有去处的老嬷嬷，给父子俩烧水做饭。为了手头儿能宽裕点儿，闲暇时，克其顿便去敲富贵、官宦之家的大门，请求家主允许为其子弟授业，多少能挣几文银子。他的心情一直不好，不得志之郁闷久久不能释怀，每天回到家中，除了唉声叹气外，就是吟几首唐诗、宋词，写写草书，借此聊以自慰。

单说这天已是正月十三了，热闹的大年快过完了，年嚼裹儿也吃得差不多了，不过家家户户门上贴的红底黑字对联儿仍很醒目，偶尔还能听到噼噼啪啪的鞭炮响，时不时有喝酒划拳之声从屋内传出，显然是余兴未尽。身穿新衣的孩子们在院子里嬉戏，跑来跑去、又蹦又跳，咯咯的笑声不绝于耳。在这片房子中，惟独何图哩氏家显得很冷清，院内静悄悄的，一点儿生气没有。一大早，克其顿便躺不住了，索性起身和衣坐在炕上，两眼望着窗外寻思开了："不知今天这雪能不能停，雪大出不去门，啥也办不了，耽误正事儿呀！昨儿个听邻居讲，东边4里外的一座高门楼儿府邸内，有两个公子在家待教，不妨前去问问。如果当家的打算请先生，我就登门自荐，说不定人家一眼相中了呢，便可为其授课。哪怕只教十天半拉月的，总比有劲儿无处使强，少给点银子也成，凭赏呗！"想至此，披上皮袍子跳下地，又给熟睡的儿子披了掖被角儿，这才趿拉着鞋打开房门出屋了，想看看雪下得有多厚。

克其顿老宅的院门从不上锁，只有门闩，把那插在门内的木棍儿或铁棍儿往上一抬，门就开了。平日里，白天不紧关院门，总是虚掩着，出来进去方便，待傍黑儿才放下门闩。虽然常有逃荒的三三两两难民上门，但家里没啥值钱东西，想来就来，想要啥拿啥，不怕偷不怕抢，只这么父子俩和一个老嬷嬷，总不至于偷人吧？今天可有点儿怪了，克其顿摘下小门闩推一下院门没推开，再推还不开，咦？这是怎么了，难道

第一章　囚困江城

是雪太大把门堵上了？于是把披着的皮袍子穿在身上，回头高声儿唤儿子："都布纳，别睡了，快起来，院门推不开了！"

都布纳正睡得香呢，年轻人觉大，克其顿接连喊了好几声儿方听见。他一骨碌爬起，拽过堆在炕头儿的外衣披上，下身儿只穿条睡裤，跳下地蹬上鞋就出屋了。疾步走到院门前使劲儿一推，大门咣啷一声开了，随之听到扑通一声响，连看都没看一眼，反身赶忙跑回屋，脱鞋上炕钻进了被窝儿。克其顿出门一瞅，不禁大吃一惊！怎么的呢？原来院外的英子后背倚着门、脸冲南坐在雪地上睡着后，里边的人用力一推门，把她给推倒了，或许是快冻僵了，躺倒时发出了挺大的声响。克其顿只见是个年轻人躺在门口儿，并未顾得上细瞧是男是女，赶忙回头又喊儿子。都布纳二番脚跑了出来，住在西厢房耳朵有点背的老嬷嬷听见喊声也出来了，父子俩一个抱双肩，一个抱两条腿，老嬷嬷在旁边扶着，将这个已没有知觉的人抬进屋内，轻轻放在地当间儿，身下垫了两件衣服。他们想得很周到，知道冻伤的人怕热，只能放在较凉的地上慢慢缓，决不能抬到热炕头儿上，那会适得其反。何况也弄不清是饿昏了呢，还是有啥病，或是几天几夜没得歇息太疲倦了，观察观察再救治不迟。

克其顿蹲下身打量着躺在地上的年轻人，看其装束，认定是逃难的，很可能已无家可归了。既然来到何图哩氏家，就是有缘，应以礼相待。不能跟那些没有心肝的人家一样，门一关推出去不管了，冻死在雪堆里谁也找不着，那不是人干的事儿！他让老嬷嬷取过笤帚，将年轻人身上的雪扫了扫，又把衣服抻了抻，再一看，此人仍一动不动，从头到脚裹得严严的，只露两只眼睛，脑袋上围着破旧的单衣。可能是逃难的路上走到哪儿捡到哪儿，天气一冷，为了防寒，就把捡来的几件破衣裳胡乱往头上、身上缠，像裹脚条子似的，左一层右一层围得满头满身全是。父子俩以为眼前的难民是个后生呢，因往屋抬时觉得挺沉的，就动手把那些缠在身上的破旧衣裳一件一件往下解，待全部拿掉一看，哎哟，这哪儿是什么小伙子呀，竟是个大姑娘！一张黑碴碴的长瓜脸儿，两道弯弯的柳叶眉，小嘴薄唇，长得挺受端详的。老嬷嬷赶紧跑到院外，撮了一盆雪端进屋来，用雪搓她的胳膊和双腿，使寒气能尽快散去。过了一袋烟功夫，英子的脸由白变红，身子动了动，轻轻哼了一声，长出一口气，终于苏醒过来。克其顿见状，忙吩咐儿子点火烧水，冲碗糖姜水给她喝。都布纳倒挺麻利的，应声儿去了后厨房，没一会儿就把水烧开了，放入红糖和鲜姜，稍凉一凉端了进来。英子坐起身，双手哆哆嗦嗦地捧着碗，一小口一小口地喝着正冒热气儿的糖姜水，大半碗进肚后，觉得不那么冷了，身子也热乎了。克其顿和儿子把她扶到炕上，老嬷嬷则去厨房从米袋子里抓出两把苞米面儿撒入灶台上的铁锅里，再舀了一瓢凉水倒进去，往灶坑里添了一把柴，很快便熬成了糊糊。待晾温乎了，盛出一碗端进屋内，准备一勺儿一勺儿地喂给躺在炕上的女子。英子肯定是饿急了，起身一把夺过碗几大口就喝光了，连勺都不用，紧接着又喝了两碗，总算有点精神了。她用衣袖儿抹了抹嘴，站起身又扑通一声跪在炕上，冲爷儿俩咣咣磕着响头道："谢谢老爷，谢谢少爷，萍水相逢却救小女一命，大恩大德没齿不忘！"

克其顿赶忙上前阻止道："使不得，使不得，不必多礼，我家不讲究这个。闺女呀，快躺下，身子骨儿要紧！"

英子眼含热泪恳求道："请老爷、少爷发发慈悲，救人救到底，留下小女吧！我不想走了，就住这儿了，行吗？"

克其顿问道："闺女，能告诉我姓甚名谁吗？多大了，从哪儿来，家中还有何人？"

英子回道："小女姓高，乳名英子，今年22了，故乡在四川，已无家可归。去年夏季发大水，房子被山洪冲塌了，二老双亲惨埋于泥石下，连尸首都没见着。逃难时，我与小弟和小妹失散了，不知他俩究竟到了哪里。为了寻找弟弟和妹妹，我随屯邻走了好几个月，四下打听也没有他们的下落，刚刚来到此地就……"说到这儿，再也忍不住了，嘤嘤地哭了起来。

克其顿安慰道："英子，别哭，到这儿即是到家了，不愿走就留下，住多少天都行。啥时候觉得住够了，想离开也成，一切随你。放心吧，饿不着，有我们爷儿俩吃的，就有你吃的，好了好了，别哭了。"

英子听罢，感动万分，抹了抹眼泪，再一次跪叩救命、收留之恩："谢谢老爷，谢谢少爷，从今往后，小女就是这个家的人了。我啥活儿都能干，劈柴、烧水、做饭、扫院子、缝补衣裳、看家望门全行，请尽管吩咐，给老爷、少爷添麻烦了！"

克其顿摆摆手道："英子，称什么谢呀，千万别见外，小事一桩，不必往心里去，我们何图哩氏也不是什么富贵人家，咱都一样，没啥说的，住下吧，正好东厢房空着呢！"说完，又仔细瞧了瞧，眼前的闺女长得还算不错，挺秀气的，心里思摸开了："天灾人祸猝不及防，英子好好儿的一个家突然间就没了，怎不令人凄怆？不仅父母双亡，与同胞弟妹又失散了，生死不明，举目无亲，孤苦伶仃，真是可怜哪！唉，自打夫人死后，怕儿子受委屈，没再续弦，总算把他拉扯大了。眼下都布纳已到结婚年龄了，然尚未娶妻，8年了，家里家外就我们爷儿俩和老嬷嬷，从没有女子上门，可一个家没有女主人哪儿成啊？老嬷嬷年纪大了，身子骨儿很弱，干不动活儿了。老宅已是屋没屋样儿、院没院样儿了，到处乱七八糟的，让外人一看，根本不像过日子，倒像混日子，起码缝缝补补、洗洗涮涮这些活儿就得赫赫干，哈哈不是那块料。恰在此时，来了个高氏女，因无处栖身，才恳求能在自家住下，也是前世的缘分吧！这也好，穷帮穷嘛，又不是咱强留她。不过一个姑娘家出来进去不方便哪，这算咋回事儿呀，好说不好听啊！正好都布纳未成亲，要是她愿意，答应做何图哩氏家的儿媳妇，那咱可是求之不得。虽然闺女比儿子大3岁，但俗话讲，女大三抱金砖，说明福分还不浅呢！"

就这样，英子住进了何图哩氏家，一晃两个多月过去了，倒也相安无事。平日里，克其顿总是留心观察，发现高氏女确实挺勤快，把房前屋后、里里外外收拾得干干净净，院内扫得连个草棍儿都没有。洗过的衣服叠得板板正正，还帮着老嬷嬷劈柴、烧水、做饭，菜炒得也挺香。总之，凡是赫赫该干的活儿，她几乎全包了，而且与都布纳相处得很好，如同姐弟一般，心中不禁暗喜，认为时机成熟，已到摊牌的时候了。一日晚膳后，桌子也拾掇完了，克其顿便将自己的想法跟儿子和高氏女说了，希望他们能成婚，不要错过这人与人之间命中注定的遇合之机，何图哩氏家也该添人进口了。两个年轻人你瞅瞅我，我看看你，尽管未说什么，脸却腾地红了，克其顿乐得嘴都合不拢了。

第二天晌午，克其顿办完差从衙门回到家，连饭都没顾得吃就开始张罗上了。先从炕柜里拿出平时省吃俭用积攒下的有限银两，雇来木匠和瓦匠，吩咐他们简单收拾一下老宅，把破损的门窗修一修，缺失的院墙补一补，再里里外外粉刷一新。然后赶往集市左看右瞧对比了好几个来回，方购置了两样儿家具，即一张桌子和两把椅子，因家里的旧桌椅实在不能用了。接着又去了绸缎庄，买下价格低廉的两块料子，请裁缝为儿子和英子各做一套新衣，待成亲那天穿。这些必做之事全办完了，再一摸兜儿，银子已所剩无几。

一切准备就绪，克其顿选了个良辰吉日，请来为数不多的亲朋好友，摆了6桌酒席，在大家的祝福声中，把新娘子娶进了家门。婚后，小两口儿你尊我让，夫唱妇随，相亲相爱，从未红过脸，感情越处越深。然而令人着急的是英子开怀儿晚，4年后才生下一子，都布纳为其取名尤成额。

光阴荏苒，转瞬20多年过去了，何图哩氏家的变化不小。现如今，尤成额早已长大成人，读书万卷，颇有才气，被桂良大人一眼看中，不但把自己的外甥女茗兰许配之，而且又为外甥女婿谋得了官学教习的差事，很快就要携夫人赴吉任职了。在此离别之际，成额的老娘高氏很是难过，不由得想起了自己的苦难身世，想起了一直牵肠挂肚、至今仍未找到的弟弟和妹妹，怎能不百感交集呢？眼泪不听话地噼里啪啦往下掉。她不停地用手帕擦拭着泪水，擦掉又流，流了再擦，总也擦不干。站在一旁的都布纳心疼夫人，关切地劝慰着，结果是夫人的泪水止不住，自己的眼眶也湿润了。

这时，桂良大人来了，见都布纳夫妇眼泪巴叉的，尤成额小两口儿也是泪眼婆娑，不禁感慨何图哩氏家这么多年来确实不易呀，吃苦挨累不说，还得忍辱含垢。此次儿子和儿媳一走，不知何日再回京团聚，离愁别绪将伴随着他们，心里自然很不好受，难舍难分是在情理之中，遂走上前笑着说："哎，哭什么呀，不是一直盼着成额将来能有个好前途吗？此去吉林任教习，乃所学有所用，如愿以偿了，是值得庆贺的大喜事呀，应该高兴才是。而今不同以往了，原先成额没个着落，只能闲居舍中，日日苦读。现在有了安身立命之所，可以充分施展才能了，那些书总算没白念，以后能咋样，全靠自己努力了。成额呀，到了吉林官学，要认真教授，尽职尽责，干出个样儿来，那才不辱祖上的阴德呢！若是准备好了，就早些上路吧，以免生枝节。"

一家4口儿听后，破涕为笑，诺诺称是。桂良大人的话也提醒了都布纳，忙让小满堂去请位先生掐算出行之吉日，儿子和儿媳也好按时起程。3天之后，尤成额和茗兰跪辞了二老及舅舅、舅母，乘车上路了。听到信儿的亲朋好友纷纷前来送行，叮嘱的话语说了千千万，惜别的泪水流了又淌，一直送出5里之外，方依依不舍地返回。

尤成额携夫人于嘉庆二十五年夏末秋初，带着桂良大人写给吉林将军衙门达禄副都统的举荐信，告别了四位长辈及亲朋好友，坐着一架两匹马拉的铁轮大轿车离京。后头还有一辆小轮车随行，里面坐着准备为主子挑书担子的小满堂，车内除了尤成额的书籍，就是必备的家具、行囊和日常用品，无用的一件没带，那还装了满满一车呢！从此，尤成额迈出了人生的第一步,一走将近50年,像块掷地有声的巨石深深扎入吉林的沃土之中,生根、开花、结果,桃李满天下,此乃后话。

尤成额和茗兰离京不久,桂良大人奉旨前往成都,以按察使的身份调卷,查究积案,以掌握某些官员触犯大清律、受贿贪赃之罪证,据此依法予以处治。到那儿干了一年之后回京,皇上又下旨,令其以布政使的身份巡访南方各地。桂良乃朝廷重臣,圣命不可违,必按御旨而行。只是他与娉娉有点儿舍不得都布纳夫妇,南方距京甚远,不知何日能再见面。都布纳和高氏同样不愿桂良老两口儿走,多年的邻居了,已经习惯了,相处得又十分融洽,像一家人一样,觉得很难割舍。总之,互相之间是你惦记着我、我牵挂着你,谁也离不开谁。怎么办好呢?桂良思来想去,决定邀请都布纳跟自己一起走,于是开始说服他,说什么别老在北方呆着,应去南方住些日子,体验一下南北两地气候的差异、景色的不同、生活的苦乐,不但会有新鲜感,而且能长不少见识。

对桂良的提议,都布纳连奔儿都没打,表示愿随大人前往,举家南迁也成。他首先想到的是夫人,那是地地道道的四川人,20多年前离开家乡,至今未曾回去过。此次随桂良大人去了,倘若不能长住,顺道儿看看故人故土也好,对她是个安慰。都布纳回到家把桂良大人的打算和自己的想法跟夫人一说,高氏非常高兴,当即赞同道:"好哇,求之不得呀,这个机会可不能错过。多少年了,做梦都想看看故乡的山山水水有什么变化没有,或许还能打听到弟弟和妹妹的下落呢!再说了,当年没见到父母的尸首,一直想选个地儿建个衣冠冢,作为二老的坟茔,逢年过节可前去拜祭,也算尽女儿的一片孝心了,否则心不安哪!"

都布纳见夫人同意了,忙起身乐颠颠地去了桂良大人家,二人合计一番,定下了起程的日期。一切准备就绪,一周后的清晨,两家共13辆车一起离开京师前往四川,桂良老两口儿坐在前车,都布纳夫妇坐在后车。高氏掀开轿帘儿往外瞅,那是三步一北望、两步一回头哇,心里忽然有一种被掏空的感觉,惟一牵挂的就是北去吉林的儿子,不由得陷入了沉思之中:"成额乃一介书生,肩不能担担,手不能提篮,只会之乎者也矣焉哉,见人脸先红。到了异地,面对复杂多变的世事,一旦身处艰难困厄的境况,甚或生计窘迫,仕途不顺,他能应付得了么……"

尤成额此刻又何尝不挂念自己的高堂呢?到了南方,二老能否适应那里的生活,水土不服咋办?万一生病了咋办?他们之间可谓母子情深,各在天涯,互相放心不下,牵肠挂肚。然惦记归惦记,在此后的日子里,都布纳留在四川任职,夫妇二人始终未能赴吉探望儿子、儿媳,且音信杳然。

那么,尤成额携夫人千里迢迢驱车北上,究竟怎么样了呢?各位阿哥恐怕很难想象当时的世态人情,他们刚一踏上吉林大地,便遇到了不少坎坷,困难重重。尽管成额后来如愿当上了教习,也是杂事多多,授业甚忙,根本抽不出身去南方看望父母。尤成额是个书生,老实本分,对长辈很是孝顺。既已远离故土,就不想让严父慈母操心,不愿把到陌生之地所发生的所有不快跟二老学说,只能是深藏内心、隐忍不言、小两口儿互相安慰而已。正因如此,都布纳夫妇和桂良老两口儿不可能知道尤成额、茗兰的真情实况,以为怀揣着给吉林将军衙门副都统的一纸推荐函,便可万事大吉、一帆风顺了,做梦想不到其实是愁哉、屈哉、苦不堪言哪!

若说起来,自打大清太祖武皇帝率领八旗兵挥刀仗剑、血溅沙场定天下之后,山清水秀、风景宜人的吉林乌拉便成为满洲的发祥地。那是个令人向往的地方,松花江水蜿蜒绵长,百草丰茂,虾鲜鱼壮。景色虽不如江南一些城市那么幽美、秀丽,但在大清开疆立国、稳固北土中立下了汗马功劳,威名显赫,与盛京①及呼尔哈河②畔的宁古塔并驾齐驱,声震漠北,为大清国的光辉历史抹上了重重一笔。其征军骁勇,进兵神速,快如猛鸷,水师舰船闻名天下。康熙朝时,八旗官兵一扫罗刹的嚣张气焰,攻取雅克萨,签订了载誉史册的《尼布楚条约》,萨布素将军之威名盖世,也与宁古塔和吉林古城紧密相关。圣祖玄烨、高宗弘历曾御驾巡幸吉林,游弋松花江上,诗兴大发,留下了《松花江放船歌》等千古绝唱,获得了"铜帮铁底松花江"之美誉。大清国历任的吉林封疆大吏,无一不是皇帝亲点,视为北方锁钥之臣,个个都是让天子高枕无忧的镇北元勋。吉林乌拉自然也被世人刮目相看,只要一提起,没有不赞佩的,皆言此乃富庶之地,人间天堂,是一颗灿烂的明珠,光彩夺目的亮星。

可惜呀,如今世道大变,大清江山社稷不稳,风雨飘摇。国民精神萎靡,灰心丧气,担心天下要玩儿完哪,眼看着长城以北的白山黑水,即满洲的发祥之地也不是安乐窝了。一时间,土匪猖獗,烧杀劫掠,抢

---

① 盛京:即沈阳。
② 呼尔哈河:即牡丹江。

第一章 囚困江城

男霸女，无法无天。到处是妓院、烟馆儿、宝局，物价飞涨，原先几文铜钱可换一袋苞谷，两串铜钱能买一头骡子，现如今百枚通宝才能买二两大烟膏。难民如潮，饿殍遍野，怨声载道，街上随处可闻卖男鬻女之声，黎民实在没有活路了。

此时的吉林乌拉也是人心惶惶，往日那"棒打獐子瓢舀鱼，野鸡飞进铁锅里"的景象早已不复存在，而是一片荒寂，民不聊生。辽宁、黑龙江两地亦是自身难保，封禁大开，尽管八旗兵日夜把守，也阻挡不住从关内逃来的难民，有推车的，有担担的，有儿子背着老娘的，有丈夫搀着病妇的，有父亲挑着一双儿女的，有母亲扯着三四个孩子一瘸一拐艰难举步的，一家又一家，络绎不绝。上千里逃荒路上，难民之间打架、斗殴、争雄时有发生，强者为上，弱者受伤、致死或死于非命。土匪则趁火打劫，烧杀抢掠，无恶不作，所到之处，无不遭殃。有些行善之人见难民们孩子哭老婆叫的，饿得骨瘦如柴，实在可怜，便在沿途设了粥棚儿，自备粮食熬粥施舍之，使其暂可饱腹。还有的立起了引魂幡儿，帮着死者家属丧葬，将尸首予以掩埋。呜啦呜啦的喇叭声儿天天不断，从早吹到晚，让人听了无比难受，心都要碎了。

时任吉林将军的松萩面对此情此景，眉头紧皱，心急如焚。他身居高位，武将出身，却像个文官，为人谦和，举止沉稳，温文尔雅，平易近人，将军衙门府上下人等无不尊崇。可近几个月来，将军的身子骨儿欠佳，有时稍一动就气喘吁吁，吸气费力，憋得满脸通红，浑身冒虚汗。每当发作起来，啥都干不了，即使要务再紧，也是干着急，只好让身边的心腹达禄代行。在几位副都统中，认为达禄最能干，也是最可信任的下属，故而排在第一位。达禄办差认真、细致、一丝不苟，啥事儿都亲自过问，亲自动手，且严于律己，没有高官重臣的架子，受到属下官兵的普遍拥护。他经常不带侍卫、随从，只身骑马巡查军营、哨卡，凡有官兵驻扎的地方必到。若是太晚了来不及回府邸，便夜宿帐篷内，从不搅扰民宅。当年，遭遇连日大雨，江水泛滥，致使不少房屋倒塌。灾民没地方住，就围坐在将军衙门院外，伸手讨要救济口粮。达禄领着属下为他们烧水、熬粥，请郎中给瞧病，并去药房抓药予以诊治。一时间，衙门外人声嘈杂，老的哭小的叫，乱哄哄的。达禄为了减轻将军的压力，主动挑起重担，想办法尽快安置灾民。他天天同难民们滚在一起，一会儿搀扶这个，一会儿安慰那个，从早忙到晚，已经折腾一个多月了，从未脱衣舒舒服服睡过一个囫囵觉，累得日渐消瘦，颧骨突出，两颊凹陷，脸色灰暗。就在这时，达禄接到了桂良大人的手书，请其无论如何设法为外甥女婿尤成额找个差事做。

前书讲过，达禄和桂良曾一块儿赴湖广平定苗乱，在频繁接触、并肩办差、共商治理大计的过程中，两颗心靠得越来越近，渐渐成为了无话不谈的好朋友，故交颇深。桂良又是达禄的顶头上司，对其总是全力提携，达禄很是感激。而今上司来函了，当然非常重视，不管从哪层关系看，都理应帮忙，即使困难再多，也得当做要务去办。还算不错，没几天，便在同僚的帮助下，顺利为尤成额谋到了左翼官学教习之职，遂复信请其尽快赴吉上任。而眼下，达禄每天要处理的事情太多了，可谓千头万绪，忙得脚打后脑勺儿，根本抽不出身来接待即将到吉的尤成额夫妇，怎么办呢？思摸了半天，突然想到了将军衙门府的总管、师爷秦名远，噢，对了，把此事交给他再合适不过了。

秦名远今年四十有一，瘦高个儿，长瓜脸，鹰钩儿鼻，两道儿八字眉，一对儿鼠眼，戴着玳瑁边儿的水晶近视镜，留着两撇儿黑胡须。身穿蓝缎子黑花儿大褂儿，外罩紫缎金丝卷儿宽领坎肩儿，腰间别着铜锅儿水烟袋，据说是求人从盛京"金"字号铜器铺花 50 吊铜板买来的。举止张狂，喜好显摆、自夸，无论到哪儿，总是手托水烟袋、迈着四方步一走三摇晃，跟唱戏走台步似的。在外人面前，常常摆出一副洋洋自得、目中无人的架式，看样子一点儿不像将军衙门府里的差官，反倒像个大员外。给人印象最深的并不是那身儿打扮和作派，而是两颗向前支出的大门牙，如同两块白板一样堵在唇边。有谁若想往他嘴里扔个什么东西，大可不用闭上，两颗龇龇着的门牙就将其拒之门外了，可想而知牙有多大吧，特别引人注目。平时走在街上，谁见着他都感到哪儿不对劲儿，继而仔细一打量，那神情立马像看到个怪物一般，惟恐避之不及。正因为长了这对儿醒目的门牙，便成为秦名远的一大标志了，衙门府的上下人等背地里不再称其总管或师爷了，而是送了个绰号"秦大门牙"。此人的职权范围不小，查验账房的收支啊，登记赈灾银两的数额呀，接待登门上访的流民哪等等。这些日子以来，由于发生了水患，衙门府的文武官员全下去了，文官忙于救灾，武将忙于剿匪，只有秦总管在府内坐镇，没第二个人，所以达禄才想到了他，并决定让其替自己接待尤成额及其夫人。唤来秦名远后，如此这般地交代一番，并嘱咐道："尤公子乃湖广总督的外甥女婿，也可看做是本官的晚辈，接待之事只能请师爷代劳了。记住，务要妥善安置，不可拖延。"

秦名远满脸堆笑地应承道："嘘，嘘，交给小的就是了。请大人放心，尤公子到后，定将热情接待，好生伺候，安置得妥妥帖帖。"

达禄见其痛痛快快答应了，也就把心放到肚子里了，相信总管会说到做到的，不敢瞒着自己背地里慢待尤成额夫妇。秦名远退下后，达禄赶紧扒拉几口饭，又领着官兵为治理水患忙去了。

话分两头，再说尤成额和茗兰在小满堂的陪伴下，从京师出发前往吉林乌拉。刚上路时，小两口儿心情可好了，兴高采烈地边走边观赏着夏末秋初的美景，看什么都感到新鲜，尽管晓行夜宿十分辛苦，却不觉得累。可越往北走越荒凉，草木不那么绿了，天也不那么热了，一早一晚还凉飕飕的。走了八九天后，就有点儿吃不住劲了，观景的兴趣不那么浓了。为啥变这样了呢？尤成额和茗兰从小到大未出过远门，更谈不上需走上千里的路程。这回倒好，天天坐在两匹马拉的轿车里，只能听到车夫驱赶牲口的吆喝声儿和咣当当、咣当当的铁轮行进声儿，震得耳朵嗡嗡响，令人心情烦躁不安。到了后晌，轿车内就进不来阳光了，渐渐昏暗起来，偶尔掀开轿帘儿往远处瞅瞅，满目全是一片片黑糊糊的树林，曲曲弯弯的山路没个尽头。有时需穿越密林，有时需涉水过河，有时需小心翼翼地走在狭窄的山间小道儿上。路况还不好，崎岖不平，坑坑洼洼，忽高忽低，把他们折腾得精疲力竭。当困意袭来时，刚想闭上眼眯一会儿，轿车却一起一落地颠簸起来并左右摇晃，好几次差点儿没翻车，感觉肠子、肚子快要颠折了，骨头节儿也零碎了，浑身软绵绵，脑袋昏沉沉，什么都不想吃，只想吐，好像闹瘟疫似的，哪还有精神头儿观景啊？临从家出来时，都布纳曾一再嘱咐儿子："成额呀，你们此次去的可是塞北，那里逃难的流民很多，劫道的土匪也不少，千万要小心哪！"

高氏也悄声儿叮咛儿媳妇："茗兰哪，你就坐在车里，不到万不得已，轻易别露面儿，更不能下车，路上什么人都可能遇到。长得这么漂亮，一旦被歹人发现，出个一差二错咋办？不过也不用怕，轿帘儿一挡，外面的人看不见里头。依我看哪，不如在车内预备个尿盆儿，想解手就在里面解决了，用不着出去，记住没？还得当心……"

站在旁边的都布纳见儿媳一脸紧张地听着，忙打断道："哎呀，快住嘴吧，没那么邪乎。照你这么说，谁都别出门了，差事总得有人干不是？多注意点儿就是了。"

高氏不这么想，也没顾及老伴儿乐意不乐意，凑近儿媳耳边又是一阵儿嘀咕,看样子是在说些悄悄话,茗兰边听边不住地点头,脸颊红红的……

尤成额和茗兰蛮听话的,始终牢记二老的提醒,不论咋说,小心无大错,虽然早已腻歪得心烦,想出外透透气,但终未下车,咬牙挺着,老老实实呆在车里。小满堂可不像他俩,没事儿人似的,一会儿坐在车里,一会儿跳出车外,跟着车跑前跑后地照顾着小主子,且能吃能喝能睡,啥也不耽误。

尤成额一行又走了十多天,两个车夫聚精会神地赶着车,丝毫不敢懈怠,生怕出啥事儿。他们盼啊盼,恨不得一步跨入吉林地界,终于在离京21天后的清晨,远远看到了江城的轮廓。尤公子立马来了精神,掀开轿帘儿伸出头四下张望,见晨曦下雾霭蒙蒙,炊烟袅袅,峰峦若隐若现,周围静静的,只有树上的山雀叽叽喳喳叫个不停,心想:"好哇,这是个美丽的所在,也是圣祖爷和乾隆帝御驾亲抵之地。曾几何时,大清国一些出名的战将率领八旗兵在此抗击外寇,留下了金戈铁马踏过的足迹,从此出征者动人心魄的战斗故事便在吉林大地流传开来。等有闲空儿时,我要到处走一走、看一看,还得去打牲乌拉瞧一瞧,以一饱眼福。"

此刻,茗兰也坐不住了,冲车夫喊道:"快呀,快点儿赶哪,马上进城了!"

车夫扬起鞭子啪啪一甩,吆喝道:"驾!驾!"

吆喝声刚落,3匹马拉着两辆车一路小跑,没多大工夫便驶进了吉林城,再沿着江边往右拐,前面离码头不远有一片松树林,林子的高坡儿处纵向排列着五六栋小红楼,此乃将军衙门属下专供外地来吉人员安歇的迎宾驿馆,四周围着青砖花墙。两辆车刚刚停在花墙前,从门脸儿较大的那座小红楼里迎出两位拨什库,恭恭敬敬地向已跳下车的尤成额施礼,其中一位说道:"公子,少夫人,一路辛苦了!我们奉副都统之命,已在此等候多时了,总算把你们盼来了。达禄大人最近非常忙,抽不出身亲自前来迎接,对此深表歉意。大人已将接待和安置事宜全权托付给将军衙门的总管秦师爷了,并做了交代,令其好生伺候,我也跟驿馆李馆主打过招呼了。今天就好好儿歇息吧,到江城即是到家了,需要什么尽管盼咐,不要客气。我们还有事,恕不奉陪,告辞了!"说罢刚要走,尤成额忙道:"二位请留步!"遂从怀里掏出桂良的举荐信,烦请二位将其转交给达禄大人,并一再表示感谢。拨什库双手接过信函,放

第一章 囚困江城

入内怀收好,转身离去。

尤成额和茗兰在小满堂的搀扶下,走进驿馆院内,顿觉较前轻松些了,起码耳朵不嗡嗡响了,咣当当、咣当当的铁轮声儿也没了。不过还像坐在车上似的,仍感到头晕、倦乏,身上没劲儿,只想舒舒服服地睡上三天三夜,哪怕不吃不喝都成。满堂见两位小主子一副疲惫不堪的样子,很是心疼,思摸道:"临来时,老爷和太太再三叮嘱我,腿要勤,心要细,务必照顾好少爷和少奶奶,凡事想得周到些,不能出丝毫闪失。我可得尽心尽力去做,否则不仅对不起萨克达额真的信任,将来回去也没法儿交代呀!"

3人站在院内等着李馆主,过了一会儿没动静,满堂便去门房那儿打听,得知馆主每天这个时候都在账房查账。于是在门房的指点下去了账房处,见到了50开外的李馆主,告知尤公子和夫人已经到了,正在前院儿候着,请赶紧安排客房住下,以便早点儿歇息。

李馆主出得门来,走到尤成额夫妇跟前,客客气气地打了声招呼,然后引领二位来到雅致而清静的大厅,让他们先歇歇,喝茶润润嗓子。这可能是当地的规矩,客人到后,首先得在大厅驻足,皂隶会奉上香茗,待客人喝得差不多了,再由馆主领到客房去。

尤成额坐在靠背椅上环顾四周,见厅内宽敞明亮,阳光充足,干净整洁。地上铺着黑底红花儿地毯,椅座上放着绣花缎垫儿,坐在上面感到很暄腾。东西两侧墙壁皆挂有字画,几张八仙桌置于墙边,上面摆放着茶碗和江南彩陶。正冲厅门的桌案上,有一尊用陶土烧制之满脸带笑的大肚弥勒佛,身高2尺,似乎正在看着厅内的客人。没一会儿,3个皂隶走了进来,其中两人各端一盆温水,另一人手拿两只杯子,请风尘仆仆的客人洗洗脸,漱漱口。待尤成额夫妇洗漱完毕,皂隶递上白色的毛巾,然后端着水盆、拿着水杯出去了。紧接着又进来一个皂隶,双手托着暗紫色的茶盘儿,上放银白色的瓷壶,内装沏好的香茗,为二人分别斟上并请用茶。礼貌周到,举止得体,十分客气。

站在尤成额身后的满堂见小主子可以舒舒服服地坐在椅子上边喝茶边等着分派客房了,便趁此空当儿走出厅门去了后院儿,因车夫已将自家的两辆车停在那里。他围着车转了一圈儿,检查物品有否丢失或者损坏,尤其对那几只红木箱子看得越发仔细,见一切完好,方放下心来,寻思道:"等馆主定下客房后,不光少爷和少奶奶可以入住了,这些箱子也需卸下车搬进去。我得叮嘱皂隶们轻抬轻放,里面装的可是少爷的书籍和文房四宝,哪件都挺珍贵,有的还是祖上传下来的,务必得替小主子保护好,绝对不能摔坏了,否则少爷心疼不说,我这个下人也担待不起呀!"想到这儿,重新查了查车上的包裹、竹篓儿够不够数儿,摸摸这个,摁摁那个,心里又合计开了:"呆会儿皂隶往下卸这些东西时,我得做到心中有数,先抬什么,后搬什么,哪个放在下面,哪个摆在上面,应摆放在屋内的哪个位置,事先都得想周全,省得到时候乱套。摆放好后,既要看起来整齐,又要用起来方便,不至于想拿啥半天找不着。"各位阿哥,你看满堂想得多细呀,伺候小主子多精心哪,怪不得都布纳把这个贴身管家、小灯倌儿赏给儿子了,知道他不仅听话,干活儿认真,还好使唤呢!

满堂查看完毕便返回大厅,见少爷和少奶奶早已用完茶,正焦急地候着李馆主,两眼时不时地望向厅门,不由得心头火气,暗暗骂了一句:"这个姓李的老东西,磨蹭啥呀?是不是成心跟咱过不去呀,比老牛拉破车还慢!"

说实在的,满堂比谁都着急,恨不得馆主能立即为小主子安排客房,以便尽早歇息。虽然心急如焚,气往头上撞,但不能让小主子看出来,那不是火上浇油嘛,于是走上前轻声儿劝道:"少爷、少奶奶,连续颠簸20多天,确实累得够呛。别着急,闭目眯一会儿,养养神,李馆主可能正为主子挑选客房呢!快了,快了,马上就停当了。"

咱们且不讲主奴此刻的急迫心情,再说说吉林将军衙门总管秦名远。尤成额夫妇抵达江城后,没承想尚未见到达禄副都统,首先要面对的竟是个给吉林将军衙门抹黑的败类,他是谁呢?就是秦名远。这也难怪,世上哪个地方没有屎壳郎?一条鱼必腥一锅汤。实际上,达禄与秦名远所司之职不同,平日里打交道并不多,对他不甚了解。表面看,这位总管天天张张罗罗的,挺会办事儿,对府内职衔比自己高的官吏毕恭毕敬,任其支使,从无怨言,给大家留下的印象不错。暗地里却是另一副嘴脸,行为卑贱,擅于阿谀奉承,两面三刀,雁过拔毛,贪婪无度,一肚子鬼点子,可谓坏透腔儿了。所言有所据,如此给他下结论一点儿不为过,而是恰如其分。不是么,秦名远当着达禄的面儿痛痛快快答应了交办之事,表示热情接待来吉的副都统故友之外甥女和外甥女婿,尽快安排于驿馆住下,有什么困难立马解决,达到对方满意。而背地里他可想歪了,斜出了一万八千里,认为此乃天赐良机,狠狠地敲尤成额一竹杠子,定能得到一笔数目不小的外快。因为尤公子是从千里之外的京

第一章 囚困江城

师来到塞北的，出远门哪有腰兜儿不揣银子的？一准不能少带。何况又不是寻常之人，乃赫赫有名的湖广总督桂良大人的知己之子，皆为名门望族，自然娇惯得很，在家是侍从成群，出门是金银满车。从这些阔公子身上揩点儿油水，不就是从大金龙身上弄块儿金片嘛，算不得啥，不费吹灰之力便到手。财神爷来了，主动把钱送上门，干嘛不要哇？不要是地地道道的大傻瓜！不过秦大门牙所采取的手段与土匪不同，不是明目张胆地抢夺，而是做得非常隐蔽，以将军衙门的总管、师爷身份作为挡箭牌，大行贪占之实。

尤成额小两口儿抵达吉林、来到将军衙门属下的驿馆时，一开始秦名远并未出面，而是让李馆主接待，并一再叮嘱要有礼貌，凡事小心翼翼，不能因一时疏忽致使人家不快，更不能得罪尤公子。他咋想的呢？认为这些公子哥儿有的是银子，若是接待得周周到到，使尤家少爷满意并受到感动，便会慷慨解囊，一掷千金，那不就什么都来了么？故而喝令皂隶们务要好生伺候，不可造次，放规矩些，不要急于求成，没有本师爷的允许，谁也不许胡来。手下的那帮皂隶跟在秦名远身边正经有几年了，深知他是个什么样的人，乖乖按其吩咐去做，自己多少也能得点儿好处，当然俯首帖耳、言听计从了。不夸张地说，个个是吃人不吐骨头的恶狼鹰犬，双双眼睛是血红的，直冒火星儿，恨不得将住在驿馆里所有客人腰兜儿掏个溜溜光，一文不给留，那才叫痛快呢！

平日里，到吉林将军衙门办事的各方人士皆有，大多是来自八旗或富贵之家的无业贡生，企盼着能被分派一个合适的差使，哪管是替补呢，有活儿干总比在家闲呆强。俗话说得好，有钱能使鬼推磨，当今社会更是如此。这些贡生从家出来时，特意带了不少银两，担子里装的全是一串串通宝，干啥来了？买官或求职来了。有的官吏则把将军府衙当成了商铺，一人身兼多职，卖一职无妨，可得不少银子，谁出的价码儿高给谁。一时间，衙门口儿变成了买官卖官的交易之地，一传十，十传百，凡是有钱的纷纷往这儿奔，买到官便可一步登天。往往今天是个浪荡公子，抽抽大烟、逛逛妓馆、押押宝，明天摇身一变就成几品官了，兴许是县官，也可能是州官，这都没准儿，主要得看能拿出多少银两。今儿个是书生、商贩打扮，明个儿便身穿补服，头戴官帽了，这种现象一点儿不奇怪。人不可貌相，海水不可斗量，在那个社会背景和具体环境下，一个跟头翻上九重天可不是个别现象，大有人在呀！

秦名远这帮恶狼终朝每日在衙门里混，时不时地接待怀揣纹银上门之人，不刮他们刮谁呀？能放过嘛！当时风传这么一种说法，即对那些养尊处优的贡生们不能手软，除了将他的裤衩留下外，其余的不管多少油水统统揩干净，从头到脚剥个精光。秦名远知道贡生的家境普遍比较优裕，他又是吃这口的，早已搂惯、占惯了，所以眼睛总是盯在富家子弟身上，一旦发现目标，决不放过。只要一声令下，手下的鹰犬们立马双目放光，兴奋不已，哇啦哇啦狂叫，腰板儿挺得直直的，众口一词道："嘛，小的明白，谨遵师爷之命，瞧好儿吧！"当秦名远得知尤成额已到、正在驿馆等候分派客房时，心里暗暗高兴，以为这位书生同那些贡生一样，腰兜儿肯定塞得鼓鼓囊囊的，又能大捞一把了。于是整饬衣冠，先把派头儿摆足，接着又高一声低一声地唤来皂隶，一行人急不可待地直奔衙门府西边的小红楼迎宾驿馆而去。

说起吉林将军衙门属下的迎宾驿馆，依据所处地点、屋内设施、住宿人等的不同，大致可分为三类。第一类是最上等的驿馆，乃康熙年间于吉林将军衙门府内单辟出一个地儿建的，原为圣祖玄烨和高宗弘历御驾东巡的行宫，后来赐给了吉林将军衙门，不过哪届将军也未曾入住，皇上呆过的地方谁敢进哪？行宫从此就留下了，天天有专人打扫，院外派兵把守，任何人不准靠前。而今在行宫的旁边又盖了座红砖黄瓦宫楼，只有6间屋，专给来吉林之皇室子弟、贝勒、皇亲国戚及宗室亲眷预备的，人称"贝勒府"。宫楼的外形设计非比寻常，独具匠心，所有材质造价不菲，从内到外富丽堂皇。房间布置格外讲究，然设施的选材、物品的质地、用具的多少各有所差，主要是按贵宾的品第高低予以分派。每年的春夏之交，偶尔能来几位皇帝的亲眷，平时没人住，大多时间是空着的。

第二类为正经八百的迎宾客栈，即尤成额夫妇所看到的、离将军衙门不远的这处迎宾驿馆，坐落在码头旁边的一片松柏林中的高阜之地，全是青瓦顶的红砖小楼，美观而阔气。登高远眺，可见江上帆樯如林，渔舟点点。小红楼的周围有青砖花墙，四角砌着高高的鹰楼，楼内设有多个鹰舍。关在里面的鹰全由鹰把式饲养，除了供来此游览的高官观赏外，也可带着鹰到野外放飞，但需由衙门派人陪同。这些鹰皆为猎鹰，性凶猛，善捕捉，野兔和山鸡一见就堆缩。这且不算，东侧还围了一块空地，内砌虎舍，专养东北虎；西侧置鹿园，圈养梅花鹿；南侧密林边挂着一排排鸟笼，大小、式样各异，编得十分考究，内关百鸟；北侧设貂房，里面是清一色的紫貂。入住的客人全被这些设施吸引住了，置身

第一章 囚困江城

其中，如同进入长白林海一样，顿觉视野开阔，心旷神怡，一种亲切、新奇之感油然而生。可以说，此乃吉林将军衙门辅助设施的一大特色，也是江城的一大亮点。

那么，这片小红楼接待哪些人呢？乃专门迎迓到吉林将军衙门办事的八方贵客，有的是将军的顶头上司，从京师大内来的朝中高官；有的是八旗将领，如都统、参领、佐领等；也有盛京、黑龙江两地各个民族的代表，各个部落的穆昆达①、官爷、头领等；还有各地南来北往的富商、豪绅、举子等，都是很有面子的人，只要到吉林，就住宿此驿馆。这里的居住条件特别好，分为几十个小院套儿，房间内窗明几净，宽敞明亮，设施齐全。环境亦十分优美，掩映在一片松柏林中，绿树成荫，百花争艳，鸟语声声，幽雅清静，赶上世外桃源了。总之一句话，此迎宾驿馆所接待的大多是将军的客人，皆为嘉宾，没有一定地位的人是住不进来的。

第三类是在距吉林将军府衙十几里远的一处偏僻之地，即松花江北岸的北山附近，盖了些排列整齐的土坯房，加上原有的四合院儿，面积不小。来人只能沿江而行，从密林、山谷中穿过，七拐八绕方可到达。其特点为四周不是用青砖砌起的花墙，而是用从中间劈开的粗柞木夹成的障子，就是通常所说的木栅墙，南北各留一门，从里到外共三层，派兵丁把守，外人不得入内。

住在这里的是哪些人呢？共分三种。一种是从吉林各地来的平民百姓，有到将军衙门上访的，有告状的，也有讨债的。他们所述之事，往往一时半会儿解决不了，总得给安排个歇脚的地方吧？于是便派兵丁将其带到此处，吃住由这儿打理。除此还有难民，那几年天不作美，灾害不断，不是发大水就是遇大旱，庄稼或枯死或被淹。人们纷纷离开家园，致使流民遍野，满目可见仨一帮、俩一伙逃荒的男女老少，山根儿、沟谷、林莽成了他们的落脚之处。小小的吉林乌拉能听到八方口音，骨瘦如柴的孩子伸出脏兮兮的小手满街乞讨，两眼呆滞的老者饿得前腔儿贴后腔儿，让人看了很是揪心。毙倒于路旁的妇孺已不罕见，随处可闻令人作呕的腥臭味儿，顺风一找，准能发现无人收的腐烂尸体。尤其是那跳江淹死的，浑身膀肿，胀得像肉筒子似的，脸也变形了，吓

---

① 穆昆达：满语，穆昆即女真人的一种父系血缘组织，多以祖先名字及住地命名。组织成员公推一人为头儿，管理内部事务，这个头儿即穆昆达。

死人哪！他们皆为无家可归之人，人心都是肉长的，同命相连嘛，渐渐地在难民中便形成了穷帮穷、穷靠穷的风气，大家自然而然地凑到一起，唠到一块儿，发怨气，骂世道，互相之间谁也不戒备谁，啥话都敢往外掏。吉林将军考虑到对难民长期放任总不是事儿，人越聚越多，如同从天上掉下来一般，无法控制。一旦这些人组织起来，对抗朝廷，社稷将受到很大威胁，不可小觑。于是便把这些流民分批转送到江北的驿馆，集中管理，然后再陆续予以安置。这部分人住在最外面那层，比较松散，可以在里面随意走动，不受限制，但出木障子不行。

另一种是那些在社会上闹事逞凶、打架斗殴、偷鸡摸狗等被暂时拘管之人，抓到后还未来得及审问，关在江北驿馆的中间那层，对其看管相对严一些。待查清后，按大清律予以处治，情节轻微的就放了。

还有一种则是被称为不安定因素、与社会治安好坏有直接关系之人，关在最里面那层，看管甚严。官府怀疑他们私自贩卖鸦片，私开宝局，私通盗匪，然尚没有真凭实据，属于待查之人。当时由于社会动荡，盗匪勾结，四处作乱，致使治安状况很不好。辽东是满洲发祥之地，过去这样的事情较少，近几年频发不断，而且汉人越来越多。他们通过种种手段，有的采用赎买之法，有的采用偷渡之法，有的借口靠采参度日，乘黑夜携家带口从柳条边悄悄爬过来。成员颇杂，有的是农夫，有的是脚力，也有县衙的皂隶，还有做小买卖的。其中有些人干着不可告人的勾当，行踪十分诡秘，让你难以抓到把柄。被清兵擒获后，便移送江北驿馆羁押，声言先关几天，查查再说。因他们表面上没有触犯大清律，又不掌握确凿的证据证明其犯法，所以只能暂时圈一圈，查不出什么事儿再放走。

吉林将军针对此种情况，不止一次地强调需将这些人当作客人待，争取、感化之，若能使其回心转意，效果岂不更好？也是一份力量嘛！他们由此得到了特殊待遇，每天有吃有喝有玩儿，尽量满足不算过分的要求。想吃鱼，派衙役去松花江捕；想喝酒，恨不得把酒缸抬来；想女人，去窑子叫来几个娼妓并单设地方，愿意怎么折腾就怎么折腾。当然了，对其中故意造谣中伤、寻衅滋事、蛊惑人心、发泄对大清朝廷不满、最终扯大旗拉杆子造反之逆贼或当了土匪的，绝不客气，必绳之以法。江北这片房子美其名曰"迎宾驿馆"，实际上此乃吉林将军衙门属下的拘缉营，而且眼下还在扩建，东边又辟出一块地方，八旗官兵在那儿开始夹障子、盖房子。为啥扩建呢？因近几年从关内偷偷跑出来的人

第一章 囚困江城

越来越多,为的是到封禁之地挖棒槌,也好卖钱糊口。官兵们天天马不停蹄地在山野里转,抓了这个来那个,没完没了,把他们都关进江北拘缉营,地方肯定不够用,只能加盖房子。为了减轻压力,一些拉家带口的已在官兵的押解下送回了关内,但为数不多。

吉林将军衙门属下的这三类迎宾驿馆,不仅所处地点、环境差异颇大,所住人等也各不相同。如此看来,尤成额小两口儿还算不错,一到吉林就去了一般人不准进的小红楼迎宾驿馆,并被馆主引入向阳的大客厅歇息。不言而喻,这是看达禄副都统的面子,否则一个普普通通的书生哪能被高看呢?然而尤成额和夫人坐在大厅里却等了好长时间,一直未能入住客房,只是喝了两杯茶,时近晌午也没人请其用膳。又过了一会儿,忽听门外传来踢里踏啦的脚步声,似乎不是一个人,一皂隶进来告知:"尤公子,将军衙门府的师爷到了,请接驾!"

尤成额不知来者是哪位师爷,也不知这师爷到底干啥的,既然从将军府衙来的,肯定是达禄副都统身边的人了,便赶忙站起身草草整理一下衣冠。这时,皂隶回身撩起门帘儿,五六个人鱼贯而入,走在前面的秦名远两颗大门牙往前支支着,很是显眼,跟在旁边的李馆主引荐道:"尤公子,这位是吉林将军衙门的总管秦师爷,特意看您来了!"

尤成额见对方比自己年长,遂上前施礼问候,然后手指茗兰介绍道:"师爷,这是晚生的夫人。"

秦名远嘴里哼哈答应着,眼皮都不挑,头一摆就往大厅后门走去,一副傲气十足的样子。李馆主见此,紧走两步头前带路,秦名远随之,身后是尤成额夫妇,再后面是4个皂隶。他们从大厅穿过去,出了后门便是宽敞的院子,一条铺着青石板的甬道径直向前延伸,甬道两旁种着各种花卉,尽头现出牌楼式的顶,一扇黑漆木门紧关着。尤成额抬眼一瞅,方恍然大悟,原来这门楼儿里面的小红楼才是客人的住宿之地,刚才喝茶的大厅只是驿馆的接待处。凡是从各地来的客人都需在那儿歇脚,馆主若同意你住下了,才能往院子里接,戒备倒挺森严的。那么,此刻小满堂咋没跟在主子身边呢?他已由一个皂隶领着从客厅前门出去了,绕到大门脸儿红楼的后院儿,准备把那两辆车上的东西卸下来,再搬进分派的客房里。当然了,马车肯定不走甬道,而是一条通往其他红楼的偏道。

一行人走在甬道上,两边各站一排皂隶,那腆胸凸肚的样子让人看了实在好笑。其实皂隶们老早就听到了开路清道的锣声,说是从京师来了位贵客，秦总管将亲自接待并安排下榻之处。连衙门府的师爷都惊动了，看来此人非同一般，不是将军的顶头上司，就是八旗的高官，否则不会有这么大的举动。皂隶们个个小心翼翼，屏住呼吸，大气不敢喘，生怕秦名远挑出什么毛病来。他可不好惹呀，威风着呢，只要稍不满意，眼睛冲你一立睖，甭想在驿馆混饭吃了，立马抱着铺盖卷儿滚蛋！

尤成额夫妇跟着秦名远和李馆主刚刚走到黑漆木门跟前，大门吱嘎一声开了，从里面出来一个矮胖子，穿件深绿底白云卷儿的缎袍儿，腰间系着蓝缎带，双脚蹬牛皮皂靴。浑身滚圆，大肚囊往前腆腆着，后脖颈子堆起好几道儿废肉，那肥劲儿活像个大地缸。额头油光铮亮，脑袋上光秃秃的，没几根儿头发，戴一顶八品官帽。可脑袋大，帽子小，根本戴不住，如同小破瓢硬卡在大肉瘤子上了，直劲儿晃荡，眼瞅着要掉下来了。那副尊容要怎么难看有怎么难看，只要瞧上一眼，一辈子都忘不了。茗兰双眼一搭，立马觉得反胃，赶忙低下了头，只听那胖子尖声尖气地讨好儿道："哎哟，未承想老大人亲自驾到，小的给师爷叩头了！"说完就要下跪。

秦名远赶忙阻止道："杜宝啊，你个混账小子，咋这么不懂事呢，磕哪门子头哇？分不出里外了。没看见哪，这是京师来的贵客，还不头前带路！尤公子携夫人从京师到吉林需走上千里的路程，鞍马劳顿，非常辛苦，早就该安排个下处歇息了。这样吧，先把他们请到西厅，赶紧摆酒备宴，为其接风洗尘！"

听了这番话，杜宝方直起身来，满脸堆笑地伸出右手相请并头前引路。别看他胖，还不算太笨，两条大象腿紧捣腾，秦名远、尤成额夫妇、李馆主和众皂隶随其后，呼呼啦啦地相跟着进了黑漆木门。

诸位阿哥，咱且放下尤公子不表，朱伯西我还得费点儿唇舌多啰嗦几句，把地缸子杜宝的来历给大家讲一讲。他可不是一般人，乃小红楼迎宾驿馆的大管家，也是吉林乌拉的一个"宝"。所说的驿馆李馆主，只不过是杜管家手下的帮办，杜宝才是真正当家的，吃八品俸禄。别看官儿不大，干的却是美差，可谓一人当官，全家受益，衣食丰盈，肥得直流油。这么说吧，驿馆里有啥，杜宝家有啥，他的家与驿馆不分，啥也不缺。杜宝除了有三房妻妾和子女外，还有5个拜把子兄弟，可不白拜呀，全是上了驿馆名册的正式差役，挣官家俸饷，故而当地人称这片小红楼为"杜氏驿馆"、"杜家栈"。

杜宝本是个游手好闲、汉字不认几个、满文一窍不通的犬儒，地地

第一章　囚困江城

道道的地痞流氓。之所以能混到今天这个人模狗样，干上了令人羡慕的差事，一是凭本人的自吹自擂，油嘴滑舌，善于察言观色，见着啥人说啥话，具有阿谀奉承之能；二是靠吉林将军衙门总管秦名远出于私利的全力提携。杜宝是吉林搜登站官庄庄头儿杜嘎纳的小儿子，此官庄约有千垧土地，乃吉林将军衙门属下八大官庄之一，仅次于打牲乌拉。当时，大清国各地职衔较高、有头有脸儿之官吏的官庄都挺有名气，其中大多是京师望族的官庄。搜登站官庄庄头儿杜嘎纳年年将所收获的粮谷、射猎的飞禽走兽、网得的鱼虾择优送往京师大内，经常与内务府打交道，关系颇为密切，往来频繁。因其贡奉及时，贡品丰厚，故而多次得到内务府的恩赏，且称赞有加。他的妻子挺有来头儿，乃嘉庆皇帝亲赏的，原是皇爷的贴身侍女。下嫁杜嘎纳后，杜氏家族便沾上了皇亲，从此一步登天了，前后几位吉林将军对杜家皆刮目相看，毕恭毕敬，即使有些事办得不妥，也轻易不敢得罪。

秦名远是个见利必得、横草不过之人，鬼点子特别多，眼睛专门往上看，谁的势力大盯谁。当得知搜登站官庄杜氏家族与皇家沾亲时，便想尽一切办法巴结杜嘎纳，讨好其小姨太、人称"十三主子"。你还别不信，功夫没白下，真就搭上界了，没几天便拜"十三主子"为干姐了，从此名正言顺地成为杜家之常客了，跟"十三主子"的关系也越来越近了。说他们是干亲也好，还是其他关系也罢，怎么想怎么是，没人讲得清。时过不久，秦名远经"十三主子"的引见，结识了与小姨太有私通关系的大夫人之子杜宝。杜嘎纳这个小妾可不简单，非常善于交际，几乎天天从傍晚开始接待到访的客人，一直到子时方散去。来客多且广泛，干啥的都有，往往是这拨儿刚走，那拨儿又至，可倒闲不着。秦名远早就发觉杜宝与"十三主子"眉来眼去的，有事儿没事儿总往一块儿凑，你捏他一下，他掐你一把，没一腿才怪呢！不由得又气又恨，妒火中烧，牙根儿咬得咯咯响，决意捉奸，也可一举两得。

一天晚上，秦名远找了个恰当的由头夜宿搜登站官庄，准备暗中盯梢。二更刚过，他发现杜宝打开家门蹑手蹑脚地出来了，四下瞅了瞅，径直前往住在东院儿的"十三主子"处，便赶忙紧随其后。到了院门前，眼瞅着杜宝推门就进去了，显然是里面故意没上闩，留着门呢！没一会儿，屋内的灯熄了，院内立马暗了下来，秦名远的心嘣嘣直跳，再也等不得了，急不可待地翻墙跳进院儿，走到房门前，从怀里掏出事先预备好的小刀片儿伸进门缝儿，将插关儿往上一抬，门就开了。进屋一看，炕上的两人正赤身裸体地搂抱在一起亲嘴呢，遂大步上前一把将杜宝摁住，压低声音恐吓道："好哇，杜宝，你小子吃了豹子胆了，竟敢跟自己老子的小妾私通，即使我饶过你，上天也饶不了你。等着瞧，秦某人定要告诉庄头儿，非让他把你这个乱伦的不孝之子碎尸万段不可！"

听了秦名远这番话，杜宝和"十三主子"吓坏了，忙扯过衣服披在身上，双双跳下地磕头如捣蒜，苦苦哀求师爷高抬贵手，免开尊口，千万不能说出去，更不能让老爷知道，愿以重银谢恩！秦名远瞅了瞅杜宝脑门子上磕出的十来个包，冷笑道："嘿嘿，赶巧了，正好最近手头儿紧，想给银子就快点儿！杜宝哇，我秦某人不是那种不近情理的人，谁能不犯错呢？得饶人处且饶人嘛！但有个条件，从今以后，我让你干什么就得干什么，不让干的绝不能干。记住，你就是我的人，务要乖乖听喝儿，别无二话。怎么样，这下杜家的儿子该易主了吧，爹也该换换了吧？"

杜宝忙致谢道："谢谢，谢谢师爷的不禀之恩，往后一切听您的，您是我爹，是我爷爷也成！"

3天后，搜登站官庄的银库被盗，丢了不少成色最好的纹银，杜嘎纳查了个底儿朝上也没弄出子午卯酉来，折腾得全家上下鸡犬不宁。不用说，这些银子肯定被"十三主子"和杜宝合谋偷走了，之后又顺顺当当地进了秦名远的腰包，狠狠地讹了一把。半个月后，秦名远为了与庄头儿杜嘎纳建立关系，使其小儿子成为身边的心腹，打算将杜宝安排到吉林将军衙门属下的小红楼迎宾驿馆任管家，替自己掌控那里的一切，以便多捞些油水。于是便开始四处活动，一面向属僚竭力推荐杜宝，防备他们从中作梗，一面在吉林将军跟前再三为其美言，吹嘘此人如何聪明，如何能干，是块不可多得的好料等等。还得提溜耳朵提醒杜宝，近些天老老实实在家呆着，不准出去惹事儿，更不能干什么见不得人的勾当。为谋取一己私利，这位师爷可谓绞尽了脑汁，费尽了心机。

没几天，秦名远的"荐贤"有了结果，终获松筠将军的准允，为杜宝谋得了迎宾驿馆大管家之职，如愿当上了八品哈番①，当杜嘎纳得知小儿子混了个美差，戴上了官帽，乃将军衙门府的总管秦师爷一手经办的，很是感激，忙送上重礼谢之。却不知从此以后，他的小儿子成了秦名远的囊中物，是其手下的小妈妈人儿，那根丝线牢牢地握在人家手

---

① 哈番：满语，官。

里，扯胳膊胳膊动，扯腿儿腿儿动，杜宝纯粹是一驴皮影架子，任其摆布。你说秦名远厉害不？表面上一手托两家，暗地里坐收渔翁之利，这就是有些人所谓的有能耐、有本事，谁又奈何得了？

杜宝自打拜倒在秦名远膝下，从不敢夸耀、倚仗自家的权势，而是心甘情愿地为其效劳，师爷指东决不向西，总是看其眼色行事，见风转舵倒挺有一套。还特别会来事儿，凭一张巧嘴把秦名远哄得五迷三道、提溜溜转，如同喝了迷魂汤，找不着北在哪儿，甚至杜宝放个屁都闻不出臭来。

秦名远为充分利用杜氏家族与皇家的关系，便去搜登站官庄面见庄头儿，表示要认杜宝为干儿子，杜嘎纳欣然应允。拜义子那天，名声显赫的杜嘎纳庄头儿亲临吉林将军衙门，松荪将军只能热情款待，小心侍候。而秦名远却与庄头儿开始称兄道弟，俨然一副干爹的派头儿，摇身一变，身价顿时涨了百倍。吉林将军属下的所有官员，包括达禄副都统在内，谁也不敢小瞧秦师爷，那可是沾了皇亲哪！基于此，秦名远在吉林将军衙门府名声大震，地位一下子提高了，成为吉林将军之下的第一位大人。他窃喜自己的聪明过人，庆幸"十三主子"的引见，常常暗自思忖："人哪，要想达到目的，脑筋就得活泛点儿，倘若不使花招儿，杜宝这小子能如此俯首帖耳么？没有'十三主子'无意间帮忙，哪能认识杜氏家族，又怎能通过认干儿子而沾上皇亲呢？这可是天神赐予的福分，必须牢牢把握住，千万不能错失良机呀！"这么一想，为长期保持干亲关系，便不打算得罪杜宝，而是放任自流，胡作非为也好，仗势欺人也罢，一概佯装不知，不闻不问。杜宝在总管的纵容下，虽然品级不高，只是个小芝麻官，但很有威势，不在诸大人、副都统之末。真乃世态炎凉啊，哪怕你是地痞无赖，即或目不识丁、愚蠢至极，只要有钱有势，即可走遍天下，畅通无阻，上哪儿说理去？

话接前书。这杜宝原本就不是什么好东西，又目睹了秦名远的所作所为，在其言传身教下，越发有恃无恐，早已吃惯敲诈勒索这碗饭了。此刻，他一看师爷指着尤成额介绍："这是京师来的贵宾"，立马心领神会，那就是暗号儿，意思是提醒其耍点心眼儿，弄到银子是真格的。杜宝恭恭敬敬地领着客人进了黑漆木门，来到第二座小红楼前，正南面有个小院儿，四周围着木栅栏，中间一溜儿青砖铺地，两侧种满了金针花儿、姜次辣、扫帚梅、芍药，还有红艳艳的喇叭筒花儿，枝蔓顺着墙面往上爬，高过了房檐儿，花香四溢，五颜六色，一群群蜜蜂、蝴蝶于花间翩翩起舞。他斜眼瞅了瞅已回到尤成额身边的小满堂，得意洋洋地朝院内一指道："这里的3间客房，是特意为你主子挑选的，咋样啊，满意否？"

小满堂连连回道："满意，满意，太好了，既宽敞又清静，让大管家费心了！"

杜宝煞有介事地点了点头，遂请少奶奶先歇着，让几个皂隶帮着小满堂把两辆车上的行囊和物品搬进屋内。吩咐完毕，倒背着手站在一旁，像个监工似的。皂隶们应声而动，将车上的东西全部卸在院内，然后一件一件地分别往三间屋内搬。首先搬入的是被褥和竹筐，竹筐里装着尤成额一年四季的换洗衣服，还有一些日常生活用品。接着跟进的是茗兰夫人专用的梳妆台，怕磕碰着，两个皂隶小心翼翼地往里抬。另外4个皂隶开始搬红木箱子，箱子挺沉，里面装的全是书，压得个个弯着腰走。小满堂大声儿叮咛道："兄弟呀，这是我家主子的书箱，千万不能摔坏，否则可是对孔圣人的不恭不敬啊！请各位精心点儿，轻抬轻放，别着急，撂稳了再松手。"

皂隶们把十来个红木箱子抬进屋后，需简单归拢一下，因为院子里还有东西呢，腾出些地方才能继续往里搬。茗兰便指挥大伙儿将梳妆台放在前屋东墙角儿，竹筐和红木箱子摞靠于后屋南墙，铺盖装进炕柜里。小满堂在三间屋内跑来跑去，一会儿喊这个，一会儿唤那个，不停地叮嘱着，还要关照少奶奶，生怕她累着，忙得满头大汗。

秦名远趁皂隶们帮着搬移、安置家什时，领着尤成额出了院门，向西大厅走去。西大厅可谓小红楼驿馆最讲究、最阔气之所在，美观、雅致、静谧，凡是外地来的贵客并被认为此乃了不起的财神爷，皆请到那里落座，侍者会适时奉上香茗、八珍，宾主一块品尝着、寒暄着、闲聊着，互相称兄道弟，显得十分亲热。待越唠越热乎了，感到很投缘了，主人再将客人让到后面的颐膳房同餐共饮，一醉方休。为了讨好儿客人，使其从心里满意，在推杯换盏之时，主人开始吹嘘西大厅如何如何具有独特之幽趣，夸耀陈设之讲究，接着告知不是所有的外地客人都能来到此处，惟京师的贵宾方可。说这番话的目的，是让对方觉得对自己接待不凡，既热情周到，又尊敬有加，感动之余，就会慷慨解囊，以回报主人的盛情。总管秦名远也不例外，认为尤公子及其夫人非同一般，乃达禄副都统故友的家眷，应待为上宾，不可轻慢，故而完全按照接待贵客的规矩如法炮制。尤成额刚一落座，秦名远便冲门口儿摆了摆手，

第一章　囚困江城

4个身着彩装、手端托盘儿的侍女鱼贯而入，走到桌案前，沏上香茗，摆上八珍，请少爷、师爷慢用。尤成额表示了谢意，没有马上端杯品茶，心里思摸道："夫人还在客房忙着呢，我得等等，不着急。"

秦名远见尤成额既没喝茶，也未动吃食，遂指着桌案上的盘子逐一介绍道："尤公子，这可是吉林的八珍哪，乃当地出了名的小吃，千里迢迢来到此地，总该好好儿品尝一下哟！几种糕点也是吉林特产，这是芙蓉糕，那是萨其马，这是红豆桂圆羹，那是参茸莲子羹。再看看这4盘儿干果，其中3盘儿是当地的土产，一个是蜜饯白瓜子儿，一个是五香黑瓜子儿，一个是打牲乌拉的松子儿，惟独那盘儿萨哈连的鳇鱼子来自黑龙江。"说到这儿，呷了一口茶，随即又详细告知这些土特产的原料应在什么季节采摘、如何加工、共几道工序、为啥受欢迎等等。讲的倒是真话，其中有的糕点和特产，尤成额的确头一次见到，更别说吃过了。

秦名远接下来建议参观一下客人的用膳之处，即颐膳房，称其周围环境优美，房屋式样别致，餐厅布置舒适。尤成额当然是客随主便，二人一同离开西大厅，从后门穿出，经过一条用白色、暗黄色鹅卵石铺就的林荫小道儿，两旁种植着低矮的花丛，前面30米处便是颐膳房。抬眼望去，外形十分特别，房脊带有尖顶，举架很高，纵向延伸。墙皮刷粉白色的涂料，门楣上立一牌匾，上刻"颐膳房"3个字，可谓典型的俄式结构。走到跟前进入大门四下一瞧，里面比外头还显宽敞，阔气豪华，摆设整齐，一尘不染。侍者候在两侧，衣着干净利落，个个垂手而立。再往里走，除了一间较大的宴会厅外，其他都是中、小餐厅，约有十几间，每间的陈设虽然不一样，各有特色，但有一点是相同的，即墙壁上皆挂有名家字画。靠墙立着的四角红木柜子上摆放着各式的彩陶雕塑，有的是盛开的鲜花，有的是飞舞的蝴蝶，有的是奔跑的麋鹿，有的是游弋的野鸭，竞相争艳，惟妙惟肖，栩栩如生。每面墙的角落置放着江南盆景，盆中栽种高矮不等的花草，配以小树、小山，犹如大自然的风景再现，给人一种身临其境之感。尽管秦名远一边走一边介绍着，唾沫星子满天飞，可尤成额却没心思欣赏这些，只是不时地点点头或随声附和几句而已，心里仍在惦着夫人那边的情况，暗暗嘀咕道："带的东西不算多呀，早该搬进去并安置完了，茗兰和小满堂怎么还没来呢？"

秦名远多鬼呀，早已猜出尤成额想的是啥，便冲一随从吩咐道："快去把杜宝给我叫来！"

随从应声儿跑出门，不一会儿便与杜宝气喘吁吁地回来了，秦名远似乎已经很不耐烦了，鼻子不是鼻子脸不是脸地吼道："杜宝，你个混账东西，怎么回事儿呀，不就是安排个客房嘛，咋这么慢呢？平时干事儿喊哩咯喳挺麻利的，今儿个抽的哪门子风啊，拖拖拉拉连汤水不落的，在那儿故意磨洋工哪？"

杜宝赶忙上前两步走到秦名远跟前，左手放在嘴边附耳道："师爷，真生气了？快消消气，不值当啊，小的正帮着少奶奶安置呢！满满一车东西全搬进去了，屋内一时弄得乱糟糟的，总得归拢归拢不是？原来房间里的穿衣柜怎么摆，后搬进去的梳妆台立在哪儿，书箱子哪个摆在上，哪个放在下，咋的也得会儿工夫才能就绪，别着急，马上就好！"说罢未等秦名远再开口，转身便往回跑，寻思赶紧收拾完，好把公子的夫人领过来。

秦名远看着杜宝远去的背影儿，压了压火气，侧过头对尤成额说："尤公子，咱们走，领你去个地方，那儿正准备为贵客表演拿手的东北大鼓。总督大人的亲眷来江城，哪能不听听塞外之音呢，肯定不亚于江南，别有一番情调哩！我保证公子会感兴趣的，也会爱上北国的，将来或许赶都赶不走了。"言罢头前带路，随从及尤成额紧跟其后，大步流星地向乐厅走去。

再说顺脸淌汗的杜宝挨了秦名远一顿狗屁呲，心里觉得很窝火，边走边寻思："幸亏当时有客人在场，给我留了点儿面子，事后还会大骂一通儿的，不过又能怎样？师爷的脾气暴躁，对下属一向横挑鼻子竖挑眼，谁敢惹呀？躲还躲不及呢，碰上就没好儿，算我倒霉！"这么想着，很快回到了客房，刚才憋了一肚子的无名火儿便向皂隶们发泄开了，踢这个一脚，踹那个一腿，骂骂咧咧、吆三喝四道："石头、狗蹦子，干哪，快干哪，一个个都他妈的白吃干饭的，养了一身肥膘放懒是吧？我可告诉你们，秦师爷生气了，谁再磨蹭个没完，小心扒了他的皮！"

皂隶们你瞅瞅我，我看看你，吓得一声不敢出，闷头儿按照茗兰和小满堂的吩咐摆放物品。就在这时，忽然从远处传来了谩骂声，大伙儿屏住呼吸仔细一听，原来是秦总管在指桑骂槐："杜宝，你小子真是有眼无珠哇，瞎忙活个屁！也不看看是骡子是马，是骒马是骗马，还是骡子一路货。是匹骗马，管它要驹子，能给你下出来吗？他妈的，你那脑袋被挤扁了还是灌铅了，纯粹大傻瓜一个，本师爷走人啦！"

秦名远这一骂，上下人等全听懂啥意思了，杜宝第一个把箱子一撂

第一章　囚困江城

抬腿就走，皂隶们也扔下手中的物件悄没声儿地蔫退了，将茗兰和小满堂晾那儿了。可倒好，东西堆了一屋子，乱七八糟的，竟没一个帮手，主仆俩一时怔住了。本以为抓紧时间放置一应物品，也不用太整齐，大概拾掇一下就行。然后快些赶去西大厅，不能让秦师爷干等着，说是还要给接风洗尘呢！没承想在这个节骨眼儿上，似乎出了什么差错，杜宝和皂隶们转眼间全撤了。

其实呀，就是因为尤公子太实在了，老实人讲真话，结果带来了麻烦，给夫妻俩的现状和前程出了一道不小的难题。那么，他在如此短的时间内，究竟惹出了什么乱子呢？原来事情是这样的：尤成额和夫人以及小满堂抵达吉林时，秦名远并未按达禄副都统的嘱托去做，不仅没有亲自迎迓，反倒姗姗来迟。当见到这对儿夫妇时，故意摆出一副高高在上的架式，皮笑肉不笑地哼哼两声算是接待了，一双贼眼却骨碌碌乱转，仔细打量着他们乘坐的车辆和所带来的一应物品。他一看只有两辆车，一辆是铁轮大轿车，即夫妻二人的卧车，自然不是用来装载什么贵重东西的，两床铺盖，几件换洗衣服和路上所需的生活用品而已。另一辆是小轮车，没有车棚儿，上面胡乱苫些蒿草、麻布，由于缝隙较大，所载之物一目了然，除了一些红木箱子和竹筐，就是几大包行囊及一个梳妆台，再没别的了，心里思摸道："尤公子是读书人，乃设在京师的行辕府军爷之子，其夫人又是湖广总督的外甥女，出远门不至于如此寒酸吧，或许还有几辆车我没见到？"想至此，唤来随从，令其从侧面向随行的小满堂打听一下还有其他车辆没有。当得知因路途遥远、不想带太多的行囊和稀罕物件、眼前这两辆车足够了时，他大失所望，高官的眷属出远门竟什么值钱的东西都没带，更别说细软了，这种人太少见了，看来无油水可揩，只是空欢喜一场，真是晦气！不过既然已经应允达禄副都统的嘱托了，总得做个样子吧？于是不得不陪着笑脸引领尤成额去了西大厅，又参观了颐膳房并声言为其接风洗尘。当一行人到了乐厅之后，秦名远再也装不下去了，一屁股坐在八仙桌边的太师椅上，让尤公子坐在自己对面，也未吩咐上茶，只是目不转睛地看着他，那对儿向外支出的大门牙似乎也在跃跃欲试。亲随们见主子这副不达目的决不罢休的架式，更是有过之而无不及，个个紧握双拳，怒目圆瞪。死死盯着尤成额，谁都不说话。

乍开始，尤成额真有些慌了，心中甚感奇怪："咋的了，他们为啥这么看着我，难道是衣衫不整或出了什么差错不成？"一时是丈二和尚摸不着头脑。要知道,尤公子此前除了在家苦读,从未外出过,不见世面怎能认知世事?遂赶忙低下头瞅瞅自己的衣裤,看有什么毛病没有。人家越盯着他,他就越瞅自己,后来索性站起身来,上上下下地左观右瞧,拽拽袖子,扯扯衣襟儿,手脚也不知怎么放好了,急得额头沁出了汗珠儿。

秦名远一看尤成额这副模样,再次让他坐下,并回之以一脸的不屑,蔑视的神情显露无疑,心想:"你这是装的哪门子呀,出这么远的门儿不带纹银,鬼才相信,没钱支着谁伺候哇?哼,白忙活一天了,啥也没捞着,我哪辈子欠你的不成!"越寻思越有气,越感到窝囊,便直截了当地问道:"尤公子,你到吉林以后,我们上下人等可是以礼相待呀,想没想过自己做得咋样?我问你,临来的时候,总督大人让你带什么没?"

尤成额回道:"带了,是封举荐信,已烦请一位拨什库带回交给副都统达禄大人了。"

秦名远又问:"除了那封信还有没有别的东西?"

此话一出,倒把尤成额给弄糊涂了,忙摆摆手道:"没有哇,总督大人只说得早点儿赴吉,以免生枝节。"哎哟,他可真是个死读书的后生,未经摔打,不谙人情世故,一切和盘托出了,连"免生枝节"这4个字儿都未隐瞒。

秦名远暗自冷笑道:"哼!纯粹是个乳臭未干的穷秀才、白吃饱,此前太高看你了。"随即脸子一摆,说道:"尤公子,实话告诉你吧,我们不能空忙。想不到这次来,总督大人竟没让给副都统和将军衙门带点儿礼物或纹银,这就奇怪了,甭管见谁得有见面礼呀,难道你不懂吗?"

尤成额听罢,顿然醒悟,脑袋嗡的一声,脸腾地红了,既无奈又尴尬,不知所措,慌忙站起身来,语无伦次地说:"秦…… 秦大人……秦师爷,真是抱歉得很,惭愧,惭愧呀!由于走得匆忙,只是……只是耳听心装家父之命便启程了,也没忘舅父大人一再嘱咐务要早点儿赶到吉林,以免生枝节,其他什么都没想。"几句话一出,令人哭笑不得,不仅秦名远偷着乐,两边站立的随从也都捂着嘴乐,心里话:"天下之大,无奇不有,从未见过如此任嘛不懂的蠢蛋、白痴!"

尤成额接着又道:"秦师爷,我们离京赴吉需走千八里路,很不易呀!一路上碰到不少伸手要饭要钱的乞讨之人,有男有女,有老有少,

第一章 囚困江城

一直没断流儿，也听不出其口音是何处的，反正全是因连年荒灾不得不远离故土，而今无家可归。夫人可怜他们，便把准备来吉住宿、用膳的盘缠给出去不少，眼下只剩下为数不多的银两了，又没带其他贵重之物，实在非要不可，那就舍给大人您吧！"

各位阿哥，听见了吧，尤公子是真不会说话，心慌加着急连"舍"字儿都进出来了，不等于羞辱秦大门牙嘛！这可犯了大忌了，秦名远当即气冲头顶，霍地站起身来，不是好声儿地斥责道："尤成额，你是京师湖广总督引荐的，也是吃五谷杂粮长大的，总该懂点儿与人打交道的规矩吧？我们看在桂良大人和达禄副都统的面子上，不但热情迎迓，而且待为上宾，无论如何不能冒出个'舍'字儿呀，又谈何施舍？难道把本师爷看成和那些逃荒的难民一样，全是要小钱的了？混账东西，一个只吃几碗墨水的人竟敢如此无礼，那些书都他妈念你娘肚子里去了？"说罢拂袖而去，觉得仍不解气，当走到茗兰所在的客房不远处时，又指桑骂槐起杜宝来，言外之意就是非要治治这个穷酸秀才不可。

秦名远一走，不用再发号施令了，身边的亲随一窝蜂似的跟着扬长而去。杜宝想安慰安慰干爹，帮其消消火儿，匆忙跑出客房追赶，追了一溜十三遭没撵上，估计是气坏了，早已走远了，只好原路返回。而此刻尤成额咋想的呢？这个书呆子到现在还没弄明白，我怎么就把师爷得罪了？又是哪句话能使他发这么大火儿呢？如此下去可不行，不能将我和夫人晾这儿呀，重要的是还未到任就职呢！不成，务必得找秦师爷理论理论，让他说个清楚，一甩袖子走了算怎么回事儿呀？于是赶紧追了出去，没跑多远，正好同返回的杜宝撞了个满怀，杜宝指着尤成额的鼻子跳着脚嚷嚷开了："你这个冤家对头，在京师呆得好好儿的，跑到吉林干啥呀？你怎样谁也犯不上管，祖坟都顾不过来呢，没人哭乱葬岗子。全怪你这不识人间烟火的愚氓，把我干爹气跑了，他一走，我将来咋办呀？"喊完扭头便往客房走。

尤成额一看见杜宝，心里反倒有底了，认为总算有救，秦师爷走了，抓住他也行啊！忙拔腿就在后头撵，一直追到客房门口儿，方喘着粗气问道："杜大管家，请你给评评理，我到底哪儿做得不合适，为什么会这样？"

杜宝跑又跑不出去，躲又躲不开，索性身子一横堵在门口儿，双手一叉腰站住了。尤成额见他气得脸色铁青，肉瘤子脑袋直哆嗦，双眼眯成两道缝儿，像蛇一样盯着自己，吓了一大跳，浑身顿时起了一层鸡皮疙瘩，寻思道："哎呀，这个刚才还满脸堆笑的大管家态度也变了，横眉冷对，一脸凶气，前后判若两人，我怎么又把他得罪了？"心里很是疑惑不解，稳了稳神儿，也怔怔地看着对方。杜宝眼珠子转了转，终于不阴不阳地开口道："尤成额呀，尤成额，你真行啊，事到如今一点儿怨不着杜某人，这台戏全是你自己唱砸的，我可没那回天之力。这样吧，看在我是副都统属下的份儿上，请公子多多包涵了，此处驿馆明儿个将接待二百多奉天来的兵马住宿，他们是奉旨剿除叛匪的，此乃第一要务，实难安排你们夫妇的下处了。赶紧回房收拾东西吧，去江北的迎宾驿馆，那儿的环境、条件都不错，早去早歇，倘若因为动身晚了而没有下处，只能蹲北山庙台了。放心吧，我派两位老八旗给你们带路，别看年纪大了，干不了体力活儿，但腿脚还行，一准能安全送到。行了，我还有事儿，需为安置奉天兵马做准备，没工夫陪你们了！"说完从鼻子里哼了一声，两手往后一背扬长而去。

尤成额见杜宝根本不考虑他们已忙活一天了，到现在水米没打牙，不用说接风洗尘哪，连在这儿多呆一会儿都不准，喝令必须马上走人，心里这个急呀，一时又束手无策，不知如何是好。往四周瞅了瞅，所有的下人看自己皆像见了瘟神似的，脑袋齐刷刷地转过去开溜了，生怕他上前搭话。正踌躇时，进来几个身强力壮的皂隶，把尤成额往旁边一推，不容分说就七手八脚地往外搬东西。茗兰不知发生了什么事，当即怔住了，一双大眼睛惊诧地看着他们。小满堂刚要上前阻止，被一皂隶抬脚踹了个腚堆儿，谁还敢挡啊？装车时，哪管物件是否破碎呀，得啥扔啥。尽管尤成额、茗兰、小满堂再三恳求小心点儿，别摔坏了，也无济于事，人家像未听见似的，根本不理那个碴儿。噼里啪啦扔上车后，既不用绳子捆牢，也不用苫布盖严，一皂隶便令车夫套马赶紧离开驿馆，一分钟不得停留。尤成额夫妇站在傍晚的夕阳下，仰望苍穹，那真是叫天天不应，叫地地不灵，一种从未有过的凄苦、无助之感袭上心头，做梦未想到就这么被扫地出门了。无奈之下，只好唉声叹气地前往江北，随行的还有杜宝派来为其领路的两个老兵。二人此前已领命，将尤公子一行送到江北拘缉营，交给管事的乌三儿后，立即返回。

当车夫赶着两辆马车驶出小红楼迎宾驿馆花墙外时，大地已被夜幕笼罩，月亮躲到云层后面去了，周围一片漆黑，很少见到灯光，尤显寂寥、荒凉、空旷，只能听到嗒嗒的马蹄声儿和铁轮轿车行进的咔啦咔啦声儿。一路上，不是密林就是沼泽，山间小道坎坷不平，3匹马深一脚

第一章　囚困江城

浅一脚地缓慢前行。坐在车内的小两口儿此刻是又憋屈又气愤，心如火燎，根本坐不住，索性跳下车肩挨肩地跟车走。尤成额愁容满面，一言不发，边走边寻思："咋回事儿呢？今天发生的一切真把我弄糊涂了。刚到吉林时，不仅受到了秦师爷的热情接待，杜大管家也给分派了客房，都挺顺利的。可没过多久，不知哪根筋出了毛病，呼啦一下全变了，竟成现在这个惨状了，像落汤鸡似的，被冷言冷语淋个响透，并撵出了小红楼迎宾驿馆，其根苗起于哪里呢？"

走在尤公子身边的茗兰也是眉头紧皱，暗自伤感，在夜风中偷偷擦拭着眼角儿的泪珠儿，生怕夫君看到了心疼，给他陡增烦恼，暗自琢磨开了："我的命咋这么不济呢，告别了疼爱自己的舅舅、舅母，却跳进了虎狼窝，落到了如此之地步，将来咋办哪？阿玛乃八旗军的战将，额娘出身名门，他们的女儿凭什么又为何要承受这等不公平……"

小满堂还像来吉林时一样，既要细心照顾二位主子，又要看好车上的东西，不能丢失或掉在半道上，脚不失闲儿地跑前跑后招呼着、忙碌着，然心里同样不是滋味，对少爷和少奶奶的遭遇很是同情。可出门在外，两眼一抹黑，又能有啥法儿呢？只能走一步看一步了。

在前头引路的两位白发银髯的老兵，看上去70多岁了，一个后背稍驼，一个左手拄根棍子，身板儿倒还硬朗，步履虽然不如当年那样稳健，但也不像普通老人那样蹒跚，即便路况好也走不快，毕竟年纪大了。车夫一边赶车一边轻拽缰绳，惟恐两匹马哪步迈大了撞上老者，嘴里时不时地吆喝着。两位老兵的心肠倒挺好，走一会儿便回头瞅瞅身后的尤成额夫妇，看跟上没有。说实在的，二人对小两口儿落到如此不堪境地的缘由早就估摸个八九不离十了，也听到了一点儿，只是不敢言说而已。为了打破沉闷的气氛，他俩停了下来，同赶上来的尤成额和茗兰一起走，驼背老者打了个唉声道："咳，小爷呀，眼下就这么个世道，活着不易呀！如果老朽没猜错的话，你虽然住在京师，但很少出家门，见世面，没离开过父母吧？"

尤成额点点头道："老人家有眼力，说得没错，晚生的确未见过世面，也未离开过父母，这是第一次出远门，让您老见笑了。"

驼背老者又道："我早看出你初出茅庐，遇事不知该咋办，离家前怎么不好好儿请教一下长辈呢？世道变了，为人处世也得跟着变，否则将寸步难行。以前的吉林和现在大不一样，都啥时候了，事过境迁了，不行喽！"

尤成额无可奈何地说:"老人家,晚生此行是找达禄副都统的,不仅面儿没见着,还被……"

驼背老者打断道:"你说什么,找达禄副都统?找吉林将军也不行啊!不是有那句话嘛,阎王好见,小鬼难搪。你想啊,将军天天忙的是国之大事,上指下派,发号施令,即使想到黎民中了解下情或倾听百姓的心里话,也没那工夫啊!副都统乃武将,主要差事是领兵打仗,守疆保国,常常是各地到处跑,今天在辽宁驻军,过些日子又去黑龙江了,哪有精神头儿管一些闲杂之事呀,都得靠下属去做。这便给了贪得无厌的小鬼以可乘之机,想方设法大肆捞取钱财,中饱私囊,被百般搜刮以及遭受欺辱的人想告状都找不着地儿,为啥呀?有小鬼在那儿挡着呢!小爷,请记住,以后再出家门之前,需做到对所办之事有十拿九稳的把握,对异地的接待之人有个大概了解,惟如此方能顺利些,否则必碰钉子。今儿个咋样,照我的话来了吧?你那脑袋就撞到秦名远的大牙上了,不仅碰出包来了,人家还名言暗点、轻而易举地把你挡住了。"说到这儿,指了指同行的老者又道:"我跟老伙计说过,一看小爷一脸的书生气,就知道不会办事儿,更不晓得世态炎凉,不吃亏才怪呢!我们老哥儿俩暗地替你们着急呀,早已料到这步棋了,可哪敢点破呀,只能眼睁睁瞅着。咱爷儿俩挺有缘哪,秦总管派我们给公子带路,咋的也能帮一把。放心吧,跟着我们走,算是碰上好人了,要是换了别的皂隶,黑灯瞎火的,不知将你们领到哪儿去呢,到了暗处把满车的东西抢得溜溜光走人了,你还能追得上啊?啥招儿没有,只剩下捶胸顿足的份儿了。再说了……"

这时,拄棍儿老者连忙制止道:"老兄弟,行了,别讲这些了,看吓着他们。小爷远离家乡,举目无亲,够苦、够可怜的了,不能再火上浇油了。"驼背老者又打了个唉声,摇了摇头,不再吱声儿了。

尤成额和茗兰听了两位老兵的话,如同从朗朗星空的阳间一下子跌进了万丈深渊的十八层地狱,吓得瑟瑟发抖,惊恐不已。可已经到这步田地了,停下又能怎样?只能硬着头皮往前走。在漆黑的夜里,两老两少加上小满堂和车夫为了抄近道儿,只能从密林里穿行,头上不时传来寒鸦的叫声,远处的狼嗥声儿清晰可闻,凄凉、冷寂,令人不寒而栗。当一行人走出密林来到松花江岸边时,清冷的江风吹来,茗兰不自觉地把衣裳紧了紧,尤成额忙将右胳膊搭在夫人的肩膀上,互相以体温暖着对方。走着走着,忽听扑棱一声,抬头望去,见从江心蹿出一条好大的

第一章 囚困江城

鱼,随即又落入水中,江面泛起了不小的涟漪。驼背老者开口道:"小爷、太太,吉林是块宝地呀,不但景色迷人,而且水草丰茂。别的不敢说,鱼虾特别多,方才蹿出的鱼肯定是大杆条,骨头比其他鱼种粗多了,快赶上木棍儿了,可以盖房子、围障子,用处多着呢!尤其是肉嫩味美,吃起来非常过瘾,这回你们有机会尝鲜了。"

拄棍儿老者接过了话茬儿:"江里有许多鱼虾不奇怪,这儿的水獭也不少,我前几天还在水边看到一堆呢!水獭的毛皮呈暗褐色,密而柔软,十分珍贵,可用来制作衣领、帽子等,不拿出嘉庆通宝五百贯,休想买到一张上等的水獭皮。"

两位老兵之所以从大杆条讲到水獭,是看尤公子和夫人心情太忧郁、精神太紧张了,想分散一下他们的注意力,多少能舒畅些。而刚才一条大杆条从江中跃出,声音之大,超出想象,还真把尤成额夫妇吓了一跳。当话题转到水獭时,二人很是好奇,越听越觉得有意思,似乎不那么紧张了,并且产生了兴趣,茗兰刚想发问,却被走在旁边始终支棱着耳朵听的小满堂抢了先:"老爷爷,水獭长得啥样儿啊,是何习性?"

拄棍儿老者回道:"水獭乃哺乳动物,头部宽而扁,尾巴长,四肢短粗,趾间有蹼,穴居河边,昼伏夜出,擅于游泳和潜水,以鱼类、青蛙、水鸟为食,故而哪里鱼多,水獭肯定多。母水獭生下小崽儿后,将其放在洞里养着,悉心照料。为了生存,母水獭常常带领一帮小水獭到江里去,习练凫水、捕鱼,那些小家伙聪明着呢,很快就能学会。待长大些了,母水獭便将它们一只只叼到水边,然后自己在岸上打洞,只要仔细观察,就能发现河边有不少新洞穴,里边住着的自然是小水獭了……"

尤成额一行边走边唠,看见啥说啥,不知不觉间进入北山了。他们在盘山道上又走了半个多时辰,前面隐隐约约闪出篝火的光亮,那就是江北拘缉营,有八旗兵把守。因夜间比白天气温低,穿得再厚也觉得冷,所以兵丁们便在营地周围笼起了篝火,不断添加柴草、木桦子,使之整宿不灭。驼背老者往前一指道:"小爷、太太,看见了吧,前头冒亮儿的地儿,你们今后就住那儿了。别看现在空旷荒凉,康熙二十四年驱逐罗刹时,那可是清军的兵营啊!东北三地的八旗兵和蒙古兵全聚拢于此,集中训练,重新编了八旗,后经宁古塔北上。北山这块儿当年人称'北大营',渐渐便叫起来了,嘉庆初年才建成了眼下的拘缉营,乃收容和关押各种闲杂人等的地方……"说到这儿,拄棍儿老者用手捅了一下驼背老者的后腰，意思是住嘴吧，别再讲了。因他知道，杜宝并没告诉尤成额北山这块儿是个什么所在，只说是处接待外来客人的迎宾驿馆。倘若口无遮拦讲了真情实况，他们更得害怕了，还敢往前走嘛！

驼背老者根本不听挂棍儿老者的，侧过头来道："你捅啥？小爷和太太早晚也得知道，拘绑营就是拘绑营，凭啥将一个老实巴交的书生送这儿来？真是岂有此理！老哥哥，你就实话实说吧，都到这个时候了，还有啥可隐瞒的？不如竹筒倒豆子来个痛快，也好让他们心中有数，有准备总比没准备强。"

此话一出，好像把包袱皮内装的东西忽地抖搂开一样，真相大白了，尤成额、茗兰、小满堂以及桂良大人出银子雇来的两个车夫皆大吃一惊！哎呀，这是到啥地方了，莫非把我们也圈起来不成？那里既然是关押、收容闲杂人等的处所，不叫监狱也是监狱呀！尤成额当即吓傻了，茗兰也大睁双目怔住了，站在那儿不动地儿了，随即抱着夫君嘤嘤地哭了起来。止步不前总不是办法呀，前不着村后不着店的，四周全是立陡石崖，太危险了。江中的大杆条鱼为啥能蹿出来？因为水深哪，一旦掉下去可不得了，此处绝不能停留。两位老者忙将小夫妇俩搀到道边儿的榆树林子里，茗兰不停地抽泣，尤成额手足无措，不知怎么办好，只是轻声儿劝慰着哭成泪人儿的夫人。挂棍儿老者看了看驼背老者，说道："老兄弟，怎么样，嘴巴不严惹出乱子了吧？倘若太太哭起来没完，愣不挪步，看你咋交差！不能再耽搁了，赶紧劝劝往前走吧，马上就到地儿了。"

驼背老者无可奈何地摊开双手，小声儿嘀咕道："唉，我是看小两口儿太可怜，替他们担心哪！在咱眼里，那还是孩子呢，有啥辙，赶上鬼世道了。"

话音刚落，从身旁的一棵老榆树上头传来嘎嘎的叫声，在寂静的山林里显得格外响亮。大家抬头一看，见树当腰的枝杈上有两只紧贴在一起的猫头鹰，正瞪着溜圆锃亮的大眼睛往下瞅呢，一闪一闪的，如同手电筒发出的光。它们时而四处张望，时而呼扇着翅膀嘎嘎大叫，似乎生气了，好像是说我们有急事要办，你们却来此搅扰，这不是故意捣乱么！吓得茗兰一头扑进夫君的怀里。

小满堂一看，夜猫子胆儿不小哇，竟敢吓唬我主子！也来气了，身子往起一蹿上了树，想抓住它们或者将其轰走。驼背老者忙小声儿阻止道："快下来，不能上去，千万别出声儿！"

第一章　囚困江城

小满堂不解地跳了下来，驼背老者弯下身捡起一块儿石头，跑到一棵干树棒子跟前停下了。干树棒子即所谓的"站杆"，就是树已经死了，枝叶干枯了，树皮也不全了，被人扒掉当柴烧了，虽然向一侧倾斜，但还没有倒下。驼背老者右手拿着那块儿石头敲打着站杆，左手捂着嘴拉着长音嘎——嘎——嘎连叫3声，没承想倒挺灵验，树上的那对儿猫头鹰好像明白什么意思了，立马扑棱一声张开翅膀飞走了。挂棍儿老者笑道："老弟呀，又要上能耐了不是？拿手好戏总得找机会露一露！"

驼背老者摆摆手道："哎，老哥哥，你有所不知，夜猫子咱可得罪不起，人家要办自己的事儿，我是出于好心才让它们走的。"

小满堂站在那儿听着二位老人的对话，很是好奇，一会儿瞧瞧挂棍儿老者，一会儿瞅瞅驼背老者，终于忍不住了，插问道："老爷爷，小辈弄不懂，您老人家一敲一叫唤，夜猫子咋就飞了呢？"

驼背老者拍拍小满堂的肩膀道："孩子，你暂时还不行，短练哪！我方才做出的举动和发出的叫声，是当地的猎人与猫头鹰交流的特有语言，怎么，也想掌握此种能耐？那就拜老朽为师吧，正经得学一阵子呢！吉林是个好地方啊，物华天宝，人杰地灵，连飞禽都通人语。你们到这儿不用后悔，别看眼下受了点儿窝囊气，以后会时来运转的。世上还是好人多，遇上谁为难遭灾了，都会伸手帮一把，不能眼瞅着不管，良心也过不去呀！"说至此，又转过头来劝慰仍在流泪的茗兰："太太，别难过了，哭没用，倘若哭坏了身子骨儿，家中的老人还得惦着不是？你还年轻，既来之，则安之，无论多难多苦，只要挺得住不服输，没有过不去的火焰山。"

茗兰听了驼背老者的关切之语，掏出手帕擦了擦哭红的双眼，真就不再流泪了。前书讲过，茗兰从小由舅舅抚养，在京师长大，衣食无忧，每天除了读书、吟诗，就是在自家院内散散步，打打拳，单调乏味。她很想到大自然中走一走，享受一下和煦阳光之照射，望一望蓝天白云之空灵。也很想去遮云蔽日的密林里看一看，呼吸一下那里的新鲜空气，闻一闻野花散发出的清香。来吉林的一路上，秀丽的风光、空旷的原野、重叠的山峦、碧波荡漾的松花江水令她陶醉、痴迷、恋恋不舍又心花怒放，多想变成一只飞鸟自由自在地翱翔于高空。可做梦没想到刚一踏入吉林大地，竟遭人白眼，受尽奚落，不仅夫君的差事没着落，连存身、吃饭都难以解决，委屈无处诉，眼泪只能往肚子里咽，真是百感交集呀！冤与恨、悔与怨交织在一起，如同一块大石头堵在胸口，觉得喘不过气来。幸亏有两位好心的老兵相伴,在领着去往北上的道上,为了减轻他们的精神压力,一会儿介绍大杆条的特点和用途,一会儿又讲水獭的生存习性,接着还展示了如何与猫头鹰进行交流,令人耳目一新。两位老玛发把他们看成从远方归来的不懂事的孩子,关心他们,爱护他们,循循善诱,耐心劝慰,使其心存感激又十分敬佩。特别是老人家的开朗达观、幽默风趣以及积累的丰富经验感染了他们,训迪了他们,认为能有缘与老八旗结识,真乃三生有幸。基于此,茗兰紧锁的眉头渐渐舒展了,心里蓦然开启了一条缝儿,不那么堵得慌了,亮堂点儿了,并向二位老者礼貌地致谢道:"谢谢,非常感谢老人家的指教!你们心地善良,同情弱者,愤世嫉俗,对身处逆境的人不是冷眼旁观,而是伸出援手,这种敦厚的品性和不止于前尘的远望够晚辈学此生的了。"

拄棍儿老者笑道:"哎,这就对了,想开点儿,不能只看眼下,车到山前必有路,谁能一辈子一帆风顺?遇上些沟沟坎坎在所难免,只要放开脚步大胆迈过去,必将是柳暗花明又一村哪!"

茗兰点点头表示赞同,然后转移了话题,冲驼背老者问道:"老人家,能否讲讲您是怎么学会与禽类交流的?实在是太神奇了。"

驼背老者说道:"大自然本身就很神奇,世上万物,平等共处,生死交替,人有人言,鸟有鸟语,要熟悉它们,懂得它们。老朽原先曾是个出名的猎手,在林子里呆的时间长了,便知动物和飞禽都有自己的语言,因为它们要想生存,必须与同类交流,共同防御天敌。它们的叫声或长或短,或高或低,或粗或细,或快或慢,皆为表达不同的情感,用这种特殊的语言互唤和交流。听得多了,加之仔细观察、琢磨,慢慢就学会了,并能做到见着什么,就操什么语言。见着豹子,得说豹子话;见着野狼,得说野狼话;见着黑熊,得说黑熊话,它们都能听得懂。动物在饱腹的情况下,一般不主动攻击,你不伤它,它也不伤你,并愿意与人类和睦相处。飞禽的语言很有趣儿,比如刚才看到的那两只猫头鹰,它们在树杈儿上四处张望,还不时地嘎嘎叫着,什么意思呢?那对儿猫头鹰是一公一母,忽然发现自己的崽子不见了,便焦急地从这棵树飞到那棵树,边叫唤边寻找。我以石头敲站杆告诉它们,此处人多,肯定没崽子,别在这儿白费工夫了,去别处找找吧!它们显然听明白了,一抖翅膀飞走了。猫头鹰乃益鸟,眼睛大而圆,昼伏夜出,捕捉老鼠为食,麻雀等小动物也为其佳肴,是人类的好朋友。"

茗兰听罢,无限感慨,看来真是学无止境啊!夫君虽然苦读万卷书,古籍也看了不少,"四书"、"五经"烂熟于心,《三国志》中任选一段亦能倒背如流,《古文观止》更是讲得头头是道,但远远不够,仍有太多的知识不掌握。不用说别的,连庶民都明了动物以及飞禽的习性、特点和语言,他却全然不知,因为这些知识是书本上学不到的,而是人们在丰富的生活阅历中积累得来的。吉林的确是个山清水秀之地,天空瓦蓝瓦蓝的,姹紫嫣红的野花盛开四野,十分绚丽,令人神清目爽,流连忘返。如果这里的人都能像眼前的两位老人家一样可亲可敬,富有同情心和爱心,那该多好哇!他俩尽管是杜宝手下的差役,派来作为向导给客人带路,却对不受其主子欢迎的外来晚辈如此关心、呵护,乃善良的天性使然,怎能不为此感动之至?猫头鹰尚能在人的指引下,为寻崽儿展翅而飞,从而拉近了彼此的距离,人与人之间缘何要勾心斗角、互相倾轧呢?比如秦名远,比如杜宝,他们为什么不愿天底下所有的生灵充分享受大自然的无私赐予、平等和谐、共处一地呢?

拄棍儿老者见茗兰的心情好些了,抬头望了望天,说道:"夜已深了,咱们也算歇息一会儿了,得抓紧时间往前赶路了。这下好了,太太不哭了,大伙儿全放心了。人只要活着,就应挺直腰杆儿走路,要高兴,要笑对人生,笑一笑十年少嘛!"说着自己先哈哈大笑起来,大伙儿也跟着乐开了,车老板子赶着车继续前行。

过了两袋烟的工夫,驼背老者往前瞅了瞅,一堆堆篝火越来越清晰了,一排排房子也依稀可见,这时反倒觉着心里没底了,寻思应再开导开导小两口儿,便走到二人身旁嘱咐道:"小爷、太太,马上到地方了,务要多加小心,遇事先动脑子想想,然后再去做。人们皆言,拘绁营是老虎口、无底洞,外来人没有空手进杜宝大门的,必须用黄金和白银去填那个窟窿,否则什么事也办不成。知不知道为啥崴在小红楼迎宾驿馆了?就因为当初来的时候,没琢磨进贡这手儿。秦名远以为二位常年住在京师,不可能不懂眼下办事的规矩,腰兜儿一准带不少纹银,进门必先奉上大礼。歇脚的那间大厅就有银柜,只有交了钱,才能被请进颐膳房用餐。你们却没那么做,还声言一路难民太多,因同情而施舍,所以只剩为数不多的银两了,那能得好儿么,必然处处碰壁,明白了?吃一堑长一智,这点儿委屈认了吧,已经过去就别想了,从头再来嘛!"

话不说不明,尤成额此刻总算彻底开窍了,心像扇门一样呼啦一下敞开了,暗自思忖道:"来到吉林大地不到一天,便接触了截然不同的两种人,长了不少见识呀,够我后半生学的了。"

挂棍儿老者也关切地叮咛道："小爷，拘缉营关的是些待查、代管、待安置的闲杂人等，干啥的都有，不是人呆的地方。到了那儿，要事事当心，处处留神，惹不起咱躲着，避免引火烧身。我们老哥儿俩也帮不了什么忙，无非说几句磨牙嗑儿而已，把你们送到地儿交完差就回去了，以后的路只看自己怎么走了。若觉得实在不行，还是回京师吧，这里举目无亲的，难呆呀！"

尤成额和茗兰听后，心事重重地点了点头，对老人家的关心与提醒表示感谢。工夫不大，一行人来到距拘缉营大门约20米远的地方停了下来，车夫跳下车把马吆喝住了。大伙儿定睛一看，拘缉营的四周是用劈成两半儿的柞木围成的木栅墙，木头的三分之一埋入地下，三分之二露在地上，木头与木头之间以藤条互别，足有一人多高，伸直胳膊够不着顶儿。大门两旁各笼一堆篝火，着得挺旺，发出噼噼啪啪的响声。离篝火不远处设有哨卡，穿着"兵"字号坎儿的马甲手执短剑，身后别着腰刀，警惕地四下巡视着，戒备很是森严。放眼四望，人烟稀少，除了守卫的兵丁及一排排房子，就是一片片密林和齐腰的蒿草。此时已是旧历八月，刚入秋，快到中秋节了，气温较低。兵丁们虽外罩棉袍儿，但由于在外头呆的时间长，穿得再厚也抵不住无孔不入的夜风吹，浑身觉得冷飕飕的，只好围着篝火取暖。他们见来了六七个人，后面还有两辆车，站在哨卡旁边的一胖一瘦两个骑兵立即迎了上来。驼背老者朝后一扬手，意思是让大家跟着他，然后缓步向前走去，还故意往起挺了挺胸脯，做出一副蛮有派头儿的样儿，心里思量道："今天咱也摆摆份儿，老夫是受杜大管家的指派，从吉林将军衙门而来。别看本人年岁大，没正经差事，可所在的门坎儿高，没必要在乎啥。"当与迎上来的骑兵相遇时，未等人家发问呢，他先板起面孔直截了当地问道："我们是来见乌三儿的，他人呢？"

两个骑兵一看，嚯，这老家伙，一大把年纪了，还挺硬气呢！随即手握剑柄，睐睐着眼睛瞅了瞅站在前面的两个老头儿，又瞧了瞧其身后的几个人，露出一脸的不屑，胖骑兵带答不理地说："找我们乌爷呀，这都啥时候了，咋才来呢？他早睡了，有事儿明晨再办，等着吧！"

驼背老者当即不让了："什么，明天早上办？说得轻巧，我们是奉杜大管家之命连夜赶来的，办完还得回去交差呢！"

瘦骑兵听说是杜宝派来的，态度有所缓和，不像同伴儿那么蛮横，也没说话，回头一摆手，一马甲就把大门打开了，然后连人带车领着往院内西头儿去了。此刻离天亮尚早，周围一片漆黑，惟大院儿四角儿的高处挂着灯笼，灯花儿一闪一闪的。在人们的印象中，江北拘缉营是个秘密之所在，官衙里的人平时很少提及，只要说是去北边那块儿或到北山迎宾驿馆，指的就是拘缉营。这里建有一排排的土坯房，也有大小不等的四合院儿，还有一些临时搭盖的马架子。收容、羁押的人很多，成员颇为复杂，干啥的都有，大致分为三种人。根据各类人等的不同，一排排的房子和四合院儿的分配以及兵丁的缉查、巡逻、监守也各不相同，有的看管颇严，有的略微宽松些，有的在院内呆着就行了，进来时登个记，出去时夹着铺盖卷儿走人。总之，这处拘缉营大院子内前后共三层，三种人住在里边，不同的人不同对待。

尤成额一行在一胖一瘦两个骑兵的引领下，来到了大院儿西侧最外面那层的一处长方形四合院儿前，让车夫把两辆车停在院外，与小满堂一起照看着。这里的四合院儿挺多，一座挨一座，纵向排列，有两进的，有三进的。最里边那层皆为单独的四合院儿，关押着第三种人，即涉及到某案件衙门需要细查的或严重触犯大清律，对其看管甚严。那些打架斗殴、寻衅滋事者，则圈在第二层的三进四合院内，监守稍松。尤成额一行所到的是两进四合院儿，南北各设一门，厚厚的木板门关得紧紧的，看上去建得比较结实，在北山这块儿算是不错的了。南院儿，即前院儿搭建6间平房，木门半掩着，早已住进人了。北院儿，即后院儿盖了5间平房，两院儿之间有一小门楼儿，木门设在正当中，显得很紧凑。门脸儿大且醒目，院内干净整洁，设施齐全，四角儿挂的灯笼也多。那个胖骑兵上前嘭嘭嘭敲南院儿的木门，连续敲了十来下，才出来一个管事儿的，穿的也是"兵"字号坎儿，打开门后回手又关上了，问道："什么事儿？"

胖骑兵附耳悄声儿说道："小红楼迎宾驿馆的杜大管家派人来了，说是找乌爷。"

管事儿的没再问，转身把木门打开，胖骑兵冲驼背老者吩咐道："你们进去吧，脚步放轻点儿，有啥事儿跟他讲就行了！"交代完毕，便与瘦骑兵一同回哨卡了。

尤成额夫妇随两位老者进了门，方看清6间房子扇形摆开，形成一个小院儿，即头进四合院儿，中间有处天井。房前皆搭建了走廊，有廊柱和栏杆，走廊与走廊相通。由于廊柱转圈儿全挂着灯笼，故而天井处并不黑，挺亮的，各房有什么情况可一目了然。此刻已近三更时分，天仍黑着，四周静静地，屋里的人还在睡着，管事儿的对两位老者说："二位老兄，请稍等，待我禀报乌爷去。"边说边走到北面两院儿中间的小门楼儿前，推开里边那道门去了后院儿，即二进四合院儿，回身又把门关上了，院子里只剩下尤成额夫妇和两位老者。

就在4人左顾右盼之时，忽听西厢房的门吱嘎一声开了，出来一个头发蓬乱的年轻女子，上身披件棉袍儿，下身穿条单裤，趿拉着鞋，两手抱在胸前低头往对角儿的小过道儿走，显然是出来解手的。她偶然间一抬头，忽见天井处站着几个人，吓了一大跳，赶紧将棉袍儿一裹就从走廊穿了过去，后头便是茅厕。头进四合院儿原本就不大，再被6间房子一围，中间的天井处面积已经很小了。当年轻女子从茅房出来匆匆往回走经过天井时，正好和两位老者擦肩而过，虽然是夜晚，但有灯笼照着，相互的面容尚能看得清。只见她突然停下脚步，仔细打量着驼背老者，随即大声儿嚷嚷开了："哎呀，这不是赵爷爷么，啥时候到的？可把您老盼来了！"

老赵头儿也认出对方了，感到十分诧异，遂问道："哎，孩子，你怎么住在拘缉营啊？"

这一问不要紧，年轻女子忍不住了，抱着老赵头儿哇的一声哭开了，尤成额和茗兰怔怔地瞅着，不知缘何如此。站在一旁的拄棍儿老者赶忙制止道："小声点儿，别哭了，大伙儿正睡着呢！"

年轻女子哪管那些，呜呜嗨嗨不住声儿，鼻涕一把泪一把的，似乎有满腹的委屈压在心头。哭声惊醒了前院儿6间房子里的人，此前还正在做梦或半睡不醒的一些人还听到了外边有个姐妹喊道："哎呀，这不是赵爷爷么！"她们都认识老赵头儿，立马从炕上爬起跳下地，胡乱拽件衣服披在身上，哐啷一声把门推开了，6间房子里的人全跑出来了，一色的女子，年龄有大有小。有的披头散发，有的长发系在脑后，有的头顶盘着发髻，有的用头巾包着脑袋。衣着也不一样，有穿蓝底黄花夹袄的，有披浅绿色棉袍儿的，有穿紫底红花坎肩儿的，有着鹅黄色短褂儿的。她们将两位老者和尤成额夫妇围在中间，一个30来岁的中年女子就像见到救星一样，冲老赵头儿哭诉道："赵爷爷呀，要知有今日，当初你老不如不救我们了。没承想被送到拘缉营后，如同落入苦海呀，想逃都难哪！"

拄棍儿老者不解地问道："是谁、又为什么把你们送到这儿来？"

中年女子回道："还能是谁，乌三儿那个王八蛋造的孽呗，吃喝嫖赌全让他占了，扒了皮也不解心头之恨。凡是年轻一点儿的哪个也没跑了，都圈到拘缉营了，并派人严加看守，还管我们住的这6间房子叫'粉黛营子'，成公开的妓院了。这下倒好，乌三儿可开斋了，今天玩儿这个，明天睡那个，谁敢不从就是一顿揍，只能任其蹂躏。赵爷爷，这样熬下去啥时候是个头儿哇，快想法儿救我们出去吧，求求你老了！"

挂棍儿老者一听，气得脸色铁青，嘴唇直哆嗦，问道："乌三儿也住你们这儿？"

一位年轻女子接了茬儿："乌三儿行踪不定，有时住在后院儿，那儿盖了5间房子，4个小老婆各住一间。每当他跟小老婆们玩儿腻了时，便到前院儿来了，想进哪屋就去哪屋，成天成宿泡在女人堆里，我们必须得陪他，若不然非打即骂，还不给饭吃。"

一旁的老赵头儿听不下去了，跺着脚大骂道："他妈的，嗑瓜子儿嗑出个臭虫来，乌三儿纯粹一个孽种，干不出一件好事，猪狗不如！"

尤成额同样越听越来气，愤愤不平，禁不住插嘴道："即使是监狱，也该有个规矩吧？容不得胡来呀！再说了，凡我大清子民，皆须遵守大清律，无一例外，难道此处就可以没有王法吗？"

年轻女子道："王法？王法在哪儿写着呢，杜宝、乌三儿就是王法！不知这位公子姓甚名谁，请问能否帮我们写状子，告到皇上那儿？"

就在尤成额不知如何回答是好时，小门楼儿的门被推开了，从北院儿走出4个人来。前面两个是手提绸子做的灯笼、内点红蜡头儿的皂隶，后面是那个管事儿的，走在中间的是一中等个儿男人，长着一双贼溜溜的金鱼眼，身着黑底灰云卷儿长袍儿，没系扣襻儿，也没穿坎肩儿，光着脑袋，辫子都未来得及梳，脚下趿拉着鞋，看样子是在睡梦中被唤醒的，哈欠连天的。他就是乌三儿，听管事儿的通报杜大管家派人来了，不得不出屋应付一下，显现出满脸的不高兴。乌三儿走到天井处一看，关在南院儿的所有女子全在这儿呢，正围着两个老头儿七嘴八舌地说个不停，乱哄哄的，听不出个数来，便没好气儿地大声儿喝道："妈了巴子的，咋都出来了？起哪门子哄啊，想造反哪？都给我滚回屋去，这儿没你们啥事儿！"又侧过头命令那个管事儿的："立即把这帮贱货轰回房去，倘若不听就用鞭子抽，看来是肉皮子紧了，给她们松松筋骨！"这一吼还真管用，那些女子像耗子见了猫似的，吓得大气不敢出，一个个相跟着悄没声儿地全溜走了，也不知都钻到哪间屋里去了。

乌三儿走到两位老者跟前，因二人身着皂服，一看便知是杜宝手下的听差,又斜眼瞅了瞅尤成额夫妇,方扬起头不无得意地自我介绍道:"认识一下吧,本人叫乌三儿,是这儿的营头儿,不就这两个人么,交给我就行了。"然后又冲管事儿的吩咐道:"赶紧的,拿个收牌给他们,回去好交差!"管事儿的应声而去

老赵头儿忙道:"噢,不只他俩,还有一个下人、两个车夫及两辆车、3匹马,那仨人在院外等着呢!"

乌三儿煞有介事地点点头道:"知道了,5个人外加两辆车、3匹马,就这些了吧?"

老赵头儿灵机一动,回道:"没错,就这些。杜大管家让我告诉你,要好生关照,他们是从京师来的,乃副都统达禄大人的贵客,不得慢待。"

其实杜宝并没说此话,那么老赵头儿为啥编出这套嗑儿呢?无非是希望乌三儿对尤成额夫妇能好些,别遭什么罪。没承想乌三儿紧接着问道:"有杜大管家的手谕吗?"

这句话把两位老者问住了,你瞅瞅我,我看看你,无可奈何地摇了摇头道:"没……没有。"

善良的老人家哪里知道,乌三儿与杜宝之间是有默契的,来之前,只要杜宝亲手写几个字,乌三儿见字便会另眼相看送达的客人,必热情接待。倘若未见字,只能一般接待,界限分明。乌三儿轻轻"哼"了一声,摇头晃脑地说:"既然没有杜大管家的手谕,一切由我安排,不用你们操这份儿心了,赶紧回去交差吧!"随即向已经取来收牌的那个管事儿的吩咐道:"把收牌给他们,再为客人登记造册,一项一项填写清楚,别因填得不细,有朝一日讹咱们。"

管事儿的递上收牌,两位老者接过,然后走到尤成额和茗兰跟前,想同他们道个别。未待开口呢,乌三儿却不耐烦了,急赤白脸地说:"哎呀,你俩快走得了,磨蹭啥呀?都后半夜了,白天不得闲,晚上还来搅扰,让不让人活了?今晚算倒血霉了,始终没安生,没等躺下呢,就送来几个丫头,连哭带号的。刚安置完上了炕,夜猫子嘎嘎叫唤上了,轰都轰不走,吵得人心烦。寻思翻过身睡一会儿吧,你俩又带人来了,还将6间房子里那些娘儿们全弄醒了,一个个吵吵巴火的,要不是我压茬,不知闹到什么时候呢!行了,没工夫搭理你们,快走吧,困死我了。"说着抻了抻懒腰,打了个哈欠,迈着四方步钻进小门楼儿回后院儿了。

第一章 囚困江城

这时，小满堂走了过来，管事儿的让他随自己进屋登记去，天井处仍剩下两位老者和尤成额夫妇。老赵头儿拉着尤成额的手说："小爷，我们老哥儿俩该回去了，天亮时得赶到将军衙门，咱爷儿们后会有期！"

尤成额的眼眶湿润了，嚅动着嘴唇，刚想说什么，茗兰抢先开了腔儿："老人家，难为你们了，谢谢帮忙！来拘缉营的一路上，正因为有二位前辈的陪伴，小女和夫君才觉得有了依靠，心也托底了。特别是又指点我们该如何处事，怎样与人打交道，一再叮嘱要多加小心，晚辈都记在心里了。能否问一句，二位老人家姓甚名谁，身世如何？"

老赵头儿点点头道："嗯，是该报报字号了，能与你们认识就是有缘，缘分乃天定，以后没准儿还会见面呢！我相信，只要小爷和太太不离开吉林，有一天会找我们老哥儿俩的，总得知道名字才是。老朽乃满洲镶白旗人，伊尔根觉罗氏，姓赵名西丹，今年七十有一。"边说边把大拇指、二拇指和中指并在一起，然后又伸出一根手指，代表71，在小夫妻俩面前比划了一下："乾隆二十三年，我刚刚11岁，便入军旅当个小马甲，给八旗都统牵马，大伙儿皆称我'赵夕旦'。按说呢，我这个小夕旦没白当，挺有福气的。正赶上那年旧历五月，乾隆爷东巡经过吉林，受吉林将军衙门的指派，一位都统率领大队人马前往距亨德河子5里处，护卫圣驾安全通过，这八旗兵中就有我。不大一会儿，乾隆爷的御驾以及旌旗伞盖从亨德河子那边过来了，准备前往小白山，望祭长白山。其时，我和众官兵有幸看到当今天子的圣颜，真是无比激动，热泪盈眶，山呼皇上万岁，万岁，万万岁！呼喊声地动山摇。而今虽然过去很多年了，但每当想起那次护驾之举，仍感到非常自豪和无上荣光，到哪儿都不忘讲讲这件事。我年轻那咱，曾在德楞泰所率领的马队当过骑兵，也当过水兵。到54岁时，由于多年征战，伤痕累累，身板儿不那么壮了，不得不离开军营，遂被调入吉林将军衙门，专干'门子'差事。"

茗兰不解地插问道："啥叫'门子'呀？"

赵西丹笑了笑道："'门子'嘛，顾名思义就是看门的，做的皆为迎来送往之事。比如从外地来吉林将军衙门的都统、副都统、参领、佐领以及文士、举子等，不管地位高低，都得先到门子处，由我给他们登记造册后方可进入，离开时还得张罗车马将其送走。刚去的时候，时任吉林将军的秀林担心我从驰骋沙场的战将忽然改做府衙的门子，一定会很不习惯，便再三安慰道：'赵西丹哪，来了将军衙门，主要是颐养天年，保重身体，不能累着。别小看门子，那也是要务哇，换个人或许干不了呢！'我当然得听将军的，在衙门一干就是16年，去年才不当差了。因为现任的松袜将军对我也不错，所以当时仍不愿卸肩，一想到离开吉林将军衙门，心里挺不是滋味的。可年龄不饶人哪，眼睛花了，手脚也不利落了，不能总不离职是吧？不过别看岁数大，一向不服老，自觉蛮有精神头儿呢！就是现在，即使七八个后生联手跟老朽打水仗，咱也不在乎，准保把他们一个个全摁进水里，就有这能耐。自打交差之后，在家也呆不住哇，总想为大清国效点儿力，便时不时地帮将军衙门干些力所能及的事儿，跑跑腿儿呀，学学舌呀，天天还挺忙乎。尽管不付银两，心里却挺高兴的，就当闲饥难忍放松放松腿脚了，不做白吃干饭的废人。将军衙门特意拨给我两间房，距江边不远，正好斜对过儿。闲下来时，我就坐在江边望望景、观观水，打发时间。这些年也不知怎么了，天灾人祸不断流儿，逃荒的难民太多了，觉得实在没活路了，一咬牙跳江的大有人在。我不能眼瞅着他们寻短见哪，况且水量又好，便纵身蹿入江中施救，还真救上来不少，有的已淹得半死了。方才你们不是看到一些哭天抹泪的女子么，那都是老朽和衙门里的好心皂隶一次次救下的，以为把她们集中在一起，利于衙门慢慢想办法予以安置，或者给点儿盘缠让其返乡，或者嫁个当地的男人过日子，或者送到富贵之家做奴婢，总之能活着就好。哪承想这些女子本已无依无靠，十分可怜，不仅没有得到妥善安置，反而被杜宝、乌三儿他们给弄到拘缉营了，真是岂有此理！我每次去将军衙门属下的小红楼迎宾驿馆办事时，一看见杜宝心里就堵得慌，对他的举止行为非常反感，咋瞅咋不顺眼，实在憋不住就开骂。他知道我和将军的关系比较近，当面不敢吱声儿，暗地里恨得咬牙切齿。可我在家呆不住哇，每天不是去江边，就是往小红楼迎宾驿馆溜达，遇事儿也能搭把手。昨儿个赶巧了，正碰上有个差事，就是准备派人送你们来拘缉营。这是趟苦差，谁也不愿意跑这么远的路，杜宝就让我和老哥哥来了，省得总在他眼皮子底下挑刺儿。我们巴不得往外走走，活动活动腿脚，身子骨儿也感到轻松，多亏当时应下跑一趟了，要不能结识小爷和太太嘛！"

拄棍儿老者说道："老兄弟，你生性乐观，敢讲敢干，从不披着藏着，这点比我强多了，也很服气，要不咱老哥儿俩能这么对劲儿嘛！小爷、太太，二位有所不知，当年赵老弟在马队服役时，曾在一场突发的山火中，一个人奋力将困在里面的上司德楞泰和十几个兄弟救出，使其

第一章　囚困江城

幸免于难，自己却受了伤。当时倘若没有他施以援手，不仅上司跑不出来，那些骑兵也早被大火吞噬了。回到营盘之后，老弟烧伤未愈，又投入了赤峰的平叛之中。由于打仗勇猛，冲锋在前，几十年来多次立下战功，并受到嘉奖，前后几任吉林将军都知道他的大名，视为值得尊敬的长辈，另眼相看……"

赵西丹打断道："老哥，行了，别夸了，快介绍一下自己吧！"

拄棍儿老者笑了笑，摸了摸后脑勺儿，简单扼要地说："老夫的身世不复杂，满洲正红旗人，姓马名木斤，老家在开原，今年七十有三了。入伍后编入吉林马队，乃赛冲阿将军和德楞泰的属下，随军征战各地。乾隆四十九年，乾隆爷第六次出巡途经沈阳，我是护卫队长。在兵营中，马技挺出名，因屡立战功，多次受过嘉奖。嘉庆元年，被召至吉林将军衙门任职，一晃十个春秋过去了。到了晚年，同赵老弟一样，干上了门子的差事，有闲空儿时，老哥儿俩一块儿下下棋、聊聊天，倒也悠然自得，其乐无穷。"

茗兰很尊重眼前的两位老者，尤其是得知赵爷爷多次从滔滔的洪水中救出无数寻短见之人，那是打心眼儿里敬佩，实乃救命的活菩萨呀！由此也想到了自己的身世，可怜的额莫就是因去两淮寻找战死沙场的阿玛落空，绝望之下才投河而亡的，扔下了刚刚7岁的女儿。此刻，她将两位老八旗看成了自己的亲人，分别在际，顿生依依之感，打算送点儿什么做个念想。思摸来思摸去，忽然想到手腕上戴的一对儿玉镯，那是母亲留下的，遂将其摘下，一只送给赵爷爷，一只送给马爷爷。二位老人家却不肯收，声言无功岂能受禄？可茗兰执意要送，怎么推辞也不行，无奈只好收下了。后来到了德英德大人时，那对儿玉镯派上了用场，流传在民间的"玉镯记"，即德青天破玉镯案，指的就是这对儿玉镯。这是后话。

尤成额和茗兰把两位老者送出了大门，回南院儿时，小满堂已按管事儿的指点，在账房登记了5个人的名号，并被分派到南边大院儿内的一处小马架子了，那里又称"百爱营"。他们来到小马架子一看，屋内很暗，没搭炕，地上铺了一层谷草，五六个男女四仰八叉地躺在上面正睡得香呢！尤成额夫妇犯了难，房子本来就不大，几个人横七竖八地一躺，连个下脚的地方都没有，还男女混住，这怎么行？不过已经分到这儿了，不住上哪儿去？没招儿哇！二人东瞅瞅西看看，发现北墙角儿有块儿空地儿，小满堂赶忙出去抱进几捆谷草铺在地上。茗兰不想打开带来的被褥了，因为居住条件实在太差了，唉，暂时歇歇脚吧，待天亮再说，便与夫君合衣躺在了谷草上。小满堂转身又出去了，不一会儿就回来了，双手捧着几块儿咸菜和两个苞米面饼子，分别递给两位小主子道："少爷、少奶奶，我正寻思去哪儿弄点儿吃的呢，刚好住在旁边马架子里的一对儿从山东逃荒到此的老两口儿看见咱们来了，便拿出这点儿干粮交给我，让将就着垫吧垫吧，总比饿肚子强。"

尤成额和茗兰尽管一天多没进食了，却不觉得饿，恐怕是由于窝了一肚子火、心情不好所致。可不吃东西哪行啊，身子骨儿要紧，以后还不知能咋样呢，没个好体格，如何撑得住？便接过饼子就着咸菜慢慢嚼了起来。

小满堂让车夫把两辆车赶到了马架子东墙边，停稳后，将缰绳拴在一棵小树上，并未卸下车上的物品，因屋内甚是狭小，没地方摆放。一切就绪，早已人困马乏，他们仨也想赶快歇一会儿，进屋便各自找个地儿躺下了，很快进入了梦乡。

此刻已是四更，那五六个男女睡得很沉，时不时打着鼾声，累得快散架子的茗兰也打起盹儿来，惟尤成额尚未睡着，微闭双目静静地眯着。就在这时，忽听有脚步声传来，睁眼一看，进来两个不速之客，一个是化着淡妆的年轻女子，另一个打扮得男不男、女不女、油头粉面、怪里怪气的。二人先是四下瞅了瞅，然后收回目光，面带诡谲的微笑直冲尤成额飞眼儿，显然是在故意挑逗。他立马想起来北山的路上，赵爷爷和马爷爷曾叮嘱过的话了，说是拘缉营里成员复杂，干什么行当的都有，良莠不齐，千万多加小心，特别要离那些不三不四的人远点儿。于是便装作没看见，闭上眼睛侧过头去，避开其视线。

说书人得向诸位阿哥交代一下，通常情况下，在这个时间、这个地点出现两个幽灵般的身影，那双眼睛似乎在搜索什么，肯定不是啥好人，而是流动野鸡。所谓"流动野鸡"，即指最下等的妓女，没有固定的交易场所，什么地方都能去，哪儿有人出现在哪儿，且无处不在。流动野鸡衣着整洁，色彩鲜亮，描眉打鬓，浓妆艳抹，全凭语言挑逗、飞眼儿调情，以卖淫为生，吃这碗饭早已习惯了。这些人中，除了个别贪图享乐、自甘堕落外，大多数是由于生活所迫，无路可走，不得已而为之。也有的因无家可归，在外流浪经年，为了活下去或欠债顶账，就选择了此种最低贱、最卑微、最无法启齿、不需出本钱的皮肉营生，即所说的"下三烂"肮脏活儿。她们常常站在路边或躲在离妓院不远的背旮旯儿处,专门蹅摸那些腰兜儿没几块铜板进不了妓院、又实在难耐寂寞、很想痛快一把的嫖客,什么脚行卖苦力的呀,船夫、伙夫哇,车老板子呀,沿街叫卖的小贩儿等等,看见这样的人过来就主动上前搭讪。对方认可了,遂将其拽到黑暗的角落,不管环境如何,哪怕猪圈呢,只要方便些,让对方像牲口一样解决性饥渴就行。而且要求极低,待嫖客得到满足后,扔下几个小钱儿就行。由于过分放纵,妓女和嫖客之间相互传染,得梅毒、淋病的不少,无钱医治,只能硬挺,最后悲惨地死去。即使个别人宽裕点儿,在当时的医疗条件下也很难治愈,将痛苦一生,没人同情,没人可怜。那些嫖客中,多数是瘾君子,扎吗啡,抽大烟,吸进的是用劣等鸦片制成的土货,即白粉,挣的那点儿钱全买毒品了,整天浑浑噩噩,百无聊赖。

尤成额非常讨厌干皮肉营生的人,也不愿正眼看她们,所以当这样两个人出现在自己面前的时候,惟一能做的就是嗤之以鼻,不予理睬。却不知尤公子一行刚到此地,尚未安顿下来呢,便被人家瞄上了。有的阿哥恐怕会以为因他和夫人穿得很像样儿,用料质地上乘,非丝绸及软缎,身边又带着仆人,还有两辆车跟着,其中一辆装得满满的,好东西肯定不少,谁看见了都得认为不是一般人。尽管不清楚缘何来此,反正是财神爷到了,岂能放过?当然得像猎鹰一样死死盯住,暗暗跟踪、监视,直到看准其下处,使出惯用伎俩让对方上钩儿,再劫色劫财。尤成额的处事经验实在太少了,可能以前从未接触过这样的人,一时不知该怎么办好了,当时若是想办法支开或给点儿散碎银子,不就打发了嘛!实际上,事情远没有那么简单,后书将会讲到。此刻,进来的两个人见尤成额背过身一动不动地躺在谷草上,互相轻声儿咬了咬耳朵,未再有别的举动,立马退出去了。尤公子转过身往门口儿看了看,心想:"这下可坏了,无意间竟把人家给得罪了,不知又琢磨出了什么道眼呢!"

真是祸不单行,人若倒霉,喝凉水都塞牙,此话被事实验证了。尤成额一行从京师出发赴吉,一路晓行夜宿,受尽颠簸,没睡过一个安稳觉。走了20多天,好不容易进了吉林地界,来到了吉林将军衙门属下的小红楼迎宾驿馆,以为总算能歇歇了。可哪承想不仅未见着副都统达禄大人,还遭秦大门牙的一顿抢白,脚没沾地便被大管家杜宝连夜撵到了江北拘缉营,营头儿乌三儿遂将他们塞进憋憋屈屈的破马架子里了,前前后后又折腾了一个白天加大半宿。憋气窝火儿不说,而且腹内空空,除了公子和夫人各吃了一个苞米饼子,小满堂及车夫连口水都没喝上。那是肉身的人哪，不是铁打的，如何受得了？可已经处于一落千丈的境地了，又有啥法儿？光犯愁没用，走一步看一步吧，5个人便躺倒在谷草上歇了。到了黎明时分，一直眯着的尤成额眼皮也睁不开了，迷迷糊糊睡着了。天大亮了，小满堂第一个醒了，由于心里有事，始终惦着停在屋外东墙边的车和马，一骨碌爬了起来，边揉眼睛边往外走。推开门侧头一看，不禁大惊失色！两辆车及所有的物品都没了，3匹马也无影无踪了，当即吓得脸都白了。他跌跌撞撞地回到屋内，叫醒了二位主子和车夫，说明了情况。4人随小满堂跑出门一瞅，全傻眼了，所有的家当及车马丢个精光，也不知是啥时候、怎么被盗走的。愣怔片刻，赶忙分散开来四处寻找，见人就打听，皆言不知道。尽管着急，还挺庆幸，亏得睡觉时没脱衣服，否则将更惨，非闹出笑话儿不可，衣服被偷走了，连换洗的都没有，还怎么出门哪？那位年长的车夫对尤成额说："少爷，看来事出有因，咱们被盯上了。盗贼来这儿如入无人之境，行窃时没发出半点儿异常的声音，手脚麻利，行动迅速，而且偷得坦然无惧，您不觉得有些奇怪么？"

尤成额点点头道："嗯，没错，言之有理。"

站在旁边的茗兰说："这样吧，咱们马上去二进四合院儿，向乌三儿讨个说法，因为车辆、物品、马匹是在他这一亩三分地丢的。"

当尤公子一行来到营头儿住的北院儿时，乌三儿可能已经听说此事了，干脆不露面，也不想管。管事儿的却带着七八个打手呼呼啦啦出来了，个个手持棒子或短刀，怒目横眉地瞪眼瞅着这5个人，那架式恨不得一刀宰了他们才痛快。还没等尤成额开口呢，管事儿的竟倒打一耙，不阴不阳地指责道："我说尤公子，你车上装着东西告诉谁了，交给门房保管了吗？把贼人引到这儿来没跟你等算账呢，反倒找营头儿理论，车辆、马匹和物品丢了与我们何干呢？你是真不知道还是装不知道，江北拘缉营不是谁都能来的，进了大门就得交银子。要问为啥呀，马粪不是拉到院内了么，得有人收拾吧？还有你们几个，是不是以为马架子白住哇，世上哪有那么便宜的事儿，必须得给钱，听明白没？跟你这种榆木脑袋的人只能直嘣，否则不转弯儿！"说完一挥手扬长而去，那几个打手像跟屁虫似的紧随其后。

尤成额气得搓手顿足，干张嘴说不出话来，惹不起人家呀，遂冲小满堂嚷道："你是怎么弄的，主子睡你也睡，咋不看着点儿呢？这下好，家当全没了，再也不用分神了，清闲了！"

第一章 囚困江城

小满堂能说啥呀，主子咋发火儿咋受呗，谁让咱是仆从了。可他一琢磨，这么下去不成啊，总得想个办法，不能硬撑着，真要把两位小主子气个好歹的，将来回去怎么向老爷交代呀？于是走到尤成额跟前，凑近耳边轻声儿道："少爷，我倒有个主意，不如让小的回京师给老爷报个信儿，也好派人接回少爷和少奶奶，此处乃是非之地，万万呆不得呀！"尽管声音很小，在场的人都听清了。

别看尤成额是个文人，然生性耿直、倔犟、有志气，从小就不让父母操心，跌倒了从不用扶，自己拍拍身上的土爬起来。而今到了这个份儿上，认为即使住露天地儿、要饭吃，也不能返京师，回去怎么向恩重如山的妻舅桂良大人讲啊，二老亦跟着上火不是？倘若差小满堂给他们送信儿，千里迢迢跋山涉水的，哪那么容易呀！再说马匹又丢了，此信儿如何送，总不能用步量吧？所以他不赞同小满堂的主意。

茗兰却觉得此招儿可行，心中暗想："眼下已无路可走，夫君就任教习之职根本谈不上，留下来消极等待毫无意义，应该早日返回京师，与二老商量后再作打算。没有马匹，大家共同开动脑筋想想辙嘛，办法总比困难多。"可是当看到夫君留在吉林态度非常坚决，自己的想法又动摇了，或许成额是对的？便没吱声儿，还是顺其自然、夫唱妇随吧！

两个车夫同尤公子一样也不想走了，本是被雇来的，连车辆和3匹马都未看住，觉得没脸回去。年纪略轻的车夫还一个劲儿地埋怨那个年长的："大哥，我贪睡你也贪睡？物品和马匹被盗，咱有不可推卸的责任，太粗心了。"

年长的车夫后悔不迭，惭愧万分，直拍脑门儿，恨自己丧失了警惕性，给公子一家造成了损失，遂对尤成额说："少爷，都怪我太麻痹大意了，小看了江北拘缉营。没想到在吉林将军衙门眼皮底下竟有窃贼出没，东西不翼而飞，实在是心不甘哪，务必得找回来。反正我们哥俩儿无论在哪儿，都是给人打零工，靠两只手吃饭，从此就跟着少爷了。"

此话一出，尤成额、茗兰、小满堂皆惊喜地望着二人，激动不已。说实在的，来吉林的一路上，他们从两位车夫的所作所为，早已看出其心地善良，为人厚道，对主子忠诚，举止十分得体，从不随便讲话，给人的印象特别好，如果能留下来，那真是求之不得。小满堂上前拉住年长车夫的手说："大哥，太好了，咱们永远在一块儿，到啥时候也不离开少爷和少奶奶，有苦一起吃，有难共同担！"就这样，主仆5人在突发的事情面前，心贴得更近了。

当尤成额一行无奈地回到小马架子前，这才倒出工夫四下仔细瞧瞧，原来周围全是一排排的马架子，大小不等，有的搭建不久，有的十分破旧。里边住的看样子是从各地逃难到此的流民，大多衣衫褴褛，极个别的穿得还算整洁，邻近的几个马架子里的男女老少正好奇地抻脖儿瞅着他们。与流民相比，尤成额和茗兰最惹眼，不仅穿着讲究，举止行为也不同，既不像四处流浪的乞讨之人，又不像千里迢迢出外求生路的难民，倒像是哪个官宦或员外之家的子弟闲来无事探亲访友的。那么为啥住到破马架子了呢？流民们感到十分奇怪和不解，不约而同地另眼看待他们，不回避他们，甚至喜欢他们。有的把饭菜端出来喊其一起吃，有的去河边提来清水招呼其饮用，显得非常亲近。一开始，尤成额等5人只是抱拳表示感谢，并不走过去。可人家热情不减，几次三番、诚心诚意地相请，他们感到很是过意不去，盛情难却，怎好拒绝？有时实在不好推托，便去流民的屋里喝口水，但从不端饭碗。

尤成额是咋想的呢？这些人的故土遭了灾，庄稼被淹，房倒屋塌。万般无奈之下，只好携儿带女，背井离乡，从遥远的南国徒步走了几个月甚至一年才来到北地，多不容易呀，所走的是一条辛酸的逃难之路啊！面对此情，自己只是悲天悯人，又有何用？没有分文帮助他们，已经坐立不安了，哪能忍心与流民分吃分喝呢？那可太没人味了。如果咱手里有银子，哪怕是一件家当送给他们，或可解燃眉之急，心里也能好受些。可惜呀，现在是一身精光，啥忙帮不上，还能给人家添麻烦不成？

尤成额家教很严，一直闭门苦读圣贤书，可谓正经八百的饱学之士。做起八股文章来，起承转合，有条不紊，严丝合缝，文字流畅，之乎者也矣焉哉用得十分贴切，经常受到私塾先生的夸赞。桂良大人看过公子的文章，很是欣赏，认为乃不可多得之才子，若不然能将心爱的外甥女许给他？成额说话也好，做事也罢，就是一个书生气十足的人，两耳不听邪音，按孔孟之道行之。什么"吾日三省吾身"哪，"与人谋而不忠乎，与朋友交而不传乎，言不信乎，传不习乎"啊，"君子以仁慈待人，礼让三先。一生惟知爱人敬人，束己修身"呀等等，皆深深刻在脑子里。他在孔孟之道的熏陶下长大，性格沉稳，信念坚定，把社会看成是一个大家庭，人人亲善，仁爱无私。此次偕夫人来吉，以为有舅舅桂良总督的举荐，有副都统达禄大人的关照，必会如愿以偿，顺利就任吉林将军衙门属下的左翼官学教习之职，不可能出现什么闪失。到那

第一章 囚困江城

时,一块石头落了地,从此春风得意,喜安新家。每天早膳后,丈夫前往学堂为子弟授课,娇妻于门前恭送,小满堂挑着书担子陪主子而行,该是何等惬意呀,同僚们也会弹冠相庆的。可没承想到吉林后,一切事与愿违,迎来的却是一场恶梦!亲身经历和所见所闻令其惊诧不已,手足无措,甚至不知什么场合该说什么,什么场合不该说什么,一时瞠目结舌,呆若木鸡。在这种情况下,他仍抱着"君子立身、修身,苦中求乐,己所不欲勿施于人"之念,认为作为孝子,惟求亲安。乔木高而仰,梓木低而俯,君子应自强不息。当江城受挫、不仅未在那儿落脚、还被送到十几里外的江北拘缉营遭冷眼时,也不抱怨任何人,惟怨自己的命苦,把所有的委屈和满目的泪水全咽进肚子里,不想为不虞之患再去搅扰双亲和桂良大人。且深知自己除了会作八股文,教授子弟学业,没有别的能耐,暂时只能忍气吞声。即使口渴了,肚子饿了,也不主动乞求施舍,就那么硬挺着,不愿给任何人添乱。

茗兰与成额不同,生下来就没见过阿玛,7年后,额莫又离她而去,遂被舅姥爷接到家中抚养。由于从小没有父母之爱,尽管舅姥爷一家视其为掌上明珠,也仍觉孤单,从而养成了独立生活能力,自尊、自爱、自重、自强。不但天资聪颖,通晓诗文,背诵如流,而且女红、缝纫、织绣、彩绘、书画样样儿行,是位知书达礼、德才兼备的女中魁首。在京师时,其大名早已传遍各个贵胄、达官之家,皆知西郊总督府邸有位天生丽质之才女,然而闻其名却欲求不得,只能如同天上月亮般景仰,认为茗兰格格将来肯定是宫中人或皇家人。她在舅姥爷及舅舅的训教下,谙熟妇人之道,自成婚以来,严格按照封建礼教所倡导的三从四德、三纲五常道德标准行事,既嫁从夫,夫为妻纲,尊重、深爱夫君,处处事事敬夫、随夫,精心侍夫,恪守妇道。他常常为夫君的品貌兼优、博学多才而甚感欣慰,庆幸自己的运气好,能与成额喜结良缘,乃天作之合,故而愈加珍惜。赶赴吉林的一路上,尽管自己已折腾得身心疲惫,仍无微不至地照顾夫君,成额咋说她咋做,从不违拗其意志。到吉林后,发生了一系列始料不及的事,在变故面前,茗兰对成额所采取的做法有些看不惯,觉得他不单单是窝囊,甚至有点儿愚懦。比如面对秦大门牙那种傲慢的态度、轻蔑的目光、讥讽的口吻,成额一忍再忍,既不质问,也不辩解。比如杜宝气急败坏地将公子一行5人逐出小红楼迎宾驿馆,送至远离吉林将军衙门十几里之外的江北拘缉营,致使陷入凄凉、无助、可怜之境地,成额仍不吭声儿、不反抗,而是逆来顺受。茗兰尽管深爱夫君，听命于夫，却不想像成额那样不问是非，不讨公道，有苦自己吞，她可不是好惹的。离开京师前，尤成额的阿玛都布纳曾不无担心地问桂良："总督大人，你把心爱的外甥女和外甥女婿放出去了，这一走，不知啥时候能回来。京师距遥远的吉林乌拉上千里地，互相又照顾不上，一旦两个孩子出个一差二错，不后悔呀？"

桂良显得胸有成竹，笑了笑道："老弟呀，多虑了不是？大可不必。鸟入林，虎入山，人须融入社会，经过反复捶打磨练方能成才，无论是谁皆如此，咱们不也是在社会生活中闯荡出来的么？成额为人诚朴，才华出众，办事稳健，此次赴吉可谓施展才能的好机会。顺利也好，不顺利也罢，只要心志不移走正道，即使遇到点儿坎坷或磨难，也不可惧，相信不管处在什么情况下，他都不会做出有辱二老之事，况且还有茗兰在身边。我这个外甥女呀，可惜是个女孩儿，若是男儿，咱可不是说大话，肯定比本舅舅强得多！若在朝中，她有辅臣之智；若在军中，她有大将之才；身在家中，她有佐夫之能。老弟呀，老哥奉劝你一句，有茗兰陪着成额，你们老两口儿尽管放宽心吧，高高兴兴地把孩子们送走就行了，别的啥都不用想，更不必替他们担忧。"

桂良为啥那么有把握呢？因为他了解自己的外甥女。你想啊，桂良一向以有韬略、有眼光著称，对人对事摸得准、看得透，朝中上下人等没有不佩服的。茗兰是他看着一天天长大的，也是亲自训育、培养的，对其脾气秉性、处世为人、应变能力以及天资才气能不了如指掌么？随着本书的深入讲唱，将越发显示茗兰是位非凡的女子，桂良所言果然有的放矢。

那么，茗兰究竟是个什么样的人呢？搭眼一瞅，高挑儿的个子，皮肤白里透红，容貌秀丽，身着绸缎，衣食无忧，一切顺遂。当遇到困难或遭受委屈时，其表现是禁不起挫折，既脆弱，又无奈，常常是愁眉紧锁，热泪潸潸。其实这只是她的表面，就性格而言，人与人的差异很大，各有各的特点。茗兰是属于那种心性刚强、心思重、深沉不外露、性格内向之人，遇到大事不可解时，一般不说话，不轻易表态，却又止不住眼泪。哭，说明她心事重重，是一种自我折磨；泪水，是她受到无端屈辱而生发出的愤怒之情的宣泄，将所有该说的话都憋到胸膛里去了。此种性格的人厉害就厉害在这儿，让人看不透她内心深处的所思所想，通常对其不太介意，认为除了脸蛋儿长得好看外，没啥能耐，不过女流之辈而已。说实在的，连尤成额都不清楚自己的妻子到底啥性格，

第一章　囚困江城

成婚时间本来就短,婚后不久又离京赴吉,对茗兰的认识自然不会很深,更谈不上看得透了。小满堂等下人只知应尽心尽力地侍奉二位小主子,尤其不能因照顾不周而给少奶奶增加烦恼,小主子若是处处满意,萨克达额真方能放心,这也是做奴才的本分。至于少奶奶的秉性如何,那不是仆从该问的,再说不经深入接触,根本看不出所以然来。

茗兰的确不是一般女子,从吉林将军衙门属下的小红楼迎宾驿馆所遭遇的白眼、讥讽挖苦、受到的不公平待遇、在江北拘缉营东西被窃的整个过程看,开始时,她是懵懂的,继而怒火中烧,气破肝肠。冷静下来后,觉得这些事儿有点儿蹊跷,很不正常,不由得疑窦顿生,按其脾气、秉性,早就不让了,决不受此窝囊气,非同秦大门牙、杜宝、乌三儿这些无耻之徒掰扯个里表不可!可她忍了,同夫君一样以礼处之,且一忍再忍,一让再让。之所以不与之针锋相对,采取忍让的态度,有她自己的想法。首先考虑的是舅舅桂良总督乃朝廷重臣,其能力和德行不仅皇上认可并得其信任,也受到满朝文武官员的夸赞。而自己是桂良的外甥女,朝中上下人等都知道这层亲属关系,一言一行、一举一动皆与舅舅紧密相连,不能因一时把握不住情绪或处理不妥而给其脸上抹黑。故而事事谨慎,处处小心,以忍让为先,以静默示人,尽量不露声色。在羞辱难当、忍无可忍之时,也只是以泪水冲刷满腔的激愤,熄灭心头的怒火,求得对方的深思自省。

其次是出于对夫君的尊重和顺从,三纲五常之道德标准讲得很清楚,夫为妻纲嘛!她从内心佩服尤成额的才气和人品,认为作为一个好妻子,应竭力维护其尊严,所有的抛头露面之事理当由夫君去办,特别是关键时刻不能有悖于夫君,必听之,即使意见相左,也要给对方留情面。然而让人始料不及的是小夫妻俩一踏上吉林大地,竟举步维艰,陷入了窘迫困顿、无力自拔、只能听之任之的处境,一连串的打击一股脑儿全砸在了他们头上,突然得让人一时反应不过来。茗兰了解成额,知其是位未见过世面的公子哥儿,对世事不理解,既没有丰富的阅历,也不知世态炎凉,甚至会因东西丢失受到不小的惊吓。随之而来的便是情绪低落,忧惧不安,精神上的伤害显而易见,弄不好会对生活失去信心。面对此情此景,茗兰静下心来,好一番冥思苦索,越寻思越觉得奇怪:"咋就这么寸呢,所发生的一切是故意冲我们来的,还是巧合?其中必有尚未知晓的底里。"猛然间,产生了一种不祥的预感,觉得有人暗中与他们作对,此人是谁?又缘何这么做?她思摸开了:"我和夫君首次到吉,与这里的人素不相识,从未得罪过谁,更未顶撞任何人或者发生冲突,谁能有意与我们为难呢?也不会有什么政敌呀,成额尚未入仕,或许另有原因。"绞尽脑汁地想啊想,又一次想到了桂良大人:"噢,对了,成额此次来吉赴任,乃达禄大人看在舅舅的面子上一手经办的。在眼下求职难的情况下,成额占了教习的名额,是不是因此捅了与舅舅背地里不和之人的肺管子了,故而从中作梗?若真是这样,应暂时避开锋芒,赶紧返回京师,将秦大门牙等人的态度和做法告诉舅舅,让他知道这些无赖太欺侮人了,唯利是图,别的什么都不顾,根本没把你这位大人放在眼里,不加以处治还了得!然后同舅舅仔细商量一下,请其拿个主意,做到有备无患,随即再重返吉林,岂不更周全?况且让舅舅掌握了内情,使他重新认识一些人,并对其有所戒备,多加小心,有助于在以后的仕途中顺利行走,有百利而无一害。"可是尤成额并不愿回京师,不想给桂良大人添麻烦,也不想让二老担心,何况路途遥远,没有车辆、马匹,难以成行。

　　茗兰得知成额的顾虑后,虽不敢苟同,但毕竟是自己的丈夫,不想反驳,更不想与其争执,最后还是忍了,任凭其唯唯诺诺、委曲求全。她还有个不服输的劲儿,对现状不肯就范,既然决定继续留在吉林,就不能坐等,索性多了解些情况。可乘对方洋洋得意之时,来个暗中访查,看看有什么蛛丝马迹,找出破绽和疑点,再认真进行疏理,弄清是何原因至此。经过一番深思熟虑,茗兰准备把自己的想法跟成额、小满堂及两位车夫说一说,让他们把前几天发生的蹊跷之事好好儿琢磨琢磨,之后共同合计一下,看看下一步怎么走。

　　然而不巧得很,没等茗兰开口呢,尤成额却病了。也难怪,一个书呆子,出门就不顺,屡遭刁难,能不急火攻心吗?这些天一直未能好好儿歇息歇息,吃不下饭睡不好觉,忧愁始终伴随着他。加之所住的小马架子四处漏风,尽管地上铺了一层谷草可隔潮,可身上没盖的,只有一床流民给的七窟窿八眼的破棉被,或许是夜里着了阴凉之气,今儿个一早起来就感到四肢无力,头昏脑涨,继而腹内疼痛,恶心呕吐带拉肚子。紧接着又觉得浑身发冷,起了一层鸡皮疙瘩,整个人抖成一个团儿,茗兰紧紧抱着也无济于事,此乃高热所至。这可吓坏了小满堂和两个车夫,他们对此地不熟,谁都不认识,不知道哪儿有郎中。茗兰叮嘱小满堂照看着公子,然后起身跑了出去,来到一墙之隔的马架子,敲开门一看,屋内住着四五个人,遂问道:"各位兄弟,小女的夫君病了,请问去哪里能请到郎中？"

　　大伙儿你瞅瞅我，我看看你，皆言没听说哪儿有郎中。其中一个中年汉子忿忿地说："这儿没有郎中，有的是恶狼，吃人肉喝人血的红眼睛狼！要想请郎中，只能到吉林霍通去，那儿肯定有。实话告诉你吧，呆在拘缉营保命可不易，未听说还没看见么？隔三差五便有躺倒在地再也起不来的，拉死倒儿的车就停在大门外西墙根儿那儿，还不能白拉呢，不拿出几吊钱送上，没人给收尸。"

　　茗兰一听，心里没底了，赶忙退了出来，跑回小马架子处。此刻，尤成额倚着被靠墙半坐着，额头滚烫，脸颊绯红，呼哧呼哧直喘，小满堂端着碗正用木勺儿喂他水喝。茗兰目不转睛地看着夫君，心急如焚，这可咋办，不能干等啊！在屋内转了一圈儿后，忽然眼前一亮，想起了系在腰间的小皮口袋，里面装着丸、散、膏、丹之类的成药，还是离开京师时舅舅给的。这个小皮口袋乃桂良大人征战各地必携带之物，不管到哪儿，总是系在腰间，因为行军打仗时常露宿野外，夜间湿寒之气袭身很容易坐病。当感到不适时，便把小皮口袋解下，看哪种药对症，取出服几粒儿，可以应应急。小皮口袋里的药虽然不多，但品种挺全乎，都是治常见病的，桂良当时让外甥女一定带着，以备不虞，结果刚刚到吉林就派上了用场。茗兰解下小皮口袋，找出内装万金丹的小瓷瓶儿，倒出两粒儿让夫君服下，此乃治瘟疫病最好的药。

　　你还别说，万金丹挺管用，过了大约一个多时辰，尤成额觉得好些了，肚子不那么拧劲儿疼了，腹泻也止住了，不用总往茅房跑了，额头亦不像先前那么热了。年长的车夫又为其揉了揉太阳穴，按了按百会、双关、虎口、足三里等穴位，以促进血液循环，调整神经功能，成额立马觉得轻松多了，心里很是感激，一个劲儿地致谢道："谢谢，谢谢，真不知你还有按摩这两手儿，推捏得好舒服啊，赶上名医啦！"

　　年长车夫听后，只是笑了笑，没说什么。茗兰扶夫君躺下，扯过被子盖上，让他闭目养养神，最好能睡一会儿，有助于病体的恢复。成额翻过身去，闭上眼睛眯着，没一会儿便睡着了。大伙儿见此，长舒了一口气，一直提溜的心总算落了体。茗兰把被子的四角儿掖了掖，趁这个空当儿，便同两位车夫聊了起来，小满堂坐在旁边蛮有兴致地听着。

　　诸位阿哥，不要以为这两个车老板子只是不起眼儿的庶民，那可错了，小觑不得呀！随着本书的展开，您将会了解其来历，看到其勇武奇能及扶危济困之举，体会其广施法力、普度众生之心。大家皆知，自明、清以来，在武林中，影响日益深广的当属河南少林派。从大明至大清中叶的顺治、康熙年间，少林武功逐渐受到民众的关注和重视，并以其宣扬佛法、不淫奢、不滥杀无辜的教规而被交口称道，尤其是佛门弟子武功绝技之高超、济世驱邪之无偿付出、爱人、悯幼、敬老之品性等，赢得了世人的普遍尊重，享誉海内外。到了乾隆、嘉庆时，少林宗派愈加风靡全国，各地皆以学习少林为荣，崇仰佛教的善男信女越来越多。

无巧不成书，朱伯西在这里要告诉各位，为尤成额夫妇赶车的两个车老板子正是少林派弟子。有的阿哥会问，既然是武林中人，怎能随公子和夫人一块儿赴吉呢？原来此乃桂良总督的安排，可谓用心良苦也。桂良从小习武，长大成人入了军旅，曾与来自各地的官兵滚爬在一起，同各种各样的人打交道，尤其喜好结交少林僧徒。当尤成额偕茗兰准备动身赴吉时，他嘴上说放心，可心里却打鼓："外甥女和外甥女婿毕竟头一回离家，此去路途遥远，上千里地，能吃得消吗？为能确保平安抵达，所租借的车辆要结实，马匹要壮，善于跑远程。另外，车夫得可靠，人品好，驾驭车马的能力强，还须具备一定的武功，万一途中碰上一差二错的，成额和茗兰不至于六神无主，起码有个依靠不是？噢，对了，何不雇两个会赶车的武林高手儿陪行？那可就万无一失了。"想到这儿，唤来随从，如此这般交代一番，随从得令，立即去了车马行。不过桂良大人并未将此事告知成额和茗兰，怕说了实情，二人很可能会胆怯："哎呀，还得武林中人护着我们走哇，吉林乌拉到底是个啥地方啊，莫非豺狼当道？"为了不使他们精神上有负担，轻松上路，高高兴兴而去，只能暂时隐瞒。

单说这两位车夫即少林派弟子，由于敬佛诚谨，一心向佛，故而得到少林寺长眉长老的亲传。当时，按少林派的宗规，任何人想加入少林门派，首先必须有少林师父的亲点，经详细审查后，认定其品行端正，不怕苦累，有恒心有毅力，方可收入少林寺。有的孩子从四五岁始就练童子功，到七八岁便离开父母住进少林寺，终朝每日练功习武。有的是在家人的陪同下，从几千里之外的故乡昼夜兼程赶到河南，目的只有一个，即上山到少林寺拜师学艺。当然了，中途由于各种原因，有打退堂鼓的，多数都留下了，一般学满 3 年便可离开师父下山了。有的以 3 年为起点，再学 5 年或 7 年，然后下山传经护法。也有敲了 10 年、15 年甚至 20 年的晨钟暮鼓，天天于寺内佛堂诵经、做佛事，早晚习练武功。

一时间，大清国的后生们纷纷效法，走少林路、学少林拳、做少林人已成为一种风气。

桂良总督雇佣的两位车夫本是亲兄弟，哥哥叫庞荣，弟弟叫庞庆，河南宪业人氏，而今皆三十出头儿了。小的时候，家中生活十分贫困，要吃没吃，要穿没穿，苦煞岁月，度日如年。有一年春季闹旱荒，连续一个多月没下雨，大地干裂，播下的种子长不出苗儿来，水井也变成枯井了，到秋只能两手攥空拳。为了活命，人们不得不离开家园，携儿带女到外地乞讨，四处流浪。庞家二老可怜孩子，把家中仅有的几块苞米饼子拿了出来，舍不得咬一口，全给两个儿子了，结果自己却生生饿死了。那点儿吃的能当啥呀，每天咬一小块儿，最多能挺四五天。这日，小哥儿俩终于又水米未打牙了，肚腹空空，饿得前腔儿贴后腔儿，实在没辙了，只好跟着逃难的乡邻走了。刚一出家门，就觉得浑身软绵绵的，一点劲儿没有，走路直打晃儿，每迈一步都很吃力，但还是坚持走出十来里地。走着走着，庞庆突然一个趔趄，站立不稳摔倒在河沟旁，昏了过去。庞荣吓得手足无措，抱着弟弟边唤边哭，并哀求同行的乡邻能施舍一口吃的，救弟弟一命。可道上全是难民，自己都饿得头昏眼花呢，哪有干粮给别人呀？故而面对可怜的求助，个个摇头摆手，很是无奈。庞荣眼望四野，大声号啕，生怕弟弟不再醒转，不停地拍呀摇哇，可庞庆一声不出，只有呜呜的北风伴着庞荣的哭声在大地上空回荡。就在这时，一位体格健壮、面相慈祥、长着大眼、宽额、罗汉耳的老僧走到哥儿俩跟前，蹲下身看了看庞庆，伸手试了试鼻息，又掐了掐人中，不一会儿庞庆苏醒了，睁开双眼望着面前的大师，显露出一脸的感激。老僧见两个孩子模样儿有很多相似之处，个头儿差不多一般高，五官端正，眉清目秀，有个机灵劲儿，很是喜欢，问清家世后，便带着他们上山去了少林寺，此僧就是颇有声望的长眉长老。

兄弟二人进入少林寺后，很快安顿下来，剃度出家，皈依佛门，从此开始了晨钟暮鼓、坐禅诵经、习练武功的僧侣生涯。过了一年，长眉长老在所有新收的弟子中进行了一番筛选，最后挑出了能吃苦、悟性高、身手敏捷的庞氏兄弟，准备亲自向其传授重要功法——鹰爪功。此功乃少林派护寺镇寺的首练之功，功法最高、最深、最奇、最妙，倘若用在两军交战中，可以说一人当关，万夫莫开。如果练到能够真正掌握、驾驭的程度了，其他任何功法都不在话下，少林派的传人也难与为匹。按照宗规，鹰爪功不是谁都可以学的，必须传授给可靠的好徒儿，即忠于寺院、主持正义、富有同情心、喜做善事的百徒之表。长眉长老十分喜欢庞氏兄弟，认为他俩品行端正，品性敦厚，值得信赖，有这个造化。学成后，定能光耀少林门楣，以护佛法，以守少林正宗。

一晃20年过去了，庞荣、庞庆皆已二十六七岁了，身高5尺，身板儿结实，由于用心习武，不怕吃苦流汗，终未辜负长眉长老的期望，练就了高超的鹰爪功，武技虽不如师父那般精湛，然匹马单枪足可抵百人。长眉长老向以慈悲为怀，普度众生，时时关注大清社稷的安危，在僧侣中德高望重。他见社会动荡，秩序不安定，世风日下，百姓生活十分贫困，心里很是着急，便把5个爱徒唤到跟前，说道："人活在世上，应当多做善事，立身行道。你们不要总在寺院呆着，下山到市井走一走、看一看，一可体察民情，二可拜望深山古刹佛老，三可传布佛经，四可广施法力，使众生得到解脱。"

5个徒弟听罢，皆表示立马按师父之言去做，一刻不耽误。长眉长老想了想，觉得不能将这几个心爱的徒儿全放走，遂让老大、老二、老三去做出行准备，老四、老五仍留在山上，跟大家一起诵经，安守禅堂。第二天，一切停当，3个徒弟临行前向师父告别，长眉长老叮嘱道："尔等切记，一定要以少林宗法为准绳，以严禁杀害生灵为戒律，多为百姓做好事，替天行道，扶危济困。少林宗派讲究做人要稳重、收敛、内藏，忌讳浮滑吹擂，显山露水。一个经多年修行成为世外高人的佛家弟子，无论在什么情况下都要隐忍少言，尽量不露庐山真面目，即使是济世驱邪，为民求福，也不以门派自居，更别说四处显摆、张扬了。少林派教规甚严，戒律明正，尔等务必遵守。倘若有谁背谬师训，不按佛法规范自己的行为，或者妄言妄语、妄求妄取、妄念妄动，甚至不走正道，专行邪路，你们中的任何人皆可替师除之，决不姑息，且不许再以师兄弟相称，而以佛门正宗为要也。"

3个徒弟跪地叩头道："请师父放心，徒儿记住了，定谨遵师命，严于律己，不辱佛门！"随即起身下山了。

长眉长老身边的这5个得意门徒平日以师兄弟相称，都是少林寺赫赫有名的高僧，个个身怀绝技，武功超群，嵩山周围千八百里无人不知，无人不晓，只要一提起他们，皆竖大拇指称赞之。师兄弟5人中，一位是一指金刚侠，居长，乃大师兄。双手十指力大无比，其中任何一个手指戳下去，能将坚硬的石头捅出窟窿来，故而又称一指禅师。另一位是冲霄五毒侠，居次，乃二师兄。一双手掌可谓毒掌，倘若不小心被拍中，轻则昏迷不醒，重则性命难保。再一位是云水轻身侠，居三，乃三师兄。身轻如燕，功力奇特，长于云水间独往独来、蹿上跃下。还有两位排行老四、老五，乃以上3人的师弟，即以马车夫身份跟随、保护尤成额夫妇出关前往吉林的鹰爪消魂侠庞荣、如意削锋侠庞庆。老四、老五是20多年前被师父收留在身边的，老大、老二、老三则是长眉长老于30多年前的一次洪灾中，从黄河边捡来的孤儿，对这样的孩子俗称"黄河楂子"。什么意思呢？就是每回黄河泛滥时，必冲毁两岸的民房、耕田，不少人来不及逃离而被肆虐的洪水吞噬，侥幸活下来的孩子，即"小生命粒"无依无靠，苦不堪言，在凄风冷雨中挣扎，便叫成了"黄河楂子"。这3个已落入水中的孩子命可真大，在呜呜作响的风雨中，于浑浊的打着漩涡儿的水面上卷起落下几个来回，终于被掀起的大浪抛到岸上。当时，身穿袈裟的长眉长老刚好云游至此，见3个面黄肌瘦的光腚娃娃或许是饿急了，正在岸边挖水蛇烤着吃，便走了过去。3个孩子一看有僧人来，赶忙起身跑到跟前，伸出脏兮兮的小手讨要吃食。老人家从钵盂里拿出刚刚化缘来的红薯，每人一个，并叮嘱慢点儿吃，别噎着。长眉长老站在旁边看着他们，个个吃得蛮香，其中那个大点儿的只有十一二岁，比他小的那个七八岁，最小的也就五六岁，遂问道："孩子们，家住哪里，叫什么名字？"

3人皆摇头，说是没起过大号，其中那个大点儿的孩子知道家住河北冀县，在逃难时与家人失散了。另两个孩子不知原先住在哪儿，只记得一发大水就得跑，年年换地方，房子冲倒了，父母被洪水卷走了，已经没有家了。

长眉长老见孩子们可怜，衣食无着，无处栖身，实在不忍心不管，于是让其跟自己走，领到了嵩山少林寺，收为弟子。3个孩子年龄不同，个头儿高矮不同，性情也不同。大的朴实憨厚，二的争强好胜，三的文静寡言，长眉长老没有急着给取名字，平日招呼时，就唤老大、老二、老三，根据其不同的个性和喜好，因势利导，传授不同的少林武功。小哥儿仨同睡一铺炕，同枕一条沙袋枕，同盖一床蓝花被，打打闹闹，嘻嘻笑笑，一晃就是5个年头儿，小小年纪早早没了孩子气，长眉长老比照3人所掌握的技能和特长，为其起了名字，老大叫金刚，老二叫冲霄，老三叫云水。作为师父，对徒弟有引路之责，然修行在个人。故而平时总是不忘训导他们，要苦练功夫，学得本领，既不是为名利，也不是为权势，而是一为保民，二为保国，三为防身。要秉正义，扶危难,清恶氛,积德行善,佛心慈悲怀,护爱蝼蚁心。遇事礼当先,八分忍,九分让,不逼狭路不出手。

师兄弟3人果然不负师望,在后来的成长过程中,个性得到了充分发挥,功夫各有独到之处,武林中叫得响,众口一词夸赞之。声名也随之鹊起,并有了名号,老大叫一指金刚侠,老二叫冲霄五毒侠,老三叫云水轻身侠。

长眉长老自把3个爱徒派下山,两年过去了,一直杳无音信,心里不免有些担忧,生怕出什么差错。一日傍晚,用过斋饭,便将老四、老五唤到跟前,说道:"已经很长时间听不到金刚、冲霄、云水的信儿了,不知身在何处,估计是去了关外。你俩准备一下,明儿个一早下山,无论如何将他们找回来,尤其老二务必得返寺,告知他远离尘俗、回归佛门的时候到了。"庞荣、庞庆自然没说的,诺诺连声,当即应下。

那么,长眉长老为啥强调老二务必返寺呢?因为5个爱徒中,让他最不放心的当数冲霄五毒侠,认为其修行尚不到家,性情急躁,好动好斗,不那么安分。特别是在关键时刻,有时把握不住自己,所采取的做法往往违背教规,一旦放任起来容易惹乱子,造成后果不好收拾。派庞氏兄弟下山寻索3个徒弟的踪迹时,长眉长老还一再强调离寺外出寻兄以什么名义都行,就是不能露自己的真实身份,只有在需报少林寺的门号时才可公开,若违反师父之言,决不宽饶!

庞荣、庞庆谨遵长眉长老之命,离开嵩山少林寺,踏上了寻师兄之路,一找就是3年。先是走遍了河南境内,接着辗转去了山东、山西,然后到了河北,从天津寻至京师,却始终未见三位师兄的影儿。哥儿俩一边四处扫听,一边打短工挣钱,总得吃饭不是?他们啥活儿都干,干啥像啥,不偷懒不耍滑,雇主都挺满意。也曾卖过脚力,给脚行扛粮袋子,肩压上百斤重照样行走如飞。无奈老板克扣太狠,给的那点儿碎银子不够饱腹,遂辞了脚行的差事,转而去车马行赶大车。由于武功底子厚,别看没使唤过牲口,无论多么厉害的马一到他们手里皆服服帖帖,那双铁钳般的巴掌一拍,啥马都受不了,生荒子马照样直哆嗦,兄弟俩很快便成为车马行里数一数二的车老板子了。二人背地里常常愁眉紧锁,食不甘味,为啥呢?赶车的活儿倒不累,可心里着急呀,没找着三位师兄,回去怎么向师傅交代呀?恰在此时,桂良的随从来到了庞氏兄弟所在的车马行,经打听,面见了庞荣、庞庆,开门见山地声称乃慕名而来,有一事相商。总督大人的外甥女和外甥女婿准备出关,前往吉

第一章 囚困江城

林乌拉求个差事，需租借车马，雇两位车夫，不知你们是否愿意前往？哥儿俩一听乐了，这太好了，可以借机出关，真乃求之不得呀！

当时，大清朝廷在山海关设了重兵，把守甚严，任何人想要出关可不容易。长城以外的辽东乃大清国的封禁之地，也是爱新觉罗皇家的发祥地，关内的汉人都想偷偷出关去那儿，为什么呀？辽东较关内富裕，苛捐杂税相对要少，日子好过些。事实证明，魔高一尺，道高一丈，尽管山海关守得严，也未完全卡住闯关者，有些人还是过去了。不过一旦被抓可就惨了，噩运随之而至，不杀头也得圈起来，天天在兵丁的押解下服苦役，不知何时才能放出去。

那么，从正常渠道能过山海关吗？能，只要有朝廷特颁的通行腰牌，便可以连人带车出关。桂良大人乃朝中重臣，官位颇高，想为骨肉至亲雇车出关应该不难，也惟有他能办得到。庞荣、庞庆正是考虑到这一点，所以才爽快地答应了随从的请求，寻思赶着车将总督的家人送到吉林了，就可按长眉长老之意于辽东大地继续扫听三位师兄的落脚之处，找到之后，赶紧返回少林寺向师父交差。然做梦没想到自打跨入吉林地界，诸事不顺，不仅所有的物品不翼而飞，车和3匹马还丢了，要是就此返京，如何跟车马行结算且不讲，找不到师兄哪有脸回河南嵩山哪？只能顺水推舟，暂不离开吉林，安心住下，反正车马行的老板也找不着咱，岂奈我何？可是这么做却给总督大人惹麻烦了，因为是他雇的车马和老板子，并交了三百两纹银担保。倘若不回去，银子肯定不给退，只能舍了，哑巴亏也得吃了。不过有朝一日真相大白了，相信总督大人不至于挑这个理，此一时彼一时嘛！

话说回来，从京师到吉林的一路上，庞荣、庞庆尽管未暴露自己的身份，也没说是少林寺的，就是赶大车的老板子，可茗兰的眼睛尖哪，发现二人的一举一动、包括眼神儿都非同寻常，大有武侠之风范。怎么看出来的呢？她自幼跟着姥爷玉德总督生活在闽浙一带，那里十分盛行少林拳，习练的人很多，男女皆有，会几招儿防身术并不稀奇。总督府邸的对过儿就是少林武馆，一些满洲人家的子弟天天在那儿学习少林武功，玉德父子也是其中的一员。从小习练过功夫的茗兰闲来无事时，常站在窗外观瞧，久而久之，耳濡目染，练武之人那种独有的姿态、气度、眼神儿等深深刻在脑子里，并对少林拳产生了浓厚的兴趣，开始跟着练。首先练站桩，两臂平端，露出虎爪，微闭双目，气沉丹田，一站就是一两个时辰，如同钉在那儿一样，纹丝不动，挺像那么回事儿。然后练拳术，一招一式做得很到位，你来我往，认真按套路打，明眼人一看便知有点儿功底。不过玉德大人原本没打算让她习武，而是想把这个最喜欢的外孙女培养成宫中秀女，遂唤来儿子嘱咐道："桂良啊，茗兰是个女孩儿家，可以多少学点儿防身的本事，不必深求也。即使不走习武之路，凭她那聪明劲儿也错不了，将来定会给府门增光的。"很显然，玉德大人对外孙女给予了厚望，绝不是让其学会几招儿拳法、掌握点儿少林功夫就算培养成才了，那可把茗兰的潜力估计低了。他认为，作为一个大家闺秀的女儿来说，天生聪慧的茗兰不该是等闲之辈，应是位大有作为之女中豪杰。

　　正因为茗兰初步掌握了少林功法，所以对于同样习练此功的人再熟悉不过了，搭眼一瞅，便知对方的功夫练到了什么程度，十有八九不会错。而她自己呢，虽身处窘境，但练功不停歇，每日天色微明即起，到外面找块儿空地先站桩，然后打打拳，活动活动筋骨。而庞氏兄弟每每于茗兰之前，在距其较远的一棵树下，手持木棍正在对招儿，武步快捷有力，套路娴熟，一招一式准确无误。这一切，茗兰欣喜地看在眼里，却不动声色。庞氏兄弟当然也常常远远看见晨练中的茗兰，然从不近前打招呼，佯装不知。从其拳脚看，想必打小就练过，不但有童子功的功底，而且学了少林拳，转闪腾挪蛮像样儿，有两下子，非一日之功。

　　今天，在尤成额熟睡之时，茗兰与庞荣、庞庆坐在一起一唠扯，双方掏的都是心窝子话，那层窗户纸终于捅破了，成了患难中的知己，相互之间愈加亲密、融洽。在此之前，庞氏兄弟视尤成额夫妇为主子，尊敬有加，以礼相待，小心照护。现在不同了，认为与茗兰皆为少林中人，相识、相知不易，值得庆幸，此乃老天的安排，真可谓有缘千里来相会，无缘对面不相逢，能凑到一块儿就是缘分。茗兰也不把庞氏兄弟当成赶车的老板子了，而是陌生感顿消，骤然间增强了信任感，关系更近了，像一家人一样，是自己的依靠。对二人亦格外敬重，并相约今后以兄妹相称，称庞荣为荣哥，称庞庆为庆哥，若是叫师父，庞荣、庞庆还不答应呢！庞氏兄弟这个高兴啊，笑得合不拢嘴，一旁的小满堂也是乐得拍手打掌的。过了一会儿，庞荣收敛了笑容，郑重地向茗兰提出："妹子，咱们住的马架子本来就狭窄，又挤了十来个人，根本下不去脚，憋得透不过气来，这哪儿行啊？何况不知得呆多少天，总这么凑合可不是事儿，公子的身子骨儿也禁不起。必须尽早搬出去，重新找个马架子，作为长期的落脚之处，让公子静下心来好好儿安歇，只有吃得饱睡

第一章　囚困江城

得香，才能担得起差事，为皇家出力。再说了，有了安身之地，也好商量商量下一步咋办，总不能在拘缉营困着吧？咱先自己找地方，不用在乎乌三儿他们，同意也好，不同意也罢，倒要看看谁敢乍翅。我早看好了，无论在哪儿，不管何人，都是软的欺负硬的怕，谁没点儿野性？乌三儿那帮王八蛋来硬的，咱也来硬的，硬碰硬才叫过瘾呢，总有一方败下阵来，那绝不是咱们。"

庞庆接茬儿道："我哥讲得对，起码得先有处安身立命之所，不能再拖了，说干就干！"

茗兰和小满堂听后，也认为言之有理，表示赞同。他们在说这些话时，尤成额已经醒了，由于服下的"万金丹"起了作用，加之庞荣的一番按摩，又睡了一觉，感到有点儿力气了，情绪也好些了，遂插言道："满堂啊，不要去找什么下处了，别惹麻烦了，就在这儿熬着吧。唉，千万别再出啥事儿了，太可怕了，能吓死人哪，你们几个平平安安比啥都强。夫人哪，你也别操这份儿心了，是不是累了？快躺下歇歇吧！"

小满堂本想与庞氏兄弟一起出去找处宽敞的马架子，听主子这么一说，哪还敢挪步哇，站在原地怔怔地看着少奶奶。马架子里不光他们几个呀，还有五六个男女呢，也傻愣愣地看着，一会儿瞅瞅尤成额，一会儿瞅瞅其夫人。此刻，茗兰实在憋不住了，或许是因身边站着庞氏兄弟，觉得有仰仗的，没啥可顾虑的了，便不想再按公子的意思办了，开口道："夫君哪，遇事总是瞻前顾后、犹豫不决的，啥时候是个头儿哇，眼下你惟一要做的就是静下心来将养身子骨儿，尽快好起来，有了精神头儿方可重拾书卷，这些事儿不用你操心。按说呢，咱俩挺有福气的，荣哥和庆哥乃舅舅特意请来的，不仅是车老板子，也是保护我们的，已经到这步田地了，还有什么可怕的？"说到这儿，故意提高了嗓门儿："我早看明白了，乌三儿根本不讲理，你越像个软柿子，他越捏弄你，没有丁点儿怜悯之心。咱只能自己救自己，务必踅摸一处宽敞的马架子安身，找到后啥都不用说，硬搬进去住，看谁敢挡？还真希望有人出面管呢，正好理论理论，只怕他没那胆量。若是闹大了，我还不找秦大门牙、杜宝之流了，直接去将军衙门见舅舅的老友达禄副都统，当面锣对面鼓地问问为啥如此对待我们，这么做能对得起桂良大人吗？看他怎么说。没承想吉林竟是个野蛮之地，既然在这儿讲不出理，那好哇，小女的手早痒痒了，摆开架式比试比试，他们哪里知道我茗兰格格也是马王爷三只眼哩！"

话音刚落，庞氏兄弟异口同声地助威道："妹子，说得对，还等啥呀？就这么办！"

此话可气坏了躺在谷草上的尤成额，也不知哪儿来的劲儿，一翻身坐了起来，大声儿说道："夫人哪，你咋这么不听劝呢，难道丈夫的话都当耳旁风了？行了，到此为止吧，别再闹了，惹出事儿来收不了场啊！"

庞氏兄弟刚要解释，茗兰忙冲他俩使了个眼色，二人会意，赶紧闭了嘴。茗兰一边扶着夫君重新躺下，一边轻声儿安慰道："好了，好了，生哪门子气呀，快歇着吧！"

尤成额深爱自己的夫人，知道她挺有头脑的，不会胡来。也认为眼下处境困难，总在这个鬼地方呆着不是办法，可又找不到说理的地儿，一时脱身不得，很是无奈，打了个唉声不再吱声儿了，实在是没精神头儿管这些了。

茗兰方才有意大声儿说话，很具有煽动性，目的是想让屋内及邻近马架子中的人都能听到。他们很长时间以来，可以说自打圈进拘缉营就没出去过，整天长吁短叹的，不知此罪得遭到何时。屋内的那五六个男女一听茗兰提到了达禄副都统，当即吃惊不小，个个大睁双目瞅着这位柳叶儿眉、丹凤眼、相貌姣好、敢说敢干的年轻女子，眼神儿显现出的是佩服、敬重，觉得她说话有力，听了心里痛快。乍一开始，不知道这一行人的底细，以为尤成额不过一个穷书生，像个受气包儿似的，同所有圈在拘缉营的人没啥区别，照样被乌三儿踩在脚底下，东西丢了也不敢声张，故而谁都不靠前，怕跟着吃瓜落，根本没瞧得起。现在忽听公子夫人敢动武把操，声言鼎鼎大名的达禄副都统是她舅舅的老朋友，至于桂良大人何许人也，大伙儿并不清楚，但肯定官职不低。在拘缉营里，哪有机会见到哈番哪，乌三儿就是最大的官了，见人浑身乱颤，不知怎么显摆好了，天天耀武扬威的。说实在的，咱做梦都想结识在吉林将军衙门任差的官员，哪怕是个小官呢，却一直不能如愿。这几个人可了不得，不仅不能小觑，还得刮目相看。

茗兰的一番话犹如一石激起千层浪，果然奏效，且不胫而走，瞬间便传出去了。好家伙，住在周围马架子里的男男女女、老老少少一窝蜂地往这儿跑，不大一会儿就把小马架子围上了，里三层外三层挤得水泄不通。大家都来看新贵茗兰，认为她是拘缉营里的奇女子，有副都统大人给撑腰，谁还敢动人家一根毫毛？杜宝也好，乌三儿也罢，不过两只

第一章　囚困江城

任人踩踏的臭虫，不值一提。庆幸啊，咱们这些冤深似海的百姓没白祈祷哇，盼呀盼，终于盼来了救命星啊，从此可见天日了！"

这个说："贵人哪，请帮帮忙吧，我们渴望求见吉林将军，已经盼了3个多月了，却始终无法见到啊！"

那个道："太太呀，你有所不知，我是锦州来的。杜大管家从我们屯子买了10头牛，说好了将其赶到地儿后，钱款一次如数付清。可是牛早如数送到了，肉都吃进肚子里了，仍不想给钱。乡亲们没招儿了，合计来合计去，便委托我姑爷前来讨要。结果半个铜板没给不说，姑爷还被杜宝的手下打伤了双腿，下不了地，天天躺在炕上得有人伺候着。我闺女一气之下跑到吉林，管他们要治伤腿的药钱，可这一去再也没回来，无影无踪了，至今死活不知。这是什么世道啊，好好儿的人说没就没了，还让不让黎民百姓活了？"

一位双目失明的老汉挤到门口儿，用袖口儿擦了擦满头的汗，右手扶着门框诉苦道："好心的太太呀，要说有冤，老夫最冤了，一言难尽哪！我本是松花江上的船老大，一家父子3人专在下江拉货，给杜宝、乌三儿等人运粮。契约上写得明明白白，倘若船在途中翻了或沉了，造成船工及资财损失，由他们包赔。大前年的7月，正赶上洪水期，杜宝、乌三儿让把粮运过去。我再三强调眼下不能启运，水太大，有危险，货船容易翻。可他们根本不听，鼻子不是鼻子脸不是脸的一百个不同意，坚持让我们非去不可。没法儿了，只好把粮装上船后起锚，行至抚松哨口时，由于风大浪急，货船翻了，两个儿子淹死于江中。我怀揣契约号啕着前去索赔，他们既不管也不认账，反过来倒让我付粮钱。接着又去找秦大门牙，不仅不讲理，还让差役把我轰了出来，契约也给撕了。冬去春来，快4个年头儿了，一想起儿子就忍不住落泪，直至哭瞎了双眼，他俩死得冤哪，扔下了孤老头子苦度岁月。杜宝、乌三儿怕我到衙门告状，便大事化小，小事化了，最后硬是把我圈进了拘缉营。我出不去，见不到哈番，没有说理之处，只能日复一日、年复一年地受煎熬。真是老天有眼哪，昨晚做了个梦，梦见两个儿子回来了，让我天亮以后，摸到南边的一个小马架子那儿，说是来了位女星神，她能出手相帮，为咱申冤。太太刚才说的那番话，老夫在门外都听清了，你就是我儿托梦告知的星神哪，请受老夫一拜！"边说边扑通一声跪倒在地，咣咣磕着响头。茗兰忙弯下身将老汉扶起，搀进屋内，坐在一把破椅子上。

这时，屋外的人争抢着往里挤，把茗兰围在中间，七嘴八舌地倾诉着各自的不幸。有位了解内情却胆小怕事的老者再也憋不住了，忿忿地开口了："乌三儿不是人，纯粹一畜牲，生活糜烂，荒淫无度，不少女子因被其糟蹋觉得没脸见人而上吊自尽了，太可怜了！"

一位中年男子咬牙切齿地说："杜宝他们口口声声称江北拘缉营是什么迎宾驿馆，要我看哪，就是一座监狱！乌三儿一手遮天，说一不二，想让谁死，谁就甭想活，被他们残害致死的男男女女不计其数，白白丧命，上哪儿说理去……"

在场的人你一言我一语话不落地，大家企盼着这位来头儿不小的太太能通过高官帮忙，为他们报仇雪恨，尽早脱离苦海。茗兰在家时很少接触外人，哪见过这样的场面呀，倾听着底层百姓的冤屈和怨恨，那颗善良的心被深深触动了，两眼望着父老兄弟们，泪水顺着脸颊簌簌而下。小满堂已是个小伙子了，年轻气盛，双脚跺地咚咚响，恨不得立即宰了杜宝那几个乌龟王八蛋。庞氏兄弟更是气冲头顶，脸色铁青，庞荣的双拳狠狠砸在椅背上，大骂道："这帮龟孙子，人事儿不做，专干坏事儿，没有好下场。哼，早晚不等，非进十八层地狱不可，阎王也得收拾他们！"

庞庆接茬儿道："对，不能便宜他们，只要大家抱成团儿，定能斗过乌三儿！"

茗兰赞同道："说得好，惟有齐心协力，方能镇住妖魔鬼怪，使其再也不敢随便欺负人了！"

躺在墙角儿的尤成额听着3人的对话，急得火上房，暗中寻思道："他们几个这是咋的了，不仅不规劝大家，还跟着瞎闹腾，真不知天高地厚，如此下去，不得惹出乱子吗？"想至此，掀掉被子，缓缓站起身来，面冲众人抱拳揖礼道："诸位父老及兄弟姐妹们，容晚生说两句，大家正在气头上，都消消火儿，还是请回吧。晚生的夫人是一时气昏了头才说那番话的，千万别听她的，一个女人有啥能耐去跟拘缉营的营头儿斗哇，我们也是泥菩萨过河自身难保啊！"然后侧过身又道："夫人、小满堂、还有你们兄弟俩都听着，不准胡来，把那些狂妄之语统统抛到脑后去。想过没？若真闯下祸了，则将永无宁日，想脱身都难，眼下谁还做能请神不能送神的蠢事呀！"

茗兰听罢，真有些恼了，像突然不认识了似的打量着尤成额，心想："夫君哪，夫君，我对你一敬再敬，一忍再忍，不知宽让多少次了。

你却当着众人的面儿说出如此不近人情的话,见穷苦百姓有难都不帮,为了所谓的前程不闻天下事,只知关起门来死读书,太自私了吧?"她憋得满脸通红,实在控制不住自己的情绪了,一字一板地说道:"成额,你过分了,让人听了心寒哪,我可不愿看到夫君是个胆小怕事之人。倒是你应仔细想想,难道我们就该受人欺么?像马一样任人骑么?有苦有冤只能往肚子里咽,凭啥呀,那不公平!"

尤成额头一次听见夫人指责自己,一点儿面子都不留,脸腾地红了,一时不知怎么办好了,站也不是,坐也不是,无可奈何地垂下双手,愣怔怔地盯着地面不出声了,显出一副窘态。茗兰深深地吸了一口气,尽量使自己平静下来,然后恭敬地向众人行万福道:"父老兄弟姐妹们,小女谢谢大家的信任,会把各位的苦和怨牢记在心的。既然都住在这里,那就是一家人,应该互相帮助。从今往后,大伙儿携起手来,有福同享,有难同当,谁若敢欺负咱,就跟他斗到底!快晌午了,各位暂先回去,我与兄弟们再合计一下,想想办法,看怎么做更好。"

话音刚落,站在门外的人如同听到命令般立即散去,屋内的人也纷纷往外走,庞荣、庞庆和小满堂将大伙儿送至门外,小马架子顿时静了下来,然地当间儿仍站着3个小伙子,其中一位四方大脸的后生说:"太太,你们不是要找个宽绰地方么?走,东边有座大马架子正闲着,面积不算小,搬去住就是了。"

茗兰问道:"怎么,拘缉营内还有空马架子?"

后生回道:"没错,是有座空马架子,太太初来乍到,不了解这里的情况。别看乌三儿那小子平日里狗仗人势、吆三喝四的,其实没啥能耐,包括跟在他身边的打手全是窝囊废,连我们哥儿几个的拳头都挺不住。那座大马架子原本有人住,乌三儿专挑软柿子捏,前几天硬把人家撵走了。咋回事儿呢?乌三儿是个色鬼,闲来无事时,总是东踅摸西踅摸的,发现谁家有漂亮闺女立马盯上,想尽一切办法弄到手。有一天,他溜达到一座小马架子前,推门进屋一看,见是老两口儿带着两个闺女住在里面。大闺女长得水灵灵的,一笑俩酒窝儿,肤色又白,一眼就相中了,非要娶回家不可。声称若是答应嫁给本营头儿,你们一家4口儿就不用住在这个转不开身的地儿了,我明儿个给弄处大马架子,满地打滚儿都够!老两口儿当然不愿把心爱的闺女拱手送给色狼,可又不敢不同意,怕他翻脸让全家过不去。正不知如何是好时,乌三儿转身出去了,边往东走边琢磨:'哼!谅那对儿老不死的不敢不答应,吃豹子胆了,还想不想活了?不管咋的,也别等明儿个了,先弄座大马架子再说!'过了两袋烟的工夫,来到一座大马架子前,门都没进,站在窗外连喊带骂地让屋里的人赶紧搬出去,愿意去哪个马架子挤住就去哪儿,越快滚蛋越好!谁敢惹营头儿哇,那不纯粹找不自在么?屋里的人只好收拾收拾搬走了。大马架子空出来了,乌三儿如愿了,心里美滋滋的,以为很快可将那家的大闺女娶过来。老两口儿没招了,找到我们哥儿几个,将此事一说,那真是气往头上撞啊,乌三儿欺人太甚了,恨不得一拳拍扁了他!也赶巧了,当天傍晚,乌三儿从外面回来去马厩里拴马,正好被我们堵在那儿了。哥儿几个上前连搡带踹、噼里啪啦好一顿揍,疼得他捂着脑袋嗷嗷直叫,爹一声娘一声地号个不停,直到乖乖答应不再霸占那家的大闺女、把大马架子让给我们住才算了事⋯⋯"

小满堂笑着插嘴道:"碰上几位哥哥该着他乌三儿倒霉,不仅眼看到手的闺女没娶成,刚刚腾出的马架子还没焐热乎呢,瞬间又失去了,闹了个鸡飞蛋打,啥也没捞着,哈哈哈!"

另一个圆脸后生接着又道:"这不,大马架子要到手后,哥儿几个刚想往那儿搬呢,恰好被太太赶上了。你们人多,住那儿正合适,宽绰得很,我们住哪儿都行。放心吧,乌三儿这回可被打怕了,见着哥儿几个总溜边儿,不敢吱声儿。"

站在一旁那个年岁最轻的后生也开了腔儿:"是呀,来得早不如来得巧,那座马架子挺好的,还暖和,快去吧!"

看得出来,三位后生十分诚恳,出于对尤成额等5人的尊重和同情,真心让他们去住大马架子。茗兰很是感激,并表示了谢意,然而对小伙子们的提议却有些犹豫。尤成额不敢去住,刚要阻止,又怕惹夫人不高兴,只好把话咽回去了。小满堂、庞荣、庞庆则举双手赞成,小满堂急不可待地催促道:"小主子,兄弟几个的心意咱得领,赶紧走吧!"

茗兰思忖片刻,说道:"这样吧,庆哥留在这儿陪公子,咱们几个去看看再做决定。"

于是3个小伙子在前,茗兰、小满堂、庞荣随其后,径直朝东去了。一行人很快来到了大马架子处,里里外外一瞅,见外表挺好,坐北朝南,东西各一间屋,中间立扇木门,因此前有人住过,一块半新不旧的布帘儿挂在门上。墙是用木条子拼的,外面叉上薄薄一层干草拌的泥,墙体虽然不厚,只是简单抹了抹,但也能遮风挡雨。两间屋的南侧均盘有火炕,上面铺着厚厚的谷草,想来躺在炕上应该不会像睡在地上

第一章 囚困江城

121

那么硌得慌。小满堂乐颠颠地跟在茗兰身后东瞧瞧西望望的，边看边不住地点头，认为这个住处还行，比原先的小马架子强多了，起码不用同其他人挤在一起了。他想得还挺周到呢，说是让少爷和少奶奶住东屋，我们哥儿仨住西屋，便于照护。茗兰也觉得不错，有啥事儿需要跟兄弟们合计时，可以去西屋，不影响东屋的公子歇息。看罢，一行人回到南边的小马架子，简单收拾收拾，与同住一处的那五六个男女道别后，庞荣和庞庆一边一个搀着尤成额出了房门，大大方方地住进了东大马架子。

乌三儿很快便听说尤成额一行已经搬移到东大马架子了，当即气得火冒三丈，随后仔细一琢磨，此举肯定是那几个愣头青的主意，书生脑瓜皮儿薄，根本没这胆量。可尽管猜出来了，却没敢过问，而是忍气吞声默许了，跟谁也未提及此事，想必是真吓破胆了。

当晚，庞荣和庞庆操起扫帚将房前屋后彻底扫了一遍，又把一些烧柴、树枝、碎木头归拢到一块儿，尽量弄得整齐点儿。接着又提溜一捆烧柴进了屋，抽出一半儿塞进灶炕，点着火，没一会儿，两间屋的火炕都烧热了。茗兰和小满堂先用笤帚将棚顶、四壁划拉划拉，然后把门及窗台、窗棂子擦了擦，又掀起炕上的谷草抱到外面抖搂抖搂，再抱进屋重新铺好，忙活了好一阵子才收拾干净。一切就绪，已近戌时，胡乱嚼了几块苞米饼子，各回各屋。茗兰先把成额扶到炕上躺好，用湿手巾给他擦擦脸，说是时候不早了，赶紧睡觉吧。然后出屋端进一盆水，洗了把脸，又洗了洗脚，方感到有点累儿，便合衣躺在夫君的身边，见其微闭双目静静地眯着呢，心里思摸开了："成额的病刚见好，身子骨儿本来就弱，又被我顶撞了，肯定不痛快，哪能睡得着？作为妻子，无论如何不该当众不给丈夫留面子，使其下不来台，这是我的错儿。夫君知道我深爱着他，敬重其人品，欣赏其才识。遗憾的是却不能完全理解我的所思所想，胆小怕事，一味迁就，担心初到一个陌生之地，别由于莽撞行事而惹出祸端，无法收场。另外，成额对陪行的车夫庞氏兄弟缺乏了解，不知他们究竟有多大能耐，信任感不强。本身又没有信心，认为谁都比自己厉害，何况乌三儿守家在地的，一呼百应，咱身边有谁呀？几个人捆一块儿也没人家一条腿力量大，还不得一踢一个跟头哇！他也不清楚自己的夫人并不是好惹的，不是谁想欺负就可以欺负的，别看仅有那么一点儿武功，照样能对付数十个乌三儿那样的看家狗。夫君哪，不要怕，荣哥和庆哥很有本事，武功非同一般，乃世外高人，是舅舅雇来保护咱的。你就把心放到肚子里吧,夫人我自有办法,到时候,想不做官学教习都不可能,必会被吉林将军衙门留下就职的。"想到这儿,忽听成额打了个唉声,侧过头一看,见其眼角儿滚出了泪珠儿,忙起身取过丝帕,轻轻为夫君拭泪。虽然二人并未说话,但心有灵犀一点通啊,这深情的一擦犹如万语千言哪!拭罢,茗兰将丝帕放在枕边,重新躺下,顺手抽出一根儿谷草折过来折过去,眼望成额心里在说:"傻夫君哪,还生气呀?我知道你是故意不睁眼,也在琢磨事儿,多希望咱夫妻俩能想到一块儿呀!我始终认为人在世上走一回,就得活出个样儿来,千万别委屈自己,既要有志气,也要有骨气,不能做任人宰割的羔羊。只有习百技、通百艺、身处逆境不畏惧、敢于据理力争,才有立足之地,我们不欺侮别人,也决不允许别人欺侮咱。到吉林所发生的一切确实很蹊跷,令人百思不得其解,不过有一点是肯定的,那就是吉林将军衙门府内有说道,而且是不可告人的,否则不会如此刁难咱。他们真是小看人了,我茗兰生于武将之家,养在总督之侧,深得姥爷和舅舅的宠爱。在二位长辈的言传身教下,自幼养成了善于观察事物、好刨根问底的习惯,并亲眼目睹了姥爷的处事不惊、舅舅的判断无误之能力,还多少学了点儿武功。我要在吉林大干一场,首先得将丢失的物品找回来,要不没铺盖不说,衣服也没得换,特别是公子失去十来箱书哪儿成?还得把江北这处所谓的迎宾驿馆内情翻个底朝天,非弄明白不可,充分展示一下小女娘家人的性格。我要正告秦名远,别太嚣张了,不拔下你那谁也不敢碰的大门牙誓不罢休!"想着想着,困意袭来,翻过身去,迷迷糊糊睡着了。

敲过五更,东方露出鱼肚白,茗兰可能是心里有事的缘故,呼啦一下醒了,随即起身下了地,蹬上鞋踮着脚尖儿出了房门。尤成额恍恍惚惚中,以为夫人去了茅厕,也就没太理会。茗兰漫步在拘缉营内一排排土坯房之间的空地形成之小巷,屋子里的人睡得正酣,周围静静的。说实在的,自从到这儿,从未各处走一走、转一转,今儿个一大早起来,是打算暗探一下拘缉营。她边走边瞧,发现护营的兵丁并不多,每班儿只有两三个人,轮流于木栅墙外巡逻。除了关在最里边那层怀疑其贩卖鸦片、私开宝局、私通盗匪之第三种人所住的大门口儿以及乌三儿的居处两进四合院儿加了岗哨、专门看管那些待查之人和供乌三儿享乐的年轻女子外,墙内没有设岗,且兵不强马不壮,纯属一帮乌合之众。对圈在拘缉营中间那层和最外边一层的人等管理很松散,可以随便走动,不

第一章　囚困江城

受啥约束。或许乌三儿及其随从、打手从未遇到过像茗兰这么执拗的人，以为既然他们被圈在墙内了，就不得不老老实实，即使闹也闹不到哪儿去，用不着管得太严，有那工夫玩玩儿女人还落个乐呵呢！茗兰暗笑，乌三儿呀，乌三儿，这回有你好瞧的，往日的舒坦将一去不复返了，本娘子非折腾个人仰马翻不可！

茗兰在小巷中放轻脚步走着，睁大双目四处仔细观察着，敞开记忆的闸门将拘缉营的各个小巷刻在脑子里。当快走到北门时，见几个手握刀剑的兵勇正监守在一座后靠立陡石崖之青砖瓦房前的大门楼儿两侧，立即引起了她的注意，心想："为什么营内其它地方不设岗，惟独此处派兵丁看着，是何所在？或许里面藏着什么秘宝也未可知。"刚准备再靠近些看个究竟，突然从身后蹿出一高一矮两个手中皆持砍刀的壮汉，一左一右将她夹在中间。茗兰此前丝毫没有觉察，不知二人是打何处蹦出来的，且来势迅猛，心中暗自思摸道："咦？难道不起眼儿的江北拘缉营尚有几个能人不成，我倒要见识见识。"于是，瞅了瞅二人，不以为然地说："大哥，何必如此？小心人后有人！

这话什么意思呢？此乃武林中常用的暗语，是点拨他们啥事儿不能做绝，要给自己留条后路，不要以为一时得逞了，就可以为所欲为了。别忘了，天外有天，人外有人，知道哪天找上你呀？有话好好儿说，不该如此造次。她又为啥这么说呢？缘于考虑到自己单身一人，没有保镖，尽量先不动手。一旦交起手来，势必发出声响，那将打草惊蛇，再者也没到时候。故而便用武林暗语吓唬对方，来个金蝉脱壳，即趁对方不注意时，施以小计，从不利的境遇中得以解脱，由被动变为主动。哪知那俩家伙像未听见似的，根本不搭言，矮个子将刀尖儿顶在茗兰的腰间，高个子则从身后抽出一张网想罩住她。这种网是专逮飞贼用的，人从上至下一罩，再将网绳儿使劲儿一勒，网里的人便动弹不得了，世人皆称此网为"擒贼网"。

也真是寸哪，就在大个子刚刚抖开手中之网想罩住茗兰的节骨眼儿上，不知从何处嗖地飞来一块石头，不偏不倚，正打在其右手背上，当即冒血了，疼得他捂着手哇呀哇呀直叫。矮个子见同伴儿被打伤了，忙转过头往石头飞来的方向仔细观瞧，寻找投石人，并亮出手中的砍刀准备随时反击。还未待看出子午卯酉呢，从道旁忽地跳出两个蒙面人来，噌噌几步蹿到那俩小子跟前，只听啪啪两声响，分别为其点了穴，二人龇牙咧嘴、大睁双目立马不会动弹了。由于施救之人皆戴头套，捂得严严的，只露一双眼睛，很难辨别乃何方人氏，茗兰站在那儿怔怔地瞅着，诧愕不已。

此时天已大亮，其中一个蒙面人将两个壮汉像提溜小鸡似的一手拎一个大步流星地往东走去，另一蒙面人拽着茗兰的衣袖儿紧随其后，径直回到了大马架子，小满堂正在门口儿等着呢！前头那个蒙面人来到西屋门前，当当两脚将俩小子踹进屋内，造了个嘴啃泥，因被点着穴呢，所以光张嘴却发不出声儿来。

这时，两个蒙面人方把头套摘下，茗兰不看则已，一看大吃一惊啊，原来竟是庞氏兄弟！她低头瞧了瞧躺在地上的两个家伙，看上去神志不清，双眼瞪得如铜铃，直勾勾的，像猪似的呼噜呼噜直喘。为了不搅扰睡在东屋的公子，便让荣哥、庆哥以及小满堂把他们拖到马架子外头的山花墙旮旯儿处，庞荣分别在其后肩的穴位处啪啪拍两下解了穴。二人很快清醒过来，见脑门儿上方有几对儿眼睛正盯着自己，其中一横眉立目之大汉手中握着亮锃锃的牛耳尖刀，知道这下可糟了，碰上高人了，当即吓得浑身直哆嗦，心里暗暗嘀咕道："唉，我在拘缉营里一向为所欲为，从未遇到比自己强的高手儿，今天还是头一次栽了，算我倒霉。好汉不吃眼前亏，保命要紧，看风使舵吧，只要不杀不砍，让干啥都行啊！"

茗兰抬眼望了望四周，见无异常，遂冲两个壮汉小声儿道："不是有那么句话嘛，识时务者为俊杰。你们最好放老实点儿，问什么回答什么，倘若胆敢撒谎编瞎话儿，可别怪我不客气！"

二人不住地点头，毕恭毕敬地诺诺称是，大个子说："小的不敢撒谎，保证有一说一，有二说二，决不掖着藏着。我们俩是杜大管家花钱雇来的，为了混口饭吃而已，除此未得任何好处，没必要替他们隐瞒，知道些啥肯定毫无保留地讲出来，请尽管问。"

"那好，我问你们，乌三儿平时住哪儿？为何别处没有巡逻的，惟独那青砖瓦房门前设岗？"

大个子回道："乌三儿居无定所，他闺女和老娘住在那座前面有大门楼儿的青砖瓦房里，具体内情小的不清楚，也从未进去过，一般不让靠前。我俩被雇用后，分派到巡狩营做哨员，对这里的情况知道得不多。只听说拘缉营内设有6处暗房，其中3处藏着秦师爷和杜大管家的私房货，由乌三儿为其管护。因乌三儿是他们的心腹，信得着，所以很放心。所谓的6处暗房，一处是金银库，一处是皮张库，一处是粮米库，另3处是女监舍，各个暗房的具体内情无人知晓。"

茗兰凤眼一立睖，压低声音道："什么？无人知晓，我们的两辆车、3匹马及所有物品都给弄到哪儿去了？如实招来！"

二人一口咬定此处从未发现有贼，头一回出那样的事，细情确实不知。茗兰用鼻子哼了一声，转过头向庞荣吩咐道："他们不是不招么，那好哇，给我用匕首剸其嘴唇，啥时候开口啥时候住手！"

庞荣应声儿走上前，将手中的牛耳尖刀晃了晃，摆出立马要动手的架式，可把那俩小子吓坏了，跪在地上咣咣直磕响头，一个劲儿地告饶。茗兰提高声音道："车马和物品丢失没几天，你俩竟全然不知，谁信哪？此地周围全是山，别说人呀，鬼都见不着，惟拘缉营人满为患，倘若没贼偷，东西为啥丢个精光？即或有条不紊地搬运，满满一车也得费些时辰，可眨眼工夫却无影无踪了。这就邪门儿了，东西又没长膀儿，还能飞了不成？只能说明拘缉营内有窝藏赃物之地，你俩必知内情，隐瞒乃徒劳，我们一定追查到底，是不是想尝尝本娘子的厉害呀？"说罢，冲庞荣使了个眼色。

庞荣会意，手握匕首一把抓住大个子的左手腕儿，照着手心儿一左一右欻欻就是两刀，顿时划出两道口子，鲜血直流，见其疼得龇牙咧嘴，遂冷笑道："咋样啊，滋味儿不错吧？暂留下你那张嘴巴，再要硬挺着不讲，跟我们主子作对，别怪事先没打招呼，那可不光是嘴巴了，连脸上的肉一块儿一块儿地片下来，自己酌量着办吧！"说着，又摆出了要动手的架式。

矮个子见同伙儿手心儿的白肉翻翻着，鲜血顺着手指往下淌，早吓麻爪了，磕头如捣蒜，苦苦哀求道："大哥请息怒，小的求您了，手下留情啊！前几日那车马及物品不翼而飞，小的有所耳闻，但真不知是谁偷的，更不知藏到了何处，肯定不是我俩干的，再说也摊不上那么顺手的活儿呀！这事儿得问问小金佛和白面娘子，那二位可是了不起的人物，与大哈番都有瓜葛，或许能知道底细。"

茗兰向庞庆努了努嘴，庞庆便从怀里掏出治红伤的白色药面儿，往大个子的手心儿撒了点儿，血立刻止住了，然后问道："小金佛和白面娘子身在何处，怎么能找到？"

矮个子回道："不好说呀，他们总是神出鬼没的，来无影去无踪，不知究竟住在哪儿。"

茗兰接着又问："你二人与小金佛和白面娘子只是认识呢，还是打过交道？"

矮个子回道："没打过交道，只在乌三儿常去的两进四合院儿见过几次，看上去相互之间关系很近，乌三儿挺靠着他们。"

茗兰不再问了，说道："行了，到此为止吧，嘴巴闭严点儿，今天发生的一切不准泄露出去。你俩给我听清楚，以后务要改邪归正，老老实实做人，多做点儿好事，多积点儿阴德，望好自为之，必要时还会找你俩。不过可得记住喽，刚才所说的若有半句假话，故意欺骗我们或者继续干坏事儿，本娘子决不轻饶，滚吧！"

二人磕头作揖地感谢饶恕之恩，异口同声地表示道："请放心，小的记住了，以后只做好事，不做丁点儿坏事，准保重新做人！"说罢，起身仓皇离去。

茗兰与庞氏兄弟和小满堂回到西屋，坐在铺着谷草的热炕上，你一言我一语地合计开了。从抓到两个哨员口中得知，神秘的小金佛和白面娘子住在何处无人知晓，关于其底细及近期的行踪亦无处打听。这样一来，要想使丢失的物品完璧归赵，只能先放一放他俩，而从拘缉营的营头儿乌三儿及其那处青砖瓦房下手。捕蛇要掐七寸，擒贼专逮贼首，惟有控制住乌三儿，抓其把柄，撬其嘴巴，才能供出幕后的关键人物，从中找出症结所在，弄清拘缉营内6处暗房的情况。再通过乌三儿找到小金佛和白面娘子，然后顺藤摸瓜，揪出窃贼。

诸位阿哥，朱伯西我在这里给大家讲一下拘缉营营头儿的来历。乌三儿本姓王，不是满洲人，而是汉人，乃河北冀县老王庄人氏，祖上代代是种地的，家境贫寒。他的父亲给一户人丁不旺、只有一个儿子、老婆患病已故的乌姓财主家当长工，天天早出晚归，勤快能干，从不偷懒。乌财主见其老实巴交的，便把一汪姓贴身丫环许给了他，一文铜钱没要，还自掏腰包儿为二人办了婚事，讲好生下头一个孩子，不论是男是女，皆为乌家人，必须随乌姓。这年年底，果然生下一个男孩儿，就是乌三儿。后来当地闹开了匪患，四处烧杀抢掠，乌财主家生活富裕早已名声在外，自然不能幸免。一天傍晚，有伙儿土匪闯入乌家，进屋就翻箱倒柜，见啥拿啥，一时房内院外鸡飞狗跳。乌财主哪能眼睁着自己辛辛苦苦攒下的家业被抢啊，遂上前拼力阻拦，被一长着络腮胡子的大汉一刀砍在脖子上，顿时鲜血四溅，倒在地上蹬了蹬腿没气儿了。此刻正赶上乌三儿的父亲收工回来，前脚刚一迈进院儿，还没弄清咋回事儿呢，匪首见他左手拿着锄头，右手握着镰刀，以为是来拼命的，随即举起长矛便冲心窝儿刺去，当场将其扎死了。其他长工一看，方醒过腔儿来，吓得返身撒腿就往外跑，乌三儿则跟着母亲逃回了娘家。

3年后，乌三儿排行最末的老姨在一次偶然的机会被京师光禄寺的署丞看中，遂娶回家中做小妾，从此汪家开始翻身了。怎么的呢？乌三儿的老姨汪氏结婚后，不忘娘家的亲人，总是想着这个惦着那个的，时常往娘家捎些绸缎和纹银，有时还派人赶着一大车东西送去，穷家立刻变了样儿，日子较前宽裕多了。汪氏的丈夫姓鞠名烺，在京师大内光禄寺中任署丞，七品官，专理寺内的存留文档，协助征调各种贡品，以供大内御用或祭祀。平时，他同吉林打牲乌拉联系颇多，因此地的许多贡品需送到京师光禄寺，久而久之，便与沾上皇亲的吉林搜登站官庄庄头儿杜嘎纳及其儿子杜宝熟络了。每当逢年过节，杜嘎纳若腾不出手来，便让小儿子替父去京师大内送贡品，杜宝乐不得前往，正好可借机各处溜达溜达。鞠烺见他挺能干，会来事儿，其父又是吉林搜登站官庄庄头儿，家境不错，于是将与小妾汪氏所生的次女许给了杜宝。汪氏一想，女儿嫁到千里之外，可别受委屈，一旦有个病闹个灾的，让人不放心哪，咋办呢？琢磨来琢磨去，忽然想到了仍在故乡的老姐姐和外甥乌三儿，便捎信儿将母子俩唤来了，让他们随自己的女儿前往吉林，乌三儿做女儿的随从和管家。杜宝的妻子鞠氏身边有大姨家的表哥做管家，自然求之不得，可以一百个放心，只剩下尽享清福了。

乌三儿刚到吉林时，一开始挺老实的，话不多，也不那么张扬，一切顺风顺水。一晃两个年头儿过去了，他仗着老姨夫在京师大内有点儿权力，又得到了妹夫杜宝的器重，不久便混上了吉林将军衙门属下的拘缉营营头儿之差使。环境、地位一变，人也跟着变了，或变好或变坏。有句俗语很精当："近朱者赤，近墨者黑。"乌三儿自打当上了营头儿，便经常与秦大门牙、杜宝打交道，看到他们及周围有些人既贪婪又好色，尽享鱼水之欢，自己那颗不安分的心也痒痒了，认为不吃白不吃，不拿白不拿，不占白不占，不玩儿白不玩儿，很快就跟着学坏了，一发不可收拾。而且他得加个"更"字儿，更贪、更狠、更霸道，为所欲为，说一不二，老子天下第一，谁也不敢惹，富得流油，成了拘缉营中人见人怕的地头蛇，至今已逞凶4年之久。

乌三儿知道自己干了不少见不得人的勾当，结怨的人很多，所以平时不常露面，即使大摇大摆地出来，也是随从、打手跟在左右，晃荡一圈儿后，马上就缩回去了，比泥鳅还滑。最喜欢干的事儿即是乘着夜色在小巷中游逛，犹如空中的一股阴风到处刮，看不见摸不着，哪儿有年轻女子往哪儿去，只要闻着女人味儿决不放过，必进去强行混上一宿，留下了罪恶的足迹，让人防不胜防。他有好几处居所，谁若有啥急事儿想找到营头儿，正经得费一番功夫，狡兔三窟嘛！茗兰所看到的那座青砖瓦房乃其中的一处，坐落在拘缉营的北面，四周砌有女儿墙，两扇红漆木板院门雕刻着花纹，门上钉着虎头铜环，前面是醒目的大门楼儿，非常气派，可谓江北拘缉营最上等的房舍了。明眼人一看便知，此居处非同一般，必为营头儿所盖，猜得没错，乌三儿的老娘带着孙女小甜丫住在这里。

　　乌三儿的大老婆葛氏本是乌拉当地的农家女，模样儿俊俏，朴实能干，他一眼就相中了。没承想上门求婚遭拒，咋说都不行，一怒之下，竟强行将其霸到手，一年后生下女儿甜丫。后来又连娶了四房妻妾，个个比大老婆年轻，便半拉儿眼看不上人家了，稍有不慎，非打即骂。前年春天，葛氏突然死了，此前没病没灾的，这不怪了么？至今是个谜。不少人暗地里猜测，乌三儿是因大老婆知道其底细，对所干的那些伤天害理之事了如指掌，怕有朝一日说出去对自己不利，故而杀人灭口。猜测归猜测，乌三儿的势力大呀，远沾皇亲近靠国戚，不仅官府未追究，还悄没声儿地压下了，不了了之了。他的女儿甜丫今年6岁，是在奶奶怀里长大的，乌三儿和老娘特别喜欢，如同心尖儿宝贝般疼爱。

　　乌三儿很少住在大门楼儿青砖瓦房内，十天半月去一趟，看一眼老娘及小甜丫就走人。你想啊，一个荒淫无度的人能住在那没有年轻女子的地方吗？他耐不住寂寞，离不开女人。尤成额一行乍来拘缉营时，在二位老兵的引领下，不是先到了一处两进四合院儿么，那便是乌三儿的第二个居所。北院儿住着他的四房妻妾，名义上是迎娶的，实际上有两房是霸占来的。南院儿，即所谓的粉黛营子住着那些走投无路的流浪女，全是乌三儿胁迫下的玩物，供其泄欲，任其受用。除了这两处之外，乌三儿可能还有一个秘密所在，对此最先产生怀疑的是小满堂。尤成额一行住进小马架子的当天晚上，邻近马架子中的一对儿山东老夫妇不是给了小满堂两个苞米饼子和几块儿咸菜么，老太太后来曾告诉他一件事："孩子，我和老伴儿是带着俺那19岁的闺女一起从山东家逃难来到东北的，后来被圈进了拘缉营。没过几天，闺女突然失踪了，不知去向，整座北山都找遍了也没见影儿，就跟你们的马匹和那车东西丢得一模一样，似乎是被天上的一只无形大手给抓走了。类似的事儿在拘缉营

第一章　囚困江城

已经发生多次了，十几个大姑娘全是这么个丢法儿，一夜之间人没了，什么迹象也没有，你说怪不怪？拘缉营里早就传开了，说是北山有个老妖精，住在龙潭，专刮黑旋风，乘机抢走年轻女子。所以一到晚上，人人害怕，家中有闺女的，老人便一再叮嘱千万不要出门，白天最好也呆在屋内，哪儿都别去，当心被老妖精刮起的黑旋风卷走喽。"

老人家的话引起了小满堂的注意，认为无风不起浪，事出有因，肯定是歹人所为。于是好言安慰老两口儿别着急，慢慢再打听，一个好端端的大活人总不至于人间蒸发吧？或许哪天能找到也未可知。

茗兰还了解到，圈进拘缉营后物品被窃的、丢失银两的、年轻女子突然失踪的并非个例，而是时有发生。住在马架子内有这种经历的人不少，境遇相差无几，也是向谁打听皆言不知道，乌三儿同样躲着不跟你碰面，想找个哈番诉诉苦、评评理比登天还难。时间久了，一拖再拖，便成了积案，永远是个解不开的迷。如此看来，若想找回丢失的车马和物品，必须趁热打铁，不能拖延，坚决彻底地查，查他个天翻地覆，让对方喘不过气来，直至水落石出。新案总比旧案、积案容易解决，与此有关联的人都在，只要拿出证据和实物来，他们就无法推诿，难以狡辩。尽管乌三儿像耗子似的钻进洞里躲着，也不能让他呆消停了，要想方设法从地底下将其薅出来。根据乌三儿出入无常的特点，不能明晃晃地抓，那样会暴露自己，只能秘密地以计擒之。逮住后赶紧审问，讯毕即放，由此牵出其背后的关键人物，目的便可达到了。

那么如何计擒呢？大伙儿商量来商量去，决定先在乌三儿的老娘和女儿身上打主意，设法接近老太太，诱走小甜丫，便可引乌三儿出洞，到那时，何愁不听咱的摆布？考虑到此举非同一般，前去实施者要身手敏捷、有点儿功夫才行，最合适的人选当然非庞氏兄弟莫属。尤公子仍由茗兰和小满堂照料，小满堂得无时无刻地伺候在侧，因茗兰需抽身于暗地里协助庞荣、庞庆。合计完后，又统一了口径，务必守口如瓶，跟谁都不许说，更不能让少爷知道。这么大的举动为啥瞒着尤成额呢？那是因为茗兰太了解夫君了，知道他素来主张君子静心以德，多做息事宁人之事，勿步旁门左道之尘。倘若告知准备擒拿乌三儿，找回丢失之物，向其讨回公道，他肯定不会同意，并将极力劝阻。再加之公子不愿看到夫人如同武林中人似的，拳头比男子还硬，失去了贤妻、才女的风度，有伤大雅。既然同成额有很多看法不一致，眼下又处在非常之时，没工夫与其理论，不如等办利索了，摆出事实给他看，一切会不言自明的。

诸位阿哥，等着瞧吧，这回可够江北拘缉营营头儿乌三儿喝一壶了，肯定是气也喘不匀乎了，四方步也迈不稳当了，煞有介事的相儿也装不出来了，他做梦都想不到如今竟碰上个不要命的超凡脱俗之女子——茗兰！

据讲，乌三儿的老娘患有严重的眼疾，即通常所说的雀盲眼，视力很差，耳朵还背，天天是在小甜丫的搀扶下干这干那的，一刻也离不开，孙女成了奶奶的耳目。这庞荣、庞庆可谓半个郎中，为了多些本事，平时除了于少林寺内习武练功，还出外拜流落江湖的人为师，向他们学了不少手艺，会瞧病，擅占卜，能针灸，并掌握了炮制丸、散、膏、丹等药之方法。此次被桂良总督雇用出远门儿赴吉，怕有个病灾啥的，便带了些自制的小药，装在小布袋儿里，围于腰间，随用随取，有时也施舍给偶患头疼脑热或拉肚子的路人。为了接近乌三儿之母汪氏，这日响午，庞氏兄弟带上治眼疾的药出了东大马架子，来到那趟青砖瓦房附近转悠。左观右瞧了两个多时辰，天都快黑了，也未见老太太和小孙女的身影，更别说进院儿了，根本靠不了前。原来那大门楼儿两侧有兵丁把守，未待走近呢，门岗就敲响了警示锣，院内立马跑出四五个兵丁，大呼小叫地轰撵道："快走，快走，一边儿去，离这儿远点儿！"一连三天皆如此，咋去的咋回来，丝毫收获没有。庞庆气得用力吐了一口唾沫，冲庞荣说："哥，看来大门楼儿是进不去了，我就不信那祖孙俩终朝每日在屋里呆着，老太太眼神儿再不好，总得到外头溜达溜达、晒晒太阳吧？"

庞荣拍拍庞庆的肩膀道："没错，只要咱耐心等待，她们早晚会出来的。"

第四天头晌，庞氏兄弟来到青砖瓦房东边惟一的一条小道儿上，道两旁长满了蒿草，二人隐入草丛中，以避开门岗的视线，眼睛紧紧盯着大门口儿。到了下晌，果然功夫不负有心人，只见小甜丫搀扶着奶奶从大门楼儿里出来了，二人一边顺着小道儿慢慢往东走，一边比比划划地唠着闲嗑儿，东瞧瞧西望望的，显得很是悠闲。庞荣、庞庆站起身来，装作在草丛中逮蝈蝈，东扑一下西扑一下的。待祖孙俩走到近前，庞荣看似不经意间偶然一回头，主动搭讪道："老人家，这是孙女还是外孙女呀，要去哪儿串亲戚吧？"

汪氏回道："噢，不去哪儿，闲来无事，孙女领我随便转转。"

第一章 囚困江城

兄弟俩出了草丛，微笑着走到祖孙二人跟前，仔细打量开了。看上去老太太60多岁了，一身儿标准的大清中原妇女打扮，乃明朝以来的装束，既与辽东满洲人居住之吉林故地女子的衣着不同，也与正经八百的旗装不同。老人头上围着白底蓝花儿丝绸镶东珠的包头，两耳各戴一只双环型的金耳环，亮闪闪的十分显眼。那时，很讲究包头的式样，河北乐亭以及山东鲁南、鲁西北一带老人的包头不但刺绣精美，而且上面镶嵌着金饰、银饰以及各种各样的珠子，是身份和财富的象征。

汪氏的包头乃关内中上层员外之家妇女所戴头饰，除具有河北、山东的包头特点外，另有四五个银质凤簪插在包头右额一侧，凤簪底部垂着用双股儿银丝线编成的吉祥鲤鱼，下面挂着红丝穗儿，非常好看。其上身儿着宽彩袖儿、三角形五彩绦镶边儿的粉红色"万"字绸衫，既肥又长，可盖至双膝；下身儿穿青缎子菊花纹儿的镶绦裤，双腿腕儿以青丝带扎之，整洁、利落。这与旗装迥然不同，通常情况下，旗装女子不扎腿带儿，关内汉装老年妇女才扎腿带儿。再往下瞅，脚蹬一双黄缎紫花儿的粽子形绣鞋，三寸金莲儿只有拳头大小，前半部，即脚趾头短而尖，似乎只剩下脚后跟了。老人的面相慈祥，五官端正，富富态态的，只是眼神儿不太好，见风就流泪，不时地取下别在右衣襟儿上的白绢手帕擦拭着眼角儿的泪珠儿。

庞荣关切地问道："老人家，眼睛有毛病吧？是不是时常疼痛、不敢见强光、夜间光线弱看东西模糊、有时完全看不见了？"

汪氏点点头道："是呀，你咋说得那么对呢，我的眼睛算治不好了，吃了药也不见强。这些日子较前更重了，跟瞎子差不了多少，若是没有小孙女领着，可就寸步难行了。"

庞荣劝慰道："老人家，别着急，没啥大事儿，视力模糊乃肾虚水亏、肝虚血少、目失调养所致。只要信得着，我们哥儿俩负责给您老治，这点儿能耐还是跟已故家父学的，当年那是十里八村专治夜盲症的出名郎中呢！"

汪氏一听乐了，两手拽着庞荣、庞庆连连道："谢谢，太谢谢了，今天我可遇上贵人了，此乃上天对老身的恩赐呀！"

庞庆爽快地说："老人家，千万别言谢，看着您老眼睛有疾，我们做小辈的能不心疼嘛，给长辈治病应该的，小事一桩！"

庞荣则趁热打铁，从腰间解下布袋，拿出一小包儿白药面儿和一管儿眼膏递给汪氏道："老人家，此药你拿着，吃完晚饭过一会儿，先把这包儿药服下，然后上点儿眼膏，眼睛就不那么疼了。再准备些羊肝儿、狍子肝儿、鸡肝儿，你老出行不太方便，我们哥儿俩明儿个亲自去家中熬药，你看如何？"

汪氏笑道："那敢情好，不认不识的，主动上门为老身治病，真是求之不得呀！"

庞荣突然露出一副为难的神色说："我们年纪轻轻的，身子骨儿壮如牛，多跑几趟腿儿不算啥。可是你家大门楼儿前设了岗哨，谁也不许靠前，要是不让进，那就没辙了，倘若硬往里闯，还不得把我俩抓起来呀！"

汪氏扑哧一声笑了，摆摆手道："没事儿，没事儿，那些当兵的还能阻止前来给主人治病的郎中吗？放心吧，我跟他们知会一声就行了，你俩尽管来好了，肯定没人敢挡。"庞荣、庞庆听罢，这才同老太太道别，并表示明儿个一准到，然后转身离去了。

第二天一早，庞氏兄弟径直走到青砖瓦房大门楼儿前，岗哨一看便知是郎中到了，果然没挡，问都没问，立即开门放行，看来此前汪氏已打过招呼了。进入门楼儿，眼前是个大院套儿，正房冲大门，东西两侧是厢房，西厢房旁边加盖一间二层的土坯房，木头窗框，上糊毛头纸，小甜丫已等在正房门口儿了。她见客人来了，赶忙迎上前，一口一个叔叔地叫着，乐颠颠地拉着庞荣、庞庆的手进了屋。汪氏更显热情，一面笑呵呵地请他们坐在桌边的靠背椅上，一面执壶斟上热茶，说道："二位恩人哪，那药挺灵验哪，昨晚服了白药面儿、上了眼膏，就觉得眼睛不那么干涩了，肿胀也消了点儿，真是神了。我高兴得翻过来调过去咋的也睡不着了，眼巴巴地瞅到天亮，就盼着你们今儿个来呢！"

庞庆笑道："你老放心吧，只要接着服药，眼疾肯定会越来越轻的。"

庞荣呷了一口茶，放下杯后，从怀中掏出已包好的草决明、夜明砂、暖木草根等药，问道："老人家，让你准备的那三种肝儿齐了吗？"

汪氏忙不迭地回道："备齐了，备齐了！"随即转过头冲小孙女吩咐道："甜丫呀，快去厨房把那个白瓷盆端来！"

庞荣、庞庆起身道："噢，不用了，我俩去吧！"边说边走进厨房，把带来的草药和几块儿羊肝儿、狍子肝、鸡肝儿一并放入专门煎药的小锅内，倒进一瓢水，扣上盖儿用炆火熬。大约过了半个时辰，药煎好了，晾温后倒出一小碗，庞庆端给老太太喝下，并耐心地告知："老人

第一章　囚困江城

家，要记住，一服药需熬三回，每日早晚各服一次，用药期间忌辛辣，喝七八服后准保见效。"

汪氏答应道："记住了，放心吧，老身会按时服药的，只盼着眼疾能快点儿好。我老了，已无所求，惟一放心不下的就是小甜丫，没娘的孩子可怜哪！她还小，等把孙女带大了，眼睛即使瞎了也不在乎了。唉，你看我都磨叨些啥呀，二位辛苦了，快坐下歇歇吧！"

庞荣说道："老人家，你也歇一会儿吧，我们这就告辞了，还得上山采药呢，后天再来。"

汪氏赶忙挽留道："不急，不急，茶都没喝几口就走，老身心里过意不去呀！"

庞庆逗趣儿道："你老千万别客气，一回生，二回熟，以后见面的机会多着呢，把茶水备足就行了，让我们哥儿俩喝个够！"边说边同庞荣往外走，小甜丫搀着奶奶一直送到大门楼儿外方返回。

此后，庞氏兄弟隔一两天便跑一趟大门楼儿的红砖瓦房，为乌三儿老娘熬药治疗眼疾。过了半个月，汪氏觉得眼睛好些了，不仅疼痛减轻了，看东西也较前真切了，心里很是感激。接触的时间一长，相互之间就越来越熟了，走动勤了，嗑儿多了，天南海北地一唠没个完。闲聊中，庞氏兄弟了解到，汪氏5岁开始缠足，如今已58个年头儿了，早就习惯于小脚走路了，虽然行动缓慢，但不影响做家务。本人很有个性，刚强能干，开朗爽直，凡事自己动手，不用别人帮忙。从小就下地干农活儿，出嫁了也不愿呆着，一闲下来就感到没着没落的，过惯了节俭的生活。乌三儿还算孝顺，曾带回两个丫环，让她们好好儿伺候伺候老娘。可家中突然有外人屋里屋外转来转去的，汪氏觉得碍眼，没几天便给打发了，还骂儿子穷摆谱儿。眼下，老太太的居处除了小孙女甜丫外，再就是儿子偶尔露露面儿，没有旁人光顾。可倒好，正和乌三儿之意，便于独往独来，有利于掩人耳目，什么秘密也传不出去。乌三儿给老娘留下的还是往日的印象，认为老实、本分、勤快，对长辈挺孝顺。自打他爹被土匪一长矛扎死后，汪氏就带着儿子回到娘家，母子俩过了多年的苦日子。全仗妹妹帮忙，让娘儿俩随外甥女来到吉林，总算安顿下来，现在又有自己的家了。汪氏以为儿子在吉林将军衙门属下的迎宾驿馆当差，天天没早没晚、披星戴月地凭本事挣俸饷，一日三餐有吃有喝，身着绫罗绸缎，啥都不用愁了，心里特别满意。她曾无数次地感叹过，关外真是富哇，遍地生宝，到处淌金银，要不儿子怎能一下子阔起来呢？做娘的也跟着沾光了，住着宽敞的房子，丰衣足食，老来有福喽！每当想到这些，总是喜不自禁，且心安理得。

正如此前所了解到的，汪氏说乌三儿很少回家，这半个月更不见影儿，究竟去哪儿了、住在何处均不晓得。每次向儿子打听，乌三儿便以托词搪塞，并称你老多余操这份儿心，舒舒服服呆着、安享天年比啥都强。遗憾的是庞氏兄弟忙活了十五六天，任凭你踏破门坎儿，与祖孙俩如何熟络，照样逗引不出乌三儿来，急得呆在东大马架子的茗兰直搓手。实际上，乌三儿是个很有老猪腰子的人，庞氏兄弟的一举一动，护房兵丁早就告知营头儿了，知道家里来了两位郎中给老娘治眼疾，而且十分有效，病情日渐好转。但为安全起见，他仍不动声色，更不公开露面儿，只是暗自又增派了几个门岗。

针对此种情况，茗兰把庞氏兄弟和小满堂唤到跟前一块儿商量，想个什么办法能把乌三儿从耗子洞里引出来，还特别强调要从自身所具备的能耐去琢磨。4人绞尽脑汁想啊想，庞荣忽然眼前一亮，拍了下大腿道："嘿，有了！"

小满堂忙问："荣哥，啥招儿哇？"

庞荣做了个鬼脸儿，两手一摊，故意端着不开口。小满堂急得边用拳头捶其前胸边催促道："说呀，快说呀！"庞荣方如此这般地讲了一番，3人听后全乐了，齐赞此法儿妙哉也！

转天，庞氏兄弟和手提蝈蝈笼子的小满堂来到青砖瓦房，门前的岗哨见比往日多了一个人，也没多问，顺利放行。此刻，汪氏正盘腿坐于炕头儿，右手托着乌木长杆儿铜锅儿大烟袋叭叭地抽着，双眼望着窗外，因今儿个是二位好心的后生来给治眼疾的日子。3人刚一推开院门，汪氏见其中一位不认识，边起身下地边冲后屋喊道："甜丫，快点儿，来客人了！"

小甜丫闻声而出，几步走到炕前，扶着奶奶迎出门外，庞庆指着小满堂介绍道："乌大娘，这是我堂弟，听说你老眼睛不大好，特意前来看望的！"

小满堂由于长期在都布纳处做管家，早已学会了如何与各种各样的人打交道，待人接物十分热情，见啥人说啥话，很会来事儿，谁见谁喜欢。庞庆的话音刚落，他便面带微笑上前施礼问候，并关切地询问道："乌大娘，我的两位哥哥医道如何呀？效果怎么样，好点儿没？"

汪氏回道："孩子，谢谢惦着老身哪，多亏你那好心肠的兄长啊，一趟趟跑来给我熬药,喝十几服了,眼睛比以前强多了……"

一旁的小甜丫着急了,插言道:"奶奶,叔叔们走累了,进屋坐下唠吧!"

汪氏笑道:"唉,人老了,不中用喽,哪能让客人站在外头说话呢?小孙女都比奶奶强了,三位快请进!"说着转身头前带路,小甜丫和小满堂分别于左右搀扶,庞氏兄弟随其后。进了屋,汪氏招呼他们仨坐在桌边的靠背椅上,然后倒了3杯热茶,又端来两盘儿干果请客人受用,显得特别亲近。小满堂把昨晚现编的蝈蝈笼送给甜丫,甜丫接过,左观右瞧,里边的两只蝈蝈"蝈蝈蝈"一声接一声地叫唤,甚是好听,这下可开心了,手提蝈蝈笼咯咯咯笑着直转圈儿,还拉着小满堂屋里屋外地疯跑起来。

庞荣和庞庆喝了一杯茶,吃了几颗榛子,便起身去了厨房,往灶坑内添了一把柴火开始熬药。待药煎好,倒入碗中晾温,再端进屋内递给老太太服下,又与其聊了一会儿后,准备起身告辞。小甜丫玩儿兴正浓,跟满堂捉迷藏呢,说啥不让小叔叔走,庞荣便道:"那好吧,满堂啊,你再呆一会儿,陪陪乌大娘和小甜丫,我同你二哥先出去溜达溜达。"

小甜丫听罢,乐得直蹦高儿,拍着手叫道:"太好了,太好了,小叔叔能接着陪我玩儿啦!"

汪氏点点小孙女的脑门儿道:"这孩子,就知道疯,看把你美的!"

庞氏兄弟出了青砖瓦房,走到不远处的一片小树林里,撅了两根枯死的一米多长、碗口粗的柞树干,去掉残枝,用匕首削成光秃秃的木棒子,然后来到十字路口儿,一边大声吆喝着,一边唱小调儿打场子,声音传得挺远。没过一袋烟工夫,圈在拘缉营最外面那层以及中间一层的男女老少纷纷打屋子里跑了出来,从四面八方往十字路口儿聚集。你想啊,拘缉营里圈的这些人每天除了在指定的地点开荒种地、打下粮食用以养活自己外,再无别的事可做,有时闲得五脊六兽,愁肠百结没个盼头儿,憋憋屈屈的郁闷不畅。今儿个突然有打场子卖艺的,又是头一遭,能不凑凑热闹么?一时间,人越聚越多,站成一个圆圈儿,将庞氏兄弟围在中间。二人见人来得差不多了,路口儿快被堵满了,便在相互不到一米的距离内,分别把手中的柞木棒子用力往地上一插,单脚点地嗖地蹿了上去,双足踩在木棒上,两支胳膊平伸,转动着身子找平衡。待站稳了,开始在那小小的木棒上摆出不同的姿势,做出各种各样的动作，什么金鸡独立呀，鲤鱼打挺啊，猿猴闹春哪，喜鹊登枝等等，有时是双足踩踏，有时是单足站立。不仅如此，还在棒子上倒立，或双手扯棍，双脚倒立；或左手扯棍，右手平伸倒立；或将两根木棒交于一人，双手扯双棍倒立，变成一根棍儿，身子再反折过来，又站在棒子上；或二人互换位置，分别跃向对方的木棒上，拉着手悠动着蹿跳。总之，无论摆出什么姿势、如何动作，木棒似乎很听哥儿俩的话，犹如被绑在腿上了，成了自身的一部分，说站就站，说蹲就蹲，说跳跃就跳跃，说翻跟头就翻跟头，摇来晃去就是不倒。围观的人全看傻了，忽而拍手叫好儿，忽而啪啪鼓掌，掌声不绝。

　　拘缉营那个管事儿的和几个打手也被逗引来了，乍起初，管事儿的见围了这么多人，还气势汹汹地轰撵道："散开，快散开，各回各家去，不许聚众闹事，耍活宝的有啥好看头儿？要是再闲扯淡，别怪我不客气，必抓起来问罪！"

　　看热闹的男女老少任凭他怎么喊，像未听见似的，根本不理茬儿，仍站在原地不动，大睁着双眼瞅着庞氏兄弟在木棒上耍特技，时不时地高喊道："好，好哇，再来一个，再来一个！"

　　有些人听了管事儿的话很气愤，怪他太多嘴，不知咋显摆好了。本来就在拘缉营院内打场子，又不是去外头，更谈不上聚众闹事，瞎嚷嚷啥呀？于是异口同声地反驳道："大伙儿不过到这儿看看热闹，就是个杂耍么，有啥不行的？真是狗拿耗子多管闲事！"

　　此时，站在木棒上的庞荣将现场的一切看得清清楚楚，遂冲管事儿的喊道："那位老哥，你吵吵啥呀，想把我们憋死不成？只是玩玩儿嘛，让大家舒缓一下郁闷的心情，有何不可？管得也太宽了！"

　　管事儿的和众打手们四下环视一番，除了圈儿中的两个人在木棒上折腾来折腾去外，其他没发现有啥越格之举，也就不吱声儿了，并跟着大伙儿一块儿观瞧，且越看越有兴致，觉得这卖艺的真有两下子，能在一米多高的木棒上耍个没完，挺神哪！

　　庞氏兄弟经大伙儿一捧，耍得更来劲儿了，竟站在木棒上左右摆着屁股、甩动着胳膊扭了起来，一面逗哏一面做鬼脸儿，众人捧腹大笑，个个笑得前仰后合。庞荣、庞庆偷眼向下瞅了瞅，恰如事先商量好的那样，小满堂已领着老太太和小甜丫来到了现场，站在东侧。汪氏身穿宽服，嘴里叼着长烟袋，左手搂着孙女的肩膀，祖孙俩正聚精会神地盯着木棍上的兄弟俩耍宝呢！庞荣、庞庆很是高兴，估计若是不出意外，乌

第一章　囚困江城

三儿回家见不到老娘和女儿,必会到此来寻。

过了一会儿,庞庆见小满堂离开了祖孙俩,站在一个老头儿身旁,抬手向西指了指。顺着手指的方向看去,乌三儿正躲在与老娘对面的人群里,他放心了,并给兄长使了个眼色。庞荣立马明白其意,装作什么也没看见,随着一浪又一浪的欢呼声,以八角鼓的老调儿,放开喉咙唱了起来:

　　八角鼓,
　　鼓玲珑,
　　一部满洲书,
　　学生我畅叙衷情。
　　前世不忘后世之师,
　　载舟覆舟是黎民苍生。
　　想当年,
　　大明腐肉臭千里,
　　中原烽火惊醒一条龙。
　　白山黑水铁骑怒,
　　八旗指处都是英雄。
　　席卷关外成大势,
　　气吞关内百万兵。
　　有道是,
　　武打江山文治国,
　　腾云须有云从龙。
　　太祖初拜范学士,
　　从此英雄惜英雄。
　　经天纬地张良计,
　　滔滔说与明主听,
　　件件皆为治国策,
　　罕王爷听得笑盈盈。
　　罕王爷呵,
　　将要精来兵要勇,
　　志坚如钢鬼神惊。
　　携手并肩创新宇,
　　保佑我大清岁岁太平。

> 八角鼓悠扬象征八旗勇，
> 黄白蓝红都是弟兄。
> 唇齿相依荣辱与共，
> 一动能聚八面来风。
> 八旗过处乾坤一统，
> 八旗铁戈虎跃龙腾，
> 四海归一尽属大清。
> 这才有，
> 康熙盛世一代乾隆，
> 国泰民安大繁荣。

庞荣的演唱犹如一股清风沁入被圈在拘缉营中苦难之人的心田，感到无比畅快，像过大年一样高兴。八角鼓乃大清以来重要的曲艺形式之一，曲调优美，朗朗上口，很受百姓的欢迎。特别是满洲八旗子弟个个喜欢八角鼓，从小就爱听，当时民间流传一句话："宁舍一顿饭，不舍八角鼓。"后来此话被东北的汉族兄弟套用了，说成是"宁舍一顿饭，不舍二人转"，而且越叫越响了。庞荣的嗓音洪亮、清澈，高低腔儿、粗细嗓儿运用自如，加之此段唱腔高亢而宽厚，流畅而圆浑，越发增加了八角鼓的说唱感染力。他的手中没有八角鼓，而是一只手掌当鼓面，一只拳头当鼓锤，运用口腔的开合、鼻音的轻重、舌尖位置的变换予以伴唱。如果不用眼睛看，只用耳朵听，根本分辨不出演唱者到底是拿着八角鼓还是没拿，就像一个穿着旗装的美女站在舞台上，手拿八角鼓为听众娓娓弹唱，令你如醉如痴。

庞氏兄弟的高超技艺和独特的唱功，不仅招徕了住在各个马架子里的人，也吸引来了正在被窝儿里搂着美女消魂的营头儿乌三儿及手下的随从，一个个全赶到了十字路口儿，观赏在吉林城内戏台上都看不到的神奇之杂技及八角鼓演唱。人群里议论纷纷，啧啧称赞拘缉营中竟有如此了不起的人，其令人叫绝的唱功魅力无穷，简直可以堪比京师的名角了，能看到他们在这片小小的山野里为大家献艺万般不易，理当受到尊重。

乌三儿在人堆里站了一会儿便退出圈儿外，绕到对面的老娘和女儿跟前，随从赶紧搬来两把太师椅放好，扶营头儿和老太太就坐，乌三儿一边与老娘闲聊，一边目不转睛地往前瞅。此刻，只剩下庞荣一个人在圆圈中间连唱带扭的，精湛的表演深深迷住了所有在场的人，乌三儿的随从们哪还顾得上照顾营头儿哇，两眼直勾勾地紧盯着在木棒上折跟头的庞荣。小满堂则假借玩儿捉迷藏游戏，偷偷将小甜丫带离了其父和奶奶身边，领着她在人群里钻来钻去的，我藏你找，你藏我找，把小女孩儿逗得乐不可支。正在这个节骨眼儿上，一个下巴颏有绺儿黑胡须、身着长衫的男子走到乌三儿左侧，俯首冲其耳根子压低声音道："乌爷，别看了，京师来人了，说是有要事相商。"

乌三儿的注意力都集中在庞荣身上了，根本没发现身边站位陌生人，更别说讲些啥了，仍傻咧咧地张着嘴、押着脖子往前观瞧。那人按了一下他的肩膀头儿，有些不耐烦地又道："乌爷，我说的话没听见哪？京师来人了，有要事找营头儿，并强调不让随从跟着，就你一个人去面见，快走吧！"

乌三儿这回算是听见了，抬眼瞅了瞅黑胡须男子，一下怔住了："咦？此乃何人，我咋不认识呢？"遂问道："你从哪儿来？姓甚名谁，报上字号，谁让你请我的？"

那人回道："我从京师来，乃兵部李大人的亲随，姓贾名传圣。李大人已到拘缉营，正候着呢，命小的来请乌爷。"

乌三儿一听，心里划了魂儿："此前没听说京师兵部有位李大人呀，不管为啥事儿，他怎么会来到拘缉营找一个小小的营头儿呢？"于是又问道："李大人找我什么事？"

那人回道："小的不知，看样子李大人挺生气，你是不是捅大娄子了？"

此话一撂，乌三儿吓得顿时出了一身冷汗，赶紧站起身，悄悄跟着黑胡须男子挤出了人群，一个随从没带，径直向东走去。那人专挑两边长满蒿草的小道儿走，乌三儿心里没底呀，又不敢声张，一边走一边暗自思摸："既然是京师李大人来了，为啥没有吉林将军衙门的将军或都统陪同呢？倘若因诸事繁忙抽不开身，起码秦师爷、杜大管家得跟着吧？再说了，最近拘缉营挺平静的，没出啥大事儿，我捅什么娄子了？"越寻思越觉得奇怪，四下瞅了瞅，除了身边的黑胡须男子再无旁人，一丝不安掠过心头，忙问道："咱们这是去哪儿呀？"

那人生硬地回道："我可是初来乍到，对此地不熟，怎能说得准那儿是何处？到地方就知道了！"

二人穿过一条小道，拐进一个巷口儿，来到一处房门大敞四开的马架前，乌三儿抬头一看，不禁一惊："哎？这不是前些日子那几个愣头青从我手里抢去的房子嘛，后来让给来自京师、不懂人情世故的傻公子尤成额他们住了，咋把我带这儿来了？"想至此，立马有一种不祥之感，好汉不吃眼前亏，刚要窝头往回走，却被黑胡须男子当的一脚踹入门去，随即像提溜小鸡一样拎进西屋，定睛一看，炕上坐着一位女子，正怒目横眉地盯着自己，仔细一打量，此女乃尤成额的夫人！乌三儿当然不知自己来到东大马架子之前，茗兰怕夫君受惊，已打发出去散步了。这时，带他来的那位男子把粘的假胡须摘下，脱掉罩在外面的衣衫，原来竟是刚刚还在打场子卖艺的另一个人——庞庆，乌三儿吓得头发根儿都竖起来了。茗兰开口道："乌三儿，本娘子寻你多日，遗憾的是一直不见影儿。明知道营头儿不想露面儿，更不情愿来，没办法，实在是迫不得已，请问你丢什么没有？"

乌三儿一愣，马上静了静心，思摸道："怪了，我啥也没丢，他们这是摆的什么迷魂阵哪？哼，在本营头儿的一亩三分地上又敢怎样，还反了呢！"想到这儿，便摆出一副很不耐烦的架式，装开横了："有话就说，有屁就放，别绕弯子！"

茗兰起身跳下地，一字一板地说道："乌三儿，以为号叫就能给自己壮胆是吧？那没用！你不是挺精明的么，躲在耗子洞里不见人么，今儿个咋出来看热闹了？大意失荆州哇，知道你家出啥事儿了吗？"说着给庞庆使了个眼色。

庞庆会意，上前一把薅住乌三儿的脖领子拽到东屋门口儿，将门推开一条缝儿，乌三儿往里一瞅，见早已领着小甜丫返回东大马架子的满堂正坐在炕上教其编蝈蝈笼子呢！小甜丫似乎跟他挺熟，坐在身边显得很亲近，学得十分认真，还时不时地咯咯直乐。乌三儿气得火冒三丈，转身回到西屋，大声儿质问道："一帮混账，有种冲本营头儿来，拿孩子解气算啥能耐，你们到底想干什么？"

茗兰微微一笑，慢条斯理地说："想知道吗？那好吧，可以告诉你，小甜丫这孩子模样不错，又聪明又听话，脑袋瓜儿还挺灵。我打算找机会把她带到天津，再乘船去上海，送入戏班学唱戏，或者进杂艺班练杂耍，什么走钢丝啊、跳铁索呀、钻竹圈儿呀，还有什么划地成川哪、起死回生啊等等，也可学学变魔术。我们丢的车马以及满满一车东西不要了，都给你了，只要小甜丫，你看这笔交易如何？"

乌三儿脸色铁青，鼻子几乎气歪了，当即就炸了："纯粹是骗子、强盗，好大胆子呀，光天化日之下，竟然欺负到我乌爷头上，是不是活

第一章 囚困江城

腻歪了？告诉你们，小甜丫是我和老娘的命根子，谁敢动一根毫毛，看我怎么收拾他！拘缉营周围方圆百里全是我的人，倘若不放甜丫回家，本营头儿一声令下，便可召来数十兵丁，将你们几个押送吉林将军衙门，必受凌迟之刑！"

庞庆冷笑一声道："乌三儿，吓唬胆小鬼呀，说那些有啥用？没人在乎。我劝你还是放老实点儿，谁是骗子，谁是强盗，自有公论。想要回你女儿也成，不过有个条件，必须将我家少爷的车马和物品如数奉还，还得从实招来，那一车东西谁偷的？眼下藏在哪里？你不讲我们也知道，拘缉营有处秘密藏匿赃物之所，内设6间暗房，里面不但有物，而且有人，十几个大姑娘不是一夜之间无影无踪了么？活不见人，死不见尸，倒要问问你究竟想干什么？"

茗兰接过了话茬儿："乌三儿，实话告诉你，这个鬼门关肯定是躲不过去了。不要以为不开口我们就没办法，明人不做暗事，今儿个不妨先用你的人头偿还往日欠下的笔笔血债，并且暴尸荒野，死无葬身之地。然后再通过吉林将军衙门的高官，对你的顶头上司逐个查究，翻他个底儿朝上，直至水落石出。你是个聪明人，识时务者为俊杰，自己看着办吧！"

乌三儿不吭声儿了，眼睛睖睖着茗兰，紧闭嘴巴对峙着。这时，庞荣进屋了，不知从哪儿端来一个火盆，里面正燃着红红的炭火，上放一块铁板，撂在了乌三儿面前，回身便将其摁跪于地。还没等他缓过神儿来，早被庞庆的大脚片子踩趴下了，随之从腰间抽出牛耳尖刀，先将其腰带割断，然后欻的一声把裤子撕成两半儿，眼瞅着屁股就露出来了，茗兰赶忙回过头去，见小满堂已领着甜丫出了房门。庞荣和庞庆一人抱肩、一人扯腿抬起了乌三儿，刚要靠近火盆儿，乌三儿早吓得妈呀、妈呀不是好声儿地叫唤。这哥儿俩才不管那套呢，把他往热铁板上放一下抬起来，再放一下再抬起来，随着一声接一声的惨叫，屋内立马散发出一股难闻的焦糊味儿，乌三儿的屁股被烫得掉了一层皮，血肉模糊，疼痛钻心，不得不告饶道："二位爷，求求你们了，放小的一马吧，想了解什么尽管问，只要我知道的，全说了还不中吗？"

面冲窗外的茗兰向庞氏兄弟命道："暂时扔一边，让他讲！"

庞荣和庞庆听令，互相使了个眼色，同时松开手，乌三儿扑通一声摔在火盆旁，脸冲下蹶着腚不敢着地，庞庆随即将其外衣扒下盖住下身。乌三儿哪受过这等刑讯哪，汗珠子顺脸往下淌，浑身直哆嗦，龇牙咧嘴地喘着粗气道:"哎呦,可疼死我了,小的不知各位爷想听什么呀?"

庞荣大睁双目道:"他妈的,看来没烫到份儿呀,你小子还想耍滑是不是?庞庆,上手,接着烙,这回让他好好儿尝尝铁板锅贴儿啥滋味儿!"

庞庆瞪着一对儿虎眼大步跨上前,刚弯下身,乌三儿吓得也顾不得疼了,赶忙爬起来跪在地上咣咣磕着响头哀求道:"二位爷呀,饶了小的吧,我说,我说,一定如实交待!"

庞荣啪地一拍桌子道:"讲!"

乌三儿偷眼瞄了瞄已坐在桌子两旁的两位大汉,知道拖不得了,这才不得不开口了,首先讲了自己的身世,接着说了通过谁从故乡来到吉林并当上江北拘缉营营头儿的,然后又道:"其实呢,我这个营头儿不过是杜大管家的看家狗,一切都得听人家的,自己啥事儿也做不了主。有时为了显示一下威风,顶多是东咬一口西掏一嘴,瞎嚷嚷一阵儿,狗仗人势罢了。明知道这么做会惹起众怒,也对不起含辛茹苦把我养大的老娘,她动不动就提溜耳根子嘱咐我:'乌三儿呀,你娘刚强一辈子,把家族的荣辱看得比什么都重要,却让自己的儿子随了乌姓,当年也真是迫不得已呀!娘常想,家境虽贫寒,但不能没有志气,更不该占别人的便宜,得走正道,你千万要好好儿做人哪,决不能给祖宗抹黑。'可我不听啊,贪哪,嘴馋哪,就爱占小便宜,不贪不占像缺点儿什么似的,唉,真给我那苦命的老娘丢脸哟!"说着,啪啪啪狠抽自己的嘴巴,极力做出一副大有悔意的样子。

茗兰转过身来,轻蔑地哼了一声,讥讽道:"乌三儿,行啊,别的没学会,倒学会卖关子了。让你讲这几年犯了哪些罪孽,都胡扯些啥呀,唬弄3岁孩子哪?看来你太不老实了,放着阳关大道不走,专走独木桥哇!"继而冲庞氏兄弟命道:"荣哥、庆哥,给他点儿颜色看看,抬到火上接着烤!"

乌三儿吓坏了,忙喊道:"等等,等等!"然后朝庞氏兄弟一摆手,将其招呼到跟前,小声儿嘀咕了几句。

庞荣、庞庆听罢,背过身去偷着乐,并冲茗兰努了努嘴。茗兰明白了,想必是乌三儿这个龟孙子打算交待所干的一些男盗女娼及不可告人的肮脏勾当,庞氏兄弟觉得不便让自己的主子当面听,认为还是回避一下较为妥当。那好吧,由他俩继续审,我耐心等待,于是便道:"荣哥、庆哥,公子快回来了,我去照看一下。你们务必审清楚,让乌三儿老实交待,如有半句假话,决不轻饶!"说完,立马出了门,进了对面的东屋。

此刻,西屋剩下庞氏兄弟、乌三儿,还有刚刚返回的小满堂。庞荣板着脸道:"乌三儿,放开讲吧,最好是竹筒儿倒豆子有啥说啥,痛快点儿,别磨蹭。"

仍跪在地上的乌三儿觉得屁股火辣辣疼,犹如万箭穿身,双腿早已跪麻了,脑袋也晕了,眼睛也冒金星了,尿也憋不住了,顺着裤腿儿往下淌,实在挺不住了,只好重又趴在地上,身下湿漉漉一片,一股臊味儿弥漫开来,令人作呕。他一边呻吟着,一边哭咧咧地说:"三位爷,小的真受不了了,一点儿劲儿没有了,连说话都没了力气。这样吧,我把你们带到那座红砖瓦房的一个地方,到那儿一看就明白了,小的实实在在是杜大管家的看家狗哇,丝毫权力没有。要说挨烫,那是小的自作自受,怨不得别人,只怨自己没有守住做人的本分。"

庞荣喝道:"少啰嗦,别扯没用的,谈正事儿!"

乌三儿开始讲价钱了:"三位爷,小的后屁股皮都烫掉了,盖着衣服粘上烂肉更疼,请你们还是拿掉吧!"

小满堂走到乌三儿跟前把衣裳一掀,随之只听嗷的一声,见其屁股上血糊糊的,起了一片片的燎泡,看来不是他故意邪乎,的确烫得不轻。乌三儿接着又道:"三位爷,请行行好,给小的上点儿治烫伤的药吧!我现在这个熊样儿根本见不得人,等伤养好了,能走能撂了,小的一准真心实意地孝敬三位爷。"

小满堂以询问的目光瞅瞅荣哥和庆哥,意思是咋办?庞庆走到乌三儿跟前,把系在腰间的蓝布包解下,拿出一个小铁盒儿,打开盖儿,里面装着红色的药面儿,用手指捏了几捏撒到其伤处,乌三儿立马感到凉丝丝的。过了一会儿,疼痛减轻了,不那么蜇得慌了,便强挤出一丝笑容讨好儿道:"哎呀,好点儿了,能挺住了。这位爷真行,所带之药灵验得很,药到病除,赶上神医了,再给撒一小捏吧!"其诣谀之态,令人齿冷。

庞庆踢他一脚道:"去你的,别登鼻子上脸,撒点儿就行了,还没完了呢!"

乌三儿这下有精神头儿了,脑袋抬起来了,也不高一声低一声叫唤了,小心翼翼地商量道:"小的得寸进尺了,请求三位爷开恩,我那丫头还在你们手里。她可是老娘的心尖儿宝贝，天天像眼珠儿似的护着，真要领到南方学戏去，小孙女丢了，老娘非一头撞死不可，我也活不成了。求求三位爷放了甜丫吧，全家将感激不尽，这辈子给你们当牛做马都成啊！"

小满堂头一次碰到这等事，原本心地就善良，一看乌三儿那副可怜巴巴的样儿，便动了恻隐之心，实话实说道："亏你还惦着小甜丫，总算有点儿人味儿，她的去留不用你操心，世上哪有像你这样丧尽天良的爹？谁的罪孽谁顶着，旁人代替不了，何况一个不谙世事的孩子？我家主子早下话了，已将她送到红砖瓦房大门口儿了，估计这会儿正在奶奶怀里撒娇呢！乌大娘和小甜丫并不知道你所干的那些缺德事儿，我们现在还瞒着呢，没想告诉那祖孙俩，不是冲你，而是怕伤了老人家和孩子的心……"

庞荣打断道："满堂，别说了，用不着跟他讲这些，一条吃红肉拉稀屎的白眼狼能懂人语么，心肠早就变黑了，坏透腔儿了。乌三儿，给我听好了，若是认为自己还够'人'字两撇儿，就得说话算数，不是打算领我们去你家看看么？行啊，但要切记，务必俯首听命，让你干啥就干啥，乖乖服从，无条件可讲。不要以为自己身边有帮打手，不过一群乌合之众，啥能耐没有，酒囊饭袋而已，老子一个人就对付了。倘若敢耍花招儿或故意捣鬼，我们兄弟可没那耐心，让你哭都找不着调儿，小心一刀剁了你！"

乌三儿忙表示道："请三位爷尽管放心，小的哪敢耍花招儿哇，早就心服口服了，一切听你们的。我对自己有个估价，顶天是只馋猫，喜闻腥味儿，好色，见了女人挪不动步，不占点儿便宜心里痒痒的，此乃本人犯下的罪恶，除此关于别的什么，小的无权乱讲。我这儿有钥匙，为了表示诚意，先给你们拿着，别人不会知道。我家后院儿连着一座房子，房门锁着，用钥匙打开门锁进去便全清楚了。到了红砖瓦房，先给老太太看个粉荷包，那是她亲手绣的，只要见了这个荷包，老娘才会相信你们是我的人。不过有一点，千万别说我烫伤了，一是免得老太太心疼、惦念，二是因此再怀疑是你们干的，容易引起不必要的麻烦，要办之事恐怕就不会那么顺利了，因为红砖瓦房的大门口儿设有岗哨。"说着，摘下了挂在脖子上的一串儿钥匙，共5把，又将左侧裤腰上拴着的水粉色、用金丝线绣成的荷包解了下来，一并递给了庞荣。

庞荣接过，说道："乌三儿，你小子不用邪乎，我心里有数，烫伤

第一章　囚困江城

不重，只是脱了层皮，方才不是上过红药面儿了么？很管用，不必另去张罗什么治烫伤的药了，过两天会好的。眼下是得遭点儿罪，但与你所干的那些坏事儿相比，烙两下子的惩罚实在是太轻了。我们得先实地走一趟，看看你说的话准不准，是否有假。若是证明说瞎话，可别怪我事先没警告，到那时，不会像现在这么客气了，肯定送你这个王八蛋上西天！"

乌三儿起誓发愿道："小的不敢，所言全是实嗑儿，一点儿没掺假，否则天打五雷轰。其实很简单，拿着这两样东西到那儿一试，便知小的是不是有诚心了，咱们走吧！"说完刚要起身，又趴下了："哎哟，我的天哪，还是疼啊！"

庞庆催促乌三儿赶紧提上裤子爬起来，别装熊，不招人可怜，乌三儿只好照办。庞荣考虑到乌三儿乃犯众怒之人，带其在外面大摇大摆地走，一些到处找他的人一眼便能认出，一旦围上来或被拽走就不好办了。再者说了，节外生枝很可能打乱原先的计划，那将前功尽弃，这些日子的努力也白费了，故而只能尽量避开人们的视线。咋办好呢？思摸来思摸去，忽然想出一辙，对呀，给乌三儿改变一下装束，不就掩人耳目了么！于是让小满堂去翻翻放在北墙角儿的一个破木箱子，看有长衫没有，这还是以前住在此处的那户人家扔下的东西。小满堂赶忙捅开箱盖儿，翻了个底朝上，方找出一件老太太穿的酱色大衫儿，一块包头布，还有几朵簪花。庞荣吩咐道："满堂啊，给乌三儿化化装，变变样儿。圈在拘绑营里的成员很杂，干啥的都有，里外三层的人互相基本不走动，但都认识营头儿。甭管给他穿什么样的衣裳，只要不光腚，谁也不会注意，更不会生疑，认不出这个兔羔子就行了。"

小满堂听令，扯过大衫儿套在乌三儿身上，把那块包头布缠到脑袋上，又将几朵簪花插在脑后的长辫子上，这下可倒好，男不男女不女，活脱儿一丑八怪。乌三儿低头一打量，大衫儿皱皱巴巴的，又旧又脏，还散发着难闻的霉气，说啥不穿了，非要脱下不可，声称没准儿是死人扔下的呢！

庞荣双眼一瞪道："都到这步田地了，还挑剔啥呀？将就着穿吧，给你留条狗命就不错了。说实在的，这件大衫儿要是个死倒儿穿过的，你与她的送命肯定逃不了干系！"

乌三儿一看庞荣变脸了，立马蔫茄子了，不敢吱声儿了，便在小满堂和庞庆的搀扶下，踉跄着出了门。打眼一瞅，3人走在前面，庞荣紧随其后，似乎是一个年高的长者偶感风寒了，不得不由家人搀着出门找郎中瞧病去，不会引起怀疑。乌三儿此刻仍在做美梦呢，一边走一边盘算着："这样也挺好，省得拘缉营的那帮家伙认出我，营头儿变成这副德行，实在太丢人了。既然自己已经把话讲明了，他们肯定送我回家，一进红砖瓦房就活泛了，可以乘机逃走，或者去吉林将军衙门找杜大管家说明情况，另谋良策。或者协同杜宝把他们一个个全抓起来，往死里收拾，我就不信治不了这几个穷光蛋。"想至此，竟暗自高兴起来，装得像个三孙子似的，低着脑袋一句话不说，闷头儿往前走，显得很配合。

　　过了两袋烟的工夫，乌三儿四下一瞅，觉出不对劲儿了，这哪是往家走啊，而是向西拐了，心里开始打鼓了："西山这块儿谁也不如我熟悉，无论上哪儿，闭着眼睛都能找到。往西去那是西大沟哇，盖了不少土窑子，还有好大一片坟圈子，有些则是富贵人家垒起的墓穴，这3个家伙不急着去我家却往那儿走，用意何在呀？"可想归想，又奈何不得，更不敢停下，只能继续前行。走出差不多5里地，乌三儿果然被带到了西大沟的坟圈子处，仔细一看，这里不久前添了些新坟，还垒有十几个新墓穴。

　　在早，西大沟周围住着当地的满洲人，也有不少逃荒至此的汉人。人故去之后，一般都是从哪儿来的回哪儿去，即将尸首运回老家。春夏两季离世的，往往暂时停葬在原地，称为"停栏"。一入冬，死者的后人再起坟远迁，用马车将棺椁运回老家重新安葬，因这个季节气候寒冷，尸首不至于腐烂。停灵期间，先挖墓穴，有用砖砌的，有用土坯垒的，像座小房子，壁外有屏门，可以上锁。当时这样的墓穴挺多，垒建时一字排开，横向竖向一趟趟排列得整整齐齐，光西大沟就有上百座，有的空着，因为棺椁已送回故地了。

　　乌三儿左观右瞧，四周连个人影儿都没有，静静的，只有满目的坟头儿，还有呜呜的西北风不停地刮，显得阴森森的。他越瞅越害怕，又没处躲没处藏的，吓得浑身起了一层鸡皮疙瘩，心想："这仨家伙啥意思呢，难道是怕我跑了，打算关进空墓穴里不成？亏他们想得出，太损了！"

　　乌三儿真猜对了，此前自以为比谁都聪明的营头儿这下傻眼了，无论如何想不到庞氏兄弟不仅武功精到，还混过江湖，鬼着呢，早将他那点儿心思揣摩透了，绝不会带其回家的。一旦上当了，乌三儿跑了，那

第一章　囚困江城

不是竹篮子打水一场空嘛！遂决定先把他圈起来，务必找个保险的地方，不能被人发现，这才想到了西大沟的坟圈子。

庞庆拽着乌三儿继续往里走，看见前方有处用土坯垒的空墓穴，到了跟前刚停下，乌三儿扑通一声跪在地上哀告道："三位爷，求求你们了，把小的圈在哪儿都行，千万别让我跟这些死人呆在一块儿呀！"

3人像未听见似的，眼下可由不得他了，庞庆用绳子捆住其双手双脚，乌三儿立马狼哭鬼嚎起来。庞荣见状，欻地撕下酱色大衫儿的一角儿将他的嘴堵上了，然后一把推了进去，这下咋喊也出不来声儿了。小满堂捡来一些干草、细树枝，往墓穴周围的空处塞了塞，使活动空间变得小些，乌三儿只能半躺着。庞荣见一切就绪，便站在墓穴边说道："乌三儿，老老实实在里面呆着，用不了多长时间就放了你，别敬酒不吃吃罚酒。"

乌三儿根本不听，也顾不得屁股疼了，瞪着眼睛扭来扭去的，捆着的双脚一屈一伸地蹬着墓壁，鼻腔里发出老公猪的哼哼声，试图挣脱绳索逃出墓穴。庞荣一看来气了，双手叉腰吼道："乌三儿，我们没工夫在这儿跟你磨，既然不服管，那就睡两天吧，省得来看你，还得送水送饭！"说着跳进墓穴，伸出手指在其后脖颈子穴道上点了两下，乌三儿当即没声儿了，也不动弹了，睡死过去了。庞荣跃出墓穴，关好屏门，与庞庆、小满堂一起把墓穴四周简单收拾收拾，不能让人看出有什么异样。其实呢，如果没有死者出殡，西大沟坟圈子几十天也不会有人光顾，没事儿去哪儿转转不好，跑这儿干啥呀？所以他们几个很放心。

3人反身往回走，疾步朝那座红砖瓦房而去，只半个时辰便到了大门楼儿前，满堂举手啪啪叩门。小甜丫跑到院子从门缝儿往外一瞧，见是三位叔叔来了，高兴极了，立马打开大门，请叔叔进院儿并回头高声儿唤奶奶。汪氏忙不迭地迎出屋，小满堂赶紧上前搀扶，关切地询问道："乌大娘，眼疾怎么样了，是不是又见强了？"

汪氏笑着回道："见强了，看东西清亮多了，快屋里请！"说罢，头前引路。

3人进了屋，庞庆从布包里取出眼膏给老人家上了点儿，小甜丫为各位叔叔斟满了热茶，看似一家人一样，相互间显得特别亲近。小满堂挨着老太太坐在桌边，呷了一口茶后问道："乌大娘，我的两位堂兄来了十几次了，每回看到的只是你们祖孙俩，从未见过乌三儿，他怎么不回家看望您老呢？"

汪氏回道:"你们或许听说了,江北这处迎宾驿馆又叫拘缉营,同其他迎宾驿馆一样,也归吉林将军衙门管辖。这儿的面积大,搭建了不少房子,里外三层呢,住着成百上千的各色人等,人多事儿就多。人不能忘本,不能丧良心,我巴不得儿子能多为大伙儿忙乎忙乎,给将军衙门卖命应该呀,我们娘儿俩和小孙女天天有吃有喝有福享,乌三儿不干点事儿哪儿成啊!"由此可见,乌三儿在外头的所作所为是背着其母的,老太太一概不知,始终蒙在鼓里。

小满堂这是第二次到乌三儿家,也就不显得生分了,佯装惊诧地屋里屋外四下观瞧,随口说道:"乌大娘,这么大的院套儿、好几间房子就你们3口儿住,又没个看家护院的帮着照料,多空落哇!再者房子常年空着,派不上用场,怪可惜了的。"

汪氏摇摇头道:"满堂啊,你有所不知,所有的房子哪间也闲不着。东西厢房不算大,乃小红楼迎宾驿馆杜大管家的专用仓库;后接出的西二层房装着准备发放给灾民的粮食,还堆有一些杂七杂八的物品;惟正房的三间屋显得宽绰些,因为只住人,不放东西。我住东屋,甜丫住后面的小暖阁,有时也跑到东屋睡一宿,儿子住西屋,上下屋也就全占了。"

庞庆开口道:"乌大娘,你老只知其一,不知其二,家中的房子不只这几间,还有呢,想不想见识一下?"

未等老太太回答,庞荣接过了话茬儿:"乌大娘,听说你老是河北冀县老王庄人氏,乃汉人。我们哥儿几个老家在河南,也不是满洲人,到这儿举目无亲。可能因为咱都是汉人,所以初次在家门东边那条小道儿相遇时,就觉得特别亲,如同见到了自己的长辈。我们知道,您把儿子拉扯成人不容易,乌大哥也挺孝顺,不是有那么句话么,儿大不由娘啊,他在外头的一些事儿您并不知道。"

汪氏听罢,感到十分诧异,说道:"什么?你的意思是说乌三儿有些事儿瞒着我?不会吧,可别没根据胡乱猜呀,他没必要对老娘藏着掖着的,自己儿子啥样我心中有数。"

庞荣站起身来道:"大娘,这样吧,我搀着你老去看几个地方,也好开开眼界。"说着,从里怀掏出粉色小荷包双手递之。

汪氏接过荷包瞅了瞅,自然再熟悉不过了,由此认为眼前的三位后生是儿子身边的人,刚刚悬起的心立马落体了,既相信自己的儿子,也信着小伙子们,便爽快地答应道:"好吧,跟你们去转转,一看就明白了。有句话说得好，没干亏心事，不怕鬼叫门，走吧！"

于是，一行5人出了正房，庞荣走在前头，小满堂搀扶着汪氏随其后，小甜丫拽着奶奶的衣襟儿紧跟着，庞庆走在最后面。到了院子里，汪氏手指东西厢房告诉他们里面都装些啥，替儿子一一数落数落，为的是让后生放心，没藏什么赃物。庞荣对此并不感兴趣，压根儿没想进去，而是引领大伙儿直接去了靠西厢房墙边加盖的二层房，汪氏将其称之为"西楼"。这座房子看上去建得挺结实，外墙的泥抹得薄厚均匀，顶部铺着厚厚的苫房草，地面与房檐儿之间竖起了高梯，上下可以登梯。进入楼内，见底层围了两个粮食囤子，里面装着尚未去粒儿的苞米棒子，满满登登的。上到二层，一眼可见棚顶的檩子上挂着晒好的干菜和黄烟叶儿，一串儿挨着一串儿，密密麻麻的。地上摆放着下田干活儿用的农具，锄头哇，镰刀啊，耙子呀，长镐啊等等，哪样儿都不缺。汪氏说："西楼我常进，除了粮食就是农具，用时来取，没别的。"

一行人出了西楼，绕过正房来到后院儿，靠北院墙有扇小门儿，以为推开门便是院外了。可出了小门儿还是个院子，院内建一趟平房，汪氏告知："这种房子是北方必备的，专门晾皮子用，不管面积大小，家家都得盖，没什么稀奇的。乌三儿也喜好打猎，常背枪进山，出去必有收获，回回不空手。把猎物弄到家后，先将兽皮剥下，然后挂起来晾晒，没间房子还真不行呢！"

庞荣没吱声儿，走到跟前把门推开，见屋内东西两面墙壁的两端竖向均钉了3排钉子，横向系了3条粗麻绳儿，上面挂着狐狸皮、水獭皮、貂皮、狍子皮、鹿皮、獾子皮等，还有一串串儿的黄鼠狼皮，其中有些皮子很值钱。北墙只拉了一条绳子，并排挂着3张黑熊皮，摸了摸，摁了摁，再掀开皮子一看，原来中间那张皮子的后面是扇木门，又推了推，从门缝儿往外瞅了瞅，遂问道："乌大娘，这间房子什么时候盖的？"

汪氏回道："不知道，听说是将军衙门的房子，我们娘儿俩从河北来到此处时，房子早就建好了。"

庞荣点点头道："嗯，这就对了，不知者不怪。您看，中间那张熊皮的后面是扇木门，直通外头，且反锁着。乌三儿回来时，可从外面打开门锁直接进入平房内，出了门再从正房后院儿的小门儿进去，然后绕到他所住的西屋，不用经过前院儿，故而你老当然不会知道儿子何时与谁由哪儿来，来的人都是办什么差事的以及何时从这儿走的。至于他们在这里究竟干些啥,你老更不知晓了,即使是大车小辆地搬送东西,可能还以为是房后大道车马路过时传来的动静呢!"

汪氏似乎不太相信庞荣所说的话,走上前掀开中间那张熊皮从门缝儿往外瞧了瞧,这才回过头来说:"嗯,没错,此门是通外面的。我在红砖瓦房住好几年了,却不知北墙留扇门,多不安全哪,要是歹人把门锁撬开进来了,前院儿根本觉察不了,更谈不上时时提防了,不是容易出事儿么?乌三儿真是糊涂哇,脑袋缺根弦,谁知他咋想的。不过话又说回来,仔细琢磨琢磨,北墙留门或许有他的道理,用不着大惊小怪的,谁家没个一间半间晾皮子的房子呢,为了出来进去便当,北墙自然得有门。乌三儿若是晚间或夜里回家,担心打扰我和小甜丫,只能从北墙的门进来。这些年还真没出啥事儿,平平安安的,你们或许想偏了。"虽然嘴上这么说,心里却划了魂儿:"乌三儿整天不着家,在外面东一头西一头疯跑,也不知忙乎些啥,莫非真干了见不得人的事儿,谁都知道,惟有我这当娘的不知道?更让人不解的是眼前站着的3个后生,他们对我家房前屋后的布局咋了解得这么清楚呢,难道几年前曾参与过红砖瓦房及前后院儿的构筑不成?"

庞荣脑子也没闲着,一边四下趸摸一边暗自思忖:"此处前后大院套儿设计得非常巧妙,正经动了一番心思,一看便知这趟平房是在红砖瓦房建好后加盖的,前院儿和后院儿以小门儿相通,正房、西楼、后房相连,北墙留门直达房后大道。无论乌三儿做什么,皆能躲过老太太,因为不用从她眼皮底下走。外人同样看不出破绽,出来也好,进去也罢,那是自家的房子,没啥可怀疑的,太正常不过了。"想到这儿,忽然紧靠东墙角儿立着的一大木框内绷着的虎皮引起了他的注意,看上去很是醒目。走到跟前仔细瞅了瞅,伸手摸了摸,原来是一张一米来长的雄性猛虎皮,毛黄色,有黑色斑纹,毛皮舒展,薄厚均匀,手感柔软,钉在木框里风干着。为啥呢?剥下虎皮之后,不能堆放在地上,那样会发霉或被虫子嗑而糟蹋了皮子。得将其铺平绷开,待晾干了方成一张完整的虎皮,然后再复皮,必须得有这么个过程。

庞荣抱着膀儿观瞧了一会儿,发现这不是一张新剥下的虎皮,而是晾了好长时间了,早已干透复皮了。把住木框用力一挪,原来竟是个虎皮屏风,屏风后露出一扇圆形的木质、薄铁皮镶边儿的门,门上挂着一把铜锁。很显然,虎皮屏风乃遮掩物,为的是不让外人发现这扇秘密的宽大圆门。圆门的制作十分精细,技术高超,一点儿缝隙没有,一看便

第一章 囚困江城

知出自行家之手。庞荣拿出乌三儿给的那串儿钥匙，将第一把伸进锁孔里轻轻一拧，咔的一声锁就开了。摘下铜锁，拉开圆门，见门框上挂着一条蓝布棉门帘儿，掀开后方看清脚下是个一磴一磴斜着伸向地下的阶梯口儿，里面有处幽深的地室，阶梯口儿乃进入地室的通道入口。在场的人无不惊诧，庞庆、满堂、甜丫你瞅瞅我，我看看你，皆弯着腰向下望。汪氏则手拿乌木长杆儿铜锅儿烟袋，蹲下身子张着嘴，大睁着老花眼往里瞅。瞅了一会儿，一时不知所措，更不知该如何解释好了，因为同样也是头一回在自己的家中发现了这处地室，或许是个天大的秘密所在也未可知，便不再吱声儿了，暗地里寻思道："乌三儿呀，乌三儿，你这干的啥事儿呀，让老娘无言以对、老脸没处放啊！一开始，我领着他们四下察看咱家的房子时，还胸有成竹呢，以为没什么遮着盖着的，也没做缺德事儿，可以随便看。没承想你竟瞒着老娘挖了个暗道，几个小伙子好像自家人一样任嘛都清楚，轻而易举地找到了洞口儿，若是行得正走得正，挖暗道干啥？真是白疼你这个混账小子了，连老娘都敢骗，上当了还全然不知。"转念又一想："或许红砖瓦房初建时就挖了地室，将军衙门内的秘密谁能说得清啊？到头来却把我儿子装进去了，屎盆子扣到头上都不知咋扣的。唉，乌三儿咋这么傻呀，凡事不过脑子，得让老娘操多大心哪！"

庞荣考虑到对地室的情况不明，光线昏暗，老太太乃小脚，眼神儿不好，行走不便，又不能背她下去，万一摔了或伤了不好办，于是说道："乌大娘，你老别多想，也不用担心，我们进去查看一下便清楚了。地室挺深的，怕你老下去着凉，再坐下毛病就犯不上了。不如这样，你老领着小甜丫随满堂先回正房去，在屋里等着我们，地室里到底咋个情况，回头会向您讲的，决不会有丝毫隐瞒。实话告诉您，这些天在与大娘的相处过程中，觉得你老心地很好，善解人意，从不动坏心眼儿，对伤天害理之歹人深恶痛绝，是位值得尊敬的长辈。大娘有所不知，我家少爷来到拘缉营当夜，3匹马、两辆车及所有物品不翼而飞，连换洗的衣服都丢了，给生活带来了极大不便。无奈之下，只好四处扫听，得知营头儿家有一地室，不知丢失的东西是否藏在里面。虽然装了满满一车，但没啥值钱的，可没有又不行，因为全是日常用品，天天缺不了。我们此次来，只是为了找寻丢失的东西，不会伤害任何人，更不会对乌三儿构成威胁，你老尽管放心就是了。"

汪氏觉得庞荣很会讲话，且说得在理，还懂礼貌，面对眼前的地室自己又能怎样？遂点点头道："好吧，听你的，我先回屋，你们下去千万要当心。老身生性爽快，眼不揉沙，不是那种护犊子的人，倘若乌三儿真干了偷鸡摸狗之事，决不饶他！"说罢，一手拉着小甜丫，一手甩动着长烟袋，小脚紧捣腾出了平房，进了后小门儿，满堂赶紧上前搀扶，一块儿往前院儿的正房走去。

庞氏兄弟目送3人离去后，先将腰带紧了紧，为防万一，又把头罩儿从围在后腰的布兜子里取出套在头上。这种头罩儿的里帮儿是用一块块薄铁皮做的，再以棉花包裹，能折叠，套在头上可防硬器暗击，或者什么东西突然掉下砸在脑袋上，起保护作用。他俩各自抽出牛耳尖刀，又称"夜用刀"，非常锋利，乃拨门、开窗、护身必用之器。武林中人都是这样，平时总是把一些撬门和隐身用的家巴什儿，如夜行必穿的黑衣黑裤哇，锤子、绳子呀，丝网、锁链哪藏在里怀或围在腰间，将匕首插在小腿部的皮套儿里，从不放在明处。别看匕首短小，在武林中人手里犹如百丈长，只要一出刀，则指哪儿刺哪儿，灵巧便捷得很。即使生活必需品全丢了，这些用具可一样儿不能少，务要随身携带。接着从小布包儿各拿出一粒白色药丸儿，放进嘴里嚼了嚼，一仰脖儿吞进肚。为什么吃药呢？此乃防毒用的，倘若地室里散发出有害气体，人吸入后会有危险，严重时甚至致命。武林高手无论何时何地皆要保持清醒的头脑，方可随机应变，对付突发之事。

二人准备停当，庞荣在前，庞庆在后，弯下身踩着铺着羊皮的土磴儿小心翼翼地往下走。这种台阶是用掺上小石头块儿和沙子的黄土堆砌的，再浇水夯实，干燥之后十分坚硬，咋踩不塌。台阶上铺的羊皮毛冲外，估计是怕走路发出声音，引起别人的注意。下到底层台阶时，一扇上了锁的木板门立在眼前，庞荣用第二把钥匙将锁打开，拉开厚重的木板门一看，里面还有一道木板门，只是关着没有锁，上有一个插关儿。门的左侧堆放一些引火用的松树明子，也有用艾草等堆成的火绳，还有用钢制成的火镰、用艾、草蘸硝做成的火绒等取火用具。右侧放着一盆獾油，旁边摆着好几个灯碗，内装着满满的獾油，灯碗里有纸捻儿和拨灯芯用的细铁钎，备得挺齐全，其中一盏油灯亮着，故而地室门前并不黑。他们没有选择用松树明子照亮儿，要是灭了还得现点，有些麻烦，而是分别点燃了一盏獾油灯，拿着方便。那时的灯碗做得很好用，一般都是圆形的，一侧有把儿，不必双手端着，只需捏住把儿即可。平端也好，高举也罢，怎么拿都行，自如灵活。庞庆手中拿着的那盏灯颇为特

第一章　囚困江城

别，灯碗呈椭圆形，内放了 3 条灯捻儿，全点着了，显得尤其亮。一侧的把儿是只大张着嘴的小老虎，两只前爪把着碗沿儿，两只后爪蹬着碗的下端，尾巴耷拉着，既逼真又生动。能工巧匠真是多呀，做得惟妙惟肖，谁看了都得爱不释手，做这样一盏灯肯定费了不少功夫。

庞庆手举三捻儿小老虎獾油灯，照得四周通亮通亮的，取下木插关儿，门就开了。走进里面一看，中间是条近 20 米长的通道，两侧均匀排列着 3 个一般大的房间，全是木门，都关着，左边 3 间上锁，右边 3 间没锁。再往远望，可见地下室的尽头仍有一扇关着的门，估计从那儿出去便到外头了。屋与屋之间的廊柱上皆吊着油灯碗，共 6 盏，只有 4 盏亮着，另 2 盏不知何因已经熄灭。地室内很安静，一点儿声音没有，掉根针都能听见。

庞氏兄弟走到右侧屋门前，警惕地逐间从门缝儿往里瞅，见对着门的木板墙上凿有一个小洞，洞内放着油灯碗，也亮着，故而屋里并不暗。炕上摞着被褥，有人躺着，看上去好像是赫赫。屋内面积不大，摆设挺齐全，东墙角儿立一梳妆台，上面放着胭脂、唇膏、梳子，还有各种各样的簪花。西墙角儿立一衣柜，紧挨着的是杂物架，上放盥洗用的盆子。北墙有扇小门儿，也是木质的，门旁放桶清水，二人分析这可能就是所谓的拘缉营金屋藏娇之所，即女监。庞荣小声儿吩咐庞庆站在地室的第二道木板门那儿把手，因不知里面是否藏有歹人，也防止外面突然有人闯入。交代完毕，轻轻推开右边第一个房间的门，见一女子脸朝里、左手拄着头侧身躺在炕上，开门声儿并未引起她丝毫反应，完全是一副若无其事的样子，似乎对此早已习惯了。地中间摆一张八仙桌，上面堆满了大大小小的盘子、碟子、瓷碗、筷子、小勺儿等，光盘子就一大摞，肯定是左一次右一次不知送来多少回了。碗里盛着小米饭，盘中装着菜肴，由于时间长已经发霉了，室内的气味十分难闻，直打鼻子。你想啊，那么一间小屋，门关得严严的，空气不流通，加之一摞摞儿长毛的饭菜，能不有味儿吗？真不知这位女子是如何苦熬岁月的。

庞荣进屋后，故意放重脚步走来走去地东瞧西望，那女子照样躺着，一动不动，既不看来人，也不说话。庞荣走到北墙，拉开小木门，见门框上挂着白布帘儿。掀开布帘儿一瞅，墙壁同样凿一洞，洞内放盏獾油灯，灯心挺亮，一个尿壶摆在门旁，显然是茅厕。他后退一步，转过身来望了一眼炕上的女子，关切地向其问话。可不管问什么，女子仍一声不吭，只是轻轻抽泣，不停地用手帕擦拭着眼角儿的泪水，好像一肚子委屈不知从何讲起。庞荣安慰道："妹子，别哭了，也不要怕，乌三儿已被我们抓住了，赶紧收拾收拾东西离开这不是人呆的地方吧！"

女子一听，立即翻身坐起，双目死死盯着庞荣，随之脸上现出了疑惑的神情，开口问道："这位大哥，所言当真？"

庞荣点点头，女子深信无疑，高兴了，也有精神头儿了，忙致谢道："大哥，谢谢了，您是姐妹们的大恩人。紧挨着的那两间屋里时常传出哭声，同我一样可怜，请大哥快去救她们出火坑吧！"

庞荣边答应边蹲下身将她的绣花鞋拿到炕跟前，女子跳下地，趿拉着鞋引领其到另两间屋，把躺在炕上的两个女子唤了出来。据她们讲，左边第一间屋曾关着一个姐妹，前几天被乌三儿带走了，不知弄到什么地方去了。庞荣叫过守候在二道门的庞庆，嘱咐他先把三位女子送到前院儿老太太房中，烧锅热水，让她们好好儿洗一洗，歇息歇息。庞庆听罢，回身走在前，三位女子随其后，向门口儿走去。或许是因为被圈很长时间了，又见不到阳光，所以3人皆感到双腿发软，走路没劲儿，便互相搀扶着一磴磴登上了土台阶，出了圆门。

庞荣接着查看左侧的3间屋，见门上皆挂着锁头，遂用剩下的那3把钥匙将锁一一打开。从右往左数，第四间屋装的全是金银财宝、各式各样首饰、精美瓷器、上等丝绸、蜀锦、素缎、布帛等，这些东西极其珍贵，价值连城，不少丝绸和瓷器来自于江南。估计是携带贵重物品的南方客商一到吉林，便被秦大门牙和杜宝等人掠抢到此，窃为己有。再看第五间屋，里面装着一袋袋的粮食，第六间屋则堆着一摞摞儿皮张。由此证实，茗兰所遇到的那两个哨员没说假话，此地室正是拘缉营的6处暗房，可公子丢失的东西在哪儿呢？

庞荣继续往里走，到了尽头的门跟前一打量，门与门框之间有一定的缝隙，而且其左侧还有一扇门，上了两把锁，心中甚感蹊跷："怪了，为啥装贵重物品的第四间屋只上一把锁，而这个房间却上了两把锁？乌三儿给的5把钥匙都用过了呀！"正着急时，庞庆回来了，庞荣迎上前向其说明了情况。哥儿俩合计了一番，庞庆抽出匕首，将刀尖儿伸入其中一把的锁孔稍一转动，咔的一声就开了，另外那把锁采取同样的方法也被打开了。推门进屋一瞅，不由得惊喜交集，竟喊了起来："哥，快看哪，少爷的东西全在这儿。老天保佑啊，这些日子没白忙乎，终于找到啦！"

庞荣站在门口儿环视一圈儿，脸上露出了久违的笑容，并让弟弟赶

第一章 囚困江城

紧去告知公子和茗兰妹子。庞庆转身跑了出去，庞荣试着推了推尽头那扇通往外边的门，却推不开，知道是反锁着的，除了乌三儿从圆门出入，其他人要想进地室，只能从外面打开锁方可。于是去装粮食的暗房找了一把铁扁铲拎回来，先用匕首将门与门框之间的缝隙一点点儿撬大，然后将扁铲伸进去用力往上一抬，只听啪嗒一声，外面的锁头掉了，随之门开了，见一斜形向上大约30多磴的土阶梯，两侧石壁上各挂一盏燃着的獾油灯。当他噔噔噔上到最后一磴再看时，眼前竟是个长长的石洞，由于没有油灯照亮，故而看不出延伸多远，更望不到头儿，感觉能稍稍通点儿风。石洞低矮狭窄，若想钻出去，得缩头弯腰屈腿一步步往前挪，直着身子肯定不够高。庞荣兴奋不已，寻思道："既然已发现出口儿了，无论半人高的石洞内多么暗，前行多么困难，也要看个究竟，务必弄清此洞到底通向何处。"想至此，弯下高大的身躯，如同夜探神秘的所在一般，以猿猴之势钻进洞内，两手摸索着往前爬。爬呀爬，有时被挡住了，过不去，原来此洞不是直的，而是拐了几个胳膊肘弯儿，怪不得越往里越黑呢！有的地方特别窄，只能侧着身子单臂着地往前挪，没点儿功夫还真不行。庞荣又是第一次爬此洞，不熟悉洞内的情况，双肩及四肢被洞壁突起的石头碰得青一块紫一块的。费力爬了大约40多米，洞内一下子变宽了，前面是个向上的缓坡儿，一缕光亮透了进来。又爬了十来米，才到达洞穴的出口儿，洞口儿没有门，直通外头，可见蔚蓝的天空飘着朵朵白云。

当他钻出洞外起身回望时，不禁倒吸了一口凉气，洞口儿竟在立陡的石崖壁上，下边是滚滚流淌的松花江水。崖壁外延一尺宽，紧贴崖壁可走到石崖的平坦处，那里长有一些丛生的草木，倘若一不小心，便会掉进百丈深渊的江中去。洞口儿两边各长一棵小杨树，至少也有十几年了，是从崖壁的缝隙中钻出来的，根须深深扎在石缝儿中仅有的那点儿土里。树干挺粗了，枝叶如伞盖，遮掩着洞口儿，从远处根本看不到此洞。抬头远望，一条紧挨着石砬子的羊肠小道儿伸向江岸边，影影绰绰可见炊烟袅袅，那里便是吉林江城。庞荣心想："这个地方选得太好了，大自然的造物主如此巧夺天工，奇特而隐蔽。怪不得乌三儿反复说一句话：'三位爷，你们去吧，到那儿一看就明白了。'很清楚，拘缉营的6处暗房所处位置超出人们想象之外，既方便又很难被发现，不仅能从红砖瓦房后院儿所盖平房的圆门出入，也能从吉林江城坐船驶过松花江，穿越山冈，经羊肠小道，以高崖上的小杨树为标识，脚踩外延一尺的崖壁来到洞穴口儿，钻进洞内前行50多米到达下行阶梯口儿，打开锁便可直接进入地室。这是一条秘密通道，窝藏着重要的贪赃、盗抢证据，难道是为乌三儿一个人专设的么？显然不是，享用及遥控者当在江城。为啥这么说呢？因地室的门反锁着，由此可以推断其主人必住在别处，乌三儿只是个小营头儿，一切行动受主人牵制。再者，与地室连接的石洞也非同寻常，这些年曾见过一些山洞，皆不能与其相比。此石洞乃天然洞穴，但远非这么长，而是后来挖凿的。开凿前，既要有专人设计，又需汇集能工巧匠，然后方能一镐一镐地刨。石方工程如此巨大，绝非一日之功，别的且不讲，石头怎么运出去？得多少人力物力呀，实在太不易了，肯定不是靠乌三儿手下那几十个破兵烂马所能完成的。尤其是拐的那几个胳膊肘弯儿，难以想象咋凿出来的，一个人往前爬都那么费劲儿，还要抡钎动锤，施展不开当然不行，或许巧匠们有软功不成？另外，此前是谁第一个发现了高崖上两棵小杨树掩映下的洞口、并由此联想到将这个天然石洞以人工凿石往前延伸、直至红砖瓦房的后院儿、最终构筑成一处极其隐蔽的地室呢？如果是吉林将军衙门所建，那么初始做何用了？"他的内心产生了一系列疑问，绞尽脑汁思索了好一阵子也不得其解，遂自嘲地摇摇头，不再想了，反身钻进洞穴口儿按原路往回爬。由于爬过一次了，前行的速度比来时快了，但仍感到很费劲儿，累得满头大汗，心里话："我在少林寺练了20多年功，长矛、短剑、铜锤、三节棍舞起来得心应手，鹰爪功、蝎子倒爬墙、蚂蚁上树以及软功、硬功等皆能数得上，时常得到师父的夸赞，说什么一招一式做得到位，要继续努力，尽量多掌握一些功法。可至今从未练过钻地洞功，此为另一种能耐，有劲儿使不上，干着急，称其'耐力功'倒挺合适。"一边寻思一边爬，用了两袋烟的工夫终于爬到阶梯口儿，这才起身走下台阶进入地室，见两位小主子和满堂、庞庆正在入口处的小木门那儿等着自己。

　　庞荣二话没说，接过庞庆递给的獾油灯回身头前带路，领着他们先瞧了瞧第四、第五、第六间屋，接着走进地室尽头左侧的那间屋，请公子一件件仔细查验那夜被盗走的行囊、书籍、衣物，看看是否有缺失或损坏。尤成额抚摸着眼前这些失而复得的物品，看看完好无损的文房四宝，瞅瞅夫人专用的既没磕着也没碰着的梳妆台，翻翻一箱箱各类书籍一本没丢，就像见到了久别的亲人一样，真是百感交集呀！没有行囊，可重新添置；没有锦衣，可穿粗布服御寒；没有玉食，可用糟糠充饥。

第一章　囚困江城

然万不可没有孔孟之书，此乃教授子弟必备的工具，视如生命。特别是其中有些东西虽然并不值钱，但尤显珍贵，因那是阿玛用过之后送给儿子的，多件换洗衣裳则是额莫坐在油灯下一针一线做成的。不是有那么句话嘛："慈母手中线，游子身上衣，临行密密缝，意恐迟迟归。"其中饱含着家中父母对出行之子无尽的思念与深情，见了这些东西，如同看到了二老，思前想后，不禁热泪盈眶，又感到无比惭愧。

尤成额缘何如此动情呢？初始，他不赞同茗兰等人的做法，甚至有些恼怒，认为太莽撞，不计后果，一旦事情闹大，不仅丢失的物品找不回来，还可能惹出更多的麻烦，到那时，可就吃不了兜着走了。在公子的坚持下，茗兰只好背着夫君将庞氏兄弟派出，采取以治病为由头接触乌大娘，再通过与其频繁交往智擒乌三儿，找到突破口，以寻回丢失的物品。经一番努力，终于如愿以偿，物归原主。这样的结果对于尤成额来说再好不过了，既欣喜也受到了深深触动，恨自己无能，啥忙没帮上不说，还总扯后腿，对不起夫人的良苦用心、父母的期望和桂良大人的厚爱。他由衷钦慕庞氏兄弟的过人胆识，对爱妻更是刮目相看，发现其竟有不少长处及能耐，一时间又惊愕又佩服又汗颜，泪眼婆娑地看着夫人。

茗兰与成额对望，以柔婉的语调轻声儿说道："夫君，我和你一样激动，尤其要感谢舅舅为咱雇用的两位名义上的车夫。从京师出发前，舅舅已预料到此去吉林会有坎坷，担心咱身处陌生之地恐遇不测，便暗中请来两位武林高人一路护送。庞家大哥、二哥心地善良，仗义疏财，助人为乐，为了把丢失的书籍、物品找回来，费了不少心思。他们想尽办法四处打探，不怕危险深入地室，终于拨开迷雾见青天，一切水落石出，惟那两辆车、3匹马尚不知下落。不管怎么说，物品失而复得，已是不幸中之万幸，倘若没有两位师父伸出援手，则无论如何也找不到，多亏咱的大恩人哪！"说罢，转过身来冲庞荣、庞庆下拜道："荣哥、庆哥，本娘子代公子在此向二位施礼了，谢谢你们！"

庞荣忙走上前将茗兰扶起，双手合十揖礼道："妹子，千万别言谢，受人之托，理当履约，应该的。以愚兄之见，东西有了下落就好办了，暂不要动，先上去见见老太太和那三位女子，待问明缘由之后再审乌三儿，方可酌情对其进行处置。"

尤成额夫妇异口同声地表示赞同，认为此想法正合本意，随即退出屋来。茗兰吩咐庞荣把所有的门重新关好，第四、第五、第六间屋按原样锁上，不要留下有人来过的痕迹。然后扶着公子走在前，庞庆和小满堂随其后出了地室，从后院儿的小门儿进去，绕到前院儿来到正房东屋，庞荣也赶上来了。他们推门一看，见三位年轻女子早已洗漱完毕，正肩挨肩地坐在炕沿上东一句西一句地闲聊呢！茗兰等人进了屋，刚刚坐在椅子上，老太太笑着从小暖阁出来了，双手托着几件叠成一摞儿的新衣裳，谁都没瞅，只让三位女子赶紧换上。说完头前带路，领着三人去了西屋，茗兰他们边喝茶边静静等候。

不一会儿，三位女子换好了衣裳，扶着老太太从西屋出来进了东屋。大家抬头一瞅，顿时眼前一亮，发现在新衣的衬托下，个个眉清目秀，明眸皓齿，不仅有精气神儿了，脸色也不那么苍白了，两颊泛起了红云，很有风采，前后判若两人。汪氏忽见椅子上坐着两位不认识的客人，当即怔住了，小满堂走上前引见道："乌大娘，给你老介绍一下，这位是少爷尤成额公子，那位是少奶奶茗兰格格。"

汪氏听后，忙给尤成额夫妇道万福，茗兰赶紧起身搀扶老人家坐在椅子上。小满堂接着又道："乌大娘，你老有所不知，我们哥儿仨陪二位主子从京师抵达吉林后连遭不幸，当天就被送到江北拘缉营的一处小马架子栖身。未承想一夜间，3匹马、两辆车及所带行囊、物品全部丢失，问谁皆言没看见，可把少爷和少奶奶急坏了。你儿乌三儿是这儿的营头儿，当向他打听时，也称对此毫不知情，之后还一直躲着避而不见。我们丢失了生活必需用品，走不了也留不下，陷入了困境。实在没辙了，只好四处寻觅，哪儿都找遍了，最后方来到你老的家。现在总算清楚了，贼赃皆藏匿在后院儿那趟平房的地室里，不但有物，而且有人，这三位姐姐关在里面很长时间了，早已失去了自由身，可怜得很哪！"

满堂说此话时，汪氏认真地听着，初始很是惊讶，继而无比气愤，接下来难过已极，无奈地打了个唉声道："咳，看来我那混账小子学坏了，正事儿不干，专往邪道儿上走，管不了喽，真是儿大不由娘啊！哪知后院儿还有处地室呀，藏匿着偷来的东西不说，竟敢把人也圈起来，难道吃了豹子胆不成？这可是犯下了天大的罪孽呀，不光你们放不过他，老身也不会轻饶他，非扒了他的皮不可……"

坐在旁边的茗兰见老人家越说越生气，嘴唇直哆嗦，手拿长烟袋啪啪地敲击着桌面，眼泪顺着脸颊往下淌，担心再气出病来，赶忙轻声儿劝慰，并向庞氏兄弟使了个眼色。庞荣和庞庆会意，起身出了大门，趁

第一章　囚困江城

天色已晚，避开守门兵丁的视线疾步弹跳而去，很快到了西大沟的坟圈子，将乌三儿从空墓穴中提溜出来，带其返回了红砖瓦房。乌三儿一进屋，见坐在椅子上的尤公子及夫人、小满堂怒目圆睁，坐在炕上的老娘以及关在地室中的那3个女人也大睁着双眼盯着自己，知道真相大白了，慌忙跪地咣咣磕着响头道："我不是人，我有罪，罪该万死！"

茗兰凤眼一立睖，一字一板地说："乌三儿，以为我们人生地不熟、可任人宰割、好欺侮是吧？哼，真是痴人做梦，瞎了你的狗眼！本娘子一向不听邪，知道赃物即使长腿儿也不会跑那么快，不将拘缉营翻个底朝上决不罢手，起码得对得起你绞尽脑汁所动的那点儿心思。说吧，这几年都干了哪些贪赃枉法之事，从实招来！若有半句假话，不仅撕烂你的臭嘴，还要绑到京师治罪。大清国有严格的律法，专门惩治像你这样的无法无天、抢男霸女、贪得无厌、聚敛横财之蛀虫，早晚不等，谁也别想逃脱。本娘子决心已下，定把与你合谋干些见不得人勾当的地头蛇一个个全揪出来，为黎民伸冤，还百姓公道！"

此刻，汪氏气得脸都白了，早已按捺不住了，起身下了地，扑到乌三儿跟前连踢带打并高声斥骂道："乌三儿呀，乌三儿，你个不知好歹的东西，纯粹是个孽障啊，可气死老娘了，还有点儿人性么？还是先前那个儿吗？如果够'人'字两撇儿，为啥暗地里背着老娘干了那么多偷鸡摸狗、伤天害理之事？看来这是活腻歪了，那好，既然如此就随了你，今天我要正门户，务除不孝之子，非打死你祭祖不可！"说着，举起乌木长杆儿铜锅儿大烟袋冲乌三儿搂头就刨，倘若刨正当了，脑袋瓜子肯定出个大窟窿，不蹬腿儿才怪呢！

站在旁边的庞荣早有准备，估计到以老太太的脾气、秉性，盛怒之下定将说到做到，惩罚不争气的儿子。因而在她举起手中的长烟袋照着乌三儿的后脑用力刨的一刹那，庞荣突然抬起左臂往上一搪，正好挡住了下砸的长烟袋。乌木杆儿原本就不粗，大铜锅儿又挺沉，加之粗壮的胳膊猛一横，只听喀嚓一声，烟袋杆儿断成两截儿，铜锅儿弹了起来，里面的烟灰、火星儿四溅，燃着的烟丝刚好落到跪在地当间儿的乌三儿脖领子里及发辫上，致使一绺儿头发烧焦了，后脖颈子鼓起了几个燎泡，遂夸张地打起滚儿来，还哎呀哎呀直叫唤。庞荣大喝道："乌三儿，别邪乎了，装什么熊？烧死也活该，这叫自作自受，跪下！"乌三儿只得爬起，脑门儿上豆大的汗珠子噼里啪啦往下掉，龇牙咧嘴地重新跪在地上。

茗兰觉得这么下去不行,现在最要紧的是审讯乌三儿,弄清事实。于是站起身来,搀着老太太去了后面的小暖阁,唤醒正睡着的小甜丫,让她陪着奶奶,并耐心地劝慰道:"大娘,别着急,更不能生气,身子骨儿要紧,家门出了逆子,做娘的也没招儿。你老放心,我们会将物品缘何失窃弄清楚的,冤有头,债有主,如果不是乌三儿干的,绝不会硬赖他。"

汪氏拽起衣襟儿擦了擦眼角儿的泪水道:"少奶奶,谢谢了,我虽然老了,但不糊涂,早就看出你们是讲理之人。唉,普天下哪有母亲不心疼儿的?那是自己身上掉下的肉哇!然而即便是孝子,如果不能自律,不走正道,也会变成逆子,使家族蒙受耻辱,这是不可饶恕的,定严惩不贷。否则上对不起祖宗,下对不起子孙后代,老身的心永远不会安宁。"

茗兰又开导了一番,劝老人家消消火儿,不必动那么大的气,先上炕眯一会儿,静静心再说。待汪氏答应了,这才退了出来,转身去前屋,把三位女子领到乌三儿住的西屋,让她们暂在那儿候着。接着又返到东屋,吩咐小满堂送少爷回东大马架子,服侍其安歇后再来红砖瓦房处。还请夫君不必为此事操心,有庞家哥哥在,一切都会办妥的。尤成额站起身来,将茗兰拉到一边,叮嘱道:"夫人,要稳住架儿,切勿急躁,硬性开启对方的嘴巴达不到目的。要以情感之,以心攻之,以理服之,效果或许会更佳。"言罢见茗兰频频点头称是,方出了屋门,随小满堂离去。

茗兰、庞荣、庞庆开始审问乌三儿,先是以母子、父女情深耐心诱导,好言相劝,继而申明利害以及所要承担的后果。乌三儿身上的烫伤未好又添新伤,从晌午到现在快3个时辰了,早已折腾得筋疲力尽,加之眼前这3人的一顿软硬兼施,心里琢磨开了:"看这架式,要是不讲,性命难保,我死了,老娘和甜丫怎么办?唉,不能再犯傻了,我得活着,没必要替那几个人瞒着,还能得着啥呀?"思来想去,认为是祸躲不过,保命要紧,还是乖乖交待吧,于是说道:"太太、两位爷,你们有所不知,有些事儿不单单我一个人干的,即或有天大的胆儿也不敢。此处红砖瓦房和后院儿平房的地室没我半块砖,全归将军衙门的秦师爷和小红楼迎宾驿馆的杜大管家管,让我住在这儿,只是为了给他们看守地室而已。我必须从命,在人家手底下办差能不听喝儿么?指东不敢往西。说实在的,我不愿住这儿,一旦地室的金银财宝丢了,责任重大,

第一章 囚困江城

头一个就得拿我是问。若说有罪，关在地室那个叫阎彩玉的是被我绑来并霸占的，另外那两个是杜宝和小金佛抢来的，听说还有十几个女子失踪也与杜宝有关，派人抢到手后又卖出去了，这笔账应记在他们头上，与我无关。至于卖到哪儿，得了多少银子，根本不许我打听，故而一概不知。"

茗兰问道："我们的车马和物品是不是你偷的？"

乌三儿起誓发愿道："太太呀，小的不敢撒谎，绝不是我偷的，是小金佛和白面娘子于夜半盗走的。让人奇怪的是偷来东西并未拿回自家，而是藏在了地室，不清楚他们为啥这么做。小金佛三天两头儿来一趟，一再叮嘱我不能向任何人泄露藏匿之地，不许动那些东西，更不得损坏，务必看管好，哪怕丢一样儿，你乌三儿的脑袋都得搬家。还叫我暂时躲起来，尽量少露面，让穷书生他们寸步难行，像一群无头的苍蝇一样四处乱嗡嗡去吧！倘若不信我说的，等抓住他俩可以审，真要与我有干系，杀也好，剐也罢，心甘情愿。"

茗兰听罢，暗自思忖道："看来乌三儿讲的是真话，也就这么点儿脓水了，杜宝不可能把底细向他和盘托出，再问问那3个女子吧！"想到这儿，便让庞庆去西屋将其唤来。

三位女子鱼贯而入，茗兰请她们就坐并分别斟上茶，然后开始询问每个人的身世。第一个开口讲自己遭遇的是被乌三儿强霸的阎彩玉，即庞荣进入地室后，在头一间屋看到的那位女子。她今年17岁，山东即墨人，5年前随父亲来到吉林。其父是皮匠，兼做皮货生意，常从秦名远和杜宝手中购买皮张。有一次，阎皮匠因与二人在几十张牛皮的质地好坏、价钱高低上谈不拢、认为所出价格不公平而发生了口角，接着又被其手下打伤，当时气愤已极，声言必告到吉林将军衙门。秦名远和杜宝深怕暗地里倒卖皮张、中饱私囊之事露出马脚，那将对己十分不利，便合谋将阎皮匠父女俩弄到了江北拘缉营，不明不白地圈了起来，并叮嘱营头儿严加看管。乌三儿原本就不地道，一眼看中了阎彩玉，不久于一个月黑夜跳窗进入父女俩住的破马架子，乘阎皮匠熟睡之机，将阎彩玉的嘴巴用破布堵上，神不知鬼不觉地捆绑到地室，强行奸污，霸为己有，至今两年多了。

另一位名儿叫齐柳云，即住在地室第二间屋的女子，今年25岁，生过一子，3年前同其夫一块儿被圈进拘缉营。丈夫是放排工，没别的能耐，老实厚道、胆量小，一家3口儿勉强度日。后来只因一件小事儿得罪了秦名远，从此受到百般刁难，左也不对，右也不行，使其无所适从，没法儿干下去了，只能呆在家中。没有了进项，原本贫困的生活捉襟见肘，不满周岁的孩子因患病无钱医治而夭折了。夫妻俩悲痛欲绝，盛怒之下，砍断了将军衙门府门口儿的一根旗杆，当即被抓，秦名远派衙役将二人押送到江北拘缉营。齐柳云虽生过一子，但容貌姣好，十分可人，结果被小金佛盯上了，遂明目张胆地找茬儿将她抢走，偷偷圈进了地室，逼其就范。不料齐柳云与丈夫正相反，是个烈性女子，大哭大骂且连撕带咬，就是不从，使得小金佛根本近不了前。4个月过去了，女子守身如玉，极力反抗，小金佛实在没辙了，认为既然占不了便宜，也不能白抢，干脆把她卖掉换钱算了。这不，还未等联系上买主呢，就被庞荣救出来了。

关在地室第三间屋的女子名儿叫冯秀清，今年20整，本地人，与二老住在拘缉营东边的一个不起眼儿的小屯子里，已与同村的陶家后生订了婚。半年前的一天头晌，冯秀清离家进山采蘑菇，路过羊肠小道儿时偶遇杜宝，被其强行抢到地室奸污了。冯姑娘终日以泪洗面，呼天天不应，叫地地不灵，无时无刻不在期盼着回到父母身边，不知啥时候才能重见天日。

茗兰和庞氏兄弟听了三位女子的呜咽泣诉，确与乌三儿的交代相符，既气愤又同情。如此看来，若想弄清被盗真相，惟有面见小金佛和白面娘子，然而找到他俩谈何容易？正像前些日子抓到的那两个哨员所讲，二人来无影去无踪，不下点儿功夫很难寻觅，而且只能去江城查找。那里人烟稠密，房子连成片，在这样一座人多且杂的城内搜寻两个当事人犹如大海捞针，应从哪儿入手呢？乌三儿乃拘缉营的营头儿，在北山一带是个头面人物，对其是争取还是处治，究竟采取哪种方法更奏效？三位女子被顺利解救了，作恶者要不要严惩，下一步该怎么办？所有这些都摆在了面前，急需解决。别看茗兰是个年轻女子，然胆大心细，认为只能趁热打铁，不可久拖。乌三儿眼下虽然控制在我们手里，但时间不能过长，消息一旦传出去，特别是被小金佛和白面娘子知道了，肯定不会坐视不管，能怎样难以估计。最好是以迅雷不及掩耳之势一气呵成，尽快找到小金佛和白面娘子，方可人赃俱获。到那时，再去吉林将军衙门向松荫将军及达禄副都统禀报，将其属下所干的这些见不得人的勾当一件件全抖落出来，让他们知道来吉赴任的尤成额公子受了多少委屈，师爷秦名远和大管家杜宝应承担什么责任，钉是钉，铆是铆，使其面对事实无言以对。故而一切行动务必稳妥、周全、严密，往前走一步要看到后两步，将此偷窃案办成铁案，使得任何人找不出破绽，无漏洞可钻，永远翻不了把。

让茗兰尤其犯寻思的是怎么安置从地室内救出的三位女子，是尽快送其返家呢，还是暂时留下，她们可是揭露腐朽凶恶势力活生生的重要人证啊！黎民百姓无故被关押，官府从不过问，任由冠冕堂皇的歹毒之人随意宰割，是何世道？而今乃大清的天下，朗朗乾坤，狂徒竟草菅人命，为所欲为，公理何在？若想在大堂之上据理陈言，以事实服人，必须想办法保护好佐证，可是该如何保护呢？三位女子被关在地室几个月甚至几年了，惊吓、恐惧始终伴随着她们，精神受到极大的打击，身体遭到非人的蹂躏，眼泪几乎哭干了，一心盼着早日与亲人团聚，那么眼下能成行吗？恐怕不能，起码现在不能。如果放走了，人证不在现场，等于为秦大门牙、杜宝、乌三儿之流乃至吉林将军衙门府开脱罪责。所以还得委屈她们一段时间，待把小金佛和白面娘子抓住之后，将其一并交给吉林将军衙门，由官府去处理。到那个时候，女子无辜受害之遭遇将大白于天下，官府定会为其伸冤的。与此同时，也证明我们绝非等闲之辈，目前所做的一切是为民除害，有益于大清朝廷治理国家。否则空口无凭，秦名远、杜宝那帮家伙并不是好惹的，平时豪横惯了，谁见了都惧怕三分，能轻易就范吗？弄不好会反咬一口，说咱诬陷好人，别有用心，把所有的罪戾推得一干二净，再将咱关进监牢，而真正的罪犯仍逍遥法外。这一切一切需充分考虑，前提是把三位女子安顿好，住在哪儿较合适，由谁照料更妥帖，要想得周到一些，万不可出纰漏，务必保证她们的安全，这个担子显然不轻。

庞荣早已看出茗兰心事重重，心情急切，遂提议道："妹子，还记得从吉林城来江北拘缉营给咱领路的那两位杜宝手下的差役吗？一个叫赵西丹，一个叫马木斤。老人家资历深，光当差就十几年，经验丰富，对吉林将军衙门的底细知之甚多，而且曾说过，若有事需办，可以去找他们，一定尽力相帮。不如我进趟城，好在有夜行之功，不费吹灰之力便可到那儿。放心吧，我会尽快拜望二位老人家的，看看有什么好办法，或许能通过他们找到小金佛和白面娘子。事已至此，不怕捅破天，必要时，可提前求见松荫将军及达禄副都统，向其直陈推荐到吉的尤公子不仅难以就职，还连遭厄运，赃物、人证均已掮在我们手里，请大人查究缘由。相信作为一地的父母官弄清真相后，既能为百姓做主，也得感谢我们为吉林除害,以正视听,妹子意下如何?"

茗兰听后,仔细想了想,认为言之有理,此招儿可行,乃最快捷的万全之策。这些日子通过发生的一些事儿,对庞家大哥有了进一步的认识和了解,从心眼儿里佩服其能力,此行会有收获的,于是答应道:"荣哥,方才所言不失为一个好办法,只有您去吉林城我才放心,在这儿替公子谢了。望大哥小心谨慎,见机行事,早去早回。还请帮妹子思谋思谋,您走后,红砖瓦房这边怎么安排更妥当?"

庞荣一听就明白了,茗兰是担心自己走后,三位女子若安顿不好,将会影响后事。那么,怎样做有利于下一步行动呢?低头寻思了一会儿,说道:"妹子,从这些天与乌三儿老娘的接触看,她是位不忘祖德、遵守家规、有正义感的老者,且直率诚恳,心地善良,值得信任。我以为不妨让三位女子暂时住在这儿,乌大娘不缺吃不少穿,生活上没有任何困难,会收留她们的,也能避免走露风声。乌三儿之所以很少露面,这回咱知道了,他是秦名远和杜宝的挡箭牌,替二人背了不少黑锅,实际上有些债是秦大门牙那帮混蛋欠下的,却全由乌三儿一个人顶着。咱们干脆来个将计就计,让乌三儿再顶些日子,估计这营头儿五七八日不现身,拘缉营也不至于塌了天,平时到处玩女人不是总没影儿么?手下的随从早已习惯了,不会觉得有什么奇怪。现在肯定不能放了乌三儿,关进地室最稳妥,让他也尝尝囚禁之苦,由庞庆日夜监守。乌三儿可是少不得的人证,务必看管好,一日三餐得保证,不能渴着饿着,更不能让他跑了。我办完江城那边的事儿立即返回,将乌三儿交给官府惩治,你们在家静等好消息就是了。"

茗兰边听边点头,认为此议甚好,完全赞同庞大哥的安排,随即去了后屋,与老太太商量让那三位女子住下之事。庞荣则小声儿叮嘱弟弟,让他严格看管乌三儿,不可粗心大意,不能出任何闪失。庞庆一一答应,并请哥哥放心,定会按兄长的话去做,保证万无一失。早已从东大马架子返回的小满堂一看着急了,问道:"荣哥,你和庆哥都有差事了,我干什么呀?"

庞荣回道:"满堂啊,你也在乌大娘这儿住,帮着他料理家务,好好儿照顾那3个解救出来的姊妹。只要平平安安不出事儿,一切顺顺当当的,就是大功一件,省得大哥为你和庞庆操心。茗兰妹子这些天够累的了,得回东大马架子陪伴公子,二位主子需安心静养几日,一切等我回来再说."

懂事的小满堂一向听喝儿，叫干啥就干啥，从无二话，痛痛快快地应下了。待茗兰跟老太太商量妥了，同意先留下三位女子，又向姐妹们讲明暂不让其返家的原因，3人皆表示愿意配合，庞荣才陪妹子回到了东大马架子。他换了套夜行衣，茗兰小声儿叮嘱一番，没忘给带上饱腹的干粮。庞荣揖礼告辞，转身刚要走，担心开门发出声响惊动已睡下的公子，便跃后窗而出，弹跳而去，轻如狸猫，迅即消失在夜色里。

茗兰和庞荣走后，大伙儿都感到肚子饿了，年龄偏大的齐柳云便领着阎彩玉和冯秀清去厨房做晚饭。小满堂帮着乌大娘把西屋简单收拾收拾，打扫打扫，又抱来几床新被褥，准备让三位姐妹在此歇息。庞庆则按兄长之命，提溜起乌三儿出了东屋，往后院儿走去。乌三儿知道这是要把自己关进地室，当然不情愿，直劲儿地往后挣，不肯朝前迈一步，庞庆气得薅住其脖领子往前拖。他可是少林弟子呀，那力量还能小么，每只胳膊都有千斤力，拖乌三儿像拖条死狗似的，很快出了后小门儿，进入那趟平房，来到地室的圆门前。庞庆拉开门，乌三儿瞅瞅微微有点儿亮光的洞口儿，说啥也不进去，鼻涕一把泪一把地乞求饶了自己。可谁理他呀，庞庆上前当就是一脚，乌三儿顺着台阶叽里咕噜地滚了下去，还爹一声娘一声地叫唤着。庞庆随后跟进，将其拎起来走进阎彩玉曾住过的第一间屋扔到炕上，又从腰间的布袋中取出红药面儿撒在他那烫伤处，然后出得屋来，头也不回地上了台阶，顺手将木门一关，站在门口儿看着。

说来乌三儿来到吉林掐头去尾还不到6年，竟从一个穷小子变成富得流油的营头儿了，觉得自己混得不错了，比上不足比下有余，天天得意洋洋，摇头晃脑，出门前呼后拥，心里美滋滋的，正所谓土包子开花不知天高地厚了。尤成额等5人被送到拘缉营后，他鼻孔朝天，不屑一顾，处处刁难，最后却栽在人家手里。此时此刻，乌三儿躺在冰冷的地室中，回想以往，再看看现在，如同做了场噩梦，待清醒过来已经晚了。他后悔莫及，恨自己不小心，干点儿啥不好，非跑去看什么杂耍呀？身边的随从狗屁不是，啥能耐没有，仨不顶一个，主子被叫走了，他们竟瞪眼没看见，纯粹是一帮蠢猪。这下全完了，我的脑袋一掉，老娘和小甜丫没了依靠也活不成，真是对不起她们祖孙俩呀！他一会儿躺着，一会儿坐着，一会儿站起，一会儿跳下地转来转去打磨磨，越寻思越害怕、越恐惧，绞尽脑汁也想不出脱身的主意，绝望得拍墙顿足像狼一样大声儿干号起来，又有什么用呢，除了庞庆谁能听见哪！

你还别说，真有个人听见了，谁呀？小金佛。他咋来了呢？也是赶巧了。其实，小金佛和白面娘子自打把偷来的那车物品藏进地室，心就没落体过，始终惦记着，总是怕出个一差二错的。为啥呢？只因他俩太了解乌三儿了，认为那是个没长脑子、白吃干饭的笨蛋，终朝每日除了睡大觉，就是吃喝玩乐嫖女人。再就是押宝，出手大，赌得昏天黑地，都忘了自己姓啥、几斤几两了。你说他傻吧，还知道哪儿多哪儿少，啥值钱啥不值钱，给银子则办事儿，不给银子则一推六二五。你说他精明吧，常常不知孰轻孰重，有时还分不出里外拐，该管啥不该管啥心里没数儿，到处瞎咋呼。他最喜好啥呢？一个是玩女人，一个是好吃好喝，落副好下水。

原先，乌三儿住在乡下，土里刨食，一文钱没有，穷得叮当响，连媳妇都娶不上。也是呀，谁家的闺女肯嫁这么个没出息的穷小子，他只能躺在被窝儿里想女人，几乎快想疯了。现在可倒好，身边有的是女人，多大的都有，搂也搂不过来，亲也亲不够，天天掉进女人堆里去了，浑浑噩噩，萎靡不振，任嘛不务。不过从来忘不了吃，只要看到美食佳肴，就不管肚皮有多大了，宁肯撑破也硬往里塞，直到饱嗝儿一个接一个地打为止。结果可想而知，闹开肚子了，一趟趟往茅房跑。小金佛和白面娘子曾多次告诫他要谨慎从事，多加小心，不能让任何人发现地室内藏匿的物品。二人的嘴皮子快磨出膙子了，乌三儿不仅听不进去，而且满不在乎，认为他俩太啰嗦，办不了大事，更成不了气候。

今儿个天刚放亮儿，小金佛正做美梦呢，白面娘子就把他推醒了："小金佛，不知咋了，我右眼皮直跳，不是好兆头，是不是出事儿了？你快去江北拘缉营看看吧！"

小金佛懒得起炕，没动弹，像未听见似的，翻过身去接着睡。白面娘子来气了，左手伸进其被窝儿拽住裆间的阳物就往起薅，小金佛疼得直叫唤："哎哟，哎哟，快撒手，真不是你身上长的肉不知道疼，到那儿看啥呀？前两天不是去过了么，什么事儿没有，可别折腾我了。"

白面娘子笑着哄道："行了，行了，起来吧，再跑一趟，快去快回，我在家给你做点儿好吃的。"

就这样，小金佛连早饭都没吃，急三火四地赶到了江北拘缉营，经红砖瓦房东边穿过羊肠小道儿，走到江岸边，以崖壁缝隙中长出的两棵小杨树为参照物，从江沿儿的峭壁攀援而上至平坦处，再脚踩石砬子绕到杨树枝叶遮掩的洞穴口儿，拨开枝叶钻了进去。当他爬过长长的地

第一章　囚困江城

洞、到了斜向下方的土阶梯入口一看，立马紧张起来，怎么的呢？此前曾在第二磴阶梯右侧墙边处摆放一块不起眼儿的小石头不见了，此为暗号儿，小石头在，说明平安无事，没有外人来；小石头不在，说明出事了，被不知情的外来者踢一边去了，能不令其警觉吗？他小心翼翼地走下台阶，到了地室的门口儿，借着灯光瞅了瞅，见门上挂的锁头掉在地上了，门框上的钉锔儿也撬坏了。轻轻拉开一道缝儿往里四下一瞧，哎呀，更不对了，左侧那间装着偷来之物品的房门虚掩着，门上的两把锁皆被打开，锁头挂在屈戌儿上，没错，肯定有人造访过并暗查了地室。好在这间屋在地室的尽头，遂蹑手蹑脚地走到跟前，拉开虚掩的门一看，屋内的东西原封未动，一件不少。正惊诧之时，忽然从紧里边传出了男人的干号声，一听就是乌三儿。又悄悄儿往里走了十几步，离住人的那3间屋还有点儿距离便停下了，竖起耳朵仔细听，第三间、第二间屋内没动静，哭声是从头一间屋传出来的，只听乌三儿边哭边叨咕："老娘啊，老娘，儿子不孝哇，这回死定了，不能给娘养老送终了，对不起你老啊！把尤公子的东西偷来藏在这儿，此事真的与我无关哪，都是小金佛和白面娘子干的。老天爷呀，我可咋办哪，呜呜呜……"

小金佛没敢再往里走，站在原地思摸开了："奇怪呀，阎彩玉、齐柳云、冯秀清哪儿去了？或许这是有人故意设圈套，正在哪个角落里等着我往里钻？哼，我才没那么傻呢，绝不能暴露自己的身份。此乃是非之地，久呆不得，必须赶紧离开，回去跟白面娘子合计合计再说。"于是反身出了木门，按照来时的样子把门关好，不能留下有人进过的痕迹，再因此产生疑虑就不上算了。然后上了土台阶，顺着地洞往外爬，边爬边暗自庆幸："我小金佛真幸运哪，来得太是时候了，倘若早到一步，或许被人家逮个正着。恰恰是他们前脚儿走，我后脚儿就到了，早不去晚不去，偏赶这个空当儿进入地室，此乃天神在护佑我呀！"越寻思越得意，前行的速度也加快了。爬到了尽头，双手撑着洞口儿低下头脖子往外一伸，一股清风袭来，顿觉周身舒爽，可比呆在地室好受多了。刚要抬头，就觉得有个人正蹲在洞口儿，吓得一激灵，转而又不太相信，咋能这么寸呢？未等回过味儿来，那人伸出一双钳子般的大手死死卡住了他的咽喉，笑道："哈哈，果然不出所料，你小子给我出来吧！"说着掐其脖子使劲儿往外拽，也不知被押出多长。小金佛疼得龇牙咧嘴叫不出声儿，百多斤重的大男人硬是被薅出了洞口儿，随之咕咚一声倒在地上，摔了个嘴啃泥。

小金佛刚才由于脖子被狠狠掐住，喘不过气来，憋得脸色青紫，这会儿趴在地上大口大口地喘着粗气。本来个儿矮体胖，后脖颈子的肉都堆到一块儿了，连惊带吓的，如同一个大肉球儿瘫在地上，没有丝毫招架之力。那人见他这副尊容，觉得十分可笑，暗地里憋不住乐，照其屁股踹了一脚道："小金佛，怎么样啊，泥土的滋味不错吧？爷爷早料到你得来，必会上钩，已在此恭候多时了！"

小金佛赶忙爬起来跪在地上咣咣磕着响头哀求道："大人不记小人过，爷爷饶命，爷爷饶命！"

那人喝道："抬起头来！"

小金佛抬头往上一看，见眼前站着一位又高又膀的壮汉，天庭饱满，地阁方圆，浓眉大眼，肤色黝黑，像座铁塔一般，左手叉腰，右手紧握牛耳尖刀，正瞪着双目盯着自己，不由得妈呀一声，暗暗叫苦："哎哟，这是哪路的神仙驾到，从未见过呀！如此大的身量能把虎豹干趴下，别说我呀，谁也对付不了，我的活祖宗啊，莫不是托塔李天王下界了？"

诸位阿哥，你道来者何许人也？此乃少林弟子鹰爪消魂侠庞荣！他不是去江城拜望赵西丹和马木斤两位老人家了么，怎么会在这儿？请听我朱伯西细细道来。

庞荣这个魁伟汉子的确不简单，有两下子，不愧为少林寺出来的武林高僧，脑筋灵活，身手不凡，心里能容天下事。不是么？他昨天头一次进青砖瓦房的地室，下去之后先盯各处，看看有否藏匿之人。在发现尽头有扇门时，知道从北面也可入内，不用走前院儿，说明必有在乌三儿知情的前提下，不用向其老娘打招呼而入者。又听乌三儿交待称，自己与地室中所藏匿的珠宝、皮张、粮食无关，只是替秦名远和杜宝看管着。说实在的，凭乌三儿那点儿本事，也不过如此，肯定不是什么主要掌管者，故而所言是可信的。初来拘缉营那日夜里，公子曾看见一对儿行为鬼祟的男女，紧接着物品和车马被盗，而且圈在地室中的齐柳云是小金佛抢来的，很显然，他可以自由出入乌三儿家，地室乃窃贼的窝赃处。那么，窃贼是谁呢？经审问乌三儿，递出两个人，一个是小金佛，一个是白面娘子，且种种迹象表明乌三儿没说假话，是这两个人无疑了。尤公子丢失的物品中，既有行囊、书箱子，又有体积较大的梳妆台，从洞穴口儿肯定搬不进去，只能打后院儿那趟平房的后门往里抬，由于门是锁着的，事先需经秦名远、杜宝的允准并指令乌三儿亲办方

第一章　囚困江城

可。地室乃秦名远、杜宝的暗房，能同意藏匿所盗赃物，说明窃贼与二人关系密切。而小金佛每次去地室想与所抢女子苟欢，应该是从洞穴入口处钻进，以避开红砖瓦房门前所设之岗哨的视线，因经常出来进去的，总不是那么回事儿，毕竟不是乌三儿家的人。

庞荣又想到了乌三儿是个啥能耐没有、爱占便宜图小利之人，虽成不了大事，但看门望风还行。他绝不是孤立的，暗中必有与其秘密联络之人，除了秦名远、杜宝、小金佛、白面娘子，会不会还有别个？倘若有，估计此人不会离得太远，说不准就在附近于暗处监视也未可知。心中有数后，没有声张，而是下决心一定想方设法撒网捕捉飞来将，让他有来无回。

昨儿个傍晚，茗兰等人商量一番，认为寻觅小金佛和白面娘子乃当务之急。庞荣主动请缨，于当夜前往江城，面见老八旗赵西丹、马木斤，再通过两位老者找到小金佛和白面娘子。决定后，庞荣把茗兰送回东大马架子，又换上夜行衣连夜起程了，一边走一边思摸："此次去城里，或许正中窃贼下怀，他们可乘机对乌三儿下手，杀人灭口，对我们而言损失太大了，这个活口儿必须留着。乌三儿曾说过，小金佛三天两头儿跑一趟拘缉营，何不走捷径静等他送上门来？"想到这儿，窝头就往回返，到了东大马架子便向茗兰讲了自己的想法。茗兰思忖片刻，表示赞同，可晚两日去江城，先观察一下红砖瓦房的动静再说。

庞荣从东大马架子出来后，径直向西而去，经红砖瓦房来到后山的羊肠小道儿，走至江边，照准石崖上的两棵小杨树攀上崖壁上的平坦处，藏身于草丛中，心里合计着："倘若有人由洞穴口儿进入地室，或从地室里出来，皆在我的眼皮底下，谁也休想逃脱庞某人的掌心。"足足守了一宿，转天辰时刚过，居高临下的庞荣远远望见羊肠小道儿走来一人，看其体态，估计是小金佛，心中暗喜。过了两袋烟的工夫，小金佛才攀上了崖壁的平坦处，根本没往草丛里瞅，侧身脚踩石碴子绕到洞穴口儿钻了进去。庞荣高兴得一跃而起，赶忙跑到红砖瓦房后院儿那趟平房内圆门里的木门处，将此情告知守在那儿的弟弟。庞庆听了也很兴奋，遂将木门拉开一条缝儿，密切监视着小金佛的一举一动。庞荣则上了台阶，出了圆门，疾速返回洞穴入口儿，等待小金佛从地室里出来。果如所愿，庞荣没费吹灰之力，小金佛刚一露头便将其擒住了。

小金佛被抓后，别看表面上连连求饶，其实一开始并没太在乎，心里盘算着："这块儿是我和乌三儿的地盘儿，看管拘缉营的是清一色八旗兵丁，全听营头儿指挥，几只外来的老鸹还敢乍翅？若是把我送到官府，必将惊动吉林城，不少人都认识我，光下边的小打就多如牛毛，他们会马上告知秦师爷和杜大管家的。到那时，你们几个不落入虎口才怪呢，想跑都难。好哇，谁让你这不知深浅的家伙逮我了，那就如同抓只大螃蟹，等着挨夹吧！"

小金佛此刻尽往好处想了，却不知对手聪明着呢，能由得了他么？庞荣早已思谋妥了，江北拘缉营在秦大门牙、杜宝的掌控之中，也是小金佛、白面娘子的巢穴。这里有些人不但不敢得罪他们，而且还会出手相帮，因此绝不能让小金佛露面，也不能使自己置于众目睽睽之下，那么做太蠢了，会很被动的。更不能将小金佛带到东大马架子交给茗兰妹子审，目标太大，消息会不胫而走。如此看来，只能就地想办法撬开他的嘴，问出所要知道的一切，再酌情谋划下一步怎么办。庞荣见刚刚还直劲儿求饶的小金佛这会儿显现出一脸的不屑，便走到跟前，将其下巴颏儿往上一抬，让他面冲自己，目不转睛地死死盯着。小金佛眼睛一闭，根本不理那个茬儿，面部表情似乎在说："哼，瞅啥呀？我可不愿看你！"这时，庞荣稍一用力，只听咔哒一声，小金佛的下巴被端下来了，当即说不出话了，哈喇子顺着嘴角儿往下淌。庞荣一把揪住他那肉乎乎的大耳朵，令其站起来，乖乖进洞穴。小金佛吓得浑身直哆嗦，只好一步步往前蹭，庞荣早就不耐烦了，吼道："快点儿，回地室去！"紧接着当的一脚就把他踹进去了。

小金佛冷不防挨了一脚，这下可好，洞口儿往里不是斜向下方的缓坡儿么，竟像个皮球儿似的滚下去了，一直骨碌十来米至狭窄处方停住。他觉得浑身的骨头节儿都零碎了，几乎快散架子了，肉瘤子脑袋被两边的石壁磕了十多个大包，疼得爹一声娘一声地叫唤。那也得挺着朝前爬呀，黑铁塔在后面跟着哪，若是停下，指不定还得挨多少脚呢！

二人到了地室后，庞荣先用绳子把小金佛捆上了，推入齐柳云曾住过的第二间屋。然后叫进站在木门外看守的弟弟，吩咐他赶紧上前院儿正房，让小满堂去东大马架子请茗兰妹子前来。庞庆应声儿跑了出去，到了东屋向小满堂交代完毕立马返回，庞荣风趣地叮嘱道："庞庆啊，务要严加看管乌三儿和小金佛，时刻警惕外人进入地室，不能出半点儿差错。我须返回洞穴口儿等着那个女飞贼，咱可不能慢待人家，本爷爷得亲自去接呀！"

庞庆笑着点头称是，并请兄长放心，一定照嘱咐办，还顺手扔给一

第一章　囚困江城

171

个布袋子。庞荣接过围在腰间，推开地室尽头的木门登上台阶，按原路爬回洞穴入口，再脚踏石碇子绕到石崖的平坦处。四下踅摸一圈儿，没发现什么异常，重又藏入草丛中，解下腰间的布袋子，抓出一把干炒大麦米放进嘴里嚼着，两耳倾听着周围的动静。

　　两个时辰过去了，别说有人来呀，连天上的飞鸟也不曾落地。然庞荣并不急，认定只要小金佛进北山没按时回返，白面娘子心里有鬼，肯定坐不住，必会前来查看或接应小金佛。他相信自己的判断，所以一直没动，耐心地半躺于草丛中微闭双目养神。刚近申时，忽然从羊肠小道儿那边传来了响动，耳尖的庞荣侧耳细听，乃一女人走路发出的踢踢踏踏声儿，脸上露出了一丝笑容，自然自语道："有门儿，终于光临了，等的就是你！"

　　脚步声越来越近，庞荣屏住呼吸静伏在草丛中，忽觉耳边一股儿小风吹来，随之一个身披蓝斗篷的女子从草丛旁疾步而过，小心翼翼地脚踩石碇子绕到洞穴口儿，拨开枝叶低头钻了进去。来者何许人也？没错，正是大名鼎鼎的白面娘子，不能不佩服鹰爪消魂侠的料事如神哪！原来小金佛一早离开家后，白面娘子也起床了，收拾收拾屋子，扫扫院子，洗了几件衣服，这才去厨房生火做饭，等待小金佛回转。饭菜做好了，摆在桌子上，然后搬起一把椅子坐在门口儿往外望着。可左等右等没个动静，两个时辰过去了仍不见影儿，饭菜早凉了，原本就心神不宁，这会儿便犯了寻思："小金佛天刚亮就走了，这都快晌午了，按说早就该回来了，或许真出啥事儿了？还是欲火烧身了，借机同关在地室那个抢来的齐姑娘鬼混呢？唉，这个色鬼呀，让我又爱又恨又气，啥时候能省点儿心呢！"又过了个把钟头，她的心情愈加焦炙，站也不是，坐也不是，如同热锅上的蚂蚁团团转，实在等不了了，便披上蓝斗篷出了家门，心急火燎地赶往北山，恨不得一步跨进地室。因此，当她攀上石崖的平坦处时，根本顾不上往两边瞅，双目只盯着洞穴口儿，自然也就发现不了隐在草丛中的庞荣，更不会想到此刻正有一双明亮的眼睛于暗处盯着自己。

　　白面娘子猫腰钻进洞穴没几米，忽觉斗篷被刮住了，以为是洞壁突起的石头所致。回头一看，不禁大吃一惊，容颜变色，心里怦怦直跳，只见身后有个壮汉伸过一只大手拽住了蓝斗篷的一角儿，瞪眼瞅着自己。白面娘子可是个久经世面之人，与各色人等打过交道，有着丰富的待人接物之经验，马上灵机一动，瞬间平定下来，显现出一副娇羞的神态,轻拍胸口儿向身后那位高大魁伟的陌生男子风情万种地说:"哎哟,可吓死奴家了,我当是谁呢,原来是位官人呐。奴家上山采药,突然内急,想找个地儿方便一下,恰好发现此处有个地洞就进来了。光天化日之下,官人跟在后面成何体统?让奴家无地自容啊!"说罢,一手半遮着脸,一手提着衣裙下摆欲出洞,佯装早已被尿憋得急不可待了,得赶紧寻个适当的地方解手。

庞荣当然清楚她这是装模作样给人看,并未立即揭穿其谎言,而是一声不出地退了出去。待白面娘子出洞刚一起身,庞荣就势扯过右胳膊往前一拽,再以左手压其脖颈,来了手儿"扑掌千钧闸",使其动弹不得,别说一个女子,就是力大无比的武夫也撑不住。白面娘子顿时觉得全身瘫软,酸痛彻骨,没有丝毫的挣扎之力,一屁股坐在地上了。她想尽快摆脱眼前这个不速之客,离开此地,便一计不成又施一计,假装脚崴了,一边揉着右脚脖子,一边大哭道:"哎呀,奴家的脚崴了,好疼啊,走不了啦,都是让你一扯一拽给弄的,哎哟哟……"

庞荣冷笑一声,随即从腰间抽出牛耳尖刀,欻的一声将其一绺儿头发削了下来,喝道:"你这女贼,装什么蒜,竟敢跟本爷爷耍花招儿,活腻歪了吧?若再胡闹,就用这把刀给你那张脸添点儿彩,留下几道伤疤作纪念,看看还能称得上白面娘子不?快起来,不是要钻洞穴么,赶紧进去!"

白面娘子一听傻眼了,奇怪呀,他咋知道我的名字呢?立马没了底气,不敢再装了,乖乖站起身半蹲着钻入洞穴,庞荣紧紧跟随。二人一前一后爬过长长的地洞,下了台阶,推开木门进入地室。庞荣抬眼一看,见茗兰妹子正坐在椅子上审问乌三儿和小金佛,尤公子、小满堂、庞庆在一旁听着,遂将白面娘子也带了过去,让她老老实实蹲在地上,问啥答啥,听候发落。

乌三儿、小金佛、白面娘子终于三头对案了,当茗兰问起物品被盗的来龙去脉时,地室里可热闹了,乌三儿是一推六二五,一口咬定车马及东西乃小金佛和白面娘子所窃,送到地室让他保管,自己是不得已而为之,顶多犯了窝赃之罪。小金佛承认参与了行窃,但非主谋,而是受白面娘子的指使。还说什么所有物品均保持原样儿,并未损坏,一件没少,拉回去就得了呗,有啥大惊小怪的?白面娘子摆出一副满不在乎的架式,大包大揽,声称此举乃自己一人所为,与他人无关,要杀要剐随便!茗兰一听气坏了,霍地站起身来,声色俱厉地说:"乌三儿、小金

第一章 囚困江城

佛、你俩给我闭嘴吧，狗咬狗一嘴毛，再为自己争口袋，也是人中的败类。俗话讲得好，若想人不知，除非己莫为，这回领教了吧？总有露馅儿的那一天。白面娘子，别以为自己挺仗义，没人欣赏，干的坏事儿还少么，臭墨变不成白玉！"

　　乌三儿和小金佛你瞅瞅我，我看看你，或许是被茗兰的气势吓住了，低下头不再吱声儿了。白面娘子则不然，狠狠地睐了茗兰一眼，用鼻子哼了一声，双手抱膀晃着脑袋一脸的不屑。

　　茗兰从白面娘子揽下全部罪责的做法分析，认为她绝非此次偷窃的幕后操纵者，而是具体实施者，只要能使其开口，一些奥秘才会迎刃而解。从她的举止行为上看，是个典型的烈性女子，桀骜不驯，江湖义气十足。对这样的人单纯采取强硬手段显然是不明智的，必须以情感之，以心待之，以言化之，软硬兼施，方可收到预期的效果。此刻已是酉时，考虑到与其僵持下去，不如让白面娘子冷静冷静，毕竟事发猝不及防，给她留出点儿思考的时间，不是没有可能出现转机。于是吩咐庞庆留下继续看守，叫上成额、庞荣、小满堂出了地室，推开后小门儿来到前院儿，打算先同乌大娘、小甜丫、阎彩玉、齐柳云、冯秀清一块儿吃晚饭，然后接着审，务必弄清物品被盗之缘由，还其本来面貌。那么，审的结果怎样？白面娘子的身世如何？丢失的东西是否物归原主？请听我朱伯西继续讲唱下章乌勒本。

第二章　智斗群魔

话说尤成额与茗兰、庞荣、庞庆、小满堂回到了前院儿正房东屋，见三位女子刚刚备好了晚膳，七碟八碗摆了一桌子，香喷喷的，还冒热气呢！汪氏招呼大家赶紧坐下，有啥事儿吃完再办，一会儿饭菜该凉了。又把一个柳条筐递给小满堂，吩咐道："孩子，去后院儿给你庆哥送去，光咱吃饱哪行啊，不能饿着他。"

满堂接过，掀开盖在上面的白布一看，筐内又是盘子又是碗的，皆盛满了饭菜，便调皮地说："哎哟，大娘可真向着二哥呀，好嚼裹儿都给他啦！"

汪氏伸出手指爱抚地点了一下他的额头道："小鬼头，又耍贫，快去吧！"满堂随即挎着筐儿乐呵呵地出了门。

大伙儿围桌而坐，边吃边聊，有说有笑，像办喜事儿似的，其乐融融。或许是红砖瓦房头一回有这么多人，小甜丫高兴极了，亲昵地靠在奶奶身边，忽闪着一对儿水灵灵的大眼睛瞅瞅这个，看看那个，都忘伸筷了。坐在一旁的齐柳云边为其夹菜边笑着逗趣儿道："哎，我说小甜丫，挺聪明的孩子这会儿咋傻了？光瞧肚子就能饱哇，快吃呀！"大伙儿一听全乐了。

此刻，尤成额的心情比谁都舒畅，可以说自打离开京师，从未如此痛快过，既为被窃物品完璧归赵而庆幸，也为事情出现转机而兴奋。未承想陪同自己一起赴吉的个个堪比包文正，不怕吃苦，颇有见地，以智捉贼，以据断案，揭开谜底指日可待。尤其是美貌贤惠的夫人更胜一筹，胆大心细，善于动脑，很有魄力。一个弱女子竟具有大丈夫气概，只要认准必办的事儿决不轻言放弃，不愧为总督大人的外甥女，让人打心眼儿里佩服，今生迎娶了这样明事理、有能耐的妻子乃成额之福啊！不仅如此，桂良大人太有远见了，为了晚生和夫人的安全，暗中派来赛过南侠的少林好汉庞氏兄弟予以保护。二位师父乃英雄豪杰，身手不凡，其精湛武技匹马单枪可抵百人，且人品出众，遇到不平事必出手相帮，刚正的气节够我学一辈子了。来到吉林快两个月了，由于事事不顺，从未睡过一宿安稳觉。这下好了，心里踏实了，可以舒舒服服睡上三天三夜了。更不用返京师了，江城这片黑土地即是我大显身手的地方，任职官学教习之后，能把多年来学到的知识倾力教授于子弟，为大清造就人才出力，才算不枉来世走一回。惟如此，方能对得起所有关心我并寄予厚望之前辈，也无愧于夫人的一片痴情……正寻思呢，小满堂回来了，向二位主子禀道："少爷、少奶奶，刚才我把柳条筐交给庆哥后，又进地室看了看，乌三儿和小金佛都瘪茄子了，抱着脑袋坐在炕上唉声叹气的，一句话也不说。白面娘子与他俩不同，像没事人儿似的，还有闲心照镜子呢，看我进去眼皮都不挑。听庆哥讲，她不仅不服，半句软话没有，还唱起来了，一遍又一遍地哼哼同一首歌，就会那么几句破词儿。依我看哪，她是在故意叫劲，根本没瞧得起咱。对这种人不能客气，务必得给点儿颜色看看，好好儿惩治惩治，否则……"

说到这儿，尤成额打断道："小满堂，住嘴，不得胡言！如果白面娘子哼的不是什么淫词秽语，唱唱何妨？"转而又冲茗兰道："夫人，你知道的，在百姓中流传的歌谣大多生成于民间，传唱于民间，男女老幼皆喜欢听。不知白面娘子哼的是民谣呢，还是随口编的，无论什么歌儿，肯定是咱没听过的。不如现在就去地室听听，必要的话，将歌词、曲谱记录下来，再问问此歌儿从何而来，快走吧！"

茗兰笑道："成额，你急的哪门子？饭还没吃完呢，待吃饱再去也不迟呀！"

过了两袋烟的工夫，大伙儿用罢晚膳，齐柳云、阎彩玉、冯秀清开始拾掇桌子，把碗、筷、盘、碟端到后厨房。早已急不可待的尤成额起身就往外走，茗兰、庞荣以及手提两个竹篮子的小满堂随其后，4人出了屋门进入后院儿的那趟平房，从圆门处一磴一磴地下了土台阶，庞庆见他们来了，忙迎上前道："公子、妹子，这里暂时没啥事儿，乌三儿和小金佛比较安静，始终不出声儿。白面娘子不太好管束，既不害怕，也不犯愁，可能是闲得慌，竟放开嗓门儿唱起来了，还没个完。我制止多次了，她根本不听，反反复复就唱一首歌，嗓子号干了，便嚷着冲我要水喝，可倒不受屈。这个女人看上去很有心计，精神头儿蛮足的，损招儿也不少，自己不愿歇着，还想法儿把别人拖垮，一直在折腾，真恨不得进去狠狠拍她一顿！"

茗兰笑了笑道："庆哥辛苦了，面对这样的人光急不行，得慢慢来，直至开启她的口并情愿竹筒倒豆子和盘托出，咱的目的才能达到。你先回前院儿歇歇，喝壶茶精神精神，这儿有我们呢！"

庞庆点点头道:"好吧,我一会儿就回来,你们小心点儿!"说罢转身离去。

庞荣抬手刚要开第一道木门,恰在这时,地室里传出了白面娘子的歌声,茗兰马上以手势制止。4人停在门前,屏气凝神细听之,曲调时而高亢,时而低沉,是这样唱的:

> 人生何怕苦中苦,
> 苦里求乐方为足。
> 知苦才知艰辛路,
> 知苦才知福难图。
> 时人有句口头禅,
> 不尝苦中苦,
> 难得甜中甜,
> 若知甜来难,
> 休恋安逸不动肩。
> 万事求吉顺,
> 靠天靠地虚妄言,
> 全凭搬倒油瓶自己扶。
> 莫靠莫挨莫攀莫比莫诉冤,
> 空伤肝肠谁哀怜?
> 茅房露天,
> 再苦的世道自己度,
> 养就一生的洞窟自己堵。
> 苦不恨,
> 苦不馁,
> 苦不移。
> 习惯苦,
> 苦练人,
> 练性练心练禀赋,
> 越苦越舒服,
> 苦尽甘来才是福。
> 遇难不打怵,
> 逢苦像吃素,
> 天下何难求?

第二章 智斗群魔

> 人生何惧苦？
> 丈夫苦中求，
> 英雄苦中出。
> 细考前贤众如云，
> 尝尽苦寒铸名禄。
> 济世驱邪英雄汉，
> 苦海修身著奇书。

这首歌谣乃满洲发祥之地辽东一带极为流行的《苦字歌》，因歌词激奋人心，鼓舞生存之斗志，故而受到黎民百姓的普遍欢迎，人人爱听爱学爱唱。此歌是在怎样的社会背景下产生的呢？前书讲过，当时社会动荡，秩序不安定，物价飞涨，贫富悬殊，流民日炽，卖官鬻爵日甚，卖女鬻男随处可见。辽东故地也同样不宁，土匪、行帮肆行无忌，盗贼昼伏夜出。由于生活所迫，闯关东的汉人越来越多，使得关内的赌风、恶俗随之而至，赌局、宝局、妓院娼楼充斥了大小乡邑。佣工劳作之苦，匠人谋生之苦，书生求职之苦，百姓断炊之苦，处处苦苦苦，朝夕苦难度，在这种情况下，《苦字歌》问世了，不知是何人、也不知从何地首先唱起来的，渐渐唱进了每个家族，唱进了每个人的心里，唱出了深埋心底的呼声，唤起了人们对美好生活的向往。

尤成额的确是头一次听到《苦字歌》，非常喜欢，虽然不知何人作曲、填词，但用心琢磨琢磨，细细品味其内在含义，觉得是一首催人上进的好歌儿，值得传唱。它不仅准确表达了底层民众的所思所想，而且告诉人们，人生既然与苦相伴，就应乐观面对，不要气馁，苦中求乐，必将苦尽甘来。茗兰对《苦字歌》也特别感兴趣，听得入了神，并情不自禁地随其轻轻打着节拍。白面娘子唱完一遍了，茗兰方回过神儿来，对尤成额说："夫君，地室里终日见不到阳光，阴凉之气甚浓，你那身子骨儿恐怕禁不起。此歌儿既然听过了，就别进去了，我跟庞大哥、小满堂去看个究竟便可。今晚咱不回东大马架子了，留宿在乌大娘这儿，你先回前院儿歇着吧！"

尤成额尊重夫人之意，点点头表示赞同，转身上了土台阶，回到前院儿。进了东屋，见小甜丫已把茶沏好，遂坐在椅子上与乌大娘一块儿对饮，边闲聊边等着茗兰他们。

茗兰、庞荣、小满堂目送尤成额离开后，推开门进了地室，径直来到第三间屋，只见木门大开着，白面娘子早已脱下了蓝斗篷，上身儿着淡绿底黄碎花绸袄，下身儿穿水粉底紫花缎裤，双手叉腰站在地当间儿，面部表情丝毫未流露出半点儿紧张或歉疚之意，好像专门来此逛逛似的，东瞅瞅西望望，悠然自得。见茗兰等3人站在门口儿，小满堂手中提着两个竹篮子，知道这是给送饭来了，便故意不瞅他们，眼睛看着别处，旁若无人地说："哟，来得还真是时候，本娘子的肠子肚子早就打架了，咕噜咕噜直叫。在没填饱肚皮之前，先唱首歌儿亮亮嗓儿，也好多吃点儿。没人心疼咱，自己总不能亏待自己呀，得好好儿活着！"说罢清了清嗓子，扭着屁股在屋里转了一圈儿，高一声低一声地唱了起来，根本不是正经八百地唱，调门儿都跑南天门去了，那样子让人看了既可气又可笑。

小满堂实在忍不住了，把竹篮子往地上一放，指着她的鼻尖儿大声儿制止道："行了，你这不知羞耻的女贼，别号了，没看见少奶奶来呀？要进大牢了还瞎折腾，临死都不留个念想儿，有啥脸面去见祖宗啊？听好了，别怪我事先没警告你，如果再号，小心割掉你的舌头！"

白面娘子不甘示弱，先是昂起头挺直腰板儿冷笑两声，继而撇着嘴反唇相讥道："笑话，从阴沟飞出的苍蝇竟敢乱嗡嗡，世上还有不许唱歌之理？也不打听打听本娘子何许人也，以为放个狗臭屁就能被吓住哇？告诉你，没人怕那套，死也死个仗义。受大刑的我见得多了，割舌头算啥呀？本娘子不在乎，到头来还不知谁进大牢呢！"

茗兰并未动气，双眼盯着白面娘子的一举一动，心里思摸道："通常情况下，窃贼暴露后的表现大多都是色厉内荏，表面逞能、豪横，内心怕得要命。白面娘子却不然，似乎刀砍斧劈皆不惧，难道真是滚刀肉？就像俗话讲的，屎壳郎掉进油锅硬挺着？我看不见得，她没那勇气，用不着理会。"想至此，便冲小满堂使了个眼色，意思是不要发火儿，先用膳，等她吃饱了再说。小满堂当然得听主子的，立马照做，把其中一个竹篮子里装满米饭、菜肴的盘子、碗取出摆在桌子上，再放一双筷子。然后又分别去了靠着木门的那两个房间，即第一间和第二间，将另一个竹篮里的吃食端给了乌三儿和小金佛。

茗兰还真行，办事精明稳练，遇难容之愤不急不躁，显得很有耐性。此刻，她不动声色，静静地看着早已饿急了的白面娘子大口大口地嚼着，待吃完放下筷子了，方走到跟前和颜悦色地说："白面娘子，论年龄，我得叫你妹子，姐姐是来看你的，没有丝毫歹意，咱姐儿俩坐下唠唠好吗？"

第二章 智斗群魔

此话一出，白面娘子一下怔住了，或许是太出乎意料了，一时不知如何回答好了，暗自思量道："原以为这几个人二番脚返回来，肯定是找我算账的，质问为啥将别人的东西窃为己有？有否估计到此举会给初来乍到吉林的公子一家带来难以承受的困难？作为一个有娘生、父母养的女子，缘何放着阳光大道不走而偏走独木桥？是啊，他们平白无故受到伤害，有太多的理由兴师问罪。可奇怪的是眼前这位太太不仅不咄咄逼人、穷追不舍，还礼貌地称我为妹子，平等待人，语气和婉，态度诚恳，没有一点儿贵妇人那种高高在上的架子，表现出极大的尊重。从她的言行举止比照一下自身，显然相形见绌，自己的做法未免过分了。人心都是肉长的，你敬我一分，我敬你十分，既然能把我当人看，也得对得起人家，不该再胡闹下去了。"想到这儿，没说什么，只冲茗兰点点头，回身顺从地坐在炕沿边。

茗兰长出了一口气，随即走到炕边坐下，亲切地说："妹子，我和夫君都喜欢你刚才唱的歌儿，非常好听，唱出了世道、人情。请问那是一首什么歌儿呀，从哪儿学来的？听说流传甚广，颇受欢迎，辽东一带会唱的人多得是。如果民众皆能按歌儿中所言去做，莫靠莫攀莫诉冤，不惧苦，苦中求乐，练性练心练禀赋。那么人人都会有出息，遍地是英雄好汉，济世驱邪，除暴安良，必将迎来大清社稷的盛世、黎民百姓的吉祥。"

白面娘子听罢，显然被茗兰的一席话感染了，脸上渐渐没有了敌意，情绪也缓和下来了，语气平静地开口道："这首歌儿的歌名为《苦字歌》，我是跟爷爷学的，难道你们没听过？吉林、盛京、黑龙江三地的大人、小孩儿几乎全会唱。"

茗兰赶忙拿出纸笔请求道："妹子，能否再给姐姐唱一遍，我想把歌词、曲谱记下来，日后和夫君一起学着唱。"

白面娘子爽快地答应道："好哇，既然太太想听，我就唱。"于是特意将节奏放慢，认真地、一句一句地哼起了《苦字歌》，在场的人听得十分真切，茗兰一字不落地记录着。

白面娘子唱完后，茗兰收起笔和纸，说道："妹子，听了《苦字歌》，我觉得它应是在底层苦熬岁月的黎民百姓以及正人君子喜欢唱的歌儿。从你的衣着看，生活安适，不缺吃不少穿，却偏偏也爱唱这首歌儿，这似乎与妹子的身份不符，何况又落到这步田地。"

未承想茗兰的这番话却惹恼了白面娘子，只见她脸子一摆，摆出一副玩世不恭的架式，似笑非笑地问道："太太，我是什么身份？又落到什么田地？不就是牵走3匹马、拉走一车东西嘛，有啥了不得的？你们也看见了，除了车马之外，所有的物品都在这儿，而且完好无损。我们既没自己用，也没送给别人，只是保管些日子而已，这能叫偷吗？说实在的，倘若不是为了帮助朋友走出两难境地，我堂堂白面娘子怎会被你们弄到阴冷的地室遭罪受屈呢！"

3人一听，不禁全乐了！可倒好，白面娘子竟然也感到委屈了，偷了人家的行囊、物品并藏匿起来，不但不道过儿，反而有理了，这不是倒打一耙么？茗兰是个细心人，认为白面娘子话里有话，此事不那么简单，好像有什么不可告人的秘密藏在心里，起码现在不打算和盘托出。既然不想讲，咱也别紧逼，那会适得其反，于是岔开话题，笑着问道："妹子，依姐姐看，你爷爷不会是位于田野中扶犁耕地的农夫，而是在哪儿当差吧？要不然怎能喜欢、欣赏《苦字歌》并教你唱呢，莫非是他编的不成？"

白面娘子一听问到了自己的爷爷，脸上顿时显现出崇拜、自豪的神情，又感到十分惊讶，万分不解，瞪着一对儿美丽的大眼睛一本正经地说："太太，你是开玩笑还是故意耍我呀？要说你不全认识这里有头有脸儿的大人，一点儿不奇怪，短时间内不会都接触到。可竟然不认识我爷爷，而且从未听说过，也太孤陋寡闻了吧？这不让人笑掉大牙么！可以扫听扫听，我爷爷的大名在辽东一带叫得最响，如雷贯耳，无人不知，无人不晓。"

始终没吱声儿的庞荣着急了，一摆手道："白面娘子，别卖关子了，我家主子是从京师来的，怎会清楚辽东这块儿的人和事？再说了，又没报出你爷爷的字号，天王老子也估摸不出他是谁呀，除非是神仙。"

白面娘子越发洋洋得意，晃着脑袋说道："我爷爷可不是寻常人，不仅是我的救命恩人，也是数百里人家的活菩萨，大伙儿都习惯称其为'土地爷爷'。辽东一带的百姓皆知，我爷爷手中的权力是受皇封的，黑龙江、松花江沿岸的土地全归他管，重新进行清查，分配给谁家多少田亩、牛具、拨多少种子也是他一笔定夺，还管各旗主、王爷、贝子应享用多少田亩。那些私占土地之人一看见我爷爷，就像耗子见了猫似的，惟恐避之不及，有条地缝儿都能钻进去。他铁面无私，刚直不阿，就是个活老包在世、玉皇爷属下的土地佬下凡，威名显赫，可厉害了。"

茗兰倒很有耐心，接着问道："妹子，这位土地爷爷姓甚名谁，能

第二章 智斗群魔

181

告诉姐姐吗？"

白面娘子回道："我爷爷叫富俊，乃当朝名宦、国之栋梁，曾三任吉林将军。你们光知道桂良总督，当然那也是朝廷重臣，不过在土地爷爷面前却矮半截儿，只要这二人相见，桂良大人必得首先撩衣下拜叩见老先翁。"随之话锋一转："唉，说起来呀，我心里挺憋屈的，因为你们小瞧人了。吉林、双城堡一带谁不知我白面娘子呀，将军衙门的上下人等乃至副都统哪个不高看我一眼哪，说不定啥年月你们能求着我呢！眼目前儿本娘子是潜龙困在干水滩、王八掉进灶坑里，不得不暂时受点儿窝囊气，为朋友两肋插刀也值，反正没几天了，到那时看谁还敢欺负我。"

茗兰、庞荣、小满堂听罢，个个面面相觑，哑然失惊，白面娘子怎么知道桂良总督？听口气还不满足现状，且蛮有信心，认为自己不久的将来必有出头之日，我们反而被人欺，这是哪儿跟哪儿呀？是不是她口无遮拦，光天化日之下自吹自擂、在那儿胡诌哇？庞荣刚想发问，茗兰手一摆，不让插言，心里琢磨开了："白面娘子说得对，天外有天，人外有人，不能小瞧这个窃贼。从外表看，她是位美貌的年轻女子，清秀、俊俏，有着天生的玉质娇态。史书上所记载的赵飞燕、貂蝉、西施、王昭君等，只限于以文字品评之美，不能见其人。而吉林的白面娘子可列美女之首，那是真美，不仅男人看了觉得美，女人见了也无不赞叹，称得上塞北一枝花。乍一见，定会以为蟾宫中的嫦娥下凡坐在你面前，令人神往。可惜呀，她没遇到好人，或许为了生计变得风流无度，不得不干些下贱勾当。从其所言分析，车马和物品被盗不是偶然的，而是与所谓的朋友须办的某件事有关。盐从哪儿咸、醋从哪儿酸，务必得弄清楚，惟如此，方能在吉林站住脚，夫君也能真正干点儿营生，不至于再被算计。看来白面娘子的背景不一般，有来头儿，兴许是吉林的灵通人士，对我们很有用，恨也好，气也罢，没必要与其计较了。重要的是要耐住性子予以应对，不公开顶撞，尽量顺着她，若能从其口中探出究竟，这些天就没白费功夫。"想至此，遂冲庞荣、小满堂盼咐道："荣哥，你俩先回正房吧，帮着乌大娘收拾收拾屋子，打扫打扫院子。老人家毕竟年纪大了，光里外忙乎就够累的了，你们多干点儿，她就能多歇歇，不可再给老人添麻烦了。我暂时留在这儿，单独跟妹子唠扯唠扯，姐儿俩有好多话要说呢！"

二人听后，小满堂把3个房间的空碗、空盘子拾掇到一块儿，装入两个竹篮子里，一手一个拎着出了屋。庞荣怕茗兰一个人留下不安全，万一有个闪失，后悔就晚了，便站在那儿没动地儿。茗兰见状，冲他使了个眼色，并朝入口儿处努了努嘴，意思是放心走吧，不会出事的，这会儿庞庆早回来了。庞荣会意，转身离去，走到木门口儿，见弟弟果然守在那儿。又仔细叮咛一番，务必看管好乌三儿和小金佛，确保妹子的安全，不可粗心大意，庞庆边听边点头称是。交代完毕，这才登上台阶，出了圆门。

此时，地室的第三个房间里只剩下茗兰和白面娘子了，二人上了炕，相对而坐，屋内静静的，没有一点儿声音。茗兰看着白面娘子轻声儿说道："妹子，我觉得女人之间唠嗑儿方便些，想说啥就说啥，不用顾忌，所以才把两个男人打发走了。你方才讲了，认识个最了不起的爷爷，而且是妹子的救命恩人。如此看来，咱姐儿俩都与朝中的不少大人打过交道，不是夸口啊，谁没个仨亲俩厚？哪个家族不认识个当朝进士、都统或总督大人？没啥稀罕的，咱不讲那些没用。妹子刚才提到的那位教《苦字歌》的爷爷富俊曾三任吉林将军，眼下负责土地的清查、分配，大家皆叫他'土地爷爷'，这个官衔倒是头一次听说，能不能给姐姐讲得详细点儿？"

白面娘子却没有任何反应，像未听见似的，紧闭嘴巴不开口。看其神态，眉头紧皱，若有所思，心绪乱如麻，是想起了不堪回首的往事？还是对这位太太存有戒备之心？不得而知，很难猜得透。茗兰也不急，往白面娘子跟前凑了凑，目光落在她那纤细白嫩的左手小拇指上，不由得哎呀一声，忙问道："妹子，这小拇指怎么短了一截儿？噢，我知道了，是被母亲咬掉的吧？据讲这叫'亲娘迹'，说明妹子的生母去世早，成了没娘的孩子后，是父亲把你养大的，肯定吃了不少苦、遭了不少罪吧？好苦命的妹子呀！"

白面娘子本是个十分要强的女子，很少在人前流泪，眼下身边没人关心她，疼爱她，更没人过问小拇指少半截儿的缘由。没想到坐在对面的太太如此细心，一眼便看出生母给女儿留下的苦命印迹，而且同情她，可怜她，心头一阵酸楚，眼眶溢出了泪水，顺着脸颊一对儿一双地往下掉。茗兰掏出丝帕为其拭泪，轻声儿抚慰道："妹子，别难过，是姐姐不好，往事如烟，都过去了，不想了。"接着又以轻松的语气说："妹子是不知道啊，姐姐的命运还不如你呢，从小父母丧亡，连二老长得啥样儿都记不得，是姥爷和舅舅把我养大的。或许是同病相怜的缘故吧,我对过早失去双亲的兄弟姐妹格外同情,也理解他们的处境、心态,几乎个个性格刚强,敢于闯荡,再苦再难不轻易放弃。姐姐是个不怕苦、不服气、不认输的人,而且觉得妹子跟我的禀性一样,所以很愿意亲近你,即使再有错儿,也不往心里去了。姐姐真希望今后能与妹子好好儿相处,相互关心,相互体贴,相互帮助,成为最好、最亲、无话不谈的好姐妹。"

茗兰的这番话,犹如一股和煦的春风吹散了白面娘子头顶的阴霾,像一把钥匙将禁锢多年的心灵之窗打开了,骤然间仿佛变成了另一个人,不那么执拗、倔犟、自以为是了,而是显得那么柔弱,那么温顺,那么楚楚可怜,张了张嘴却哽咽得一句话也说不出来。茗兰又道:"妹子,有什么话尽管说,别憋在心里。想哭就痛痛快快地哭出来,没人笑话,那样会好受些。"

白面娘子再也忍不住了,一头扑到茗兰的怀里放声大哭,边哭边叨咕:"我的命好苦啊,孤零零的,没人疼没人想……"双肩不停地抖动,哭声悲凄,令人心碎,往日的铁女子成了泪人儿。

茗兰也被深深感染了,双眼噙着泪花儿,紧紧搂着白面娘子,就像终于等来了远方的亲人回到自己身边,生怕再离开,此前对她的厌恶感一扫而光,取而代之的是发自内心的同情,暗暗感叹道:"唉,世上有太多遭遇不幸的苦命人,他们身陷困境,度日如年,在无底深渊中挣扎,只不过各有各的辛酸史、各有各的长恨泪罢了。"

过了一会儿,白面娘子渐渐止住了哭声,坐直身子擦了擦满脸的泪水,面带愧色打了个唉声道:"咳,我做了对不起你们的事,心里明镜似的,没资格认你这位善良的太太做姐姐。可我身边连个亲人都没有,常常觉得孤单无靠,又多想叫你一声姐姐呀!太太说对了,我的确是个苦命之人,出生3个多月亲娘就死了。9岁那年发大水,继母被洪水吞没,父亲倒在了逃荒路上,与惟一的双胞胎姐姐也走散了,若不是一位杂技艺人把我从水中救起,早已命归西天了。一家人就这样阴阳两隔了,而今不知姐姐是死是活,即使活着,也是天各一方,多年寻找未果,我是日夜思念到如今哪!"说到这儿,又低声儿悲咽起来,让人看了既难过又揪心。

茗兰轻轻拍着白面娘子的肩膀抚慰一番,然后高声儿唤庆哥,庞庆应声而入,茗兰说道:"这里又阴又凉,通风还不好,呆长了会做病的。我带妹子出去,今晚只能打扰一下乌大娘了,在她家住一宿,趁此机会我们姐儿俩好好儿亲近亲近、叙谈叙谈,听妹子讲讲这些年来发生在身上的故事。庆哥,你要精心看管乌三儿和小金佛,不得出差错,别忘了给他们送水喝。"

庞庆边点头边应道:"知道了,放心上去吧!"

茗兰交代完毕,叫上白面娘子下了地,二人手拉着手出了地室,来到前院儿的正房,径直走进东屋后面的小暖阁,让白面娘子先上炕歇着,转身又出来了,把准备留其夜宿之事告知了乌大娘。汪氏很是通情达理,满口答应,随即打开柜子,把里面的新被褥拿了出来,抱到后暖阁铺在炕上,并顺手往灶坑里添了一把柴,说是将炕烧得热乎乎的,躺在热炕上唠嗑儿才舒坦。小甜丫也忙开了,跑到厨房取来杯子,沏了满满一壶茶端到小暖阁放在炕桌上。庞荣和小满堂自然得看主子的脸色行事了,对白面娘子不但没有了敌意,而且显得十分热情,又端洗脸水又送毛巾又嘘寒问暖的。大家的这些举动及真诚态度,令白面娘子感动不已,万万没想到偷了公子的东西,人家不仅没打没骂,还以礼相待,送给吃的喝的并领出了地室,跟太太住在一起。越寻思越觉得这几个人善良、仁义,由此联想到了救命恩人土地爷爷,相比之下,自惭形秽,无地自容。

这一晚,茗兰与白面娘子盖着一床被子躺在舒舒服服的热炕上,没有丝毫困意,整整聊了一个通宵。白面娘子时而哭泣,时而笑骂,时而抱怨,时而愤怒,述说着自己的苦难人生及难言之隐,也讲了许多外人不知道的事儿。茗兰认真、仔细地听着,时不时地插上两句,忽悲、忽怜、忽惊、忽忧,完全陷入了白面娘子的一腔愁绪之中。通过推心置腹的交谈,印象随之改变,从怨怼变为同情,从同情变为尊重,恨不得立即将其从痛苦的深渊中解救出来。二人越唠越投缘,越唠越理解对方,感情也愈加融洽,甚至相见恨晚。她们搂抱在一起,哭诉在一起,抚慰在一起,抹着擦不干的泪水,说着悄悄话儿,越说话越多,没完没了,最终成为一对儿心心相印的好姐妹。到了东方露出鱼肚白时,住在东屋的成额公子、庞荣、小满堂也凑过来听,陪着她俩一起聊。庞庆因有要务在身,负责看管地室及院内的巡查,同样一宿未合眼。惟住在西屋的乌大娘、小甜丫及阎彩玉、齐柳云、冯秀清睡得香,可谓酣然入梦,一觉到天亮。

这夜是丰收之夜,尤成额一行来吉林已两个月有余,在这么长的时间里,还没有今日一宿对情况了解得如此透彻、详细,犹如从迷魂阵中突然钻出一样,心里敞亮多了。这夜也是交友之夜,白面娘子自打与茗兰等人相识,从此结下了终生之谊,后来竟成为何图哩氏家族的知已,倾力帮其后嗣大显身手。茗兰通过白面娘子的陈述,顿悟到天地之大,人才辈出。原先没有走出家门,接触面儿窄,只钦敬自己的姥爷玉德、舅舅桂良,现在对大清国的驻扎塞北之忠良玉柱同样佩服得五体投地。庞氏兄弟在与白面娘子等人的交往中获益匪浅,似乎发现了久未寻到的三位师兄之踪迹,对恩师长眉长老或许可以有个交代了,从而引发出本部乌勒本众多的人物和故事。诸位阿哥,下面我朱伯西就多费些唇舌,把白面娘子向茗兰所哭诉的凄凉身世、不幸遭遇及生活现状向大家转述一下。

早年,松花江中游著名的支流拉林河水面宽阔,水流平缓,盛产百余种大小鱼类,是漠北平原上驰名的鱼窝子,引来跑关东的很多流民在此安家,网鱼度日。白面娘子的母亲乃武氏家族的后裔,原籍河北乐亭,以务农为生。乾隆末年,在媒人的撮合下,与住在双城堡有色匠手艺的彤家二小子志浩成了亲。嘉庆元年,这对儿年轻夫妇和随身侍女田屏儿挑着担子来到拉林河附近,见这一带林木茂密,水草丰盈,觉得是个挺不错的地儿,便不想再往北走了,就地搭起小马架子住下了。从此,白天剥树皮熬制色料,晚上小两口儿和田屏儿挑灯网鱼,日子还算过得去。转年,夫妇俩被一个姓龙的打牲贝勒招到吉林,开始时,彤志浩是做丹青的艺工,两年后便当上了色艺师傅。何为"色艺师傅"呢?即专门用石料、树漆等熬制出红色和青色这两种颜料,而且吉林的丹青很有名气,不次于河北、河南、湖北。不久,由于彤志浩为人诚朴,勤劳能干,肯于钻研,技艺高超,结果被贝勒爷看中,成了他的跟班。

龙姓贝勒爷是满洲人,很有经营头脑,将丹青庄办得红红火火,顺风顺水。可惜的是53岁那年冬腊月,他突患急症,请到府中诊病的几拨儿郎中皆言没救了,家里上下人等乱成了一锅粥。贝勒爷临终时,把家人唤到跟前,当着大伙儿的面将丹青庄委托给自己的跟班替家族执掌。彤志浩早已是制作丹青的行家里手了,掌印之后,尽心操持,生意越做越大,远近闻名。到了嘉庆八年,又有了进一步的发展,龙氏家族的人个个竖大拇指称赞,多亏丹青庄有位好掌柜,功不可没!就在当年六月,婚后一直未育的武氏怀上了双胞胎,一直盼着有后的志浩高兴极了,逢人便讲,还把左邻右舍请到家中,摆了一桌丰盛的酒席以示庆贺。嘉庆九年甲子春,武氏顺利分娩,喜得一胎双凤。月子里,志浩嘱咐侍女田屏儿好好儿侍奉太太，务要照顾得周周到到，什么活儿都不许她干，调养好身子骨儿比啥都强。可武氏心疼丈夫，本来就过于劳累，如果吃得不顺口，再歇息不好，身体肯定受不了，便不顾田屏儿的劝阻，一次次地下厨亲烹羹汤。初春的天气乍暖还寒，江风吹袭岸边的马架子，武氏由于受寒气而持续高热，血流不止，服了几十服草药也不见强，且病势一天比一天沉重，命在旦夕，志浩心急如焚。

武氏所生的这对儿双胞胎很是招人喜欢，大眼睛，高鼻梁，樱桃小口，皮肤白净，不但长相一模一样，而且高矮、大小、胖瘦也一样，任何人皆难以分辨哪个是姐姐，哪个是妹妹，即使每天帮着体弱的太太伺候两个孩子的侍女田屏儿也无能为力。惟有武氏凭着母性对女儿的特有感知，能够将她俩区别开来，按照河北老家的习惯，亲昵地称姐姐为大白丫，妹妹为小白丫。

一日下响，躺在炕上处于弥留之际的武氏感到极其虚弱，气不够使，一口接一口地喘，知道自己将不久于人世，便把丈夫和田屏儿唤到床前，有气无力地说："志浩啊，老天注定咱夫妻难以偕老百年，我的寿命不永，看不到两个可爱的女儿长大成人了，只能先走一步了。屏儿呀，你老实厚道，心地善良，9年来，咱俩相处得如同姐妹。大白丫、小白丫跟你也挺亲，看不着都知道找了，只要一抱，立马就不哭了，这或许就是前世的缘分。我走以后，希望夫君能收屏儿为续弦，她知疼知热，细心周到，错不了，在一起好好儿过日子吧，两个孩子也交给你们了。唉，大白丫、小白丫是我的心头肉，真是舍不得呀，可又能怎样？只怪我福分浅哪！"说到这儿，难过得低声抽泣起来，志浩和田屏儿一再劝慰，武氏才止住了哭声。她看了看襁褓中的啼婴，慢慢坐起身来，示意丈夫把用花被包着的两个孩子放在自己腿上，吃力地抱起这个，又搂过那个，哪个也不想放下，喃喃自语道："女儿呀，你们的命好苦哇，来到世上不到百天呢，娘就要走了，真是对不住啊，等日后再责怪娘吧！"然后放下其中的一个，低下头一狠心将另一个左手的小拇指末节咬掉，吞进肚子里。孩子疼得哇哇大哭，田屏儿赶忙找出红药面儿敷上，并用白纱布将滴血的手指包好，一旁志浩心疼得噼里啪啦直掉泪。武氏长出了一口气，叮嘱道："夫君、屏儿，你俩要记住，那个左手小指短了一截儿的是妹妹小白丫，这回很容易分清了。"

3天后，武氏咽气了，双手紧紧抱着娇儿不放。志浩和田屏儿难过已极，呼天抢地，泪流不止，哭肿了双眼，将武氏埋葬在马架子西头儿的拉林河畔,可以日夜守望。烧过周年,志浩按亡妻之意,娶了侍女田屏儿,从此大白丫和小白丫由继母抚养。田屏儿是个本分人,性情温和,心眼儿好使,对两个孩子如同己出,十分疼爱,志浩也就放心了。

嘉庆十五年初,过完大年没多久,志浩突感不适,浑身没劲儿,走路稍快点儿就气喘吁吁,虽经郎中诊治仍每况愈下。龙家见彤志浩病病歪歪的,一点儿精神头儿没有,已无力支撑丹青庄,生意日渐萧条,无奈之下,只好把艺工解雇了,关门歇业。

天有不测风云,嘉庆十七年夏,拉林河发大水,泛滥成灾,咆哮的洪水吞没了无数的人畜,冲毁了座座房屋。岸边彤家所住的小马架子也未能幸免,田屏儿被卷进水浪,瞬间便无影无踪了,悲伤的彤志浩只好领着刚刚8岁的两个女儿离家逃荒。江岸边,到处可见逃难的人群,背包挑担,你呼我叫,哭爹喊娘,好不凄惨。重病中的彤志浩一手拉着一个女儿深一脚浅一脚地往前挪,走着走着,忽觉头重脚轻,天旋地转,双腿一软,一个趔趄跌倒在地,再也没有爬起来,两眼大睁着,望着头顶灰蒙蒙的苍穹,企盼天神能护佑他可怜的孩子。大白丫和小白丫扑到父亲身上边唤边号啕大哭:"爹爹,醒醒,快醒醒……"可父亲却一点儿声息没有。

人群中的一位老大爷见此,蹲下身看了看,伸手试了试鼻息,摇了摇头,这才摩挲一下志浩的双眼使其合上,然后拽起两个女孩儿劝道:"孩子,别哭了,人死不能复生,趁天亮快走吧,天一黑更不好走了。"

小姐儿俩听罢,抽泣着站起身来,找块破席子盖在父亲身上,跪在地上磕了3个响头,边抹眼泪边跟着人群踉踉跄跄地继续往前走。由于一天未吃东西了,肚腹空空,小白丫饿得两眼直冒金星,脚步也放慢了,想停下来都难,因为人流推着她往前走。过了一会儿,小白丫抬眼再看时,发现身旁的姐姐不见了,当即吓傻了,赶忙哭喊着在岸边寻找:"姐姐,你在哪儿?我是小白丫,听见没?快答应一声啊!姐姐……"她光顾四下瞅了,不料脚下一滑,被涨起的洪水卷进河中,所幸大难不死,一个年轻后生将其救上岸。此人是谁呢?乃山西运城鼎鼎大名的江湖杂技艺人姓常名祺,人称"常快脚",艺名赛燕青。

常祺小时候特别喜欢玩儿水,家乡的沁河是其习练水性之地,每到夏季,几乎天天泡在水里。一开始,潜入河中半个时辰不出水面换气,渐渐的在水下可呆一个时辰,寨子里的老者皆言此乃奇童,犹如一条小白龙。常祺很想掌握点儿少林功夫,早就闻听河南嵩山登封少林寺名声赫赫，而运城紧挨着河南，来去还算方便。于是就从沁河下水游到河南，经沁阳至桃花峪，再由汜水到嵩山的少林寺，每天往返一趟。师父们打坐的时候，他在旁边模仿，闭目盘膝而坐，调整气息出入，双手放在一定的位置上，心中不想任何事。一段时间后，渐渐与师父们混熟了，便一次次地给他们磕头，请求收为编外弟子。师父们禁不住他的软磨硬泡，只好答应了，从此开始终朝每日跟着习练少林武功。因学得认真，不怕吃苦，不惜流汗，有毅力，所以进步很快，少林功夫达到了一定的水平。

16岁那年，一个偶然的机会，常祺遇到了东坡杂艺班的掌门主师楚东坡，外号儿"小神仙"，也是山西运城人，同样在少林寺学过武功。老先生见到常祺第一眼就喜欢上了，认为小伙子长得一表人才，眉宇间透着一股英气、精灵、聪颖，将来肯定有出息，遂收为门下弟子，起艺名赛燕青。师徒二人此前都曾于少林寺习武，学了不少少林功夫，所表演的少林绝技单指禅、金刚掌等受到热烈欢迎，传遍京师、天津卫，时过不久，常祺便成了杂艺班的顶梁柱。后来他们出关到吉林三姓一带打场子卖艺，演了十几场后，当地没有不知道小神仙、赛燕青少林功夫了得，名声传百里。加之四五十号人的东坡杂艺班人人有本事，个个有绝活儿，让人看了耳目一新，大开眼界，故而每到一地，人们扶老携幼地前去观看。

5个春秋过去了，掌门主师楚东坡年事已高，身子骨儿大不如从前，不能继续参演了，于是决定偕老伴儿返回山西运城祖地颐养天年。临走时，宣布东坡杂艺班的班主由弟子赛燕青接任，希望今后在大家的齐心合力下，杂艺班越办越好，永葆其声名！说罢拱手作别，挥泪而去。

当年7月的一天，东坡杂艺班驾车前往双城堡演出，正赶上拉林河发大水，洪水肆虐，白亮亮的水面上可见一个个小黑点儿一起一伏的，那是被卷进河中的难民在拼命挣扎，高声儿呼救。赛燕青见此情景，第一个跳下车，一面喊："快救人！"一面往岸边跑，师徒们紧随其后，纷纷跳入水中，救出了几十个男女老少。这些侥幸活下来的难民中，经赛燕青亲自救起、打烙印颇深的是个与姐姐走失、哭声儿最响的小丫头，湿漉漉的头发贴在脑瓜皮儿上，脸上一道道儿的泪痕，眼睛都哭肿了。赛燕青将她拉到身边搂进怀里，边哄边给擦泪，并吩咐徒弟找套衣裳给孩子换上，又让随班的女佣包妈妈为其梳洗打扮了一番。这回再一看，

第二章 智斗群魔

嚯！小丫头像变了个人似的，活脱脱一个美丽的小仙女！身着红衣，下穿绿裤，头上扎两个钻天锥。鸭蛋形脸庞，口小，鼻直，脖儿长，忽闪着一对儿水灵灵的大眼睛，时而瞅瞅这个，时而瞧瞧那个。一笑俩酒窝儿，说起话来快言快语，一点儿不显生分，那小样儿特别招人喜欢，谁见了都想亲一亲、抱一抱。问她叫啥名儿？她说父母没给起大号，只知一母双胎，因皮肤白净，便称姐姐为大白丫，称我为小白丫。赛燕青见小丫头个头儿挺高，便问道："孩子，几岁了，属啥的？"

小白丫回道："11岁了，属虎的。"

赛燕青掐着指头算了算，哪是11呀，刚满8岁，小丫头挺好胜呢，想同姑娘们比肩，岁数也往大了报，于是又问道："丫头，既然是属虎的，今年应是8岁，为什么说11呀？"

小白丫答曰："已故继母活着的时候，曾告诉我和姐姐，姑娘家要早些成人，在外头不能报实岁数，那样人家信不着，必须往多了说。我照继母的训教做了，对外报的年龄总大3岁，天天帮着长辈们跑前跑后的，都夸小白丫会办事儿呢！"

话音未落，赛燕青早已笑得前仰后合，边笑边冲大家说："好嘛，咱们杂艺班救了只小老虎哇，此乃吉祥腾飞之兆，从今儿起收下她了，做我的徒弟！"然后转过头问道："丫头，愿意留下学艺吗？"小白丫使劲儿点了点头。

东坡杂艺班班主赛燕青今年二十有一，或许是缘分没到吧，至今尚未成家，自己也不急。然杂艺班的老少爷儿们及身边的亲朋好友反倒挺着急，总惦着这事儿，隔三差五便为其引见个女子，有的还是大户人家的千金，他却没一个中意。师傅小神仙掌门那咱，也曾介绍过两个山西老家的姑娘并收进班里，他照样没瞧上，不是嫌人家长得不漂亮，就是嫌个头儿矮，再不嫌说话不利落、脑筋不活泛等等，反正是一百个不行。师傅没招儿了，气得点着他的脑门儿嚷嚷："穷挑剔啥呀，这个不中那个不行的，那么多姑娘都不如你个臭小子？那好，等着打一辈子光棍儿吧，将来看谁伺候你！"从此再不提此事。

你说怪不怪，赛燕青自打救下小白丫，咋瞅咋顺眼，咋瞧咋喜欢，一下子就相中了，不过并未露出半点儿声色，杂艺班的人谁也没看出班主的心思。他暗下决心，尽全力把小白丫培养成人，凭那机灵劲儿也错不了，定能将我传授的技艺学到手，成为亲传女徒。过个十年八载的，小白丫长大了，到了成婚的年龄并愿意嫁给我时，便可以明媒正娶了，做杂艺班的领班夫人。拿定主意后，赛燕青对小白丫格外上心，照顾得无微不至，那真比侍弄花草、喂养珍禽还尽心百倍。平时，亲自为其调理饮食，挑选最好的裁缝制衣，让包妈妈做贴身女佣，终朝每日不离左右，小白丫成为东坡杂艺班中最娇艳、最受宠的小精灵，受到全班上下人等的呵护。

赛燕青在日常生活中对小白丫颇为娇惯，而教其练功时要求甚严，做得不到位就得挨板子。按说呢，8岁始练杂技，年龄偏大，成材要比年龄小的费点儿劲。不过小白丫的先天条件不错，不但胳膊、腿长而匀称，个子高挑儿，身体柔韧性好，而且聪明伶俐，悟性高，接受、模仿能力强，学什么像什么，一学就会，还十分刻苦。所以尽管练功时间不长，却大有长进，劈叉、下腰半点儿不含糊，甩飞刀、走钢丝、蹬坛子像模像样，不比先练的师姐们差多少。有时感到浑身骨头节儿酸疼得快散架子了，也咬牙坚持，甚至含着眼泪一遍遍地练，直至师傅满意为止。到了可以登台表演时，赛燕青为她的名字犯了寻思："小白丫这个名儿倒挺好听，从其长相、肤色看也十分贴切，可毕竟不是大号，让人一听就是乳名，招牌不好打呀！噢，对了，干脆起个艺名吧，叫啥呢？"思来想去，忽然眼前一亮："有了，就叫白面娘子吧，这个名儿蛮特别的，听起来很响亮，肯定能招徕观众。"从此，小白丫改称白面娘子，既是艺名，又是大号，开始跟随杂艺班到各地打场子卖艺。每到一地，观众人山人海，场场爆满。别看小白丫人小，然功夫硬，所表演的走钢丝、天女散花、滚针圈儿、舞双剑等尤其受欢迎，很多人声称是专为观看白面娘子的技艺而来，随之很快便出名了。

一晃到了嘉庆二十三年，白面娘子14岁了，个头儿又蹿起一块，长成半大姑娘了。每每回首往事，觉得犹如品尝五味，既心酸又甜蜜，内心十分感激班主赛燕青的垂爱。是他，在灾难临头之际，不顾危险救了自己的性命，乃永生不忘的大恩人；是他，将自己收进杂艺班，亲自安排衣食住行，生活上给予多方关照；是他，尽心教会自己杂耍儿技艺，不但可以用来糊口，而且有了立锥之地，不用四处流浪了。白面娘子进入杂艺班的6年时间里，在与师傅的朝夕相处中，亲眼目睹其所作所为，认为那是位心地善良、仗义助人、武艺高强、品貌出众，值得信赖的好男人，并打心眼儿里敬佩。不知不觉中，竟生出一种从未有过的情愫，只要一想到赛燕青，就不由得一阵阵脸红。每当闲下来时，常常暗自思忖："男大当婚，女大当嫁，人人如此。论年龄，师傅早该成家

第二章　智斗群魔

191

了，再过几年等我长大了，若能给他做妻子该有多好，那可是修来的福气，不知有没有这个缘分。"想归想，情窦初开、心性刚强的白面娘子似乎比同龄的孩子成熟早，她把自己的心思包裹得严严的，从未向对方敞开心扉，倾诉一切。日子一天天过去，不是练功，就是演出，每到一地必打听姐姐的下落。歇场时从不呆着，总是为师傅做这做那的，打洗脸水呀，沏香茗啊，执壶斟酒哇，缝补衣裳等等，可谓尽心尽力。这些本是包妈妈的活儿，她却抢着干，从不觉得累，只因心里高兴。

可惜好景不长，转年秋末，赛燕青突患重病，背生褡裢疮，即背痈，身子不能直，走不了路，疼痛难忍。出门时不能坐车，只能趴在担架上，由徒弟们轮流抬着走，更别说参加演出了。背痈这种病特别脏，流出的脓血又腥又臭，连前来为其瞧病的郎中走进屋都熏得直捂鼻子，号完脉赶忙下药方，写罢拿起脉枕拔腿就走，一分钟不多呆。白面娘子却一点儿不嫌弃，给师傅洗脸、洗脚、倒尿盆，还要按时换药，清洗带脓血的纱布、被单，除了演出暂时离开两个时辰外，日夜伺候在侧。杂艺班的人谁见谁夸，皆言班主真有眼力，半道儿捡了个小徒弟，对师傅多好哇！包妈妈更闲不着了，端水、送茶、煎药、做可口的饭菜、打扫屋子，还得时不时开窗通风换气，也是一刻不离左右。尽管床前有两个人细心照料，赛燕青也吃了几十服汤药，然病势并未减轻，背痈红肿溃烂，致使持续高热。身板儿再强壮也禁不起这么折腾啊，他感到浑身无力，一天比一天虚弱，班子的上下人等看在眼里，急在心里。

杂艺班有个叫邵勤的，与掌门主师楚东坡是老乡，同为山西运城人，跟在身边二十多年了，为班子管理财务及日常事务，大家称其为邵管事。此人气量狭小，嫉妒心强，还总想说了算。赛燕青来到杂艺班并成为楚东坡的徒弟后，邵勤见掌门主师对赛燕青多方关照，十分信任，又欣赏其人品，大事小情总是跟这位徒弟商量，觉得自己受到了冷落，心里很不是滋味，背地里便开始想方设法找赛燕青的麻烦，甚至鸡蛋里挑骨头，一心想将其踩在脚底下。遗憾的是他不是那块料，为人也好，本事也罢，皆逊于赛燕青，难以在杂艺班里显山露水，得不到大家的尊敬。自打楚东坡偕夫人回了故土，赛燕青当了新班主，邵勤便以老大自居，俨然成了班子的大拿，可下有摆份儿的机会了，天天吆三喝四、指手画脚的，还分派演出之事，哪儿都能听到他那破锣嗓子高一声、低一声地穷咋呼。赛燕青虽然对他的做法非常反感，但考虑到毕竟在班子里呆不少年了，年纪又大，也就不与其计较，睁一眼闭一眼，并默认由管事统班分派演出之事。邵勤已是快奔50的人了，有家有口的，可老牛偏爱啃嫩草，暗地里早就觊觎白面娘子了，做梦都想搂过来亲一亲、抱一抱，一直想找机会下手，只是碍着班主盯得紧，至今尚未造次而已。加之每当他色迷迷地看着白面娘子时，发现小丫头的目光冷冷的，很是厉害，像一把利剑闪着寒光，故而轻易不太敢靠前。

现在不同了，赛燕青患上了背痈，被病痛折磨得形销骨立，躺在炕上骨碌来骨碌去的，疼得厉害就哼两声，已没精神头儿管班子的一应诸务了。邵勤看在眼里，喜在心头，胆子也大了，有事儿没事儿便在白面娘子身前身后转来转去、张罗这张罗那的，时而主动上前搭讪，问问缺什么少什么，不够他忙乎的了。可费力不讨好儿，白面娘子却嫌其碍眼，不仅不愿搭理，还从心里硌硬。邵勤佯装全然不觉，越贴乎越近，越近胆儿越壮，瞅准机会就调戏一把，那双臭手时不时看似不经意地在小姑娘身上摸来碰去。白面娘子虽然尚未成年，但对这些事儿已经懂了，看也看明白了，知道邵管事对自己没安好心，从此愈加憎恶他，处处提防他，想法儿躲着他。

白面娘子白天随班献艺，晚上伺候师傅，吃不好睡不香，时间长了，一个半大姑娘怎能抗得了？身体开始渐渐消瘦。一日，天刚蒙蒙亮，白面娘子坐在赛燕青的炕前正在打盹儿，邵勤忽然走进屋来，小声儿将她唤醒，说是别搅扰了睡着的班主，赶紧跟我出去一趟，合计一下头午要演的武功段子，言罢转身就往外走，生怕对方不买自己的账。白面娘子也没多想，以为此乃例行公事，便给师傅掖了掖被子，随即跟在邵勤身后出了屋。二人来到院外不远处的凉棚内，坐在长条木椅上，清风吹来，白面娘子不禁打了个冷战。邵勤往跟前凑了凑，一双贼眼上上下下地扫视着对方，装模作样地询问班主怎么样了，昨晚睡得好不好？此刻刚进卯时，晨光熹微，杂艺班的人尚未起床，院门外只有他们俩。邵勤边东拉一句、西扯一句地说着，边环顾四周，见无旁人，猛然侧过身抱起白面娘子就出了凉亭，快速朝西边的苞米地里跑。白面娘子吓坏了，一面挣扎一面大声儿喊叫，可周围没人，谁也听不见。终归年小体轻啊，即使连蹬带踹又抓又打也无济于事，那点儿力气哪能抵得过体格敦实的男人哪，结果愣是被抱进了苞米地扔在垄沟里。邵勤急不可待地将其裤子拽至脚腕处，白面娘子又怕又气又无奈，只好哭着哀求道："邵管事，行行好，饶了我吧，求你了。我还小，过几年长大成人了，再侍候您老人家还不行么？"

第二章 智斗群魔

邵勤冷笑道："嘿嘿，长大了再侍候？小宝贝，我可等不得了，早就想疯了。那赛燕青已不中用了，指望不上了，往后由本管事保护你。今儿个就随了我吧，你不小了，都知道眉目传情了还小么？"边说边低头解自己的裤带。

白面娘子见有机可乘，一翻身弹了起来，提起裤子就往外跑。邵勤一看，眼瞅着到嘴的肉没了，岂能放过？系上裤带赶紧撵。就这样，一个在前头跑，一个在后面追，小白丫的两条腿倒腾得再快，可步子小哇，她迈两步人家迈一步，根本跑不过成年男子，到底还是被撵上了。脸色铁青的邵勤一把抓住呼哧带喘的白面娘子，抡起胳膊左右开弓啪啪抽了两个嘴巴，然后把衣裳全部扒下，从腰间解下绳子将其绑在一棵粗树上，气急败坏地边骂边踢边打，还要对其施暴。

此时，天已大亮，从远处的大道上突然闪出一哨人马，乃巡逻、护路的八旗骑兵。将士们隐约发现前方的一棵大树下有两个人影儿，细一瞧是一男一女，那个女的也看见骑兵了，正冲他们高声儿呼救："兵爷爷，救命啊！快来呀，救救我呀……"

将士们听得真切，立即打马飞奔而至，到跟前一看，只见一个四十八九岁、留着短须的壮汉裤子已褪到脚脖儿，裸露着腚，双眼正死盯着捆在树上、一丝不挂的小丫头下身欲行不轨。偏偏住在附近的几个农夫一大早准备去田里干活儿，途经此地，可倒好，大白天却碰上了难得一见的西洋景，真够新鲜的，于是好奇地围了上来。小姑娘满脸通红，羞愧难当，只能呼喊，任人观瞧，没法儿躲没法儿藏的。

骑兵领队是位年轻的骁骑校，见此情景急忙一抖缰绳，大声儿喝令农夫后退，吩咐兵丁将那一男一女围在中间，背过身去。随即跳下马，上前一脚踹倒短须男子，提起马刀削断捆绑小姑娘的绳子，让其赶紧穿上衣服，并告诉她不要怕，我们是大清丈量土地的护路旗兵。接着又令身边的随从把那个刚刚提起裤子的男子用绳子五花大绑捆上了，提溜起来咕咚一声扔到一边，这才倒出工夫向女孩儿发问："丫头，你是哪里人？大清早不在家呆着，怎么跑到这儿来了？差点儿被歹徒祸害。"

白面娘子未待开口泪先流，遂将自己姓甚名谁、不幸身世以及今晨所发生事情的来龙去脉一五一十地哭诉一番，并对兵爷爷出手相救表示感谢。骁骑校和众兵丁听罢，方知眼前这个可恶的男人原来是东坡杂艺班的管事邵勤，心怀叵测，卑鄙龌龊，道德败坏，想占小女孩儿的便宜蓄谋已久，气得大骂老东西人面兽心，猪狗不如！他们想起了以往观看杂耍儿没银子进场地时，掌门主师楚东坡都答应可以免收，惟独邵管事最刻薄，只认钱不认人，递不上银子说啥不准进。而眼前堆缩在地的正是那个老杂种，个个义愤填膺，牙关咬得咯咯响，一兵丁上前重新扒下他的裤子，抢起马鞭啪啪啪一通儿猛甩，抽得邵勤遍体鳞伤，皮开肉绽，号叫不止，别说站起身走路哇，跪在地上爬都爬不了了。

骁骑校见小姑娘模样儿俊俏，清秀可人，担心没人保护再遭毒手，便道："白面娘子，别在邵勤手下受气了，跟我们走吧，否则这老东西还得欺辱你。旗营的大人心肠儿好，和蔼可亲，同情弱者，会救你出火坑的，愿意去不？"

白面娘子忙不迭地回道："愿意，愿意！不过得请兵爷爷帮小女一个忙，随我到杂艺班去一趟，那里有位重病缠身的班主，也是小女的师傅和救命恩人，我放心不下他，舍不得离开他。谢谢兵爷爷救下小女，救人一命胜造七级浮屠，请再救救我师傅吧，那可是个大好人哪！"

骁骑校听罢，奔儿都没打，当即同意了。遂命身边的武弁牵过一匹马，把邵勤抬起放在马背上，带上两个亲随陪同白面娘子一起前往杂艺班，众兵丁在副领队的率领下继续巡逻。

回头再讲赛燕青一觉醒来，不见了白面娘子，心中甚感奇怪，一大早去哪儿了呢？问身边的人，皆言不知道，当即唤来包妈妈，让她向邵勤打听打听。包妈妈出屋后，很快就回来了，声称邵管事也不见了，问谁都说没看见。正纳闷儿时，忽听院门外传来嘭嘭嘭敲门声儿，听声音很是急促。包妈妈赶忙跑出去打开大门，一个半大小子急三火四地径直走进班主的屋，说是你们杂艺班的邵管事把白面娘子扛到苞米地里欲强行施暴，未待得手呢，白面娘子不知怎么竟逃脱了。邵管事紧追不舍，撵上后，用绳子将她绑在树上又踢又打，而且还要干那事儿，你们快去看看吧！

那么，这个半大小子怎么知道此情的呢？俗话说得好：若想人不知，除非己莫为。肯定是邵勤的无耻行径被他发现了，不光半大小子认识邵勤和白面娘子，附近噶珊[①]的男女老少也都认识他俩，因为杂艺班经常到各个村屯打场子卖艺，白面娘子是挑大梁的，邵勤作为管事需跑前跑后张罗，自然混个脸儿熟。半大小子当时考虑到自己年纪尚小，势单力薄，怕贸然出手对付不了那个壮汉，这才赶紧跑来报信儿的。

---

① 噶珊：满语，村屯。

第二章 智斗群魔

可以讲，白面娘子在赛燕青心中占有很重要的位置，平时像心肝儿宝贝一样呵护着，一刻不在身边就觉得空落落的，何况被人欺辱呢，能不青筋暴突、盛怒难遏吗？气得也顾不得重病在身了，一骨碌爬起来大骂道："这个老东西，太不是人了，纯粹一畜生，可恶可憎，该杀！"由于起身时用力过猛，红肿的痈疽迸开，脓血四溢，疼得他脸都青了，浑身直哆嗦，又无奈地扑倒在炕，嘴里不住地念叨："急死我也，急死我也！"随之昏了过去。一时间，众师徒手忙脚乱，有跑出去找白面娘子的，有在炕边安慰、照护班主的。

骁骑校一行在前往杂艺班的半路上，遇到了匆匆忙忙出来寻找白面娘子的几位师徒，说明情况后，便一同往回走。到了杂艺班的住处，武弁留在院子里看管邵勤，其他人进了班主的屋。几次昏厥的赛燕青睁开眼，见白面娘子满面泪痕地走到跟前，哽咽着告知是兵爷爷及时救了自己。赛燕青欣慰地笑了笑，看了看站在白面娘子身后的三位官兵，有气无力、断断续续地说："谢谢……谢谢各位军爷施救，苍天有眼……幸遇贵人哪！小白丫，师傅……无能啊，对……对不起，没有照护好，让你……受委屈了，师傅来生再……再……"话未说完，一口鲜血喷出，头一歪便断了气，活活让邵勤给气死了。

杂艺班的上下人等大惊失色，悲痛难当，白面娘子扑在赛燕青的身上放声恸哭，其他师徒也是号啕不止。骁骑校眼含热泪劝慰一番，因有要务在身不能久留，便将邵勤交于杂艺班，命一亲随留下，带着另一亲随和武弁出大门而去。

众师徒一看班主归天了，没有掌门人了，谁还跟邵勤那条老狗一起共事呀？大家葬罢班主一合计，还是散伙吧，就把银柜撬开了，纹银平分。看在原先的掌门主师楚东坡面子上，给了邵勤一点儿零碎银子作为归老家的盘缠，让他返回山西运城。白面娘子在赛燕青的坟头儿痛哭一场，又跪地磕了3个响头，然后起身骑上曾驮过邵勤的那匹马，跟骁骑校的亲随去了双城堡旗营。

双城堡旗营又叫双城堡行辕，是当时清廷为清查、丈量、汇总拉林河一带所有八旗闲散田亩，收回富豪、地主积年盘剥之地，给贫困者、流民以耕田而专门设置的官衙，主持、坐镇行辕的官员即人称"土地爷爷"的富俊。他生性耿直，为人刚正，睿智精明，谋略深远，乃当朝重臣、一品封疆大吏，威名赫赫。富俊字松岩，卓特氏，蒙古正黄旗人。他勤奋好学，过目能诵，精通蒙文、满语、汉文，汉学底子厚实，自乾隆朝入仕就是翻译进士。其后官运亨通,被授为礼部主事、郎中,累迁蒙古内阁侍读学士、内阁学士兼副都统,其时只有 30 岁。嘉庆元年任京师吏部侍郎,继而调任科布多参赞大臣、乌里雅苏台参赞大臣,后召署镶红旗汉军都统。嘉庆四年调往新疆,充任乌鲁木齐都统。嘉庆八年至嘉庆二十三年期间,曾三任吉林将军,谙熟吉林地方风土人情,深得民心,后奉调盛京户部侍郎。嘉庆二十四年初,奉旨驻守吉林、黑龙江一带,于双城堡扎下大营,率领官兵彻底清查民典旗地。可以讲,当时朝廷的所有官员皆知此乃顺治帝入关后留下的病疴,所要面对的是百余年的土地烂账,解决起来十分棘手,不好干,既得罪方方面面的人,又容易受到无端的指责、攻击,是一项最难办、最艰苦、最烦杂的差事,谁干谁头疼,谁碰谁扎手,想甩都甩不出去。那么,清政府缘何要设置一个清查土地的行辕并派富俊前去坐镇呢?说来话长。

自康熙、乾隆、嘉庆朝以来,关于土地归属的纷争从未间断过,故而被朝廷所关注。定鼎中原后,东北三地的土地按八旗驻地的分布、征战中所立功劳的大小等全数分给满、蒙、汉八旗官兵,各有定址,互不相涉,土地归属一目了然,另行分拨相比容易一些,朝廷自然没有将其纳入议事日程。随着时间的推移、朝代的更迭、八旗子弟的绵延罔替、各地官员的易职、驻防八旗的流动,年深日久,土地还是那块土地,归属却发生了多次变化,成为一团乱麻,重新分拨和清理的难度很大,基本分为五种情况。

第一种:土地的主人需迁往别处,走之前,将其租给了别人。这个人耕种几年也走了,再租给其他人,甚至几易转租,周而复始,年复一年,土地的归属便弄不清了。

第二种:土地几易其主或几次变卖,典借的主人换了,承租人随之也换了,归属变化频繁,久而久之,不知此块土地原属何人。

第三种:有的高官委托亲信、家眷、亲戚或低级官吏为自己管理名下的土地,将其交给打长工或短工的农夫耕种,自收租税,国家则收不到应得的粮税和地税,损失巨大。高官长期不归,土地的委托人多次转租,时间一长,归属不明。

第四种:一些地方官员仗势欺人,囤积居奇,放贷租种,自收渔人之利,还时常为土地之争发生械斗。结果是穷苦百姓名下的土地被霸占,使其衣食无着,饥寒交迫。无奈之下,只好抛家舍业,背井离乡,另谋生路。由于民冤难诉,民恨难雪,土匪猖獗,致使社会动荡,秩序不安定。

第五种：进入嘉庆年间，有的地方大片田亩闲置，无人耕种及管理，因为转租户已举家迁移别处，土地随之就撂荒了。有的地方连年遭灾，或旱灾或水灾，颗粒无收，自耕农只好携家带口地逃离家园，成为流民，原来耕种的土地也荒芜了，结果全被大户人家占为己有。

除此之外，再有就是早在清初时，吉林、盛京、黑龙江三地先后成立了旗衙门，管理旗民之事，首先要解决土地烂账。当时，有些土地的主人入了关，遂将名下的田亩租给自家的债户耕种，其中有汉人、蒙古人、达斡尔人，他们需向土地的主人交租子。结果一租就是很多年，随着租户的更替，渐渐成了无主之地，旗衙门便把这些土地收回，登记造册，从此改换归属，为旗衙门所有。

康熙至乾隆年间，在辽东一带，都是将新开垦的土地先分拨给八旗后裔总领，然后再细分至各个姓氏名下，十多块耕地连成一片，归属为十几户、多个姓氏。家主有的是文官，有的是武将，有的是商贾，土地大照自然在各自的手中掌握着。其后由于职位升迁或异地调动，有的去京师做官，有的去内地州府县衙为官，有的去江南经商，家眷也带走了，故乡没人了，名下的田产或做佃东收取地租，或委托亲戚代耕，或干脆卖掉。当地的财主乘机出些银两将其买下，归为己有，土地大照随之转手。一些地痞、恶霸则凭借武力和权势强占旗民名下的土地，甚至制造各种理由胁迫对方出让田亩，这样一来，土地大照、地契便集中在几个大的姓氏手中。

平定了三藩之乱，社会秩序较为稳定，圣主玄烨决定将随旗入关的庸员，尤其是满洲人裁掉，让他们回到自己的故乡。旨下后，辽宁、吉林、黑龙江三地不少在旗官员、文武功臣带着家口陆续从关内各地回到满洲故里，按照原有的品级享受八旗俸禄。为了生计，有的人收回了此前出租的土地，重新经营自己的田产，有的则收不回来。因这个期间，事过境迁，原先名下之土地有的已被旗衙门划去；有的土地主人进了关或蒙功外放他地，田产没人管；有的土地主人故去了，再也无人打理，早就被转卖了。总之一句话，旗衙门把这些土地收回，重新丈量、分拨给他人，成为他人子孙的荫田。现在这些旗人回返家乡，对原有土地失去了支配权，只能集中归属到对有功的满洲文臣武将重授田亩之列。他们分得了土地，后经家族几代人的经营，想方设法不断扩大、侵占耕田，土地逐渐多了起来，再租给新户，使租种者成为其名下田产的奴仆，按时交贡交租。

到了嘉庆年间，国势日危，民怨沸腾，签订地契之风盛行，土地占有之矛盾日渐加深，吉林、辽宁、黑龙江三地各州县时不时发生为田亩归属争斗、火拼之事，积重难返，卷入其中的满洲八旗各姓氏难以计数，像团乱麻缠绕在一起，胜负就看当事者的后台硬不硬、本事大不大、地位高不高。官官相护，官官相压，勾心斗角，互相倾轧，天天、月月、年年无有宁日，为保护主子的耕田而死于非命的奴才不下万计。这些事在大清王朝的正史中是不讲的，也无记载，因辽东乃满洲的龙兴之地，家丑不可外扬。而实际上，土地之争引起了很大的社会矛盾，没有耕地之租户开始举旗起事，反对朝廷，争取占有土地之权利。

当时的大清朝正处于封禁之时，辽东是满族的故乡，成为封禁之地。吉林地处辽东中部的松江平原，南接盛京，北接兴安岭，平畴沃野，土质肥沃，物产丰富。乾隆朝之前，朝廷曾颁禁令并设立柳条边，禁止汉人进入蒙古、东北，在辽宁、内蒙修建一道壕沟，沿沟插柳，始称柳条边，又称盛京边墙、条子边。顺治至康熙年间，先后修建柳条边于辽河流域和吉林部分地域，禁止汉人越过边墙打猎、放牧、采参。辽河流域柳条边南起今辽宁凤城，南临山海关，北接长城，周长850千米，名为老边，即盛京边墙。自威远堡东北方向至今吉林市北法特，长345千米，名为新边。老边自威远堡至山海关西段由盛京将军管辖，自威远堡至凤城南东段由盛京兵部管辖，一段时间后，转由吉林将军管辖。在交通要道之地设边门21处，后减为20处，每边门驻扎八旗官兵数十人，承担稽查过往行人等差务。

历朝都有宽松的时候，弦不可能总绷得那么紧，乾隆朝中期，验票松弛，入关人口开始增多，关内的灾民为了活命，便拉家带口地往关外跑，只要不被官府抓住，就找个地方住下。到了嘉庆朝时，逃往吉林的难民越来越多，屡禁不止。他们本无一寸土地，又要靠种地为生，怎么办？自然就形成了不少贫困旗民和一些关内冒死闯封禁之地的汉人租种手中握有大量田亩的富豪、财主之土地。随着外来人口的日渐膨胀，田亩的分配、归属等问题一直没有定论，土地的无度集中和非法兼并没有解决，致使满汉间的矛盾日甚，甚至酿成人祸。又赶上白莲教、天理教相继起事，按下葫芦起来瓢，疲于镇压。加之吉林将军换防频繁，像走马灯似的，朝廷深感龙兴之地也不稳，不可苟安，必须下大力气予以治理，否则民怨难平。如何解决吃穿，渡过难关，也就成为清中叶以来八

第二章　智斗群魔

旗生计的一件大事。一些文武大臣纷纷上疏，建议着手清查田亩，所占田亩超出应得部分收回，分给无地者耕种。嘉庆帝思来想去，决定采纳此议，速派得力之臣出阵，率领官兵到双城堡设立清查田亩行辕，对每家每户所占有之土地数额重新丈量，登记造册。发现问题边查究边解决，使民众的反叛情绪得到安抚，已经激化的矛盾得到缓和，这在当时而言，可谓解决土地归属及占有者之间矛盾的重要举措。行辕为什么定在双城堡呢？因双城堡一带地处松花江中游，乃东北之腹地，河流纵横，土地肥沃，是公认的粮仓。然土地归属问题始终没有得到解决，由此引发的争斗颇为激烈，而且总不消停，秩序不安定，朝廷不放心。如果把这里捋顺了，以点带面，其他地方也就迎刃而解了。

富俊是位爱民如子的地方官，多年以来，一直关注着田亩的清查与分拨，且常记在心。实际上，不少官员也看到了土地之现状、存在之漏洞及其大量荒芜之原因，心里明镜似的，期待着朝廷能及早解决并加以治理，否则造成的后果极为严重，无助于大清社会治安的稳定。可他们又望而却步，不愿正面触及，不敢撞这个老虎口，为啥呢？因为凡事有利又有弊，有高兴，有由怨生恨的。经清查田亩行辕重新厘定，那些无地者分得耕田欣喜若狂，发自内心感谢皇上之恩德；那些被收回非法所得之地者则耿耿于怀，觉得自己作为后辈有辱祖先之功，故而极力诋毁重新清查田亩、还地于民之举措。这部分人中，有的乃名门望族的高官，供职于庙堂，手握权柄，与皇室宗亲素有故谊。有的是财主、劣绅、富豪，在当地堪称一霸，个个是老虎屁股摸不得。认为我有多少土地、对外是否租种皆由自家掌握，别人无权干涉，你若去过问，显然是硬碰硬，结果很难说。倘若因此而得罪了人家，上下串通算计你，则将直接涉及到自己头上的乌纱帽能戴多久，弄不好还不得就地摘掉哇！富俊不仅没在乎这些，还知难而上，多次向朝廷上疏，陈述了当前土地归属及分拨存在的弊端，提出了解决、治理之办法，并强调惟有进取，不可却步，进取清则兴，却步清则无复可言也。

嘉庆帝这些天也一直在琢磨，清查土地乃当务之急，既然是重任，就应分派给一个忠于朝廷、勤于政事、系社稷安危于一身之良臣。其时，富俊已奉旨调任盛京户部侍郎。此前，他在吉林将军任上业绩突出，斐然可观，呼声很高，得到了民众的普遍拥戴。到盛京就职后，经过认真、详细的普查，发现东大荒一带的民生大计是个不小的难题，解决起来十分不易，非下功夫不可。

所说的"东大荒",即指辉南、抚松、靖宇、通化、集安、长白、宽甸、新宾等地,那里流民日炽,从关内出来闯关东的甚多,一家一户源源不绝。治安秩序混乱,持械殴斗、杀人越货时有发生,其不安定因素已成为满洲发祥之地的一大祸患,朝廷十分系念。东大荒一带地处长白山脉,盛产人参,从质量和价格上看,长白老山参可谓首屈一指,关内外有名的大药铺、世一堂购进和使用的几乎全是这种参。为介绍长白老山参特制的木牌子挂在药铺门外醒目的位置,所书内容显豁,什么药性平和呀,营养丰富啊,大补元气呀,参中之宝哇等等,谁从门前经过都得驻足观瞧一番。早在努尔哈赤起兵时,就发现满山皆长人参,由于粮饷、兵器不足,他的两眼便盯上了山参,决定以开展挖参业聚财养军。于是组织八旗官兵上山,像梳齿儿一样排列开来,一个挨一个地往前走,仔细寻找山参,看到后便留下记号,再一座山一座山地挖。结果可想而知,收获颇丰,满载而归。老罕王就凭这些山参开始与明朝做买卖,以参的质量、大小、粗细论价,换回食盐、布帛、铁器以及兵甲必用的装备,还有一些日用品,人参成了重要的资金来源。

到了顺治、康熙年间,采参业继续发展着,深山里的人参仍不少,但有了严格规定。长白山脉派八旗兵保护,由国家掌控,没有参票不得私自上山挖参,那是违法的。如有发现者,将要受到严惩,轻者或关押或流徙几千里,重者斩首。参票则由州府县一层层验证后下发,按粮摊派,有时间、人数、地点限制,即在哪座山采多长时间、几个人去。参票上限制的时间一到,马上交回,不得迟误。采得之人参必须卖掉,统由国家收购,个人不可随意销售或私下保留。这样一来,别说普通百姓啊,就是盛京将军想采山参,手中也得握有参票。一时间,参票显得十分珍贵,价值连城,想多弄一个谈何容易?从关里闯关东来的汉人、流民皆盼着能讨得参票,手中掐着那张小票在大荒甸子上就有吃有喝,衣食不愁。采参者一般都是三五个一伙儿,一同进山,由号称"山虎子"的山把式统领,大家全得听他的。挖到山参后卖给官府,能挣到白花花的纹银,无本万利的活儿谁不干哪,当然不想回老家过那种衣食无着、穷困潦倒、时不时还得逃荒的日子了。一传十,十传百,逃到此地的难民越来越多,参票的价格随之便抬起来了,官府发放的参票只需百两纹银,一倒手就变成几百两,照样有许多人争,火得很哪!

进入雍正、乾隆朝时,质量上乘的山参明显见少,不那么容易挖到了。为啥呢?一棵真正的老山参需长几十年甚至上百年,小参苗子哪能

第二章　智斗群魔

很快长大呀，总不能拔苗助长吧？另外，朝廷下达的收购人参及贡参数额一年比一年多，而人参是有限的，下边的地方官疲于奔命，完成山参、贡参指标已成为各州府县官员最大的难题。上山采参者逐年增多，人参必将逐年减少，这是成反比的，所以难以采到也就不奇怪了。

到了嘉庆朝，山参更少了，已成稀罕之物了。为向朝廷送达足额的贡参并完成收购山参指标，各地负责此项差事的官员开始造假，怎么做的呢？指派一些参农进山漫山遍野地寻，发现小参苗子全部采回来，再圈出个地方重新栽上，即由自然生长变为家养，长大之后假充山参卖掉。一旦被朝廷发现了，惩处非常严厉，地方官以下全部降罪，个别情节严重的甚至掉脑袋。尽管如此，仍无济于事，各地官员上交的假货屡禁不止，认为反正完不成朝廷规定的数额也得治罪，不如蒙混一把是一把，得过且过。与此同时，盛产人参的长白山一带流民越聚越多，不少人于夜半背着粮米油盐偷偷钻进山里猫起来，找个隐蔽之地升火造饭，一两年下一回山，为的就是挖出参苗子自己养，待长大些再偷着卖。很多医家的郎中、大药铺的老板就从这些流民手中买参，价格也水涨船高，何乐而不为呢？

面对此种情况，朝廷觉得很是头疼，盛京、吉林将军也是一筹莫展，一时想不出行之有效的办法治理长白山采参业。特别是虽然明知一些专门从事采参业的人与当地官府关系非同一般，为达目的动用钱财予以通融，从中牟取暴利，但也无计可施。当年盛京有个名儿叫范喜奎的官员，此前就是从事采参业的。由于背地里善于做手脚，与官府关系密切，有的官员便对其大开方便之门，私批了不少参票，从而赚了为数可观的纹银。手中有了钱，再通过向高官行贿，很快谋得了户部侍郎之美差。他的胃口很大，并不因此而满足，后来又到京师四处活动，向知近官员奉上重金以穿线搭桥。果不其然，功夫没白下，终于如愿以偿，调入京师内务府就职，有权有势。

富俊调任盛京户部之后，发现此前范喜奎不仅在参票上曾多次通同作弊，而且有以金钱贿赂高官之嫌疑，且证据确凿，遂疏文上报朝廷。然此事很快被本人得悉，你不是看我不顺眼么，那行啊，等着瞧，从此让你永远没好日子过，非弄到最苦的地方承担别人不愿干的差事不可。于是，范喜奎又以几千两白银收买了一位朝廷要臣，请其帮着加害富俊，给他安个"疏文所言不实，有损本朝官员声誉"的罪名。结果真就应了那句话了：有钱能使鬼推磨，一本奏折摆在了皇上的案头。高高在上的嘉庆帝尽管喜欢、欣赏、信任富俊，但有要臣呈文，又不想做调查，也只能凭折降罪于他，从盛京户部调出，安排到哪儿好呢？噢，是了，朕正准备派位踏实肯干的臣子带兵前往双城堡设立清查田亩行辕大营，专门审核那一带各家各户所占有的土地数额，解决土地纠纷乃眼下的重中之重，看来非富俊莫属了。表面上是按要臣之意对其降职使用，放回龙兴之地，实际上是用在了刀刃上，一举两得，此乃妙哉也！嘉庆帝暗地里不仅沾沾自喜，内心对这位三朝老臣仍像以往那么信任，其后富俊第四次继任吉林将军就是明证。

圣上旨下，皇命不可违，再苦再累的差务也得接。富俊二话没说，带领已升任骁骑校的孙儿班布泰及属下人马离开盛京，日夜兼程，赶到双城堡。开始时，他没有建行辕大营，也未申请朝廷出银搭盖住房，而是驻军于田野之中，就地挖坑埋锅造饭，夜间歇息在临时搭起的帐篷或木屋里，环境异常艰苦。要知道，富俊那可是一品大员，曾三任吉林将军，乃地方高官，却从不摆官架子，与将士们同甘共苦，同吃一锅饭，共睡大地炕。当年他是将近60岁的人了，虽然年纪大，腿脚也不好，但办差一向认真，丝毫不含糊。平时不着官服，只穿民装，外披斗篷，脚蹬皂鞋。20年前，因从坐骑上摔下伤了右腿，所以走路有点瘸。经常骑的是小毛驴或大青骡，身旁有3个侍卫陪同，带领一哨人马穿梭于吉林、龙江两地之间，踏遍了那里的山山岭岭、沟沟汊汊、密林平川。他令属下一个地儿一个地儿地查看，一户一户地清丈，然后再找土地的主人，有的甚至十几天才能找到，双方在一起核对清楚了，才一笔笔登记造册，账目做得十分细致，准确无误。官兵们走到哪儿就歇息在哪儿，渴饮山泉水，饥食干馍馍，睡在帐篷内或是一些闲置的专为晾兽皮而搭建的马架子里。每到冬季，夜晚寒风刺骨，漆黑一片，狼嗥之声清晰可闻。早晨一觉醒来，清霜裹身，两耳冻得通红，四肢麻木，为丈量土地可谓吃尽了辛苦。

富俊处处为百姓着想，从不搅扰或给添麻烦，到任何地方均不征粮，而是让兵丁背着粮食走。还不摆谱放份儿，即使进了城镇，也不像有些官员坐着8抬或12抬大轿，几十个护卫前呼后拥，有打旗的，有举扇的，有张伞的，有鸣锣开道的，人不到先闻其声，尽显威风，百姓不知其情，吓得四处逃散或就近躲藏。富俊属下的人马既不打旗帜，也不咣咣敲锣，更不张扬，而是悄悄地去，悄悄地走。不管到哪儿，他首先命兵丁选处合适的地方支起帐篷，用来夜宿或歇息。如果在此地逗留

第二章　智斗群魔

的时间稍长，便以泥拌草做成土坯，搭建临时住的茅草房，房盖儿苫上草，房顶插上烟筒，生上火烧上炕，就算是居室了。虽简陋，但可住，没那么多讲究。

当时，有些人只听说年近花甲的一品官富俊如何亲民，如何为百姓着想，一心为公，却从未见过。可看到之后，脑袋摇得如同拨浪鼓儿，很是瞧不起，不知道他眼下到底是个什么官，背地里打开喳喳了："那个披斗篷、骑毛驴的小老头儿莫不是在上司跟前不吃香被贬下来的吧？你看他那样儿，蔫头耷脑没个官相，还瘸了一条腿，今儿个颠到这儿，明儿个颠到那儿，能干成啥大事儿呀？"后来见富俊带领骑兵四处奔波，丈量、清查田亩，然后登记造册，方知他是管理土地的，不过仍以为只是一般的低级差官，干的是查验田亩数额的活儿，一个"土地爷儿"而已。富俊从不往心里去，泰然处之，你们不是喊我"土地爷儿"么？这名字好哇，天天在大地上走来走去的，称"土地爷儿"恰如其分，反正叫啥都行啊！从此，"土地爷儿"这个称谓不胫而走，传遍四面八方，一提起富俊，没有不知道的。

经过一段时间的调查，富俊发现1600多个土地所有者亏欠应缴的地税和粮税，违反土地政策的不下万人，年久转典，株连繁多，必须一项项落实。于是便令这些人按年补交欠下的税额，一文不能少，无论你是哪级官员或名门望族、有钱有势的豪强，一律无条件执行，坚决予以追缴。话说出去了就得做，言行一致嘛，这下可得罪了不少人，一些私占良田、故漏应缴粮税以及将地税、租银窃为己有的官员、富豪们的鼻子几乎气歪了，火冒三丈，对富俊恨之入骨，扬言必除之而后快。然黎民百姓却渐渐看明白了，原来这个小老头儿办差一丝不苟，不徇私情，不惧恐吓，净为穷人着想了，是位名副其实的大清朝廷之良臣、爱民如子之父母官哪！咱以前可是有眼不识泰山了，还贬称人家"土地爷儿"，太不应该了，尊称为"土地爷爷"才妥当。此后，"土地爷爷"在关东大地叫响了，富俊受到百姓发自内心的敬重和热烈拥护，颂扬其功德、讲唱其故事随处可闻。

话接前书。留在杂艺班居处的那位随从带着白面娘子回到行辕大营后，下得马来，将其交于那位年轻的骁骑校。骁骑校则领着她直接来到富俊大人面前，首先禀报了今晨的巡逻情况，接着又讲了解救白面娘子的经过及其不幸遭遇。富俊听后，看了看眼前的小姑娘，爱抚地拍了拍小脑袋瓜儿，鉴于她已无家可归，总得有个住处，便令骁骑校将其暂先送到难民营，日后再同其他难民一块儿分拨到各个旗。骁骑校听命照做了，白面娘子就这样离开了杂艺班，留在了难民营。当天晚上，富俊睡不着觉了，想到白面娘子是拉林河的女儿，两位亲人在洪灾中丧了命，从此年年岁岁只能哭祭江水，其悲惨遭遇又何止她一个？我们是为百姓做事的，应为生者建一处祭拜亡灵之地，让死者安息。

转天一早，富俊率领骑兵前往拉林河上下游，将明清两朝数十年来被洪水吞噬屯寨而冲积至此的乡民骨骸归拢到拉林河岸边，堆得像座小山一般，着手建立拉林河义冢和碑亭。揭冢吉期，鼓号恸地，杀猪宰羊，供果如塔，萨满斋祭7日。富俊亲撰《亡魂归来兮》诔文，冢前跪诵，焚化升天。到场约数千名参祭者皆为历世遭水患罹难诸姓亡灵之后裔子孙，个个披麻戴孝，手捧采集的山果、野花，随着土地爷爷和当地乡民有生首次齐聚义冢叩祭。打这以后，年年一到清明，拉林河义冢遍插祭奠亡魂之佛朵，香烟缭绕，祭拜亲人……

其时，双城堡一带已聚集了不少难民，富俊准备给他们重新注册，分拨土地、农具、耕牛，选择一个合适的地方集中搭建土坯房，使其安居乐业，从此不再流浪了。可是有少数难民不愿种田，认为土里刨食又累又辛苦，终朝每日起早贪黑在大地里耕作，面朝黄土背朝天，风吹日晒蚊子咬，汗珠子掉地摔八瓣儿，灰头土脸没个人样儿。碰上好年景还行，风调雨顺，不误农时，到秋能万粒归仓，总算没白受累。一旦遇上荒年可就惨了，旱、涝也好，虫、雹也罢，哪种灾害来袭都将颗粒无收，以后的日子怎么打发呀？吃啥穿啥呀？与其挨饿受冻，不如四处乞讨，要口饭吃便能活下去，不必遭那光出力无半点儿收获的罪。正是基于这种想法，尽管房子也盖好了，土地、农具、耕牛也分到了，有人还是不愿留下，官兵前脚儿走，他后脚儿就跑了。无奈之下，富俊率领官兵开始到各处宣讲，动员他们安心定居下来，强调流浪不可取，种田是本分。原先是进山狩猎的牧民，或许不太会种地，可以向好把式学学怎样侍弄庄稼，只要按节气播种、施肥、铲耥、间苗，到秋必会有收获。不怕流汗，肯吃辛苦，不断总结经验，今年能收一石粮，明年定收两石粮，功夫不负有心人嘛！不仅苦口婆心加以劝导，还帮着育种、播种、锄草，天天与难民滚爬在一起，像一家人一样。为便于管理，又建立起噶珊，选出屯达，奖励农耕，严惩逃逸者。

富俊及属下官兵的努力果然奏效，激发了难民的积极性，原本没打算留下的人不走了，纷纷扛起锄头奔向田间，挥汗如雨。大家相信，有

第二章　智斗群魔

付出就会有收获，惟有勤恳劳作，才会迎来丰收之年，日子也会一天天好起来，过上不愁吃不愁穿的生活。

单讲留在难民营的白面娘子毕竟年龄小，还是个半大孩子，虽然练过杂技有点儿力气，但对农活儿咋干却一窍不通，即使分给土地、帮着种上庄稼，也侍弄不了。不光她一个，行辕的官兵在丈量田亩时，东捡一个西领一个，放在一起也是一大帮啊！这些孩子的情况各不相同，有的父母都在，逃难时走散了，无依无靠；有的二老去世了，只身一人随屯邻离家逃荒，成了孤儿；有的爹娘重病缠身，动弹不得，大水袭来只能卧炕等死，而让儿女跑出家门，跟着村民去求生路，至于是死是活，那就看孩子的造化了。富俊思来想去，觉得把他们放在难民营里不是办法，得不到精心照护，应该有个家才是。遂命那位年轻的骁骑校带领十几个兵丁和泥脱坯，砍伐枯树做檩子，在行辕的东墙旁边盖了一趟儿坐北朝南的土坯房，顶盖儿覆盖厚厚一层苫房草，上面立的烟囱与屋顶相通。屋内南北各盘一铺火炕，炕上铺着兽皮，又暄腾又暖和。

那么，谁来照顾这些孩子呢？官兵们天天不是巡逻护路，就是清查土地，东跑西颠的，忙得脚打后脑勺儿，根本抽不出身来。于是便从难民营中挑选出两个40多岁失去家人的中年妇女，为孩子们缝衣、洗涮、做饭，照管日常生活，吃的、穿的、用的则由行辕供给。不仅如此，还考虑到不能误人子弟，得让孩子们上学堂，既习文也习武，长大方可成为有用之人。富俊决定在行辕的西墙旁边建两座茅草房作为学堂，从附近的村屯请来教书先生为孩子们授课，并亲自审定课业内容。自己一有闲工夫便充当老师，教授满文和汉文，蛮认真的，孩子们都爱听。武师则由那位年轻的骁骑校担任，教他们踢腿、腾跃、蹿上跳下、舞弄棍棒等一些简单的武技，俨然一个孩子王。就这样，孤苦伶仃的孩子们在行辕旁边的土坯房里住下了，不仅衣食有了着落，而且上了学堂，琅琅的读书声时不时从茅草房中传出……

这些孩子中，表现突出的当数白面娘子，聪明伶俐，用心听讲，接受能力强，一学就会。初学算术时，当教书先生提问5加16、23加14、67减8等于几时，她马上就能答出，且准确无误。先生十分高兴，夸赞其脑瓜儿好使，反应快，孺子可教也。前书讲过，白面娘子不同于别的孩子，8岁始便得到"常快脚"赛燕青的调教，除了学些杂耍儿的基本功，还习练武功，而且不是一般的武功，乃少林功夫，很快便在众徒弟中崭露头角，开始登台表演。正因原本有些功底，在此基础上再接着练，长进肯定比其他孩子显著，武技高出一大截儿，可谓鹤立鸡群，出尽了风头，没有不佩服、不羡慕的。与之相比，有的孩子便失去了信心，恨自己太笨，手脚不灵活，脑子不好使。个头儿跟白面娘子一般高，年龄上下差不了一两岁，人家样样儿行，不管练什么一点就透，一通百通，我咋啥也不行呢？

白面娘子给行辕的所有官兵也留下了深刻印象，认为这孩子机灵、懂事、悟性高，小小年纪举手投足竟像大姑娘那样沉稳，皆刮目相看，赞不绝口。那位年轻的骁骑校对其更是格外关注，只要一碰面，便掩饰不住内心的喜悦，眼神儿所显露出的满是关切和疼爱。一段时间后，白面娘子及孩子们不单单与骁骑校以及经常光顾这趟儿平房的兵丁们熟悉了，对富俊大人也不陌生了，没有丝毫的拘束感，毕竟是课业老师嘛！认为其和蔼、慈祥，平易近人，同自己的亲爷爷没啥两样。尽管不知姓甚名谁、具体担当什么差事、曾任过何职，只知是位大官，天天仍口口声声称其"土地爷爷"，觉得此称谓比叫什么都亲切。而富俊大人从不在孩子们面前讲自己的资历，如同一个普普通通的长辈，只要一去那趟儿平房，屋内立马就开锅了，我要这个、他要那个之声不绝于耳。在行辕大院儿内，富俊身边的侍卫和年轻骁骑校时常看见孩子们把大人团团围住，像一只只小麻雀似的叽叽喳喳没个完，并提出一大堆问题让土地爷爷解答。富俊从不厌烦，总是笑眯眯地连比划带讲的，直至全听懂为止。他们怕因此而耽误该办之事，想让孩子们散开还不敢说，担心会惹大人不高兴，只能悄悄儿地分别将其引领到住处或学堂里。

一日晌午，正是二伏后的四五天光景，太阳烘烤着大地，犹如下火一般，闷热无风，已连着半个月没下雨了。抬眼望去，甸子里绿茸茸的青草蔫巴了，盛开的野花枯萎了，揪下来放在手心儿一揉就成粉沫儿了。行辕里的兵丁们个个热得汗流浃背，衣服全湿透了，寻思跳进河中泡一会儿能凉快凉快，可是出来没多久又是一身汗。有的顾不上穿戴整齐了，干脆脱掉上衣光着脊梁，下身儿只穿一条肥肥大大的灰色麻布短裤。没有军情急务时，谁也不想穿上那套又重又厚、前胸处印着"兵"字的马甲服，否则还不得热晕过去！孤儿营的孩子们倒满不在乎，光着小脚丫跑到林子内，或在树荫下嬉戏，或钻进一人多高的草棵子里捉迷藏，叫着笑着乐不可支。富俊用罢午膳，回到屋内歇息片刻，便坐在桌边审看典地档册。他和将士们住的都是土坯房，房盖儿苫着草，一间挨着一间，每间只在南面有扇窗户，北墙留个窟窿，冬季用皮子或草帘子

第二章　智斗群魔

遮挡寒风，夏季将草帘子卷起以通风。尽管窗户早用棍子支起来了，草帘子也摘下了，然而屋内仍像蒸笼一样，一丝风没有，闷热得透不过气来。亲随去河边提来水哗啦一声往地上一泼，以为能凉快些，结果事与愿违，反倒又潮又热。富俊大人觉得屋内实在没法儿呆了，遂起身推门出屋走到院子里，令兵丁去林子砍几根柞木杆儿回来，再挖几个小坑往里一插，用土埋上，于架子的顶端搭个盖儿，上面铺一层草席，这便成一座小凉亭了，可在里面纳凉。兵丁们挺有招儿，又去河边抬来几块方石头，堆成石桌、石凳，给大人营造一个可供办差的地方。富俊就在这样的条件下，聚精会神地审查各地报上来的典地档册，一家一户、一个名字一个官衔地圈点，边看边提起笔在纸上计算着田亩的数额、应有多少土地、该缴纳多少田税等。侍卫担心天热容易口渴，站在身旁一次次地为大人斟茶，富俊却嫌他们在眼前碍事，手一抬令其退下。

这位土地爷爷长相没啥特别的，面容清瘦，五官端正，颏下一绺长髯，灰白头发，脑后梳着长辫子。穿着也很平常，上身儿着一件陈旧的白汗褟儿，即贴身中式小褂儿，袖子较短，看上去起码穿3年了，虽然没破，但白色已成淡黄色了。由于天热，故而没扣对襟儿，袒胸露怀。下身儿着青色麻布裤，脚脖儿扎着青布带，光脚趿拉着皂鞋。石桌上除放着一大摞档册外，还有一块已洗成灰色的麻布白手帕，乃用来揩汗的汗巾。他不时地拿起汗巾擦擦额头、脸颊、脖颈子的汗水，两眼却始终不离档册，全神贯注地看着。老人家平时不抽烟，很少饮酒，最大的嗜好是喜喝茅峰茶，且具有品评其优劣的能耐，还是在江南办差时养成的习惯。倘若购得上等香茗，从不让随从为其沏茶，而是亲自动手，自斟自饮，一壶接一壶地喝。乍一瞅，谁也想不到他是朝中重臣、一品大员，就是位人们常见的老者，再普通不过了。

此刻，富俊浑身是汗地坐在石凳上，端起杯子刚要喝口热茶，忽觉有股儿小风打身后吹来，顿感舒爽凉快，转而又有些奇怪，大热天儿的，从哪儿刮来的小凉风呢？回过头一看，原来身后站着个女孩儿，个头儿高挑，皮肤白净，一对儿水灵灵的大眼睛忽闪着，两手拿着把大蒲扇正在扇风呢！样子特别认真，嘴角儿含笑瞅着自己，脸颊下方的酒窝儿显得更深了，也不说话，就那么一下一下地扇着。因为住在行辕孤儿营的孩子太多了，个头儿倒是有高有矮，可穿的衣裳都一样，全是富俊张罗来的一色粗布麻衣，所以若不细看，根本分不清谁是谁。富俊笑了笑，爱抚地阻止道："丫头，谢谢你，不用扇了，爷爷不热，玩儿去吧！"

小姑娘不动地儿，两只手也没停，边扇边说："土地爷爷，天太热了，您老出了一身汗，汗褟儿都浸湿了，还是给您扇扇吧，我不累。"

富俊听了，十分高兴，觉得这孩子既乖巧又懂事，还有礼貌，很是讨人喜欢，于是将手中的笔和档册放在石桌上，扭过身来问道："丫头，爷爷倒忘了，你是哪里人，怎么来行辕大营的？"

小姑娘一本正经地回道："大人，您老也健忘啊？我不是前些日子被兵爷爷救下并带到土地爷爷面前的么，您还教我们读书识字呢！"

富俊一拍脑门儿道："噢，想起来了，想起来了，爷爷真是老糊涂了，你就是那个逃难时与姐姐走散、后来流落到东坡杂艺班当学徒、会几手儿少林功夫的小白丫呀，咱爷儿俩岂止是认识，而是老相识喽！孩子，怎么样啊，在孤儿营住着习惯不？兵哥哥待你们好不好哇，还想家吗？"

白面娘子早就不怕这位慈祥、和善的土地爷爷了，歪着小脑袋瓜儿想了想，回道："行辕大营的哥哥、叔叔们都好，土地爷爷更好，我已经习惯住这儿了。反正老家没有亲人了，离开时间一长，也就不知道想了，今后行辕的孤儿营便是我的家了。"

富俊站起身来说："孩子，跟爷爷放松放松，活动一下筋骨。"随即双手一伸，双腿半蹲着问道："小白丫，你看爷爷做的是什么？"

白面娘子回道："土地爷爷，您做的是骑马蹲裆式。"

富俊笑道："嗯，说得对，你也来一个！"

土地爷爷的提议丝毫难不住白面娘子，要知道，她跟赛燕青师傅学的可是少林功夫，一招一式做得精准到位，富俊未必赶得上。只见小白丫双手上举、甩臂、屈腿、单脚一点地噌地腾身跃起，于空中打了个旋后，再以骑马蹲裆式落地。紧接着直起身，一只脚站立，一只脚回勾，左手冲下，右手冲上伸直，犹如大鹏展翅，此乃金鸡独立。富俊不禁高声儿叫好儿："好，好哇！来，跟爷爷走两步，进几招儿，看看你的能耐有多大！"边说边摆开了架式。

白面娘子一时犹豫不定，既没动地儿，也不敢进招儿，心想："土地爷爷岁数大了，身子骨儿肯定没有以前灵活，万一哪个招数没做好，致其有个闪失或伤着怎么办？"

富俊早已猜出她在琢磨啥了，忙又催促道："小白丫，别担心，更不用怕，胆儿要大，给爷爷来上几拳几脚，我可等着接招儿呢！"

第二章　智斗群魔

白面娘子听罢，这才拉开架式，跟土地爷爷对打起来，不过上的每拳每脚皆不是实招儿，而是虚招儿。你来我往几个回合后，富俊很是赞赏小姑娘的功夫，根本没有停下的意思，还不时地鼓励道："小白丫，对，就这么打，不可下虚招儿，必须下实招儿，接着来！"

这一嚷嚷不要紧，孤儿营的孩子们纷纷跑进院儿凑了过来，有出拳的，有伸腿的，结果是一个小老头儿对付二十几个孩子，顾得了这个顾不了那个，还是年轻骁骑校跑过来喊了一嗓子才给解了围。富俊不得不承认年岁大了，累得气喘吁吁，大汗淋漓。两个随从见状，将其搀坐在石凳上，富俊两手放于双膝喘着粗气对骁骑校说："这帮孩子行啊，挺厉害，咱大清后继有人了，将来就靠他们治国安邦了，真让人高兴啊，可喜可贺！特别是小白丫很不一般，别看年龄比你小，然轻功远在你之上，若能好好儿调教调教，没准儿将来成为出名的轻功大家呢！能者为师，你要虚心向她学习，互相切磋技艺，取长补短。武林高手的功夫咋练出来的？那可不是一朝一夕、一蹴而就的，而是须吃不少苦、流不少汗、外加善于动脑才行。小白丫的轻功之所以那么高超，首先得益于杂艺班的练功氛围，其次是师傅教得认真，徒弟学得用心。事实证明，只要下了力气，不怕吃苦流汗，总会有收获的。"说完，未待骁骑校开口，轻轻拍了拍白面娘子的肩膀，抹了一把额头上的汗水回屋洗脸去了。

那么，富俊讲这番话什么意思呢？一个是对年轻骁骑校要求甚严，提醒他不要以为自己有些能耐就满足了，要知道天外有天，人外有人。再一个是鼓励他要不耻下问，下苦功夫学，不断习练，再接再厉，以便成为大清社稷的栋梁之才。这位长者特别可亲，原本就喜欢孩子，愿意同他们打连连，平时一有工夫便往平房跑，看看缺啥少啥、该添置些啥。谁的衣服破了，他拿起针线就缝；谁的小手、小脸脏了，他端盆温水就稀里哗啦一顿洗；谁流鼻涕、淌眼泪了，他掏出自己的手帕就给擦；谁头疼脑热拉肚子了，他背起来就去医家请郎中诊治，再到药铺按方抓药。孩子们早已把他当成自己的亲爷爷了，只要富俊大人一去，或将其围在中间问这问那，或叽叽嘎嘎地嚷着笑着，高兴极了，两天见不着就一个劲儿地念叨想土地爷爷了。富俊也常和孩子们吃在一起，练在一起，玩儿在一起，睡在一起。习练武功时，先是站在一旁看，然后指出毛病，给以指导并做出示范，再给打一套拳，孩子们十分开心，一点儿不怕他。土地爷爷对教授课业却要求甚严，谁若不听话或心不在焉、不下功夫认真学，必将受到打手板之惩罚。因此每当这时，个个规规矩矩的，需要背诵的文章没有背不下来的，字也写得工工整整，先生颇为满意，富俊也很欣慰。

官兵们对上司的脾气秉性更是了如指掌，别看平时笑呵呵的，一点儿官架子没有，同大家打成一片，可办起差来威严着呢，不得出半点儿差错，否则决不宽恕。富俊除了请专人料理孤儿营孩子的日常生活外，还派了武师，并对属下官兵提出了要求，必须时时关照这些无依无靠的孤儿，要视同自己的弟妹子女，不许打骂，更不许虐待。谁若欺侮孩子或没有耐心，小心本人的老拳，严重者军法处治。

有的阿哥会问，那位担任武师、经常和孩子们在一起的年轻骁骑校是谁呢？就是富俊的孙儿班布泰，今年21岁，浓眉大眼，四方脸膛儿，晒得黑黑的，宽肩膀，粗胳膊，身量很魁梧，乃富俊的心尖儿宝贝，也是儿孙中最喜欢、寄希望最大的一个。他从小习武，爷爷便是武师，一招一式地教，若一而再、再而三地做错就得受罚，没少挨板子。6岁就读于私塾，成绩总是名列前茅，是子弟中的佼佼者，先生常竖大拇指夸其聪明好学，少年有为，从小看大，是块好坯子。富俊谆谆告诫孙儿："一寸光阴一寸金，寸金难买寸光阴，必须抓紧时间煞下心来学文习武，不可荒废时光。成长的过程就是学习的过程，只有不怕苦，不怕累，不惜流汗，学得真本事，长大方能成为国家的有用之才。"班布泰牢记爷爷的训喻，没有虚度光阴，勤学苦练，基本掌握了运用文字的能力及一般知识，并有了一定的武功功底。

随着岁月的流逝，班布泰渐渐长成半大小子了，富俊为了进一步培养孙儿，打算给他请位师傅，专门教授武功。也赶巧了，当年头伏第二天的晌午，不知从哪儿来了位游方和尚，身穿袈裟，腰间围一白布包，右手拄着拐杖，步履蹒跚，无精打采。当走到富俊的府门前时，忽然身子前倾，倒地不起，人事不省。此情此景刚好被出外挑水回来的家丁看见了，忙放下扁担跑进书房向大人禀报，说是一个和尚不知何因晕倒在府门外。富俊起身疾步出了书房，穿过院子打开大门低头一看，一位四十六七岁的游僧侧卧在地，双眼紧闭，脸色灰暗，一脑门子冷汗，便令家丁们把师父抬进了屋中平放于炕头儿，用小勺儿喂了几口水。不一会儿，游僧苏醒过来，睁开双目一瞅，见眼前好几个人正惊喜地看着自己，刚要起身，富俊赶忙按住道："师父，别急着起来，躺下好好儿歇歇。请问从哪儿来？准备去往何处，又缘何晕厥？"

游方和尚叹了口气道："唉，本僧来自河南，常住登封少林寺。3

第二章　智斗群魔

年前，与两位师弟一块儿下山，中途因回乡拜望父母分手了，约定于京师聚合。待从故乡来到京师时，却怎么也寻不到师弟了，去吉林一带也没找着，才又到了辽东。可能是天太热，出汗多，总是感到口渴，路上喝了不少山泉水。这下糟了，连着两天跑肚拉稀，疼得直不起腰来，浑身无力还不敢进食，可把我折腾苦了，眼前一黑便倒在地上了。多亏施主相救，给你们添麻烦了，谢谢了，本僧该告辞了！"说罢起身就要下地。

富俊说道："师父，千万别言谢，更不要客气，到这儿就是到家了。您的身子骨儿很虚弱，不宜上路，需将养几天才有力气。安心住下吧，待治好了病，身体恢复原状，什么时候想走，老夫决不再拦。"

游僧见施主诚心诚意挽留，很受感动，觉得盛情难却，何况自己确实折腾得拿不成个儿了，只好答应暂先留下。富俊立马打发家丁请来郎中给以诊治，按方取药，煎好让其服下。游僧连服了3服汤药，将养了四五日后方痊愈，可在打算告辞时却犹豫了，觉得很是过意不去，寻思道："施主与我素昧平生，竟能在紧要关头出手施救，而今病好了就一拍屁股走人，不太合适吧？总得报答人家呀！对了，施主身边有个十二三岁的孙儿，天天在院子里打拳、舞剑、耍棍的，未见请专人教，不妨向其传授几招儿吧！"于是便把自己的想法跟施主说了。

富俊听后，十分高兴，少林功法可谓名扬天下，请都请不到的少林寺大师能主动施教，此乃前世修来的福哟，求之不得呀！随即唤来孙儿，让他跪地磕头拜师，班布泰便成为游僧的徒弟了。从这以后，经常能看到院子里的一老一小，师父在前面一招一式地教，徒弟在后面一招一式地学，主要的少林功法几乎全搬出来了，使班布泰大长了见识，大开了眼界，学得更来劲儿了，暗暗庆幸自己与师父有缘。

一晃半年过去了，游僧见徒弟已练得像模像样了，便对他说："班布泰呀，眼下看，学得还算不赖，但不可因此而放松。师父领进门，修行在个人，熟能生巧，以后务要勤练。记住，每日早晚都得到树林子里站桩，打几套拳，松松筋骨，以提高身子骨儿的耐受力。只有把拳术、剑术、枪法、刀法练到份儿了，运用自如了，才能谈精益求精。功夫不负有心人，有付出定会有回报，继续练吧！"嘱咐完便去厅堂面见家主，说是本僧得走了，实在不能再呆了，必须找到两个师弟，否则回去不好向长眉长老交代。

富俊本打算请游僧接着教孙儿一段时间，一看人家确实有事，不便强留，只好作罢，遂问道："师父，自打相识以来，还不知您的名号呢，走之前能否告知？"

游僧笑了笑道："噢，称一指禅师就行了，但愿此别之后，还能有机会相见。"

富俊拿出一些纹银送给师父，请其一定收下，以表对其传授孙儿少林武功的感激之情。然一指禅师半文没要，转天黎明时分匆匆辞别，富俊偕孙儿送出5里远方返回，班布泰跪地冲大师前行的方向磕了3个响头，心中默念师父一路走好。

班布泰15岁入了军旅，一开始在赛冲阿的马队服役，后来多次随其进关剿匪。由于打仗勇猛，冲锋在前，又有超群的武功，第二年便从马甲升为拨什库，4年后晋升为骁骑校。富俊受皇命接下于辽东一带清查田亩之重任时，明明知道这不是什么美差，既苦又累又得罪人，并且有危险，但还是把正在休整的孙儿要来了，为啥呢？就是为了磨练他的意志，使之早日成才。富俊手下有一位游击、两位骁骑校，相比之下，对班布泰要求尤为严厉，往往把最重的担子压在他的肩上，最艰苦的地方派其前往，还曾多次强调，无论什么场合都不许露出自己的名分。班布泰乖乖照做，故而初始将士们只知其官阶为骁骑校，不知是富俊大人的亲孙子，很长时间后方知底里。平日里，班布泰除了随爷爷清查、丈量土地，就是带领行辕的骑兵四处巡逻护路，白面娘子便是在巡逻的途中被他救下的。

白面娘子自打来到行辕东边的孤儿营之后，天天和小伙伴们一起进学堂读书，早晚一起习武，没事儿时一起嬉戏玩耍，相互之间便渐渐熟悉了。班布泰在教授武功时，除了自己做示范，时不时地也让孩子们出列，进入圈内亮几手儿。其中的白面娘子引起了他的注意，打了一通儿拳后，发现其伸屈舒展，动作灵活，手眼身法颇佳，正经有点儿功底，而且皆为少林功夫，是别的孩子无法比拟的。这让班布泰高兴异常，因为本身练的也是少林功夫，同声相应，同气相求，知音难遇呀！在与白面娘子的接触中，通过闲聊得知，她的少林功夫乃杂艺班班主赛燕青传授的。当问到班主的武功师傅是谁时，白面娘子答不出具体名讳了，只知是河南嵩山少林寺的，班布泰心里明白了："原来我和赛燕青的武功师傅皆为少林寺的大师，小白丫是班主的徒弟，既然和她认识了，又是同一门派，我俩便是师兄妹。白面娘子真是人小鬼大呀，轻功了得，双脚一弹拔地而起，身轻如燕，没几年功夫，很难有如此高超的身手。可

第二章 智斗群魔

见她能吃苦，悟性高，可塑性强，不能不让人佩服。"这么想着，竟生发出一种极其复杂的情感，是喜欢？是疼爱？抑或是牵挂？说不清楚。

那么，是不是孤儿营的每个孩子随时都可以接近土地爷爷并用扇子给他扇风、使之凉快些呢？非也。倘若孩子们全去了，那不乱套了么？闲着的时候还行，孩子们凑到跟前，土地爷爷同他们一起玩耍，在田野或树林子里疯跑，像个孩子王似的。通常情况下，富俊可是有公务在身的官员哪，一摞摞的卷宗需要详阅，一件件涉及田亩归属权的案子需要审查，为此冥思苦索之时，一帮孩子将其围上成何体统？所以每当富俊坐于案前，班布泰便不忘叮嘱孩子们该干啥干啥，就是不许到土地爷爷跟前去。为什么白面娘子例外呢？因为班布泰信任她、喜欢她、愿意亲近她，将其看成偶然邂逅的亲人，并希望她能更多的接近爷爷。这样一来，自己与小师妹见面的机会也会随之增多，省得看不见心就不落体。

白面娘子在习武的过程中，知道了班布泰的师傅也是少林寺的，乃一指禅师，眼下所教伙伴们的功夫缘于这位大师的亲传。心里这才明白了，怪不得他的转闪腾挪那么精准，一招一式那么到位，与师傅赛燕青不相上下，与其他骑兵相比也是首屈一指，其师傅乃高僧啊！没想到救下自己并领入行辕孤儿营的骁骑校班布泰竟是同一门派的弟子，对我给予了犹如亲哥哥般的照护，不管从哪个方面讲，他都是我名符其实的师兄。此后，白面娘子一见到班布泰，不再称呼骁骑校或武师了，而是一口一个师兄地叫着，那么自然，那么亲切，使得班布泰的心里甜丝丝的，进而心驰神往，产生无限遐想，二人的心在不知不觉中拉近了。

对于白面娘子而言，武师班布泰的出现，可谓自己赖以依靠的第二个知己。前书讲过，她的第一个知己乃救命恩人、东坡杂艺班班主赛燕青，对其既尊敬又崇拜，有一种特殊的感情。从相识那天起，白面娘子便在班主的呵护下练功、习武、苦学杂耍儿技艺，并随杂艺班去各地打场子卖艺。不但能够养活自己了，而且渐渐平复了远离家乡、思念亲人之痛，还得到了异性的关照，平生头一次品尝了生活原本就是甜美的。遗憾的是赛燕青突然得了背痈症，久治不愈，后来竟被邵勤气死了。师傅的离世，犹如晴天霹雳，白面娘子号啕大哭，悲痛不已，感到天都要塌了。她被班布泰救下并带到清查田亩行辕大营、收留在孤儿营读书、习武后，很长一段时间里，始终没有从班主含恨而死的沉痛打击中走出来。心中念念不忘师傅的恩德，背地儿总是郁闷不乐，觉得自己就像一片飘零的黄叶无依无靠，情感无所寄托。这一切，班布泰皆看在眼里，认为小白丫着实可怜，令人同情，便在平日的生活起居中，像大哥哥一样处处关心她，爱护她，还经常提醒她："练功时，务必注意保护自己，别伤着；晚上睡觉时，要把被子盖好，别凉着；觉得身子骨儿不舒服时，须赶紧服药，别拖着……"久而久之，白面娘子那颗冰冷的心被师哥焐热了，精神状态随之也变了，脸上开始有了笑容，干起活儿来更有劲儿了。每天一早起来，她就带着小伙伴们又收拾屋子又擦拭学堂的，把行辕的里里外外也打扫得干干净净，归拢得整整齐齐。不仅如此，还为班布泰缝缝补补、洗洗涮涮，啥话都愿跟师兄说，情感上十分依赖，这位年轻骁骑校便成了姑娘心中的第二个知己，暗地里常想："师哥为人好，心地善良，品行端正。严肃起来让人怕，温和起来让人亲，同情弱者，憎恶世间不平，是条血性汉子。有他在身边，我就有了坚强的依靠，没啥可怕的了。等着瞧，早早晚晚定将找机会去山西运城寻找肆意侮辱我的无耻之徒邵勤，欠下师傅的那笔血债要算，深仇大恨要报，务必为本姑娘雪耻，否则心不宁。眼下之所以尚未实施，不是不报，而是时候没到，让那干坏事儿的老东西再苟延残喘几天吧，时候一到必报！"

让白面娘子自己都说不清道不明的是不知为什么，只要一见到班布泰就两颊绯红，心像揣个小兔子似的嘣嘣直跳，站也不是坐也不是，两只手都不知往哪儿放了。倘若赶上班布泰忙得脚打后脑勺儿、整天见不到其人影儿时，就感到没着没落的，不由自主地站在孤儿营大门外往行辕大营那边瞅，看看师兄回来没，既担心由于过累身子骨儿吃不消，又怕出什么意外。当终于听到由远而近嗒嗒嗒的马蹄声儿了，激动得心几乎跳到嗓子眼儿，默念着："谢天谢地，马队回来了，师哥安然无恙。"到了夜半睡着时，脸上仍挂着笑容，那种甜如蜜的感觉是别人无法体验到的。遗憾的是两年后，情感之火已被点燃的白面娘子想作为班布泰亲近知己的美好愿望成了泡影，给她留下的只有幸福的回忆和无尽的痛苦，甚至想以死与命抗争，缘何如此呢？说来话长。

拉林河畔上游的一片平川之地有个范家堡子，堡内居住着数百户人家，大多数都是老范家的人。除了范氏家族的长辈及上下人等外，其他皆为阿哈①，之所以取名范家堡子，就是因为住着一窝子姓范的。此地早年住着个有钱有势的大庄主，姓范名百千，原先是河北范家庄的，离

---

① 阿哈：满语，奴才。

天津卫不远，清朝初年才迁过来。其祖上善于经营，同当时威风凛凛的八旗将领多尔衮关系不一般，并受到信任和重用，很快便被提拔为佐领，后来成为世袭佐领。当初，范百千的父亲为他取这个名字是隐含一种喻义的，就是说呀，范氏家族有良田上百上千垧，还有数不清的男女阿哈，乃统御此平川之地的大庄主。范氏家族为啥能占有那么多耕田呢？清初的时候，这里的土地归属八旗兵，由他们轮番耕种。长期以来，由于驻防兵员的调动、战事的频发，将士们根本顾不上农作，致使一些土地撂荒了。范百千见有机可乘，便凭借家族的势力和厚实的财力，或用白花花的纹银逐渐将那些散在的农田一垧一亩一分地买到手，或采取各种办法强行霸占，变为范家的耕地。明着讲是百垧，实际上多了去了，方圆百八十里的土地几乎都姓范。随着耕田的易主，此前租种这片土地的农户自然就划到了范百千的名册上，受其管束，向其交租子，继而农户沦为佃户，交不起地租的慢慢连自己的身份都失去了，成为范家的奴仆。

到了康熙朝时，老范家开始经营船运，尤其善于驾驶槽船，差不多有上百条运粮船往返于松花江上。通常情况下，他们把辽河附近屯落的粮食装上船，经过一些天的运行，卸到吉林伊通河边。休整两日后，再重新将粮食装上船，经松花江转运黑龙江，供给驻扎瑷珲的八旗官兵食用。由于祖上运粮有功，开辟了一条从辽河到黑龙江的水路，故而受到了皇封，封之为运槽官副都统，范家大门斗上方悬挂着皇上的御印，年年享受二品官俸禄。从此，范氏家族有皇封的名声传开了，一直到雍正朝，老范家的代代掌权人脑袋总是扬扬着，鼻孔朝天的，摆出一副不可一世的架式。祖上死的时候，清廷颁令，允许范氏家族在其坟头儿立一座六眼透龙碑，雍正皇帝还下了谕旨："永享皇恩，子孙世代优渥焉。"这可了不得呀，一般来讲，只有皇室、宗室的人以及贝勒爷故去方可立九眼透龙碑。而范家的祖上既不是皇室的，也不是宗室的，却立上了六眼透龙碑，不仅光宗耀祖了，而且所有的官衙皆不敢惹，还得另眼相看，大开方便之门。正因如此，使得所经营的船运越来越红火，资财越积越多，权势越来越大，进入嘉庆朝时，已成为拉林河一霸了。

范家堡子现在的庄主、掌权人是谁呢？乃范氏家族十六代传人范蔼仁，字仁宽。此人五十有七，个头儿不高，肥头大耳，国字脸，留着两撇儿八字胡。身着员外袍，外穿金丝缎坎肩儿，右手拄根拐杖，见人总是笑吟吟的，从外表看，好像是位很有福分的慈祥老者。还自比为孔圣人的弟子，孔仲尼有 72 个徒弟，他算第 73，书架子上摆放着的《诗经》《论语》等孔孟之道书籍多得是。喜欢书法，客厅正面墙壁悬挂着一幅用红木镜框装潢的名画《虎啸龙吟》，旁边以正楷自题 3 个大字"范爱仲"作为座右铭，以丝缎裱之，名画下方的桌案上摆放着观世音菩萨像。"泛爱众"乃孔子所著《论语》书中的话："泛爱众，有亲人，行有余力，则以学文。"明眼人一看便知，范蔼仁这是用孔仲尼之言彰显自己的所思所想，"范爱仲"嘛！他的大号起得好哇，"蔼"是和蔼的"蔼"，"蔼仁"意指态度温和，关怀别人，富有同情心，容易接近，慈和地对待每个与己打交道之人。字取得也不错，"仁宽"即指宽仁薄己，同样以孔圣人的"君子宽仁薄己"作为激励、警戒自身的格言。

　　然事实并非如此，这一切都是范蔼仁着意做出来给别人看的，冠冕堂皇地为自己脸上贴金，不过为了粉饰而已。他是个典型的笑面虎，从不和蔼待人，而是尖酸刻薄、吝啬，视私财如生命，属铁公鸡的，一毛不拔。不友善，不仁慈，不欺人觉得不痛快，不贪占感到心不爽。不光范蔼仁这样，范氏家族的代代掌权人皆是靠霸占土地、重利盘剥、搜刮民脂民膏而发家的，到头来富了自己，苦了百姓。范蔼仁自乾隆、嘉庆以来，以各种手段强买或霸占盛京、吉林、黑龙江三地之辽河、伊通河、松花江两岸的良田不可计数，可谓费尽了心机。土地是农民的衣食之本，却变成了范家的私田，辛苦耕耘的一家老小随之也成了庄主的佃户，任其剥削与欺凌。老范家缘何有这么大的势力呢？一个是祖上有皇封，名声在外，谁都得敬几分。另一个是家中豢养了不少打手，有自己的团练，专门保护范家堡子，一旦有啥事儿，团练便一窝蜂般冲出，非伤即杀。要想不吃眼前亏，面对一群虎狼，只能忍气吞声，敢怒不敢言。

　　那个时候，关东各地有不少堡子，由庄主管理。为了自保，防备土匪抢劫，各堡子纷纷组建团练，美其名曰卫护堡内居民的安宁。不仅如此，还集中人力、物力，在堡子四周修筑高大的土坯墙，人称"土城墙"或"土围子"，需费时三四年的工夫方可建成。辽宁、吉林、黑龙江三地的堡子四周也都砌了土围子，有用灰砖砌的，有用土坯砌的，只不过有高有矮、有大有小、所设瞭望哨有多有少而已。土围子多数是用大块儿土坯砌成，土坯有多大呢？得两个人抬着，并排摆在底部垫着一层石头的地上，即于石头上砌墙。土坯与土坯之间夹些木头条子，用和好的掺草之泥一层层垒起，砌成后，约有 3 人高，非常坚固。

范家堡子四周的土围子在松花江流域因面积大而远近闻名,建于乾隆中期,方圆百里,经不断修整,越来越坚固。土围子乃长方形,东南西北各有一扇出入堡子的半圆形原木大门,厚重而结实。平时大木门关得严严的,只开旁边的小门,除非有朝廷的官员或贵客前来,或者逢年过节才开大木门。开门前,先咣咣地敲顿锣,然后几个人上前往两边推,木门开启发出的吱嘎声儿全堡子都能听到。

土围子的四角修有炮楼,四周有枪眼,设哨员,可以瞭望、射击。团练们使的是土枪、土炮,射程较远,别看往上打不易,往下可一打一个准儿。外人来范家堡子,未经庄主同意根本进不了围子,为啥呢?因土围子的外侧挖了又宽又深的护城壕,里面注入没脖儿深的水,像道屏障一样挡着你,无路可走。东南西北4扇大木门的上方皆横一吊桥,平时是提起来的,竖在土墙上,只有在庄主允准的情况下,才能松开绳子把吊桥放下,搭到护城壕上,来人方可进入。这还不算,外面的人要想进围子,不是在大木门外高声儿呼唤,那么远谁能听见哪?即使听见了也不给开。必须先去四角炮楼处,站在城门的斜下方,以便瞭望哨能看到你。怎么做能联系上呢?可采取两种方式:一种是射箭。即事先把进围子要办什么事儿写在布条儿、皮子或白纸上,然后插在箭头顶端,再拉弓将箭发出,不偏不倚射进瞭望楼里。团练拾起箭后,取下布条儿、皮子或信函,立即通报给庄主。范蔼仁打开阅罢,认为来人可以进,便命瞭望哨鸣锣并开启大木门。认为不能进,你得立马打道回府,没有商量的余地。另一种方式为曾经来过的人和瞭望哨相互之间有暗号儿,来人站在城下,或吹一种声音尖利的口哨儿,或放开喉咙唱支当地的民谣,或将两手放于嘴边发出一种特殊的响声,无论咋样,得是此前订好的联络暗号儿。瞭望哨居高临下,看得颇为清楚,仔细打量是否认识,确定后方能放进来。

范家堡子内居住着数千人口,纵横多条街巷,一趟趟儿的灰砖房、土坯房排列整齐,光范蔼仁的妻妾、儿女、亲戚、仆佣、雇工的住房就占好大一片地。围子里的生活必需品十分全乎,不用出外去商号买,也不用上这儿打把铁锹,去那儿做把锄头,里面什么都有。不但有学堂、农具库、兵器库,而且所设作坊五花八门,什么烧锅呀,铁匠炉哇,磨坊啊等等。还有牛马行、布帛庄、绸缎庄、衣帽庄、药铺、大小饭馆儿,门前都挂着幌子,有的单幌儿,有的双幌儿,有的三幌儿。总之一句话,范家堡子就是一处农村中的城市,士农工商俱全,范氏家族一统天下，范蔼仁即堡子里的土皇上。平时防范甚严，土匪或强盗若打算硬闯土围子，那可是难上加难，一时半会儿攻不进去。范家堡子还不怕围困，水井充足，粮食满仓，自给自足，挺上几个月甚至一年都没事儿，照样可以正常生活，衣食无愁，固若金汤。

范蔼仁身边有两位武林高手，其差事一是作为范家堡子团练的总教头，传授少林功夫，团练的所有成员皆为他们的弟子；二是保庄卫堡，看家护院。二位教头是从河南嵩山少林寺来的游方和尚，一位法号叫夺魂僧者，年龄四十有三，中等身材，不胖不瘦，高颧骨，大眼睛，脑门儿锃亮。有啥能耐呢？即五毒掌特技。据讲，其双手浸有微量毒药，此药非常厉害，是把足呈钩状、有毒腺、能分泌毒液的蜈蚣同后腹部末端有毒钩儿、用来御敌和捕食的蝎子放在一起炮制而成。倘若不小心挨他一掌，全身立马中毒、溃烂，渐渐烂到骨头里，人就会死掉，故而又称"夺魂掌"。

另一位法号叫静空大师，年龄三十有九，个头儿较矮，长瓜脸，吊眼梢儿，薄嘴唇，刮掉络腮胡子的鬓角呈青色。由于终朝每日习武、练筋骨，全身的脂肪差不多全练没了，只剩下皮包着骨头了，清瘦清瘦的。乍一瞅，似乎提溜起来没几斤沉，连饭碗都端不动，就瘦到这个程度。然看似弱不禁风，实际上浑身是劲，若是好信儿比比谁的力气大，膀大腰圆的莽汉不一定是其对手，不小心被他抓住，那双铁拳能把你的骨头捏碎，不吃亏才怪呢！他的能耐是练就了高超的轻身术，身体腾空之时，既像一片飘逸的白云，又像一汪儿不流动的清水。单脚点地往高处一纵，嗖的一声跃到房脊了；再一纵，站在树梢儿上了，细细的树枝踩不断；往下一蹿，刷地落入江中，水面儿不起半点儿涟漪，只有浮萍和水草。不会游泳的人落入江中肯定沉底，而静空大师最多没到膝盖就下不去了，运上气能迅速将双腿拔出并于水面儿行走，如同踩在银色的飘带上。更奇的是牡丹花盛开时，那花茎多细呀，他能站在花瓣儿上，将左腿抬起紧贴着右腿，双手抱于胸前纹丝不动，还压不折花茎。这个功夫可了不得，实乃绝技，不是一朝一夕能练出来的，令人叫绝。

范蔼仁对二位大师打心眼儿里佩服，且尊崇备至，奉若神明，言听计从。然堡子里家家户户的男女老少看到他们却躲得远远的，不用说老范家受了皇封、名声显赫、势焰熏天排场大，谁见了他家的人皆惟恐避之不及、头不敢抬、眼不敢直视、生怕对方吹毛求疵而成了倒霉蛋，就是两个大和尚往那儿一站，不用开口便把你吓酥了，谁敢说个"不"字

第二章 智斗群魔

儿？倘若将官府都高看一眼的范蔼仁给得罪了，那还有好儿哇，首先自家的田产尽数归入了范氏家族的名下，然后想方设法惩治你，甚至弄死你，连尸首都找不着。

范蔼仁有八房儿妻妾，儿女成群，由一大帮婢女、老妈子伺候着。其中最受其赏识的是明媒正娶、娘家有权有势的大老婆钱氏，即吉哈里哈拉。她中等身材，不胖不瘦，模样儿俊秀。今年虽已40出头，年岁比其她妻妾都大，但并不显老，姿色不减当年，看起来仍很年轻，顶多30来岁，可能是由于平时注意保养、用牛奶洗脸、人参水洗浴并以珍珠粉涂身使然。钱氏出生于富裕农家，没读几年书，欠缺儒雅之风，语言有时比较粗俗。不过长了一张巧嘴，见啥人说啥话，专会看人脸色行事。还颇有心计，脑子反应快，眼珠儿一转一个道道儿，目光犀利，很有威慑力。嫁到范家堡子后，就开始帮助丈夫治家，对外打理得周周到到，没有不佩服的；对内治理得井井有条，丫环、男仆、家院没有不听的。钱氏总是显得非常大度，得理能容人，遇事有办法，拿得起放得下。对待丈夫的另七房儿妻妾关照有加，向以妹妹相称，如同自己的同胞手足。尽管范蔼仁很少同大夫人睡在一起，只对几个小妾十分近乎，情意缠绵，极尽讨好儿之能事，她也从不挑剔，不与小妾争宠，不老大自居，不计较小事，而是宽让再宽让，因而堡子里的人皆未听说庄主的8个老婆因嚼舌多事而吵嘴打架。妻妾之间暗地里免不了勾心斗角、争风吃醋，只要被钱氏发现了，很快就能摆平，姐妹们内心的忌妒、气不忿儿亦随之全消，并且对其格外尊重，不敢违拗，一口一个大姐地叫着，前呼后拥地围着。她对范蔼仁同样很有办法，既温柔又约束，能管住丈夫。范蔼仁也甘愿听其摆布，包括每天晚上到哪房儿妻妾处留宿，大老婆若是不发话，他决不敢去，这点连下头的仆佣都知道。

钱氏头脑不简单是出了名的，老范家之所以有今天，应该说一半儿的功劳得归于大老婆名下。嘉庆十三年，她曾得到一品诰命的御赐，身份及地位随之提高了，吉哈里哈拉家族无不感到荣耀。范蔼仁虽然是名正言顺的大庄主，又是个能人，但范家堡子的妇孺、老少爷们儿皆知，范氏家族说了算的真正管家乃大夫人钱氏，上上下下没有不竖大拇指的，连范蔼仁都不得不佩服。自打范家堡子来了两位大师作为团练的总教头，钱氏同丈夫一样将其尊为上宾，无论碰到什么事皆与师父商量，以讨良策，可谓信任有加。

那么，夺魂僧者和静空大师真是少林寺的么？又缘何游方至此？书中暗表，范蔼仁身边的这两位大师的确是少林寺的，即长眉长老的爱徒老二和老三，只是下山后为自己重新起了法号而已，夺魂僧者即冲霄五毒侠，静空大师即云水轻身侠。前面讲到的有一年，富俊大人的府门前有位游僧晕倒了，富俊令家人将其抬进屋内并请郎中为其诊治。痊愈后，留住半年之久，为的是报救命之恩，向班布泰传授少林武功。这位和尚即长眉长老的大徒弟一指金刚侠，由于云游各地不便公开自己的法号，才报称另一名号"一指禅师"。他原本与二师弟和三师弟一块儿辞别长眉长老离开少林寺的，中途为啥又分而行之呢？原来师兄弟3人下山后，一路说说笑笑走到黄河边，坐着摆渡过河进了山东界，一指金刚侠向北望去，想起了家乡："此地离河北冀县不远了，不知二老和惟一的妹妹后来是否回到家乡，何不去看看？这可是难得的机会，不能错过。"想法定下后，便与二位师弟商量道："师弟呀，我打算转道去冀县，多年未回去了，不知二老是否还住那儿，身子骨儿如何，妹子生活得怎样，很是挂念。不如这样，我回乡一趟，你俩先走，日后在京师会面，你们看行不行？"

二位师弟听后，也认为大师兄应该回家看一眼，此乃人之常情，天经地义，哪能不答应呢，遂频频点头表示赞同，冲霄五毒侠说道："大师兄，尽管去，代我和三师弟问候一下二位老人家，我俩在京师边歇脚边等你。师兄到了京师之后，可去各个庙宇找我们，那时咱们师兄弟又能见面了。"

云水轻身侠叮嘱道："大师兄，路上小心点儿，别耽搁太久，快去快回。"

就这样，师兄弟3人于山东分手，大师兄改道前往冀县，两个师弟则撂开铁脚板儿边寻访边云游，直奔京师而去。一个多月后，冲霄五毒侠和云水轻身侠顺利到达京师，于各个庙宇朝佛、诵经，等着大师兄。可是过了很长时间也未见大师兄来寻，二人有些着急了，怎么办好呢？眼看秋末了，气候转冷，路不好走，老在这儿干等不行啊！合计来合计去，最后决定不再等了，离开京师先行一步，到了关外再找大师兄，估计他也会去那儿。

第二天一早，师兄弟二人收拾停当，用罢斋饭，刚从寺院出来，就碰上一支八旗骑兵，约200多人，有的手牵一匹马，有的手牵两匹马，匹匹膘肥体壮，鬃毛在阳光下闪着丝缎般亮光，非常招人喜欢，向周围的人一打听，原来此乃吉林马队的将士。这里需插说几句，吉林马队始

第二章 智斗群魔

建于乾隆中期，发展于乾隆末期，久经沙场，屡立战功，威名远扬。到了嘉庆朝乃至道光、咸丰年间，吉林马队也是名声在外，无人不知，无人不晓。当年组建时，为了增强实力，接收了原蒙八旗马队的一部分官兵。这些骑兵不像满八旗的骑兵那样骑术不等，有高有低，而是相当厉害，乃蒙八旗马队之精锐，个个骁勇善战，阵前经验丰富，以一当十。为什么吉林马队的基础是蒙八旗的骑兵呢？因为郭尔罗斯王爷跟当时的吉林将军关系特别好，无话不谈，亲如手足。为表达兄弟之情意，便主动帮助吉林将军衙门建起了吉林马队，并划拨了一部分蒙古骑兵。从乾隆年间始，吉林马队官兵的坐骑皆来自于蒙古大草原，其特点是长鬃长尾，毛色光亮，雄健擅跑，负重耐劳，身量不大，个头儿不高。在两军对阵中，马的个头儿高，目标自然就大，容易被对方射来的箭击中。马的个头儿矮，可匍匐前进，易于保护背上的兵将，有利于征战。吉林马队自打组建到现在，参加了京川无数大小之役，到过云南、贵州、宁夏、湖南、湖北等地，在大清平定异族叛乱、卫护边疆安宁的战斗中立下了汗马功劳。

  冲霄五毒侠和云水轻身侠碰到的这支马队是奉命去湖北平叛匪患凯旋到京的，休整了两日，今天起程返回吉林，兵部为他们送行。街上驻足的人很多，道两旁的住户纷纷扶老携幼前来观瞧，都好奇呀，谁不想开开眼哪，总算见到吉林马队的雄姿了，赞叹之声不绝于耳。少林寺的师兄弟俩也站在人群中抻脖儿瞅着，心里这个高兴啊，真是赶巧了，我们正好也去关外，不过路不熟，这下有领道儿的了，可以跟着马队走，省得还得四处打听。二人看了一会儿，便走到一位身穿盔甲的武将跟前，云水轻身侠口诵佛号道："阿弥陀佛，打扰了，请问军爷，听说你们是吉林马队？"

  武将侧过头一看，见是两位僧侣，遂礼貌地回道："没错，我们是吉林马队，敢问大师有何贵干？"

  云水轻身侠说："本僧久闻吉林圣地，想同师兄去关外的辽东一带云游，但路不熟，能否搅扰一下，允许我们跟在队伍的后面走？"

  武将笑道："二位大师，真是幸会呀，当然可以同行了。不过我们是骑马赶路，速度快，大师仅靠两条腿哪能跟得上？不行的话，可借二位两匹马，同马队的八旗将士一块儿走。"

  云水轻身侠赶忙致谢道："本僧谢谢军爷的关照，骑马就不必了，我们不会被落下。自出家以来，不论到哪儿，一向撂开铁脚板儿赶路，已经习惯了，请不必挂心。"

　　武将爽快地说："那好哇，有大师相伴求之不得，定会一路顺风的，咱们一块儿走！"言罢打马前行，师兄弟俩跟随在侧，毕竟是世外高人，行走如飞，比骑马还快。

　　3人边走边聊，越唠越近乎，越唠越投缘，不知不觉中出了京城。通过交谈，师兄弟俩方知，眼前这位武将是满洲正白旗人，吉哈里哈拉，汉姓钱，名永康，职衔为协领，乃三品官，这200多号骑兵的马队由他统率。钱永康给人留下的印象是英武刚强，热情爽朗，善于辞令，路上还介绍了吉林马队人员的构成情况，并道："二位大师可能听说了，吉林马队不可小觑，不少威名赫赫的战将出自这里，大清朝廷的名臣赛冲阿大人原先就是吉林马队的，后来当上了都统。刚开始时，赛冲阿随同一个叫倭楞泰的大将军东打西杀，屡立战功，倭楞泰直至年岁大了才告老还乡。二位将军皆善射，使百石弓，箭法高超，具有百步穿杨、一箭射二虎之能耐，且力气极大，单掌可将巨石击碎，乃典型的关东大汉……"

　　冲霄五毒侠和云水轻身侠跟着吉林马队一直往北走，出了山海关进入辽东地界后，二人便停下脚步，冲霄五毒侠向钱永康揖手道："军爷，谢谢了，我们该告辞了。您率人马继续前行吧，本僧和师弟准备在此地云游，将来有机会一定去吉林拜望军爷，到时候或许还会搅扰您。"

　　钱永康忙翻身下马道："二位大师客气了，不必言谢，欢迎不日造访吉林，本将必恭候光临。敢问打算在什么地方落脚啊？本将或许能指点一下。"

　　冲霄五毒侠回道："其实没什么固定的地儿，只是走着看，哪儿都能安顿下来，出家人以苦为乐，四海为家。"

　　钱永康提议道："不如这样，依本将看，二位大师还是去范家堡子吧！那里地处松花江中下游的拉林河东段，森林稠密，水草丰茂，是个好地方。我的娘家姐姐多年前嫁给了范家堡子的庄主范蔼仁，为范家的大夫人，弟弟也在那儿。你们进了堡子先找我姐姐钱氏，只要提本将的大号，她会热情欢迎大师的，住多少天都行，啥说没有，巴不得有哪位大师光临呢，也好请求师父把高强的武功传授给堡子的团练。姐姐、姐夫可是菩萨心肠，不但信仰佛教，而且特别虔诚，并于府内设了佛堂。待二位大师离开后，他们定会终朝每日拜佛，诚心诚意供奉，以求佛祖保佑。"

师兄弟俩听罢，点了点头，口诵佛号，感谢军爷的热心指点。双方拜别后，钱永康一骗腿儿上了马，追赶骑兵奔吉林方向去了。冲霄五毒侠和云水轻身侠看着马队消失在前方的拐角儿处，回过头来开始在辽东大地上漫步，因为头一回来此地，对这里的山山水水、沟沟汊汊、一草一木皆感到特别新鲜，心情格外舒畅。从小便听说辽东乃满洲发祥之地，今天真就踏上了这片黑土地，能不为之兴奋么？到哪儿都不由得驻足而立，只想多看几眼，万分留恋，久久不愿挪步。他们首先逐一造访了千山万壑的古寺古庙，接着寻索到早已闻听的铁冠山古洞，遥望一线天。然后又亲临长白山下的青霄平云岭，拜望了几位长期于古刹中坐禅的知名僧侣，跟他们一起谈经论道。与此同时，游逛了名山、大川、群峰和许多不知名的地儿，绕了一大圈儿，也未得到半点儿大师兄的消息，自打于黄河边的山东界分手竟踪影全无。二人仔细商量一番，认为最好的办法就是按钱协领之提议去做，前往范家堡子见见他姐姐钱氏和范蔼仁庄主，不是称他们信仰佛教并很慈善么，索性在那儿呆些日子，顺便可四下扫听扫听大师兄究竟在何处，然后再作下一步打算，或许能找到也未可知。于是各自重新起了法号，边走边问路，心里着急脚下生风，没几天便来到了范家堡子大庄主的府门前，抬手叩响大门后，高声儿报上钱协领的大号。

此刻，范蔼仁和大夫人刚刚用完午膳，正准备宽衣小歇时，忽听院外传来嘭嘭嘭的敲门声儿，随即起身出屋，见府门外站着两个和尚，说是从嵩山少林寺来的，按协领钱永康之引见至此。夫妇俩一听，高兴极了，不用问，二位一准是大师了，世外高人能光顾咱荒僻的范家堡子，这可是佛光普照、满寨生辉呀，哪辈子修来的福分哟！赶忙大开府门，笑脸儿相迎，将二位大师引进待客厅，并吩咐厨子赶紧备斋饭，让女仆收拾一下准备供其歇息的房间，让男仆端来温水请大师洗漱，府内上下一阵忙乱。此后，范家对二位大师尊为上宾，敬重有加，像佛爷一样供着，一天一小宴，三天一大宴地招待着，一连半个月没消停。师兄弟俩觉得很是过意不去，与施主只是萍水相逢，对咱却以礼相待，表现出极大的热情，能不让人感动么？不能无功受禄啊，总得帮着干点儿啥作为回报才是。二人商量一番后，来到范蔼仁和大夫人跟前，夺魂僧者说道："本僧和师弟搅扰贵庄了，感谢施主的盛情，请千万别费心了，继续下去会令我们很不安的。出家之人对衣食住行没什么要求，有个居处便可，蹲庙堂从不觉得苦，向用清淡之食，残羹剩饭也不挑，吃饱就行。每日必于肃静的佛堂中坐禅、诵经、修身养性，不喜欢热闹。请施主不要客气，如果有什么困难或堡子遇到不可解之事、庄主有啥燃眉之急皆可提出来，只要能帮上忙的，一定尽力而为。"

范蔼仁笑道："那敢情好，求之不得呀，我代表全堡子人先谢谢啦！说实在的，为了使堡内的老少爷儿们都能过上安生日子，财产不被土匪侵夺，范家堡子组建了以武力保护自己的团练。初衷是好的，虽经训练，但多数成员与匪徒对抗之能力欠佳，武功也不行，想必是不得要领、无名师指点所致。倘若二位大师能在闲暇之余向团练教授一些少林功夫，那可太好了，亦是我们最期盼的，想必大师不会拒绝吧？"说着撩衣便要施礼叩拜。

夺魂僧者、静空大师忙起身阻止道："施主不必如此，传授少林武功乃我们的本分，应下就是了。"

从此，师兄弟俩便在范府住下了，每天除了于府内的佛堂诵经、做佛事外，就是教授团练少林功夫，还时不时地出外走走，去附近一些地方访查，看看能否打听到大师兄的下落。他们常想，范家堡子这么大，方圆百里，大师兄化缘到此不是没有可能。日子在寻找和等待中一天天度过，平静如水，倒也安然。

富俊对范蔼仁的恶行及名下土地甚多早有耳闻，暗下决心必盘根究底，依法办事，绝不留情，因自己所司之职就是重新清查、丈量田亩，多占者须还地于民。若想圆满完成朝廷交办的这一重要差事，首先得制服拦路虎，即各个庄子的庄主，尤其是范家堡子的大庄主范蔼仁，不想碰也得碰，不想得罪也得得罪，躲是躲不过去的。明知范氏家族私占了不少田亩，拖欠了许多早应上缴的田租地税，一些租种土地者所缴纳的租税也被其吞为己有，不拔掉这颗虎牙就无法顺利清丈土地。棘手的是范蔼仁乃方圆百里的地头蛇，财大气粗，这回动到他的头上，难度肯定很大，富俊对此心里明镜似的。认为一开始最好尽量绕开他，先可那些势力小、名声不大、容易整治的下手，一个一个来，做到心中有数，早早晚晚得轮到范蔼仁，跑不了他。为了向朝廷负责，为了不辜负皇上的信任，为了黎民百姓的安宁，豁出去了，赴汤蹈火在所不辞，脑袋掉了碗大个疤，后人自会对忠良之臣给以公正的评说。

偏偏冤家路窄，是祸躲不过，富俊早就得罪了范氏家族。在盛京户部任职时，不是曾因发现范喜奎在参票上作弊并有贿赂高官之嫌、故而疏文上报朝廷并请予以明察么？范喜奎乃范蔼仁的叔伯兄弟，富俊敢在

第二章 智斗群魔

其至亲头上动土,范蔼仁能不知道么,气得不止一次忿忿地对身边人说:"那个瘸老头儿不就是一品大员、当过吉林将军嘛,算不了啥,或许能吓唬住别人,却吓唬不了本庄主。我不怕,有能耐现在就来呀,啥时候到,啥时候奉陪!我家祖上受皇封,想要抄没家族世代已经占有的田产,没那么容易,做梦去吧,决不会拱手相让的。富俊手下除了一哨人马有什么呀?我范某人别的不讲,金银财宝有的是,腰缠万贯,有钱能使鬼推磨,只要把上头笼络住了,他就干没辙。京师及各府州县不少官员的亲属都租种范家的土地,必要时,可免收其租税,遇事他们自然会向着我。欲要搬动我,得先搬动那些官员,越不过高坎儿到不了范家堡子,谅他没那本事。从前他不识好歹,把范氏家族的喜奎大人得罪了,结果怎么样?没打着狐狸反惹一身臊,喜奎高官照做,他却被贬到双城堡清丈田亩来了,白天跟黄土打交道,晚上睡在茅草房里挨蚊虫叮咬,吃苦受累。现今还想来整我,真是吃一堑不长一智,没个记性,这回不同上次了,就看他怎么做了。倘若清查时下手轻些,讲点儿义气,睁一眼闭一眼,那咱们就井水不犯河水,他不碰我,我也不整他。如果敢骑在范某人脖颈子上拉屎,那就是活腻歪了,自己找死!轻者,让他身败名裂,告老还乡,抑郁而终;重者,让富氏家族的子孙后代连坐,从此在大清国没有立足之地!"

范蔼仁恨透了富俊,别看表面上显得很是豪横、硬气,实际上暗地里十分惧怕、惶恐,担心总有一天,清查田亩之大网罩在自己头上。他也不想与富俊正面冲突,认为能迂回到其侧面或后面方为上策,于是便派心腹四下打探富俊有啥嗜好及人品如何。心腹探后报曰:"大庄主,据讲那个瘸老头儿为人耿直,清正廉洁,软硬不吃,不食人间烟火,难以用金钱收买。"

范蔼仁听后,心中不禁一惊,真是怕啥来啥,人都是这样,不怕横的,就怕不要命的,看来富俊非要跟我对着干不可了,这便如何是好?当日用罢晚膳,亲自请来了夺魂僧者和静空大师,就怎样应对富俊清查田亩、顺利躲过重新登记造册、像条鱼儿一样从水里溜走、让他抓不着、保住范氏家族所占有的土地不受任何损失进行一番商议,并恳请其出谋划策,帮着处理眼前这件棘手之事。

二位大师边喝茶边听范蔼仁介绍完情况,经仔细思忖后,夺魂僧者首先开口道:"施主,本僧认为您过虑了,富俊虽然手持令箭,但没有太岁头上动土的胆量。施主请想,这块儿乃范氏家族几代人的居住、经营之地，别说住户绝大多数都姓范，连周围的山山岭岭也是范家的。没错，富俊的确是朝廷派出的大员，率领一哨骑兵驻扎于此，不过却在大庄主的一亩三分地上清查，又是在您的眼皮子底下进行，所有的一切都在我们的视线之内，他敢轻举妄动吗？别忘了，咱有团练哪，倘若出手，他那一哨骑兵很难占便宜。从某种意义上讲，富俊及其属下乃外来人，对此地不熟悉，家家户户很少有认识这位朝廷派来之大员的，发话谁听啊？而范家堡子几乎皆为庄主的人，庄主说一不二，让他们咋干就咋干，听喝儿。天时、地利、人和全占了，优势在我方，咱能左右得了富俊，富俊却左右不了咱，何惧之有？此为一；二者，富俊有自己的难心事儿，老了老了竟担起了别人不愿干的差使，终朝每日东跑西颠地清丈土地，十分辛苦，那么大岁数了，容易吗？想必他也不愿意得罪人，只想尽一切努力圆满交差，以便风光的荣归故里。在告老还乡之前，为了给自己增光添彩，落个好名声，他想出一招儿，即在推行德政上下功夫，大张旗鼓地办起了学堂，学生就是那些东捡一个、西领一个聚集到一起无家可归的孤儿。尽管平日很忙，事儿又多，还总是抽出时间亲自担当课业老师，为其讲授名家之作，培养八旗子弟。乍看起来，算不上什么大事，不过办个学堂而已。然仔细想想，那可是给大清社稷的千秋伟业奠定基石、添砖加瓦，也为自己增加了积德的资本，在天子面前定能讨得治政之功，亦能受到朝廷和文武百官的一致称赞，何乐而不为呢？这个老头儿不可小觑，聪明得很，暗地里肯定思摸过，倘若清查土地受阻、收效甚微、处于下风怎么办？他有垫底的，即教育培养八旗子弟这方面占了上风，运气好了或许双赢呢，照样向皇上交差。因此，庄主决不能等闲视之，眼光是不是也同富俊一样，不妨放在治学上……"

范蔼仁听得云里雾里，不解其意，急不可待地插问道："大师且慢，您的意思是……"

一旁的静空大师接过了话茬儿："施主，这还不明白么，就是从治学上下手，中止富俊的积德之举，想法儿把孤儿营的孩子弄到范家堡子，迫使其学堂关门。这样一来，他那套美其名曰治学的把戏只能收手，再没啥可吹嘘的了，结果必然是鸡飞蛋打，前功尽弃。听说富俊不但为培养八旗子弟办起了学堂，而且将担起抚养之重任，宁肯和官兵们勒紧裤腰带，也要把粮食省下来给孩子们，为啥呢？因为行辕的官兵不是随便吃粮或用多少给多少，而是按人头定量配给，官兵们少吃点儿，孩子们就能多吃点儿，不能让没爹没娘的孤儿受屈。富俊还拿出自己的

第二章　智斗群魔

俸饷给他们扯布做衣裳、买靴子穿,节衣缩食为的是把孤儿养大,孩子们很是感激,亲切地称其为'土地爷爷'。咱要是把那些孩子弄到范家堡子,等于挖走富俊的心头肉,必将打乱其阵脚,影响丈量、清查土地的进程,我们从中可得渔翁之利。"

范蔼仁眼珠儿转了转,寻思一会儿,仍然还是丈二和尚摸不着头脑,一脸茫然地问道:"那又能怎样?富俊划拉了一大帮孤儿养着,属下还得跟着遭罪,不是吃饱没事儿撑的么?"

夺魂僧者说道:"施主这是怎么了,脑袋咋转不过弯儿了呢?你想啊,那些孩子到了我们这儿,首要的是需提供生活保障,得盖房子让他们住下吧?一年四季得有衣服穿吧?天天得吃三顿饭吧?光有钱不行啊,还有好几十张嘴等着呢,没有足够的粮食能填饱肚皮吗?那么粮食打哪儿出?不会从天上掉下来,而是播种后地里长出来的,没有土地,何谈收获粮食?土地不足,拿什么给孩子们糊口?朝廷若是得知庄主为了积德行善而收养了大批无依无靠的孤儿,给以衣食之力,使之安居乐业,即使查出庄主由于私占而超出了应得的田亩,也会看做是为满足孩子们的生活需求不得已而行之,为国分忧还会怪罪么?这在情理之中啊!因此,上策就是千方百计地破坏、瓦解富俊办学,既让他的治政之功泡汤、没有理由往脸上贴金了,也使庄主得到了实惠,可名正言顺地占有大量土地。富俊将束手无策,动不了你一根毫毛,这不是很好嘛,庄主意下如何?"

范蔼仁终于开窍了,觉得二位大师出的可以说是个损招儿,够富俊喝一壶的了,随即高兴地说:"成,太好了,就依大师之计行之。请问大师,咱们怎么做才能顺顺当当地把那几十个孤儿抢过来呢?千万不能弄得满城风雨呀!"

静空大师笑了笑道:"施主,你就把心放在肚子里吧,有啥不好办的,还用明抢吗?以物诱惑呀,那些孩子肯定得乖乖跑到咱这儿来,神不知鬼不觉!"

范蔼仁点了点头,暗自寻思道:"此事非同小可,我得听听枕头风,看看大夫人啥意思,让她拿个主意。"想至此,遂致谢道:"谢谢大师帮忙,麻烦二位了,时候不早了,请先回房歇着吧,咱们可以再议。"

夺魂僧者和静空大师起身告辞,出得门来,向自己的住处走去。范蔼仁则去了大夫人的卧房,见其正要吹灯歇息,便把两个和尚出的计谋原原本本地说了。钱氏思忖片刻,脸上露出了笑容,说道:"老爷,二位大师好厉害呀，出的乃高招儿哇，一举两得，可行！"

范蔼仁一听，赶忙上了炕，三下五除二脱掉衣服，钻进被窝儿与其商量开了："夫人哪，要知道，富俊那清查田亩行辕有八旗兵严加看守，外人根本进不去，光天化日之下抢孩子，不是天方夜谭么？总得有个合适的办法才是。"

钱氏说："办法是人想出来的，你是死脑瓜骨哇，不会动动脑筋嘛！"

范蔼仁紧接着又道："夫人一向是个有主意的人，这回到揩劲儿的时候了，你说该怎么办？"

钱氏卖起了关子："大师不是讲了么，以物诱惑，路子点得再明白不过了。"

范蔼仁哼了一声道："说得容易，怎么个诱惑法儿？总不能手拿银子明晃晃送给那些穷孩子吧，行辕有兵丁守护着呢！"

钱氏伸出食指戳了一下丈夫的脑门儿道："老爷，你真笨，招儿不是有的是么，绝不能被富俊及手下的官兵发觉，咱得悄悄儿做。"

范蔼仁有些不耐烦了："没闲工夫跟你磨牙，唠了半天也未说到点子上，到底想出啥辙了，能不能干脆点儿？"

钱氏忙陪笑脸道："老爷，急什么呀？你别忘了，我弟弟可是个鬼精灵啊！这样吧，此事就交给我们姐弟俩了，明儿个我跟他合计合计，定下后再告诉你。暂时先别言声，一旦传出去，不利于计谋的实施，不早了，睡吧！"说罢为其掖了掖被子，噗，一口气吹灭了灯。范蔼仁完全相信大老婆有这能耐，也不想再问了，打了个哈欠翻过身去，不一会儿便响起了鼾声。

大夫人提到的弟弟名叫钱如民，钱氏出嫁时，带其一块儿来到了辽东。此人遇事好琢磨，能说会道，机灵劲儿很像姐姐。然鬼心眼儿特别多，一肚子坏水儿，把姐夫哄得滴溜溜转，范蔼仁便把账房的大权交给他了，成为掌管田亩大账、核查银钱、货物出入及收支账目的总师爷。过了一段时间，范蔼仁觉得正如己所愿，小舅子管理得不错，井井有条，账目记载翔实，笔笔有宗，从未出过半点儿差错，对其很是满意。钱如民有个最大的嗜好，即喜欢耍钱，"钱"字儿总挂在嘴上，天天离不开赌桌，不是押宝就是推牌九。手气还不好，赢时候少，输时候多，眼瞅着自己的银子落入别人的腰包，心疼得又搓手又顿足，据此大伙儿给起了个绰号"钱如命"。手中没钱时，他照样赌，背着姐夫提银子走

第二章 智斗群魔

支出账,并能把账面平了,究竟拿多少谁也不知道。可钱氏心里明镜似的,私下里不止一次地告诫道:"如民,住手吧,别再赌了,也别偷提银子了,这不是给我惹乱子么?总有露馅儿的那一天。老爷要是发现了,姐受瓜连倒是小事儿,关键是不能继续用你了,甚至会撵出范家堡子,自己酌量着办吧!"

钱如民却满不在乎:"姐姐,不是我说呀,就姐夫那智商绝对找不出账目的毛病来,十个脑袋加一块儿也斗不过我一个,不会出事的,放心吧!"

钱如民不仅能在账面上做文章,有时还偷拿金银库中的金条、银锭,将其兑换成铜板作为赌资。每当到姐姐家时,钱氏首饰盒内的戒指呀、耳环哪、发鬓上别的金钗等,总不忘顺手捎上几只,一次两次发现不了,时间长了,多啥少啥心里能没数么,钱氏猜出这是弟弟干的。此后,只要钱如民一来家,钱氏准慌神儿,生怕再丢点儿啥,遂把首饰盒藏入柜中并叮嘱两个贴身丫环暗中看着总师爷。几双眼睛同时盯向一个人,钱如民很难继续干偷摸之事了,欠下的赌债也越来越多,成了无底洞。钱氏对此感到很是无奈,这个弟弟太让人操心了,实情又不能跟丈夫讲,毕竟是一奶同胞啊,怎能忍心将其赶走?只能提溜耳根子一而再、再而三地讲明利害。

话说简短,转天一早,钱氏去账房见弟弟,把打算整治富俊及二位大师支的招儿讲了一遍,然后又道:"如民,姐姐心里已经有辙了,不过还是想听听你怎么看,如何做才能把住在行辕旁边那趟平房的几十个孤儿引诱到咱范家堡子来。"

钱如民手摸后脑勺儿想了想,说道:"没啥难的,小事一桩,很好办。可先打发人去珠宝店,买点儿仿制的金银、翡翠、琥珀、玛瑙等首饰和小物件,放入布袋子里。我装穷,办成讨饭的,把布袋子围在腰间,走到孤儿营大门口儿,手里拿着猪哈利巴,边打边唱十不全。那些孩子听到后,必然跑出来看热闹,守门的兵丁见是个乞丐,也不可能管,我便偷着给他们分发假手饰。碰到萨里甘居①,就送对儿耳环让她戴在耳朵上;碰到哈哈济,就送个镏子,让他戴在手指上。都是些穷孩子,以前恐怕没带过首饰,识别不出真假,能不高兴嘛,肯定得争先恐后地要。待送出二十几个后,没得到的岂能罢休?我就谎称今天没带那

---

① 萨里甘居:满语,女孩。

么多,家里还有,可随我去取,一个个肯定得乐呵呵连跑带颠地跟我走,这不就到范家堡子了嘛!咋样,姐姐,你弟弟的脑瓜儿不白给吧?"

钱氏听罢,实在忍不住了,双手捂着嘴咯咯直乐,边笑边道:"难怪咱俩是一奶同胞,知姐者弟也,想到一块儿去了。成,就这么办了,啥时候实施听姐吩咐,你做好准备就是了。"

钱如民爽快地答应道:"姐姐,看我的,你就瞧好吧!"

钱氏转身出了账房,来到正厅,见用罢早膳的丈夫正疾首蹙额地坐在桌边喝茶,赶紧走到跟前刚要开口,范蔼仁却抢了先:"夫人,那件事同如民商量好没,到底咋办哪?"

钱氏俯在他的耳边如此这般讲了一通儿,并表示此招儿准行,保证万无一失。范蔼仁赞同地点了点头,紧皱的眉头舒展了,一挥手道:"就这么定了,依计而行,越快越好!"

当天头晌,钱氏亲自去珠宝店买了些仿制的首饰和小物件,拿回后全部交给了弟弟。钱如民穿上一套七窟窿八眼的破旧衣裤,把装着假首饰、小物件的布袋子往腰上一围,散开头发,用炕洞灰抹了两把脸,一笑露出一排里出外进的黄牙,鼻涕眼屎的埋汰得很,手拿两个猪哈利巴,一看就是个要饭花子。准备停当,出了堡子,径直朝双城堡走去。大约两个时辰后,来到行辕旁边那趟儿平房的大门口儿,将两个哈利巴举起啪啪啪对打着,边打边唱十不全:

叫老爷,
听我言,
今儿个没吃一口饭,
明儿个不知怎么办。
叫老爷,
听我言,
能否赏给一碗饭,
感谢老爷肯施舍,
天天祝你长寿万万年。

连续唱了两遍,果然不出所料,把守行辕大门的兵丁只是往孤儿营这边瞅了瞅,以为不过是个乞讨的,也没在意。这时,平房学堂的门哐啷一声被推开了,呼呼啦啦跑出一大帮孩子,把"要饭的"围在中间。钱如民见此,随即高声儿开唱第三遍,一边唱一边不时地瞄向行辕那边的守门兵丁,并从腰间解下布袋子,取出首饰和小物件分发给孩子们。

第二章 智斗群魔

这些孤儿原本都是穷人家的，哪见过这么多值钱的饰品哪，什么金钗呀、银耳环哪、金镏子呀，还有什么玛瑙链儿呀、翡翠坠儿等等，在金灿灿的阳光下闪闪发光，耀眼夺目，非常好看，谁不想要哇？不要是傻子，纷纷争抢着伸手讨要。

钱如民见火候儿到了，便将布袋子口儿冲下抖了抖，然后重新围在腰间，悄声儿鼓动道："孩子们，看见了吧，口袋空了，今天没带那么多。不过不用着急，我家有的是，走哇，跟我回家取！"说着就往西边的那片树林子跑，孩子们则笑嘻嘻地跟在身后紧追不舍，林子里早有夺魂僧者和静空大师等在那儿接应了。就这样，只用一袋烟的工夫，钱如民轻而易举地把孩子们带出了行辕的孤儿营，如愿以偿地领进了范家堡子。

班布泰率骑兵出外巡逻一圈儿后，回到了行辕，水没顾得上喝便急匆匆去了学堂，推开门一看，屋里空无一人，心里很是纳闷儿："咦，孩子们去哪儿了？"反身出来刚走到大门口儿，只见几个女孩儿从西边呼哧带喘地跑了过来，跑在最前面的是白面娘子，赶忙迎上前问道："小白丫，你们那些小伙伴呢？"

白面娘子回道："师哥，今儿个先生家中有急事，下晌提前回去了，让我们在学堂里背《三字经》。大伙儿正记诵呢，忽听门外有人边打哈利巴边唱十不全，除了我们几个之外，其他伙伴一窝蜂全跑出去了，我赶忙搁开窗户喊他们回来，可谁也不听。那个人浑身上下脏兮兮的，衣裳又旧又破，脸黑黑的，是个要饭花子。他唱着唱着就往伙伴们手里塞东西，好像是首饰和小玩意儿，不一会儿，他们便相跟着往西边树林子那儿去了。我以为伙伴们随他疯跑一阵儿很快就会返回，可半个时辰过去了，一点儿动静没有。我们几个感到不妙，撒腿就去林子里找，踅摸了半天，连个人影儿都没有，这才赶紧跑了回来，正想告诉土地爷爷呢！"

班布泰听罢，啥也没说，疾步回到行辕向守门的兵丁询问，其回答同白面娘子讲得一样。他的心沉了下来，认为其中肯定有说道，立刻命骑兵重新上马，分东西南北四个方向仔细搜索，并向周边的百姓和行人打听孩子们的去向。据一位农夫讲，他干完地里的活儿往家走时，看见一大帮孩子随两个和尚和一个乞丐朝范家堡子那边去了。班布泰不禁大吃一惊，感到了事态的严重，非同小可，遂令骑兵拨马回返。当快赶到行辕时，远远看见出外丈量土地的爷爷已经回来了，正双手叉腰站在大门外抻脖儿向这边张望呢,身旁是白面娘子和那几个女孩儿。班布泰和骑兵们打马紧跑几步,来到富俊大人跟前,见其脸色阴沉,眉头紧锁,双目一眨不眨地盯向他们,看样子守门的兵丁已向其禀报孤儿丢失之事了。未等班布泰说明情况,富俊便劈头盖顶地大声儿训斥道:"班布泰,你是没长脑子还是无能啊,怎么带的兵,手下的门岗都是睁眼瞎呀?孩子们不是全交给你了么,竟保护不住,好几十个大活人光天化日之下生生给丢了,该当何罪?"

班布泰和众骑兵低着头垂手而立,他们头一回看到上司发这么大火儿,谁也没敢解释。过了一会儿,富俊的态度稍有缓和,说道:"看起来,孩子丢失不是无缘无故的,也不是孤立的,肯定是个阴谋。查到没有,那个乞丐从哪儿来的,把孩子们领到什么地方去了?"

班布泰回道:"禀大人,经寻访,尚未获得更多的线索,只知孩子们在一个乞丐和两个和尚的引领下去了范家堡子。估计此事乃范蔼仁指使手下所为,采取的是以物引诱之法,其中定有不可告人之目的。"

富俊一听"范家堡子"四个字儿,心里顿时明白了大齐概,气得五绺长髯直抖,牙关咬得咯咯响,声色俱厉地说:"这帮无耻之徒,居然干出如此下流的勾当,亏他们想得出,真是可恶至极!很明显,范蔼仁此举乃醉翁之意不在酒,为了保住私占的田亩,有意拖延、破坏丈量、清查土地,妄图做漏网之鱼,溜之乎也。其目的不仅为打乱我们的阵脚,假借施恩于他人子弟向朝廷请功,还想把众孤儿抚养成人,为自己培植新生力量,成为维护其私利之鹰犬,与大清朝廷对立,用心之恶毒昭然若揭。咱决不能让其阴谋得逞,必须将孩子们夺回来,一个都不能少。班布泰,这个差事就交给你了,先摸清范家堡子那边的情况,然后再行动,不可鲁莽从事,如有半点儿差错,严惩不贷!"说罢,气冲冲地推开大门回房去了。

班布泰当然知道爷爷的脾气、禀性,一向带兵甚严,说到做到,不讲情面,管你是谁呢,皆一视同仁。由于自己的失职、对手下兵丁训教不够而铸成大错,这是不可原谅的,尚未给以惩处已经很宽恕了,惟有让孩子们重新坐在行辕孤儿营的学堂内听先生授课,方能将功补过。他的内心深感愧疚,当天夜晚躺在炕上翻来覆去睡不着,这火可上大发了,心想:"听说离此不远的范家堡子为自保组建了团练,还构筑起坚固的土围子,壁垒森严,外来者很难进入。范蔼仁身边有两位来自嵩山少林寺的大师身怀绝技,武艺高强,一般人进不了前。面对这种状况,

第二章　智斗群魔

怎样才能从土围子外大摇大摆地进入范家堡子、由谁去对付那两个和尚、用什么办法领回孩子们更稳妥呢？"绞尽脑汁地琢磨来琢磨去，忽然想起了一指禅师："师父啊，您云游到哪儿去了，与那两位师叔相聚了吗？三位大师若是能来行辕该有多好，可助我们一臂之力，遗憾的是要想找到你们谈何容易，如同大海捞针哪……"一直到四更的锣声敲过，这才翻了个身，似睡非睡地眯了一会儿。

东方露出鱼肚白时，班布泰起身穿衣下了地，去林子里打了几套拳后，来到孤儿营所住的那趟儿平房，推门进入空空的学堂里环顾四周，活蹦乱跳的孩子们不见了，琅琅的读书声听不到了，只有一张张桌椅静静地摆在那儿。不由得心头一阵酸楚，返身退了出来，回到营房洗漱完毕，草草扒拉了几口饭，便派两位拨什库前往范家堡子附近扫听动静。接着又召集兵丁开动脑筋，献计献策，拿出抢回众孤儿的最佳方案来。你别说，大伙儿七嘴八舌、你一言我一语地还真提出了一些建议，可班布泰仔细一思摸，认为不甚妥当，只好全否了，心里既着急又无奈。

这一切，白面娘子皆看在眼里，半天一宿的工夫，最亲的师哥寝不安席，食不甘味，满嘴起燎泡，能不让人心疼么，暗地里也在冥思苦索："我不能眼瞅着救命恩人着急上火却又束手无策，务必得帮他，咋办好呢？偷偷潜入范家堡子？不成，即使进去了，好几十个伙伴怎能出得了城门？到头来还是白费劲儿。硬闯进去？也不成，凭我仅有的这点儿武功难以对付两个和尚，无疑是个下策，如此看来只能智取。怎么个智取法呢？哎，有了，可以打着东坡杂艺班的旗号前去打场子，让老本行派上用场，此乃万全之策呀！"想至此，急忙出了屋，跑到行辕去见班布泰，大呼小叫地声称想出了一个合理进入范家堡子的高招儿。

班布泰正急得火上房，见小白丫没事儿跑来凑热闹，对她所说的话根本没往心里去，还很不耐烦地轰撵道："去去去，快回屋，该干啥干啥，一个小孩儿懂啥？别添乱了！"

白面娘子偏不走，不服气地说："师哥，太瞧不起人了吧，也不认真听我讲，怎知出的招儿不行？"

班布泰看了看小白丫，见其一本正经的样儿，小嘴撅得老高，双眼睁得大大的，觉得又好气又好笑，便换了一种口气道："好吧，好吧，别生气了，你说说看，本人洗耳恭听！"

白面娘子扑哧一声乐了，遂将自己的想法如此这般地讲了一遍，接着又道："我受东坡杂艺班新班主赛燕青师傅的亲传，学得一身少林武功,技艺虽说谈不上超群,但对付范家堡子那帮酒囊饭袋绰绰有余。请师哥放心,师妹保证能做好,关键是需要你们天衣无缝的配合,如果不出破绽,此举准成,十拿九稳!"

班布泰听后,思忖片刻,觉得不失为一个绝妙的好主意,不过一时又有点儿吃不准。去范家堡子可不同于逛集市,那是个是非之地,险情随时都可能发生,仅仅小心谨慎行事是不够的,难度极大。转念又一想,不入虎穴,焉得虎子,没有插入对手心脏的胆量,何谈成就大事?遂夸赞道:"小白丫,行啊,真是人小鬼大,点子不错,待我仔细琢磨琢磨再做决定。"

白面娘子忙道:"师哥,事不宜迟,不能犹豫了,小伙伴们不定怎么着急呢,只等咱们施救了,何况去之前得需要些时间好好儿准备准备呀!"

班布泰认为白面娘子言之有理,既要抓紧时间,又要做好充分准备,不打无把握之仗。范蔼仁刚刚得手,如愿以偿,正处在春风得意之时。人往往就是这样,高兴之时即是麻痹之时,趁这个节骨眼儿,给他来个鱼目混珠,使其辨不出真伪,极有可能上当,我们的夺人目的就达到了,于是说道:"小白丫,走,咱俩一块儿去见大人,把高招儿详细讲一讲,听听他老人家怎么看。"

白面娘子边点头边蛮自信地说:"好哇,师哥,等着瞧吧,土地爷爷定会同意按此计行之的!"二人随即出得门来,向富俊大人的书房走去。

此刻的富俊虽然发了一通儿火儿,但气并未撒出去,心一直不落体。据派出去扫听范家堡子动静的拨什库方才回来禀报,昨儿个后响出现在行辕门前的乞丐是庄主的小舅子钱如民装扮的,在两个和尚的接应下,以送给仿制的金银首饰及小玩意儿为手段把众孤儿引走。到了范家堡子后,范蔼仁专门为其开办了学堂和武馆,由两位佛号分别为夺魂僧者、静空大师的僧侣传授武技,逢五停课。为啥呢?两位大师每月旧历初五、十五、二十五这3天必须去80多里外的铜佛寺进香、朝拜、坐禅、诵经。铜佛寺坐落于拉林河东隅的高岗上,所占面积不小,方圆百米,松林环抱,寺观宽阔,寺藏颇多,除了供奉观音菩萨外,另有如来、韦陀、菩提法师、普贤法师等佛陀的铜像,还有释迦牟尼涅槃之时,众罗汉保护于四周的金身佛像。两位大师逢五去寺庙进香时,武馆的孩子们则在学堂记诵诗文,早晚练功。范蔼仁扬言,本庄主之所以把

第二章 智斗群魔

那些孤儿引诱到咱堡子，一来呢，等他们长成人了，可壮大范家堡子团练的力量，增强防守实力；二来呢，此举可干扰富俊丈量、清查土地、重新归档立册之进程，使其坐不安站不稳，给他个不大不小的眼罩戴。

富俊对如何惩治范蔼仁是有计划的，此前就向孙儿下了命令，务必带人去范家堡子秘密调查记载范氏家族所占田亩的土地大账存放于何处。两年来，班布泰多次带着亲随密探范家堡子，其间吃了不少辛苦，功夫总算没白下，终于从内部获悉了颇为可靠的信息。原来老奸巨猾的范蔼仁嗅觉十分灵敏，早已闻到了对己不利的气味，便背着家中上下人等把土地大账装入祖传的虎头铜匣内封存，然后派出贴身管家将其转移了，藏在一处自认为放心的地儿。办妥后，范蔼仁赏赐给贴身管家二百两白银、一房妻室和几个奴婢，让他到一个只有十几户的屯子颐养天年。此机密除了贴身管家，只有范蔼仁知道，连大夫人钱氏都未告诉。半个月后，贴身管家所住的屯子于一天夜半突然燃起了大火，风助火势，火借风威，劈啪作响，映红了半边天。工夫不大，便吞噬了整个屯子，所有的房屋全烧落了架，只跑出少数村民，大多数葬身火海，那个贴身管家及妻室、奴婢也未能幸免。范蔼仁听到信儿后，显得非常悲痛，放声大哭，还亲自前去吊孝，立碑祭祀。就这样，贴身管家稀里糊涂地命丧黄泉，成了范氏家族的忠烈之士，其后再无人提及。

过了约半年的时间，范蔼仁总觉得心不落体，便独自去那秘密之地把虎头铜匣取回，交给了自认为十分可靠的账房总师爷钱如民，让他将其藏在一个一般人想不到的地儿，决不能被富俊得到。如今，虎头铜匣究竟在何人之手、藏于何处，谁也拿不准，惟钱如民能说得清。范蔼仁觉得这下牢靠了，不用担心了，即使是神仙，也发现不了土地大账在哪儿。正因如此，他越发肆无忌惮，不可一世，极其嚣张，公开与清查土地之举作对。富俊为寻找这本土地大账确实动了不少脑筋，想方设法暗查虎头铜匣的下落，因为账册内记载着范氏家族世世代代私占耕田之数目及买入卖出之详录。只有得到它，才能知晓范氏家族究竟有多少土地，其中哪些是非法占有的，哪些是强霸村民的，进而揭开其发家史。与此同时，还可将朝廷所有与范氏家族有干系的大小官员及一些兵将的亲属租种其土地之内情弄清楚，范家违反大清律的种种勾当也就随之浮出水面了。掌握了真凭实据，方可疏文上奏朝廷，否则范蔼仁那条老狐狸不仅不会轻易就范，而且暂时还碰不得，因其背后树大根深，又是子孙、亲朋得以荫蔽的靠山，牵一发而动全身。

班布泰和白面娘子急匆匆地走到书房门口儿时，见门开着，富俊大人正坐在桌案前低头翻阅着近些日子所清查住户的田亩大账，还一笔笔地记着什么。二人进屋后，白面娘子轻咳一声，富俊方抬起头来，班布泰禀道："爷爷，小白丫琢磨出一个大摇大摆进入范家堡子的招儿，斟酌之后觉得可行，不知您是否想听？"

富俊忙道："噢，好嘛，当然想听了。小白丫，快坐下，大胆地讲，是个什么招儿哇？"

白面娘子拉着班布泰并排坐在旁边的椅子上，犹如一位临战前的指挥官，胸有成竹地开口了，滔滔不绝，认为夺回小伙伴该这么办这么办。富俊听罢，不由得眉开眼笑，好像从未见过小白丫似的上上下下重新打量一番，寻思道："你别说，小丫头有两下子，鬼心眼儿挺多，竟能拿出连我这个乾隆朝进士、一品大员都想不出的妙招儿来，实在不简单！"想至此，便风趣地说："好吧，有你的，爷爷答应了，可以按此计行之。这台大戏就于下个月旧历十五那天，趁两个和尚前往铜佛寺进香之时去范家堡子唱，由班布泰主持，小白丫具体一一落实。我也参与其中，保证乖乖听命，让干啥就干啥，决不挑肥拣瘦！"

那么，小小的白面娘子到底琢磨出啥招儿使富俊大人如此高兴呢？我来告诉各位阿哥吧，就是由行辕的官兵装扮成原东坡杂艺班的人，以去范家堡子打场子卖艺之名进入土围子，在演出时趁机夺回众孤儿。如果顺手的话，可把管账的总师爷钱如民带回来，千方百计撬开他的嘴，以便查清范氏家族土地大账的下落。

前书讲过，嘉庆年间，东坡杂艺班名声在外，辽宁、吉林、黑龙江三地的住户没有不知道的。杂艺班在楚东坡老先生的带领下，辗转各地游走卖艺，成员演技高，各有绝活儿，到哪儿都闲不着，远接近送，很受欢迎。特别是逢年过节，各堡子纷纷争抢着东坡杂艺班能到他们那儿打场子演几天，一再表示要多少银子给多少银子，给以厚待，决不食言。东坡杂艺班也不是随叫随到，而是有选择的，哪个堡子名气大、场地好、出手阔绰就到哪儿去，那还轮不过来呢，有的堡子至今也未请动人家。前些日子，红红火火的东坡杂艺班散伙了，掌门主师楚东坡告老还乡了，新班主赛燕青被管事邵勤气死了，成员各回各家了。不过这些事儿暂未传扬出去，外人并不知道，一些男女老少闲来无事还总凑到一起念叨呢，这个说："哎呀，东坡杂艺班最近没来，一准是被哪个堡子请去了，也不知眼下在啥地儿打场子。他们的技艺太高超了，全是真功

第二章　智斗群魔

夫,过得硬叫得响,不是虚架子,看得非常过瘾!"那个接茬儿道:"东坡杂艺班谁能比得了哇,人家可不是小打小闹,没有真本事能出那么大的名嘛,光白面娘子的走钢丝轻功就够让人开眼的了,掌门主师楚东坡绝对是凭少林功夫演遍大江南北的……"

正因为富俊也听说了各个堡子都愿意观看东坡杂艺班的表演,对他们念念不忘,所以才认可了白面娘子出的点子,即利用东坡杂艺班的声望进入范家堡子打场子卖艺,行夺回众孤儿之实。这下可好,承担清查田亩差事的行辕上至富俊、下至骑兵、马弁摇身一变,成了东坡杂艺班的成员,从即日起,开始学练杂耍儿技艺了。由于官兵们平时早晚必习武,皆有武功功底,故而练起来不感到很吃力,反倒觉得挺新鲜。这个所谓的东坡杂艺班也不含糊,既有班主,又有压台活儿,谁都不是吃素的。班布泰有一身少林功夫,那可是少林寺的高僧一指金刚侠亲自教出来的,武功了得,当年其金刚掌同师父一样遍传京师,蝎子倒爬墙更是做得轻松自如。白面娘子是原东坡杂艺班的顶门杠,乃新班主赛燕青的徒弟,除了走钢丝叫绝,滚圈儿、钻针环等亦很耐看,超群技艺闻名东三省。富俊将担任其中的一个重要角色,谁呢?即原东坡杂艺班的掌门主师楚东坡。从外形和长相看,他与楚老先生有很多相似之处,比如年龄不相上下,皆60来岁;都长一张黑喳喳的长瓜脸,一字横眉,头发灰白,颏下五绺儿长髯;身材瘦小,动作灵活,身子向上一蹿,噌噌噌几下便可攀到柱顶,矫健如猿猴。再简单化化妆,脸上涂点儿脂粉,换套衣服。不披北方满洲人常穿的那种皮袍子,而是山西人的打扮,内着白汗衫,外套青衣,下身儿着黑缎裤,裤腿儿系上黑缎带,脚蹬皂鞋,不细瞧真辨不出那是冒牌儿的楚东坡,完全可以以假乱真。骑兵、马弁也都有一手儿,什么顶坛子呀,耍大刀哇,舞三节棍哪,爬竿儿呀,单臂托人哪,变魔术啊等等五花八门。总之,大家凑到一起,各有各的能耐,各练各的绝活儿,正好演一场迷人大戏。富俊要求每个人必须认真对待,精心准备,不可敷衍了事。因为范家堡子把守甚严,盘查甚细,加之范蔼仁那个老滑头相当诡诈,倘若扮得不像或出了破绽而被发现,可就前功尽弃了。机会难得,只能成功,不能失败,一定要做到万无一失。

经过20多天的习练,效果还不错,担任不同角色的骑兵们皆能把自己的能耐展示出来,动作亦做得像模像样,与那些跑江湖的杂耍儿艺人不相上下,轻易看不露。富俊天天去现场一个节目一个节目地审查,发现谁做得不合格或不到位，便要求其反复习练、模仿，直至满意为止。白面娘子对原东坡杂艺班深入各地以敲锣、打鼓、吆喝等方式打场子卖艺的整个过程回忆得很细，先演什么，后演什么，哪个节目压轴都在心里，打算按固有的排序照搬。不同的角色应穿什么样的衣服，每个角色的妆该如何化，她也了如指掌，并按此逐一给以指导，一个一个落实。演出所需的道具去哪儿弄呢？坛子、折扇、钢丝绳可到集市上买，大刀、扎枪、三节棍全是现成的，不用特意准备。在大家的共同努力下，一个由行辕的26位官兵充任的杂艺班很快组成了，跟原来的东坡杂艺班没啥两样儿，只是人数略少，可以说万事俱备，只欠东风了。

此前，班布泰已挑选出四个能说会道的骑兵，与自己一起装扮成小腿子，分头前往范家堡子及周围的村屯去联络了。何谓"小腿子"？此乃行话，即打前站的，如同饭馆儿里跑堂儿的或小打，各个杂艺班皆有专干小腿子营生的。演出前，他们得先行一步，到远近的堡子或庄子找说了算的庄头儿联系，把杂艺班里百姓公认的台柱子、啥时候出的名以及有哪些值得看的节目宣讲出去。人家若是认可了，表示同意来此打场子，立马签订文书合同，以确定在你这庄子演几天，应付多少银两。小腿子个个眼尖手溜，嘴巴利落，只要一开口，别人根本插不上话，既擅于推销，还能讲价钱。若遇上大堡子，家家户户生活富足，不缺吃不少穿，那就多要点儿银子。若碰上小庄子，又正赶当年因灾欠收，日子过得不咋富裕，那就把价钱落下一些，少要点儿。总之一句话，小腿子得有这两下子，只要出马，决不空手回来，尽量使杂艺班有地儿打场子，能天天演出才好呢，以便多挣些银子。假如小腿子那张嘴笨得跟棉裤腰似的，到揸劲儿时不知该讲些啥，人家不仅不爱听，更不会与你签订文书合同。长此下去，杂艺班的成员也得养家糊口啊，挣不到银子吃啥呀？总不能喝西北风吧，那样杂艺班不就晴等着黄摊儿么？

其次，小腿子一般都是相貌堂堂，举止大方。无论去哪儿，必须做到礼让三分，先作揖后磕头，显得十分谦虚，并注意收敛自己的行为，不吃不喝，不贪不占。为什么非得这样呢？因为小腿子的长相及一言一行代表杂艺班的形象，那是聚集人气的招牌，牌子亮，人家才会买你的账。要是外表让人看着就烦，举手投足没个稳当样儿，让吃就吃，让喝就喝，看上啥就张嘴要，定会给人留下坏印象，认为这个班子的人欠修养，不可靠，信不过，演出合同随之便泡汤了。

再一个就是小腿子不但长得一表人才，讲究文明礼貌，而且得有两手儿，必要时需当场表演一通儿。人家一看觉得还行，连小腿子的技艺都如此高超，这个班子更甭说了，肯定错不了，不被勾住才怪呢！何谓"勾住"？这也是行话，即小腿子的宣传被对方接受了，答应让你所在的杂艺班前来打场子了，此笔买卖做成了。要是勾不住，人家一般不直截了当拒绝，而是编出各种理由敷衍了事。或者强调赶时节，耕种忙，没空儿；或者称手头儿紧，得先顾正事儿，等宽绰些了再请不迟，小腿子自然是白跑了一趟。若碰上不顺了，趟趟儿勾不住，人家不请你前去打场子，杂艺班没进项，成员也就吃不上干的了，过一段时间可能连稀的都喝不上了，最终没招儿只能散伙。如此看来，作为一个杂艺班，小腿子不可或缺，他必须时刻约束自己的举止言行，对班子能否生存以至生意兴隆、名声大震是起很大作用的，功不可没。

　　班布泰和挑选出的那四个扮成小腿子的骑兵在行辕里练了好几天方被派出去，分散到各个村屯进行联络，到那儿该说些啥早已背得滚瓜烂熟。首先需将所谓的东坡杂艺班成员及名角不厌其烦地予以介绍，报上节目单，讲明压轴的是谁。人家若问什么，你务必得答对，千万不能说错，为啥呢？原东坡杂艺班名声在外，百姓没有不知道的，不少人不止一次地看过他们的演出，认识班子里的名角。你若讲错了，人家一听不是那么回事儿，根本对不上号儿，那可就糟了，肯定白忙活。故而出发之前，白面娘子已把东坡杂艺班的所有情况做了详细介绍，班布泰和四个骑兵一一记在心里，只要提起名角时，便能做到如数家珍，口若悬河，像真的小腿子一样，让人看不露。待在各个村屯宣讲得差不多了，他们重新聚到一起，一块儿前往范家堡子。到了土围子外，有边打竹板边唱莲花落的，有手敲跑堂锣的，这些皆为原东坡杂艺班准备在哪儿打场子时与对方联络的暗号儿。铜锣一响，先几下后几下，把莲花落那几句词儿一唱，以"莲花落，莲花落"一类的句子做衬腔或尾声，这就算打知会了，告诉你东坡杂艺班的小腿子到了。

　　单讲这日，范蔼仁正坐在客厅的茶几边品香茗呢，忽见钱如民匆匆走了进来，说道："姐夫，东坡杂艺班的小腿子来了，打算七月十五那天到咱这儿打场子，不知意下如何？"

　　范蔼仁听罢，一时犯了寻思，瞻前顾后，犹豫不决，为啥呢？这些日子原本心情特别好，洋洋得意，甚而幸灾乐祸："好哇，未承想小舅子在富俊的行辕门前将猪哈利巴一打，口唱十不全，送出些假手饰和小玩意儿，在两位大师的配合下，便把孤儿营的孩子们轻而易举地骗到我范家堡子来了。这下他们的损失可大了，吃了个哑巴亏不说，还不得又憋气又窝火呀？如民真有能耐，干得好，干得漂亮，给富俊个不大不小的眼罩戴。等那瘸老头儿醒过腔儿来，即使怀疑到是我出的损招儿也没啥，让他尝尝范某人的厉害，妄想动我范氏家族的家业，没门儿！事实证明，谁笑到最后，谁笑得最好。在此场较量中，最终是我范某人胜了，赢他个稀里哗啦。"虽然心里乐开了花，但不知为什么，又总觉得不落体，没事儿时常常思摸："我所激怒的可不是一般人，而是威名赫赫的一品大员富俊，他哪儿容得了别人骑在自己脖颈子拉屎呀，肯定火冒三丈，非报复不可。倘若一气之下，暂停清查土地之差务，率兵前来搜查范家堡子怎么办？"每每想到这些，心里犹如十五只吊桶打水，七上八下的。此刻听了钱如民的禀报，遂又琢磨开了："按理说，趁大家高兴之时，请东坡杂艺班前来助兴未尝不可，这是好事儿嘛！不过很是不巧，偏偏赶上两位大师已提前离开范家堡子前往铜佛寺进香，主心骨儿不在，一旦遇上啥事儿跟谁商量？没个抓手儿，到时候连个出主意的都没有，不得成无头苍蝇啊，哪有心思看什么杂耍呀，还是算了吧！再说了，这也未免太奇怪了，东坡杂艺班怎么突然要来范家堡子打场子呢？以前倒是挺有名气的，声震塞北，无人不知，无人不晓。据传讲，两年前他们还在辽东一带卖艺呢，大家都眼巴巴地盼着能到辽东演几场，可一直没来。后来听说杂艺班的掌门人楚东坡告老还乡了，新班主得了重病一命呜呼了，成员各回各家了。现在看来并未解散哪，这不又要打场子么，从哪儿刮起的那股儿风呢？"想至此，端起杯子呷了一口茶，然后把自己的顾虑向小舅子和盘托出，表示暂不接待杂艺班，以前又不是没看过，等稳定一段时间后再请他们来。

钱如民一听范蔼仁拒绝了，着急了，赶忙解释道："姐夫，东坡杂艺班好好儿的，哪会儿黄了？人家是从黑龙江过来的。据小腿子讲，他们前一阵子落脚在呼兰，一个庄子一个堡子地连着打场子，应接不暇，早就想挪个地儿，可根本动弹不了。你所说的那些纯粹是捕风捉影，没有根据，都是大伙儿瞎传的，听蝲蝲蛄叫还不种庄稼了？这回来的可是原班人马，老班主楚东坡亲自带队，一场接一场地演，忙得脚打后脑勺儿，连喘口气的工夫都没有。肯定是哪个乌龟王八蛋暗地里胡扯造谣，或许是同行看着眼红，故意使坏也未可知，用不着听那套。"说着瞟了一眼范蔼仁，见其眉头紧锁，仍下不了决心，接着又道："姐夫说得对，前些日子咱把富俊的鼻子几乎气歪了，孤儿丢了，脸上贴不了金了，眼

第二章 智斗群魔

下最难受的是他。就在这个节骨眼儿上,东坡杂艺班的小腿子登门造访,对我们而言,可谓喜上加喜呀,是前来祝贺咱呢,所以此台杂耍儿大戏花多少银子都得看。再者说了,看过一回不能顶百回呀,咱这两年也不是没请过东坡杂艺班,而是多次相请,可人家忙,分不开身,婉言谢绝了。这回好哇,不请自到,主动从那么远的呼兰来范家堡子献艺,多不易呀,总不能驳人家面子吧?何况此班子成员非比寻常,闯荡江湖几十年,个个有绝活儿,凡观看者皆啧啧称奇,赞叹不已。这千载难逢的机会不能错过,理应把他们请进来打场子,热情招待,让堡内的老少爷们儿都开开眼,乐和乐和。"

范蔼仁摇了摇头道:"无风不起浪,东坡杂艺班黄而复演,不能不让人犯疑,或许是冒名顶替呢,还是小心点儿好。"

钱如民笑了笑道:"姐夫,脑子出毛病了吧,咋干说不进盐酱呢,胡诌八咧你也信?东坡杂艺班从关内演到关外,从未消停过,能说解散就解散?人家的小腿子已经站在堡子门外打招呼了,那老班主楚东坡谁不认识呀,到时候一看不就知道真假了嘛!"

范蔼仁强调道:"如民,忘了是吧?你姐姐平时不是总提醒我要时刻提高警惕、不可大意,越是高兴的时候越不能疏忽。"

钱如民有些不耐烦了:"你别听我姐的,天天疑神疑鬼的,她一掺和啥也办不成,非把好事儿搅黄了不可。人家小腿子讲得多明白呀,掌门主师亲自领班,还有必要怀疑吗?这年头儿真话听不到,假话可没少传,嚼舌的人太多了!"

钱如民为啥鬼迷心窍般高低得让东坡杂艺班来范家堡子打场子、大有庄主若不答应决不罢休的劲头儿呢?因为他终朝每日无所事事,闲饥难忍,一心巴火想凑个热闹打发时光。实际上,此前一大早,住在范家堡子的夺魂僧者和静空大师因去铜佛寺进香走得急,没来得及见范蔼仁,正巧在大门口儿遇上了钱如民,静空大师曾叮嘱他:"总师爷,请转告庄主,本僧与师兄准备于七月十五的前两天赶到铜佛寺,5日后返回,有什么事回来再说,这几天只能辛苦师爷了。家中上下请多关照一下,尽量不要与外界联系,小心从事,以防不测。"

钱如民听后,赶忙哼哈答应下来并深深鞠了一躬,满脸堆笑地感谢大师之提醒。待送别了夺魂僧者和静空大师,转过身来心里却想:"二位大师过虑了,用得着像个小脚女人似的大气不敢出、大步不敢迈么?范家堡子太平着呢,谁吃饱没事儿撑的非来这儿找麻烦,那不是赇等着拿鸡蛋往石头上碰么!"这么寻思着,二位大师嘱咐的话亦随之抛至脑后。所以在与姐夫商量是否请杂艺班来堡子演出时,早把那个茬儿忘了,尽管范蔼仁一再强调眼下不清楚东坡杂艺班到底是怎么个情况,一时又拿不准,还是防患未然,小心为上,千万别出啥差错。他却一句也听不进去,咬屎橛子愣犟,甚至急赤白脸地非让范蔼仁按自己的道走不可。再加之堡内的不少团练也嚷嚷着天天蹲在大荒片子里,满目全是草木和庄稼,既没可去的地儿,又没啥好玩儿的,很长时间没热闹看了,更谈不上消遣,个个憋得五脊六兽。东坡杂艺班主动上门献艺,此乃天大的好事儿,求之不得呀,于是纷纷央求钱如民。有的说:"总师爷,你在庄主面前多说几句好话吧,请其答应东坡杂艺班来打场子。那不是普普通通的班子,很多绝活儿百看不厌,尤其是掌门人楚东坡年岁大了,以后再想一饱眼福不易了。"

有的言道:"听说东坡杂艺班没啥大变化,只是由于新班主赛燕青不在世了,告老还乡的老班主不放心,这才又从山西运城回班子了,还增添了一些以前没有的新活儿,肯定大有看头儿。总师爷,咱可千万不能错失良机呀,过了这个村就没那个店了。"

有的为促成此事,竟给钱如民戴上了高帽儿:"总师爷,您说话一向有分量,庄主爷很愿意听。只要总师爷主张让杂艺班来,通常情况下,庄主爷是不会反对的,必将给足面子,您是他的高参哪!"

堡子里的各家各户更像开锅水一样翻花了,有好事者到处嚷嚷,奔走相告,生怕漏掉一个人,似乎马上就能敲锣开场了。一些作坊、商铺的大掌柜则举双手赞成,皆言好长时间没来杂艺班了,堡子里太过沉闷,早就应该向其大开城门了,并表示可以多出点儿银两,作为给人家的辛苦费,远道而来不容易。

范蔼仁的八房儿妻妾除大夫人外,也想凑这个热闹,都盼着能开开眼,且越早越好。于是相跟着来到客厅,又是哀求又是撒娇的,恳请老爷满足她们的心愿。坐在一旁的钱氏一直在思谋:"按说呢,富俊和东坡杂艺班所干的行当截然不同,他们之间不可能有什么联系,只不过演场杂耍儿而已,能出啥事儿?况且全堡子上下人等异口同声地要看演出,我非硬别着,太扫大家的兴了。唉,行啊,别管了,只此一回,下不为例。"这么想着,便没吱声儿,任妻妾们缠着老爷。

范蔼仁坐在茶几边时不时瞟一眼大夫人,见其既不表示同意,也未表示反对,知道意为默许了,这才大声儿应允道:"好吧,就这么着了,

第二章 智斗群魔

可以答应他们。如民哪,你去跟小腿子讲明,不能在堡子里打场子,无论是哪个班子来,我们一向如此。可到堡子东门外那块较为平整的操练之地搭台,台面儿高好哇,看得清楚,若赶上晴空万里、风和日丽,岂不更加愉悦哉!"

钱如民忙点头称是,乐呵呵地起身出去了,向等在外头的小腿子们传话。领头儿的"小腿子"班布泰听后,笑着说:"再好不过了,庄主老爷想得太周到了,谢谢啦!说实在的,我们还不愿进堡子呢,里面到处是房子、马圈的,没有相对宽敞些的空地儿,折腾起来不方便。这下妥了,操练之地既大又平整,就在东门外打场子了。"双方商定,由范家堡子负责搭台子,后天,即七月十五响午,东坡杂艺班准时到达。

小腿子们告辞离去,钱如民喊来团练,指挥他们开始搭台。四框所需的檩子不用去山里砍,都是现成的,只需运到东门外就行了。俗话讲,人少好吃饭,人多好干活儿,你扛一根、他绑绳子的,那还不快么?大伙儿七手八脚地只用半个时辰就把檩子全部立起来了,再用粗布将东西北三面一围,地面铺上木板,台子便搭好了。之后又在西侧搭了两座帐篷,里面放几把椅子,摆上茶几、茶壶、茶碗,作为艺人暂时歇息之所。万事俱备,只等后天时辰一到,东坡杂艺班前来为范家堡子献艺、大显身手了。

七月十五日一大早,富俊率领着扮成东坡杂艺班的26位骑兵赶着5辆马车离开了行辕,其中一辆是专门拉道具的,他们走林边小道往西南方向的范家堡子而去。将近响午时分,行至距东门200多米远的一片密林边,骑兵们跳下车,马弁把一辆车赶进林子,隐藏在枝繁叶茂的密林深处候着,大家则把道具分别装进余下的那4辆车上,步行来到东门外的搭台子处,卸下道具便敲起了铜锣。一开锣就显现出了东坡杂艺班的特点,敲出的点儿同其他班子不一样,独一无二。别的班子敲的开台锣点儿是咣咣咣——咣咣咣,节奏没什么变化,边敲边喊:"老少爷们儿、兄弟姐妹们,紧走两步啊,要开台了,快来看哪!"而东坡杂艺班的老班主楚东坡是山西运城人,敲起锣来必然带有老山西运城味儿,并将此开台锣称为"运城锣"。其敲出的点儿很特殊,即三三五七九六九,三三五七九六九,咋敲皆是这种杂花点儿:咣咣咣——咣咣咣——咣咣咣咣咣——咣咣咣咣咣咣咣——咣咣咣咣咣咣咣咣咣——咣咣咣咣咣咣咣咣。锣点儿有轻音有重音,节奏有快有慢,如同当地的姑娘、小伙子放开喉咙唱歌一样,很是招人听,能将村屯的男女老少全吸引去。个别因病卧炕的老者也不例外，浑身挺难受的，原打算拉倒吧，心有余而力不足，还是在家呆着不去看了。可一听见铜锣声儿，说啥躺不住了，好像有条绳子往起拽似的，想不起来都不成。而那些健健康康的村民，即使年岁大了，宁肯不吃饭、不睡觉，也得到场观一观、瞧一瞧，你说怪不怪，这就是有名的山西运城锣之魅力。

"东坡杂艺班"的铜锣一敲，清脆的杂花点儿传入耳鼓，堡内的人都听过那熟悉的咣咣声，知道这是东坡杂艺班来了，纷纷跑出家门奔走相告："快走哇，去东门外看杂耍儿呀，晚了就坐不到前边了！"

范家堡子的东西大门早已敞开，数不清的男女老少从堡子内涌出，有领着孩子的，有怀抱婴儿的，有搀着长辈的，有手拿小板凳的。早到的开始占地方，这是给我三叔的，那是给我二大爷的，这是给我四婶子的……所居之处离东门较近的一些老汉、老媪和孩子们早已等在台下前几排了，他们席地盘腿而坐，不顾头顶太阳晒，眼巴巴地往台上瞅，盼着把式们赶紧上场。这还不算，范家堡子附近村屯的人也扶老携幼地从四面八方涌向东门外，有骑马的，有骑毛驴的，有赶牛车的，有坐轿车的，也有步行的。河岸边及林间小道到处是人，相互认识的边走边兴高采烈地打招呼："哎哟，这不是关大哥嘛，嫂子来了么？"

"噢，是孩儿他刘婶子呀，你嫂子在前边呢，好长时间没见了，家里一向可好啊？"

"承蒙挂念，好着呢！咱天天各忙各的，要不是去范家堡子看东坡杂艺班演出，哪有闲工夫出门呀，恐怕还碰不到呢，今儿个可一起一饱眼福了。"

有的后生边走边回头大声儿催促道："三姨父、二大妈呀，快点儿走哇，去晚了看不着可别后悔哟！"

话音刚落，后面传来应答声儿："放心吧，赶趟儿，落不下！"

人们都往一块儿凑，越聚越多，把范家堡子东门外的大片平坦之地围得水泄不通，里三层外三层的，像过大年似的热闹异常，带来了生气，充满了欢乐。场地四周飘舞着鲜艳的彩带，台子正中竖起两根直直的高杆子，两杆之间的钢丝绳已固定好，从这头儿拉到那头儿，远瞅犹如一条细细的线，看着都眼晕，别说穿着绣花鞋在细钢丝上折跟头、骑大轱辘车、行走如履平地了。人们边观瞧边在台下喳喳开了，一个年轻

第二章 智斗群魔

姑娘推了推身边的中年女子问道:"阿沙①,台上架起的钢丝干吗用的?"

中年女子笑着反问道:"你连这个都不知道?看来是头一回见这阵势了,难怪呀!等着瞧吧,人家一会儿或拿着长杆子、或手摇花扇在那钢丝上来回走呢,不带掉下来的。"

年轻姑娘大睁双目惊叹道:"哎哟,这可了不得,在那么细的钢丝上耍把式,不成神仙了嘛!"

坐在前面的后生回头接过了话茬儿:"没听说么,东坡杂艺班的班主和台柱子不比寻常,皆有少林功夫。少林寺位于河南嵩山,离咱这儿几千里呢,他们的一些技艺是从那儿学来的,等着开眼吧!"

尽管众人兴致勃勃,翘首企盼,恨不得马上就能一饱眼福,可庄主范蔼仁的心却到现在也未完全落地,始终提溜着。他从宅子出来时,十几个执刀仗剑的贴身随从于左右两侧护拥着,大老婆及小舅子紧随其后,二人的后头相跟着那7房儿妻妾和奴婢、老妈子等。仆人中,有的给太太抱着孩子,很是小心翼翼;有的腕挎竹篮,里面装些糕点、干果;有的手提茶壶、端着茶碗,准备随时伺候主子。在场的人一看范庄主携家眷来了,知道这场杂耍儿大戏一准能看成了,就要开场了,一些站在台前两侧的哈哈济赶紧找好位置坐下。个别家道殷实、善于阿谀奉承的家主除了主动打招呼外,还稀稀拉拉地啪啪直拍巴掌,以示对庄主爷答应东坡杂艺班来此打场子表示感谢。范蔼仁则面带笑容向他们点头致意,不忘显露出大家见惯了的那种慈祥、宽仁的君子之风,迈着四方步走到台前坐在太师椅上,头靠在椅背上,摆出一副悠闲自得的架式。八房儿妻妾依次坐于右首位,紧挨身边的乃大夫人钱氏,小舅子钱如民及其老婆、孩子坐于左首位。身后笔直地站立一排护卫、随从,身前铺着金丝缎的长条木桌上放着瓷壶、瓷碗,飘散着香味儿的茗茶已沏好,冒着缕缕热气,等待主子受用。

这时,现场静下来了,开台锣再次响起。范蔼仁竖起双耳听着那咣咣的铜锣声,心里数着三三五七九六九的点儿,嗯,没错,正是颇为特殊的运城锣,清脆好听,是我所熟悉的。这才稍稍托了底,寻思道:"看来真让如民说中了,外头的谣传不可信,都是捕风捉影瞎哄哄。东坡杂艺班的确没散伙,掌门人楚东坡从山西老家回来了,一听这杂花点

---

① 阿沙:满语,嫂。

儿就知道是他们的'运城锣'。有些人吃饱没事儿撑的，专爱无事生非，新班主赛燕青一死就开始落井下石，胡编一通儿，到处散布人家黄摊儿了，真是无聊已极。事实证明根本没那事儿，东坡杂艺班不但依然如故，而且毫发无损，生意火爆着呢！"

坐在左首的钱如民边喝茶边用眼瞟范蔼仁，见其情绪很快稳定下来了，不由得咧开大嘴笑了，也感到轻松了。方才还担心庄主指不定啥时候变卦呢，倘若到了现场，由于心不踏实而一甩袖子命道："赶紧让他们散了，别演了，从哪儿来的回哪儿去！"只这一句，渴盼好几年观看东坡杂艺班高超技艺的愿望就泡汤了，老少爷们儿也跟着空欢喜一场。这下可以把心放在肚子里了，姐夫不仅乖乖来了，还坐在那儿直劲儿地摆份儿，一准不会有变化了。

就在钱如民背地里偷着乐的时候，一群孩子叽叽嘎嘎地跑来了，由于个头儿小，手脚灵活，连扒拉带挤的，很快便钻入了人群，站在了靠前排的位置。他们是谁呢？正是被钱如民以赠送假首饰、小玩意儿为手段、从行辕属下之孤儿营里骗到范家堡子的那些孤儿。因其武师早已离开武馆去了习练场，所以孩子们没人管了，放羊了，也一窝蜂般出了武馆，撒丫子蹽到东门外观看杂耍儿来了。紧接着台子右侧响起了紧一阵儿慢一阵儿的锣鼓声，随之一位面貌清秀、身穿白缎服、腰系红绸带的半大姑娘踩着锣鼓点儿上得台来，走了个圆场后，双手抱拳揖了一礼。众人定睛一看，哎呀，认识她就是东坡杂艺班的台柱子、已逝新班主赛燕青之亲传弟子、走钢丝高手儿白面娘子，技艺超群，任人难与为匹，人群中立即响起了热烈的掌声并高声儿呼喊着："白面娘子！白面娘子……"喊声此起彼伏，声震四野。

小白丫向大家挥了挥手，台下立即鸦雀无声了，无数双眼睛紧盯着台子正中。只见她身子往上一蹿，双手把住高杆，噌噌噌几下攀到了杆顶支出的小木板儿上，再向前迈两步，稳稳地站在钢丝上，双脚犹如被粘住一般，纹丝不动。然后从衣襟内取出一把花扇和一块彩帕，不只因为好看，主要是用这两样道具找平衡，不至于从钢丝上掉下来。她左手拿着抖开的花扇，右手拿着一尺见方的彩帕，一步步朝前走，两条胳膊有时上举，有时横向分开，有时单手背到身后，花扇和彩帕随着双脚的前移而忽上忽下、忽左忽右地摆动。走到钢丝尽头再转过身往回来，忽走忽停，忽蹲忽起，远瞅就像悬在半空中，根本看不见脚下的细钢丝，其麻利的动作、优美的姿态、技艺的精湛令现场的所有人惊呆了，陶醉

第二章 智斗群魔

了，消魂了！村民的心不约而同地收紧了，有的大睁双目，一眨不眨；有的张着嘴巴，半天合不拢；有的屏住呼吸，大气不出；有的紧握双拳，脑门儿沁出了汗珠儿，生怕钢丝上的人不小心掉下来。当白面娘子走至钢丝中间儿时，啪的一声折上花扇，右腿跪在钢丝上，左腿向后平伸，两腿成一直线，侧过头面向众人一抱拳，朗声儿八方道万福："白面娘子向诸位父老乡亲问好了，祝大家平安吉祥，合家欢乐，万事如意！"

话音刚落，范蔼仁带头鼓起掌来，众人随之报以热烈的掌声。白面娘子刷地打开花扇，抖开彩帕，将做过的动作重复一次。当快要走到钢丝中间儿时，站在木杆下负责保护的英俊小伙子把手中的一朵红花儿举到与钢丝同等高度的位置，白面娘子向后下腰，如同柳叶般柔软，头部贴近后脚跟，将那朵红花儿轻轻叼起，随之像皮球滚动一样连续折了两个空翻，再直直地站在钢丝上，面不改色心不跳。在场的人全看傻了，静默片刻方缓过神儿来，那片平坦之地再次响起雷鸣般的掌声，撼天动地，经久不息。掌声过后，白面娘子一个鹞子翻身从钢丝上跃下，将手中的红花儿抛向人群，抱拳致谢后退下。

紧接着表演的是"顶坛子"、"力折钢刀"、"蹬技"、"魔术"等，人们看得如醉如痴，边观瞧边议论，赞不绝口。有的无不兴奋地说："好哇，这趟没白来，东坡杂艺班说到做到，名角全到场了，个个身手不凡、名不虚传哪！"

有的竖起大拇指品评道："白面娘子不愧为东坡杂艺班的顶梁柱，名副其实，那独一无二的走钢丝太有看头儿了，真开眼哪！"

有的大声儿赞叹道："东坡杂艺班可了不得，没一个滥竽充数的，皆有一手绝活儿，哪个班子也比不了，怪不得那么受欢迎并能长久存在呢！"

坐在前排的钱如民在听着村民议论的同时，脑袋却像拨浪鼓儿似的从右转到左，从左转到右，双眼也随之骨碌碌地扫来扫去，似乎在寻找什么人。他找谁呢？是想看看杂艺班的老班主楚东坡来了没有。尽管此前已向范蔼仁下了保证，一口咬定掌门主师亲自带队来，尽可放心。然杂耍儿早已开台了，还未见其人，心里不免有些犯嘀咕，生怕出一差二错。忽然间，他的目光停住了，发现位于台子右侧敲锣打鼓的人堆中，高大的鼓者身后端坐着一位瘦小的老者，怪不得刚才没看见呢，原来竟被其遮挡了。只见他头戴卷檐儿帽，身着青衣裤，脚登蹬皂鞋，腰间系一麻布围裙。面容清癯,肤色黑红,两眼炯炯有神,五绺儿长髯飘洒胸前。两腿间立一竹鼓架儿,上坐红色小梆子鼓,两手各拿一个木鼓槌儿,全神贯注地紧盯台上的表演者,适时敲击着小梆子鼓。一开始敲的是《寡妇上门》,接下来是《喜鹊闹春》,然后是《将军令》,有板有眼,清脆悦耳。钱如民往四下瞅了瞅,发现不少人的目光也和自己一样,投向了台边的那位老者,因为他是整台杂耍儿的总指挥。演出过程中,谁上场谁下场、表演多长时间、节目之间如何衔接、什么时候该换啥活儿了,全仗梆子鼓在那儿说话呢!再仔细听听,鼓点儿时快时慢、时急时缓,鼓声儿时大时小、时轻时重,没错,那不是东坡杂艺班执槌儿的老班主又是谁呢,惟有他才能敲出如此独特的鼓点儿,技巧熟练,激情满怀,动人心弦,闭着眼睛都能听出来,这可是积累了大半辈子的能耐呀,换个人根本敲不出来。再看那年岁、那作派、那打鼓的姿势,皆与老班主吻合,此乃楚东坡老先生无疑。为了东坡杂艺班的生计,为了使其重振雄风,东山再起,他果不然在新班主离世后从故地返回,亲自执槌儿。一些熟悉东坡杂艺班的人还曾为他们能否存在担心呢,看来大可不必,一切照旧,艺旗不倒,今天的打场子卖艺就是有力的证明。

在一阵紧锣密鼓声中,两个壮小伙儿跑到台上,立起一根高杆并用手把着,扮成小丑的骁骑校班布泰上场了。其上身儿着红底蓝花短袄,下身儿着绿缎子开裆裤,头顶扎着钻天锥,眼睛周围及鼻梁儿抹了一层白粉,脸颊涂了红胭脂,犹如圆圆的红苹果,未等表演呢,只这副模样儿早已将众人逗得哈哈大笑。他双手握住晃动的高杆试图爬上去,可几次都未成功,动作笨拙而滑稽,台下笑声不断。待费了九牛二虎之力终于攀到杆顶后,开始表演各种各样的动作,显得十分自如了,或者以右胳膊窝儿和右腿夹住长杆儿,左胳膊、左腿侧伸;或者双腿紧夹长杆儿,两只胳膊平伸;或者双手握杆儿倒立,两腿忽而伸直,忽而分开。就在大家屏气凝神、目不转睛地紧盯时,班布泰大头朝下顺杆儿急速滑下,眼看快到长杆儿底部突然停住,制造了一个脑袋马上就要触地之悬念,台下的人无不惊呼,现场气氛达到了高潮。班布泰落地后重新攀至杆顶,两腿夹杆儿,双手抱拳,大声儿说道:"老爷、太太、大叔、大婶、兄弟姐妹们,本人乃东坡杂艺班的栾小小,在这里为父老乡亲献丑了。掌门主师楚东坡让我禀告诸位,今日承蒙范家堡子大庄主的厚爱,承蒙亲朋好友的赏识,方得以有机会拜望大家,我代表东坡杂艺班的全体师徒给各位作揖了,谢谢啦!顺祝国泰民安,洪福齐天,五谷丰登,六畜兴旺！祝范大庄主及其家眷福如东海，寿比南山，多子多孙，财源滚滚过三江！小的们将永世为大家祈祷上苍，早晚敬香，以求天神护佑一方。最后请允许我再献上一小技，以回报各位的赏脸，小技的名字叫做'仙子撒金银，天下福满门'，望老少爷们儿、兄弟姐妹佳运连连，看看谁能得到这象征福寿年丰的金银豆。耳听为虚，眼见为实，为了让各位辨别真假，下面由白面娘子拿出金银豆请朋友们过目，瞧瞧究竟是纯金纯银呢，还是只在这儿糊弄局。我栾小小不骗人，金银豆乃老班主赏赐，数量不多，就凭各位的运气了，看你是否有这个福分。好了，不啰嗦了，有请白面娘子！"

"来啦！"双手端着白色方盘儿的小白丫边应声儿边走到众人面前，请大家鉴别一下盘内所装金银的真伪。有的拿起一个左观右瞧，有的摸了摸又掂了掂，有的则用牙咬咬，然后放回盘中，皆言此乃纯金纯银，一点儿没掺假。

在得到大家的认可后，白面娘子将盘子里的金银豆装入一个小布口袋内，反身来到台上的木杆儿前往上一扔，杆子上的班布泰伸出右手稳稳接住，从袋子里掏出6枚放在手心儿里，高声儿说道："父老乡亲们，睁开眼睛看一看，瞧一瞧，我现在可要撒金银豆了，千载难逢的机会不能错过，请众位接好哇！"说着一扬手，抛向了台下坐在最前排的人群。

也真够准成的，只见范蔼仁的第六房儿妻和第八房儿妾各得一枚亮闪闪的金豆，乐得嘴都合不拢了，又蹦又跳的，异口同声地笑称："哎哟，我的妈妈天呐，哪辈子修来的福啊，金豆正好落在我的怀里，真中了那句话了，福寿齐天哪！"

掌管范家堡子账房的总师爷钱如民只接到一枚银豆，与金豆相比还差一成呢，一心巴火地想再接一枚金豆。其余那3枚银豆被坐在范蔼仁身后的富户家主抢到了，个个欣喜万分，如同天上掉馅饼似的乐开了花，拿在手中反过来调过去地看，庆幸自己捡了个大便宜。就在这时，杂艺班的一位身着青衣裤、腰系黑缎带、脸涂油彩的壮汉来到钱如民身旁，神秘兮兮地朝高杆儿东侧一指小声儿道："总师爷，快去那边等着，保准能接到几枚金银豆，我可只告诉你一个人，千万别声张啊！"

钱如民信以为真，忙起身乐颠颠地往东走，来到长杆儿侧面，乖乖地站在人群前候着。难怪呀，纯金纯银再小也吸引人哪，谁能不眼馋呢？皆想接一个两个的，得不到金豆得枚银豆也不错嘛！于是原本坐着的村民全站起来了，嗷嗷喊着一个劲儿地往前台挤，纷纷伸出双手不停地摇晃着,期待金银豆能落到自己跟前。范蔼仁的妻妾们同样坐不住了,刚刚站起身,椅子就被挤倒了,现场连个维持秩序的人都没有,根本无法控制,立马乱营了。范蔼仁气坏了,喊也不行,骂也没人听,预感到要出事儿,忙令妻妾及婢女、老妈子抱着孩子赶紧离开,一行数人慌慌张张地朝堡内退去,范蔼仁则留了下来。

那么,此刻范庄主身边的那些随从哪儿去了?在金银面前,他们早已把护卫主子的人身安全之任抛至九霄云外,同村民们一块儿拼命往前挤,注意力皆集中在栾小小身上了,看他是否继续抛撒金银豆,运气好便能抢到。转瞬间,人群乱成了一锅粥,吵嚷声、喊叫声震天,人挤人,人踩人,人擦人,压在底下的哎哟哎哟直叫唤。大家都往台上瞅,寻找小丑栾小小,指望能再一次抛撒金银豆。面对此情此景,范蔼仁无计可施,站在那儿干着急。就在这个当口儿,忽听啪嚓一声响,台上传出高杆儿倒地的声儿。大家一寻思,这下机会可来了,高杆儿一倒,栾小小肯定随之掉下,小布口袋里的金银豆还不得撒得满地都是呀,随即愈加发疯般往前拥。乘此混乱之时,杂艺班的成员在富俊大人带领下,赶着四辆马车悄悄儿撤离了现场,随之消失的还有那帮孤儿,行动迅速,神不知鬼不觉。而东门外那片平坦之地越发热闹了,有的踩着脚大吼:"妈了巴子的,穷挤啥呀,没长眼睛啊,踩着我的脚啦!"

有的揉着脑袋不是好声儿地嚷嚷:"哪个混蛋撞的?老子头上鼓起好几个大包,哎哟,好疼啊!"

有的挥拳捶打压在自己身上的人:"快起来,快起来,喘不上气儿了,想憋死我呀!"

有个壮汉薅着年轻后生的脖领子骂道:"你这个兔崽子,光顾往前挤了,急着去打灵幡儿呀?看看吧,把我裤子刮坏了,衣裳也扯破了,必须得赔,否则没完!"

一时间,难以入耳的谩骂声儿、时高时低的抱怨声儿、急赤白脸的吵嚷声儿、声嘶力竭的喊叫声儿混杂在一起,响彻范家堡子上空,尖厉而刺耳。老奸巨猾的范蔼仁早有警觉,发现东坡杂艺班的人忽然不见了,顿时感到不对头了,忙命团练立即搜寻追捕,一个不落地给我全部抓住。这下可难住了团练,你瞅瞅我,我看看你,一时不知如何是好。为啥呢?因为当时现场乱套了,有的四下张望,有的东窜西跑,有的呼儿唤女,有的寻找着同伴儿,穿的皆为百姓衣,即使东坡杂艺班混于其中,也分不清谁是杂艺班的成员,谁是堡内的住户。何况还有些人来自

第二章 智斗群魔

范家堡子周围的村屯，互相都不认识，逮谁呀，总不能胡子眉毛一把抓吧？你也别说，有些人还真看见白面娘子和小丑栾小小带领一帮孩子上了马车往西边去了，车赶得飞快。可他们不仅没告知去向，还幸灾乐祸，只因平时恨透了范蔼仁，当然不帮了，全在看他的笑话，并纷纷领着老婆、抱着孩子迅速离开了那是非之地，尽管范蔼仁呼号乱喊也无济于事。团练们东一头西一头地胡乱追了一通儿，别说杂艺班的人哪，连影儿都没见着。无奈之下，为达到震慑之目的，只好放起了土枪土炮，轰隆声儿、噼啪声儿此起彼伏，惊恐的村民四处逃散，各奔东西。

范蔼仁双手叉腰站在东门外，眉头紧锁，脸色铁青，直瞪瞪地看着眼前的一切。此处刚刚还人山人海，人声鼎沸，热闹非凡。这会儿却寂静无声，东坡杂艺班不翼而飞，民众散去，平坦的大空地儿一片狼藉。搭起的台子已经散架子了，木杆子、木板子横七竖八地倒了一地，钢丝、彩带、彩条亦随之落下，到处可见扔下的苇席垫儿、灰砖头儿、瓜子儿皮、随口吐出的黄痰，还有一滩滩的屎尿。这位一向注重体面、讲究排场、时时处处显示自己不凡的大庄主做梦想不到只过一个时辰，拉林河一带赫赫有名、不同寻常、干净整洁的范家堡子之一隅竟像遭到洗劫一样，变得如此不堪入目。他重重地叹了一口气，遂命团练打扫现场，清点堡内各户财物是否丢失，人畜是否受损。

大庄主一声令下，团练自然不敢耽搁，除留下二十几个人拆除台子、归拢收拾、使这片习武空地儿恢复原样外，其他人全部分散到各家各户一一检视、询问。经查，堡子里人畜无恙，未发现有丢失资财、物件的，一切依然如故，只是武馆中的那些孤儿不见了，还有一个举足轻重之人亦踪影皆无，那就是掌管范式家族账房的总师爷、大庄主的小舅子钱如民。

范蔼仁忽闻此信儿，不禁大惊失色，吓得魂飞魄散，浑身哆嗦成一个团儿，腿肚子转了筋，可以说这是他最担心、也是最要命的事儿，暗自思摸开了："此事实在太蹊跷、太玄乎了，让人百思不得其解呀，难道来的真个是冒名顶替的东坡杂艺班不成？不可能啊，眼瞅着掌门主师楚东坡坐在台侧执槌儿呢，敲出的鼓点儿二样不差呀！况且班子的成员个个展示了绝活儿，没一个白吃干饭的，咋会是假的呢？再者技艺又不是一年半载就能练成的，没个十年八载上不了台面，什么都不会，拿啥冒名顶替呀？而且还能把我这般城府很深的人唬得一愣一愣的，太没谱儿了。如果来的真是东坡杂艺班，他们与我往日无冤近日无仇，跟那些孤儿更瓜连不上,缘何这么干?讲不通啊!"琢磨来琢磨去,忽然眼前一亮:"噢,知道了,恐怕是哪个土匪绺子所为,另雇几个会杂耍儿的为他们效力,怪不得眼疾手快、行动利落呢!别人没那能耐不说,也很有自知之明,轻易不会去惹坐地虎的,除非吃豹子胆了。唉,我现在可谓王八钻灶炕,既憋气又窝火,有苦说不出,还不能去官衙报案,左右为难。真要把如民被绑票之事抖搂出去,官府下来一查,范氏家族几代人贪占豪夺之罪孽便暴露无疑,那可得不偿失,因此决不能惊动衙门。眼下只能忍气吞声,暗中秘密调查,摸清究竟是哪个绺子跟我过不去。待弄准成了,再想办法出钱赎人,要多少金条都中,只要能把如民放回来就行,我范某人仍将万事大吉,一顺百顺。"想到这儿,嘴角儿咧了咧,挤出一丝苦笑,脚步沉重地进了东门。

前书已经交代了,正如范蔼仁所猜测的那样,这个"东坡杂艺班"确确实实不是楚东坡、赛燕青当年那个跑江湖的班子,而是白面娘子灵机一动想出个计谋后,得到富俊大人的准许临时装扮的。因为他们重任在肩,既要圆满完成皇上交办的清查土地之差事,又要保护无家可归的孤儿健康成长,为其创造一个学文习武的环境,长大后为大清国效力。这种情况下,怎能任孩子们落在恶霸范蔼仁手里而不前去施救呢?此次行动之所以那么顺当,干得那么漂亮,速战速决且不露痕迹,绝非偶然,与富俊大人平时办差认真细致、思虑周到严谨分不开。为了达到救回被骗孤儿之目的,他做了充分准备,分工明确,部署得当。同时要求参战的属下26位骑兵下苦功夫习练各自所要表演的杂耍儿技巧,必须在短时间内掌握之,以便做到天衣无缝,真假难辨,稳扎稳打,万无一失。借此机会好好儿教训一下范蔼仁,给坐地虎来个下马威,迫使其今后放老实点儿,不敢乱说乱动。骑兵们立即按富俊大人的命令行事,分头进入角色,每日天没亮就爬起来练功,不怕吃苦,不怕流汗,长进很快,只20多天便可登台献艺了。

有人会问,富俊作为朝廷命官,由于聪敏睿智,赋性灵慧,经验丰富,带兵打仗有一套不奇怪,可怎能装啥像啥、将原东坡杂艺班的掌门主师楚东坡的神态、举止模仿得那么入木三分,谁也没发现是假扮的呢?您有所不知,富俊是个性情开朗、兴趣广泛、吹拉弹唱样样儿行的活泼老者,尤其昆曲唱得极为地道,平时没事儿就喊两嗓子。他还喜欢广交五行八作的朋友,认为无论从事哪个行当的人,皆有自己的优长,

第二章 智斗群魔

均可借鉴。东坡杂艺班为了生计,需常年辗转各地卖艺,有时也于富俊所在军营附近的村屯打场子。一来二去的,富俊便与掌门主师楚东坡老先生熟悉了,并成为好友。富俊的武功底子厚实,在军中也是出了名的,三五个人近不了前,学什么都快。闲暇之时,还蛮有兴致地随楚东坡一起练嗓子,走台步,撂地摊,并向其学过敲击小梆子鼓的技法,那独特的鼓点儿渐渐便滚瓜烂熟了,需要时可信手拈来。除此之外,他对老先生的脾气、禀性、嗜好、常穿啥衣裳、咋个坐派观察得一清二楚,其一言一行、一举一动皆深深刻在脑子里,扮起来焉能不像?加之当时村民们个个大睁双目全神贯注地盯着台上那几个人的表演,对执槌儿的富俊不可能观瞧得那么仔细,所搭之台子与下面的人群又有一定的距离,只能看个大其概,不但发现不了有什么破绽,而且深信不疑。白面娘子乃原东坡杂艺班的顶门杠,所表演的走钢丝货真价实,无形中增强了信任度,增大了胜算的把握。骁骑校班布泰饰演与白面娘子搭档的丑角栾小小,其个头儿、胖瘦、脸型与真正的栾小小差不多,再通过化装弥补一下不足,你说谁能看得出此栾小小非彼栾小小?又正赶上洪灾过去不久,百姓的生活不那么安稳,一切都在恢复中,突然闻听再熟悉不过的东坡杂艺班主动到范家堡子打场子,高兴还来不及呢,怎会无端产生怀疑?他们惟一要做的就是无论路途多远,一定赶到东门外观赏艺人的表演,借此宽宽心,乐呵乐呵,尽快抚平水灾带来之精神上的创伤和忧虑。综上多种原因,使这场杂耍儿得以越演气氛越热烈,观众越看越爱看,如愿以偿地赢得了掌声和叫好儿声,当场就有往台上送鸡蛋递茶水的,以此聊表心意。

另外,去范家堡子东门外打场子前,富俊早已部署好了,再三叮嘱骑兵们务要切记,在上台展示自己的技艺时,不可出丝毫差错,绝不能让观众看出东坡杂艺班的成员有假。待节目演得差不多了,便进入压轴戏,即扮成小丑的班布泰上场,在高杆儿上抛撒金银豆。金银豆一出手,观众必然争抢,乘此混乱之机,咱得赶紧脱掉穿在外头的演出服,露出里面的平民百姓衣,擦去脸上涂的油彩,迅速钻入人群中。而站在杆子下为班布泰把杆儿的两位拨什库汪忠和盛平则以迅雷不及掩耳之势,用皮筒子将站在场子东侧长杆下等着接金银豆的钱如民脑袋套住,点穴带离现场,隐入西边的密林之中,塞进等在那里的马车。其他人赶紧把站在人群中的众孤儿招呼到一起,分别钻进4辆马车内,由此前早已候在旁边的马弁迅速赶离范家堡子的东门,先往西去,转而向南,朝行辕所在地疾驶。整个行动要稳妥，不可慌乱，给范蔼仁造成一种假相，以为这肯定是自己的哪个死对头或土匪绺子干的，看来是被人盯上了。也难怪，本家族家大业大，资财雄厚，土地甚多，名声在外，还弄来一大帮孤儿养着，不用愁后继无人。身边掌管账房的总师爷又是至亲小舅子，用起来得心应手，这一切能不让人眼红么？所以才制造了这起麻烦，不拿出重金休想赎回钱如民。那帮孤儿被抢，想必是顺手牵羊，土匪要孩子有啥用？他无论如何想不到是田亩清查行辕大营的骑兵所为，只能是云里雾里，或者蒙在鼓里，只听辘辘把响，不知井在哪儿。

富俊此行掀起的波澜非同小可，犹如一枚炸弹扔到了拉林河那片边远的山村，致使范家堡子一改往日的宁静，折腾得鸡飞狗跳翻了天，一连几日未消停。东坡杂艺班重新复出的消息不胫而走，堡外的一些好事者添枝加叶地到处传讲，说得有鼻子有眼。什么范蔼仁可能得罪阿布卡恩都力了，要不怎会在杂耍演得正来劲儿的时候，忽然刮起一股阴风，不仅艺人们消失了，一大帮孩子及其小舅子也不见了，这不太蹊跷了么？什么老天爷睁着眼呢，你做的好事儿他能看到，你干的坏事儿同样躲不过，都在其注视之下，到头来是善有善报，恶有恶报……

第二章　智斗群魔

堡内的人慑于范蔼仁的淫威，不敢公开议论，便仨一帮、俩一伙地凑到角落里或蹲在田间地头儿窃窃私语："要我说呀，脑子笨可以慢慢想，总能琢磨明白，就怕算计不到，这回可够大庄主喝一壶的了。钱如命不是一般人，名声在外呀，乃掌管范氏家族账房的总师爷。范家原有多少土地，现在有多少，私自霸占了多少，强取豪夺了多少，不仅全在大账上记着，也在他心里装着。他失踪了，范蔼仁的魂儿也跟着没了，为啥这么说呢？谁不知道大庄主对每亩每分土地视同自己的眼珠儿哇，少一亩等于要其老命啊！秃子脑袋虱子明摆着，无论什么人将其小舅子绑走的，目的只有一个，就是要钱。倘若大庄主不想出血，人家一怒之下将钱如命交到官府，那可后悔都来不及了，从此甭想睡一个安稳觉，官府即使挖地三尺，也得把土地大账翻出来。"

"嗯，言之有理，倘若真有那么一天，范大庄主可就没有回头路了，多占的土地被收回，他拿啥往外租种啊，哪有余钱放高利贷呀，不成了跟咱一样穷得叮当响、靠出卖力气打发日子的平头百姓了么？等着瞧吧，哪个绺子也不会放过他，有热闹看啦！"

"这还不算，一大帮不知从哪儿弄来的孩子也没影儿了，扣在范蔼仁头上那顶主动为大清抚养无家可归的孤儿、象征济世安民的高帽儿随之被摘下了，看他为多占土地还能编出啥堂而皇之的理由蒙骗官府。会说的不如会听的，除非是昏官，否则就是说出大天来谁信哪……"

一时间，此事成了人们茶余饭后的谈资，有拍手叫好儿的，有幸灾乐祸的，有冷语笑骂的。大庄主范蔼仁咋样了呢？他是自己的梦自己圆不了，急得如同热锅上的蚂蚁团团转，早已六神无主了，觉得在我范家堡子的一亩三分地上能出这样的事儿，真是够丢人的，既倒霉又丧气。白天站不稳坐不安，蔫头耷脑，无精打采；晚间躺在炕头儿合不上眼，双目干涩，心里憋闷，好像有块大石头压得喘不过气来；到了深更半夜，有时会突然坐起来干号，嘶哑的声音如狼嗥，听起来很是瘆得慌，吓得男仆、女婢赶忙进屋好言抚慰，可磨破嘴皮仍无济于事。妻妾们闻听后，也急匆匆地聚拢过来，有的拍着范蔼仁的肩膀，不知轻重地劝道："老爷呀，大风大浪都挺过来了，何苦为这些小事儿伤脑筋呢？消消气，着急上火没用，气出好歹的犯不上，身子骨儿要紧。"范蔼仁听罢，狠狠地睖了对方一眼，心里骂道："哼！妇道人家懂个屁，总师爷被绑票若是小事儿，那啥是大事儿？"

有的上前用手摩挲他的前胸、后背，揉揉额头、太阳穴，使其放松放松。有的则靠近炕沿边垂手而立，一言不发，时不时地陪着掉眼泪。钱如民的老婆小翠花不知啥时候进来的，不仅不说点儿好话给姐夫宽宽心，还边哭边嚷嚷着冲其要自己的男人，不住声儿地埋怨道："为啥不赶紧派人去寻？要是找不回来，我们孤儿寡母谁管哪？今后可怎么活哟！"

范蔼仁皱着眉头瞅了瞅她，心情越发烦躁，翻过身去不予搭理。大夫人见状，忙走到小翠花跟前劝道："妹子，别哭了，能不救如民嘛，他不仅是你的丈夫，也是我们的亲人哪，总得容空儿不是？老爷比咱还着急，啥事儿得慢慢来，会有办法的。"

其他几房儿妻妾也随声附和，好话说尽，百般安慰，想使她尽快安静下来，生怕惹恼了老爷。可无论怎么劝，小翠花一句也听不进去，愈加鼻涕一把泪一把的大声儿号啕起来，如同家里刚刚死了人似的。侧躺着的范蔼仁脑袋如盆大，实在忍不住了，一骨碌爬了起来，指着小翠花的鼻尖儿骂道："你个扫帚星，号丧啥呀，没看我正烦着么？连火候儿都不会看，别他妈在这儿添乱了，是不是没安好心想气死我呀？赶紧滚一边去！"

小翠花一听更来劲儿了，扑腾一声躺倒在地打起滚儿来，两只脚乱蹬蹬，崭新的粉缎子裤和红丝绢袄皆沾上土了，一双绣花鞋也蹬掉了，哈喇子淌了一尺多长，眼泪、鼻涕甩得可哪儿都是，那狼狈相真够十五个人看半拉儿月的了，众妻妾面面相觑，束手无策。

就在范府乱成一锅粥又无法收拾的时候，前去铜佛寺敬香的两位大师回返了，走在前面的是夺魂僧者，跟在后头的是静空大师，二人均披袈裟。他们老远就听见哭声了，估计是发生什么不可解的事儿了，便紧走几步匆匆进院儿，径直来到范蔼仁的住处。推开门定睛一看，大庄主和众妻妾都在，地上躺着钱如民的老婆，个个一脸惶惑之色，感到很是奇怪，夺魂僧者手打佛号道："阿弥陀佛，施主，敢问家中出了什么事儿以至于如此？"

范蔼仁像盼回了大救星似的，一边起身下地，一边请二位大师客厅就坐，众妻妾以及从地上爬起来的小翠花也随之跟了过去。女婢奉上香茗后，范蔼仁便急不可待地开口道："哎哟，尊敬的大师呀，你们总算回来了，范家堡子出大事儿了。都怪我呀，不该一时头脑发热没了主意，竟答应东坡杂艺班到这儿打场子卖艺，结果上当受骗了。那所谓的东坡杂艺班是冒名顶替的，实际上是一伙不知从哪儿来的土匪，借演杂耍儿之名，行强抢之实，不仅将武馆的那帮孤儿掳走了，还把钱总师爷绑去了。此举非同小可，如果对小舅子动刑，逼问土地大账的藏匿之处并被土匪拿获，范氏家族百年家业恐怕得毁在我这个不孝子孙手里了，真是对不起列祖列宗啊！我有罪，我无能，老天哪，这可怎么办呐，请二位大师快快救救范家吧！"说着抽了抽鼻子，两行老泪顺脸滚下，看似很难过的样子。

众妻妾和钱如民的老婆见家主落泪了，也跟着呜呜嗬嗬地哭开了，边哭边七嘴八舌地诉说事情的经过，其中小翠花的嗓门儿最大。由于人多，又争抢着讲，根本分不出个数来，静空大师开口劝道："各位施主，请别着急，小心哭坏了身子骨儿。冤有头，债有主，凡事得弄清是非底里，待静下来慢慢捋出头绪后，再从长计议，另想良策不迟。"

众妻妾听后，渐渐止住了哭声，掏出手帕擦拭着眼泪，范蔼仁冲她们挥了挥手道："你们先回吧，大师走了那么远的路，想必早就累了，该歇息了。"

众妻妾又浮皮潦草地安慰范蔼仁几句，除了大夫人外，其余七房儿妻妾这才扭扭搭搭地出了客厅，各回各屋了，小翠花也回自家了。

那么，夺魂僧者和静空大师究竟去了哪里？如果只是到铜佛寺进

第二章　智斗群魔

香,咋十多天方转回呢?原来二位大师来到范家堡子已一年多了,在此期间,堡内一直挺平静的,未曾出过什么事,他们觉得自己也算尽职尽责了,对得起施主范蔼仁的多方关照了。然而却始终放不下一块儿离开少林寺、中途分手的大师兄一指金刚侠,虽约好于京师碰面,但到今天也没见着,心里很是着急。咋办好呢?总不能在范家堡子继续傻等啊,事实证明此招儿行不通,啥也等不来。惟一的办法就是出去找一找,四处扫听扫听,或许能得到大师兄的消息。二人私下里合计开了,眼下范家堡子没啥要紧事儿,不妨乘七月十五去铜佛寺敬香之机,提前几日离开范家堡子走一圈儿,看看能否遇上前来寻找师弟的大师兄,早去早归。不过这个想法既未告诉任何人,也未向庄主讲,认为此乃师兄弟之间的事儿,没必要说出去。次日一早出发时,走到大门口儿恰好碰上钱如民了,向其打了招呼并对走后应注意些啥又叮嘱了一番,方告辞离去。

大家知道,夺魂僧者和静空大师身怀绝技,皆有超人之能,无论去哪儿,从不乘车、骑马,只凭一双铁脚板儿踏遍千山万水,而且行走如飞,像匹走马慢跑似的前行,丝毫没有疲劳之感。还边走边唠佛法,探讨经文深意,不时地向当地老乡打听何处有知名庙宇、深山古刹,以便前去烧香拜佛。师兄弟二人这次出来,经人指点,首先来到了林木苍翠的张广才岭。此乃通往东海边陲的必经之路,商贾来往频繁,沿途多有庙宇,他们心里思摸着:"张广才岭赫赫有名,庙宇不乏敬香的善男信女,说不定大师兄也会到此造访呢!"这么一想,信心随之而来,除了游览美景,就是去古刹探访故友,顺便打听大师兄的下落。常常是饥时化斋,夜宿庙台,可是连住几个晚上,也未见到大师兄的影儿。随后又进入长白山及其余脉,群山环绕,林海茫茫,大自然的迷人风光使二人陶醉其中,久久不愿离去。到了七月十四日,师兄弟俩赶到了铜佛寺,当夜住宿于寺内。第二天一早,用罢斋饭,与同道一块儿敬香、朝佛、诵经。事毕,出得庙门西行,来到和龙境内,踏遍百座大山,攀上久闻其名的飞云摩天大岭,观赏经年不化的皑皑白雪,与岭上之庙宇的住持谈经论道。告辞后继续西行,登上拉法铁冠山,拜望诸神洞,会见了以前结识的同道师友。遗憾的是各处云游十多天,逢人便打听,仍未有大师兄的消息。夺魂僧者未免有些着急了,遂对静空大师说:"师弟,咱们出来将近半个月了,不能再往前走了,得赶紧回去。况且临行时只说去铜佛寺敬香,早去早归,可无论如何用不了这么多天。时间一长,范庄主心里没底，再出点儿啥闪失，还不得派人四下找咱们哪！"

静空大师仔细琢磨琢磨，觉得师兄所言可也是，终归吃住在范家堡子，暂时又离不开，只能如此，便点点头同意了。于是二人放开大脚片子抄小道儿紧走慢赶，晓行夜宿，5天后的头晌回到了范家堡子，见大庄主愁眉锁眼，妻妾们涕泪交流，果不然出事了。师兄弟俩愣怔片刻，随即感到无比内疚，既痛心又后悔。唉！早不走晚不走，为啥非这个时候出去呢？施主对咱那么好，却在关键时刻没帮上忙，不仅有愧于他们的信任，也对不起钱永康协领。思前想后，又觉得非常郁闷，咋就赶得这么寸呢？到底是哪个土匪绺子全然无视两位大师的存在，竟敢于光天化日之下，在闻名漠北的范家堡子施威作乱，莫非吃了熊心豹子胆了？我们可是少林派的武功传人哪，此举纯粹是没瞧得起咱，公开向少林派示威呢！作为其中的一员，为保护少林弟子的尊严，岂能容你？躲得了初一，躲不过十五，必须抓获贼首，救出总师爷，替施主出这口窝囊气，以平定愤懑之情，安抚挂念之心。

二位大师喝了几口茶，询问了此事发生的详细经过，思索再三，夺魂僧者首先开口了，话说得挺大："施主，本僧以为匪徒逃跑的一路上，必留下蛛丝马迹，何况还带有一帮孩子。不客气地讲，我与师弟武功高强，天下无敌，没有办不成的事儿。我俩明日就出发，四处打听，再寻踪而至，逮住匪首，救出总师爷。"

静空大师显得冷静、稳重得多，坐在椅子上若有所思，没有马上表态。急性子的夺魂僧者侧过头看了看师弟，见其两眼直勾勾地盯着茶几上的杯子闷头不语，遂问道："静空，说话呀，你是咋想的？"

静空大师这才收回目光，回道："二师兄，匪首是要抓，但务必有的放矢，不打无准备之仗。范家堡子周围四通八达，有大路也有小道儿，得往哪个方向去呀？胡跑乱撞总不是办法。我认为此事不可操之过急，不可轻举妄动，行动前应暗中在堡子内外进行一番察访，或许就能发现点儿可利用的线索，之后再据此出外搜寻。凡事做得稳妥些，考虑得仔细些，肯定没亏吃。否则即使下了大力气，最终也是一无所获，白忙活。"

夺魂僧者听罢，刚要与其争辩，范蔼仁插嘴道："二位高僧，我觉得静空大师言之有理，咱们是得冷静想一想，好好儿合计合计，为啥吃了个哑巴亏，让土匪绺子轻而易举占了便宜。咳，我当时也被弄糊涂了，打了那么多年鹰，临了却让鹰啄了眼。倘若传扬出去，太丢范家堡子面子了，人家还不得笑掉大牙呀！"

坐在旁边始终未吱声儿的钱氏由于胞弟的突然失踪，这些天来同样心急火燎，食不甘味，坐卧不宁，完全没了颐指气使的精神头儿。她听范蔼仁一口一个绺子、一口一个土匪的，心里越发来气，暗暗骂道："还大庄主呢，纯粹是个蠢蛋，也不动脑想想，匪徒抢走一帮孤儿和如民干屁用？那不是自欺欺人嘛！"于是便没好气儿地接过了话茬儿："老爷，倘若真是哪个绺子胆大妄为，骑在范家脖颈子拉屎，那可是穷得急红了眼，小命不想要了，咱决不能善罢甘休。恰好二位大师回来了，可助老爷一臂之力，尽早把那些土匪一个不落地全抓住，再施以格路的刑法，让他们尝尝鲜。不是听说有割卵子刑法么，给我一个个都骟了，使其变成老公，看谁还敢来范家堡子闹腾！"

范蔼仁原本面对着自酿的苦酒无法下咽，正在气头儿上，一看出生农家、没念几年书的大夫人一改往日的端庄举止，语言粗俗，驴唇不对马嘴，而且当着两位大师的面儿丢人现眼，愈加火冒三丈，瞪着眼睛吼道："瞎吵吵啥呀，平时不是挺有主意的么，这会儿那些能耐哪儿去了？亏你想得出，还整出什么割卵子刑法，我倒是想割你的过把瘾，你有吗？竟说不着边际的话。实不相瞒，我认为怪不得旁人，罪魁祸首就是你们姐弟俩。倘若没有如民一个劲儿地撺掇，不看在你这个当姐姐的份儿上，我不可能答应让那个冒牌儿的东坡杂艺班来范家堡子打场子，也不至于闹出如此大的乱子。还总师爷呢，长个猪脑子都比他强，我真是看走了眼！"

钱氏见丈夫一推六二五，把怨气全撒到自己和胞弟身上了，哪能让呢，腾地站起身来大声儿嚷嚷道："老爷，此事怎能瓜连上奴家呢，与我何干哪？如民咋了，是你让他管账房的，还封什么总师爷，又不是我封的，要是没那头衔能被绑走吗？再说了，东坡杂艺班来这儿打场子也是你同意的，我弟弟再撺掇，你不点头能成么？自己没主见，造成的后果只能自己担，凭啥冲奴家来，我和如民又不是你的出气筒儿！"

范蔼仁啪地一拍桌子，怒骂道："他妈的，给我闭上那张臭嘴，蹬鼻子上脸是吧？妇道人家懂个屁，不冲你说冲谁说，全是你们姐弟俩搅和的！"

钱氏毫不相让，据理反击，你说一句，我有十句等着，直吵得面红耳赤，气喘吁吁。大庄主和大夫人这一吵吵，在场的亲随、仆从全吓傻了，你看看我，我瞅瞅你，谁也不敢吱声儿，更不敢劝解，生怕哪句话说错了反而引火烧身。两位大师则显得很无奈，坐也不是，站也不是，最后还是静空大师发话了："二位施主，请消消气，本僧知道你们的心情不好，可着急有何用？这种情况下，惟一要做的就是仔细合计合计，弄清冒名顶替的东坡杂艺班究竟何许人也，拿出一个救回总师爷的切实可行之办法。"

钱氏听罢，立马不出声儿了，噘着嘴重新坐在太师椅上。少顷，抬眼看了看范蔼仁，见其微闭双目唉声叹气的，一副失魂落魄的样儿，便换了一种口气把话拉了回来，缓缓言道："今天二位大师都在，关起门来是一家人，咱不妨唠点儿实嗑儿，用不着掖着藏着，况且也没啥可隐瞒的。老爷，不是我说你，平日里趾高气扬的，咋一遇事儿就瘪茄子了？你可是范家堡子当家的，说一不二，大伙儿皆眼巴巴地瞅着你，无论发生什么事，总得把腰板儿挺直，让男女老少心中有底。瞧你现在这副霜打的样儿，活像地里的茄秧，妻妾们都跟着脸上无光。奴家方才所言格路刑法是逗老爷开心的，以便放松放松，别那么紧张。你却听不出来，还当真了，虎起脸跟我犯开浑了，结果吵个一塌糊涂。咋样啊，说你长个榆木脑袋还不服气，事实证明没委屈你吧？咱就事论事，不知老爷想过没有，打着东坡杂艺班旗号来范家堡子卖艺的那帮人不拿不偷不抢，偏偏把咱前些日子以小物件骗来的众孤儿带走了。与此同时，分管账房的总师爷也失踪了，这像是土匪因眼红范氏家族的资财雄厚而前来借机索银吗？哪个绺子吃饱没事儿撑的，非抢回一群孩子养着？谁也不愿做赔本生意，除非脑子有毛病、算不过账的傻子。经过几天来的冥思苦索，我以一品诰命夫人的名誉担保，千万不要去找什么土匪强盗了，此事绝对不是他们干的，而是与那群孤儿息息相关的人出于某种利益所采取的无奈之举。"

范蔼仁听罢，不以为然，反倒认为大夫人在两位大师跟前故意抬高自己，贬低他这位大庄主，丝毫不给留情面，还真将师父当成自家人了，顿时露出一脸的不悦，用鼻子哼了一声，反唇相讥道："是么，如此看来，谁也没夫人聪明了？夫人的脑袋是用金子灌的，高贵着呢！说说吧，到底是谁敢冒天下之大不韪，专跟我范某人过不去？朗朗乾坤，公开打劫，而且抢的是大活人，真乃嚣张已极，只差未掘范家的祖坟了！"

钱氏见丈夫的火气未消，也不计较，轻咳了一声又道："老爷，请用心琢磨琢磨，不难找到答案。试想一下，谁能在短时间内将东坡杂艺班的每个角色扮演得如此逼真，惟妙惟肖？谁的行动能如此迅速，干净利落？绝不会是什么散兵游勇的土匪绺子所能办到的，他们没这两下子。那么何人所为呢？一准是些训练有素、身手不凡的武士经过充分准备，在一个非同寻常的统领指挥下实施的，也就是说，来人早有预谋。"

钱氏的此番话很有分量，一针见血，把症结一下子给叨出来了，听起来十分在理。两位大师当即表态了，认为此言可信，不得不服。这时，堆缩在太师椅上的范蔼仁坐直了身子，大睁双目急巴巴地问道："夫人，别卖关子了，快说呀，他们何许人也？"

客厅内静静的，鸦雀无声，掉根针都能听见，在座的三人皆屏气凝神地等待下文。钱氏呷了一口茶，放下杯子后，胸有成竹地言道："此事不难破解，人过留名，雁过留声，唱这台抢人大戏的非行辕大营的富俊莫属，除了他及手下的骑兵再无旁人。为啥这么说呢？首先，那些孩子原本就是行辕属下孤儿营的，丢了能不找吗？抢回去是必然的，那代表着富俊的政绩。其次，眼下行辕正在清查、丈量、重新登记各家各户的田亩，进展颇为顺利。富俊明知范氏家族所占田亩数额巨大，如民又是分管账房的总师爷，为急于弄清土地大账在何处并尽早揾在手中，绑走如民也就不奇怪了。我的推测不是无缘无故的，以前东坡杂艺班在三姓、呼兰一带打场子那咱，我曾带着丫环乘轿车前去观看他们的演出，也见过掌门主师楚东坡。前几天来咱这儿卖艺时，我坐在台下，咋瞅那个打小梆子鼓的咋不像老班主，虽然个头儿、身材、胖瘦差不多，但楚东坡似乎没那么年轻，颏下的五绺儿长髯应是雪白的。而坐在侧台的那个楚东坡颏下胡子是黑白相间的，呈灰色，这就不对劲儿了，当时便产生了怀疑，很可能此老班主是假扮的。尽管心里这么想，却未马上声张，因为不敢肯定，寻思着观看一会儿再说。没承想演着演着，小丑撒开金银豆了，致使现场秩序突变，混乱不堪，村民们争先恐后地去抢金银豆，与此同时，那些孩子和如民就不见了。由此看来，富俊早已谋划好了，他亲自出马，率领手下骑兵以东坡杂艺班的招牌作掩护，来到咱们范家堡子公开叫板。遗憾的是他不太聪明，细节注意不够，结果露馅儿了，此场杂耍儿演得并不成功。不过这可不是好兆头啊，富俊显然要冲咱范氏家族开刀了，小觑不得，必须认真对待。我很清楚，老爷最不愿提到的就是富俊，若说被他吓破了胆，那是言过其实了。让人担心的是富俊一旦撬开如民的口，他便死死地握住了范氏家族的把柄，使咱寸步难行，动弹不得。可话又说回来，怕有何用？到这节骨眼儿上，神人也挡不住哇,只能是赶紧想辙予以解决为上策。"

钱氏的一番话恰恰触到了范蔼仁的痛处,他的确恨透了富俊,恨到咬牙切齿的程度,也最怕听到这个名字。此前他早有预感,觉得这事可能与富俊有关,但又不愿往那儿想,尽量冲土匪绺子欲行劫财上使劲儿,用心思摸。然大夫人同他不一样,不仅不回避,还一下子把事儿给捅开了,话说得直截了当。此刻的范蔼仁紧皱眉头,一时不知如何是好,心里犯了寻思:"唉,看来失算了,小瞧那个瘸老头儿了。令我百思不得其解的倒是富俊哪来的胆量和能耐硬碰硬呢?明知道范氏家族几代受皇封,朝中又有人,范家堡子乃雍正王朝以来名噪一时的大庄子,却为啥偏偏跟我这个大庄主作对、不惜一切代价非折腾个底朝上不可呢?难道他不懂龙争虎斗、两败俱伤的道理吗?"

钱氏侧过头瞅了瞅范蔼仁,见其一脸的困惑,双眼直瞪瞪地盯着地面,心里不知琢磨些啥,估计是一时没了主意。不管咋的,自己总还是嫁到范家多年了,一日夫妻百日恩。目前丈夫处境窘迫,能不替其着急么,也很是心疼,遂轻声细语地劝慰道:"老爷,别太往心里去,其实这算不了什么,愁坏了身子骨儿犯不上。不是有那么句话嘛,车到山前必有路,活人不能让尿憋死。大家都动动脑子,说不定忽然有了好主意,柳暗花明又一村呢!依我看,当务之急是赶紧救回如民,那帮孩子可暂且放一放。若想抢回富俊手中的这张王牌难度很大,因为对于他而言,此举也是没有办法情况下的孤注一掷,绞尽脑汁要计谋才到口的肉岂肯轻易吐出来?何况咱们跟他顶牛已经顶到份儿了,可谓势不两立。尽管如此,从大局着眼,务必得这么做。倘若采取各种办法救如民仍事与愿违,真到那个时候,咱们再考虑下一步怎么办不迟。各位须清醒认识到的是能否救回总师爷事关重大,不单单关乎范氏家族几十年的基业能否继续留存,也关乎当今朝廷一些在任的一品、二品官能否保住脑袋和乌纱帽,还关乎吉林、盛京的一些官员能否跟着吃瓜落。他们可都是咱的人哪,倘若被牵连进来,咱能担待得起嘛!再者……"

范蔼仁听到这儿可气坏了,嘴唇直哆嗦,像被蚂蜂蜇了一般忽地跳起来高声儿断喝道:"住口!你这张乌鸦嘴,是说话呢,还是喷粪呢?让人听了浑身不自在,直起鸡皮疙瘩,两位大师都得见笑。啥事儿被你一说就严重了,谅富俊没那胆量,不敢上报朝廷。假如他没个记性,好了伤疤忘了疼,胳膊非要拧过大腿,那就对不起了,从此头上别想有一品顶戴了,我不仅让他声名扫地,寿终正寝,还得让他绝后!"

第二章 智斗群魔

其实，钱氏此刻并不在乎范蔼仁说什么，亦不在乎发多大的火儿。他们是多年的夫妻了，吃透了丈夫的脾气、秉性，对其一言一行、一举一动代表啥意思心知肚明。她知道丈夫每遇难解之事时，一向心虚嘴硬，要么瞎咋呼，要么穷逞能，没啥真本事。所担心的是两位大师不知底里，听大庄主这么一说，很可能闹出人命来，还不把人家吓跑了，那可就没有靠山了。她不愧是个很会办事、头脑冷静、用心细密之人，飞快地瞟了二位大师一眼后，随即语气平缓地说道："老爷，别生气了，到了这个节骨眼儿上，讲那些解恨的话没用，顶多是痛快痛快嘴皮子，还是说点儿正经的。我琢磨着要想救出如民，得通过富俊的属下搭桥，不妨来个临时抱佛脚。记得清查田亩行辕大营有位职衔不高的哈番，噢，对了，是游击，姓秦，叫秦名远，长了两颗特别显眼并往外龇龇着的大门牙，背地里都叫他'秦大门牙'。有一年冬月，他带领一哨骑兵途经范家堡子前往离咱不远的小哑巴屯办差，天傍黑儿才驻扎下来，伙夫忙着埋锅造饭。工夫不大，饭菜做好了，骑兵们开始用晚膳，谁也没觉得有什么异常，吃完便各自歇息了。未承想此前不知缘何有人曾往饭菜里投了毒，刚到一更天药性就发作了，骑兵们个个头昏脑涨，四肢麻木，腹内剧痛，在帐篷里翻过来滚过去地折腾开了。其中，秦名远中毒最深，脸色青灰，口吐白沫儿，气息奄奄。多亏所设的警戒哨中有个兵丁没中毒，因其姑姑也住在屯子里，晚饭是被叫回家吃的，所以躲过了一劫。他一见此情此景可吓坏了，撒腿就往姑姑家跑，待说明了来意，由姑父领着找到了穆昆达。穆昆达认为人命关天，施救要紧，当即叫醒全屯的住户，令大家四处寻求解毒良方，也到了咱范家堡子。老爷闻听后，忙让厨子把老黄瓜瓢儿、小黄米、绿豆等放入石锅里加水熬，熬到一定时候将米汤撇出，装进两个瓷罐内，命令家丁用扁担挑着随如民一路小跑前往小哑巴屯。到了那儿，径直去了骑兵驻扎处，把米汤倒进碗里，每人喝了一大碗。结果还挺灵验，只过了半袋烟的工夫，骑兵们全吐了，苦胆恨不得都吐出来了，食物中的毒素随之便解了。领兵的秦名远非常感激，办完差回返时，特意带着随从来咱家登门致谢，感谢救命之恩，称赞老爷乃菩萨心肠。辞别时，老爷拿出30两白银奉上，说是让他日后去药铺买点儿补品，好好儿将养将养身子骨儿，秦将军大难不死，必有后福哇！秦名远双手接过，千恩万谢，并表示知恩不报非君子，大庄主将来有用得着我的地儿尽管吱声儿，本官定效犬马之劳。此事至今时隔四年，这回还真用着了，他应该知道那东坡杂艺班是不是行辕的兵丁假扮的，抢回众孤儿、绑走钱如民是不是富俊干的。咳，我弟弟要是在就好了，让他去找姓秦的，准保能帮这个忙。眼下没别的招儿，只能另派人走一趟了，就是说破嘴皮子，也得将其请来。当然了，此事非同小可，秦名远是否掌握实底儿、想不想告诉咱、愿不愿帮忙皆是个未知数。不过很多事实证明'有钱能使鬼推磨'这句老话到啥时候都管用，咱可以给他银子，不能抠抠搜搜的，出手大方点儿，谁不见钱眼开呀，我就不信他不动心。"

范蔼仁听了钱氏这番点化，仔细思摸了一会儿，认为可行，气随之也消了。他知道大夫人很有心计，所出的点子是经过深思熟虑的，从不放空炮。可转念又一想，觉得有些不妥，遂晃了晃脑袋道："此招儿中倒是中，但施行起来有难度，起码不会那么顺当。你想啊，行辕大营把守甚严，任何人不准靠近，骑兵又不停地巡逻，咱怎能进得了大门？更别说见到秦名远了。见不到本人，如何相请？到头来还不是竹篮子打水一场空。再者，咱现在哪有较为合适的人前去联络呀？富俊他们对我范府的上下人等差不多都认识，弄不好事儿没等办呢，先打草惊蛇了。"

钱氏刚要解释，夺魂僧者抢了先："二位施主，大可不必为此焦虑，富俊何惧哉？本僧和师弟一同前往就是了。只要弄准行辕中确实有位被施主救过的秦姓游击，其他一切皆好办，我们会想法儿接近之，哪怕他是天上的神仙、地下的阴魂，照样能将其请来。"

平日里，范蔼仁对二位大师的武技和能耐可谓佩服得五体投地，信任有加，尊崇备至。此刻一听夺魂僧者表态了，非常高兴，脸上立马堆满了笑容，双手抱拳连连致谢道："谢谢，谢谢，二位大师如能前往，那可太好了，此乃范家堡子之福哇，我们将永世不忘大师的恩德呀！"说着就要跪地下拜。

静空大师忙上前扶住道："施主，快快请起，小事一桩，千万别客气，本僧和师兄不敢当。"

二位大师接下来详细询问了秦名远的长相、身高、胖瘦及口音，范蔼仁一一作答，夺魂僧者言道："施主，这样吧，本僧和师弟出门多日刚刚回堡子，今晚就宽衣歇息了。明儿个一早，请准备两套百姓衣，我们需换装前往行辕。一切顺利的话，最晚亥时即可返回，当然同行的还有秦姓游击。施主需要做的就是告知夜哨，暂不关离府第最近的东门，回来时将从那儿进堡子。时候不早了，二位施主恐怕早就累了，赶紧歇着吧，安心睡个好觉，告辞了！"说罢，起身揖手作别，与静空大师一

第二章 智斗群魔

同退下。

范蔼仁目送二位大师走后，仍无睡意，端起水杯边喝茶边寻思："大师说得倒蛮有把握，可哪儿那么容易呀，何况秦名远对当年被救之事记不记得尚不知晓。人都是这样，只有认账方肯帮忙，那还得是讲良心的。大师的用心是好的，或许为了安慰我，怕因此睡不着觉才把话说得很死，先给个宽心丸儿吃而已。他俩去的不是寺庙或集市，而是驻防八旗之行辕，还得顺利请回秦名远，当天返回似乎不太可能，天知道结果会怎样。"这么想着，也就没太在意夺魂僧者的嘱咐，对什么争取亥时返回呀，告诉夜哨暂不关东门等话只是这只耳朵听，那只耳朵冒了，早忘脑后去了。待茶喝得差不多了，焦躁不安的情绪方逐渐平定下来，想去哪个小妾处云雨一番吧，又觉得没那心情，于是几个月以来头一遭留宿在大夫人的房里，二人洗嗽完毕便歇息了，一夜无话。

转天清晨，夺魂僧者和静空大师听见雄鸡报晓就起床了，洗漱完毕，先到附近的柳林中站桩，接着练了一阵儿拳脚，然后径直去了范府的膳房。二人用罢厨子专门为其烹调的素食，回到自己的住处，见炕上叠放着两套粗布衣。脱下僧服，换上便装，静空大师将一布袋子围在腰间，里面装着七八个白面馒头和几块儿咸菜，作为途中饱腹之用。准备就绪，师兄弟俩未向任何人打招呼，悄悄儿出了大门，撂开铁脚板儿朝东而去。走了不到两个时辰，抬头看看日头，已近晌午，前面可见一片村庄，炊烟袅袅，离村庄不远的大院子便是行辕所在地。他们来到一条小溪边，蹲下身以双手掬水润润嗓子，又洗了把脸，然后并排坐在土坎儿上。静空大师解下系在腰间的布袋子，取出两个馒头和咸菜递给夺魂僧者，自己则手拿馒头掰下一块儿放进嘴里嚼着。正这时，远远望见一队骑兵从村子里闪出，拐向北面的林间小道儿，行进速度不快，看样子是在巡逻。夺魂僧者瞅了一会儿收回目光，侧过头道："师弟，这队巡逻兵里那个领头儿的，没准儿就是秦名远呢！"

静空大师笑道："那敢情好，咱省事了，不用进行辕找了，碰个正着。师兄，这队骑兵要真是在巡逻，得走一大圈儿呢，最少需两个时辰。咱俩一会儿就往屯子西南角儿的集市去，巡逻兵必途经那里，倘若其中恰好有秦名远，便可见机行事了，可谓得来全不费工夫啊！"

二人匆匆填饱肚子，站起来拍了拍身上的土，撤退往西南方向奔去，只用了做顿饭的工夫便到了集市。四下瞧了瞧，见赶集的人不是很多，街面儿也不大，长约50米，宽约10来米，卖啥的都有，日用品居首,吆喝声儿、讨价还价声儿、以物易物声儿清晰可闻。他们慢腾腾地从集市的南头儿溜达到北头儿,发现道边有处挂着幌子的茶馆儿,便掀开白布门帘儿走了进去,坐在靠窗的桌子旁,要了壶清茶悠闲地饮着。由于窗扇儿已用木棍儿支起,故而集市的一切可尽收眼底,二人边喝边不时地向外望望,或探出上半身往两边瞅瞅。

刚过半个时辰,忽听南头儿响起了节奏不整的马蹄声,由远而近。夺魂僧者伸出脑袋一看,果然一队骑兵缓缓地进入了集市,走在最前面的那位一看着装就是领头儿的,所骑坐骑是匹黄骠马。随即缩回头,叮嘱师弟继续坐在茶馆儿内,自己先出去看看,然后起身离桌,掀开布帘儿站于门外。骑兵们渐渐走近了,夺魂僧者双目始终盯着前面那个领头儿的,仔细一端详,此人三十七八岁,瘦高个儿,长瓜脸,鹰钩鼻,两道八字眉,一对儿鼠眼,两颗大门牙向外龇龇着,显得特别突出,嘴都闭不严,没错,正是游击秦名远!赶忙往前走几步,来到黄骠马旁,仰脖儿冲坐于马上的秦名远大声儿问道:"军爷,小民是从河南来的,能否搅扰一下?想打听件事儿呢!"说罢还冲其使了个眼色。

秦名远低头一看,见上前搭话的男子头发剃得溜溜光,脑门儿锃亮,心想:"这分明是个和尚啊,咋穿普通百姓的粗布衣呢?人家要向我打听件事儿,总得有个回应吧,不能不理呀!"于是冲后一挥手,意思是让兵丁继续巡逻,然后翻身下马,夺魂僧者凑到跟前揖了揖手小声儿道:"军爷,失敬,失敬,范家堡子的大庄主范蔼仁让本僧代问军爷一向可好?"

秦名远一听"范蔼仁"三个字儿,赶忙警惕地四下瞅了瞅,回过头问道:"师父,找本官何事?"

夺魂僧者故作神秘地说:"大庄主思念军爷多日,很想见面聚一聚,并有要事相商,故而特遣本僧和师弟前来相请,师弟坐在茶馆内等着呢!当然了,我们师兄弟的这双脚不值钱,走惯了,范老爷可随时呼来唤去。而公务在身的军爷就不同了,腿脚金贵着呢,这一点大庄主的心里是有数的,也做好了迎接及酬谢的准备,不知能否赏光?"

夺魂僧者的这几句话,让鬼精鬼灵的秦名远立马猜到了眼前的这位僧侣乃范家堡子团练的总教头之一,此前早已听说那儿有两位高僧坐镇,而今看来果真如此。他也听出了对方的话外音,自己此番肯定不白跑,白花花的纹银是有诱惑力的,主动奉送哪有不要之理?何况还欠范蔼仁的一个人情呢!思忖片刻,便答应道:"大师,我倒可以走一趟,

第二章 智斗群魔

不过现在不行，待巡逻完毕方能抽身。"

夺魂僧者忙道："不急，不急，只需军爷告知什么时辰、在哪儿恭候即可。"

秦名远凑近前去附耳道："天擦黑儿时，请大师于行辕西边的那片林子里静等，我一准到。"说罢，一骗腿儿上了坐骑，打马追赶前面的巡逻队去了。

夺魂僧者反身回到茶馆儿，与师弟耳语了几句，静空大师点点头。为了消磨时间，他们一边慢慢地品茶，一边闲聊着，连续喝了3壶，见太阳偏西方结账离去。二人悠然地走在乡间小道上，按原路返至行辕附近，避开哨兵的视线，钻入西边的林子中，坐在树墩子上等候。天刚擦黑儿，听见林子外传来嗒嗒的马蹄声儿，二位大师赶忙起身相迎，见秦名远已牵着马缰绳进了林子。3人碰面后，无需再说什么，秦名远骑马前行，夺魂僧者和静空大师撂开大步紧随其后，急匆匆地向范家堡子奔去，很快消失在夜色里。

早在夜幕降临时，把守范家堡子东西南北4个城门的团练就近巡逻一圈儿后，见无异常，便将城门上了锁，各自回门楼儿里睡下，惟独更倌儿手拿梆子在城门内游走，每到一个更次便哪哪哪敲几下报时辰。刚进亥时，把守东门的团练睡得正香，忽然被一阵儿嘭嘭嘭的敲门声儿惊醒，心里这个气哟，其中一个中年团练大骂道："他妈的，这是哪个混账王八蛋哪，属夜猫子的，大半夜了不在家歇着，跑这儿穷敲啥呀？就是想进围子，可以明儿个一早来，火燎腚了还是咋的，这不成心折腾人嘛！"骂够了，再不愿动也得爬起来，几个团练迷迷瞪瞪地取过灯笼，出得门楼儿从上往下照，见吊桥下站着3个人，正仰脖儿大声喊着快开城门呢！

团练们仔细一瞧，原来其中的两位乃范庄主最尊敬的总教头夺魂僧者和静空大师，还有一位身着游击官服的骑马人，便小声儿喊喳开了："哎呀，怎么把二位大师关在围子外了，这还了得！"

"他们这是去哪儿了？三更半夜才回来，行前咋不打声招呼呢，咱好留门哪！"

按理说，团练们赶紧把门打开，放3人进来不就结了嘛！可是不行，为啥呢？大庄主范蔼仁早就对团练下了死规戒，即堡子的四面城门关闭之后，不到开启的时候，任何人无权打开。有特殊情况需要开城门，务必向庄主禀报，得到允许了方可开。不管是谁，即使是老爹、老娘从外地来了，也得在城下等着，大庄主不点头，照样进不去。倘若哪个团练胆敢违反规戒，甚至置若罔闻，因随意开城门而出了纰漏，必严惩不贷。正因如此，这些年来，范家堡子的团练对四面城门把守得颇为精心，生怕出差错，堡内相对比较安全，很少发生匪盗搅扰之事。

此刻，站在门楼儿上的几个团练当然记得大庄主的规戒，你即便将门敲得山响，给我十个胆儿也不敢开呀，脑袋还要不要了？这时，那位中年团练手扶城墙探出身子冲下面高声儿喊道："二位大师，别跟小的计较，你们是知道的，惟大庄主下话才敢开城门。请稍等，小的这就去回禀老爷，马上转来！"

夺魂僧者有些不耐烦了，寻思道："临行前，本僧向范蔼仁交代得清清楚楚，一再嘱咐暂不要关东门，等我们回来。这可倒好，把我的话当成耳旁风了，四门紧闭，团练呼呼大睡，根本没把我们师兄弟放在眼里。"想到这儿，心中有一丝不快，气哼哼地嚷道："还磨蹭啥呀，快去吧，就说我们带一贵客回来了！"说罢，朝秦名远摆了摆手，秦名远翻身下马，3人站在城门外一棵大树旁等候。

好在中年团练腿快，撒丫子就跑，没一会儿便来到钱氏的住处，让守门的丫环请示大庄主，两位团练总教头带一贵客正于东门外高声儿叫门，可否开启？丫环回身将卧室的门推开一条缝儿，轻声儿唤老爷，如此这般禀报一番。范蔼仁听后，一掀被坐了起来，后悔得直拍大腿："哎哟，都怪我，忘了告知团练留门了，大师还真连夜回来了！"随手推醒大夫人，丫环忙进屋帮着主子穿好衣裳、蹬上鞋，4个男仆手提灯笼给照亮儿，范蔼仁拽着大夫人栽栽楞楞一溜儿小跑直奔东门而去。到了那儿，夫妇俩已是呼哧带喘、上气不接下气、顺脸淌汗了，二话没说，忙命团练赶紧放下吊桥，开启城门。夺魂僧者、静空大师以及秦名远入得城门后，范蔼仁连作揖带施礼，一个劲儿地赔不是："罪过，罪过，让你们久等了，真是对不起！秦将军，辛苦了，几年不见，一向可好？"

秦名远一边答应："好，好着呢！"一边上前一步，扑通一声跪在地上叩头道："老爷、大太太，我也惦念你们哪，别来无恙啊？在下给恩人叩头了！"

范蔼仁的脸上堆满了笑容，腆着个大肚子伸出双手搀扶着秦名远道："将军快请起，您太客气了，不必如此，本庄主受用不了哇！"说罢头前带路，一男仆上前接过秦名远手中的缰绳，一行人相跟着向南走去，前往大庄主的府第。到了府门前，范蔼仁躬身相请，一个个鱼贯而人,直接去了装潢格调颇为高雅的待客之处,即挂着范蔼仁仿效孔圣人以正楷题写3个大字"范爱仲"的客厅。落座后,丫环们忙活开了,先把微热的洗脸水、漱口水送了进来,有的端着盆子,有的手捧毛巾,有的拿着水杯,有的提着瓷罐儿。两位大师和秦名远分别洗完脸,用毛巾擦了擦,又漱了漱口,再回身吐进丫环手中所提的瓷罐内。洗漱完毕,丫环一一退下,另有侍女奉上沏好的香茗,范蔼仁笑吟吟地请三位品茶。钱氏则亲自去厨房督办酒席宴,要求山珍海味缺一不可,烹饪之佳肴必须色香味俱全。厨子们立即做准备,改刀、切菜、剁骨头、剥鱼腔,忙得不亦乐乎。不大工夫,只听锅碗瓢盆一齐响,掌勺的师傅动手烹饪了,随之传出柴火点燃后的噼啪声儿,灶坑里的火苗儿红彤彤的,锅内的香气四处飘散。只用了半个时辰,晚宴便做好了,7碟8碗16盘摆上桌,荤素皆有,好不丰盛。

范蔼仁引领3人来到膳房,自己首先入坐主人之位,然后请秦名远坐于右首,二位大师坐于左首,相对应的桌面上摆满了素食,钱氏也走出厨房过来相陪。酒席宴开始了,考虑到僧侣不饮酒,范蔼仁站起身来,先为夺魂僧者和静空大师倒茶,再为秦名远斟酒,边斟边介绍道:"秦将军有所不知,此乃地地道道的高粱酒,范家堡子烧锅自酿的头品二锅头。其味道醇美,十里可闻其香,且饮后头不晕,很快便可进入梦乡,睡个舒舒服服的好觉,故而取名儿'范家仙'。此酒名声在外,除了需运往京师大内,还要送至各州府县衙。大吏和官员们品尝后,皆竖大拇指夸其香气扑鼻,名副其实,嘉庆爷更是赞不绝口:'噢,好酒,好酒也!'"斟毕,也为自己和夫人倒了一杯,然后举起酒杯道:"今天不同往日,福星高照,本庄主既高兴又感慨万千哪!这第一杯乃致谢酒,说实在的,首先让我十分过意不去的是烦劳二位大师了,一大早起来就赶往行辕,跑了两个多时辰去面请秦将军,非常辛苦,我代表全家表示感谢!再一个就是今天可谓大喜之日,为啥这么讲呢?因为秦将军给本庄主一个好大的面子,爽快答应光临寒舍了。贵人驾到,让范氏家族蓬荜生辉,真是三生有幸啊,不胜感激之至。为了表示我们的诚意,略备薄酒,请各位不要见外,能够相聚就是缘分。来,把这杯酒干了!"说着一饮而尽,秦名远和钱氏随之,二位大师同样一口喝干杯中茶。

钱氏放下酒杯,把盏执壶为大家分别斟第二杯酒、倒第二杯茶,也为自己斟满一杯。范蔼仁举起酒杯接着说道:"这第二杯乃祝福酒,祝愿秦将军万事顺遂,步步高升,飞黄腾达。祝愿二位大师福如东海,寿比南山，早成正果。来，干了！"话音刚落，5个人一仰脖儿，杯杯见底。

钱氏再次为每人斟满，随即举起酒杯道："这第三杯乃友情酒，俗话讲得好，多个朋友多条路，你帮了我，我反过来必帮你，此乃人之常情。今日请秦将军来，实不相瞒，是有要事求请。相信您不会眼瞅着范氏家族被人欺而不管，一定会看在往日相知之面伸出援手，我代表范家堡子老老少少先谢了，并将永世不忘将军的大恩大德，来，干了！"真个是位不同寻常的女流之辈，只听咕嘟一声，一杯酒全下了肚，其他4人的杯子也跟着空了。

范蔼仁放下酒杯，热情地招呼道："别光饮酒喝茶呀，来来来，请各位动筷吧，品尝一下范家厨师的手艺。粗茶淡饭不成敬意，来日方长，以后有的是机会，咱们边吃边聊！"说着，同大夫人一起为每个人的盘子里夹菜。

大家皆知，坐在范蔼仁右首的秦名远哪儿是什么高官哪，只是个游击。范庄主和大夫人为极力讨好儿、奉承对方，才口口声声称其"秦将军"，竟叫得他美滋滋的，快找不着北了。可当听完钱氏的第三杯祝酒词时，心里顿时没了底，感到十分不安。缘何如此呢？他知道范蔼仁是个无利不起早、很能算计的人，来范家堡子的路上心里就琢磨，这大庄主要跟我商量什么呢？还特派两位大师、团练总教头亲自代请，估计此事绝非一般。刚才钱氏明点了，他才恍然大悟："噢，岂止是商量啊，而是有求于我，声称范氏家族被人欺负了。他们也不掂量掂量，我不过一个军衔不高的游击，有多大能耐呀，帮得上帮不上还得两说着。唉，不管咋的，人家4年前曾救过我和弟兄们的命，知恩图报嘛，有多大劲儿使多大劲儿吧，何况又不白帮，少不了给银子。暂不去想它了，也不用急着问，先品尝一下美食、一饱口福是真的。"他盯着桌子上那一盘盘儿诱人的飘散着香味儿的佳肴直流口水，有的菜点根本叫不上名字，有的从未吃过，一时不知从哪儿下筷子好了。于是坐直身子，开始大筷头儿地夹菜往嘴里填，嘴巴塞得满满的，两侧腮帮子都鼓出来了，不停地咀嚼着，大口大口地喝酒，啥也顾不得了。人家唠嗑儿他不参言，倒不出嘴来，只是瞪着眼珠子频频点头应和着，看样子快噎住了。钱氏见此，执壶为其斟满杯子道："秦将军，不着急，慢慢喝，有的是时间。"

那么，秦名远为何如此下三烂、好像这辈子没吃过东西似的、丝毫不注意吃相而狼吞虎咽呢？各位阿哥有所不知，范家堡子的大庄主范蔼仁有两大嗜好，一个是喜欢女人，一个是喜欢品尝美味。范府大厨乃烹调佳肴之能手，远近闻名，尤其是辽东菜、龙江菜独具特色，百吃不厌。东北三地将军衙门的所有官员几乎都登过门，范蔼仁也以此吸引各方人士光顾范家堡子，同时借机炫耀所谓的范式菜系。由于家族成员的口味不同，有喜酸的，有喜甜的，有专品辣的，也有愿品苦的，光请的厨子就有上百人，想吃什么便能做什么，色香味保证不走样儿。其中数十个厨子需给团练准备膳食，当然了，做的皆为农家饭，他们没资格享用上等菜点。就拿今晚来说吧，范蔼仁为了招待好秦名远，使其乖乖替自己办事，除了极尽阿谀奉承之能事外，再就是使出看家本事，奉上一桌美味让他开开眼，品尝一下从未见识过的享誉东北三地之名菜大宴。不仅如此，还指派大夫人亲自督办、陪灶，给以指点。钱氏真就事无巨细，不时地提醒大厨这道菜缺鲜姜，那道菜应加点儿竹笋什么的。女主人在旁边看着，大厨们敢不卖力气么？个个使出浑身解数，累得汗流浃背，总算达到了主子的苛刻要求。

今天看来，当时的范家堡子虽名声在外，不过是处大屯落，庄主范蔼仁占有的土地最多而已。尽管地位、名分在那儿，终归是个土包子，府上所操办的大宴多数为家常菜，什么韭菜炒鸡蛋哪，小鸡炖蘑菇啊，香薰兔肉哇，红烧大杆头等等。别看摆了满满一桌子，其中只有八道菜比较特殊，哪八道呢？第一道是肥鸭炖子蘑，第二道是清蒸哈什蚂，第三道是油煎豆腐内夹飞龙肉，第四道是牛心鹿心拌獐肝，第五道是十蘸白肉血肠。"白肉血肠"乃辽东满洲故地之家常名菜，大多数人家是把五花肉、酸菜、粉条放在一块儿炖，待差不多了，再将已灌好煮熟的血肠放进锅里，稍炖即食。而范家的做法及吃法独辟蹊径，与各家各户有所不同，关键在"十蘸"上。"十蘸"中的"十"，不是指10样儿，而是"多"的意思。桌面儿正中间摆放两个大盘子，其中一盘儿装着切成薄片儿的五花肉，油亮亮的，香而不腻。另一盘儿装着血肠，用杀猪时接的血灌成，煮熟后切成一段段儿，呈暗红色。大盘儿四周摆放20多个小瓷碟儿，里面分别装着调味品，有葱仁儿、麻仁儿、瓜子仁儿、松子仁儿、辣椒油、大蒜油、芥末等。吃的时候，夹起白肉或血肠蘸这些调味品入口，愿用哪种作料任选，故而称"十蘸白肉血肠"。此道菜是范蔼仁同厨子们一起琢磨出来的，在族中颇受欢迎，大伙儿又给取名儿"范家菜"。

第六道是犴鼻拌熊掌，称得上一流名菜，造价高，颇为珍稀。熊掌不太好淘换，犴即驼鹿，也难于捕捉，其身上最好吃的是鼻子，得去千里之外的大兴安岭及外兴安岭一带猎取，故而能吃到这两样野味绝非易事。

第七道是熏蒸乳猪，也是满洲人的传统菜，黑龙江以北不少地方的居民皆喜食之，只是烹饪的方法不尽相同。范家堡子的"熏蒸乳猪"是怎么做的呢？首先将生下月余、身上长有细细的绒毛、胖乎乎的奶猪羔儿、又称奶光子用酒灌醉，待昏睡后，把4条腿用麻绳儿捆在一起，防止由于腿的四下分开而不易烘烤。再用搀入茅草的黄泥从头到蹄全糊上，如同长方形的泥团，看不出是头乳猪了。需要切记的是只以黄泥糊不行，没有茅草搀和其中，黄泥容易脱落，茅草起黏合及横拉竖拽的作用。然后将乳猪吊在架起的篝火上方之铁质横杆上熏烤，待散发出香味儿了，麻绳儿和茅草早变成灰了，裹在外面的黄泥也硬邦邦的了，说明已基本熟了。这时，方可将乳猪从横杆上取下，用小木槌儿把黄泥一块块儿敲掉，乳猪便露出来了。提一桶清水洗一洗，用刀把四蹄及嘴巴周围的绒毛刮净，用镊子把眼睫毛一根根拔掉。蹄甲是否需要处理呢？因是奶光子，蹄甲薄而软，可以吃，所以不必去掉。如果为了看着干干净净的，可将蹄甲掰下，里面刷白刷白的，好像铺了一层白银似的。接下来用粗钢针在乳猪身上扎些眼儿，将其放入盛满果汁儿、奶汁儿、酸辣汁儿的盆子里浸泡，一个时辰后捞出，重新吊在篝火上熏烤。烤到滋味儿都渗进乳猪的嫩肉中取下，用黄酒擦干净，再放入大铁锅内蒸。过半个时辰左右，掀开锅盖，浇上含有花椒、大料的油汁儿，或者用各种作料调制的汁儿后，即可出锅了。将出锅后的乳猪放入大瓷盘子里不是四腿拉胯地平躺着，而是把腿蜷上，以五彩线缠之，摆成跪卧的姿势，4条腿在底下，嘴巴朝上噘着，身上覆盖一层以粉面子勾芡之五颜六色的作料汁儿，远眺就像一朵花儿似的，非常好看。乳猪肉的口感特别好，鲜嫩又有弹性，香而不腻，不用嚼就化了，也可蘸辣椒油、老陈醋、葱姜蒜调成的汁儿及各种果汁儿食之。

"熏蒸乳猪"有个特点，即上席前不用开膛，体内所有的东西都能吃，为啥呢？因其是奶光子，出生一个月内只吸吮母乳，肚子里的五脏六腑并不脏。加之活着时便用酒灌醉了，酒可灭菌，又糊上黄泥于火上两次熏烤，外焦里嫩，大肠、小肠皆可食，何况心、肝、脾、肺、肾呢！此道菜初始于黑龙江以北地区，后来传入俄罗斯，成为中西餐桌上极受欢迎的美味佳肴。它具有大补之功效，尤其是老年人和体弱多病者食用后,起到增加营养、强健筋骨、延年益寿的作用,其好处不可述及也。

第八道是清蒸百合仙子。一听菜名儿,都会以为原料取自百合花的根茎,如果那么想就大错特错了。其实这道菜并不新鲜,至少也有千八百年了,北方各个民族皆喜食。别的地儿饭馆、酒楼称其啥名儿不清楚,"清蒸百合仙子"之名儿是范蔼仁起的,而且逐渐在辽东、黑龙江一带叫开了。所用原料到底是啥呢?乃妇女生产时随之娩出的胎盘,又称衣胞或胎衣,也是一剂中药,曰紫河车。新鲜胎衣的保留不外乎两种,一个是干留,一个是放一段时间后再晒干收起。为防止腐烂变霉,务必存放好,否则不能食用。晾晒和收藏很有说道,有一套方法可循,在此就不多讲了。

"清蒸百合仙子"的烹饪过程并不复杂,若是原料为新鲜胎衣,先将其放进盆子里,倒入温水浸泡两三个时辰,干的则需更长时间。待泡透泡软了,取出来用水洗净,摊在木板上晾一会儿,便可烹调了。通常有两种做法,如果喜食口味重点儿的,就把衣胞放进装有奶汁儿、果汁儿的盆子里浸泡,然后入锅蒸熟,再浇上酱汁儿即可上席。如果喜食口味清淡点儿的,就把洗净的衣胞直接放进锅内蒸熟,然后切成片儿装入盘中,摆成芙蓉形或百合形,四周围一圈儿雕琢成各种花卉的蔬菜作为点缀。食用时,可以蘸着作料吃,也可啥都不蘸,专品那滑润柔软、嫩而不腻的爽口感。

范蔼仁为什么独出心裁、给这道菜起名儿叫"清蒸百合仙子"呢?实际上范氏家族大厨们的做法与其他地方一样,没什么区别,惟一不同的就是在此基础上增色添彩罢了。蒸熟的胎衣呈乳白色,从锅内取出也是切成片儿,放在大圆盘儿中间,摆成百合花形,再浇上奶汁儿,显得越发光亮洁白。然而围绕在"百合花"四周的可不是用各种蔬菜雕饰的花卉,而是经几道工序烹饪的已去掉外皮的小猪鞭。这点缀物猪鞭为何不用成猪或胎猪的,而非用小猪的呢?因为经过加工后,成猪鞭硬而脆,口感不好,有邪味儿。胎猪鞭太小,韧度差,没咬头儿。一年生且没有配过母猪的小猪鞭柔软而结实,口感好,无邪味儿。摆放时亦很有讲究,不是把整个猪鞭围在"百合花"四周,而是只保留前头手指粗较尖的那一小截儿,后头那截儿切下不要。摆放好后你再看,盘子中间儿是一朵"百合花",以白色的衣胞片儿作为花瓣儿和花蕊,象征着普照大地的太阳。转圈儿是一段段儿螺旋形呈暗红色的猪鞭,尖端朝外象征着红光四射，犹如百合仙子环绕着太阳，故而取名儿"清蒸百合仙子"。还有人认为此道菜的外形很特别，中间儿白云如雪，四周光芒万丈，称其"清蒸白云宝"更贴切。此道菜既好看又好吃，满汉全席不可或缺，皇家大内的御膳亦时常见到，乃大补之佳品。

秦名远本是一介武夫，好不容易混上了游击，遗憾的是官职不高，所挣俸饷不多。平日里，不仅享受不起这等佳肴，也没机会赴这等盛宴，看着桌面儿上的清蒸百合仙子，不免有些大惊小怪。左瞅瞅，右瞧瞧，手中的筷子伸出去又缩回来，不知从哪儿下口。范蔼仁见此，很是得意洋洋，先是陪着笑脸为秦名远夹了一段儿猪鞭，又夹了一片儿胎衣，随后便口若悬河地夸耀开了："秦将军，这可是好东西，趁热吃，凉了味道就不那么浓了。机会难得，别客气，多吃点儿，只要您高兴，本庄主就没白费心思。别看只是一盘儿菜，金贵着呢，小猪从宰杀到收拾干净，把猪鞭放进锅里蒸煮，再经几道工序的烹饪，正经得些工夫呢！二位大师去接秦将军前，我们就做好准备了，一定露一手儿让您品尝品尝，大厨们一个个忙得脚打后脑勺儿。范氏家族餐桌上的'清蒸百合仙子'名声在外，一些高官特意上这儿换换口味，声言非尝尝鲜不可。这东西不用天天吃，隔三差五来一顿足够了，身子骨儿准保壮实，冬不怕冷，夏不怕热，而且越活越年轻，老年如中年，中年如青年。男人必须得吃这道菜，进肚后如同服了灵丹妙药，立马就来精神了，当晚一宿都不想闲着，连睡几个女人绝不会有疲乏之感，腰也不觉得酸痛，舒爽极了。如果方便的话，欢迎秦将军常来范家堡子，本庄主好好儿给您补一补，别忘了，男人体壮如牛可是女人的福分哟！"说罢，还意味深长地冲秦名远眨了眨眼，自管自地坏笑起来。

坐在范蔼仁身边的钱氏听他没边没沿地白话一通儿，那张脸红一阵白一阵的，用胳膊肘儿碰了碰丈夫，娇羞地嗔怪道："老爷，咋这么没正溜儿呢，还当着两位大师的面儿，让人怪抹不开的。秦将军哪，别听他胡咧咧，太玄乎了，一道菜哪有那么大威力呀，起点儿滋补作用倒不假。反正女人这辈子可倒血霉了，受男人气不说，天天还得让你们穷折腾，没招儿哇，谁让我们坐胎就这样了！"说完又起身为秦名远斟满酒杯。

范蔼仁和大夫人一个装武，一个装文，夫唱妇随，将这台戏唱得挺圆满，让秦名远很是受用。在举杯同饮时，钱氏还时不时看似不经意地或拍一下秦名远的肩膀，或亲昵地侧过身子贴近之，使他顿感飘飘然，浑身麻酥酥的，骨头缝儿都舒坦，如同腾云驾雾一般。秦名远所活的这几十年，从未受到贵宾规格的款待，从未被人如此奉承过，一时竟也认为自己很了不起，任何人不敢小瞧，都得高看一眼。到了范家堡子就跟进了自家一样，想说啥就说啥，想干啥就干啥，谁也挡不住。

　　席间，范蔼仁和大夫人一直在察言观色，双眼没有离开过秦名远，并不忘频频斟酒、举杯。见其已喝得满脸通红，酒兴正浓，大话不离口："别看本人官不大，能量不小，有啥事儿尽管吱声儿，就冲大庄主和大太太的为人，能帮上忙的一定帮，绝无二话！"酒过三巡，秦名远有了几分醉意，范蔼仁一看火候儿到了，便直截了当、详详细细地道出了前些天自家武馆的孤儿被抢、总师爷钱如民被劫之来龙去脉，恳请秦将军伸出援手，想办法救回小舅子。

　　若说起来，秦名远原本就不地道，加入军旅后，在吉林马队时任副都统的倭楞泰身边做戈什哈①。打仗时缩头缩脑，需要往前冲也总是躲在别人后头，不知内情的还以为他挺勇敢。可有一点其他护兵比不了，就是嘴巴甜，脑瓜儿转得快，上司想听啥就说啥，大有恭维、讨好儿之能事。正因善于阿谀奉承，而且分寸掌握得恰到好处，渐渐赢得了倭楞泰的好感，点名儿让他当了拨什库。倭楞泰是位武将，作战勇猛，敢打敢拼，然谋略稍欠。其时，属下有位佐领，现在已是朝廷重臣了，名儿叫赛冲阿，也是他一手提拔起来的。两军对阵时，赛冲阿不仅冲杀在前，以一当十，而且有勇有谋，是块带兵的好料，故而深得倭楞泰的信任。秦名远成为拨什库后，倭楞泰思忖再三，将其分派给了赛冲阿属下之马队。

　　转年，关内匪患不断，赛冲阿奉命率兵前去平叛。围剿时，秦名远与手下十几个弟兄乘混乱之机活擒了匪首，班师后不只因功受赏，还擢升为骁骑校。从此便不知天高地厚了，认为自己已是七品官了，又有倭楞泰作靠山，往后啥都不用在乎了。他渐渐像换了个人似的，啥事儿随心所欲，想怎么干就怎么干，有时甚至不听赛冲阿的指挥。当年初秋，倭楞泰率领大队人马出外追剿残余匪帮，马不停蹄地奔驰两天两夜，来到一个只有几十户人家的屯子附近，决定就地搭起帐篷，埋锅造饭。第二天一早，赛冲阿奉倭楞泰之命，带一哨人马先行前往距营地15里外的一片山林巡查，看看是否有残匪的踪迹。搜寻了大半天，连个人影儿

---

① 戈什哈：满语，护兵。

都没见着，只好原路返回。当走到离营地大约一里来地时，队伍中的秦名远看见有个相貌较好、体态匀称的农家女正在距大道较近的地里除草，心中顿生邪念，遂以口渴为由，跳下坐骑奔向田间向其讨水喝。年轻女子见是位八旗官员，忙从腰间解下装水的葫芦递上去，正赶上前头的骑兵刚刚拐入林间小道儿，有树林遮挡，秦名远便乘机拽过女子猥亵之。女子惊恐万状，一边挣扎一边高声呼救，恰好被走在队伍最前面的赛冲阿听到了。他回转身冲出小道儿扭头往大地里一瞅，见秦名远正死死抱住一年轻女子欲行不轨，当即气冲头顶，光天化日之下竟敢调戏妇女，太无法无天了，真乃十恶不赦，遂高声儿断喝道："快放开，你这个不顾廉耻的败类，把八旗官兵的脸都丢尽了，给我滚回来！"

佐领的一声吼，迫使秦名远不得不松手，极不情愿地踩着田埂走到林边。此刻，赛冲阿已气得脸色铁青，双眼冒火，怒不可遏，用马鞭指其鼻尖儿破口大骂，非要砍了他的脑袋不可！身边的随从及另两位骁骑校见状，忙跪在地上替秦名远说情，恳请上司饶过他一回，留着那条小命也好将功赎罪，兵丁们也悉数跪地求大人手下留情。赛冲阿强压怒火，令随从将其捆绑，然后举起马鞭啪啪啪一顿抡，抽得秦名远鬼哭狼嚎，皮开肉绽，心里恨透了赛冲阿。

到了营地后，秦名远就去倭楞泰跟前告状，反咬佐领诬陷自己，只不过向一女子讨水喝，却平白无故挨了一通儿鞭刑。倭楞泰和赛冲阿一起率军征战多年，彼此相助，情同手足，对他的处事和人品了如指掌，知其不会无端陷害谁，自然不予采信。可倭楞泰又颇为喜欢秦名远，认为此人聪明，有眼力见儿，时时处处维护上司的尊严，乃自己的左膀右臂，故而对其违犯军纪的做法也不想严加惩处。秦名远一看，在副都统面前很难告倒赛冲阿，于是做出一副很委屈的样子，哭跪在倭楞泰膝下，哀求道："大人，容小的直言，由于无意中得罪了顶头上司，将来必会给我小鞋穿，因而不能再在赛佐领手下当差了，也没法儿继续混下去了。大人有大量，请帮帮忙，让小的回到您身边吧，干啥都行，当牛做马也心甘情愿！"说罢，咣咣咣一连磕了好几个响头。

倭楞泰没吱声儿，倒背着双手来回踱步，感到十分为难，寻思道："我作为副都统，对于一个严重违犯军纪的人不仅不处治，还将其留在自己身边，这不是公开袒护下属、徇情枉法么？赛冲阿及官兵们嘴上不说，内心肯定不满。处治秦名远吧，又有些于心不忍，毕竟跟我好几年了，鞍前马后的算得上尽心，到底咋做好呢？"思摸再三，终于想出一

第二章　智斗群魔

个折衷的办法,遂说道:"秦名远,事已至此,说别的没用,回到我身边甚为不妥。不如这样,你去秀林大人那儿吧,换个地儿或许更好。此人是我的老友,胸怀坦荡,处事公正,待人诚恳。只要你煞下心来干,就不会被埋没,该重用必重用,该升迁必升迁,关键在自己,好自为之吧!"

秦名远听后,转悲为喜,叩头谢恩,并表示将永世不忘此大恩大德,有朝一日定会报答之,随即起身退下。转天,秦名远怀揣倭楞泰的推荐信,前往秀林的驻扎处,到了那儿,自然是一切顺利,受到热情接待,秀林将其留在身边做亲随。3年后,秀林换防,秦名远去了喜明处,不久被提拔为游击,成了六品官。不管在哪儿,他从不忘自己的看家本事,即想方设法讨得上司的喜欢,极尽阿谀奉承之能事。后来,秀林、喜明曾分别就任吉林将军,也把秦名远安排在将军衙门,掌管属下的各个驿馆。嘉庆二十四年,秦名远被调至百里之外的双城堡清查田亩行辕大营,从此成为富俊的属下,在其带领下,共同担起清丈土地之重任。

富俊乃大清的忠臣,为人耿直,精明干练,眼尖心细。秦名远来了没多久,他就看出此人不踏实,处事、行为有些飘,且虚伪狡猾,是个奸诈之徒,便有了戒心,多方注意,并叮嘱班布泰对其要加以防范。而秦名远则是狗改不了吃屎,一有机会便在富俊跟前讨好儿,谄媚奉承,啥好听说啥,陪着笑脸小心翼翼从事。然富俊就像没听到、没看见似的,从不为其花言巧语所迷惑,很有主见,根本不买他的账。秦名远可鬼着呢,对这一切能看不出来么?知道自己在富俊眼皮底下不得烟抽,不被信任,并时不时有被监视的感觉。尽管暗地里恨得牙根儿痒痒的,却一点儿辙没有,满腹牢骚不敢发,大气不敢喘,还得一味顺从,唯唯诺诺,觉得几乎快憋疯了,一日如三秋啊!

那么,秦名远与班布泰的关系怎样呢?表面上对其十分亲密,实际上貌合神离,不仅一肚子怨气,还忌妒得要命。缘何呢?秦名远自打到了清查田亩行辕,第一眼看见白面娘子,就被那张俊俏的面孔迷住了,迈不动步了,随之歹心顿生:"哎呀,这丫头长得真水灵,皮肤白白的,眼睛大大的,嘴巴甜甜的,太招人喜欢了,若是能亲一下得多过瘾哪!等着瞧吧,凭我秦某人的能耐,对付一个小姑娘应该绰绰有余,她跑不了,非把这看不够的小美人儿弄到手不可。"此后,他如同着魔一般,眼前总是晃动着白面娘子的身影,日思夜想,做梦都在喊小白丫。

没过多久，秦名远闻听白面娘子曾身处危境，关键时刻是班布泰将其救下并让随从带回行辕的，于是开始注意了。他发现白面娘子闲来无事时，常去班布泰那儿，要么帮着洗衣服，要么为其打扫房间，二人在一起有说有笑的，有唠不完的嗑儿。让秦名远没想到的是富俊也很疼爱小白丫，每当遇到时，那眼神儿特别慈祥，像瞅自己的孙女一样，喜欢得不得了。无论小白丫说些啥，富俊总是笑眯眯地听着，不时地点点头，从不打断，这才恍然大悟："噢，明白了，怪不得白面娘子在众孤儿中那么出风头呢，原来身后有两棵大树给遮荫哪，能不好乘凉嘛！"

由于欲火中烧，秦名远并未因此而打退堂鼓，仍多次找机会亲近白面娘子，遗憾的是均未成功，缘于班布泰不离左右。他心里明镜似的："富俊的孙儿可不是好惹的，武功高强，骑术精良，没有不佩服的。自己虽是游击衔，但跟骁骑校班布泰比起来难与为匹，无论哪方面都差一截儿，根本斗不过人家。若是不服气叫真章儿比试比试，可就应了那句话了，蝼蚁撼大树自不量力，其结果必败其手，还得成为众官兵的笑柄。哼！我是谁呀，决不能轻易服输，必须想办法除掉班布泰这个最大的障碍，夺走白面娘子，离开行辕，远走高飞，另投新主。"想得倒挺美，无奈难以成行，一直未能找到合适的机会实施之。加上无时无刻不感到富俊那冷峻、不信任的目光投向自己，如芒刺在背，如坐针毡，急得天天抓耳挠腮，心焦如焚，不知如何是好。

就拿眼面前儿这次行动来说吧，富俊采纳了白面娘子的提议，率领扮成东坡杂艺班的骑兵前往范家堡子，如愿抢回了被骗去的众孤儿，劫走了掌管范氏家族账房的总师爷钱如民。可是，因为富俊曾闻听秦名远及手下兵丁在一次去小哑巴屯办差时，误服有毒饮食，十分危险。范蔼仁不知出于什么目的，及时施以援手，熬了药粥派小舅子送到设在那里的营帐，官兵们方得以救治，转危为安，所以富俊对秦明远心存警惕，为防万一，保证此次行动的顺利进行，派秦名远率骑兵为行辕周边马不停蹄地巡逻，要求仔细查看，详悉所到之地的情况，防范匪寇搅扰，不得有丝毫疏漏，以此迫使其远离范家堡子，根本插不上手。

一切就绪后，富俊向参加此次行动的骑兵下了命令，对于究竟怎样进入范家堡子、如何抢回众孤儿及劫走钱如民要保守机密，不得向外透露半点儿口风，包括本行辕的人，违者严惩不贷！秦名远对这些并不感兴趣，置身局外，更不打听。他是怎么想的呢？4个字儿：幸灾乐祸！好嘛，富俊过于自信了吧，凭什么认为众孤儿被钱如民骗到范家堡子了，难道是范蔼仁闲饥难忍、非弄去一帮孩子养着不成？这也太不可信了，纯粹是胡乱猜疑。再说了，范家堡子把守甚严，你连人带车的一大溜儿，哪能顺顺当当地进去呀？即使放行了，想在人家眼皮底下抢回一帮孩子谈何容易？还是等着看瘸老头儿的笑话吧，看他有啥脸徒劳无功空手而归，咱拭目以待！然结果却给秦名远当头一棒，那帮孤儿真在范家堡子，富俊不仅把他们带回来了，听说还顺便劫来一个在堡子内算得上举足轻重的人物，到底干啥的不清楚，也一直未见其人。至于怎么抢回的孩子、掳来的那个人是关在行辕还是别处，因不是自己领兵干的，去的骑兵又守口如瓶，自然不得而知。况且甭管抓的是谁，与我何干哪？操那没用的心呢！可过了几天，秦名远却被两个和尚请到了范家堡子，这不，在迎宾宴上，范蔼仁还没等他细品佳肴的滋味呢，就单刀直入，务请帮忙，打听一下钱如民关在什么地方并尽快将其救出。

此刻，秦名远不听则已，听后不禁大吃一惊，原来富俊劫的竟是掌管范氏家族账房的钱总师爷！那可是我的救命恩人哪，而今求到头上了，此忙不帮说不过去呀，起码不能白端人家饭碗吧？转而仔细一思量，又犯起难了，后悔得直拍大腿，饭也吃不下去了，酒也喝不顺溜了，嗓子像被什么东西堵住了似的，说不出一句话，惟眼珠子直劲儿地骨碌："咳，怎么办好呢？要估计到范蔼仁能问此事，前两天偷偷扫听一下不就结了。俗话讲，没有不透风的墙，你不说他不说，总有嘴巴没把门儿的，或许能问出个子午卯酉来，不管咋的，我还是位六品官嘛！若是清楚钱如民所关之地还用说啥了，为得点儿赏银也得告诉你大庄主，可我真不知道哇，不能胡编乱造骗你们吧？富俊和班布泰如同眼中钉、肉中刺，着实让人恼怒，祖孙俩合起手来与我作对。从范家堡子回到行辕后，除了把孩子们分到各个旗，其他啥也不讲，像没事儿人似的，显然惟对我严加防范。那行啊，你不仁我也不义，都到这份儿上了，用不着遮遮掩掩的，干脆打开天窗说亮话来个痛快，让大庄主他们也别云里雾里了，还能给自己争争面子。再说了，范蔼仁非同寻常，资财雄厚，在范家堡子一跺脚，方圆几百里都抖三抖，谁能比得了？何不把他作为依靠，重打鼓另开张，借水行舟打造自己的天地，到那时，离出头之日也就不远了。"想至此，便将自己在行辕如何不得烟抽、怀才不遇、英雄无用武之地、得不到富俊的信任以及作为骁骑校的班布泰都可以冲自己指手画脚，范家堡子之行动有意没让参加等一股脑儿全端了出来，并表示早就恨透了他们，非找机会狠狠收拾一下不可，我秦某人决不能让个瘸老头儿踩在脚底下,总有翻身的那一天。"

范蔼仁听罢,长出了一口气,脸上闪现出别人难以察觉的笑容,一直提溜的心落体了。为啥是这样一种神情呢?刚开始谈到救钱如民这件事时,心里没底,因为秦名远毕竟身在军中,为朝廷效力,还是个六品官。虽然自己曾派小舅子救过他及手下兵丁的命,但不知是否知恩图报,更不知与顶头上司富俊关系如何。倘若这位游击是富俊的心腹,别说我一个人,8匹马都拉不过来,不仅不会出手相帮,还得就地翻车,回去必禀报之。可喜可贺呀,这番话道出了他不是其心腹,且结怨颇深,并准备伺机报复。此种状况真乃雪中送炭哪,正好利用他们之间的矛盾为我所用,既能救出钱如民,保住土地大账,打乱富俊的阵脚,使范氏家族的资财不受损失,也能让秦名远出口恶气,那颗本不安分的心越发倒向我们一边,成为暗藏于富俊身边的定时炸弹,致其永远没有安全感,一举两得。这么想着,不禁有些得意忘形,拍拍秦名远的肩膀笑道:"早就看出秦将军不是外人,讲义气,重友情,是我的好兄弟。一家人到啥时候都心连着心,大事面前共同应对,老哥信着你啦!"说罢,高兴得一口喝干了杯中酒。

秦名远忙起身为范蔼仁斟酒,又将自己的杯子倒满,然后端起酒杯说道:"范氏家族祖上受过皇封,名声在外,朝廷上下无人不知,无人不晓。4年前,我同手下兵丁遭遇一次偶发的食物中毒,关键时刻,有幸得到大庄主和钱总师爷的救治而转危为安,并因此结识,此乃前世修来的福分。4年后的今天,又能与大庄主称兄道弟,举杯共饮,实在是高攀了。背靠大树好乘凉,以后还需请老哥在朝臣面前多替小弟美言,相机提携,吾将感激不尽。滴水之恩当涌泉相报,眼下老哥有难,小弟岂能坐视不管?一家人不说两家话,大庄主的事儿就是我的事儿,理应伸出援手,推三阻四那是狗娘养的。来,为了兄弟的情谊,咱把这杯酒干了!"

范蔼仁端起酒杯起身道:"好,老哥谢谢了,干!"说完一仰脖儿,只听咕嘟、咕嘟两声,二人手中的杯子皆见了底。

秦名远打了个手势请范蔼仁就坐,抹了抹嘴巴煞有介事地又道:"老哥,实不相瞒,想从富俊那儿救出钱总师爷是有些棘手,必须多动动脑,急不得。也用不着上火,该吃就吃,该喝就喝,咱们共同想辙就是了。仔细思摸,此事说难也难,说容易也容易,就看运气如何了。首先我要提醒大庄主,此次重新清丈各家各户所占田亩数额并逐一进行登记,不是富俊独出心裁,而是奉天子之命为之。无论是谁,哪怕皇上的二大爷也不能设置障碍或多方干预,那将被看做抗拒圣命,犯欺君之罪,轻者坐牢,重者杀头。范氏家族名下的土地数额,不用丈量心里皆有小九九,可谓秃子脑袋上的虱子明摆着,只是不十分清楚究竟采用什么手段强占了多少土地而已。因此请老哥切记,清查到头上时,不可招摇过市,更不能鲁莽从事,每走一步都要三思而后行。至于如何营救钱总师爷,前提须弄清其下落,然后方可实施之。依我看,富俊不会把他关在行辕内,为啥呢?因为行辕所在之处一马平川,一切尽收眼底,难于防守。一旦有人去劫狱,孤立无援,即使迅速派兵力也不赶趟儿。很可能转移至三姓阿拉楚喀,或者囚于吉林将军衙门,或者押解到宁古塔。这三处乃富俊最信任之地,而且吉林将军此前已向三地分别增派了500兵,刀枪林立,把守甚严,连只鸟都飞不进去,何况往外救人了……"

范蔼仁听到这儿着急了,插言道:"老弟呀,那咋办,难道只能干受窝囊气、坐以待毙不成?范氏家族的土地大账一直在如民手里,富俊若是得到了,能饶过我们么?还不得往死里整啊!"

钱氏和两位大师一看,一家之主都束手无策了,当即坐不住了,又无能为力,只剩下搓手顿足的份儿了。几双眼睛皆一眨不眨地盯着秦名远,期盼他赶紧拿出个可行的点子,只要钱如民能顺顺当当回来,便可解决眼下的燃眉之急。秦名远见4人那急不可待的样子,故意卖起了关子,两手抱于胸前,身子往前一探,眼珠儿滴溜儿乱转,一字一板地说:"事已至此,一时也想不出更好的办法,只能到啥时候说啥话了。我倒有个馊主意,为顾全大局,万般不得已时,或许得付出点儿代价,不知大庄主和大太太是否认可这么做。"

范蔼仁和钱氏眼前一亮,立马有了精气神儿,往前凑了凑,异口同声地问道:"秦将军,啥都不用顾及,放心大胆地讲,是何主意?"

秦名远抬起头看看这个,瞅瞅那个,环视一圈儿后,压低声音道:"大庄主、大太太、二位大师,容我说句实在话,别看范家堡子有自己的团练,人数不少,可功夫不到家,差得远呢,不是八旗兵的对手。因此,要想救出总师爷,硬抢肯定不可行,只能智取。咱也别一条道跑到黑,不妨灵活点儿,分两步走。告诉你们个秘密,行辕有个半大姑娘,原先在孤儿营,别看是个女流之辈,然聪明绝顶,男人未必斗得过。每当富俊和班布泰闲下来合计个啥事儿时,她便不离左右,总能出个好点子，快成祖孙俩的谋士了，行辕的上下人等谁也不敢小瞧。这还不算，将来摇身一变，很可能成为富俊的孙媳妇。到那时，可就一步登天了，不仅身价涨了，名声恐怕得比你这位庄主还要大呢！"说来说去，就是不提此人姓甚名谁。

坐在旁边的钱氏按捺不住了，尽管心里急得不得了，表面却不动声色，以不屑一顾的口气问道："秦将军，不是我眼高哇，孤儿营能有什么出众的女子，从未听说过，到底是哪位呀？"

范蔼仁赶忙扒拉一下大夫人道："插哪门子嘴呀，你咋这么多话呢，听秦将军讲嘛！"

秦名远端起杯子喝了一口酒，夹起一筷头子菜放进嘴里，边嚼边道："可别小觑孤儿营，鸡窝里还能飞出凤凰呢，她就是坊间风传堪比西施的奇女子——白面娘子。此人原是东坡杂艺班的台柱子，有一身绝活儿，其中走钢丝最为拿手。新班主赛燕青病重时，一天清晨，她遭班子内管事邵勤非礼，幸被路过的班布泰及时解救。赛燕青得知自己的心头肉被欺辱，怒火中烧，气冲头顶，竟一命归天了，杂艺班随之也解散了，班布泰令随从将白面娘子带回了行辕。前些天到范家堡子打场子的是冒牌儿东坡杂艺班，其成员全是行辕的骑兵，扮成掌门主师楚东坡让你们上当的那个老头儿是曾任过吉林将军的富俊。那么，以演杂耍儿之名、行抢回众孤儿、绑走钱总师爷之实这招儿何人出的呢？就是白面娘子。当时，她的提议得到富俊的大加赞赏，连呼此乃妙哉也！随后抽出26位骑兵苦练杂耍儿技艺，待掌握了技能便按此计行之，事实证明果然奏效，他们成功了。将那些孩子带回行辕后，富俊决定不让他们继续在孤儿营呆下去了，而是除白面娘子外，全部分到了各个旗，由衣食不愁、条件稍好的人家收养。白面娘子则留在富俊身边，一边读书、习练武功，一边照顾其生活起居，还能常常见到班布泰。小弟以为要想救回总师爷，不妨先从白面娘子下手，偷偷把她抓来，便可掏空富俊祖孙俩的心。凭他们三人之间的亲密关系，肯定无话不说，白面娘子必知钱如民关在什么地方，只需想法儿撬开她的嘴巴就行了。"

钱氏坐直身子问道："秦将军，若照你说，白面娘子很有心计，把富俊和班布泰看成自己的亲人。而她与我们素不相识，这种情况下，怎会轻易交底呢？"

秦名远点点头道："嗯，所言极是，大太太的担心不无道理。据我观察，白面娘子年纪虽小，但办起事来俨然是个大人，头脑不简单，而

第二章 智斗群魔

283

且讲义气，有骨气，对班布泰的救命之恩始终牢记在心。基于此，她非常可能至死不讲钱师爷所关之处，那就只好走第二步棋了。这步棋有点儿损，可谓不近人情，大庄主和大太太恐怕难以接受，甚至会对小弟极其不满，弄不好还得挨顿骂呢！不过这是没有办法的办法，若想保住范氏家族几代积攒的家业，别无选择，只能如此。思来想去，这不是造孽么，老天都得折我的寿，真不愿开这个口哇！"说到这儿，故意停住了，显现出一脸的无奈、自责，看似很诚恳的样子。

在场的所有人正聚精会神听呢，忽然没了下文，你看看我，我瞅瞅你，重又大睁双目盯着秦名远。范蔼仁笑了笑道："秦将军，大可不必顾虑重重，这是在帮我们拿主意，尽快走出困境，感谢还感谢不过来呢，怎么会不满或责骂呀，你想哪儿去了？"

一旁的钱氏接过了话茬儿："老爷说得对，无论主意有多损，能保住土地大账就是高招儿！请秦将军把心放到肚子里，有话尽管讲，只要不是掘范氏家族的祖坟，其他全能接受，这总该可以了吧？"

秦名远似乎下了很大决心，打了个唉声道："咳，话既然说到这个份儿上了，我就豁出去了，反正此招儿可不可用还需庄主和大太太定夺。如果不行，全当我放了个狗臭屁，别怨也别恼。这第二步棋就是在我们使尽浑身解数弄清总师爷被囚之处后，必须破釜沉舟，能救则救，能抢则抢。倘若皆行不通，则快刀斩乱麻，就地处置，决不能给富俊留下活口儿，这样方能保住土地大账。到那时候，以人质作为把柄落空了，富俊就算有天大的能耐，也无法向范氏家族下手，到头来还不是鸡飞蛋打？咱们却痛痛快快地报复了一把，出了口恶气，成了最后的赢家，那个朝中上下人等称为智多星的瘸老头儿只能夹起尾巴滚蛋！"说罢，用眼瞟了瞟范蔼仁和钱氏，又瞥了瞥两位大师，看有什么反应没有。

咱们先说钱氏。当她听到救或者抢皆无果的情况下则"就地处置"这4个字儿时，冷丁一激灵，双目瞪得溜圆，愣怔片刻，刚要发作，忽然又想起自己刚才的表态，随即脸一沉，强忍着没吭声儿，心里暗暗骂道："这个狗娘养的，一肚子坏水儿，真够毒的了，根本没把我大太太放在眼里，竟敢拿总师爷开刀，亏他想得出！"转念又一思量："如果不这么做，又能怎样？如民此次被抓凶多吉少，富俊即使得到范氏家族的土地大账，也不会将其放回，指不定关到猴年马月呢！与其扬汤止沸，不如釜底抽薪，已没得选择，谁让我这当姐姐的嫁到范家了呢，只能听天由命了。唉，我那可怜的弟弟哟，姐对不起你呀，这也是不得已而为之。不过啥事儿别总往坏处想，或许如民福大命大造化大，能被顺利救出，安然无恙返家也未可知……"

那么，范蔼仁听到那4个字儿时，又是怎么个表现呢？他当即倒抽了一口凉气，心一下提到了嗓子眼儿，双目发直，呆若木鸡。待缓过神儿来，偷偷瞟了一眼大夫人，见其板起脸盯着桌面沉思不语，没有流露出明显的怒气，既未表示同意，也未反对，知道这是默许了。因为作为丈夫，他太了解大老婆的脾气、秉性了，平时合计啥事儿时，向来快言快语，从不掖着藏着。倘若认为不可行，必极力阻拦，你就是说出大天来也没用，甭想办成。钱氏的这种态度让范蔼仁万万没有想到，亦是求之不得，提溜的心瞬间落体了。

夺魂僧者和静空大师倒像局外人，正襟危坐，面无表情，目视前方，一言不发。此刻，膳房内静极了，掉根儿针都能听见，谁也不愿就秦名远的第二步棋先表态，咋说呀？同意吧，必然得罪大太太；反对吧，又没别的招儿，只能紧闭嘴巴。钱氏心里十分清楚，在座的人都在等着听自己怎么讲，不想说也得说呀，于是咬了咬牙开口道："我呢，嫁到范家几十年了。身为大夫人，也算是一家之主，凡事得为家族的长远利益考虑，生为范家的人，死为范家的鬼。如民被劫走这些天，我的心情和老爷一样，日日思，夜夜想，饭吃不下，觉睡不好，常常从噩梦中惊醒，生怕有个一差二错，恨不得他立马能回来，那再好不过了。可为了保住范氏家族几代积攒下的家业，真若救不出如民，只能孤注一掷，需要舍弃就得舍弃，谁让他是我的一奶同胞呢，怪就怪姐姐狠心吧！"说到这儿，已是泪流满面，泣不成声。

范蔼仁听了大夫人的这番话，顿觉释然了，轻轻呼出一口气，双眼看着秦名远和两位大师小心翼翼地夸赞道："三位恐怕不十分了解，我的大夫人不一般，明白事理，慷慨仗义，顾全大局，拿得起放得下，可谓女中豪杰。范氏家族能有如此非凡的女主人坐镇，夫唱妇随，出谋划策，乃前世修来的福。秦将军，我看就这么定下吧，分两步走。若是实在不可解非走最后一步棋，如民为保全土地大账尽忠了，范家世世代代将把这位立下盖世之功的大恩人铭刻在心间，为其修建贤良祠，春秋永祭，香火不断。他的子孙就是我的子孙，一视同仁，决不亏待，还要重金重银报答之。"

钱氏掏出手帕拭了拭泪，起身说道："老爷，既然决定了，就不要再拖了。事不宜迟，夜长梦多，还是尽早吧，恐怕又得辛苦二位大师了。"说完转身离席，独自回房了。

夺魂僧者和静空大师起身目送钱氏离开后，手打佛号道："阿弥陀佛，事已到了这个份儿上，只能如此了。女施主果然了得，与胞弟为范氏家族肝胆相照，在所不辞，本僧钦佩之至。"

秦名远不无感慨地说："大太太的确不简单，大度、豪爽，没有半点儿小家子气，为范氏家族甚至情愿肝脑涂地，乃侠女呀！不仅在赫赫中首屈一指，哈哈也得甘拜下风，不能不让人佩服。"

范蔼仁起身双手抱拳道："不敢当，承蒙秦将军和二位大师的夸奖，我在这儿替夫人谢谢了！咱们言归正传，一块儿商议一下吧，先看看这第一步棋该怎么走。"

4人重新坐回到椅子上，女婢早已端上香茗，他们边喝茶边小声儿合计着。大约过了半个时辰便有结果了，秦名远准备先行一步，夺魂僧者和静空大师则于转天酉时前赶到行辕。临走前秦名远说道："二位大师，行辕乃要地，夜哨分班儿巡查警戒，为防露出马脚，原谅我不能接你们进去，只能自己想办法了。"

夺魂僧者笑道："哎，小菜一碟，大可不必烦劳秦将军，别说一个小小的行辕，就是高高的城墙照样难不住我们。放心吧，我和师弟不会误事的，必准时到达。你把白面娘子控制住后，需发个不被人注意的暗号儿，哪怕咳嗽一声也行。我们将立即采取行动，速战速决，在行辕停留的时间越短越好。"

秦名远点点头，又与师兄弟俩商定了暗号儿，这才出了膳房，快步走到府门外，一骗腿儿上了马，很快消失在夜色里，天亮前赶到了行辕，人不知鬼不觉。

前书讲过，为清查田亩而搭建的行辕四周用高木杖围着，南面设门，有兵丁把守。院内是一排排的土坯房，连成一片，房顶苫一层厚厚的茅草。每排房子之间的距离较窄，分经路和纬路，中心道的东南西北各有小道儿。兵营的分配一目了然，比如富俊大人住哪儿，游击、骁骑校住哪儿，拨什库及兵勇住哪儿，谁在前一排，谁在后一排，官兵们全知道，不用现打听。至于白面娘子居于何处就不那么准成了，一般住在最东头儿那处新盖的土坯房中，有时也住在与行辕一墙之隔的孤儿营或学堂里。她对后两处特别有感情，每当置身其中，便不由得想起了与自己共同生活一年多的那帮小伙伴，不知眼下过得怎样，内心很是惦念。平日里，除了照顾富俊的起居外，就是读读书，练练字，累了去外面或林子里散散步，晚上到班布泰那儿坐一坐，天南地北地聊上一阵儿，再回自己的住处歇息。

秦名远回到行辕的当日，整个一白天都在带兵巡逻，一直到太阳落山方返回营地。用罢晚膳，他出了营房，以巡逻之名来到东头儿的小道儿来回溜达，密切监视白面娘子的行踪。过了两袋烟的工夫，看见白面娘子从那处新盖的土坯房走了出来，双手抱着一套铠甲，径直奔班布泰所住的第二排靠西边的那间房去了。这种铠甲比较沉，官也好，兵也罢，每人都有两三套，为的是换着穿。铠甲的外面缀着薄金属片，层层迭压，如同鱼鳞。里子很厚，共7层，6层麻布中间夹一层树皮里子，用粗麻线像纳鞋底一样密密地缝在一起，既挡风雨，又结实耐磨，还可避刀砍箭射，枪刺根本扎不透，有护体作用。不过用麻线缝成的铠甲穿的时间一长就变硬，容易折，故而得经常补缀，不及时缝便裂开了。好不好看不重要，关键是遇有战事，即使身着铠甲，因其开裂而起不到保护作用岂不是白穿？白面娘子抱着的这套铠甲是班布泰的，已经穿好几年了，骑马时穿，巡逻时穿，打仗时穿，有的地方已经折了，外面缀着的那层金属片儿也翘起来了。姑娘是个有心人，一看铠甲需要补缀了，通常都是头天晚上拿回来，在油灯下细针密线地缝好，第二天一早再送回去，不影响穿。她进屋之后，把铠甲挂于北墙的铁钉上，顺手拿起一件开线的皮袍子坐在椅子上，边与班布泰闲聊边缝着。缝罢，又把一双磨破帮儿的毡靴补了补，抬头往外一看，见酉时已过，寻思着再唠一会儿就该回去了。

秦名远见班布泰屋内的灯光一直亮着，只好在一排排的土坯房之间绕来绕去的，还不能离那间房子太远，怕看不清楚，始终大睁双目盯着白面娘子什么时候出来，又得顾及到周围，不能被人发现。他为啥不时地走而不能停下呢？很简单，容易露馅儿呀，既然是巡逻，哪有站在一个地方不动的？这么晚了不回房歇息，一个人站在外面干吗？肯定引起哨兵和更夫的注意，你的行动便在人家的视线之内，什么也干不了。再者说了，每当天一黑，更夫需点燃中心道两旁竖起之高杆上挂的灯笼，天亮再吹灭。灯笼的外罩是用红绸子做的，点上插在里面的圆柱形蜡烛后，近看通红通红。虽然烛光较暗，照得不那么远，但在月夜里也显得挺亮堂。哨兵若发现灯光下立着一人影儿，必立马上前看个仔细，弄

第二章 智斗群魔

不好还得盘问一番,那不是自找麻烦吗?

将近亥时,秦名远绕到班布泰所住房子的西山墙,隐蔽在墙角后。刚蹲下来,只听大门吱嘎一声开了,探头往外一瞅,见白面娘子和班布泰一前一后出了房门,白面娘子回过身道:"师哥请留步,别送了,赶紧歇着吧,明儿个还有差务要办呢!"

班布泰说:"黑灯瞎火的,还是送送吧,要不不放心。"

白面娘子笑道:"哎,有什么不放心的?师哥多虑了。行辕内营房一间挨着一间,不仅官兵之间相互熟悉,也都认识我,见面总打招呼。你看,那大红灯笼多亮啊,夜哨和更夫还不停地巡逻,能出啥事儿呀,快回吧!"

班布泰一寻思可也是,自建行辕以来,晚间一直很安全,从未发生什么不测,遂停下脚步叮嘱道:"好吧,那就不送了,慢点儿走,道不很平,注意别摔跟头哇!"

白面娘子一边答应"知道了!"一边往前走,班布泰见其拐过东墙角才返身回屋。他无论如何想不到一切皆被躲在暗处的秦名远看得清清楚楚,并立即蹑手蹑脚地从西墙闪出,紧走几步隐身于白面娘子回返的必经之路上。

白面娘子不紧不慢地往东头儿最后一排房子走去,边走边左顾右盼,毕竟天不早了。快到地儿时,忽然发现前面不远的小道儿中间好像蹲个人,借灯光仔细一瞅,原来是游击秦名远,正面冲自己双手捂着肚子一声接一声地叫唤呢:"哎呀,哎呀,疼死我也!"

白面娘子知道秦名远比班布泰的官衔高一级,常见其带兵巡逻、清丈土地、守护行辕,认为同样是可敬之人,别说他呀,就是兵丁病了也不能不管哪,忙跑到跟前关切地问道:"秦大哥,怎么了?"

秦名远演戏倒挺有两下子,装出一副十分痛苦的样子,边擦额头上的汗边回道:"我也不知咋了,肚子突然拧劲儿疼,又不像是吃啥东西不对劲儿那个疼法,是不是要得大病啊?哎哟!"

白面娘子寻思道:"长这么大从未见一个大男人疼得直不起腰来,显然病得不轻,耽误不得。"想到这儿,说道:"秦大哥,不能蹲在路上,易受风寒,我扶你去找行辕的郎中,让他瞧瞧到底咋了。"说罢,弯下身子搀起秦名远,一步一步地慢慢朝郎中住的营房走去。

此时,天色越来越暗,红灯笼在夜幕的笼罩下显得不那么亮了,隐约可见远处那一排排营房之间巡逻的兵丁时隐时现。白面娘子搀扶着秦名远正往前走呢,两个夜哨看到他俩了,见秦名远手捂着肚子似乎很不舒服,以为是去找郎中瞧病的,也就没太在意,转身往别处去了。当他们走到第五排房子的拐角处时,秦名远四下瞅了瞅,见周围没人便咳嗽两声,突然一个黑布罩儿扣到了白面娘子头上,未等发出声音便倒在地上不省人事了。怎么的呢?原来按约定,腾身越过木障围墙的夺魂僧者和静空大师早已躲在第五排营房东墙边等待秦名远发出暗号儿。当听到两声轻咳后,知道白面娘子已被其掌控,立马从东墙边走出来至拐角无人处,夺魂僧者将手中的黑布罩儿套在白面娘子头上,随之在后肩胛骨处点了穴。二人未披袈裟,而是着黑色夜行衣,脑袋戴着黑布套儿,只露两只眼睛,这身儿打扮在深夜很有隐蔽性,不易被发现。

　　秦名远直起腰来,与静空大师一边一个架着白面娘子的胳膊往大门那儿走,不能走直道儿,需避开哨兵的视线。当绕过4排营房快到大门口儿时,见3个背对着他们的哨兵正在原地踱来踱去,手中有执刀的,有仗剑的。紧随其后的夺魂僧者犹如狸猫忽地蹿起,哨兵们感觉一股儿风吹来,回头一看,有个黑影儿一闪,不知何方人士到此。揉揉眼睛刚要仔细瞅,就听啪啪啪3声响,干张嘴说不出话了,身上也动不了了,像3根儿木棒似的立在那儿了。通常情况下,如果被点穴而不闭眼,醒转过来尚能回忆出一些情节。他们仨被点的是毒穴,虽然仍能站立,不碰不倒,但双目微闭,几乎没有意识,只有一点点知觉,醒转后什么情节都记不起来。

　　秦名远和静空大师架着白面娘子从哨兵的眼皮底下疾步出了大门,向通往范家堡子的小道儿奔去,左侧杨树林边早有一辆马车等候。车夫见人过来了,忙赶着车来到小道儿上,秦名远把白面娘子抱入车内,静空大师跳上车,4匹马拉的轿车很快消失在夜色里。此刻,夺魂僧者并未急于出大门,而是站在其中一个哨兵的身后,两眼警惕地四下踅摸,看行辕内有什么动静没有。当那辆轿车已驶离行辕挺远了,即使被发现也追不上了,方为哨兵们解了穴。为不留下蛛丝马迹,他没走大门,而是一纵身跃到木障顶端,以飞鹤脚轻轻踩着一个个红灯笼从围墙上空蹿出,撂开两只大脚板儿飞一般撵上了前面的轿车,按原路回返。

　　3位守门的哨兵被解穴后,醒转初始感到头有点儿晕,迷迷糊糊、懵懵懂懂的,很快便正常了。其中一位身材健壮的刘姓哨兵首先开口道:"兄弟呀,我这是怎么了,刚才好好儿的,忽然干张嘴说不出话了,浑身紧巴酸痛,这会儿又不疼了,或许被阴风吹着了?不能啊,咱们所

第二章　智斗群魔

处之地空旷得很，我的身板儿蛮结实呀，咋会如此不禁折腾呢?"

年纪较轻的张姓哨兵伸伸胳膊撂撂腿后，接过了话茬儿："是呀，刘大哥，我跟你一样，本来没啥不舒服的。可不知咋了，冷不丁手脚不能动了，脑袋发涨，如同戴上了紧箍咒，工夫不大又觉得轻松了，就跟变戏法似的，真是奇了！"

年纪稍长的李姓哨兵摸了摸脑门儿，摇了摇头道："二位老弟，我总感到有点儿不对劲儿，3个大活人怎会在同一时间一下子全晕厥了，莫非那会儿中邪了或得啥怪病了？倒也不像，若真那样，不可能恢复得如此之快呀？"

总之，他们仨猜测了半天，就是没想到由于高人点穴所致，更不知此刻白面娘子已被劫并带出了行辕，还以为当夜同往日一样平安无事呢！正是从这一天起，原本屡遭不幸的小白丫又落入了魔掌，命运更加坎坷，竟改变了她的人生。

此刻，载着白面娘子的轿车尽管由4匹马拉着，可毕竟行进在乡间小道上，根本跑不起来，静空大师很是着急，暗自思摸道："这也太慢了，跟牛车差不多，如此下去怎么行？身后就是富俊的行辕，当守门的哨兵被解穴醒转过来，发现白面娘子不见了，警戒哨一吹，睡在营房的官兵定将立即冲出追赶，那还得了？好不容易把白面娘子弄到手，要是再给抢回去，可就前功尽弃了，回去没法儿向范庄主交代。看来得发挥本僧的神能了，利用轻功和飞行术背着她走，一个小姑娘能有多沉，如同一根儿草棍儿似的，别说4匹马，百匹马也抵不过我的两条腿快呀！"想到这儿，起身跳下车，秦名远忙问："大师，为啥下车呀？咱得快点儿赶路呢！"

静空大师说："没看见么，马不能跑，只能走，照这个速度，天亮也到不了范家堡子。不如本僧背着白面娘子走，比车行要快得多，赶紧把她交给大庄主，此乃当务之急。"

夺魂僧者亦随声附和道："是呀，这么个走法，3个时辰都未必能到，大庄主还不得急得火上房啊！"

秦名远一听，觉得此言在理，没再说什么，随即同夺魂僧者一块儿跳下车。静空大师把毫无意识的白面娘子背在后背上，大步流星地走在前面，秦名远和夺魂僧者紧紧跟随，四马轿车想快也快不了，走在后头，夺魂僧者边走边回过头冲车夫大声儿盼咐道："喂，老板子，倘若行辕的官兵追来，就往岔道儿上赶，以迷惑他们，听清没？"

车夫答应道:"听清了,大师,放心吧!"

静空大师已出家多年,曾经历过不少事儿,也救过几个人,只是从未背过女人,此乃有生以来头一遭。白面娘子 15 岁了,一个姑娘家,脸上自然要涂抹胭脂。由于她的头斜靠在静空大师的肩膀上,快步行走时,随着身子的一起一伏,头发、脸蛋儿常常碰到对方的脖颈儿和脸颊,一股好闻的香粉味儿及女人身体散发的奶味儿扑鼻而来,犹如和煦温暖的春风拂面,顿觉浑身舒畅,透彻骨髓。静空大师赶紧口诵阿弥陀佛,摒除一切杂念,疾行在乡间小道儿上,脚步轻捷,一步顶常人两三步,丝毫感觉不到背负着 80 多斤重的人,似乎有股神力推着他一直向前。这下可苦了秦名远了,别看轻手利脚的,速度却差远了,如同鸭子撵兔子,使尽全身力气一路小跑,仍被落下一大截儿不说,还累得上气不接下气、呼哧带喘的。后来实在跑不动了,不得不告饶了,冲前面喊道:"二位大师,慢点儿走,等等我,咱得一块儿回范家堡子呀!"

静空大师像未听见似的,依然大步前行,疾走如飞,根本没有停下的意思。紧随其后的夺魂僧者不乐意了,回头瞥了一眼秦名远,以不无讥讽的口气大声儿说道:"秦将军,忘记从哪儿出来了吧?本僧提醒你,小心行辕那死对头班布泰带着兵马追上来抢回白面娘子,还是快走为妙啊,多卖点儿力气吧!"

秦名远觉出话不中听了,不过没敢再吭声儿,只能使出吃奶的力气紧撵,累得顺脸淌汗,两条腿都跑直了,几乎瘫在地上了。

两个时辰后,秦名远一行终于到达范家堡子,静空大师背着白面娘子径直进入平时专供庄主和大夫人休息的那间屋。范蔼仁一看,真把白面娘子抢来了,心中大喜,嘿嘿干笑了两声,随即屏退左右,只留下两个丫环。钱氏吩咐丫环铺上被褥,放好绣花枕,再喷点儿香水。秦名远从静空大师的后背抱下白面娘子,头朝东脚冲西躺放在暄腾柔软、散发着香草味儿的锦缎褥子上,顺手把脚上穿的绣花鞋脱了下来。钱氏走到炕沿边儿,轻轻捋了捋白面娘子那散乱的头发,将发髻上插的簪子重新别好,把衣服抻了抻、拽了拽,然后盖上被子,端起炕柜上的獾油灯,仔仔细细地打量开了。灯光照在白面娘子的脸上,看得颇为真切,越瞅越喜欢,不住声儿地夸赞道:"哎哟,长得太美了,简直就是个天仙哪!想当年,东坡杂艺班到各地打场子卖艺时,别说青壮年了,老人、孩子都跑去观瞧,看杂耍儿是次要的,主要是看白面娘子那张俊俏的小脸蛋儿。而今呢,如此标致、漂亮的闺女竟终朝每日呆在行辕里,谁也接触

第二章 智斗群魔

不上，待青春耗尽了，那不太可惜了么？老爷呀，这丫头到咱范家堡子来，我得收她为义女，当棵摇钱树，没准儿将来进宫做皇妃呢！到那时，咱老两口儿可没比的了，你是太师，我就是太师夫人，等着尽享清福喽！"说着弯下身在白面娘子脸蛋儿上叭叭亲了两口。

站在旁边的范蔼仁初始比钱氏还高兴，眉开眼笑的，满脸褶皱似乎都舒展了。听大夫人这么一说，忽然板起面孔极不耐烦地数落道："哪儿都少不了你，穷唠叨啥呀，正事儿不办，净扯些没边儿没沿儿的嗑儿。大师呀，快把她弄醒吧，我有话要问呢！"

夺魂僧者走到炕前，让钱氏把白面娘子的右身往起捆捆，然后冲右肩穴处啪地一拍，为其解了穴。也就过了几秒钟，只见白面娘子微微一动，睁开双眼，侧过头瞅了瞅，发现屋子里有五六张生面孔，有的靠墙站着，有的坐在椅子上，全在盯着自己。环视一下四周，装饰优雅，摆设讲究，有些东西从未见过，且满屋香喷喷的，心里犯了嘀咕："咦？这是哪儿呀，我咋来的呢？"又往屋门那儿瞧了瞧，看到一个认识的人，即低着头站在门口儿的秦名远。于是掀开被子坐了起来，晃了晃脑袋，觉得不那么沉了，较前清爽些了。噢，对了，想起来了，从师哥那儿往回走时遇到了秦名远。当时他蹲在地上，捂着肚子哎哟、哎哟直叫唤，疼痛难忍。我寻思都是行辕的人，总不能不管哪，赶忙上前扶其去找郎中。没承想却恩将仇报，先是有人用布罩子把我的头套上了，然后乘夜带到这个陌生之地，看来秦名远不是什么好东西，和这帮家伙勾搭连环，肯定有不可告人的目的。由此又联想到了曾参与的一件事，就是前些天为土地爷爷出点子并得其允准，同师哥和二十几个兵丁假扮东坡杂艺班去范家堡子打场子，不仅借机带回了被他们抢去的小伙伴儿，还绑走了大骗子钱如民。想到这儿，马上反应过来了，原来所在之地正是范家堡子。

那么，白面娘子缘何一下子就猜中了呢？别看她年龄不大，却没少见世面，跟形形色色的人打过交道，聪明得很。况且自从到了清查田亩行辕属下的孤儿营之后，不仅能与班布泰朝夕相处，还能经常见到富俊大人，亲眼目睹其率领官兵没早没晚的清丈土地，田间地头儿留下了他们的足迹。师哥也是天天不得闲，征衣破了没工夫补，夜以继日地带兵四处巡逻，认真办差，一丝不苟。祖孙俩都是大清的好官，为朝廷效力，替黎民办事，实乃百姓的保护神。平日没事儿时常听土地爷爷讲，清查田亩之要务是当今天子下的旨，专冲抗拒圣命、私占耕田、鱼肉乡里、囤积居奇、吞噬国税的豪强、恶霸、地痞去的。把土地这块肥肉从富豪的嘴里掏出来，分给无田可耕的穷苦百姓和难民，他们能干吗？必拼死相争。因此，这不但是个得罪人的差使，而且十分危险，须格外小心才是，尤其对范家堡子的庄主范蔼仁要特别注意。白面娘子一想到这些，心里更有底了，没错，这儿是范家堡子无疑。哼！把我抓来能当得了啥？有能耐去对付土地爷爷和班布泰师哥。那是小女的大恩人，也是最值得尊敬的人，有他们作靠山，没啥可怕的，休想从我嘴里得到半点儿有用的东西。秦大门牙，你这个黑心白眼狼、无耻的八旗败类，脚上的泡是自己走的，只要造孽，就会受到报应，不会有好下场。越寻思越来气，既厌恶又憎恨，不由得怒火中烧，手指秦名远大声儿斥责道："姓秦的，你不是肚子疼吗？我好心相帮，你不去找郎中疗治，却把我弄到了范家堡子，居心何在？更有甚者，你竟敢助纣为虐，身在曹营心在汉，公然抗拒圣旨，真是狗胆包天，想不想活了？奉劝你别自讨没趣儿，快把我送回去，否则土地爷爷决不轻饶！"说着起身就要下地。

　　坐在炕沿边儿的钱氏眼疾手快，一把将白面娘子摁住了："姑娘啊，别动，炕没坐热乎呢，急的哪门子呀？实话告诉你吧，是我家老爷让秦将军把你接来的。既然到了范家堡子，那就是贵客，我们得尽地主之谊，还未款待怎能走呢？再说了，你也不小了，该懂事了，连个招呼都不打，就想拍屁股走人，像话么，还讲不讲点儿礼貌啊？你有所不知，范氏家族有个规矩，无论是谁，哪怕再邪乎，脾气再大，只要跨入范府的大门，能不能走得了自己说了不算，得看主人是否允准。不错，你是个美人坯子，东坡杂艺班的台柱子，有手儿走钢丝绝活儿，本人也曾一饱眼福，见一面就算认识了。白面娘子，你要明白，在行辕的富俊、班布泰那儿是显出你了，硬气得很。可到范家堡子就不同了，你不仁我也不义，没人惯着，更听不到软话，若是识相就放聪明点儿。我们并不是无缘无故地把富俊身边的大红人请来，只因有求于你，希望答应帮忙，咱好合好散。要不然想脱身可就不那么容易了，必有办法予以处置，何去何从，自己选择。"说这番话时，语速一会儿快，一会儿慢，语调一会儿高，一会儿低，一会儿轻，一会儿重，软硬兼施，像雨点儿一样抛向对方。

　　此刻，白面娘子已经冷静下来了，坐回到原处，抬眼看了看屋内的这几个人。钱氏仍坐在炕沿边儿，几乎是贴身挨着白面娘子，双眼直勾勾地盯着她。两个和尚站在东墙边，细细一打量，长得不是想象中出家

第二章　智斗群魔

人那样体壮腰圆、肥头大耳、眼小脸阔。其中一个中等身材，不胖不瘦，另一个个头儿较矮，清瘦清瘦的。二人目不斜视，表情严肃，漠然置之。秦名远站在西墙边，看上去似乎有些心虚，不敢抬头，双目死盯着地，偶尔瞟一下白面娘子。范蔼仁坐在放于地当间儿的太师椅上，手中拿着玉石杆儿铜锅儿长烟袋，目不转睛地看着白面娘子。两个丫环站在范蔼仁身后，目光未曾离开过白面娘子，生怕一眼照顾不到，这个正在气头儿上的疯丫头忽然蹦下地，蹿到老爷跟前连挠带踢，那可担待不起呀，务必得保护好主子。白面娘子明白了，自己尽管未被捆绑，却有7个人围着，已成笼中之鸟，根本无法脱身。既然逃不出去，索性昂昂着头，大眼圆瞪，紧闭双唇，两手抱于胸前，摆出一副随时准备跟他们拼命的架式，那股倔强劲儿一览无余。

范蔼仁一看白面娘子那样儿，不仅没生气，反倒扑哧一声乐了，慢条斯理地拉着长声儿道："自我介绍一下，敝人姓范，名蔼仁，字仁宽，乃范家堡子的庄主。早就闻听富俊身边有个谋士，不但模样漂亮，风头十足，而且聪明绝顶，鬼点子特别多。前些天，行辕的骑兵假扮东坡杂艺班来范家堡子以打场子卖艺为名，抢走我武馆的孤儿，绑走我范家的亲人，此招儿实在是高哇！今儿个有幸见到出谋划策之人，果然了得，名不虚传。人哪，都是不打不成交，之所以请谋士到堡子来，无非是想会会你，交个朋友，既然能帮富俊出主意，也请帮帮我这个庄主出出点子，那将感激不尽。白面娘子，我问你，富俊把钱如民绑到哪儿去了？而今是死是活？实不相瞒，钱如民是我小舅子，任范氏家族账房总师爷，一切听我指派，可又能知道多少事呢？范某人乃一庄之主，有什么要求跟我说呀，绑走他有啥用？这下倒好，把我坑苦了，钱如民被劫，庄主责无旁贷，他的老婆、孩子天天哭哭啼啼冲我要人，烦不烦哪？吃不下睡不香咱不讲，还得一顿不差地给钱家送饭送菜，小话儿得说着，赖话儿得听着，这火可上大发了。实在没辙了，无奈之下，才让秦将军把你请了来。丫头，你的身世本庄主略知一二，出生3个月丧母，幼年父亡，在水灾中与姐姐离散，吃了不少苦，受了不少罪，没过几天好日子，更别说享福了。谁不希望过衣来伸手、饭来张口、锦衣玉食、尽享荣华富贵的生活呀，连傻子都想，那才叫没白来世上走一回。不是我说你，终朝每日围着富俊祖孙俩转，能有什么出息？是能吃上山珍海味呀，还是能穿上绫罗绸缎哪？眼看就成大姑娘了，连座像样儿的居处都没有，只能住在土坯房里，到啥时候是个头儿哇？他们现在只是利用你，用完之后一脚踢开，你照样是个穷光蛋。将来咋办想过没？与其啥也混不上，不如跟着本庄主，肯定能沾光。范氏家族几代受皇封，有权有势，资财雄厚，土地数不胜数。如果你真想帮我们，那就想法儿解决眼下的当务之急，即摸准关押钱如民之地并将其救出，我范某人定会重金报答之，说到做到，决不食言！"说罢手一招，账房先生走了进来，将一红布包儿放在炕上并打开，里面装的全是金条、金元宝、银元宝，黄灿灿、白亮亮的，直晃眼。面对钱财，白面娘子瞅都没瞅，秦名远却惊呆了，两个眼珠子几乎快掉元宝堆里了，哎呀，活了40多年，从未见过这么多金银哪，羡煞我也！

范蔼仁接着又道："丫头，看仔细喽，这可是千两黄金、万两白银，一辈子也享用不完，只要肯帮忙，全给你！事成之后，想去哪儿就送你到哪儿，愿意留下更好，一切随你。"

白面娘子用鼻子哼了一声，脸上现出不屑的神情，撇了撇嘴道："不用自我介绍也认识你，不就是范大庄主，脸上贴帖儿呢！说得没错，假冒东坡杂艺班的点子是我出的，敢做敢当，没啥可隐瞒的。也知道范庄主金银堆满屋，布包儿里的这点儿对你来说不过九牛一毛，算不了啥。可本姑娘不稀罕，饿不着冻不着便是福，哪怕腰兜儿只有一个铜板，只要是好道儿来的，夜里就能睡安稳，永远不会被魔鬼缠身。至于钱如命关在哪儿，一个平民百姓怎会知晓？又不是军中之人，大庄主高抬我了，确实不知道……"

钱氏见白面娘子咋说不进盐酱，梗梗着脖子奚落大庄主，一口一个不知道，还丝毫不服输，于是抽冷子插了几句："丫头，你不讲我们也知道，钱如民不就关押在行辕的木牢里么，那能藏得住人么？范家堡子去几百号团练，打开牢房不是轻而易举的事儿嘛，富俊只能干瞪眼！"

范蔼仁接茬儿道："对，用不着费唇舌了，召集团练，抢人去！"

实际上，钱氏是在试探白面娘子，看她怎么个反应。而白面娘子低估了钱氏，毕竟年龄小，社会经验少，没有经过反复打磨，不一定反应得那么快。她心中坚信一点，只要我不说，你们就不会知道钱如民关在哪儿，所以想都没想，顺嘴来了一句："好哇，赶紧去呀，即使带着成千上万的团练，也是瞎子点灯白费蜡！"

钱氏听了这句似乎是赌气之言，立马明白了，弟弟并未关押在行辕大营，而且认为继续跟白面娘子耗下去没用，她不会说的，便冲丈夫使了个眼色。范蔼仁会意，命家丁把白面娘子拖出去，关进西院儿的下屋

第二章　智斗群魔

并严加看守。钱氏屏退了两个丫环,屋子里除了范蔼仁,只剩下秦名远、夺魂僧者和静空大师了,随即招呼道:"来,都坐下,咱们合计合计。方才各位也听见了,别看白面娘子聪明,不过一个小丫头而已,能有多大道行?我使个小小的伎俩,她就露馅儿了。'瞎子点灯白费蜡'这句话,可谓一语道破天机,说明如民肯定没在行辕。那么到底关哪儿了呢?秦将军,解开此谜底的惟你也。请沉下心来,仔细回忆一下那天富俊和骑兵带着众孤儿从范家堡子返回行辕的前前后后,再认真缕析。慢慢想,不用急,一着急容易忽略一些细枝末节,往往被忽略的恰恰是最重要的线索。"

秦名远听了钱氏的这番话,很受启发,认为言之有理,要不咋说姜还是老的辣呢,脑袋就是不白给。仔细一琢磨:"对呀,那天一早,富俊带领骑兵前往范家堡子时,班布泰让我照常巡逻外围,即行辕大营四周和东西南北大道。行辕靠西头儿是有处小牢房,然始终空着,从未关过人,故而没有设岗。傍黑儿他们返回时,只看见富俊和骑兵们领着一帮孤儿进院儿了,没见另外押着什么人,也未见班布泰及两个亲随的影儿。直至月上中天了,大约两个多时辰后,班布泰一行3人才从北边飞马而归。怪不得小牢房这些天仍未派兵把手,原来钱如民被班布泰及其亲随关押到别处了,压根儿没打算带回行辕。那么,他们仨从范家堡子回返行辕时,半道儿又拐向何处了呢?待回到行辕,中间有两个多时辰的时间差。估计所去之地不会太远,既不是三姓,也不是宁古塔,更不是江城,那是哪里呢?"绞尽脑汁继续想,忽然拍了拍额头自言自语道:"噢,知道了,知道了。"

钱氏一看有门儿,忙问:"秦将军,知道什么了?快说呀!"

秦名远微微一笑道:"真是天无绝人之路哇,多亏大太太提醒,知道总师爷关在哪儿了,就在行辕北边的霍龙沟,离范家堡子较近,只一个时辰的路程,距行辕远点儿,大约30多里地。那里设处兵营,驻扎着一哨人马,院内挖有猎窖,不用时,作为专门关押人犯的牢房,估计钱师爷就关在窖内。"

范蔼仁和钱氏瞪大双目异口同声地问道:"秦将军,你能肯定吗?"

秦名远胸有成竹地回道:"当然能,别的地儿距行辕都远,惟霍龙沟最近,错不了!"

二人见秦名远一口咬定,兴奋得眼睛直放光,范蔼仁搓着手道:"好哇,秦将军,有你的!事不宜迟,夜长梦多,不能拖,今晚就动手,天亮务必返回。"

钱氏惊诧道:"什么?现在去救人,为啥呀?"

范蔼仁说:"你想啊,富俊睡得正香,不知秦将军离开了行辕,更不知白面娘子已失踪,自然不会有任何准备。咱得对得起他呀,天赐良机怎能错过?不妨夜闯霍龙沟,给他来个措手不及。如果等到明儿个行动,仍需拖至晚上,因为白天再小心也容易暴露。况且天大亮后,富俊便会发现异常,必引起各种猜测,立刻想到霍龙沟是否安全,遂将派兵前去查看,还得增加兵力把守,给我们晚间的行动带来困难。为防打草惊蛇,做到万无一失,夜间动手再合适不过了。"

钱氏听罢,笑着竖起大拇指赞同道:"行,就这么定了!"

5人经过一番商议,认为去的人越少越好,便于行动,决定仍由夺魂僧者和静空大师陪同秦名远前往霍龙沟。两位大师乃得道高僧,不仅有一身少林神功,而且沉稳干练,处变不惊,不管遇到什么突发情况,只要他们在,心里就有底,可起到谋士和护从的双重作用。秦名远乃富俊的属下,又是位游击,与派往霍龙沟的一哨官兵互相之间都认识,起码混个脸儿熟,即使被发现,也不会引起怀疑,以为他有公务在身。加之白面娘子失踪的时间较短,连行辕的官兵都不知道,何况霍龙沟了,谁也不会往那儿想。秦名远掌握内情,遇到不测可随机应变,轻松找到退路。钱如民跟他又有一面之交,在孤立无援的情况下,容易对其产生信任感,继而听其指挥,让怎么做就怎么做,不至于因不听喝儿而耽误时间。

再有就是3人到了霍龙沟之后,得先弄准钱如民究竟关在哪个猎窖里,因为院内不止一处,至少有5处。然后两位大师以释放毒气又不能致死对方之法困住把守地牢的兵丁,使其轻微中毒,动弹不得。秦名远随即进入地牢,一切顺利的话,钱如民的身体状况又允许,须尽快扶其离开地牢。倘若有重兵把守,释放毒气不可能迷倒所有的官兵,那么着眼点就放在为地牢专设的警戒哨身上。待他们吸入毒气而暂无意识时,秦名远乘机而入,以让钱如民吃点儿东西也好有力气逃脱为由,把放了毒药的苏叶饽饽递上,等他吃下肚并确定已死方可离开。

合计完后,钱氏含着眼泪从夺魂僧者手中接过了断肠丸,为不让外人知道,没有唤醒厨子,而是自己悄悄去了厨房,生火、烧水、和面,做了4个苏叶饽饽,其中两个搀了毒药,一块儿放进铁锅内的笼屉上蒸。怎么识别呢?饽饽的顶端有3个红点儿的即有毒,没有红点儿的即

第二章 智斗群魔

无毒。过了两袋烟的工夫，饽饽蒸熟了，钱氏从锅内将4个苏叶饽饽取出，装入白布袋子里，交给了秦名远。准备停当，已近子时，秦名远、夺魂僧者和静空大师分别跨上马悄悄儿出发了，范蔼仁和大夫人目送他们离去。钱氏的心像揣只小兔子似的嘣嘣直跳，见3人朝北拐了，反身去佛堂上了3炷香，祈求天神保佑弟弟平安归来。

　　朱伯西在这里要插说几句。富俊自打接下了清查田亩的差使，首先建了与之相关的行辕，作为官兵们巡逻、防卫、保护一方平安的大本营。因不是什么常设机构，只是临时行营，所以一切从简，出入行辕无需令牌。属下官兵也不多，连个佐领都没有，只有一位游击、两位骁骑校，其中的一位骁骑校派往霍龙沟，另一位留在行辕，即班布泰。三位军衔不高的小官能领多少兵啊，也就百十来人，包括骑兵、亲随和护从，这还因为富俊的官职高。富俊办差有个特点，不喜用兵海战术，而是按活儿设人。对多大的活儿用多少人，心里很是有数，认为所用之人只要踏实肯干，短小精悍最佳，便于组织和指挥。清查田亩不同于两军对阵，兵对兵，枪对枪，非得拼个你死我活不可。此差用不着那么多人手，行辕也没必要重兵把守，浪费兵力。真要遇到难解之围了，可随时提请吉林、盛京、黑龙江三地将军派兵增援，距离近，兵力强，完全可解燃眉之急。

　　霍龙沟原先是打牲乌拉的中转站，搭盖了8间土坯房，四周插上柳条作为围墙，算是有院子了，供守护在此的打牲丁居住。院内挖有5个深洞作为猎窖，洞壁以灰砖砌成，既防潮又凉爽，一年四季皆可用。每到严冬之时，打牲衙门便派人去双城堡一带收购猎杀的梅花鹿、紫貂、獐子、狍子、黑熊等，运到霍龙沟后，放入深窖内贮存。过些时候再集中装上马车，运至吉林打牲乌拉，请懂行的师傅视其皮毛的亮度、薄厚、柔软程度挑选出上等猎物，制成各种各样的贡品，比如貂皮呀，熊胆哪，鹿茸啊，鹿脯哇，鹿鞭哪等等，供奉朝廷。到了夏季，把晒好的各种鱼干儿、各样肉干儿放进猎窖，由于窖内温度适宜，故而不发霉，不变质，是个极好的储藏之地。

　　十几年后，吉林打牲乌拉又在其他地方建了中转站，霍龙沟这块儿就弃之不用了，人员也全部撤走了，只剩下8间土坯房和5处猎窖。围墙早已东倒西歪，房子又破又旧，有些窗框裂缝儿了，木门也裂成两半儿。从此没人在这儿住了，只有个别进山打猎的当晚回不了家，在此对付一宿两宿的。富俊领兵到这一带清丈土地时，在没有建成行辕之前，决定先驻扎霍龙沟，并命兵丁把房子的里里外外打扫打扫，门窗简单修一修，窗户挂块粗布或皮子以挡风寒。班布泰看不过眼了，说道："爷爷，这里有些年没人住了，又冷又潮，年轻人倒无所谓，您老的身子骨儿哪能受得了？还是借几处民房吧，反正也用不了多长时间。"

富俊摇摇头道："不行，决不能因办差而给百姓添麻烦，世上没有吃不了的苦。让骑兵进山砍些干柴担回来，把炕烧得热热的，潮气便可驱散，再多铺几层皮子，钻进被窝儿就不冷了，不是挺好嘛！"

班布泰见说服不了爷爷，只好作罢，领兵于双城堡抓紧时间搭盖土坯房。行辕建成后，骑兵们大多数都搬过去了，霍龙沟这儿只临时放些生活储备，还有一本本儿卷宗、调查取证材料以及田亩登记档册等，留下一位骁骑校带领30来个兵丁看守。前些天，富俊率骑兵以计谋抓来了范氏家族掌管账房的总师爷钱如民，打算通过他进一步查找范蔼仁的上缴粮税账、范家几代家主强占佃户土地之罪证以及与各地官员勾搭连环、称霸一方的情况。考虑到要是把钱如民关押在行辕内的牢房，人多嘴杂，消息容易传出去。何况此处又十分空旷，太过显眼，一旦歹徒前来劫牢，难于防范。不如暂时关在霍龙沟的猎窖内，然后与吉林将军打好招呼，再押至江城关进大牢。富俊此前曾三任吉林将军，跟江城一些身居要职的官员很熟，因其原先皆为自己的部下，相互之间信任有加，认为将钱如民送到吉林乃上策。想好后，便把这个打算告诉了班布泰，并叮嘱派往霍龙沟领兵的那位骁骑校，咱对外宣称这里派重兵把守，实际不上不过30来人，故而一定要严加看管钱如民，提高警惕，多方注意，出现什么异常情况立即禀报。

话接前书。秦名远、夺魂僧者、静空大师一行3人为了节省时间，选择走大道，因为路较宽，马能跑起来。待距霍龙沟二里多地时，担心引人注意，便将坐骑牵入密林深处，拴在干木桩子上，然后抄小道儿徒步而行。到了那儿已经后半夜了，3人隐蔽在榛柴棵子里，6只眼睛死盯着前面的院子，隐约可见院外有人影儿晃动，手中拿着闪着寒光的兵器，自然是夜哨在巡逻。那8间土坯房中，有一间特别显眼，举架较高，似乎是采用干打垒筑墙之方法盖的，四周有兵丁把守。秦名远压低声音不无得意地说："二位大师，看见了吧，别的房子门外一个人没有，惟独那座举架较高的房子四周设了警戒哨，这不是不打自招么？据我所知，干打垒筑墙的房前挖了个深窖，顺着梯子下去，还得接着走下十几磴土台阶方能到窖底。窖口儿扣着用厚木板做的盖儿，比地面略高，平

第二章　智斗群魔

时上锁，他们肯定把总师爷关在这处深窖里了。"

静空大师赞同道："嗯，所言不无道理，很有可能。窖内冬暖夏凉，人呆在里面不会觉得有什么不舒服，不过时间长也受不了，咱们是不是该动手了？"

夺魂僧者随手折了一根儿马尾草高高举起，想测一测风向，草往哪边倒，就知道刮的什么风，是东风、西风啊，还是南风、北风。为什么需测风向呢？他身上带有迷魂药，即消魂丸，得顺风释放毒气，人吸入后可暂时失去意识。这么一试，见马尾草往西南方向倒，说明刮的是东北风，于是开始朝东北方向爬。不能立起身子走，因为他们所在的榛材棵子正处于哨兵的视线之内，当晚月朗星稀，只要有人影儿晃动，立即会被发现。静空大师见二师兄爬出十来米了，遂拍了一下秦名远的肩膀，示意其赶紧往前爬。为啥3人都得去东北方向呢？夺魂僧者到那儿得安放消魂丸，毒气顺风一刮，就会飘到现在的藏身之地，若是不离开，那不等着吸入毒气嘛，哪能受得了啊，又未服解毒药，所以他俩也得去夺魂僧者那个方向。夺魂僧者在前头，秦名远在中间，静空大师在后面，遇沟抬抬身，遇岗儿贴着地，像蛇一样匍匐前行，一点儿一点儿地往东挪。还不能一块儿爬，夜深人静，声音大了，容易引起哨兵的警觉，只能分头爬。

3人费了九牛二虎之力，两个胳膊肘儿几乎快磨破了，终于绕到距土坯房40多米的东北方向。凑到一起后，又仔细观察了一会儿，见整个院子一片黢黑，7间土坯房内全熄灯了，惟独那间干打垒房前所立的高杆上挂了一盏红灯笼，灯花儿不大，忽明忽暗。院内站着五六个腰挎砍刀的哨兵，院外也有三四个持剑的夜哨来回走动，其他兵丁皆睡在土坯房内，看来是几个人一伙分班儿站岗、巡逻。这时，夺魂僧者把围在腰间的囊袋解下，取出一个用白麻布包着的方方正正的物件。解开白麻布，撕掉外面那层油亮亮的黄纸，露出个小木盒儿。掀起盒盖儿，里面装的是几个蜡封的药丸儿，即消魂丸，又叫追风夺命丸，差不多有婴儿拳头大小。消魂丸的炮制很简单，即把有黏合作用的白面和毒药拌在一起，再加水调匀成丸状便可。它在常温下经风一吹，很快就能挥发，变为气体向四周扩散，药丸儿亦越来越小，所有的毒气全部随风飘走了，那股儿风范围内的空气中便有了毒素。动物吸入后，跑不了多远必倒在地上，四腿儿抽搐而昏迷。天上的飞禽也躲不过，中毒后顶多扑棱几下翅膀，随即大头朝下跌落在地。人的反应没那么快，初始感到鼻子发痒，不住地打喷嚏，头晕眼花，腿脚发软，身子发懒，总想坐一坐、靠一靠。继而腹内胀痛，恶心呕吐，一趟趟儿往茅房跑。折腾几次后，便觉四肢无力，眼睛睁不开，不知不觉中昏睡过去，3个时辰才能醒来。

少林派确实有诸多绝活儿，乃地地道道的神功，不能不令人敬服，然关键是看用在哪儿。就拿夺魂僧者所掌握的五毒功来说吧，此功里包括这特制的追风夺命丸，其中的毒药成分是用哪几种药材配制的，始终是个谜，除了少林弟子外，无人能解惑。少林派各师传之间，同一种含毒性的药剂所用之配料并不完全一致，有的毒性轻一些，有的则重一些。少林派的宗旨前书已讲了，弟子要以珍爱生命为德，不是倡杀生，而是戒杀生。既然如此，为什么还炮制伤害众生的毒丸儿呢？这不该是僧侣应干的事呀！实际上，以毒丸儿取人命之说乃妄语，专门用来吓唬人的，不得已所造的舆论而已。你若跟少林派弟子唠起关于毒丸儿的话题，他们会告知大可不必担心，不过一种心理战术，没有宣传的那么邪乎，药性也没那么强，只起到抑制神经的作用，使之短暂昏迷或人事不省。几个钟头后，症状便会自行消失，恢复正常。一般情况下，少林派弟子对人对事能容忍则容忍，能退让则退让，尽量不伤生。需要出手时，往往先以所练之功制服对方，然后再酌情施救。在必须以药物控制对方时，大多采用药性平和的消魂丸，让你短暂失去知觉，没有了反抗和伤人的能力，处于被动地位，达到制服之目的。这同样是一种绝技，选择何种药材、几种药材组成一个药方、剂量多少、药力大小、药性强弱等皆熟知于心，而且是几年、十几年甚至几十年的经验积累。当然了，也有极个别的僧侣修行不到家，背离佛法，草菅人命，最终必将受到惩戒或清除佛门。

夺魂僧者和静空大师都是少林寺的得道高僧，其师父皆为长眉长老，之所以让他们下山，是为济世安民的，不是为杀生的，二人牢记此训诫。夺魂僧者四下一瞅，见左前方是个小高岗儿，旁边有几棵胳膊粗的柞树，树身不高，枝叶繁密。抬头上望，仍满天星斗，估计已过丑时，必须得抓紧时间了，便面冲静空大师和秦名远伸出左手点了点地，意思是你俩呆在这儿别动，然后往高岗那儿爬去。到了地儿，先从小木盒儿中取出3个白蜡丸儿，轻轻一捏，白蜡碎了，露出油光闪亮的毒丸儿。接着从囊袋中拿出事先备好的小托盘儿，盘底儿不是平的，有个圆形的凹槽，正好可把毒丸儿放进去。再将托盘儿卡在柞树的桠权上，任风吹拂，托盘儿掉不下来，毒丸儿也滚不出去。做完这一切，又爬回秦名远和静空大师所呆的地儿，3人趴在草棵子里静观其变。秦名远两眼盯着树上的托盘儿，过了一会儿说道："大师呀，毒丸儿所散发的毒气就算是随风飘过去了，可风不会停在半道儿，转瞬即逝，弥漫在空气中的毒素已经稀释。这种情况下，被前面院子里的夜哨们吸几口就能致其昏迷？如果真是如此，这小小的毒丸儿可太厉害了。"

夺魂僧者折一根草棍儿放进嘴里，边嚼边道："这便是为啥事先得把毒丸儿包了一层又一层，就是怕它释放出毒气，受害的首先是我呀！倘若毒丸儿不是放在一定的距离外，而放在院内的任何一个角落，所释放的毒气被巡逻或守门的哨兵闻到，有多少得倒下多少，永远还不了阳。那本僧的罪过可大了，违犯少林派戒杀之宗旨，不用等着被住持清除佛门，自己就乖乖滚下嵩山了。这还不算，静空师弟也得受牵连，须承担未加劝阻或纵容之责，同样要受惩戒的。"

秦名远听罢，感叹道："不起眼儿的毒丸儿竟有如此大的威力，我要是会炮制，就把它用在战场上。在两军对阵的当口儿，还手执什么砍刀、弓箭、长矛哇，啥都不用，拿几粒毒丸儿足够了，可不费吹灰之力、不伤一兵一卒、轻而易举地击败敌方，使其只剩屁滚尿流、长睡不起的份儿了。个别未死的醒转过来，没得选择，只能缴械投降，还弄不懂何以至此。毒丸儿实在是太神奇了，乃大获全胜之法宝，不知大师能否将配方告知？"

静空大师以一种不容置疑的口气回道："不能，行会还有行规呢，何况少林派？天机不可泄露，此配方只能在弟子之间秘传。"

3人说话间，托盘儿里的毒丸儿变得越来越小，院内外的兵丁方才还来回走动呢，这会儿全东倒西歪了，继而又站起身来，晃晃荡荡地朝院子西边的角落跑，你来我往如穿梭，一准是去茅房连拉带吐了。过了约两袋烟工夫，看不见人影儿动了，院内外一片死寂，很显然，毒丸儿是在一点点儿发挥作用。而土坯房里却毫无动静，估计是毒丸儿所散发的毒气顺风飘至土坯房上空时，已经稀释了，加之有墙壁隔着，故而睡在屋内的兵丁没有受到波及。再者也赶巧了，这个时间段没一个去茅房解手的，房门未曾开过，所进毒气极少。此时辰担任巡逻、站岗的兵勇可躲不过去了，正像夺魂僧者所预料的那样，该出现的症状都出现了，最终横七竖八地躺倒在地，啥也不知道了。静空大师侧过头，以询问的目光瞅着夺魂僧者，意思是要不要再等一会儿，什么时候动手？夺魂僧者吐出已经嚼烂的草棍儿，为把握起见，重又爬回左前方十几米远高岗儿的柞树那儿，见卡在桠杈上的托盘儿里的毒丸儿已挥发殆尽，只剩下面粉了，立刻爬了回来，说道："秦将军，不用再等了，是时候了，赶紧去吧，快去快回。"

秦名远虽有思想准备，但听夺魂僧者这么一说，仍吓得一激灵，遂问道："大师，现在去有点儿早吧？毒气尚未散尽，我到那儿不等着中毒么！"

夺魂僧者十分肯定地说："不早，本僧已在心中默念50个数儿了，50个数儿以内会中毒，超过50个数儿就没事了，毒气已随风飘走了，更不会有丝毫的毒性反应。可放心大胆地去，如入无人之境，不过脚步需放轻，不能发出声响，一旦惊动了睡在屋里的兵丁，不仅你暴露了，还会给营救带来麻烦。"

秦名远点点头，从地上爬了起来，拍拍身上的土，摸摸怀中用白布袋子装着的4个饽饽在不在，又从衣兜儿掏出黑面罩儿戴上，只露口鼻和眼睛，转身刚要走，静空大师喊住了他："秦将军，记住，务必按照来前咱们商定的步骤行事。请放心，只要不被屋内的兵丁发现，就能把钱如民救出猎窖，有我和师兄保护你们，肯定能顺利离开霍龙沟。本僧想提醒的是要以慈悲为怀，多积阴德，勿杀生，不到万不得已不要给他那两个有毒的饽饽吃。咱也看见了，这里根本不是什么重兵把守，大可不必走最后一步棋，你以为呢？"

秦名远表示道："谢大师用心良苦，我必谨遵大师之言，会慎之又慎、酌情处理的。"说罢躬着身子，借助暗影儿的遮挡，快步向前面的院子靠近。

静空大师刚才为什么说了那么一番话呢？因为通过与秦名远的两次接触，对其有个大概的了解，印象说不上好，也说不上坏，总感到让人不太放心。况且范庄主和大太太都表态了，同意秦名远的提议，为顾全大局，实在救不出钱如民，可就地处置，不留活口。从秦名远的为人来看，很可能图省事而走捷径，一不做二不休，进了猎窖就把有毒的饽饽递上，置钱如民于死地，一下子办利索了，省得有后患。杀了也就杀了，庄主和大太太说不出什么来，只能暗地里憋气窝火。这样的结果是静空大师不愿意看到的，也是与普度众生背道而驰的，故而才对秦名远千叮咛万嘱咐，希望能将钱如民活着带回范家堡子。

秦名远一边往前走，一边四下张望，确实未见院外有一个仍能站立的夜哨，似乎皆已进院儿了。当蹑手蹑脚地到了院门口儿伸头往里一瞅时，顿时长出了一口气，现场果然与估计的相符，院内的十来个人有手握腰刀靠墙坐着的，有仰面朝天躺在地上的，有微睁双目看着院外的，有嚅动着嘴唇一句话也说不出来的，皆已失去了意识。他心中暗喜，三步并作两步地来到干打垒房前的深窖处，见窖门儿盖着，没上锁。赶忙弯下身掴起窖门儿，踩着竖起的木梯下去，又下了十几磴土台阶方到窖底。因台阶左侧灰砖砌的墙壁上凿有小洞，洞内放着獾油灯，所以还算亮堂。四下一趸摸，窖内呈长方形，两侧的墙上各挂一盏獾油灯，紧靠墙角儿处面冲里躺着一个人，身下铺层谷草，像头猪似的睡得挺沉，打着均匀的鼾声。走到跟前仔细一瞧，正是钱如民，可能是由于窖盖儿扣着才没有中毒。秦名远边推边压低声音唤道："总师爷，别睡了，醒醒，快醒醒！"

钱如民翻过身来，睁开惺忪睡眼，见面前站着个头戴面罩儿的人，心中十分诧异："咦？这是谁呀，深更半夜干什么来了？"

秦名远摘下面罩儿，说道："总师爷，大恩人哪，不认识了？范庄主和大太太特派我前来救你的！"

钱如民一翻身坐了起来，大睁双目上下一打量，噢，认识，此人外号儿"秦大门牙"，我曾救过他及手下兵丁的命，今儿个是来报恩的。原以为掉到富俊手里算完了，那能有好儿么？没个回去，一准得当替罪羊了，死定了。还是姐姐、姐夫想着我，大半夜派人来了，而且是富俊的属下亲自施救，天时地利人和，必万无一失。看来我钱某人福大命大造化大，只是虚惊一场，又可重见天日了，阿布卡恩都力真眷顾本师爷呀！此刻的钱如民尽管与秦名远并不太熟，只是一面之交，却像见到久别的亲人一样，激动得眼泪顺脸往下淌，嘴唇哆嗦着，拽着对方的手一句话也说不出来。

秦名远这小子可谓坏透腔儿了，其实此时扶钱如民出去一点儿危险没有，院内外的夜哨全中毒瘫那儿了，人事不省，40来米开外有两位大师接应，再安全不过了。可他咋想的呢？我秦某人毕竟在八旗军中当差，又混上了六品官衔，今后也不可能投靠范蔼仁，一切应以保全自身为要。即使有一天在骑兵队干不下去了，可请求调往另地驻防，绝不能给富俊留下把柄。钱如民要是活着回去，没准儿哪天喝几盅酒自吹自擂，或者嘴没把门儿的泄了底，将来的事儿很难预料，万一宣扬出去，我不就完了么，不砍头才怪呢！因此必须得杀人灭口，让其早点儿见阎王，大家都省心，一了百了。现在猎窖里只有我们俩，如果不让钱如民活,他怎么死的谁也弄不清,富俊不知,班布泰更不知,无论如何猜不到我与钱如民之死有什么关系。钱总师爷,对不住了,俗话讲得好,死生有命,富贵在天,先走一步吧!想至此,定了定神,假装关心地问道:"总师爷,看你的气色不大好,虚弱得很,是不是饿了?"

钱如民摆摆手道:"哎呀,别提了,他们根本不让我吃饱。这不,晚饭只喝了两碗稀粥,肠子肚子早打架了,连尿都没有。咱们赶紧离开这儿,到家就好了,想吃啥做啥,管够!"

秦名远立即从怀中拿出白布袋子,将那两个带红点儿的苏叶饽饽掏出递过去说:"总师爷,这是大太太亲自蒸的,没多带,吃点儿垫垫底,有劲儿方能上路。放心吧,不着急,看守你的兵丁已如同死狗,想起都起不来了,更别说站岗放哨了,两位大师在外面等着呢!"

钱如民一琢磨也是,浑身发软,两腿发颤,怎能跑得动?吃点儿东西才会有力气。他压根儿没想到秦名远会加害自己,而且平时在家也吃这种饽饽,又是姐姐亲手做的,心里充满了感激之情。加之肚子又饿,恨不得一口把两个饽饽吞下,遂毫无顾忌地接了过来,边吃心里边念叨:"姐姐、姐夫,谢谢你们,我钱如民下辈子做牛做马,也要全力为老范家效劳,以报救命之恩!"待狼吞虎咽地把两个苏叶饽饽吃完了,人便还阳了,抹了抹嘴巴不无得意地说:"秦将军,别看我没混上一官半职,脑袋可不白给。跟你说个事儿,富俊怎么样,还三任过吉林将军呢,这回算是白忙乎了,我早把范氏家族的土地大账藏起来了,且所藏之地极其隐秘,累死他也找不着。不过可以告诉你大账在哪儿,回去之后千万别同我姐夫说,只让姐姐知道就行,将来好能从姐夫手里多讨些银子,我也有得花了,到那时……"话没说完,突然双目圆瞪,口吐白沫儿,鼻子、耳朵往外淌血,右手哆哆嗦嗦地指着秦名远似乎想说什么,终未吐出半个字,随即扑通一声仰倒在地,两腿一蹬没气了。

秦名远低头看了看,知道这是药性发作了,钱如民已一命呜呼了。于是将装有无毒苏叶饽饽的白布包儿扔到他身旁,然后转身就往外走,登上土台阶,又攀梯而上,到了地窖口儿故意弄出较大的响动,惊醒了睡在屋内的兵丁,各个土坯房立马亮起了灯光。官兵们推门而出,一看夜哨皆已东倒西歪,人事不省,顿觉出事了!骁骑校赶紧命人去猎窖查看,又率领兵丁于院内外搜寻,一片忙乱。而秦名远则在夜色的掩护下,溜回东北方向的榛材棵子那儿,与两位大师会合。静空大师见秦名远一个人回来了,又往其身后瞅了瞅,方问道:"钱如民呢?是没关在

第二章 智斗群魔

这儿，还是被发现了？我和师兄看见从屋里跑出一大帮人，生怕出意外，真为你捏了把汗！"

秦名远打了个唉声道："咳，钱总师爷的确关在干打垒房前的猎窖内，我顺利地进去了，也见到他了。可天不遂人愿，富俊那个瘸老头儿真不是东西，太损了，让属下故意饿着他，每天只给两碗粥喝，稀溜溜的，没几个米粒儿，别说饱腹哇，屎都拉不出来。你俩是没看见哪，那才真叫可怜呢，饿得前腔儿贴后腔儿，脸色蜡黄，浑身瘫软无力，跟个死人幌子似的。他见我内怀鼓囊囊的，想到了是吃食，上前一把就将装有4个饽饽的布袋子掏出来了。我赶忙告诉他，那两个带红点儿的有毒，专门给夜哨预备的，千万别吃！另两个没带红点儿的没毒，是给你的，可放心大胆地吃。话音刚落，忽听土坯房的门吱嘎一声响，好像有兵丁出来去茅厕。我寻思去窖口儿处听听动静，当跑上台阶、刚要登梯而上时，就听窖内扑通一声响，待返身下到窖底一瞅，总师爷竟七窍流血、倒地而亡了！再一看，两个带红点儿的饽饽没了，不带红点儿的还在，我顿时傻眼了。估计他当时既兴奋，又紧张，把我的话听拧了，结果将有毒的饽饽吃了，没毒的剩下了。正这时，窖外传来了杂沓的脚步声儿和大呼小叫声儿，自然是官兵们看到了院内那些昏迷过去的夜哨。我来不及多想，总不能死一个再搭上一个，便急匆匆地乘乱从猎窖中逃出。钱师爷曾救过本官及手下兵丁的命，我却没有带其出魔窟，落下个知恩不报的骂名不说，这辈子心都不安哪，以后可怎么做人呐！"说着，一屁股坐在地上，假惺惺地低声儿干号起来。

两位大师听后，无奈地叹了口气，夺魂僧者手打佛号道："阿弥陀佛，有罪了，有罪了，本僧跟着范庄主作孽了！"然后弯下身扶起哭泣的秦名远又道："事已至此，伤心没用，身子骨儿要紧。我和师弟也看见了，即使钱如民没有误服有毒的饽饽，院子里已全是八旗兵了，肯定救不出来也逃不出去，无须后悔了。此乃是非之地，钱如民死了，那些官兵岂肯罢休？一会儿必将搜寻到这儿。咱们得赶紧走，不能继续耽搁了，否则恐生枝节，那就更加违背来此的初衷了，待回去向范庄主和大太太通禀后再说吧！"

秦名远听罢，点点头，没再说什么。3人折身往回走，疾行了二里多地，钻进了道左拴着坐骑的那片密林，解开缰绳，先牵着马在林中穿行，等远离霍龙沟了才骗腿儿而上，飞马朝范家堡子驰去。

回头再说范家。为救钱如民，不单单秦名远及夺魂僧者、静空大师折腾了一宿,范蔼仁和大太太也是一夜无眠,心里一直惦着这件事儿,然而所思所想却南辕北辙。钱氏与钱如民是一奶同胞,有着骨肉亲情,在漫漫长夜里,她感到一种从未有过的煎熬。双眼盯着棚顶,心里思摸着弟弟怎么样了,营救是否顺利?期盼着快些回转,千万别走第二步棋。真要救不出,横尸霍龙沟,我这当姐姐的可太对不起弟弟了。他是钱家的人,没必要为范家卖命,又怎么向弟妹交代呀……

范蔼仁虽然心地狠毒,但也怕小舅子真蹬腿儿,到那时大夫人非借此狮子大开口、向自己索要重金和珍贵首饰不可。他十分清楚,钱氏是个有能耐又惹不起的女流之辈,自己哪点儿也赶不上,没招儿啊,只能听喝儿。而最担心的还是钱如民手中的土地大账是否安在,前些日子转没转移,是不是仍藏匿在原来的地方?无论怎样,保住土地大账乃重中之重,那是范氏家族的命根子,丝毫马虎不得。只要账本不丢,小舅子死了事小,不用太在乎,谁让他命不济了,损失点儿金银也得认。好在能当总师爷的人有的是,只要替我管好账房那些事儿就行,没家贼倒也心安了……

天刚蒙蒙亮,钱氏就起炕了,吩咐丫环把尚在熟睡的管家唤醒,让他告诉后厨赶紧准备酒宴,为秦将军、二位大师和回返的总师爷接风洗尘,消灾祛邪。管家听命,胡乱披件衣裳下了地,推门出屋朝膳房走去。大约过了两袋烟的工夫,东边儿传来了马蹄踏地的嗒嗒声儿,由远而近。正在洗漱的范蔼仁和大夫人忙跑出屋门站在当院儿往东瞅,见3匹马疾驰而来,到了近前方认出正是秦名远和二位大师,钱如民没有随行,钱氏一直提溜的心立马跳到了嗓子眼儿。

3人进屋后,未等坐下呢,钱氏便急不可待地打听如民怎么样了,是不是落在你们身后了,尚需晚到一会儿?夺魂僧者和静空大师并不回话,只是一个劲儿地唉声叹气。钱氏似乎明白了,没有再问,身子一晃跌坐在太师椅上。秦名远见此,干咳了一声,不得不开口了,除了把曾对两位大师所讲的营救经过重复一遍外,接着又道:"大庄主、大太太,你们有所不知,大师炮制的断肠丸毒性太大了,总师爷把有毒的苏叶饽饽吃进肚子里顶多半分钟就咽气了,一点儿罪没遭,走得很安详。"

各位阿哥,听见了吧?要不咋说秦名远阴险狡诈呢,表面上轻描淡写,其实别有用心。言外之意即倘若范庄主和大太太对钱如民之死怪罪下来,不光是我,你夺魂僧者、静空大师同样脱不了干系,咱们仨是一根儿绳上拴的蚂蚱,谁也甭想一推六二五。

第二章 智斗群魔

二位大师面面相觑，一声儿没吭，心里很不是滋味。剃度的僧侣竟跟俗家一起草菅人命，公然违背少林派之戒律，犯下了不可饶恕的罪过，还有什么可解释的？只能沉默以对。

当钱氏亲耳从秦名远的口中听到钱如民已死的噩耗时，犹如五雷轰顶，难过得不能自持。尽管此前有精神准备，可一想到弟弟为范氏家族效劳20多年，最终年纪轻轻的，却白白搭上性命，不值呀，纯粹是冤大头哇！自己是嫁给了范家，生是范家的人，死是范家的鬼，可这与弟弟何干？真是有苦难言哪，不禁号啕恸哭，鼻涕一把泪一把的，在场的人只能百般劝慰。过了好一会儿，钱氏才止住了哭声，仍抽抽搭搭的，掏出手帕擦拭着满脸的泪水，一句话也没说。

范蔼仁听到这个结果后，并不感到意外，认为是在预料之中，故而反应不那么强烈，只是连连叹息，关切地抚慰大夫人不要过分悲伤，身子骨儿要紧，请节哀顺变。又吩咐管家去账房取出一千两银子，送给钱如民的妻儿，作为抚恤之资，以安顿全家老小之心。此事没有声张，就这么压了下来，不了了之，除了自家人，外人不知内情。

眼下，范蔼仁还有件棘手的事儿，即从行辕偷偷抢来的白面娘子该如何处置。她是富俊身边能出好点子的人之一，也是其孙儿班布泰的最爱，长期关在范家的西下屋哪儿行？可是杀又杀不得，放又放不得，关又关不得，成烫手山芋了，怎么办呢？冥思苦索了好几天也没个辙，觉得怎么都不中，非常为难。前书讲过，范蔼仁有两大嗜好，一个是懂点儿烹饪技巧，喜欢品尝美味。他为宅门请了不少掌灶的名师，烹调各种可口的特色菜，并独创了"范家菜"，自酿"范家仙"，可谓美酒佳肴。另一个是喜欢女人，除了钱氏之外，还有七房妻妾供其消闲解闷儿，仍觉不够尽兴。几天来，白面娘子如花的容貌、白嫩的皮肤、婀娜的体态令他那不安分的心蠢蠢欲动，眼馋得不得了，涎水直流，一心想将其留下，占为己有，再给改个名字，作为末房小妾，金屋藏娇。有锦衣玉食享之，有呼来唤去的下人奉之，谁不愿过神仙般的日子呢？人为财死，鸟为食亡，除非丫头不食人间烟火。不过也别把话说绝了，相信总有一天，我范某人会抱得美人儿归的，咱们走着瞧！

钱氏是怎么个态度呢？此人心眼儿多，还会玩儿权术，范蔼仁想到的，人家早思摸过了，而且比他想得多、想得细。这会儿，让钱氏感到不好交代的不是弟弟的死，而是抢来的白面娘子得咋办，正所谓请神容易送神难。把她放了吧，不行，等于放虎归山，不打自招，白面娘子被抢到范家堡子便成了公开的秘密了。富俊祖孙俩对此绝不会轻饶，范家堡子的麻烦可就大了，还不得被折腾得鸡犬不宁啊，甭想有太平日子过。就地灭口吧，也不行，白面娘子关在庄主家，堡子里不少人都知道，俗话讲，若想人不知，除非己莫为。如果把白面娘子弄死了，隔墙有耳，消息很快就会一阵风似的传出去，那还了得？富俊和班布泰不仅会兴师讨伐，而且必闹到朝廷去，一经追查，无疑犯下了砍头大罪。再者说了，一朵无辜的小花儿被掐死了，太伤天害理了，将来不得遭报应啊，这种亏心事儿干不得。如此看来，惟一可行的就是把她留下，认作自己的干闺女。然仔细一琢磨，觉得还是不妥，白面娘子聪明、机灵又美貌，谁见谁喜欢，老爷也不例外。整天跟个馋猫似的，闻到腥味儿必往跟前凑，放在嘴边的肥肉能不吃么？八房妻妾不够他受用的，现在又来一个，将来不得与我这家主争宠啊？那是个鬼精鬼灵的小狐狸精，眼珠儿一转一个道道儿，损招儿多的是，富俊都靠她出点子呢，我怎能斗得过？不定哪下将其惹翻了，大眼睛一立睖，还不得整死我呀！继而家宅的大权旁落，上上下下全是她说了算，范家从此不姓范了，而姓彤，到那时就覆水难收了。经好一番冥思苦索，权衡利弊，心眼儿、脑子一起动，定下了又否，否了再琢磨，最后想到了秦名远。尽管此人心狠手辣，要了如民的命，乃钱家的仇人，恨不能一刀砍了他，可还是得让其占把便宜，走这个桃花运，没招儿哇，除了他没第二个合适的人选。秦名远曾说过，早就看上白面娘子了，无奈有班布泰横在中间，姑娘的心是属于人家的，自己只剩嫉妒的份儿，暗地里咬牙往肚子里咽。倘若把白面娘子许给他，带到异地成亲，我家老狗也就死心了，有火儿都没处发。秦名远得了便宜却不敢卖乖，只能偷着乐，真要传扬出去，班布泰肯定得找他算账。富俊也怪不到老爷头上，因白面娘子是同秦名远一起消失的，首先要想尽办法查寻自己属下的踪迹。特别是白面娘子跟秦名远一走，曾被抢到范家堡子的传闻随之亦烟消云散了，就算是一场风波，也该平息了，一妥百妥，万事大吉。嗯，太好了，就这么办！

转天，钱氏背着范蔼仁把秦名远叫到自己的住处，屏退了身边的女仆，请其坐在茶几旁边的太师椅上。这是个从南方购进的竹编长方形茶几，几面儿刻着一枝梅花，上放一尊白瓷壶和4只茶碗，香茗已沏好。钱氏亲自执壶为其斟茶，又给自己倒了一杯，放下壶端起小碗呷了一口茶，细细地品着，也不说话。仇人就在对面，早已恨得牙根儿痒痒的，表面却是一副若无其事的样子。秦名远忐忑不安地坐在椅子上，双眼偷

第二章　智斗群魔

偷瞄着钱氏,心里犯了寻思:"大太太挺能摆份儿呀,唤我来还不言语,到底啥意思呢?唉,又能怎样,死活硬撑着吧!"这么想着,索性也不吱声儿,开始饶有兴致地品茶,自斟自饮。

过了一会儿,钱氏终于开口了:"秦将军,噢,还是叫你一声名远吧,这样显得亲近些。你知道的,我只有一个弟弟,可惜已经离世了,家乡再没什么亲人了,静下来时觉得挺孤单的。如果不介意的话,从今以后,就认你做我弟弟了,行吗?"

秦名远赶忙站起身来,双手抱拳道:"哎呀,大太太,实在不敢当啊,这不折杀小的么!"

钱氏摆了摆手,请其坐下,又道:"名远弟,别客气,那么讲不外道了嘛!姐姐今儿个叫你来,是想商量件眼面前儿的事。不瞒弟弟说,我呢,一直在背地里细细观察,看得出你胆大心细,遇事不慌,将来必有出息。"此话一语双关,边说边看对方有什么反应,见秦名远脸上毫无表情,紧接着话锋一转:"如民在世的时候,曾救过你及手下兵丁的命,萍水相逢,说明咱们有缘。既然认做弟弟了,婚姻大事就不能不管,姐姐打算保个媒,不知你想不想成家?"

秦名远听罢,又惊又喜,本来就不傻不茶的,心里能没个小九九么?他早已思摸过,这次是我帮了范蔼仁一把,不仅为其出谋划策,还将白面娘子抢到了范家堡子。虽然这丫头守口如瓶,啥也不说,但一句气话泄露了天机,方便我们得以顺利找到钱如民,送其魂归西天,保住了范氏家族的土地大账不被富俊查获。应该说我是立了大功的,就冲这一点,范蔼仁也应给我娶房媳妇,算是报答。范庄主和大太太知道我一直喜欢白面娘子,其人现今又恰恰关在范家,是个天赐的绝好占有机会。大太太还真开面儿,主动声称给我保媒,看来对方乃白面娘子无疑了。想当年我秦某人中毒后大难不死,必有后福哇,原来小美人儿等着我享用呢!想到这儿,内心一阵狂喜,眼睛直放光。转念又一思量:"不太可能吧?好事多磨,轻易得手,让人不可信。我曾多次发现范蔼仁那双色眯眯的眼睛总是盯着白面娘子,眼神儿放肆,脸上充溢着淫荡,哈喇子几乎淌到下巴颏儿了,一个小姑娘很难逃出他的魔掌。这老东西要是决定非娶其为小妾不可,谁敢反对呀,大太太也奈何不了。到那时,自己不仅没得到白面娘子,还让一朵花儿插到牛粪上了,当初不如不帮范蔼仁办这件事了,也犯不上肠子都悔青了。大太太说是要给我找媳妇,不用猜了,一准是把白面娘子给范庄主了,为了答谢我,不定将堡子里哪家嫁不出去的丑女给我呢！"这么一想，心里也不狂喜了，眼睛也不放光了。可人家话都说了，不能不接茬儿呀，只好敷衍道："大太太，老弟在这儿先谢了，没想到姐姐能把我的婚事放在心上，福气不小呢！"

钱氏笑道："怎么没想到呢，老大不小了，尚未娶妻，当姐姐的不给弟弟保媒，还能轮到别人哪？放心吧，我帮你办，说话算数。"

秦名远问道："姐姐，准备做媒的是哪家闺女呀？"

钱氏笑而不答，端起小碗连喝了几口茶，这才神秘兮兮地反问道："名远弟，你猜是谁？"

秦名远多想说是不是白面娘子啊？又怕钱氏取笑："真是癞蛤蟆想吃天鹅肉，那个漂亮丫头还能到你嘴里？做梦去吧！"尤其是此话若传入范蔼仁耳朵里，还有我好儿哇，竟敢跟大庄主争妾，一气之下再把我轰出去，这张脸往哪儿搁呀？算了吧，别胡乱猜了，得给自己留点儿面子，于是回道："姐姐，我又没钻进你肚子里看，怎能知道是谁？不过就凭我姐给自己弟弟保媒，肯定得紧着俊俏貌美的姑娘。倘若是丑女，别说我呀，姐姐那关都通不过，对吧？"

钱氏伸出手指戳了一下秦名远的额头道："这个鬼小子，告诉你吧，姐姐保的媒就是咱们从行辕抢来的小美人儿白面娘子，不是期盼很久了么？在富俊那儿你是得不到哇，还有其孙儿班布泰呢！在范家堡子就不同了，姐姐说了算，将她许给你了，要不要吧？"

此话一出，可把秦名远乐颠馅儿了，咧着大扁嘴直劲儿称谢："巴尼哈，巴尼哈，你真是我的好姐姐，还问要不要？能不要么，要的就是她呀！不瞒你说，为了白面娘子，可谓朝思暮想啊，几乎快想疯了。可遗憾的是她心里除了班布泰，容不下任何人，更不会答应嫁给我。这件事就看姐姐的了，请帮弟弟拿个主意，得怎么做才能让她回心转意呢？如果姐姐真能说服她就范，最终成了我老婆，弟弟定将报答姐姐的赏赐之恩，这辈子做牛做马也心甘情愿！"说着扑通一声跪在地上，咣咣咣连磕了仨响头。

钱氏忙起身上前将其扶起，说道："老弟呀，咱俩谁跟谁呀，用不着这样，此忙姐姐帮定了。白面娘子攥在咱手心儿里，想鲤鱼打挺儿都没机会，敢不听我的么？放心吧，多大个事儿呀，没啥难的，不过一点一通而已，今晚就成全你，睄好儿吧！"

秦名远越听越糊涂了，钱氏所谓"一点一通"啥意思呢？于是便故意装傻，问道："我的好姐姐呀，俗话讲得好，强扭的瓜不甜，白面娘子心里想的啥，我明镜似的。她若横竖不跟我，还不得干瞅着，我可是真心哪，总不能硬来吧？"

钱氏笑道："这不就说到点子上了么，有啥不能硬来的？姑娘家个个顾及面子，甭管是自愿还是强迫，只要生米煮成熟饭，有多大章程的人都得瘪茄子，更不敢把没保住贞操的事儿嚷嚷出去，除非不要脸皮了，这回通窍了吧？40多岁的人了，肯定也玩儿过不少女人，对女孩子的心理还没我摸得透呢，按姐说的办准保成！"

秦名远听罢，方恍然大悟，噢，这就是所谓的"一点一通"啊！接着又道："姐姐，她要说啥不从，上来烈性劲儿大喊大叫的，再跟我撕扯起来，那就很难成就好事。"

钱氏啧啧两声道；"你可真笨，平时那么精明，这会儿咋成死脑瓜骨了？去求夺魂大师呀，给他磕个头，求丸儿药，趁白面娘子口渴时偷偷放入水杯里，喝下后很快便会昏睡过去。到那时候，烈马都会变得服服帖帖，何况人乎？肯定是咋摆弄咋是，想咋的就咋的，一切随你。"

秦名远高兴极了，在钱氏的挑动下，已是满脸通红，欲火中烧，恨不得天立马黑下来，盼着那消魂的一刻快点儿到来。转念又一思量，不免犯难了："这致人昏睡的药如何索到手呢？几天来，自己与夺魂僧者拢共打过两次交道，人家从未有求于我，咋开这个口哇？佛门弟子不同于俗人，凡事必须严格遵循戒律，以慈悲为怀，广施法力，拯救众生，既能炮制祛除百病的灵丹，也能炮制麻醉神经的妙药。他们在云游四方时，遇到身有疾患者，必主动拿出所带灵丹为其疗治。然倘若向其索要麻醉神经的妙药时，轻易不会赠与，除非亲自前去实施之。为啥呢？因不知对方所用何处，剂量大小十分关键，如果掌握不好，容易致生灵毙命，此乃戒律所不允许的。可以想象，这种情况下，我前去索要，肯定不会给，看来别无它法，只能求助大太太了，倘若她不答应呢？"想至此，眼珠儿一转，计上心来，说道；"姐姐呀，你提的这个办法好是好，我也可以去找大师寻求帮助，可人家要是问我索此药干什么用？自然得实情告知，总不能说谎吧？夺魂大师一听是打算弄昏白面娘子，想必横竖不会给，这口也就白张了，心里还得取笑我是个花货。"

钱氏听了是又好气又好笑，一扬手道："秦名远哪，秦名远，你那脑子是生锈了，还是突然不转弯儿了，哪能实话实说呢？得活泛点儿，拿出编瞎话儿的本事，只需把药弄到手，就算达到目的了。"

秦名远摇摇头道："不行啊,我这张嘴笨得跟棉裤腰似的,好话也给说孬了。哪有姐姐那两下子呀,眼疾手快,八面玲珑,还长了一张巧嘴,死人都能说活喽,在大师跟前又有面子,甭管啥事儿,只要一出马准成。别说范家堡子了,方圆几百里谁个不知、哪个不晓大太太一呼百应之威仪呀,我哪儿比得了哇!"

这一忽悠不要紧,钱氏随之就晕头转向、找不着北了,心里美滋滋的,面带微笑摆了摆手道："行了,行了,别像喝了蜜似的,净拣好听的说,姐姐跑一趟就是了。我这个人哪,生来热心肠儿,帮人总是帮到底,从不半道儿撂挑子,何况是促成好事儿呢!"说罢,未待秦名远致谢,起身就出屋了。秦名远捂着嘴偷偷乐,暗暗庆幸此招儿太灵验了,竟使聪明绝顶的大太太俯首听命,真乃妙哉也!

钱氏来到夺魂僧者和静空大师的住处,推门刚要进屋,见二人正在打坐,赶忙退了出来,站在门外等候。这一举动被二位大师看在眼里,遂起身拉开门道："施主,别客气,快请进!"

钱氏进得屋来,二位大师让座又让茶,显得十分热情。钱氏端起杯子呷了一口茶,开门见山道："我是来麻烦二位的,有一事相求,不知能否如愿。大师也看到了,白面娘子可不一般,别看年纪不大,脾气倔得很,自打关进西下屋就没消停,又哭又闹又骂的,谁劝也不听。丫环送去饭食,根本不动筷,要么扔得可地都是,要么摔盘子摔碗,口口声声让赶紧放她走。看来把这丫头留在咱这儿不是个事儿,天天不吃不喝的,真要饿出好歹来,又觉得对不起人家,有多大的仇怨哪,眼瞅着她糟践身体于不顾?那可是一条小命啊!放回去吧,一切将真相大白,富俊和班布泰决不会饶了范家,秦将军也没好果子吃。人家帮了咱这么大的忙,又出点子又跑前跑后,终于为范家堡子保住了土地大账,立下了汗马功劳,现在落难了,总不能用完了就不管吧?那也太不仗义了,不能如此对待大恩人,以后咱还怎么做人?这下可倒好,白面娘子成了手中的刺猬了,关不得放不得留不得,咋整呢?我琢磨着惟一的办法就是让秦将军带着她离开这儿,往远走,越远越好。白面娘子原本是个孤儿,身边没亲人,从家乡逃难到此,在哪儿求生路都一样。将来再嫁个好人家,不愁吃不愁穿的,有了安身立命之所,比跟班布泰强多了。秦将军身在八旗军中,换个地方驻防同样为朝廷效力,重打鼓另开张不一定是坏事,反正在富俊手下也不得烟抽。这样,既可掩人耳目,富俊也找不到他们,一时半会儿露不了馅儿,一举两得……"

第二章 智斗群魔

静空大师听到这儿,插问道:"他们二人突然失踪了,富俊和班布泰得怎么想呢?"

钱氏回道:"会有多种猜测,但很难想到与我弟弟的死有什么关系,因白面娘子不认识如民,更谈不上有瓜葛。富俊知道几年前,如民曾救过秦将军及手下兵丁,被救之人反过来怎会去害救命恩人呢?在各种猜测都不成立的情况下,班布泰很可能认为秦名远相中白面娘子了,并以花言巧语蒙骗之。毕竟快成大姑娘了,或是顺从,或是被强迫,反正是离开他跟秦名远走了。再者说了,秦名远喜欢白面娘子,平时的言行举止不可能不露出马脚,一见到她两眼就发直,两条腿也迈不动步了,班布泰能看不出来吗?因此首先就得往这上想。既然走了,他也不一定非去找回白面娘子,心都不在了,要人有啥用?见不到白面娘子,真相隐瞒的时间便会更长一些,时过境迁了,大事化小,小事化无,最终也就不了了之了。关键是他二人怎样才能走得出去呢?白面娘子无论如何不会听从咱的摆布,不肯跟秦将军走,更别说让她上马了。当然了,可以用绳子将其双手双脚捆上,或用黑布蒙上眼睛、堵住嘴,再绑到马背上。不过这样会引起路人的注意,光天化日之下,一个丫头被捆绑马上,谁都得认为肯定是那个同行的男人强霸民女,必有上前过问者,造成不必要的麻烦。若是通报官府了,兵马来抓,岂不更糟?点穴行不行呢,显然不可取,因为秦名远不会解穴,时间长了会伤人的。那就只剩一招儿了,请大师给点儿精心炮制的小药,上路前让白面娘子服下,使其昏睡。等到了地儿,药劲儿一过,便可苏醒过来,一切如常。思来想去,我认为此乃万全之策,既伤不了身子骨儿,又能顺顺当当地离开这儿,不知二位大师意下如何?"

二人听后,皆未吭声儿,静空大师看了看二师兄,以眼神儿征询该怎么办?夺魂僧者寻思道:"钱氏所言不无道理,事到如今,进退两难。白面娘子想回回不去,秦名远想回不能回,留在范家堡子不是长久之计,远走他乡乃为上策。我与三师弟住在范府有一段时间了,等待或外出寻找大师兄,暂时还离不开。承蒙大庄主一家的多方关照,衣食住行不用自己操心,施主全想在头里,安排得妥妥帖帖,给他们添了不少麻烦。咱又帮不上什么大忙,除了教授团练武功,再就是跑跑腿学学舌,别的也干不了。今日钱氏特意前来请求帮忙,态度十分诚恳,不过求点儿小药而已。虽然佛家轻易不赠与这种致人昏睡的定神散,但施主头一回张嘴,况且还亏欠人家,怎好拒绝?反正此药没什么毒性,也不伤人，白面娘子又年轻，不会出啥事儿，给就给了吧，只此一次，下不为例。"想到这儿，起身走到炕边，拉开炕琴抽屉，从里面拿出一个白布袋子，内装治疗各种疑难杂症的丸、散、膏、丹等药。翻了翻，取出一小包儿黄药面儿，倒出一半儿用纸包好递给钱氏并交代道："此乃定神散，拿去吧，这些足够了，以温水冲服，忌腥，忌辛辣。施主也是信佛之人，望以慈悲为怀，多做善事，修身养性。人生在世不易，白面娘子年龄不大，却屡遭不幸，既孤苦又可怜。此去路漫漫，但愿一切顺遂，投奔个好人家，多少能减轻点儿本僧的罪恶感，阿弥陀佛。"

钱氏手捧白纸包儿致谢道："谢谢大师施药与我，所叮嘱的话也都记住了，放心吧，会照此去做的。"然后把白纸包儿放入内怀，起身告辞，二位大师送至门口。

此刻，秦名远正在钱氏的房间里等得心急火燎，忽听大门咣当一声响，抬头一看，大太太进院儿了，赶忙迎出门问道："姐姐，你可回来了，急死我了，药到手了吗？"

钱氏并不回答，而是边往屋走边卖起了关子："大兄弟呀，说实在的，这讨药之事本应你自己去，姐姐代劳算哪出儿哇？我这人哪，耳朵根子软，有求必应，尽给别人跑腿儿了，还不图啥好处，上哪儿找这样的傻姐姐去！"说着进了屋。

秦名远多会来事儿呀，忙上前扶着钱氏坐在靠背椅上，又斟上香茗，这才说道："姐姐，倘若真成全了弟弟的好事儿，何止是报答呀，姐姐让老弟咋的，老弟就咋的，绝无二话，必效犬马之劳！我的亲姐姐，倒是快告诉老弟呀，办成没有？"

钱氏从内怀掏出白纸包儿往桌子上一拍道："你个急猴子，火燎腚似的，看看这是啥？办成了，剩下全看你的了！"

秦名远一听，顿时心花怒放，高兴得在原地直转圈儿，咧开大嘴笑个不停，边笑边奉承道："我就知道姐姐准行，老将出马，一个顶俩！"

钱氏又道："可要给我记住喽，姐姐不要什么报答，你也别光耍嘴皮子，得来真格的，只要听喝儿就行。"

秦名远表示道："姐姐，老弟记住了，一定来真格的，有什么吩咐尽管说。"

钱氏随即换了一种严肃的口气道："我告诉你，今儿晚就跟白面娘子成婚，明儿个天亮前必须离开范家堡子！"

秦名远初始一愣，紧接着商量道："好姐姐，急啥呀，非得这么快走么？过两天吧！"

钱氏脸一板道："不行，按我说的做，多呆一天也不中！我马上去安排，圈白面娘子那屋给你用了，作为洞房了。天傍黑儿时，我把定神散撒到水杯里，她不吃饭总得喝水儿吧？待药性发作后你就进去，今晚怎么折腾都行，明儿个趁二位大师未醒之前把白面娘子带走，去哪儿随你，当姐姐的就不管那么多了。如果不按我说的做，睡到晌午才起炕，那对不起，白面娘子可不是你的了。我会派人把她送走，卖到三姓的'春花巷'，你休想再沾边儿，听明白没？"

秦名远见没有商量的余地，怕钱氏不高兴，尽管不愿走，也没敢再说别的，只好陪着笑脸答应道："行行行，弟弟谨遵姐姐之命，明儿个卯时前，一准滚出范家堡子！"这小子鬼吧，专看别人脸色行事，此话一出，竟将刚刚还绷着脸的钱氏逗得扑哧一声乐了。

那么，秦名远为啥不想马上离开范家堡子呢？原来他有自己的小算盘。一是自打白面娘子失踪后，富俊和班布泰对此怎么个态度、是否追查过、是否怀疑钱如民之死与己有关等一无所知，心里没底，想听听风声；二是当晚白面娘子服药后能怎样，对所谓定神散是否真能起到麻醉神经的作用没有把握；三是从今往后在哪儿求生路、投靠谁较为稳妥尚未想好，观望些日子再做打算也不迟，故而暂时不想离开供吃供喝的范家。

到了傍晚，钱氏悄悄儿去了西下屋，将看守的家丁支走，站在门口听了听，里面一点儿动静没有。轻轻推门进去，见白面娘子微闭双目仰面躺在炕上，或许是哭累了，脸上还挂着泪痕。她听见有人进屋了，以为是侍女呢，翻过身去不予理睬。钱氏走到桌子跟前，摸摸茶壶，水是温的。于是从内怀掏出白纸包儿，打开后将药倒入杯中，再斟满水，扫了一眼白面娘子便转身出了屋，故意不把门关严，从门缝儿往里观瞧。过了一会儿，只听白面娘子又低声儿抽泣起来，边哭边自言自语："土地爷爷呀、班布泰哥哥，你们在哪儿，为啥不来救我？秦大门牙是个狼心狗肺的东西，小女好心相帮，他却把我弄到了范家堡子，羊入虎口，无法逃脱，谁能帮帮我呀……"连哭带叨咕了好一阵子，感到口干舌燥的，遂起身下地走到桌边，端起水杯咕嘟咕嘟一口气全喝了，放下杯子回身上了炕，面冲里又躺下了。

可怜的白面娘子啊，心里难受得连条缝儿都没有，眼睛哭肿了，嗓子喊哑了，无论怎么嚷怎么叫，亲人听不见。更让她想不到的是喝了一杯水后，不大工夫便觉得头晕目眩，浑身无力，困意袭来，眼睛也睁不开了，迷迷糊糊地昏睡过去，什么都不知道了。

钱氏见白面娘子一动不动了，知道定神散发挥效力了，轻轻点了点头，脸上露出一丝不易察觉的笑容。随即把门关严，反身去唤秦名远，将情况告知后，回到自己房中歇息，很快进入了梦乡，没有丝毫的罪恶感，这是个多么阴险狠毒、具有蛇蝎心肠该遭诅咒的女人哪！

秦名远乐颠颠地来到了西下屋，进屋后顺手把门一关，走到炕边瞅了瞅侧身躺着的白面娘子，那曲线优美的身材、白白净净的面庞、宛如天仙的花容月貌令他的心狂跳不已，血往上涌，馋涎欲滴。于是急不可待地上了炕，三下五除二脱掉衣裤，又把白面娘子的衣服扒光，恶狼扑食般将其压在身底下，又咬又啃，疯狂地发泄着兽欲，可怜的姑娘在昏睡中惨遭蹂躏……

刚过寅时，由于夺魂僧者原本给的定神散就不多，加上秦名远总算达到目的了，搂着美人儿好一顿折腾，一会儿没闲着，白面娘子终于被揉搓醒了。睁开眼睛一看，自己竟一丝不挂，同样全身精光的秦名远如同屎壳郎一样趴在身上，两只手上下乱摸着，邪恶地淫笑着，当即啥都明白了。她气愤已极，心胸迸发出不可遏抑的怒火，冷不丁猛劲儿一推，将其推下身去，随即一个鲤鱼打挺儿腾身而起，也顾不上穿衣服了，骑到秦名远身上抡起拳头连捶带打并高声儿大骂道："秦大门牙，你这个不知耻的东西，畜生都不如，姑娘我今天跟你拼了！"紧接着使尽全身力气，两手狠狠掐住秦名远的脖子，指甲嵌进肉里，刮出一道道的血痕。别看年岁不大，毕竟练过功，气愤之下也挺有劲儿，怒目圆睁，恨不得一口咬死他。

秦名远喘不上气了，憋得脸如猪肝，遂伸出双手死死攥住白面娘子的手腕儿往外掰，身子随之一侧，右脚用力一蹬，将其蹬到炕头儿，起身照着脸颊左右开弓抽了两个嘴巴，白面娘子的嘴角儿随之淌出了鲜血。秦名远穿上衣服，摸了摸隐隐作痛的脖子，指着白面娘子的鼻尖儿低声吼道："小丫头片子，给我听着，放老实点儿，别蹬鼻子上脸瞎闹腾了。实话告诉你吧，昨晚咱俩就入洞房了，你已经是我的人了。事到如今，不认也得认，你是我的夫人，我是你的丈夫，此乃老天注定的缘分，谁也挡不了，那富俊照样干没辙。你就偷着乐吧，能被秦某人喜欢算是烧高香了，今后咱们就在一起过日子了，乖乖听喝儿，想跑没门儿！我知道你心里仍想着班布泰，已经到这步田地了，还有脸见他吗？

第二章　智斗群魔

天下女人有的是，一个被男人玩儿过的贱骨头谁要哇，走到哪儿都嫌你脏。别不知天高地厚了，以为自己容貌出众是吧？又能怎样啊，到了还不成了没人搭理的臭货！"

白面娘子拽过被子蜷缩在炕头儿，看着秦名远那张大扁嘴一开一合的，想到自己所受的屈辱，心像被人掏空一样，脑袋发涨，眼睛发直，耳朵嗡嗡响，什么也看不见，什么也听不见，似乎没有了知觉。秦名远见此，赶忙给她穿上衣服，系好带子，穿上绣花鞋，连拉带拽地下了炕。白面娘子好像突然变了一个人，既不反抗，也不吭声儿，任其摆布。她站在地当间儿，嘴巴紧闭，双目大睁着，眼珠儿一动不动，不知想些啥，冷丁一看就是个木头人儿。待秦名远洗了把脸，收拾完毕，刚把事先准备好的行囊背在背上，就听有人敲门，知道这是来催促快点儿上路的。因为钱氏有话，天亮之前，必须带着白面娘子离开范家堡子，不能被大庄主察觉，也不能让两位大师看见，否则就把她卖到三姓的春花巷。这时，门被推开了，身穿皂衣的老家丁走了进来，递给秦名远一个小布袋和一大包干粮，布袋里装着银两，说是大太太给的，让他们路上用。秦名远接过并请家丁转达谢意，回身拉着呆若木鸡的白面娘子出得门来，院外早有那匹黄骠马候着。他先将白面娘子扶上坐骑，然后也一骗腿儿上了马，坐在其身后，于晨曦中驱马匆匆离开范家堡子，朝西北方向而去。

到了辰时，太阳已经晒屁股了，对一切一无所知的范蔼仁才懒洋洋地爬起被窝儿，在女婢的扶持下穿衣、下地、洗漱。用罢早膳，果不其然张口便向大夫人询问关在西下屋的白面娘子之情况，并让将其带到侧厅。钱氏装出一副很生气的样子说："咳，别提了，还问白面娘子呢，天亮前已被秦名远带走了，两人同骑一匹马离开的，谁也不知去哪儿了，只知往西北走了。那小子早就看中这丫头了，昨天夜里趁大家不注意，用绳子把白面娘子捆上，嘴巴用布堵住，将其强行霸占了。管家和下人发现后，本想立即禀告老爷，但慑于秦名远的淫威，又怕搅扰了老爷的好梦，便没敢做声儿。秦大门牙太不是东西了，什么事儿都能干得出来，连人也敢偷，是个地地道道的贼呀！回过头想想，他前些日子给咱出的所谓高招儿够阴损的了，要了如民的命不说，为了占有白面娘子，还编出听上去让人信服的理由将其抢到范家堡子。现在看来，他是早有打算哪，得手后，一拍屁股走人了，拿咱当垫背的，真是坏透腔儿了。我说的句句是实，无半句假话，不信你问问管家是不是这么回事儿。"

范蔼仁听罢，似信非信，遂盼咐唤管家和知情的下人到侧厅，想仔细盘问之。正所谓当事者迷，旁观者清，这才是多此一举呢！因为此前，钱氏已估计到丈夫会来这一手儿，早就安排妥帖了，曾告诉管家和下人，老爷若问起白面娘子的事儿，要众口一词地这么说这么说，听起来得贴谱、可信，不能出丝毫纰漏。所以当听见大太太喊他们时，一个个赶紧相跟着来到侧厅，在范蔼仁的询问下，管家将大太太交代过的话鹦鹉学舌般重复了一遍，其他下人亦随声附和，皆言秦将军带着白面娘子确实离开了范家堡子。范蔼仁完全当真了，顿时有一种被愚弄的感觉，未等把小美人儿弄到手呢，却让姓秦的捷足先登了，这损失也太大了，气得七窍生烟，拍着桌子破口大骂道："秦大门牙，你这个龟孙子，吃了豹子胆了，竟敢骑在我范某人头上拉屎。走着瞧，有朝一日狭路相逢，非置你于死地不可，否则决不为人！"

钱氏一边为其摩挲胸口儿，一边轻声儿劝慰道："老爷，请息怒，多大个事儿呀，何必呢，为秦大门牙那个混账动这么大的气犯不上，小心伤了身子骨儿。"为了给丈夫解气，紧接着也是一顿狂吠，说出的话要多难听有多难听，八辈祖宗都连带上了，比范蔼仁骂得还狠。

秦名远抱紧白面娘子骑着黄骠马一口气跑出30多里地，一路颇为顺利，没有因白面娘子的举止异常而出现阻挡之人，心里不禁暗自庆幸："挺好，运气不错，多亏大太太的巧妙安排，让我如愿以偿。她之所以热情相助，还不因为范蔼仁是个老色鬼，雁过拔毛，见一个霸一个，祸害够了扔一边，再换新的，且乐此不疲，被其看上的女人未有躲过此劫。钱氏出于忌妒，生怕丈夫将白面娘子留在身边，自己受到冷落，无奈之下，反倒帮了我秦某人的大忙，可谓正中下怀呀！范家堡子乃是非之地，三十六计走为上策，看来早早离开势在必行，若被老糟头子逮住没好儿，非鸡飞蛋打不可。说一千道一万，鹬蚌相争，渔人得利，我就是那幸运儿，不费吹灰之力得到了做梦都想要的美人儿，眼下正搂在自己怀里，艳福不浅哪！班布泰呀，班布泰，可惜了的，白忙乎了，谁也不能怪，只怪上天没给你这福气，对不起了！"想至此，心里美滋滋的，脸上显露出得意的神情。侧过头看了看白面娘子，见其平日那对儿乌黑发亮的大眼睛荼呆呆的，迷离恍惚，面无表情，像个傻子一样，知道这肯定是由于事发突然、违背意愿、郁结在心头的愤懑不能及

第二章 智斗群魔

319

时排解所致，便假装关心地安慰道："娘子呀，有啥不高兴的？你就认了吧！我还是那句话，咱俩今生有夫妻的缘分，此乃命中注定，天作之合，人不能跟命争，必须得随缘。你也不算小了，已到出嫁的年龄了，此前又和谁成了呢？我听说了，八九岁时就跟着师傅赛燕青，遗憾的是没等你长大成人呢，他却先去阎王爷那儿报到了，你差点儿没遭杂艺班管事师爷邵勤的祸害，所幸被八旗兵救下了。从此便到了行辕属下的孤儿营，与班布泰形影不离，心里惦着他、疼着他，可结果又怎样呢？竹篮子打水一场空，谁也没得着吧？不是有那么句话么，不是你的，争也争不去，最后还不是被秦某人搂着嘛！快点儿回心转意吧，我的好娘子，早该说句话了，说说咱今后的日子怎么过，准保全听你的，一定让心爱之人高兴，过上衣来伸手、饭来张口的富足生活，你看好不好？"

　　白面娘子像未听见似的，一点儿反应没有，不打也不闹，窝在秦名远的怀里，无神的双目望着远方，似看非看，嘴巴一开一合的，只动不出声儿，不知叨咕些啥。秦名远开始犯愁了，心想："小丫头的气性够大的，能不能是中邪了？这样下去怎么行？还是抓紧时间赶路吧，到个合适的地儿请位郎中给瞧瞧，扎两针或许能过这个劲儿。总不能两手捧着热馒头，放又放不下，吃又吃不得，我可亏大发了。"

　　那么，秦名远准备去哪儿、心里有没有谱儿呢？说实在的，没谱儿，只是信马由缰地往前走。他很清楚，即使再没地方去，也绝对不能回到富俊的清查田亩行辕，班布泰正等着呢，那不自投罗网么？各地的亲朋好友倒是不少，做高官的亦大有人在，然投奔去不一定能顶事儿。我和白面娘子成了家，重打鼓另开张，首先得有个安身之处，去哪儿好呢？噢，对了，还是先到吉林将军衙门府拜见松筠将军吧，他的夫人是我家亲戚，虽然不算近，但八杆子能打着，应称其姨娘。远房亲戚的光不沾白不沾，松筠将军不看僧面总得看佛面，不冲别的，冲夫人也得拉外甥一把。到了江城，我先在姨夫和姨娘面前告富俊一刁状，就说他对下属不平等，任人唯亲，眼中只有其孙子，不仅予以重用，还处处袒护。我是六品官，班布泰是七品官，待遇却不如人家，好事儿轮不到我，时不时受挤兑，不被信任。眼下的处境太困难了，实在呆不下去了，不得不带着夫人前来投靠亲属，看看能否在姨夫身边安排个差事，外甥将感激不尽。请姨夫、姨娘放心，不管所任何差，我一定好好儿干，干出个样儿来，决不会给姨夫丢脸。想到这儿，立刻来精神了，真是天无绝人之路哇，就这么定了，只有投靠大官才能步步高升，去江城!于是掉转马头,扬鞭向东驰去。

吉林将军松菻,蒙古正蓝旗人,现年六十有五,原先在蒙古那边任职,过了几年调至黑龙江,后任吉林将军。他诚恳豁达,与人为善,是个和事佬,衙门的上下人等皆愿与其共事。由于长期征战,气候严寒,吃不好睡不安,坐下了咳血的病,通称肺痨。导致脸色发白,气喘吁吁,浑身没劲儿,瘦骨嶙峋。尽管多次请名医诊治,服了数不清的汤药,然收效甚微。其妻吕氏,年龄五十有二,为人很好,心地善良,娘家所住之地与秦名远家相隔不远。秦名远小时候是个鬼精灵,没事儿时便往这个远房姨娘家跑,在其身边绕来绕去的,显得很是亲近,故而得到姨娘家上下人等和亲朋的喜欢。长大后,两家搬离了,姨娘出嫁了,去的机会也不多了。松菻偕夫人前往江城就任吉林将军后,秦名远从未去过府上,自然是很长时间没跟姨娘见面了。他认为不论远近,走动是否频繁,总还是亲戚,遇到难处不能不管。再者说了,找别人不一定那么可靠,很可能帮不上忙,稍有把握的就是去求见姨夫、姨娘了。

太阳刚落山,秦名远远远望见前面炊烟袅袅,不由得一阵兴奋,低下头笑嘻嘻地对白面娘子说:"小美人,你看,那就是江城,将是咱们今后的久居之地,你还得给我生儿育女呢!"见其仍不吭声儿,抬起头来自言自语道:"哼,终于离开富俊那个瘸老头儿了,到该伸腰的时候了,我得使出浑身解数混出名堂来,也好出出久憋于心的窝囊气!"

过了两袋烟的功夫,秦名远和白面娘子进入城里,经打听,很快找到了吉林将军府第,遂请门军通报,娘家外甥前来拜望。门军进去不大一会儿,府门便敞开了,吕氏笑呵呵地迎出门来,见外甥和一个姑娘站在门外,高兴地说:"名远哪,今儿个一早我就看见喜鹊登枝头,原是有贵客来呀!你姨夫还在衙门忙着呢,得一会儿才能转回,我一个人代劳了。哟,这是外甥媳妇吧?好俊俏哇,鲜亮得犹如出水芙蓉,真可谓郎才女貌、天生的一对儿呀!"

秦名远赶忙扯了一下白面娘子的衣袖儿,跪地叩拜道:"姨娘一向可好?真想您老人家呀,外甥这厢有礼了!"拜完侧头一看,白面娘子仍然站在那儿,既不叩拜,也不问候,心里这个急呀,又不便当着姨娘的面儿发作,一时不知如何是好。

吕氏早已看出点儿端倪,感觉外甥媳妇的精神似乎受了刺激,不仅不开口说话,也不观察周围事物,两眼直勾勾的,似乎一切与己无关,心里不免犯了嘀咕:"好奇怪呀,看上去二人新婚不久,姑娘有点儿呆,

第二章 智斗群魔

名远那么聪明,咋娶个傻女呢?"刚想探询究竟,一琢磨还是别问了,等熟络之后再问也不迟。于是热情地将二人让进屋,吩咐管家张罗了一桌美味佳肴,算是为其接风了。

用罢晚膳,秦名远让白面娘子回屋歇息,然后单独跪叩姨娘,把自己眼下的处境及打算和盘托出,并请姨娘跟姨夫说说,最好能在将军衙门谋个差事做。吕氏没有过多打听,满口应承,只是叮嘱外甥尽早在附近买一处房子,也好与媳妇安顿下来。

入夜,忙了一天的松筠正准备歇息,吕氏惦记着外甥的事儿,便乘机向丈夫吹枕头风,把秦名远的话重复了一遍。松筠将军当然相信夫人所言,既然是远房亲戚,本人又是八旗军中的游击,实在不愿在富俊手下干,能说不帮么?思忖片刻,答应明儿个一早,让属下的一位乔姓副都统予以安排,争取尽量满足外甥的要求。吕氏听了很高兴,替外甥谢了,噗,一口吹灭了燃着的油灯,一夜无话。

三天后,那位乔副都统向松筠回禀,按将军之意,已将秦名远安置在吉林将军衙门当差,手续全办妥,不日即可到任。秦名远闻知此信儿后,乐得嘴都合不拢了,没想到离开行辕后,一切如此顺利,得来全不费功夫,暗暗庆幸自己的命好,还是老天眷顾我呀!

前书曾介绍过,秦名远心眼儿活泛,随机应变能力强,善于察言观色,阿谀奉承,能准确把握上司的脉搏。上司想啥他知道,乔副都统需要啥他也清楚,好像是别人肚子里的蛔虫,想溜须谁准没跑,能不得到青睐吗?上任后,他利用与现任吉林将军松筠的远房亲戚关系,在其不明真相的情况下,使出浑身解数拍马钻营,4个月后便被提拔为五品官备御,过了半年晋升为佐领,乃四品官。只一年多的时间,他的名声渐渐大了,将军衙门上下人等没有不知道的。今年三月,在乔副都统的斡旋下,秦名远当上了吉林将军衙门府的总师爷,实际上就是大管家,既管衙门府的账房,还管兵马征调所需之钱粮,连衙门内每位属员的任黜升迁都由他初定,再呈报将军定夺,权势不小。官职也由佐领擢升为参领,成了三品官,得到了松筠将军的信任,成为其心腹,可见这秦大门牙着实不简单。

秦名远平步青云,顺风顺水,可怜的白面娘子怎样了呢?自打秦名远将其带到江城并买了一套四合院儿住下后,她从不出门,更不与人交往,精神恍惚的症状越来越重,表现为神情凄迷,神志不清。有时还不知冷暖,不知痛痒,不记仇恨,不辨好坏,只知饿了要饭吃,渴了要水喝。当秦名远需要她时,像个木头人一样躺在炕上,任其发泄兽欲,不躲避,不反抗,事后啥都不知道,使得秦名远也感到索然无味。人就是这样,特别是一个女孩儿家,当心爱之人离她而去,或者她离开了心爱之人,一直期望的生活未能实现,精神上没有了依托,打击可想而知,肯定是异常沉重的。她会认为自己没活路了,精神亦随之崩溃,所有的记忆变成一种幻觉,时而清,时而浊,甚至失去了辨识能力。松林将军的夫人吕氏看在眼里,急在心头,曾不无关切地问外甥:"名远哪,你那媳妇的容貌倒是没比的,清秀美丽,百里挑一。不过够倒霉的了,咋得了那种病呢,是不是被狐仙迷住心窍了?这事儿宁可信其有,不可信其无,不妨带些供品去寺庙烧烧香、拜拜佛,恳求仙姑救救她,心诚则灵嘛!"

秦名远哪敢讲实话呀,只好敷衍道:"姨娘说得是,我也不知她咋了,或许被一股儿邪风吹着了,若果真如此,挺难治愈呢!"

吕氏打了个唉声道:"咳,我一看见白面娘子,就觉得怪可怜见儿的,让人心疼啊!咱不能眼瞅着呀,难治也得治不是?你也省得跟着遭罪。这样吧,姨娘帮你凑些银子,打发人把吉林城查问个遍,将知名郎中请上门,为白面娘子瞧病。只要按方抓药,每天坚持服,再配合针灸细心调治,病情总会好转的。"

秦名远赶忙致谢道:"还是姨娘心疼外甥,替白面娘子谢谢了,让您老费心了。姨娘想得太周到了,我到这儿的时间不长,人生地不熟,正犯愁不知到哪儿去请知名郎中登门呢!"

吕氏拍拍秦名远的肩膀道:"行了,不用你操心了,小事一桩,包在姨娘身上,疗疾不宜迟,明儿个就去办。"

转天一早,吕氏唤来管家,盼咐其多带几个家丁在城内四处打听,请出最好的郎中为外甥媳妇瞧病。这可是吉林将军的太太、一品夫人发话呀,别说被请的医术高超之郎中啊,那些没有请到的名医听说后,一个个也手托脉枕纷至沓来,主动上门施治,一时间,秦名远所住的四合院儿屋里屋外全是人。五六位在业界很有名望的郎中分别隔着绣帐为白面娘子把脉,号了左手号右手,再看看舌苔,观观面色、症候,然后凑到一块儿你一言我一语地商议一番。继而又听取了其他郎中的意见,方酌情开出医治良方,即以中药调剂,针灸辅之,以促使血液上冲,受过刺激的大脑趋于平缓,情绪稳定下来,病情得到控制并逐渐向好的方向发展。

第二章 智斗群魔

数日后，经按医嘱疗治，果然效果显著，白面娘子不仅神志清醒了，能开口讲话了，明白事理了，而且曾发生的一些事儿也回忆起来了。虽然病基本好了，但精神活动却不同往常了，变得憎恨男人，讨厌男人，认为世上像善良、内敛的赛燕青那样的师傅，像耿正、慈祥的富俊那样的爷爷，像知疼知热的班布泰那样的哥哥太少了。她眼中的男人几乎都坏，尤其厌恶装出一副慈悲相的范蔼仁，鄙弃笑里藏刀的杂艺班管事邵勤，痛恨阴险狠毒的秦大门牙。别看人模狗样的秦名远在衙门里当差，穿着讲究，走起路来腆胸凸肚、一步三晃，亲随们一口一个总师爷地叫着，天天跟在后面吃五喝六的，似乎很了不起。实际上卑鄙无耻，畜牲不如，坏事做尽，是不可饶恕的仇敌，恨不得将其撕碎，咬烂！他毁了我的一生，变得人不人、鬼不鬼，只能苟活人世间。我对不起离世的父母，对不起含恨而死的赛燕青师傅，也对不起土地爷爷和班布泰哥哥，宁可与野狼、野狗为伴，也不能跟秦大门牙住在一起，一看那张脸就让人恶心。白面娘子自此以后，只要秦名远在家，她便犯病了，披散着头发往外跑，明眼人一看就是个疯子。只要秦名远去衙门了，她便好好儿的，该吃就吃，该喝就喝，时不时地与仆人聊聊天。秦名远一回到家，她眼睛一立棱，要么暴跳如雷，得啥砸啥；要么手舞足蹈，呼号乱叫；要么手指秦名远的鼻尖儿破口大骂；要么疯疯颠颠地四处乱跑，谁也拉不住。一来二去的，把秦名远吓住了，一碰面就挨骂，又怕丢人现眼，不敢也不愿见她，于是吩咐下人将其锁在屋里严加看管。可时间一长，架不住欲火攻心，还想玩弄她。白面娘子毕竟是个赫赫，即使练过功，哪儿比得上正当年的哈哈力气大呀？挣脱不过，终遭暴力蹂躏，气得号啕大哭，苦不堪言，只求一死。

白面娘子所住的四合院儿三百米之外就是滚滚流淌的松花江，她时常趴在窗台往外看，见江水茫茫，帆樯林立，渔船穿梭，大小不等的货船你来我往，还有从上江漂来的木排。这些木排皆为刚刚砍伐的原木，用绳索一根根摞在一起，然后推进江中，漂到下江吉林城。每到春夏之交，江岸花红柳绿，江面漂浮着很多木排，犹如轻快的小船从远处驶来，不时发出咚咚的撞击声儿。流筏的人备足柴米油盐，吃住全在木排上，一只挨着一只，江城成了木排的集散地。白面娘子边看边思摸："人世间多么美好，天蓝，树绿，水清，却没有我的容身之地，更没脸去见心爱的班布泰。既然如此，没啥可留恋的，不如去找爹娘和继母，在阴曹相见也是团聚，总比孤单苟活好上百倍。"这么想着，几次欲冲出家门自寻短见，无奈下人看得紧，终未成行。

　　一天下晌，秦名远在衙门办差尚未回返，看管白面娘子的仆佣由于困倦正在打磕睡，她乘机悄悄儿打开门，跐着脚尖儿溜了出去。一口气跑到江边一看，两岸一片葱绿，古树参天，榆柳低垂，莺啼鸟鸣，清脆悦耳。岸上仨一帮、俩一伙溜弯儿的人挺多，除此有坐在树荫下观景的，有头戴斗笠、手拿长杆儿钓鱼的，有用棒槌洗衣裳的，也有下水洗澡的，悠然而宁静。她心里琢磨开了："看来寻短见得选个合适的地儿，不能在这儿，一蹦下去必然发出声响，不把人家吓一跳么？临死都不留个念想儿，这多不好。"想至此，不再停留，撒腿便往前跑。岸边闲来无事驻足的男女老少见她衣着不整、披头散发的，也没往心里去，谁吃饱没事儿撑的，搭理个疯子干啥？

　　白面娘子越跑人越少，到了较偏僻的地儿了，四周没人了，寂静无声。抬头一瞅，见岸边有棵斜向上方生长的古榆，枝叶繁茂，最粗的树干与水面儿平行，细枝下垂，树影儿与江水交相辉映，江面泛起层层涟漪，觉得这倒是该去的好地方。于是毫不犹豫地走上与水面平行的粗树干，望着滔滔江水，回首往事，不禁放声痛哭，边哭边道："阿玛、额娘、继母啊，小白丫想你们哪，今儿个上路找家来了，快接孩儿回去吧！"声音凄切，犹如寒蝉悲鸣，回响在半空中，很快就被江水拍岸的哗啦声儿淹没了，随即一头跳下江去。没承想这块儿是浅滩，水深没有人高，只到腰际。她便站起身蹚水往前走，到了深水处，一个猛子扎下去，只觉两耳鼓胀头发晕，双脚踩不着底儿，身子轻飘飘的。几分钟后，冥冥中感到越走越远了，如愿来到了没有烦恼、没有痛苦的阴间，一会儿便可见到那日思夜想的父母了……

　　不知过了多久，白面娘子从昏迷中醒来，睁眼一看，竟置身于一间陌生的屋内，躺在热炕上，身下铺着褥子，身上盖着被子。炕沿边儿坐着一位老者，身穿褐色长袍儿，外罩酱紫色坎肩儿，银发、银须、白眉毛，一条长辫子梳于脑后，面颊清瘦，肤色黝黑，目光炯炯，正慈祥地看着自己。白面娘子微微抬了抬上身，掀开被子瞅了瞅，外衣外裤已被脱下，身上只穿着潮乎乎的内衣内裤，心里不禁划了魂儿："这是哪儿呀，我不是去找爹娘、继母了么？噢，对了，此乃地府啊，眼前的白胡子老头儿就是阎王爷，是特意来接我的。"想至此，心头无比酸楚，满腹的委屈无处诉，一腔的仇恨尚未报，刚刚成年便匆匆离开喧嚣的人世，来到清冷孤寂的阴司，不禁潸然泪下，轻声抽泣起来，边哭边说：

第二章　智斗群魔

"阎王爷呀，我叫白面娘子，谢谢你的收留之恩。小女的命好苦哇，出生3个月时，母亲就扔下家人自己走了。8年后，故乡发大水，父亲和继母也来陪亲娘了，我与姐姐在逃难中离散，至今不知她在哪里。从此屡遭磨难，受尽凌辱，实在活不下去了，才来到这里寻觅亲人，请阎王爷快领我去见三位老人家吧！"

老者见姑娘苏醒了，这才长出了一口气，捋了捋长至胸前的白胡须道："丫头哇，省点儿眼泪吧，别哭了。听爷爷告诉你，你没死，因没到去阴曹地府的时候，所以阎王爷不收，仍活在阳间。我也不是什么阎王爷，而是世上一个70多岁的老叟，大号赵西丹，见有人投江自尽才施救的。多亏早到一步看见了你，若是晚一点儿，那可真就去见阎王爷了，再怎么想人间也回不来了。孩子，世道虽不济，但百姓不都这么活着么，为啥非往绝路上走呢？爹娘把你带到世上不容易，一把屎一把尿地拉扯大，可下成人了，应多积德行善才对，怎能遇到个沟沟坎坎儿说不活就不活了，这么做对得起谁呀？你看爷爷，胡子一大把了，都觉得没活够，还想活过百年呢！平时闲来无事时，愿意去江边溜达，隔三差五便能碰到像你这样寻短见的。救过来还好，救不活就接连几天吃不下饭、睡不着觉，心里特别难受，活生生的一条命眨眼间没了，多可惜了的。丫头，行了，擦干眼泪，来这儿就像在自己家一样，想吃啥吱声儿，爷爷伺候你，等身子骨儿将养好了就送你回家。记住，今后无论遇到什么不可解的事儿，尽管找爷爷，定会帮你，再也不许走那条没出息的路了。大难不死必有后福，人生在世免不了会遇到些不如意的事儿，只是暂时的，总有云开雾散的那一天，好好儿活着吧！"

白面娘子听了赵西丹的这番话，方知自己并未死成，而是被老人家救了。抱定必死决心的她不仅不感激，反倒十分懊恼，一骨碌爬了起来，腾地跳下地，蹬上绣花鞋就要往外跑，被赵西丹一把拽住了，生气地说："这孩子，真够拗的，咋说不进盐酱，为啥非得如此？这么的吧，只要能摆出不想活的理由，我不拦你，家里有刀有剑任选，怎么个死法儿都行。倘若讲不清楚或理由不充分，甭想从这间屋子出去，哭爹喊娘也没用。不瞒你说，寻死觅活的人我见得多了，他们当时就觉得心里没缝儿、没活路了，偏钻那牛角尖儿，认为惟有到阴间才能解脱。不过听了我的劝告后，全都改变主意了，放弃了必死的想法，没一个咬着屎橛子不放的。哪天领你见见那些被我救过的人，一个个活得有滋有味的，有的早已成家立业、生儿育女了，小日子过得蛮红火。孩子，你可别小瞧爷爷，以为是个普普通通的老头儿哇？错了，身份不一般呢，还专爱抱打不平。有苦有难可以放心大胆地说，家里外头谁欺负你了讲出来，爷爷一定给你做主，豁出老命也要保护好。不用怕，天塌不下来，打算向多大的哈番申冤，爷爷领你去，状子递不上，爷爷替你递。不是吹呀，无论是吉林将军，还是京师各部大人，爷爷皆可见，就有这能耐，你信不信？"

赵西丹这通儿苦口婆心的劝慰、拍着胸脯的表白，终于将白面娘子那颗冰冷的心焐热了。她抬头看了看老者，嚅动着嘴唇，想要说什么，赵西丹忙道："孩子，有话不用急着说，快上炕歇着，养足精气神儿，咱爷儿俩有的是工夫唠。你的衣裳全湿透了，外衣洗完在院子里晾着呢，内衣没给你换。家里有几件衣裳，都是别人家孩子穿过的，洗得很干净，你把内衣脱下换上。爷爷去厨房熬姜汤，一会儿就好，你躺在被窝儿里等爷爷，听话！"说着反身出屋走进后厨房，打柴火堆里抽出一把干柴填进灶坑，点着后，从水缸舀出一瓢清水往铁锅内一倒，放入鲜姜，扣上锅盖，凉水很快翻花了。

白面娘子掀开被子钻进被窝儿，脱下潮乎乎的内衣，换上干爽的粗布衣，顿时觉得舒服多了，身上也有热乎气儿了。这时，赵西丹端着一大碗滚烫的姜汤推门进来了，小心翼翼地放在炕桌上。又取来一个小木勺儿，外观粗糙，看样子不是从集市上买的，而是自己磨制的，放入碗中说道："丫头，坐起来吧，把姜汤喝了，发发汗，活活血。江水凉啊，还呛了几口水，你这小身板儿哪能受得了哇？不及时生热驱寒容易得病，坐下病根儿可不是闹着玩儿的，那是一辈子的事儿，得认真对待，否则将来该遭罪了。姜汤很热，用小勺儿舀着喝，小心别烫着。喝完睡一觉，待醒来爷爷给你号号脉，再去药铺抓几服草药煎好服下，调理调理经络就没事儿了。"

白面娘子乖乖地坐了起来，挪到炕桌前，拿起木勺儿舀点儿姜汤喝了一小口，吧嗒吧嗒嘴，觉得甜丝丝的，知道是放红糖了，不由得百感交集，泪水扑簌簌地往下掉，嘴唇哆嗦着，拿着木勺儿的手抖个不停。赵西丹赶忙劝道："丫头，啥也别想，天无绝人之路，以后会好起来的。要相信世上还是好人多，坏人少，弱者虽处于劣势，但总会得到大家的帮助。人人皆须积德行善，远离邪恶，善有善报，恶有恶报，不是不报，时候未到，时候一到，一切全报，老天是公正的。"

是呀，老人家说得没错，七八年了，白面娘子未曾得到父爱和母爱，碰到了坏人，也遇到了很多好人，给以了真诚的呵护与无私的帮助，不是亲人胜似亲人。初始，白面娘子被赛燕青从滔滔洪水中救起，从此跟着东坡杂艺班东跑西颠。在赛燕青师傅得了重病、难以保护她时，却受到管事邵勤的凌辱，好在班布泰及手下兵丁及时施救，将其带到了八旗军营。其后在行辕属下的孤儿营里，和同自己一样的孩子们滚爬在一起，得到了土地爷爷富俊、骁骑校班布泰以及八旗官兵亲人般的关照。可意想不到的劫难发生了，八旗中的败类、猪狗不如的秦名远以卑劣的手段夺去了她少女的贞操，使其心灰意冷，没有了活下去的勇气，选择以死相抵。在这个节骨眼儿上，老八旗赵西丹出现了，将其救起并背回家中，像对自己亲孙女一样反复疏导、劝慰，并给洗衣服、熬姜汤。所有这一切，能不暖人心吗？能不让白面娘子为之热泪盈眶么？她放下木勺儿站起身，又扑通一声跪在炕上，咣咣咣连磕了3个响头，终于开口说话了："赵爷爷，谢谢你老的救命之恩，小女今生今世永不忘！"

赵西丹忙俯身搀扶道："丫头，起来，起来，千万别言谢，这算不了啥，谁能见死不救呢？快坐下趁热喝吧，肚子越空，心里越没着落，喝完会觉得好受些。"

白面娘子抬起胳膊用衣袖擦了擦满脸的泪水，重新坐于炕桌前，拿起木勺儿，开始是一小勺儿一小勺儿地喝，继而端起碗一口接一口地喝，喝得痛快，喝得酣畅，浑身冒汗，一大碗姜汤很快进了肚，抹了抹嘴巴后钻进被窝儿，没一会儿便睡着了。

诸位阿哥，对于赵西丹想必大家并不陌生，他就是尤成额夫妇被遣送到吉林北山拘缉营时，为其带路的那位热心肠儿老者。由于所住之处临街，距江边不远，故而没事儿常去岸边闲踱，曾多次从水中救起投江寻短见之人，有男有女，有老有少。每每把人救出，一般都是先将其背到家里，安顿在西屋，自己住东屋。屋子虽然不大，但收拾得很干净，物品摆放得井然有序，显得挺敞亮。每天除了给被救者洗衣、做饭，还去街里的药铺抓药，煎好后让其服下。待身子骨儿调理好些了，再把他们交给将军衙门，送到安抚营里。老人家慈祥可亲，心地善良，平时总做好事儿，使无数条生命得以延续，且不图报答。这不，今儿个又从水中救出了已被呛得奄奄一息的白面娘子，关爱有加，细心照护。救人一命胜造七级浮屠，赵西丹给予生者以极大的恩德，江城的大人、小孩儿皆知其义举，众口一词地夸赞不已。

白面娘子一觉睡到四更天，醒来一看，屋子里的油灯还亮着，赵爷爷仍侧身坐在炕边，两眼布满了血丝，似乎一宿没睡。炕梢儿堆着自己那已经晾干了的衣裳，身旁放条粗布手巾，温热而湿润，看来是为梦中的姑娘擦去眼角儿的泪水而备的。白面娘子望着老人家的侧影儿，两颊消瘦，眉头紧锁，黑黑的脸庞上横横竖竖交错着一道道皱纹，留下了岁月的痕迹，一种沧桑之感油然而生。赵西丹一转头，见白面娘子正大睁双目打量着自己，便笑着问道："丫头，醒了，睡得好吗？"

白面娘子回道："赵爷爷，您瞧，我连续睡了好几个时辰，能不好嘛！"

赵西丹点点头道："好是好，就是睡梦中时不时又喊又叫的，说些啥听不清，几次提到一个叫秦什么的害了你，他是谁？"

白面娘子没接茬儿，反问道："赵爷爷，您为什么不睡？坐在这儿多累呀！"

赵西丹见其避而不答，也不急着问，遂说道："爷爷年岁大了，觉少，看着你睡，爷爷就高兴。再说了，爷爷是大闲人一个，没事儿时想吃就吃，想喝就喝，想睡就睡，有的是时间，还差这一宿了？你看看，东方露出鱼肚白了，天要亮了，再躺一会儿吧，不用急着起来。爷爷去生火，熬点儿小米绿豆粥喝，可暖胃、清心、败火，你在被窝儿等着就行了。"说罢跳下地，出了西屋，去了厨房，很快便响起了柴火燃烧的噼啪声儿和锅碗瓢盆相碰的叮当声儿。"

白面娘子实在躺不住了，于是起身换上了自己的衣裳，叠好被子下了炕，拿起放在门后的笤帚把屋里屋外的地扫了扫，又找块抹布将炕桌、地柜、窗台擦了擦，刚要去扫院子，赵西丹用托盘儿端着两碗小米绿豆粥、10个煮鸡蛋、一碟儿切成细丝儿的黄瓜小咸菜和6个玉米面饼子进了屋，放在炕桌上说："孩子，快去洗脸，盆里的水还热乎呢，回头好吃饭！"

白面娘子答应一声放下笤帚，洗了洗脸，漱了漱口，回屋上了炕，与赵西丹面对面盘腿儿而坐。先是剥个鸡蛋送到赵爷爷嘴边，而后双手端起冒着热气的粥碗刚要喝，忽然一种久违了的亲情袭上心头，眼泪不听话地噼里啪啦往下掉，与其说心酸，不如说感动。她放下碗，再一次跪在炕上叩道："赵爷爷，您是阿布卡恩都力遣来的大恩人，也是救苦救难的活菩萨，牵着小女走出了绝境。从今往后，小女愿听爷爷的话，把千般痛苦、万般愤懑藏在心底，尽量忘记过去，不让你老担心，您就

第二章 智斗群魔

是我的亲爷爷，我就是您的亲孙女，好吗？"

赵西丹笑着连连点头道："好好好，凭空捡个大孙女还不好么，这是哪辈子修来的福哟！孩子，俗话讲，人是铁，饭是钢，一顿不吃饿得慌。咱先吃饭，等把肚子填饱了，爷儿俩好好儿唠扯唠扯。委屈也好，愤懑也罢，不能藏于心底，而应一股脑儿全讲出来，把一肚子苦水倒出来，把怨恨发泄出来，打开心灵的窗子，排解胸中的积愤，你才会感到无比痛快。否则的话，所有的冤屈未解，所有的忧闷仍在，再遇到难处时，一时想不开又走老路，爷爷岂不白救你一场？肠子都得悔青了。爷爷最想知道的是你长这么大，心中的好人是谁？所憎恶的坏人是谁？曾遇到哪些让你痛不欲生的事儿？倘若不愿说，就是信不着爷爷，决不强求，啥时候想说再开口，爷爷洗耳恭听。好了，快吃饭吧，粥凉了不好喝。"

白面娘子不再说什么了，端起碗就着咸菜喝起小米绿豆粥来，又拿个玉米面饼子咬了一口，嚼了嚼道："爷爷，咱这儿的小米、苞米就是香！"

赵西丹边剥着鸡蛋皮边道："是嘛，香就多喝几碗、多吃几个，管够！"待一个个剥完后，装在大碗里，推到白面娘子跟前又道："可别小瞧这煮鸡蛋，最补身子了，给我全吃喽！"

白面娘子拿起两个放入老人家的粥碗，撒娇儿道："爷爷，怎么全给我了？想撑死孙女呀！"

赵西丹用筷子点着白面娘子的鼻尖儿哈哈大笑道："这个鬼丫头，就不怕撑死爷爷呀！"

二人吃罢饭，白面娘子麻利地拾掇桌子，洗净碗筷，又烧了一壶水，沏上茶，端到炕桌上说："爷爷，您累了，歇会儿吧，孙女沏的茶格外香，不信您品品！"说完出了房门，先把小院儿各处散放的东西、木桦子归拢归拢，然后操起扫帚将旮旮旯旯儿仔仔细细划拉一遍，扫得连根草棍儿都没有。一切停当，反身进了屋，脱鞋上炕坐在炕桌边。正在喝茶的赵西丹斟满一杯茶放在白面娘子跟前，只看着她，并不说话，似乎在等待着什么。

白面娘子初始沉默不语，因为实在不想回忆以往被污辱被践踏的那一幕，不愿再提起卑鄙龌龊的秦大门牙。可又不忍让善良的赵爷爷为自己的处境着急，为未来的命运担忧，内心矛盾得很。过了好一会儿，端起杯连喝了几口茶后，好像下了很大决心似的，抿了抿嘴唇，这才一五一十地把自己的身世、经历及不幸遭遇向老人家和盘托出,既讲了有幸遇到的几位好人给予自己以恩惠,一位是具有高超少林武功的东坡杂艺班新班主赛燕青,一位是刚直不阿、为大清朝廷鞠躬尽瘁的土地爷爷富俊,一位是年轻有为、勤勉办差的班布泰哥哥;也道出了禽兽不如的杂艺班管事邵勤之乘人之危,披着人皮的大庄主范蔼仁之凶狠残暴,笑里藏刀的大太太钱氏之阴险狡诈,蝇营狗苟的秦名远之厚颜无耻;还说了由于自己的失节,没脸回到行辕去见心上人,与其忍辱苟活,宁可一死了之,到阴曹地府与爹娘、继母团聚,守在他们身边再不分离,故而选择走上绝路。

　　赵西丹听了白面娘子的一番呜咽泣诉,可谓五味杂陈,同情、怜爱、憎恨、愤怒一齐涌上心头,慨叹当今世道如此黑暗、恐怖,是非不分,真假不辨,恶人堂而皇之的或独霸一方、横行乡里,或供职于八旗军营、州县府衙,坏事干尽,却活得自在。而一个无依无靠的小姑娘却贫无立锥之地,历经磨难,受尽欺侮,无处申冤。特别是那个混入吉林将军衙门府的秦名远,看上去人模狗样的,又是什么总师爷,人前笑颜常开,态度谦顺。背地里竟是条可恶的豺狼,为满足私欲,与范家堡子的庄主范蔼仁相互勾连,不择手段,强奸民女,实在太可恶了,岂能任这种人面兽心之八旗败类逍遥法外呢?得找个机会将其恶行禀告给将军大人,狠狠收拾他!想到这儿,喘了一口粗气说道:"孩子,别着急,秦大门牙欠下的这笔债先记下,将来定让他偿还。此人不可小觑,之所以不打招呼就敢擅自离开田亩清查大营,并被安置在吉林将军衙门府,摇身一变成了总师爷,身后必有靠山,否则是办不到的。不过我相信恶有恶报,早晚不等,跑不了他,非治罪不可。丫头,现在需要想的是今后怎么办?这得仔细琢磨琢磨,自己定,爷爷随你。如果愿意留在这儿,爷爷养着你,咱祖孙俩一起过。打算到安抚营呢,爷爷送你去,将来可分至下边的某个旗。想回行辕更好,班布泰是个不怕吃苦、踏实肯干的好后生,会照顾你的。富俊大人的名声如雷贯耳,是位刚正耿直、嫉恶如仇、为民做主的父母官,所作所为让人佩服,受人尊敬。别看爷爷无官无职,只是个不起眼儿的小人物,却常与富俊打交道,大人对我的情况了如指掌。必要的话,爷爷可以去见他,把你眼下的处境通禀之。他不会不管的,不但立即接你回去,与其孙儿重聚,保护在自己的羽翼下,而且会尽快惩治范蔼仁,撤查秦大门牙。这一切的前提是必须放弃愚蠢的自沉想法,昂首挺胸地活着,留得青山在,不怕没柴烧,牢

第二章　智斗群魔

牢把握生存的机会，会苦尽甘来的。"

白面娘子双眼盯着桌面沉思不语，话是全入心了，老人家的意思讲得也很明白，关键就看自己今后的路怎么走了。她认真思摸了好一会儿，方抬起头来，缓缓言道："赵爷爷，您老说得对，一个人来到世上走一回不易，怎能随便放弃生命呢？不仅对不起生养我的双亲，也对不起一直关心我的长辈和兄弟。只要活着就有希望，多做好事多行善，才能成为像土地爷爷、班布泰哥哥那样顶天立地之人。冤有头，债有主，我要是死了，谁替小女报这个仇啊，岂不让秦大门牙白白占了便宜？范蔼仁、钱氏之流岂不继续横行霸道、为非作歹？今天害了我，明天还会害别人，因此决不能饶过这些吃人不吐骨头的害人精，必须把他们抓起来交给官府，关进大牢，绳之以法，为黎民除恶。至于下一步怎么办，我已经想好了，愿意告诉爷爷。一是我不能住在爷爷处，咱祖孙俩今生有缘，您既是我的救命恩人，也是我的亲人。而今爷爷年岁大了，已到小辈该尽孝的时候了，我不缺胳膊不少腿的，年纪轻轻的，怎能留在这儿靠爷爷养活？那不让人笑话么，自己也不忍心哪，必须自食其力才行。二是也不能去安抚营，因为那儿不是长住之处，总有一天会被拨到下边哪个旗的富裕人家，谁知那家的家主为人如何呀？结果怎样难以预测。三呢行辕同样不能回，我现在已不是从前那个纯洁、可爱的白面娘子了，而是被无耻男人糟蹋过的脏女人，觍啥脸去见土地爷爷和班布泰哥哥？只能把爱深藏于心，躲在其视线之外，远离尘嚣。您老不可去行辕向富俊大人和班布泰哥哥通禀并将小女的不幸遭遇告知，他们知道了会心疼的，必派人寻找，我又不能露面，不定得多着急呢！再说了，谁知为秦大门牙遮荫的后台是谁呀，我不仅帮不上忙，还给添乱，更对不起大恩人了。如果我从此没有音信了，他们一时半会儿不太容易弄清为啥小白丫和秦名远同一天夜里一块儿消失了，班布泰哥哥没准儿会以为是我自愿随其走的也未可知。唉，糊涂着也好，省得四处找我了。秦大门牙乃小女今生今世的仇人，他不让我好，我也不让他安生，干脆回去跟他斗，这回还斗到底了。别看年龄没他大，心眼儿不比他少，智力不比他差，我就不信斗不过他，非将其折腾个半死不可！"

赵西丹听了这番话，脑袋摇得如同拨浪鼓儿，连连道："不妥，不妥，回到秦名远那儿实乃下策，目前尚未到那一步。你刚刚成人，虽然有些见识，但没有他那样的根基，何况一个女孩儿家跟男人斗，胜算不大。这样吧，爷爷去趟将军衙门府，找贴心的老伙计合计合计，听听他们咋说，看怎么办更好。回来时，顺便去药铺抓几服药，给你祛祛寒气。你老老实实在家等着，先别出门，爷爷去去就来。"说罢下了地，随手拿起一件袍子披在身上，推门出屋，急匆匆地朝将军衙门府而去。白面娘子站在门口儿，目送着赵爷爷越走越远，直到拐过墙角儿看不见了方转身回屋，充溢的泪水顺脸往下淌……

赵西丹很快到了衙门府，刚迈进院门，一眼看见老伙计马木斤正在院子里闲溜达。遂紧走几步来到跟前，将其拉到一边，如此这般地一说，老马头儿当即气得火冒三丈，不管不顾地嚷嚷开了："我早就知道秦大门牙不是什么好东西，是狗改不了吃屎，竟能做出这种不齿之事，把吉林将军衙门府的脸面丢尽了！"

赵西丹忙将二拇指放于嘴边，意思是小点声儿，别让旁人听见。又四下瞅了瞅，并给马木斤使了个眼色，于是二人走到院子的西北角，站在拴马桩下悄声儿合计起来。半个时辰后，两位老人家才分开，马木斤上后院儿了。赵西丹则离开衙门往街里走，途经药铺抓了3服草药，付了银子后，手拎药包儿转回家。进了院儿高声唤孙女，却无人应答，心里不免有些奇怪，赶忙推开房门一看，屋内空空如也，哪儿还有白面娘子的踪影！当即怔住了，瞬间便寻思过味儿了："噢，是了，这孩子一准回秦大门牙那儿了。纯粹一个小犟种啊，她要认定了，谁也劝不了，看来只能静观其变了。"想至此，无可奈何地叹了口气，把3服草药小心收起。

赵西丹估计得没错，白面娘子确实又回到四合院儿了，咋回事儿呢？昨儿个下晌，当仆人们发现白面娘子已不在房间时，全吓傻了，赶紧出外四下寻找，光江岸边就来回找了两三趟，终不见影儿。没招儿了，这事儿也瞒不住哇，得尽快通禀主子才是，只好去衙门将此情告知了秦总管。秦名远听罢，心里又气又急，还不好声张，二话没说，拔腿就往家走，一进门便冲仆人、家院大发雷霆："一个个他妈白吃干饭的，连个大活人都看不住，还能干点儿啥？我可告诉你们，挖地三尺也得把白面娘子找回来，活要见人，死要见尸，否则没完！"

大伙儿你看看我，我瞅瞅你，吓得大气不敢出。秦名远紧接着又吼道："还愣着干什么？一帮酒囊饭袋，快去找哇！"

话音未落，仆人、家院已相跟着跑了出去，秦名远颓然坐在椅子上，两眼望着棚顶出神。过了一会儿，在一种侥幸心理的驱使下，自我安慰道："白面娘子或许是在家呆腻歪了跑出去闲逛的，溜达够了就回

第二章 智斗群魔

来了，用不着大惊小怪的。"可一直到戌时仍不见影儿，仆人、家院陆续回转了，皆言各处寻遍了，也向周围的人打听了，毫无结果。他这才真着急了，站也站不稳，坐也坐不安，躺在炕上根本合不上眼。好不容易盼到天明，仆人们全起来了，早饭还没吃呢，秦名远便打发他们再去江边寻，自己也无心去衙门办差了，等在家中听信儿。到了晌午，将军衙门府内一个专干讨账差事的衙役，即秦名远的属下上门了，进屋后急不可待地禀报道："总师爷，小的刚才在府衙院子里看到了赵西丹和马木斤，看样子神神秘秘的，我刚好从旁边经过，就听老赵头儿说：'老哥呀，有件事儿得跟你商量一下，帮着拿个主意。昨儿个下晌我闲来无事去江边溜达，刚走到上游处，就看见一个姑娘跳入江中，年龄不大，也就十五六岁。多亏我及时赶到，救上来后人已昏迷，只好背回家中。待醒过来一问，方知她是从秦总管那儿跑出来的，此前被佣人看管。'老马头问道：'她是谁家的，姓甚名谁？'老赵头儿回答：'她是彤家的孩子，没起过大号，艺名叫白面娘子，爹娘和继母早就死了，惟一的姐姐不知流落何方。'"

秦名远问道："你说的这些可是真的？"

衙役回道："千真万确，没半句假话，小的不敢胡编。"

秦名远又问："还听到什么了？"

衙役答曰："只听到这么几句，他们看我过来了，立马闭嘴了，走到院子的西北角儿嘀咕去了。小的一琢磨，此事非同小可，得尽快让总师爷知晓，这才赶紧跑来禀告的。"

秦名远的脸上掠过一丝笑容，掏出一锭银子递给衙役道："好，知道了，回去吧！"衙役双手捧着纹银谢过，退出门去，乐颠颠地回返府衙。本打算报个信儿讨好上司，没承想还得了赏银，能不乐么！

衙役走后，秦名远犯了寻思："赵西丹仗着从军几十年，多次立过战功，又曾救过其上司倭楞泰大将军，名声在外，受到八旗官兵的尊敬，连吉林将军和衙门府的副都统及上下人等见了都主动打招呼。正因如此，他的脾气越来越大，倔巴得很，啥炮皆敢放，谁也不敢惹。怎么办好呢？我犯不上得罪他，更用不着多费唇舌，夜长梦多，不如趁其仍在衙门逗留这个空当儿，赶紧去他家将白面娘子带回。那是我的女人，自家的事儿别人无权干涉，老赵头儿知道了也干瞪眼，说不出啥来，管天管地还管丈夫接回媳妇？"想到这儿，起身披上外袍，推门出屋。由于赵西丹平常须随时随地听候府衙总师爷的调遣，秦名远当然知道其住处，出了院门便疾步朝东而去。

过了约两袋烟的工夫，秦名远来到了赵西丹的居处，推开大门一看，白面娘子正站在小院儿里东瞧西望呢！秦名远假装全然不知地说道："夫人哪，没啥事儿吧？一宿没回家，让我好找哇，怎么想起到赵老爷子这儿了，你是急死人不偿命还是咋的？差不多就行了，别耍了，该收收心了，跟我回家吧！"说着上前拽其胳膊就往外走。

白面娘子原本就没想反抗，故而显得很顺从，不过往前走了几步，便甩开秦名远的手说："还是等等吧，总得跟赵爷爷说一声，事先又没打招呼，回家要是看不到我，不得着急呀？"

秦名远讪笑道："有啥可着急的，还真把自己当盘儿菜了，又不是小孩子，还能丢了不成？老爷子回来见你不在，肯定认为是回自家了，找麻烦的人终于离开了，人家乐还来不及呢，快走吧！"

白面娘子看了看住过一宿的房子，想到赵爷爷对自己亲人般的照顾，马上要离开了，感到万般不舍，强忍眼泪出了院门往西走去，秦名远像条狗似的在后面跟着，回到了四合院儿。此后，白面娘子便不同以往了，不是整天郁郁寡欢、唉声叹气、以泪洗面了。而是一反常态，想吃什么就吩咐厨子做，想穿绫罗绸缎就打发仆人去集市买，没银子花就伸手冲秦大门牙要，一点儿不含糊。秦名远一看，哎哟，这丫头终于学乖了，不那么别劲了，巴不得她这样呢，暗地里这个乐呀，心想："行啊，只要听话、不犯倔，比啥都强。我秦某人养着你，一切全满足你，腰兜儿有的是银子，可劲儿花，只要高兴就行。既然已把小美人儿紧紧攥在手心儿了，供我一个人享用，你就是再有能耐，又能折腾到哪儿去？到头来还不是去吃亏的角，女人要能掀起大浪，除非太阳从西边出来。"

秦名远真是小瞧白面娘子了，俗话讲得好，不经一事，不长一智。自打听了赵西丹的开导，白面娘子感到眼前呼啦一下闪过一束亮光，深藏心底的怒火被熊熊点燃，生发出一种强烈的仇恨和报复欲，决不逆来顺受，谁坏就跟谁过不去。对于秦大门牙这条恶狼尤其不能手软，坚决斗到底，要以女人特有的方式，即采取逼其远离的做法折磨他，惩治他，让他生不如死。这姑娘比以前更聪明了，虽然对秦名远恨之入骨，一看见就分外眼红，千仇万怨齐聚心头，恨不得一口将其咬死，但表面却让他看不出来，像没事儿人似的。在家中俨然一个主子的派头儿，对仆人颐指气使、呼来唤去，膳食要过问，迎来送往必到场，需添置的物

第二章　智斗群魔

品一样样儿列出清单后，或打发人去买，或亲自前往集市选购，看上去有操不够的心，一切打理得井井有条。你姓秦的不是专瞄女人的色狼么，那好，想看啥咱来啥，我天天打扮得漂漂亮亮的，涂脂抹粉，描眉打鬓，穿金戴银，馋得你直流哈喇子。到了晚上，咱井水不犯河水，你睡你的，我睡我的，决不许着身。你不是吉林将军衙门府的总师爷么，出来进去前呼后拥的，显得很有面子，美得不知自己姓啥了。这回得换换口味了，尝尝王八钻灶坑、既憋气又窝火是个啥滋味，让你有苦说不出。姓秦的，放心吧，本姑娘饶不了你，咱俩骑毛驴看账本走着瞧，看谁能斗得过谁，不用别的，只两招儿就够你喝一壶的了。一招儿是继续装疯卖傻，以前得的疯病不是快治好了么，这次跳江寻死受刺激又犯了，而且比上一次还重，你得离我远点儿。另一招儿是铆劲儿搂钱，不择手段，把你那些不是好道儿来的珠宝想法儿弄到我的手里，所贪占的金银揣进我的腰包，失去的一股脑儿全找回来！

　　果然不出所料，秦名远见白面娘子每天一睁眼就开始家里家外的张罗了，很有精神头儿，且不厌其烦；与其合计个啥事儿也蛮有兴致，有问必答，十分上心；索要金银财宝时，嘴巴挺甜，很会说话，并做出一脸媚笑的样子；还注重打扮了，一批批地购置衣服，不是绫罗就是绸缎，调样儿穿。他心甘情愿，乐不可支，恨不得把腰兜儿全掏空。看来小美人儿这是收心了，就范了，自己的功夫没白下呀！为啥一天三脱三换呢？还不是故意在我跟前展示苗条之身材、秀美之姿容，以便引起注意，目光盯向她，想方设法勾丈夫的魂儿嘛！她也是个女人，与同类没啥区别，女人离不开男人的关怀体贴，男人需要女人的温情柔意，这是相互的，除非她是铁石心肠。一想到这些，秦名远浑身的骨头都酥了，心中像有小虫爬似的，痒痒的。围着白面娘子身前身后转，色眼迷离地上下左右打量，恨不得立即扑上前去，将其搂入怀里。无奈白面娘子似乎有很多事要做，一会儿分配这事儿、交代那事儿，一会儿招呼这个、喊来那个，忙得脚不沾地，秦名远根本靠不了前，急得那张脸跟猴腚似的。心里只盼着快点儿天黑好进被窝儿，那时小美人儿就是我的了，想咋亲就咋亲，想咋玩儿就咋玩儿。可到了晚上，二人往炕上一躺，白面娘子却裹着被子面冲墙，给他一个大后背，整宿不带翻身的。秦名远实在憋不住了，掀开被子便钻进了白面娘子的被窝儿，扳过身子把嘴凑过去刚要亲，白面娘子的疯病立马就犯了，一骨碌爬了起来，脸色铁青，双目瞪得溜圆，两手薅着秦名远的头发连扯带拽、连喊带叫，声音尖厉刺耳，且没完没了。秦名远感到十分懊恼，又气又恨，百思不得其解："这小贱人咋回事儿呢？白天好好儿的，忙里忙外、有说有笑的，一点儿看不出有病。一到晚上就不是她了，像换了个人似的，只要想亲近就犯病，如同刺猬摸不得、碰不得。倘若不近其身，安静得很，能听到均匀的喘气声儿，一觉睡到大天亮。这病可是够怪的，是不是为躲避我装的呀？仔细观察又不像，似乎真有病，那显露出的惊恐眼神儿，那尖厉的喊叫声，那连蹦带跳、连抓带咬的疯癫样儿，精神正常之人是做不出来的，谁能装得那么像啊！噢，对了，之所以如此，或许是因我首次得手时，她不是自愿的，而是于昏睡中失的身，从此坐下病了。只要受到这方面的刺激，便会想起那天晚上自己在一个男人面前赤身裸体的情景，这就是疯病的诱因。唉，心急吃不了热豆腐，暂时得不到也没啥，过些日子再看吧，慢慢会好的，反正她这辈子甭想逃出我的手心儿。"

此刻的秦名远还真往疯病上想了，打消了认为白面娘子是装的念头儿，尽管犯起病来如同一个跳马猴子，五官都扭曲变形了，无丝毫可爱之处，却仍忘不了那张原本俊俏的脸蛋儿、纤细的腰肢、婀娜的体态，让他发狂，让他着迷。再者说了，妓院有的是，身边也不乏女人供其消遣，还在乎一个白面娘子何时就范么？好饭不怕晚，得有耐心等。白面娘子曾发现，秦名远只要出去与哪个女人玩高兴了，回来身上的首饰或纹银肯定少了，一准赏给对方了，出手挺阔绰，便也伸手冲他要。秦名远为了讨好白面娘子，从不拒绝，要啥给啥，金银首饰大把大把地送。一段时间后，白面娘子正经有了不少积蓄，体己钱数目可观。她有个小木匣儿，里面装着不少首饰，金镯子、玉簪、珍珠、玛瑙、翡翠等，有的是秦名远主动给的，有的是张嘴要的，有的是背地里拿的。总之是见啥要啥，得啥拿啥，二人终朝每日住在一起，方便哪！眼见小木匣儿内的首饰与日俱增，甚至一些地税款、地契、钱票儿也不放过，来者不拒。白面娘子渐渐变得富有了，花起钱来大手大脚了，开始有社交圈子了，登门拜望的客人也逐日增多。秦名远对这一切有所察觉，由于占有不了白面娘子，时间一长便吃不住劲了，如此下去啥时候是个头儿哇？我凭什么三天两头儿白送首饰又给纹银的，不是地地道道的冤大头么！每每想到这些，心里就不痛快，还不能向别人说，家丑不可外扬，只能干憋气。

白面娘子所住的那套四合院坐落于西下坎子，乃松花江两岸最热闹之地，也是供人消遣之地。每天太阳刚一落山，秦名远用罢晚膳抹抹嘴

第二章 智斗群魔

便出门了，或去江边卖呆儿，或在岸上溜达溜达，以排解想拥有白面娘子而得不到的烦躁心情。因当年的水大，故而松花江的水面宽阔，白亮亮的，一望无际。两岸的榆柳密集，枝杈低垂，几乎搭至江岸了。树木越多越养水，如果哪块儿树少，那个地方的水肯定浅，久而久之便形成了沙滩。江岸的四周街面儿虽不宽，但商家无数，既有商行、客栈、宝局，也有店铺、酒肆、茶楼，船夫和放排的不用愁没歇脚的地儿。每处商家门前皆高挂着各种各样的红灯笼，有长龙灯、彩花灯、虎头灯、圆纱灯等，五花八门，一盏接着一盏，长长的一大溜，灯火辉煌，夜如白昼，甚是好看。置身其中，可闻人声鼎沸，嘻嘻哈哈的欢笑声、招揽宾客的呼唤声、开怀畅饮的碰杯声、"五匹马呀、六六六"的划拳声、乒乒乓乓的押宝声、"暴子、暴子"的掷色子声交织在一起，清晰而混沌，一宿都不停。这里可谓要吃有吃，要喝有喝，要玩儿有玩儿，想听书有说书馆，想看京韵大鼓有戏台子，想要钱有赌场，好不热闹。

除此之外，还有专供男人消遣的处所，即妓馆、野鸡营子。门前高悬打扮俏丽、风姿妖艳的旗妆、民妆美女图，意在媚人，娼妓业大致有高雅、低俗两类。高雅者称"文娼"，楼馆装潢豪华如宫阙，一州一府仅寥寥几座而已。登门惠顾的多为尊贵的达官、文人、雅士，阁内名妓谙熟琴棋书画、吹拉弹唱，互相间此唱彼和，赋诗行乐。低俗者称"土娼"，房屋简陋，没那么多规矩与讲究，带有几分野性和自由。其招幌多挂秀女彩像，不知者会误以为是什么画像馆，其实就是低等的嫖妓之所。"土娼"遍布市井，颇有人气，三教九流、五行八作皆喜驻足此处，聚赌求娼，外管粗茶淡饭，只要交够银两，便可尽兴数宿。若逢稍阔气的官爷、采金客、贩参者光顾，鸨娘和窑姐儿像众星捧月般前呼后拥，预收几倍租银后，可领着姑娘外游，另夜则高收赏银。

西下坎子这儿的野鸡营子可不比达官贵人常去的上等妓院，楼上楼下，窗明几净，环境清爽，摆设讲究。而是低矮的一溜儿平房，里面是一间间不见光的小屋，屋内一铺土炕，被褥脏兮兮的，白布门帘儿几乎成黑的了。门口儿站着花枝招展、浓妆艳抹的窑姐儿，只要有男人经过，立即上前嗲声嗲气地招呼道："大哥，别走了，进屋歇歇吧，让妹子好好儿伺候伺候你，一准浑身舒坦……"边说边挎着胳膊往屋拽。往返于松花江畔的各色人等中，赶木筏的、船夫较多，他们抛家舍业常年在外，出来一次好多天回不去，老婆又不在身边，为解决临时性饥渴，便怀揣刚刚挣到手之养家糊口的纹银，前往野鸡营子与窑姐儿混上个把时辰，性欲得以释放，觉得挺满足，花点儿钱也值。倘若腰兜儿没那么多钱，还想过把瘾，街边角落处站有双眼一直盯着男人的暗娼或私娼，她会突然从里面钻出来，拉着你去一个地儿，事后少给点儿碎银也成。

西下坎子船坞那儿也挺热闹，清初时，这里是水师营战船停靠之地，仅吉林将军衙门属下的船坞就有好几处。何为"船坞"？即码头。凡是水深流急的地方，船只需要停泊或对破损的地方进行修补，只能在江岸建处码头，把船用缆绳系在岸边，即使水流再急，船也动不了了。准备驶离时，先将缆绳解开收起，船方可开走。船坞的东边有几座闻名江城的妓馆，装潢颇为讲究的当数坐落于西华门外天桥巷中的那座二层小楼，红漆木门上方悬挂着名家书写的金字牌匾"花仙楼"。青砖翠瓦，木栅围墙，庭院杨柳成荫，长廊曲线伸展，房屋雕梁画栋，红绿相间，幽香四溢，如同仙阁一般。花仙楼的楼主姓花，名桂芝，又是鸨母，年龄四十有八。除了花仙楼，另外还在京师、盛京各开设一处，京师天桥巷的那处叫花月楼，盛京城东的那处叫花春楼，委托自己的两个姐姐照管，至于是亲姐妹还是叔伯的就不清楚了。这"花"字打头的三座楼皆为老花家开的妓馆，花桂芝坐镇吉林，遥控京师和盛京，顺风又顺水，生意十分红火。常住花仙楼的有20来个模样不错的窑姐儿，老家不全是当地的，有的是花大价钱从江南买来的，有的是从辽东逃难过来的。老鸨将其当女儿一样养着，并给起了好听的名字，什么西施呀、貂蝉哪、莺莺啊、赛月呀等等。她们的年龄不同，打扮各异，身价不等，各有各的房间，身边皆有侍女伺候。嫖客前去消费时，所需银两分好几个档次：如果只是欣赏姑娘儿的美貌，一块儿聊天、喝茶而不留宿，付些散碎银子便可；如果请姑娘儿一边弹奏，一边演唱，或加上伴舞，此前得交一定数量的包银；如果选的是楼内头牌窑姐儿，且要求陪聊陪睡，中途饿了随时招呼，妓馆备办各种酒菜，想吃啥点啥，做好了由茶房送过去，本人不用出屋，一个晚上则需不菲的纹银，腰兜儿钱不厚，一般不敢奢望。知名窑姐儿不是哪天想见便可以见的，因为点名儿让她们陪客的很多，事先得通报一声，需要排号儿，轮到你了方能接待，这银子可让花家挣老了。

秦名远原本是个色鬼，一见到美女就迈不动步，并涎皮赖脸地上前搭讪。加之正当年，精力旺盛，为解决闲饥难忍之渴，那种地方能不去么？不仅没少往野鸡营子里扔钱，也是花仙楼的常客。有一天，他又去了野鸡营子，点了最漂亮的窑姐儿，一顿消魂之后，由于玩儿得尽兴，

第二章 智斗群魔

339

顺手掏出一锭银元赏给人家了。回来的路上，一边哼着小调儿，一边品味着刚才泡窑姐儿的情景，忽然灵机一动，一个鬼点子闪过脑际："哎呀，何不开处妓馆卖白条妓、利用女人为我招财进宝、干无本万利的人肉生意？白面娘子乃最佳人选，以其俊俏的模样儿出面作招牌，窑姐儿们便可通过她招徕各方达官贵人、花花公子以及临时来此办差的高官大吏，不用我露面，躲在幕后就发财了。估计白面娘子不会反对，待坐上江城第一美女的交椅、名声大震之后，不仅高兴无比，还得感激我呢，由此回心转意也未可知。这招儿实在太妙了，既有钱赚，又能得白面娘子的欢心，一举两得呀！"转念又一想："开窑子首先得有个地儿，最好在来去方便的闹市区选座楼或买处大院套儿，明儿个可去打听打听，有租赁的也行。"越思摸越兴奋，好像白花花的银子已从天上噼里啪啦地掉下来了，脚步愈加轻快了。

　　转天一早，秦名远胡乱扒拉了两口饭便出了家门，骑着马转了大半个吉林城，也未找到一处适合开妓院的地儿。巧的是两个月后，花仙楼出了件大事，涉及人命官司，怎么的呢？不久前，鸨母花桂芝不知从哪儿买回一个丫头，年方二九一十八岁，姿色超群，貌美如花，且能歌善舞，人见人夸，皆称天上的仙女下凡降临到江城。花鸨娘为其取名儿小月姣，只接待几次嫖客就出名了，从此接应不暇，一跃成为头牌。后来，小月姣被一位常逛花仙楼的驻军副都统看中了，遂以重银将其包下，并告诉花鸨娘："从今儿起，谁也别想占月姣，亦不许接待任何人，只归我了，随叫随到。费用好说，要多少给多少，报个数儿就行。"

　　可天外有天，人外有人，有钱有势的人多了去了，有的职衔远在副都统之上，难得的美人儿凭啥让你独霸呀？不行，我也得算一个！副都统同样不好惹，哪能甘拜下风呢，为了面子也得当仁不让，争来抢去就打起来了，继而动起了刀枪。小月姣担心闹出事儿来，脸都吓白了，劝谁谁不听，一时无计可施。花鸨娘更是喋喋不休地埋怨，声称全是小月姣惹的祸，倘若出点啥事儿砸了花仙楼的牌子，老娘跟你没完！小月姣一听，当即傻眼了，两腿发软，双眼发直，回到屋内，含泪跪地冲南给父母磕了仨头，然后脑袋往绳套儿里一伸悬梁自尽了。这下那位副都统不答应了，一脚踹开花仙楼的大门，手指花桂芝的鼻尖儿大声责骂道："你个骚老鸨，要钱不要命，竟敢把小月姣逼上绝路，胆子不小哇！本官将上告将军衙门，还要奏报京师，必让你一命抵一命。若想大事化小，小事化了，认可赔偿，那就拿出三千两白银，否则决不轻饶，小心把花仙楼踏平！"

　　花桂芝吓得浑身直哆嗦，彻底蒙圈了，哪能不怕呢？副都统职位高，权力大，打点不到还有好儿哇，砸你一下子真够呛啊！倘若一气之下告到官府则更糟，咱手里的窑姐儿不光死这一个，还有其他人命案子呢！想当初，以非法手段偷偷把她们买来，已经触犯大清律了。而今官府要是深究下去都翻腾出来，那是一连串的事儿，不但老花家自嘉庆以来所开设的三处"花巷"全完了，而且家中老小也得关进监狱，弄不好或许会被处死。一想到这些，她更害怕了，寝食难安，思摸着用啥法儿能消灾呢？当然是钱好使，拿银子把那位替小月姣打抱不平的副都统嘴巴堵上，千万不能任其这儿告那儿告的，消停点儿比啥都强。不过眼下钱不凑手，一时半会儿上哪儿弄那么多银子呀？惟一可行的就是别死守着花仙楼不放了，有出大价钱的赶紧兑出去，用卖楼的钱将此事摆平。只要能保住京师的花月楼、盛京的花春楼就不错了，小车不倒照样推，咱可得罪不起那些有钱有势的高官。决定下来后，花桂芝担心夜长梦多，便把卖掉花仙楼的打算宣扬出去了，盼望着尽快有个买家。

　　消息不胫而走，秦名远闻听此信儿乐坏了，心中窃窃自喜："看来我是个有福气之人，想啥来啥，正准备买楼呢，就有卖家，真乃老天照应啊，我不发财谁发财呀！"那么，他有经济实力购置一座楼吗？别忘了，秦名远可是吉林将军衙门府的总师爷，掌管账房的往来账目，亲手过付的银子多了去了。胆儿还大，曾几次私自动用银库的银两，由于未被察觉而越发肆无忌惮。这回又借管账的方便之机，短短几天内凑了一大笔钱，暗中还挪用了赈济灾民之资，然后带着亲随、挑着两担子金锞子、银元宝去见花鸨娘。到了那儿，说明来意，把价格压得极低，声称如果你诚心诚意卖，我就诚心诚意买，咱立马成交。花桂芝当时已焦头烂额，急于出手，好不容易遇上个买家，自然不想放过，咳，价格低就低点儿吧，一咬牙答应下来。草拟契约时，秦名远提出要求，不以本人的名义买楼，而用白面娘子的名字签押。这就怪了，无论是谁，哪怕买件普普通通的物品需要签押，为了保险起见，肯定都要写上自己的名字，何况一处不动产呢，连傻子都知道这个理儿。秦名远咋想的呢？他可鬼得很，本身在将军衙门干差，所挣俸饷是有数的，哪有那么多闲钱说买座楼就买座楼啊？明眼人一看便知，钱不是好道儿来的，或贪污受贿而得，或利用职务之便非法所得。这种事一经查实，不是蹲大狱，就是受大刑，甚至被砍头，当然得小心点儿了，于是决定搁在白面娘子身

第二章　智斗群魔

上。这样一来，任何人都会认为白面娘子是位富有的女子，别说买一座楼哇，一次购置10座也不奇怪，咱怎能知道人家到底有多少钱哪？不仅无关之人没兴趣打听，官府也不会过问，正好达到了掩人耳目之目的。可秦名远仍不放心，生怕事情败露，还威吓卖主道："花鸨娘，你可得记住喽，严把自己的嘴巴，绝对不许将咱们之间交易的根底露出去。倘若做出不利于秦某人的举动，别怪我不客气，必到京师和盛京找你们姓花的算账，若活着，我把你宰了；若死了，我掘你祖坟！"

花桂芝赶忙陪着笑脸道："哎哟，这话说哪儿去了？秦大人在关键时刻为我救急，去了一块心病，感谢还来不及，怎能口无遮拦到处瞎嘞嘞呢，那是人干的事儿么？请放一百个心吧，本鸨娘定遵总师爷之命，守口如瓶，让它烂在肚子里。往后那些眼红的主儿即使扯出大天来，只要我一口咬定是白面娘子买的楼，谁都得干瞅着，您想咋经营就咋经营吧！"

秦名远听罢，认为已万无一失，这才签了契约，买下花仙楼，将所有的转让手续一一办妥，楼主改为白面娘子，花仙楼自此正式易主了。回家的路上，他格外高兴，低价买楼占了把大便宜能不乐么！走着走着，回头看了看挑着空担子的亲随，脸上的笑容消失了，心里犯了嘀咕："楼是到手了，钱也花了，得赶紧钱生钱，还指望它财源滚滚来呢，可白面娘子能答应开妓院、当鸨母吗？倘若上来犟劲儿了，脑袋不得晃得如同拨浪鼓儿啊，10头牛甭想拉得动。不管咋的，先把自己的打算告诉她，看看是如何反应，遭到拒绝再想辙……"过了一袋烟的工夫，拐过街角儿便看见自家的房子了，遂紧走几步到了跟前，推开大门进了院儿，见白面娘子正微闭双目坐在放于窗下的靠背椅上晒太阳，于是笑吟吟地走上前说："我的美娇娘，今儿个对咱家来讲是个大喜的日子，吉星高照哇！我办了件人人艳慕的大事儿，可谓老将出马，一个顶俩，顺利得很。"

白面娘子抻了个懒腰，睁开眼瞅了瞅他，爱答不理地问道："啥事儿把你乐成那样？"

秦名远眉飞色舞地回道："咱捡了个大便宜，花低价买下了花仙楼，楼主写的是你名儿。我已想好了，仍用这座楼开妓馆，那是无本万利的买卖，还可广交黑白两道儿的朋友，等着发财吧！考虑到我在将军衙门当差，不便公开出面，只能于背后掌舵，故而鸨母自然就是你了。今后咱俩更得享福了，吃香的喝辣的，要啥有啥，大把的金银管够花，侍女、仆从围在身前身后团团转，这日子神仙也比不了。我的鸨儿呀，怎么样，本师爷对这步棋思谋得不错吧，你看行不行啊？"

白面娘子初始没吭声儿，心里暗暗骂道："这个畜牲，经常逛窑子都不解渴，还要自己开妓院，把我也搭进去，真不干人事儿！"转念又一想："哎？我要是当鸨母，就得天天在妓馆里迎来送往，照顾生意。这便有充足的理由不回家，可以名正言顺地与秦大门牙分开了，既能躲避没完没了的纠缠，也不用装疯了，反倒省心了。挣了钱他想？现成的，凭啥呀？做梦去吧，全揣进自己的腰兜儿还觉亏得慌呢！"想至此，方缓缓言道："行倒是行，但有个条件，你可不能没事儿总往花仙楼跑，一切都得我说了算，否则就不当这个鸨儿。"

秦名远没料到白面娘子答应得如此痛快，心里一块石头落了地，赶忙磕头作揖地表示道："行行行，按你说的办，我不管就是了，落个清静！"

白面娘子抬了抬眼皮道："花仙楼已经易主了，楼名儿随之应当改，原先的匾牌也得换。"

秦名远寻思了一会儿，说道："自嘉庆朝以来，老花家三座楼的名号已打出去了，尤其花仙楼叫得响。各地的达官贵人、富商、豪绅只要一到吉林，皆点名儿前往牌子最亮的这处妓馆，一住好几天，且出手阔绰。如果把招牌改了，不姓花而姓白或姓秦，人家恐怕不一定买账，不到你这儿来了，上哪儿挣钱去？那损失可就大了，不如还是沿用原名儿为好。"

白面娘子听罢，懒得与其争辩，叫啥名儿管我屁事？只要能离开这个不拉人屎的东西，挂啥招牌都行。从此，白面娘子巧妙地摆脱了秦名远的纠缠，搬入了花仙楼，住进二楼一处颇为雅静的房间，摇身一变，成了妓馆出头露面的鸨母。秦名远则隐在背后，为其出谋划策，成了暗中的"大茶壶"。白面娘子的模样儿原本就很出众，再略加修饰，越发美艳超群，身价百倍，很快便名声在外，传遍了江城，嫖客们纷纷前往天桥巷，即风流巷的花仙楼，一睹鸨儿俊俏的容颜、动人的风采。白面娘子在接待来自各地的高官、权贵、富豪，包括黑道儿之头目的过程中，应酬及奉迎能力日渐增强，笑脸儿相迎，见啥人说啥话，信手拈来，游刃有余，广交朋友，比原楼主花桂芝更胜一筹。秦名远看在眼里，喜在心头，暗自高兴，认为白面娘子能与那些高官打得火热，自己或许能沾上光，对宦途的平步青云将大有裨益。然而当他发现白面娘子

第二章 智斗群魔

同这些人明里暗里交往不可计数，而且从不跟自己讲，便有些醋意，心想："这样下去哪儿行啊，时间长了，小美人儿飞了咋办？"不过又无可奈何，因为未来的宦途是否顺利，还得靠她穿针引线、左右逢源。思来想去，觉得为便于控制白面娘子，得找个可靠的耳目，遂传信儿把住在乡下的小金佛叫到吉林。告诉他，表面上做鸨儿的保镖，护卫其安全，还要帮着照看妓馆。实际上监视白面娘子的一举一动，发现什么异常情况，必须随时通禀。

小金佛何许人也？乃秦名远远房叔叔之子，大号秦铁栓，家住城西极为偏僻的野猪沟，靠打猎为生。因其个头儿不高，长得白白胖胖，浑身滚圆，小团脸配一对儿大耳朵，看上去挺有福相，所以乡亲们送一绰号"小金佛"。野猪沟地处山区，人烟稀少，眼目所及除了一片片黑幽幽的森林，就是塔头甸子，虎啸狼嗥之声不绝于耳，且交通不便，进一次城需走半拉儿月。小金佛6岁时，父亲忽患怪病，上门诊治的郎中号完脉，摇头表示无能为力，十几天后便故去了，母亲独自一人一把屎一把尿地将他拉扯大。在深山长大的孩子由于经常跟野狼、豹子、黑熊打交道，故而胆大心细，耳尖、眼明、手快，而且练就了一手好箭法，百发百中，火枪也使得利落。为了护屯，小金佛还学了点儿武艺，时不时与屯子里的后生比试刀枪棍棒，倒也不差。他和母亲虽然所住环境恶劣，但日子还能过得去，又种地又打猎，再到集市上把捕获之野兔、野猪、獾子、貉子等猎物卖掉，挣些银两以补贴家用。

当秦名远捎来口信儿、让他们娘儿俩去吉林城时，小金佛兴奋得一宿没睡着觉，心想："进城多好啊，风吹不着雨淋不着，想吃啥吃啥，穿的也比山里人强，再不用遭三九天那寒冷受冻的罪了……"好不容易盼到了东方露出鱼肚白，一骨碌从北炕爬起来，跳下地将睡在南炕的母亲唤醒，让其赶紧生火做饭，自己则着手打点出门儿的行囊。天大亮时，母子俩已吃罢早饭，行囊亦收拾停当，屋里屋外又看了看，将院门一关便离家上路了。小金佛搀着老娘晓行夜宿，饿了就着咸菜吃馍馍或嚼几块儿肉干儿，渴了喝山泉水，千辛万苦赶到了江城的吉林将军衙门府，秦名远笑脸儿相迎，将其领到了事先找妥的住处，嘴像刚刚喝了蜜似的净拣好听的说："婶子，山道不好走，一路累够呛吧？侄子一直惦着呢！叔叔走后的这些年，你拉扯着弟弟在山里艰难度日，太不容易了，我这个当侄子的也没帮上啥忙，心有余力不足。现在行了，我一到将军衙门府就想到了你们娘儿俩，刚刚站稳脚跟便捎信儿让快点儿来，婶子早该享享清福了。弟弟呀,你嫂子在西华门外天桥巷开处妓馆,每天迎来送往的挺忙,事情也多,总得配个贴身随从。人倒有的是,选来挑去,觉得还是你最合适。不过要记住,得动点儿心计,学会眼观六路,耳听八方,她的一切皆在你的眼皮底下,做哥的耳目,听明白没?"

小金佛会意,笑着回道:"大哥的意思我懂,放心吧,针鼻儿大的事儿也逃不出老弟的眼睛,包你满意!"

小金佛到花仙楼初始,对白面娘子的一举一动十分注意,观察经常与哪些人来往,有什么私密之交,隔三差五便向大哥禀报一番,全是些鸡毛蒜皮的事儿,秦名远则有一搭无一搭地听着。时间一长,小金佛不仅未发现这位嫂子有什么破格之举,反而认为当鸨儿的都这样,更被其天生丽质、秀逸风姿、一颦一笑迷得神魂颠倒,不能自拔,天天围在身前身后转,总想找机会亲近亲近。

此时的白面娘子自打跨进了花仙楼,当上了做人肉生意的老板后,心里敞亮多了,只因每天不用面对秦大门牙那张让人生厌的脸了。凡是到花仙楼消遣的嫖客皆心知肚明,最漂亮的白面娘子只待客,不接客,就是说可以陪客人叙谈、品茶、喝酒,但不陪睡。尽管如此,登门的仍盈千累万,只为看一看她那美丽的容颜,动人的风采,以一饱眼福。然而在妓馆那种乌七八糟的氛围熏染下,天长日久,白面娘子渐渐起了不小的变化,从一个单纯善良、受尽凌辱的女孩儿变成了玩世不恭、金钱至上、成天周旋于各色人等之间、尤其在达官贵胄面前尽显风骚的老鸨。声称男人到妓馆来,不过为那点事儿,只要能搂来银子,咱百般挑逗也好,卖弄风骚也罢,耍些小手段未尝不可。由于经常与小金佛在一起,对方很会来事儿,出来进去总是护卫左右,长得又招人喜欢,年貌相当,白面娘子渐渐对其也动了春心。二人关系一经挑明,犹如干柴烈火,越烧越旺,想收都收不住。小金佛受宠若惊,惟命是从,心甘情愿地听白面娘子摆布,终朝每日屁颠屁颠地指东往东,指西往西,决无二话。到了晚上,怀抱美人儿共进温柔乡,尽享云雨之欢,早把大哥的交代忘得一干二净。自此,秦名远从这位弟弟的嘴里得不到关于白面娘子的任何信息了,反而一再替其吹嘘:"别看嫂子是个女流之辈,但见风使舵、阿谀奉承、交际应酬之能耐男人都比不了,堪称女中豪杰,不能不让人佩服得五体投地。"秦名远听了这番话,不仅没啥说的,心也放到肚子里了。

大清朝那个时候和现在不一样,开妓馆是合法的,当正经生意来

第二章 智斗群魔

做，只要经营有道，日日都有不少进项。吉林城开有多家妓馆，花桂芝经营花仙楼时，收入与其他妓馆大体不相上下。可眼下不同了，谁也不如白面娘子做得好，那是风生水起，越来越红火，财源滚滚而来。自己的私房钱亦节节攀升，越攒越多，变得非常富有。其名声传遍东北三地，无人不知，无人不晓，当时有那么句嗑儿："吉林白面，沈阳小倩，三姓赛飞燕。"她并不因此而满足，两年后，又扩大经营，与人合伙儿开设了两处赌场，白面娘子之艺名儿成了大伙儿对这位老鸨的爱称。为了巴结吉林将军衙门属下小红楼迎宾驿馆的大管家杜宝，白面娘子使出浑身解数一趟趟往那儿跑，为啥呀？别看杜宝狗屁不是，什么本事没有，可屎壳郎坐在金銮殿上了，位好啊！所在的小红楼迎宾驿馆只接待大清国各地来吉林的高官、要员、权贵、举子、豪绅等，皆为不寻常之人。倘若这些贵客能惠顾花仙楼，将对白面娘子的生意大有裨益，他们腰兜儿有的是银子，还愁没钱赚么？

　　杜宝是个什么态度呢？乐不得白面娘子常来常往驿馆，能受到花仙楼鸨母的青睐，自认为是癞蛤蟆上了天。故而只要白面娘子一到，立马迎上前去，嘘寒问暖，奉上香茗，亲自坐陪，大献殷勤。二人一拍即合，暗中操作，使得住在小红楼迎宾驿馆的那些所谓贵客争相前往花仙楼消遣，银子大把大把地扔，白面娘子一一笑纳，杜宝自然也没白忙乎，分到了该得的那一份儿。白面娘子并不是对每个人都那么热情、下力气巴结，主要看其权势大小，腰兜儿银子多少，是否有利可图，能否为我所用，没用的眼皮都不挑。比如像江北拘缉营的乌三儿，她认为别看当营头儿，不过一个土包子，没见过世面，只能做秦大门牙的看家狗，没有可利用的价值，故而对其向来是不屑一顾的。再比如尤成额，从京师来到江城小红楼迎宾驿馆的当天，杜宝便告诉白面娘子了，说是来了位公子，举止文雅，风度翩翩，衣着阔气，一表人才，看上去似乎很有钱。实际上不过一个穷秀才，腰兜儿溜瘪，还不懂人情世故，不食人间烟火，更别说到妓馆消遣了。白面娘子一听，见没什么油水可捞，对其也就不打主意了。那么，为什么尤成额一行前脚儿刚到拘缉营，白面娘子和小金佛后脚儿也到了呢？说来话长。

　　尤公子此次赴吉林就任左翼官学教习之职，可谓没赶上好时候，跟秦名远所要安插的人撞车了。前书讲过，尤成额不是盲目来吉林找差事的，而是怀揣湖广总督桂良的亲笔荐函，且不是写给一般人的，收者乃吉林将军衙门府的副都统达禄大人。信中称，尤成额乃本官的外甥女婿，才华出众，品学兼优，堪为师表，拟到左翼官学任教习。达禄副都统当时正忙于治理水患，抽不开身亲迎公子，便委托总管秦名远接待并具体办理，对方满口应承。

而一个月前，秦名远也收到了一封举荐信，乃盛京将军衙门吏部侍郎卢涟的亲笔，称妻弟鲍昌要去吉林，打算谋个文职，最好能任吉林将军衙门属下的左翼官学教习。此事让总师爷费心了，务请在吉林将军面前尽量替鲍公子美言，从中斡旋，帮忙安排为盼，必有重谢。事儿还未等着手办呢，卢涟的心腹到吉了，向秦名远奉上了厚重的酬金。卢涟大人为啥这么着急呢？原来小舅子鲍昌乃家中独子，自幼娇生惯养，不学无术，惟对习武情有独钟，始练刀剑棍棒和如意铜锤。长大成人后，除了坚持练功，就是喜欢于红粉中消磨时光，如今已进而立之年，仍未混出什么名堂来。两年前，二老因病相继离世，姐姐心疼他，将其接到家中。对胞弟的现状，卢涟夫人看在眼里，急在心里，父母已逝，弟弟无人管教，长此下去怎么得了？也没别的招儿哇，只好在夫君耳边吹吹枕头风："鲍昌不小了，天天没个正经事儿做，混吃等死，我是他姐，不能眼瞅着不管。老爷呀，快点想法儿给找个差事做，也好分分心，咱不能养他一辈子，总得自己养活自己不是？"

卢涟觉得夫人言之有理，是得有个差事拴住小舅子，可干点儿啥好呢？寻思来寻思去，忽然想起听说吉林将军衙门属下之左翼官学教习缺额，正在物色人选，这倒是个好机会，不能错过。于是提笔书就一封举荐函，请吉林将军松萨夫人的远房外甥、将军衙门府的总师爷秦名远帮忙安排，并派心腹送上酬金。

秦名远既然接受了卢涟的厚礼，就得为人家办事，还得尽心竭力的办成，方能交代下去。然而在他于各部之间忙于斡旋之际，令其始料不及的是有职有权的达禄副都统却放出风来，说是左翼官学教习人选已定，乃湖广总督桂良大人的外甥女婿、博学多才的尤成额公子，不日将从京师起程赴吉。秦名远不听则已，一听脑袋都大了，当即怔住了："我的妈呀，达禄有话了，卢涟往哪儿摆呀，写给我的推荐函不成废纸一张了嘛！可是酬金都收了，也下了保证，话说得挺死，什么请大人把心放到肚子里吧，我会尽力而为的，定让鲍昌满意。哪承想半道儿杀出个程咬金来，将一切全搅乱了，倘若因尤成额挡道，致使鲍昌求职搁浅，怎能对得起卢涟大人哪？"一时急得火上房，饭也吃不下，觉也睡不香，不知如何是好。一天头晌，达禄副都统告诉他："尤公子很快就

第二章　智斗群魔

要到吉林了，我忙得很，不能亲自接待，只好请总师爷代劳了，望热情迎迓，妥善安置，不可拖延。"

秦名远表面上笑脸儿应承，心里却非常生气，眼看着好事儿泡汤了，卢涟大人的恳请已是一场南柯梦了，能不气急败坏么，暗暗骂道："尤成额呀，尤成额，你纯粹是个丧门星，早不来晚不来，偏赶刚收下酬金你才来，这不是吃饱没事儿撑的、故意搅局么？那么厚重的酬金我凭啥给人家退回去呀！你等着，不是不让秦某人成就好事么，我也不让你喘匀乎，憋个好歹的，咱们走着瞧，看谁更难受！"他知道达禄副都统这段时间不在衙门府，正忙于治理松花江的水患，每天从早到晚、夜以继日地往返于堤坝，连吃饭、睡觉都顾不过来，哪有闲工夫打听尤成额的安置情况啊，可能早忘脑后去了。我不妨先留着左翼官学教习的位置，把尤成额困在吉林，适当的时候想个什么招儿争取让松菻将军应允，将鲍昌安插进官学，来个移花接木。待四脚落地后，再随便给尤成额找个什么屁差事糊弄局，这不两全其美了么？达禄大人就是知道了，既然尤成额已有事干了，能养家糊口了，也就不至于非兴师问罪不可。用个什么万全之策将其困于此地、进退两难，又不能闹得鸡犬不宁呢？他绞尽脑汁冥思苦索，眼珠滴溜儿乱转，忽地一拍桌子，有了！真是天无绝人之路哇，这下可够尤成额受的，你不是让我上好大的火么，行啊，咱俩该掉过儿了，你也尝尝是什么滋味吧！

那么，秦名远到底琢磨出个啥鬼点子竟能如此幸灾乐祸呢？即常人所说的冷处理。尤公子到江城后，在接待时，可不给他好脸子，故意挑刺儿并索要纹银。如果遭到拒绝，则以不明事理、不懂礼节而呲之；以小红楼迎宾驿馆正赶上没有空客房、暂时安排不了而晒之；再由大管家杜宝出面，以一个恰当的理由将其送到江北拘缉营。为把此事办得周至、稳妥，使鲍昌顺利当上左翼官学教习，中间不出岔子，只能将尤成额久困拘缉营，不许离开那儿。若想做到这一点，就得自己的人出头了，且必须秘密行之，不能被外人知晓，一旦传扬出去无法收场。身边的人谁最合适呢？当然是白面娘子和小金佛，一个是自己的女人，一个是远房弟弟，肯定万无一失。

秦名远越寻思越得意，此计妙哉也，高兴得咧开大扁嘴嘿嘿阴笑着，随即唤来亲信杜宝，附耳如此这般交代一番，对方边听边应承着。待杜宝退下后，又差一随从前往花仙楼面见鸨母，言称秦总师爷让嫂子抽空儿回趟家，有要事相商。站在大厅迎来送往的白面娘子听罢，侧过头硬邦邦地甩出一句:"哪有空儿啊,没看正忙着么?回去告诉你们师爷,今儿个客人多,抽不出身来,等松口气再说吧!"随从诺诺连声,转身出门,原路返回通禀去了。

秦名远有急事找白面娘子,为什么不直接去花仙楼与其面谈呢?因二人之间有约定,白面娘子如何打理妓馆的生意,作为暗地里的大茶壶秦名远不得插手,更不许有事儿没事儿地总往花仙楼跑。他曾违约去过几次,想与白面娘子亲热亲热,皆被骂了出来,碰了一鼻子灰。白面娘子一般不回家,除非秦名远打发随从来找,妄称有什么什么事儿,这才不得不回。到家之后,原本啥事儿没有的秦名远先是胡诌八咧一通儿,然后凑到跟前,使出浑身解数哄弄之,表白自己如何如何喜欢她,这些日子如何如何想她,好话说尽,只为得其身。白面娘子不再像以前那样又喊又叫、又踢又咬装疯了,而是采取了新招儿,比装疯还狠,立马脸子一撂道:"姓秦的,赶紧离远点儿!我可告诉你,如果再想入非非、动手动脚的,别怪姑奶奶不伺候了,花仙楼的老鸨你另请高明吧!"

秦名远一听长长眼睛了,白面娘子要是不当鸨母了,平日冲她去的那些嫖客肯定另选别家,客源一减量,花仙楼就得灭火,那不坑了自己的生意么?碰一碰她竟有如此大的损失,未免太不上算了,放着白花花的纹银不赚,傻子才会这么干。无奈之下,只能选择忍气吞声,连连摆手道:"好了,好了,离远点儿,离远点儿,按你说的做还不行么?保证再不惹娘子生气了。"虽然嘴上这么说,但心里很不是滋味:"咳,本以为她挣了钱,出了名,一高兴也就随自己了。哪知还不如原来呢,那时尽管疯疯癫癫的,可总能见上面、说几句话。现在倒好,脾气见长,说一不二,连住处都不回了。谁家的娘儿们像她呀,许看不许碰,在自己的爷儿们面前还立贞节牌坊,真是岂有此理!"

秦名远拿白面娘子一点儿辙没有,每天从衙门回到家无事可做,觉得百无聊赖的。于是吩咐厨子多做几样菜,再烫一壶酒,叫来几个狐朋狗友一块儿消愁解闷儿,一醉方休。这日,他又将杜宝哇、乌三儿呀,张三李四王二麻子全找来了,把大海碗往炕桌上一放,摆上十几盘儿菜,搬来酒坛子就开喝。3碗酒下肚,秦名远开始抱怨白面娘子,大倒苦水,将其说得一无是处。在座的人此话听得多了,已不觉得新鲜了,没一个接茬儿的。还是杜宝会来事儿,为秦名远斟满酒后,不厌其烦地劝慰道:"干爹呀,男子汉大丈夫嘛,心要放宽些,小事儿用不着计较,更不必为此生气。女人撒娇儿使性跟小孩似的,你得哄着她,过些日子

第二章 智斗群魔

顺心眼子就好了。放心吧，干娘会回心转意的，飞不了。"

乌三儿接过了话茬儿："总师爷，恕小的直言，我就不明白了，你是拧了哪根筋了还是咋的，多大个事儿呀，犯得着为个女人借酒消愁么？外头的婊子多得是，只要肯掏钱，谁不上赶着让咱爷儿们玩儿呀？我早品好了，女人没多大章程，嫂子也一样，别看颐指气使、金贵得摸不得碰不得，离开男人照样玩儿不转，为此事伤了身子骨儿不值得！"

秦名远醉眼乜斜，似听非听，越愁越喝，越喝越愁，一碗又一碗，也不知灌了多少酒。就在这时，只听吱嘎一声响，白面娘子推门进屋了，在场的人一看，说曹操曹操就到，这可真是及时雨呀，赶忙起身跳下地，杜宝恭恭敬敬地问候道："干娘，很长时间未见了。一向可好？莫非干娘心有灵犀，回来得太是时候了，干爹和弟兄们正念叨您呢，快上炕歇歇吧！"

坐在炕头儿的秦名远大睁通红的双眼仔细一瞅，哎哟，原来是美人儿回来了，根本没想到哇！刚欲起身下地抱抱她，可腿一打撩，身子也不听使唤了，干挪不动地儿，嘴里喃喃道："我的美娇娘，你可回来了，回来了……"

白面娘子心里明镜似的，却板着脸道："怎么了，酒不管够啊，非得一次喝光不可？谁也没说不回来，这是我的家呀，花仙楼整天人来人往的，哪能抽得开身哪！"

乌三儿立马接茬儿道："我说嘛，嫂子一向顾家，何况还有要事相商呢！总师爷，你净瞎猜，嫂子多惦着你呀，往后再不许胡思乱想了。"

秦名远尽管喝得五迷三道，神智还算清醒，一看真应了杜宝所说的那句话了："女人撒娇儿使性跟小孩似得，你得哄着她，过些日子顺心眼子就好了。"心里一下亮堂了，嚷嚷道："小美人儿，还站在那儿干吗？快上炕啊！"

杜宝等人见状，忙推托有事先告辞，一个个相跟着出去了，屋子里只剩下秦名远和白面娘子了，仆人皆躲得远远的。白面娘子脱鞋上了炕，瞟了一眼秦名远，假装关心地埋怨道："没病没灾的，不去衙门办差，却把什么干儿子等人叫到家中陪你喝酒，要是传到将军耳朵里多不好，头上的乌纱想摘了是吧？"

秦名远头一次有种受宠若惊的感觉，此话让人听了不禁顺耳，而且高兴，看来以前想错了，白面娘子的心里还是有我呀，思虑得多周到哇，紧忙喜眉笑眼地解释道："小美人儿呀，其实我不愿这样，兄弟们也劝我少喝酒。就因为你总不回家，谁的媳妇儿谁不想啊，可干想见不着。去花仙楼吧，还得被骂出来，心里既犯愁又憋闷，这才放量喝的，醉了好哇，啥都不用想了。"

白面娘子问道："为啥犯愁？除了因为我，还有别的缘由吧？"

秦名远打了个唉声道："咳，娘子聪明啊，猜对了，只为一件小事，已让我寝食难安了。"

白面娘子紧接着问道："到底啥事儿呀？"

秦名远便将尤成额和鲍昌都想进左翼官学当教习的来龙去脉讲了一遍，然后说道："你看啊，这两个人来头儿都不小，一位是盛京将军衙门的吏部侍郎卢涟之妻弟，咱接受了人家的厚礼。一位是驻京师行辕议事府的湖广总督桂良之外甥女婿，直接经办人为吉林将军衙门的达禄大人，副都统的面子谁敢驳呀？那是得罪不起的主儿，而且他还让我亲自给安排妥当。左翼官学教习只空缺一个名额，一下子来了俩，这不强人所难么？如果留下尤成额，卢涟大人那儿怎么交代？如果留下鲍昌，桂良大人那儿能消停么？达禄也不会答应。我恰恰在吉林将军衙门当差，副都统一发怒，给双小鞋穿，总师爷这碗饭还咋端哪，你说能不犯愁嘛！"

白面娘子又问："尤成额来吉林了么？"

秦名远回道："来了，不光他，还带着夫人和仆从，今儿个刚到，我在小红楼迎宾驿馆给接的风。"

白面娘子再问："他们住在那儿了吗？"

秦名远摇摇头道："没有，我已派人将其送往江北拘缉营了，这会儿正在路上呢！"随后便把为啥采取冷处理如实相告。

白面娘子听罢，惊出了一身冷汗，说道："这哪儿行啊，你的胆子也太大了，明知尤公子有背景，还敢撂到一边，竟送到了鱼龙混杂的江北拘缉营，倘若达禄副都统知道了，不得吃不了兜着走哇？这还是轻的呢，弄不好就得治罪，甚至搭上你那条老命，肯定玩儿完哪！"

秦名远很不耐烦地一摆手道："行了，行了，别磨叨了，讲那些有啥用？现在需赶紧合计出个办法来，无论如何得让鲍昌如愿以偿，阻止尤成额去官学赴任，使之长期困在拘缉营。我能不知道此乃下策么？可事情已经赶到这儿了，哪怕是火坑也得跳哇！"

白面娘子说："秦名远，你别忘了，尤成额夫妇可是大活人哪，腿长在人家身上，想去哪儿就去哪儿，能困得住吗？"

秦名远一看火候儿到了,这才神神秘秘地把事先想好的损招儿端了出来:"娘子呀,我已琢磨出个道眼救急,但不便亲自出面,只看你的了。尤成额此次来吉带了满满一车东西,除了行囊、衣物、梳妆台外,还有十几箱子书。不仅日常用品是生活之必需,书籍也是不可少的,作为教习,授课时要用的。如果你把3匹马、两辆车连同所有的东西偷走并藏到一个地方,尤成额发现丢了,肯定得四下寻觅,一时半会儿找不到,怎会甘心空手离开拘缉营?这样一来,将其牵制住的目的就达到了,对他而言,来吉林可谓有进无出。此期间,鲍昌去官学任教习了,待尤成额弄明白始末了,几年时间已经过去了,黄瓜菜早凉了,哪儿还有精神头儿想干什么差事呀,西北风恐怕都喝不上溜儿了。京师的桂良总督即使是顺风耳,离此那么远,能知道个啥呀?眼下,只要把陷入江北拘缉营的尤成额一家搅得混混沌沌的,让他们弄不清摸不透,想走走不了,想留留不下,度日如年,咱们的气也就喘匀乎了。"

白面娘子听后,方恍然大悟,心里骂道:"秦大门牙,你可太不是东西了,一肚子坏水儿,为了一己之利,真是损到家了。"转念又一思摸:"让谁担任左翼官学教习是将军衙门的事儿,坏点子乃总师爷出的,尤公子命运怎样与我何干?只要不白出手,干一把挺值,反正偷走的东西咱也不用,更不破坏,到一定时候还给人家不就结了,算不了啥大事儿,况且后头还有秦大门牙顶着呢!"想至此,不无讥讽地说:"秦大总管,秦总师爷,行啊,手段高明,吃人不吐骨头,有两下子。这么说你躲在背后,把我豁出去了,充当那个偷鸡摸狗的盗贼角色是吧?"

秦名远干笑了两声道:"我的娘子呀,话别说得那么难听嘛,不过将一车东西挪个地儿,藏到乌三儿居处后面的地室内。为把握起见,你一个人不行,得跟小金佛一块儿去,今儿个半夜就下手。"

白面娘子答应道:"行倒是行,我俩可以跑一趟,给多少酬金哪?"

秦名远忙道:"哎呀,我的美娘子,就等你这句话了,还是心疼丈夫不是?谢谢娘子,谢谢啦!酬金好说,哪能让你俩白跑呢,三百两怎么样?现在就给!"说着回身拉开炕琴的门儿,拿出一个铁匣儿,打开锁掀开盖儿,取出如数的纹银递之。白面娘子接过,一刻没耽搁,赶紧回到花仙楼,唤来小金佛,二人耳语一番后,匆匆忙忙往江北拘缉营而去,丑时便发生了尤成额夫妇的行囊、物品、车马被盗之事。

此后不久,有一天,白面娘子刚刚接待一位很能纠缠的千总,好不容易才送走。由于被其搅扰,心情十分烦躁,便来到二楼,坐在放于长廊的椅子上闭目养神,婢女备茶侍奉在侧。这时,传来噔噔噔上楼的脚步声儿,白面娘子睁眼一看,原来是掌管账房及妓馆一应诸事的管家冯广发,左手托着块手指肚儿大小的薄金砖。此人早先就是原花仙楼管账房的,花桂芝卖楼时,所有的窑姐儿全留下了,只打算带走几个人,其中包括冯广发。秦名远一眼看好他了,遂极力予以挽留,许诺让其除掌管账房,还兼管家,从此便成为心腹了。冯广发年岁不小了,50开外,头发灰白,脸上现出不少皱纹,故而大伙儿皆称其"冯大爷",没人叫大号,乃妓馆的二茶壶。因为花仙楼不是普通的妓馆,接待之嫖客或是官位高的,或是有钱有势的,或是纨绔子弟,或是黑道儿老大,所以馆内的称呼也随之改变,一般不叫什么"大茶壶"、"二茶壶",认为又土又俗又难听,而称大管家、二管家。花仙楼的大茶壶,即大管家秦名远总是隐在背后,很少公开露面,很多嫖客并不认识他,更谈不上打交道。别看冯大爷只是二管家,嫖客却都捧着他、恭敬他,并偷偷往其怀里塞银子。本人从不推让,一一笑纳,有了外财,同样肥得流油。嫖客为啥溜须二管家呢?你想啊,他负责迎来送往,无论谁到妓馆,都想找个漂亮的窑姐儿玩玩儿。还有就是房间得背静,没一个喜欢周围环境嘈杂的,这得靠冯大爷给安排。私下递了银子的,我给你分派一处又干净又僻静的房间,再领来个模样儿俊俏、排在前几位的窑姐儿供其享受。没递银子的,随便指定个屋,然后领来个模样儿一般、岁数偏大、被人挑剩的窑姐儿,你要不要吧?倘若嫌这间屋不亮堂,周围环境过于吵闹,窑姐儿既老相又不俊,没看中,提出能否换一换?那好,对不起,没有了。屋就这间,人就这个,背静屋皆占着,年岁小的全排满了,不满意先回去,明儿个再登门,几句话便把你打发了。结果是高兴而来,扫兴而归,你说窝火不窝火?为了顺气、高兴,只好塞银子,二管家的腰兜儿也就随之鼓起来了。

此刻,冯大爷走到白面娘子跟前,先是轻咳了一声,然后说道:"馆主,楼下来了位少爷,打听鸨母是否有空儿?如果得闲的话,请求一定赏脸。"

白面娘子呷了一口茶道:"不是定规矩了么,事先没有约见的,一般不接待,何况一个小小的公子哥儿呢!"

冯大爷点头哈腰道:"是呀,是呀,我也是这么解释的,一再婉言谢绝。可他就是不走,恳求我总得照顾一下特例嘛,大老远跑来了,最好能见上一面,哪怕只一会儿也成。这不,为了表示诚意,还送块儿金

第二章 智斗群魔

353

砖作为见面礼呢！"说着，将那块儿黄澄澄的小金砖放在椅子旁边的茶几上。

白面娘子一听，反倒来气了，眉头一皱，板起面孔道："怎么，难道想要挟不成？本鸨母偏不怕这手儿。传我的话，不见，没工夫伺候他！"

冯大爹见白面娘子变脸了，赶忙好言相劝："馆主啊，消消火儿，消消火儿，千万别动气，客人丝毫没有要挟之意，那可委屈人家了。要我看哪，这位少爷长得慈眉善目，举止温文尔雅，恭敬有礼貌，态度十分诚恳，跟那些不学无术、肚腹空空、到哪儿都浑身乱颤的无知之徒截然不同，让人不得不高看一眼。馆主不妨借机与其攀谈攀谈，认为能够结交更好，多个朋友多条路嘛！"

白面娘子像未听见似的，头往旁边一扭，眼睛看着别处，不再理睬。她本是开妓馆的，前来寻花问柳者越多，赚的钱也越多，为什么有客人求见却百般推脱呢？说来自打白面娘子坐镇花仙楼，那超人的美貌如同一道闪耀的金光，照得昔日的姑娘儿黯然失色，谁也没她漂亮，谁也没她名气大，所有登门的嫖客没有不想见见独占鳌头的鸨儿的。另外，她不是曾跟东坡杂艺班的师傅赛燕青学过少林功夫么，为了助兴，在接待所谓的贵客时，常常相机展示几通儿拳脚。从此一传十，十传百，所有光顾花仙楼的人皆想开开眼。一时间，庭院前车马盈门，一辆挨着一辆，排起了长龙。这些来客中，有的带着家奴，有的跟着小童，有的怀揣金元宝，有的手提纹银袋，只为一睹鸨儿的迷人风采。可白面娘子只有一个，客人来了也不是看一眼就走，而是需要一定时间的。通常情况下，每天最多能接待6位，头晌、下晌、晚上各两位，其他嫖客只能晾在那儿。即使这样，妓馆大堂东墙所贴红纸上列的名单按先后顺序已排出半月有余，今儿个是张姓都统，明儿个是王姓参领，后儿个是李姓总兵，大后儿个是赵姓进士，以此类推。

大堂的北墙钉有一溜儿钉子，上挂若干个小木牌儿，向外昭示某位姑娘儿何日何时接待哪位客人。光排上不行，冯大爹此前需一一告知她们，让其做好接待准备，本人一般没有选择权。除非是妓馆内数得上且列在前几位的窑姐儿，冯大爹事先得拿单子给她看，详细介绍客人从哪儿来、多大年岁、什么身份等。姑娘同意见，啥说没有，笑脸儿相迎，伺候得服服帖帖；姑娘不同意见，冯大爹则耐着性子劝说，进一步介绍此客待人如何好，出手如何大方，家中门槛儿如何高。倘若给多少银子都不成，坐蜡的是冯大爹，只能想办法向客人解释，一再说好话，语言要委婉，态度要诚恳，绝对不可得罪人家。倘若无论咋解释，客人就是不买账，继而与你又吵又闹，大动干戈，甚至把门窗给砸了，那损失可就大了，责任仍落在冯大爹身上。因此，管家必须具有巧言令色之本事，擅耍嘴皮子，净拣好听的说，多挑剔的人皆能应付，多难听的话皆能装，肚子如同泔水缸。

　　这且不算，还有最不好办最麻烦的，便是鸨母白面娘子。终朝每日等在庭院求见她的嫖客太多了，什么人都有，来路有远有近，官职有大有小，地位有高有低，家财有厚有薄，赏银有多有少，哪位都不能得罪，更不能惹其生气，那不砸妓馆的牌子么？然而花仙楼的上下人等即或长有三头六臂，也接待不过来呀！实在没辙了，白面娘子立下了规矩，只接待高朋、豪绅、要员以及有头有脸儿的地方官吏，无特殊情况，一般人不接待。未承想越是这样，求见的人越多，物以稀为贵嘛，被接待者也以受宠为荣，使得花仙楼并未因有选择的接待来客而影响生意的红火。当然了，只要客人一到，冯大爹就得赶紧迎上前，热情地将其让进大堂，又端茶又倒水又上果品的，里里外外招呼着，忙得脚不沾地，出一身臭汗，想歇一会儿都不中，根本闲不住。到了晚上，两条腿如同铅灌般沉，没处搁没处撂的，尽管老伴儿抱着腿连捶带捏的，恨不得折腾到半夜，也缓解不了多少，转天一早照样得爬起来前往花仙楼，累得这位二茶壶直喊娘。

　　话说回来，冯大爹见白面娘子不接茬儿了，心里有点儿着急，这可咋好？自己已经收下那位公子偷偷塞给的银元并答应人家了，无论如何不能白得酬谢呀，于是又道："馆主，我自打给花桂芝掌管账房直至现在，接待的客人数不胜数，其中大多傲气十足，以为自己有钱有势，总是腆着胸脯扬着头，摆出一副不可一世的架式，拿咱们根本不当回事儿。可那位少爷不这样，不但讲究礼节，见面深鞠躬，一口一个先生地叫着，而且衣着朴素，所戴首饰不多，恰到好处，不粗野，不狂妄，不张扬，不摆阔，给人的印象不错。他一再表示对馆主仰慕已久，这次是专程远道而来，只请鸨儿能腾出一时半刻见上一面，别无奢求，惟如此才不虚此行。还称近两个月来食不甘味，夜不能寐，思绪不宁，究其原因，乃与心中敬佩之人无缘得见有关。希望馆主能恩施个机会，哪怕看上一眼也好，小生将不甚感激，死而无憾。其所言可谓情意切切，至真至诚，把我这个见过各色人等的老夫都感动了，实在不忍心拒绝，所以

第二章　智斗群魔

才斗胆向馆主回禀，极力替少爷说情，请赏个脸吧！"

冯大爹这番话终于产生作用了，引起了白面娘子的好奇，暗自寻思道："我见过各种各样来妓馆鬼混的书生、举子、公子哥儿，个个衣着鲜亮，举止轻佻，住与行讲究舒适，挥金如土，乃地地道道的败家子儿。他们不务正业，不劳而获，躺在先辈打下的基业上尽享荣华富贵，不以为耻，反以为荣；他们或经常出入戏园、赌场，或整日在妓馆消遣，沉湎于酒色之中，把女人当花瓶，耍戏把玩，乐此不疲。浑浑噩噩，百无聊赖，无所事事，白来世间走一回。而这位少爷与其他嫖客不一样，用情至深又别无奢求，实乃怪得很，不妨一见，看看庐山真面目。"想至此，遂答应道："好吧，冯大爹，看在你的面子上，将他领到第三阁，我在那儿候着。为了不破坏此前妓馆定下的规矩，接待小小公子哥儿之举就别声张了，最好不让任何人知道，听见没？"

冯大爹面露喜色，忙应声儿道："听见了，听见了，先替少爷谢谢了！这下好了，馆主也为本管家卸下个大包袱，您不知道哇，他已缠得我一点辙没有了。"说罢，转身离去，乐颠颠地下楼了。

白面娘子所说的"第三阁"是处什么所在呢？即花仙楼内作为接待客人用的数个单间儿中的一间。妓馆的布局是这样的：一楼大堂是待客厅，客人来了之后，先在靠背椅上坐等，或喝茶或品尝干果，还可观赏靠墙摆放的各种盆花以及大瓷缸里悠闲游弋的鱼儿。与此同时，冯大爹需一个个进行登记，客人可根据北墙上那些窑姐儿的素描挂照任选其一。定下后，他便如同饭馆儿里跑堂的，一间屋一间屋地通知姑娘儿将伺候哪位客人。首次登门的嫖客可提出要求，让众多的窑姐儿站成一排，经逐个上上下下仔细打量、一番比较后，挑出其中的一位，总之一切都得由着客人。一来二去的，渐渐成常客了，只要人家一到，伺候过他的姑娘儿就会主动下楼将其请上去，不用再挑了，除非想尝鲜，还得重新选。

二楼全是单间儿，一间挨着一间，连成一排，每个单间儿皆分到了姑娘儿名下，用来接待客人。所谓的"阁"，即指排在前几位相貌较好、名下客人较多的姑娘儿待客之房间，每人不止一阁，有两阁的，有3阁的。因为每日接待几位客人及所用时间不等，有的一天，有的半晌，有的个把时辰。往往是客人到了，姑娘儿却正忙着呢，这就得坐在阁内喝茶静等，啥时候倒下工夫了，啥时候才能接待你，所以必须有备用的"阁"。

在花仙楼中，惟鸨儿、第一美女白面娘子一个人占有4阁，即4个单间儿，每个单间儿接待一位客人，按先后顺序排好等候。4个单间儿设施齐全，布置得各有特色，分别取了名字。第一阁叫"溪泉戏鱼"，屋子正中摆放一长方形的玻璃水族箱，里面有小溪、水车、喷泉、绿草、繁花，一尾尾的鱼儿在水中欢快畅游。第二阁叫"南国盆翠"，屋内靠墙一侧的地面陈放着从江南千里迢迢购置来的盆景儿，有的盆中栽种了小巧的花草，配以小树、小山，还有几座茅草房，精美耐看。有的盆中种植了松竹、花卉，一条小径通向山中，深处盖一小庙，参差错落的林木环绕其间，僻静迎风，令人遐想联翩，百观不厌。第三阁叫"百禽鸣喧"，又称"百鸟阁"，乃4阁中最富雅趣的一阁。南墙上并排悬挂着十几个鸟笼，笼子里有八哥儿呀、鹦鹉哇、画眉呀、黄鹂呀等等，品种颇多，清脆悦耳的鸣叫声儿充盈屋内外，进入阁中，所有的愁闷都会在顷刻间一扫而光。第四阁叫"江城放舟"，一幅画作占满一面墙，横跨吉林城的松花江傍晚之美景被浓缩在画布内，江面扁舟叶叶，渔火点点，令人陶醉。

这4阁中，白面娘子最中意的乃第三阁"百禽鸣喧"，为什么呢？一个是她喜欢百鸟，尤其对八哥儿和鹦鹉已达到钟爱的程度。只因能陪其说话，为其解闷儿，渐渐的竟成了生活之必需，一天看不到就像缺点儿什么似的。再一个是长廊尽头紧挨第三阁的那个单间儿是白面娘子的绣房，正门开在长廊一侧，旁门开在第三阁的东墙。也就是说，推开东墙的旁门，经过只有十来步长的小走廊便可直接进入绣房，从外面看是两个独立的单间儿，里面却是两屋相通并带一小走廊的套间儿，进出十分方便，除了白面娘子，很少有人到这儿来。而其余3阁离绣房较远，不具备进出方便的优势，再隐逸的客人想到鸨母的绣房也得经过长廊，而且需由侍女引领，无秘密可言。

冯大爹走后，白面娘子放下茶杯，站起身来，简单整理一下衣衫，由两个侍女陪同去了从里往外倒数第二间的第三阁"百禽鸣喧"。推开门，前脚刚一迈进屋，笼子里站在横掌儿上的八哥儿见主人回来了，小脑瓜儿扬扬着，嘴巴一张一合地问候道："鸨儿好，鸨儿好！"发音清晰，字咬得很准，听起来跟人说话没啥区别。白面娘子高兴极了，忙拿起放在窗台上的谷穗儿走到竹编的鸟笼前，从一根根竹杆儿的缝隙中伸进笼内，八哥儿便用那张尖利的嘴啄下谷粒儿咽进肚，还不停地蹦来蹦去。正这时，冯大爹领着一位公子走了进来，白面娘子并未回头，只用余光扫了一眼，仍专心致志地移动着手中的谷穗儿逗弄着八哥儿。然八哥儿却比冷漠的女主人热情多了，一声接一声地向来客问候："公子你好，公子你好！"那人则眯缝着双眼微笑着。

白面娘子曾接待过成百上千的公子哥儿，根本不在乎这一个，认为他们反正都一样，轻浮浪荡，不知天高地厚，全凭自己的老子有钱有势才任意挥霍。就算他举止文雅、讲礼貌又怎样？还不是来妓馆鬼混，大把大把地扔钱，比别的公子好不到哪儿去，本鸨母不稀罕。这么想着，方才的好奇心一扫而光，油然而生的是一种厌恶感。冯大爹见白面娘子不哼不哈的，还装作没看见，不免有些着急，生怕慢待了客人，遂走到跟前毕恭毕敬地小声儿说道："馆主，我把客人领来了，这位少爷可是慕名而至呀！"

白面娘子的双眼仍未从鸟笼前移开，头也不回地说："噢，少爷请坐！"然后吩咐侍女给客人献茶。

按照妓馆订立的规矩，专门负责迎来送往的人将嫖客领进姑娘儿的屋子后，立即退出，这儿就没你的事儿了。二茶壶冯大爹见公子撩起衣襟儿已坐定，茶也斟满了，便与两个侍女一块儿离去，屋内只剩下白面娘子和那位公子，除了八哥儿欢快的鸣叫声儿，还有移动谷穗儿摩擦竹杆儿发出的嚓嚓声儿。来客见鸨母既不看自己，也不说话，连个正脸都不给，并未因此而着急，只是大大方方地坐在椅子上边品茶边仔细打量着站于鸟笼前的白衣女子之背影儿。

白面娘子逗弄了一会儿小八哥儿，便将谷穗儿放回窗台，双手抱于胸前俨然而立，观赏起墙上的字画来，一会儿往上看，一会儿往下看，一会儿侧过头往左看，一会儿转过头往右看，那么专注，那么投入，仿佛屋内只有她一个人，完全不顾及客人的存在。而此刻那位所谓的公子从馆主的个头儿、身材、肤色、侧脸的轮廓等早已认出站在眼前的确确实实是几年未见、日思夜想的师妹，不由得百感交集，心底里呼唤道："心爱的小白丫呀，真的是你么？我像大海捞针一样到处寻觅，从不放弃。功夫不负有心人，总算知道你的下落了，今天终于看到你了！"刚要大声儿呼唤师妹的名字，忽然记起临来前爷爷的再三叮嘱："进了江城，一定要小心行事，不可打草惊蛇，更不能惹出没必要的麻烦，以看望白面娘子为第一要务……"于是压低声音，轻声儿唤道："小白丫，师哥看你来了！"

你道这位来客是谁？就是坐镇清查田亩行辕大营的富俊之孙儿、已升任佐领的班布泰。怎么到的花仙楼呢？自从秦名远和白面娘子同时失踪后，行辕的上下人等急得火上房，又十分费解，不知缘何。富俊、班布泰更是焦虑不安，担心小白丫的安危，生怕出个一差二错，只要闲下来就出去转，四处打听，却毫无音讯。只知两个得道高僧来过行辕，采用点穴法致使守门哨兵暂时失去知觉，随后白面娘子和秦名远就不见了，没有留下任何蛛丝马迹。原先曾听说范家堡子庄主范蔼仁身边有两个大和尚，不仅为其出谋划策，而且教授团练武功。如果是这二人所为，那么秦名远和白面娘子定在范家堡子，班布泰立即带着随从前往。因秦名远和白面娘子只在那儿停留了一个晚上，转天一早就离开了，加之消息封锁很严，所以足足扫听了一年多都毫无收获。后来终于得到信儿了，言称秦名远已官至参领，在吉林将军衙门任总管、总师爷，手中的权力不小，有一定的威势。白面娘子失踪的那夜遭其玷污，曾投江寻死，结果被人救下，目前住在秦名远于西下坎子购置的一处四合院儿内。

　　谁给传的信儿呢？乃好心的八旗老兵赵西丹。他自打救下白面娘子，心里一直不踏实，惟恐再出什么意外。当确认白面娘子已回到秦名远身边时，老人家既难过，又无奈，那可是虎狼之地呀，一个人单地疏的姑娘怎能斗得过心狠手辣的无赖呢？思来想去，尽管白面娘子一再嘱咐不要把自己的现状告诉土地爷爷，他还是只身去双城堡面见了富俊大人和班布泰，将所知道的情况和盘托出，并请求赶紧救救可怜的小白丫，实在太不幸了。

　　班布泰听罢，肺几乎气炸了，立马就要带兵前往吉林将军衙门找秦名远算账，当众揭穿其卑劣行径，却被爷爷制止了。富俊大人考虑到秦名远私自离开行辕并能顺利于吉林将军衙门府谋得差事，而且官职也高升了，后头肯定有为其遮风挡雨的大树。在没有弄清盘根错节之前，不可轻举妄动，只能继续静观之。两年后，白面娘子的大名在各地传开了，说是不仅买下了花仙楼，当上了妓馆的鸨母不可，还与人合伙儿开了两处赌场，生意异常红火。此消息自然也传进富俊和班布泰的耳朵里，二人无论如何坐不住了，白面娘子当年失踪了，我们有不可推卸的责任，已经很对不起她了。现今不知何因置身于烟花柳巷之中，这不单单是责任，而是罪过了。不管秦名远的背景怎样，靠的是哪棵大树，一切皆不重要，重要的是应让白面娘子离开那肮脏之地，过上正常人的生活。

第二章　智斗群魔

富俊在把孙儿派出之前，一再交代要想法儿弄清事情的来龙去脉，白面娘子目前究竟是怎么个状况，秦名远都干了哪些不可告人的勾当，必须慎之又慎，不可鲁莽行事。由于班布泰要去的是妓馆，找的是以前曾经喜欢过的师妹，又与其身边的男人、吉林将军衙门总师爷秦名远熟识。为不至于引起猜测，故而不能暴露自己的身份，只好脱下武服，换上公子装，扮成寻花问柳的嫖客来到花仙楼，求见鸨母白面娘子。未料到在一楼便被二管家打了横，左一个馆主今儿个没空儿，右一个此前没有挂牌儿预约不能见，要不由别个姑娘儿伺候少爷咋样？班布泰一口回绝，声言非鸨母，不需其她姑娘儿伺候，并希望尽快见到。语调一会儿轻，一会儿重，一会儿低，一会儿高。趁其犹豫之时，从内怀掏出银圆偷偷塞进其手中，又拿出事先准备好的一块儿小金砖请其送给鸨母作为见面礼，冯大爹方答应上楼向馆主通禀，看看能否接待。班布泰坐在大堂的椅子上边喝茶边静等，看着进进出出一走三晃的各色人等，听着窑姐儿嗲声嗲气的调情卖俏、嫖客放荡的淫笑，接待客人的侍者那犹如老公的按牌唤客声儿搀杂其间，早已厌恶至极，恨不得立刻逃之夭夭。可是不行啊，自己是带着使命来的，今天务必得见到师妹，不知眼下怎么样了，她的身上还有从前我所喜欢的那个美丽、纯洁、善良小姑娘的影子吗？或是变成了大挣黑心钱、双眼只盯着嫖客腰兜儿的坏老鸨子了……正在胡思乱想之时，冯大爹下得楼来，笑吟吟地走到班布泰跟前，说道："少爷真有面子呀，馆主应允了，正在楼上候着呢，请吧！"然后反身头前带路，班布泰随其后，如愿以偿地来到了第三阁，这便是他出现于花仙楼的缘由。

白面娘子之所以不搭理前来求见的公子，逗弄完八哥儿又一遍遍地观字画，其实是在故意拖延时间，心里思摸着："呆会儿找个托词，借口昨夜未休息好，身子骨儿不舒服，早早把他打发走算了。"正这时，一声轻轻的呼唤传入耳鼓，万没想到在花仙楼竟能听到一直期盼着的如此熟悉、如此亲切的声音。过去的日子里，惟班布泰与自己兄妹相称，天天没遍数地叫着小白丫，这两年早已听不到了，难道梦中的师哥真的来了么？猛一回头，见眼前站着一位中等个头儿、体态匀称、长相俊朗、目光炯炯、身着米色长衫、棕色缎裤的年轻男子，正以关切的眼神儿望着自己。仔细一打量，那熟悉的面庞，那自若的神态，那眉宇间透着的一股英气，正是日思夜想的班布泰哥哥，只是脱下了一直穿在身上的戎装。白面娘子激动得热泪盈眶，欣喜、委屈、抱怨、苦楚一齐涌上心头，难以自制，张开双臂一头扑到班布泰怀里，颤声儿道："师哥，你去哪儿了，怎么才来呀？"忽然又觉得不妥，随之从其怀抱中挣脱出来，背过身去捂着脸嘤嘤地哭开了。

　　班布泰笑着劝慰道："小白丫，别哭哇，师哥苦苦寻觅了好长时间，终于知道你的下落并来看你了，应高兴才是呀！"说此话时，自己的眼眶儿也湿润了。

　　白面娘子转过身来，扑通一声跪在地上，边抽泣边道："师哥，谢谢你还记着师妹，可这是啥地方啊，不该来呀，快回去吧，我给师哥磕头了！"说着咣咣咣连磕了3个响头。

　　班布泰赶忙上前将其扶起，动情地说："小白丫，无论你身在哪里，都是我心爱的小妹，这辈子不能变，知道么？"

　　白面娘子一把将班布泰推开道："不，师哥，我再不是从前那个小白丫了，变成唯利是图、为金钱可以出卖灵魂、人所不齿的下三烂了。我的身子已不干净了，早被秦大门牙那条色狼糟蹋了，现在又是妓馆的老鸨，成了地地道道的坏女人。师妹知道，这么做不仅对不起喜爱我的师哥，也对不起疼我、关心我的土地爷爷，更对不起生养我的父母。师哥往日的救命之恩，小白丫今生今世不能忘，来生变成牛马也要报答之。"

　　班布泰掏出手帕为白面娘子拭去脸上的泪水，拉其坐在椅子上，真诚地说："小白丫，不要想那么多，千错万错全是哥的错，是哥对不起你，没保护好你。一切都过去了，不许再提了，总得给哥一个改错儿的机会吧？我今天是奉爷爷之命来看你的，不知生活得怎么样？倘若不如意，甚或痛苦万分、度日如年，那就领你走，离开这儿，回到行辕……"

　　白面娘子未等班布泰讲完，便打断道："师哥，别说了，也别劝了，没用的。实话告诉你，我不能回去，没脸见土地爷爷和骑兵哥哥们，怎么活都是一辈子，就让我自生自灭吧！"语气非常坚决，不容置疑。

　　班布泰一看劝不了，小白丫已认定自己是蹚过浑水的坏女人，即使说出大天来，也无法改变她的决定，心里不禁一阵难过。这时，稍稍平静下来的白面娘子捆开窗户往长廊两边望了望，放下后，接着又道："师哥，谢谢你能来看我，如果没别的事，还是早点儿走吧！师哥有所不知，那个领你上楼的冯大爹乃妓馆的二茶壶，也是秦名远的心腹，估计很快就会上楼，不能让他察觉出什么。秦大门牙平时虽然不在妓馆，

第二章　智斗群魔

但偶尔也过来转转，要是发现你在这儿，不定整出什么事儿呢，很可能会到其远房姨夫、吉林将军跟前说三道四，那将对师哥不利。"

　　班布泰听罢，十分惊诧："你说什么，松菻大人是秦名远的远房姨夫？"

　　白面娘子点点头道："是呀，秦大门牙亲口对我说的，不会错。他从行辕不辞而别，带着我到了范家堡子，转天一早离开时，初始不知该投奔何处，只是信马由缰地往前走。思来想去，忽然想到了多年未曾联系的远房姨娘，其丈夫眼下正坐镇吉林将军衙门，背靠大树好乘凉，便直奔那儿去了。果然如愿，3天后，松菻大人将他安排在吉林将军衙门府，只三年的时间，便从六品官升为三品官，现在是将军衙门府的总管、总师爷，天天横膀子晃，扬棒得不知姓啥了。"

　　班布泰恍然大悟，噢，明白了，怪不得秦名远擅离职守，不仅未受到处治，反而步步高升，原来仰仗着身后的将军姨夫啊！他在来花仙楼的一路上，心里一直在思摸，自打白面娘子离开行辕，至今已3年多未见了。斗转星移，天下都在变，何况活在这个世上的人乎？做了妓馆老鸨的小白丫是否适应现在的生活环境，是朝好的方面变，还是朝坏的方面变，不得而知，到时候只能见机行事了。此刻，当从白面娘子的口中得知为秦名远遮风挡雨的是其远房姨夫松菻时，心里既为没有认清庐山真面目的将军着急，也为小白丫尚未泯灭人性长出了一口气，庆幸其判断是非善恶的本能还在，仍然可以信任，于是问道："师妹，哥还有事儿想向你打听，这里说话不方便，能不能找个背静之处？"

　　白面娘子站起身，一边说："跟我来"，一边推开东墙的旁门，经过一条小走廊进入散发着香气的绣房，随手将门关严，又把花布窗帘儿拉了拉。二人坐定后，班布泰开口道："师妹，实不相瞒，方才我已经说了，是奉富俊大人之命而来，一个是看看你，必要的话接回行辕。你却表示坚决不回，哥不能强人所难，只好暂先放一放。再有就是告诉你个好消息，土地爷爷已受皇封，奉旨接替吉林将军之职，不日将赴任。爷爷的好友、皇宫大内的领侍卫内大臣赛冲阿将军过些天也要回到江城巡察，他是吉林人，曾在吉林马队服役，从家乡的这片黑土地上干起来的。真够巧的了，老哥儿俩有幸在江城聚首，可谓喜事一桩啊！赛冲阿将军闻听吉林将军衙门府内有个别官员行为不轨，欺上瞒下，行贿受贿等，准备借机予以追究。就拿秦名远来说吧，官至参领，乃衙门府的总管，能量不小，而且有通天的本事，不仅掌握府内官员之间明争暗斗、尔虞我诈的详情，自己也没少干营私舞弊之勾当。得意忘形时，就凭他那张扬的个性，言谈话语中肯定会向你透露一些有关方面的情况，以显示自己的能耐有多大。而这恰恰是我们所需要的，请仔细回忆一下，如果想帮忙，能提供一些最好了，不知师妹意下如何？"

白面娘子爽快地答应道："成！别的做不了，这个忙肯定帮。师哥可能已从赵爷爷那儿知道我的遭遇和不幸了，自打被劫到范家堡子，误服定神散被秦大门牙所祸害，恨得牙根儿痒。他毁了我的一生，我也不能让他得好儿，发誓非报此仇不可，出出胸中的恶气，这也是留在其身边的目的。他想干什么，我偏不做；他想得到的，我偏不给。要戏他，折磨他，让他大气喘不匀，憋闷又窝火。天长日久，好人也受不了，估计气数快尽了。"

班布泰觉得小白丫想得过于简单了，多少有些孩子气，又不便说什么，只是听着，并未插言。白面娘子继续说道："师哥有所不知，秦大门牙为了让我高看他，显摆自认为的不凡身份，我没接管花仙楼那咱，一回家就兴致勃勃地白话衙门府内一些乌七八糟的事儿，什么谁跟谁勾心斗角了，谁背地里给谁下绊子了，还有什么谁巧取豪夺了，谁贿赂高官了，直讲得口干舌燥仍不停。我原本一看见他就来气，再白话起没完，越发打心眼儿里硌硬，对所讲的那些事儿根本不感兴趣，自然不愿听，只当耳旁风。早知师哥想掌握这些情况，我不光得认真听啊，还得仔细盘问呢！好在不管想听不想听，他一个劲儿地在身边唠唠，耳朵都快起腻子了，总还是听进去一些。不过我得好好儿回忆回忆，一件一件捋出头绪来，力求做到准确无误，不能讲错了，那可就适得其反了。"

班布泰略一思忖，说道："小白丫，天色不早了，耽搁时间过长，容易引起不必要的麻烦，今儿个就唠到这儿，我先回去。闲下来时，你仔细回忆一下秦名远都讲了些啥，涉及到哪几个人，干了什么违反大清律的事儿，在脑子里归拢一下，过两天我还会来，到那时再讲给师哥听好吗？"

白面娘子点点头道："好吧，请师哥放心，我会尽力而为的。"

二人站起身来，班布泰拉着白面娘子的手叮嘱道："师妹，一定切记，咱哥儿俩今天见面的事儿要守口如瓶，不能对任何人讲，尤其是秦名远。倘若无意间泄露出去，引起各种猜测事小，富俊大人再被牵扯进来，那就说不清、理还乱了。你要多保重，来往妓馆的什么人都有，必须谨慎从事，千方百计保护好自己，相信总有重见天日的那一天。"

分别在际，白面娘子感到万般不舍，眼泪汪汪地看着心上人，说道："师哥，放心吧，你的话师妹都记住了，不会露出半个字儿。不用惦着我，一切皆能应付，代问土地爷爷好，路上多加小心。"

班布泰抱拳道："小白丫，告辞了！"说罢拉开东墙的旁门，穿过百禽鸣喧，从外廊门走出，正巧看见二管家刚刚迈上两个台阶，想必是打算上楼一探。见班布泰出来了，转身又退了回去，只听随后跟出的白面娘子手把外廊栏杆冲他喊道："冯大爹，麻烦替我送送少爷！"

二管家应声儿道："知道了！"

这时，班布泰已经到了一楼，冯大爹赶忙掀开门帘儿，满脸堆笑地做了个"请"的动作，说道："多谢少爷赏光，请慢走，欢迎下次再来。"班布泰眼皮没挑，大摇大摆地出得大堂，二管家点头哈腰地紧随其后，一直送到大门外。

3天之后，班布泰第二次来到花仙楼，面见师妹白面娘子。这回精心打扮了一番，换了身儿新置办的公子装，质地上乘，剪裁得体，颜色鲜亮，典雅大方。这里插说两句，清初时，公子的衣着十分讲究，颇为明显的特点是身穿长袍儿，外面罩着坎肩儿。清中后期，开始有了变化，大多沿袭明代的服饰，即身穿长衫儿，外面一般不罩坎肩儿。衣着虽不那么讲究了，比较自由、随意，但剪裁精当，做工很细，穿起来耐看。长衫儿基本上是丝绸印花质地，上有手工绣的花饰，什么大菊花呀、牡丹花呀、迎春花呀等等，鲜艳好看。彩缎的颜色多种多样，有深蓝色、乳白色、浅红色、天青色、绛紫色、深棕色、银灰色、米黄色等，惟独没有纯黄色，为什么呢？因为黄颜色的衣服只限于皇宫大内的皇上及皇家人享用，其他人不可以穿，否则会被问罪的。公子所戴的头巾花饰也不一样，丰富多彩，有百鸟迎春、双鹤并立、浅底游鱼、蓝天白云，还有山岩、溪流、小径、松林等，有织上的，有用彩色丝线绣上的，亦庄亦谐，栩栩如生，别有情味。由于衣着是身份、地位的象征，可以据此判断出家门的经济状况，故而当时的上层社会还是比较重视服饰的。为了显示自己的富有和与众不同，甚至暗暗攀比、较劲儿，你穿绸的，我穿缎的，下次再穿丝绢的，总得超过你。

花仙楼不是普普通通的地儿，乃名声在外的妓馆，一般人不敢到这儿来，来了也进不去，看家护院的就把你挡住了。俗话讲，人饰衣裳马饰鞍。他们打眼一瞅，来者穿着寒酸，递不上牌子，报不出字号，就知道没啥身份，一顿拳打脚踢便把你踹跑了，根本到不了门口儿。一瞧你着装华丽、讲究，又递牌子又报字号的，就知道有身份，门前站立的两排导引者立马高声儿迎请："李公子到！""王举人到！"一层层传到大堂内，里头马上便有回应的："李公子请！""王举人请！"不只是现在，早在原楼主花桂芝经营时，各地的嫖客皆知，想去吉林的花仙楼消遣可得掂量掂量，有权、有钱、有势、有身份的人方能光顾，什么州官、大员哪，千总、都统啊，名门贵胄的子弟呀等等。凡夫俗子是不能问津的，只能到没名的窑子了，还有牛马行西边那趟旧街中的小巷子里找野鸡混混。

花仙楼那些看家护院的厉害得很，个个如狼似虎，大多是黑道儿上的人。他们为啥给妓馆护院呢？原来花仙楼易主开张后，吉林一带黑道儿的头子过江龙以及手下雪中豹、窜山虎、云中燕、草上飞等时不时地到此光顾，每次都是小金佛迎来送往，白面娘子亲自接待。有美貌、热情的鸨母陪在身边，有小金佛小心翼翼地侍奉在侧，再天南海北地聊开去，他们觉得十分惬意，渐渐成了这里的常客，相互之间也越处越近乎了。过江龙为了向对方给予的盛情表示回报，主动提出如果馆主不嫌弃的话，手下的弟兄们可为花仙楼保驾。白面娘子非常感激，求之不得，欣然同意。她知道，生意能否红火有许多因素，其中很重要的一点便是嫖客到了妓馆，首先自身要有安全感，他才会玩儿得尽兴，不惜挥金如土，故而设专人看场子是必不可少的。从此，白面娘子、小金佛与黑道儿的这些人常来常往，走动频繁，关系愈加密切。一段时间后，自己也入了伙儿，成为同道上的朋友，互相多有照应，倘若遇上不可解的事儿，只要吱一声准到。

单讲班布泰刚刚走到花仙楼的院门外，护场子的那些人抬眼一瞅，来者外着上印牡丹花的天青色长缎袍儿，内穿上绣群雀闹枝头的浅蓝纱绒绸衫，头戴银灰色公子巾，并特意将内衫紧扣，外袍儿散怀，举止大方，风度翩翩，不由得眼前一亮，嗬！又是一位富家子弟，遂异口同声地招呼道："少爷请！"

班布泰礼貌地点了点头，手摇花折扇，迈着四方步来到大门口儿，张口就唤冯大爷。二管家赶忙从大堂迎出，一看是3天前以小金砖作为见面礼求见鸨母的那位公子，不敢怠慢，满脸堆笑地掀开门帘儿请进大堂后，没像往日那样让其暂先喝茶静候，而是引领着直接上了二楼。为啥这回既不用掏金砖、也不用塞银圆却如此痛快呢？原来上次白面娘子送走班布泰回到第三阁后，感到不那么憋闷了，如同眼前开了扇门似

第二章 智斗群魔

的，突然从长期压抑的状态下走了出来，顿觉天地是那么广阔，心里是那么豁朗。虽然不能回到疼爱自己的哥哥身边，但已了却心愿了，知足了。尤其是终于有报复秦大门牙的机会了，要把他及身边的亲信所干过的坏事都抖搂出来，使那些具有蛇蝎心肠之人的暴戾恣睢大白于天下，无处可藏，朝廷必会治他们的罪。为能提供准确信息，不至于挂一漏万或张冠李戴，我得回去跟秦名远唠唠，将其以前说过的、我当时没认真听的事儿都弄个明明白白，等师哥再来时好告诉他，这或许是土地爷爷需要掌握的重要信据，而且会转述给赛冲阿将军的。

　　转天一早，白面娘子便把妓馆有关接待之事提前做了安排，又唤来小金佛和冯大爷，说是有事需要回趟家，请二位多费心照应着点儿，每一位来客都要伺候好，不能因一时的疏忽或接待不周而砸了咱花仙楼的牌子。二人诺诺称是，表示请老鸨尽管放心，我们会照应得周周到到，保准让客人满意，不出丝毫纰漏。交代完毕，转身出了大门，急匆匆地往家走，距离不太远，没多大工夫就到了四合院儿。推门一进屋，正好与准备去衙门办差的秦名远撞了个满怀，对方一下子怔住了，感到十分诧异，说道："哎？今天刮的哪儿股风啊，还是太阳从西边出来了，美娇娘可是头一回不请自到哇！"

　　白面娘子做出一副蛮高兴的样子，甜甜地说："怎么，回家还得事先打招呼哇？这是咱俩的窝呀，想啥时候回，就啥时候回呗！"

　　秦名远难得一见白面娘子有了笑模样，以为回心转意了呢，赶忙反身拉过一把椅子，轻按白面娘子的肩膀道："快坐下歇歇，看你走了一头汗，急的哪门子呀？"又从内怀掏出手帕递了过去。

　　白面娘子接在手里，并未擦汗而是放到了桌子上，双眼笑吟吟地看着他。秦名远受宠若惊啊，乐得大扁嘴咧到了耳根，一面脱官服一面说："今儿个不去府衙了，在家歇一天，好好儿陪陪你，多日不见怪想的呢！"

　　这时，两个侍女推门走了进来，将沏好的香茗放于桌子上，并为主人各斟一杯，然后站在一旁听候吩咐。秦名远冲她们摆了摆手道："下去吧，该忙啥自管去，我来伺候娘子。"

　　侍女掩口而笑，转身退下，顺手把门带上。二人坐在桌旁边喝茶边聊了起来，开始时，白面娘子为了不让秦名远起疑心，唠的全是闲嗑儿，天南海北地东扯西拉，连张家长、李家短、街头巷议也成了在聊之列。随后自然而然地唠到了花仙楼，秦名远最感兴趣的便是打听一下近来的生意如何，白面娘子只敷衍了一句："噢，还不错，来的大多是常客。"紧接着又就在妓馆所见所闻之趣事、各色人等之丑态、谁出手大方、谁是小气鬼、哪位窑姐儿的人气在逐渐攀升等眉飞色舞地说开去，连讲带比划的，谈资甚广，秦名远不时地插两句，显得气氛十分和谐。

半个时辰后，白面娘子觉得唠得差不多了，把话锋一转，关切地询问起秦名远在衙门里的办差情况了，诸如是否顺心哪、哪位上司对你高看一眼哪、上次说过的那位副都统收受了贿赂、最后给没给人家办事儿呀，你身边的亲信谁发大财了等等。看似随便问问，却撩拨了秦名远的虚荣心，可下有表现自己的机会了，遂把以前回家说过的谁谁谁怎么样重复了一遍，又将眼下的衙门里发生的事儿抖搂个底朝上，还得意洋洋地将身边之亲信、吉林将军衙门属下小红楼迎宾驿馆的大管家杜宝以什么手段控制着钱财、私自安插了哪些人、自己如何与其沆瀣一气并得到了啥好处和盘托出，也没忘了介绍江北拘绁营有多少油水可捞、怎样盘剥去往那里各色人等的资财归为己有以及欺压无辜、草菅人命的细节。白面娘子见秦名远谈兴正浓，心里偷着乐，一句话不插，只是静静地坐在椅子上洗耳恭听，一桩一件地暗暗记在心里。聊到快晌午了，发现他再也谈不出什么新鲜东西了，忽然一拍脑门儿装作很着急似的说："哎呀，糟糕，今儿个下晌胡总兵要去花仙楼，早就打过招呼了。我脑子可真够浑的，咋把这么重要的贵客给忘了呢？不行，得赶紧回去，耽搁不得！"说罢起身就往外走。

秦名远随之站起，刚要挽留，想了想，话到嘴边又咽了回去，生怕说出来惹得人家不高兴，只好作罢。他眼瞅着白面娘子从自己眼皮底下消失了，又生气又无奈，重又一屁股坐在椅子上，长吁短叹，怅然若失。

白面娘子出得四合院儿，如释重负地长出了一口气，感到从未有过的痛快，心里这个乐呀："秦大门牙呀，秦大门牙，你不是鬼心眼儿多么，给个笑脸儿就不知东南西北了，蠢猪一头哇！哈哈，终于栽到姑奶奶手里了。咱也得对得起你那么卖力气呀，定把所听到的一切全部告诉班布泰师哥，看土地爷爷咋收拾你！"这么想着，脚步也加快了，没一会儿便到了花仙楼，一进大堂就把二茶壶唤至跟前，交代道："冯大爷，昨日来的那位少爷近两天还要登门，到时候将他直接领到第三阁就是了。"

二茶壶点点头道："知道了，放心吧，只要人一到，我亲自送

第二章　智斗群魔

过去。"

这不,班布泰刚刚来到大门口儿,眼尖的冯大爹立即迎上前并引领着上了二楼,恭恭敬敬地送到第三阁,很客气地请其稍候,馆主马上就到。然后出得门来,走到位于尽头的那间绣房跟前敲了敲,听见鸨母应了一声后便道:"馆主,那位少爷来了,正在百禽鸣喧候着呢!"

白面娘子回道:"知道了,冯大爹费心了,忙去吧!"

话音刚落,随之传来二茶壶离去的脚步声儿,咚咚咚下楼了。白面娘子起身拉开东墙的旁门而入,果不其然,见班布泰面朝外廊坐在椅子上东瞧瞧西望望的,显得很是悠闲,赶忙走到跟前小声儿说道:"师哥,估摸你今天会来,正盼着呢!"

班布泰问道:"两位贴身侍女怎么不在?"

白面娘子笑了笑道:"为了咱说话方便,早就打发了,省得碍眼,并且下话了,没有我的吩咐,谁也别进来,该干啥干啥去。师哥,隔墙有耳,不得不防,小心无大错,咱们还是去绣房一叙吧!"说罢拉起班布泰从旁门走出,经过小走廊进入绣房,回身把门关好。

二人来到茶几边坐在靠背椅上,白面娘子端起壶斟上香茗,班布泰呷了一口茶后,放下杯子道:"师妹,上次分别回到行辕,我把你的情况向土地爷爷通禀了,老人家听了既高兴又气愤。高兴的是终于知道你的下落了,日子过得尚可,一直提溜的心暂时放下了。气愤的是让人心疼的小白丫遭了不少罪,受了天大的委屈,而早该千刀万剐的秦名远却无人问罪,逍遥法外。爷爷让我告诉你,别着急,勿难过,快到出头之日了。冤有头,债有主,欠账者必还,决不饶恕歹人,他们将为自己的所作所为付出代价。"

白面娘子的眼圈儿红了,没承想自己身处烟花柳巷之中,又当上了老鸨,土地爷爷和班布泰哥哥不但不嫌弃,而且仍像以前那样关心我,疼爱我,信任我,他们是多么好的人哪,这辈子能有幸与其结识,死也值了。于是掏出手帕擦了擦顺脸滚下的泪珠儿,说道:"师哥,请替师妹谢谢土地爷爷,让老人家挂念了,我怎样算不了什么,还是抓紧时间谈正事儿吧!"

班布泰连连道:"好,好!"

白面娘子随即压低声音,把那天回家从秦名远口中听到的一切详详细细地复述一遍,听得班布泰时而诧愕不已,时而眉头紧皱,时而怒容满面,时而陷入沉思。末了,白面娘子又道:"噢,差点儿忘了,这些天秦大门牙正为一件棘手之事忙得焦头烂额。盛京将军衙门吏部侍郎卢涟的妻弟鲍昌打算在吉林谋个差事，听说吉林将军衙门属下的左翼官学教习空额，便想顶这个缺。其本人是位不学无术的公子，不懂诗词，不会作文章，一肚子大粪，只学了点儿武功。卢涟大人当然清楚小舅子有多大脓水，便求秦名远帮忙，请其在吉林将军面前多多美言，并早早奉上了酬金，他一口应承下来……"

班布泰插言道："这哪儿行啊，让酒囊饭袋去顶教习之缺，连诗词都不懂，能讲出个啥呀？那不误人子弟嘛！所有的学位是经过科考的，特别是在官学任教习，惟品学兼优者方可，不能只凭一纸书函就录用。"

白面娘子点点头道："说得是呀，别看就一个位子，那还俩人争呢，京师桂良大人的外甥女婿尤成额也拿一纸书函来见吉林将军衙门的副都统达绿。秦大门牙这下坐蜡了，接受酬金得给人家办事儿呀，思来想去，便派人将尤公子夫妇送到江北拘缉营了。为能长期困在那儿，当晚让我和小金佛把他们带来的一车物品偷走并藏到另外一个地方了，他好倒出空儿来安排鲍昌上任之事。"

班布泰听到这儿，不由得吃了一惊，问道："师妹，偷东西的事儿你也干？"

白面娘子脸上现出不屑的神情，说道："这有什么大不了的，我才不管鲍昌和尤成额谁当教习呢，反正都是凭私人关系来的，他俩没啥区别，有人给跑腿儿钱干吗不要哇？再说了，不过举手之劳而已，轻轻松松就办了。"

班布泰没说什么，心想："小白丫在非正常的环境下生活，与各种各样的人打交道，不情愿也好，不痛快也罢，对客人总得笑脸儿相迎。天天思量的是对不同的人该如何周旋、应酬，尽量使人家满意，一个不把现实社会放在眼里的人做什么事岂能严肃认真？然可喜的是她善良的天性没有因此而泯灭，涉及到个人的恩恩怨怨时，美与丑、爱与憎还是泾渭分明的，一个原本多么可爱的女孩儿呀，真希望她还能回到从前……"二人又聊了一会儿，班布泰准备告辞了，站起身来道："师妹，又到分手的时候了，师哥代表土地爷爷谢谢你，为我们提供了很多重要的情况。待其接任吉林将军后，必将向朝廷具函缕陈，对贪赃枉法之徒坚决予以严惩。重阳节快到了，秋天正是大雁肥的季节，草甸子里、河滩旁还有不少雁蛋呢！吉林当地有一民俗，即每年的九月初九这天，亲朋好友成群结队地上山放鹰打雁。为迎接新将军赴任，又正赶上京师皇宫大内的领侍卫内大臣赛冲阿莅临江城,现任吉林将军松筠打算带领八旗官兵陪同二位大人去马尾山放鹰打雁。土地爷爷还特意叮嘱我,到时候别忘了把小白丫接来,看看我那孙女长高长胖没?"

白面娘子听罢,高兴得像个孩子似的跳了起来,嚷嚷道:"太好了,太好了,又能见到土地爷爷和行辕的骑兵哥哥了,真想他们哪,我一定去!"

班布泰忙把食指放于唇边,意思是小点声儿,别让人听见。白面娘子吐了吐舌头,做了个鬼脸儿,然后拉开房门,亲自送师哥下楼离去。

茗兰、庞荣、庞庆、小满堂听了白面娘子这番讲述,才如梦方醒,心中的疑团解开了,真相大白了,不但不再怨恨她,而且对其凄凉的身世、不幸的遭遇深表同情,感喟一个可爱可亲的年轻女子饱经沧桑,无可依傍,不得不孤零零地面对世情冷暖,那种无奈令人哀怜。可白面娘子对此并不介意,认为生死有命,富贵在天,一切是生来注定的,人不能跟命争,何必叹息?尽管往事不堪回首,爹娘早亡,继母虐难,胞姐下落不明。接踵而来的是尊敬的师傅、班主赛燕青重病中被活活气死,从此失去了第一位救命恩人;几年后又遭秦名远的凌辱,由于失身,觉得对不起挚爱自己的第二位救命恩人班布泰而不得不远离,她是不幸的。然而在无处栖身时,却有幸结识了富俊大人,享受了同龄孩子应该得到的呵护与关爱,感知到了祖孙之间的亲情;绝望时,巧遇了第三位救命恩人,即为人耿直、仗义的老八旗赵西丹,并向其敞开心扉,倾诉一切,增强了活下去的勇气和信心;陷入迷途时,出现了温文尔雅的尤成额公子、美丽善良的茗兰夫人,武功超群的少林寺高僧庞氏兄弟,乖巧机灵、尽心竭力护主的小满堂,双方是不打不成交,并将所产生的隔阂、猜忌抛至脑后,真诚的心紧紧靠在一起,很快成为知己。由此看,她又是幸运的,更确切的说,乃不幸中之万幸,从此将不再浑噩麻木、碌碌无为,而是开始生命的新起点,敢于担当,做有意义的事。茗兰笑着说:"妹子,咱们是好朋友了,那就是自家人,以后住在一起吧,再不分开了。多个人多把力,遇到困难互相帮助,大家拧成一股绳,没有办不成的事儿!"

小满堂接过了话茬儿:"是呀,人多力量大,携手可断金嘛!少奶奶,既然已从白面娘子姐姐口中知道小金佛的身世了,那也是自家人,总不能把自家兄弟关在地室吧,是不是该放出来了?"

庞庆说道："妹子，乌三儿虽是杜宝手下的人，干了一些坏事，但咱丢东西与他关系不大，依我看，也应放出来。"

茗兰点点头道："嗯，言之有理。现在弄明白了，闹了半天所发生的一切，始作俑者竟是眼前的这位妹子呀，把我们折腾得东一头西一杠子的，只听辘辘把响，不知井在哪儿！"边说边笑嘻嘻地轻捶一下白面娘子的肩头。

白面娘子扑哧一声乐了，觉得挺不好意思的，脸红红的，遂抱拳致歉道："茗兰姐姐、庞家哥哥、满堂弟弟，对不起，千错万错都是我的错，把所有的委屈和怨恨全往我一个人身上撒吧，理当受罚。小金佛是被刮连的，倘若没有我的指使，他不会去江北拘缉营。乌三儿的为人的确不咋样，天天跟在杜宝的屁股后转，好得像一个人似的，穿一条裤子都嫌肥，不干正经事儿。不过物品被盗这件事他真的没有参与，就是我跟小金佛干的，咱也别冤枉人。大人有大量，不跟小的一般见识，如果能将乌三儿和小金佛放了，白面娘子替他俩谢谢了，感谢宽恕之恩，我在这儿给各位叩头了！"说着扑通一声跪在地上刚要磕，茗兰忙俯身阻止道："使不得，使不得，一家人莫说两家话，磕哪门子头啊，快起来！"

这时，一直未吱声儿的庞荣开口道："乌三儿仰仗着杜宝在吉林将军衙门属下小红楼驿馆有那么个管家的职衔，这些年为虎作伥，恣意妄为，横行不法，干了不少见不得人的勾当。然欠债总是要还的，罪责难逃，待富俊大人上任后，定会依法予以惩处。咱可先放了乌三儿，为我所用，让他帮着找寻那些在拘缉营丢失的男男女女，给新任吉林将军治理吉林、驱除邪祟提供有力的人证。"

茗兰赞同道："说得好，想得也很周到，可按大哥所言行之。乌三儿着实可恨，学坏了不说，在老娘面前一句真话没有，且放纵不羁，忘了自己原先也是受苦人。他的母亲为人很好，诚恳实在，后悔这些年对儿子管教不严，被其骗了却一直蒙在鼓里，还以为乌三儿挺出息呢！我以为放了乌三儿乃上策，利大于弊，好处有三：其一，对他采取教育为主、以情感人之法，如果从此学好了，也是从杜宝那儿争取过来一个人嘛，秦大门牙亦会感到很舍手。其二，乌三儿原本没啥能耐，半点儿武功没有，根本不是荣哥、庆哥的对手，不用担心他跑掉，想逃都逃不了。其三，正如荣哥所言，不仅让他帮着把丢失的人一个个找回来，给以妥善安置，而且还要由他带路，将齐柳云、阎彩玉、冯秀清以及与她

第二章 智斗群魔

们同样境遇的姐妹送回故乡，跟自己的家人团聚。咱就当那青天大老爷，只有通过拯救无助之人，查清真相，掌握证据，方能在富俊大人继任吉林将军后，向秦名远、杜宝这号社会渣滓算总账。庞大哥，你现在就去地室，把乌三儿和小金佛带到这儿。"

庞荣应声儿道："好嘞！"然后转身出门直奔后院儿，不大一会儿便押着乌三儿和小金佛进了东屋。茗兰看了看二人，开口道："小金佛，我们已将一车物品被偷的来龙去脉查清了，虽然是你和白面娘子干的，但罪魁祸首乃吉林将军衙门府总管秦名远。不日将把此事上报衙门立案，秦名远是主犯，你俩是从犯，故此决定放了你，不予追究。"

小金佛听罢，一下子怔住了，正不知如何是好时，白面娘子忙提醒道："还愣着干什么？快快拜见少奶奶，她可是咱的贵人，赶紧叩头谢恩哪！"

小金佛见白面娘子发话了，扑通一声跪在地上，咣咣咣连磕了3个响头，边磕边道："大人不记小人过，少奶奶能原谅小的，真是感激不尽哪，谢谢不究之恩！"

白面娘子又让他分别给庞荣、庞庆、小满堂施礼致谢，感谢人家的宽宏大量，小金佛乖乖地一一拜过、谢过。茗兰接着又道："乌三儿听着，经查，尽管丢失物品与你无关，可往日确实干了不少坏事，只要做过了，早晚会被追究的。你出生在穷苦人家，老娘是个本分人，盼望儿子将来能有出息。你却放着阳关大道不走，而走歪门邪道儿，为啥非往坏里学呢，对得起谁呀？我告诉你，俗话讲，近朱者赤，近墨者黑，跟着啥人学啥人。杜宝不是什么好东西，往后离他远点儿，别再给祖宗丢脸了，听见没？"

这时，乌大娘走了过来，指着儿子气冲冲地骂道："乌三儿呀，乌三儿，纯粹是个孽障啊，要我看哪，把你关进大牢一点儿都不冤。自打进了吉林城就不是你了，不学好哇，背着老娘干了许多缺德带冒烟儿的事儿。要知道，上天是公平的，善有善报，恶有恶报，将来遭报应也是罪有应得呀，活该！我还是那句话，从今儿起，你若仍跟那几个王八犊子混，我就带着小甜丫回老屯去，从此不认你这个不孝之子！"

茗兰见状，赶忙好言劝慰老人家不要动怒，乌三儿老大不小了，已经做父亲了，又不是不懂事理的人，相信他会变好的，浪子回头金不换嘛！

乌三儿究竟干了哪些昧良心的事儿，自己最清楚，心里肯定有本账。当听到茗兰说把他也放了时,初始以为耳朵出了毛病,继而感激万分,除了跪地磕头谢恩外,还主动请求道:"少奶奶,拘缉营的居住条件原本就不好,你们住的那间则更差。不如这样,请各位先搬到我家,有的是地方,宽敞得很,条件和环境相对好多了。"

　　乌大娘一听儿子这么说,也一个劲儿地让,小甜丫还在一旁帮腔儿,庞氏兄弟和小满堂亦表示不反对。茗兰思摸再三,终于同意了,当晚尤公子一行全搬到了乌三儿家,住下后,确实觉得舒服多了。不过只住了两天,白面娘子就坐不住了,越寻思越不是滋味,第三天一早便叫上小金佛,来到乌三儿家,拉着茗兰的手说:"姐姐,妹子想跟你商量个事儿,看看意下如何。各位来到吉林后,受了不少委屈,吃了不少苦,全是由于我的荒唐之举造成的,感到十分过意不去。这两天晚上睡不着就琢磨,还是尽量不住在乌三儿家,这里虽称迎宾驿馆,但实际上是吉林将军衙门属下的拘缉营。乌三儿家居住条件再好,毕竟如同囚犯一样关着,既不自由,又不方便,不能久呆。你们得回到城里,我有个现成的居处,独门独院儿,环境幽静,惟一不可心的是那块儿有点说道儿,不知各位敢不敢住?"

　　茗兰不以为然,笑道:"妹子,真那么吓人么,到底有啥说道哇?"

　　庞氏兄弟倒蛮好奇的,从来没怕过天下发生所谓什么怪异荒诞之事,可下听见传闻了,必将亲自前去辨识一下真假。庞荣急不可待地说:"白面娘子,别卖关子了,快详细讲讲那是个什么所在,我们很想去领教领教呢!"

　　那么,白面娘子所说的居处在哪儿呢?这个地儿小金佛和乌三儿皆知。原来自打秦名远把白面娘子弄到江城,不仅想占有她的身,还想俘获她的心。想吃啥给做啥,想穿啥给买啥,想干什么随她,一切无条件依从之,只要高兴就行。一天头晌,其亲信杜宝神神秘秘地告诉他,说是沙河沿儿南边有座小木楼颇有名气,依山傍水,绿树成荫,风景宜人,何人设计并修造无可考。据传乾隆朝时,有一年春夏之交,乾隆爷御驾北行,来到吉林视察地形地貌。闲暇时,率亲随、侍卫沿江穿行于山间林中射猎,欲寻得江城名禽树鸡,即飞龙。没多会儿,果不然看见几只飞龙从头顶飞过,乾隆爷兴致勃勃,策马追赶,一直撵到温德河附近时,飞龙却不见了。此刻,君臣个个累得满头大汗,呼哧带喘,浑身燥热。乾隆爷侧头往左一瞅,见春水潾潾,波光闪闪,水中的鱼儿游来游去。离此不远的河岸边,有几个浣纱女手拿着棒槌,有说有笑地噼噼

第二章　智斗群魔

啪啪洗着衣裳。不禁龙心大悦，遂命人等全部下马，洗洗脸凉快凉快，然后下水摸鱼，带回去熬鲜鱼汤喝。亲随、侍卫跳下马来，手牵缰绳走到河边，让坐骑饮足了水，自己也以双手掬水喝个够，又洗洗脸、洗洗脚，感到很是舒爽痛快。

这时，跃跃欲试的乾隆爷已等不得了，弯下身把靴子一脱，裤腿儿一挽，蹚水进入河中开始摸鱼。水下凸凹不平，他的双手左划拉一下，右划拉一下，双脚试探着一步步往前挪。突然脚下一滑，身子一歪，一屁股坐进了水里。亲随、侍卫大惊，急忙跳入河中，欲快点儿扶起皇上。说时迟，那时快，岸边的几个浣纱女见一位身着猎装的官员跌倒在水中，根本不知此乃当今天子呀，纷纷起身跳入河中往乾隆爷身边奔，其中一对儿姐妹的行进速度比那些亲随、侍卫还快。到了皇上身边，二人将其扶起并抱到岸边，那个年龄较小的女子蹲下身来，将其已经湿透的外袍和裤腿儿拧了拧，然后与亲随、侍卫簇拥着皇上来到沙河沿儿南边一座农家的茅舍前。白发苍苍的陈老太太，即姐妹俩的老娘满脸带笑地迎出院门，热情地请客人进屋歇息并沏上了热茶，随即赶忙进厨房做饭去了。

乾隆爷在亲随的陪同下，先是去小暖阁换了套干爽的衣裳，然后回到东屋坐在热炕上，端起摆在炕桌上的杯子边喝茶边仔细打量那对儿姐妹。二位女子年龄不大，姐姐十五六岁，妹妹十三四岁，模样儿俊俏，鸭蛋形脸庞，一对儿大眼睛忽闪着，前额垂着刘海儿，显得愈加乖巧、秀气。乾隆爷越看越喜欢，便与姐妹俩攀谈起来，既问了家里的生活现状，也问了当地的田亩归属情况，二人一一作答，气氛特别和谐，乾隆爷始终未暴露自己的身份。过了两袋烟的工夫，陈老太太端来了一盆热气腾腾的鲫鱼汤、两大盘子苞米面饼子和几碟儿咸菜，说是农家没啥好待客的，只有粗茶淡饭，请不要见外。乾隆爷盘腿儿坐在炕桌边，手拿小木勺儿品尝着味道鲜美的鲫鱼汤，就着咸菜大口大口地嚼着黄灿灿、香喷喷的苞米面饼子，觉得比皇宫大内的山珍海味还好吃，并将苞米面饼子称为"黄金饼"。用罢膳临走时，考虑到姐妹俩救驾有功，亲赏三百两纹银，还下旨给领侍卫内大臣，在茅舍的旁边辟出一块地儿，修造一座二层迎驾木楼，赐予老太太一家3口儿居住，责令吉林将军衙门须对陈家格外关照。

此事一阵风地传开了，当地的住户奔走相告，羡慕异常，说是深居皇宫的那些妃子、答应、常在有的一生还未抱过皇上呢，陈家的两个闺女却偏得了,实在是三生有幸啊,此乃前世修来的福啊!传来传去的,一段时间后,不但苞米面饼子有了"黄金饼"的美名,而且百姓把这座木楼叫成了"凤楼",渐渐便名声在外了,成为吉林城的一大景观。据讲,到了乾隆末年,陈老太太早已病故,两个闺女先后嫁到了盛京,大女婿是副都统,小女婿是协领,凤楼没人住了,由吉林将军衙门代行管理。由于风吹日晒,加之遭遇荒年,连降暴雨,洪水泛滥,凤楼也不可避免地屡受侵蚀,又未能及时修缮,变得十分破旧,被吉林将军衙门卖掉,一位经营参茸的富商花重金买了去,从此就没了声息。还有一种传言,说是当时乾隆爷看中了那个年龄较小的妹妹,领其入宫并做了妃子。其后传成了乾隆爷让姐妹俩一块儿进了京城,在前门外的热闹巷里开了处门市,专卖"黄金饼"。多年过去了,凤楼又有了新的谈资,说是发生了蹊跷之事,开始闹鬼,每到半夜时分,常能听到从楼内传出鬼哭声儿。还讲什么在里面睡觉的人第二天一早醒来,却发现原本住在楼上,不知啥时候被抬到楼下了,或者从楼下抬到院子里,自己竟浑然不觉。总之越传越神,所言五花八门,没边儿没沿儿,使得凤楼没人敢住。到了嘉庆朝,凤楼始终空闲,院内蒿草丛生,一片荒凉。百姓风传没有福气之人还是离凤楼远点儿,修行不到的最好别尝试,只有像陈家姐妹那样能有幸抱到天子的大命之人方可安然入住。

秦名远听罢杜宝云山雾罩的一番介绍,对凤楼产生了极大的兴趣,转天一早便亲自去沙河沿儿附近察看,果然得见一座又破又旧的小木楼立在那儿。登上二楼放眼一望可就大不一样了,既可俯瞰近处的春日桃花、岸边翠绿的柳林,也可远眺起伏的山峦、温德河流向松花江的入口处以及忙碌的船工、人声嘈杂的渡口。站在楼外的长廊上,可一览远处一座座的房屋、曲里拐弯儿的小路、热闹的街市,景色迷人,风光无限,是个蛮不错的地方,当即打心眼儿里喜欢上了。又仔仔细细看了一圈儿后,这才回到衙门府,径直去了姨夫松林将军处,言称沙河沿儿南边的那座凤楼多年以来一直闲置,越是没人住越破败不堪,早就该修一修了。空着也是空着,不如借给外甥暂住,修缮所产生的费用我可承担一部分。松林将军一琢磨,凤楼没人住,衙门还得代管,借给他反而省心了,啥时候需要收回,再让其倒出也不迟,便爽快地答应了。秦名远立马带着十几个衙役和执刀仗剑的随从去了凤楼,里里外外打扫一番后,晚间又接连住了几宿,啥事儿都没有,更未听到什么鬼哭声儿,悬着的心也就落体了。

第二章 智斗群魔

秦名远这一折腾，衙门府的上下人等背地里开始窃窃私语，皆以为将军把凤楼赏给总管了。每当问起他时，还故做姿态，笑而不答，大家更确信不疑了，谁敢去向将军求证啊！时间一长，秦名远表面说是借用，实际上已占为己有了。他并不缺住的地儿，要了凤楼也派不上用场，为讨好白面娘子，便将凤楼的钥匙给了她。声称这座二层小楼乃江城惟一的木楼，位置、环境俱佳，颇有特色，今后就由你支配了。白面娘子啥也没说，伸手接过钥匙，去凤楼看了一次，然从未住过。

茗兰得知了凤楼的来龙去脉，感到颇为新奇，很想去那儿借住。可又一思摸，觉得不妥，与白面娘子只是刚刚相识，凭什么白住人家的房子呀？遂婉言谢绝了，表示将另择居处。白面娘子不答应了，故意把脸一绷道："茗兰姐姐，你是客气呀，还是没瞧得起我这个萍水相逢的妹子呀，拘绁营是人呆的地儿么？反正凤楼我也用不上，你们一时又没有合适的居处，何必让它闲着呢？就这么定了，妹子一向说话算数，凤楼就归你们住了。倘若执意不肯，只能说明咱姐妹不是一家人，没想到一块儿，太客气就显得生分了，你酌量着办吧！"

茗兰见白面娘子生气了，忙笑着解释道："妹子，说哪里话，姐姐不是怕给你添麻烦吗！"

白面娘子摇摇头道："又外道了不是？有啥麻烦的，我也时不时地去住呢，大家在一起多热闹啊，天天能见面，高兴还高兴不过来呢！"

这时，半天未吱声儿的尤成额开了腔儿："非常感谢白面娘子的盛情，也从不相信世上有什么妖孽作祟，纯属谣传。想必不光我本人，在座的二位师父和小满堂皆认为拘绁营的居住条件太差，又脏又乱，令人作呕，希望早点儿离开，尽快回到城里。不过我琢磨着既然富俊大人不日将就任吉林将军，这么长时间都等了，也不差十天半月了，待富俊大人下话后再搬走不迟。"

白面娘子说："尤公子，别忘了，那一车东西是我给偷藏到地室的，你们因此不能离开这儿，妹子的心能安么？再说了，谁知土地爷爷十天半月能否就任吉林将军哪，如果一味拖下去，那得等到啥时候啊？咱们已作为好朋友相处了，说明各位原谅妹子以往的过错了，给你们换个环境不是顺理成章嘛！凤楼是处不错的居所，只是被大伙儿传得沸沸扬扬的，听起来挺吓人。要我看哪，纯属子虚乌有，秦大门牙及其随从在那儿连住好几晚也没咋的。就算真有说道儿，有武功高强的庞家哥哥时刻保护在侧，还用怕么？权当是专程去降妖捉怪了。小鬼一看二位大师这身板儿,哪个敢上前搪啊,还不得吓得屁滚尿流哇,三下五除二就给降服了,根本不费吹灰之力。各位如能答应去那儿住,也是帮了大忙了,我将感激不尽。为啥这么说呢?因为自打拿到钥匙,从未亲自在凤楼留宿过,无法证实传言是真是假,了却不了对那儿的好奇心。何况你们皆为贵人,亦是大命之人,我若能沾上喜气,那可求之不得,难道真那么吝啬,这点儿便宜都不让白面娘子占么?"

站在一旁的小满堂显得有些犹豫,看了看二位主子,这才表态道:"依我看哪,白面娘子姐姐是真心请我们去凤楼,盛情难却,添点儿麻烦就添点儿麻烦吧,谁让大家是朋友了。再者说了,少爷和少奶奶在如同牢狱般的拘缉营继续呆下去,等回到京城,小的没法儿向老爷交代,也担待不起。"

庞庆接茬儿道:"尤公子、茗兰妹子,别怪我多嘴,满堂言之有理,还是听白面娘子的吧,去凤楼。到了那儿,起码可以开开眼,看看传说中的妖魔鬼怪长得啥样儿,活了几十年从未见过呢!再验证一下发生在凤楼的奇闻趣事,体尝一下与阴曹地府的魂灵共宿一处是什么感觉,此千载难逢的机会不能错过,肯定非常过瘾。"

庞荣赞同道:"嗯,说得对,久住于此不是办法,去凤楼乃上策。乌大娘上年纪了,天天还得为咱们张罗这张罗那的,那才真叫添麻烦呢!我们哥儿俩向来不相信世上有什么妖魔鬼怪,不必把传言当回事儿,不过庸人自扰而已。"

茗兰听罢,抬头看了看丈夫,以眼神儿征求其意下如何?尤成额不置可否。她决定接受白面娘子的建议,转天一早离开拘缉营,搬出乌三儿家,前往凤楼,当晚大家分头睡下不提。

第二天东方露出鱼肚白时,合衣而卧的白面娘子睁开双眼便起身蹦下地忙活开了,先是把大伙儿喊了起来,然后让乌三儿和小金佛去拘缉营西头院外的一处马厩,将尤公子一行赴吉时、庞氏兄弟所驾驭的两匹菊花青、一匹红枣骝牵出,再套上那两辆车一并赶回,自己则与齐柳云、阎彩玉、冯秀清一块儿进了厨房生火做饭。不大工夫,饭菜做好了,乌三儿和小金佛也回来了。尤成额夫妇出门一瞅,见3匹马膘肥体壮,毛色光亮,车辆没有丝毫损坏,知道此乃有专人饲养、照料所致。用罢早膳,乌三儿领着大家来到地室,把藏于此处的物品、行囊、书籍等小心翼翼地搬出,小满堂一件件过目后装上车,再用绳子捆绑好。

尤公子一家准备离开拘缉营的消息立马传开了,与其打过交道的男女老少纷纷从马架子里跑出,来到乌三儿家大门口儿给他们送行,齐柳云、阎彩玉、冯秀清也眼泪汪汪地站在人群中。茗兰抱拳感谢前来送行的各位父老、兄弟姐妹和曾经帮助过自己的好心人,希望大家互相帮衬,灾祸同担,共渡难关。接着又转向乌三儿叮嘱道:"乌三儿呀,务要牢牢记住这次教训,好自为之,跟杜宝他们一刀两断。拘缉营的管理太差了,打架斗殴时有发生,你必须改变目前混乱的状况,善待那些父老乡亲,多多给以方便。今后若有什么不可解的事儿,可直接找荣哥、庆哥商量,众人拾柴火焰高,大伙儿共同想办法。再有就是尽快把齐柳云、阎彩玉、冯秀清送回家乡,每人给一定数量的补偿,姐妹几个都老大不小了,用这些钱重新谋生路,总不能回去喝西北风吧?"

乌三儿表示道:"少奶奶的话语重心长,小的记下了,再不学好就不是人了,既对不起老娘,也辜负了你们的一片心意。我明儿个就把她们仨送走,路上的盘缠以及谋生路的纹银已备好,到时一并交之。请放心,我会尽量摆脱杜宝等人的控制,加强对拘缉营的管理,争取能有所改观。"

茗兰强调道:"这一切有个先决条件,即首先从自身做起,收敛言行,改邪归正,这样别人才会听你的。"

乌三儿连连点头道:"是,是,所言没错,小的定按少奶奶说的去做就是了。"

茗兰交代完毕,再次向乌大娘和众人道别,然后与夫君、白面娘子坐上了来时的那辆轿车,小满堂、小金佛则钻进装载物品的车内,赶车的仍然是庞氏兄弟,扬起鞭子啪啪一甩,驱马向江城驶去。

诸位阿哥,吉林将军衙门现在正准备大开迎宾帐,不日将有贵客降临这片黑土地,上下人等欢欣鼓舞,然总管秦名远却焦躁万分,火燎屁股般坐不住板凳了。他缘何如此狼狈不堪?富俊以什么办法、是否获得了范蔼仁违犯大清律之罪证?请听我朱伯西继续讲唱下章乌勒本。

谷长春／主编

满族口头遗产传统说部丛书

松水凤楼传（下）

该书通过形象流畅的民间口语和跌宕起伏的故事情节，向人们展示了清代中期吉林省江城令人眼花缭乱的社会现象，歌颂了边疆大吏富俊、德英等吉林将军深沉忠贞的爱国热情以及为社稷、为庶民鞠躬尽瘁、死而后已的可贵品德。

富育光／讲述　于　敏／整理

吉林人民出版社

第三章　收服逆僧

尤成额一行所乘坐的两辆车行驶在山道上，人的心情好些了，精神随之便不那么紧张了，觉得轻松多了，甚至3匹马似乎也比来时跑得快了。大家有说有笑、又观山又望水的，没有丝毫的疲惫之感，一路十分顺畅，刚刚晌午就进了城。再向西拐，继续前行五里多地，远远看见了坐落于沙河沿儿南边的凤楼。到了近前，一个个相跟着跳下车，伫立而望，这是一座不太大的二层小木楼，红砖围墙，顶盖、房架、外廊、立柱全是原木的。由于建造时未曾涂漆，加上风吹、日晒、雨淋，已看不出原木本来的黄白色了，而变成了或古铜色、或黄褐色、或暗红色。横梁上出现了多道小小的裂缝儿，就像一位满脸皱纹、饱经沧桑的老者傲然挺立在一片蒿草之中，高耸不凡。环绕红砖围墙四周的是6棵参天古榆，东边是一片粗壮的穿天杨，纵横交错，森森成荫，气势十足。

一行人穿过院子进入楼内，登上二楼，置身于外廊上，可见温德河两岸的柳林随风摇曳，水面的片片小舟轻快地驶入浩浩荡荡的松花江，十几只灰鹤在水边捕食，一群珍禽在半空中上下翩飞。时不时听到呜呜的风声，伐木者的号子雄壮悦耳，放排的流筏声儿依稀可闻。往西南方向望去，群山林立，雾霭蒙蒙，平原上突起了三四个小山包，白面娘子手一指介绍道："你们看，西边的那座山乃著名的小白山，可谓本朝皇室的望祭殿，也是望祭长白山神的圣所。此山原先并不出名，自从皇家把它奉为望祭山后，渐渐便名传遐迩、声震神州了。"

站在旁边的尤成额来了兴致，接过了话茬儿："早就听说吉林有座小白山，今日终得一见，确实不一般。长白山有三天女的传说，讲的是天宫住着3个美丽的姑娘，她们是同胞姐妹，老大叫恩库伦，老二叫哲库伦，老三叫佛库伦。一日，姐儿仨觉得天宫的生活太单调，死气沉沉，孤独寂寞，便相约化作白天鹅飞到了人间，在长白山的天池里沐浴。未承想临要返回时，小妹佛库伦误服一颗红果而有了身孕，怀胎12个月后产下个又白又胖的哈哈济，取名儿爱新觉罗·库布里雍顺。此儿生而能言，体貌奇异，聪明绝顶。长大成人后，乘小舟下三姓，平定部落之乱，被那里的人们奉为国主，并娶当地一位名叫百里的女子为妻,国号满洲。康熙年间,英明的君主圣祖爷励精图治,富有远见卓识。他看到大清自入关、定鼎中原以来,不少满洲八旗子弟做了高官,终朝每日锦衣玉食,安于享乐,几乎忘了祖宗发祥之地,对苦寒的白山黑水望而生畏,裹足不前,不愿返回故乡去捍卫那片生养自己的土地。于是决心改变从清初一直到亲政以来出现的这股歪风,竭力唤起满洲人依恋故土之情,曾多次对身边的臣僚说:'长白山是祖先繁衍生息之地,是国家北方疆土的象征,像五岳一样雄伟壮丽,应该前去进行一番查勘。'遂于康熙十六年五月颁旨,命宗室内大臣武默纳、侍卫费耀色等人从京师起程前往吉林踏查长白山,详细了解并掌握那里的情况,以便酌行瞻礼之。武默纳一行届时出发,十一月初返回,向皇上具奏。康熙听罢,又翻阅了记录,十分高兴,降旨封长白山为'长白山神',年年拜祭,祭礼与拜祭五岳相同。次年五月,又遣武默纳及一等侍卫对秦亲赴关外,到长白山拜祭、瞻礼。雍正十一年,雍正帝胤禛考虑到去长白山路途遥远,山高水寒,去一次十分不易。为使拜祭更方便些,便选定了吉林近郊的小白山,在那里望祭长白山,望祭殿的地址正是在温德河子附近。所建望拜殿有正殿五楹,两座二楹牌楼以及祭品楼,每岁春秋,皆委派将军率属员隆重望祭。康熙朝的著名流人吴兆骞曾写就一首《封长白山祭祀诗》,其中的几句很有气魄,乃神来之笔:

　　日华遥合扇,
　　云气回成宫。
　　列嶂辉琼雪,
　　双流互玉虹。
　　水哉符宝势,
　　赫亦丽璇穹。
　　仙霭凝岩紫,
　　高霞镜琤红。

此诗把长白山的风光、山色、峻拔、气势描述得惟妙惟肖,点染得颇有神韵。"

茗兰插言道:"还有一首诗写得也很美,生动感人,其中有这样的句子让我久久不能忘怀:

　　紫气东来常郁郁,
　　白云东起镇英英。
　　荐帛璠紫翘望处,

地灵亿载护神京。
　　祥征朱果符长发,
　　秩配贵祇佑永清。
　　乾隆十九年九月,乾隆帝巡幸吉林,率群臣来到小白山望祭长白山,祭罢挥笔书就一首诗《望祭长白山》:
　　诘旦升柴温德亨,
　　高山望祭展精诚。
　　椒馨次第申三献,
　　乐县铿锵叶六英。
　　五岳真形空紫府,
　　万年天作佑皇清。
　　风来西北东南去,
　　吹送膻芗达玉京。
　　在这首诗里,乾隆帝以无限深情把当时臣民对神灵的崇仰、膜拜以及赤诚之心勾勒得淋漓尽致,令人肃然起敬。祭祀的盛况更是犹如在眼前:天亮了,太阳一出来就笼起了篝火,于温德河附近的小白山望祭长白山。吹响羌笛申三献,乐器的铿锵声十分和洽,祭祀是要供牛羊的,故而让东南西北风吹送膻牲的香味儿,直至遥远的天地神灵所在之地。此诗写得非常有感情,且语意深长,可谓千古绝唱。"
　　尤成额很喜欢诗词,听罢夫人的吟诵,不禁感慨万千,一边细细品味着,一边啧啧称赞着。白面娘子听得几乎入了迷,待回过神时,方不无羡慕地说:"姐姐真不愧为才女呀,知之甚多,吟诗还蛮在行,够我学一辈子了。凤楼这块儿不但景致好,距望祭殿近,而且地处交通要道,从沙河沿儿往东去的那条道通往盛京,去京师的大御路有多处驿站相连。无论是圣祖皇爷玄烨,还是高宗皇帝弘历,只要摆驾吉林,所带之皇后、皇妃、皇子、文武官员以及随驾扈从数千人必从此道而来,再从此道而返,一路上留下了许多帝王有感而发的诗词、典故,在黎民百姓中传流不息,后人享用不尽。姐姐,你们来江城时,走的也是这条道,并从凤楼经过,此乃进入吉林的咽喉之路。"
　　大家听后,这才恍然大悟,尤成额夫妇、庞氏兄弟不住地点头,小满堂则故作夸张地惊诧道:"哎哟,哪知来时已经路过凤楼了,当时也没怎么注意呀!别看小木楼不起眼儿,却是块儿宝地呢,能够住在这儿乃三生有幸,得感谢小白丫姐姐的关照哇!"

第三章　收服逆僧

白面娘子抿着嘴不好意思地笑了笑，拿出钥匙把楼上楼下的房门一间间全部打开，请大伙儿进屋歇着。茗兰从内怀掏出纹银交给小满堂，让他去集市买些米面油盐和烧柴，白面娘子忙阻拦道："姐姐，这可不行，到妹子家还得自备吃食，那不打我脸么？纹银你先留着，以后用得着。姐夫乃一介书生，未经受过磕打，身子骨儿不够壮实，必须注意保养，腰兜儿空空哪儿成啊？再看看你自己，有了身孕也不吱一声儿，已经稍稍显怀了。等小公子降生了，那可是费钱的时候，不怕花不出去。"紧接着又回过头冲小金佛吩咐道："你快去趟花仙楼，把车套上，多拉些柴米油盐来。噢，还有啊，将老厨子王财、侍女小香和小曼带来，从今往后就在凤楼干差了，伺候茗兰姐姐并给他们做饭，王师傅的厨艺好着哪！"小金佛应声儿而去。

小满堂的动作倒挺快，先把所有可以开合的窗扇儿都捆起来了，以便通风换气。然后拎起木桶去不远的井边提来水放在地当间儿，大伙儿立马动手收拾屋子，有用笤帚划拉墙面的，有扫地的，有归拢外廊的，有擦拭门窗、桌椅的。真是人多好干活儿，只一个时辰便打扫得干干净净，这才倒出工夫站在一楼的厅堂，一边上下观瞧，一边合计着几个人得怎么住。小木楼的一层正南是客厅，东西两侧各有一间卧室，北面是厨房和饭堂。二层有外廊和阳台，东侧是挨排的两间带有小暖阁的屋子，西侧有一间卧室，把头儿还有一间。尤成额的习惯是每天除了读书、吟诗，就是作文章，感到疲惫时出外散散步，呼吸一下新鲜空气。为有个雅致而清静的读书环境，夫妇俩选择住在二楼东侧的两间屋，其中一间作为书房。把头儿的那间给小曼、小香住，以方便料理少爷、少奶奶的起居，西屋给小满堂住。一楼的东屋由庞荣、庞庆住，西屋由王财师傅住，余下的地儿陈放车马具。白面娘子和小金佛偶尔在此留宿时，可住在二楼的西屋，小满堂则下楼与庞氏兄弟挤一挤。定下后，大家开始卸车，将梳妆台、书箱子及行囊、物品等一样儿一样儿地搬进屋，再抬上二楼，规规整整地摆在应该放的位置。刚刚忙活得差不多了，就听小金佛在楼外喊道："馆主，东西拉来了，啥时候卸车呀？"

大伙儿跑到外廊扶着栏杆往下一看，一辆车停在院子里，小金佛的旁边站着两个侍女，还有一位50多岁的老者，个头儿不高，慈眉善目，干净利落，从衣着看是当地人，不用问，定是厨子王财师傅了，4人正笑眯眯地仰脖儿往楼上瞅呢！白面娘子冲下一挥手道："还等啥呀，赶紧卸车，肠子肚子早打架啦！"

庞氏兄弟和小满堂回身跑下楼,把米面油盐拎进厨房,烧柴堆在楼后的仓房内,王师傅挽起衣袖儿生火做饭。过了约半个时辰,白面娘子见全部安顿妥当,晚膳也备好了,便对尤公子和茗兰说:"姐姐、姐夫,时候不早了,我就不陪你们吃饭了,得赶紧去花仙楼看看,肯定有不少事儿等着办呢,只能暂先告辞了,待处理完了再来看你们。"然后又转向庞氏兄弟和小满堂道:"各位对此地不太熟,有什么困难尽管说,别客气,小金佛可帮忙照顾着。放心住吧,过几天就不会觉得陌生了,而且会越来越喜欢这儿,没准儿撵都撵不走呢!"话说得很风趣,把大伙儿都逗乐了。

　　白面娘子走后,小曼、小香伺候少爷、少奶奶洗漱完毕,换上了干净的衣衫,来到饭堂。大家围桌而坐,桌面摆满了色香味俱全的菜肴,多少日子没这个口福了,个个食欲大开,痛痛快快地饱餐了一顿。膳罢,天已擦黑儿,由于从清晨就开始折腾,一直未得闲,感到十分疲乏,便各回各屋早早歇息了。

　　尤成额一行从此在凤楼住了下来,他们喜欢这个地方,每天可观赏日出时的青山绿水,感受凭栏远眺的惬意,尽享树阴儿下凉风习习的舒爽,对所有的一切都非常满意。尤其是茗兰觉得随心极了,对夫君的日常生活越发关照有加,还有两个侍女伺候,基本上用不着小满堂了,使其一到晚间只要有机会,就去楼下的东屋或西屋住一宿。他在二楼睡得好好儿的,为什么非下楼跟人家挤住呢?有两个原因。一是小满堂自打到了江北拘缉营,便与庞氏兄弟住在一起,已经习惯了。突然分屋而卧,总像缺点儿啥似的,感到没了依靠,惟有在他们身边才觉踏实。二是小满堂毕竟在京师长大,未经风雨,没有山区的生活经验。加之来凤楼的路上,白面娘子曾讲过近段时间又哄哄小木楼闹鬼,说得有鼻子有眼的,传得沸沸扬扬,整个江城都知道了。他当时一听,心不由得收紧了,浑身起了一层鸡皮疙瘩。再看看二位小主子,发现他们对此并不介意,想说点儿啥也不敢开口了,怕受到斥责,只是随便敷衍了几句。

　　住进凤楼后,白天还行,该干啥干啥,忙活得挺欢。一到晚上就蔫了,心也悬起来了,从未睡踏实过,半夜想解手不敢一个人去外头的茅厕,总是编出各种理由把睡在一楼西屋的厨子王财唤醒,二人一块儿出去。回来躺在炕上全无困意,便又悄悄溜下楼,向王师傅打听发生在小木楼的一些事儿以及是否真的闹过鬼。王财则表示以前从未来过此处,这是头一遭,真的假的我也不清楚。嘿,好么,等于没说!小满堂的心

第三章　收服逆僧

更不落体了,只盼着天快点儿亮。尤成额夫妇晚上没啥事儿一般不唤小满堂,所以在他觉得实在熬不住的时候就下楼了,与庞荣、庞庆挤一铺炕,仗胆儿。好在来的这几晚平安无事,也未发现什么异常,一切都挺顺当的。

  可十多天后,小满堂觉得二楼不像一楼那么静,夜里总是有动静,声音有时大些,有时小些,分辨不出从何处传来的。他原本觉轻,胆子又小,每每睡到半夜便被惊醒,吓得头茬儿一下子全立起来了!没招儿了,不是下楼唤醒王师傅,就是往庞氏兄弟被窝儿里钻。

  前书讲过,庞荣、庞庆非比寻常,乃武林中的佼佼者,从不相信世上有什么妖物,对凤楼传出的所谓鬼哭声儿更是笑称此乃无稽之谈,没有任何根据,纯属自己吓唬自己,不必胡乱猜疑。庞荣是位胆大心细的高僧,白面娘子曾就凤楼闹鬼之事问其信不信?怕不怕?他表面回答不信也不怕,如有机会,还想会一会呢!实际上,这是一种好奇心使然,也是武林中人特有的机警。自打住进凤楼,他就时时注意,处处小心,争取尽快熟悉此陌生之地及周围的环境。这几天夜里也听到有动静,或是来回走动发出的嚓嚓声儿,或是轻微的噼里啪啦声儿。夜半更深到外头解手或给马喂夜草时,还能听到似乎从楼顶传出的脚踏木板的响声,仔细再听又没声儿了,好像在故意跟你捉迷藏似的,一时百思不得其解。估计是凤楼建造有年,早就没人住了,风吹日晒,木质干燥,开裂有声。再有就是凤楼四周生长着参天的古榆,树干与二楼相接,顶端繁茂的枝叶已超过楼高,风大树摆,自然会有动静。枝杈的摇动之声与碰撞墙壁所发出的声音混杂在一块儿,夜间听起来显得格外清晰,人们惊诧之余,容易产生各种各样的猜测,闹鬼之言随之也就传出了。

  又过了几天,小金佛来了,也证实夜半楼顶有异动之声,十分瘆人,是和小满堂一同到外头解手时听见的。庞荣心里明白,不管他俩咋说得沉住气,因为自己是这几个人的主心骨儿,都眼睁睁地看着呢!即使真发生什么事儿了,也不能乱方寸,必须稳坐钓鱼台,否则大伙儿会愈加紧张、害怕,甚至六神无主。想至此,便若无其事地说:"怎么,有点儿动静就吓破胆了?你们想想,凤楼建造那么多年了,又是木质的,天长日久木头必然干裂,发出响声不是很正常么,没啥奇怪的。"

  小满堂和小金佛对庞荣的话将信将疑,也不好再说什么,摸摸后脑勺儿转身走了。紧接着小满堂一天一报,说是楼上肯定有动静,还不小呢,根本不是什么木头开裂之声,可谁又知道鬼怪行走是啥声儿啊?庞荣听后，暗地里琢磨开了："不过一座空楼，为啥突然不平静了？看来事出有因。世上本无妖物，所谓的'闹鬼'不是鬼在闹，而是人在闹，还一个劲儿地折腾，这就不是小事了，须重视起来，认真对待，多加注意，时刻警惕。"这么想着，便偷偷叮嘱庞庆："晚上精神点儿，最好和衣而卧，不可睡得太死。得把师父教的那招儿拿出来，睡觉时睁一眼闭一眼，眼观六路，耳听八方，想方设法弄清虚实。如果公子和夫人因此而受到惊扰，咱们更对不起桂良大人了，脸上也无光，还称什么少林寺高僧啊！"

庞庆答应道："哥，放心吧，知道了。真要是有人故意捣鬼，制造事端，决不客气！"

一天晚上，满堂见二位小主子早早进屋歇了，再没啥事儿了，正好小金佛也在，便将其叫到西屋一块儿上炕躺下了。将近丑时，睡梦中的小满堂突然吓得一激灵就醒了，不是好声儿地惊叫道："唉呀妈呀，什么东西呀，在我腿肚子上呢，冰凉冰凉的！"边喊边跳了起来，一头钻进紧挨着自己的小金佛的被窝儿，抱着他一动不敢动，浑身哆嗦个不停，小金佛一时不知所措。

半睡半醒的庞氏兄弟听到动静一骨碌爬起，腾地跳下地，犹如狸猫几步蹿上二楼推开西屋的门，庞庆忙把油灯碗的灯捻儿用火石打着，屋子立马亮了。庞荣走到炕边，欻地掀开小满堂的被子，发现里面蜷曲着一条不太粗的土球子蛇，随即伸手掐住七寸提溜起来用力一甩，啪的一声扔到地上，那条蛇抖了几下便不动了。蛇的出现，使他们困意全消，小金佛和小满堂也穿衣下了地。庞庆又点着了一盏獾油灯，满屋通亮，4人分头各处踅摸，看看蛇是从哪里爬进来的。往上瞅了瞅天棚，全是木板相叠而成，木板与木板之间严丝合缝，蛇无法钻进。还是庞荣观察得仔细，发现东墙角儿的天花板有道裂缝儿，差不多手指肚宽，惟此处有机可乘，那条土球子蛇显然是从这里爬进并掉到炕上的。如此看来，天棚上必有麻雀，因为那是蛇的佳肴。麻雀繁殖很快，逐年增多，才将蛇引进天棚的。蛇的行动非常敏捷，捕捉麻雀食之，轻易不会往没有麻雀的洞外爬，它是怎么从天棚掉下来的呢？庞荣认为若想弄清缘由，只能亲自到天棚上察看一番，于是便嘱咐小金佛和小满堂，不要向外张扬土球子蛇昨晚光临凤楼了，以免吓着公子和夫人，就当啥事儿也没发生。

之后接连两天，夜晚安静得很，一点儿动静没有。第三天中午，庞

第三章 收服逆僧

荣吃完晌饭，回房眯了一小觉，起炕后便观察起小木楼来，先从一层开始。他可不是闲着无事欣赏一个物件，而是在寻找可疑的迹象，这里敲敲，那里拍拍，从上看到下，从左看到右，丁点儿地方不放过。结果发现此楼的建筑质量不错，所用的都是优等木料，结实耐用。虽然正经有年头儿了，个别横梁或立柱已出现一道道小小的裂纹，但木板儿之间却没有空隙，还那么紧凑，门窗也挺严实，这很不易。看罢一楼登上二楼，手摸墙壁一个墙角儿一块木板儿地连敲带拍转圈儿瞅，也没有缝隙，门窗同一楼一样严实。可以肯定，一层、二层皆无异常，不可能产生响动，更不会有外人进入，疑点只能在天棚上，因为土球子蛇是从那儿掉下来的。

庞荣反身下至一层，推开大门来到院子里，围着木楼各处细细地观瞧，再绕出院外察看四周的情况，包括地面的蒿草是否有踩踏的痕迹。倘若夜里有不轨之徒来过，蒿草不会直立而齐整，必将被踩倒，留下一行清晰的脚印，显然现在一切正常。抬头上望，凤楼坐落在足有百年的6棵参天古榆之间，每棵皆有两三抱粗，像罩着6个伞盖。令人称奇的是其中两棵最粗的枝干从半中腰开始不往上长了，而是往木楼的方向平长着，比房顶要高些，枝杈向上伸展着。庞荣不由得倒吸了一口凉气，寻思道："哎呀，这可不好，枝干像天桥一样，想上去不用架梯子了，攀援到树中腰踩着枝干便可以跳入楼顶。怪不得天棚有蛇呢，它能从树上钻进楼内，这就是极好的通道啊！人也一样，打算潜入木楼不一定非从大门进，只需走树上就行了，一块儿去几个都没事儿，经过天然的天桥便可顺利到达楼顶。尤其是武林中人皆有轻功，在非常情况下，大多会选择走'上路'，从树的顶端腾跃，于房脊中穿行，飞檐走壁，不费吹灰之力即可进入目标。这是个必须重视的漏洞，直接威胁到楼内人员的安全，小觑不得。"想到这儿，为了看得更真切，遂走到古榆跟前，收胸运气，双腿稍屈，单脚一点地拔地而起，轻轻落到主干上。再双手、双脚并用，噌噌噌几下攀到高枝上，紧接着像花鼠子似的爬到了树尖儿。此刻，风吹得古榆呜呜作响，枝叶摇来晃去，他手把粗树枝往下瞧，古铜色的小木楼就在脚下，清清楚楚。然后犹如猿猴一样下到树中腰，凭借横向伸展的枝干一点点儿地向前移动，渐渐接近了木楼。待挪到尽头低眼一瞅，竟吃惊地发现脚下有些枝杈曾被踩蹬过，外皮有破损，内皮发干，上面沾有少量的泥土，不仔细看还真瞅不出来。这说明早已有人来此光顾，且不止一次，而是多次从树上穿行，木楼的棚顶被暗中秘密使用，只是楼的主人还不知晓而已。由于古榆高，木楼矮，树干与楼壁之间上有一臂远的距离，若想进入楼内天棚，只能从枝干垂直跳下，在下落的瞬间，适时把住木楼顶端向旁伸出的边沿，然后再跃至楼顶。如果由于不慎而出现丝毫偏差，必将摔到树下，不死也得残废。因此，若想从"天桥"到达楼顶，没有一定功底的人是很难成行的。从踩蹬枝干致其表皮破损的程度看，造访者轻功甚好，腾跃自如，飞檐走壁之能绝非寻常，惟世外高人方能做到。那么，此人缘何到楼顶的天棚栖身呢？不得而知。

庞荣半蹲在"天桥"上，越思摸好奇心越强，非要探个究竟不可。别忘了，他练就了闻名的鹰爪功，这回派上用场了。于是屏住呼吸，运用轻功照准木楼的房顶从枝干上跳下，在下落的一刹那，以双肩探海之式两手把住楼顶外檐儿，十指紧紧抠住其边缘，全仗手指的抓力，继而来了个鹞子翻身，伸直腿往上一挺，双脚稳稳地站在了楼顶。四下一瞅，北面几块立起的木板引起了他的注意，快步走到跟前，挪开木板，现出一扇半人高的进出天棚之小木门。蹲在门口儿侧耳细听，里面静静的，一点声儿没有，但不能贸然而进，以防遭人暗算。又敲敲门板，特意弄出响动，倘若隐蔽之人为了自卫正手拿凶器对准他，由于有准备可以及时躲过去。听了一会儿仍无动静，估计没有人，这才拉开木门，轻轻跳入天棚内。站定细瞧，发现里面颇宽敞，东西两侧各开一扇小天窗，阳光透了进来，不仅不暗，还挺亮堂。棚内既有横梁，又有立柱，斜向交叉在一起。尽管有一定的空间，人在里面也直不起身，只能哈腰钻过横竖交叉的木柱前行，不很方便。地上铺了些破羊皮垫子，靠边放着几个木头墩子、一摞瓷盘子、七八个白底蓝花瓷碗，筷子扔得到处都是。摞在最上面的那只盘子里装着狍肉干儿和几块咸菜，还有3个尚未干透的玉米面饼子，说明隐蔽之人离开时间并不长，最多两三日。庞荣拍了拍脑门儿，恍然大悟："怪不得这两天棚顶没动静了呢，原来人已经走了，小满堂被窝儿钻进的土球子蛇，很可能是他们故意恐吓而从东墙角儿的天花板裂缝处扔下的。从铺的这些羊皮垫子和所使过的碗筷看，肯定不是一个人，至少四五个人。他们是干什么的？为啥在此躲避？选择秘密藏匿，说明干了不可告人的勾当，起码与朝廷不一心，不是匪类，就是专干小偷小摸的贼人。他们真够能琢磨的了，竟跑到天棚内栖身，肯定认为楼中主人轻易不会察觉，即使听到点儿动静，不见人来人往，也不会多想。可时间一长，总能听到响动，自然就往心里去

第三章　收服逆僧

了，以为木楼闹鬼了，却不知真有人住在这儿。不过让人不明白的是就算他们是匪类，见不得天日，只能东躲西藏的，那也用不着住在这儿。北地山高林密，野兽繁多，林中随处可见猎户为晒皮子所搭的马架子，不到熟皮子时，一般没人住，大多都空着。他们完全可以住进马架子里，不太容易被人怀疑，以为是打猎的呢，可比住在顶棚方便多了。功夫再高超、登高再不费劲儿，总得树上进、树上出吧？哪有走门顺当啊！"

庞荣一边思摸，一边左观观右瞧瞧，希望能发现点儿蛛丝马迹，从而判断这是些什么人。忽然眼前一亮，影影绰绰地看到左前方距羊皮垫子5米处的立柱上，似乎写着什么。忙走到跟前一瞅，果然有字，是用化石粉涂的，上写"阿尼金刚大师"、"疙瘩梁子"等字样，心中立刻产生了一连串的疑问："哎，难道他们与佛家有牵连？这'阿尼金刚大师'是谁，与大师兄一指金刚侠有否关系？白面娘子曾介绍过，眼下吉林境内有几位高僧，范家堡子的庄主范蔼仁身边就有两位，一位是夺魂僧者，一位是静空大师，声称从登封少林寺下山而来。或许真的赶巧了，是我的二师兄、三师兄也未可知，真若如此，就不用到处寻了。另外，向班布泰传授少林武功的那位师父又是谁？也声称是少林寺来的，能不能是大师兄呢？等到闲下来时，为弄清子丑寅卯，把握住机会，不至于同师兄失之交臂，有必要去范家堡子拜望一下那两位大师。再有就是疙瘩梁子在哪儿？是个什么所在？所有这些都得有个准确的答案。"想至此，走到天窗下看了看天，太阳快要落山了，不能继续耽搁了，待回到楼内同庞庆商量商量再说，随即反身往小木门那儿走。前行了没几步，便不得不弯下腰钻过两根斜向交叉的立柱，就在一侧头时，冷不丁看见其中一根柱子上粘着一块儿长方形、揭得薄薄的桦皮，显然是当纸张用的。想瞧瞧上面是否写了什么，可惜顶棚内已暗了下来，根本看不清。伸手摸了摸，桦皮尚未干，略微有点儿潮。贴近闻了闻，原木的味儿犹在，显然粘上的时间不长，打算留给某个人的。也就是说，留下桦皮的人走了，还会有人光顾凤楼的顶棚。庞荣不由得一阵兴奋，何不在此等一等，看看来的究竟是何人，也好与其会一会。赶紧又退了回去，走到西北角儿一处光线较暗的地儿蹲下身，静静地等着。等啊等，直到天完全黑了，星星都快出来了，也不见个人影儿。本想再等一会儿，又担心公子和夫人有事找不到自己该着急了，只好先回去。于是走到斜立柱跟前，揭下那片长方形的桦皮小心卷起揣进怀里，摸索着出了小门儿，来到紧挨古榆的房檐边,身子往上一蹿,不偏不倚正好纵上了"天桥"。再脚踏枝干一点点儿挪至一侧,沿树身滑下,悄悄儿进入楼内,推开了东屋的门。

此刻,庞庆正急得火上房,在地当间儿转来转去等着呢!猛一抬头,见兄长没事儿人似的进屋了,这才长舒了一口气,说道:"哥,去哪儿了?也不知会一声,让人多不放心哪,可急死我了。若再不回来,我就出外找你了,就怕出点啥事儿。"

庞荣笑道:"有啥不放心的,哥这身板儿你还不知道,几个壮汉捆一块儿也不是个儿呀!我去楼顶了,大有收获,你猜看见什么了?"

庞庆说:"这谁能猜得着啊,别卖关子了,快告诉我吧!"

庞荣拉着庞庆上了炕,一边一个地坐在炕桌旁,一五一十地将所看到的一切告诉了弟弟。接着从怀中掏出桦皮卷儿,慢慢展开,庞庆把炕桌上的油灯捻儿拨亮,二人的头凑到一起一瞅,桦皮上果然有黑色的字,是用木炭尖儿写就的,十分工整,共17个字儿:"群雁东翔,黄河分向,难寻棠棣,速到疙瘩梁。"庞荣啪地一拍大腿道:"没错,这是大师兄的笔迹,我一眼就能认出来。他做啥事儿都特别认真,字也写得一笔一划的,从不潦潦草草。"

庞庆点点头道:"嗯,是大师兄写的,我认识他的字体。"

庞荣分析道:"从天棚上留下的碗筷、铺的羊皮垫子看,估摸得有四五个人住在那儿,很可能是一伙儿的。吃食有狍肉干儿,玉米面饼子,咸菜条儿,棚内闻着多少有点儿烟味儿。狍肉干儿肯定不是大师兄能享用的,那他啥时候上的天棚、又为什么去呢?或许是正在追查的某件事与那些人有关?当时我一瞅'阿尼金刚大师'那几个字儿就觉得眼熟,很像是大师兄留下的,因为写在较窄的立柱上,字的横与竖受到面积限制而显得不十分舒展,所以不敢确定。倘若真同咱猜测的那样,毫无疑问,阿尼金刚大师即一指金刚大法师,也是班布泰的师父。"

庞庆听罢,思忖片刻,说道:"哥,依我看不如这样,先向白面娘子打听一下有关情况,然后去见见班布泰,心中有数了,再前往疙瘩梁寻找大师兄。只要他在师兄弟身边,咱就有主心骨儿了,诸事可一起商量着做,所有的谜团定能解开。"

庞荣赞同道:"言之有理,但愿能找到大师兄,也省得长眉长老惦念了。"

哥儿俩越唠越兴奋,毫无倦意,把所有发生的事从头至尾缕了一遍，一直聊到三更方睡下。

时令已交初秋，天气逐渐凉爽，掐指算来，距九九重阳节尚有月余。尤成额公子一行自打搬进凤楼，白面娘子就告诉他们，重阳节那天，一块儿去面见土地爷爷和赫赫有名的赛冲阿将军，并陪同二位大人前往马尾山放鹰捕大雁，届时还可看到现任吉林将军。当时大家听其传罢这个口信儿高兴极了，此乃令人振奋的喜讯，机会难得，期盼着那一天快些到来。然而在喜讯面前，不同的人想法也不尽相同，可以说还挺复杂，个个内心皆有小九九。拿庞氏兄弟来说吧，认为自己受雇于京师的桂良大人，负责安全护送尤成额夫妇抵达江城。虽然路途遥远，风餐露宿，吃了些苦，但一路总算顺利。万万没想到的是到了吉林后，却被秦名远和杜宝算计了，与尤公子和夫人一起受到了不公平的待遇，而且那二人恰恰于吉林将军衙门任职，火儿都没地儿发，既憋气又无奈，英雄无用武之地。尽管受了很多委屈，重阳节那天面见富俊大人、赛冲阿将军和现任吉林将军松筠时，咱不能因此而有失体统，有话好好儿说，不可耍性子，让3位大人看看少林弟子的修养如何。还要把到吉林的所见所闻以及所掌握的个别官员违反大清律的做法、行为如实向大人禀报，提出建议，也算是作为大清子民尽点儿责。反过来倒要看看父母官吉林将军以什么面目出现，面对此情此景该如何做，对坏人坏事是包庇纵容呢，还是依法严加惩处。如能对桂良大人有个合乎情理的交代，作为护送者回京也好有个复命，咱拭目以待。

尤成额和茗兰怎么想的呢？公子所思虑的只有一点，即充分展示自己的德与能。住在京师时，贤内助茗兰对夫君给以精心的照料、全力的支持，从不无故打扰，不给增加额外负担，不让操没用的心，家里家外的事儿一人担。公子每天惟一要做的就是专心致志的读书，开动脑筋作文章，随时准备应聘。来到吉林后，一直牢记离开京师时，桂良大人语重心长地叮嘱："成额，务要勤于学问，不可荒疏，舅舅只能予以引荐，将来的仕途如何，全凭自己的努力和造化了。切记，不能以长辈的权势掩疵，好自为之，光彩如玉应发自身也。"他以此为鉴，丝毫不敢懈怠，终日抱卷而眠，养成了痴狂苦读圣贤书的好习惯。九九重阳节有幸拜见富俊等三位大人，认为应抓住此契机，让他们知道本人并非等闲之辈，不是仰仗着总督大人的推举来吉林讨饭碗的，而是确有饱学之才，不仅胜任教学之职，还绰绰有余。

作为妻子的茗兰比丈夫想得要多些，在京师时，就对北地的江城充满好奇,并产生了浓厚的兴趣,一直跃跃欲试,期盼着早日登程,亲眼目睹那里的山山水水。满心欢喜地抵达吉林后,却被一瓢冷水从头浇到脚,弄了个透心凉,遭了不少白眼,苦楚无处倾诉,疑惑、反感、愤怒淤积心头。然平静下来仔细思摸,做人应豁达大度,不能只瞅眼下,不可算小账,要往前看。而今将在重要的节日里拜见三位值得尊敬的大人,更需沉着冷静,言行得当,礼数周到,彰显自身的修养和品格,不能给引荐者丢脸。

相比之下,小满堂想得就简单了,只为少爷捏把汗,深怕不能如愿受聘,前途未卜,不仅对少爷、少奶奶打击沉重,大伙儿也跟着遭罪不是?故而内心寄希望于引见人白面娘子,盼其能在三位大人面前替小主子多说些好话,夸赞一番,以便能顺利就任左翼官学教习之职。总之,每个人都在默默做着准备,待重阳节那天见到大人时,我该怎么说、怎么做。

一日清晨,尤成额夫妇刚刚洗漱完毕、正要下楼去饭堂用膳,庞荣急匆匆地上得楼来,将茗兰叫到一边,小声儿说道:"妹子,告诉你个不好的消息,白面娘子失踪了,恐怕是被什么人囚禁起来了。"

茗兰听后大吃一惊,心想:"是呀,刚搬到凤楼时,她三天两头儿往这儿跑,往往是人未到声儿先到。近几日确实未见她来,还以为花仙楼那边太忙,无法脱身,怎么突然竟踪影全无了?"遂问道:"荣哥,依你看,这是谁干的?"

庞荣回道:"跑不了秦大门牙,我们离开拘缉营住进了凤楼,他能不知道么?第一个就得问乌三儿。当弄清是白面娘子的主意时,心里肯定没了底,担心事情败露,这才下了手,目的是封住白面娘子的嘴,看其究竟掌握些啥、做了些啥。"

茗兰又问:"荣哥,你是怎么知道她失踪的?"

庞荣从内怀掏出一片儿纸递给茗兰道:"今晨一觉醒来,发现这张小纸片儿就在我的枕边,不知啥时候、谁放的。我和庞庆都觉得挺奇怪,昨晚准备歇息时,是我关的房门,肯定关严了,那么人是怎么进来的?另外,我们兄弟觉轻,有动静准醒,可为啥一点儿未听见呢?琢磨来琢磨去,认为来者必是武林中人,功夫不在我俩之下,还真遇上高手儿了。"

茗兰听罢,低下头仔细端详手中的纸片儿,看上去是从毛头纸上撕下来的,上面用墨笔写着一行字:"老四、老五,速救白娘。"思忖片

第三章 收服逆僧

刻，说道："这位世外超凡之人不仅讲义气，而且通情达理，显然是打算帮助我们。倘若他是歹人，咱就不会平安无事了，可为什么不唤醒你俩呢？"庞荣双手一摊，摇了摇头，不得其解。

茗兰有些焦急，紧接着又道："荣哥，白面娘子已经吃了不少苦了，无论如何不能再遭殃了，一定想法儿搭救才是。赶快四处扫听扫听，看看有线索没有，要抓紧，夜长梦多，千万别出啥事儿呀！"

庞荣安慰道："妹子，稍安勿躁，待我与庞庆合计合计再说，会有办法的。"

大家用罢早膳，庞氏兄弟一块儿回到东屋，静下心来分析究竟是谁给报的信儿。庞荣说："弟弟，咱在吉林一无亲，二无故，两眼一墨黑，谁也不认识。老四、老五的称谓，乃师父和三位师兄只在少林寺才这么叫咱俩的，那位造访者怎会知道？恩师长眉长老不可能到这儿来，惟一可能的只有三位师兄了。咱们猜得或许没错，那位阿尼金刚大师就是班布泰眼中的一指金刚大法师、我们的大师兄一指金刚侠，当下正于辽东一带奔走，还让去疙瘩梁找他。"

庞庆赞同道："兄长所言极是，大师兄一直在身边保护咱，却不能见面，其中必有原因。这也告诉我们，咱在吉林不是单枪匹马，身后有本派兄弟做靠山，暗中互相扶持，互相照应，天王老子也不用怕。"

庞荣说："不妨这样，先向白面娘子最贴心的小金佛了解一下她近日的行踪，然后再据此商量对策，你以为如何？"

庞庆点点头道："行，算得上最快捷了，就这么办！"

庞荣随即起身出屋，楼里院外转了一大圈儿，没看到小金佛。回头又去了厨房，见王财蹲在灶坑前，顺手拽过一把柴火正在往里填塞。小金佛的左手掐着一只已宰杀完的白天鹅，右手一根根地拔其身上的绒毛，样子十分认真。这只白天鹅是今儿个一大早，王师傅起炕后没啥事儿去江边溜达时，从一位猎人手里买下的。初秋的天鹅又肥又嫩，肉厚味美，寻思公子和夫人从未吃过松花江上空飞翔的白天鹅，这是特意买来给他们尝鲜的。庞荣站在门口儿看着小金佛的一举一动，心想："这个在家乡原本挺不错的后生，进城后一脚迈入妓馆就变了，所接触的人鱼龙混杂，所干的见不得人之事皆为秦名远唆使的，并入了黑道儿，与那些人称兄道弟。真乃跟着啥人学啥人，跟着好人做善事，跟着恶人做坏事，关键是由谁带。尽管如此，他身上仍保留一些农家孩子所特有的那种淳朴，眼睛里有活儿，手脚勤快，不偷懒，但愿以后能彻底学好。"

那么，小金佛怎么帮开厨了呢？原来白面娘子考虑到茗兰怀有身孕，担心由于饮食不顺口而导致身子骨儿不壮，必须得单独做给她吃。王财一个人恐怕忙不过来，便让小金佛把花仙楼的事儿放一放，派到凤楼，在厨房帮王师傅淘米、洗菜、剁肉等，干些杂活儿。他毫无怨言，天天一大早就起来了，扫院子、劈样子、挑水，缸总是满满的，有时还同小满堂一起清扫外廊、楼梯、擦拭桌椅。忙完这些后，再去集市买米、面、油以及茗兰喜欢的吃食，回到凤楼就在王财身边干这干那的，总是闲不着，直至用罢晚膳拾掇停当才歇息。

庞荣看了一会儿，方走到小金佛跟前，将其叫到一边，低声儿问道："小金佛，白面娘子不见了，你知道么？"

小金佛没有丝毫惊讶，语调平缓地回道："荣哥，我知道，不过没敢告诉你。好几天前，白面娘子曾跟我说，如果有一天找不到她了，大可不必慌张，没啥了不得的，顶多跟秦名远有点儿关系，并叮嘱不要告诉少奶奶和庞家哥哥，怕你们惦着。还说不要紧，甭管什么事儿自能应付，必要时将捎信儿给班布泰佐领，他会出面相助的。"

庞荣听后，一时丈二和尚摸不着头脑，白面娘子所言啥意思呢，难道此前已估计到自己会出事或被囚？接着又问道："知道她眼下身在何处吗？"

小金佛摇摇头道："不知道，原先也没留话，半点儿口风未透。"

庞荣再问："你好好儿想想，哪些人常去秦名远的四合院儿，发现什么异常情况没？"

小金佛回道："只知大哥身边的几个朋友常去那儿，一块儿喝喝酒、聊聊天，或者摆上牌桌赌上几把，没发现什么异常情况。噢，对了，我四天前去了趟四合院儿，看到了范家堡子的大庄主和两位身穿袈裟的僧侣，他们正在内室密谈。我趴门缝儿听了听，门关得紧紧的，一句也未听清。据我的堂弟、大哥的管家秦利宽讲，范蔼仁和两位和尚是我大哥的贵客，此次是为寻找钱如民生前所藏匿的范氏家族土地大账而来，而且还知道富俊大人不日将就任吉林将军。估计大哥已摸准白面娘子一直未闲着，不但与富俊和班布泰有联系，而且与尤公子一家来往密切。他做贼心虚，怕被发现了自身难保，肯定是有求于白面娘子。馆主聪明得很，大哥不敢欺负她，更斗不过她，或许把大哥耍了也未可知。正因如此，我得知了白面娘子失踪的消息时没太介意，并遵照其叮嘱，未将此事告诉你们。"

第三章 收服逆僧

庞荣见从小金佛这儿再也打听不出什么了，便转身出来了，回到东屋，把刚才那番话向庞庆学了一遍，二人都觉得此事并非小金佛说得那么简单。庞庆认为秦名远是只老狐狸，阴险狡猾，暗地里与范蔼仁狼狈为奸，干尽坏事。他们既然已经知道自己的死对头富俊不日将四任吉林将军，就不会坐以待毙，肯定得一起商量对策，否则范蔼仁和两个大和尚不会急三火四地跑到城里来找秦名远。而恰恰在此时，白面娘子失踪了，能说与他们无瓜连么？小金佛还是年轻啊，只着眼于表象，跳不出跟秦名远的亲族关系，没有看透其本质。

庞荣这些日子也很注意观察白面娘子的一举一动，发现她不但较前成熟了，而且有意识地回避小金佛。尽管对方仍像以前一样一口一个馆主地叫着，显得特别亲近，然白面娘子总是借故走开，细想起来这是可以理解的。白面娘子通过与茗兰等人推心置腹的交谈，对曾经干过的一些事有所悔悟，想重新做人。重要的是她人虽被秦名远强行霸占，但心仍念念不忘班布泰，那种深藏于心底的绵绵情意是小金佛不可想象的。眼下的当务之急是迅速救出白面娘子，如果能和班布泰联手，共同对付秦名远，那再好不过了。庞荣先是与弟弟合计了一会儿，接着又去二楼与茗兰密议了一番，议罢下得楼来回到东屋，开始打点夜行所用的必备品，并打发庞庆去厨房将小金佛唤来。二人一前一后刚进屋，庞荣便交代道："我需出去一趟，你们俩要好生守家，把公子和夫人照顾得周周到到，啥事儿都想到头里，不可出半点儿纰漏，记住没？"

小金佛回道："记住了，庞大哥，放心吧，我们会尽心尽力的。"

庞庆说："哥，一路多加小心，快去快回！"

庞荣点了点头，一切准备停当，待天擦黑儿时出了凤楼，奔花仙楼而去。有人会问，庞荣从未到过花仙楼，清楚去那儿的路线和周围的环境吗？您有所不知，他是个胆大心细之人，过目不忘，过耳能诵，只要白天留心了，晚上必去查验一番，任何蛛丝马迹皆不放过，否则连觉都睡不着。此前，庞荣曾多次夜探花仙楼，对其所处之位置、外部环境、内部设施观察得很仔细，对来往人等亦有大概的了解。不单单是花仙楼，还不止一次地光顾过秦名远后来在所住四合院儿的前边建的大院套儿，黑铁门的上方钉一木牌儿，上写"秦家大院"，庞荣对院内房间的设置、所住主仆人数及卫护情况等同样心中有数。他夜探秦家大院是秘密进行的，不仅瞒着尤成额夫妇和小满堂，也背着其弟庞庆，小金佛则更得瞒着了。怎么回事呢？庞荣自打知道白面娘子的不幸遭遇后，很是同情，对秦大门牙恨之入骨，并暗下决心非替其出口恶气不可。又听说此人交往甚广，所涉及的人员背景复杂，并与将军衙门府的一些官员有着千丝万缕的联系，要想扳倒他，必须查清所干的见不得人之勾当，待算总账时能用得上。于是开始有意与其远房弟弟小金佛多多接触，没事儿时，二人就坐在炕上天南海北地闲唠，通过看似有一搭无一搭的询问，了解秦名远的所作所为。

小金佛哪知庞荣有一定目的呀，反正觉得庞大哥好打听，有用的也问，没用的也提提。他从心眼儿里崇拜庞荣，佩服得五体投地，甚至相见恨晚。认为这位从登封嵩山少林寺下来的大师有能耐，武功高强，行侠仗义，遇事不慌，城府很深，真有个大哥样儿，对自己如同兄弟，一点儿架子没有，可亲可敬。我小金佛本是个没啥大出息的人，今生能有幸交上心肠这么好的大哥，死也值了。倘若庞大哥能看得起我，巴不得跪地磕仨响头拜其为师呢，只怕人家不收我这个徒弟。想归想，此话始终没好意思说出口，只是天天围着庞荣转，庞荣指东他往东，庞荣指西他往西，叫干啥就干啥，绝无二话，可痛快了。他特别喜欢和庞荣一起聊天，觉得这位大哥啥都懂，没有不知道的事儿，借此机会可好好儿向人家学学。每当庞荣打听什么时，只要他知道的，就毫无保留地往外端；不知道的，想方设法弄明白后，再详细告知。一来二去的，小金佛有心无心地讲了很多事儿，时间长了，自己曾说过些啥也就记不清了，然一桩桩一件件却刻在庞荣脑子里了。

从小金佛的口中，庞荣了解到秦名远现如今可不是当年在行辕大营那个损样儿了，而是吉林将军衙门府的总管、总师爷。官升脾气长，终朝每日腆着个肚子吆五喝六的，衙役们见他总是毕恭毕敬的，不敢怠慢。住处早就鸟枪换炮了，在原住址四合院儿的前边盖了一座青砖砌就的瓦房，前后6间，宽敞明亮。四周是一色松木条围成的大院套儿，把四合院儿圈在了里面，即所谓的秦家大院，很是气派。可能是由于自己干了不少坏事，心中有鬼，怕遭人暗算，故而养了5条猎狗看家，条条凶猛无比，打老远便能听见从院子里传出的犬吠声儿，令人胆寒。即使是邻居从此路过，也得绕着走，离秦家大院远远的，担心被狗咬着。

偌大的院落只住7口人，有秦名远、白面娘子、管家秦利宽、小金佛母子，还有个洗衣做饭的女佣和看门人老霍头儿。这位女佣大家都称其温妈，老家在山东，上无兄，下无弟，父母早亡。有一年闹旱灾，庄稼颗粒无收，衣食无着，温妈只好跟着乡邻离开家乡，逃难到了小金佛

第三章 收服逆僧

母子所住的屯子乞讨。小金佛的母亲姜氏见她可怜，便将其收留，并以姐妹相称。二人很是投缘，相处得非常融洽，天天姐姐长、妹妹短地叫着，谁也离不开谁，比亲姊妹还亲。这不，小金佛母子进城了，温妈随后也来了。老霍头儿是秦名远从杜宝所在的小红楼迎宾驿馆要来的，除了看大门，就是扫扫院子、喂喂狗，住在紧靠院门外单盖的一间青砖小房里。原先的男仆、家院、侍女全被秦名远打发了，现在此院套儿常住的不过5口人，白面娘子早已搬到花仙楼了，小金佛也跟去了，见天跟白面娘子一块儿忙活，今儿个去这儿，明儿个去那儿，很少回秦家大院。秦名远每天到将军衙门办差，忙起来时就不回家了，晚上在衙门府住。管家秦利宽需经常购置一些生活用品，有时也出外办货，要是去的地方离家远，往往一连好几天回不来。这种情况下，家里只剩下姜氏、温妈和那个轱辘棒子老霍头儿，老姐妹俩住在东厢房，老霍头儿住在大门口儿的那间青砖小房。秦名远多次告诫老霍头儿，要认真看门儿，一步不准离开，更不许外出，大院儿不能空着，其他人等不得进入。倘若由于没人看家而发生什么事儿，不管啥原因，必拿你是问。故此，老霍头儿哪儿都不能去，终朝每日呆在屋内或到院子里转转。与那两个女人没啥好说的，也唠不到一块儿，感到又憋闷又孤独，实在没意思了，就逗弄那5条狗玩玩儿。

老霍头儿名叫霍振江，今年六十有五，年龄不大便步入军旅，跟赵西丹一样也是夕旦兵。为人正直，脾气倔，有股子蛮劲，打仗不含糊，抡起大刀来几个敌兵捆一块儿不是他的个儿，没有不竖大拇指的。告老退役时，上司考虑到他的资格老，立过战功，执刀仗剑几十年，突然呆下来会不习惯，便将其安排在吉林将军衙门干点儿散差。此举还是赛冲阿将军和富俊大人提出的，把久经沙场、勇猛善战、有功于朝廷的孤身老兵请到吉林将军衙门，表面上有个营生干，拿点儿俸禄，实际上是讨他们乐，心情舒畅可延年益寿嘛！一时间，军中皆知吉林将军衙门比照黑龙江、盛京将军衙门有独到之处，屡立战功的老兵在这里很吃香，且受到大家的尊重。

霍振江同样具备老兵的特点，办差认真，一丝不苟，还从不闲着，天天有干不完的活儿，衙门的上下人等都愿与其打交道。后来又被派到小红楼迎宾驿馆的管家杜宝手下听差，刚干不长时间，正赶上秦名远的大院套儿需要个把门看家的，便指名道姓将他要去了。秦家大院拢共就那么几口人，又没个说话的，哪有将军衙门和驿馆人来人往热闹哇？老霍头儿感到寂寞时，就把将军衙门的那几位对心思的老哥儿们约来，人家也不往院子里进，而是到老霍头儿独住的那间青砖小房，或者喝点儿小酒，或者唠唠闲嗑儿。有时酒喝高了，嘴就没把门儿的了，你一言我一语话不落地，发发牢骚啊，骂骂哪位都统啊，议论议论历届吉林将军的功与过呀，不知不觉中一天很快过去了，聊得蛮痛快。秦名远晌午回家时，看见他们在青砖小房里，几位老者也都认识，虽然当面儿没说啥，亦从不进那屋，但背地里却板起脸数落老霍头儿："你们几个老的不能总往一块儿凑啊，哪有那么多嗑儿唠哇，喝酒会误事的。我可告诉你，闲扯时，眼睛得勤瞟着点儿，要是看不好门儿出了差错，可别怪我不客气！"老霍头儿还真不听邪，嘴上应承腿打摽，老哥儿几个照聚不误。久而久之，秦名远便习惯了，反正把大院儿看得好好儿的，没出过任何纰漏，平安无事，也就睁一眼闭一眼了。

庞荣得知这些信息后，很是兴奋，心想："既然霍振江是位耿正的老者，也愿意帮助人，我应主动接近之，从其口中了解秦家大院的情况，或许能轻松掌握秦名远所做的一些违法之事。那么，怎样才能接触上老霍头儿呢？最好的办法是通过熟人给以引见，此乃捷径。"可是找哪位熟人最合适呢？思忖良久，忽然两位老者闪现于脑际，即刚来吉林时，送公子和夫人去江北拘缉营的老八旗赵西丹和马木斤。记得两位老人家为尤成额夫妇的不公平待遇忿忿不平，对秦名远和杜宝等人的做法十分反感，认为简直欺人太甚。双方临分手时，赵西丹说过，老夫于小红楼迎宾驿馆当门房，住处离吉林将军衙门府不远，日后有用得着的地儿尽管找我。也真是赶巧了，白面娘子在走投无路、极度悲愤、彻底绝望的情绪下跳江自尽，又是赵西丹下水将其托了上来，挽救了一条鲜活的生命，这是位多么可亲可敬的老人哪！他与霍振江皆为乾隆朝的夕旦兵，退役后又同在吉林将军衙门府办差，毫无疑问，相互之间既认识又熟悉，这就好办了。要想调查秦名远，不妨先从赵西丹入手，通过他再与霍振江搭上桥，不就顺理成章地接触上了么？一回生，二回熟，熟人好办事，何愁进不了秦家大院？到那时候，秦名远再狡猾，再小心翼翼，也躲不过我鹰爪消魂侠的火眼金睛啊！

庞荣想清楚后，便去与茗兰商量，说是自打在拘缉营同赵西丹、马木斤分了手，至今再未见过，可不能忘了曾经帮助咱的两位老人家呀，他们肯定也惦念咱。这回重新来到江城，可否前去拜望一下？一是表达谢意，二是告诉他们咱已逃离虎口，安全脱险，等候合适的时机再做打

第三章　收服逆僧

算。多个朋友多条路嘛，若能得到老人家的继续关照，何乐而不为呢？茗兰听罢，正中下怀，与自己的想法一拍即合，于是爽快地说："好哇，还等啥呀，明儿个就去！"

转天头晌，庞荣手提果匣陪着茗兰来到衙门府附近，很快找到了赵西丹的下处，登门拜望。老爷子刚好在家，热情地接待了二人，又让座又沏茶的。交谈中，得知他们已安全返到城里，非常高兴，随即关切地询问眼下有什么困难需要帮忙？茗兰回道："一切顺利，暂时没有困难，谢谢您老的关心。"

3人唠得十分投机，一个多时辰过去了，茗兰和庞荣起身告辞，赵西丹一直送出很远方返回。

过了几天，庞荣带着庞庆、小满堂又去了赵西丹处，帮着扫扫院子挑缸水，干点杂活儿，相互之间渐渐熟络了。闲聊时，庞荣有意往霍振江身上引，得知二人交情甚厚，曾同在赛冲阿将军属下服役，相处得像亲哥儿们一样。老人家还告诉庞荣："老霍头儿原先也在将军衙门属下的小红楼迎宾驿馆当差，后来被秦名远要去了，为其看大门儿。他与这位总管貌合神离，嘴上表示按其吩咐去做，从不直接顶撞，认真看管秦家大院。可心里有数，别看秦名远是参领衔，他根本没瞧得起，认为啥能耐没有，靠溜须拍马瞎唬一气，仰仗着将军姨夫做后盾才一步登天的。你们看着吧，秦大门牙不是好折腾，造孽终究会遭报应的，只是时候未到而已。庞荣啊，倘若有啥事儿需要霍振江帮忙的，可打老夫的旗号去秦家大院找他，老爷子必会有多大劲儿使多大劲儿，一点儿不带搀假的。"

庞荣笑道："那敢情好，明儿个我就去一趟，拜望一下老人家。"

3人与赵西丹又唠了一会儿，见天色已晚，便起身告辞了。

第二天，庞荣乘秦名远去衙门办差之机赶往秦家大院，面见霍振江，声称本人是赵西丹的朋友，唠嗑儿时常提到您老人家，今儿个刚好有闲，特意前来拜望。霍振江十分高兴，忙请其就坐并沏了一壶茶，二人边喝边聊，很是投缘。尤其是唠到原先在军中与敌方对阵的情景时，老人家更有精神头儿了，可下有个人听他讲了，话匣子一经打开就收不住了，越说兴致越高，越唠谈资越广。若不是庞荣提醒秦师爷快回来了，回避点儿好，少惹麻烦，他还得接着唠下去，死活不让走。此后庞荣接连几次前往秦家大院，声称是访友，两耳却倾听着大院儿内外的动静，两眼不时地观察着房间的设置以及常来常往之人，并且与老霍头儿越来越亲近了，无话不谈，从而对秦家大院的情况基本掌握了。院内不是养着5条猎犬么，庞荣每次去皆带些骨头扔到地上，那可是它们的佳肴哇，都争先恐后地抢着啃食。狗特别有灵性，见庞荣已是家中的常客了，与看门人老霍头儿有说有笑的，便不把他视为外人了，而是当成自家人。庞荣一到，5条猎犬纷纷围着他摇尾乞怜，以求欢心，也不乱咬乱叫了。

　　话说简短，庞荣此次出行，仍按夜行者不走大道的老习惯，选择武林中人常走的上行路。出了大门，屈体向上一蹿，腾跃而起至楼顶，紧接着一纵身跳上高树，再以轻功之法脚踩枝杈像猴子一样于树尖儿上行走。到了凤楼的后面便从树上往下滑，滑至树中腰时，身子向旁一侧，接连几个滚翻轻轻落地，神不知鬼不觉地隐入茫茫夜色之中。只要掌握了这种放着大道不走、而走上行路的武林功夫，即使地上行人再多也发现不了，可免生麻烦。

　　当庞荣来到距江边不远的西下坎子那座极其显眼、门前挂着4盏大红灯笼、雕梁画栋的妓馆花仙楼时，楼内楼外已是灯火通明，大木门敞开着，迎宾的分站两侧，照应着八方来客。庞荣趁那些专门负责看家护院之人不注意时，悄悄混入前往青楼的人堆里，顺利进入一楼大堂。这里的来客最多，也最热闹，有年轻的，有年长的，有着长衫儿的，有着马褂儿的，出出进进犹如穿梭。大堂的北面是一直往里延伸的长廊，两侧全是一间挨一间的小屋，有的屋门微开，门帘儿撩起，可见屋内烟雾腾腾。嫖客中，有吹拉弹唱的，有哼着小调儿的，有打情骂俏的。关着门的房间传出各种各样的声音，有推牌九声，有喝酒划拳声，有发嗲淫笑声。二管家冯广发忙得满头大汗，一会儿噌噌噌跑上楼，一会儿又下楼招待来客，里里外外不停地应酬着。庞荣一瞧，花仙楼说了算的就是这位冯大爹了，既然嫖客们都恭维他，我也得紧盯着，看他去不去白面娘子的那4阁。如果去了，毫无疑问，白面娘子就关在花仙楼。于是把头上的凉帽往下压了压，额头全被遮住了，省得别人看清自己的面目。

　　清代中叶，凉帽很时兴，旗人都愿戴。这种帽子是用白板鹿皮做的，内里放个帽托儿，左右两边的帽盔儿与帽檐儿衔接处加带子，戴时两头儿一系不易掉，既轻巧又凉快。庞荣此次到了关外，也买了一顶凉帽扣在头上，入乡随俗嘛，会被误认为他也是吉林当地人。

　　此刻的大堂内，嫖客们将冯大爹围在中间，后到的也往前挤，皆想早点儿定房间，挑选自己相中的窑姐儿，惟庞荣往后缩，寻思道："我

第三章　收服逆僧

可不能往前凑，身上的衣服根本不是逛妓馆应该穿的，里面是短身小打扮，外头披了件黑斗篷，挤到跟前还不得吓跑一大半儿呀！可谁知那二茶壶啥时候上楼找白面娘子呀，继续耗下去，不急死也得脱层皮。咳，何必如此麻烦呢，等他干啥，自己去不就得了，上行路可比这来得痛快，走！"随即回身往外挤，像条泥鳅似的左窜右钻，很快出了花仙楼，来到院外，准备趸摸个合适的地儿上二楼。

　　此前，庞荣曾向小金佛打听过白面娘子所住房间在楼内的哪个位置以及外部特征，而且也去妓馆附近转悠两回，知道4阁中的第三阁"百禽鸣喧"，即贴有牡丹窗花朝阳的那间，乃白面娘子的常住之地，倘若真被囚禁了，人很可能就在屋里。他围着妓馆绕了一圈儿，发现最背静之处要数东向尽头，也就是靠里边的那4阁。紧挨着的院外，行人稀少，车马不多，离院子20多米远长有几棵高高的穿天杨。于是走到其中的一棵树下，环顾左右，恰好没一个行人，遂噌噌噌爬上树，再从这棵树纵到旁边的一棵树。连纵3棵后，由上往下看，原来这里是一片顶端外带飞檐儿的青砖瓦房，有的是四合院儿，有的是六合院儿。另有几座二层小楼，大门两侧分别摆放着石狮子，离门不远设有上马石，还有拴马桩。很显然，这是在衙门当上差的官员之府第，普通人家的门口儿没有石狮子，也不设上马石，只是竖根旗杆儿或灯笼杆儿。庞荣照准离树最近的一座四合院儿房顶跳了下去，稳稳站住后，踮起脚尖儿在房瓦上走，动作轻盈，犹如一阵风刮过。当然了，绝对不能发出噼里啪啦的响声，那会引起周围人的注意，还不得把他当蟊贼抓呀！到了房子边缘，再以飞檐走壁之功从这个房顶跃到邻近的六合院儿房顶，一连跃过4座，继而身子往上一蹿，纵到紧挨着花仙楼的一座小二楼楼顶。

　　花仙楼的建造很有特点，不是光秃秃的一座楼，人不容易贴近。而是在第二层的外侧围了一圈儿木质长廊，如同栈道一般，墙壁凿出的凹处放有一尺多高的牛油大蜡，整宿点着。正因有了长明灯，方使得庞荣能借助灯光轻松地从小二楼楼顶不偏不倚地跳到花仙楼二层的外廊上，然后大模大样地往东头儿走，紧靠里挨排的4间屋便是白面娘子那4阁。他走到第一阁，即"溪泉戏鱼"的窗下停住了，推了推窗户，关得死死的，里面用插关儿插着。又向西头儿看了看，见没人朝东头儿瞅，便用指尖舔点儿唾沫将窗纸揉出个小洞，左眼贴着小洞往里一瞅，见屋内点着獾油灯，静静的，没有人。第二阁"南国盆翠"、第三阁"百禽鸣喧"、第四阁"江城放舟"也是如此，惟独第三阁的侧面还有一扇门，不知白面娘子是否关在里面。为了看个究竟，庞荣重新走到第三阁的窗下，从内怀掏出一根儿专门用来撬窗插关儿的细铁条，打窗扇底部与窗台接连处伸进去轻轻往上一别，插关儿就开了。随即推开窗户手把窗台弹跳而入，推开侧门穿过一条小走廊便到了白面娘子的绣房，屋内黑黑的，什么也看不见。他适应了一会儿，凭借着外廊透过的微弱灯光四下一趔摸，空无一人，看来白面娘子不在花仙楼，一准被困在秦家大院了，只能去那儿查看一番再说了。转身退出绣房，拉开侧门走到第三阁窗下蹿出，按原路仍以轻功在青砖瓦房上穿越，连着过了几条街方收身落地，出了黑暗的巷口儿，直奔秦名远的大院套儿而去。只一袋烟的工夫便到了秦家大院，正准备歇息的老霍头儿一看庞荣来了，立马回头往院子里瞧了瞧，见正房的灯熄了，知道秦名远已睡下，遂将其让进屋。二人寒暄几句后，庞荣单刀直入道："老人家，我今儿个来是想打听一下，白面娘子这几天不知缘何没去花仙楼，她可是那儿的老鸨哇，不坐镇哪儿成啊，是不是家里有什么要紧事儿把腿给拴住了？"

老霍头儿用细木棍儿将灯捻儿挑了挑，小声儿说道："这不，我正急得不知咋办好呢，盼着你快点儿来想想辙，她被秦名远囚禁了！"

庞荣问道："听没听说为什么把白面娘子关起来？还有哇，大院儿里住的那几个人都咋样？"

老霍头儿回道："没听说什么缘由关人，秦名远压根儿未跟家里人提这个茬儿，牙口缝儿没欠。要我看哪，白面娘子是风流点儿，所交往的人中，豪绅、高官不少。然为人仗义，没啥坏心眼儿，遇事挺通情达理的。秦名远的婶子姜氏是个正经八百的乡下人，老实厚道，啥说没有。温妈一天就知道干活儿，放下这样儿忙那样儿，总也闲不着。秦利宽从早到晚东跑西颠、张张罗罗的，他是管家呀，府内缺什么得赶紧添置，有时出外几天回不来，为人还算不错。就是秦名远太贼，有道眼，心狠手辣。近些日子来秦家大院的人较前明显增多了，不少都是生面孔，从未见过。我时常暗中观察，有的人白天来，与秦名远关起门密谈，晚上也不走，住在这儿。大多来去匆匆，鬼鬼祟祟，怀里似乎揣着家巴什儿，想必是想要干点儿什么。"

庞荣又问："白面娘子关在哪儿？"

老霍头儿往后院儿一指道："房后有座四合院儿，就关在那儿，具体哪间屋我可不知道。那四合院儿是秦名远和白面娘子原先住的地儿，大院套儿建完后才搬出，四合院儿从此上了锁。秦名远有时到那儿看看,温妈个把月打扫一下房间,除此没人去。现在不同了,白面娘子又住进去了,由范家堡子来的两个女人看管着,任何人不准靠前。温妈每当挎着竹筐去送吃食时,不许进屋,只能放在房前的长条案板上,那两个女看守出来取。吃完后,再将空盘子、空碗装进竹筐,放回案板,仍由温妈取回,天天如是。对了,范家堡子的两个大和尚最近常在这儿,一般是晚上来,白天走,有时还同女看守嘀咕一阵子。凡是到这儿的人,秦名远都给领到后院儿,并特别叮嘱我要严把大门,没他本人下话,不能随便放人进院儿,即使进这间青砖小房也不行。让我感到奇怪的是不知何因,只要范家堡子一来人,秦名远就显得特别紧张,生怕出个一差二错,惹得大庄主范蔼仁不高兴,看样子准是有什么把柄在人家手里掐着。他早已不像从前那样宠着白面娘子了,回不回来无所谓,更不去花仙楼找,就当没这个人。为啥事儿咱不知道,估计是范蔼仁下指令了,他才将其关起来的。可白面娘子一点儿不在乎,真够犟的,就是不服,总跟那两个和尚顶牛,秦名远拿她也没办法。昨儿个下晌,我乘两个女看守去茅房之机,佯装到四合院儿找把扫帚偷偷溜进去了,各屋瞅了瞅,在东厢房发现了白面娘子,刚推门进去,她就急着告诉我赶紧去见一个人。唉,年岁大了,耳朵也不好使,未等听清呢,便传来了女看守的脚步声儿,白面娘子赶忙推了我一把,只得抽身出来了,装模作样地在院子里寻找扫帚,好在没有引起她俩的怀疑。"

庞荣听罢,心里划了魂儿:"白面娘子让老霍头儿去见的人是谁呢?"思忖片刻,说道:"老人家,您看这样行不行,我把小金佛叫来,以花仙楼有重要的事儿须向馆主通报为由,进去面见白面娘子,问问该如何处理,女看守能否放行?"

老霍头儿摇摇头道:"不可能,连姜氏和温妈进去都不中,何况小金佛了?范蔼仁财大气粗,秦名远只是个衙门的总管,不仅势力抵不过人家,还得被其牵着鼻子走。即使他考虑到花仙楼生意上的原因,让小金佛进屋与白面娘子合计合计,女看守也不会放行,看得死死的。现在当务之急得先弄清白面娘子要我去见的那个人是谁,我们也好把她眼下的处境告知,而且要快,不能再拖了,这些人啥屎都拉,咱不能眼瞅着白面娘子吃亏呀!"

庞荣认为老霍头儿言之有理,事不宜迟,应尽快见到白面娘子,弄清咋回事儿后再作打算。于是便道:"老人家,惟一的办法就是去趟四合院儿,请无论如何帮我这个忙。最麻烦的是院子里那5条狗,耳朵尖得很,哪怕发出一点儿声音都会狂吠不止,必然惊动屋内的人。只要狗不叫,别的皆好办,两个女看守再厉害,也不在话下。"

老霍头儿想了想,说道:"若想狗不叫,只能是我把你送到后院儿了,不过要选准时辰,尽量避开女看守。她俩每过亥时必起,一块儿去茅厕,总是边走边唠,说话声儿还大,不太有戒心。今晚赶得挺巧,范家堡子那两个和尚不知缘何到现在没来,他们若是在这儿,麻烦就大了,本可以顺利办成的事儿也得泡汤。"

庞荣揖手道:"太好了,麻烦老人家了,后生先谢了!既然亥时是可乘之机,咱们就稍等一会儿,必要时先将那两个女看守制服,再去见白面娘子。"

老霍头儿有些担心,提醒道:"千万不可冒失行事,如果没把握的话,你不是说还有个弟弟么,不妨把他也叫来。别看那边是两个女人,可是强手,乃大和尚训教出来的,不可小觑。弄不好她俩再一喊,不用说屋里的人受惊啊,那几条狗也得不住声儿地叫唤,到时候你咋脱身哪?"

庞荣说:"老人家,您抬头看看天,现在都啥时候了,快到亥时了,去找弟弟能来得及么?待领着他赶到这儿,黄瓜菜都凉了,何况白面娘子还急等着往外捎口信儿呢!放心吧,小事一桩,我自有办法,你老先出去看看有什么动静没有。"

老霍头儿答应一声,手提灯笼装作夜查开门出了青砖小房,围着秦家大院转了一圈儿后,未发现有什么异常情况,这才返回屋内告诉庞荣:"后生啊,啥动静没有,平安无事。现在差不多到时辰了,你跟在老夫后头进院儿,脚步要放轻,有我在,狗不会叫,咱直接去四合院儿的茅房。"说罢,提着灯笼二番脚又出屋了,庞荣紧随其后。进了院儿,老霍头儿故意咳了一声,那5条狗对看门人发出的声音太熟悉了,以为在巡夜呢,没一条叫唤的。当二人走到四合院儿的西墙角时,老霍头儿只是冲庞荣努了努嘴儿,没说话。庞荣明白了,旁边那堵墙内便是茅厕,随即冲老人家摆了摆手,让他赶紧回到门房。接着又指了指前院儿,伸出二拇指和中指,又扬了一下巴掌。意思是说,倘若那两个和尚来了,给发个暗号儿。再有即是千万看住那5条狗,只要不叫唤就行,别的不用管,有我呢!老霍头儿点了点头,大摇大摆地回到前院儿,东瞧瞧西望望,在院子里踱来踱去,目的是为了吸引住那几条狗。

庞荣悄没声儿地走到茅厕跟前,见墙是以土坯垒成,中间用木板隔

第三章 收服逆僧

开。两侧是进出的通道，一边是男厕，一边是女厕，分别设有3个蹲位，打扫得很干净，便一闪身隐在女厕那边的墙后静等，边等边观察周围的院墙。原来在四合院儿的木栅栏外又砌了一道灰砖墙，把整个秦家大院围了起来，又高又结实，像城墙垛子似的。面对这么高的围墙，即使是具有轻功的武林中人想进院儿，也得连纵两下方能跃入，一般的小蟊贼无论如何进不来。这正是秦名远之所以放心的原因，认为秦家大院万无一失，不太可能有外人潜入，只要守住院门就行，相比其他府邸安全多了。把白面娘子囚禁后，白天由范家堡子来的那两个女人看着，晚上由范蔼仁身边的俩和尚替换她们，自己更可高枕无忧了。秦名远又特别相信老霍头儿，根本想不到这位退役老兵同自己不一心，背地里竟同情白面娘子，早就想搭救之。这恰恰给了独具慧眼的庞荣一个可乘之机，他是什么人哪，嵩山少林寺的高僧、武林高手儿，别说一堵围墙啊，二层楼都挡不住。庞荣暗自庆幸，多亏那两位同道尚未赶到，如果在的话，我得同时对付他们4个，那就说不准咋样了。时间紧迫，估计两个同道肯定得来，不会让女流之辈看通宵的。对他们而言，白面娘子可是个重要人物，必严防其逃脱，范蔼仁和秦名远下一步很可能有大的举动。这回我来得够寸的，正是时候，再晚一两天，没准儿白面娘子被他们带走也未可知……正琢磨呢，忽听吱嘎一声响，四合院儿东厢房的门开了，探头一看，屋内的油灯亮了，出来两个女人，边抱着膀往茅房走边唠着，其中一个说："黄姐呀，那两位师父咋还不来换班儿呢？秦总师爷也真放心，就咱俩在这儿看着，黑灯瞎火的多瘆人哪，腿肚子直转筋。"

另一个道："行了，行了，别吓唬我了，赶紧去撒泡尿往回跑，倘若人没看住逃了，咱们在庄主爷和大太太跟前还不得吃不了兜着走哇！"

二人一前一后进了茅厕，解完手提上裤子刚要往出走，哪承想突然从后墙闪出一个手握牛耳尖刀的壮汉堵住了通道，低声儿喝道："别动，不许出声儿，否则抹了你们脖子！"

两个女看守当即吓傻了，愣怔怔地瞪大双目盯着庞荣，张了张嘴一句话也未说出来。待缓过神儿刚要喊救命时，庞荣上前一步用刀把儿分别照准其头部的穴道啪啪一点，二人软软地瘫坐在地，一点儿动静没有了。庞荣反身出了茅厕，疾步去了东厢房，轻轻将门推开，见白面娘子正躺在炕上微闭双目似睡非睡。此刻的白面娘子听出有些异常，走路的脚步声儿不像那两个女看守，睁眼一瞅，不禁惊喜万分，一骨碌坐了起来："荣哥，你怎么来了？就因为怕刮连你们，所以才没让小金佛把我的处境及时告知的。"

庞荣摆摆手道："别说这些了，时间不等人，快告诉我到底怎么回事？"

白面娘子回道："秦大门牙和范蔼仁不仅怀疑我与土地爷爷有勾连，还认为我知道钱如民把范氏家族的土地大账藏在什么地方了，试图逼迫我给他们带路去找账本。看这次是下狠茬子了，打算公开同富俊大人对着干了，摆出了非拼个你死我活的架式。我着急呀，想尽早将此情告诉班佐领，让土地爷爷千万小心再小心。昨儿个恍恍惚惚听秦大门牙没头没脑地说了句要借东风什么的，'借东风'啥意思呀，是不是要放火呀？清查田亩行辕大营处于空旷之地，八旗官兵住的是土坯房，房顶苫着厚厚的草，风大树高，一旦歹徒放火是要死人的。我倒不怕，没啥了不起，他们从我嘴里什么也得不到，何况并不知道范氏家族的土地大账藏在哪儿。我已想好了，活着是土地爷爷、班布泰哥哥的小白丫，死了照样是响当当的白面娘子！"

庞荣捅起窗户往外瞧了瞧，回过头急巴巴地催促道："估计范家堡子的那两个同道该来了，快点儿穿衣服，跟我走！"

白面娘子摇摇头道："庞大哥，你不知道，我不能离开这儿。要是走了，不仅连累温妈、小金佛的老娘，霍爷爷也得跟着沾包，这几个人对我挺好的，不该给他们找麻烦。"

庞荣思忖片刻，觉得白面娘子说得也对，走不是上策，那两个被点穴的女看守已知有人来过。从目前情势看，白面娘子不至于有啥危险，他们的目的是利用她，而不是伤害她。必须赶紧去见班布泰，说明情况，联手救白面娘子出虎口。刚要讲出自己的想法，白面娘子抢先问道："庞大哥，如果我没猜错的话，你方才给那两个女看守点穴了是吧？"

庞荣点点头道："是呀，若不点穴，她们能老实么，肯定大声儿呼喊，必将惊动前院儿的人，那还了得！"

白面娘子说："我早已打听清楚了，那两个女看守是保护范蔼仁大太太钱氏的，原先是其贴身丫头，干了十几年了。后经那两个大和尚一番训教，学得几招儿拳术，受主子之命而来。实际上人不坏，没必要与其结仇，对我没什么过分的举动，我也顺水推舟，尽量拉拢之。最坏的是从范家堡子来的两个和尚，为了不那么惹眼，总是夜里来，天亮走，

第三章 收服逆僧

专门看着我，够下力气的了。我就奇了怪了，僧侣本是好善乐施的，出家修行应多多积德才对，怎会去帮助坏人作恶呢？或许是没有看清范蔼仁和秦大门牙的真面目，被表象所蒙蔽而上当了？噢，先不说这些了，快去给那两个女看守解穴领回，由我来解释。"说罢，起身披上外袍，跳下地等着。

庞荣转身出屋去了茅厕，啪啪两声为女看守解了穴，然后低声儿命道："赶紧回去！"

二人浑身是土，拖着尚不太好使的双腿一瘸一拐狼狈而行，进了东厢房屋门就要下跪，白面娘子忙上前扶住道："二位姐姐，别见外，这是我远房哥哥，因不放心，所以来看看，不用怕，不会伤害你们的。"说着从一个小木匣里取出20两纹银，又道："这是我的一点儿心意，每人10两，请收好。只要嘴巴闭严了，别到处胡咧咧，就没你们的事儿，记住没？"

惊魂未定的两个女看守不仅小命保住了，还得了银子，乐坏了，异口同声地连连回道："记住了，记住了，我们才不管大庄主的事儿呢，是实在没法子才来的。请妹子放心，我俩啥也没看见，更不会张扬出去，从此烂在肚子里了。"

庞荣警告道："你们俩务必好好儿侍奉我小妹，不能受半点儿委屈，否则决不客气，牛耳尖刀可不是吃素的！"

二人慌忙跪地磕头如捣蒜："谢谢高抬贵手，请放心，一定谨遵大哥之命，好好儿侍奉白面娘子，先前所为实乃出于不得已，我们心里很是敬重妹子呢……"

白面娘子打断道："行了，行了，快换衣服去吧！"

二人嚅嚅连声，起身掀开门帘儿进里屋了，白面娘子小声儿对庞荣说："大哥，赶紧走吧，若碰上那两个和尚就麻烦了。快去将这边的情况通报给班佐领，使其心中有数，以防不测，更不可让土地爷爷受到伤害。不必为我担心，自能应付，把信儿传到比啥都重要。"随即又从衣柜的底层翻出一块上烫黑字的小木牌儿，交代道："这是师哥给我的，说是遇有急事须去行辕，只要拿出小木牌儿，守门的哨兵一律放行，可以直接面见富俊大人。"

庞荣接过小木牌儿揣进内怀，白面娘子又告知了行辕的具体地点，走哪条道最近最方便，讲得清楚、细致。庞荣点点头道："好，我都记下了。白面娘子，你一个女子势单力薄，一定要注意保护自己，不必跟他们硬顶牛,别吃眼前亏,心有一定之规就行了。目前,范蔼仁也好,秦名远也罢,暂时用不着对你下手,也不会怎样,不过还是要时刻防备,疯狗急了会咬人的。"说罢反身出屋,来到前院儿,见老霍头儿仍站在院子里,警惕地左观右瞧为自己放哨,心里一热,眼睛也湿润了,一位多么值得尊敬的八旗老兵啊!遂快步走上前,拉其回到门房,揖礼表达了深深的谢意,之后与老人家辞别,像没事儿人似的大大方方离开了秦家大院。拐过一个街口儿,脱下黑斗篷围在腰间,露出了一身短打扮,都未来得及回凤楼向茗兰通报,便按照白面娘子所指的路线径直朝双城堡行辕大营而去。他最喜欢夜行了,愿意享受那种在静谧的林间小道上独往独来之快感,几天不跑一趟好像缺点儿什么似的。一路上,施展了拿手功夫飞行术,猫下腰身嗖嗖嗖往前奔,脚底生风,健步如飞,犹如腾云驾雾一般。秋风在耳边呜呜作响,群山渐渐从身边退去,道两旁的树木箭似的闪过,速度比骏马跑得还快,竟能气不长出心不跳,丝毫不觉累,真不愧为大名鼎鼎的鹰爪消魂侠呀!

庞荣经3个多时辰的奔波,太阳出来时,赶到了双城堡清查田亩行辕大营,见院门口儿有两个兵丁把守,便从内怀掏出小木牌儿递给其中的一位并说明来意。还真管用,守门兵丁看罢,将木牌儿还给他,十分客气地说:"请跟我来!"言罢头前带路,引导庞荣进了大营,一直将其送到东边的一片小树林中。

此刻,班布泰早就起来了,正光着脊梁满头大汗地在小树林中的一棵树下打拳呢,已经走几招儿了。他见守门兵丁领来一位陌生人,忙收功迎了过来,兵丁走到佐领身边冲其耳语了几句后,转身离去。庞荣上前一步,双手合十揖礼,随之递上小木牌儿。班布泰接过一看就明白了,来者乃白面娘子所派,是自家人。他非常高兴,如同盼来了日久未见的亲人一样,一边披衣一边问候,并请其到自己所住的营房一叙。

二人出了小树林,连着穿过五六趟儿作为兵营的土坯房,走到靠西边第二排的房前停下了。班布泰将门推开,请客人进屋,待庞荣落座后,又为其斟上了热茶。由于一路狂奔,庞荣早已口干舌燥,连着喝了几口茶,这才放下杯子,先是自我介绍一番,然后将白面娘子几天前被囚禁在秦家大院、眼下的处境、范蔼仁急于查找范氏家族土地大账、与秦名远联手要有所行动以及"借东风"之说等情况一股脑儿讲完,接着提醒班布泰:"要早做准备,防患于未然,富俊大人的安全是第一位的,绝不能疏忽。白面娘子虽然暂时不会有啥不测,但只怕哪天被秦名远带

第三章 收服逆僧

到范家堡子，吉凶就难以预料了。因此得想出合适的办法予以应对，最好打秦名远一个措手不及，白面娘子方可转危为安。"

班布泰听罢，眉头紧皱，思忖片刻，开口问道："师父，您是怎么知道这些的，莫非见到白面娘子了？"

庞荣回道："正是。本僧昨晚去了秦家大院，在门房、老八旗霍振江的帮助下，对两个女看守施以点穴术方见到白面娘子，情况都是她亲口讲的，让我立即转告给班佐领。"

班布泰说："您从数十里之外连夜赶来，传报至关重要的信息，一路非常辛苦，有劳大驾了，谢谢，谢谢师父！或许是赶巧了，军营中有位老兵前些天还测字呢，显现近日将有外邪冲撞行辕。甭管真假，宁可信其有，不可信其无，官兵们已做好了防范准备。关键是清查田亩这项差事涉及到每家每户的利益，不可避免会得罪一些人，使其心怀嫉恨，背地里实施暗算。基于此，我们已让富俊大人搬出原先所居之处，住进新搭建的中军大帐，给以严密保护。昨天圣命已下，富俊大人不日抵江城就任吉林将军，原任吉林将军松荺大人将于城门外迎接新将军入城。白面娘子的处境令人担忧，应当怎么做、是否即刻赶赴江城将其救出，待禀告富俊大人后再定夺。"

庞荣点点头道："嗯，只能如此。"

二人用罢早膳，班布泰抹抹嘴对庞荣说："师父，您先歇息一下，我去去就来！"说完转身出屋了。

庞荣望着班布泰离去的背影，想到了白面娘子，心里酸酸的，暗自感叹道："唉，一个多好的小伙子呀，英俊潇洒，稳重干练，办起事来干净利落，俨然一块将才的料，将来会大有出息的，难得呀，怪不得白面娘子那么喜欢他、信任他。可天不遂人愿，人面兽心的秦大门牙一双贼眼早就盯上人见人爱的小白丫了，以极其卑劣的手段强占其身，真乃无耻之徒！从此，白面娘子不得不远离一直崇仰的心上人，把对他的爱慕、思念深埋心底，独自承受精神上的巨大创伤，原本美好的爱情就这样被无情扼杀了……"正寻思呢，班布泰推门进屋了，说道："师父，我已向富俊大人做了禀报，他要见您，我们现在就去。"

庞荣站起身来，披上斗篷，跟在班布泰身后出了门，一直向东走去。二人行进在大营内的小道上，庞荣边走边四下观瞧，一趟趟儿的营房排列整齐，房前屋后打扫得干干净净，周围静静的，没有一点儿声音，心想："将士们都在哪儿呢？"抬眼往远一瞅，方恍然大悟，原来前方有块空地儿,官兵们正在操练。有的抡起铁锤,有的挥舞大刀,有的高举板斧,有的肩横长矛,两两对阵,你来我往,你进我退,步步紧逼,互不相让,一招一式有板有眼,十分到位。看得出富俊大人对属下要求甚严,无论做什么,必须用心、认真,不可有丝毫懈怠。当他俩走到离行辕大门不远的中军大帐前时,班布泰回头示意庞荣稍候片刻,准备进去通禀一声。谁知前脚刚迈进帐内,富俊已笑呵呵地从里面迎了出来,边走边道:"哎呀,贵客上门,欢迎,欢迎啊!"

庞荣见眼前这位白面娘子口中的土地爷爷没有丝毫的官架子,性情豪爽,面容慈和,平易近人,而且亲自出帐迎接,大为感动,赶紧上前一步手打佛号道:"阿弥陀佛,久闻大名,本僧给大人揖礼了!"说着深深鞠了一躬。

富俊忙道:"免礼,免礼,师父一路辛苦了,快请进!"说罢陪庞荣一同走进中军大帐,班布泰随其后。

3人落了座,庞荣环顾四周,大帐是由4个铁支架支撑的,帐帷用蓝色的双层厚布缝制,边沿儿镶着藏青色丝绦,既可遮阳光,也可避雨雪、挡风寒,宽敞而暖和。大帐的顶部开了个圆口,即天窗,冬天在里面生火炉子或抽烟时,烟雾从天窗飘散,空气可以流通,帐内的人不会有沉闷感,反而觉得清新、爽快。大帐的正面摆一长方桌案,桌案后边放一把太师椅,椅座上铺块羊毛垫子,4个护从站立两边。大帐的左面和右面分别摆放着3张茶几,茶几两边各立一把太师椅,茶几的后头是一排用青檀木制作的橱柜,里面装着档册、卷宗等,摞得很整齐……正观瞧呢,忽然卫兵把帐帘儿撩起,走进两位一品大员,班布泰和庞荣赶忙起身退到一旁,护从将二位大人引至右面的茶几旁落座并奉上香茗。富俊走了过来,五指并拢指着身着补服、头戴凉帽、长方脸膛儿、目光炯炯、眉宇不凡、颏下留着五绺银髯的大员向班布泰和庞荣介绍道:"这位是当朝重臣、嘉庆十四年曾任吉林将军、现任领侍卫内大臣的赛冲阿大人。"

班布泰早就认识,庞荣却是第一次见,二人跪地叩头给大人请安,赛冲阿面带微笑抬了抬手道:"免了,免了,快起来!"

富俊又指着同样身着补服、头戴凉帽、瘦长身材、眉梢下耷、颜容枯槁、颏下留着五绺灰白长髯的大员道:"这位是吉林的父母官、吉林将军松筠大人,刚刚离任不久。"

班布泰和庞荣再次跪地叩头问安,松筠也是手一抬道:"免礼,免

第三章 收服逆僧

409

礼，起来吧！"

庞荣做梦没想到此次按白面娘子之托，来到了清查田亩行辕大营，不仅久仰的富俊大人亲自出帐迎接，而且有幸得见赫赫有名的当朝内大臣赛大人。住于京师时常听人讲，赛冲阿乃我朝天子之下、万人之上、叱咤风云的大将军，也是主持正义、刚直不阿的忠臣，在朝廷和民众中享有很高威望，那些奸贼、贪官将其视为眼中钉、肉中刺，亦是他们内心最惧怕的活阎王。别看老人家年岁大了，然精神抖擞，耳聪目明，身子骨儿仍挺硬朗，此乃朝廷之幸、百姓之福啊！让他激动不已的是在行辕大帐还与吉林地方最大的官员吉林将军碰面了，原以为一品大员嘛，肯定不苟言笑，见人板着脸，难以接近。实际上恰恰相反，老人家慈眉善目，举止大方、文雅，很有亲和力，给人一种一见如故的感觉，只是看上去身子骨儿不是很好。此刻的庞荣不由得想起了来到吉林这些日子所遭的罪、所受的委屈，顿时产生一种向久别的亲人倾诉之冲动，不过最后还是忍住了，把要说的话全部咽进了肚子里。眼前的三位大人皆为三朝元老，岁数差不多，已经是高龄了。最年长者为赛冲阿，其次是松荪，再次是富俊，个个亲切得就像老爷爷。尽管如此，班布泰和庞荣仍显得非常紧张，心里就像揣个小兔子嘣嘣直跳，话也不知怎么说了，手也不知怎么放了。

富俊为了让二人放松下来，接着又道："师父，今天真是来巧了，正赶上京师领侍卫内大臣和吉林将军在。二位大人可是正经八百的吉林通啊，对这里的山山水水、风土人情了如指掌，与百姓建立了深厚的感情，心里时时惦记着他们的生活状况如何，治安秩序怎样。班布泰方才已经把大师的话向我转达了，但二位大人没在场，也很想了解眼下范家堡子的情况。你们再禀报一下吧，别拘束，用不着顾忌啥，就是随便聊，把所知道和掌握的全部讲出来，以便让二位大人心中有数。"

为什么赛冲阿和松荪都打算听听呢？因为二人与吉林有着千丝万缕的联系，各有各的想法。乾隆朝时，赛冲阿入了军旅，从吉林马队干起，骑着红鬃烈马踏过这里的每一寸土地，久经沙场，屡立战功，官职步步高升。嘉庆十四年任吉林将军，5年后派往四川成都任职，后来又调至皇宫任领侍卫内大臣。虽然身在京师，但毕竟在吉林呆的时间比较长，有些全力辅佐他的属下仍留任原地办差，因而对这里的一切很有感情，难以忘怀，并时时牵挂于心。其后的两位父母官松荪和富俊皆是他的老朋友，目前因松荪的身体欠佳，吉林将军一职已由京师理藩院的松筠暂时接替，只等富俊到任后正式交接。

赛冲阿当然知道，自嘉庆八年至嘉庆二十三年这16年间，富俊曾三任吉林将军，在治理上下了不少功夫，收效不错，皇上颇为满意，之后将其调往盛京。可在那儿任职时，由于富俊为人耿正，仗义执言，触犯了奸佞小人的利益而遭陷害，且故意混淆是非，使其有口难辩。得亏皇上了解、信任富俊，没有听信谗言，遂派他带兵驻扎双城堡，设立清查田亩行辕，对土地重新进行清丈、查验、分拨，确定归属。这是一项难度颇大、较为艰巨的要务，富俊不仅未被困难吓倒，而且干得有条不紊，立竿见影。为啥呢？因为他办差向来认真细致，一丝不苟，无论是谁，只要违反大清律并查实了，该惩治的一定惩治，其背后即使是天王老子也没用。为了朝廷，为了皇上，富俊决心任肯舍命也得干到底，对隐瞒土地不报或谎报数额者决不留情，成黑脸包公了。在清查的过程中，虽然惹恼了不少独霸一方的豪绅、财主、大庄主，但朝廷对土地的掌控已做到了心中有数，富俊功不可没，是个难得的将才、忠臣。据此，皇上下话了，清官必用，很快又让他再任吉林将军。那么前任究竟干得怎样？给继任留下了多少难题呢？内大臣赛冲阿想知道。

松筠为啥也想听听呢？因为他虽已离任，但尚未正式交接，这一摊子干得是好是坏，总得顺利交下去。假如真有难解之事急待解决，看看自己能不能处理，作为前任得善始善终。松筠乃蒙古正蓝旗人，武将出身，曾任副都统。乾隆朝时，他与富俊皆为乾隆爷所喜欢、信任的扶弼之臣，并在京师演武场同时受到太上皇的陛见，乾隆爷龙颜大悦，亲笔书就"卫国忠卿"4个大字赐予二臣。到了嘉庆朝，二人仍受皇上宠信，松筠率军转战察哈尔、赤峰等地，且带兵有方，东打西杀，身上留下多处箭疤。嘉庆二十二年二月，正在吉林将军任上的富俊接到圣旨，即刻调至京师理藩院任尚书，由谁接替吉林将军尚未有合适的人选。富俊思来想去，想到了老友松筠，虽然年岁较大，已近70高龄，身板儿也不是很好，箭伤伤及肺叶，引发肺经疾患，终年气喘。但人很正直，踏实肯干，忧国忧民，是位好官，遂向皇上举荐之。得到嘉庆帝的允准后，松筠接旨，从赤峰转道江城，署理吉林将军。道光二年，松筠再任吉林将军，至今已一载有余。不过不服老不行啊，心有余而力不足，感到身子骨儿虚弱得很，每当春冬两季肺疾就加重，呼吸不畅，气喘吁吁，几乎不敢见风。到了夜间更是咳嗽不止，辗转反侧，难以入睡。这种境况下，为了尽快谙熟地方政情，他只能依凭属下的禀报，衙门的一

第三章　收服逆僧

些必办之事则委派各位副都统和总管代行。秦名远偏偏是个投机钻营、不择手段谋取私利之小人，加之能说擅讲，一再强调将军大人身体欠佳，痼疾缠身，应让其少操心，尽量避免被一些纷纭繁杂的小事儿搅扰得坐卧不宁。从表面看，这位总管是心疼将军，深怕其累着，给以多方关照，把这位远房姨夫唬得一愣一愣的。实际上，秦名远有自己的目的，什么事都不跟副都统讲，极力排斥异己，妄图独揽大权，副都统只能敬而远之，不与其打连连。谁若是准备向将军奏报点儿啥，他便声称这两天老大人的病势加重，还是不要当面讲了，跟我说一声就行了。无论什么不可解的事儿，宜小不宜大，不要推波助澜，愈演愈烈，一切我来全权处理。由于秦名远一直是隐瞒不报的态度，致使松筠将军对下情不甚了了，更不详知，出了问题也就不可能及时采取措施予以解决。说实在的，松筠将军对范家堡子的大庄主范蔼仁的所作所为并不是没有耳闻，知其专横、霸道，干了不少违犯大清律的勾当。可人家朝廷和盛京皆有靠山，一些官员背地里还替他说好话，极力掩盖事实。秦名远则凭着那张能说会道的巧嘴在吉林将军跟前摇唇鼓舌，硬是将大事化小，小事化了，甚至干脆不告知或颠倒黑白，尽量使存在的一些症结不暴露，松筠大人也就不知底里。秦名远的做法显然是把吉林将军悬在半空了，上不着天，下不着地，吉林究竟治理得咋样，自己心里没数，此刻很想知道真实情况。

富俊是怎么思摸的呢？认为这次老兄弟相聚是个很好的契机，不仅可以一起回忆往事，共叙别情，还可与松筠大人议一议尚有哪些燃眉之急需马上着手处理、应采取什么措施等。况且班布泰已经转述了庞师父此次来双城堡之目的，对范蔼仁、秦名远当下的动向基本掌握了，在就任吉林将军之前，当着内大臣赛冲阿和前任松筠的面儿把棘手之事摆出来，请其帮着出出主意并给以支持，三个臭皮匠顶个诸葛亮嘛！多多吸取两位老哥哥的宝贵经验，便于自己到任后，在治理上多些招法，快刀斩乱麻，头三脚也就踢开了。此刻，三位大人的目光全落到了班布泰和庞荣身上，只等他俩开口了。班布泰偷偷拉了一下庞荣的衣袖儿，小声儿道："师父，还是您说吧，了解情况者最有发言权，讲得越详细越好。"

庞荣点点头，向前迈了两步，刚要开口，赛冲阿忙道："师父，请坐在椅子上慢慢讲，别着急，我们洗耳恭听。"

庞荣揖手道："谢大人！"然后退至原处坐下，说道："本僧受花仙楼鸨母白面娘子之托，专程从江城来到双城堡，向班佐领通报范家堡子大庄主范蔼仁眼下的动向。他长期与朝廷作对，想方设法破坏此次对土地重新进行清查之举措，妄图避其锋芒，隐瞒实际占有田亩数额。为能寻回小舅子钱如民私自藏匿的范氏家族土地大账，借助他人之手，无故将根本不知情的白面娘子拘禁于秦家大院，逼其说出与此有关的情况。据白面娘子讲，吉林将军衙门的总管秦名远是条披着人皮的狼，阴险狡诈，雁过拔毛，贪得无厌，为扫清仕途上的障碍，无所不用其极，暗中还与范蔼仁里勾外连。钱如民之死很可能与其有关，因为前一天晚上，他去了范家堡子，范蔼仁给以了盛情款待。目前，秦名远的府邸成了秘密谋划之地，天天人来人往，时有范家堡子的人光顾，似乎要有大的举动，还声称什么'借东风'。考虑到田亩清查大营坐落在较平坦的空旷之地，周围不远尚有些屯落，他们或许借猛烈的秋风做文章，火烧行辕，引发大患，使得富俊大人措手不及，给清查土地制造混乱。白面娘子很是担心，怕范蔼仁下毒手，拿行辕当靶子，故而让本僧尽快赶往双城堡，提醒大人要有所准备，做好防范，范家堡子不可小觑也。"

　　庞荣所言十分谨慎，不是可下见到三位大人了，机会难得，该说的、不该说的一股脑儿讲个痛快，而是有选择的。他认为范蔼仁是祸根，秦名远是蟊贼，处治起来颇为棘手，又必须得解决，而且迫在眉睫。所以一开口就将这二人叼了出来，以便引起三位大人的注意，及时解救白面娘子。至于他们兄弟俩为什么陪尤公子来吉林、到这儿后同哪几个人打过交道、受到何种怠慢以及在江北拘缉营的遭遇等只字未提，一个是觉得应着眼于大事，清查土地是皇上交办富俊的要务，乃重中之重，凡是干扰此差进行者需快速出手予以惩治。相比之下，受点儿委屈算不了什么，何况现在也不是揭露将军衙门内那几个蛀虫的时候。另一个是自己和弟弟受雇于桂良大人，一切得听命于尤成额夫妇，未得到主人的准许，无权自作主张，当然不能胡乱说了。

　　庞荣的一席话犹如一粒石子投入平静的湖水中，湖面上立马泛起了层层涟漪，未等赛冲阿、富俊吱声儿呢，松筠早就坐不住了，内心受到极大的触动，自愧自恨。作为一个肩挑重担的地方父母官，本应多听听黎民的呼声，为百姓做事。可自己却偏听偏信，在所负的督察责任上有疏失，用人不重德，识人不知心，害己又害民。致使富豪当道，小人得志，出了如此荒唐的娄子，对不起皇上之隆恩，对不起吉林的父老乡亲，也无颜面对故友富俊大人，让人家接下这么一个乱摊子，真是无地自容啊!他气坏了,手扶茶几站了起来,紧接着是一阵激烈的咳嗽,气也喘不上来了,憋得脸色青紫,额头沁出了汗珠儿。庞荣见此可吓得不轻,深怕由于这一通儿讲,再把老大人气个好歹的,自己可就罪责难逃了,一时急得直搓手,不知如何是好。

富俊当然知道松菻的为人及脾气、禀性,担心一上火会勾起老病,忙给庞荣使了个眼色,意思是到此为止,即便还有话也不要再说了,老将军受不了哇!然后走上前,一边为其轻轻捶背、摩挲前胸,一边语重心长地劝慰道:"老哥哥,请息怒,别着急,身子骨儿要紧,诸事想办法解决就是了。谁都希望大清的天下永固,人人心向朝廷,可十个指头伸出来还不一般齐呢,总有背道而驰者,一点儿不奇怪。老弟对秦名远的为人再清楚不过了,他是从行辕私自离开的,并以卑劣的手段带走了白面娘子,不知怎么竟跑到吉林将军衙门当差了,且官运亨通,连连晋升,身担要职。据我所知,此人早就与范家堡子的大庄主范蔼仁暗中勾连,干了不少坏事,可谓八旗中的败类,人所不齿。范蔼仁是个典型的笑面虎,看起来似乎很慈祥、宽容、仁爱,实际上非常歹毒,不择手段地私占田亩,公然违犯大清律,乃祸患的根苗。这种人肯定不会安分守己,总要鼓包的,跟官府抗衡。即使不是老哥在这儿,换了老弟坐镇,他也照样不会听命。没啥大不了,翻不了天,用不着看得太重。俗话讲,物以类聚,人以群分。范蔼仁和秦名远非等闲之辈,妄自尊大,野心勃勃,双目紧盯着权与钱,恨不得占尽天下所有便宜。二人目的一致,勾搭在一起很正常,臭味相投嘛!不过他们高兴得太早了,我富俊决不会袖手旁观,必将予以惩治。此前需进行详细的调查,以便掌握其违犯大清律的罪证,做到笔笔有宗,有据可查,使其无法抵赖,只能低头认罪。况且我们尚不确切知道范蔼仁究竟是怎样经营范家堡子的,所组织的团练具体人数多少、装备如何、在哪儿活动等也未弄清楚,因此现在时机不到,还得等一等,到该收网的时候一个也跑不了。请老哥放心,我会统筹安排并一件一件去落实,力争做到有理有力有节,欠债者必还,让混水摸鱼者暴露于大庭广众之下,否则天理难容。这样吧,二位老哥暂到后帐歇息,我再同庞大师合计一下,然后过去陪老哥叙谈如何?"

赛冲阿点了点头表示同意,认为地方上的一些事儿就应该与当事者共同商量,群策群力,方能拿出切实可行的办法来。可松菻不这么想,觉得自己还未向松筠或富俊彻底交差呢,总得过问一下,遂说道:"老弟呀,让赛兄歇着吧,我留下听听。不用担心,身板儿没事儿,禁得住。"

富俊见松筠执意不走,自然不能勉强,便让孙儿引领赛大人去后帐,庞荣赶忙站起身来目送其离去。不大一会儿,班布泰回来了,4人坐在靠背椅上,侍从重新斟上茶。此刻,松筠的情状平缓些了,不那么一声接一声地咳嗽了,气也喘匀乎了。富俊看了看他,开口道:"在座的都是自家人,可以随便些,有啥说啥,有高招儿就往外端。师父,听白面娘子讲,你们受了不少委屈,能不能……"

庞荣打断道:"二位大人,本僧从河南嵩山少林寺到京师,又陪同尤公子一家来吉林,全靠白面娘子的引见方得识大人,实乃三生有幸。至于到江城后的境遇如何、遭人多少白眼,不值一提,必要的话,容日后详禀。本僧最担心的是白面娘子的安危,尽管身处窘境,失去了自由,却敢于伸张正义,对弱者主动出手相帮,我们从心里感激她。几天来,白面娘子一直被囚禁,由专人看管,不得离开秦家大院半步。长此下去,后果难以预料,应抓紧时间尽快施救。本僧所言全是事实,无半句假话,望大人明察。"

班布泰接过了话茬儿:"范家堡子的大庄主范蔼仁仗势欺人,鱼肉乡里,还声称什么'借东风',看来已经按捺不住了,咱不可不防。我与师父合计了一下,觉得夜长梦多,还是先下手为强,救出白面娘子乃第一要务。"

富俊十分理解孙儿的心情,想了想道:"事不宜迟,我可同二位将军迅速交接,把田亩清查之所有卷宗带至江城,行辕的官兵随之进驻,以防万一。当然了,在将军任上,老夫亦不会放弃田亩清查之务,因是皇上交办的差事,一定坚持到底,对范蔼仁决不手软。"

松筠不紧不慢地说:"富俊老弟,我琢磨着先不要打草惊蛇,营救白面娘子可拖后几天。咱不妨来个趁热打铁,在龙潭山设下迎宾台,迎请新将军莅任。与此同时,就地开展一次校阅场较量,比赛箭法和武术,从中挑选出精勇之士充实到骑兵队。眼下吉林骑兵的力量大不如从前,兵不强马不壮,岂能保家卫国?从表面上看,组织的是一次校阅场比武,招募新兵。待比武结束后,你这位吉林将军便可下令,立即擒拿到场的秦名远等违律之徒,以正国法,以肃纲纪。"

富俊思忖片刻,点了点头,然后转向孙儿道:"班布泰,听明白了吧?就按老大人的意思办,而且要向每位官兵交代清楚。秦名远不可小

第三章 收服逆僧

觑，估计会有一伙武徒为其效劳，到时候要看情势而动。也就是说准备要充分，行动要灵活，一切听指挥，不可鲁莽行事。龙潭校阅场比赛是正义与邪恶的对垒，务必认真组织力量，所有参与者要进行实战训练。除此之外，还得想办法扫听到你师父一指金刚大法师现在究竟在何处，一定得请回来，我们需要他。范蔼仁不是扬言有两位武功高强的大师为其撑腰么，曾从行辕大营抢走了白面娘子，一个姑娘家不仅为我们效力，也替我们代过，真是对不起她呀，老夫心中甚为不安哪！此番定要告诫那两个僧徒，讲清缘由，道明利害，使其不再为虎作伥。咱就定下以阴历九月初九为限，在此之前，将一指金刚大法师找到并请至龙潭山校阅场，与我们聚合，携手惩逆。"

班布泰表示道："明白，谨遵大人之命，九九重阳节之前准备完毕！"

这时，一边的庞荣有点儿坐不住了，因为到现在也没机会讲出想要说的话，心里很是憋得慌。当富俊大人再次提到一指金刚大法师时，他转而又高兴起来，那是自己的大师兄啊，早在凤楼发现的一小块儿白桦皮上写的几个字，让老四、老五赶紧去救白面娘子时，便认定此乃大师兄的亲笔，恨不得立马就能见到。庞荣认为这会儿是时候了，该和盘托出了，于是说道："大人，本僧知道一指金刚大法师的行踪，先前曾经住在吉林城内靠江边的一座名儿叫凤楼的二层小楼楼顶。至于为什么在那儿栖身，暂时判断不出缘由，估计是有些重要的情况需暗中追查，现在可能住在疙瘩梁。"

富俊听后，感到十分诧异，忙问："师父，您怎么知道一指金刚大法师在疙瘩梁，难道认识不成？"

庞荣回道："大人，实不相瞒，一指金刚大法师是本僧的大师兄，常住少林寺。我们师兄弟共5人，师父皆为长眉长老，我上头还有二师兄和三师兄。目前跟我在一起的只有五师弟庞庆，也是本僧的同胞弟弟，我们是奉师父之命下山来辽东寻找三位师兄的。"

在场的人听了庞荣这番话，个个肃然起敬，富俊尤为激动，站起身一把握住庞荣那双粗壮的大手道："哎呀，真可谓无巧不成书啊，未承想师父竟是老夫的恩公一指金刚大法师之师弟，正愁身边没有得力的武师呢，此乃天助我也，范家堡子的那两位僧侣何惧哉？方才我还在琢磨，看您的一身打扮不像少林弟子，原来是真人不露相啊，世外高人站在跟前都辨别不出来，罪过，罪过，还是讲一讲您的仙踪神迹吧，我们很想听听。"

话音刚落,两位侍从手托盘子走进帐篷,里面装着芙蓉糕、馓子及干果等,放在茶几上摆好后,转身退下。庞荣是个聪明人,听出了富俊的弦外之音,认为火候儿到了。父母官想听所谓的仙踪神迹,本僧总算用不着客气了,可以把尤公子及夫人到吉林之后的一些不快和遭遇全部说出来。于是便开口了,首先介绍了桂良总督的外甥女茗兰、外甥女婿尤成额的品行、为人、才学以及缘何离京赴吉,自己和弟弟受大人之托一路如何护送的,结果是高兴而来,却遭到了冷眼,在江北拘缉营几经坎坷,多亏偶遇白面娘子,今天才有幸见到二位大人。然后又讲了自己的身世,什么情况下剃度出家的,少林寺的僧道们终朝每日的晨钟暮鼓、打坐、诵经、修身养性之感受以及云游四方的所见所闻等,使得富俊、松筠、班布泰都听入迷了。特别是二位大人皆认识大名鼎鼎的湖广总督桂良,乃后起之秀,为人坦诚,讲究礼节,十分敬重富俊和松筠,在两位前辈面前一向谦虚恭谨,尊称对方为恩师,自称晚生。这里需要说的是方才庞荣讲到在江城受到冷遇时,富俊曾偷眼瞅了瞅松筠,见其脸色阴沉,连连叹气,心一下子悬起来了,然并未打断,寻思道:"人家始终窝着一股火儿,说出来会痛快些,发泄一下也无妨。不过老哥哥肯定感到万分失礼、抱歉,一激动再犯气喘的老毛病可糟了,于是语气轻松地插言道:"师父,这么说吧,凡是从吉林经过的人没有不驻足的,知道为啥吗?因为这里的景色太美了,对于尤成额夫妇而言,那也是偏得呀,犹如一剂灵丹妙药,可以一扫心中不快。吉林人诚朴、热情,见谁有困难,不管认不认识都会主动相帮,白面娘子便是其中的一个。秦名远、杜宝等人只是个别的,代表不了吉林的父老乡亲,不必往心里去,吃瓜子儿还能嗑出几个臭虫呢,何况人乎?至于尤成额任左翼官学教习一事,请师父放心,经过考核,有真才实学者必用,决不埋没人才。我接任吉林将军后,立即着手办理,还要亲自前往凤楼拜望尤公子及夫人,会给桂良总督一个满意的交代的。"听得出来,富俊很会打圆场,将不愉快且必须说的话头子引出后,再巧妙地予以缓和,使帐内的气氛重新活跃起来,也才有了庞荣接下来的仙踪神迹之谈。

庞荣的话一收住,班布泰便站起身叩头下拜道:"原来是师叔在上,今得一见,万分荣幸,请受徒儿一拜!"

庞荣刚要起身去扶,不让行如此大礼,富俊却不答应了:"师父,咱们是自家人,徒尊师乃家风,理当如此。一指金刚大法师是老夫请至

第三章　收服逆僧

府中的武师，孙儿拜师乃老夫之意，而您是一指金刚大法师的师弟，自然也是我家的武师、班布泰的恩师了。孙儿的武功大有长进，还望师父以后能多多指拨，要像一指金刚大法师一样训教他，严师出高徒，惟如此方能成为大清的栋梁之才。这下好了，班布泰呀，你作为徒弟到时候应随师叔去凤楼，把桂良大人推荐的八斗之才尤公子接来，本官将亲自击鼓鸣锣欢迎贵人进将军府。"

此刻，一直未吱声儿的松荫大人剑眉紧皱，又气又恨，又愧又悔，脸红一阵白一阵的，寻思道："秦名远等人真给吉林丢尽了脸，都怪我呀，糊涂哇！咳，已经离任了，管不了那么多了，只能拜托富俊给揩屁股了，不过该交代的仍得交代。"想至此，遂开口道："老弟呀，我同赛大人闲聊时曾提及一些事，还真是不得不讲。如今，朝纲不振，纪律松弛，贪风滋起，辽东三地不如乾隆朝时兵精政肃。八旗弟子声色狗马，荒于骑射，怕苦惧寒。私征土地之风日甚，流民日炽，势成燎原之火，不可不防，更不可淡视。就拿范家堡子那伙儿犯上作乱的贼子来说吧，绝非所生偶痈孤疾，乃我大清肌肤之患，应标本兼治。老叟已始有猛醒，感觉到了问题的严重性，故而告知老弟要严阵以待，采取有利措施，消灭于萌芽之中，否则不知来日将酿成何等灾祸呢！"

富俊连连点头表示赞同，说道："谢谢老哥提醒，言之有理，咱们想到一块儿了。您不必挂牵，对付范家堡子那帮团练我自有办法，范蔼仁蹦跶不了几天了。"

松荫接着又提到了要时刻关注被秦名远囚禁的白面娘子的安危，富俊胸有成竹地说："老哥，放心吧，谅他不敢对小白丫怎么样。秦名远是个无利不起早、疑心颇重、前怕狼后怕虎的小人，知道我要重回吉林将军衙门，也十分清楚肯定不会饶过他。为了给自己留条后路，轻易不敢造次，何况还是个好色之徒，不到万不得已不会伤害白面娘子，关起来只是吓唬吓唬罢了。"接着又侧过头对庞荣说："庞大师，今后我就这样称呼了，因为您值得尊敬。请务必带着班布泰找到一指金刚大法师，以便师兄弟携起手来，共同治服范家堡子那两位具有高超武技的僧徒。他俩手下的团练经过严格的训教，应该是野蛮好斗，必须认真对待。我们在龙潭山校阅场比武大赛上，不仅要收拾秦名远，还要抓住闹事的歹徒，给点儿颜色看看。这样吧，大队人马先去城里，把秦名远死死看住，尽早斩断这只范蔼仁伸向将军衙门的黑手。老哥呀，走，咱们回吉林城！"

富俊一声令下,班布泰立即传命,除留下一位十人长带领手下拆除行辕的营房外,其余营兵全部开往江城。列在最前面的是八人抬两顶一模一样的大轿,轿顶是红绸篷,轿身以金丝花绦镶边。其中一顶乃离任吉林将军松荪从江城来时乘坐的,所带轿夫50人,护军50人。另一顶是赛冲阿从京师来时乘坐的,所带轿夫80人,护军80人。除此,班布泰还张罗了一顶民间蓝篷素轿,打算给爷爷乘坐。这时,原吉林将军松荪已在亲随的搀扶下上了轿,坐在暄腾腾的羊毛垫子上。赛冲阿平生只喜欢骑马,长途行军才坐轿,行辕大营距江城又不远,故而坚持非骑马不可,那顶八十护从的轿便成了空轿。赛冲阿的选择正合富俊之意,因为他平生也不愿乘轿,正好给赛大人做个伴儿,便冲班布泰喊道:"窝莫洛①,难道忘了爷爷的癖好不成?"什么意思呢?他得找自己的坐骑呀!

坐在前边那顶五十护从大轿内的松荪听到了喊声,抬手掀开轿帘儿,伸出脑袋冲后面笑着打趣道:"班布泰呀,你爷爷从来都是独出心裁,行军打仗时,敌方根本看不出他的官阶,老习惯改不了了,蓝色素轿也用不上喽!知道为啥吼一嗓子么?是让你牵出青骡子呢,此乃他的专利,那顶小轿跟着骡子走吧!"

松荪所说的青骡子身量大,体壮如牛,白鼻梁,白嘴巴,4只白蹄子,既漂亮又精神。坐骑不是有走马么,这头骡子由于富俊去哪儿都骑着,所以锻炼得也很能走,且十分平稳,骑在上面颇为舒服,不会觉得乏累。其实班布泰早就备好了,估计到爷爷得要青骡子,当时怎么想的呢?初始以为这回有京师的领侍卫内大臣赛冲阿在此,还有原吉林将军松荪同行,爷爷得陪着两位大人,肯定是不骑骡子而坐轿了。后来又一琢磨,这老爷子可没准儿,一时兴起,或许仍要骑骡子。为防万一,还是先备下吧,省得到时候措手不及。这不,只见富俊笑呵呵地走了过来,见孙儿的身边站着两位拨什库,其中一位手牵大青骡,笼头戴上了,嚼子勒上了,鞍子系好了,所需的一应物件全挂上了,一切齐备。老人家很高兴,上下打量一番后,捋捋骡子背上的毛,亲昵地贴了贴脸儿。大青骡子自然认识主人了,右蹄边刨地边叫唤,似乎在说:"知道老主没忘咱,早已候在这儿了,快请上来吧!"

富俊轻轻拍拍大青骡的脑门儿道:"哎,老伙计,别急嘛,这就来

---

① 窝莫洛:满语,孙。

第三章 收服逆僧

啦!"说着骗腿儿而上,稳稳地坐在骡背上,命班布泰率领骑兵护卫松萘所坐的大轿直奔江城。自己则由庞荣陪同,与赛冲阿并辔而行,其护从紧随其后。一排排兵将有序地前行,犹如长蛇阵,所经之处尘土飞扬,好不气派!

从双城堡到吉林城是一条长长的土路,当年这一带林深草厚,满目皆被绿植覆盖,有山路,有平原,有丘陵,有深谷,没有一条真正的旱道。然而却难不倒地理仙富俊,他清楚地记得有一条古道,虽然途程艰辛,不易行走,但可直抵江城。即从双城堡行辕南下,跨过拉林河、大岭子、法特哈、乌拉虞村,再经一段水旱山路便可到达目的地。临开拔时,富俊曾笑着与松萘打赌:"老哥,敢不敢跟老弟比试一下?别看你的大轿走在队伍最前面,我的青骡子在后头,那也得是老夫捷足先登,你信不信?"

果不然,富俊和赛冲阿在庞荣及护从的陪同下,傍晚首先抵达江城,半个时辰后,松萘的车轿才缓缓而进。此前,吉林将军衙门的各位副都统、所有的文职官员以及总管秦名远在副都统都克尼的带领下,出郭十里迎候,赵西丹、马木斤等老夕旦也在其中。二位老人家想到一会儿便可见到老上司了,手拄拐杖比谁走得都欢,高兴得笑容始终挂在脸上。为什么现任吉林将军松筠没来呢?因为京师理藩院有些要事需要他处理,抽不出身来,衙门的日常事务已暂交自己比较信任的副都统都克尼代管。秦名远尽管知道来者乃死对头富俊,也得与心腹杜宝等人硬着头皮去接,人家的官职高哇,哪儿敢不去呀?说实在的,当他听说富俊要来江城时,着实捏了一把汗,心里琢磨开了:"唉,我在田亩清查行辕大营干了些见不得人的事儿,还劫走了白面娘子,最后不得已才进了吉林将军衙门府,在姨夫的羽翼下凭着见风使舵、摇唇鼓舌、阿谀奉承之能事步步高升,以为可以万事大吉了。可两座山到不了一起,两个人总能到一块儿,要不咋说冤家路窄呢,老瘌头儿及其孙子到底还是来了,真够丧气的。富俊曾是自己的顶头上司,就算他大人有大量,不跟小的一般见识,班布泰可与我有夺爱之恨哪,能轻易饶恕么?还不得剥我的皮呀!这下倒好,跑又跑不了,躲又躲不过,即使能挨过今日,明儿个、后儿个咋办?好汉不吃眼前亏,到时候只能机灵点儿了,多方观察,一旦发现情势不妙,赶紧溜之乎也。"这么想着,心仍觉得不落体,不过又有啥招儿?等着吧!

富俊是个绝顶聪明的人,不但反应机敏,思虑周全,而且预测能力强，所用手段高明。他并未揣摸衙门府一个总管的心理，而是着眼于赛冲阿、松荫的感受，到了衙门府该如何做也想好了。通常情况下，新到异地任职的官员都要摆出架式，发号施令，树立自己的权威。可富俊不想这样，认为一切需从长计议，顾全大局，给历届前任留有回旋的余地，以避免他们从心里排斥后来者。尤其是对原衙门内不称职的属员不可急于裁撤，更不能胡子眉毛一把抓，先犯众怒，引火烧身。而应平安过渡，与人方便，于己方便，待坐稳后再一个个审视，该裁撤的务必裁撤，该安置的重新安置，该处置的决不手软。就像走进菜地里，不能把满地碍脚的南瓜一股脑儿全踢开，哪有那么大的力气呀，要慢慢地一个一个移走，先拣最碍事的搬。之所以这么做，主要是给松荫一个面子，也给松荫之前的秀林、赛冲阿、喜明留面子，不能让人家有灰溜溜的感觉。将军衙门里的官员皆为前任选用的，不少棘手的事儿和不良风气没有得到及时解决、纠正在所难免，何况不是短时间内造成的，与历届前任不无关系，当然也包括来到吉林的赛冲阿。自己曾三任吉林将军，亦有一定的责任，是推卸不掉的。

　　正因为有了充分的思想准备，所以当松荫在都克尼和众属员的簇拥下、以主人的身份将赛冲阿、富俊领进吉林将军衙门时，尽管府内杂乱无章，看上去上下人等都很忙，实际上人浮于事、鱼龙混淆，富俊并没有发火儿，也未指责任何人，而是采取了稳定军心之策，宽宏大量待人。这个气度令松荫十分佩服，感激不尽，长出了一口气，忙命秦总管抓紧备办酒宴。秦名远见一切正常，富俊祖孙俩始终面带微笑，似乎很满意，没有提出迎迓上有何不妥，看自己的眼神儿也无敌意，以为人家宰相肚里能撑船，大人不计小人过。反正已到这步田地了，寻思也没用，说不准那爷儿俩还蒙在鼓里，或者迫于松荫是我的姨夫，一时不好发作而已。如此一想也就释然了，真就把心放进肚子里了，烦恼随之一扫而光，外表看蛮有精气神儿，啥负担没有，脚不沾地儿地里里外外张罗开了。

　　班布泰来到江城的第二天便稳不住神儿了，站也不是，坐也不是，富俊早猜出孙儿的心思了，遂问道："窝莫洛，琢磨什么呢，惦念小白丫了吧？"

　　班布泰直言不讳："爷爷，认为小白丫暂时没有危险只是估计，确定不了。依我看，还是得赶紧想办法解救，庞大师不是也说让我们快去秦家大院嘛！"

第三章　收服逆僧

富俊笑道:"咋样,一猜一个准吧,没看出风向变了么?放心吧,爷爷自有办法,这回可要稳坐钓鱼台了,不仅无须去救,秦名远还得乖乖把白面娘子送回来。"

班布泰思忖片刻,随即摇了摇头,显然是心里不托底。富俊又道:"不信是不是?那行,等着瞧吧!你马上去见秦名远,到了那儿,装作啥也不知晓,大大方方地打听小白丫的近况。你一问,他准慌神儿,眼面前儿得尽量保自己,哪儿顾得了那么多呀?这就好办了,他必去劝说白面娘子来见咱,热闹便跟着来了。小白丫多聪明啊,早将老夫当做自己的靠山了,也知道咱爷儿俩会来吉林,肯定前去施救。于是会端起架子,你说东,我偏往西,故意别劲,根本不听指挥,够那秦总管喝一壶的了。"

班布泰听罢,按爷爷之意起身出门,去账房寻找秦名远。他刚好在,见班布泰径直进了屋,吓得浑身酥软,脑门儿冒出一层冷汗,恨不能有条地缝儿钻进去。而班布泰却像没事儿人似的,丝毫没有跟他算旧账的意思,语气平和地开口道:"秦总师爷,白面娘子的生意做得咋样啊,一向可好?"

秦名远稍一愣神儿,立马陪着笑脸儿回道:"噢,她一切都好,生意蛮红火,还不知道你们来江城呢,我回去告诉一声就是了。"说完借故转身出屋,一边走心里一边嘀咕:"哎呀,我的天哪,这可咋办?看来暂时顾不上范蔼仁那边了,无论如何得让白面娘子见见富俊爷儿俩,以便缓和与班布泰之间的仇怨、纠葛,先搪过去再说,其他事儿只能见机而行了。"

班布泰望着秦名远的背影偷偷乐了,心里思摸道:"要不咋说姜还是老的辣呢,爷爷的预测太灵验了,秦大门牙真就应了他的话了,不得不把白面娘子送到将军衙门。"

午膳后,富俊将班布泰佐领、庞荣及前不久提拔的两位骁骑校唤到侧厅,交代道:"九九重阳节之前,大家会很辛苦,有几件需办之事。头一件是重新部署兵力,加强武备,监控江城的形势。近几年来,由于朝廷大量征调吉林的兵马入关,本地的兵力略显不足。我们的对手范蔼仁暗中却不断扩充范家堡子的乡团力量,又有所谓的大师坐镇,传授武功,启发训导,时不时地出没于城内外。倘若武备不足,歹徒就可能四处寻衅逞凶,破坏社会秩序的安定,造成不可估量的后果。如果像以前那样,我们的骑兵在双城堡野外分散布局,他们即使想滋事也不那么容易。而今不同了，进了将军衙门府，目标集中，人家在暗处，咱们在明处，加强防卫、保证安全尤显重要。从现在起，务要监视秦名远的一举一动，外出不用阻挡，派人悄悄儿跟踪，看他去哪儿，跟谁联系，以便准确掌握其秘密窝点及违犯大清律的罪证。事不宜迟，天黑之前，务必安排妥帖。调换原将军衙门府的更夫和巡逻人员，全部由行辕的骑兵顶替，落实到人头，做好分工。第二件是信守曾向松荫大人许下的承诺，前往凤楼看望桂良总督的至亲尤成额公子、茗兰小姐，表示我们的诚意。本官的属下怠慢了京师来的贵客，使其受到不公平的待遇，有失本地礼贤下士、宾至如归的一贯传统，给吉林的父老乡亲丢尽了脸。我作为地方的父母官深感歉疚，对不起尤成额夫妇，理当前去谢罪，并迎请至吉林将军衙门府，以弥补几年来对人家的亏负。此事不能拖，待布防及守卫诸务安排就绪，最好今晚前往。那座小二楼可是久违了，真想立马赶过去，当夜或许与大家同宿凤楼。庞大师，本官从未把您当外客，而是看做自家人、我们的护法大师，因此很多时候不得不麻烦您、支使您，请不要介意，谢谢大师曾经做过的一切。您刚到江城，光帮本官里外忙活了，尚未顾得上回凤楼，真是抱歉得很，那二位小主子肯定天天念叨呢！第三件是还得有劳庞大师，明日同班布泰动身赶往疙瘩梁，于重阳节前找到一指金刚大法师。最后一件是催促秦名远快点儿把白面娘子送到衙门府，我要看看她，并让其领着我们去凤楼。"

诸位阿哥，都听清了吧，富俊不愧为久经沙场的老将，颇有主帅风度，行动雷厉风行，思虑周到、细致，跟这样的官员干差，不仅会受到鼓舞、激励，而且会感到无比痛快。特别是庞荣听了这番话，犹如一把钥匙打开了心头的铁锁，不觉间，往日郁结的所有忧烦、怨怒呼啦一下烟消云散了，眼前顿时亮堂了。吉林真是个好地方，山好、水好、人更好，他为吉林能有这样一位诚朴干练、忠于朝廷、想百姓之所想、急百姓之所急的地方官而感到无比欣慰，为尤成额公子和茗兰小姐巧遇贵人而暗暗庆幸。

此刻，在座的每个人都同富俊一样，盼望着立刻见到熟悉的小白丫。她天生丽质，聪明伶俐，可爱乖巧，善于处事，见啥人说啥话，知疼知热，让人听了觉得亲切、舒坦，那甜美的微笑也给大家留下了深刻印象。富俊大人将其视为掌上明珠，关怀备至，宠爱有加。像对待自己的亲孙女一样，冬天怕冻着，夏天怕热着，含在嘴里怕化了，喜欢得不得了。那么，白面娘子现在怎么样呢？从打秦名远按范蔼仁之意将其关

第三章 收服逆僧

起来后，没有了人身自由，还不时受到恐吓，说是如果不如实讲出与班布泰有哪些勾连及钱如民将范氏家族的土地大账藏于何处，范大庄主决不会饶过你。住在秦家大院的小金佛之母姜氏以及随其而来的温妈、把门儿的老霍头儿皆为她捏了一把汗，担心上来倔劲儿不听喝儿，再跟秦总管顶牛，有个三长两短如何是好？可白面娘子却不以为然，饿了就吃，困了就睡，每天三个饱一个倒，摆出一副满不在乎的架式。她认为别看秦名远在外头挺风光的，又是总管又是总师爷的，其实没多大脓水，不过像只癞蛤蟆似的到处鼓噪而已，折腾得越欢越糟，上吊狠勒脖子自找快死。况且我不是孤立的，土地爷爷和班布泰师哥时刻都在关注着，一旦发现身处危境，他们肯定不会袖手旁观的。加之有热心的庞大哥帮忙，早已让其去双城堡报信儿了，土地爷爷得知后，务将派兵马前来施救。

　　果不其然，到了下晌，秦名远垂头丧气地返回了府邸，径直去了后头的四合院儿。当推开东厢房的门未等进屋呢，白面娘子已经看到了他那两颗向外龇着的大门牙，大扁嘴往两边咧着，三角眼像贼似的滴溜乱转，多少日子未见这副熊样儿了，不禁一阵恶心，直想吐！秦名远进了屋，先是皮笑肉不笑地嘘寒问暖，然后酸溜溜地说："娘子呀，告诉你一件喜事儿，富俊和班布泰带着人马进城了，想必很高兴是吧？那好哇，走吧，咱们现在就见大人去。"

　　白面娘子像未听见似的，眼皮都不抬，一声儿没吭，认为土地爷爷不会来得这么快，是秦大门牙在耍花招儿。秦名远见她根本不动地儿，也没有前往的意思，不得不照实讲了："此次进城的不光富俊爷儿俩，还有京师领侍卫内大臣赛冲阿，由离任的吉林将军陪着。三位大人皆想看看你，这不，特意打发我回家，让赶紧接你去呢！"

　　白面娘子这才相信了，心里偷着乐，眼睛却盯着墙角儿，双手抱着膀，面无表情地拒绝道："我不见，除非土地爷爷亲自来请，让他老人家看看我这些天过的什么日子，被你圈成啥样儿！"

　　秦名远见其端起来了，知道这是一肚子怨怒没处发，赶忙低声下气地赔不是："好了，好了，都是我的错儿还不行么，要不打俩嘴巴出出气！"说着上前就拉白面娘子的手，白面娘子厌恶地用力一甩，扭过身子不再理睬。

　　秦名远有些着急了，她要是上来犟劲儿执意不肯，咋劝不起身，神人也没辙，只好一个劲儿地点头哈腰说好话："哎哟，我的姑奶奶，千不看万不看，看在咱们夫妻一场的份儿上……"

白面娘子厉声儿喝道："住口！闭上那张臭嘴，谁和你是夫妻，做梦娶媳妇了吧？你以卑鄙的手段强占吾身，害得我没脸见人，生不如死，这笔账还未跟你这畜生算呢！"

秦名远一听傻眼了，如同丧家犬一样耷拉脑袋了，知道只劝不出血肯定行不通。无奈之下，拿出了最后一招儿，从内怀掏出两张地契、房契交给了白面娘子，又许愿又塞纹银的，极尽讨好儿之能事。白面娘子见火候儿差不多了，架子可以放下了，方勉强答应随其前往吉林将军衙门府。秦名远这才如释重负，笑嘻嘻地让她抓紧换衣、打扮，然后跑出门外，没一会儿就回来了，不知从哪儿张罗了一顶接新娘子用的六人抬彩轿，请梳妆完毕的白面娘子上了轿，出了秦家大院向东去了。

此时，班布泰正站在将军衙门府院外东张西望呢，远远看见来了一顶彩轿，知道小白丫到了。赶忙疾步迎上前，打开轿帘儿，伸手搀出白面娘子，二人并肩进了府门，前往迎客的大厅。秦名远见班布泰连瞅都没瞅自己一眼，更未打算搭理，觉得很是无趣，只好讪讪地转身离去。

白面娘子跟着班布泰进了大厅，看到土地爷爷和原吉林将军端坐在太师椅上，当即像见到久别的亲人一样，激动得热泪盈眶，扑通一声跪在地上，颤声儿叩道："小女叩见二位大人！"

松荫忙道："快起来，快起来，不用那么多礼节。"

富俊则上上下下打量着白面娘子，见其早已长成大姑娘了，较前成熟多了，而且安然无恙，遂起身走到跟前轻声儿抚慰道："小白丫，一切都过去了，见你没受皮肉之苦，爷爷就放心了。这回好了，秦名远的狐狸尾巴终于露出来了，无论怎么藏也藏不住了，欠下的账早晚得偿还。"

白面娘子擦了擦满脸的泪水，急不可待地禀道："二位大人，小女在被囚禁期间，得知了不少情况。范家堡子的庄主范蔼仁早在3年前，便已联络巴彦的蔡家营子等一些大围子的庄主，暗地里竭力扩充团练的人数和力量。范蔼仁身边的两个大和尚是他们的总教头，不仅传授武功，还于疙瘩梁附近的山洞里锻造兵刃，这可不是好兆头啊！"

富俊和松荫相互对视了一眼，觉得此信息极为重要，当下的形势令人担忧，不容乐观，须时刻提高警惕。白面娘子接着又道："秦大门牙刚才在求爷爷告奶奶地说服小女前往将军衙门叩见二位大人时，初始我故意摆架子，不肯前来。后来他见左劝右劝皆不灵，实在没辙了，只好

第三章 收服逆僧

馈赠房契、地契并许下了愿。"说着从衣襟儿内掏出一纸卷儿，展开一看，是两张盖有吉林将军印的执照。白面娘子指着其中的一张说："这是花仙楼的房契，乃秦名远贪污受贿所得纹银购之。他主动把三分之二的股权归我，等于我占两份儿，他占一份儿，还应承有朝一日，此楼将全部归我一人所有。另一张是九台龙家堡子和饮马河边共计40亩的地契大照，他也给了我，目的是让小女在二位大人面前多多替其美言，绝对不可讲出他与范家堡子暗地里互相勾连之秘密。我一口答应了，当时是这么想的：只要能为土地爷爷拿到范蔼仁、秦名远违犯大清律之罪证，给啥都要，管他怎么得到的，先把这些东西掐在手里最为重要。那张土地大照不是秦名远的，而是范蔼仁的，40亩土地乃私下强行霸占的。不仅如此，他还想方设法将东北各地的一块块田亩归为己有，伙同两位大和尚到处寻找钱如民所藏匿的范氏家族土地大账。土地爷爷，您不是正在清查并重新登记田亩么，不是到下边走屯串户地回收八旗官兵耕种、却流入私人手里的土地执照么，这些都交给大人，我不该要，理应归公。"

富俊听罢，高兴极了，先是竖起大拇指称赞小白丫有头脑，干得漂亮，值得信任。然后把房契、地契交给班布泰，叮嘱其妥善保管，登记造册，并将小白丫的义举上报朝廷。而坐在旁边的松筠显得很不自在，十分尴尬，笑了笑道："白面娘子，本官曾多次听到富俊大人夸你机灵，脑袋瓜儿转得快。今日见得，果然不凡，的确是位讲究诚信、仗义疏财之女子，让人佩服！"说此话时，内心很是自责，肠子都悔青了。唉，自己长时间以来尽管坐在吉林将军位上，却由于身体的原因很少走出去，只听下属禀报，像个瞎子似的啥也看不见，被秦名远的花言巧语所蒙蔽，很多事不知底里，成了聋子耳朵配搭儿，真乃失职啊！

富俊眼睛多尖哪，早已察觉松筠的脸色有点儿异样，心里一准是在怨恨那个远房亲戚的所作所为，一时又排解不了，有苦说不出，随即马上转移话题道："老哥呀，若是不感到疲累的话，咱们一起去驿馆见见赛大人，听听他对下一步行动有什么打算，意下如何？"

松筠欣然同意道："好哇，这个提议不错，咱现在就去！"

于是由班布泰头前带路，富俊和松筠在白面娘子、庞荣的陪同下离开将军衙门府，前往据此不远的小红楼驿馆，拜望赛冲阿。一行人很快到了地儿，进得大门，来到赛大人歇息的房间，见其小酣后刚刚起床。富俊给他介绍了白面娘子，然后与松筠就坐，三位大人边喝茶边聊，兴致颇浓,班布泰、白面娘子、庞荣则坐在一边静静地听着。时间一长,白面娘子有点儿坐不住了,便小声儿撺掇身旁的富俊道:"土地爷爷,已经唠好大一会儿了,咱们出去走走好吗?我领您去看个绝妙的居处。"

富俊眼珠儿一转,猜到了所谓的绝妙居处即指凤楼,便道:"小白丫,爷爷知道你的心思,早已打算好了,今晚就去凤楼看望尤成额夫妇。"

白面娘子惊诧得瞪大双目问道:"土地爷爷,您真是神了,难道此前也知道小女的凤楼?"

富俊嘿嘿一笑道:"什么?你的凤楼?它的名气可比你大,资历不浅呢,可谓我们爷爷辈儿的。嘉庆八年春,老夫首任吉林将军那咱,在凤楼住过两年多。不光我,在座的两位大人早年也住过,谁不知道凤楼哇!"

赛冲阿放下茶杯接过了话茬儿:"嗯,说得没错,我清楚地记得在吉林马队时曾夜宿凤楼。那是个好地方,四周绿树环绕,江面渔舟点点,居高临下,可一览吉林的美景。其时,在一楼的门脸儿上方悬挂一块匾,上刻篆书'有凤来兮'4个大字,写得苍劲有力。遗憾的是一年夏季,凤楼遭了雷火,此匾被烧成灰了。后来有一位商埠老板看着怪可惜了,便出钱将此楼重新大修一番,小白丫现在住的已是修缮后的凤楼了。"

白面娘子毕竟年轻,关于凤楼的情况哪儿知道那么多呀,不但非常好奇,而且很想听听各位大人的详细介绍。松筠也来了兴致,开口道:"早先年,凡来江城者皆去看看凤楼,观赏一下那里的风光,体味一下小树林中静谧的氛围,由此而留下的掌故、传说也不少……"

富俊走到窗前抬头望了望天,见天色不早了,遂插嘴道:"这样吧,掌故、传说有的是时间唠,今儿个我必须去趟凤楼……"

未待说完,赛冲阿和松筠异口同声道:"好嘛,老夫也去!"

领侍卫内大臣为啥要同行呢?他一向敬重桂良总督,既然已知其亲自推荐外甥女婿到左翼官学任教习,结果却很不顺,至今尚未就职,自己又恰好身在江城,怎能不去抚慰一下尤成额公子和茗兰小姐?这也是身为故友该做的。

松筠为啥也不想落下呢?因为他已估计到赛冲阿会随富俊前往凤楼,一个是过了这么多年了,瞧瞧有什么变化没有,一个是看望一下京师来的客人。本人虽是离任吉林将军,已经卸肩了,但此前早该去看看

第三章 收服逆僧

桂良大人的至亲，不到场已经欠妥了，何况又拖了好几年，让人家吃尽了苦头。此番陪着内大臣和新将军走一遭，起码可借机向尤公子及夫人道个歉，以弥补一下自己的过错，为吉林将军衙门挽回点儿面子，也能心安些。

富俊就不用说了，巴不得和两位老哥一块儿去，对于尤成额夫妇而言，吉林的三位父母官，即前任、现任皆到舍下问候，实在是太难得了，当即爽快地笑道："好哇，好哇，咱们现在就去！"

于是三位大人在班布泰、庞荣、白面娘子的陪同下，徒步前往凤楼，庞荣大步流星地在前面带路，走着走着竟情不自禁地小跑起来，想必是急着给主人报信儿去了。

自打庞荣离开凤楼，几天来，尤公子、庞庆、小满堂、小金佛以及王财个个心不落体，生怕有什么闪失。惟茗兰显得胸有成竹，十分沉稳，该做啥就做啥，一副不急不躁的样子。为什么她能稳住架呢？因为知道庞荣此次出行是为了解救白面娘子，本人武功高强，胆大心细，遇事不慌，让人信得过。之所以没有按时返回，肯定是有什么重要之事需办耽搁了，正常情况下，应该不会出意外。庞庆当然深知兄长的本事，身手不凡，以一当十，初始蛮放心的。后来见其一连几日未归，便有点儿坐不住了，多次提出去探听一下，都被茗兰阻止了。理由是荣哥没回来，庆哥再一去不返，那会让人更不安。不过暗地里打发小金佛跑了一趟秦家大院，待回到凤楼把老霍头儿的话学说了一遍，方知庞荣如愿见到了被囚禁的白面娘子，受其之托，当晚赶往双城堡行辕大营了，故而没有按时返回。大伙儿听罢，一直提溜的心总算放下了，并认为不定哪天即可见到富俊大人和班布泰佐领，公子的出头之日就要到了，咱们老老实实在凤楼静待佳音吧！

这天傍晚，就在尤公子一行翘首企盼之时，忽见庞荣急匆匆地推门进了院儿，边往屋走边大呼小叫道："茗兰妹子，喜事儿呀，富俊大人带着京师来的领侍卫内大臣、前任吉林将军以及班布泰佐领和平安归来的白面娘子很快就要到凤楼了，专程看望公子、夫人的！"

大伙儿当即怔住了，初时以为庞荣开玩笑，再看他那兴奋样儿又不像，方相信是真的，三位大人的确要莅临凤楼了，这可是莫大的殊荣啊，凤楼顿时沸腾了！茗兰立马分派开了，先是提醒夫君整肃衣冠，换上新靴，做好叩见大人的准备。然后吩咐庞庆、小金佛赶紧收拾一下一楼的中堂，擦拭灰尘，摆好桌椅。又让王财师傅去厨房生火烧水，沏上香茗,并叮嘱侍女到时候好好儿伺候着。自己则与庞荣、小满堂操起笤帚把楼上、楼下的地扫了一遍,随即出得门来,将楼外四周清扫干净。大家刚忙活完,满头的汗还未顾得上擦呢,就听一声清脆的喊声从远处传来:"茗兰姐姐,快出来呀,贵客到啦!"

话音刚落,凤楼的上下人等呼啦一下从中堂拥出,跑到院外,举目望去,见一行5人缓缓向木楼走来,由远而近,在前面引路的便是日夜思念的白面娘子,赶忙站成一排恭候。不一会儿,一行人到了木楼跟前,尤公子等纷纷施礼叩拜。白面娘子引领他们进入一楼作为客厅的中堂,待依序就坐后,便向尤成额和茗兰一一引见三位大人,夫妇俩跪在地上叩道:"大人亲自前来看望,乃学生之幸,感谢不尽,谢谢各位大人!"接着又见过了班布泰佐领、庞庆、小满堂、小金佛则由庞荣向各位大人做了介绍,3人叩拜在地,起身后退下。

富俊看了看尤成额和茗兰,首先开口道:"本官是陪着京师领侍卫内大臣赛大人、前任吉林将军松筠大人登门看望公子和夫人的,对你们的到来表示欢迎,只是这欢迎有点儿太晚了。关于你们到江城之后所接触到的将军衙门个别官员的所作所为,白面娘子及庞大师已经禀报过了,作为地方的父母官,我和松筠大人感到非常抱歉,还要说声对不起。其实仔细想想,这也是偏得,从一定意义上讲,年轻人遇到些坎坷不见得是坏事,只有在逆境中才能锻炼成长、积累经验、辨识真伪、培养高尚的品德。来日方长,从今往后,咱们相互支持,同心协力,共建吉林!"

松筠接着说道:"公子有所不知,我与桂良总督既是忘年交,又是情同手足的故友。由于用人不当,责任失察,不仅未能把事情办好,还让你们受苦了,有辱吉林求贤若渴的名声,全是本官之过,深感惭愧呀!圣旨已下,我已离开将军任了,以后凡事可找继任富俊大人,没办法,老兄的过失只能由老弟补救了,实在是对不住了。"

尤成额及夫人早就从桂良舅舅的口中得知,赛冲阿、松筠二位大人乃当朝重臣,多年驰骋疆场,南征北战,立下了汗马功劳,德高望众。今得一见,果然气宇不凡,言行举止颇具名将风范。特别是松筠老大人一大把年纪了,还真诚地给小辈儿道歉,一口一个对不住,一口一个深感惭愧,真乃令人肃然起敬。茗兰赶忙站起深鞠一躬道:"大人言重了,小小不快,何足挂齿?吉林是个好地方,我们喜欢这里的父老乡亲以及青山绿水、广袤沃土。来到凤楼后,热心善良的白面娘子给以了多方面

第三章 收服逆僧

的关照,安排了舒适的居住之处,送来了各种各样的日用品,还特意派位厨师和两位侍女伺候,使得出行无忧,衣食无愁,都不知怎样感谢好了,言谢太轻了。尤其是我们没有为吉林做一点儿力所能及的事,却得到大人的如此抬爱,学生何德何能,实在受宠若惊啊!正如诸位大人所说,来日方长,此心可鉴,小女定用实际行动回报恩重如山的江城父老、兄弟姐妹。"说完再次施礼,待抬起头来,早已是泪沾衣襟了。

赛冲阿面带微笑道:"茗兰小姐,不必拘于礼节,坐,快坐,咱们随便聊聊。"

茗兰谢过,坐回到椅子上,大家天南海北地唠扯起来,从京师说到吉林,从山川地貌、风土人情说到诸子百家,你一言我一语话不落地,十分尽兴。茗兰又引领三位大人、班布泰佐领在一楼各处转了转,然后登上二楼凭栏眺望,一切尽收眼底,每个人的眼神儿里分明流露出对凤楼有一种掩饰不住的喜爱之情,就像回到久别的故乡那样感到无比亲切。观罢,赛冲阿、松筠辞别众人,由班布泰陪同先行回到小红楼驿馆歇息。富俊则留了下来,边喝茶边与尤成额夫妇促膝谈心,白面娘子坐陪。聊了一会儿,富俊侧过头冲白面娘子问道:"小白丫,咱爷儿俩好几年没见了,今晚我不走了,借宿在此,你是不是得回花仙楼?"

白面娘子忙道:"不用回,我在这儿好好儿陪陪爷爷,连着唠几天几宿才过瘾呢!"

富俊说:"好好好,老夫知道,咱爷儿俩有唠不完的嗑儿。不过我也很想听听尤公子和茗兰小姐到江城之后的所见所闻以及遇到的各色人等之嘴脸,一定会感到挺新鲜,可以成为吉林地方的奇耻大辱了!"听得出来,老人家余怒未消,对秦名远、杜宝之流仍然一肚子火儿。

此刻,坐在一旁的茗兰着急了,起身将白面娘子和庞荣唤到一边,小声儿道:"妹子、荣哥,咋办哪?土地爷爷可是贵客,一会儿得在咱家用晚膳,没有山珍海味,拿什么待客呀,总不能端上粗茶淡饭吧?"

哪知此话却被耳尖的富俊听见了,遂笑着摆摆手道:"哎,不用特意招待我,老夫好养活,爱吃啥小白丫都知道。别的不要,只要大葱、大酱、咸菜条儿、黄金饼,再用当地的白小米熬锅粥就行了,称得上美味佳肴,享大福喽!说实在的,好几天没吃黄金饼了,那香味儿山珍海味比不了,一寻思就不由得馋涎欲滴呢!"

茗兰不知何为黄金饼,一脸疑惑地看着白面娘子,白面娘子会意,说道:"姐姐,是头一回听说吧?我敢打赌,你不但吃过,而且常吃。

那饼子嘛,金黄金黄的,喷香喷香的,长圆形的,想起来没?"

茗兰摇摇头道:"想不起来,行了,别卖关子了,快告诉我吧!"

白面娘子表情夸张地说:"嗨,姐姐的忘性可真大,我不是给你讲过两个闺女从水中抱起乾隆爷的故事么,黄金饼就是玉米饼子,乃乾隆爷送的美号!"

茗兰听后,拍拍脑门儿扑哧一声乐了,伸出二拇指点了一下白面娘子的鼻尖儿,然后转身跑到后厨房,向王财师傅和小金佛如此这般交代一番,并叮嘱他们要抓紧时间,越快越好,富俊大人可能早就饿了。

过了两袋烟的工夫,简单的晚膳备好了,由侍女一样儿一样儿地端上桌。富俊同大伙儿围桌而坐,就着咸菜条儿嚼着甜丝丝儿的黄金饼,喝着正冒热气的小米粥,大葱蘸大酱,吃得蛮香。富俊拿起一小段儿葱白儿放进嘴里,边嚼边慈祥地看着茗兰,咽下后说道:"孩子,你可能不认得老夫了,我却认识你,而且对瓜儿佳氏的家世知道得一清二楚,你信不信?"

茗兰睁大双目道:"噢?真的么,请大人说说看!"

富俊说道:"你姥姥生养了3个孩子,两儿一女,你舅舅桂良居长。其弟桂秀和哥哥一样,刚刚成人便入了军旅,作战勇猛,一马当先,是条汉子,不幸战死四川。其妹嫁给了一个正在八旗军中服役的拨什库,就是你的阿玛,后来成为出名的武将,在一次激烈的两军对垒中阵亡于两淮,连尸首都未找到。桂良总督一家祖祖辈辈对朝廷忠贞不二,报效大清,立下了赫赫战功,无人不竖大拇指呀!"

茗兰不禁眼眶湿润了,点点头道:"大人,您说得没错,对小女的家世可谓了如指掌,是听我舅舅讲的吧?"

富俊以爱抚的眼神儿看着茗兰道:"傻丫头,心里只有你那桂良舅舅,难道老夫就不能从别人的嘴里得知么?"

茗兰低下眼想了想,又晃了晃头,实在猜不出那"别人"指的是谁,遂以期待的目光盯着土地爷爷。富俊放下手中的筷子道:"告诉你吧,我不仅认识你舅舅,也认识你姥爷玉德大人,还是好友呢!你生于嘉庆五年,小的时候,常随额莫住娘家,一住就是几个月。父母离世后,你被姥爷接到京师时,已经六七岁了。当年,有个叫卓特松岩的人,长着一脸连鬓胡子,任蒙古内阁学士兼副都统,也曾于闽浙总督府当差。一次因公去京师,办完事儿后,经玉德大人一再挽留,便在其府中留宿。二人很是投缘,无话不谈,相处得十分融洽,卓特松岩还常给

第三章 收服逆僧

玉德的家人唱蒙古长调，记得吗？"

富俊这么一问，勾起了茗兰悠远的回忆，陷入了沉思之中，眼前闪现出十几年前那不很清晰的场景，没一会儿竟哼起歌儿来：

　　　　金子一样的大海呵，
　　　　玛瑙一样的大海呵，
　　　　呵嘿咿——
　　　　那是我美丽的家呵，
　　　　成吉思汗的子孙——
　　　　勇敢无畏的蒙古牧民的畜群，
　　　　呵嘿咿——

白面娘子、庞荣、庞庆、小金佛等全听呆了，未承想公子的夫人还有这手儿，以前从未露过呀！茗兰唱着唱着忽然停住了，不好意思地说："大人，小女只记得这么多，接下来还有两段儿，不过都忘了。"

话音刚落，白面娘子拍手叫起好儿来："好，好，姐姐唱得太好了，嗓音甜润，优美动听，犹如银铃般脆亮！"

富俊高兴极了，眼睛笑成了一道缝儿，嚷嚷道："哎哟，总算想起来了，还记得这首歌是谁教的么？"

茗兰回道："时间太久了，恍惚记得是位爷爷教的，还曾问过姥爷，这位爷爷的名字咋那么长啊？姥爷告诉我，爷爷取的是蒙古族名儿。"

富俊十分肯定地说："没错，是蒙古名儿，那人长得啥样儿有印象么？"

茗兰摇摇头道："当时年纪尚小，留下的印象不深，记不准了。"说到这儿，好像突然又想起什么了，赶忙站起身手提衣裙下摆绕至富俊的左侧，那里坐着刚刚从小红楼驿馆返回的班布泰。茗兰伸手轻轻推了他一下，班布泰会意，起身串过去一个座位，茗兰便坐在富俊身边，忽闪着一对儿大眼睛仔细打量着，似乎要在那张脸上寻找出往昔的印迹。

富俊拍拍茗兰的肩膀道："孩子，你小时候可乖了，并且挺有眼力见儿的，一看府中来客人了，就踩着凳子从高高的木柜上取下围棋盒子递给姥爷。玉德大人喜欢与朋友对弈，老夫也愿下几盘，我们可谓棋逢对手啊，拼起来就是一宿不合眼哪！"

富俊的话音未落，茗兰已是热泪潸潸了，喃喃地说："想起来了，姥爷曾告诉过我，当年有位爱下围棋、会唱蒙古长调的大胡子爷爷，一进家门就把我抱在膝上逗弄着玩儿，名字叫卓特松岩，您就是……"

富俊惊喜地连连点头道:"是呀,是呀,我就是那个常去你姥爷家的大胡子爷爷,嘉庆初年曾任过兵部侍郎,那时很年轻,与正在京师为官的桂良颇为熟悉,后来曾到新疆、盛京、黑龙江等地任职。考虑到蒙古名儿的字儿多,叫起来不顺口,这才改了大号,没想到今天的富俊就是当年的卓特松岩吧?从嘉庆十二年后,我们再未见过面,只是从同僚口中得知一些情况。大家皆知你是桂良总督的外甥女,从小在其家长大,亭亭玉立,品貌出众,聪明好学,文思敏捷,琴棋书画、诗词歌赋样样儿通,很得舅舅的喜欢,同僚们见了也是赞不绝口,渐渐的名声在外了。桂良大人一开始在京师做官,后来调往外地任职,由于频繁换防,距京师较近的地儿就带着家眷,离得太远则不带。每次回京师,或是恭听皇上传圣谕,或是办差,只几天便走了,总是来去匆匆。你大多数时间住在京师,有时便和舅母随舅舅去外地,接触了各色人等,不仅见了世面,长了见识,也受到了锻炼。自打小白丫告诉我京师来了位小姐,乃尤公子的夫人、桂良总督的外甥女,私下里就琢磨开了:'据我所知,玉德大人只有一个外孙女,即乖巧伶俐的小茗兰,倘若德高望重的老哥哥在天之灵果真把外孙女送到我这儿来了,可谓人间奇遇呀!'从此在行辕大营里无论多忙,一有空闲便会不由自主地想起你,犹如影子一样始终跟着我。果不其然,可爱的茗兰格格像小鸟一样飞来了,真是女大十八变、越变越好看哪,爷爷老了,眼神儿不济了,不仔细瞅都认不出来喽!"

第三章 收服逆僧

茗兰从京师来到吉林的这几年,心情一直抑郁得很,委屈、愤怒无人可诉,憋得受不了时,就背地里哭一场。而今见到了当年的大胡子爷爷,就像一个被遗弃的孤儿找到自己的亲人一样,再也控制不住了,满腹的苦水、委屈的泪水汇成奔腾的激流倾泻而出,扑进富俊怀里哇的一声哭了起来,边哭边说:"大胡子爷爷,真是没想到啊,斗转星移,十多年后竟与您在远离京师的吉林见面了,舅舅知道了得多高兴啊!或许年龄越大越怀旧,舅舅时常念叨您,一遍遍讲姥爷和松岩爷爷昔日的往事,看得出心里一直放不下。我们始终没有机会向您当面道谢,那年阿玛战死两淮的消息,就是爷爷从京师传回来告知额莫和姥爷的,姥爷、舅舅后来又讲给了我,您是瓜尔佳氏家族的恩人哪!"

富俊完全理解茗兰此时此刻的心情,同样激动不已,用手轻轻捋着她那满头的黑发,心里既高兴又酸楚,暗自感叹道:"茗兰本是个可怜的孩子,小小年纪便失去了双亲,不得不寄养在姥姥家。可她又是个幸运的宠儿，得到了玉德大人和桂良总督的精心呵护，视为掌上明珠，不仅生活上给以无微不至的关照，还将其送入学堂读书识字，或请私塾先生入府教授课业，学习各种礼法。功夫不负有心人，茗兰承继了额莫的天资，紧步桂良舅舅的后尘，终于从一个天真活泼的小女孩儿成长为美丽标致、聪颖贤良、通情达理、多闻博识的才女，父母在九泉之下若知女儿能有今天，也就可以瞑目了……"一声长叹后，不由得双泪横流，所有在场的人看到此情此景，无不为之动容。

茗兰的诉说，勾起了坐在富俊右边的白面娘子对凄凉身世的回忆，相比之下，觉得自己更加不幸，吃的苦比她多，遭的罪比她大。茗兰姐姐总算如愿成了家，身边有儒雅的夫君陪伴，还巧遇了姥爷的故友土地爷爷，上天已经很眷顾了。而我呢，双亲、继母早早离世，一奶同胞的姐姐不知身在何方，是死是活，天涯海角无处寻，只能梦中相见，现实如此残酷，什么时候是个头儿啊！想到这些，她无论如何也忍不住了，伏在土地爷爷的肩膀上痛哭失声。富俊赶忙安慰道："小白丫，别哭哇，以前的事儿不提了，那全是过眼云烟，一切皆会好起来的。放心吧，有爷爷在，啥都不用怕，打起精神来，人得往前看不是？"

白面娘子听话地点点头，渐渐止住了哭声，茗兰掏出丝帕为其拭去脸上的泪水。富俊环视一圈儿，见大伙儿的心情都很沉重，全撂筷了，饭菜也凉了。是呀，这桌乡土气息浓郁的农家饭虽不丰盛，但吃起来格外可口。不过在场的人由于受到茗兰和白面娘子不佳心境的感染，饭菜做得再好吃，谁能咽得下呀？为了调解一下气氛，随即便转移了话题，故作轻松地问茗兰："孩子，听说你对古体诗很感兴趣，这些日子有否新作呀？"

茗兰略一迟疑，回道："噢，没……没有。"

富俊笑道："不会吧？俗话曰：'诗言志'。你来到异地，面对一个全新的环境，遭受了冷眼，感慨颇多，必将执笔赋诗抒怀，何况是位才女呢，拿出来给爷爷看看。"

未等茗兰答言呢，旁边的小满堂忍不住了，赶忙接过了话茬儿："大人所言极是，我家少奶奶和少爷一样，平日里只要有空闲，不是读圣贤书，就是看史籍，尤喜写诗填词。来到此地也未停笔，常常伏几冥思苦索，把对江城的印象、感触全记录下了。少奶奶，难得大人来一回，就把那些诗作拿给大人欣赏欣赏呗！"

那么，小满堂怎么知道茗兰有新作呢？他是老主子都布纳赏给儿子尤成额挑书担子的，作为仆从，心里自然惦着少爷、少奶奶的饮食起居。到吉林后，别看琐事挺多，东跑西颠的，对小主子的方方面面可十分留意，照顾得周周到到，嘴巴还严，从不多说一句话。他知道少爷对生活上的事很少入心，一般不过问，精力都用在读书上了，全家的吃喝拉撒则由女主人茗兰通盘考虑和安排。时常发现小主子那屋的灯光整宿亮着，少爷早已入睡了，少奶奶仍未歇息，或坐在炕桌边望着灯花儿沉思，或提起笔在宣纸上写着什么，暗地里思摸道："少奶奶怀有身孕，行动越来越不灵活了，天天还得忙这忙那的，睡不好哪儿成啊？"之后每到傍黑儿时，总是小心翼翼地提醒道："少奶奶，晚上早点儿睡，写诗填词不能影响歇息，身子骨儿要紧。"

茗兰听了，只是笑笑，该怎样还怎样。她是那种性格内敛、不喜张扬、心中有数之人，平时从不愿提起家世，也不愿把自认为尚不成熟的诗作拿出来给人看。此刻，当听到小满堂冒冒失失揭了底，便侧过头小声儿嗔怪道："主人说话勿插言，起来动动吧，去把饭菜热一热。"

小满堂一伸舌头，遂与侍女端起已经变凉的饭菜去了后厨房，热一下后端回来，大伙儿继续吃。

用罢晚膳，茗兰觉得富俊大人是姥爷、舅舅的好友，长辈提出要看自己的新作，若不从命，显得很不礼貌，只好说道："大胡子爷爷，让您老见笑了，小女为消磨时光，不过记下些事儿，见啥写啥，根本谈不上填词。心情不好时，可一吐为快；心情好时，可借诗寄怀，算是到吉林后的一点儿感喟吧！丑媳妇总得见公婆，豁出去了，请随我来。"说着起身头前带路，引领富俊登上二楼，尤成额、白面娘子随其后。

一行4人进了东屋，富俊四下一瞅，房间里的陈设简单、朴素，打扫得干干净净，一应用品摆放得整整齐齐。茗兰考虑到土炕又硬又凉，坐在上面会感到硌得慌，不舒服，于是从柜子里取出一床新褥子铺好，然后请爷爷上炕并坐在褥子上。尤成额把平时看书用的小炕桌挪了挪，放在富俊大人跟前，白面娘子端来了热茶。茗兰这才跪在炕上，打开炕琴拿出一个匣子，掀开盖儿取出一打文稿放在小方桌上，两手按着双膝深深鞠了一躬道："爷爷，晚辈失礼了，有悖之处望海涵。"

富俊摆摆手道："哪里，哪里，没有任何不妥，快坐过来，礼节全免了！"

茗兰乖乖坐在富俊大人的对面，尤成额和白面娘子半坐于炕沿边儿，笑眯眯地看着炕上的一老一小，内心无比高兴。白面娘子忽然想起

第三章　收服逆僧

了在行辕学堂念书时,请来教授孤儿们的那位先生似乎十分了解土地爷爷,曾经讲过一番话给人留下的印象很深,至今难以忘怀。他说:"富俊大人是位少有的将才,文韬武略样样行,书法颇多,笔势沉稳,笔力遒劲。喜欢古诗,虽然不好填词,但律诗很好,五律、七律尤佳,笔端奇趣横生,其中的七律《江枫渡》风传本朝,连著名大学士顾均元老先生都啧啧称赞。大人有个习惯,就是诗作皆为即兴而发,从不留底。每每写罢之后,众友这个要一首,那个讨一张,结果全给出去了,故而不少记事抒情之古律诗散在各地,为人们所吟诵。"而茗兰姐姐恰恰与土地爷爷相反,是将所写的一首首诗词集中在一起,订成册以便留存,可以随时翻看,独自欣赏,方便得很。

富俊拿起文稿一页一页地翻看着,首先被那一手工整的小楷吸引住了,每个字都像刻的一样,全一般大。词作拢共不下20余首,皆为步宋代大家词牌重新填词而成,笔法圆润秀美,笔调清新,自然流畅,朗朗上口。以简练而鲜明的笔触描绘了塞北的秋江渔舟、绮丽风光,展现了各行各业的生存现状、人们的愿望、向往,或犹如仙境,或栩栩如生,可谓难得的吉林民情风物之画卷,读后令人回味无穷。富俊陶醉于茗兰的小楷、填的词以及超逸的笔意之中,默默地欣赏着,细细地品味着,心里思摸道:"别看茗兰年龄不大,然功底扎实,笔力了得,不可小觑,乃名副其实的才女呀!"此时的屋内静极了,一点声儿没有,其他3人都屏气凝神地看着富俊那张脸上所流露出的满意、兴奋、赞叹等不断变化之表情。过了约两袋烟的工夫,坐在炕沿边儿的白面娘子憋不住了,侧过身用胳膊肘儿碰了碰富俊撒娇道:"土地爷爷,您不能只顾自己看哪,眼睛都掉进文稿里了,能不能吟诵几首让我们听听,也好学学呀!"

富俊移开目光抬起头来,瞅了瞅白面娘子,面带微笑满口应承道:"好哇,既然有人想学,我就念几首,全是写咱吉林的!"然后从一打文稿中挑出3张,展开其中的一张,题为《松江浣沙女》,以抑扬顿挫之声调轻轻晃着脑袋吟诵道:

木楼晚日一缕霞,
浓荫杨柳暗栖鸦,
浣溪归女笑若花。
塞北霓裳绒似雪,
粗麻巧纺胜南纱,

　　　　煜寒竞美笑千家。

　　吟罢，白面娘子高兴得连声叫好儿："好词，好词，写得真美呀！"

　　富俊也有同感："嗯，的确不错，意蕴丰富，意趣盎然，很有特色。小白丫，认真听啊，咱接着来！"于是翻到第二张，题为《江城流舟》，吟诵道：

　　　　曲江漖波，
　　　　弯月睡江岩。
　　　　脉脉花疏天淡，
　　　　云来去，
　　　　数声雁。
　　　　景艳，
　　　　心亦艳，
　　　　此情谁共言？
　　　　惟有泛水流舟，
　　　　棹声急，
　　　　飞如箭。

　　刚刚念完，尤成额情不自禁地竖起大拇指啧啧称赞，白面娘子则啪啪啪一通儿鼓掌，手都拍麻了。富俊翻到第三张《小重山·抒怀》，看了看，说道："我再念最后一首，这词填得妙哇，把压抑在胸中的火气全撒出来了，够厉害！"说着清了清嗓子，吟诵道：

　　　　古柳苍榆秋色深，
　　　　小楼红芍药，
　　　　妍妍馨。
　　　　雨弱风软碎鸣禽，
　　　　迟迟日，
　　　　囚栖无人怜。
　　　　江城处处惹人寻，
　　　　醉人亲，
　　　　惟有将军心。

　　此词表达了作者对吉林将军的不满，隐晦含蓄，意味深长。茗兰见富俊停下了，先是轻咳了一声，随后苦笑着自嘲道："小女失礼了，不知天高地厚，信口开河胡诌的，请爷爷千万别往心里去。"

　　富俊摆摆手道："哎，孩子，不要硬往自己身上揽过，该是谁的责任谁承担。原本满心欢喜地陪着公子来吉林，哪承想却被送到了江北拘缉营，没人管，'囚栖无人怜'，难为你们了，真是对不住哇！不过还算行，是非分明，江城处处惹人寻、醉人亲，惟父母官使来者不悦。此话说得好，此气出得痛快，吉林将军应永记在心，引以为鉴，今天权当负荆请罪了。"

茗兰听罢，脸腾地红了，忙道："大人客气了，小女实不敢当，此事不可再提了。"

富俊侧过头看了看倚坐在炕沿边儿洗耳恭听、一声不吭的尤成额，对其所具有的忠厚诚朴、勤奋好学、懂礼貌、有家教、不浮华、不造作等优长十分欣赏，发自内心的喜欢，遂问道："敢问尤公子，祖上何方人氏？"

尤成额忽听富俊大人冲自己问话，赶紧站起身来垂手而立，恭恭敬敬地回道："学生何图哩氏，祖上隶属蒙古正蓝旗。乾隆朝时，五世祖乌里莫曾任京师理藩院译卷员外郎，专译蒙、满文档册，乾隆末年调任翰林院编修理事。六世祖克其顿乃宫中衙役，干些杂七杂八的活儿，为各部院传送文告、书信、公文等。七世祖都布纳是学生的阿玛，接替了六世祖的差使，后来任湖广总督京师行辕议事府总管，随桂良大人办差至今。"

富俊手一招道："来，坐下说话，不必拘束。"

尤成额躬身道："谢大人！"然后重又侧身半坐于炕沿边儿。

富俊说道："乾隆末年，老夫任内阁侍读学士兼副都统，你爷爷当时在各部院之间传送文牍，我有所耳闻，肯定也见过。我们皆隶蒙八旗，我属蒙古正黄旗，你属蒙古正蓝旗。祖上原先皆居于内蒙草原，咱应是蒙古后裔，同一血脉，理当更亲近哪！曾听小白丫讲，尤公子终日卷不离手，博古多识，满腹经纶，才华出众，此次是来应聘左翼官学教习的。吉林地方广招天下贤达，急需超群之士，你来得太好了，正是时候，感谢燕山为我们荐送人才，欢迎，欢迎啊！"

别看富俊平日里待人亲切和蔼，慈爱有加，办起事来却严肃认真，一丝不苟，钉是钉，铆是铆。此前，白面娘子曾向他透露过，说是京师桂良总督的外甥女婿到吉林，是准备就任左翼官学教习之职的，请土地爷爷多多关照。富俊给出了这样的回答："眼下，老夫尚未执掌吉林将军印，无权表态。即使莅任了，不论是谁，也不管此人什么背景，首要的得看他能力大小，是否胜任，必须经考试择优，量才而用。荐者有才,有才则聘;荐者无才,位尊亦废。"这话什么意思呢?即被推荐者不是有才么,有才我就用。被推荐者无才,一个地地道道的饭桶,哪怕他家族的地位、名望再高也白扯,我肯定不用。果不其然,富俊跟尤成额现在算是认识了,对其印象还不错,关系也近些了,可还是想摸摸底。认为光看表面不行,只听本人介绍更不行,须确实知道儒学功底究竟有多厚,因为要担任的是官学教习,咱不能误人子弟。只见富俊轻咳了一声,自管自地背诵起范仲淹的《岳阳楼记》来:"衔远山,吞长江,浩浩汤汤,横无际涯;"然后冲尤公子一抬下巴颏儿,意思是你接着往下背。

对于尤成额而言,背诵古文乃小菜一碟,5岁就开始背书了。天天学,日日记,让他歇歇都不肯,快20年了,那些圣贤书早已背得滚瓜烂熟且深深刻进脑子里了。甚至做到不管是正背、倒背,还是中间插一杠子,全能接续下去。发出任何提问,准保能对答如流,丝毫不会错。此刻,他见富俊大人突然停住了,示意自己往下接,便行云流水般的背诵道:"朝晖夕阴,气象万千。此则岳阳楼之大观也,前人之备述矣。然则北通巫峡,南极潇湘,迁客骚人,多会于此,览物之情,得无异乎?"这时,富俊一抬手,意思是暂停,紧接着诵道:"上下天光,一碧万顷;沙鸥翔集,锦鳞游泳;岸芷汀兰,郁郁青青。而或长烟一空,皓月千里,浮光跃金,静影沉璧,渔歌互答,此乐何极!"然后又冲尤公子一抬下巴颏儿道:"你从第五段的第二句接。"

尤成额接续道:"不以物喜,不以己悲;居庙堂之高则忧其民;处江湖之远则忧其君。是进亦忧,退亦忧。然则何时而乐耶?其必曰:'先天下之忧而忧,后天下之乐而乐'乎……"背到这儿,富俊打断道:"行了,到此为止。请回答《管子》何人所撰?篇目多少,所设内容若何?"

尤成额答曰:"《管子》乃春秋齐国大臣管仲所撰。旧书篇目繁多,约300余篇,后丢失一些,现有24卷,86篇。所涉内容甚广,乃治国安邦必读之书也。"

富俊又问:"'治国'为其中的第几篇?请背诵首节。"

尤成额回道:"'治国'乃《管子》一书第四十八篇,共5节,首节曰:'凡治国之道,必先富民,民富则易治也,民贫则难治也。奚以知其然也?民富则安乡重家,安乡重家则敬上畏罪,敬上畏罪则易治也。民贫则危乡轻家,危乡轻家则敢凌上犯禁,凌上犯禁则难治也。故治国常富，而乱国常贫。是以善为国者，必先富民，然后治之。'"

说实在的，刚开始时，白面娘子很替尤成额着急，生怕万一答不上来或背诵得不熟练、总打奔儿，土地爷爷因此不聘怎么办？心一下子提到了嗓子眼儿。当看到尤公子神态自若，问啥答啥，准确无误，一直提溜的心才算落了体，寻思赶紧见好儿就收吧，便为其讲情道："土地爷爷，差不多了吧？公子回答得没丁点错儿，背诵得非常流畅，一字不差，不是挺好嘛，我都听腻歪了，还考啥呀？"

富俊风趣地说："好好好，这回小白丫说了算，不用背了，老夫认可了。九九重阳节那天，本官一要观武赛，二要看文赛，广招天下文武奇才，到时候必请尤公子写篇佳作以一展身手，事先要做好准备哟！天色不早了，你们也累了，该歇息了。老夫这就下楼，班布泰也该回来了，看看他和庞大师打点得怎么样了，今夜就同他们同寝而眠了。"说着把文稿收拢到一块儿，按落款的先后顺序摞好，这才起身下了炕。

白面娘子忙将茗兰扶下炕，拉到一边小声儿说道："姐姐，庞大哥和班布泰师哥明儿个将要远行，我得陪土地爷爷下楼一趟，过会儿就回来。今晚妹子跟你一起睡，让公子去书房睡，想必不会见怪吧？"说罢咯咯咯笑了起来。

茗兰用二拇指戳了一下她的脑门儿道："这个鬼灵精，快去吧，姐等着你！"

富俊和白面娘子来到一楼，推开东屋的门一看，庞庆、小满堂、小金佛正坐在炕上东一句西一句地闲扯呢，班布泰、庞荣则忙着打点行囊。炕上的3人见将军大人来了，赶紧跳下地将其请进屋，富俊瞅了瞅庞荣和孙儿，说道："抓经时间收拾，完事儿早点儿歇息，也好养足精神。明儿个一早上路，尽快赶到疙瘩梁，找到一指金刚大法师，老夫想念他呀！班布泰，路上要保护好你师叔，多加小心，注意安全，不得有丝毫闪失，速去速回。"

白面娘子叮嘱道："二位大哥，出远门很辛苦，首要的得备足干粮，以免挨饿，否则可就走不动道了。噢，对了，治头疼脑热、拉肚子的小药别忘带上，一定要平安回来，我们在家等你俩的好消息。"

富俊笑道："想得挺周全呢，行了，小白丫，回屋歇着吧，老夫的上下眼皮开始打架了！"

白面娘子答应一声，告辞后转身出屋，噔噔噔上楼了，小金佛和小满堂也随其一同离开，去了二楼的西屋。待庞荣、班布泰准备完毕，富俊洗了把脸,脱衣上炕钻进了被窝儿。庞氏兄弟见土地爷爷躺下要睡觉了,怕4人睡一铺炕挤着老人家,刚拔腿想去对面王财师傅那屋,富俊立马起身叫住他们:"都别去,就在这儿睡,不用担心我,早已习惯了。老夫可是铁打的身板儿,到各个村屯去,常常是走到哪儿歇在哪儿,头顶蓝天,大地当炕,和衣而卧,睡得蛮香呢!"

庞氏兄弟见大人很是随便,没啥讲究,便不说什么了,叫上班布泰乖乖脱衣上了炕,富俊一个个给盖好被子,4人睡下。转天鸡叫头遍,富俊就起来了,去小树林打了一会儿拳,回来后用罢早膳,在庞庆的护送下回返吉林将军衙门。白面娘子和小金佛被一大早赶来的冯大爹叫走了,说是花仙楼这些天客人特别多,接应不暇,几位黑道儿的朋友点名要见鸨儿,不少事儿也急等着处理。庞荣和班布泰早在东方露出鱼肚白时就出发了,踏着晨露打马直奔疙瘩梁,寻找一指金刚大法师。凤楼又像往日那样平静了,尤成额陪夫人去江边溜达一圈儿后,回来便一块儿进了书房,共同切磋填词的学问。侍女小曼、小香拾掇碗筷,收拾屋子,擦拭桌椅、柜子、门窗等。小满堂和王财则担水、劈柴、扫院子,再去趟集市,需要啥就买点儿啥,一切如旧。

第三章 收服逆僧

单讲班布泰和庞荣离开凤楼,拨马北去,并辔而行,边走边聊,有说有笑,心情格外舒畅,所有的烦闷一扫而光。他们能不乐么,庞荣自打与弟弟庞庆按长眉长老之命从登封嵩山少林寺下来寻找三位师兄,几经坎坷,到现在一个没见着,心里急得了不得。他不怕挨累,严冬酷暑也不在话下,适应能力极强,什么恶劣的环境皆能生存,只要能找到师兄,吃多少苦都认了。几年来,凭借着健壮的体魄和超人的武功,于各地不停地寻觅、四处打听师兄们的落脚处,然信息却寥寥无几,尤其是大师兄好像从人间蒸发了一样,踪影全无。前些天在凤楼的顶棚得到写在桦皮上的留言,方知大师兄的所在之地,总算有了下落,今日终能如愿以偿地前去与其会合了,高兴自不必说。

班布泰同样异常兴奋,当得知庞荣原来竟是自己恩师的师弟、二人皆为少林派弟子时,很快与其亲近起来,并尊为师叔。这位年轻的佐领心中最敬重、最崇拜的人是谁呢?一位是自己的爷爷,再就是日夜思念的恩师一指金刚大法师,还有新近结识的师叔庞荣。他认为恩师武功盖世,疾恶如仇,普度众生,心装天下,乃佛家弟子的榜样。跟这样的师父在一起,每天耳濡目染,言传身教,自己也能成为顶天立地的男子汉。可惜当年师父决意要走，说是有事需办，身不由己，又未告知打算到何地，爷爷尽管极力挽留也无济于事，最终还是告辞离去。其后爷儿俩对师父一直放心不下，到处打听其行踪，却毫无结果。没承想转机来了，有幸认识了师叔庞荣，方知师父并未走远，曾于江城的凤楼顶棚栖身，似乎暗中在追查一些不轨之徒，行踪不定，大部分时间住在疙瘩梁。能随师叔北上寻找恩师，是爷爷给的一次难得机会，当然不能错过，于是便乐呵呵地上路了，恨不得长双翅膀飞到师父身边。昨天晚上，班布泰送赛冲阿、松筠大人回小红楼迎宾驿馆时，已顺便向两位年长的衙役打听了去疙瘩梁该如何走。巧的是他们年轻时都跑过驿道，身背大囊袋去各个哨卡传送文书，故而对哪条道通哪儿颇为熟悉。据二人讲，记忆中的疙瘩梁应在吉林以东的蛟河深山古道附近，需穿越山涧，趟过溪流，攀登断崖。那里绝非宁静之地，虎豹豺狼窜来窜去，盗贼劫匪横行无忌，将这片山高林密之一隅作为杀人越货的掩身之所，令人不寒而栗。其中一位衙役还画了张路线图，声称这是去疙瘩梁最近的道，并叮咛路上千万小心，不可麻痹大意，时刻提高警惕，以防备人与兽的侵害。班布泰点头称是，一再感谢二位的热情指点，告辞后回到凤楼。

庞荣和班布泰皆为武艺高强之人，根本不在乎什么凶险，还最爱凑热闹，若真能碰上匪徒才过瘾呢，几天不动手就觉得浑身不自在，重要的是可为民除害嘛！他们上路之后，大都骑马在密林中穿行，有时需要牵着马步行，这样可以抄近道，以便及早到达目的地。将近晌午，他俩走出林子，来到道边一处挂着单幌儿的小饭馆儿，于门前的拴马桩拴好马，进屋坐下后，点了份儿白菜炖粉条，五香干豆腐，椒盐儿花生米，6个黄金饼，外加一壶烧酒"壮元红"。没一会儿，堂倌儿便一样儿一样儿端上桌，师徒二人风扫残云般填饱了肚子，那壶酒也被班布泰喝得精光。交了饭钱，抹了抹嘴，起身出门跳上马又继续赶路了。

三个时辰过去了，太阳落山了，由于山高林密，光线幽暗，越发显得夜来早。庞荣和班布泰都喜欢夜行，正赶上中秋节刚过，可见空中悬着一轮圆月，然密林内只能透过微弱的光亮，一片寂静，惟有呜呜的风声、树枝的摇曳之声和寒鸦的嘎嘎叫声相伴。他们对此全然不觉，夜静更深，骑在马上走起路来愈加轻松，一点儿不觉累。走着走着，班布泰往林子对面一瞅，发现前方不远处是连绵成片的小山，山下有片小树林。月光下，隐约可见丘陵地生长着几棵笔直的高树，树的周围突起十多个散在的土堆，顶端插着小木牌儿，有火亮儿从高树枝杈的缝隙中闪现。他冷丁一激灵，哎，那分明是片坟地呀，火亮儿之处肯定有人。这可怪了，在哪儿过夜不行啊，为啥非选坟圈子呢，难道是盗墓的？或许是匪类？还是狩猎者在此等待野兽出现？心里感到十分不解，又不想放过眼前那极不正常的情况，忙叫住了庞荣，抬手往对过儿一指道："师叔，您看那边！"

庞荣睁大双眼仔细一瞅，也甚是生疑："咦？大半夜的，坟地里怎会出现火光呢，莫非有人住在这儿不成？"想至此，冲班布泰一摆头道："走，去看个究竟再说。"

二人分别跳下马，牵至道边，将缰绳拴在干树桩子上，然后手持匕首分头从两个方向朝亮光处合围。班布泰在齐腰高的蒿草中前行，庞荣则绕到山下的小树林那侧从中穿过，师徒俩脚步很轻，速度极快，几乎同时到达亮光处。走近一瞧，坟地正中长着的是几棵老白桦，树干粗壮，枝叶繁茂。白桦的斜后方有座小茅屋，黄泥抹墙，茅草苫顶，十分破旧。房前燃起一堆篝火，立于西侧的桌子上摆放着供品，一只野鸡，一只野鸭，一只野兔，一个白发苍苍的老妪背对着他俩跪在供桌前的地上正在祭拜亡灵。老太太听见有脚步声儿到跟前，然并未回头，更不理会，仍低声儿念叨着。祭拜毕，慢慢站起身，既不看来人，也不发问，自管自地开门回屋了。班布泰和庞荣觉得这位老者挺古怪，越发好奇，随后跟进，见屋内点着一盏獾油灯，土炕上躺着个面色蜡黄、眼眶儿塌陷、正在昏睡的中年女子，看样子似乎重病缠身。庞荣走到老太太跟前揖手道："老人家，打扰了，我们刚好从此路过，见有亮光就来了，想找口水喝。"

老太太这才抬头看了看他们，仍未言语，只是从门后的水缸舀了半瓢水递了过来。庞荣接在手中，咕嘟咕嘟连喝好几口，用袖头儿擦了擦嘴又递给徒儿。班布泰喝完后，将空瓢扣在缸盖儿上，回身致谢道："老奶奶，谢谢了！方才嗓子都冒烟了，喝得真痛快，这下不渴了。我和师叔四下踅摸了，这是块坟地呀，你们缘何居于此？"

老太太见这爷儿俩很有礼貌，目光温和，言语友善，不像坏人，态度随之变了，搬过一把长条木凳子请他们坐下歇歇脚，又去厨房端来一盘儿玉米饼子、一碟咸菜条儿放在桌子上，说道："肚子饿了吧？家里穷啊，没啥好嚼裹儿，凑合着吃吧！"

班布泰说："谢谢老奶奶，我们不饿，已经吃过了。"

3人坐在桌边，老太太打了个唉声道："咳，才刚还以为你们是仇

第三章　收服逆僧

家派来的呢,这世道,活着不易呀!"接着便流着泪向二人吐露了实情。

原来老太太娘家姓迟,夫家姓黄,丈夫已亡,就葬在这片坟地里。咋死的呢?他们原本住在范家堡子,租种大庄主范蔼仁的土地,由于年成不好,交不上地租,结果丈夫被其家丁活活打死了,惟一的土坯房也给霸占,并将全家撵出了范家堡子。举目四望,空旷荒寂,无处安身,没有一寸立足之地,大人、孩子总不能等着被野兽吞噬吧?迟氏一咬牙,领着家人来到埋葬丈夫的坟茔地,于老白桦的后身儿打上木桩,盖了座茅草房,从此便在这儿栖身了,与死去的丈夫相伴。

迟氏不是老黄头儿的原配,乃续弦,前夫早就病故了,生养个儿子叫贵子。老黄头儿叫黄大可,前妻是得产后风死的,所幸生的女儿活了下来,即躺在炕上的中年女子阿青。迟氏和黄大可是怎么到一起的呢?有一年闹水灾,连日大雨不断,百姓纷纷逃离家园往北跑,人群中既有领着贵子的迟氏,也有拉着阿青的黄大可。在逃难途中,二人相识了,互相帮衬,你给我两个玉米饼子,我给你几块儿咸菜,两家人渐渐合在一起,成为一家人了,后来在范家堡子安了身,租种庄主的土地。迟氏与黄大可虽然是半路夫妻,但感情很好,恩爱有加。两个孩子相处得也挺融洽,贵子待阿青如同亲妹妹一样,对二老十分孝顺。水到渠成,不久贵子娶了阿青,屯邻们皆言此乃亲上加亲,天作之合,值得庆贺。

转年,阿青生了个丫头,乳名铃铃,全家喜欢得不得了。5年后,黄大可因欠地租被打死了,尽管人不在了,租银却一文不能少。父债子还,贵子不得不去范蔼仁那儿抵债,在疙瘩梁开凿山洞,不准回家。迟氏已有8年没见儿子了,几乎快想疯了,几次前往范家堡子跪地哀求范蔼仁及其大夫人钱氏:"请老爷、大太太开开恩吧,欠债早已抵完了,该把我儿放回来。他媳妇重病在身,说不准哪天就见不着了,我们全家给您磕头了!"可人家不仅不理这个茬儿,还令家丁把迟氏驱逐出门,告诫她以后不许跨进范家堡子一步。迟氏难过至极,趴在地上号啕大哭,那真是呼天天不应,叫地地不灵啊,最后只能爬起来趔趔趄趄地走了。

而今,贵子的女儿13岁了,个头儿不高不矮,相貌姣好,范蔼仁一眼就相中了,令其手下天天前来要铃铃抵债。迟氏和儿媳吓得举足无措,不知如何是好,阿青的病势也因此愈加沉重。婆媳俩合计来合计去,认为只能暂时让孩子躲避,等过了这个风头再说。于是迟氏便带着铃铃出了家门,送到距此30多里的董家庄,给董半仙家当丫头。董半仙有占卦的本事，又是董家庄的笔墨先生，专门靠给庄子里的人书写地契、卖身契、打官司呈文、婚丧嫁娶请帖等挣点儿碎银子度日。前些日子，董半仙传来话了，说是铃铃在一个伸手不见五指的月黑夜跑了，不知去向，屯邻们四处寻找终不见影儿，究竟怎么回事谁也不知道。迟氏一听，这火可上大发了，想出外寻孙女吧，还得伺候病重的儿媳，根本脱不开身；不去找吧，铃铃是自己的心头肉，哪儿能放得下呀，一时急得团团转。今晚庞荣和班布泰所看到的火光，就是迟氏在万般无奈之下，拢起篝火，摆上供品，燃香叩拜，一个是祭奠丈夫的亡灵，一个是祈祷天神的庇佑，让阿青的病体尽快痊愈，贵子早日回家，铃铃平安无事，没想到却引来了两位行路之人。据迟氏讲，现在家里一贫如洗，缸无一粒米，匣无一文钱，儿媳病得不省人事，自己愁得天天哭，眼泪都流干了，一点儿辙没有，只能是活到哪天算哪天。

　　班布泰和庞荣听罢迟氏的哭诉，气得怒火中烧，牙关咬得咯咯响，对老人一家的遭遇非常同情。可考虑到有要务在身，不能在此停留，也就帮不了老人家，心里感到很是过意不去，班布泰便从内怀掏出30两纹银递之，作为给阿青请郎中疗病的费用。又劝慰迟氏多多保重，身子骨儿要紧，坚强地活着，家里全靠你老了。天无绝人之路，别着急，总会有办法的，神灵将保佑天下的所有穷苦人。

　　迟氏扑通一声跪在地上，泪流满面地千般道谢、万般感恩，世上还是好人多呀，为找回孙女也得撑着，否则闭不上眼哪！

　　班布泰和庞荣忙将其扶起，又唠了一会儿方告辞出屋，从原路返回，牵出拴在道边儿干树桩上的两匹坐骑，骗腿儿而上，打马继续前行。二人的心里好像压了块大石头，感到异常沉重，连说话的兴趣都没有了，一路默默无语，只能听到马蹄踏地的嗒嗒声儿。天亮时，经过一个村落，可见炊烟袅袅，可闻鸡鸣犬吠，俨然一片祥和的景象。班布泰开口道："师叔，这个村落叫新安屯，约百多户人家，称得上大噶珊了。如此规模的屯子这一带正经有几个呢，可谓大清朝多年来采取的安抚策略使然，很受百姓的欢迎。我爷爷遵皇命率官兵于双城堡建起了清查田亩行辕大营，除了重新丈量每家每户所占田亩数额并登记造册外，还将一些闯关东的流民、赤贫以及无地少畜的佃户集聚到一起，建立噶珊，分给土地、耕牛，使其安居下来，以缓解社会动荡不安之虞。事实证明，此做法是行之有效的，总算没白费劲儿，说是功绩也未尝不可……"

第三章　收服逆僧

班布泰详细介绍着，一讲起所做的那些利国安民之事，心情较前好多了，脸上流露出欣慰的神情。庞荣边听边频频点头，心想："是呀，富俊大人及手下八旗官兵无论寒风凛凛，还是烈日炎炎，天天奔波于千里大地上，为的是给黎民造福，使百姓安居乐业，所付出的辛劳有目共睹，何止'感谢'二字了得……"正寻思呢，忽听树林子里传出欢快的鼓乐声、噼里啪啦的鞭炮声，接着走出一队红男绿女，一字排开，前边有敲锣的，后边有打鼓的。一个身穿上绣"喜"字的蓝缎袍儿、胸前披着红十字绸带、帽插官花儿的新郎倌儿得意洋洋地骑在高头大马上，时不时地东瞧瞧、西望望，大脑袋晃荡着，大耳朵支棱着，张着大嘴傻笑着，嘴丫子快咧到耳根了。班布泰和庞荣越看越憋不住乐，怎么的呢？这位新郎倌儿很是与众不同，骑马蛮新鲜的，谁都是一人一马，他可倒好，左右两侧各有一个壮汉把着，生怕不小心摔下来。这还不算，身后另有4个小伙子紧贴着马屁股走，双手扶着新郎倌儿的后腰，保护得够到位的了。马走得尽管不算快，周围这6个人也得小跑着才能跟上，一个个累得气喘吁吁、汗流浃背、跟头把式的，你说好笑不好笑？

紧随其后的是4人抬的大红彩轿，坐在里面的自然是新娘子了，奇怪的是不只一台，而是3台。再后面呼呼啦啦跟着一大帮人，有男有女，有老有少，有送亲的，有迎亲的，还有一些团练，嘻嘻哈哈、大呼小叫的。身穿新衣、脚蹬新靴的孩子们在人群中跑过来穿过去，高声儿笑着，大声儿嚷着，比任何人都欢实。喇叭在吹，锣鼓在敲，鞭炮在响，咚咚咚，噌噌噌，啪啪啪，各种声音交织在一起，好不热闹。班布泰边观瞧边冲庞荣说："师叔，我长这么大，头一次看见新郎倌儿接亲带3台彩轿的，就是说一个人在同一天迎娶三房儿妻妾，真够开眼的，这是户啥人家呀？你侄子到现在一房媳妇还没娶呢，他一下子娶了仨，胃口不小哇，也不怕累死，准不是什么好东西！咱不能光瞅着，起码嘴皮子得痛快痛快，上前管管，问问谁让他这么干的。"

庞荣摸摸后脑勺儿道："是呀，这是哪儿的规矩呢？即使再有钱，想添人进口也得一个一个娶呀，他家却3个新人在同一时辰共迈同一道门坎儿，未免太招摇了吧？班布泰，先别着急，耐住性子看个究竟，待弄清楚再说，千万不可莽撞行事，兴许那后两台彩轿里坐着的是亲家的长辈呀、伴郎啊、伴娘啊，或是当地的什么特殊礼节也未可知。你没看见吗，走在迎亲队伍最末尾的那些人与前面的截然不同，不仅蔫头耷脑的，还发出不和谐之音，有哭天抹泪的，有唉声叹气的，有唏嘘不已的，肯定是娘家人，为啥大喜的日子不乐反而哭呢？其中必有说道。"

班布泰点点头道："师叔所言极是，是得稳住架儿，听您的。"

二人翻身下马，手牵缰绳紧走几步混入迎亲队伍中，这才看清新郎倌儿那副尊容。此人往多说也就十六七岁，小矬个子，腿短腰粗，胖乎乎的，后脖颈子堆出3道沟，两腮垂下的肉一走直颤悠。眼睛小得就像两道缝儿，稀疏的眉毛没几根儿，磨盘大脸中间儿长个蒜头鼻子，薄唇大嘴如同一字横在扁宽的鼻翅儿下，可谓要身材没身材，要模样没模样，丑得够15个人看半拉儿月了。这还不算，看上去傻啦吧唧的，嘴角儿流着哈喇子，双眼发直，一准缺心眼儿。周围保护他的两个壮汉和4个小伙子不时地提醒要少说话，坐稳喽，估计是怕露馅儿。可新郎倌儿偏不听，非说不可，一路上嘴巴没闲着。哪家奴才敢得罪主子呀，上来脾气动怒还有好儿？故而只能任其所为，不再提醒，露不露馅儿管我屁事！正走着呢，骑在马上的新郎倌儿可能高兴过头了，忽然拍手打掌的大声儿傻笑道："哈哈，老少爷们儿快来看哪，我今儿个娶媳妇啦！"

在身边扶着他的那两个壮汉赶紧随声附和道："恭喜少爷，贺喜少爷……"

新郎倌儿一听，咧开大嘴乐得前仰后合，随即竟手舞足蹈起来，吓得后面紧挨马屁股走的那4个小伙子忙用力扶住，异口同声地劝阻道："小少爷，快坐稳，千万别乱动，以免摔下来。"

新郎倌儿正了正身子，明知故问道："小的们，知道不，本少爷大婚娶了几房啊？"

其中一个小伙子回道："少爷，谁比得了您哪，一次娶了三房，三位少奶奶一个比一个漂亮！"

新郎倌儿眯着一对儿鼠眼摇头晃脑道："嗯，本少爷艳福不浅哪，娶了个41岁的娘、13岁的妻、9岁的丫，这还不够呢，差远了！"

跟在4个小伙子后面的是位骑着棕色马、留着两撇儿黑胡须的中年男子，看样子是大管家，他提起马鞭指着刚才搭话的那个小伙儿吼道："小老七，就你嘴快，别没话逗话了，闭上那张臭嘴能憋死你呀，快走！"

话音刚落，只听从人群里传出了压抑的哭声，一个手握长刀、似乎是团练的小头目扭过头冲后面喊道："行了，别号丧了，要是活腻歪了，老子可以成全你，攮人多痛快呀，一刀见血。打算去蹲大狱咱也不拦着，先把欠下的租子一文不少地交上来，想占便宜没门儿！"

班布泰和庞荣一听全明白了，那个癞蛤蟆果真吃上天鹅肉了，一下子娶了仨老婆，简直太过分了，跟光天化日之下公开抢人没啥区别。走在最后头的那些人乃新媳妇儿的娘家人，实在忍不住才哭的，但新人出嫁是用来抵债的。为证实猜测的对与否，班布泰停下了脚步，故意落在后面，走到一位默默流泪的留有灰白胡子的老头儿跟前，小声儿问道："老人家，大喜的日子哭什么呀，有啥不开心的？"

老者抹了一把眼泪，瞅了瞅班布泰道："后生是过路的吧？还是少打听，问多了没好处。"

班布泰压低声音打抱不平道："我是气不忿儿，凭什么好好儿的闺女嫁给傻子，还一次娶三房！"

听了班布泰的这句话，老者有点儿憋不住了，一肚子苦水不往外倒倒心里难受哇，于是打了个唉声道："咳，实不相瞒，今儿个来送亲的全是新安屯的人。老夫那9岁的孙女被范庄主的傻儿子盯上了，扬言就看上她了，非娶不可，不给也得给，你说咋办？不应不中啊！这不，今儿个愣是用彩轿抬走的，我老伴儿气得快疯了，先是号啕大哭，后来躺在土炕上抽得口吐白沫儿，这不是要人命嘛！无奈之下，我跟两个儿子只好一起送孙女，将来是福是祸，全凭她的造化了。"

班布泰问道："老人家，既然不愿意，当初为啥答应范蔼仁哪？要是我呀，咋说都不允，坚决不把孙女许给傻小子不就结了嘛！"

老者回道："后生啊，老天不睁眼哪，去年闹大旱，收成不好，打不出粮食，拿啥向范庄主交地租哇？只能用人顶。人家财大气粗，又有势力，在范家堡子一手遮天，谁敢惹呀？根本无理可讲！"

班布泰十分不解，说道："不对呀，清查田亩行辕的官兵在富俊大人的率领下，对土地重新进行清丈，然后分拨到各家各户，现在咋成范蔼仁的了？"

这时，走在灰白胡子老头儿身边的村民纷纷围了上来，其中一个40开外的中年男子说："后生有所不知，原先驻扎在这里的八旗官兵奉命开拔了，到宁夏那边去了，属下的土地也随之撂荒了，范蔼仁便瞅准机会将那些田亩占为己有。清查田亩行辕大营设立后，把先前八旗官兵耕种的那片土地重新划拨给无地户，范蔼仁立马不让了，反咬我们占了他的地，必须归还。还声称想种地也行，我的地总不能让你白种吧？得按数儿向本庄主缴纳地租。再者说了，种地哪儿那么简单呀，不是有两只手就成。开荒离不开马匹、牛具，还得用江水灌田，算起来这可是一笔不少的银子,没有马匹、耕牛,怎么解决?只能向家大业大的范庄主租用。利滚利,越滚越多,根本还不上,实在没辙了,就得用人顶。乡民们咽不下这口气,要去行辕大营找土地爷爷评理去,范蔼仁命团练、打手前来阻挠,也没啥理由,扬言谁若敢去,必打折他的腿,这日子还怎么过呀!"

一位老妪接过了话茬儿:"范蔼仁定了条规矩,谁交不上地租,就拿儿女抵债,方圆百里皆知。他只要看中附近7个村屯的哪个女子了,马上派打手去抢,不管人家是否妻离子散、家破人亡。那第二台轿子里的41岁新娘本是我儿媳,儿子得急病无钱抓药,没几天便咽气了.媳妇成了寡妇,范蔼仁也不放过,这不抢来抵债了。不仅如此,只要犯着他了,说抓就抓,说打就打,挨骂是家常便饭,咱抗不了哇!老范家为啥无法无天?据说人家祖上有功,京师、盛京都有为其撑腰的,吉林将军也让他三分,胳膊比咱腿粗,谁也整不了,只能干瞅着。"

一个30多岁、膀大腰圆、一脸黑胡茬儿的莽汉不知就里,竟骂了起来:"富俊哪,你这位大人有眼无珠啊,说是帮逃难的流民安家,实际上等于往火坑里推呀!劳作一年,汗珠子掉地摔八瓣儿,到头来啥也没剩,全被范蔼仁刮去了。我们衣食无着,饱受欺压,你看见了么?高官也都是各儿顾各儿,该惩治的不惩治,这是啥世道哇?坏人当道,穷人没法儿活哟!"

班布泰突听此言,不由得为之一震,心里很不是滋味,犹如砸碎了五味瓶。有些人不明真相,满腹怨气,骂两句、发发牢骚,咱吃苦挨累、受点儿委屈倒也没啥。让人气愤的是范蔼仁那些土豪、恶霸实在太猖狂,目无国法,横行乡里,鱼肉百姓,抢占民田,现如今仍逍遥法外。看来重新清查田亩、还地于民之举措非常必要,然此项差务干起来十分不易,正像爷爷讲的那样,任重而道远。他暗下决心,难度再大也要坚持下去,一定要为百姓做主,把被土豪劣绅强占的土地全部划拨回旗民手中,决不能半途而废。

此刻的庞荣也没闲着,边走边与周围的人搭话闲聊,终于将傻小子一天娶仨媳妇儿的来龙去脉弄清楚了。原来这位新郎倌儿乃范家堡子大庄主范蔼仁与七姨太所生之子,取名儿范福运,意思是将来给范氏家族带来福气和运气。从小到大娇生惯养,衣来伸手,饭来张口,只知吃饱不饿,啥也不愿学。天天东门出,西门进,游手好闲,有点儿缺心眼儿,十六七岁就冲范蔼仁的大夫人嚷嚷着要媳妇儿。钱氏被其纠缠不

第三章 收服逆僧

过，便吩咐大管家陪着公子在抢来的女子中选媳妇儿，说是只要福运看中了，哪个都行，一切随他。结婚时，要啥给啥，全满足。钱氏缘何答应得如此爽快又这么热心呢？她可是个无利不起早的人，早已看出眼下八房妻妾相比，七姨太在范蔼仁跟前最得宠。要是将其子的大婚之事办好了，或许能指望上七姨太在老爷身边吹枕头风，为自己多说好话，我这大太太的家主地位更可坐得又稳又牢了。

选媳妇儿那天，大管家领着傻公子来到后院儿的一溜平房那儿，屋内住着20多个或被抢来、或被抓来顶账的女子，年龄大小不等。大管家把她们唤到院子里，令其站成两排，背对而立，让福运随便挑。说实在的，傻公子弄不明白娶亲究竟为何、应该选个什么模样的以及今后咋过日子，只知与进家的女人点灯说话、困觉做伴儿。大管家问道："小少爷，请看，这么多女子呢，尽可扒拉着挑，想要个啥样儿的呀？"

福运挠挠头，边寻思边自言自语道："啥样儿的？噢，对了，要我娘那样儿的。"随后伸手冲其中的一个女子一指道："就要她！"

大管家让被点中的女子转过身来，定睛一看，竟是那个40多岁、为自家顶账的寡妇，当即脑袋晃得如同拨浪鼓儿，连声道："不行，不行，这个不行，重新挑。"

傻少爷裂开嘴笑道："嘿嘿，行，这个娘行。"

大管家哭笑不得，只好点点头道："好哇，既然选定了，那就回去吧！"

傻少爷没动地儿，嚷嚷着只一个不行，还得要一个。大管家这下可着急了，忙劝他别挑了，一个就行了，赶紧回转吧！福运一听不干了，越发来劲了，说啥不回去，先是扯着嗓门儿喊，紧接着躺在地上打滚儿，把刚穿上的紫缎袍儿都弄脏了。大管家没招儿了，只能听少爷的，因为大太太有话呀，一切随他。于是连哄带劝地将其扶起，拍了拍身上的土，令那些女子全转过身来，让福运继续挑。傻小子大睁双目一个地瞅，从这头儿瞅到那头儿，又从那头儿瞅到这头儿，眼睛几乎看花了，也拿不准应该选哪个。这时，他见一个十二三岁的女孩儿哆哆嗦嗦躲在一排女子身后，吓得直哭，看样子生怕被挑中，遂抬手指着女孩儿道："哎，哭啥呀？长得俊着呢，过来吧，这个妻我要了！"

大管家马上答应道："好好好，那个妻给你了，这回总行了吧？"

傻小子仍不依不挠，声言不够，还要选。大管家束手无策，不敢得罪不说，禁不起他闹腾啊，接着又选第三个。可倒好，此次挑得更离谱儿,偏偏赶在这个节骨眼儿上,一个八九岁的小丫头早就有泡尿没来得及撒,实在憋不住了,便跑到东墙根儿那儿褪下裤子蹲下撒尿。这一举动恰被范福运看见了,眼前顿时一亮,嘿!那个妞好玩儿,没人哄我来哄,遂冲东墙根儿一指道:"哎,快起来吧,你就是那个丫了!"

大管家忙道:"少爷,那是个小丫头,还未成年呢,要她干啥?"

范福运扭了扭身子道:"要嘛,把她领到家去,跟我一块儿藏猫猫儿!"

就这样,任吗不懂的傻公子依仗家族有钱有势,在从7个村屯抢来的20多个女子中乱点鸳鸯谱,一下子挑走了3个给他当媳妇儿。范蔼仁只有干生气的份儿,一点儿辙没有,大夫人钱氏却幸灾乐祸,等着看笑话儿。

班布泰是个火性脾气,一听范蔼仁无法无天,我行我素,仗势欺人,气得七窍生烟,非要上前把那个混账小子掀翻不可。庞荣赶忙小声儿制止道:"班布泰,急不得,千万要冷静,别忘了咱是来干啥的。临出发时,富俊大人一再强调,第一要务是必须找到一指金刚大法师,并叮嘱速去速回。无论怎样,不可轻举妄动,在对方人多势众的情况下,跟傻小子纠缠会误大事的,犯不上。再往前走走看,若是出现有利时机,决不放过。"

班布泰想了想,没吱声儿,认为师叔所言不无道理,只好强忍怒火跟着迎亲队伍继续往前走。那么,庞荣是不是路见不平而无心管、也根本不想理这个茬儿呢?当然不是。他本是个同情弱者、疾恶如仇之人,此刻内心比徒儿还焦急难耐,恨不得立即出手打个痛快,却不能这么做。他与班布泰的想法是一致的,即在势单力薄的情况下,想办法救出被抢的苦难女子,惩治范家堡子的邪恶势力。由于二人的禀性各异,故而在突遇某件事时,外在表现各不相同。班布泰年轻气盛,有胆有识,认为该做的一定去做,然遇事有些急躁,略欠耐性。庞荣性情平和,喜怒不形于色,含而不露,遇事总是暗中琢磨,很有心劲儿。他回过头瞅了瞅,发现有些看热闹的一直在后头跟着,团练们个个有备而来,迎亲队伍行进在大道上,四周毫无遮掩,环境也好,情势也罢,皆不是动手的最佳时机。另外,对此地到疙瘩梁尚有多远、那儿是个什么所在皆不清楚,既然不能做到心中有数,就不能保证营救的稳妥,岂能贸然采取行动?他开始在人群里踅摸,很快便发现两个壮年农夫正边走边唠,还不时地东指一下西指一下的,似乎对这一带很熟悉,估计是当地人,遂

第三章 收服逆僧

凑到跟前，向其中那个蓄着山羊胡子的农夫问道："大哥，我想打听一下，这附近有没有个叫疙瘩梁的地儿？"

山羊胡子农夫回道："老弟问着了，这块儿有两个疙瘩梁，一个大疙瘩梁，一个小疙瘩梁。大疙瘩梁离这儿百余里，在蛟河境内，四周全是丛山峻岭、悬崖峭壁以及老林、石砬子，险象丛生。小疙瘩梁距前屯不远，一会儿便可走到，这个新郎倌儿就住在那儿。"

庞荣听后，很是纳闷儿，问道："什么，新郎倌儿住在小疙瘩梁？范家堡子不是离此老远了么，难道这儿也有范氏家族的房产？"

旁边那个长着短须的农夫上下打量了一下庞荣，说道："兄弟，一听你说话，就知道不是我们这块儿的。范家堡子可大了去了，往小了说，是双城堡一带的大屯落；往大了说，吉林东边到阿拉楚喀皆为范家堡子的地盘儿，不少土地被大庄主范蔼仁或买去、或占去、或霸去，明着是旗田旗地，暗里全归范氏家族经营。旗民不干了，与老范家理论无结果，最后闹到了府衙，若不然朝廷能派原吉林将军富俊带领骑兵重新清查、丈量田亩么？可范蔼仁上通天、下通地，极尽溜须拍马之能事，加之资财雄厚，对用得着的以重银贿赂之，使得朝中的一些官老爷与其打得火热。谁不盯着范家堡子呀，不吃白不吃，不占白不占，有几个光靠年俸养家糊口的？咱这么说吧，富俊大人的确有能耐，早就在吉林地方出了名，百姓皆知那是位清官。然孤掌难鸣，若想搬倒范蔼仁，把所霸占之土地一亩一分全收回来还给旗民，可不那么容易呀！"

庞荣知道，农夫说的这番话很为富俊大人担忧，对范蔼仁的强取豪夺恨之入骨，却无可奈何。这就是普通百姓的所思所想，天天强撑着苦熬岁月，期盼着世道能有所改变，日子过得稍好些。接着又问道："老哥，为什么两地皆取名儿疙瘩梁，有啥说道不成？"

短须农夫回道："没啥说道，此地人对凡是有密林、悬崖峭壁、石砬子的大山沟都称疙瘩梁子，正好这一带山多、石头多、老林子多，所以就这么叫了。"

庞荣点点头，心里思摸道："原来疙瘩梁是指大山沟，如此看来，大师兄肯定置身于山沟之中了，可究竟住在蛟河的大疙瘩梁呢，还是前面的小疙瘩梁呢？不得而知。怎么办？向二位农夫进一步打听是否见过一位游僧在附近村屯中化缘？不妥，这么一问，不但容易暴露身份，而且会引起诸多猜疑。那么去哪儿寻找大师兄呢？反正已经走到这儿了，不妨先从小疙瘩梁开始，如果没有，再转道去大疙瘩梁，时间恐怕不太够用，只能加快节奏、抓紧进行了。眼面前儿这件事怎么处理呢？一个土豪家的傻小子强娶民女为妻，其中既有未成年的小女孩儿，也有新近丧偶的寡妇。失去丈夫已经够痛苦的了，还要为所谓的欠债顶账，迈入了范家的门槛儿，便成为被随意驱使的奴才，永世不得翻身，对此决不能熟视无睹。不过话又说回来，得用啥招儿给范蔼仁个教训、使其如意算盘不能得逞、吃了大亏却不知何人所为、想报复又找不到门呢？必须得好好儿琢磨琢磨。"想到这儿，四下看了看，又前后瞅了瞅，忽然眼前一亮，有了，只要进山，机会就来了！怎么的呢？原来一些送亲的和看热闹的见越走离屯子越远了，而且马上要进山了，山路崎岖不好走，便不想跟着了，于是窝头往回返。这样一来，迎亲队伍没先前那么长了，人也越来越少了，渐渐分成了两伙儿，前头抬轿子的、敲锣打鼓的一个没少，后头送亲的、看热闹的稀稀拉拉。刚刚进山，果然可见群峰起伏，满目全是石砬子。黑黝黝的密林一片连着一片，老鸹站在树尖儿嘎嘎直叫，山鹰于头顶上下盘旋，苍茫的四野空寂无人，顿时产生一种阴森森的感觉，这群人已经置身于林深山陡、荒凉偏僻之地。此时，前边抬轿子的突然加快了脚步，神色慌张，小跑着前行，那个大管家提溜着破锣嗓子一个劲儿地催促道："快走哇，过了这段山路就到小疙瘩梁了，不远了，快呀！"看样子，他们个个心里发毛，对这一带挺打怵。

庞荣见是时候了，便放慢了脚步，待班布泰跟上来，把手中的缰绳交给他并附在耳边低语几句，随即便不见影儿了。班布泰心领神会，将两匹坐骑的缰绳分别递给两位含泪送亲的老者手里，一位是13岁新娘子的爷爷，一位是那寡妇的婆婆，说道："二位老人家，别犯愁，天无绝人之路，不管怎样都得活着。记住，遇事多想想，脑袋机灵点儿，这马归你们了。"

两位老者顺手接过了缰绳，一时没明白咋回事儿，还以为是求自己帮忙照看一下呢，根本没往别处想，也未注意那后生朝哪儿去了。

原来班布泰把两匹坐骑送给二位老者后，一侧身蹿至道边，继而单脚一点地向离自己最近的山崖纵去。在腾跃的瞬间，双手顺势抓住伸向山崖当腰的一棵古榆枝杈，再嗖嗖嗖攀至树顶，方发现头戴面罩、身披黑斗篷的师叔早已坐在前方不远处一棵从石崖的缝隙中长出的榆树上，正在冲自己招手呢！班布泰点点头，紧接着连续几纵，犹如猿猴般从一棵树纵到另一棵树，很快便稳稳站在庞荣所在的那棵榆树上，啪地一拍树干笑道："嘿，师叔，这才叫过瘾呢！"

第三章 收服逆僧

庞荣扭过头来,伸出食指放于嘴边,示意不要出声儿。班布泰吐了一下舌头,也像师叔那样从内怀掏出面罩戴上,只露两只眼睛和嘴巴,又套上了黑衣。此乃武林中人常备的隐面隐身征衣,必要时得穿戴上,以防对手认出来。庞荣小声儿说道:"班布泰,现在可到了检验一个人有多大能耐的时候了,看看你小子那几年跟大法师究竟学得怎样,掌握了几分功夫。"言罢,抬起右拳向上一举,还在头顶晃了一圈儿。

班布泰一看便明白其意了,师叔打出的拳号乃少林派暗语,告诉他要全神贯注,不许溜号儿,两眼紧盯着目标,即新郎倌儿,并瞧准机会将其抢走,然后迅速远遁,让那些接亲之人漫山遍野地寻找傻少爷去。新娘子也不用咱管了,全交给送亲的娘家人,正好用那两匹马把他们的亲人驮回家,3个家庭又可重新团聚了。庞荣紧接着一个收身腾跃,纵上旁边的一棵高树,脚踩树尖儿飞也似的从这棵树蹿到那棵树,追向前边抬轿者和护卫团练的脚步,居高临下,看得十分清楚。班布泰也不落后,随之噌地纵向斜对面的一棵高树,在摇晃的树尖儿上跳跃前行,犹如狸猫。二人不言而喻,各有分工,一左一右,从东西两个方向直逼新郎倌儿。

此刻,那些抬轿子的个个累得满头大汗,气也喘不匀了,为使脚步迈得整齐、轻快省力,便"嘿哟、嘿哟"地喊起了号子。高头大马上这会儿坐着两个人,一个是坐在前头的范福运,一个是坐在后头的贴身男仆二柱子,双手紧紧搂着小主子。或许是因为折腾半天了,傻少爷又乏又困,耷拉着脑袋,嘴角儿淌着哈喇子,竟在男仆的怀里打起了呼噜,睡得蛮香。跟在大白马后面的已不是先前那4个小伙子了,而是换上了4个年轻力壮的团练,由他们负责保护少爷。马走人跑,尽管心里着急,恨不得立即到达小疙瘩梁,可山路难行,深一脚浅一脚的怎么也跑不快。骑在马上的大管家两眼时不时地望向幽深的树林,生怕出什么意外,遂朝抬轿子的连骂带喊道:"他妈的,怎么比老牛还慢哪,好嚼裹儿都塞进狗肚子里了,撑得动弹不了了是吧?赶紧哪,别磨蹭,我可告诉你们,若是出个一差二错,谁也脱不了干系,回去在七太太面前可吃不了兜着走,想活命就快点儿!"

那些轿夫在大管家的喝令下一步不敢停,偏偏又赶上一处高岗儿,步步上坡儿,感到越发吃力,想快都快不了。高岗儿两旁全是杂木丛林,什么柞树哇、槐树哇、椴树等,粗壮的树干横向伸展,遮天蔽日,不是玄乎哇,骑在马上的人使劲儿往上一够,就能摸到粗树干的横枝。

枝杈隔着小道儿横七竖八地缠绕在一起，在树叶的覆盖下，形成了天然的凉棚，阳光几乎照不进去。人马从这里过，如同钻进石洞一般，只能一点点儿前行。山风呼啸，林涛滚动，呜呜作响，声震耳鼓，光听那声儿就瘆得慌。据讲这段路常有盗匪出没，杀戮、强抢不足为奇，素有"要过疙瘩梁，小心见不着娘"之说，意思是此处太凶险，若是赶上你倒霉，将有去无回。

　　大管家又紧张又害怕，惶恐地瞪大双目四下张望着，尽管腰间别着一柄锋利的砍刀，也未给仗胆儿，心里像揣只小兔子似的嘣嘣直跳，感觉立马就要蹦出来了，不停的大声儿吆喝道："快走，快走，把轿子抬高点儿，使劲儿呀，留着浑身的力气往哪儿用啊……"他只顾冲大伙儿喊了，不可能往上看，突觉头顶有个庞大的物件忽忽悠悠地压下来，吓得一激灵！待抬头欲仔细瞧时，大物件已从上方刮过去了，心里思摸道："山风可真大呀，把粗树枝都给刮断了，差点儿没砸着我，好悬哪！"刚想到这儿，胯下的坐骑不知缘何受惊了，一尥蹶子蹿出几丈远，怎么吆喝也不停，吓得脑门子立刻沁出一层冷汗，只好用力拽住马缰绳。这还不算，令其魂飞魄散的是坐在大白马背上、搂着傻少爷的贴身奴仆二柱子突然发出一声惊叫，身子随之腾空而起，两手并未松开小主子。未等弄清咋回事儿呢，主仆二人已摔落下去，掉进山崖下低凹处的一片泥水潭里，顷刻间人马便没了踪影。大管家脸色煞白，浑身哆嗦成一个团儿，这可咋好，小少爷要是出个三长两短，回去怎么向大庄主交代呀，项上的脑袋还能保住吗？随即不是好声儿地大喊道："快呀，快呀，赶紧去救小少爷！阿布卡恩都力呀，发发慈悲吧，求求你了，保佑我家公子平平安安哪！"心里一着急，竟忘了坐骑仍在尥蹶子，撒开缰绳刚要往下跳，正赶上马的两条前腿高高扬起，欻地将他甩出老远，骨碌碌滚下了山崖，没吭一声便一命呜呼了。

　　这下可乱套了，谁也顾不上3台彩轿里的新娘子了，负责护卫的团练们和那些接亲的连喊带叫地冲下山。轿夫也把彩轿一扔，撒丫子往崖下的泥水潭跑，去营救落入水中的傻公子，紧接着便传来带着哭腔儿的呼唤："小少爷，你在哪儿呀，听见应一声啊！"

　　"小少爷，没事儿吧？可别吓唬我们哪，3个新人还等着你回家呢！"

　　"老天哪，行行好，救救小少爷吧……"

　　送亲者一看机会来了，赶忙跑到彩轿跟前，叫出了新娘子。3人蹦

第三章　收服逆僧

下地，那个灰白胡子老头儿把哭哭啼啼的 9 岁小孙女抱上马，老妪将惊慌失措的儿媳扶上马。恰好大管家的坐骑也跑回来了，两个男子一边一个将 13 岁的女孩儿提溜起来放上马，大家一窝蜂地朝新安屯跑去。

坐在高树上的班布泰看到这般情景，感到无比痛快，太好了，苦难之人终于跳出火坑，得以逃回家与亲人团聚了。范蔼仁这回损失可大了，儿媳未娶进门不说，儿子也生死未卜，还不得哭爹喊娘啊！正寻思呢，忽然传来一阵吵闹声，循声望去，发现 50 米开外有 3 个似乎是送亲的人半道儿吵吵起来了，声儿挺大，谁也不让谁。心里不由得替他们着急，时间这么紧，不赶快往家跑，还有心思吵架，真够没正事儿的。抬头看了看站在另一棵高树上的师叔，想通过打手势与其对话，商量一下该如何办。然庞荣并未扭过头来，只是全神贯注地盯着下边那些寻找傻公子的团练、接亲者、轿夫等，静观事态的发展。班布泰见联系不上，遂脚踏树尖儿弹跳到师叔所在的那棵树上，如此这般一说，庞荣思忖片刻，言道："这样吧，你去看看咋回事儿，不管缘何争吵，必须力劝他们赶紧回新安屯，离开这个是非之地，越快越好。对崖下那些接亲人不可掉以轻心，傻公子到底怎么样了尚不清楚，务必密切监视，做好随时应付可能出现的突发情况，快去快回。"

班布泰应了一声，三滑两悠地下了树，拔腿就往新安屯方向跑。看见前方不远处有两男一女和一匹棕色马，3 人站在道边，两个男的同那个女的吵得不可开交，个个面红耳赤，其他送亲的人早已没影了。到了近前才看清一个是 40 多岁的汉子，另一个是十八九岁的小伙子，长相好像一个模子刻出来的，一准是父子俩。还有一个女孩儿，十二三岁，一身儿新娘子打扮，粉衣绿裤，头插簪花，脚蹬绣花鞋。模样挺俊俏，大眼睛，柳叶弯眉，薄唇小嘴，鸭蛋脸型。别看她孤立无援，却一点不让份儿，蛮厉害的，一边哭一边争辩着，有股子倔强劲儿。而那一老一少要么双手叉腰，要么比比划划，要么怒目圆瞪高声儿训斥，一副很生气的样子。壮年汉子见走来一位一袭黑衣的陌生男子，立马显现出一丝慌乱的神情，也顾不得吵吵了，一把拽过女孩儿试图强行抱上马。女孩儿拼命挣扎，两腿乱蹬蹬，死活不上马，扯开嗓门儿哭喊道："放开，放开，俺不是你家的人，凭啥去新安屯？俺要回自己家！"

壮年汉子气得脸色铁青，一把将女孩儿推倒在地，随即扬手啪地扇了个耳光，指其鼻尖儿吼道："混账东西，胡说什么？你早就是覃家的人了，公爹的银子不能白花，得给我当儿媳妇，再不听话，小心撕烂你的嘴！"

女孩儿不服："俺还小，不到嫁人的时候，决不给你当儿媳！"

壮年汉子见吓唬不住，没招儿了，便从衣兜儿掏出一根缝皮子用的长针在女孩儿眼前晃悠，摆出一副要扎的架势。女孩儿站起身一面跳来蹦去地躲闪着，一面手指那个小伙子大声儿嚷嚷道："俺没嫁给他，你也不是什么公爹，根本不认识你们。俺要回家，找额娘和奶奶去，若是再逼俺，俺就跳崖，让罩家人财两空！"说着就往山崖处跑，壮年汉子和小伙子全怔住了，一时不知所措。

班布泰听他们吵时就觉得奇怪，不对呀，壮年汉子打了女孩儿一嘴巴，随后拿出长针吓唬她，如果真是其公爹，怎能如此对待儿媳呢？而女孩儿却哭着喊着要回家找额娘、奶奶，口口声声说根本不认识壮年汉子，也未嫁给年轻后生，很显然，女孩儿是被他家买去的，准备逼婚迎娶之，可缘何又成傻公子的新娘了？正琢磨呢，见女孩儿奔向山崖，担心出意外，救人要紧，赶忙前去追赶，跑到距其几步远时停住了，两眼紧盯着侧身站在悬崖边的女孩儿轻声劝慰道："丫头，别动，不要怕，叔叔是来救你的，慢慢走，到叔叔这边来！"

女孩儿的眼眶儿蓄满了泪水，抬头看了看班布泰，没动地儿。就在她刚刚收回目光的一瞬间，班布泰乘机一个箭步蹿过去，牢牢抓住女孩儿的胳膊并拉至自己身边，心疼地为其擦拭夺眶而出的泪水，然后搂其双肩走回道旁，板着脸对壮年汉子说："看来你们父子俩是新安屯的了，这丫头到底是你什么人？如果是儿媳，为啥逼其上马、还欲用长针扎之？如果不是，那她是谁家的，怎么成傻小子的新娘了？本人乃清查田亩行辕大营富俊大人的部下，见到不平之事必管，腰间的这把刀可不是吃素的，识时务就如实讲来！"

父子俩一听，来者可不是善碴儿，乃八旗中的武将，谁敢惹呀，吓得赶忙扑通通跪地磕头求饶："军爷饶命，军爷饶命！"

班布泰手一抬道："起来回话！"

二人站起身来，壮年汉子说道："军爷呀，实不相瞒，这丫头不是新安屯的，眼下也不是我儿媳，是花40两纹银买来的，打算给我儿子做老婆。哪成想买到手那天刚领进屯子，竟被范家堡子的大庄主范蔼仁派来的打手抢走了，声称她家欠债，必须抓去顶账。后来我才听说这丫头为了躲债，暂住在卖主家，却不知道卖主暗地里早就与范蔼仁勾搭连环。他把丫头卖掉后，既从我这儿得了纹银，又给范家通风报信，结果

第三章 收服逆僧

丫头被他们抢走了。卖主也太损了,这不坑人么,让我鸡飞蛋打不说,还赔上了 40 两银子,倒八辈子霉了。今儿个听说范蔼仁的傻儿子娶亲,一天迎娶三房媳妇儿,其中有个 13 岁的丫头,我们爷儿俩便跟来了。总算老天有眼哪,迎亲路上出事了,新郎倌儿死活不知,新娘子全撂下不管了。我寻思此前已买下了这丫头,钱不能白花呀,当然得跟我们回新安屯了,这才让她上马的。"

班布泰问道:"丫头是从哪个屯子、谁的手里买的?"

壮年汉子回道:"打前屯董半仙那儿买的,小的不敢撒谎,句句是真,没半句假话。"

班布泰听后,心中一阵窃喜,好嘛,还真对上号了,这不是住在坟圈子里那个迟姓老太太的孙女嘛,遂冲女孩儿问道:"丫头,你是不是叫铃铃啊?"

女孩儿抬起一双泪眼回道:"是呀,是叫铃铃,叔叔怎么知道的?"

班布泰说:"叔叔不仅知道你的名字,还知道铃铃家中 4 口人,有奶奶、阿玛、额娘。阿玛被范蔼仁抓去开凿山洞抵债了,额娘有病,躺在炕上起不来,对不对?"

铃铃点点头道:"叔叔说得没错,奶奶那么大年纪了,天天干这干那的,还得照顾病中的额娘,累得腰都直不起来了,我可想她们了。"

班布泰思摸道:"师叔那边的情况尚不清楚,时间紧迫,耽误不得,可总不能带着铃铃走吧?必须尽快将其送回家。"想至此,便换了一种语气对壮年汉子说:"大哥,看得出你不是坏人,日子过得尚可。要知道,买卖人口是违反大清律的,铃铃从哪儿来的得回哪儿去,范蔼仁强抢民女之罪必究。这样吧,天不早了,我还有要务需办,抽不开身,铃铃只能托付给你了。今儿个将其领回屯子,不许打骂,好好儿待之。明儿个一早,你们爷儿俩由铃铃引路,把她送还自家。这丫头够可怜的了,小小年纪遭那么多罪,有家不能回,不该呀!你们刚才也听见了,她的额娘身患重病,躺倒在炕。奶奶得知孙女丢了,急得觉睡不着、饭吃不下,想外出寻找吧,儿媳又顾不上。人心都是肉长的,咱于心何忍哪?还是多做好事、善事多积德是正道,阿布卡恩都力可看着我们呢,范蔼仁那傻儿子不是受到惩罚了么?放心吧,等倒出功夫来,我们会处治董半仙的,务必令其还回那些非法所得,不能让你花了钱又得不到人,以后买卖人口的事儿别干。铃铃就交给你了,精心点儿,不许出任何差错,否则决饶不了你,能不能按我说的去做?"

壮年汉子诺诺连声，一一答应。班布泰弯下身，两手捧着女孩儿的小脸儿说："铃铃，叔叔有很多事要办，不能送你回家，先跟他们回屯子。不要怕，谁也不敢欺负你，明个儿一早便可回家见奶奶、额娘了，听话啊！"

铃铃顺从地点点头，覃姓小伙子走了过来，将其抱上马，又从兜里掏出个白面饽饽递给她。班布泰催他们快点儿走，尽早离开这儿，免得出意外。3人走后，班布泰目送他们拐过山脚，返身回到师叔处，准备随时对付范家堡子那帮团练和接亲者。

俗话说得好："人外有人，天外有天。"武林中人还有句口头禅："练功莫自吹，背后有人追。学海无涯切忌傲，一浪更比一浪高。"细细品味，此言不但颇有道理，而且十分精准。庞荣、班布泰在去疙瘩梁的途中，巧遇了范蔼仁那迎亲的傻儿子，结果是以少林功夫不费吹灰之力惩治了对方，救出了被强娶的3个新娘子，总该如愿以偿了吧？然事实并非如此。师徒二人每每想起那天演绎的类似"螳螂捕蝉，黄雀在后"之典故时，总是不住地叹息，怎么回事呢？听我朱伯西细细道来。

那日，范蔼仁的大管家带着迎亲队伍前往小疙瘩梁途经一段山道时，个个异常紧张，胆战心惊。为啥呢？只因他们皆为本地人，对这条路及周围的情况了如指掌，山路崎岖、狭窄难行是次要的，关键是此处盗匪横行，时常发生杀人越货之事，被称之为很难通过的老虎口。大管家对这一切比谁都清楚，恨不得长双翅膀飞过此段山路，心里默念着："老天爷呀，保佑我们的小主子万事如意、大喜的日子一顺百顺吧，高高兴兴地迎娶美人归，千万别出啥事儿呀，我也能向大庄主交差了。"不想这些还好，越寻思心里越发毛，两腿直打颤，只好一次次地催促大家快点儿走，尽早离开那令人毛骨悚然之地。

此刻，庞荣和班布泰正坐在树上俯首下望，又是头一次来疙瘩梁，对这一带的地理情况不甚了解。不过从迎亲者以及大管家那惶恐、慌乱的面部表情上判断，这是个可以动手的地方，机会不能错过。于是二人立起身形，紧了紧隐身黑衣，采用轻功之法，身子向上一蹿，双脚稳稳站在被风吹得不停摇摆的树尖儿上。继而足踏细细的枝条腾跃前行，远看犹如置身于半空中，在彩云上翻滚，没一会儿便分头隐入山道两侧的钻天古榆繁茂的枝叶内。接着再以软功像蟒蛇那样将身子贴在伸向山道当间儿横着生长的粗干上，双脚紧紧勾住突起的树节子，不仅不至于堕落，而且上身和双臂可以自由伸展，以巨蟒盘根的架势单等迎亲队伍从

第三章　收服逆僧

树下经过时擒拿傻公子。师徒俩还不用担心被人看见，因为都穿着隐身黑衣，密林中的光线又暗，行色匆匆的人们谁也不会没事儿抬头往上瞅，故而很难发现他们。

不大工夫，迎亲队伍在大管家声嘶力竭地催促下走了过来，傻公子方才在贴身男仆二柱子怀里眯的那一觉似乎效果不错，不乏不困了，精神头儿也来了，不时地回头看看那3台彩轿，巴不得立马就回家，好与新娘子共享鱼水之欢。贴身男仆不敢怠慢，双手仍紧紧搂着小少爷，防止由于粗心大意而失控跌落下去。两侧负责护卫的两个壮汉紧挨着高头大马前行，贴着马屁股走的4个团练双手一直没离开过傻公子的后腰，生怕出什么闪失。轿夫个个累得上气不接下气，顺脸淌汗，然双脚却不能停，因为大管家始终在呼号喊叫，如同赶牲口般吆喝大伙儿快点儿再快点儿。

盘在古榆上候着的师徒俩对下面的一切看得清清楚楚，早已跃跃欲试，庞荣寻思道："好哇，这回让你们开开眼，看看本僧的武艺和能耐，先给来个'黑熊蹲仓'。"想至此，便头朝上、屁股冲下嗖的一声从树上跃下，好像佛爷坐在莲花池子里下落一样。对于具有高超武功的人而言，下坐的力量相当大，超出身体几倍的重量，且发生在瞬间。庞荣忽地压下来，先从大管家的头顶划过，正是他当时感到的有个物件从头上落下，致使所骑的棕色马受惊了，连跑带刨蹶子的，结果把主人甩下了山崖，摔得粉身碎骨。紧紧搂着傻少爷的贴身男仆根本没防备这手儿，被庞荣那圆滚的屁股一砸，主仆俩造了个仰八叉，全倒在马背上了，范福运昏厥了，二柱子背过气了，大白马打了个趔趄，差点儿没倒下。

就在主仆二人迷迷瞪瞪之时，庞荣顺势一挺身，抬起双脚猛蹬马背，将大白马蹬出三四丈远，眼瞅它倒退着滚下了山崖。与此同时，班布泰也到了，见师叔薅着贴身男仆的后衣襟儿提溜起来，而他依然死命抱着小少爷不松手，3人几乎成一体了。庞荣摆出一副"螳螂捕蝉"的架式，双手用力拽着主仆二人，腿一蹬形成了反劲儿。身子随之蹿起，纵到古榆的横枝上，腾出左手抓住粗树杈，右手将主仆二人往山道左侧一悠抛向空中，贴身男仆发出妈呀一声惊叫！你说这力气该有多大吧，两个人二百多斤重，不费吹灰之力就给抛出去了，如同扔掉两个包袱一样轻松。那些抬轿子的、负责护卫的团练们不知出了什么事，抬头往上一瞅，吓了一跳，小少爷和贴身男仆怎么跑到天上去了？只听见二柱子惊叫，未听到范福运吭声儿，真是见鬼了。

愣怔之时，紧接着从林子里传来树枝被砸而折断的咔咔声，山崖上石头滚落的隆隆声，响了一阵儿后，再无半点儿声息了。所有在场的人全吓酥骨了，浑身抖个不停，六神无主，不知缘何发生如此怪诞离奇之事。待大家回过神儿来，发现小少爷和二柱子失踪了，不知去向。一个个急得如同热锅上的蚂蚁团团转，这咋办呀？二柱子死了无所谓，仆人多得是，命也不值钱。傻少爷就一个，真要有个三长两短可闯大祸了，范庄主肯定饶不了咱，甭想过安生日子了。于是有的哭喊着，有的高声呼唤着，试图找到小主子，心里却琢磨道："小少爷一准玩儿完了，谁能经得起这么摔呀，不死也得被山道两侧的树枝子、石砬子刮个稀巴烂，倘若滚到山崖下，不摔成肉饼才怪呢！"这么一想，慌忙跑到山崖下，发现低洼处有个泥水潭，深不见底。哎呀，小少爷和二柱子可能掉入水潭了，总得把他俩的尸首捞上来，大庄主肯定是活要见人、死要见尸呀！团练们有的趴在岸边高一声低一声地唤着小主子，水性好的则跳进泥潭中四处摸索，还有的用脚淌水往前试探着寻找，啼哭声儿、喊叫声儿、呼唤声儿连成一片，听不出个数来，乱成了一锅粥。

迎亲队伍顷刻间成了这个样子，班布泰看在眼里，乐在心里，没想到此事办得极其顺手，给范蔼仁当头一棒，真是大快人心，让那老狗哀号去吧！回去以后，此番惩治傻公子的快慰第一个与我分享的就是小白丫，师哥为她出了一口恶气，不定怎么痛快呢！庞荣也很高兴，当然愿意往好了想了，回到吉林，马上向富俊禀报喜讯，我们师徒替老大人办了件出彩的事儿，狠狠教训了范蔼仁一把，让其尝尝自食恶果是啥滋味。可不知为什么，心里总觉得有点儿不落体，不敢确定傻公子是不是真的蹬腿儿了。眼面前儿要做的就是待弄清此事到底办到什么程度、是否达到了预想的结果后，务必遵富俊大人之命赶紧去疙瘩梁寻找大师兄。若能顺利找到，师徒3人便可一同回返江城，奔赴龙潭山，那里所设的文武赛场正等着咱呢！想到此，立刻叫上班布泰，说是下崖去瞧个究竟，也好知道主仆俩摔成啥样。随即继续施展轻功，缩身收腹接连两个滚翻从高树上跃下，站稳身形，拔腿径直向山崖奔去。

当师徒二人跑到山崖边时，庞荣不知缘何立马收住了脚步，并给班布泰使了个眼色。咋的呢？大家知道，庞荣乃嵩山少林寺的高僧，视觉和听觉非常灵敏，有眼观六路、耳听八方的能耐。方才他刚置身于山崖边，猛然听到山中传出奇异的响动，哎呀，这可不是好兆头！来不及多想，忙向班布泰示意，二人迅速隐入一棵粗大的柞树后，打算一面细心观察，一面听听动静来自何方。刚刚站定，就看见从山崖下蹿上一个身着隐身黑衣、头戴黑面罩的人来，右胳膊夹着不省人事的范福运，左胳膊夹着浑身瘫软的二柱子，凭借高超的纵跃之力稳稳站在了崖边一棵百年古树上。这可是从崖下往崖上蹿，左右两只胳膊还分别夹着个百多斤的成年人，没有足够的力量很难成行。尤其不是一蹿了事，需几纵几跃，从一棵高树到另一棵高树，一步步升腾，方能蹿到崖上，委实不简单。从远处看，此人似乎闪现在半空中，身轻如燕，动作灵活，脚尖儿自如地点击着一棵棵高耸入云的古树，像过梭一样穿来窜去，稳当得如履平地。随着身子的弹起，双腿向前移动，犹如踩在云端上行走。明眼人一看便知，所采用的乃轻功和飞腾功，皆为少林功法。所使用的招数多种多样，时而是"金龙探海"，时而是"飞鹤行云"，时而是"百猿摘桃"，时而是"倒挂金钩"，五花八门，变化莫测，令人眼花缭乱。

师徒二人不错眼珠儿地瞅着，心里感到十分奇怪："起先怎么没发现这个人呢？他从哪儿来，啥时候到的？此行必有缘由，绝不是半路偶遇，肯定与傻公子娶亲有直接关系。"班布泰已意识到上当了，后悔得直拍大腿："唉，此前咋没想到呢？原本办得很顺利的事儿，眨眼间却横生枝节，急转直下，显然人家事先早有防备，傻公子和贴身男仆都没死，而是被这位神奇之人救下了……"正寻思呢，只见那人再次从百年古树上飞腾而起，连续越过几棵高树后，如大鹏展翅般缓缓落入山崖东面的一片穿天杨中，没了踪影。师徒俩干着急没办法，离得太远够不上，即使飞到跟前，也不赶趟儿了。

就这样，神奇之人硬是将被庞荣抛下山崖的范福运和二柱子于半空中接住了，并且在他们眼皮底下从崖下一步步地纵跃、升腾、直至崖上，继而施展轻功，行走在树尖儿上远遁了。班布泰不死心，非要追上前去把傻公子抢回来不可，庞荣叹了口气道："咳，不行了，晚三秋了，去也是徒劳。这可真应了'螳螂捕蝉，黄雀在后'的典故了，让不速之客摘了桃子，够丧气的了。也怨我，太麻痹大意了，只死死盯着那些接亲者，却忘了天外有天、人外有人了。"

班布泰又往崖下瞅了瞅，见那些接亲的仍趴在泥水潭边打捞着，显然并不知道范福运和二柱子已被高人救走，还以为主仆二人肯定泡在水里等着喂王八了。他沉思片刻，回过头说道："师叔，来日方长，以后还有机会。如此看来，范蔼仁不只是个财大气粗的庄主，而且挺有计谋，善于耍手腕儿，小觑不得，与其较量真得多长几个心眼儿。这次他给傻儿子娶媳妇儿,怕迎亲途中出意外,采取了用两拨儿人走两盘棋且同时并行的方案,可谓费尽了心机。一拨儿由心腹大管家率家丁、团练护送小少爷迎娶,吹吹打打地抬着彩轿接新娘,这是明的。另一拨儿则专门请了世外高人,于迎亲的必经之路上秘密跟踪,保护小少爷的安全,万无一失,这是暗的。世外高人的行动由范蔼仁指挥,其他人不知道,连迎亲的轿夫、家丁、团练也都蒙在鼓里。事实的确如此,在范福运连同二柱子坠入泥水潭的千钧一发之时,其父所雇用的高人突然从暗处来到明处,及时伸出援手,将傻公子从绝地中救走,化险为夷,平安无事,而那些接亲的对此全然不知。不得不承认,范蔼仁为儿子的大婚绞尽了脑汁,想得非常周到,事无巨细,是个地地道道的老滑头啊!"

庞荣听罢,点了点头,没吱声儿,心里思摸开了:"我和班布泰从凤楼出来的一路上,处处谨慎小心,颇为顺利。可偏偏冤家路窄,途中碰上了范蔼仁的傻儿子娶亲,也好啊,咱先搂草打兔子,出口恶气再说。哪知老滑头早就算计到了并做了防备,结果傻儿子毫发无损,本僧却栽了个大跟头。自认为下山好几年了,接触了五行八作的各色人等,积累了丰富的经验,长点儿本事了,看来还是油缩子发白短炼哪!范蔼仁请武林中人在关键时刻快速出手救儿,这招儿太高明了,出乎意料。那人武技超群,身手不凡,定是武林中的佼佼者,能是谁呢?或许是帮着秦名远把白面娘子从行辕抢到范家堡子的同道?如果真像所猜测的那样,两个同道即我在少林寺的二师兄冲霄五毒侠、三师兄云水轻身侠,这可真是踏破铁鞋无觅处,得来全不费功夫,自家人碰上自家人了,此乃奇遇,令人高兴。因为无论怎么说,师兄弟的感情深厚,也一直在多方寻找,大师兄的大致情况已经知道了,二师兄和三师兄眼下在哪儿尚不确定,要是能见到实在太好了。倘若是二位师兄,他们对自己的师弟还是不错的,方才不仅未冲我和班布泰下手,还处处让几分。为啥这么说呢?此次来疙瘩梁,目的是寻找大师兄,未承想半道儿杀出了程咬金。原打算给范蔼仁一个眼罩戴,救出3位被逼出嫁的女子就行了,未做与迎亲者交手的准备,故而才运用轻功纵到古榆上隐藏起来。范蔼仁之所以高明,就在于背地里派雇用的武林高手一路跟踪至此,见机行事。如果来的不是二位师兄,我和班布泰的行踪皆在其视野之内,看得一清二楚,必然冲我俩下手,起码得发暗器,非吃亏不可,没防备呀!但他们没这么做,只是在暗处观察,说明已经知道我俩是谁了。因为当时我和班布泰所施展的轻功、软功全是少林派的常用功法,他们了如指

第三章　收服逆僧

掌,就算不能确认我是谁,却可以肯定乃少林寺弟子,也是自己的兄弟。不管结果怎样,总算是件好事,碰到了没照面儿的师兄。那么,师兄缘何避而不见呢?估计有三个原因。一是考虑到当下正在为范家堡子的大庄主做事,我尽管未露自己目前的身份,班布泰可是富俊的属下,二人同时出现在范蔼仁之子娶亲的半道儿上,显然不是为同一主子效劳,见了面会很尴尬,莫不如不见。二是暂时不想与我交手,更不想较量高低,只能不见。在我把傻公子和贴身男仆提溜起来的节骨眼儿上,两位师兄完全可以立即施救,却没有出手。而是专等主仆二人被抛出下坠的瞬间将其接住,让我们一饱了'空中接人'、'云中带人'之天下奇功的眼福,以此告知:'庞荣师弟呀,师兄不是白给的,但不想与你拼个输赢,那会犯咱少林寺的规矩,还是各为其主吧!'三是为了给我留点儿面子,师兄不与师弟交手且甘拜下风总不是个滋味,不见也罢。然师兄不可能一而再、再而三地让着师弟,下一步不定拿出什么奇招儿对付我呢,不可不防。看来得抓紧时间赶到疙瘩梁寻找大师兄,将此事告诉他,应该怎么做,作为师弟只能听大师兄的,由他定夺。"想到这儿,抬起头来四下看了看,小声儿嘱咐班布泰:"今儿个遇上真正的对手了,武功决不在本僧之下,甚至远远超过我。必须百倍小心,提高警惕,不可麻痹大意,做好应付一切不利因素的准备。要知道,能在坠下山崖的瞬间,把人干净利落地救走,武功非同寻常,而且不是一个人,起码得两个或者两个以上。一明一暗,一隐一现,相互照应,配合默契,方能迅速脱身。一个高人都这么厉害,何况两个呢?该服也得服。咱有要务在身,不能继续耽搁了,得赶紧离开这儿,以防不测。既然没有如愿惩治范蔼仁,也只能让其再逍遥些日子了,咱们接受教训,多注意就是了,待有机会再收拾他,走吧!"说罢身子向上一纵,噌的跃上旁边的一棵高树。

班布泰回身刚要纵上另一棵高树,忽听从对面的密林中传出脚踏树叶发出的欻欻声儿,随之一个身穿黑衣、头戴面罩儿、两手各操一柄闪着寒光的短剑之人几大步蹿了过来,不容分说,举剑便向班布泰刺去。由于庞荣刚刚曾提醒要多加小心,所以班布泰有了防备,身子随即往左一侧,躲过了剑锋。那人紧接着再次举剑猛刺,班布泰退后一小步,剑又走空了。那人把双剑往上一扬,大喝一声,冲班布泰脑门儿劈来,班布泰稍一蹲身,成功闪开。就在这紧要关头,早已纵到树顶的庞荣听到了异常之声,怕班布泰吃亏,来不及细看,一缩身连翻两个跟头折向地面，顺手抽出牛耳尖刀冲向来者，以解徒儿之围。双方是在紧挨道旁的悬崖边交手的，处境十分危险，一不小心双脚踏空，必将滚下悬崖，下面是一条十几里长的湍流，不摔死也得淹死。庞荣一上手便给班布泰使了个眼色，意思是咱得遵守武林规矩，不能俩打一，你退下，我对付他。班布泰会意，跳出圈外站在一边观战，只几个回合，便看出对方的武功了得，心里暗暗替师叔捏了一把汗。

这时，从密林中又蹿出一黑衣人，头上同样戴着面罩儿，到了跟前举刀便砍。班布泰一瞅，正像师叔所估计的那样，他们是两个人，随即手拿匕首重新跳入圈内。双方你来我往，你进我退，你躲我追，刀剑翻飞，寒光闪烁，身影交错，各显神通，谁也不出声儿，都不想暴露自己的身份，打得不可开交，纯粹是场哑巴仗。班布泰使出了浑身解数，边进招儿边生气："师叔为了惩治恶霸范蔼仁，给他点儿颜色看看，拿其傻儿子出气。你俩可倒好，不辨真伪，认贼作父，为虎作伥，半道儿杀将出来，弄得我们鸡飞蛋打，这不是替歹人卖命嘛！"庞荣更是气不打一处来，觉得方才那个跟头栽得太丢人了，到手的鸭子飞了，不管来者是谁，本僧得挽回在武林中的面子。何况自己是长眉长老的亲传弟子，练就了一手儿鹰爪功，无人匹敌，武功在少林寺所有的师兄弟中也是排在前几位的，从未吃过这等亏呀！班布泰的师父乃一指金刚大法师，功夫虽然不能超过师父，但并不逊色，此刻与师叔配合得极为默契。在同两个黑衣人的交手过程中，庞荣感到来茬儿不一般，同自己和班布泰一样，把所掌握的功夫全施展出来了，没有丝毫的宽宏之意，招招儿下死手，拉出定要擒拿师徒俩的架式。为什么打了半天分不出高低呢？就在于四人练的皆为少林功夫，双方的套路一目了然，我方的招法你方能破，你方的变数我方能识。尽管均戴面罩儿，看不到长得啥样儿，从气息上却可辨别出这位是我的师弟，那位是我的师兄，我们是自己人打自己人。没办法，现在是各为其主，暂时只能是对手，也就考虑不了那么多了，还得真卖力气，只能赢，不能输。

那么，来的两个蒙面人咋想的呢？觉得我们在范庄主家呆这么长时间了，每日除了教授团练武功没别的事儿，不用操心衣食住行，总不能白端人家饭碗吧？需为其干点儿啥。这回正赶上范蔼仁的傻儿子大婚，咱不能袖手旁观哪，保护小少爷迎亲路上的安全是我们应尽的义务，他一天娶几房媳妇与别人何干？你们却横刀阻拦，当然会出手相救了。还得让你俩知趣儿，手下留情只能有一次，此前已经放过一马了，不能一

第三章 收服逆僧

而再、再而三，那不是武林中人的规矩，务必得给点儿厉害尝尝，知道狠茬子啥滋味，招架不了就赶紧离开这儿。

班布泰怎么寻思的呢？由于你俩的出现，致使我和师叔的一场好戏演砸了，范蔼仁背地里还不得偷着乐呀，真乃气煞人也。那可别怪我对不起了，甭管哪路来者，惟拿帮凶是问，休想走！

庞荣则认为两位师兄昏了头，一屁股坐在范蔼仁那边，与为朝廷办差的富俊大人对着干，好糊涂啊！我不能眼瞅着他们越陷越深，得想辙将其带回少林寺，交给长眉长老。不管咋的，师兄弟一回，总要讲个情分吧？正是出于这样一种想法，故而一开始交手时，虽然知道两位师兄的武功高强，胜过自己一筹，但仍蛮有信心，只要谨慎出招儿，多方注意，不至于有什么闪失。重要的是不能被两个师兄抓住，那将大长范蔼仁的气焰，而给富俊大人丢了脸，后果不堪设想。他初始的表现是当仁不让，越战越勇，招招式式皆到位，双方不分上下。打了几个回合后，不由得担心起班布泰来，那是个难得的好苗子，年轻气盛有个性，天不怕地不怕，从不服输，上来倔劲儿老虎嘴里敢拔牙。由于不怕吃苦，虚心求教，功底颇为厚实，然与两位师兄相比尚显稚嫩。在武林中，谁有几分功、习练了多少年、达到什么程度了，只要走几步、打上几个回合、亮两招儿便心中有数了。两位师兄不仅对他的功夫高低看得一清二楚，也能猜出眼前的后生就是富俊的孙儿、清查田亩行辕大营的佐领班布泰，自然不能放过。如果二人一块儿冲其使劲儿，他很难应付，处境将十分危险。富俊大人信着我了，才让带着来疙瘩梁的，保护其安全是本僧的责任。倘若班布泰出了什么闪失，回到江城后，一是无颜面对富俊大人，二是没法向大师兄交代，三是伤了白面娘子的心。如此一琢磨，随即改变了主意，行啊，常言道：胜败乃兵家常事，何况对方是自己同一师父的师兄，失了手也不用非得立刻找回子。为求万无一失，避开正面交锋乃缓兵之计，以退为上，还是快点儿撤出吧！于是一个箭步蹿到班布泰的前面，一面挥舞牛耳尖刀抵挡着，一面回头冲徒儿使了个眼色，意思是到此为止，赶紧收手，跟师叔离开这儿。可班布泰上来犟劲儿了，寻思道："凭啥撤走哇？长这么大从未受过此等窝囊气，不行，决不能让对方把我看成手下败将，那也太丢人了！"想到这儿，举刀迎上前，喊哩喀喳一通儿东刺西砍，毫无惧色。

两个黑衣人并不急于擒拿班布泰，而是打两下就跑，故意逗引其追赶，以便死死缠住。班布泰不知是计，手持匕首在后面猛追，从悬崖的东头儿撵到西头儿,又从西头儿转回东头儿,只要交上手就打得难解难分。庞荣几次试图插入,对方横扒拉竖挡,紧盯严防,使其无法助战。他见班布泰不听自己的,根本没有退出的意思,有些着急了,接连打了几声长短不一的口哨儿。此乃事先商定的暗号儿,告知其不要继续纠缠了,那很危险,快点儿离开悬崖边,小心上当!班布泰此刻是既在火头儿上,又在气头儿上,浑身燥热,脑袋发涨,哪里听得进?手中的短刀不停地上下翻飞,死打硬克,步步紧逼。对方见目的已经达到了,遂放缓了攻守的脚步,趁班布泰正站位于悬崖边时,其中一黑衣人顺手从内怀掏出一张卷着的白丝网向其头顶上方抛去,那网在空中瞬间抖开,白丝线在太阳的照射下闪着亮晶晶的银光,晃得睁不开眼睛。

庞荣一看,脸色突变,惊叫道:"不好!"他认识这东西,乃"九转毒丝混天网",是两方对阵时常用的百宝中之一宝,倘若不小心被罩住,没个跑出去。它是用世间最毒的汁液浸泡过的白丝线编织而成,因丝线散发着毒气,所以织网时须十分小心,每天只能编织一两根线,需五年的时间方可完成。此种毒网结实而柔软,韧性极强,轻易砍不断,刀枪剑戟拿它也没辙。别说人兽百禽被其罩住脱不了身,即使碰上,全身也会中毒,继而溃烂化脓,服啥药皆不起作用,不出 10 天就一命呜呼了。庞荣后悔得又捶胸又顿足,为什么不力劝班布泰停下追赶的脚步呢,施救已经来不及了,只能眼睁睁地看着九转毒丝混天网从徒儿的头顶向下飘落,白亮的银光刺得双目隐隐作痛,泪水顺着脸颊往下淌。他不忍再看,两腿一软瘫坐在地,随之发出一阵绝望的号啕……

而此时的班布泰还懵懂着呢,不知怎么回事,只觉双眼生疼,本能地抬起右手刚要擦去滚滚而下的泪珠儿,身子失重脚一偏,直直地坠下了悬崖。就在这千钧一发之际,只见崖下湍急的河流中有块巨大的卧牛石,上面端坐着一位赤胸、袒背、金睛、虬须的僧人,忽然两手上举,不偏不倚,刚好接住了从悬崖摔下的班布泰,双眼已被毒网的银光晃得啥也看不见了,很快便没了知觉,人事不省。僧人将其抱在怀里,仰头上望,右手食指往天空一划,真是奇了,食指立马喷出七彩祥光,直冲云霄,将那九转毒丝混天网削了光,随之高声儿怒斥道:"混账老二、老三,本僧跟踪你们多时了,竟然不顾兄弟情分自残骨肉,肌肤溃烂应觉疼啊,不通人性,何谈普度众生?"这一嗓子惊天动地,回声震荡,山鸣谷应,树枝摇晃,叶落如雨。

两个黑衣人好生奇怪:"这是何许人也?胆敢如此造次,光天化日

第三章 收服逆僧

之下，竟口出狂言指责我们！"于是趴在悬崖边往下瞅。这一看不要紧，当即倒吸了一口凉气，糟糕，原来是情同手足的大师兄一指金刚侠，这会儿已气得怒目圆瞪，七窍生烟，正朝上瞧呢！二人慌忙起身收回撒出的毒网，一句话未敢回，快速向北跑去。

崖下的一指禅师大声儿喝道："回来，给我回来！你们已临深渊，病入膏肓，却仍不猛醒自拔，难道非要毁弃前程、由本僧代师除孽不成？"

喊也是白喊，无济于事，两个黑衣人没有回转，早已逃得无影无踪了。庞荣惊诧地看着这一切，忽地站起身来，脚踩突起的山石一蹦一跳地下至崖底，走到已经上岸坐在木桩子上的一指禅师跟前，揖手下拜道："大师兄，久违了，让师弟找得好苦啊，总算相聚了，老四给您施礼了！"

一指禅师转怒为喜，笑道："老四呀，师兄或许不十分清楚你和老五啥时候下的山，可占了我的凤楼还是知道的哟！好哇，快坐下，见到你真高兴啊，相信你们必会来此，师兄弟之间好几年没见面了，甚念哪！"

庞荣走到一指禅师身边坐下，看了看昏迷的班布泰，心疼得眼眶又湿润了，轻声儿请求道："大师兄，快救救您的徒儿班布泰吧，关键是眼睛千万不能瞎呀，啥时候能醒转哪？"

一指禅师胸有成竹地说："老四，别着急，不碍事，没看他卧在本僧的怀膝之间，这是用功力、气场施救呢！我了解这小子，禀性纯厚，脾气大，咬死理儿。之所以如此，一是气的，二是累的，一会儿还阳了就该闹人了，哈哈哈……"边笑边伸出食指在班布泰的额头上点了一下。

少顷，果然如一指禅师所言，只见班布泰皱了皱眉，又咧了咧嘴，接着四肢也开始动了，渐渐苏醒过来。睁眼一看，自己身在悬崖下，躺在恩师的怀膝之间，师叔坐在旁边。以为是在做梦，咬咬嘴唇感到疼，知道还活着，这一切都是真的，高兴得赶忙坐直身子揖手请安道："师父，一向可好？您到哪儿去了，爷爷天天叨咕，可挂念了，徒弟也想您，盼着能快点儿见到。这次是奉爷爷之命和师叔一起专门来寻找师父的，真是太巧了，正好在此地碰上了，这下不用四处打听了，得来全不费功夫啊！"

未等一指禅师开口，庞荣便急不可待地把方才处在怎样一个危险境地以及大师兄施救的经过讲了一遍，班布泰激动万分，重新跪拜在地给师父磕了三个响头，感谢救命之恩，然后又道："师父，我和师叔本想惩治一下范家堡子的大恶霸，可突然跳出两个身穿黑衣的狠毒之徒从中插了一杠子，误了我们的事，把范蔼仁的傻儿子救走了。与其交手时，感到对方所施展的招数同师父、师叔的一样，皆为少林功夫，想必亦是少林派弟子了。看来武林中也有歹人，徒儿不仅没能抓住他们，还差点误了性命，说明功夫练得不到家，以后正经得跟师父、师叔好好儿学呢！"

一指禅师点点头道："说得没错，学无止境，要想长本事，就得下苦功夫学，锲而不舍，坚持不懈，就会如愿以偿。"

庞荣为了让大师兄知道详情，接着便从头至尾地讲述了来疙瘩梁一路上的所见所闻、为何救下三个新娘子、怎么吃了二师兄、三师兄的亏、方使范蔼仁的傻儿子逃脱了等等，并表示对两位师兄的做法不理解，未免有些过分，让人可气又可恼，应以教规惩戒之。班布泰越听越糊涂，一时是丈二和尚摸不着头脑，咦？怎么又冒出两位师叔呢？一指禅师缓缓说道："老四，肚量要大些，毕竟是师兄弟嘛，不能那么做。说实在的，你和老五陪着尤成额夫妇自京赴吉几年来的境遇以及如何应对的，我基本掌握，不用操太多的心。而对老二、老三的确觉得不那么托底，估计是受了范蔼仁的蛊惑、蒙蔽，在不明真相的情况下，做了不该做的事。班布泰呀，还没看出来么？那两个黑衣人不是外人，而是我的师弟、你的师叔，一位是二师叔冲霄五毒侠，现在的法号为夺魂僧者；一位是三师叔云水轻身侠，现在的法号为静空大师。二人皆为长眉长老的得意弟子，又是武林高手儿，功夫了得。长眉长老一直惦记着下山的五个弟子，我盘算他已经到辽东了，虽然尚不知落脚在何处，亦未同弟子们见面，但一定在窥探我们的行踪。若是知道老二、老三不辨真伪的盲动甚或助纣为虐，肯定会很伤心，不过绝不会护短。无论怎么讲，因为我们是同一师父的师兄弟，所以才负有相互帮助、使其走出迷津之责。对他俩的做法不能视而不见、听之任之，或弃之不管、恩断义绝，而应报以桃李之情，耐着性子劝诱，用真心诚意感化之。遗憾的是我作为大师兄没有做好，未担负起照护师弟的责任，有违师训，愧对恩师的谆谆告诫呀！"说着打了个唉声，既无比伤感，又对二师弟和三师弟的所作所为而叹息。

庞荣劝道："大师兄，别难过，事在人为，我相信真相大白后，两

第三章 收服逆僧

位师兄会迷途知返的。师弟有一事不解,三位师兄是遵长眉长老之命一块儿下山的,半道儿怎么分开了?后来您是咋知道二师兄和三师兄行踪的?为啥能这么巧,咱们师兄弟竟在范蔼仁的傻儿子迎亲路上相遇了,难道大师兄已猜测到二师兄和三师兄会到此地来?请师兄赐告。"

庞荣和弟弟庞庆是在河南登封嵩山少林寺长大的,从小就愿与大师兄打连连,对其非常崇拜。认为他心胸开阔,为人忠厚、诚恳,武功高超,观察、鉴别事物的能力强,还有能掐会算的本事,其他师兄弟比不了。平日里,对待比自己年龄小的徒子徒孙一向很好,和蔼可亲,关怀备至。然有宽有严,该宽松时宽松,该批评时批评,该严厉时严厉,分寸掌握得恰到好处。大伙儿没有不听他的,也没有不服气的,因而得到了长眉长老的信任以及寺内上下人等的敬重。倏忽间,30年过去了,庞氏兄弟依然像孩提时一样愿意亲近大师兄,什么事儿也不瞒着,有啥说啥,经常向其请教。这不,庞荣又直截了当地把满腹疑团端了出来,请师兄给以解答。

一指禅师回道:"说来话长。当年,我同老二、老三一起下的山,准备先去辽东一带。行至半道儿,即快入关时,忽然想到此地离故乡不远,便提出回老家看看,不知二老双亲和妹妹是否还住那儿。他俩痛快地答应了,让我快去快回,勿要耽搁得太久,并约好师兄弟于京师会合。我在故地只停留了一天,没有见到家人,屯邻们说不知他们逃难到了哪里,一直未回去。我只好起程赴京,到了京师后,四处寻找,却不见老二、老三的踪影,向谁打听皆言不知道,于是一个人前往辽东。沿途大小庙宇都留下了我的足迹,还曾在富俊大人那儿住过一段时间,收班布泰为徒,边教授武功边打听他俩的下落。尽管在富俊大人处呆得好好儿的,啥心不用操,可下山时恩师交代过,你肩负着保护两个师弟安全之责,行事务必慎之又慎,不可粗心大意。我却一直没有找到他们,天天急得火上房,难以安下心来,决定离开富俊大人的家,在辽东一带云游。其后不管走到哪儿,总是关注着清查田亩行辕大营,没几天便发现了端倪。原来行辕乃涉及各方人等切身利益之地,所有的视线都聚焦于此,范家堡子的大庄主范蔼仁尤显突出,其手下有一帮专干坏事的恶棍,行辕内发生的一些事皆与他们有关。后来费了很大的周折,终于在双城堡打探到老二、老三就住在范家堡子,成为团练的总教头,训导那群乌合之众。无形中,他们帮了范蔼仁,与富俊大人对着干,跟朝廷唱反调。我曾四探范家堡子,得知两个总教头还与行辕中的游击秦名远相勾结，参与强抢白面娘子的无耻行径。我气坏了，暗地里思摸老二、老三咋如此糊涂哇，好坏都不分了，这不是往邪路上走么？肯定是范蔼仁在捣鬼，以花言巧语欺骗之，他们才上当的。从此，我不仅为两个师弟担心，更痛恨范蔼仁及其所雇佣的打手。为查个水落石出，对富俊大人能有所帮助，便开始跟踪他们，从范家堡子追到青龙岭，从青龙岭追到盘肠沟，又从盘肠沟追至江城，感到这里妖风恶氛甚重，市井之徒称霸，搅得人心惶惶。直至有一天跟踪到了凤楼，发现一伙儿行踪诡秘之人于楼的顶棚夜聚昼出，经查，此乃范蔼仁手下那帮打手的接头之地。后来他们察觉出有人暗中盯梢，便离开凤楼转移别处，我就在棚顶暂住并外出寻找打手的踪迹。当白面娘子把你们带到了凤楼，知道了你和庞庆始终保护着桂良总督的外甥女和外甥女婿，在做好事儿，才长出了一口气。我无时无刻不在注意你们，班布泰曾两次密访花仙楼，而且如愿见到了白面娘子。你于一日傍晚前去夜探花仙楼，为的是了解已被秦名远囚禁的白面娘子的下落，我当时并不十分清楚缘何如此。后经多方暗查，方知你们是在扶持正义，驱除邪祟，也就不再留意了，暂先放一放。因那会儿刚好获悉老二和老三已到疙瘩梁，我必须随后赶去，根本顾不上跟你们见面，只能在桦皮上留字，告知去疙瘩梁找我。范蔼仁的新匪窟设在大疙瘩梁，那里山势险要，地段偏僻，丛林密布。山洞中建有兵工坊，锻造各种各样的兵器，制造硫磺、火炮等，还于两山之间开出一片培训团练的校场。故此，我才采取了背地里跟踪的做法，继续追查他们的一举一动，整日在这一带转来转去的，得到的消息较前多了，包括范蔼仁的傻儿子一天迎娶三房媳妇之事，新安屯家喻户晓，我怎能不知道？被吸引到这儿来自然不奇怪了。还知道你们定会到疙瘩梁找我，确实巧得很，师兄弟、师徒竟在悬崖下碰面了，想必是阿布卡恩都力的护佑吧，使本僧的徒儿毫发无损。咳，我就不明白了，老二、老三这是咋了，被人灌迷魂汤了？特别是老二，手黑着呢，自己的师弟都不放过，着实让人心寒。不是批评你俩，也太麻痹了，经的世面还少哇？倘若今儿个我不在，班布泰肯定没命了，连你这位师叔也让自己的师兄算计了，多悬哪！本僧自打皈依佛门，便谨遵长眉长老之严训，凡事三思而行，一日之为不敢疏怠也。此番明察暗访收获不小，深切体会到恩师用心良苦，看到了世风日下，世态炎凉，百姓举步维艰，此乃在寺中是无法感受到的。也曾抱憾早该下山，仔细思之，亡羊补牢未为晚也。老四呀、徒儿，你们务要切记，人在世上要行得正，走得直，扶危济

第三章 收服逆僧

困,乐善好施,与人方便,不可碌碌无为,不做混世魔王,不干鸡鸣狗盗之事。惟如此,方能活得干净清爽,一尘不染,堂堂正正,心里踏实。"

班布泰、庞荣听罢,显露出惊喜的神情,异口同声道:"哎呀,原来我们的行踪都在您的眼皮底下,那为啥不早点儿露面、却留字让到这儿找呢?"

未承想此话一出,竟惹得一禅师皱起了双眉,两手猛拍双膝,不住地摇头叹息,欲言又止,似乎难以启齿。班布泰和庞荣不知缘何如此,面面相觑,不好再问。过了一会儿,一指禅师才开口道:"之所以不早点儿露面,就是为了跟踪那两个不争气的浑小子,若是放弃不管,任其下去,不定干出什么事呢,怎能对得起恩师长眉长老啊?我心里真是又气又恼哇,恨不得范蔼仁那个害人精被天打五雷轰,为大清除掉祸患。我这个人哪,叫真章儿,疾恶如仇。不下山便罢,只要下山就闲不着,见不得世上的不平之事,看到了偏要过问偏要管,非弄个水落石出不可。离开少林寺那天,长眉长老一再嘱咐我:'老二、老三还年轻,你作为大师兄一定要严加看管,不能放任自流。遇到难解之事时,需动脑筋仔细琢磨,权衡利弊,想好了再决定怎么做。万不可像莽汉似的脑子不转弯儿,听风就是雨,人云亦云,没有主见,任人摆布。相比而言,老三性气平和,为人稳重,不张扬,遇事尚能把持住。老二头脑简单,性情急躁,好冲动,不太服人管。往往遇到什么事儿,只要自己认准了,九头牛都拉不回来,这让老衲很不放心。今儿个就把他俩交给你了,要像手足兄弟一样对待,该帮则帮,该惩则惩,在社会上闯荡些日子后,平平安安带回来。'恩师的一席话,让我感到重任在肩,丝毫不敢懈怠,与两个师弟下山后,一路颇为顺利。自打我半道儿非要回乡一趟,老二、老三便从视线内消失了,也无法控制其行为了。后来在寻找你们的过程中,查访到他俩早就不是原来的冲霄五毒侠、云水轻身侠了,不但重新起了法号,招摇过市,认敌为友,伤害无辜,而且被妖媚迷醉,六神无主,陷进了温柔乡。尤其老二已成了范蔼仁大夫人钱氏的俘虏,堕落为无耻之徒,空有一身少林武功啊!我后悔莫及,一连数日吃不好、睡不安,四处追寻两个师弟,一心想尽快擒拿之,以期能抛开邪念,幡然悔悟,重行正道。我暗中跟着他俩来到了小疙瘩梁,暂在崖上自搭的茅屋里栖身,挺方便的,出来进去不易被发现……"说到这儿,突然停住了,没了下文。

班布泰问道：“师父，范谒仁太坏了，用的招儿也够损的，为了收买世外高人，不惜下血本，那两位师叔是怎么陷入……”

一指禅师打断道：“徒儿呀，本僧此前已在卧牛石上盘坐5个时辰了，水米没打牙，肠子肚子早就造反了。这样吧，先到崖上我的仙舍小歇，用顿仙家膳，边吃边聊。明儿个咱去大疙瘩梁走一趟，让你俩开开眼，长长见识，然后再一起返回江城。”

班布泰点头应了一声，刚欲搀师父，一指禅师摆摆手道：“不用扶，快走吧，你俩能跟上我就行了。把双眼睁大哟，看准喽，本僧走的是龙吟虎啸步，学着点儿!”说罢站起身形，双肩微抬、提气，嘿地大吼一声，震得河池生波，四周刮来一阵旋风，卷起蒿草，尘沙飞扬。继而双腿下蹲，左脚啪地一跺，水中的卧牛石随之抖动，风涛又起，双足离地，飞一般纵上山崖。紧接着又是一蹲一跺，身子跃上9丈开外高高的山崖，稳稳站在一片伸向峭壁的厚石板上。再连续三蹿三纵，步步登高，轻松跃至崖顶，气不长出心不跳。庞荣和班布泰手遮额头向上望去，山巅高耸入云，一指禅师似乎变成了一个小人儿，头冲下看着他俩放声高喊道：“哎，为啥不跟上，难道等着我把你们背过来不成?”

此刻，庞荣光顾欣赏大师兄那灵巧神奇的纵跃之能了，边瞧边啧啧称赞，发自内心地折服。班布泰也被师父的超凡之功惊呆了，这可是头一次看到，真乃大饱眼福啊！待二人回过神儿来，才发现自己仍站在原地。于是各显神通，庞荣以鹰爪功的飞腾之术跃至崖上，班布泰则凭借强壮的体魄迅速攀顶。师徒3人走到山道前方五百米开外之地，右侧是一片古槐老林，一指禅师一挥手道：“跟我来!”说着双腿一弹，飞身跃上一棵高高的槐树。庞荣和班布泰随后跟进，方发现古槐之上搭有简易的茅舍，仔细一瞅，原来是在3棵古槐之间搪了十几根粗木，上面铺着一层厚厚的芦苇，堆在一边的几张狍子皮算是被褥了。头顶上方横向架着5根柞木，也苫着苇草，可倒省事了，就地取材。四周虽无墙壁遮挡，好在坐落于密林之中，风吹不着，日晒不着，雨淋不着，且居高临下，安全隐蔽，远看就像个大喜鹊窝，崖下的行人不可能注意它，谁能想到那里竟住着人呢！一指禅师让二人找地儿坐下，说道：“为了监视那两个臭小子，本僧在此已住月余了，怎么样，仙舍不错吧？正可谓天下任我游，宇内青山任我走，草铺高树任我住，填饱肚皮不知愁哇!”

班布泰仔细一看，小茅屋所备吃食挺全乎儿，便知是化缘来的。竹筐里装着白面馒头、玉米饼子、一盘儿咸黄瓜、一碟花生米、两捧豆腐干儿,旁边还有一碗大酱、一捆小白菜、半盆小米粥,典型的农家饭菜。3人围坐在悬于半空的茅屋之中,边吃边唠,一指金刚侠谈起了这段时间不寻常的游历、冲霄五毒侠和云水轻身侠的艳遇以及范家堡子的花花事儿,庞荣、班布泰时而听得津津有味,时而又气冲头顶,目瞪口呆,聊了大半宿都未合眼。

　　前书曾介绍过夺魂僧者和静空大师的现状,他们已成为范蔼仁的座上宾、重要谋士,又是范家堡子的特聘武师、团练总教头。二人武功高强,各有神技,范氏家族上下人等皆对其另眼相看,终朝每日小心翼翼地伺候。3年前,范蔼仁派他俩夜入行辕,在秦名远的配合下,把白面娘子抢到了范家堡子。大太太钱氏当然了解丈夫的人品,知其贪恋女色,遂暗中操作,没让他占上如花似玉的白面娘子的便宜,而是将其赏给了秦名远。范蔼仁闻听后悔莫及,既迁怒大夫人心地歹毒,又嫉妒秦名远得了美娇娘,自己则竹篮子打水一场空,气得直骂娘。其后管账师爷钱如民一死,更使他担惊受怕,寝食难安,因为范氏家族的土地大账此前一直在小舅子手里,除了本人,谁也不知藏于何处。这下范蔼仁的火可上大发了,不单单怕清查田亩的富俊他们发现账本,那将成为强霸土地的铁定赃证,而且自己也无法弄清范氏家族几代人究竟积累下多厚的家底子。特别是还涉及到朝中一些官员的切身利益,弄不好就得人财两空,你说他哪能不着急呢,满嘴起燎泡。这位大庄主本是好色之徒,闲饥难忍时,两只贼眼总在漂亮女人身上瞄来瞄去的。现在可倒好,什么心情都没了,天天额头缠着白手巾,躺在炕上哼哼唧唧的,丫环在身边侍奉着,人参水、鹿茸酒、灵芝汤调样儿喝,熊掌、燕窝、鱼翅顿顿补,可仍然提不起精神,好像得了什么重病似的。登门疗治的郎中不下百余,大车小辆络绎不绝,开出的药方一大摞,每日服两回,然"病情"却不见轻。

　　家主这么一闹腾,上下人等可吓坏了,大气不敢出,谁也不敢靠前,能溜边儿的且溜边儿。八房妻妾中,除了大太太钱氏里里外外张罗着,另七房同样如临大敌,不知所措,扎煞着手一点儿辙没有。平日里,范蔼仁颇为娇惯的是年龄最小、排房老幺的八姨太,刚刚20出头儿,容貌俊秀,尚未生下一儿半女。除了善于卖弄风情、眼睛只往金银财宝上盯,别的啥也不会,更甭说治家了。可人家年轻啊,那就是本钱,再时不时地撒撒娇,把范蔼仁哄得滴溜溜转,私下里不是送给金簪哪、翡翠呀,就是偷偷塞银子,体己钱越积越多。而头房钱氏呢,现如今40多岁了,尽管保养得好,毕竟年龄在那儿呢,不过并不影响非同八姨太比个高低。暗中较量的结果是以其具有的优势占了上风,在范蔼仁跟前仍受宠不说,还把丈夫管住了,处处都听大夫人的,甚至有点儿惧内,可见这个女人委实不简单。钱氏不仅长相标致,能说会道,工于心计,治家有方,而且很少娇气,特别喜欢骑马,有制伏生荒子马的本事。驯马时,曾从马背上重重摔下,然根本没在乎,站起来拍拍身上的土重新跨上去。她驯马很有一套,若是不听调教,挥起鞭子猛抽,啪啪啪连抡十几下,马背上随之现出一条条血印子,疼得浑身直哆嗦,再不敢暴跳尥蹶子了,服服帖帖听其摆布。多么凶悍的烈马一见到她,立刻变得老老实实,一切听指挥,让慢走绝不快跑,只因领教过主人的厉害。想必牲口也势利眼,看人下菜碟,惧怕不要命的女人。

钱氏还有个嗜好,即骑马外出时,喜欢女扮男装,穿戴成阔公子样儿,让人难以辨出是个女流之辈。有一次,夺魂僧者和静空大师见堡子里没什么事儿,便前往50多里外的一座寺庙烧香拜佛。二人撩开大脚板儿正往前走呢,忽然身后驰来一匹红鬃马,马背上坐着一位英俊的后生,到了跟前双手抱拳道:"大师暂留步,老爷和大太太请二位回去,有要事相商。"

夺魂僧者前后瞅了瞅,遂说道:"你瞧,已经走出十几里了,有什么事儿不差这一天,明儿个商量也不迟。"

后生又道:"小的奉庄主爷之命而来,师父真要执意不肯回去,让我如何交差呀?听说二位大师乃地上仙,出门很少骑马,走起路来快如飞,十几里路不算啥。这么的吧,咱们赌输赢的,小的倒立于马上与师父赛跑,倘若能超过我,你们就走;要是落在后头,请给个面子,跟我回堡子,大师意下如何?"

夺魂僧者和静空大师互相对视了一眼,又看了看后生,觉得他机灵、乖巧又聪明,竟打心眼儿里喜欢上了,也不再坚持了,异口同声地答应道:"好哇,那就赌一把!"

后生长出了一口气,双手抱拳躬身致谢道:"谢谢大师,小的这厢有礼了!"说罢头顶马背倒立于上。

后生所骑的是匹走马,走起路来脚步均匀,速度不快不慢,人坐在上面感到非常平稳,即使倒立也摔不下来。可架不住它不停歇呀,一口气走出20来里地,二位大师须小跑方能跟上,早已累得气喘吁吁,浑身冒汗了。那也得坚持呀,又走了5里多地,觉得双腿越来越沉,好像

第三章 收服逆僧

铅灌的,最后实在迈不动步了,不得不服输,尽管快到寺庙了,也得窝头往回返。

3人到了范家堡子,见范蔼仁领着妻妾们正神情紧张地站在东门外迎候呢,他们不清楚二位总教头缘何突然悄悄离开,心里很是没底,夺魂僧者一看这阵势,感到十分过意不去,忙解释道:"大庄主,本僧和师弟打算前往50多里外的寺庙烧香,寻思快去快回,就别兴师动众了,故而行前未打招呼,让施主着急了。走出十几里后,半道儿与前来追赶的后生打赌,赢则走,输则回。经比试,我俩自愧不如,甘拜下风,不得不回转。"说完,摸了摸后脑勺儿,不好意思地咧嘴乐了。

范蔼仁听后,那张原本紧绷的脸立马松弛下来,嘿嘿笑道:"是呀,愿赌服输,赢不了就得兑现承诺,请吧!"说罢,陪同二位大师一同朝堡内走去,妻妾们呼呼啦啦地在后面紧紧跟随。

静空大师在人堆里一瞪摸,没见掌家的钱氏,遂问道:"施主,您和大太太请我们回来,说是有要事相商,她人呢?"

范蔼仁笑了笑,没言语,只是抬手往后指了指。静空大师回头一看,见那个英俊的后生翻身跳下马,将缰绳递给身边的仆从,然后摘下银色丝绸镶玛瑙绿绦子的凉帽,把头顶的发髻松散开,笑咪咪地瞅着自己。待睁大双目仔细一瞧,当即惊呆了,遂停下脚步说道:"哎哟,这不是大太太么,原来后生是您装扮的呀!"

钱氏一仰头道:"没错,是我,大师就那么忍心不辞而别呀,都顾不上我们是否想二位了,耳根子发没发热呀?"说着自管自地笑了起来,毫不掩饰,笑声清脆如铜铃。此刻,这位范家堡子的头号大美女显得愈加俊俏、妩媚动人,风韵不减当年,一双会说话的眼睛左右流盼,勾魂摄魄,还有那高超的骑术、驯马的绝能,常人无可比,不得不佩服。

闲话少叙。一天头晌,钱氏将家中的琐事处理完后,抽身扭扭搭搭地来到丈夫的卧室,见其正侧身躺在炕上,用被子半蒙着头,像老母猪打圈似的高一声低一声地哼哼。她撇了撇嘴,坐在炕沿边儿,掀开紫缎被的一角儿道:"老爷,不是我说你,咋越活越没出息呢,不怕堡子里的男女老少背地里讲究你呀,到底怎么了?难道是由于我把那个会走钢丝的丫头给了秦名远,你得了相思病才成这熊样儿的?竟然因此起不来炕了,还像个一庄之主嘛!我可告诉你,若是不听劝,没完没了地趴窝,咱就把范家堡子撂下,我也不管了,啥心都不用操了,大眼瞪小眼,只等着富俊那个瘸老头儿率兵没收土地、查抄家产吧!"

范蔼仁不再哼哼了，没吱声儿也没动，钱氏打了个唉声又道："咳，说气话半点儿用没有，只能痛快痛快嘴皮子。我就不明白了，咱家有的是银子，到哪儿不能给你踅摸个年轻水灵的丫头玩玩儿，比白面娘子漂亮的多了去了，干吗非在一棵树上吊死，别折腾了中不中？"

范蔼仁翻过身来，以眼神儿屏退了丫环，这才很不耐烦地开口道："哎呀，你净扯没用的，说哪儿去了，为啥着急上火不知道哇？就为如民所做的差劲事儿，临见阎王都不留个话儿，让我怎么办？"

钱氏说道："行了，行了，就算因为我弟弟，也不该愁成这样啊！兵来将挡，水来土掩，总不能天天躺在炕上，要么直眉愣眼地盯着棚顶，要么哼哼唧唧的，是能哼出座金山哪，还是能哼出座银山哪？大活人不能让尿憋死，干等哪儿行，得动脑子想辙呀！"

范蔼仁一掀被子坐了起来，气呼呼地抢白道："说得轻巧，想啥辙呀，纯粹是站着说话不腰疼。范氏家族的土地大账让你弟弟藏起来了，除了他，谁也不知道放于何处，这不急死人嘛！我曾经请求两位大师帮忙寻找，人家说提不出任何可供参考的线索，犹如大海捞针，难上加难。我早看出来了，他俩不打算在范家堡子住下去了，几次想离开，皆被咱巧妙挽留，真要走了，没了这两根拐棍儿能行么？我对你特别有气，总自以为是，隔着门缝儿看人，把自己的丈夫也看扁了，认为既自私又小气，连个丫头都舍不得送人。告诉你吧，其不知这是聪明反被聪明误，愚蠢至极。不错，我是喜欢女人，但并未看中白面娘子，再怎么着，不至于糊涂到不辨吉凶祸福的份儿上。我很清楚，她是富俊那边的人，倘若放回行辕，肯定得把范家堡子的事儿全抖搂出去，所以才决定扣押于此，这辈子甭想活着出去。你可倒好，光顾跟姓秦的套近乎了，不与我商量就将其拱手相送，以为此乃万全之策，人家还会感激你。难道没看出来么，秦大门牙是个狂妄自大、唯利是图、贪恋女色，连牲口都不如的人渣呀，不讲人情，贪得无厌，所提的要求若是得不到满足，立马就变脸，更别说跟咱一条心了。那个鬼丫头机灵得很，心眼儿不比秦名远少，违背本意被强行送人，怎能轻易顺从？到头来，秦名远不仅制不了白面娘子，反而被对方算计了也未可知。你把他们放走了，表面上风平浪静了，实际上是办了件最没头脑的事儿，明摆着放虎归山嘛！秦名远所做的丑事一旦败露，为保全自己必将反咬一口出卖咱，富俊便会知道范氏家族跟他作对，再倾注全力找到如民藏匿的土地大账，那本庄主对抗朝廷之罪可就昭然若揭了，等于自己把自己交代出去了。一想

第三章 收服逆僧

到这些，我心里就堵得没缝儿，觉得只有号一阵子才痛快。寻思说说吧，又找不着合适的人，谁能设身处地为咱想啊，得有多宽的心才能消停得了坐得住哇，能不犯愁、不害怕么？除非他没心。你来得正好，不是庄里庄外的能人么，那就快拿出摆脱目前困境的办法吧，伸出援手拉范某人一把，我洗耳恭听。"

钱氏听了连珠炮般带有讽刺挖苦意味的一席话，既没恼也没气，反而认为讲得不无道理。眼珠儿一转，计上心来，笑吟吟地说："老爷，俗话讲，车到山前必有路，犯哪门子愁哇？只要你别老赖在炕上，打起精神来，拿出庄主爷的派头儿，像往常一样招呼堡子的上下人等，其他一切难办之事全交给奴家了，你看咋样？"

范蔼仁看着大夫人那胸有成竹的神态，听着信心百倍的言辞，如同吃了灵丹妙药，紧锁的眉头舒展了，脸上的愁云散去了，两眼有神了，不再无精打采了，因为他相信大老婆有这个能耐。这也正是自己虽然还有七房妾，个个比大房年轻，但仍离不开钱氏的原因。钱氏见丈夫还阳了，乐得合不拢嘴，马上唤来丫环伺候老爷起炕。范蔼仁也挺配合，乖乖地伸出胳膊屈屈腿，听凭侍女给穿衣、洗脸、洗手。盥漱毕，顿时感到清爽了，钱氏拍拍丈夫的肩膀道："老爷，这就对了，人活一口气，没了精气神儿可不中。咱们先去饭堂用膳，然后陪你在堡子里转转，下晌去账房瞅一眼，用罢晚膳早点儿回房，有兴趣聊咱就接着唠，你看好不好？"

范蔼仁好像抓住了救命稻草一般，俯首听命，连连点头称是，而且一切皆按大夫人说的做了。当晚钱氏和范蔼仁同宿一室，与其颇有兴致地唠了一个时辰，出了几个摆脱困境的点子。范蔼仁这也是个把月以来身边头一回有夫人陪着，此前谁都不准进他屋，全部喝走，对大房同样不理睬。还得说钱氏早把丈夫的脾气、禀性摸透了，知道想听啥、需要啥，成了开心的钥匙，使其对自己言听计从，这便是俗话所讲的卤水点豆腐，一物降一物。

诸位阿哥，你无论如何猜不到钱氏给丈夫出的什么招儿，真够绝的了，范蔼仁不但欣然接受了，而且佩服得五体投地。所出的第一招儿，即招兵买马，积草囤粮，日后必将大发。起先范蔼仁对此有点儿不认可，越寻思越害怕，吓得腿肚子直转筋，哆哆嗦嗦地说不出一句整话来："哎哟，我的……姑奶奶，你不知道哇，私……私招兵马可违犯大清律呀，谁敢哪？不赇等着绑到珠……珠市口问斩嘛，不行，绝对不行！"

　　钱氏不以为然，照其屁股蛋子抬了一把道："看你那点儿出息，胆子小得可怜，难道是老鼠托生的不成，怕啥呀？不错，大清律是规定得明明白白，官府叫得也挺响，可根本没人听。不信你到各处扫听扫听，眼下哪个官庄、民庄没有自己的兵马？只要肯用大把大把白花花的银子喂饱那些官吏，把嘴堵上，就没有办不成的事儿。为了保护好堡子，养兵至关重要，从双城堡到三姓大约有上百个大小不等的庄子或噶珊，皆组建了自己的团练、屯兵、庄丁，只是人数不等，有多有少，时不时还互相比武。世事难料，不可能总平平安安的，遇上不好的年景遭灾了，或者土匪来堡子闹腾了，底子薄的、穷得叮当响的人家尽管没啥抢的，照样害怕得不得了，何况咱们呢？人人都知道范氏家族的土地多，资财厚，奴仆一大帮，大车小辆出出进进，方圆百里非常显眼，匪徒们图的是财，第一个要抢的就是这样的人家。到那时候，官府不管你，现招兵买马又来不及，呼天天不应，叫地地不灵，只能束手待毙。再者说了，大清的八旗兵是保家卫国的，能招之即来、随时听哪个庄主调遣么？那不是笑话嘛，还得是自己的武装听喝儿。有了兵马，谁都不敢小瞧范家堡子，你这个大庄主便可以发号施令了，再不济也能顶一阵子。不仅如此，倘若官府遇到棘手之事，一时兵员不够，咱们的庄勇可前去帮一帮，乘机亮亮能耐，备不住能落下范家堡子为国立下大功的好名声呢！要是禀奏给皇上，老爷再不是什么小小的庄主了，而是皇封头品顶带的高官大吏了，摇身一变，成为朝廷的忠勇之臣也未可知。不过值得注意的是有句老话说得好，树大招风，千万不要把庄勇、乡丁的名儿喊大扯了，别学有些堡子叫什么'拖克索①超哈②'、'安班③超哈'、'沙音④超哈'，咱起个小名，仍称团练。现在正是多养兵马的时候，又赶上两位高僧在这儿，可拜他们为师，学习武功，掌握几手儿看家本领。有了保护人咱就硬气了，心也不用整天提溜着了，必办之事肯定敢干了。比如头晌提到的不知如民将范氏家族的土地大账藏到哪儿了，我不止一次地琢磨过，或许放在他认为知根知底的大户人家故友那儿了。咱不妨打发人暗访，查出来后，可让二位大师前去索回。对方若不认账，咱决不客

---

① 拖克索：满语，村屯。
② 超哈：满语，兵。
③ 安班：满语，大。
④ 沙音：满语，好。

第三章　收服逆僧

气,立即发兵,谅其不敢不还。老爷,说句你不爱听的,富俊要是真派兵到范家堡子搜寻土地大账,你可别像耗子见猫似的吓得麻爪了,大气不敢出。别忘了,范氏家族的祖辈可是朝廷的有功之臣,历代皇上都高看一眼,还用在乎那些虾兵蟹将么?你要坐得住、站得稳,该干啥就干啥,该放份儿时且放份儿,富俊轻易不敢动咱们,真要走到那一步,他也得掂量掂量。我早看透了,当下是个乱世道,官府亦不像原先了,自顾不暇,根本靠不住。人人皆为家族的利益着想,为达目的不择手段,鲶鱼找鲶鱼,嘎牙子找嘎牙子,管他是谁呢,臭味相投没什么不好,对咱有用就行。说一千道一万,务必抓紧时间壮大堡子的力量,站稳这块地盘儿,保住历经几代创下的家业,只有腿壮腰粗,任何人才不敢欺侮不敢惹,包括那个瘸老头儿富俊。你得听我的,一不做二不休,要干就下狠茬子,来个天翻地覆。不是吹牛皮呀,我要是托生个爷们儿,就不是现在这样了,早拉起杆子进山了,杀人、强抢算啥呀?小菜一碟,谁敢说个'不'字儿,就地让他见阎王。你呀,天天躺在被窝儿里光犯愁有个屌用?真赶不上我这没把儿的,白白披了一张男人皮哟!"

范蔼仁听罢,仔细思摸了一会儿,脸上渐渐露出了笑容,又咂了咂嘴,终于点头同意了,表示此招儿可行。钱氏所出的第二招儿一般人想不到,也不敢想,即使出浑身解数、不择手段地拉拢、收买住在范家堡子的两位高僧,为我所用。范蔼仁又何尝不想留下少林功夫超群的大师作为靠山并死心塌地为自己效劳啊,这可是十分难得的武师呀,不过哪儿那么容易心甘情愿就范哪?大脑袋瓜子摇得如同拨浪鼓儿:"不,这恐怕不行,二人乃得道高僧,出家修行为的是普度众生,能是谁要收买就收买得了的么?太异想天开了,根本不着边际,亏你想得出。"

钱氏侧过身伸出双手搂着丈夫的脖子撒娇道:"老爷,听奴家说嘛,我保证,二位大师肯定得听咱的摆布,信不信由你。至于用啥法儿就甭问了,反正真要将他俩笼络住了,在我跟前俯首帖耳的,你可不许吃醋,更不准反悔、找后账!"说着,在其脸蛋子上叭地亲了一口。

范蔼仁太了解大夫人了,天生一个美人坯子,又精又灵又损,什么缺德带冒烟的事儿都干得出来,人称"万人迷"、"狐狸精",卖弄风情、勾三搭四挺有一套,可谓女中魁首。他相信大夫人肯定琢磨好几天了,通常情况下,说出的话全能兑现,用不着自己操心,不如顺水推舟,便不想过多打听了,心里思摸道:"管她用啥法儿呢,只看结果咋样,逮住耗子就是好猫。倘若能使两位高僧、范家堡子团练的武师、总教头听我大庄主的喝儿,那可一妥百妥了,腰板儿立马硬起来了,谁还敢在范某人头上动土啊?好,就这么办了!"

钱氏所出的第三招儿更绝,即放鹰抓兔子。范蔼仁初听十分不解,问道:"怎么个连放带抓的?鹰指谁,兔子又指谁,葫芦里卖的什么药哇?"

钱氏这回也不一口一个老爷了,而是直呼道:"老范头儿,说真格的,我知道做夫人的有时得受点儿委屈,所以不愿跟丈夫计较罢了。你总自以为聪明,想啥是啥,话里话外好像我把白面娘子赏给秦名远,是为了从你嘴里夺食,此乃胡乱猜疑、小人之见。你所喜欢的姑娘从眼皮底下溜走了,成了八旗官员的新嫁娘,心里当然不是个滋味,瞒得过别人瞒不了我。归根结底,说穿了就是鼠目寸光,没有远见,啥事儿只看眼前,充其量不过跟秦名远争那个白丫头而已,就认这条故道儿。闲下来时也不动动脑子思谋思谋,我问你,想没想过如民死得是否蹊跷、与秦大门牙有无关系?你不会忘吧,最初这个人是咱打发如民为其手下官兵送药时认识的,后来他俩是否私下里交往、互相利用、背着咱干了哪些事、各自得了多少好处,人都没了,恐怕很难弄清楚。别以为如民是我胞弟就向着,其实对他的一些做法同你一样看不惯,比如大手大脚地花钱哪,没完没了地喝酒哇,有便宜必占哪等等。也曾正言厉色的警告过多少次,可人家像未听见似的,只当耳旁风,气得我脑瓜囟子疼。由于如民嗜酒且一喝就醉,担心被谁拉拢过去当枪使,到时候再六亲不认,岂不是平添麻烦?无奈之下,我只好拿出体己钱供他用,并让你给分派个活儿将其拴住,这全是为咱范家着想。你可真够实在的,不仅让其管账房,封什么总师爷,还将陈放贵重物品的库房钥匙交给了他,连转移范氏家族土地大账这么机密的事儿都由如民去办。当时我也犯糊涂了,无论啥时候不该放松警惕呀,须时时防备才是。加之看你特别信任如民,内心很是感激,相信弟弟会讲良心的,将心比心亦应好好儿对待自己的姐夫,不至于藏什么歪心眼儿。我知道他耳根子软,口不紧,肚子里装不了二两香油,若是被谁算计了,天大的秘密也能从那张没把门儿的嘴漏出去。现在可倒好,怕啥来啥,果然应验了,土地大账不知去向,弟弟不明不白地死了。我没事儿时总寻思,行辕的富俊领着骑兵来范家堡子搭台演杂耍儿,主要目的是抢回那帮被我们骗来的孤儿,可临走时,为什么不抓别人,偏偏绑走如民呢?不难理解,就是因为知道范氏家族的土地大账在他手里,富俊自清查田亩以来所关注的主要是这

第三章 收服逆僧

个。那么,秦大门牙又为啥出损招儿,若救不出我弟弟就在地窖内杀人灭口呢?很显然,他已从如民口中套出了土地大账的去处,留着是祸害,对己不利,只能除掉。咳,当晚在合计此事该如何办时,咱实在没法儿了,才不得不按秦名远指的道儿走,结果咋样?如民见了阎王,土地大账终不见影儿,把柄很可能落到了姓秦的手里,咱们的处境十分被动。我的庄主爷呀,需静下心来仔细想想了,这里有不少令人不解的事儿,土地大账究竟藏在何处?是弟弟自己藏的,还是有人帮着藏的?秦名远曾扬言,恨富俊和班布泰一帖老膏药,总想找机会报复之。他对那祖孙俩所思所想了如指掌,三人都虎视眈眈地盯着范氏家族的土地大账,个个想抢头功。秦名远知道我弟弟是管账房的,于是有事儿没事儿便往如民那儿跑,暗地里打连连,时间一长就混熟了。估计二人的关系非同一般,为报答救命之恩,秦名远也不会断了联系,只是如民没跟咱说罢了。秦名远多鬼呀,为达目的使出浑身解数,平时找弟弟喝点儿小酒啊,天南海北地聊聊哇,施以小恩小惠呀,极尽讨好儿之能事,已得到了如民的信任。正因为不被防备了,故而在酒醉之时,方能从如民口中套出土地大账藏在哪儿。秦名远得知了这个秘密,就等于抓到了大庄主的短处,掌握了范氏家族的命脉以及百多年几代人积攒家业所采取的手段、财产的出处,掐住了与范家有连带关系的朝中大小官吏之命根子,决定着他们头上的乌纱帽能否戴得稳,这些当然只是猜测。之所以把白面娘子赏给秦名远,不过是先给个甜头儿,然后再死死揪住,想不听咱的都不行。如同钓鱼时抛出的线,那头儿钩住了秦名远的嘴巴,这头儿手里握着杆儿,咋溜都得跟着,必须听咱的摆布。你也知道,秦名远是个人尖子,狡猾无比,明争也好,暗斗也罢,人家总是占上风,咱们甘拜下风,不得已才采取了欲擒故纵之计。光钓住他不行,弄不好就跑了,还得有招儿予以制服。思来想去,觉得眼面前儿能治住秦名远并使其惧怕的有3个人:一个是富俊的孙子、秦名远的情敌班布泰,遗憾的是他也是咱的冤家对头,肯定求不动,就别指望了。另两个是局外人,下点儿功夫能利用上,即住在咱家的两位高僧——夺魂僧者和静空大师,二人对付秦名远好比老鹰逮兔子,轻松、容易得很,这下知道谁是鹰、谁是兔子了吧?话说回来,怎样做才能使他们心甘情愿为范家效劳呢?同样是务必想办法将其钩住,牢牢控制在咱们手中。别看他俩已出家多年,终朝每日晨钟暮鼓,烧香拜佛,打坐诵经,修身养性,然酒、色、财、气乃四大人间之宝,连天上地下的神仙都着迷,难道和尚能熟视无睹？此四关皆能过的人至今还未见到呢！四关中最难过的是财、色两关，二位大师对金银财宝不一定在乎，但我有把握以勾魂术使其陷入温柔乡里，迈不过那道美人关，验证他们是活生生的人，不是不懂儿女情长、不食人间烟火的石头。与武林高僧打交道得有心理准备，俗话讲：只要功夫深，铁杵磨成针。在以美色进行勾引时，不用怕对方羞愤哪，恼怒哇，甚至受到斥责呀，要有忍耐力，来个死缠硬磨、软硬兼施，我就不信他不就范。将二位大师争取过来了，等于咱赢一半儿了，为啥这么说呢？他们具有飞檐走壁之功，掌握腾身之术，可以神不知鬼不觉地夜探秦家大院，顺藤摸瓜，寻找蛛丝马迹，土地大账真要落在秦名远手里必能找到。如此一来，这盘棋不就走活了么，还犯哪门子愁哇？"

范蔼仁听罢，精神为之一振，原本阴沉的脸绽开了笑容，高兴得忙不迭地从被窝里爬起来，老腔朝天地跪在炕上咣咣磕了两个响头道："我的姑奶奶呀，真有你的，范某人哪辈子修来的福哟，娶到了这么聪明能干、一肚子鬼点子的老婆，乃范家的有功之臣。放心吧，我是知恩图报之人，事成之后，决不会亏待你，必厚赏之！"

钱氏一边将其扶起一边说："老爷，昏头了？怎能给自己的夫人行此大礼，这不折奴家的阳寿么，快躺下，别着凉。咱夫妻俩君子也好，小人也罢，丑话得说在前头。谁的夫君谁了解，你这人好变卦，说了不算，算了不说，那可不行。此事既然交给我办，你就别插手，更不准半道儿杀出来胡闹一通儿妨碍正事儿，不能前功尽弃做赔本买卖。我把孙猴子的七十二变全使出来，若是笼络不住两个秃和尚，那便是范家没有福分，怪不得别人。记住喽，任吗不许管，等将高僧带到庄主爷的帐下听命，我才算交上军令状了，听清了吗？"

范蔼仁连连点头道："听清了，听清了，姑奶奶呀，一切听你的还不成吗？反正这顶绿帽子是戴上了，为了范氏家族的大业和利益，我认了！"说着搂过大夫人，拍了一下她的肚皮，干笑道："嘿嘿，说一千道一万，不就是让老婆占个便宜、尝尝跟秃和尚做爱啥滋味、也算没白忙乎一回么？行啊，全依你，不过得先让老子过把瘾！"随即一翻身将其压在底下。两年多来，夫妻二人对云雨之欢从未像今夜这么兴头十足，范蔼仁尽情地发泄着淫欲，钱氏幸福得泪流满面……

转天头响，大庄主病体痊愈的消息在堡子里传得沸沸扬扬，范家上下人等更是高兴得不得了，个个满脸喜气。院门外停着7辆装饰各不相

第三章　收服逆僧

同的花车，里面分别坐着范蔼仁的另七房妾，争宠般地前来接丈夫去自己那里住，嗲声嗲气地撒娇道："老爷，谢天谢地，身子骨儿总算调养好了，可想死奴家了！"

"老爷呀，不能总关在屋里，得出外溜达溜达，小妾陪你散散心、解解闷儿吧！"

"哎呀，瞧咱老爷都瘦成啥样儿了，让人看了怪心疼的。快去俺那儿吧，给你好好儿调理调理……"

范蔼仁看看这个，瞅瞅那个，眼珠子滴溜儿乱转，结果还是挑中了年轻貌美、最讨自己喜欢的八姨太，准备带其去疙瘩梁住几日。其她妻妾见没争过老八，不免有些黯然神伤，只好各回各处，堡内的一应诸务则由大夫人钱氏处理。

常言道："人活在世上，务要'弘善养性，洁身自好。'"以上8个字说起来容易，做起来可就难了，为啥这么说呢？人在冲动之时能下决心，熬煎一时亦能忍受，然几十日、数百日、几十年甚至一生做苦行僧，出淤泥而不染，浊清莲而不妖，持之以恒，那是需要毅力和勇气的，也将受到人们的尊敬。所以说，高尚品德的铸成在于自强、自尊、自律，要有恒心，并非一蹴而就。世上的高僧、大德之人皆重视修好积德，修身养性，养天地之正气，效古今之前贤，力做完人。尤其是皈依佛门之人从剃度那日起就要刻苦修炼，需过贫寒苦寂、超凡脱俗的万劫百难之关，非经年之功修不成正果，稍有松懈便如逆水行舟，不进则退。故修者甚守洁好，一空了世，悟觉终生。空泛议论不着边际，纸上谈兵举手之劳，而真要具体实行之犹如登天，难为也。

住在范家堡子的嵩山少林寺高僧冲霄五毒侠、云水轻身侠因找不到大师兄，多日以来食不甘味，寝不安席，又架不住范蔼仁及其大夫人的热情款待和极力挽留，所以不好意思匆匆离去。加之耳朵里已经灌满了范家堡子的所谓种种"不幸"、"委屈"，听得多了，日久天长便被熏染了，不自觉间偏听偏信起来，由初始的不解变为同情，继而仗义执言，总认为官府对范家堡子和大庄主有些过苛强求，不讲公理。这样一来，二人与范蔼仁、大太太钱氏越处越近乎，越唠越投机，多次表示需要时，愿助范家堡子一臂之力，这也是之所以长时间留下不走的原因。他们对自己要求甚严，一日三餐素食淡茶，早晚习练武功，除了于佛堂诵经、做佛事，就是不厌其烦地训导团练，传授少林功法。

二人住在南山坡儿的一座掩映在桦树林里的五楹青砖瓦房内，只用男童，不用女佣，严守此规，已成惯例。这些男童从哪儿来的呢？清代，各个庄子、堡子的大户人家除了有男女仆人、家丁外，也用一些小童干活儿，大的十一二岁，小的七八岁。有的是孤儿，有的有爹没娘，有的有娘没爹，有的家里穷子女多养不起被迫卖了，有的则以顶账而来。他们离家后，便成了无主之人，到谁家就是谁家的奴仆，干上个把月或一年半载的，再转卖到另一户或另一地。孩子们自小多数没起大号，皆是到大户人家后，主人为支使方便随口给取的名儿，也不是正经八百的大号，什么小铁蛋、小蚂蚱、黑蠓子、灰耗子等等，光听名字都叫人可怜。此座青砖瓦房是范蔼仁之父、范氏家族第十五代传人范文举曾经住过的地儿，建于乾隆末年，有红柱，有画廊，环境幽静，雕饰古朴，陈设典雅，全堡子也是首屈一指的。范文举信奉佛教，特别喜欢这个居处，遂以佛家之语为该房取名儿"一空斋"，意在一心修身，把世俗的所有烦扰抛在脑后，日常琐事全部交给长子范蔼仁打理，自己则以吃斋念佛度日。嘉庆十五年冬月，范文举得了重病，折腾5个多月后故去，一空斋随着主人的离世上了把锁，再也无人进住。

　　自打冲霄五毒侠和云水轻身侠来到范家堡子，一空斋落锁了，咋的呢？二人未提任何要求，只请庄主可能的话，最好拨出一僻静之所居之。由于范蔼仁对二位大师不仅高看一眼，而且尊崇备至，当即满口答应，破例令管家带着仆人将一空斋收拾出来，请其入住先父的安居之所，也算是莫大殊荣了。师兄弟俩走进青砖瓦房四下一瞧，真是不错呀，干净整洁，舒适清爽，空阔静谧，好像是专门为佛门弟子建造的，很是满意，便住了下来，且每人一个房间。他们对下人从不挑剔，而是大度包容、宽和善待，相互之间相处得十分融洽。身边的6个男童乃大太太钱氏亲自点送的，腿脚勤快，干活儿麻利，不多言不多语，还有眼力见儿，也真找不出啥毛病来。范蔼仁对这一切看在眼里，乐在心里，暗竖大拇指，夸赞高僧的严谨自律，洁身自好。

　　单讲旧历八月，塞北已入初秋，五楹红砖瓦房的住室皆盘火炕。夺魂僧者和静空大师每天打坐、诵经，时间一长，觉得土炕烧得太热，然屋内早晚又特别凉，对这种冷热交替一时很不适应，不久双双得了风寒症。范蔼仁闻听后着急了，赶忙令管家请来郎中上门为其瞧病，又按所开的方子及时去药铺抓了药。二位大师吃了几服药，到了第三天自觉见轻，但仍感脑袋发沉，浑身没劲儿。

第三章　收服逆僧

这日头晌，管家带着一位长相标致的年轻男子来到一空斋，进屋先施礼，然后介绍道："这位是药师，姓金名樵，乃老爷特意从三姓请到范家堡子的，作为自己和妻妾们的保身郎中。他家代代有名医，医道高明，治疗疑难杂症也很拿手，老爷信得过。范家和金家的关系挺好，时常走动，你来我往，大事小情皆到场，相处得像一家人一样。得知大师偶染微恙，服了药仍未完全好，老爷和大太太既着急，又担心，便打发我把药师送来了。吩咐让他陪伴几日，安排饮食起居并调理身子骨儿，请大师不要客气，有什么要求尽管提。"

夺魂僧者和静空大师听罢，心中甚为感激，范庄主、大太太想得如此周到，竟将保身郎中派来了，诚意咱得领啊，也就欣然允准将其留下了。待管家告辞后，二人仔细一打量，见金樵中等身材，不胖不瘦，口小鼻直，眉清目秀。头戴黑丝绒帽盔儿，帽顶缀有红色圆形硬疙瘩，尤显精神。身穿紫缎团花长袍儿，外罩青丝花边儿蓝坎肩儿，腰系深棕色丝带，看着不仅亲切、顺眼，而且一点儿不觉陌生，心想："或许这位药师跟我们有缘哪，要不怎会有种似曾相识、一见如故的感觉呢？"金樵还特别会来事儿，立即钻进灶屋，又烧水又沏茶的，显得很是殷勤、周到，师兄弟俩心里暖呼呼的。

金樵一来，6个男童全围在身前身后帮着干这干那，没过3日，便成为男童的主心骨儿了，啥都听他的，天天不离左右，处处看其眼色行事。呆在两位大师身边最多的人当数金樵，经常在眼前晃来晃去的，遇到什么不好解释的事儿，男童会主动为其打圆场。此前，众男童做事很注意大师的感受，处处谨慎小心，不敢有半点儿疏忽，从不多说一句话。而今可活泛不少，话语多了，手脚放开了，干得越发来劲儿了。两位大师不知为啥也不再绷着脸了，较前更加随和、更容易接近了，看得出他们顺心顺意，对方方面面都挺满意。一空斋的氛围随之变了，不那么死气沉沉了，而是突然活跃起来，有了欢声，有了笑语。令二位高僧尤为感动的是金药师不怕脏，不怕累，不叫苦。每天清早亲自将他俩屋内的痰盂端出去，用手纸扒拉着咳出的痰反复观瞧，看罢倒掉，再刷洗干净放回原处，并关切地叮嘱道："大师呀，瞅了你们所吐的痰，便知疾患到了何等地步。白者谓寒，黄者谓热，红者谓热血妄行。大师吐的痰白而黄，说明风邪尚在肺经之中，未被全部引出，需继续服药，静心安养。"

夺魂僧者和静空大师懂点儿医道，认为金樵所言有理有据，颇为信服,暗自思摸道:"人家为能准确知道病情是否好转、病势是否减轻而观痰掌疾,没有显露出丝毫的嫌弃之意,不能不让人敬佩。"金樵还几次端来热水,准备为大师洗脚,二人不肯。金樵说:"大师乃世外高人,走南闯北,云游四方,靠的是一双铁脚板儿,养生之道必不可少。脚穴通周身,知晓足络之相态,方可确定疾患轻重,故而我用热络之汤予以疗治,为的是能使病体早日痊愈。大师不让本药师亲自动手,想必是不相信金家世代医治百病之能,或者是小瞧了,使我不得不辜负庄主爷和大太太的期望了,他们正等着大师彻底康复的喜讯呢!金家与范家有几代之交,范家的事儿就是金家的事儿,无论如何我得对得起庄主爷和大太太。大师若不听劝,一味拒绝,本药师真的很为难哪!"

师兄弟俩听罢,无言以对,只好乖乖地任由坐在小板凳上的金樵分别给洗脚、按摩,或轻揉轻摁,或重拍重扣,手法独到,一丝不苟。经一个时辰的揉、压、点、拍,两位高僧早已浑身发热,汗湿衣衫,感到又舒服又痛快。过了几天,金樵在为二位大师洗脚、按摩时,说道:"大师终朝每日为范家堡子操劳,非常辛苦,需要有个健壮的体魄方能应付。只要夜寝有时,离榻有响,饮食有度,久而久之,肌肤经络便会静动有序,不到该歇息的时候不会觉得疲顿,也才能做到奉佛尤诚尤勤了。"

二人频频点头,认为所言极是,绝非妄语。静空大师问道:"金药师,请告诉本僧,具体怎样做可达此境地?"

金樵回道:"依我之见,亥时就寝、卯时离榻乃为上乘,睡求静而无忧,可达一空之界。"

这些天来,夺魂僧者和静空大师对金药师的热情诚恳、循循善诱、认真细致、全力付出看在眼里,记在心中,感佩不已。他们按其所说,每天亥时回各自的卧房安歇,次日卯时起床更衣、盥漱,然后去小树林站桩、打拳。不到半个月果然奏效,甚觉神清气爽,耳聪目明,倦怠无力之感一扫而光。由此愈加笃信金樵了,称赞药师乃医中神仙,家传有方,不可多得。打那以后,金樵同两位大师越处越密切,越来越贴心,几乎到了不分彼此、无话不谈的地步了。还动不动与其开开玩笑啊,没事儿凑一块儿聊聊哇,有时不觉间能叙谈一个通宵,到天快亮时,索性就在大师房中睡下了。一连数日皆如此,渐渐成了习惯,大师也就不介意了。比如脱衣换裤哇,赤背袒肚躺在炕上歇息呀,夜半起身解手啊等等都很随便,不必顾忌什么,觉得跟金樵在一起十分有趣儿,放松、快

第三章 收服逆僧

活又解闷儿。

一天傍晚,金樵先是盼咐众男童分别为两位大师的房间续柴、烧炕,以驱除室内的潮湿之气。灶坑里的火苗儿很快蹿起、燃旺,火炕、火墙同时热了起来,两间屋子随之干爽了,暖融融的,呆在屋内不用穿外袍儿了。接着又让男童沏好香茗,把各种各样的果品摆到桌子上,一切就绪,便打发他们回房歇息,叮嘱不唤不必进去伺候了。众男童退出时,金樵将其中的小狗子、小鱼子留下了,小声儿咬了一阵耳朵后,还破例赏给每人一串儿十文的铜钱,二人双手接过,感激不尽。

戌时刚过,两位大师准备就寝了,金樵径直进入夺魂僧者的房间,回身关门时,特意留了一道缝儿,并冲守候在门口儿的小狗子、小鱼子努了努嘴。屋子里挺热,夺魂僧者光着膀子,袒胸露肚,肩上搭条白麻布手巾,汗珠子顺脸往下淌。金樵抬眼看了看,便道:"大师,发发汗好哇,可却风邪。今晚打算为您按摩全身穴位,只要经络大开,立马会感到无比轻松,以后就不用烧这么热了,上炕吧。"

夺魂僧者顺从地脱鞋上了炕,仰面平躺,金樵随后跪在炕上,开始为其按摩。渐渐的夜已深,四周静谧无声,外面漆黑一片。由于此前金樵有话,住在对过儿的众男童没有大师的呼唤不得进屋,加之整天干这干那的闲不着,又累又乏,一个个早已进入了梦乡。要知道,那个年代所盖的房子再华丽,屋内却光线暗淡,为啥呢?因为北地寒冷,窗户全用毛头纸从外面糊上了,即便是大晴天,阳光充足,屋内也不能射进强光,当然不亮堂了。夺魂僧者的房间里点了一盏獾油灯,灯芯儿如豆,闪着红黄相间的光亮。金樵的双手温柔而富有弹性,在大师的身上捋来捏去,动作比以往还要轻,还要柔。没一会儿,夺魂僧者便感到浑身酥麻,十分舒坦,不但没有困意,而且特别兴奋,脑海中不由自主地闪现出在范家堡子朝朝暮暮所看到、听到的男欢女爱、打情骂俏、淫声荡语……为什么别的不想,偏偏对此情景记忆深刻呢?这里需插说几句。

范蔼仁有个癖好,堡内的人都知道,即洗淋汤浴。何为"淋汤浴"?就是在自家宅院不远处的空地上,用苇箔围成四面墙,高矮只到肩膀处。其实算不上什么墙,准确地说,不过搭个小栅栏,东边留门,里面便是洗澡之地。北墙竖起四五根高木桩子,顶端分别用绳子绑着盛水的喇叭形喷壶,上头口儿大,下头口儿小,两侧扎眼儿,水可从小孔流出,人站在喷壶下方淋浴。一空斋坐落于南山坡儿的一片林子中,房后斜对面低洼处的苇箔墙内便是洗澡之地,淋汤浴已在范氏家族传几代了，尤其是范文举对此情有独钟。到了范蔼仁掌家时，不仅承袭了洗淋汤浴之风，照原样行之，还有所发展，乐此不疲。范蔼仁对与八房妻妾共浴颇有兴致，每当进入苇棚后，他总是第一个把衣服脱得光光的，妻妾们有的肩披艳丽的丝巾，有的腰围大红、浅粉、天蓝、姜黄等不同颜色的绸带，有的则一丝不挂。十来个侍女得到老爷的特许，轮流提来温热的水递给站在高凳上的丫环，再由她们将水倒进喷壶内。各房的贴身侍女身穿内衣站在老爷和众位太太中间，为其搓背、洗头，炎热的夏日几乎天天如此。范文举晚年行动不便时，三天两头儿坐在炕上临窗眺望儿子、儿媳们洗淋汤浴，不知当时看到那种场景是何感想，想必不以为然，因他早就习以为常了。

夺魂僧者和静空大师可是出家之人，不食人间烟火，不近酒色，与范文举父子截然不同，也没法与其相比。自从住进一空斋，衣食住行较前好得多，去远处的庙宇烧香拜佛还算方便，其他没啥变化。惟一让他们感到新鲜又尴尬的就是每当把北窗打开想通通风时，往往可看到斜对面低洼处的苇箔墙内，范蔼仁和众妻妾正赤身裸体、嘻嘻哈哈地洗着淋汤浴，美人们光洁的酮体毫不遮掩地尽入眼帘。范蔼仁兴头十足，一会儿摸摸这个，一会儿掐掐那个，或者同妻妾们又搂又抱，或者叠成裸人塔，十几个侍女在一旁鼓掌迎合，其怪模淫态不堪入目，嗲嗲的嬉笑声儿、尖叫声儿传出老远。乍一开始，二位大师刚巧看到时，静空大师吓得啪地一声把窗扇儿放下了，从此再未支起过。夺魂僧者则赶紧扭过身子，闭上眼睛，口中直念阿弥陀佛，以诵经驱除邪念。时间长了，女人的浪声淫语总在他耳边回响，其忸怩作态时不时在眼前晃动，慢慢便习惯了，心里不仅不排斥了，反倒乐于接受了，继而一有机会就一次次偷偷观瞧那些妻妾们婀娜多姿的倩影，不看又想看，看又看不够……

却不知夺魂僧者的窥视之举早被躲在暗处的金樵发现多次了，一对儿大眼睛始终盯着他，只是没有声张而已。和尚也是人哪，人应该有的他都有，怎能没有七情六欲？凡人离开污境可以脱俗，出家之人不小心堕入污境，久而久之，有可能被熏染，欲念萌发尤甚于凡人。精明的金樵经过一番观察，心中有数了，觉得两位大师对自己的印象很好，特别是夺魂僧者的眼神儿里时不时流露出一种说不清的亲昵之情，于是决定先从他下手，主动接近之。

此刻，金樵见躺在炕上的夺魂僧者双眼微闭、两颊发红、心驰神往的样儿，不知在想些什么，似乎正做着美梦，于是便从头顶穴位按摩到双目、双耳、风池、百会、下颏、脖颈、双肩、双关、胃脘、檀中，往下又至中脘、小脘、关元、丹田、直到小腹下方。由于火炕烧得过热，屋内的温度颇高，夺魂僧者不停地冒汗，早已将内裤褪到脚腕儿了。金樵继续往下按，双手像蛇一样在其身上游动，从大腿、小腿至足三里。按得夺魂僧者浑身燥热，越揉捏被撩拨得越舒服，如醉如痴，春心荡漾，有种飘飘然、扶摇直上的感觉，暗自思摸道："小药师长得眉清目秀，体态娇娆，哪儿像个男人呀，倒不如说是俏佳人更贴切。"刚想到这儿，金樵的双手似乎无意间触到了下体，夺魂僧者只感到欲火中烧，血往上涌头发涨，再也无法自持了，腾地坐了起来，张开双臂就去搂抱药师。金樵故意左右躲闪，夺魂僧者急不可待地紧紧靠过去，金樵顺势拉过对方的左手伸向自己的胯下。可夺魂僧者伸出的手却突然犹如触电般缩了回来，随之啊呀一声，原来眼前的宝童郎中竟是个难得的美佳人！他如梦方醒，惊喜万分，随即快速把金樵的丝绸衣裤扒下，露出用白纱香带紧缠的双乳，再解开一层层的带子，虎扑羊羔般将其压在身下。金樵同样异常激动，既不躲闪，也不挣扎，反而十分配合，紧紧搂抱着夺魂僧者。二人什么都不顾及了，疯狂地行起了房事，那劲头似秋风大作，似惊涛拍岸！

　　夺魂僧者打小便剃度出家，30多个春秋转瞬即逝，如今成了已过而立之年的壮僧。在一空斋的这个夜晚，可谓此生首次造访温柔乡，体验了与女人亲热之美妙，其激动程度不言而喻。金樵虽然对男女合欢习以为常，但今生仿佛头一回遇到让自己消魂荡魄的男人，比初婚乍得还要甜蜜百倍。而丈夫无法与之相提并论，那不过是蜻蜓点水，不知不觉中，老家伙早已瘫软如泥、昏昏欲睡，一种难以启齿的滋味立马袭上心头，翻过身紧抱被子长时间不能入眠……

　　两袋烟的功夫过去了，二人云雨完毕，夺魂僧者余兴未尽，仍趴在金樵身上不停地亲着，边亲边轻声儿问道："小药师，做梦没想到你是个娇媚的女子，缘何前来伺候我这个和尚？"

　　金樵并未答话，而是将其推下，坐起身来，先是背对着夺魂僧者不慌不忙地把放在炕柜上的油灯碗中的灯捻儿拨了拨，屋子里被灯光照得通亮。继而取下玉簪，打开盘在头顶的发髻，乌黑的长发犹如瀑布般散落下来。接着又摘下挂绳上的白麻布手巾，轻轻擦拭着脸上所涂的厚厚脂粉，放下手巾后，回过头缓缓说道："大师呀，你挺健忘啊，眼神儿咋那么差呢，仔细瞧瞧我是谁？"

夺魂僧者大睁双目上下一打量，不由得"啊"了一声，这一惊非同小可，汗毛都立起来了，坐在身边的裸女竟是范庄主的大夫人钱氏！脑袋嗡的一声如同簸箕大，头发昏，眼发花，也不管仍光着身子了，慌忙跪在炕上咣咣磕着响头道："施主哇，小僧造孽呀，罪过，罪过也，实乃有辱佛门、无地自容啊！"

钱氏冷笑一声，慢慢把衣服一件件穿好后，立即变脸了，一字一板地说："大和尚，咋样啊，在本太太面前露馅儿了吧？不过凡夫俗子而已，跟鸡鸣狗盗之徒没什么区别。行了，说啥都没用了，快把那套行头穿上吧！"

夺魂僧者吓得已是七魂出窍、六神无主了，哪儿还顾得上穿衣裳啊，心里这个气哟："大太太呀，本僧跟你往日无冤，近日无仇，为啥不择手段地极尽勾引之能事、乱我心曲、难以自制、顷刻间身败名裂呀？今后又有何颜活在人世、叩拜佛祖啊！"想至此，只听钱氏又道："大和尚，听见没？让你穿衣裳呢！"

夺魂僧者赶忙穿好衣服，重新跪在炕上，大气不敢出，头不敢抬。这时，钱氏双手合掌啪啪啪连拍3下，门被推开了，进来两个男童，规规矩矩地站在门口儿。钱氏问道："小狗子，小鱼子，你们方才听没听见啥呀？"

两个男童异口同声地回道："大奶奶，我们啥也没听着。"

钱氏两眼一立睒，厉声儿喝道："混账东西，白吃干饭的，不是让你们留心点儿么？都听到啥、看见啥了，给我如实学一遍，若敢编瞎话儿，小心撕烂你俩的嘴！"

钱氏这么一说，两个小童立马会意了，小狗子抢先道："是是是，大奶奶，我们不仅听见了，也看见了，大师趴在您的身上，还时不时地哼叫着。"

小鱼子随声附和道："是是是，小狗子说得没错，我也听见了……"

钱氏打断道："行了，行了，别嘞嘞了，下去吧！务必记住，除我之外，不许向任何人讲。倘若说出去，小心要你们的小命，别想再活在世上，听清没？"

小狗子、小鱼子边诺诺称是边退下了，钱氏回过身一把将惊魂未定的夺魂僧者揽入怀中，照其脸蛋子叭叭亲了两口道："我的高僧啊，听到了吧？咱俩做的事儿人家都看见了，你也别装蒜了，刚才算是体验了一把，蛮有劲儿嘛，我打心眼儿里高兴。就这样吧，人生在世各有所

第三章 收服逆僧

好，尽管你是和尚，可毕竟也是正常人哪，在本太太怀里就是心肝宝贝。一个巴掌拍不响，不能全怨你，我也相中了。这下知道了，大和尚纯属没上道儿的野驴，从此要定你了。好了，躺下吧，离天亮早着呢，尝过一次还会想二次，今晚可你够！"说着便给夺魂僧者脱衣裳。

其实呢，夺魂僧者早就看上大太太了，对其举手投足、一颦一笑、言谈话语皆发自内心的喜欢。但他始终严守教规，以诵经驱除邪念，极力克制自己不去胡思乱想，从未轻举妄动过。这些日子也一直在划魂儿，总觉得金樵很像心中时常想着的钱氏，那眼神哪、笑声啊、包括走路的姿势呀都像，只是不敢往细了想，结果真就是她。既然事已至此，对方还那么主动，也就不用有啥顾虑了，于是又与钱氏紧紧搂抱在一起，边抚摸边道："大太太，本僧早就喜欢上你了，只是丝毫不敢露，担心被大庄主发现。他若知道细情，那可不得了，还不得把我千刀万剐呀！"

钱氏头一摆道："不必担心，更不用怕，有我呢！他偷腥偷惯了，身边有那么多女人，一天换一个都觉少，我有个男人就不行啊？别管他，今晚我交给你了，愿咋整就咋整！"说着从枕头底下把早已准备好的春宫骨板拿了出来，此乃范蔼仁私藏的淫品，作为行乐时各种姿势仿学之物，让夺魂僧者看后跟着学，尽享云雨之欢。

一对儿男女就这样勾搭成奸，一空斋成了他们的苟合之处，你亲我抱、翻来滚去，直至精疲力竭方罢休。待平静下来后，夺魂僧者与其闲聊得知，大太太乳名儿叫鹊鹊，姥姥家姓金，母亲乃家传世医。由于从小耳濡目染，其母配药时，她总在一旁看，有时也打打下手，加之用心，一来二去便学会了一些疗疾之术。此番借二位大师患风寒症上门施治为由，将姓钱改姓金，妄称药师，特意施展迷魂计，为的是能够如愿得到心仪已久的高僧。夺魂僧者虽知自己上了当，但后悔已晚，轻轻打了个唉声道："咳，没承想我这半生的僧路让你给断送了，不知哪辈子欠的，未免太狠心了吧？"

钱氏用食指点点其脑门儿笑道："俗话讲，脚正不怕鞋歪。还是用心不专，火候儿不到，未修成正果，仍有淫荡之心，怪就怪自己吧！"

从这天起，夺魂僧者成了范庄主大夫人的手中牌，人家怎么打，他怎么出，一切只能听其摆布。而钱氏对大和尚自此好像真有情了，常常想着对方，只要有机会便与其暗中偷欢，较前更关心、更体贴了。范蔼仁则装傻充愣，见怪不怪，睁一只眼闭一只眼，似乎啥事儿都未发生，夫妻二人的这场戏演得挺顺当。

　　钱氏如愿以偿地征服了夺魂僧者之后，便开始把目光转向另一位高僧，即静空大师，准备使其也成为自己的囊中物。她诡计多端，认为此事不必瞒着夺魂僧者，因为二位大师整天形影不离，与哪一个独处都会不方便，不如干脆告诉他。至于他心里咋想的，我能猜个八九不离十，肯定说不出什么来，而且会不得以而应之。果不其然，一日午夜，钱氏与夺魂僧者交欢罢，便把自己的打算说了。夺魂僧者听后，有种别样的滋味在心头，一时没了主意，觉得左也不是、右也不是。然仔细一琢磨，认为还真得将三师弟拉下水，与自己成为一丘之貉了，到啥时候皆好说话。我若不同意，钱氏肯定得翻脸，惹急了什么屎都拉，很可能把我俩苟合之事向三师弟和盘托出，那就没我好果子吃了，必受到长眉长老的惩戒。思来想去，落到这步田地也没别的招儿了，只好咬咬牙答应了。钱氏暗自高兴，上前拉过夺魂僧者的双手叮嘱道："我的宝贝和尚，记住，千万别露馅儿呀，得摆出一副若无其事的样子，权当啥也不知道。至于静空大师会怎样，你就别管了，我自有办法，听见没？"夺魂僧者没吱声儿，只是苦笑着点了点头。

　　转天，用罢晚膳，钱氏如法炮制，先是吩咐众男童为两位大师的房间续柴烧炕，烧得热热的。然后又令其沏好香茗，端到屋内，再把果品摆上。进入戌时，钱氏仍以药师的身份来到静空大师的房间，回身关门时留了一条缝儿，让小狗子、小鱼子候在门外。二人闲聊一阵儿后，钱氏让静空大师脱掉上衣躺在褥子上，自己也上了炕，开始为其按摩。到了该就寝的亥时了，静空大师觉得十分困顿，加之药师的双手在全身各个穴位不停地揉摁点叩，轻松而舒坦，渐渐便睡着了。钱氏见此，忙三下五除二脱掉衣服，又将紧胸的白纱香带一层层解开后，双手开始从胃脘下移，轻轻按压丹田并触碰其下体。熟睡的静空大师没有丝毫反应，呼吸均匀，打着有节律的鼾声。钱氏再次碰触之，或许是由于心里着急，用力略大，静空大师一激灵就醒了，睁眼一看，当即怔住了，这是咋回事儿呀？金樵分明是男的，怎么长着女人般丰满、高耸的双乳呢？惊愕之下，睡意全消，浑身猛然抽紧，刚要坐起，一丝不挂的"药师"一下子扑到他的身上，紧紧搂抱不松手。静空大师吓坏了，眼前顿时显现出恩师长眉长老的身影，正怒目横眉地盯着自己，慌忙将压在身上的"药师"推下，一翻身弹起，一只手提起内裤，一只手捆开北窗跳了出去，只听咕咚一声响，不知落到了何处。

钱氏手忙脚乱地穿上衣服，高声儿唤小狗子、小鱼子，快把静空大师追回来，不能让他跑掉！大太太的喊声惊动了对过儿的4个男童和两个巡夜的更夫，他们赶紧起身跳下地，手提灯笼围着一空斋房前屋后一通儿搜寻，最终在房后的草丛中发现了上身赤裸、下身穿着内裤、前胸及四肢被灌木丛刮出一道道血痕的静空大师。实际上，他根本没想跑，连上衣都没穿，光着膀子往哪儿去呀？又不敢回房，只能坐在草丛里熬着，待天明再说。钱氏上前将其扶起，言称夜间外面凉，别再受了风寒，快点儿回去吧！

静空大师随大伙儿回到屋内，钱氏让他上炕暖和暖和，又给披上衣服，然后反身坐在靠东墙的椅子上，6个男童、两位更夫环立四周。钱氏令小狗子把灯碗里的灯芯拨拨，吩咐小鱼子再点上一盏，屋内顿时通亮通亮的。这时，她故伎重演，将盘在头顶的发髻打开，一头长发披肩，擦掉脸上涂抹的厚脂粉，露出了女儿身的本来面貌，说道："大师，请抬起头来，看看我是谁？"

静空大师抬眼仔细一瞧，不由得倒吸了一口凉气，哎哟，我的妈呀，坐在跟前的原来是范庄主的大夫人！钱氏正言厉色道："大和尚，你本是位德高望重的高僧，修炼多年，应自尊自爱才是，怎能有非分之想呢？本太太扮作药师金樵，不过是方便为大师疗疾而已，你却产生了邪念，方才不仅弄脏我的身子，也玷污了我的名声，实在不该呀！"

静空大师忽闻此言，气得脸色铁青，忿忿地说："施主，本僧实在不解，你到底是何居心？为啥血口喷人，栽赃陷害，弄得我人不人、鬼不鬼的？"

钱氏没有马上回答，心里思摸道："好哇，你个大和尚，既然不想给面子，那就休怪老娘撕破脸。鹊鹊活这么大，都是别人听我摆布，从未尝过被摆布啥滋味儿，今天让你开开眼！"想到这儿，便圆瞪双目冲小狗子、小鱼子问道："你俩说说，大师才刚对我做什么了？不许隐瞒，照实讲！"

小狗子回道："小的看得清清楚楚，大师行为不轨，对正在为他按摩的大奶奶非礼，干见不得人的事儿！"

小鱼子接茬儿道："千真万确，我也看见了，大师竟敢欺负大奶奶，到了公堂都敢作证！"

钱氏随即摆出一副很委屈的样子，掀起上衣，袒露肚腹，带着哭腔儿道："你们大家瞧瞧这几道血印儿，是与他撕扯时被指甲划伤的，男人应敢作敢当嘛，我平白无故干吗诬赖大师呀？"

听见了吧，这钱氏绝非一般女流，啥话都能说得出，啥事儿都能干得出，真够歹毒的。其实为达到勾引高僧之目的，此前她已做了充分准备，那几道所谓的血印儿是事先用油彩画好了的，防的就是对方不认账。钱氏的这一举动果然奏效，静空大师有点儿吃不住劲了，担心争执起来各不相让，又吵又闹的，被睡在对过儿房内的二师兄听见岂不更糟？面对有意陷害和眼前这么多人，即使再长十张嘴也说不过呀，那可跳进黄河都洗不清了，只好闭上嘴巴，不再解释。

钱氏是最会看人脸色行事的人，见静空大师不吱声儿了，显得不像刚才那么硬气了，暗自思摸道："好嘛，初见成效，不能给他留有喘息之机。必须步步紧逼，死死钳住，使其有口难辩，束手就擒，谁让你们师兄弟是少林寺武功超群的高僧呢，大有可利用的价值。对不起了，本太太不能白忙活，到头来得让你和那个邪性的夺魂僧者一样，一切听我指挥，让怎么干就得怎么干，不服服帖帖的肯定不行！"想到这儿，心一横，下了狠茬子，来了个先软后硬，说道："大师呀，凭良心讲，范家对你不薄，一向当做尊贵的客人侍奉。我们早已注意到了，你比那师兄更加通情达理，更能体察庄主爷的求贤若渴之心，故而全家上下人等对你格外敬重。做梦未承想今夜却做出如此丢人现眼的事儿，既然已到这个份儿上了，有些话就没必要憋在心里了，还是打开天窗说亮话吧。我为什么扮成药师呢？二位大师自打住进一空斋，便提出不需女仆伺候，也不愿老爷及太太们前来打扰，我只好告诉管家，指派6个男童侍奉在侧。前几天，老爷听说二位大师偶感风寒，吃了几服药未见彻底好，内心十分焦急，就把我唤到跟前，鼻子不是鼻子、脸不是脸地劈头盖顶损开了：'我说大夫人哪，长没长脑子呀，你的心让狗叼去了，咋还像没事儿人似的东门出西门进呢？二位大师身子骨儿不适，究其因是为范家堡子操劳所致，咱不能眼瞅着师父发热、咳嗽、遭罪而不闻不问吧？那可太对不起范家的大恩人了。赶紧的，别大眼瞪小眼傻等了，名医没治好再请高人，花多少钱都行，好好儿调理调理，直至痊愈，听清没？'我当时也是急得团团转，吃不下睡不香，不知如何是好。寻思了一整晚，决定毛遂自荐，亲自出山。因为懂些医术，对除风祛寒还是有把握的，否则绝不敢在大师跟前献丑，权当是小小的回报了。之所以女扮男装，还不是考虑到大师连丫环都不用，怎会同意让庄主的夫人登门疗疾呢？故而只能扮成金樵药师来到一空斋，实乃不得已而为之，老爷

第三章　收服逆僧

也不至于怪罪。这些天来，我一直小心翼翼地伺候二位大师，又洗脚又按摩的，从未说个'累'字。你是高僧，通晓医理，治疗风寒症除了服药，首先要做的就是通过按摩打开全身经络，换成谁都得这么施治，别无它法。可好心未得好报，无论如何想不到修身养性的大师竟然不自爱，不仅不学柳下惠坐怀不乱，还在我给按摩之时装睡，并乘机动手动脚，遭遇反抗则抓破我的肚皮。这种大逆不道的做法有违教规，亵渎神灵，佛祖知道肯定不会轻饶的。哎哟，大师做都做了，我虽为人妇，但仍觉说不出口啊，可羞死人喽……"

钱氏当着众仆人的面儿顺嘴胡咧咧一通儿，说得天花乱坠，像真的似的，一点儿不脸红。静空大师气得直哆嗦，再也听不下去了，万般无奈之下，起身跳下炕，扑通一声跪地口喊佛号道："阿弥陀佛，罪孽呀，罪孽！施主哇，只求你别说了，也不要往外声张了，全是本僧之过也！人在屋檐下，怎敢不低头，我忍了，想怎么处治就怎么处治吧，一切谨遵大太太吩咐还不成么？"

钱氏哪里肯依，摆出一副满身是理的架式，装腔作势道："静空大师，此事务必得弄明白，该是谁的过，就是谁的过，稀里糊涂的可不中。也别扯什么一忍了之，你不让往下说了，我还觉得难以启齿呢！女人家最不能让人看、让人碰的便是男人没有的地儿，你可倒好，把'五戒'抛至脑后，违背教规，图一时痛快而不顾及本太太的尊严，使得颜面丢尽，能不让人感到屈辱么？简直冤出大天了。假如不看在昔日你为范家堡子操劳、卖力的份儿上，怎能忍下这口窝囊气，老脸往哪儿放啊？若是传到老爷耳朵里，我作为大夫人还能有活路么，只能悬梁自尽了。放心吧，即便我死了，也不会让你这位大和尚的气儿喘匀乎，不信咱们走着瞧！"

静空大师仍苦苦哀求道："施主哇，小僧打心眼儿里感激庄主和大太太的盛情款待，给你们添了不少麻烦。咱们萍水相逢，却相处得如同一家人一样，说明是有佛缘的。只求施主宽宏大量，大人不计小人过，放小僧一马并允准我和师兄离开此地，去别处化缘。无论在哪里落脚，都不会忘记施主的大恩大德，将日夜为大庄主、大太太以及全家老少祈福求寿。"

钱氏听罢，一直阴沉的脸色变得温和了，先是弯下身搀起静空大师，又命小狗子将其扶坐到炕上，然后说道："大师，别着急，听我慢慢跟你讲。不知大师仔细想过没有，闯下了佛祖都会怪罪的大祸，就打算拍拍屁股走人，这可能么？别忘了，我才是被污辱被损害的，还没问问施主该怎么办，你们师兄弟却要离开范家堡子，未免太不仗义了吧？别看大师有浑身武功，以一当十，那没用，我一个人的唾沫星子就能淹死你，信不信，服不服？"

　　静空大师连连点头道："施主所言极是，我信，我服。"

　　钱氏用鼻子哼了一声道："既然也信也服，那好，只提出一条要求，即今后一切听本太太的。我有个毛病，通常不发脾气，一旦被惹火儿了，翻脸不认人，且天不怕地不怕，哪管是王母娘娘下凡也不在乎，不听捏咕肯定没完。想必大师听明白了，若是顺从我，咋的都好说，否则就没准儿了。夺魂大师那边可尽管放心，必替你保密，他永远不会知道今天一空斋所发生的一切。你也是，才刚我还没吱声儿呢，你却稳不住架儿了，急着往窗外蹦。这一蹦不要紧，下人全知道静空大师干了伤天害理的事儿，等于丑行是自己嚷嚷出去的，我还得在下人面前给大师揩屁股，你说犯得上犯不上啊！怎么样，身上的划伤还疼吗？估计不太重，我有祖传的红伤散，吃上就见效，将养几天便可。"说罢命小鱼子回房，拿来个上烫牡丹花的长方小木盒儿，掀开盖儿，从里面取出几包药面儿递给静空大师，交代道："大师，请用黄酒冲服，每日早晚各一包，忌油腥。"

　　静空大师接过并致谢道："谢谢施主，一点儿皮外伤不算什么，让你挂心了。"

　　钱氏笑道："哎，应该的，一家人不说两家话，大师太客气了！"

　　实际上，静空大师的囊袋中备有按少林秘方配制的各种小药，包括治外伤的散、膏、丸等，走到哪儿背到哪儿，自信其药力远远超过钱氏所给的祖传"红伤散"。然为了平息对方的怒气，显得乖顺听话，只能接受之。

　　那么，对静空大师屋内的异常情况，住于隔壁的夺魂僧者难道真的没有察觉吗？当然不是，不仅听见了，还捅开北窗看见师弟光着膀子从窗户跳出去了，只不过没吱声儿、装聋作哑而已。

　　钱氏轻而易举地收服了夺魂僧者和静空大师，顺利达到目的了，内心很是沾沾自喜，从此二位大师开始听从她的调遣。为保守秘密，不露痕迹，钱氏先是将在一空斋伺候团练总教头的6个男童和两位更夫悄悄远卖赤峰，被一蒙古庄主买下，为其当家奴。然后重新从下人中挑选出两个巡更人、6个男童，亲自送到二位大师身边，精心侍奉之。一空斋恢复了往日的平静,以前的事儿好像从未发生过,任谁不提。而钱氏与夺魂僧者则继续往来,一有机会就私下偷欢,你情我愿,亲亲热热,轻松而惬意,人不知鬼不觉。

说起来,最难受的、内心最不痛快的当数静空大师,可谓既气愤又窝火。本是位与世无争、忍让为先、安于佛门的僧侣,经过此番折腾,有话说不出,有理没地儿讲,又没别的辙,只能暗自叹息,含冤负屈,心情抑郁,度日如年。不仅如此,从那天起,他时常坐卧不宁的,动不动就偷偷观察夺魂僧者的面相,为啥呢?因为心不托底呀,深怕师兄知道自己曾被大太太羞辱过,有口说不清,所以处处留心之。当见到师兄每天静心诵经、神情肃然、守持自重、一切如旧、似乎啥事儿没有时,方稍感心安,阿弥陀佛,丑事未露出去,总算保住了名节和面子。他既不敢倾诉对范蔼仁夫妇的憎恶,也不敢吐露想早早离开范家堡子的打算,担心师兄万一问起咋有这种想法呢?觉得实在不好回答。只得同往常一样,诵经做佛事,小心伺候大庄主一家人,听其摆布,苦挨着难熬的日子。有时候,夺魂僧者拉着他一同去范府拜望大庄主夫妇,钱氏依然笑脸相迎,将他们奉为上宾,盛情款待,亲如一家,丝毫看不出曾发生过不快。静空大师见状,心里反倒挺感激钱氏的,认为她果真严守许诺,没向任何人说,师兄一点儿都不知道。自此,那颗一直提溜的心渐渐不再犹如十五个吊桶打水,七上八下了,而是彻底落体了,每天该干啥就干啥。与钱氏见面也较前自然了,目光不再躲闪,内心不再排斥,该出主意时照出,该做什么事照做,关系和好如初。

钱氏一看,当初三件事中的第一件,即征服夺魂僧者和静空大师已经顺顺当当完成了,心里这个乐呀,于是开始进一步给二人施加压力,张罗曾向丈夫许愿要办的后两件事,一件是招兵买马,一件是放鹰抓兔子。

诸位阿哥,本书越往下讲,越能看清范蔼仁夫妇组建、扩招所谓团练的真正企图和勃勃野心,他们到底是什么样的人也就昭然若揭了。大清王朝在乾隆末年至嘉庆初年,社会动荡,朝纲不振,武备松弛,腐败现象日趋严重。官吏不能公正、严谨执行朝廷所颁布的律条,甚至各自为政,暗中与土豪劣绅相勾结,明知其组建乡丁,扩大自己的武装力量,却视而不见,不予过问。百姓看在眼里,记在心里,久而久之,忍无可忍,致使群情激奋,民怨沸腾。所说的大清律关于武备方面的条文,自顺治帝以来就阐述得明明白白,大清国除了八旗兵外,各州府县衙皆不得设有自己的武装力量，违者斩不赦，范蔼仁和钱氏现在是准备置大清律于不顾，反其道而行之，明知故犯，提着脑袋不要命地干。钱氏在同丈夫合计时一再强调，范家堡子名声在外，要想一呼百应，必须得有一支训练有素的武备作为依托，为此哪怕下大力气也值。包子有肉不在褶儿上，切忌张扬，对外可说为了范家堡子及周边的安全，不得不组织一些青壮年进行自保，使得堡内男女老少安居乐业，道不拾遗，夜不闭户。千万不要称什么庄勇、乡丁，就叫团练，以掩人耳目，混淆视听。范蔼仁认为大夫人所言极是，佩服得五体投地，并提出派心腹前往江城与秦名远取得联系，通过他网罗可利用的人，建立起自己的联络点，以便及时掌握各种信息。

这日，钱氏由贴身侍女陪着前往一空斋，寒暄过后，将夺魂僧者和静空大师请到范府侧厅，摆上一桌丰盛的素宴。3人坐定，像多日未见的老朋友一样边吃边聊，十分尽兴。钱氏的神情显得格外祥和、可亲，对客人礼貌有加，非常尊重，二位大师很是受用。宴罢，钱氏开始谈正题了，也不管对方咋想的，毫不忌讳地喊哩喀喳一顿神说，并要求务必严加保密，皆因所要做的事儿违反大清律。既然明知触犯国法，为啥胆这么大、敢向二位大师交底呢？她心里明镜似的，这师兄弟俩各揣心腹事，互相之间都掖着、藏着，谁也不跟谁讲，更不敢得罪施主，无论让他们做什么，只有乖乖听喝儿的份儿，因为把柄在我鹊鹊手里攥着。请二位大师来范府到底所为何事呢？就是让他俩赶紧收拾收拾，前往大疙瘩梁的一处山洞并住在那儿，筹建所谓的地下兵工厂。

要知道，夺魂僧者和静空大师可是得道高僧，不管到哪儿，无论施主是干啥的，皆热情招待，远接近送。这回倒好，在范家堡子呆得好好儿的，却被庄主的大夫人一杆子支到大山洞子去了，里面又凉又潮不说，什么也没有，惟有蚊子、小咬，再就是漫山遍野窜来窜去的野兽。反正咋苦都得挨着，无价钱可讲，必须得去。到那儿干啥呢？领着一帮人磨制兵刃，锻造铁枪筒，即老洋炮。当时所用的铁枪筒有大有小，有粗有细，硫磺、火药的杀伤力多强啊，比刀枪剑戟斧钺钩叉厉害多了，故而成为必备的兵器。除此还需要在山洞旁开辟一片山间演武场，就是习练武功之地，招募子弟三百，由师兄弟二人传授少林功夫。正因为招兵买马是违反大清律的，所以得在极其秘密的环境和条件下进行，否则一旦败露，犯的可是杀头之罪，后果不堪设想。二位大师本想拒绝不去，又怕惹恼了钱氏，如若发起飙来，啥都敢往外嘞嘞，高僧的名声将

第三章　收服逆僧

不保，因而不得不违心地接受。毫无疑问，大造兵刃、火炮、训练丁勇、请名师传授少林功夫、培养自己的武徒等等做法，其目的就是积蓄力量，伺机而动，与大清朝分庭抗礼。

夺魂僧者、静空大师临去大疙瘩梁前的一天晚膳后，范蔼仁为了稳妥起见，将大夫人和二位大师唤至后屋的小暖阁，想再仔细商量商量。尤其对一些扩兵细节以及可能出现的不测要充分估计到，应有心理准备，避免措手不及。四人正聚精会神地密谈之时，夺魂僧者忽觉门外有人听声儿，立即噗的一口将獾油灯吹灭，回身与静空大师一起蹿了出去。眨眼间，师兄弟俩像提溜小鸡似的各拎进一个人来，咕咚一声扔在地上，那二人爬起来跪在地上哀求道："老爷饶命，大奶奶饶命！"

钱氏听声音很熟，赶忙重新点燃獾油灯并端起往地上一照，噢，认识，原来是小狗子、小鱼子，遂脸一绷道："怎么回事儿，大管家不是把你们送到赤峰的一位蒙古庄主家了么，咋又回来了？胆儿不小哇，竟偷偷躲在门口听声儿，想干什么，难道要行刺不成？"

二人一看钱氏变脸了，吓得哭了起来，跪在地上一个劲儿地磕头，小狗子边磕边说："大奶奶，小的哪儿敢哪，是因舍不得离开老爷和大奶奶才回来的。小的有罪，事先没打招呼，要杀要砍随萨克达额真处治。我俩在范家快3年了，没做一件对不起主子的事儿，不能这么狠心把小的卖出去不管了，我们心里难受哇！"

小鱼子带着哭腔儿接茬儿道："老爷、大奶奶，小的不想走啊，情愿留在范家当牛做马、端屎端尿、不嫌脏不怕累地伺候主子。我俩从蒙古庄主家逃出后，在山道上不知走多少天才回到范家堡子，即使累趴下，只要能见到萨克达额真一面也心甘。老爷呀、大奶奶，留下小的吧，求求您了，我们哪儿也不去……"说着已哭得一塌糊涂，鼻涕眼泪一大把，快成泪人儿了。

钱氏见此，不仅火气消了，还觉得蛮让人感动的，寻思道："唉，行啊，这两个孩子无父无母，听话又机灵，嘴巴挺严的，处处讨人喜欢，留下不会惹出什么麻烦。"想到这儿，抬头瞅了瞅丈夫，见其没吱声儿，便让小狗子、小鱼子赶紧起来，去厨房填饱肚皮再说。可此刻两个男童由于又累又饿又渴，早已瘫倒在地、昏厥过去、人事不省了，连唤几声都未见动弹。

静空大师见小狗子、小鱼子的哀求打动了钱氏，忙走到跟前弯下身将他俩一一抱上炕，点了点人中穴，按了按太阳、风池、足三里等穴位，两个小童很快醒转过来，看了看在场的人，不由得又抽搭开了。钱氏扭扭搭搭地走到靠东墙根儿摆放的木柜前，打开柜门儿，双手捧出一个白底蓝花瓷罐儿，里面装着熬好的人参汤，倒出两杯端到小狗子、小鱼子跟前，假装关心地说道："好了，好了，别哭了，跑那么远的路肯定累得够呛，快把这人参汤喝了补补身子。当初呢，没想送你俩走，主要是怕其他孩子攀比，不得已才将你们6个一起卖到赤峰的，寻思早晚得赎回你俩。这下倒好了，自己跑回来了，省了赎银又省事，不用走了，留在我身边吧！"

两个小童一听大奶奶答应了，赶忙爬起跪在炕上磕头，感谢主子的收留之恩。孩子嘛，想得比较简单，孤身在外，没有落脚之地，有人收留并供吃供住就感激不尽了，再大的苦也能吃。小鱼子为讨好儿主子，像忽然想起什么似的，神神秘秘地说："大奶奶，能遇到您这么善解人意的额真，乃小的前世修来的福，定将以小心侍奉、精心照料报答之。小的有一事相告，只为大奶奶打抱不平，不知当讲不当讲？"

钱氏抬抬手道："你俩坐起来吧，有话尽管讲。"

小鱼子说道："大奶奶，前些日子我们6个临要上车去赤峰时，小的听到四奶奶正在屋里骂得起劲儿呢，说什么大奶奶一手遮天，霸道无比，一点儿理不讲，凭啥非得听她的？世上没有不透风的墙，以为偷鸡摸狗的勾当谁也不知道哇，自己的屁股还未揩干净呢，有啥脸贬斥别人？甭管谁怕她，我是不怕，有话宁可烂在肚子里也不说，那还不把人憋死呀！走着瞧，若是再惹本太太，早晚得遭报应……"

钱氏越听越来气，脸色红一阵白一阵的，眉头紧锁，很不耐烦地打断道："行了，行了，知道了，别啰嗦起没完了。你俩先吃饭，然后去西下屋，今晚跟更夫挤一铺炕，去吧！"

小狗子、小鱼子边答应边下了地，穿上鞋，千恩万谢地退了出去。4人重新坐了下来，气头儿上的钱氏啥心情都没了，不是好眼睛地使劲儿剜了一下丈夫，转而冲二位大师说："师父哇，你们有所不知，头房不好当啊，一碗水端不平就得挨骂，可谁又能分毫不差呢？以为四太太是什么好饼啊，没抖搂她所干的肮脏事儿就不错了，是给留面子了，怕那张大脸没处搁。未承想却红嘴白牙地反咬一口，整起我来了，真不是个东西，哼！"

范蔼仁见大夫人动了气，这哪儿成啊，正事儿还未合计呢，赶忙低声下气地好言相劝："哎，我说夫人哪，发哪门子火儿嘛！你大人有大量,宰相肚里能撑船,何必跟老四一般见识,她懂啥呀?谁不知道大太太是我范某人的智囊,这个家没谁都行,没你万万不行,好多主意等你拿,好多事儿等你定夺呢,快别生气了。"

钱氏经丈夫这么一夸,心中的火气消了一半儿,于是4人就一些具体事儿嘁嚓开了,一个时辰方散。钱氏回到自己的住处,心乱如麻,烦躁不安,站也不是,坐也不是,于房中转来转去的。贴身侍女进得屋来,小心翼翼地问大奶奶要不要洗脸、刷牙、就寝?她却不是好声儿地将其轰了出去。一想到小鱼子所学的那些话,就气不打一处来,牙关咬得咯咯响,哼!可恶的老四不知好歹,竟嚼起舌根来了,总不能任由她瞎嘞嘞吧?倘若继续闹腾下去,另外那几房儿没准儿会联手对付我一个,丈夫耳根子又软,即使本太太再有能耐、再能言善辩,一张嘴也说不过7张嘴呀!不可等闲视之,更不可处于被动境地,被动就得挨打。应主动出击,防微杜渐,有冒尖儿的立即上手,跳出一个收拾一个,跳出一对儿收拾一双,必须看紧喽。现在正是时候,无毒不丈夫,我让你四太太从此在范家堡子出不了声儿,彻底熄灯灭火,看咱俩谁厉害!

说起来,四太太在范蔼仁的八房妻妾中,算得上鼎鼎大名的一个。她的娘家住在蔡家营子,是个不小的堡子,四周砌有土围子护屯。其父是这儿的庄主,也很不一般,乃一跺三颤的人物,在黑龙江巴彦一带颇有声望。前书讲过,康熙、乾隆年间,作为满洲发祥之地的辽东一带,汉人是不许进的,直至嘉庆初年才陆续迁入,人口数量随之激增,大片的荒甸子被开垦。八旗兵换防之后,很多土地撂荒了,一些富豪、大户便乘机将其占为己有,吃空头,收租子。蔡氏家族同范氏家族一样,亦是靠多占、强霸撂荒旗地而发家的,不仅占有几千垧土地,还养了些看庄护院的丁勇。当年,范蔼仁之父范文举为了联络各方权贵,通过他人引见,与四太太之父相识,并成为望门交,继而结下了金兰之好。蔡家只是当地的土财主,朝中无做官的,盛京也没人。范家则不同,朝中、盛京都有人,不但威望高,而且势力大。为巴结权贵,蔡家又主动与范家联姻,蔡庄主把小女儿许配给了范文举之子范蔼仁,说是做二房,这便成了儿女亲家。

范家为了显示自己的富有,办了一场规格高、耗资大、参加人数众多的婚礼,在黑龙江巴彦、双城堡一带也是拔头子的。光接新娘子的喜车就700多辆,迎亲、送亲的队伍约5里长,几千号人,一路上抛撒银子、铜钱,大人、小孩儿跟在彩车后头捡。锣鼓喧天,鞭炮齐鸣,当当当、咣咣咣、噼噼啪啪之声不绝于耳,从早响到晚。到场的人皆言,老蔡家、老范家的婚礼办得真像样儿,热闹异常,空前绝后,谁也比不了,称得上塞北的豪举了,必传为佳话。然坐在喜车里的新娘子却泪流不止,初始对这门亲事本不愿意,平生只嫁一次,还是做二房。可是又有啥法儿呢,父亲的决定能不听么?二房总比三房、四房强,反正这个攀龙附凤的牺牲品算是当定了。一路上,送小妹出嫁的兄嫂不停地劝慰,说是二房就二房吧,跟头房只差一个数儿,相差不大,头房不敢欺侮你。而事实怎样呢?范家并未将从蔡家聘来的姑娘排在大房之后,因为范蔼仁早已娶三房妻妾了,蔡家姑娘进门只能排为四房,只是此前未向蔡家讲而已,甚至范家去迎亲的当天都没说。另外,巴彦离双城堡四五百里地,路途远,道又不好走,哪像现在呀,四通八达的。那时候几乎没什么路,到处是老林子,走的人多了才踩成了路。由于交通不便,消息自然不灵通,闭塞得很,蔡家也就不易知道范家的更多情况,只着眼于名声和地位了,认为这样的人家可以信赖,根本想不到范文举父子撒了个弥天大谎。蔡家的姑娘聘过去之后,一看做的是四房,方知上了当。可生米已经煮成熟饭了,还能反悔么?嚷嚷出去也不好听啊,蔡家的脸都没处放,事已至此,只能吃这个哑巴亏了。四太太曾多次回巴彦娘家哭闹,向父亲诉怨,蔡庄主总是不厌其烦地劝慰道:"老丫头,差不多就行了,别闹了,认了吧。二房也好,四房也罢,又能怎样?反正都是范家的媳妇儿,得一样对待。不管咋说,蔡家跟范家算是挺有缘的,人家的门坎儿比咱高,朝中、盛京皆有做官的,咱也跟着沾光了,背靠大树好乘凉。挺门过日子哪儿那么容易呀,指不定啥时候遇上什么不可解的事儿,少不了求他们,能出手相帮就烧高香了,知足吧,有多少大豪绅想巴结还巴结不上呢!你知道么,皇上已下旨,彻底清查各家各户名下应有及私占田亩数额,并且重新登记造册。眼下风声很紧,为保住蔡家的家业,必须与范家联手予以抵制,方能闯过此关。在这个非常时期,你作为蔡家的女儿得顾全大局,别太较真儿了,权当替家族着想了,忍了吧!"

　　四太太一看,父亲都没辙了,自己又能怎样?只能打掉牙往肚子里咽,转天便含泪回转了。

　　范蔼仁的八房妻妾性格各异,各揣心腹事,个个不是省油的灯。碰到对自己不利的事儿,所持态度迥然不同,有的舌剑唇枪,当仁不让;有的勾心斗角,尔虞我诈;有的忍气吞声,暗中较劲。可谓强者风骚,

第三章　收服逆僧

弱者心焦,日子并不好过,还时不时地唱台争风吃醋的大戏。那时大户人家娶媳妇儿,女方光貌美不行,家境比模样儿更重要,首先要看的是地位高低、权势大小、财产多少,人品如何是次要的。有的闺女虽然长得不怎么样,但只要娘家有权有势底子厚,嫁出去后,在婆家便被高看一眼,一般不敢惹。就拿范蔼仁的前四房儿媳妇儿来说吧,大夫人钱氏乃大户人家的千金,家中资财与范家不相上下,称得上门当户对。长相漂亮,精明能干,能说会道,善于看眼色行事,鬼点子多,论耍手腕儿谁也不如她。为人强势、霸道,说出的话就是圣旨,必须服从。需软下来时,又能做到引而不发,一再忍让,酸甜苦辣全能受。还懂点儿医道,家中谁要是头疼脑热的,经其一治,手到病除。平时有操不够的心,家里家外啥事儿皆过问,哪儿都少不了她,得到了丈夫范蔼仁的信赖,乃名副其实说了算的头房。

二夫人李氏家境也不错,然身子骨儿弱,自打嫁到老范家总病病歪歪的,至今未生养,故而在妻妾中硬气不起来,跟谁都不敢攀比,天天在屋里呆着,很少出门。尽管是个病秧子,心气儿倒蛮高,看不上这个、瞧不上那个的,只是不说而已。范蔼仁若是长时间不去二房处,净往别的妻妾屋里钻,她有气没处发,要么冲贴身侍女使性子,要么背地里跟某位夫人嚼舌头,说长道短。

三夫人的娘家姓齐,排行老五,父母靠租种范家的土地过活,一家老小勉强糊口。那么,范蔼仁怎会把贫穷之家的闺女娶进豪门呢?只因齐家五姑娘模样俊俏,肤色白净,身条儿匀称,性情温和,他一眼就相中了,什么家境、权势都不考虑了,非纳为妾不可。其父喜不自禁,未承想五丫头竟能攀上高枝儿,给鼎鼎大名的范庄主当老婆,从此自家也该时来运转了,乐得烧香磕头庆幸此姻联得好。齐氏还算懂事,知道自己出身卑微,地位低下,只凭秀美的姿容嫁入范家,别无它故。正是由于底气不足,所以在家中表现得不那么张扬,颇为随和,老老实实的,不多言不多语,跟姐妹们相处得十分融洽。丈夫晚上愿到自己的居处,那就好生伺候,走后多时不来,不问也不恼。你还别说,肚子倒蛮争气,一年头儿便开怀儿了,相继生下一男一女,总算有点儿资本了。尽管如此,她仍像原先一样,嘴巴严得很,对后来娶进的四夫人从不品头论足。看着丈夫常到新人那儿去,不仅不嫉妒,还一口一个四妹子地叫着,显得非常亲热。这恰恰是她的夺人之处,表面上不动声色,不打听姐妹间的大事小情,不搅扰任何人,似乎这个家中没有三夫人存在,暗地里则把全部精力放在悉心哺育为范家所生的一对儿女身上。有孩子了，开销自然较前大了，大太太钱氏在给各房分拨银子时，常常多给三房点儿，范蔼仁也背着其她妻妾送些首饰，齐氏乐不得收下。她很知足，也很庆幸，觉得不争不要不失为绝妙的好招儿，一个穷人家的孩子踏进富贵之家的门坎儿又能怎样？啥也不比其她姐妹少，任吗不用操心，不缺吃不少穿，这不挺好嘛，正是自己想过的日子。高兴还来不及呢，管那些与己无关的闲事呢，自得其乐比啥都强。

四夫人与三夫人截然不同，啥能耐没有，天天就知道涂脂抹粉，描眉打鬓，当阔太太。只因在娘家排行老小，娇生惯养，衣来伸手，饭来张口，不操心、不费力且处处要尖儿，哥哥、姐姐皆让着她。正事儿不寻思，不懂生计和治家之道，不知庄稼怎么长出来的、家业怎么发起来的，不能替作为庄主的父亲着想、急其之难。要么摆出一副大小姐的架子吆三喝四，要么像喜鹊一样喳喳叫，使得家中上下人等不胜其烦。当初让她嫁给范文举之子当二房，那也是在父母双亲的一压再压下，不得已才上了花轿。然而聘到范家后可就行不通了，一切全变了，其她姐妹倒没怎么样，惟掌家的大太太看她眼眶子发青，没事儿总找碴儿，时不时地让其生气、受憋。缘何如此呢？这蔡家老丫头嫁到范家没多久，经观察，发现二太太、三太太基本没啥说道，比较好相处，不在自己话下。大太太却非同一般，在婆家可谓一手遮天，说一不二。生气时，脸一绷，犹如母夜叉；高兴时，嘴一咧，犹如笑面虎。二房、三房知道惹不起人家，在大房面前总是溜溜儿的，大气儿不敢出，认为多一事不如少一事，还是敬而远之为好。天不怕地不怕的四太太哪儿受得了哇，本来性子就急，加之城府又不深，肚子里装不了二两香油，心直口快，不绕弯子，想到啥说啥，说完拉倒，嘴巴总是闲不着。所以每当看大太太不顺眼时，心里越发不服气，嘴就没把门儿的了，不管三七二十一，到处胡嘞嘞。说者无心，听者有意，二太太听在耳中，记在心里，为溜须大房遂偷偷告知。大太太知道后能不又气又恨么，可表面上看不出什么来，似乎比平日更关心四妹妹，主动嘘寒问暖，却在暗地里下绊子，让你摔个嘴啃泥，只听辘辘把响，不知井在哪儿。而且做得滴水不漏，不用事后揩屁股，任谁抓不着把柄，找不到真凭实据。就跟征服夺魂僧者和静空大师一样，事儿做完了，谁也不知道，甚至让你丝毫察觉不出，干净利落。

没有心计的四太太也知道自己不是大太太的对手，斗不过人家还不

第三章　收服逆僧

想服输，气得火冒三丈，将其看成眼中钉、肉中刺，发誓非扳倒这块绊脚石不可。但又没那两下子，思来想去，决定借助丈夫之手实施之。于是每当范蔼仁闲饥难忍、来到四太太住处时，她便先耍娇，极尽献媚取宠之能事，然后吹枕头风，不着边际地说些大房的坏话。不过效果并不好，使其很是心烦，啥兴致都没了。让四太太无可奈何的是，别看老爷很少夜宿大夫人的房间，平时也看不出俩人如何亲近，但不管谁说大夫人的坏话他都听不进去，家里家外遇有啥事儿都听大夫人的，就信着她了。

范蔼仁好色、贪财不假，为保住范氏家族的家业也巧于经营，对朝廷、官府用得着的上下人等绞尽脑汁地予以打点，使得相互之间的关系越处越近乎，地位在北地众多的大小堡子庄主中是数一数二的，自信绝非庸碌之辈。之所以混得像模像样、出门前呼后拥、谁也不敢小瞧，除自身的阴险狡诈、能算计外，再就是有治家本领的大太太全力辅佐，这一点范蔼仁心中是有数的。他知不知道钱氏霸道呢？不仅知道，还乐不得如此。为啥呀？大小妻妾共八房，今天你这个事儿，明天她那个事儿，后天两房打起来了，还不得把范府上下闹腾个鸡犬不宁、将一家之主范蔼仁扯巴零碎了？他哪有闲功夫管这些磨牙的事儿呀，没个能镇住各房妻妾的人肯定不行。

前书讲过，大夫人钱氏虽说年龄过口儿了，快到半老徐娘的岁数了，但很会保养，姿色依旧，还是那么漂亮、妩媚。其脑筋灵活，遇事不慌，拿得起放得下，帮助丈夫出了不少治理堡子的点子，且屡屡奏效。她身上的长处是别的妻妾不具备的，更学不来，范蔼仁能不高看一眼？愿意听命于她，也离不开她。这种情况下，对四夫人所吹的枕边风哪能听得进？今儿个吹，明儿个吹，后儿个接着吹，一来二去便被吹烦了，甚至一看到四夫人就头疼，渐渐开始疏远之，躲避之，到另几房妻妾那儿寻乐呵去。

没头脑的四太太却傻狗不知臭，到处找老爷，寻不到就把一肚子火儿全撒到大太太身上，认为肯定是她在中间使坏，闲着没事儿总到老爷跟前乱叨叨，使其对自己没了兴趣。她坐在屋中越寻思越来气，将桌子拍得山响，好哇，你个黄脸婆，不整本太太心难受是吧？我也饶不了你！再怎么折腾，即使天天泡在奶缸里，照样挡不了人老珠黄，能争得过我们吗？这回还变招儿了呢，不一对一地较劲了，而是与众姐妹联起手来一块儿跟你斗，我就不信有天大的本事能以一当十，谁怕谁呀？从此，四太太有事儿没事儿便往另几房跟前凑，添油加醋地数落大房一番，声称范府的家主是老爷，咱都是老爷的妻妾，谁也不多啥，谁也不少啥，应当平起平坐，凭什么听大房呼来唤去的？可姐妹们各揣心腹事，各打各的小算盘，皆知老四有口无心，头脑简单，得啥说啥，任吗本事没有，也就不想听她的，不过做法不尽相同。五太太、六太太心眼儿来得快，见老四只是瞎嚷嚷，叫起真章儿来根本不是大房的个儿，为避免招惹是非悄悄引退了，以各种理由不跟老四见面，尽量躲着她。七姨太、八姨太则表面随声附和，背地里一言不发，静观其变，等着看热闹。只有二太太、三太太态度和缓，不回避老四，也不搀和，置身事外。

你想啊，时间一长，四太太的所作所为能不传进大房的耳朵里么？何况各房身边的侍女中皆有大太太安插的耳目，对其一言一行了如指掌。四太太却一点儿没察觉，还自以为是，摆出一副满不在乎的架势，好像谁都不如她。钱氏每次见到四太太，仍然不动声色，并以大姐之身份关切地询问最近身子骨儿如何呀？缺什么少什么呀等等。逢年过节赏各房的金银哪，平时分拨的胭脂呀、绸缎呀、布帛呀、针头线脑儿等生活用品，其她妻妾一般多，惟三房、四房那儿破例多送点儿。四太太对此不仅不领情，还各处散布，说是大太太净干缺德带冒烟的事儿，因心里有鬼才惧怕她，并以小恩小惠收买之。

钱氏闻听后，恨得牙根儿疼，外表却装作毫不介意，暗中开始用心劲了。一天头晌，她唤来了安插在四房身边的侍女山杏，先是赏了点儿碎银子，然后让其仔细想想，除了此前告知的有关情况外，四太太还做了哪些背人之事？山杏寻思半天，忽然拍着脑门儿道："噢，大奶奶，小的想起来了，四奶奶去年生二姑娘时，冲账房儿袁师爷要了双份儿银子，每份儿五十四钱六分，声称为了育婴养生用。没过多久，又从账房处取了两锭三十八两银元宝，前后两次都是袁师爷私下给平的账。"

山杏的话引起了钱氏的注意，随即着手暗查，发现账房师爷袁小鬼、人称"铁算盘"与老四有一腿。原来四太太正当年，丈夫今晚去这房处，明晚去那房处，就是不着四房边儿，漫漫长夜，怎甘独守空房？每当无事可做、寂寞难耐之时，不是去各房那儿串门子、东拉西扯一阵儿，就是去乡间小路或林边溜达，释放一下心中的怨气，渐渐便被袁小鬼瞄上了。他听说四太太好一口，即爱占小便宜，觉得有机可乘，贵重的金银饰品咱送不起，小来小去的东西还行。于是这次给送个头钗，下

第三章 收服逆僧

次送块衣料子，过几天再送对儿耳环。嘴巴又甜，像喝了蜜似的，净拣好听的说，尽力讨好儿之。一来二去的，四太太就找不着北了，主动投怀送抱，袁小鬼如愿以偿地将其划拉到手了。从此二人亲热无比，如胶似漆，天天缠磨在一起，谁也离不开谁。时间不长，竟发展到只要袁小鬼一晚不来，四太太就像丢了魂儿似的，站也不是，坐也不是，躺在炕上翻来覆去睡不着，甚至瞪着双眼瞅到大天亮。袁小鬼已把四太太摸透了，不就是贪小嘛，要啥都应承，想方设法满足她，天天哄得乐呵呵的。四太太以为背着丈夫偷男人做得很隐蔽，天衣无缝，不会有人知道。故而闲来无事时，照旧大模大样地去各房那儿出溜，连比划带说的胡诌一气，矛头仍然对准大太太，横竖就是跟她摽上了。

钱氏对四太太与袁小鬼苟欢及到处埋汰自己等事装作不知道，跟家中上下人等从未提起，也不宣扬，心里话："好个蠢老四啊，纯粹是腚眼儿拔罐子作死呢，穷咋呼啥呀，等着瞧，有你哭不上溜儿的那一天！"

然而未待钱氏惩治四太太呢，这不，今晚却听到小鱼子讲出那么一番话，如同头顶响了一声炸雷，心中不由得一震，继而感到十分不解："我做事一向当机立断，早已把派到一空斋伺候大和尚的6个小童和两个更夫秘密远卖赤峰了，除了他们没人知道细情。无论如何想不到竟被老四盯上了，动不动就借题发挥，指桑骂槐，她很少去一空斋，怎么捕捉到的呢？这可小觑不得，不能等闲视之，更不能继续扩散，必须想法儿封住老四的口。"

令钱氏始料不及的是袁小鬼自打和四太太好上后，跟谁睡就向着谁，处处维护之。袁小鬼是范蔼仁相中的人，很受器重，账房诸务皆由庄主亲自过问，不准妻妾们打听。由于大太太需参与决策堡内的一些要事，还要负责给各房分拨花销的银子，有时得翻阅一下金银财宝的往来账目，以便做到心中有数。然袁小鬼并不那么好摆弄，或许是四太太的话听多了，越来越不把大太太放在眼里，你要账本我偏不给，总用各钟托辞加以拒绝。还凭借范蔼仁对自己的信任，时不时地在其跟前散布"母鸡打鸣，家主丧命"之类的话，目的是提醒庄主不要过于倚重大夫人。

这到底咋回事儿呢？俗话讲，冰冻三尺，非一日之寒。大太太钱氏、其弟钱如民、账房袁小鬼这三人之间早有矛盾，表面过得去，背地不和，钱氏一直盼着有个机会狠狠收拾袁小鬼。乍起先，钱如民和袁小鬼皆被范蔼仁所器重，看成是自己的两个把家虎、两把铁算盘，乃左膀右臂。早在其父范文举当家那时就立下了规矩,即妻妾们没事儿不准去账房,更不准过问往来账目。逢年过节时,各房该给多少体己钱,家主说了算,一一划定后,由账房先入账,再分拨下去,而且各房所得数量不等,互不公开,有多有少。到了范蔼仁这代略宽松些,允许大夫人帮着治理堡子,掌管家常事务,划定分拨给各房的纹银数额,核对金银出柜、入柜之账目,其她妻妾不许参与。对钱氏插手账房之举,几位账房先生私下里皆认为不妥,但考虑到此为范家内部之事,便未公开表态。惟袁小鬼反应强烈,本身就是个机灵鬼,善于投机取巧,雁过拔毛,这下可好,想从中做点儿手脚,门儿都没有。钱氏比他更机灵,又太聪明,道眼太多,横草不过,两个鬼心眼儿碰到一块儿那还有好儿哇,谁也不服谁。从此,袁小鬼总在范蔼仁跟前极力贬低大太太的作用,想方设法缩小其权限,一再叮嘱庄主应按祖制从事,一个女人家不能管得太多。范蔼仁不以为然,遇到什么不可解的事,该问大夫人的照问,该放权则照放权,袁小鬼十分不快,暗中开始与钱氏摽劲。

　　随着时间的推移,袁小鬼和钱氏的关系越来越僵,你踢我一脚,我给你下绊子,后来发生的一件事竟使双方达到相互仇视的地步了。咋的呢?论管理账房的能力、理财的熟练程度,钱如民不如袁小鬼。但前者有根基呀,乃庄主之大夫人的同胞手足,遇到该给私房钱了、提拔了等好事,做姐姐的当然得替亲弟弟说话了。也巧了,正赶上范蔼仁要设置账房总师爷,雇佣了好几位账房儿,总得有一个头儿,便于管理。在同大夫人商量人选时,钱氏当仁不让,立马推荐了自己的弟弟。范蔼仁听后,虽觉不太可心,但禁不住夫人的如簧之舌,最终还是点头答应了。就这样,钱如民顺利当上了范氏家族账房的头号管账总师爷,袁小鬼为其属下,乃二师爷。鉴于钱如民是大太太的胞弟,袁小鬼为自保,只得处处讨好儿之,句句话听之,事事看其眼色行之。生怕万一惹其不高兴,丢掉账房二师爷这个好差事不说,还得把自己撵出范家堡子。

　　决定一个家族的贫与富、兴与衰,固然有多种因素,其中最关键的则是执掌财权之人是否胜任。他应既是行家里手,又会精打细算,不乱花一文钱,往来账目笔笔有宗,此乃家族兴旺起码要做到的。钱如民初当总师爷时还行,管账挺认真,手把儿紧,称得上能为姐夫、姐姐负责,得到了他们的认可,后来才渐渐变的。他同范蔼仁一样,也有两大嗜好,一个是酗酒,每喝必醉;一个是嫖娼,来者不拒。袁小鬼看在眼里,记在心里,为能在范家账房站得住脚,于是开始拉拢钱如民,投其

第三章　收服逆僧

所好，在喝酒和玩儿女人上狠下功夫。这小子挺坏呀，闲来无事时，便拉着钱如民去小酒馆儿，叫上两三盘儿小菜、一壶酒，一喝就是半响，每次都醉醺醺地回来，几乎天天如此。还帮其物色女人，发现范蔼仁的六夫人虽然长相不算漂亮，但看上去挺精神，很会卖弄风骚。又常常独守空房。袁小鬼见有机可乘，遂在二人之间拉起了皮条，这边引逗钱如民去六太太处消闲解闷儿，那边对六太太摇唇鼓舌，说是总师爷早就看上你了，何不成就好事？并主动请缨，答应给望风看门儿。钱如民初始不大敢打姐夫老婆的主意，可架不住袁小鬼一而再、再而三怂恿啊，拿起一瓶老白干咕嘟咕嘟喝完后，酒壮色胆，抬腿就朝六太太那儿去了，没费吹灰之力竟马到成功，过了一个时辰方心满意足地晃晃荡荡离开了。

俗话讲，世上没有不透风的墙，此事很快传到了大太太耳朵里。她是什么人哪，猴精猴精的，眼珠儿一转便猜个八九不离十，一想到袁小鬼就气得不行，立马把弟弟唤到跟前，关起门没鼻子带脸地损开了："钱如民，你真浑哪，良心让狗叼去了，还是脑袋灌浆了？兔子都不吃窝边草呢，你却骑到自己姐夫头上拉屎，是人做的事儿么，对得起谁呀？倘若嚷嚷出去，小舅子玩起了姐夫的老婆，好听啊，今后在范家堡子咋端账房总师爷的饭碗了？想没想过自己丢人现眼不要紧，连我也得搭进去，姐俩一块儿让人家背地里指指点点的，划得来划不来？我就不明白了，女人那玩意儿都他妈一个样，不有的是么，想玩儿去窑子，再不看上谁了姐姐帮你找，干吗非盯上老六了？以为我不知道哇，啥也甭想瞒过，指定是可恶的袁小鬼在中间拉的皮条。他是个什么东西别人或许不知道，你还不晓得么，难道眼睛瞎了看不出来？拉皮条乃制造窟窿桥，让你上当，为的是抢夺账房总师爷那个位儿，你就往里钻，真是傻透腔儿了。我可警告你，必须跟老六一刀两断，离袁小鬼那个王八蛋远点儿，否则姐姐不活了！"说着，转身从柜子上拿起事先备好的菜刀就要抹脖子。

钱如民一看，吓得脸都白了，赶忙上前夺过刀，扑通一声跪在地上起誓发愿道："姐呀，这是何苦呢，弟弟听你的还不成么？我跟六太太干那事儿就两回，放心吧，绝不会有第三回，再去不得好死，天打五雷轰！"

钱如民说完还真做到了，此后确实没去六太太那儿，也不与袁小鬼勾连了，不过酒照喝，妓馆照去，仍是那里的常客。通过这件事，钱氏越发憎恶袁小鬼，认为此人歹毒诡诈，又坏又阴，不可不防，应尽早撵出范家堡子才是。

过了些日子，钱如民被行辕的骑兵劫去了，后来竟不明不白地死在霍龙沟的地窖里了。袁小鬼闻听后，背地里这个乐呀，头上总算没人压着了，账房总师爷的位儿该轮到我坐了，除非你大太太有能耐让亲弟弟重新活过来。果不其然，时隔不久，范蔼仁让袁小鬼接替了钱如民的位置。小人终于得志，愈加趾高气扬，不可一世。然再聪明的人也有算计不到的时候，大太太抓住了袁小鬼的把柄，别说与四太太私通这么大的事儿呀，就是账目记错一小笔，被范蔼仁知道了，肯定不会饶恕的。钱氏经反复思谋，认为既然鬼怕恶人，不妨想法儿制服之，迫使袁小鬼不得不听我调遣，反正暂时也不能扫地出门，因为庄主必须用他。为啥呢？其一，袁小鬼的算盘子打得溜，准确、利落，在吉林地方是出了名的。核定资金时，往往是旁边的人一笔笔念得有多快，他手拿算盘噼里啪啦打得有多快，连续扒拉两个时辰丝毫不会差，就这么神。这可不是所有的账房都能做到，范家除了他，没人可替代。

其二，袁小鬼掌握一种特技，即袖里吐金之术。你口述数目，他用一只手在袖筒儿里掐指加心算，百千万兆皆能算明白，既准又快，不会出错儿，没有不佩服的，故此得一绰号"铁算盘"。账房乃重要之地，哪个堡子都巴不得有这样的人管理钱柜，范家也不例外，当然得用他。

其三，袁小鬼与在吉林将军衙门干差的秦名远有走动，有人不止一次地看见过他俩凑到小饭馆儿喝酒，关系似乎挺密切。袁小鬼身在范家账房，乃二师爷，对钱如民藏匿土地大账之事或许知道一些。因为当时从仓库往外搬运账本时，一摞一摞的，又多又沉，钱如民一个人干不了，还不准仆人插手。这种情况下，范蔼仁不得不找来了帮手，那就是袁小鬼，整个搬运过程他都在，事毕方离开。而今钱如民死了，无法对质，无论谁问那些账本究竟藏于何处，袁小鬼不是尽量回避，就是守口如瓶，只字不提土地大账之事。钱氏和范蔼仁都曾感到很奇怪，袁小鬼为啥如此反常、到底知不知底细、参没参与账本的藏匿？一切皆不清楚。这样一来，既不能让他跑掉，也不能置于死地，只能留活口，在严密的监视下于账房卖力，将来再想办法撬开他的嘴。至于袁小鬼跟四太太偷情胡混，没准儿是歪打正着呢，让他们一块儿乐呵乐呵吧，反正在我眼皮底下也呆不了几天了，给点儿甜头儿有利于下一步计划的顺利实施。

第三章 收服逆僧

钱氏想好后,于一天晌午,趁范府内各房都在睡午觉之时,打发小狗子把袁总师爷唤来。毕竟是大太太有请,袁小鬼即使再不愿见也得去,于是在小狗子的引领下,来到了大太太居处的东厢房。进了屋,先给坐在桌边太师椅上的大太太请了安,然后也大模大样地坐了下来,候听下文。钱氏令小狗子到门外等着,不得走远,随时听从吩咐。小狗子应了一声,转身退出并关上门,老老实实地站在门口儿。钱氏神情严肃,脸色阴沉,抬眼瞅了瞅袁小鬼,半天没吱声儿。袁小鬼心中不禁一惊,犯了寻思:"出什么事了还是咋的,叫我来又不说话,啥意思呢?"

正在丈二和尚摸不着头脑之时,钱氏突然来了个下马威,开门见山道:"总师爷,打扰了,今儿个请你来是为一桩要事。我奉老爷之命,帮助清理积债,查阅一下往来账目。依总师爷的能力,所记各项应当笔笔有宗、清清楚楚,却发现有几笔支出对不上账,你是否知道?"

袁小鬼多奸哪,那是个人精啊,鬼心眼儿多得很。早就闻听大太太在各房那儿皆有耳目,账房乃管理钱财、记载各种物品出入的重要之地,怎能不安插自己身边之人?不仅有,还得是贴心耳目。一听大太太冷丁问到账目的支出不明,一时觉得不好回答,便随口敷衍了一句:"噢,是么,不会有错儿吧?"

钱氏双眼死盯着他,紧接着又道:"敢说没错儿?我问你,四太太多领银子是怎么回事儿?"说着拉开抽屉,从里面取出一个账本翻到其中的一页念了起来,哪年哪月哪日四房领了多少银子、从哪项支出的,哪年哪月哪日又领了多少、从哪本账上抹去的、如何平的账,一一列举出来,然后把账本推到袁小鬼跟前道:"总师爷,听清了吧?请给个合理的解释。别怪事先未提醒你,不得有半句假话,那或许能蒙得过老爷,但蒙不了本太太,务必照实讲。"

袁小鬼看似没有任何反应,心里却思摸道:"哼!以为来硬的我就怕呀,也不看看老子是谁,唬我可没那么容易。再说了,你也不一定掌握细情,倘若让个女人占了上风,那就没我好果子吃了,因此到啥时候都得咬紧牙关硬挺着,决不能被虚张声势吓住。"想到这儿,脸上显现出一副不屑一顾的神情,抬起左腿搭到右腿上,晃悠着二郎腿冷冷地顶撞道:"大太太,此为老爷和四太太之间的事儿,跟你说不着。本人乃账房总师爷,除了庄主爷,任何人无权过问进出账目怎么记的,我也没必要一笔笔去解释。"

钱氏一向争强好胜,无论什么事只要做了,决不善罢甘休,必须干到底，不操胜券永不后退。她见袁小鬼态度傲慢，没瞧得起自己，还给了个不软不硬的钉子吃，神经立马被刺痛了，认为对方辱没了庄主夫人的尊严，索性一不做，二不休，回头便喊小狗子。小狗子应声儿而入，问道："大奶奶，何事唤小的？"

钱氏吩咐道："赶紧去前院儿，叫两个炮手来！"

何为"炮手"？乃范氏家族专门豢养的猎手，又是打手。个个膀大腰圆，体壮如牛，凶神恶煞，随时随地听从主子调遣，指哪儿打哪儿。不一会儿，两个炮手一前一后进得屋来，钱氏没说话，只冲他们使了个眼色。二人会意，走到袁小鬼跟前，拽住两条胳膊往后一背，像拎小鸡似的提溜起来，疼得他妈呀、妈呀不是好声儿地叫唤。钱氏双手抱于胸前，撇了撇嘴道："袁小鬼，想必已闻听范家堡子炮手的厉害，也应该知道在本太太面前，任何邪祟、妖魔鬼怪甭想混过去。账房总师爷同样不例外，先剥皮、烙铁烫，然后送官府，怎么样，招还是不招？"说罢手一摆。

未待袁小鬼开口呢，两个炮手一边一个将他的外裤欻地扯了下来，只剩一条短内裤，随即从内怀掏出了劁猪的尖刀。钱氏命道："小的们，动手吧，比比是他的嘴硬，还是咱的刀子硬。看来不知我大太太长有马王爷 3 只眼哪，你想摆谱儿、装横、蒙人，做梦去吧！"

话音刚落，其中一个炮手照其屁股蛋子就划了一刀，袁小鬼嗷的一声大叫，鲜血顿时冒了出来，屁股上现出一道长长的血口子。只见他疼得龇牙咧嘴，五官扭曲，顺脸淌冷汗，当即瘫倒在地，不得不说软话了："大太太呀、大太太，我说，我说，有……有这事儿，小的知罪，我全认。"

钱氏步步紧逼："怎么，我说多少，你就承认多少，打算一点点儿往外挤呀？还有什么见不得人的勾当，或者做了哪些对不起老爷的肮脏事，都给我如实招来！"

袁小鬼一听，差点儿没吓晕过去，心里划了魂儿："哎？怪了，难道我与四太太相好她也知道？这事儿绝对不能招哇，大太太心狠手辣，真要承认可就没好儿了，不仅出卖了心上人，自己也死路一条啊！"想至此，便信誓旦旦地表示道："大太太，小的确实没干见不得人的肮脏事，对老爷忠心耿耿，敢拿脑袋担保。若是查出来有对不起老爷的地儿，那就杀了我，死而无憾！"

钱氏冷笑一声道："还嘴硬是吧？说得像真的似的，看来你是不见

第三章 收服逆僧

棺材不落泪呀,好哇,让你见个人!"说着冲小狗子努了努嘴儿。

小狗子领会其意,转身出屋,三步并作两步地跑到四太太居处,说是大奶奶有请。四太太预感到不妙,俯身抱起躺在炕上的二丫头,也没唤贴身侍女跟随,因不想让下人知道更多,便同小狗子一块儿出了房门,故意将脚步放慢,心里思摸道:"大太太叫我没好事儿,即使知道背地骂她了,也不用怕。如果弄大发了,那就到老爷跟前告状、哭闹,谅其不敢把我怎么样。"这么想着,也就没在乎,毕竟心里着急呀,不由得加快了脚步。二人到了大太太的住处,见钱氏已站在东厢房门外等着了,四太太边往里走边阴阳怪气地说:"大姐呀,今儿个刮的哪儿股风啊,传四妹有何贵干哪?本太太行得正走得直,没偷没抢没养汉,不怕半夜鬼叫门,心里有话憋不住,有啥说啥,犯着谁了还是惹着谁了?"

钱氏心里明镜似的,知道这是在敲打自己,抿着嘴并不回话,抬手将里屋门帘儿撩起。四太太前脚往里一迈,冷不丁吓了一跳,见两个炮手正架着顺裤腿子淌血、脸色惨白、浑身抖个不停、耷拉着脑袋一声不吭的袁小鬼。这时,钱氏发话了:"四妹子,看见了吧,你俩干的那些男盗女娼之事不用瞒了,袁总师爷早就招了。咱范家堡子除了老爷蒙在鼓里,剩下的有一个算一个,无人不知,无人不晓。今天也别掖着藏着了,你们当面锣对面鼓,该承认的谁也甭想推,已到竹筒儿倒豆子全抖搂出来的时候了。若是如实讲,做姐姐的必帮四妹忙,大事化小,小事化了。若是说谎蒙人,别怪大姐不讲姐妹情分,肯定得闹扯大喽。到那时,后悔可就来不及了,何去何从,自己选择。"

四太太这个人前书介绍过,从小娇生惯养,十分任性,想咋样就咋样,谁的话也不听,自己没啥能耐,还轻易不服人。此刻,面对当家大太太摆出的阵势不仅未被吓住,反而气不打一处来,双手叉腰刚要发火儿,袁小鬼忽然抬起头来抢先说道:"大太太,求你高抬贵手,饶了小的吧!四太太可是正经人哪,不能无端地朝其身上泼脏水,即或给我十个胆儿也不敢干那事儿呀,冤枉啊!"言外之意是告知四太太,大太太诈你呢,没有任何根据,纯粹是捕风捉影,我此前什么也没说,千万不能承认。

然而四太太哪是听话的主儿哇,充耳不闻,油盐不进,心里恨透了大太太,气得脸色铁青,两眼直冒火星儿,怀抱孩子跺着脚破口大骂道:"我说老钱婆子,你他妈吃饱没事儿撑的呀,未免管得太宽了,谁给的权力呀,不怕累个好歹的?还是先撒泡尿照照自己吧,然后再放狗臭屁！"

　　钱氏的脸腾地红了，直了直身子，故作镇静道："四妹子，骂有啥用？嘴巴最好干净点儿。别以为我愿意管那些烂眼边子事儿，还不是为了老爷的面子嘛，做也做了，有种的，哪能提起裤子不认账啊！"

　　四太太索性一不做二不休，晃着脑袋道："有钱难买我愿意，即使有那事儿，也用不着臊狐狸多嘴。不是想知道么，明告诉你，本太太看上袁总师爷了，他对我有情，我对他有意，我们早就好上了，怎么着吧？我还不怕老爷知道，到啥时候都敢承认，是本人主动偷的男人，真心喜欢他，生不能在一起，死也要到一块儿，要杀要剐请便！"

　　袁小鬼万没料到四太太会破罐子破摔耍光棍，当即惊出了一身冷汗，知道事已至此说啥都没用了，只好用力甩开两个炮手，扑通一声跪在地上带着哭腔儿哀求道："大太太呀，求你了，行行好儿，放小的一马吧！这事儿责任在我，是我主动勾引她，与四太太无关。真要治罪，那就冲我来吧，小的先谢谢大太太了。"

　　钱氏听罢，刚刚还满脸怒气呢，这会儿却咧嘴乐了，遂命两个炮手把总师爷搀起来，让他屁股朝上半卧于炕头儿。又吩咐侍女用白绢为其擦拭血迹，拿过事先放于炕柜上装有治红伤药的小木盒儿，掀开盖儿，取出一小包粉沫状的药面儿撒在创口上，以止血止痛。站在地当间儿的四太太很是心疼袁小鬼，忍了半天的眼泪终于止不住了，一对儿一双地往下掉。回头将怀中的二丫头递给大太太的贴身侍女，哭哭啼啼走上前，手忙脚乱地帮着忙乎。过了一会儿，钱氏令两个炮手、小狗子和侍女退下，将四太太拉到自己身边坐下，拍拍其肩膀道："四妹子，屋里只剩咱仨了，说话方便些。这就对了，人得敢做敢当，姐姐一向佩服你那天不怕地不怕的劲儿。仔细想想，其实也没啥，年纪轻轻嫁到了范家，白天大门不出二门不进的，夜里经常独守空房，跟守活寡没什么区别，别说你呀，谁都会觉得寂寞难耐。既然已经这样了，追究又有何用？只要你们认个错儿，以后多注意点儿，能瞒过老爷就行了，姐姐不会传扬出去的，尽管放心好了。四妹子，实话告诉你吧，我早就查出总师爷多给了生下那二丫头的养育银子，只是不知缘何如此，便开始暗中观察。结果发现你不守贞节，隔三差五与总师爷偷欢，于是决定捉奸。怕你事后不认账，有好几回都想把你们赤身裸体摁在炕上了，人赃俱获。可一寻思，咱毕竟姐妹一场，同进一家门槛，同端一家饭碗，应相互理解才是。你和总师爷可谓一对儿痴男怨女，真心相爱，不是一时心

第三章　收服逆僧

血来潮耍着玩儿的,值得同情,故而终未下手。四妹子,这二丫头长得又白又俊的,很是招人喜欢,模样儿与大丫头没一点儿相像的地儿,想必她不姓范吧?"

四太太听了这番话,半晌没吭声儿,暗自寻思道:"这老婆子真够鬼的,表面不动声色,其实什么都知道了。人不能犯傻呀,光强硬吓唬不住人,脑筋得活泛点儿,到啥时候说啥话。反正已是理屈词穷、无路可走了,不妨态度先软下来,求其手下留情,保全自己的面子。若不然哄传出去,被老爷休了不说,也没脸回巴彦老家蔡家营子,更无颜面对父母双亲,到那时可就走投无路了,只能一头撞死。咳,人在屋檐下,不得不低头哇!"想到这儿,便侧过身拉住钱氏的手,求情告饶道:"大姐,以往都是妹子不好,做了不少对不起你的事儿,说了些不该说的话,太不应该了,我混蛋,我糊涂。你大人有大量,不与小人计较,就原谅不懂事的四妹吧!实不相瞒,我跟袁师爷走得是挺近,或者说颇为亲热更恰当,他所给以的爱怜、照顾、知疼知热让我很受用。因为自打进了范家门,从未有人这样关心我,体贴我。有了他,感到有了欢乐,内心总是有所期冀,再不像以前那么寂寞无聊了。姐姐猜对了,二丫头确实不姓范,而姓袁,是我俩的孩子,也深知犯了大忌,不可饶恕。3人的命全掐在姐姐的手心儿里,让我们死,岂能活得成?四妹诚心诚意悔过并求你了,请给一条生路吧,谢谢姐姐了,我们将没齿不忘此大恩大德,今生今世当牛做马也心甘情愿。"

钱氏微微一笑道:"四妹子,这话说哪儿去了,什么死呀活的,我可没那么大能耐,高抬姐姐了。你是我的妹妹,做姐姐的当然得护着了,天经地义,千万别言谢。"

钱氏的确不简单,那张嘴巴不白给,翻手作云覆手雨,化干戈为玉帛。方才双方还是仇人见面、分外眼红呢,这会儿只说了几句话便急转直下,云开雾散现朗朗青天了,四太太和躺在炕上的袁小鬼不仅不恨她了,反倒发自内心的感激。而钱氏则暗地里偷着乐,庆幸总算把老四制服了,省得那张没把门儿的嘴到处胡嘟嘟,有损我的尊严。现在是时候了,不妨趁热打铁,逼其就范,使得筹划已久的调虎离山之计顺利实施。随即显得越发近乎,充满怜悯,关切地询问二人今后打算怎么办?四太太思忖片刻,回道:"我不想留在老爷身边尽享荣华富贵、继续做行尸走肉的夫人了,得换一种活法,与心上人远走高飞,哪怕去任何地方。只要跟袁师爷在一起,相亲相爱,把孩子抚养成人,即使吃再大的苦、天天喝西北风也愿意，决不后悔。"

钱氏摇摇头道："四妹子，不能轻易讲什么与心上人远走高飞，名不正言不顺。再说了，你们俩能跑到哪儿去？方圆百里皆为庄主爷的地盘儿，到处都有他的团练，倘若被抓回来就是个死，太不上算。妹子，我可提醒你，四夫人的名分无论如何不能丢，为啥呢？这么做对谁都好，既给自己留了面子，也给老爷留了面子，还保全了蔡家的声誉。因此，就是再不情愿，四夫人的桂冠必须戴在头上，绝不能摘，而且仍可与袁师爷在一起。"

四太太皱了皱眉，感到十分不解，问道："大姐呀，妹子越听越糊涂了，还有那好事儿？"

钱氏点点头道："当然有，先别急，听姐慢慢跟你说。前些日子，我同老爷已合计好了，准备在大疙瘩梁建处演武场，因此举乃范家堡子的机密，所以须派可靠之人去管理。小疙瘩梁那儿不是有七姨太坐镇么，你比她有本事，拿得起来放得下，干脆去大疙瘩梁掌印，还可与七妹较量较量管理实力的高低。不用愁交通是否便利，咱家有车有马，啥时候想堡子了，就回来呆几天，老爷也会随时去看你们的。至于袁师爷的去向，我得跟老爷商量一下，不过有一点是肯定的，即大疙瘩梁必设账房儿。或许老爷会派他去呢，明着是管账师爷，暗里不就可以天天和你厮守了么，此乃难得的机缘哪！你俩若是愿意同行，一切包在姐身上，我这就去找老爷，会尽量替你们争取的，明儿个告知准信儿。"

四太太和袁小鬼听罢，初始还以为是在做梦，待缓过神儿来，确信这是真的。二人惊喜异常，热泪盈眶，一个跪在炕上，一个跪在地上，咣咣咣磕了3个响头，感谢大太太的知遇之恩！钱氏连连摆手道："免了，免了，快起来，咱们谁跟谁呀，不可施如此大礼。"说着弯下身将四太太搀起，袁小鬼也起身下了地，钱氏又千叮咛万嘱咐了一番，四太太这才扶着一瘸一拐的袁师爷推门出屋，从侍女手中接过二丫头，乐颠颠地离去。

次日一早，钱氏梳洗完毕，在贴身侍女的陪同下去了范蔼仁处，一进屋便道："老爷呀，奴家昨晚不知犯哪门子邪了，翻来覆去折腾一宿也未睡着，满脑子净是咱范家堡子的事儿。我琢磨着在大疙瘩梁建演武场已迫在眉睫，时间不等人，须抓紧进行。二位大师也得尽快前往，着手前期的筹备，不过他俩不能掌印，惟老爷身边或信得过的人方可。那么谁合适呢？在几房中挑来选去，觉得老四还行。别看她在娘家娇生惯养的，嫁过来后显得挺泼实，没那么多弯弯肠子，心里装不住事儿，敢说敢干，这副担子能挑起来。另外，大疙瘩梁得设账房儿啊，人选我也寻思了，首要的条件是必须可靠。在现有的几位师爷中扒拉来扒拉去，逐一进行比较，最后选中了总师爷袁小鬼。此人管账没得说，鬼精鬼灵，头脑够用，对主子忠诚，值得信赖。他与老四一个管内，一个管外，倘若配合默契，可谓如虎添翼，大疙瘩梁那儿也就不用咱多操心了。怎么样，老爷意下如何？"

范蔼仁没有立即回答，坐在椅子上手托下巴、眼珠子骨碌碌乱转，思忖了好一会儿。觉得大夫人言之有理，考虑得挺周全，派四夫人去大疙瘩梁，应该是个不错的选择。一来可以借机让其离远点儿，省得天天叨叨些没用的，还在妻妾中挑事儿。给我添乱不说，搅得上下鸡犬不宁的，这下心静了。二来以她的个性和能力，虽然不如七姨太，但完全可以替我在疙瘩梁挑担子，总是自家人嘛，比用外人强多了。至于让袁小鬼去那儿管账房，谁都得承认此乃最佳人选，不过真有些舍手，尽管身边还有其他几位账房儿师爷，却没有总师爷那铁算盘能耐。然为了壮大范家堡子的力量，眼下只能寄希望于大疙瘩梁，建演武场也好，招募团练也罢，包括在山洞中制造兵刃，皆需银子作为支撑，故而务要派位既得力、又有本事的人到那儿理财，此人当然非袁小鬼莫属。想到这些，也就没有提出什么异议，点点头表示同意了。

钱氏与丈夫合计毕，起身出得门来，前去传告四太太和袁小鬼，说是老爷认可我的极力推荐了。你们抓紧时间收拾收拾，打点行囊，做好出行的准备，5日后起程，估计那时袁师爷的伤口也恢复得差不多了。说心里话，其实她对老四很不放心，也知道远没有老七那两下子，为尽快将其打发走，才当面儿说些违心的话。而此刻，目的达到了，心又悬起来了，不得不再三叮咛道："四妹子，你可看见了，姐姐该做的都做了，这回称心了吧？反过来你也应对得起姐姐的良苦用心，别让我失望。到大疙瘩梁之后，虽然人不在范家堡子了，但一切依旧得听姐的。不能由于换了地方，环境变了，进了一些新人、过些日子又不知仨瓜俩枣了，随心所欲、口无遮拦地到处瞎嚷嚷。一定切记耳咬尖儿，嘴要严，脑袋瓜儿要转得快，有损范家声誉的话一句不能说。人外有人，天外有天，隔墙有耳，勿要时刻防范。除此，你与袁小鬼私通之事也不能露出去，被人耻笑且不讲，还把姐给装进去了，以后没法儿向老爷交代。再者，招募团练、建演武场、私自打造兵刃等，都是违犯大清律的，乃范家堡子的机密，不能往外讲。平日里，公开露面的只有两位大师和袁小鬼，你就在家伺候千金，别的心不用操，有重要之事非出面不可再过问。大疙瘩梁那儿有一部分佃农，还要陆续迁进一些人，全归你管，交上来的租税由袁师爷查收并登记造册。不过可有一条，倘若行辕的富俊带官兵去查并发现了端倪，必刨根问底。到时候你们得替老爷担着，坚称是自己的主意，从外地找人打造兵刃为的是护庄，千万不能往老爷身上推，能做到吗？"

四太太一听害怕了，脸都变色了，立马反悔道："大姐呀，我们不去了，不去了，干违犯大清律的事儿是要掉脑袋的，多吓人哪！"

钱氏沉下脸，冷冷地说："什么，不去了？也成，那咱当众把你俩偷偷摸摸干的那些事儿全抖搂出来，然后送交官府按大清律予以惩治，女人养汉犯七出之罪，必被点天灯。知道么，姐这是替你们着想，不能不识抬举，路怎么走自便，到了吃不了兜着走时，别埋怨我就行。"

四太太顿时傻眼了，急得双泪横流，继而不管不顾地放声大哭起来。袁小鬼见此，赶忙走上前轻声儿劝慰道："行了，行了，别哭了，以防别人听见。大太太这么做全是为咱好，人情得领，听家主的没错，你就应了吧！"

四太太一想，现在没别的招儿了，真是窟窿桥也得迈呀，只能先去大疙瘩梁看看再作打算了，这才抽抽搭搭地点点头不吱声儿了。钱氏遂从内怀掏出一个红布包儿，里面装有四百两纹银，递给四太太道："四妹子，这些银子是姐省吃俭用积攒下来的，出门在外不容易，留着日后用吧！"

四太太仍在掉眼泪，并未伸手接，一旁的袁小鬼替其接过。钱氏又道："你们到了那儿，四妹每年应分得的银子同在堡子里一样，一文不少。袁师爷该拿的年俸我已与老爷商量妥了，考虑到在疙瘩梁比较辛苦，用钱的地方多，决定增加五十两纹银，这已经破例了，还不是因为老爷对你高看一眼嘛！"

袁小鬼受宠若惊，深鞠一躬，对老爷和大太太为自己增薪表示感谢。实际上，钱氏在四太太和袁小鬼面前又一次耍了手腕儿，那四百两纹银根本不是她给的，而是范蔼仁赐与的，为袁小鬼加俸也是范蔼仁提出的。二人在合计此事时，范蔼仁思虑再三后，同意让四夫人前往大疙瘩梁。总还是夫妻一回，不能说一点儿感情没有，知道老四即日要走了，当时便从银柜里取出四百两纹银用红布包好，递给大夫人道："你

第三章 收服逆僧

把这个给老四,日后用得着,不能苦了那娘儿俩。噢,对了,袁师爷的年俸再多给点儿,增加五十两。告诉他们,住在哪儿都不错,疙瘩梁山多树多,水草丰盈,是个挺好的地儿,我会抽空儿去看他们的。"钱氏倒是把红布包儿交于四太太了,但没有如实告知银子的来历,而是大言不惭地声称此乃姐姐的体己钱,顺便又在袁小鬼面前买个好儿,瞪眼撒谎脸都不红,够阴的吧?

到了第五天头儿,用罢早膳,钱氏唤来仆人、家丁,将四太太、袁小鬼准备带的一应诸物装上车,再用绳子捆得结结实实的。四太太怀抱二丫头泪眼汪汪地出得门来,在贴身侍女的搀扶下上了车,听罢钱氏的又一番叮嘱后,与袁小鬼一起上路了,全家上下人等目送其离去。就这样,钱氏等于把眼中钉四太太起出了范家堡子,而且撵得远远的,去了荒山野岭的大疙瘩梁,从此心静了,舒坦了,再也听不到背后有人骂她了。

四太太和袁小鬼走后,钱氏又来到一空斋,让此前早已打点完毕的夺魂僧者、静空大师即刻启程,前往大疙瘩梁。两位高僧在女施主跟前早就俯首帖耳了,从不说个"不"字,处处事事依其意而行之。二人皆着一身儿短打扮,上路时仍未骑马,还按老习惯徒步而行,被派去的管家、团练则乘车前往,范蔼仁偕六房妻妾一直送出二里多地方返回。

世间有两句谚语挺耐人寻味:"骡子再熊,也能尥三蹶子。""小鸡不撒尿,各有各的道儿。"钱氏自以为聪颖过人,手段高明,不费吹灰之力击败了两个对手,不仅人精袁小鬼服了,连横踢马槽的老四也不得不跪地求饶。一想到这些,心里美滋滋的,且得意洋洋。殊不知她把一切看得过于简单了,四太太和袁小鬼不可小瞧,都不是省油的灯。前者自私任性,我行我素,啥也不在乎;后者藏奸耍滑,一肚子坏水,能屈能伸。他俩若是抱成团儿,待时机成熟,那就如鱼得水了,欠账者必还。袁小鬼可谓人如其名,心眼儿活泛,深知识时务者为俊杰。当他预感到了灾祸将至时,表面上情愿暂压一腔怒火,在钱氏跟前吃点儿亏,忍受皮肉之苦,当三孙子,败走麦城,暗中却企盼明朝换来大痛快。而四太太呢,别看心直口快,没那么多弯弯肠子,这回竟被大太太逼出了道眼,暗地里琢磨着不妨先让一让,忙什么?到疙瘩梁之后再说。老钱婆子,等着瞧,来日方长,耗子拉木锨——大头儿在后面呢!故而她表面上也服帖了,并一再感谢大太太的高抬贵手、宽宏大量,给自己留了条生路,不至于非走独木桥不可。不过话说回来,四太太原本在娘家天天只知享受,啥也不干,既挑剔又豪横,上下人等谁都得让三分。在仆人面前更是摆出一副大小姐的架势,傲慢无理,指手画脚,指东不能往西,个个被折磨得几乎跑断腿了。嫁到范家后,照样任活儿不伸手,油瓶子倒了都不扶,还得好吃好穿好待承,并想在几房中说了算。无奈精明的大太太在前头挡道,比她还强势,比她还要尖,根本斗不过。琢磨来琢磨去,便开始去各房那儿串门子,专门讲大房的坏话,有的说,没的也说,只剩嚼舌头的份儿了。未承想舒坦日子没过几年,整治大太太丝毫不见成效,反过来倒被人家把自己给弄到深山里去了,她能不憋屈、不怨恨、不气急败坏么?

此刻,四太太无精打采地坐在轿车里,感到非常无聊,暗自思摸道:"这个该死的老钱婆子,一大把年岁还争风吃醋,纯粹是因嫉妒才实施报复的,逼我离开范家堡子。很显然,其目的就是为了干净利落地斩断我与老爷的夫妻情,使其渐渐忘了世上还有个风情万种的四夫人,此招儿又阴又损,亏她想得出。范蔼仁太不讲究,不是说一日夫妻百日恩么,他倒好,连个屁都没放便把我打发了,哪有感情可言?真够狠心的了,就冲这,范家堡子也不值得留恋。"转念又一想:"吾乃大户人家的千金,在蔡家营子那儿,任何人见了全得毕恭毕敬的,谁敢惹我不高兴啊?可现在变了,从此将蹲在穷山沟里苦熬时日,想发脾气骂人都找不着对象,真是天上地下呀!"想至此,心里不免一阵难过,只觉得一肚子苦水无处倒,愤懑之情无处泄,快要憋疯了,随即一股脑儿全撒向了袁小鬼,气呼呼地数落开了:"我说袁小鬼呀,咋一点儿骨气没有呢,还是个男人么?胆子小得可怜,针鼻儿大的事儿都抗不住。人人皆言总师爷乃人精,他们可是瞎眼了,精明个屁,根本没多大脓水。我问你,为什么在老钱婆子跟前大气不敢喘,如同耗子见猫似的?但凡有点儿能耐,我也不至于跟你到深山老林子遭罪去,啥时候是个头儿哇,这么活着窝不窝囊啊?干脆一头撞死得了!"说着眼泪又止不住了,呜呜嗨嗨地哭了起来。

袁小鬼见此,忙掏出手帕为其拭泪,并轻声儿劝慰道:"四太太,别哭了,你要相信我,在大太太跟前所说的话哪有一句是真的?还不是为了使她能放过一马,飞出笼子可是咱们的天下了。不信你就等着瞧,本师爷不是一般的铁算盘,往日所显露的本事不过九牛一毛而已。放宽心吧,没啥可怕的,等到了地方我给你变戏法,想看不?"

四太太立马止住了哭声,抬起泪眼看了看他,一头扎进其怀里,撒

第三章 收服逆僧

娇道:"这个死鬼头,谁让我看上你了呢,一准是着魔了,活该自作自受。哎,把话说清楚,你要变啥戏法呀?"

袁小鬼笑了笑,没吭声儿,双手紧紧搂着四太太。过了一会儿,他掀开轿帘儿往外瞅了瞅,前面是没有尽头的千年古道,两侧是郁郁葱葱的密林,思绪似乎被什么缠绕着,纷乱而不宁。两辆车行进在山路上,其中一辆是轿车,车内除了他俩和二丫头外,还有四太太的两个贴身侍女。另一辆是平板带棚儿的车,里面坐着4个男仆,装有一些生活用品、衣箱、行囊等。车老板子边赶车边吆喝着,径直朝北驶去,奔往大疙瘩梁。车轮辗压着地面,在空旷的山野中发出咔啦、咔啦的响声,震得大地都在颤动。这条路忽高忽低,崎岖不平,人坐在车内颠簸得厉害,尽管身下铺着厚厚的被子,仍觉骨头架儿快晃荡零碎了。

大约走出60多里地时,天色渐晚,袁小鬼拿过外袍披在四太太身上,然后跳下车,绕到车前坐到了驭手身边。走着走着,忽然发现前面不远处的道旁有位跛脚的行者,衣着打扮不像是当地的庄户人,身穿粗麻布衣裤,头戴斗笠,压得很低,只露半张脸。右胳肢窝儿挂根拐杖,右腿伸不直,蜷蜷着,全靠拐杖支撑,一步一步地蹒跚而行。袁小鬼被这个人的一举一动吸引住了,仔细一瞧,原来腋下所挂的不是什么正经八百的拐杖,就是根儿柞木棒子,略弯曲的那端当把儿,也没用刀好好儿削削,疙瘩、节子全在上面,只把枝杈去掉了。此情此景使他很有感触,心想:"世上的生灵没有不自私的,人为财死,鸟为食亡,人不为己,天诛地灭。惟大自然大公无私,向人们提供了很多便利,万物皆有用,连柞木棒子都派上用场了,当然还得是人聪明啊!"

这时,车老板子扬起手中的长鞭啪啪连用两下,辕马紧走几步,很快赶了上去,后面的车立即跟进。跛行客虽然听到声音了,但并未回头瞅这两辆车,仍低着头往前走,步履艰难,看似很吃力。当轿车超过跛行客时,袁小鬼动了恻隐之心,让赶紧停车,老板子忙将缰绳一勒,辕马站住了。轿车一停,后面的车也停了,袁小鬼回过头冲跛行客喊道:"喂,老哥,既然同路,那就上车歇歇脚吧!"

跛行客抬头一看,见前边停着两辆车,一辆是轿车,一辆是平板带棚儿的车,知道此乃富贵人家的车驾,遂笑道:"好啊,好啊,够巧的了,谢谢了。这一带山道难行、野兽多,我给你们做伴儿了,多个人多把力,遇狼心不慌啊!"

袁小鬼听了觉得好笑,寻思道:"这位老哥不食人间烟火还是咋的?

本来右腿有疾、走路一瘸一拐挺费劲儿的，我是为了帮他才让上车同行的，反过来倒声称什么给我们做伴儿、遇狼心不慌，就那腿脚还能打狼？真够不会说话的了。行啊，嗑瓜子儿嗑出个臭虫来，啥人都有，别挑他了。"这么想着，便往车夫那边挪了挪，为其腾出块儿地方。别看此人腿瘸，动作蛮麻利的，到了跟前左手往车沿儿一按就坐上去了，两辆车继续往前赶路。走了没多远，搭车的跛行客把头上的斗笠摘了下来，方露出整张脸，看上去年龄将近半百，天庭饱满，浓眉大眼，厚嘴唇，宽下颏儿，剃着秃头，留着虬髯，身板儿挺结实。袁小鬼也是见过世面之人，打量一番后，开口问道："老哥，不是此地人吧，打哪儿来呀？"

跛行客回道："噢，打关里来。"

袁小鬼接着又问："天色已晚，前面很远都没有人家，不怕贪黑走夜路么？这一带的林子常有黑熊、野狼、虎豹出没，老哥腿有残疾，行动不便，为安全起见，应找处屯子住一宿，待天明再走，难道有急办之事不成？"

跛行客摇摇头道："不怕不怕，也没啥急事儿，只是平生喜欢走夜路，很想见识见识虎豹豺狼如何逞凶呢！关里的人皆言关外一片荒凉，密林蔽日，乃飞禽走兽的聚集之地。可我到这儿已经大半年了，晚上却从未碰到一只躲在暗处欲攻击人类的猛兽，不想见的能见到，想见的反而见不到，你说怪不怪？"说罢自管自地笑了起来。

袁小鬼陪着笑脸继续问道："老哥，准备去哪儿呀？"

跛行客回道："还真说不准，反正闲着也是闲着，各处逛呗，走哪儿算哪儿。"

袁小鬼听此人说话支吾其词，显然是不想告知底细，也挺知趣儿，不再问了。见他有些累，面带倦容，于是掀开身后的轿帘儿钻进车内，陪着四太太和二丫头，正好倒出块儿地方让其歇一歇。跛行客往里挪了挪，背靠轿门儿坐在车夫的右侧，不顾冷风吹，闭上双目不一会儿便鼾声大作了。

此刻，天已完全黑了，月亮尚未升起，山风呼啸，刮得密林呜呜作响，两辆马车乘着朦胧的夜色在狭窄的古道上缓缓前行。突然间，传来噌噌两声响，从道东的林子里蹿出两个蒙面黑衣人，只几步便来至古道中间，挡住了去路，其中一人高声儿喝道："站住！此山是我占，此道是我开，若要从此过，留下买路钱。想活命就将财宝全卸下，否则别怪

第三章 收服逆僧

我不客气，把你们一个个全剿喽，听见没有？"

两个车老板儿见状，赶忙将马缰一勒，两辆车吱嘎一声停下了，然后跳下车，紧紧拽住了缰绳。为啥呢？黑衣人吼的那一嗓子，致使辕马受了惊，咳儿咳儿直叫。加之走的是古道，山高路险，狭窄难行，一不小心很可能连人带车滚下悬崖，车摔零碎了不说，人也一命呜呼了，所以务必先控制住马。车上的人全蒙了，四太太和袁小鬼一时不知所措，侍女吓得大气不敢出，男仆猫在车内不敢动弹，两岁的二丫头大哭不止，哭声在寂静的夜空回响，越发令人心慌。而那位背靠轿门儿躺着的跛行客却很特别，好像什么事儿都未发生，闭着双眼一动不动。袁小鬼从轿帘儿缝隙看了看他，心想："这位老哥咋睡得那么沉呢，如此大的动静竟未听见，是不是耳朵聋啊？"正琢磨呢，只见跛行客的头往轿门儿处一扭，小声儿说道："镇定，不要怕，一切由我应付。"

两个蒙面人见喊了半天，车上的人没反应，便走了过来，双手叉腰站在轿车前。他们知道，通常情况下，轿车里坐的是主人，后边带棚儿的那辆乃随行车，里面装着各种物品。而躺在驭手位置右边的人大多是管家或仆从，便打算先把他拽到地上，再去撩轿帘儿，喊出车内的主人，向其索要财物。二人绕到轿车右侧，刚要伸手往下拽，看似睡着的那人忽地坐了起来，把斗笠戴在头上，右胳膊朝外一搪又一甩，高声儿断喝道："住手，不许胡来，明火执仗，真是胆大包天！"

或许是跛行客右臂的这个动作力量有点儿大，两个黑衣人没有丝毫防备，其中一个被掀出3米开外，滚下了道西的斜坡儿，正好被一棵柞树挡住了，才未摔下深沟，救了他一命。另一个也被掀出老远，摔了个嘴啃泥，屁股朝上趴在草丛里。二人赶紧爬起回到路边，知道眼前的壮汉厉害得很，肯定不是凡人，凭那一搪又一甩的劲头儿，至少得有七八百斤的力。多亏自己武功高超，有护身之能，若是常人，不摔扁才怪呢！

跛行客在往外一甩胳膊碰到两个黑衣人的身体时，也有种异样的感觉，暗自寻思道："此非一般的打劫者，而是很有功力的武林高人，他们到底是谁？那身手、那脚步咋这么熟呢，难道是两个师弟不成，又缘何干起拦路抢劫的勾当了？"想到这儿，为了试探一下真假，便顺嘴喊了一句："臭小子，扮成什么样也能认出来，哪里走！"随即一个鲤鱼打挺儿从车上跃至车下，抡起柞木棒子就冲二人去了。

黑衣人在夜色中一听抢拐的呜呜声以及那一声喊，不禁大吃一惊，扭头就跑,很快隐入一片黑糊糊的树林,逃之夭夭。跛行客撵出不远,站在那儿侧耳听了听,没动静了。考虑到正值深夜,不便追寻,反身回来了,边走边自言自语道:"唉,没打着,不过瘾哪,这两个劫道的真可恶,把我的好梦搅了。"

袁小鬼、四太太、车夫以及仆佣们这会儿方恍然大悟,原来半道儿搭车装睡的跛行客非比寻常,是位世外高人。才刚在应对黑衣人时,动作灵活,腿脚麻利,一点儿不瘸,全仗人家出手相救才转危为安的,不由得对其肃然起敬,感激万分。袁小鬼第一个跳下车,四太太随后跟上,仆佣们也都下了车,一齐跪地磕头拜谢,袁小鬼叩道:"大师父,请原谅小的有眼不识泰山,不该让您坐在车外,真是慢待了,罪过,罪过,谢谢大师父的救命之恩!"

跛行客忙道:"各位快快请起,千万别客气,出门在外不容易,遇到难处出手相助应该的。黑灯瞎火的,道又不好走,还是赶紧上车赶路吧!"

大伙儿站起身来,四太太吩咐两个贴身侍女去后车,和那4个男仆同乘,然后请大师父坐进轿车。可他执意不肯,言称车内太闷,不自在,不如坐在老板子身边好,视野开阔,一览无余,想坐就坐,想躺就躺,风风凉凉的舒服得很。四太太见此,不好强求,便和袁小鬼一块儿上了车,跛行客仍坐在车夫的右手位。四太太原本话就多,加之半路突遇劫道的,惊恐之余,大师父毫不犹豫地施以援手,目睹其动作敏捷,武功高强,心里既感激又敬重,有一肚子话要说,只是苦于没有机会。这会儿实在按捺不住了,便撩起轿帘儿,那张嘴如同开闸的水一样没把门儿的了:"大师父啊,能有幸与世外高人相识,是我们的福气,这辈子都忘不了您的大恩大德呀!实不相瞒,出门在外,身上能不带些盘缠么?临离家时,大太太给了我四百两纹银,总师爷也带了不少,准备到地儿好用。哪承想半路遇上劫道的了,当时可吓坏了,寻思这下算彻底玩儿完了,都得被歹人索去,咱也别心疼了,保命要紧。然大师父如天兵神将,喊哩喀喳便将他俩打跑了,使我们毫发无损,银子一文没少,真不知该怎样感谢恩人才好。"

跛行客扭过头笑了笑道:"别客气,小事一桩,不言谢。敢问你们是哪个堡子的,庄主姓甚名谁?"

四太太回道:"我们是范家堡子的,庄主姓范名蔼仁,声望可高了,那是我家老爷。"

第三章 收服逆僧

跛行客又问:"你们不住在堡子里,深更半夜的于旷野上颠簸,准备到啥地方去呀?"

袁小鬼担心四太太说漏了嘴,忙抢先回道:"大师父有所不知,总呆在一地闷得慌,我们是受老爷的大夫人分派而前往大疙瘩梁的,范家在那儿的大片土地总得有人照管,以后就住在山里了。"

四太太撇了撇嘴,推了一把袁小鬼道:"你别光拣好听的说了,净给自己脸上贴金,有啥用?大师父,您是位好心人,仗义疏财,嫉恶如仇,我信着了。实话告诉您吧,我是庄主爷明媒正娶的四夫人,他是范家账房的总师爷,人称'铁算盘'。老爷在大夫人钱氏的挑唆下,很长时间不着我的边儿了,年纪轻轻的就守活寡,皆因心里装不住事儿、说话直来直去所致。大太太阴险狡诈,心肠歹毒,在范家一手遮天,说一不二,另外那几房儿都吓得直溜边儿,就我不怕。本来大太太就半拉儿眼珠看不上我,又听说我也不在乎她,气得冲丫环撒气。正不知如何惩治呢,却发现我跟总师爷好上了,这下让其抓住把柄了,不依不饶的,非拿我俩开刀不可。我和总师爷真心相爱,别看是个女流之辈,但敢做敢当,没什么可隐瞒的,到啥时候都敢承认。不像老钱婆子,那是个什么东西呀,纯粹一老骚狐狸,背地里想尽办法引诱两个大和尚。结果真就勾搭成奸了,多让人恶心哪,还以为神不知鬼不觉呢,其实范家堡子的老少爷儿们没有不知道的。可以说我长这么大,从未见过脸皮比她厚的,天天仍然鼻子插大葱愣装象,家里家外张张罗罗、忙忙乎乎的。还时不时地跟老爷嘀嘀咕咕出损招儿,在家丁、仆从面前颐指气使的,好像府里搁不下她了。这不,大太太以照顾我和总师爷为名,实为从范家堡子给开了出来,放逐到大疙瘩梁那片边远的深山老林里。声称我们有要务在身,需于山沟里招兵买马,建什么演武场,打造兵刃,把那两个大和尚也派去……"

袁小鬼见四太太情绪十分激动,越说声儿越大,机密都给捅出去了,根本收不住,赶忙拽了拽其衣襟儿并使了个眼色,意思是别说了,到此为止吧,四太太方闭上了嘴巴。

跛行客听了这番话,不由得心头一震,似乎明白了什么。于是扭过身子,重新审视坐在轿车内的四太太和总师爷,又侧过头打量一下后面的平板车,联想到那两个劫道的黑衣人,他们虽然头戴面罩没有暴露长相、身份,但四太太的言谈已证实了自己的判断,劫道者乃两个师弟无疑。然仔细一琢磨,有些事又百思不得其解,捋不出头绪来,一时心乱如麻，觉得沉甸甸的。他坐直了身子，两手放于膝盖上，双眼望着远方，目光深邃，一声不吭。

那么，此人是谁呢？想必各位阿哥早已猜出来了，这位出现在前往大疙瘩梁半道儿上的手拄拐杖的跛行客并非路人，而是河南登封嵩山少林寺之高僧一指金刚侠。他自打离开富俊和徒儿班布泰后，表面上开始四处云游，观山望水，去各个寺庙看望故友，烧香拜佛。实际上是借机寻找一块儿下山的师弟冲霄五毒侠和云水轻身侠，走到哪儿问到哪儿，可是皆打听不到，大半年过去了，未获半点儿消息。后来听说范家堡子住有两位僧侣，乃世外高人，是范庄主专门雇请的，担任团练的总教头。从大伙儿所描述的个头儿、身材、模样儿看，很像自己的二师弟和三师弟，索性就去了范家堡子，遗憾的是始终没有碰上面。过了些日子，又传出那两个和尚同范庄主的大夫人钱氏有一腿，他初闻不仅不信，而且非常气愤，真乃没事儿干了闲的，纯粹瞎扯淡，这不是中伤佛家弟子么？可渐渐听得多了，就有点儿信了，谁也不会捕风捉影胡咶哇，其中必有原因。于是乘夜三次造访范家宅院，偷偷攀援一空斋房顶，暗探两个僧人的所作所为。令其惊诧不已的是果然看见一僧侣与一女子在一块儿苟欢，仔细一瞧，那僧侣正是二师弟冲霄，铁证如山，绝非谬说！当即觉得脑袋都大了，气也喘不匀了，发誓一定要抓住这个少林败类，代师除孽，以清佛门。虽然尚未目睹三师弟云水行为之不妥，但传言也不是空穴来风，要密切关注之，从此便开始秘密跟踪。

这日，他发现两个师弟离开范家堡子一直向北走了，估计是前往大疙瘩梁，便也朝那个方向去了，不过并未紧随其后，那二人没走古道，而是在密林中穿行，不想让对方察觉有人跟踪。一路上，除了山道就是林子，道两旁长满齐腰高的蒿草，也听说方圆百里皆为范家堡子的地盘儿，故而格外小心。天傍黑儿时，身后传来两辆马车的行进声儿，考虑到此处既荒凉又寂寥，附近没有人家，担心胆小的行人把自己看成劫道的而惧怕，便捡了根柞木棒子当拐棍儿，扮成瘸子蹒跚而行。如有可能，最好搭上此车，顺便同车主唠唠闲嗑儿，或许会另有收获。结果事如所愿，真就搭上了车，而且巧的是两辆车恰恰自范家堡子驶出。当路遇两个黑衣人要把他拽下车时，只是抡起右臂一搪又一甩，对方未还手也未进招儿。当听他喊了一声臭小子时，对方一句话未说，撒腿就跑。常在一起的人相互非常熟悉，对方的一言一行、一举一动都会有感觉，他认为两个黑衣人乃自己的师弟。通过交谈，又得知坐在车上的不是范

第三章　收服逆僧

家堡子的普通农妇、农夫,而是庄主身边的亲近之人,一位是范蔼仁的四夫人,与大夫人勾心斗角,长期不和;一位是范家账房儿总师爷,绰号"铁算盘",与庄主的四夫人有染。当四太太怨怒之下说出两个大和尚与钱氏私通、范家堡子的老少爷儿们全知道时,他犹如万箭穿心,为师弟的糊涂而难过,心中十分不解:"我们师兄弟跟范家往日无冤,近日无仇,范蔼仁的大夫人为啥出此毒计引诱师弟下水呀,目的何在?咳,意图尚未弄清,暂时不能回江城向富俊大人禀报,只能看看再做打算了。"接下来未承想那位四太太嘴巴不严,竟毫无顾忌地吐露了范家堡子的机密,即大庄主范蔼仁准备招兵买马,在荒僻的大疙瘩梁深山中建演武场,于山洞内设打造兵刃之所,两位师弟任武师等。由此进一步印证了往日所查是真,范蔼仁与吉林将军衙门的总管秦名远以凤楼为依托,暗中勾连,沆瀣一气。其目的就是为了与朝廷作对,独霸一方,保住范氏家族的土地大账,并牢牢掌握在自己手中,致使行辕无据可查究竟占有多少田亩,以逃脱此次清查……

就在一指禅师陷入沉思时,车老板儿赶着两辆车走到一处林中大岗,枝叶繁密如伞盖,里面一片漆黑,月光根本照不进去。轿车内,靠在袁小鬼身上的四太太掀开轿帘儿往外瞅了瞅,嗲声嗲气地埋怨道:"哎哟,干吗放着大路不走、偏走这山间小道儿哇?什么鬼地方啊,好吓人哪!"

袁小鬼说道:"不知道吧?这一带便是小疙瘩梁,四周全是立陡的石崖,路自然难行了。"

四太太又道:"老七的傻儿子八月二十五娶亲,咱们得快点儿走,赶上那天好去贺喜呀!"

一指禅师一听,所谓的"老七"必是范蔼仁的七姨太了,遂插话道:"八月二十五是大喜的日子,到场的人肯定少不了,那两个和尚也得去吧?"

四太太回道:"当然了,他们有能耐,武艺高强,全指望人家保护呢!要不一旦碰上窃贼,必劫掠迎亲财礼,损失可就大了。迎娶那天,不定怎么热闹呢,光送亲的人就多了去了,这可是庄主爷家添人进口哇!"

一指禅师接着说道:"世间的事儿真是难以预料啊,没想到半路与大庄主的四夫人和账房儿总师爷在小疙瘩梁附近相遇了,并允许我同坐一辆车,不胜感激呀,可到现在还不知总师爷的尊姓大名呢!"

快言快语的四太太忙道:"哎哟,都忘介绍了,总师爷姓袁名小鬼,我怀抱的孩子就是和他生的。有缘千里来相会,经过这场劫难,咱们算是认识并成为朋友了。闲来无事时,欢迎大师父到大疙瘩梁舍下小歇,我和袁师爷必盛情款待。请问大师父,该怎么称呼您呢?"

一指禅师回道:"吾乃孤云野鹤、少林游僧,日后会去府上化斋的,不少事儿还得请二位施主帮忙呢!"

袁小鬼笑道:"那好哇,求之不得呀,放心,只要能帮上的必帮,没说的!"

到了子时,一指禅师嫌车走得太慢,耽误时间,想先行一步,于是身子往外一斜跳到地上,也不装瘸了,撂开铁脚板儿很快隐入夜色之中。等到马车夫、袁小鬼、四太太再找跛行客时,发现早已不知去向,惊诧之余,不禁连连称奇:"怪了,来无影去无踪,莫不是遇上活神仙了?"

一指禅师在小疙瘩梁苦等几日,到了八月二十五这天,提前盘坐于卧牛石上,果然看见范蔼仁与七姨太所生之傻小子娶媳妇儿的热闹场面,再一次碰上了二师弟冲霄和三师弟云水。就在二人正欲加害前来寻找自己的四师弟庞荣以及心爱的徒儿班布泰这个节骨眼儿上,及时出手将其救下,真乃料事如神哪,怎能不心情畅快呢!然遗憾的是那两个冤家师弟侥幸逃脱了,只好让他们继续逍遥些日子,以后再找机会擒拿之。

清晨,歇息在搭于树顶那座简易茅舍之中的一指金刚侠、鹰爪消魂侠庞荣、八旗佐领班布泰被百鸟的鸣叫唤醒,或许是因为重新相聚特别高兴,尽管只睡不到两个时辰,却感到浑身格外舒爽。3人洗了把脸,就着咸菜嚼着苞米饼子,喝了碗小米粥,算是用早膳了。一指禅师说道:"咱们商量商量下一步咋办,是回江城呢,还是领你俩在这一带走一走、转一转,扩大点儿眼界呢?估计富俊大人一定很着急,想了解更多的情况,就这一点而言,应该立刻返城。可我总是惦记那俩臭小子,师兄弟在一起又不是一年半载的,已经几十年了,有着深厚的感情,岂能眼瞅着他们被范蔼仁和钱氏拉下水而不管?一想到两个师弟将师训抛至脑后,不辨是非,一意孤行,做了不该做的事,心里可谓又痛又恨,非常不是滋味儿。然最终痛胜过恨,怎么也放不下呀,真想立刻把他俩带回嵩山。"

第三章 收服逆僧

班布泰表示道:"师父的心情可以理解,但急不得,不可能一蹴而就,要有个过程。我爷爷的确是在等着咱们能带回一些信息,也好据此拿出一个切实可行的方案来,不至于盲目从事,不过时间还来得及。徒儿对您所说的扩大眼界倒蛮入心的,想必肯定新鲜、有趣,不妨现在就去。"

庞荣打小就跟着大师兄,围着身前身后转,对其非常了解,一向听他的。也深知大师兄对闲杂之事从不过问,只要提出要看的,肯定极为重要。倘若不去,将来会后悔莫及,所以也赞同跑一趟。

一指禅师见徒儿和四师弟都表态了,这才又道:"那好,咱暂时不回江城,看看再说。为什么一定要去呢?你俩恐怕都猜出来了,因为事关重大,或许对追查范氏家族土地大账能有所帮助,有意外收获也未可知。"

班布泰听师父这么一说,立马站起身来,急不可待地催促道:"师父,那就更用不着犹豫了,快领我和师叔去吧!"

一指禅师点了点头,二话没说,第一个跃下高树,于头前带路,庞荣和班布泰紧随其后,向大疙瘩梁的山道奔去。一指禅师使出了飞身轻功,脚下生风,边走边回头叮嘱道:"老四、班布泰,你们跟紧点儿,我可越走越快呀,千万别落下!"

二人异口同声地回应道:"走喽,放心吧,肯定落不下!"

师徒3人嗖嗖嗖如同清风刮过,很快便上了山道,一口气走了20多里后,进入了道旁的茫茫林海之中,就像3个小黑点儿若隐若现。

大疙瘩梁位于吉林地域的小兴安岭丘陵地带,"疙瘩梁"即丘陵之意,最早来自女真语,已经不好直译成汉语了。小兴安岭重峦叠嶂,群山起伏,绵延数百里。北有拉林河的支流细鳞河,西南有松花江的支流蛟河,在早称嘎牙河,长约百里,盛产各种鱼类。到了汛期,水流湍急,河面宽阔,白亮亮一片,微风吹过,水面上泛起层层涟漪,俨然一条银色的绸带。这条出名的大河可谓宝河,康熙以来,每年向京师进贡的细鳞鱼、勾辛、鲶鱼、大杆条等皆出自于此。所出产的东珠又大又圆,银白如雪,晶莹剔透,质量上乘。嘎牙河明代称秃都河,清代称推屯河,现在称蛟河。"推屯河"来自满语,含意不好考证,年延已久,译音也变了。大疙瘩梁靠近嘎牙河的中游,草木繁茂,郁郁葱葱,犹如一片碧海,是个山美、水美、风景美的好地方。它的东面还有一条河,即牡丹江的支流朱尔多河，来自满语，年头多了，用汉字标注便叫成了猪耳朵河。大疙瘩梁有连绵成片的小山，物产丰富，不仅鱼类繁多，飞禽走兽也不少。正因如此，自清初开始，从太宗皇太极到世祖福临入关，这里一直是打牲乌拉总管衙门属下的一处打牲要地。打牲丁年年把采集到的松子儿等山货、各种鱼虾、各样皮张以及精选出的上等东珠运往京师，敬献给皇室，其中有不少名珠极受欢迎。

早先，大疙瘩梁不准闲杂人等入内，只有打牲乌拉总管衙门的官员及打牲丁可以进出，满洲人大都在八旗军营效力，一般不来此地。为啥呢？因为有的河和山被天子封为圣水、圣山，为皇家御用之地，外人不许随便踩踏。乾隆中期，由于天灾人祸，住在关里的百姓纷纷举家来到关外，闯关东的人多了，疙瘩梁一带变得不那么冷清了。到了嘉庆初年，进入山里的闲杂人等激增，朝廷派去的官兵难以驱赶。特别是从关内逃荒而来的汉人听说疙瘩梁土地肥沃，有3条大河围绕，乃富庶之地，便乘夜偷偷跑到这儿隐蔽下来。他们定居后，又把同乡、亲朋唤来，一呼百应，投靠亲友的人越来越多，像蜂群一样齐聚疙瘩梁，官府也顾不上管了，渐渐成为林海中的新部落，此地随之也就名声在外了。远的不说，嘉庆七年至嘉庆十九年，吉林将军秀林的马队、吉林将军赛冲阿的马队、吉林将军富俊的马队都曾受命进入疙瘩梁，目的是搜寻、轰撵流民。然草高林密，河谷开阔，丘壑纵横，大大小小的山沟颇多，无论到那儿皆能躲能藏。常常是流民跟官兵捉迷藏，你来我跑，你走我来，很难被发现。其结果是越搜躲得越深，越撵跑得越快，谁到那儿都头疼，一点招儿没有。吉林将军很是无奈，不得不放弃，也不再往朝廷上折子了，睁一眼闭一眼，没心思管了。这下好，一传十，十传百，各地的流民扶老携幼纷纷前来，不少满洲人也出了关，除几个大姓之外，真正在这一带开垦荒地、春种秋收、繁衍生息的当属汉人，成了汉家的土地。其中满洲著名的姓氏有钱姓，乃河北人氏，乾隆末年时，不知用多少银子买通了盛京说了算的官员，于封禁较松时进入了疙瘩梁。

范蔼仁的祖上不是满洲人，是河北的汉人，只是有的支儿编入了汉军八旗。乾隆朝时，其中一支儿在收复大小金川之役中立下了战功，受皇上恩赐而迁移吉林，进入疙瘩梁，慢慢便在此地发迹了。其后又扩展到双城堡拉林河一带，沿岸土地越占越多，继而延伸至松花江饮马河附近，横跨黑龙江、吉林两地，范氏家族开始有了名气。范蔼仁和大夫人的祖上是同乡，老钱家从河北到了辽东，在嘎牙河一带安了家。从此，

第三章 收服逆僧

两家你来我往，关系愈加亲密，在管理土地上相互扶持，且几代联姻，老钱家的祖坟现今仍在疙瘩梁的深山里。大太太钱氏的五辈太爷曾在吉林乌拉打牲衙门中任佐领，即负责采东珠的珠轩达之上的领旗佐领，后来与住在疙瘩梁的范氏家族结下了姻亲。疙瘩梁成了老范家的经营地之后，又把一部分耕地卖给了同乡和亲戚，达爷之职交于大太太钱氏的爷爷了。"达爷"乃满语，汉译为头目、首领，这里特指管理土地之人。钱氏的爷爷很会办事，对逃到此地的流民总是想方设法予以安置，上能应付官府，下能安抚百姓，故而大伙儿都听他的，得到了范家的信任，钱家也因此有些名气了。钱氏的奶奶三太太把范蔼仁之太爷赏给自己的一块地作为胭脂地，可种田，可育林，可打猎，临去世前，将其交由钱氏姐弟继承。钱如民死后，胭脂地自然就归钱氏一人了，每年清明节那天，在范家堡子团练的护卫下，带上供品前往疙瘩梁扫墓，祭奠先人亡灵。

近些年，疙瘩梁迁来的杂姓日渐增多，生活富裕了，匪患也跟着起来了，常有盗贼出没，偷窃、抢劫时有发生，致使人心惶惶，一些噶珊达不得不自己养兵护屯。各村的兵勇一多，相互之间的争斗亦随之增多，加之各个绺子的频繁造访，疙瘩梁的治安秩序越发混乱。吉林将军鉴于此，曾派八旗兵前去剿捕，试图制止匪患。然而由于地处荒山野岭，官兵在明处，匪徒、窃贼在暗处，使你防不胜防，总是吃亏，大家感到十分棘手，所以并不经常来。眼下此地势力最大的仍数范氏家族，范蔼仁为牢牢掌控疙瘩梁，养了些团练，平时对那儿一般不插手，也不大过问，由大夫人直接管。钱如民在世时好喝酒，常去疙瘩梁，张家喝完李家喝，渐渐同当地的住户混熟了，钱氏便指令他去那里收缴租税，拉运山货、皮张、鱼虾等，供范家堡子用。钱如民死后，钱氏的双眼越发盯向疙瘩梁了，认为这样一个既隐蔽又富足之地，不充分利用实在太可惜了，大山洞多得是，即便在里面干些违犯大清律的事儿，官府也发现不了，何乐而不为呢？而且从目前情况看，若想朝廷奈何不了咱，招兵买马成了当务之急。于是便向丈夫吹风，说什么为了壮大范家堡子的力量，应该多养兵，可在疙瘩梁的深山里建演武场，打造各种兵刃以自保。野心勃勃的范蔼仁初始尽管有些犹豫，也明知此举犯杀头之罪，但由于受权、财、利等欲望所驱使，最后还是点头同意了。钱氏随即以卑劣的手段诱胁夺魂僧者和静空大师为其效劳，前往疙瘩梁筹办此事，又把一对儿野鸳鸯派了去。四太太和袁小鬼并不知晓这些详情，有的事儿也只知其一，不知其二，钱氏从未露过底。不过曾听说疙瘩梁盗匪猖獗，人心都被他们搅乱了，朝廷屡次派兵围剿，但收效甚微。

就匪患而言，夺魂僧者和静空大师乃世外高人，浑身是胆，武功超群，不会把打家劫舍的蟊贼放在眼里，只是些乌合之众而已，很容易对付。四太太和袁小鬼比不了大师呀，他俩需在那儿安家，一年四季生活在山沟里，天天与逃到此地的流民打交道，还得遭受盗匪的袭扰，哪能安生呢？然后悔已晚，黄瓜菜早凉了，只能是宁肯自欺欺人，也往好了想。不管咋的，我们是从名声赫赫的范家堡子来的，一位是大庄主的夫人，一位是范家账房儿总师爷，谁敢惹呀？打狗还得看主人呢，没事儿。

单讲车老板子赶着两辆车刚要驶入大疙瘩梁，忽然从前方驰来3匹黑马，马上各坐一位黑铁塔般的壮汉，一个虎背熊腰，一个黑红脸膛儿，一个眼大如铜铃。3人手持明晃晃的鬼头大刀，身背一张曲柳木大弓，胯下挂一箭囊，腰间别着匕首，显得很是威风。四太太和袁小鬼见其衣着、装备跟范家堡子的团练大不一样，觉得十分奇怪，难道到了一个与世隔绝之地？不对呀，老爷声称疙瘩梁范家说了算，居住在这儿的人都得听庄主爷管。正寻思呢，3匹黑马眨眼间到了轿车前，那个虎背熊腰的彪形大汉将鬼头大刀一横道："站住，从哪儿来的？不通禀一声就大摇大摆地往里闯，好大胆子呀，报上字号！"

四太太和袁小鬼不仅未被镇住，反倒觉得好笑，看来山里的人事先并不清楚自己是庄主爷派到这儿来的，若是知道，还不得远接近迎啊！真可谓大水冲了龙王庙，自家人不认自家人了，不知者不怪。袁小鬼忙令老板子停车，四太太撩起轿帘儿，扫了一眼面前的壮汉，正言厉色道："赶紧回去告诉噶珊达，就说范大庄主的四太太和袁总师爷驾到，让他们不用出山迎接了，在大门口儿恭候吧！"她以为本太太已经说了，你们仨也听清了，这就等于通禀了，用不着那么多废话，接着又冲车夫吩咐道："老板子，起车，继续往前赶。"

车老板儿刚要扬鞭催马，那个彪形大汉一抖缰绳喝道："哪个敢动！"随即翻身下马，上前一把薅住车夫的衣领子往道边儿一悠，只听咕咚一声，老板子摔了个嘴啃泥。然后他又回过头举起手中的马鞭指着两辆车喊道："全他妈给我听着，哪个地方都有自己的规矩，大疙瘩梁照样有山规。你们可倒好，一不拜瞭哨官，二不下车上供燃香，三不经允许径直往山里闯，知道怎么处置？只要违反其中一条，哈哈脱光衣

第三章 收服逆僧

裳削掉卵子，赫赫扒下上衣割掉奶子，暴晒一日，鞭刑三百。你们这三条都犯了，瞭哨官站在面前不拜也就罢了，兄弟几个正事儿尚未办完，没工夫跟不懂规矩的人较劲。可是竟敢不拜圣山圣水，旁若无人地踏足山门，又不报是哪个乌龟王八蛋，决不能轻饶，太瞧不起我们疙瘩梁了。各位看咋办吧，要不这样，才刚露面儿的赫赫赶紧下车，乖乖脱下上衣，让哥儿几个先摸摸你那奶子，然后再割下来如何？"见没人搭言，接着又道："怎么不应声儿啊？是没听见哪，还是等着哥儿几个亲自动手哇？咱把丑话说在前头，倘若不按我说的去做，可就不光是割掉奶子了，另外得看看那生孩子的地儿是横着长还是竖着长。哼！真不知天高地厚，也没称称自己几斤几两，跑到疙瘩梁穷横，觍着脸皮嚷嚷什么让噶珊达在大门口儿恭候。长几个脑袋呀，活腻歪了吧？赶紧滚出来，快点儿！"

听了彪形大汉的一通儿喊，除了袁小鬼，两辆车上的人全傻眼了，吓得大气不敢喘，从未见过这等场面哪！四太太浑身直哆嗦，脸都吓白了，这山里人也太霸道了，比土匪还邪乎百倍。平日里那天不怕地不怕的劲头儿也没了，嘴也不巴巴了，只剩瞪眼瞅着袁小鬼的份儿了。还得说"铁算盘"经得多见得广，老于世故，稳了稳神，拍拍四太太的肩膀，告诉她别怕，稳住架儿，有我呢！然后不慌不忙地跳下车，弹了弹外袍儿，先是躬身三拜道："都怪我有眼无珠哇，不知是瞭哨官驾到，失敬，失敬，范家堡子账房儿总师爷给各位赔不是了。"继而从内怀掏出30两纹银满脸堆笑地递给彪形大汉道："此乃进山传号礼金，不成敬意，请3位笑纳。"反身又从车里拿出一块百两银锭儿双手捧至头顶道："这是我们随身携带的香火钱，打算半道儿买些供品，待进山时供奉神佛，以表善男信女敬重之意。由于连夜跋涉，行路急促，加之未见沿途有店铺，故而没有备成，现将香火钱奉上，请瞭哨官代为祭拜圣山圣水，在下不胜感激！"

3个壮汉见袁小鬼话说得很得体，又递上130两纹银，便不那么横眉冷对了，也不再提削卵子割奶子那个茬儿了，态度缓和下来，彪形大汉接过银锭儿道："我替兄弟们收下了，不愧为总师爷，脑筋活泛，懂规矩，今天看在你的面子上放一马。不过我可提醒你们，山里还有许多讲究呢，遇事多动脑子，小心着点儿，我们就不奉陪了，自己进去吧！"说罢一骗腿儿上了马，同另两个壮汉调转马头刚要走，袁小鬼忙道："敢问瞭哨官，进山得先拜见何人哪，能否告知？"

铜铃大眼的壮汉回道:"俺们这里有3个山达,你们进去之后,就去叩见仝槌、铁槌、石槌吧!"

袁小鬼摸摸后脑勺儿如坠五里雾,赶紧追问道:"什么仝槌、铁槌、石槌呀,瞭哨官,请说明白点儿,到底去拜见谁呀?"

3个瞭哨官立马不耐烦了,黑红脸膛儿的那位道:"真不识夸,刚刚说你懂规矩,这会儿怎么又糊涂了?别啰嗦了,哥儿几个还得巡哨呢,没工夫跟你磨牙,自己看着办吧!"说完3人扬起鞭子啪地一甩,打马向西南方向驰去。

袁小鬼目送3匹黑马跑远了,转身回到车内,高声儿命老板子起车进山。已经摔蒙了的车老板儿这才颤抖着从地上爬起来,拍拍身上的土,走到车跟前一欠屁股坐到驭手的位置上,拿起鞭子赶着车往山里走去。轿车内,袁小鬼搂着双手紧捂前胸早吓蔫了的四太太,谁也没心思说话。过了一会儿,四太太方缓过神儿来,抬起头问道:"袁师爷,山里人咋这么野蛮呢?问他啥吧,连句正经话都没有,开口就让咱先去叩见3个槌子,这是哪儿的规矩呀?"

袁小鬼点点头道:"是呀,我也正琢磨呢,不弄明白没法儿进山,不能总破财不是?想必他们的意思是此地有三位头领,一个叫仝槌,一个叫铁槌,一个叫石槌,进山务要叩拜这仨头儿,否则休想在疙瘩梁站住脚。"

四太太感到有点儿犯难了,没想到进山还如此麻烦,本人又不是平头百姓,而是大庄主的夫人,凭啥叩拜3个槌子呀,咋没人拜拜我这个四太太呢?越寻思心里越堵得慌,又着急又无奈,遂问道:"袁师爷,难道山里真有什么清规戒律不成?此前从未听说过呀,谁不求万事顺利呢,咱总不能装懂吧?咋整啊,这可要了命了!"

袁小鬼轻声儿安慰道:"别急嘛,走一步看一步,车到山前必有路。据闯荡江湖的人讲,出门在外不一定非得依照某一地方的规矩行事,那样太多太乱太复杂,一时半会儿也弄不清楚。一般情况下,只要按江湖的常规办,五湖四海皆行得通。山里有些讲究不奇怪,也用不着怕,兵来将挡,水来土掩,到时候听我的就成。"

四太太反倒来气了,一把推开袁小鬼,嗔怒道:"你可真够浑的了,里外不分,怎能跟那3个野山驴一块儿吓唬人呢?我是谁呀,蔡家营子大庄主的千金、范家堡子庄主爷的四夫人,无论到哪儿,谁见了都得给本太太下拜,干吗在山里的穷光蛋面前却低三下四的?那也太丢份儿

第三章 收服逆僧

了,我才不干呢!"

袁小鬼笑了笑道:"四太太,常言道:到啥地方说啥话,肯定没亏吃。这不是蔡家营子,也不是范家堡子,而是偏远的大疙瘩梁,进山就不能摆那阔小姐、庄主夫人的派头儿。刚才没看见么,什么皇上啊、豪绅哪、庄主爷呀,人家根本不买账,只知道3个槌子。县官不如现管,一方土地一个令,再有能耐的人也压不住草头王、地头蛇,必须任其摆布。四太太,别闹了,消消气,谁让咱来了呢!既来之,则安之,你就听我的吧,当一次给主子下拜的奴才,咂摸咂摸是个啥滋味也未尝不可。"

四太太越发生气了,不管不顾地大声儿嚷嚷道:"咋说话呢,谁闹了?真是岂有此理,他们这不是登鼻子上脸、无法无天么?猫不吃死耗子,纯粹活人惯的!"

袁小鬼仍耐心地劝慰道:"行了,行了,小点声儿,不是有那么句话么,小不忍则乱大谋,忍一忍就过去了。方才已经给瞭哨官一块百两银锭儿了,你把剩下的那三百两拿出来吧,马上就要派上用场了。想进山,按常规必交敲山银,否则哪能进得去呀?不备银子想进,那叫硬闯山门,不一刀刀削咱屁股上的肉才怪呢!"

四太太听罢,只觉得心发慌、腿发软、头发涨,干生气又没辙,千般委屈、万般愤怒齐聚心头,不禁哇的一声哭了起来,边哭边叨咕:"哎哟,我的天妈呀,俺上那老狐狸精的当了,被骗到土匪窝、阎王殿了,这口怨气怎能咽得下呀!等着瞧,我不是白给的,非掘钱家祖坟不可,让老钱婆子不得好死……"

袁小鬼摩挲其后背道:"好了,好了,别哭了,伤了身子骨儿更不上算了。现在一切都清楚了,决定让咱来疙瘩梁的当天,大太太慷慨解囊,递上了四百两银锭儿。嘴上说得好听,什么给你今后添补生活之必需,实际上完全不是那么回事儿。要我看哪,她是早有打算,知道进山得有敲山银,为把咱顺顺当当推出去,才拿出此银作为打点之费用,再由我们亲手交于疙瘩梁的人,哪儿是给你的呀?大太太为人狡猾,含而不露,能屈能伸,相处时间短很难品得透,你可不是她的对手。既然斗不过,吃亏上当就这一回,想那么多有啥用,还得看眼前不是?行了,擦擦眼泪精神精神,赶紧把银子拿出来预备着。"

四太太仔细一琢磨,觉得袁小鬼说得也是,已经走到这一步了,又能怎样?只能听凭命运的安排了。这才叹了口气,止住了哭声,掏出丝帕拭去满脸的泪水，转身从囊袋里掏出剩下的用红布包着的三块银锭儿扔给了袁小鬼。

四太太头脑简单，无论如何想不到账房儿总师爷一眼盯上她做相好的，事实证明选对人了。这袁小鬼可不一般，自打到了范家堡子，从未暴露过自己的真实身份，因其早已被大清朝廷列入所要缉拿的人犯名单中。他本不姓袁，而姓隋，双字名儿元灏，河北武强人氏。故里在滏阳河下游，与漳沱河会合后，又称子牙河。由于东临黄河，故而此地水患频仍，庄稼被淹，粮食无收，哀鸿遍野，饿殍随处可见。隋元灏幼年时，正值乾隆朝后期，当地秘密组建了平愿会，成员复杂，制定了章程，设立了会首。"平愿"意指平冤，有苦有冤之家、被欺辱被压榨之户皆可入会，同病相怜，同心相结，同冤共诉，同仇共雪，很有感召力。正因如此，各地随之闻风而起，人越聚越多，八方联动，逐渐波及到山东、山西、河南等地，朝廷将其视为心头大患。

乾隆五十八年，隋元灏17岁了，长成大小伙子了，随父加入了平愿会。当年一入秋，赛冲阿将军便奉皇命亲率吉林马队平乱，追剿平愿会成员，最终多数被抓，两位会首伏法，直至嘉庆十四年前后才彻底平息。这种情况下，平愿会那些侥幸未被抓的成员为了活命，不得不携家带口背井离乡，东奔西逃。元灏的父母年迈，皆已将近60岁了，母亲经年病不离身，天天靠吃药维持着。父亲为了不牵扯家人，决定让老伴儿和两个儿子留在故乡，只带长子元灏逃往关外。哪知刚刚跑到喇嘛洞附近，老父忽然心口儿疼，喘不上气来，折腾六七天后，在痛苦中死去。元灏大哭一场，就地草草埋葬了父亲，从此隐姓埋名，孤零零一个人四处游荡。为了生计，曾在江湖上混过几年，后来从盛京来到吉林地域，偶然间结识了钱如民。

咋认得的呢？冬月的一日头晌，刚刚下了一场大雪，天气特别冷，大人、小孩儿都猫在家里不出来。钱如民闲来无事想喝两盅儿，便去了临街一处挂着单幌儿的小饭馆儿，叫上一碟花生米、一碗红烧肉、两盘小菜和一斤老白干，坐在那儿自斟自酌。待吃饱喝得、结完账晃晃悠悠出得门来，觉得两腿发飘、晕晕乎乎的，加之地面又滑，没走多远便一个跟头摔进雪窝子里，啥也不知道了。不知过了多长时间，正在街上闲逛的隋元灏走着走着，突然发现道边雪窝子里有个人，仰面躺着，嘴巴微张，脸色青紫，显然是酒喝多了所致。担心继续下去容易冻坏，赶忙走到跟前，蹲下身把雪往两边扒拉扒拉，然后将其拽起背在背上，小跑

第三章 收服逆僧

着进了街边的一家酒肆，掏出身上仅有的散碎银子买碗酒为其搓头、脸及四肢。过了一袋烟的工夫，钱如民苏醒过来，酒肆老板指着元灏告诉他："爷儿们，你方才醉卧街边的雪窝子里，幸好被这位兄弟发现并掏出银子买酒为你搓身才转危为安的，不至于受冻伤，可谓救命的大恩人哪，快谢谢人家吧！"

钱如民如梦方醒，感激万分，叩头致谢，隋元灏连连摆手道："不用谢，不用谢，应该的，谁能见死不救呢！"

通过交谈，钱如民得知恩人眼下衣食无着，居无定所，两手空空，艰难度日，遂问道："不知兄弟能干点儿什么，有否一技之长？我或许可以帮你想想办法。"

元灏回道："我没啥大本事，从小得到家传，掌握袖里吞金之术，擅长珠算，被大伙儿称之为'铁算盘'。"

钱如民一听挺高兴，接着又问："兄弟，请问老家在哪儿，姓甚名谁？"

元灏父子皆为平愿会成员，又是一块儿逃出来的，当然不敢透露真情实况了。于是假托姓袁名聪，河北人氏，祖上几代在黄河边做运堤师爷。17岁时父母双亡，只好离家辗转来到关外，喇嘛洞附近的一位庄主雇我在账房管银柜。第四个年头儿的初春，庄主家突起大火，火光冲天，红了半边天，没个救，眼瞅着整个大院套儿烧成一片瓦砾，幸亏人未伤着。日子总得打发呀，只好奔吉林而来，想找个差事干，不过直到今天尚未遇到雇主。他凭着一张巧嘴讲得头头是道，让人听了不能不信服，其实全是编出来的。

当时，钱如民就在大庄主范蔼仁家管账房，正急需个帮手，此人最好是这方面的行家。一听元灏说在别处干过账房儿，有袖里吞金之术，被人称之为"铁算盘"，心就活了。再者原本与其素昧平生，为了救人，却能掏出身上仅有的几个小钱热心相助，不求回报，看来人品不错，诚恳实在，可以信任。这么一想，便决定将其推荐给姐夫，二话没说，带着元灏回了家。范蔼仁听完小舅子的一番介绍，对其很有好感，认为此人可用，爽快地答应可留在账房，给钱如民打下手儿，元灏喜不自禁。想当年，隋元灏初到吉林时，一直惦摸一处有声望的名门干差，自身较为安全不说，也不必总为所挣俸银少糊不了口而日日犯愁。这一天真就来了，还是老天有眼哪，让我在街边偶然结识了钱如民，又是大庄主的小舅子，碰上贵人了，这可太难得了。他暗暗庆幸自己的命好，由衷感激庄主的收留，自此一头扎进范家，安心呆了下来，作为钱如民的下手儿很卖力气，再未另栖他枝。在范家总得有个名讳呀，初始以袁聪之名与人交往，未待自己习惯呢，大伙儿因其处事精明、举止谨慎、不多言不多语、善于动脑筋，认为人如其名，所以给起了个外号儿"袁小鬼"，从此就叫出去了，堡内外的男女老少皆知范家账房有个袁小鬼，却把袁聪这个名讳忘得一干二净。元灏显得挺随和，对怎么称呼自己不以为然，既不嗔怪，也不生气，而且默认了。长期以来，他已经远离了江湖上那些行帮的清规戒律，尽量把刻在脑海中平愿会的那些事儿剔除掉，打算后半生就在吉林隐居下来，过上平静安适、与世无争的生活。

　　遗憾的是命运偏偏捉弄他，竟被狡诈的大太太钱氏甩到了疙瘩梁，还不得不重操旧业，刚到山门就得用上江湖绺子那套应付对方，跟从前在平愿会里有些相似之处。袁小鬼从未将家世向四太太说，一个是担心对方知道自己乃朝廷要抓的人犯而害怕，再因此发生什么变故会对己不利。另一个是与四太太交往时间虽不算短，但尚未达到推心置腹的程度，自然不便讲。好在四太太是个炮筒子脾气，有啥说啥，没那么多心眼儿，对人一根筋，轻易不会怀疑什么。基于此，完全可以利用她作为挡箭牌，使自己在深山里安身立命，好死不如赖活着，也算行了。这会儿，袁小鬼再次嘱咐四太太："你不必过于紧张，连江湖上的任何一个绺子都不是洪水猛兽，不仅讲义气，而且讲道理，何况此地是庄主爷说了算呢！只要咱不轻视这些山里人，给以足够的尊重，对方会以礼相待的。来到疙瘩梁，我们是客，人家是主，客到主家，须遵主便，不能喧宾夺主。再有就是切记先不要显摆自己在娘家和婆家的身份，那样效果并不好，容易刺伤人家，进而使其动怒。啥事儿都得慢慢来，不能急于求成，一切看我的眼色行事好吗？"

　　四太太表面上哼哈答应了，实际上根本没听进去，甚或是这只耳朵听、那只耳朵冒了，也未想通本是富家娇小姐，干吗非受这个窝囊气，更不明白袁小鬼如此做究竟何意。

　　过了两袋烟的工夫，两辆车驶入了疙瘩梁，老远看见前方木障子上竖着一高杆，顶端挂着一面蓝色虎头旗。待走近些细一瞧，那虎纹、虎须是用白丝线绣的，像真的一样，在山风的吹拂下，蓝旗飘飘，猎猎鸣响。袁小鬼一见虎头旗，便知道头领的大帐到了，按规矩不能继续前行了。来者需下马报号，自称晚辈，先叩山王，后献美酒，拜旗祭旗，祭奠前旗主，待主人允准后，客人方可按令而动。本来此前袁小鬼于路上

第三章　收服逆僧

一直在安慰、开导四太太,让其一定要识时务,到了疙瘩梁后,别急于显示自己如何阔气、地位如何高,更不能以大庄主的夫人自居以及不管不顾地鲁莽从事等等。说了那么多,以为她都听明白了,虎头旗就在眼前,自然得按往日所掌握的严格之山规办事。哪知任性的四太太早将袁小鬼的嘱咐抛到脑后,一见虎头旗就气不打一处来,寻思道:"此乃范家的地盘儿,要说占山为王,那也得是老范家的人。我是庄主爷的夫人,首次来疙瘩梁,头领们应出山热情迎进才在理。这可倒好,不仅不来接,还白白给他们130两银子,凭啥呀?袁师爷真够没骨气的了,明知大太太欺侮自己的心上人却不敢吱声儿,我这一肚子委屈跟谁诉哇,都冤出大天了。逼到这份儿上还有什么可怕的?到个新地方不能立足,那不睬等着骑在你脖颈子上拉屎、不被当人看么,日后怎么活下去?决不能再受窝囊气了,惟有挺起腰杆子,别人才会惧三分。"想至此,乘袁小鬼正欲下车报号联络之时,抢先一步嗵的一声跳下地,冲着虎头旗大声儿嚷嚷道:"哎,怪了,不仅不见人,连鬼都见不着,是不是全躲到耗子洞里去了?无论何人何地订立规矩,有客来总得出来迎接呀,不是早就通禀让嘎珊达在大门口儿恭候嘛!听好了,再重复一遍,我是范家堡子庄主爷……"下面的话未待说出口呢,早已冲过来4个身穿蓝大褂儿、外罩蓝坎肩儿、脚蹬鹿皮长靴、腰挎鬼头刀的旗卫,即护旗之卫士,不由分说地上前一把薅住她的脖领子,像拽死狗般往后头的大帐跟前拖,四太太左扭右挣、不是好声儿地哭叫起来。

袁小鬼一看吓坏了,慌忙跳下车追过去予以阻拦,怎奈一个人哪能对付得了4个小伙子呀,被其中那个高个子一回手推了个仰八叉。他一抬头,发现大帐外面摆一长条桌,两旁各站5位握刀执剑的护从,个个怒目圆睁。桌后并排坐着3个人,头戴虎头巾,身穿蓝长袍儿,外罩虎头坎肩儿,神情严峻,目不斜视,估计此乃3个槌子头领。这时,坐在中间的那位冲四太太粗声粗气地喊了一嗓子:"赶紧住声儿,别号丧了,小的们,给她上挂!"

何为"上挂"?即黑话,吊起之意。旗卫听令,把四太太的胳膊往后一背,拿过大皮袋子从脖子到脚全套上了。皮袋子呈人字形,从脖颈往下套至胸口儿分叉,一撇儿伸向左肋,一撇儿伸向右肋,下面有条带子可系。虎头旗旁边立着两根粗木桩,一个半人高,木桩之间钉一横梁,上面拴着绳子,乃专门吊人的地儿。大个子旗卫用横梁上的绳子把四太太从胳肢窝那儿往两边一勒,另两个旗卫一头一个使劲拽绳子,人便腾空了。紧接着坐在左侧的首领啪的一拍桌子道:"给我下踏!"

从两辆车上下来的男女仆人、车老板子不懂"下踏"何意,也不敢做声儿,皆直愣愣地站在一边。袁小鬼明白呀,"下踏"也是黑话,即扒下裤子。当即脑门子便沁出了一层冷汗,这可不得了哇,弄不好要出人命的。他很清楚,在野蛮的山民中,无论男女,只要犯了山规,就被扒下裤子吊起来,连饿带晒,几天便成肉干儿了。卸下后,扔进沟底任由野狼掏、老鹰啄,这是常有的事儿,司空见惯。袁小鬼泪眼望着四太太非常无奈,心乱如麻,暗自思摸道:"完了,完了,谁让你不听劝了,到底惹出了乱子。一路上我一个劲儿地叮嘱不要显摆,能忍则忍,见机行事,能顺利进山就行了。你答应得好好儿的,却不按说的做,还抢先跳下车质问人家,弄得不可收拾。也怪我,当时迟疑了一下,要是早点儿下车报号、祭旗、拜圣山,不给你机会,或许不至于如此。疙瘩梁立有多少山规难不住咱,全见识过,我不能跟你似的大庭广众敢亮真实身份,那就糟了,如同泼出去的水,甭想收回来。倘若让吉林将军衙门知道我是平愿会的成员,一准抓去坐牢甚至杀头,20多年的苦心经营全部付之东流了,再不能与家乡的亲人团聚了。现在怎么办?眼前吊着的不仅是大庄主的夫人,也是我心爱的女人。四太太看得起咱,并因此引火烧身被放逐寒山,心甘情愿一起吃苦受累,我却前怕狼后怕虎、寻思这寻思那的,未免太自私了。唉,事已至此,什么都别顾及了,豁出去了,救人要紧,不能任他们所为。即使被官府认出来,一刀砍了我,总算是未枉来世上走一回,也对得起四太太的一往情深了。"想到这儿,心一横,一骨碌爬起,大声儿喊道:"四太太,我来了!"刚欲跑上前施救,一个眼尖的旗卫照其脸部咣的踹了一脚,当即被踢倒在地,嘴丫子也淌血了。

这时,从帐后走出一个体壮如牛、满脸杀气、手拿钩刀的凶汉,到了横梁下方,将钩刀搭上四太太的裤腰往下一划,只听欻拉一声,所穿的粉缎子、上绣牡丹花的外裤从裤腰到裤裆被划开了,裤子随之滑落在地。凶汉再次举起钩刀,准备退去裸露在外的乳白丝绸内裤,刀往下划的瞬间,可能是碰到大腿了,四太太妈呀一声惨叫,坐在中间的那位首领马上一摆手道:"停!我先说一句,然后接着来,咱不是不讲理。我问你,两辆车一前一后快到疙瘩梁时,瞭哨官已经告知需报号进山,你们仍然硬往里闯,懂不懂山规呀?以为是大庄主家的人到了就得恭候哇,告诉你,即便是皇上的二大爷来了也没人在乎,范蔼仁欠下的人头

第三章 收服逆僧

541

债到现在还未还呢！不少山里人关押在范家堡子，有的不得不当了奴才，有的被逼无奈悬梁自尽了，这笔账能不算么？你不是口口声声标榜自己是大庄主的四太太么，此次进山是打算顶债喽，你愿意顶，我们还不干呢，一个臭骚货没谁稀罕。老子要的是范蔼仁，欠账必还，决不便宜他。要知道，耐心是有限度的，等了大半年了，不仅他不露面儿，那个大老婆也藏得严严的，却把替罪羊老四派来了。好哇，今儿个就让你给他们当幅画儿，脱得光光的，不只下踏，还上摘呢，让弟兄们欣赏欣赏你这娘儿们下崽子时一丝不挂什么样。小的们，来呀，给我上手啊！"

"上摘"同样是黑话，即女子割掉乳房，男子割掉胸脯肉。头领的话音刚落，4个旗卫齐步上前，那个凶汉举起手中的钩刀搭在白丝内裤上，未等往下划呢，站在一旁的男女仆人、车老板子扑通通全跪在地上了，苦苦哀求山大王行行好儿，大人不计小人过，饶了四太太吧！可三位头领不为所动，连看都不看一眼，双目皆盯着吊在横梁上的四太太。而此刻的袁小鬼一听他们的黑话就明白了，原以为平愿会的成员逃散后，早已各奔东西，投亲靠友。未承想竟跑到关外，躲进吉林地界的深山老林中占山为王了，心里一阵窃喜，赶忙挣扎着爬起来，顾不上在四太太面前暴露自己的身份了，一溜歪斜地跑到横梁下，猛地推开手拿钩刀的凶汉，向坐在长桌边的三位首领抱拳道："海阔凭鱼跃，双雁远飞啸。只求寻新桂，何怜逐邪妖。"随即转身走到轿车前，掀开轿帘儿，从里面取出一把盛满白酒的瓷壶和一只上画百鸟图的白瓷海碗，将酒倒入碗内，双手端着走到大帐前绣有虎头的大纛下，双膝跪倒，把碗举过头顶道："三山五岳，天王老主，历代先师，泰山东来拜松水，弟子海徒颂圣山圣水百代昌荣！"说罢，伸出大拇指和中指在酒碗中蘸了一下，先弹向空中祭天，再弹向大地祭地，然后起身将碗中的酒尽洒大纛之下的石基上。放下碗，再次面冲3位首领又道："手心手背一个拳，三山五岳一个天，五湖四海皆兄弟，不是英雄不比肩。你们太不仗义了吧，是江湖上的真家呢，还是世上的混家呢？"

三位首领一听袁小鬼说出"弟子海徒"4个字儿，脸上立马现出了惊喜的神情，也不说话，只是上上下下打量他。少顷，坐在中间的首领冲站在横梁下的旗卫喊道："还愣着干什么？快，赶紧请下太奶奶！"

旗卫听令，松开绳子，把早已昏厥过去的四太太放了下来，两个男仆将其抬进轿车内。为给压惊，贴身侍女倒了一杯鹿茸汤，一勺儿一勺儿地喂进嘴里，过了一会儿，四太太苏醒过来，在场的人长长出了一口气。三位首领起身离座走到袁小鬼跟前,撩衣跪地磕头致歉道:"罪过,罪过,请息怒,晚辈不知太爷驾到,小的给老人家叩头了!"

袁小鬼手一抬道:"不知者不怪,三位请起。"

3人谢过,站起身来,与袁小鬼一同走到长桌边,按照行帮的规矩凭辈分高低依次入座,袁小鬼坐在中间,三位首领坐在两边。有的阿哥会问,突然间怎会发生如此大的变化呢?那个时候,行有行规,帮有帮规。三位首领听到了"弟子海徒"的报号,知道来者是自己人,且辈分高。"海"字辈乃太爷爷辈,即海字太爷爷,与其相比低四辈。当初听袁小鬼说出"海阔凭鱼跃,双雁远飞啸"一句时,他们便确信来者是平愿会的了,因为这是平愿会的联亲语,即互相联络的暗号儿,告知对方咱是一家人。此为定式句,知道是自家兄弟相遇了,为了接上关系,都得用这10个字儿。其中的"雁"字有讲究,一个人就是单雁,5个人就是5雁,7个人就是7雁,多人就是群雁。袁小鬼用的是双雁,意在告诉三位首领我们是两个人,我是会里的成员。后面的"只求寻新桂,何怜逐邪妖"一句不是固定的,可根据当时的人或事之实际情况即兴发挥,自由变换,愿咋说就咋说,能表达出意思就行。又如"三山五岳,天王老祖,历代先师,泰山东来拜松水"一句,也是平愿会的联亲语,前12个字和"泰山东来拜"5个字是固定的,拜什么不是固定的,去哪儿就拜哪儿。袁小鬼来到松花江畔的吉林,于是便说拜松水,只有地点是可变的,固定句不能变。平愿会成员之间见面的联亲语必须用心背熟,不能打奔儿,更不能说错,对方才可据此判断你是不是自家人。如果说得不熟练,或者哪句说错了,人家不会跟你接头。特别要记住的是双方见面时,需报出自己的字号,以证明本人是平愿会的第几代传人、属何字辈,让对方知道你在会内所处的地位、权势以及享受哪个等级的礼遇。

平愿会成员究竟属于哪个辈分,可从16个字里辨识,即"登临沧海,抚霞追月,宇精九派,绵远恒长。"很显然,第一代为"登"字辈,全是组建平愿会的成员。第二代是"临"字辈,第三代是"沧"字辈,以下照此类推。袁小鬼报的是"海"字,乃第四代"海"字辈,辈分够高的了。平愿会从乾隆末年第一代"登"字辈开始,到嘉庆中期的第四代"海"字辈,已经属于重孙子辈了。袁小鬼刚坐定,便询问三位首领是哪个辈分的,回答为"追"字辈,乃第七代传人,下边还有"月"字辈、"宇"字辈、"精"字辈等。为不露实情和内规、保守秘密,避免外

第三章 收服逆僧

人知道，他们便把"追"改为"槌"，借用"追"字的谐音。三位首领一个姓全，一个姓铁，一个姓石，担心朝廷追查，便重新起了名字，称仝槌、铁槌、石槌，石槌居长，仝槌居中，铁槌居季。3人的老家本不在一地，石槌乃河北饶阳人氏，离袁小鬼的故乡武进挺近，饶阳在武进西边，是邻县；仝槌乃河北霸县人氏；铁槌乃黄河之南山东高唐人氏。他们来关外的时间也不一，石槌到这儿快20年了，仝槌差不多17年了，铁槌也有十四五年了。

袁小鬼接着问道："既然家乡不在一地，也不是同一年闯关东，你们这帮扣儿是怎么聚到一起的？""扣儿"为暗语，乃"口儿"的谐音，兄弟之意，缘于兄弟的"兄"字是用"口"和"儿"二字组成的。

铁槌回道："实不相瞒，我当初从故乡逃到关外，谁也不认识，两眼一墨黑，不知去哪儿藏身较为安全，也没打算扒顶子，就是想混口饭吃。为躲避朝廷派兵马追查，只能是越偏僻越好，于是便逃往深山老林，到了疙瘩梁。过了没多长时间，认识了先于我好几年到此的大哥石槌、二哥仝槌，哥儿仨皆租种范家的土地。范蔼仁真乃黑心肠的恶霸，不把流民当人，兄弟们受尽了奴役、凌辱，为了活下去，不得已才立了虎头，勒了筷把。"

铁槌所言涉及到的暗语"扒"意为反；当朝做官的不是都讲几品顶戴么，"顶子"暗指朝廷官员；"立了虎头"意为有了行帮组织；"勒了筷把"即把一根根筷子捆在一起，意为聚合力量。这番话的意思就是说我们逃到了关外，不是来反大清的，未想与朝廷作对。可是到了疙瘩梁，范蔼仁及其打手们竟把流民当做奴才，天天指手画脚、呼来唤去的，也根本未瞧得起兄弟几个，他们算老几呀？我们辛勤劳作，汗珠子掉地摔八瓣儿，为的是糊口，凭啥还得给庄主卖命啊？实在让人忍无可忍，一气之下，哥儿几个就竖起了虎头旗，把大伙儿聚集在一块儿，组建了行帮，共同对付范蔼仁，不再受其欺侮。

4人越聊话越多，越唠越亲近，三位首领非常尊重太爷爷辈的袁小鬼，同样也另眼相看四太太，希望能将其请出来，也好当面赔个不是。袁小鬼满口答应，起身走到轿车前，掀开轿帘儿如此这般一讲，惊魂未定的四太太早被吊怕了，表示不想露面了。袁小鬼再三劝导，说什么自己乃平愿会的太爷爷辈，辈分高，资格老，辈数儿小的不仅尊重我，也得尊重你，人家真心诚意要赔罪，总得给个面子不是？下来吧，有我总师爷保驾呢，没事儿！四太太听罢，这才点头答应了，赶忙换了套衣服,又梳洗打扮一番,然后由袁小鬼搀扶着下得车来,缓步走到大帐前。仝槌、铁槌、石槌起身叩头下拜,异口同声地致歉道:"请太奶奶息怒,小辈有眼不识泰山,多有得罪,在这儿给您赔礼了,可不是拜鸡头,而是拜砍鸡头。"

四太太哪能听得懂暗语呀,急得大睁双目直劲儿摇头,袁小鬼赶忙给以解释,净挑好听的说:"四太太,三位首领讲了,之所以叩头下拜,绝非看在你是范庄主的四夫人、大太太钱氏四妹子的面子上,也未当成阔财主的家眷对待,而是看成自家人。'鸡头'意为说了算的人,或富户的家主,他们指的是范蔼仁。知道你在范家不得烟抽,怨恨范庄主和大夫人,心没往一处想,是两股道上跑的车。你这个有钱人家的大小姐也从未站在庄主一边欺压百姓,反过来却同情穷人,今儿个又来到了疙瘩梁,显然与山民一条心。这一切令三位首领十分佩服,认为你是砍鸡头的,即反对范蔼仁的,故而才由衷地下拜,以表感激之情。"

四太太听罢,总算不惧怕也不紧张了,或许是受现场气氛的感染,眼眶儿还湿润了,随即从内怀掏出用红布包着的3块儿百两银锭儿,说是为表心意,愿把这些养育子女的钱敬献给行帮。刚一进山,互不认识,更不了解,又从未打过交道,误会难免,请各位首领不必往心里去。现在看来,你们虽然言行显得粗鲁,但心肠好,真诚、直率,作为朋友够交。其实大家能够碰面就是缘分,今后将同处一个屋檐下,在一起相处的日子长着呢,希望多帮衬才是。

石槌站起身接过纹银,对四太太的慷慨解囊深深鞠躬拜谢,并请其就坐,斟上热茶,大伙儿边品茶边天南海北地聊了起来。过了约一个时辰,谈兴正浓,然天色渐晚,只好作罢。"三槌"兄弟先请太爷爷、太奶奶上车,随后一骗腿儿上了马,在前边引领着车老板儿往山里的居处赶去,从此二人住了下来。

光阴似箭,一晃4个多月过去了,袁小鬼、四太太与豪爽、正直的"三槌"兄弟相处得十分融洽、不分彼此,像一家人一样。袁小鬼成了他们的管账先生,活儿干得很是认真,一点儿不含糊,还教其如何理财并帮着出谋划策。从交谈中得知,石槌今年三十有一,在3兄弟中年龄最大,仝槌和铁槌也二十大多了,都不算小了,不过皆未成家。由于石槌脑瓜儿灵活,思虑周到,遇事不慌,有主意,所以仝槌和铁槌打心眼儿里服气,愿意听他的。疙瘩梁有上百户从各地逃来的难民,大多数租种范蔼仁的土地,遇上年成不好,颗粒无收不说,反倒欠了一屁股债,

第三章 收服逆僧

全家老小不得不卖身顶账，成了范家的奴才。范蔼仁从不给奴才吃饱，不关心其生老病死，只让没完没了的干活儿，手脚稍慢非打即骂。"三槌"兄弟不是不敢娶亲，只是考虑到很多流民到这儿成了任人使唤的奴才，不能光想着自己的好事儿而不管众位弟兄姐妹的难处，应同甘共苦才是。大家期盼着有朝一日能遇到个为民造福的好官，以解开套在身上的枷锁，成为自由人，到那时候再一块儿大办婚礼，可谓喜上加喜。袁小鬼当时听了这些，心头不禁一阵酸楚，寻思道："唉，普天之下，上哪儿去找为民做主的好官呐？让山民们不当奴才而成为正身旗人，不再受苦受欺了，贫穷也好，富贵也罢，可以平起平坐了，难哪，只能是梦想啊！"

除此，二人还意外获知了范家堡子的不少秘闻以及范蔼仁的贪得无厌、不折手段聚敛钱财、钱氏所谓宽宏背后的蝇营狗苟等，其人面兽心、歹毒心肠昭然若揭。四太太感慨万端，说道："不是有那么句话么，好人有好报，恶人有恶报。等着瞧吧，他俩早晚会遭报应的！"

四太太虽被钱氏派到疙瘩梁并封为掌印夫人，但事事处处丝毫不向着范氏家族，而是把手中之权交给了"三槌"兄弟，相信他们会管理好的。"三槌"兄弟为了让袁小鬼和四太太看清范蔼仁及大夫人的本来面目，还拿出了范氏家族违犯大清律的实物让二人一一过目，其中有十几份儿乡民的卖身契约、卖地契约，乃代书先生用墨笔写在黄缎子上的，有的是乾隆年间签下的，有的是嘉庆年间签下的。由于时间久远，黄缎子的颜色变暗，毛边也有损坏，皆为桩桩铁证。四太太抽出一份展开一看，只见上面写道：

契 约

兹立契约卖身为奴，立契人胡东财，河北涿县人氏。由于来疙瘩梁无种子播种，无牛具耕地，今愿将自己卖与范蔼仁名下为奴。为奴期间，皆由范蔼仁支使，不得抗用。待用范蔼仁田亩贰垧柒亩整及每年种子、牛具叁年，一应租息均按年期收柒分地息。若叁年偿还，一切清账，所签下的卖身为奴契约即可终结；若逾期不能如数偿还，则永为范蔼仁之奴。经双方与中见人言明，相互谈定，不得反悔。如若反悔，由中见人一面承管，空口无凭，立契为证。契约共两份，各执壹份，永存为证。

大清国嘉庆十九年十二月三日立

户族保人：沙林城 画押
齐常生 画押
丘富臣 画押
立契约人：胡东财 画押
租地东家：范蔼仁 画押

另一份卖身契是这样写的：

契 约

立卖身契约人郝丫丫，因母病乏银，故使用范蔼仁白银十五两二十钱三文，疗疾用尽，无力偿还。由中见人徐郎氏、鲍晓昌、王福全担保，郝丫丫本人同意，卖身抵债，终生为范蔼仁之奴，永不反悔，空口无凭，立契为证。契约共两份，各执一份，永存为证。

大清国乾隆五十九年五月十八日立
卖身奴：郝丫丫 画押
养奴人：范蔼仁 画押

还有一份卖地契约写道：

契 约

立契人哈拉塔，因手中乏银，难以维计，愿将祖上位于嘎牙河东段老牛圈子河套正南之田产卖与范蔼仁名下为业，言明地价九吊五百，再不退还，空口无凭，立字存照。

记开地亩四至：
东至荒界，
南至甸子，
北至河套，
西至山嘴子。

大清国嘉庆十九年正月初十立
中见人：那林宝 画押
包珠乐 画押
芦贵生 画押
刘永增 画押
李希玉 画押
立契人：哈拉塔 画押

買地人：范藹仁 画押

借字人：吳万海 画押

仝槌又搬来一个木箱子，把盖儿捅开说道："你们看，里面装的全是卖身契，约300余份。我大致翻了翻，差不多每户皆签下了这种立奴契约，小命掐在养奴人手心儿里。灾民背井离乡逃荒到关外，不仅不能养家糊口，到头来自己也搭进去了，成了可怜的奴才，连娶妻生子这样的事儿自个儿说了都不算，必须得范藹仁同意方可。大家被逼得在疙瘩梁实在没活路了，才不得不组建了帮会，扯起了虎头旗，决心与范大庄主争个高低。众山民推举石槌为噶珊达，暗地里就是会首，我们不怕掉脑袋，即使官府来人了，照样敢跟他们讲理，掰扯掰扯谁是谁非……"

铁槌插话道："太爷爷、太奶奶，前些日子我们在钱氏家族的坟茔里发现一个用石头砌的坑，上面扣块薄石板，四周的缝隙是用碎石块儿搀黄泥堵上的。时间一长，风吹雨淋的，薄石板裂开了，顺着裂缝儿往里一瞅，里面摞着两个深红色的木匣子。挪开薄石板，把木匣子取出打开一看，装的全是地契，其中必包括强行霸占的土地，一准是钱氏私藏的。"

袁小鬼听罢，异常兴奋，并未多问，心里思摸道："待找个机会亲自前去察看一下，这可是重要发现，乃范藹仁强占土地之罪证，不可小觑。"

四太太也觉得心情挺舒畅，大开了眼界，长了不少见识。以前在娘家未出门子时，只知道些闺阁小事，嫁到范家也只知养孩子，一切全为自己想。哪像"三槌"兄弟呀，一心想着苦难之人，为其排忧解难，与大家抱成团儿共同对付范藹仁，到现在也没顾上娶家口。以为大庄主在范家堡子有多么了不起呀，多么耀武扬威呀，跟土皇上似的说一不二呀，其实不然。真正厉害的当数"三槌"兄弟和山民们，架不住心齐呀，范藹仁根本不是他们的对手，差远了。有一天，四太太对袁小鬼说："我早想明白了，这回到疙瘩梁来，决不给老钱婆子卖命，凡事拖起没完，唬她蒙她，搅黄了才解恨呢，到末了让老范头儿跟大老婆算账去。她自以为精明，鬼心眼儿多得是，在范家一手遮天，让你站着甭想坐着。我也不白给，不来明的来暗的，使坏谁不会呀，不妨比试比试，看谁能干过谁！"

袁小鬼举双手赞同："对，说得好，就这么干！"

自此，二人多日以来不催不动，不光在疙瘩梁西山建演兵场没个动静，于山洞内设锻造兵刃的作坊连影儿都没有，更别说在当地招募丁勇了。夺魂僧者和静空大师见他俩天天该张罗的也不张罗，要么去林中小道溜达，要么逗弄二丫头玩儿，要么吃，要么睡，过起了甜美的小日子，似乎完全忘了自己干啥来了，心里又生气又无奈，一再提醒道："四太太、袁师爷，范庄主和大太太因为信着咱才派到疙瘩梁，来此不是游山玩水，而是有要务在身。不知你俩究竟咋想的，如果继续按兵不动，我们只能回去禀报大庄主了，乃不得已而为之，可别怪罪本僧。"

四太太听罢，不以为然，以到疙瘩梁的时间不长、与当地山民尚不熟悉、过一段再说予以搪塞。袁小鬼却有点儿犯愁了："这可咋好？指不定哪天范庄主和大夫人来了，肯定得问起此事，到时候怎么回答呀，交代不下去呀！"

四太太笑着伸出二拇指点着他的鼻尖儿道："你呀，纯粹是聪明一世，糊涂一时，怎么一到真章儿就没主意了？赶紧去找'三槌'兄弟呀，他们准有招儿。"

袁小鬼一想也是，咋把这个茬儿忘了呢，二人立马去了大帐，见三位都在，遂将两个大和尚的话重复了一遍。石槌说："太爷爷、太奶奶，不用犯愁，那俩高僧由我们兄弟对付，你们尽管放心好了。"

四太太轻蔑地哼了一声道："什么高僧啊，他们也配？那两个秃驴是老钱婆子相好的，男盗女娼，恶心死人了。"

"三槌"兄弟相互对视一眼，只是笑了笑，没再说什么。转天用罢早膳，四太太忽然想起了一件事，遂问袁小鬼："哎，咱们来疙瘩梁的路上，你说到了地儿让我看场戏法儿，啥时候看呢？我还等着呢！"

袁小鬼拍了一下脑门儿道："咳，到这儿忙忙乎乎的竟给忘了，是说过这句话。前些日子'三槌'兄弟不是讲过么，在钱氏家族的坟茔地发现了范氏家族的土地大账，看来此言应该是准的。有件事我已惦记好几年了，早就知道一些，还是钱如民亲口讲的呢！"

四太太急不可待地催促道："哎呀，别卖关子了，到底啥事儿，快说呀！"

袁小鬼接着告诉四太太，说是有一天，他拉钱如民去街边的小饭馆儿喝酒，3杯下肚后，钱如民便口吐真言了，那番话令他很吃惊，从此牢牢记在心里了。钱如民说："好兄弟，别看大哥眼下手头儿紧，老让你破费，时不时地请我喝上几盅儿。放心吧，大哥早晚得翻过身来，到时候肯定会报答老弟的，我心里有数。实不相瞒，我姐在大疙瘩梁那儿

第三章 收服逆僧

有处银窖,是她藏私房钱的地儿。这事儿就咱俩说说,你知我知,不能告诉别人,听见没?"

袁小鬼不禁暗自高兴,忙又为其斟上满满一杯酒,看似不经意地顺口说道:"大哥,别胡嘞嘞了,有的说没的也说,我才不信呢,倘若让大太太知道了,不得剥你皮、抽你筋哪!"

双眼通红的钱如民哆哆嗦嗦地端起满满一杯酒一仰脖儿见了底,然后啪的一声把酒杯摔在地上,人已酩酊大醉,趴在桌子上嘴里仍嘟囔着:"老弟,你……你别不信,是我姐……亲口告诉我的,她……再三叮嘱不让我往外说。等哪天……有工夫,我领你去那儿掏……掏几块儿银锭回来,咱俩好喝酒……"说着说着就坐不住了,身子歪向一边,袁小鬼忙将其搀回家,足足睡了一天一宿才到账房去巡班。

从那日起,袁小鬼的脑子一直划魂儿,钱如民所言到底是真是假呢,或只是酒后醉话呢?有一天闲下来时,便向其询问此事。这回他没喝酒,头脑挺清醒,一本正经地反问道:"袁小鬼,此话谁讲的?本人从未说过,根本没这档子事儿。我姐手中的积蓄充其量不过姐夫给的那点儿体己钱,哪有什么银窖哇,你可不能胡诌八咧呀!"

尽管钱如民一再起誓发愿、矢口否认,可袁小鬼却入心了,此后特别注意观察这对儿姐弟的行踪。结果发现大太太每年都借口上坟,只带几个贴身侍女以及亲随去疙瘩梁,天不亮就起程,显得十分诡秘,不知到那儿究竟干些啥。钱如民也动不动跑趟疙瘩梁,总是独往独来,不带任何人。还看见姐弟俩不知为何事常常不悦,有时在大太太房中吵得不可开交,其亲随守在门外,谁也不许近前。这些现象让他甚觉不解,但有一点是肯定的,那就是他们姐弟之间有着不可告人的秘密。

四太太听罢袁小鬼的讲述,产生了极大的兴趣,两眼直放光,恨不得立即找到所谓的银窖,有了大把大把的银元,下辈子都不用愁了。袁小鬼也有同感,且跃跃欲试,认为此乃天赐良机,决不能错过。二人高兴异常,手舞足蹈,冷静下来后琢磨开了,想要成就这天大的好事儿得靠谁呢?噢,是了,非"三槌"兄弟莫属。他们已到疙瘩梁多年,对当地的情况很是熟悉,否则不可能在钱家坟茔地的石坑内发现私藏的地契,那是处十分隐蔽的地方。四太太又与袁小鬼合计了一番,决定把"三槌"兄弟请到自己的新舍,好好儿唠扯唠扯再作打算。

四太太一行刚到疙瘩梁时,住的是一处有正房和西厢房的土坯房,由于年头多了,颇为破旧,好在能住得下。所说的新舍啥时候盖的呢?

还是两个月前的一天,热心的"三槌"兄弟来到四太太处,说是不能总让太爷爷、太奶奶住旧房子,得给建个新家,山里林木多,可就地取材,方便得很。3人说到做到,转天一早,就带领手下的众兄弟拿着斧头、锯等家巴什儿进山了,伐了颇为粗壮的桦树、椴树、松树、水曲柳各一棵。运下山后,截木头的截木头,和泥的和泥,脱坯的脱坯,还是人多好干活儿,只用十多天便盖起了三大间坐北朝南的砖木结构新居。此房以椴木做梁子,以桦木做顶盖儿,上苫厚厚的房草。外墙用灰砖砌成,内壁加了一层带有花纹的水曲柳拼成的墙板,地面也铺了木板。窗框、窗棂子一色用白松做的,外面糊上从双城堡买回的毛头纸,上贴百蝶飞舞的窗花儿。院内有仓房、马棚、鸡舍,四周围着一圈儿用土坯砌成的院墙,一人多高,打远处一看,既像样儿又大气,可谓疙瘩梁首屈一指的住所。正赶上天气格外好,晴朗无云,阳光充足,将门窗全部打开,以便通风。半个月后,晾得差不多了,"三槌"兄弟帮着太爷爷、太奶奶搬进了新居。

  当时,住在疙瘩梁的山民们较大的事不外乎三件,一件是娶媳妇儿,一件是发丧老人,一件是盖房子。四太太也不例外,入乡随俗嘛,打算把山民们请到家中热闹热闹。于是在袁小鬼的陪伴下,去集市买回一只梅花鹿、一头野猪、两只狍子、一条从嘎牙河网上来的百多斤重的大杆条。除此之外,铁槌一早还带些人进山了,射猎了飞龙、沙半鸡、天鹅、大雁等。一切备齐了,几个人一块儿忙活,有剁肉的,有收拾鱼的,有淘米的,有摘菜的,有上灶的,有于屋里院内摆桌子的。待七碟八碗马上可以上桌了,"三槌"兄弟方骑着马分头去各家各户,将疙瘩梁的男女老少一个不落地请到新居赴宴。一时间,老人们换上了刚缝好的袍子,孩子们穿上了新衣裳,哈哈们蹬上了新靴子,赫赫们戴上了鲜艳的头巾,有的腕挎一筐鸡蛋,有的手牵一只奶羊,有的肩扛一坛子酒,有的拎着一篮子坚果,纷纷前来贺喜。这些山民中,不仅有满洲人,也有达斡尔人、赫哲人、朝鲜族人,还有从河北、河南、山东等地来的汉人。好几个民族聚在一起,围坐桌边大口大口地喝酒,大口大口地吃肉,划拳行令,有说有笑,好不热闹。到了傍晚,于院外的空地上燃起了篝火,大家习地而坐,继续喝酒、吃肉。姑娘们没有了往日的矜持,小伙子们收敛了昔日的羞涩,手拉着手围着篝火又唱又跳,将黄河岸边的花儿歌舞带到了深山里。老人们时不时地打着节拍,边欣赏边唱和,互相呼应。孩子们你呼我叫,在人群中跑来钻去,追逐嬉戏。歌

第三章 收服逆僧

声、笑声、交谈声、喧闹声回响在疙瘩梁的上空,那是山民们最欢乐的日子,也是记忆犹新的日子,让人难以忘怀。

次日下响,袁小鬼把"三槌"兄弟请进了新舍,坐定后,四太太分别为其斟上热茶。大家先是闲聊了一会儿,之后便进入了正题,袁小鬼直截了当地提出了一直以来心中的疑惑:"听说范庄主的大夫人钱氏在大疙瘩梁有处银窖,不知是真是假,也不知具体在山里的什么地方,多年来始终是个谜。三位兄弟对这一带很熟悉,又都是噶珊达,威望颇高,大伙儿都听你们指挥。依我看是时候了,干脆把山民们组织起来,在疙瘩梁秘密搜寻那处所谓的银窖。倘若能找到,把银子分给各家各户,生活不就宽绰些了么?什么事儿都不是孤立的,也不是没有缘由的,能传出大疙瘩梁有银窖,想必不是空穴来风。究竟应去哪条山沟找、估计谁有可能知道,你们哥儿几个不妨先商量一下,然后再决定下一步咋办。"

石槌思忖片刻,说道:"我们未听说疙瘩梁有什么银窖,只知钱氏家族坟茔地肯定有说道,根据啥这么讲呢?那片坟茔地面积挺大,整个西山坡全给占了,早在十几年前就用木障子围上了,并有范家堡子的团练把守,晚上也是灯笼火把的,任何人不许靠近。我闯关东到疙瘩梁的一路上,还是头一回碰到派专人看管坟圈子这等事,其他地方真没有,觉得很是稀奇。我们曾乘大黑夜前去探寻过几次,结果遭到了围堵,要了兄弟们7条人命。那些团练非常凶狠,只要被其抓住便往死里打,来了就甭想回去,故而坟茔地的秘密至今没有彻底揭开。太爷爷、太奶奶,要说起来呢,老钱家的祖坟茔地确实值得重视。这些年来,那里看管得严严实实的,我们哥儿仨和把守坟茔地领头儿的虽然都归范蔼仁管,但没有任何往来,相互不认识。实际上,那几个领头的皆为钱氏亲点,派哪些团练亦是大太太亲定的,她若觉得谁不可靠,绝对来不了。团练们个个乐不得担任此差,因为所挣银两比在范家堡子稍多些,基本上够养家糊口了。山民们恨透了钱氏,太可恶了,比范蔼仁还要厉害百倍。老少爷们岁岁年年住在这里,天天进山劳作,要是一不小心离钱家茔地近点儿,就会遭到一顿毒打并圈起来不让回家。我们曾向大庄主告钱氏的状,范蔼仁只当耳旁风,不予理会,似乎不敢惹大夫人不高兴,告也是白告……"

通过此次攀谈,袁小鬼有很大收获,得知了一个重要情况,就是钱氏家族的祖坟茔那儿说道不小,乃范蔼仁、钱氏的挂心之处。据此,愈加坚定了自己往日的判断,即那里是神秘之地,亦是藏宝之地,钱如民的银窖之说确定无疑。不过偷偷进入钱家祖坟茔地查找银窖之打算眼下不得不暂且放一放,待日后再说,为啥呢?因为那里由训练有素的团练把守,而"三槌"兄弟手下皆为山民,双方力量相差悬殊,不能吃眼前亏,只能从长计议。

那夺魂僧者和静空大师是在钱氏急三火四地催促下,与四太太前后脚儿到的疙瘩梁,吃住在看管钱氏家族祖坟茔地的守卫营里。为筹建演武场、招募丁勇、打造兵刃等事,曾多次进山找过四太太和袁小鬼,皆徒劳而返。这一日,二人又进山了,并暗下决心,不达目的决不罢休。其实他们到来之前,"三槌"兄弟早已得报大和尚一行4人进山了,也知道夺魂僧者和静空大师乃高僧,身怀绝技,十分厉害,于是便将此情告知了袁小鬼和四太太。袁小鬼站在地当间儿,双手背于身后边琢磨边自言自语道:"两位大和尚武功高强,倘若失去耐性动起手来,咱是抵挡不住的。建演武场等事硬拖总不是办法,拖到一定时候照样顶不住,怎么办好呢?"

一旁的四太太却满不在乎,一摆手道:"不用怕,让他来吧,我出头应付。这两个无耻之徒,以为谁都不知道所干的那些肮脏事儿呢,天天大模大样地在山里晃来晃去的,像个人似的,倒要看看有啥脸面见我!"

二人正说着,夺魂僧者和静空大师已大步流星地到了房舍前,紧随其后的约30多人,有范家堡子的大管家安顺、团练头领巴都里,还有石槌、仝槌、铁槌及手下众弟兄。大家进得院门,屋内面积毕竟有限,装不下那么多人,有些便站在门口儿或院子里了。两位和尚显得挺客气,揖手问安后,夺魂僧者说道:"本僧和师弟奉范庄主及其大夫人之命,于4个月前住进了疙瘩梁,四太太、袁师爷早知缘何而来。想必二位这些日子已遵照范庄主之意将一切安排妥当,究竟何时让山民们从自家走出进入山洞、何时开工打造兵刃?请示下,不可一而再、再而三地拖延了。除此还需开设演武场,招募丁勇,从中挑出300壮汉习练武功。范庄主及大太太对此事尤为上心,已询问多次,时间紧迫,抓紧遵办为好。如果进展缓慢,收效甚微,范庄主怪罪下来,四太太很难找到合适的托辞予以解释,那将十分被动,望细度之。"

乍一听,夺魂僧者语气平和,言辞恳切,无可挑剔。仔细一品,话中带刺儿,既有威胁之意,又有安抚之心。软中有硬,硬中有软,以软

第三章 收服逆僧

硬兼施的手段敲打四太太和袁小鬼，告诫不可违拗庄主之命，好自为之。四太太抱着膀端坐在椅子上，眯缝着双眼瞅着夺魂僧者，一脸的不屑，显然是没瞧得起对方，心里思摸道："哼！你也不撒泡尿照照自己啥样，以为是什么好物啊，披张和尚皮竟干那趴伏妇女肚皮之事，不知羞耻，觍啥脸来教训我？都是因为你跟那个老骚狐狸勾勾搭搭，才把姑奶奶打发到深山老林里吃苦受罪，已经够窝囊了，干吗非听你个和尚摆布？"想至此，抬起手指了指旁边的两把椅子，意思是请二位坐下说话。夺魂僧者和静空大师刚刚落座，四太太便阴阳怪气地开口了："哎哟，今儿个刮的哪股风啊，本太太的新房子可是头一回来了这么多贵客，还什么人都有呢，够全乎的了，令寒舍蓬荜生辉呀！俺的家乡在巴彦，小时候就诚谨敬佛，那儿有座大佛寺。记得老住持常讲什么佛寺乃圣洁之地，皈依佛门，剃度悟彻，不杀生，不偷盗，不邪淫，不妄语，不饮酒，方可为僧徒。我来到世上30多年了，从未听说身穿袈裟的僧人还干那些辱没名声之事，可有人却真真切切看见了。不要把谁当成瞎子、傻子，若想人不知，除非己莫为，究竟是人是兽，不妨露露真容吧！我一向跟凡人说话，懒得同行为鬼祟之佛门败类打交道，觉得恶心……"她越说越生气，多少日子以来对钱氏的欺人太甚憋了一肚子火儿，今儿个总算碰到可以发泄的人了，旁敲侧击地一股脑儿全吐了出来，觉得无比痛快。

　　四太太的一番话出乎在场所有人的预料，没想到她这么厉害，那张嘴如同刀子，得理不让人，一点儿情面不留，专往心窝子捅，对两位大师也不例外。霎时间，屋里屋外静极了，掉根儿针都能听见，个个感到十分惊诧，瞪大双目瞅着她。有的暗暗佩服其敢说敢干的勇气；有的偷偷竖起大拇指表示赞同；有的为其担心，显露出一脸的关切之情；有的则有几分胆怯，一个劲儿地冲其摆手，意思是别再说了，赶紧闭嘴吧，倘若被大庄主和钱氏知道定将不饶。坐在一旁的袁小鬼也替其捏了把汗，哪知她这么倔呀，不分对象是谁，什么难听的话都敢往外诌。两位大师手又黑，气急了给你一拳，不揍扁才怪呢！别看疙瘩梁地方大，根本没有能招架之人，一旦出手谁也搪不了，更帮不上忙，到那时可就吃大亏了。原本脑子不笨哪，这会儿怎么了，不是犯傻么，莫非喝了迷魂汤不成？

　　两位大和尚是什么反应呢？你想那能好受么，连不相干的人听了都觉得怪抹不开的，走也不是留也不是，何况本人乎？他们被深深刺痛了，脸红一阵儿白一阵儿的，额头沁出了一层汗珠儿，手也不知怎么放了，浑身不自在，如坐针毡哪！静空大师张了张嘴，似乎要为自己辩白，最终却一个字儿没迸出来，心里思摸道："唉，能说啥呀，你有短处，被人家嘲笑讥讽不是活该么。我和二师兄真是昏了头了，当年上哪儿不好，干吗去范家堡子呀？此乃是非之地，结果沾了一身腥。谁也不怪，就怨自己，有啥法儿？硬挺吧！"想到这儿，开始口念佛号，阿弥陀佛，阿弥陀佛……

夺魂僧者要比静空大师老练点儿，因曾云游各地，不免碰到各种各样的人和事，阅历由浅至深，积累的经验也多些，在突发的事情面前，初始尚能沉住气。钱氏早已告诉过他，说是四太太动不动就旁敲侧击，数落咱俩的事儿。为了达到报复之目的，我已将其开到疙瘩梁了，这回看她还有没有精神头儿骂了，天天在深山老林里听狼嗥吧！现在一看，果不其然，四太太久憋心中的怒气终于开撒了，话里话外全是刺儿，连奚落带挖苦，屋里屋外 30 多号人，加之心中有鬼，面对极为尴尬的处境能咋样？惟一做的就是一忍再忍、一压再压。他暗自思摸道："我和三师弟被范庄主及其大夫人派到疙瘩梁是身负使命的，不管遇到什么事，皆应控制住情绪，努力保持高僧的尊严，显得豁达大度、有涵养。要强迫自己将谩骂、嘲笑抛至脑后，不理那个茬儿，装聋作哑，像未听见一样，不能顶着干，否则人可就丢大发了。"这么想着，静了静心，干咳一声，慢条斯理地说："四太太，还是带我们去西山山洞看看吧，也好合计一下如何建洞中作坊及洞外演武场，此事迫在眉睫，比什么都重要啊！"不仅方才人身受辱只字未提，也未露出半点儿责怪之意，大家都觉得挺丢人的，他却表现得毫不在乎，让人感到脸皮够厚的了。

袁小鬼瞅了瞅夺魂僧者，又瞧了瞧四太太，寻思道："前几天我跟'三槌'兄弟说呢，范蔼仁不是派两位大和尚来催促建演武场等事么，不用往心里去，咱仍采取拖的办法，直至拖黄为止，3 人皆表示同意。这个节骨眼儿上，如果他们能站出来说话，把眼下的难处、具体要求讲清，让大和尚竖起耳朵听听，效果或许会好些，比我和四太太说有力，人家是此地人，可信度强。"想至此，背过手偷偷捅了一下站在身后的石槌。

石槌领会其意，知道这是太爷爷让兄弟几个表态，随即开口道："二位大师，先正式介绍一下，我叫石槌，左边的这位叫仝槌，右边的这位叫铁槌，皆为山民公推的噶珊达，范庄主都知道。大师刚刚所提到

第三章 收服逆僧

的要务跟四太太和袁师爷讲没用,他俩做不了主,更无法定。何况二人到疙瘩梁是客,来的时间又不长,知道啥呀?必须同哥儿几个商量才行。再者说了,修演武场、打通山洞建作坊哪儿那么容易呀,不是说干马上就能干的事儿。咱远的不讲,去年春天,庄主爷让我们把西山山洞收拾一下,再安扇铁门,准备往里放东西。结果怎么样?大伙儿干得正起劲儿呢,山洞顶部的大石头忽然掉落下来,活活砸死了3个山民,还有两个腿砸折了,至今仍躺在炕上下不了地,啥活儿也干不了。谁管了,谁给银子疗伤了?从药铺赊的账到现在还没算呢!如果真要动工也成,不过得把丑话说前头,有三条必须讲清。第一,我和这两位兄弟说了算不假,也能把山民组织起来,可总不能白干吧?庄主爷能否付工钱、每人每天挣多少,务必得交底,第二,施工过程中,最担心的就是发生意外,谁也不敢保证不出闪失,倘若再砸死人或伤了、残了怎么办?抚恤金给多少?请郎中上门诊治及抓药的钱谁掏?失去劳动力的全家老小谁养?像以前那样白干、白死、白伤肯定不行。第三,修演武场也好,打通山洞建作坊也罢,皆为较重的活计,肯定得出大力流大汗,是你们俩能干得了哇,还是我们仨能干得了?那得需要很多劳力,人从哪儿出?只能从疙瘩梁的山民和范家的奴才中出。想让我们干,庄主爷和大太太得亲自来一趟,有些话咱先讲下,不能将疙瘩梁的山民当奴才了,应给正身旗人的名分了,该享受的权利都得有,按干活儿多少挣银子。以上三条无可非议,乃合理要求,烦请二位大师予以转告之。"

袁小鬼见石槌把要求一一讲明了,两位和尚也听清了,说明此事并不是我和四太太硬拖着,人家疙瘩梁的山民存在这些想法,没按时开工是有原因的。他暗暗高兴,认为啥事儿都得有个度,不能过分,见好儿就收,别再继续下去了,得把话拉回来,于是开口道:"这么的吧,咱还是依大师之意去西山山洞转转,看看将来怎么个干法,心中就有数了。二位大师是不知道哇,此活儿不单单很难干,关键是疙瘩梁的山民对那儿有忌讳,正经得好好儿合计合计呢!我到这儿之后,曾与山民和噶珊达唠过多次,方知是咋回事儿,范庄主和大太太不一定晓得,不妨跟你们说说山洞的情况。西山,满语称白音塔拉阿林①,是座出名的石头山,周围的树木挺多,山洞共4个,其中1个既宽又长,另3个稍小些,皆为天然洞窟。乾隆十五年时,那里尚有十几处山洞,只是面积都

---

① 阿林:满语,山。

不大。后来发生一次惊天动地的大地震,老人们则言地下的土龙抖了抖身上的鳞,就搅扰了几百里的荒山老林,地光闪闪,闷雷声声,成片的树木倒下了。随之山洪爆发,原先的一些小山洞没了,形成了4个大山洞,且逐渐变小。当然了,收缩的速度极其缓慢,若不注意,几年都看不出来。此次地动,给当地的猎户带来些许方便,可以把捕获的猎物堆放在山洞内,里面不潮也不干,温度适中,不易腐烂。范氏家族自从把西山占为己有后,范蔼仁常到这里来,并令管家带人收拾出其中那处最大的山洞。账房儿总师爷钱如民在世时,曾去盛京买了十几张铁板,在当时可是宝贝呀,花了不少银子。运回来后,请技高一筹的老铁匠焊了两扇大铁门,准备竖在山洞的洞口儿。遗憾的是铁门太沉了,百十号人一起用粗绳子往起立,忙活了七八天愣未整动,只好放弃了,而今那里仍是处没有门的大洞窟。据传从洞外经过,偶尔能听到里面有泉水流淌的哗哗声;身有疾患之人入洞呆几天,一粒药不用服病就好了;双目失明或视力差的人进去住些日子,出洞后较前强多了,能看清东西了。每到傍晚,时常看到犹如黑老鸹大小的蝙蝠鸣叫着进出洞窟,人们都说此乃神洞,蝙蝠是洞母娘娘的传报使者。故而山民们年年岁岁带着供品前去祭祀,跪求洞母娘娘保佑疙瘩梁山清水秀,五谷丰登,家家户户老幼平安。这回大伙儿闻听范庄主打算安门修洞建作坊,男女老少一致反对,没一个愿意干的,担心亵渎神灵会遭祸殃,这也是一直未开工的缘由。"

话音刚落,屋里屋外的人纷纷嚷嚷开了:"对对对,袁师爷说出了我们的心里话,谁也不许在神洞内动土!"

"庄主爷和大太太不是决定开通洞穴建作坊么,那他们带亲随来干好了,山里人可不敢搀和,还想多活几天呢!"

"触犯神灵要遭报应的,几代都不得安宁,谁吃饱没事儿撑的非进神洞啊,咱们不去!"

夺魂僧者见大伙儿的反应如此强烈,当即犯了难:"原先哪知道大山洞还有说道哇,范庄主和钱氏以为挺容易呢,实际上并非想象得那么简单。不过既然已经来了,也不能打退堂鼓啊,总得想法儿办成才是,咱的短处在人家手里攥着呢!倘若就此撂挑子,钱氏那脾气能饶人么,必然指责本僧乃地地道道的窝囊废,连屁大个事儿都办不了,还能干什么?唉,没招儿哇,只能咬牙挺着了。"这么想着,随即脸一绷道:"不管咋的,也得去看看那山洞,然后再合计怎么动土开工,否则没法儿向

第三章 收服逆僧

范庄主及其大夫人交代,若是问我西山大洞窟啥样儿,咋回答呀?咱可先讲下,谁要是坚持不干,跟范庄主、大太太说去,本僧只能按主子之意行事。至于有人故意捣乱,造谣惑众,该关押谁、惩治谁与本僧无关,全由大庄主处理,我们师兄弟管不了那么多,到时候别落埋怨就行了。"

　　静空大师一看二师兄那架势,觉得僧侣万不可跟山民闹矛盾,这多不好,赶忙附其耳边小声儿劝道:"二师兄啊,别急嘛,是不是缓一缓?大伙儿都不同意,咱俩硬拧着,不仅得罪了山民,事儿还干不成,得不偿失。实在不行暂先撤了吧,回趟范家堡子,向范庄主通报后再说。"

　　此时的夺魂僧者看上去情绪激动,烦躁不安,根本不理会师弟的劝导,更不细听讲些啥,反而提高嗓门儿又道:"修演武场、打通山洞建作坊,这是范庄主及其大夫人经深思熟虑才定下的,不是我们师兄弟定的,不弄清山洞内到底啥样儿怎么开工?既然大家皆为范家堡子的人,就得听庄主的盼咐,心往一处想,劲儿往一处使,乖乖从命才是。如果继续拖延下去,出现意外或误了大事,本僧可不讲情面,谁的责任谁担,让你吃不了兜着走!"

　　精明的袁小鬼见大师急眼了,心里琢磨开了:"这好哇,你生气我不生气,没必要跟其愣顶。反正话已经说到家了,条件也讲明了,不达要求就死磨硬泡。无论你咋样,咱有一定之规,不给银子,不把奴才身份改喽,变成正身旗人,肯定不行。大和尚非要前往山洞走一遭,可以陪他去,别的不用管。"想到这儿,便冲四太太和"三槌"兄弟使了个眼色,意思是压住火儿,领其去山洞,看他怎么样。4人明白其意,点了点头,石槌说道:"好啊,既然大师执意要去瞧瞧神洞,那就请吧!"言罢转身出门,头前带路,夺魂僧者、静空大师紧随其后,30多人呼呼啦啦地去往西山脚下最大的洞窟。

　　一行人走了一个多时辰才到西山,抬眼一瞧,洞窟位于山路的左侧。地上东倒西卧着不少大石头,石面儿长有青苔,洞口儿周围攀附着藤蔓。绕过那些大石头,再登上天然的石阶便到了洞窟前,洞口儿横向比肩膀略宽,差不多一人高,出入不至于碰头。顶部及两侧的边缘齐整,如同铁锤凿成一般,宽度和高度刚好够一个人进去,真乃造物主之奇功啊!石槌站在洞口儿的右侧,也不说话,心想:"恕不奉陪,把你们领到这儿已经不错了,自己过去看吧!"

　　夺魂僧者第一个进去的,里面很暗,弯弯曲曲,除转弯处较狭窄过不去人外，其余的地儿都挺宽敞，中间还有块大空地。看罢出来后，走到静空大师跟前说道："三师弟，洞内颇为宽绰，再把胳膊肘弯儿凿一凿，建作坊蛮够大，你去看看。"

静空大师像未听见似的，没理那个茬儿，仍站在人群中，心里挺有气："二师兄啊，脾气也太拗了，山民们不愿做的事儿你偏干，何苦呢？别忘了，咱到这儿是客，众意难违呀！"

夺魂僧者见师弟没动地儿，又让"三槌"兄弟领着管家安顺和团练头领巴都里进去瞅瞅，性格爽直的铁槌随口说道："哪位想看就去呗，大活人又丢不了，何必还得领着呢？我们以前总来，有啥可看的，谁愿意进谁进，我是不去呀！"此话一出，把夺魂僧者顶得直翻白眼。

安顺和巴都里本不愿来疙瘩梁，在范家堡子呆着多舒服啊，干吗跑到深山老林里遭罪呢，还需建演武场、打通山洞什么的，自己啥也得不着。没招儿哇，受庄主爷的指派不得不来，心里却十分不痛快，所以此刻也未动弹。口无遮拦的四太太此前窝了一肚子火儿，刚刚好不容易找个机会冲夺魂僧者发泄了一通儿，可人家丝毫没在乎，这让她很不爽，越发来气了，当即接过了话茬儿："我说大和尚，你别支使这个、支使那个的好不好？老钱婆子是你家的人，可以随便使唤，你们爱咋整就咋整，总为难别人干什么？你是真不知道还是装不知道哇，建演武场也好，躲在山洞里偷偷打造兵刃也罢，都是违犯大清律的。若是被官府发现了，定你个谋反大罪是轻的，重者杀头，大家伙儿也得跟着连坐。我可不想死，才30来岁，还没活够呢，不想惹那麻烦，更不允许任何人瓜连本姑奶奶。"

四太太的这番话犹如晴天霹雳，震得所有人，包括"三槌"兄弟目瞪口呆！他们原先并不清楚范庄主为何下令打通西山山洞，即使准备藏东西，也犯不着跑这么远。就算建作坊，究竟干什么用，没人打听。此时才恍然大悟，竟是在山洞里建锻造刀枪剑戟、斧铖钩叉的兵工厂，这还了得，吓死人了，不是等着掉脑袋嘛！现场立马乱套了，大呼上当，有些人转身就往回走，边走边叨咕："我可不沾违反大清律的边儿，自讨苦吃，小命没了，一家老小咋活呀？"

夺魂僧者早已气得七窍生烟，好你个四太太，忒不像话了，单单抓住本僧不放，不仅不给留面子、揭老底儿，还往脸上抹黑，这不是往死里整么？我一再忍让，你却步步紧逼，没完没了，胡扯什么大太太是我家的人，把个出家之人和女流之辈放在一起，简直岂有此理！谁都知道

第三章　收服逆僧

本人乃僧侣,你这么做,不是明确告知在场的人我是假和尚且与大太太私通、干见不得人的事儿么?在众人面前将老底儿全部揭开了,瞒了那么些日子白费了,结果让个婊子给端出来了,全露馅儿了,连身旁的师弟都知道了,弄得我里外不够人,决不能忍下去了,定要给她点儿颜色看看!想至此,只觉得满腔怒火噌地蹿上头顶,再也压不住了,随之露出一脸的杀气,手指四太太吼道:"混账老四,胆子不小哇,竟敢血口喷人,污蔑本僧和大太太有染,该当何罪?吾乃出家之人,以慈悲为怀,凡事忍让为先,不去计较。可你实在太过分了,不守妇道、不安分守己不说,还诬良为盗,留在世上纯粹是祸害,岂能容你?本僧受佛祖之托,今天就于疙瘩梁了结你卿卿性命,从此不能在这片美丽的山林指手画脚,永远闭上那张玷辱我大和尚名声的臭嘴!"说罢两腿半蹲,双臂提起,运气丹田,哇哇哇大叫三声,咚咚咚跺地三下,震得山谷轰鸣,草木沙沙作响,轻枝折断,树叶飘落,打在人的脸上生疼。他两大步冲到四太太跟前,伸出右手直取其心窝儿,打算把那颗心掏出来,就此让她见阎王,省得活着让人心烦意乱!

　　站在旁边的静空大师一看这架式,不禁大惊失色,脸都白了。心里明镜似的,知道二师兄的功夫了得,那双手比牛耳尖刀还锋利百倍,可你凭什么出手杀生、夺人性命啊,难道平时恩师长眉长老一再训迪的宽容忍让、豁达大度之言这会儿全抛到九霄云外去了?太不冷静了,决不能任其所为,必须予以制止。时间紧迫,容不得多想,遂一跃而起,运用轻功以双手之气将对方所施放的气团推出,破其硬功。具体是怎么做的呢?当时夺魂僧者与四太太相对而立,静空大师噌地直扑过去,正好站在了二人中间。紧接着运气丹田,两手同时伸出,与夺魂僧者贯注于右手之力相撞。前者采用的是硬功,后者采用的是轻功,当夺魂僧者所爆发的力量袭来时,静空大师则用所聚集的气团以柔克刚,犹如万层棉花挡在了四太太胸前,产生的力量也相当大,别人看不见,自己能感觉到。此气团忽地推过来,柔而锋,在这种情况下,无论是硬遇软,还是软碰硬,硬功之气只能干败下风,像弹簧一样弹了回来。就是说硬功也好,轻功也罢,所发出之力在相撞的瞬间抵消了。硬功再厉害,即使是千钧之力,运到棉花包上照样啥也不顶。静空大师就这样最终以轻功盖过了夺魂僧者的硬功,救了四太太一命,并把二师兄拉出了人群。

　　事已至此,如果夺魂僧者恪守忍让为先,能饶人处且饶人,就此放手,矛盾也可能暂时化解了。然而由于正在气头儿上,狂怒难当,不仅不肯善罢甘休，还叫上劲了。只见他左脚一点地来了个旱地拔葱，身子噌地蹿起3丈多高，从静空大师的头顶纵过，再俯冲而下，速度极快，想乘双脚落地之机踏死四太太。静空大师一瞅，无奈地摇了摇头，知道这时跑过去救四太太肯定不赶趟儿了，一切都晚了。为啥呢？他这儿刚一举步，夺魂僧者的双脚已经落地了，立马就把四太太踩扁了，黄瓜菜都凉了。30多人个个紧张得大气不敢出，有的把头扭过去不忍再看，有的用双手捂住眼睛蹲在地上，有的惊愕得大张着嘴巴半天合不拢，皆为四太太的性命担忧。袁小鬼更是吓得手足无措，脸色灰白，满脑门子冒冷汗，不是好声儿地哀号起来："哎呀，老天哪，快救救四太太吧！"随之浑身瘫软，扑通一声倒在地上起不来了。

别看四太太是个女子，还真没在乎，出奇的平静，仰头上望夺魂僧者，寻思道："大秃驴，折腾半天了，不就是想要姑奶奶的命嘛！好哇，来吧，让大家看看你的真面目，到底是个什么东西，还口口声声不杀生呢，出家人有言行不一的么？"她站在原地一动不动，没有流露出丝毫的惧怕，反正已经这样了，只等一死。

就在夺魂僧者下落的瞬间，忽然空中传来一声惊雷般大喊："混账，看老衲怎么惩戒你这少林孽种！"紧接着是双手击掌之啪啪声，又像是有只天大的巴掌狠拍峭壁发出的哐哐声，随之卷起一股旋风，呜呜呜地猛吹过来。继而狂风大作，飞沙走石，天昏地暗，众人不得不眯起眼睛。待睁开双目再看时，站在洞口儿旁的四太太安然无恙，在场的人也平安无事，惟夺魂僧者不知去向。四下一踅摸，发现洞南的一棵古榆下站着一位个头儿不高、身材瘦削、面容慈和、年近八旬的白胡子老僧，脖子上挂着一串儿佛珠儿。身着灰长衫儿，外罩大红袍儿，脚蹬皂鞋，穿着白色粗布袜，正在往人群中观瞧。见大伙儿都转过头看他，于是前行几步手打佛号道："阿弥陀佛！老衲路过此地，见一僧徒不守教规，一意孤行，实在看不下眼了，才不得不出手予以惩治，让施主们受惊了，真是对不起。现在没事了，尽管放心好了，请各位回到舍中安歇吧！"说罢，径直走到跪在地上连连叩头的静空大师面前，一把拽住其衣袖儿道："傻小子，别磕了，还不快跟老衲走！"

静空大师赶忙站起身，随其走到高高的古榆下，二人单脚一点地噌噌两声纵上树顶，又连续几纵便不见了踪影。一时间，大家全傻眼了，一句话也说不出来，只剩下愣怔的份儿了。此事不胫而走，一传十，十传百，不仅疙瘩梁的男女老少全知道了，范家堡子的家家户户也听说

第三章 收服逆僧

了。皆言由于大和尚夺魂僧者作恶多端,惹恼了洞神,结果被天降的活菩萨拿走了。这可应了"善有善报,恶有恶报,不是不报,时辰未到"那句话了,果真灵验哪!大管家安顺和团练头领巴都里回到范家堡子后,向范庄主和钱氏告知了详情,说是亲眼所见,在西山大洞窟前,一位八旬老僧救了四太太,惩戒了夺魂僧者,带走了静空大师,说话的口气好像是少林寺的。范蔼仁听罢,茫然失措,一屁股坐在椅子上,打了个唉声道:"咳,总教头走了,咱的团练谁带?以后遇事连个商量的人都没有了,这可真是一着失算、满盘皆输啊!"

四太太和袁小鬼心情大好,总算出了一口恶气,身边从此没有催命鬼了。四太太还不无感慨地说:"吃一堑,长一智。从今往后,我得把住自己的嘴,不能胡乱猜疑,冤枉好人。看来僧侣也千差万别,有善有恶,有好有坏。静空大师与夺魂僧者不是一路人,在紧急关头能够抛开往日的恩恩怨怨出手施救,使我脱离了险境,转危为安。由此证明他是位修行不错、正经八百的高僧,否则也不会那么听话、乖乖地跟着老僧走,咱以前错怪人家了,这辈子都不能忘了大师的救命之恩哪!"

疙瘩梁的三位首领石槌、仝槌、铁槌这回可长见识了,亲眼目睹了耀武扬威的大和尚夺魂僧者被一位神出鬼没的老僧收走了,相信确有主持正义的高人,且无处不在,来无影去无踪,不容置疑,佩服得五体投地。事后,"三槌"兄弟坐下来仔细一想,忽然眼前一亮,哎呀,那日从天而降的世外高人咋那么面熟呢?模样儿以及说话的声音很像一位朝夕思念的老者,是不是他老人家回来了,眼下又去了哪里?或许已到鹿场也未可知。真若如此,咱得前去拜望,总不能让老人家指拨了一年多,竟不知姓其名谁吧?

咋回事儿呢?3年前,"三槌"兄弟有幸结识了一位老者,使他们至今不能忘怀。疙瘩梁的东山坡下有一片椴、松混杂林,绿树成荫,泉水淙淙,麋鹿成群,不时可见松鼠于古松之间上窜下跳地寻找松塔儿,塔儿内的松子儿是其美食。林中有块较大的空地,绿草茸茸,每天的清晨和傍晚,"三槌"兄弟必带领手下的小伙子们来这里习练武功,也是他们比武的赛场。石槌、仝槌、铁槌小时候在关里家就练童子功,站桩啊、打拳哪、舞弄棍棒啊,不仅蛮有兴致,而且已经养成习惯了,一日不练好像缺点儿什么似的。长大后也未扔掉,直至分别来到关外的疙瘩梁,仍朝夕习练不辍。由于认真刻苦,相互取长补短,时间不长,觉得功夫颇有长进。然毕竟是自悟的,没有专人指导,一招一式不够准确。

一日清晨，哥儿三个带领兄弟们在林中的空地打了一会儿拳后，又一块儿揣摸招术，继而开始对打，练习进招儿、接招儿。一对对儿小伙子们手拿家巴什儿，刀枪剑戟、斧钺钩叉样样儿有，你来我往，你进我退，步步紧逼，互不相让，像一群小黑熊似的在草地上摸爬滚打。站在圈儿外的众兄弟一眼不眨地瞅着，边看边拍手叫好儿，笑声回响在四野上空。正这时，一位赶鹿的老者从林旁经过，忽听林中传出刀剑棍棒相击之声，立即被吸引住了。先是停下脚步往林内瞅了瞅，然后走了过去，到了空地前站在那儿观瞧。过了不大工夫，石槌走到老者跟前细细打量，见其个子不高，面容清癯，胡须雪白。别看年纪大了，身板儿蛮结实，一块块儿的腱子肉突起硬棒，一看便知练过武功，或者一年365天总在山里走、沟里转，是个老山通，遂问道："老人家，打哪儿来呀，怎么还赶着鹿啊？"

老者并未收回目光，回道："噢，老朽从野鹿苑来，当然赶鹿了。"

石槌对老者的话深信不疑，因他知道吉林将军衙门在疙瘩梁的南山沟那儿设了驯鹿场，对外称野鹿苑。苑内有300余只梅花鹿，由专人饲养，并派八旗官兵把守，常人不得靠近。每年旧历十月，吉林将军亲自带领属员前往京师敬献贡品，既有围场和各鹿苑饲养的梅花鹿、麋鹿，或全鹿、角鹿，或鹿干儿、鹿胎、鹿尾、鹿脯、鹿肋条，其中就包括疙瘩梁野鹿苑选送的用鹿肉制作的佳品，也有各地捕获的鲟鳇鱼、大杆条等，以备皇上及各宗室贵胄祭祀时用。住在疙瘩梁的"三槌"兄弟对吉林将军衙门所设置的鹿场并不陌生，因其早已名声在外，驯鹿人皆为衙门属下的八旗官兵，不由得产生了一种亲切感。然而他们只能从远处观瞧，不能走近，可望不可及。此刻，石槌听了老者的自我介绍，寻思道："野鹿苑离疙瘩梁的东山坡可不近，隔好几道大山沟呢，那么远的路，老人家咋到我们这儿来了？不过也不奇怪，人家不是驯鹿嘛，哪儿不能去呀，漫山遍野地转呗！"往下再未多想，亦未继续发问，转身又去指点兄弟们练功了。

老者看了一会儿，见小伙子们的招式不到位，功底不扎实，功力不深，与高超者相比差远了，心里不免有些着急，头摇得如同拨浪鼓儿，也不管三位首领是否高兴，直言不讳道："孩子们，你们这是练的啥功啊？拳脚拖泥带水不利落，没有力度，招数也不对。当然了，无论是哪种功，对健身固脾皆有益处，但要卫国保家可就不中用了。习武贵于精，在于钻，入于心。惟如此方能纵跃自如，动若猿猴，迅若驰兔，猛若虎豹，具有万夫不当之勇。"

"三槌"兄弟一听，老者只是路过此地，却很关心大伙儿的习练，讲得头头是道，品评准确。看来武功底子颇为厚实，是位行家里手，很是高兴，赶忙凑到老者身边，众手下亦围拢过来，想听听他还说啥。老者十分热心，也没客气，接着指点道："练功得由浅入深，循序渐进，底子薄不要紧，从基本步开练。不能小看基本步，此乃万功之首，一定要扎实。如同建房打地基，地基不稳不牢，房子岂能坚固？这么的吧，你们进山去伐棵粗树，再锯成一根根木桩子竖在空地上，木桩之间用绳子绑些横掌儿，必须捆结实。练习时，从地面跑步跃上高木桩，脚踩桩子快步走，在各个横掌儿之间侧身左右穿行，双眼不许往地上瞅，一直盯着横掌儿。孩子们，试试吧，天天练，别怕挨摔，别嫌腻歪，过几天我再来看！"说完赶着鹿头也不回地走了。

"三槌"兄弟望着老者离去的背影，心里思摸道："试试就试试，兄弟们不怕吃苦，只要有收效，流点儿汗也值。"

转天一早，3人便按老者之言忙活开了，带领众兄弟进山伐木。古树有的是，挑选又直又粗的椴树伐了一棵，然后用绳子捆上拖到大平场子内，把树干锯成一根根桩子，底部埋进事先挖好的坑里竖起，绑上横掌儿，高木架子很快搭成了。这下那块空地可热闹了，"三槌"兄弟天天带着小伙子们登木桩，在上面跑啊、跳哇、侧身疾走呀，越练越来劲儿，功夫明显见长，终于达到纵跃自如、身轻如燕的程度了。一日，那位赶鹿老者真的第二次来到了大平场，石槌令兄弟们跃上高木架子，展示自己所练就的功夫。老者边看边点头，脸上露出了笑容，不过并未表扬大家，而是进一步指点道："孩子们，光在高木架子上跑跳、穿横掌儿、身子灵活了不行，还得练手上功，即食指点木点石功，因为抵挡突袭全靠手之力。这种习练不能只凭一时热情或心血来潮，不能急躁，得慢慢来并持之以恒。手指肿成小棒槌不要紧，不要怕疼，越练痛感越小，越点指头越硬。只要咬牙坚持，勤学苦练，动脑思摸，总结经验，必有奇迹出现。小伙子们，老朽相信你们个个都是好样儿的，不要停下，接着来，练就一副钢筋铁骨才能派上用场！"说完转身又赶着鹿走了。

从此，疙瘩梁的后生们在"三槌"兄弟的监督下始练点指功，真是功夫不负有心人，不仅提高了手之力，还增强了耐受力，练到什么程度了呢？食指可将木棍点折成段儿、薄页岩石点碎成粉。半年后的一天头午,那位老者第三次造访了大平场子,这回没赶鹿,站在圈外静静地观瞧小伙子们的习练。瞅了一会儿,又点了点头,看样子颇为满意,不过仍然没有一句夸奖之语,而是说道:"孩子们,老朽给你们留句赠言,共16个字儿,即'驱邪安民,救困扶危,不贪不欺,凤阁生威。'只要照我说的做,就会天天遂心,事事如意,都记住了吗?"

小伙子们异口同声地回道:"记住了!"

实际上,他们对此赠言似懂非懂,深究起来并不十分明了。前12个字儿还算容易理解,就是要驱除邪祟,安定民心,扶助处境危急之人,救济生活困难之人,不欺侮弱者,不贪求一己之利。可后4个字儿"凤阁生威"究竟何意呢?"三槌"兄弟琢磨了半晌,仍觉吃不准,走上前刚欲发问,老者却摆摆手道:"不要问那么细了,暂时不明白,将来会懂的。务要记住,凡事无头自有头,待到头时必有头。眼下,疙瘩梁除了几个满洲大姓,就是从各地逃来的众姓穷苦难民,并要在此谋生,养家糊口,传宗接代。你们三兄弟心眼儿不坏,愿为山民办事,大家信得过,肩上的担子不轻啊,日后好自为之、同舟共济吧!老朽需回乡探望一下家人,啥时候返回说不准,或许后年吧,到那时还会来看你们的。真要是来不了,你们也要勤练不缀,少张扬,多用功,同声相应,同气相求,会遇上好心人的。行了,不说了,得走了,今儿个是特意向你们辞行的,不能再耽搁了,后会有期!"说着一闪身进了椴树林子,一晃便不见了。

"三槌"兄弟一年多来,与陌生的赶鹿老者虽然只见过三次面,却很有感情。老人家慈祥可亲,循循善诱,热心指点。要求后生们要扎扎实实的勤学苦练,掌握本领,多为山民谋利,不贪求私欲,是位多么令人崇仰、敬重的前辈呀!突然一走,还真有些恋恋不舍,好像少了什么似的,感到没有了依靠。打那以后,"三槌"兄弟牢记老者的嘱咐,除了带领小伙子们习练武功,就是帮助从关里逃至疙瘩梁的难民解决生活之必需。刚到时没有住的地儿,哥儿仨便把自己的房舍腾出来,夜晚则睡在帐篷里,冷了就挤在一块儿取暖,与难民同甘共苦,并抓紧时间为其盖房子。由于对难民不分长幼,不嫌贫病,待如手足,故而赢得了大家的信任,八方笑聚虎头旗下,在疙瘩梁也才有了一片天地,根本不在乎范家堡子的所谓团练。只要一闹腾起来,连大庄主范蔼仁都傻眼,扎煞着两手干没辙,声称这些人个个是难啃的骨头。

话说简短。有这么一天,"三槌"兄弟来到东山坡下的大平场子,

第三章 收服逆僧

比试走桩、踩檐并互相品评。两个时辰过去了，歇息时，3人像孩子似的你捅我一下、我拍他一掌地耍玩起来，林中响起了打闹声儿、嘻笑声儿，好不乐乎！歇得差不多了，又一起走到石臼旁，习练食指削石功。偏巧这时，三位过路客从林边经过，听见里面传出运气后的迸发之声，知道有人在练功，遂循声而至。走在前面的是位身穿袈裟的僧侣，高个子，体态魁伟，浓眉大眼，黑红脸膛儿，留着虬髯，右肩挎个白布包袱，想必里面装些日用之物。身后跟着两个着民装的男子，看其打扮，好像是吉林当地人。那位和尚大步流星地走进了平场子，目光立即被眼前的高木架子吸引住了，仔细打量了一番，便指着木架子大声儿说道："老四，你快看看，这种搭法简直熟得不能再熟了，难道咱们一眨眼的工夫竟腾云驾雾般回到嵩山少林寺了，这不是天天练的木马站桩么？哎哟，可想死本僧了，手脚都痒痒了！"说着向前疾走两步，身子一纵跃上了3米高的木架子上，点桩进退，左闪右钻，蹿上跳下，轻如猿猴，一边做着动作一边喊道："嘿，太好了，老四呀，你也来走一遭，然后再比试几拳。"话音刚落，左腿抬起，来了个金鸡独立。继而双手抱肩，右腿往上一踢，脚面刚好碰到鼻尖儿。紧接着一个鹞子翻身，连折仨跟头跃下高桩，动作干净利落，面不改色心不跳。站在高木架下的两人几乎看呆了，啧啧称赞好功夫，啪啪啪地鼓起掌来。

此时，"三槌"兄弟并未注意到有过路客，因为手下的小兄弟们经常来这儿习武，也没在意，仍专心致志地苦练点指功，边练边切磋，根本没往高木架子那头瞅。然掌声惊动了3人，停下手抬头望去，见一位大和尚健步走了过来，到了跟前一看，小伙子们正在石臼旁习练食指削石功。他太熟悉此功了，自己原本就是练这个的，没想到疙瘩梁的后生竟然也感兴趣，便停下观瞧，同来的另两个人也站那儿了。"三槌"兄弟没吱声儿，石槌拿过一片薄页岩石放在石臼上，继续与仝槌、铁槌比试。大和尚看了一会儿，发现3人有点儿功底，尚不到家，削石的姿势、角度不准确，不很会使那股劲儿，欠缺爆发力。于是弯下身拿起一块儿稍厚的石片，耐心指点道："小兄弟们，此功该练，但难于掌握，你们的方法不太对。练削石功必须全神贯注，动作要利落，一气呵成，瞅着别的地方削，焉能削得碎？要有自信，把浑身之气全部运到食指上，指下不能犹豫，所产生的力方可达千斤……"边说边示范，将手中的石片放在石臼上，运足气，伸出食指往石片上一敲，伴以嘿的一声吼，石片断成了两截儿，掉下石臼。接着又以食指点击一块儿手臂粗细的花岗岩，只听咔吧一声，花岗岩从中间儿折断。

这一稀有的神功让"三槌"兄弟大开眼界，知道不请而至的大和尚非同寻常，定是大力神到了疙瘩梁，慌忙叩拜在地道："敢问大师从何处来？有失远迎，万望恕罪！"

大和尚回道："本僧从少林寺来，你们听没听说河南登封嵩山哪，去过没有？"

"三槌"兄弟摇摇头道："听说过，但没去过，只知道辽东的这一亩三分地儿。"

大和尚哈哈大笑，声如洪钟，边笑边道："好嘛，不管去哪儿，再熟悉也熟悉不过自己的家呀！无论是疙瘩梁，还是登封嵩山，都是大清国的土地，这不，我和师弟就是从河南云游到疙瘩梁的。本僧有一事不明，想请教各位，这练功场内高木架的搭设很像少林寺的武场，你们从未去过嵩山，那么走桩、踩檐、点石等功法咋传到这儿的？疙瘩梁啊，疙瘩梁，未承想还是处小少林寺呢，本僧这是又回家啦！"

"三槌"兄弟见大师父态度诚恳，性情豪爽，顿时喜欢上了，陌生感一扫而光，觉得如同遇到了故友一般亲密无间。石槌说道："大师父，实不相瞒，竖在这里的高木架子是在一位不知名的老者指导下搭建的，还传授了走桩、踩檐等功。据老人家讲，他在吉林将军衙门属下的野鹿苑干差，是驯鹿的。"

大和尚问道："点指功也是那位驯鹿老者教的吗？"

铁槌抢着回道："没错，是他教的，并给我们讲解该如何练功。老人家还说其徒弟能用食指把树木点出窟窿，将石板钻通，且不费吹灰之力，太神奇了。这已是3年前的事儿了，近日或许能回转，我们正期盼着呢！"

大和尚和那两个民装打扮的人一听，原来这些功法是从一位驯鹿老者那儿学来的，觉得很是不可思议，大和尚自言自语道："天下奇事无计数，是你始料不及的，难道此地还有一个少林不成？如有机会，定将前去拜望，不能错过。"随即又详细地询问一番，诸如老者长啥样儿啊、身材高矮呀、体态胖瘦哇、穿什么衣裳以及言行举止有什么特点等等，"三槌"兄弟一一作答。大和尚听后会心地笑了，双手合十道："阿弥陀佛，知道了，知道了，恩师终于现身了。"

"三槌"兄弟不知所言何意，互相瞅了瞅，无奈地摇了摇头。仝槌说道："大师父，几天来，我们哥儿几个一直想去寻找那位驯鹿老者，

第三章　收服逆僧

总觉得差不多应该到疙瘩梁了。有这么件事儿，范家堡子的大庄主范蔼仁雇用了两位少林寺的高僧，一位叫夺魂僧者，一位叫静空大师，为其看家护院，训导团练，传授武功，并担任团练的总教头。这二人够坏的，只听范蔼仁及其大夫人钱氏的，让干啥就干啥，决无二话。他们前些日子到了疙瘩梁，与此同时，钱氏把四太太和账房儿袁师爷一块儿派来了，为的是将西山的一个大山洞修造成打制兵刃的作坊。山民们不愿干，四太太和袁师爷也尽量拖延，这可惹恼了二位大师，不仅气势汹汹地去四太太所住的新舍兴师问罪，还差点儿没踩死她。多亏一位八旬老仙翁及时赶到，带来了一阵巨风，眨眼工夫便把夺魂僧者卷走了，不知去向，静空大师则乖乖跟着老仙翁纵上高树离去。真的，一点儿也没扯玄，在场的人都看见了，要是不信可以问问，疙瘩梁的人没有不知道的。事后我们哥儿仨才回过味来，那位老仙翁的身材、相貌同驯鹿老者十分相像，很可能是同一个人。"

　　大和尚听后，心里全明白了，冲两位随行者说："现在看来，在范家堡子呆了几年的夺魂僧者和静空大师已被恩师收回了，若果真如此，咱倒省事了。"

　　二人赞同地点了点头，其中那位年轻后生开口道："三位兄弟，初次见面，很是有缘，谢谢你们的信任。说实在的，我们之所以来疙瘩梁，就是为了追赶替范蔼仁做事的那两个僧徒，遗憾的是晚到了一步。给大家介绍一下吧，这位大师父乃嵩山少林寺很有名望的高僧、我的恩师一指金刚大法师。旁边这位乃大法师之四师弟、我的师叔鹰爪消魂侠庞荣，也是嵩山少林寺的高僧，因办要事才着民装出行的。本人是镇守吉黑两地清查田亩行辕大营的富俊大人手下之部将、佐领班布泰，富俊大人已到任吉林将军，我也随之在将军衙门办差。为追寻范蔼仁雇用的两个僧侣，查办涉及旗民土地诸案，今日随师父、师叔来到疙瘩梁，有幸结识了3位兄弟，一些事还望多多帮忙呢！"

　　石槌高兴地说："哎哟，原来是久闻大名的世外高人以及吉林将军麾下之干将来到了疙瘩梁，幸会，幸会呀！富俊大人的名字如雷贯耳，其孙儿班布泰也名声在外，今得一见，果然不凡。山民们皆知道大人为无依无靠的流民生计而日夜操劳，是百姓的贴心人，我们早就想去双城堡拜望他老人家了，也好把一肚子的苦水往外倒倒。可后来又一思摸，山野村夫哪能随随便便去叩见大人呢？清查田亩行辕大营不是我们该去的地儿。况且疙瘩梁除了少数坐地户外，大多数是从关内逃到此地的流民，并成为大庄主的债户、奴才，故而范蔼仁盯得很紧，轻易不许出山。山民们天天盼星星盼月亮般地盼着你们来呀，今儿个真就降临疙瘩梁了，此乃吉星高照哇！兄弟3人失敬了，少礼了，在这儿给恩人叩头赔罪了！"说着不顾班布泰的阻拦，与仝槌、铁槌一起跪在地上磕了3个响头，站起身后又介绍道："二位大师、班佐领，我们仨是这里的噶珊达，我叫石槌，这位叫仝槌，那位叫铁槌。你说能不让人高兴么，正琢磨着怎样才能跟吉林将军衙门联系上，将疙瘩梁的现状禀报之，你们就来了，真是太好了。听说富俊大人随和、可亲，经常骑头小毛驴或青骡子走屯串户，了解情况，惩处恶霸，帮助村民解决实际困难，是位替百姓做主的好官。疙瘩梁离范家堡子不算远，山民们对范蔼仁的所作所为看在眼里，记在心里，桩桩件件三天三夜也讲不完。范蔼仁在范家堡子一手遮天，说一不二，仗势欺人，强占了不少土地。我们实在受不了他的气了，只想讨公道，不想做奴才。无奈之下，才不得领着山民举起义旗，绝不是跟大清朝廷作对。吉林将军若是知道真相，想必能够体谅此举，空口无凭，我们手中握有山民们写下的卖身契和一些地契。"

班布泰接茬儿道："说得对，不能给范蔼仁当奴才，要做正身旗人。眼下正在清查每家每户所占土地的数额，重新登记造册，范蔼仁也不例外。只要咱手里掌握其罪证，我们一定按大清律条予以惩治，还百姓一个公道，放心好了。"

班布泰的话音刚落，铁槌急不可待地对石槌说："大哥，别在这儿唠了，赶紧请三位贵客去咱的大帐吧！也赶巧了，我一早进山套了两只狍子，再备一桌素宴，大家好好儿庆贺一下今日的相聚，怎么样？"

未等石槌开口呢，一指禅师抢先表了态："嗯，我看这个提议不错，那就到大帐里坐坐。不过千万别麻烦，能填饱肚子便可，多谢了！"

于是一行6人步出椴树林子，铁槌头前带路，来到虎头旗下的熊皮大帐前，刚要进帐，却与从里面走出的两个人撞个满怀，定睛一看，是四太太和袁小鬼，他们是来找"三槌"兄弟的。二人见帐外站着三位陌生人，仔细一打量，其中身材魁伟的那位竟是来疙瘩梁路上遇到的神秘跛行客！不由得惊喜异常，扑通通跪地叩拜道："恩人驾到，有失远迎，能在疙瘩梁相聚，是我们的荣幸啊！"

一指禅师忙道："施主快快请起，快快请起，千万别客气！"

四太太和袁小鬼站起身来，石槌走上前道："太爷爷、太奶奶，今天是个好日子，疙瘩梁来贵客了，你们知道所叩拜的恩人是谁么？乃河

第三章　收服逆僧

南登封嵩山少林寺的高僧一指金刚大法师。旁边这位是其四师弟鹰爪消魂侠庞荣,那位年轻后生是八旗佐领班布泰,乃双城堡清查田亩行辕大营富俊大人之属下,特意陪师父、师叔一块儿进山的。"

袁小鬼躬身施礼道:"欢迎,欢迎,欢迎各位来疙瘩梁。恩人哪,那天一看您的身手就知道有来头儿,还真猜着了,原来是少林寺的大法师呀,快请进帐!"

一行人鱼贯而入,坐定后,石槌冲铁槌吩咐道:"快去灶屋告诉厨子,那两只狍子作为下酒菜,再备一桌丰盛的素宴,越快越好!"

铁槌答应一声转身刚欲出帐,四太太连忙阻止道:"回来,别去了,厨子的素食做得并不地道,还不如我呢!本人从小在爷爷家就吃素食,每天用一次正经八百的斋饭,还时不时地随其赴素宴,早就不沾荤腥了。到了范家堡子仍吃素,不但会品,而且会做,不是吹呀,称得上行家了。山中野菜多的是,又新鲜又爽口,我给大师父露一手儿,品尝一下独具特色的素席。这么的吧,请客人到我家去,你们先聊着,有两个贴身丫环做帮手就行了,用不多长时间便能准备好。班佐领和'三槌'兄弟肯定吃不惯素食,我另外做几道荤菜,保证让你们吃了这次想下次。"

班布泰连连摆手道:"不用,不用,我跟师父、师叔吃一样的。"

"三槌"兄弟也异口同声地说:"太奶奶,我们还没吃过您做的素食呢,很想尝一尝,今天咱都用素宴啦!"

四太太笑道:"行,瞧好儿吧,走喽!"

一行人出了大帐,跟随四太太来到新舍,分别就坐后,侍女奉上了新沏的野菊花茶,请客人享用。四太太说:"二位大师父、班佐领、'三槌'兄弟,你们由袁师爷陪着,边喝边聊,我一会儿就来。"说完转身出屋去了厨房,两个贴身丫环随其后,3人一块儿忙活开了,只听锅碗瓢盆一顿响,顶多半个时辰,味道鲜美的素宴便置办好了,一盘盘儿端进了屋,摆了满满一桌子。

大家围坐桌边开始用膳,一指禅师、庞荣、班布泰师徒一边品尝一边夸赞,说是每盘儿菜都各有特点,色香味俱全,确实不错。"三槌"兄弟更是觉得越嚼越有味儿,直劲儿嚷嚷太好吃了,没承想太奶奶竟有如此高超的厨艺,山野菜经其烹调后比肉还香。席间,一指禅师侧过头问四太太和袁小鬼:"二位施主,你们到疙瘩梁后,不是要看戏法儿么,看到没有哇?"

二人听了很是吃惊,咦?怪了,大师父怎么知道的?四太太反问道:"大师父,这可是来疙瘩梁的路上袁师爷跟我说的悄悄话,谁告诉您的?"

　　一指禅师爽朗地笑道:"哈哈,谁告诉我的?本僧亲耳所闻。那日若不是半道儿听着施主的这句话,也不会引起我的注意并装瘸挡在车轿前,看来咱们还真是有缘哪!"

　　四太太和袁小鬼听罢,愈加敬重眼前这位耳听八方的高僧,这不就是活神仙么,真了不得呀!袁小鬼放下筷子道:"大师父,真人面前不说假话,戏法儿尚未看到。不过我们始终把这件事放在心上了,也相信范蔼仁、大太太造的孽快到头儿了,只是眼下一筹莫展,不知如何是好。"接着便详细地介绍了钱氏家族坟茔地的守护情况及其现状,声称要看的戏法儿正是在那里,关键是得能靠近祖茔方可。

　　庞荣说道:"既然情况已基本弄清,事不宜迟,应赶紧行动,越早越好。大可不必担心是否安全,守护在那儿的小小团练何足挂齿,纵有千军万马,岂能挡住咱众兄弟?"

　　班布泰思忖片刻,问道:"袁师爷,你对去钱家祖茔的路熟吗?"

　　袁小鬼略微犹豫了一下,然后回道:"噢,不熟,我也是头一次来疙瘩梁,只听说钱家祖茔在西边。"

　　班布泰又问道:"四太太,你肯定去过那儿,对坟地周围的环境清楚吧?"

　　四太太的脸上闪过一丝不易察觉的慌乱,瞟了一眼袁小鬼,这才回道:"说实在的,我只去过一次,还是在原账房儿总师爷钱如民活着的时候,陪着老爷和大太太姐弟俩一块儿去上坟。到那儿后,燃上香,摆上供品,匆匆忙忙祭扫完就回去了。当时也没顾得上仔细瞅瞅祖茔的周边啥样儿,所以印象不深,不过路还是记得的。"

　　袁小鬼和四太太的异常神情没有逃过师徒3人的眼睛,早已看透其心思,知道他们有自己的打算,不可能把所掌握之钱家祖茔的秘密和盘托出。班布泰不动声色,佯装不知,看了看师父和师叔,然后说道:"四太太、袁师爷、'三槌'兄弟,想必各位和我的心情一样,恨不得立马就能看到所谓的戏法儿。这样吧,今晚就行动,请四太太和袁师爷带着我们师徒先走一遭,夜探钱家祖茔。"

　　"三槌"兄弟一听着急了,异口同声地问道:"哎,班佐领,咋把眼面前儿的哥儿仨给落下了?"

一指禅师接过了话茬儿:"区区一件小事儿,何必兴师动众?再者说了,呼呼啦啦去那么多人,目标太大,容易打草惊蛇。你们兄弟天天忙得脚打后脑勺儿,一刻不得闲,够累的了,还是歇着吧!"

石槌说:"大师父,我们知道去钱家祖茔的路,多个人多份儿力,少个人可不成席呀!放心吧,这其中的利害大家都懂,不会惊动那些团练的,多注意点儿就是了。"

仝槌、铁槌更是不依不饶:"我们一定得去,戏法儿大家看才够热闹,干吗就你们5个有此眼福,这不公平!"

班布泰一看此情此景,不禁乐了,风趣地说:"好好好,一定要去就去吧,否则哥儿仨这道坎儿咋过呀,还不得把我给吃喽!但要切记,钱家祖茔不可小觑,防范很严,到那儿后不能轻举妄动,一切听从指挥。"

"三槌"兄弟齐声儿道:"班佐领,我们保证做到,一切谨遵将门虎子之命!"

宴罢,天已经完全黑下来了,由于熊皮大帐所在的位置距钱家祖茔有一段儿不近的路程,四太太和袁小鬼便催促早点儿走。师徒3人很快换好了夜行衣,带上牛耳尖刀,"三槌"兄弟也是一身儿短打扮,他们悄悄儿出了门,大步流星地向西而去。路上,班布泰发现走在前面的四太太和袁小鬼时不时地往后瞅,见没人注意,便凑在一起嘀咕一阵子,声音很小,听不清说什么,觉得有点儿奇怪,遂冲师父努了努嘴。一指禅师会意,走到徒儿身边,压低声音道:"我早就看见了,这二人一个是范蔼仁的夫人,一个是大庄主最信任的账房儿总师爷,不可能跟咱一条心。他俩眼睛盯的是钱,做梦也琢磨着有朝一日发大财,什么鬼点子都能想得出,得多提防着点儿,小心无大错。"

班布泰赞同地点点头,十分佩服师父的洞察力,别看少言寡语,一切皆在心中,要不咋能成为善男信女最崇仰的长眉长老之爱徒呢!急行了约一个时辰,远远望见前面西山坡有片黑糊糊的树林,四太太伸手一指道:"看见了吧?那儿就是钱家祖茔。"

待大家走到近处一瞧,惟此地四面环山,山势高峻,山脚下长满了松树、杨树、榆树、槐树、柞树等,形成了杂木混生林,一些树干有两抱粗,郁郁葱葱。西山坡下可见突起二十几个坟头儿,上面插着长方小木牌儿,长有稀稀拉拉的蒿草。中间是一片较平坦之地,四周用青砖砌起了围墙,南北各留两扇对开的涂了一层黑漆的木质门,门楣上方的砖墙嵌出一个放门匾的地儿，匾上刻了 4 个大字"钱氏祖茔"。此刻已近亥时，星光朗朗，又是上弦月，颇为明亮，看得很真切。这里的确是处深邃、幽静之所在，掩映在遮天蔽日的密林之中，堪称一块难得的宝地，如果不注意，不易被发现。他们走到大门跟前，发现没有上锁，四太太轻轻把门推开，回过头小声儿嘱咐道："进去后往东走，可见 3 座青砖瓦房，里面住着守护的团练，都是壮小伙子，皆有武功，是怕歹人掘坟盗墓、偷走财宝才设的。咱必须小心从事，走路脚步要放轻，尽量别发出声音，以免被其察觉。"

一行 8 人进了门，一字纵向排开，蹑手蹑脚地朝东而去。这回庞荣走在前面，班布泰紧跟着师叔，一指禅师随其后，接着是"三槌"兄弟，四太太和袁小鬼落到最后尾儿。他俩为啥落后了呢？因二人不愿被团练看见自己来过，也不愿让更多的人知道这块宝地，只能走一步看一步。又碍于大师父的武功高强，不敢惹，加之心里有鬼，便一步一步慢慢往前挪，自然落在了后头。走了没多远，庞荣首先发现了建在一小片林中的 3 座青砖瓦房，随即向后摆了摆手，示意大伙儿赶紧隐蔽在草丛之中。他几大步蹿了过去，踮着脚走到 3 座房子跟前，见无人把守，紧靠东边的那座没上锁，贴近门口儿听了听，里面传出熟睡的鼾声。又到另两座的门前看了看，门上皆挂有锁，里面没有任何声音。转身又回到原处，把情况讲了讲，然后问四太太："这 3 座房子中，哪座是坟茔地主人住过的？"

四太太回道："东边那座是守护墓地的团练之住处，平时总有人；中间那座有正房 5 间，是大太太来上坟时的歇息之所；西边那座不住人，而是作为置放冥钱、冥器等祭祀用品的库房。"说这番话时，她明显感到有对儿眼睛盯着自己，谁呢？侧过头一瞅，原来是一指禅师，心里顿时有点儿发毛，赶忙补充道："大师父，我以前来过的那次祭扫完后，只在大太太的房内逗留了个把时辰，也没兴趣去附近转转。当时寻思又不是蔡家的祖茔，跟我没任何关系，再说一个坟圈子有啥可转悠的？看样子大太太最近没来这儿，所以团练把守也不严，咱没遇到一个看门望哨的，都睡得像死猪似的。依我之意不妨先回去，待详细打听一下后，再作打算不迟，有什么情况我会及时告知的。"

一指禅师站着没动地儿，也未接茬儿，脑瓜儿飞快地思索着，两眼四下搜寻着。聪明的班布泰猜出了师父此刻在想什么，便故意摆出一副兴趣索然的样子说："师父，我认为四太太所言极是，既然没啥看的了，

第三章　收服逆僧

也未发现什么异常之处,那就别耽搁了,赶紧回走吧!"

一指禅师点点头道:"好吧,只能这样了。"

大家按原路折返,四太太和袁小鬼暗自高兴,觉得腿脚也轻快了,乐颠颠地回到了新舍。"三槌"兄弟到了住处之后,洗完脸便上了炕,正欲脱衣歇息,站在地当间儿的一指禅师一摆手道:"走,回去,再探钱家坟茔!"

庞荣、班布泰自然明白其意,一个是师弟,一个是徒儿,3人可谓心照不宣。"三槌"兄弟却丈二和尚摸不着头脑,露出一脸的不解,怎么才到家又返回呢?仝槌刚要开口发问,石槌忙冲其使了个眼色,他立马把话咽回去了,并叫上铁槌起身跳下地,随师徒3人出了门。他们没按原路走,而是绕道而行,到了钱家祖茔后,在那片松林掩映下的3座青砖瓦房旁边的草丛中隐蔽下来,大睁双目盯向墓地的大门方向。

丑时刚过,正如一指禅师估计的那样,忽然大门处闪进两个黑影儿,边走边四下张望,鬼鬼祟祟的,从走路的形态看不是别人,正是四太太和袁小鬼。二人走走停停,并没往3座青砖瓦房这边来,而是向北门那儿去了。趴在草丛中的6人站起身来,尾随其后,很快出了北门,发现前面不远处有片林子,林中还有一座青砖瓦房,举架挺高,窗子里透出了灯光,显然里面有人。袁小鬼和四太太走到房门前,嘭嘭嘭敲了3下,门吱嘎一声开了,二人一闪身进了屋,窗户纸上透出了3个晃动的人影儿,班布泰他们立马躲到暗处观察动静。

不大一会儿,门开了,走出个灰白头发的老汉,右手提着红灯笼在前头照亮儿,袁小鬼和四太太跟在身后,急匆匆地进了北门,朝东边的3座青砖瓦房走去。到了中间那座房子前,老汉从怀里掏出钥匙打开门,3人进屋后点上了油灯。这一切,跟踪而至的一行人看得清清楚楚,班布泰早已按捺不住了,压低声音道:"走,进去会一会!"说着轻轻推开了房门。

此时,那位老汉恰好面冲门站着,忽见进来6个人,一个也不认识,当即怔住了,半晌说不出话来,只是瞪着眼睛瞅着他们。四太太背对着门,正翻动着立在北墙的衣柜,袁小鬼举着灯笼在旁边照着,由于太过聚精会神了,竟未听见有异样的响动。少顷,真就翻出了十几个金元宝,爱财如命的两个人抿着嘴乐,不敢笑出声儿来,怕睡在东边那座房里的团练听见。刚一转身,忽见师徒3人和"三槌"兄弟站在跟前,吓得妈呀一声,慌忙扑通一声跪在地上磕着响头道:"大师父呀、班佐领，我们故意隐瞒没有全说，自己却偷着来了，实在不应该呀，请高抬贵手饶过这一回吧！"

班布泰压低声音道："袁小鬼，可惜呀，看来是徒有其名短练哪，鬼心眼儿没用到正地方。燕雀安知鸿鹄之志，以为跟你们抢金分银来了？这些是不义之财，搜刮之民脂民膏必须收归国库。别忘了，我们是大清朝廷派来的，为啥不把赃物所藏之处告知、帮助本朝为民除害、做点儿好事呢？目光未免太短浅了，赶紧起来吧！"

四太太和袁小鬼千恩万谢地站起身来并呈上金元宝，班布泰接过，交给庞荣保管，然后冲老汉问道："老人家，姓甚名谁呀？今年多大岁数了，是给钱家看坟茔的吧？"

老汉回道："大人说得没错，小老儿正是看坟的，姓李名青山，在家排行老六，人称'李老六'，今年五十有九。我与四太太的本家兄弟交往颇深，先辈又是同乡，知其在庄主爷跟前不受宠，在大太太那儿亦不得烟儿抽，否则也不会派到疙瘩梁来，故而早就答应帮着弄点儿钱花。一言既出，驷马难追，总得遵守诺言不是？庄主爷的大夫人心狠手辣，不仅欺负四太太，对下人也不好，十分苛刻，大家敢怒不敢言。我原本和弟弟一块儿在这儿看坟，差不多20年了，老老实实地守着，从未发生过坟茔被盗之事。前年弟弟突患重病，大庄主和大太太根本不管，既不给碎银抓药疗疾，死了也不葬，用破席子一卷扔进山沟了。我恨透他们了，表面像个人似的，背地里一点儿人道都不讲，禽兽不如哇！"

班布泰又道："老人家，听说钱家祖茔这儿有个秘密之处，乃大太太私自藏匿财宝的地窖，不知是真是假？"

李老六回道："是真的，的确有个秘密之处，大太太亲自管。她弟弟钱如民活着时曾来过，团练们是不敢沾边儿呀，从不让任何人近前。"

班布泰继续问道："地窖在哪儿，你老知道吗？"

李老六回道："知道。"

班布泰说："那好，请你带我们去看看行吗？"

李老六爽快地答应道："行，走吧！"说罢从屋角儿拿过一把铁锹。

一行9人出了房门，在李老六的带领下，径直前往山脚下的那片杂木混生林，即钱家祖茔所在地。到了那儿，李老六走到西头儿第九座坟时停下了，手指坟头儿道："从表面看，此坟与其它坟一样，没啥区别，上面也插着灵牌。实际上是座空坟，灵牌是假的，旁边的供桌可以随意搬动。"说着搬移了供桌,用锹把桌下的泥土铲到一边,露出一块长方形的石板。挪开石板,现出一个大坑,跳下坑,可见冲坟的方向有个能钻进人的洞,洞内挖有土台阶。李老六手提灯笼弯着腰、脚踩台阶一步步往下挪,其他人跟在后头,到了底部四下一看,原来是处地室,足有一间屋子大小,中间儿并排陈放着6个楠木箱子,皆上了把铜锁。庞荣走到第一个箱子跟前蹲下身,右手握住铜锁用力一拧,咔嚓一声就开了,掤开箱盖儿一瞅,里面装的全是田亩大照和地契。大照是用墨笔写就的,这块地东到哪儿、西到哪儿、南到哪儿、北到哪儿、紧挨哪块地、多少亩多少顷、属于谁、分得土地之年月日等开列得详详细细、清清楚楚,下方卡有大清朝廷的官印以及土地所有者的画押。买卖土地时所立的契约,即地契上所列各项亦写得明明白白,既有立契人、买地人画押,也有中间人、借字人画押,有的还有噶珊达画押。接着又将第二、第三、第四、第五个箱子的锁一一打开,里面装的同样是田亩大照和地契,所列各项同第一个箱子的一样。当打开最后一个箱子并翻看时,师徒3人不由得眼前一亮,原来竟是寻找、追查多时的范氏家族土地大账,肯定是钱如民偷偷藏匿于此的,不过并没有发现金银财宝。正疑惑时,李老六说:"走,咱们先出去,再看另一座坟。"

　　一行人返回地面,走到第12座坟头儿时,李老六言称这也是空坟,随即搬移供桌,铲掉桌下的泥土,掀开石板,露出了洞口儿。大家一个挨着一个地踩着土台阶而下,到了洞内一瞅,同样是处地室,靠墙摆放着10个楠木箱子,箱箱上锁。采取同样的办法破锁并一一打开后,晃得眼睛都睁不开了,里面装的皆为金银财宝,什么金条、金元宝、金锞子、银锞子、银票等。这又是一大发现,显然由于当时土匪猖獗,地痞横行,范蔼仁担心财物被盗抢,故而才秘藏于此。原先以为范蔼仁与大夫人各怀心腹事,不可能没有矛盾,钱氏又猴精的,必留心眼儿,祖茔之所谓的银窖皆为自己的私房钱。现在真相大白了,钱氏为干扰人们的视线,不顾一切地帮着丈夫转移田亩大照、地契、财宝,二人完全是一个鼻孔出气。所有这些都是富俊大人为清查田亩一直寻觅的范氏家族不择手段侵吞土地、财物之赃证,此刻全找到了,可谓喜事一桩啊!班布泰瞅着那些旗民的田亩大照、所立下的地契装在楠木箱子里,成了范蔼仁的私藏之物,作为向其进一步压榨、搜刮之把柄,感触万端,别有一番滋味在心头。当即吩咐石槌、仝槌、铁槌把16个箱子全部搬出地室,然后将洞口儿封好,供桌按原样放置如初。又打发李老六去附近的屯子借来了一辆马车，大伙儿合力将箱子抬到车上，李老六年轻时就是个好车把式，由他将车赶往"三槌"兄弟设在疙瘩梁的大帐。到了地儿，铁槌抬头看了看天儿，已过寅时，伙夫准备早膳的锅碗瓢盆声传入耳鼓，立马嚷嚷开了："哎哟，咱们整整折腾了一宿呀，怪不得呢，肚子咕噜噜直叫，肠子肚子早就打架啦！"

石槌笑道："是闻到香味儿引出馋虫了吧？饿了也得忍着，先卸车。"

于是大伙儿在石槌的指挥下，把16个楠木箱子从车上卸下，抬进大帐内，靠东侧摞好，再用一块苫布盖严。一切就绪，洗了把脸，围桌而坐，桌面儿已摆上了咸菜、大酱、鲜葱，中间儿放一盆香喷喷的小米粥和几盘儿刚出锅的苞米饼子，还冒着热气呢，让人看了食欲大增。四太太为每人盛了一碗粥，铁槌急不可待地抓起苞米饼子狼吞虎咽地吃了起来，四太太拍拍他的肩膀逗趣儿道："慢点儿，没人跟你抢，别噎着。"

膳罢，大家各自歇息，四太太和袁小鬼领着李老六回了家，说是让他看看新居盖得如何。到家没一会儿，班布泰手拿红布包儿也来了，一进屋便把红布包儿打开，取出里面的银锞子分别送给3人，说道："昨夜的行动只能瞒得了一时，瞒不了一世，范蔼仁用不多久便会察觉。老人家不能再回去看坟了，四太太和袁师爷留在疙瘩梁也不安全，钱氏必将追究财物的去向，首先怀疑的就是你们仨。依我看不如这样，睡一觉后打点打点行囊，明儿个一早拿上这些银锞子远走高飞，离范家堡子越远越好，找个合适的地方定居下来，安安稳稳地过日子，再不用担惊受怕了。"

3人听后很是感激，千恩万谢的，四太太回过头对李老六说："老人家，也谢谢你呀，帮了我不少忙。而今年纪大了，独自生活不容易，身边没人照顾哪儿成？干脆跟我们走吧，今后就在一起过，你老看行吗？"

李老六感动得老泪纵横，一个劲儿地点头道："行，行，那敢情好！"

转天用罢早膳，四太太来疙瘩梁时乘坐的那辆轿车和拉物品的马车皆已套好，"三槌"兄弟和师徒3人赶到新舍为其送行。两个贴身侍女首先上了轿车，将厚厚的羊毛垫子铺在座位上，省得由于路途遥远，主人会感到硌得慌。铺好后跳下车，上了一旁拉物品的马车，与4位男仆

第三章　收服逆僧

坐在一起。这时，袁小鬼才与怀抱二丫头的四太太出得门来，李老六跟在身边，向"三槌"兄弟和师徒3人告辞后上了轿车，两辆车在大家的祝福声中缓缓前行。走出没多远，四太太忽然又跑了回来，走到班布泰跟前说道："班佐领，有件事一直搁在我心里，现在要走了，觉得还是讲出来好。我刚出嫁那咱，在丈夫身边挺受宠，比前三房儿吃香。当年的中秋节那天晚上，全家围坐一起共吃团圆饭，范蔼仁格外高兴，嚷着非得喝高粱红不可。酒过三巡，大太太见他已是坐立不稳，醉眼迷离，便道：'老爷，喝得差不多了，早点儿回屋歇着吧，想去哪房处哇？'范蔼仁的舌头都硬了，嘿嘿笑道：'还……还用问么，去老四……老四那儿。'我赶紧走上前，和大太太一边一个地扶着他去了我的住处，在为其脱衣服时，他的嘴里嘟嘟囔囔不知说些什么，含糊不清，只听清了一句：'松岩十八磴，棒陀一线天。'此话一出，大太太飞快地瞟了我一眼，随即制止道：'行了，行了，闭嘴吧，别胡嘟嘟了，快睡觉吧！'范蔼仁倒蛮听话的，真就不嘟囔了，翻过身去，没一会儿便打起了鼾声。第二天一早，范蔼仁醒酒了，大太太匆匆忙忙地推门进了屋，乘我去厨房之机，和老爷咬了半天耳朵，估计是将其昨晚醉酒所讲的话被我听到之情况告诉他了。说实在的，当时我根本没在意，可范蔼仁心里有鬼，怕我听到并记住那句话。大太太走后，他就反复问我昨晚到底听没听到说什么醉话了，记得不？我暗自琢磨开了：'看来那句话是范蔼仁心中的秘密，生怕别人知道，否则不会盯问个没完。多一事不如少一事，何必惹乱子？傻子才引火烧身呢！'于是一口咬定什么也没听见，更谈不上记得不记得，鬼才知道你都说啥了，谁听见了问谁去。范蔼仁不吱声儿了，也不再问了，起身出了门，此事总算搪塞过去了。其实我打小脑袋就好使，耳朵还拿话儿，大人们在一起闲唠嗑儿时，只要我在场并听见了，一般不会忘，这点儿小聪明在蔡家营子蛮出名呢！也不知那句话究竟啥意思，对你们是否有用，反正说出来就心安了，没什么可遗憾的了。"

班布泰说："四太太，不管有用没用，能直言相告，就是对我们的最大信任，谢谢了！想必范蔼仁不会凭空冒出这么句话，肯定有来头儿，不可小觑。钱氏都能如此上心，咱更得认真对待了，放心吧，会弄清楚的。"

四太太笑着点了点头，反身跑向轿车，师徒3人和"三槌"兄弟看着两辆车拐过山脚方回返大帐，班布泰边走边思摸："'松岩十八磴，棒陀一线天'这 10 个字儿代表几层意思呢,此乃黑话？还是联络暗号儿？或者指某个秘密之所在？噢,对了,爷爷的字曰松岩,莫非范蔼仁盯上爷爷了、认为碍了他的事、暗地里想下黑手？"想至此,看了看身边的庞荣,说道："师叔,不知您对范蔼仁说的那句话怎么看,我觉得够蹊跷的了。尤其是头两个字儿,我爷爷的别名就叫松岩,是巧合呢？还是特指爷爷？"

庞荣说："我也正琢磨呢,如果'松岩'二字真是特指你爷爷,那就没啥可奇怪的了。这不明摆着么,富俊大人公正无私,为黎民百姓得以安居、有地种、有粮吃,为大清社稷的稳定,情愿像黑老包似的以那把老骨头相拼。朝野上下谁不怕得罪人哪？可他不怕,毫不犹豫地接下了清查田亩这个难干的苦差事,一干就是 5 年。不少歹人为一己之利早跟大人较上劲了,将其视为眼中钉、肉中刺,咱得格外加小心,保护好大人的安全,千万不能出差错。"

一指禅师的脑袋瓜儿同样没闲着,也在思摸"松岩"二字："或许这一带有个地方或较大的噶珊取名儿松岩？既然叫出去了,当地人就能知道,地名儿是保不了密的。"这么想着,遂问"三槌"兄弟："你们仔细回忆一下,以前是否听说疙瘩梁一带有个叫松岩的地儿？棒陀又在哪里？"

3 人冥思苦索了半天,皆摇了摇头,铁槌甚至打了保票："肯定没有,咱方圆百里哪儿没去过呀？到处打围下套子,沟沟坎坎全跑遍了,从未听说有叫松岩、棒陀的地儿。"

师徒 3 人和"三槌"兄弟就这样一边走、一边仔细推敲、用心琢磨着,恨不得立刻破解四太太所说的"松岩"、"棒陀"究竟指的什么,过了一会儿,班布泰犹如忽然发现新大陆似的,连珠炮般道："哎,'松岩'是这么个意思吧,此地到处是松树林、混杂林,还有立陡的山崖、曲折幽深的岩洞,为说明其特点,就用'松岩'二字代替了。"

庞荣不置可否,问道："那么'棒陀'指的又是哪儿呢？"

一指禅师忙道："有门儿,不妨按此思路想想,周围的大山里有否叫棒啊、陀呀的地儿？"

话音刚落,细心人石槌立马接过了话茬儿："等等,大师父这一提醒,我倒想起来了,北边的深山里有个地方好像叫'暖木陀'。"

仝槌十分肯定地说："没错,是有这么个地儿,又称'棒槌沟'。"

庞荣笑道："正可谓柳暗花明又一村哪,行啊,真有你们的,'棒

第三章　收服逆僧

陀'两个字儿这不全了嘛！"

班布泰高兴地说："是呀，有目标了，若想去棒陀，往北面的深山走便是了，不知棒槌沟离这儿大约多远？"

仝槌回道："没多远，往北走20来里地，拐过山脚就到了。那是处天然猎场，总有野兽出没，历届吉林将军常带人马前去打猎。嘉庆七年，吉林将军秀林曾派专人飞马驰京师，将一张头牌虎皮敬献给皇上，这只花斑虎就是在棒槌沟捕获的。"

一行6人说着说着便到了大帐，"三槌"兄弟各忙各的去了，师徒3人则坐下来仔细合计开了。班布泰说道："我以为暖木陀这个地方大有说道，从'松岩十八磴，棒陀一线天'10个字儿分析看，那里极为偏僻，地势凶险，很可能是范蔼仁的藏兵之处，为了躲避官府的监视、缉查，他们只能选择这样的地儿。四太太、袁小鬼和李老六总算办了件好事儿，帮忙发现了隐患，找到了毒痈，掌握了证据，而且就藏在咱们的眼皮底下。现在肩上的担子不轻啊，务必开动脑筋，打破沙锅问到底，只有弄清暖木陀的情况，方能做到心中有数、有的放矢，回去也好向将军禀报。"

一指禅师点点头道："嗯，说得对，富俊大人一准在等咱们的信儿。不过深入虎穴并不那么容易，对方肯定严加防范，必要时会破釜沉舟，拼死一搏。本僧之意是争取不伤人、不流血，还能把要务顺利办妥，因此得想出个万全之策，最好以计谋胜之。"

庞荣赞同道："师兄所言极是，我以为去那样一个藏兵要地，人不能太多，必须少而精。试想一下，呼呼啦啦去了一大帮人，站在光天化日之下，声势造得挺大，人家在暗处，咱们在明处，那不是飞蛾扑火么！"

师徒3人商量来商量去，最后决定立即前往棒槌沟，此次不让"三槌"兄弟去了，反正已经知道方位了，不过20来里地，用不着带路，一直往深山里走就行了。"三槌"兄弟另有差事，就是保护好从钱家祖茔起出的16个楠木箱子，里面装的可是极为重要的土地大账、田亩大照、地契和金银财宝，此乃范蔼仁的赃证。多年以来，范蔼仁之所以狂妄放肆、为所欲为，还不是知道官府不掌握他强占大量可耕地之证据、不便审理么？这块土地原先分给谁了，后来被何人霸占又卖给谁了，手中没有田亩大照或买卖土地之契约，难以定归属。这下好了，田亩大照、地契一样不少地摆在眼前，可用证据说话了，谁的罪谁顶，谁受害得平冤,不能稀里糊涂一锅粥了。基于此,这 16 个箱子在没有移交清查田亩行辕大营之前,务必严加看管,丝毫马虎不得,不可出半点儿闪失,更不能被抢走。当"三槌"兄弟回到大帐、班布泰将此决定告知并叮嘱一番后,石槌表示道:"班佐领、大师父,请放心,我们哥儿仨一定打起精神,6 只眼睛决不闭,死死盯住 16 个箱子,保证完璧归赵。各位路上要小心,时刻提高警惕,早去早回。"

就这样,师徒 3 人用罢午膳,打点好行囊,腰别匕首,带上干粮、咸菜,与"三槌"兄弟互道珍重后便出发了。进山的路确实难行,说是路,其实根本没有正经八百的山道,满目全是一片一片的松林、立陡立崖的石头山,且一色上坡儿,武功再高强也使不上劲儿,只能攀援而行。他们从这块石头蹦到那块石头,再登着石头一点点儿往前挪,犹如上台阶,正可谓松岩十八磴啊!遇到长在半山腰的小树就拽着往上爬,还担心树枝折断,下面便是悬崖,一旦滚落必摔得粉身碎骨。故而每迈一步都十分小心,行进的速度很慢,直至傍黑儿才来到一片林木森森之地,远远望见南山坡上有座用树枝搭成的窝棚。3 人走到跟前一看,窝棚内住着一位 40 来岁的猎手,经打听,证实此处就是暖木陀,即棒槌沟。又问了问前面地势如何,猎手告知:"这一带四野茫茫,渺无人烟,曾是打牲乌拉专用之地,出产为数不多的暖木。此木坚硬、直溜,纹路儿好看,是制作剑柄的上等木料。洗衣用的棒槌也是暖木做的,辽东各地的家家户户都离不开棒槌,便捷好用。久而久之,人们就将此地叫成了暖木陀或棒槌沟,所出产之暖木也随之名声在外了。"

师徒 3 人谢过猎手,为防被人注意,进入临近沟边的一片杨树林里,用树枝、蒿草搭了两座窝棚,一座在地上,一座在树上。当地人皆如此,出门在外或狩猎,白天短歇、夜晚睡觉皆在窝棚里,一搭就是两座。夏季天气炎热,夜晚便睡在搭于高树上的窝棚内,既风凉,又可瞭望四方,观察动静。为出行方便或需要随时应付突发情况时,就住在搭于地上的窝棚里,既能迅速躲闪,又可施展自如。由于到处是一片片的密林以及一人高的蒿草,很利于隐蔽,即使是搭在地面的窝棚,除非小兔子、小蛇经过此地能知道,一般人不走到近前根本发现不了。

师徒 3 人决定挤住在地上的窝棚里,为了不至于暴露,也未拢篝火,就着咸菜嚼几块干粮算是用晚膳了。由于走了 20 多里难行的山路,此刻感到又困又乏,寻思好好儿睡一觉,明儿个就精神了。躺下不一会儿,忽听从窝棚的顶部传出一种特殊的声音,似乎有人蜻蜓点水般踩着

第三章 收服逆僧

上面的树枝一闪而过，轻快而敏捷，棚顶随之发生了轻微的震颤。3人不由得一惊，知道已经被发现了，来者是向他们示威的，告知别躲了，徒劳而已，一切都在我们的掌控之中。让一指禅师感到纳闷儿的是这脚踏树枝的嚓嚓声儿咋那么熟悉呢？可以肯定来者不是寻常人，轻功不错，遂向师弟和徒儿使了个眼色。3人一跃而起，蹿出窝棚，大睁双目四下仔细搜寻。夜色下，发现不远处有两个人，一个双手叉腰站在几棵古松之间，双眼盯向窝棚这边。另一个站在沟边的一棵白桦细枝上，如履平地，纹丝不动。由于树是从沟底长出来的，树梢与地面一般高，远看就像站在地上一样，没有轻身之功是做不到的。一指禅师很快反应过来，手打佛号道："阿弥陀佛，善哉，善哉，二位师弟怎么在这儿？让师兄好找哇，很是想念你们哪！"

庞荣也辨认出来了，对面那两个人不是别个，而是二师兄冲霄五毒侠和三师兄云水轻身侠，心里觉得好生纳闷儿："怪了，'三槌'兄弟不是说夺魂僧者和静空大师被一位80多岁的少林寺老仙翁带走了么，怎么又来了暖木陀？或许是师父考虑到人无完人，总有犯错的时候，毕竟是自己的徒弟嘛，应给一个改过自新的机会，将功赎罪……"正琢磨呢，静空大师跳下细枝走了过来，手打佛号道："阿弥陀佛，大师兄，别来无恙？三弟也很想念你们。已知大师兄和四师弟密探钱家祖茔，收获颇丰，值得祝贺。估计二位不会就此收手，必来暖木陀，故而师弟先行一步，已在此恭候多时了。"

夺魂僧者随即也走到跟前，双手合十道："大师兄、四师弟，很长时间不见了，一向可好？我就弄不明白了，咱们皆为佛门弟子，又是同一师父的师兄弟，有手足之情，到底缘何不放过我俩，难道是清查田亩行辕大营的富俊令师兄和四弟把我和三弟捆去、等着受赏不成？"

一指禅师见二师弟还在气头上，若不消消火儿，你就是说啥，他也听不进去，便冲庞荣努了努嘴。庞荣会意，双手合十致以问候，并将班布泰介绍给二位师兄，互相见礼后，气氛有所缓和。一指禅师这才又道："岁月如梭，跟你俩一别转瞬已是4年，再见面竟是在荒山老林里。二师弟说得没错，咱哥儿几个乃佛门弟子，与世无争，大可不必为凡俗之事伤了手足之情。范家堡子的庄主范蔼仁欺压百姓，强取豪夺，横行无忌，乃称霸一方的恶棍。他的大夫人钱氏佛口蛇心，为人诡谲，唯利是图，与其沆瀣一气。师弟应擦亮眼睛，明辨是非，看清他们的本来面目，立即悬崖勒马，不可再助纣为虐，更不能站在朝廷的对立面，望好自为之。"

静空大师很不服气,反驳道:"大师兄,咱不妨把话说开,我觉得你才沾染了世俗之气,为了名和利,主动投效吉林将军衙门,为其撑腰打气,早已病入膏肓,不可救药。大师兄有所不知,我和二师兄已远离范蔼仁,现在身边全是苦难之人。不知朝廷为何死死相逼,迫使他们不得不抛家舍业,躲进荒山野岭,衣食无着。难道大师兄不认为这些人很可怜并需要帮衬么?你要是遇到这样的事和这样的人该何去何从,助不助一臂之力?"

夺魂僧者冷冷地问道:"大师兄,有没有胆量到我们住的地方瞧一瞧,畏惧否?"

一指禅师觉得此话有点儿伤和气,含有挑衅意味,心中暗想:"求之不得呀,正合我意,也好借机看看庐山真面目。"随即回答得很干脆:"头前带路,本僧倒要领教一番!"

于是,一指禅师、庞荣、班布泰在夺魂僧者和静空大师的引领下进入了深山,跨过一条条深沟,穿过一片片林子,眼前呈现出一座不太高的石头山。山的东边是一片密林,南边是一块相对平坦的草地,搭建有十多座茅舍,还有马棚、牛栏、羊圈,几堆燃着的篝火噼啪作响。夺魂僧者打了一声口哨儿,随之从茅屋中跑出40多个手执长矛、肩挎大刀的山民,其中一体格魁梧的壮汉双手高举一面旗帜,上绣"平妖除霸"4个大字,个个怒目圆瞪,杀气腾腾,摆出一副势不两立的架式。从刀、矛的拿法及站步看,明显是受过训练的,毫无疑问,教官是夺魂僧者和静空大师。夺魂僧者手指人群说道:"这些人原本都是无辜难民,头领也是当地的山民,何以成了官府剿除之匪徒?我和三师弟与心不忍,为他们助阵,何以成了助纣为虐?班佐领,麻烦转告吉林将军,擒拿也好,围剿也罢,有啥招儿全使出来吧,我们情愿奉陪到底!"说罢又打了一声口哨儿,40多人迅即散去,很快便隐入夜幕下的林海之中。

静空大师揖手道:"大师兄、四师弟,对不起了,刚见面又要告辞了。请记住,山野就是迷魂阵,林莽就是天罗地网,谅富俊也奈何不了,咱们后会有期!"说罢与夺魂僧者扬长而去,任一指禅师、庞荣、班布泰如何喊其回来,有话好好儿说,人家已消失得无影无踪。

师徒3人忙去各个茅舍察看,里面竟空空如也,一指禅师摇了摇头,很是无奈。不过仔细一琢磨,觉得这趟倒是没白来,不仅亲眼目睹了范蔼仁所养之兵,也见到了一直寻找的两位师弟。然而令人痛心的是

第三章 收服逆僧

师兄弟之间的误会越来越深,老二、老三虽口口声声仍称大师兄,但我的话却一句听不进,很难谈得拢,无法引导他们回归正道。暖木陀偏僻荒凉,林海茫茫,野兽成群,道路难行,又不知范蔼仁养兵之巢穴在何处,还不能在深山里乱转,万一迷路走不出来则与事无补。如此看来,继续拖延下去毫无意义,不如先回去面见吉林将军,把范蔼仁在暖木陀的养兵情况禀报之,再据此商量下一步怎么办。当他把自己的想法跟班布泰、庞荣说完后,二人认为此议甚好,让吉林将军及时掌握疙瘩梁的情况很必要,还可听听大人有何高见,打算怎么做。于是师徒3人当夜在窝棚内安歇,睡了个好觉,转天一早便急返双城堡。待赶到清查田亩行辕大营时,天色已晚,见这里也是空荡荡的,营房已拆除,七八个兵丁在一位十人长的指挥下,把拆下来的檩子、木板等集中到院内东南角,摞成3个木料垛,还有几大堆土坯,看样子是准备拉走的。班布泰知道,这肯定是爷爷的主意,老人家不管办什么事一向想得周到,木料、土坯放在这儿也浪费了,不如给那些从关里逃到此地落户的流民搭建房屋,全能用得上,不必现砍伐了,可省不少力气。3人走到正忙活着的十人长跟前,班布泰问道:"宋起,将军大人呢?"

宋起扭过头一看,原来是佐领班布泰,忙道:"噢,班佐领回来了,将军大人两天前已赶赴吉林将军衙门。临走时让我转告你们,办完差后直接返回江城,还留下一封信请您过目。"说着,从内怀掏出封着的牛皮口袋递上。

班布泰接过,用匕首划开封口儿的牛皮条儿,从里面抽出一纸墨笔草书,上曰:"班布泰,余因急务,已返江城。若诸事功成,不必久延,将查抄之赃物与俘获之人押送吉林将军衙门,尽早结案,不可迟误。"所述言简意赅,然字迹潦草,可见当时甚忙,乃匆匆而就。班布泰将信函递于师父和师叔,待二人阅毕,方说道:"虽然没有见到我爷爷,但从函件上已知他怎么想的了,那就是急需范蔼仁霸占土地和私自养兵之证据,既要有人证,也要有物证。这样一来,以后在审理范蔼仁违犯大清律一案时,便可据此写诉讼状,予以查究。倘若因为手中证据不足不能结案,只能二番脚重新去搜集,那就太耽误时间了,会误事的。不如索性原路返回,用点儿时间平掉暖木陀的匪患,然后按将军大人所叮嘱的将赃物和俘获之人一并押解吉林将军衙门。回返时途经疙瘩梁,用事先备好的车辆把从钱家坟茔起获的16个箱子以及此前得到的地契、卖身契全部装上车拉走,同时将石槌、仝槌、铁槌和手下兄弟一并带回江城，收编入旗。他们从此可像正身旗人一样，过上安定的生活，再不用躲进林子里不敢见天日了。"

一指禅师点点头道："是呀，不能两手空空去将军衙门，大人必将询问暖木陀那边有何收获，咱们仨只能大眼瞪小眼无法回答，这怎么行？所以还得去找老二和老三。我知道说起来容易做起来难，不过事已至此，不能总碍于师兄弟情面了，最好以计谋制服之。如果不奏效，那就对不起了，不管愿意不愿意，必须强行将其押到江城。"

庞荣表示道："我看行，是得想办法控制住二师兄和三师兄，不可胡闹下去了。如果继续拖延，这个期间再干出什么蠢事，罪孽就更大了。不能眼瞅着他们与朝廷作对，越陷越深，回去无法向恩师长眉长老交代。"

班布泰思忖片刻，说道："师父、四师叔，我觉得想法挺好，可是二师叔、三师叔身处一个除了密林就是山峦之地，隐蔽性极强，寻找起来十分不易。"

庞荣却蛮有把握地说："班布泰，以我估计，暖木陀附近不会没有两位师叔的踪影。俗话讲得好，人过留名，雁过留声，只要认真扫听，一准能找到他们的落脚之处。何况他俩在范蔼仁的地盘儿早就小有名气了，无论去哪儿，没有不透风的墙，消息会传出去的。"

一指禅师拍拍班布泰的肩膀道："徒儿，大可不必犯难，让那位十人长转告富俊大人，咱们会速办速决的，不日即返江城，请吉林将军静等佳音吧！"

班布泰应了一声，随即写下一纸信函，走到宋起跟前交之，并附耳嘀咕了几句。告辞后，与师父和四师叔转身离去，当晚在林中歇息，转天一早又上路了。

一指禅师、庞荣此次重返暖木陀，一个是协助班布泰平定匪患，一个是擒拿那些不值一提的乌合之众之靠山、曾跟自己朝夕相处的同门师兄弟冲霄五毒侠和云水轻身侠。这二位皆为世外高人，很有能耐，乃同一师父训教出来的，武功不分上下。师兄弟之间平时咋说咋好，这回叫起真章儿了，一指禅师和庞荣尽管都认为与朝廷作对就该治罪，可心里不仅不感到轻松，还非常不是滋味。一指禅师想得更多，若是冲吉林将军富俊大人说话，毫无疑问，捉拿得对，他们的种种做法显然与朝廷为敌，可谓犯上作乱，应当大义灭亲。若是冲恩师长眉长老说话，冲霄和

第三章　收服逆僧

585

云水乃其门下弟子,打小便收在自己身边,像父亲对儿子一样天天盼着快快长大,并将高超的武功毫无保留地传授之,经呕心沥血的培养才成为世外高人。几十年的形影相随,师徒间已建立了深厚的感情,徒儿被朝廷缉拿归案,其师父会怎么想,心里能好受吗?这么一思摸,就有些犹豫了,心绪立马烦乱起来,犹如十五个吊桶打水,七上八下的,不知如何办才好,脚步也不知不觉慢了下来。

庞荣此刻咋个情状呢?同一指禅师一样,心里也翻腾开了。觉得好像悬在半空中,上不着天,下不着地,拿不定主意,矛盾得很。冲霄和云水是自己的二师兄、三师兄,同吃一锅饭,同睡一铺炕,亲如手足。想当年与弟弟庞庆被师父所救并领到少林寺时,年龄尚小,生活、起居等方面皆得到了师兄们无微不至的关照,这辈子都忘不了,应感激才是。现如今却要前去抓捕他们,亲人成了敌手,兄弟成了冤家,这么做合适么?想至此,侧过头瞅了瞅大师兄,看那表情似乎也在琢磨这件事。庞荣一向敬重、信任一指禅师,认为其心肠好,诚朴善良,不以武圣人治于人。而且凡事从不做绝,得饶人处且饶人,给对方留条自省的回头路,促其猛醒、悔悟,重新做人。他对外人尚能如此,何况自家一个门派的同窗师弟,千不看万不看,总得看在一同叩拜师门的缘分上,怎能说翻脸就翻脸、非拼个你死我活不可?自己又何尝不是这样想的,实在不忍心去对付二位师兄,舍不得下死手,这场较量太难了。咋办好呢?倘若和大师兄和盘托出自己的真实想法,他肯定不会听我的,也不是三言两语便能劝住的。要是大师兄看在师兄弟情分上不那么做,怎能对得起富俊大人的信任、长眉长老的教诲,又如何交代得了?要是抛开师兄弟情分这么做了,表面上似乎有些不妥,对不住二位师弟。实际上是在拯救他们,将其从泥潭中拽出来,离犯罪的路越远越好,不再做违反大清律的事儿。故而不能犹豫徘徊了,只能走这条阳关大道,站在朝廷一边,别无选择,坚决支持大师兄,把两个误入歧途之人拉回正道。想到这儿,又瞟了一眼一指禅师,那神态让他心知肚明,大师兄未必真的不知道两位来无影去无踪的师弟去了哪里。再说了,凭大师兄的高超武功,不可能抓不到两位师弟,或许是想网开一面、睁一眼闭一眼?还是不忍兄弟反目、觉得日后不好收场?这么一思量,刚刚落体的心又悬起来了。师兄弟几个都知道,大师兄举足轻重,平日里无论遇到什么事儿,只有把他的思想做通了,一切方好办。二师兄、三师兄虽有能耐,但与大师兄的武功相比,还是略逊一筹的,所以必须得说服大师兄要顾全大局。我得怎么开口呢？嗯，有了，让班布泰出面颇为妥当。那是大师兄的徒儿呀，曾像对待自己的侄子一样予以呵护和训教，想必会听他的。于是紧走几步赶上班布泰，附在耳边如此这般一说，班布泰笑道："师叔，徒儿明白了，怪不得您和师父走得那么慢呢，原来心里有事儿呀！"说罢冲师叔努了努嘴，庞荣会意，快步往前去了。班布泰则放慢了脚步，边走边回头看，等着落在后面的、低着头行路的师父。

说起来，此时此刻心情较为轻松的当数班布泰，没啥负担，一路只是陪着师父和师叔，他们咋说我咋做。到了暖木陀，视其具体情况而定，争取尽快将夺魂僧者、静空大师捉拿归案。他按庞荣的嘱咐，待师父到了跟前，便紧皱眉头，装出一副无精打采的样子，脚步也拖拖拉拉的不利索。一指禅师抬眼瞅了瞅，问道："怎么了，刚才还好好儿的，这会儿干吗愁眉苦脸、像霜打了似的？"

班布泰可怜巴巴地说："师父啊，赶紧想个办法吧，这次无论如何得把二师叔和三师叔带回江城。徒儿乃身担公务之人，早已立下军令状了，如果完不成差使，必遭将军大人的责罚。徒儿知道两位师叔的功夫了得，凭我那两下子怕是制服不了，只能靠师父和四师叔帮忙了，可心里总觉得没底呢！"

这时，走在前面的庞荣也放慢了脚步，回过头偷偷冲班布泰挤眉弄眼地打哑语，意思是装得挺像，接着来，哀求的话多说点儿，以便打动师父。一指禅师是什么人哪，乃少林寺的知名高僧，练就一身本领，更有眼观六路、耳听八方的能耐。别看他似乎啥也没注意，其实一切皆在其眼皮底下，什么都瞒不过去，早就看出徒儿之所以这么说，是背后有人指使，谁呢？跑不了庞荣。四师弟暗地里给出点子，让心爱的徒儿说服、哀求我，如能奏效，一时心血来潮便会往前冲，逮住那两个胡作非为的师弟。在此过程中，让我这个老大扮黑脸儿，老四扮红脸儿，想到这些，不由得暗暗发笑。其实呢，一指禅师的头脑一直没闲着，想得最多最周全，庞荣想到的，他都想到了；庞荣没想到的，他也想到了，可谓前前后后、左左右右通通想了一遍，此前应做几手儿准备、到时候会出现几种可能、该怎样应对等，思虑得很仔细。首先想到的是富俊大人未顾得上等我们回返行辕便行色匆匆地去了江城，这意味着什么呢？意味着吉林将军衙门有棘手之要事急待吉林将军到任处理，而且不能再拖延了，非立办不可。什么要事呢？这些日子以来，师徒3人在下头到处搜集、了解情况，事实已非常清楚，很多涉及土地归属的案子集中在了

第三章 收服逆僧

范蔼仁身上，那是一条长长的粗线，其触角伸展到各个地方，上上下下皆有他的人，我行我素，无视大清律条。朝廷对此很是着急，指令吉林将军衙门予以解决，不可拖延，富俊当然得早早赴任了。其次想到了自己的二师弟和三师弟，二人既是矛盾的焦点，又是那帮乌合之众的主心骨儿，故而难逃干系，根本绕不过去。不抓住师弟，解释不通不说，也无法向朝廷、吉林将军衙门、富俊大人交代。再有就是从目前形势看，确实如庞荣和班布泰所说，自己必须出山了，该出手时得出手了。是福不是祸，是祸躲不过，只能挺起胸膛面对。师兄弟之间的这场较量，其结果必将成为仇家，日后或许无法聚首了，更不会一起回少林寺跪叩恩师长眉长老了。经反复思忖，认为师兄弟此番是在独木桥上相遇，已没有相互避让的可能了，双方皆无退路，惟有一拼，龙争虎斗在所难免，没必要瞻前顾后了，只能如此。他很是无奈，叹了口气，自言自语道："咳，一指金刚侠呀，算了吧，是债终得还，此乃前生注定的，既来之，则安之吧！"叨咕完了，不知怎么，心情反倒不那么郁闷了，觉得亮堂了，随即冲前头的庞荣喊道："喂，干吗走那么快呀，想把师兄和徒儿落下不成？等等我们，一块儿走！"

庞荣停下脚步，回过身大声儿说道："非也，不是我走得快，而是师兄只顾思摸心事了，脚步也就放慢了。"待一指禅师和班布泰到了跟前，接着又道："大师兄，你的心思四弟知道，不要发什么善心了，慈悲是有限度的，应当机立断，否则必留后患。二师兄和三师兄早已悖谬少林戒规，如不及时制止，则是对恩师那颗普度众生之心大不敬。必须令他们悬崖勒马，或者死马当活马医，拯救其心灵，回归正道，这可胜造七级浮屠啊！"

一指禅师手打佛号道："阿弥陀佛，师弟所言极是，本僧已想明白了，务要拿下两个害群之马，以正视听。"

庞荣长舒一口气道："大师兄啊，四弟就等着这句话呢，不过得抓紧时间实施之。若想顺利将二师兄和三师兄制服，还得大师兄拿主意，我和班布泰听您的。"

一指禅师说道："我已思谋过了，只要擒住老二、老三，其他人可不费吹灰之力，一些事儿也会迎刃而解。师兄弟之间不得已而交手，乃少林派之内争，应当自己解决。庞荣啊，你是本僧的四师弟，自然得参与其中，不能袖手旁观。班布泰是我的徒儿，属于晚辈，与老二、老三并不熟悉，就不要搅合进来了。"

庞荣立马表态道:"大师兄言之有理,内外应有别,四弟没说的。"

班布泰一听着急了,忙道:"师父、师叔,徒儿已经来了,当然得跟你们一起行动,总不能像根杆子似的杵在一旁,那不白来了嘛!"

一指禅师笑道:"怎么会呢,班布泰,不能让你闲着,还有要务须马上做。咱们不妨双管齐下,我和你四师叔前往暖木陀,以锦囊妙计对付另两位师叔。你奔往疙瘩梁,那里有些事尚未四脚落地,让人不放心。既然二番脚又去了,就得办得彻底些,该查的、该建的、该安置的一竿子插到底,不留尾巴。"

班布泰想了想,说道:"师父考虑得颇周全,也挺仔细,徒儿琢磨着主要需办三件事:第一件是去暖木陀面见三位首领石槌、铁槌、仝槌,由于他们为人正直、仗义,是非分明,嫉恶如仇,与范蔼仁势不两立,所以才另立门户,另树大旗。咱们去了以后,他们乍很快就靠过来了,站在朝廷一边并积极揭发范蔼仁犯下的种种罪行。'三槌'兄弟曾提出请求,打算带领手下兄弟投奔吉林将军衙门,在富俊大人的麾下效力,当时我没答应,因尚未将此情向上通禀。现在时间又很紧,待赶往江城禀报吉林将军后,再回过头来办这件事肯定来不及。为了抓住三位首领的向朝之心,只能先斩后奏,立办。想必将军大人会了却他们的心愿,将其手下之人收编,愿意从军做马甲或当骑兵的,可直接入兵营。愿意农耕劳作、又不想在这气候寒冷、容易得大骨节病而影响长个儿的深山老林里安家的,可允许选处平原之地或迁往松花江两岸,既能进山打猎,也能开垦荒地,日子会好过些。总之,无论如何不能伤了'三槌'兄弟的心,尽量按他们的意愿办。收编过来后,咱就有了帮手、增加力量了,此乃求之不得。第二件是再返钱氏祖茔,一座坟墓一座坟墓地仔仔细细重新搜查一遍,看看还有否地室、暗道,争取把范家、钱家所有的文书、地契、卖身契、田亩大照、金银财宝全部起出,一一登记造册,一并交给吉林将军衙门,作为将军大人日后审案的依据。钱氏祖茔不可小觑,那里不单单是停放棺椁之地,也是范蔼仁及其大夫人藏匿赃证之地。此前,我们按守坟人的指点只搜查过一次,不过3座坟墓,差得远呢!在短时间内杀他个回马枪,不给范蔼仁以喘息之机,主动出击,该收的收,该烧的烧,该平掉的平掉,砍断其魔爪,想转移赃物都来不及。第三件是在疙瘩梁建立噶珊,此乃当务之急,势在必行。近些年,那片深山老峪陆陆续续逃来了不少难民,靠租种土地过活,结果都成了控制此地的大庄主范蔼仁之奴才。他们为其劳作,进山狩猎,开垦

第三章 收服逆僧

荒地，累死累活，吃尽了苦头儿，所得猎物、打下的粮食却大多被其收缴。范蔼仁不劳而获，不流一滴汗，坐享其成，这太不公平了。5年来，徒儿在行辕始终跟随着富俊大人，一起清丈土地，一起安排旗民的生活，积累了不少经验。认为在双城堡施行的田亩分拨办法完全适用于疙瘩梁，愿意继续留下的住户，可建立起噶珊，给屯子取个名儿，然后选出屯达、寨达，鼓励山民定居并组织起来一块儿跟范蔼仁斗，不再受其支使、压榨。安民之事最快得3天，办完了，我就率石槌等三位首领及手下兄弟前往石头口门小河沿前那片松林里等你们，会合后，咱一起回返江城，不知师父、师叔意下如何？"

一指禅师、庞荣听了这番话，十分惊讶，没承想徒儿早已胸有成竹，把一切思虑得周周到到，安排得妥妥帖帖，真是打心眼儿里高兴，连连点头表示赞同并暗竖大拇指，真乃后生可畏呀！班布泰接着问道："师父，我们到了小河沿，大约得等多长时间？"

一指禅师回道："说不太准，估计最多等半天两个时辰的，我们就会赶到。可别小瞧那片松林，面积不小，方圆五六里，草木葱茏，人烟稀少，几乎与世隔绝，乃范蔼仁反朝廷的秘密所在，里面必有暗道机关并藏匿着盗匪。你们到那儿后，不可声张，不可埋锅造饭，悄悄隐入松林外围的深丛之中，静静等着我们。"

班布泰逗趣儿道："哎哟，照师父这么说，我们还得饿肚皮呗？"

一指禅师笑道："徒儿，没那么笨吧？从疙瘩梁撤出前，多蒸些苞米饼子带着，预备点儿咸菜，渴了就喝小河沿的水，那可是现成的，管够！"

庞荣勾芡道："班布泰，谁让你是八旗武将呢，挨饿也得受着，能忍则忍，熬一会儿吧！"说罢，师徒3人不禁开怀大笑。

班布泰按师父之意，抱拳告辞后下了山道，穿过密林，直奔疙瘩梁而去。到了那儿，首先面见"三槌"兄弟，把怎么打算的详细讲了一遍。3位首领听罢非常高兴，异口同声地表示愿随班佐领去江城，直接入兵营。石槌又将手下的兄弟们召集到一块儿，讲明去向，愿意从军的，或在吉林将军衙门当差，或编入八旗兵营；愿意种田的，经通禀将军大人允准，可于松花江边选一块风景美丽、草木茂盛、土地肥沃之处安居，既可打猎，又可耕田，还可捕鱼，将来成为子孙繁衍生息之地。大伙儿一听乐坏了，哪有这样的好事呀，不是在做梦吧？掐掐胳膊觉得疼，哎呀，是真的！个个感激万分，把班布泰看成了活神仙、大恩人，什么都听他的,让干啥就干啥。"三槌"兄弟的威望随之也提高了,受到山民的拥护,在班布泰的提议下,当夜去了钱氏祖茔。山民们原先惧怕骑在头上的范庄主,面对欺压,半个"不"字儿不敢说。现在一看,范蔼仁快要完蛋了,吉林将军衙门派人来了,三位首领围着班布泰跑前跑后的,不仅不再怕了,还敢于把范蔼仁在疙瘩梁犯下的桩桩罪行、藏匿私财的地窖、仓库、钱氏祖茔有哪几座是空坟、假坟等全部揭出来了。范蔼仁派来看守坟茔地的团练们一看这架式,早吓麻爪了,像耗子见猫似的,龟缩在屋里不敢出来。"三槌"兄弟带领山民们把钱氏祖茔的各个墓穴从地上到底下搜个遍,里面秘藏的财宝、田亩大照、地契、卖身契以及本应进贡朝廷、暗地里私留的贡品全部起出,装了满满4车,暂时拉回大帐。

　　转天,班布泰在"三槌"兄弟的协助下,开始立屯寨、建噶珊。正如他所说,此前曾无数次跟随爷爷走屯串户,安置难民,在这个过程中,摸索出一套切实可行的办法,十分奏效。近些年,由于频发灾荒,从关内逃到辽东一带的难民猛增,可谓蜂拥而至,多数为汉人,朝廷根本管不了。来了以后,两手空空,没房住,没地种,生活十分艰难。像范蔼仁之类的财主、富豪便乘机雇佣他们为自家干活儿,或者将土地租其耕种,流民们从此成了地地道道的奴才。原本百多户的山民都是他们的奴才,听其使唤,为其卖命,这回又增加了一批人,越发不可一世。财主、富豪横行乡里,为非作歹,抢男霸女,无法无天,造成社会动荡,秩序不安宁,百姓夜里不敢出门,杀人越货之事时有发生。班布泰所在行辕干的差事就是清查土地,安抚民心,把被强占的田亩从财主手里夺回并分给难民,还分拨耕牛、种子,使其定居下来,以求社会秩序的稳定与安宁。

　　疙瘩梁也不例外,班布泰根据深山老峪居住分散的特点,在山沟儿、河岸边等三至十里的距离内,十几户凑在一起建一个噶珊,散居于林子里的七八户建个屯子,住在半山腰的五六户建个寨子。这样一来,疙瘩梁方圆几十里内出现了不少大小不等的屯寨,挨着哪儿便就地取名儿,什么头道沟、二道沟、三道梁子、柳树营子、四道岭子、八家子、亮水泉子等。还要选出屯达、寨达、噶珊达,几个村寨共同选出一个总达,建立起必要的规章制度,相当于咸丰年间出现的乡镇。达爷主要做这几件事:一个是向衙门申报户籍人口,本屯有多少户、多少口人、哈哈多少、赫赫多少、从哪儿来的、原先干什么营生、谁家添丁了等等

第三章　收服逆僧

——列清楚，必须准确无误。另一个是不断有新迁徙到此地的外来户，先由总达将其分拨到属下的各个屯达、寨达那儿，屯达、寨达再按总达之命予以安置。再一个是本村寨、噶珊应分到多少田亩、需要多少耕牛、种子，由屯达报给总达，总达向吉林将军衙门申报。批复后，再按丁拨田，分给各个村寨。到了秋收时节，粮食入仓，各家各户需向吉林将军衙门缴纳租税。总达还要监管稽查，挨户检视，逃税者罚。屯寨之间发生争斗，先由屯达前去制止，如不奏效，总达才出面予以平息。那时的刑法很严厉，近似于野蛮，犯下轻罪则扒下裤子用皮鞭抽，犯下重罪则被活埋、活焚。难民们定居下来后，人心安定了，没几年便成为老户了。随着时间的推移，疙瘩梁的屯寨越来越多，人丁越来越兴旺，渐渐发展起来，这就是蛟河的最早开创史，应该说吉林将军衙门是做了贡献的，此乃后话。

回过头再讲一指禅师和四师弟庞荣半道儿与班布泰分手后，单脚一点地腾身而起纵上高树，以轻功飞行术前行。有的阿哥会问，真够怪的了，为啥有路不走非要上树呢？您有所不知，这一带的混杂林大多为百年古树，枝叶稠密，树干交叉生长，好像互不服气似的，争相往上蹿。此枝压彼枝，彼枝压此枝，树树相连，形成了登天宝塔，攀上树枝便可直上苍穹。师兄弟俩为抓紧时间赶路，不愿在密林中穿行，因每走一步皆需避开这棵树，绕过那棵树，前行的速度慢，既费时，又费力。再一个就是山里的蛇特别多，倘若不小心踩上了，伤到其要害处，蛇疼得翻转身子乱滚，其痛苦的样子让人看着可怜，那也是一条生命啊！为躲避草丛中的蛇，只能缓步慢行，这必然耽误一些时间。可事情急呀，等不得，多亏二人的轻功飞行术了得，故而才纵上高树，在晃动的树尖儿上踏枝跃进，蜻蜓点水般三五步一纵，眨眼间纵出十几棵古树，速度极快。只有到了水边或树林稀少的地方才跳下地，喝口水润润嗓子，再沿着河岸越崖疾驰。

走在前面的一指禅师人称"飞毛腿"，无论走山道还是走高树，行动非常敏捷，犹如黑影儿一闪而过，听不到半点儿声响，连林中的野兔、树上的小鸟都不会因此而惊跑、吓飞。紧随其后的庞荣十分信赖一指禅师，将其视为佛门的领路高僧，一向认为不管大师兄去哪儿，跟定准没错。他举目一望，空旷的山间白雾缭绕，寂寥的四野茫茫无边，要寻找的二位师兄自那日见到一面便匆匆离去，瞬间就消失了，到底去了哪里呢？一时间心里直犯嘀咕。

夺魂僧者和静空大师的行踪或许能瞒得过世人，却瞒不了一指禅师，早就猜到了两位师弟的落脚之处。作为大师兄，在少林寺与4个师弟同床共眠几十载，对每个师弟的禀性、德行、嗜好了如指掌。老二和老三已出家修行多年，颇为勤奋，肯于吃苦，每日需坐禅诵经，还要习练武功。所以他们不会与范蔼仁手下的那帮酒囊饭袋住在一起，必将在一个不被人注意的隐蔽之处诵经、练功，有要紧事时才会出现在众人面前。这么做也是为了防身，多人在一起扎堆容易暴露，万一遭官兵围堵，会很被动，不好脱身。人少目标小，行动自如，踪迹难以被发现。二人专攻心术，追求魂魄，抑扬五毒，需在阴暗之处行之，汲纳大地之阴气、阴风、阴霾，濡染自身之蕴毒之功，故所选择的住地应是山窟。如此看来，这一带必有大的洞穴，藏身之处不会离此太远，估计是在疙瘩梁与暖木陀之间。为做到心中有数，一指禅师事先曾向"三槌"兄弟打听过，因他们是这一带的老户，对周围的山川、地理颇为熟悉。果不然从其口中得知，石头口门小河沿前那片松林的南边有座狼脑袋山，洞穴颇多，其中有两个狼群出没的大山洞，人想住进去，只能将野狼从洞中轰走。如果二位师弟真在那儿，现在直接去捉拿他们有些不妥，为啥呢？二人眼下已知自己不经意间站在了朝廷的对立面，有的做法客观上是在助纣为虐，倘若被官府抓住，必将治罪，作为练就一身功夫、出手凶狠的武僧岂能甘愿受缚？那便只有一条路可走，即拼力反抗。为不至于伤及师弟，只能智取，不能强擒，而且还不能让其再次逃脱，那将留下后患，对自己、对他人有百害而无一利。当他想到在少林寺曾多次聆听恩师的教诲，说是阴阳相克、阴气必以阳气治之时，忽然眼前一亮，一条智擒二僧的妙计闪现于脑际，何不采取以阳克阴、以火治寒、趁两个不争气的师弟没有防备之时以火攻治之？此法儿肯定奏效，待抓住之后押回江城，至于如何处治，则由吉林将军定夺。时间不等人，我虽然带着二位师弟下山了，但路是自己走的，顾不了那么多了，更无情面可讲。今后遭罪也好，受熬煎也罢，全是自找的，自作自受。恩师不是未给自省的机会，却不珍惜，怪不得任何人，抓住之后再向他们解释吧！

　　一指禅师就这样边走边琢磨，太阳快落山时便到了狼脑袋山的山脚下，这才告诉四师弟打算采取何种办法擒拿老二和老三。庞荣听后，连称妙哉也，佩服得直竖大拇指。师兄弟俩攀援而上，动作十分灵活，到了山上，果然见有多处大小不等的洞穴，不过此时天色渐黑，看东西模糊不清，只好用树枝搭个小窝棚歇息了。转天一早，二人就着咸菜吃了

第三章　收服逆僧

两个苞米饼子、喝了一葫芦山泉水后,开始搜寻那两个仅有的大洞穴。可谈何容易呀,有的洞口儿毫无遮挡,明摆着,一眼便可看到;有的洞口儿十分隐蔽,从远处根本发现不了,只有走到跟前方能看见;有的山洞前簇生着灌木丛或一人高的蒿草,把洞口儿堵得严严实实,必须绕过灌木丛或分开蒿草前行才能到洞前,费时又费力;有的山洞紧挨着高树,洞口儿被粗大的树干挡着,不仔细观瞧很难发现。师兄弟俩在狼脑袋山上转悠开了,大睁双目从早寻到晚,累得筋疲力尽,也未找到那两处大山洞,只好歇息了。

到了第三天头晌,真是功夫不负有心人,一指禅师和庞荣终于在山脊上找到两个东西相对、相距只20来米的大洞穴,四周堆满了几十年的干枝干叶,一层摞一层,踩上去觉得很喧腾。洞口儿也横七竖八地堵些干树枝,想必是防备野兽误入,反倒为即将采取的火攻创造了条件。一指禅师让庞荣捡来不少干松枝分别堆在两个洞口儿前,因松枝上有松油,遇火易燃。为防备火着大了会引起山火,又往松枝和周围的干枝干叶上浇了点儿水,不一定非燃着,只冒烟便可。待一切准备就绪,一指禅师小声儿告诉庞荣:"四师弟,不知老二、老三究竟呆在哪个洞内,咱俩得分开,各守一个洞口儿。点燃松枝后,浓烟很快会往洞内扩散,进而伤及洞中人。情急之下,老二、老三不能贿等着挨呛,必然往外跑,咱俩便可乘机将其抓住。"

庞荣点点头,走到西边的洞口儿前,一指禅师站在东边的洞口儿前,二人同时点燃了堆在洞口儿的干松枝。由于松枝上淋了水,过了一会儿火才着起来,着得不大,浓烟向洞内窜去。正这时,忽听噌噌两声,从东边的洞中蹿出两个人来,被烟呛得蒙头转向,哪还顾得上四处察看呀,弯着腰大口大口地喘着粗气,还直劲儿咳嗽,似乎把浑身的武功全忘了。一指禅师定睛一瞅,不是别个,正是二师弟冲霄和三师弟云水,二人也看到他了。就在6只眼睛相对的瞬间,说时迟,那时快,一指禅师首先跳将起来,施展指上功夫,手起指落,冲二人的额头啪啪一点,致其当即昏迷,不省人事,没费吹灰之力便将两个武功高强的师弟制服了。庞荣走上前,拿出早已准备好的双股儿细铁链把他们从上身连同双臂捆至大腿根部,只能迈小步走路,想逃跑是不可能的。

过了一袋烟的工夫,二人醒转过来,睁眼一看,见大师兄和四师弟正站在跟前盯着自己。夺魂僧者气不打一处来,大声儿指责道:"大师兄,没承想你和老四竟如此不仗义,要起了阴损把戏,这算啥能耐呀,是佛门的规矩么？来吧，咱们一对一，见招儿分高下，比武论英雄。像这样背地里下毒手，没人服气，真要有个好歹，死都不瞑目！"

静空大师也理直气壮地嚷嚷道："二师兄说得没错，明人不做暗事，堂堂佛门弟子得对得起自己的名分，焉能耍把戏伤害手足？"

一指禅师既不还口，也不解释，听凭他们胡说八道。夺魂僧者见此越发来劲了，继续发泄心中的怨气，甚至恶语中伤，啥话解恨说啥，静空大师在一旁随声附和。一指禅师和庞荣则不予理会，就像没听见似的，待二人说够了，喊累了，闭嘴了，这才拽着铁索链慢慢朝石头口门小河沿前的松树林走去，按约定与先前到达的班布泰会合。到了地儿，进入林中，果然班布泰已等多时了。师徒见面来不及多说，一指禅师吩咐铁槌带领手下兄弟就地伐木，打造两辆囚车，必须结实、牢固。铁槌一挥手，十几个身强力壮的小伙子立马行动起来，有伐木的，有截头去尾的，有立架子的，有绑绳子的，有钉钉子的，喊哩喀喳一顿忙乎，粗木笼子很快造毕。然后将夺魂僧者和静空大师分别关了进去，任其喊破嗓子，概不应答，惟一要做的就是按时递水送饭，二人却拒绝进食。一指禅师见两个师弟丝毫没有悔过之意，很是生气，一摆手道："不吃就不吃，不用管他们，早晚得吃，除非不想活了！"

班布泰紧接着下了命令，让"三槌"兄弟带领手下把狼脑袋山的四周认真清查一下，搜寻范蔼仁设在此地的所有密营，一处不许落。大家分成几伙儿四面包抄，结果在松林以北的山沟里发现了5座密营，约百余人，有呆在帐篷内的，有躲在洞穴中的，有藏在树洞里的。由于教头夺魂僧者和静空大师被缚，致使群龙无首，惊恐万状，乱成一团，乖乖放下兵器受降，扑通通跪了满地，咣咣磕着响头求饶。班布泰仔细一打量，这些人中，男女老少皆有，大多数身子骨儿瘦弱，形容枯槁，脸色灰白，无精打采。有的身着破衣烂衫，七窟窿八眼难遮体；有的光着脚丫子，连双草鞋都没得穿；不少人裸露着膀子，只披张破皮子，狐狸皮呀，貉子皮呀，獾子皮等，身上被树枝划出一条条血道子。这哪是什么匪徒或乡丁啊，而是一帮被富豪欺压、盘剥、受尽苦难、在死亡线上挣扎的百姓，更谈不上具有技高一筹的武功了。越看越难过，恻隐之心油然而生，本来抓住匪徒可就地杀掉的，此刻不但下不了这个狠心，而且还十分可怜他们，一时不知如何办好了。站在旁边的庞荣也有同感，见一位壮年男子双脚磨出了血泡，脚面肿胀并已感染化脓，走路一瘸一拐的，忙将挂在腰间的药葫芦取下，倒出几粒红药丸儿递给他道："此乃

第三章 收服逆僧

消肿却淤的,每日两粒,3天便可奏效,服下吧!"然后又脱下外衣,走到一个除了胯下用一块破皮子遮羞外、全身精光的小男孩儿跟前,给他披上并上下拽了拽。孩子怔怔地站在那儿仰脖儿瞅着他,蠕动着嘴唇,想要说什么,终于没有说出来。

一指禅师看到此情此景,想到自己游走四方,各处寻访,见过不少贫病交加之人,却从未一次碰到这么多同沿街讨饭的乞丐没啥区别的山民。内心受到深深触动,鼻子酸酸的,眼圈儿也红了,双手合十,口中直念佛号:"无量佛,无量佛,黎民怎能熬过这样难挨的时日呢,吾佛应快快降慈悲于天下呀!"

班布泰走到那些人跟前,问道:"听说你们将是守护范家堡子及范蔼仁所占地盘儿之丁勇,那应该能打能斗才是呀,咋混到这步田地呢,难道可怜相是装出来的不成?能不能向本官说一说,到底是怎么个情况?"

大伙儿一看,今日终于有听自己说话的人了,久压心中的怨怒可以倾诉了,一肚子的苦水也可一吐为快了,随即争先恐后地喊冤叫屈,那位壮年男子说道:"军爷呀,您是救命的大恩人哪,大家伙儿早就期盼着这一天的到来,总算能见到天日了。如果继续在深山里呆下去,肯定活不成了,还将死无葬身之地。我曾亲眼看见同乡倒下后再也未能爬起来,无人收殓,尸首被野狼啃咬,最后只剩下一堆骨头棒子了,惨不忍睹哇!我们拖家带口的,哪个愿意放着好好儿的平民不当、非要钻进山沟里当土匪呀?可又有啥法儿呢,范蔼仁逼迫你来,哪儿敢说个'不'字儿呀,拒绝就没命。不仅如此,还派心腹看着我们,动弹不得。身上分文没有,全被他们刮去了,想跑都跑不出去,真不知这样的日子能熬多久。"

经详细询问,师徒3人方知这块儿叫阎王顶子,大清国刚建那咱,还只是片虎啸狼嗥之地,没有人烟。满目净是起伏的山峦、黑黝黝的密林,一片连着一片,遍地是蒿草,獐狍野鹿穿来窜去,由于无路可走,连打猎的都很少涉足。顺治末年,此地归打牲乌拉衙门管,仍然未建村庄,只是派人进山采松子或捕捉野兽以获皮张,每年最多来两回,打完猎就走人了。直到嘉庆初年才有了人迹,打牲衙门派出的狩猎者越来越多,猎物进贡朝廷,一段时间后,逐渐发展成为向清宫大内敬献一应生活用品的原产地。

这样一个御用之地后来却被范蔼仁利用了,怎么个过程呢?当年,朝廷李姓吏部侍郎成亲时，娶的是范家之长女，不仅模样儿俊俏，也很会来事儿，娘家爹是范蔼仁，娘家妈是大夫人钱氏。从此，李氏家族与范氏家族做了亲家，范蔼仁凭借这种姻亲关系发展自己的势力，靠的便是大姑爷。吏部侍郎那是一般人么，既有权又有势，而且跟盛京将军和吉林将军的交情很深，办起事来十分痛快。为了帮助老丈人，他到处发帖子，其内容不外乎请盛京或吉林将军衙门通融一下，对范家堡子的大庄主范蔼仁多多予以宽容，遇有犯戒的事儿，大不见小不见就过去了，切勿深究等等。衙门的上下人等一看范蔼仁与朝廷的吏部侍郎是这么个关系，谁放着人不交惹那不痛快呀，贴乎还贴乎不过来呢，于是主动帮他的人渐渐多了，范家堡子的势力也越来越大了。范蔼仁并不满足，心里盘算着："范家堡子若想不被人欺、免遭土匪的抢劫，就得有自己的团练和武备，由庄丁护庄。"决定之后，便开始大张旗鼓的修建炮楼，在堡子四面安上护庄门，设置岗楼，派团练把守。不仅如此，觉得自己厉害了，没人敢惹，野心随之愈加膨胀，竟不愿服天朝管，总认为将来范家堡子不定发展成什么样子呢，我范某人没准儿有一天能当上土皇帝也未可知。然前提是必须想方设法占一块较大的地盘儿，扩充团练，增强武装力量，有朝一日方可与朝廷抗衡。

嘉庆十五年，范蔼仁通过朝廷吏部侍郎姑爷子的多方斡旋，如愿得到了阎王顶子的使用权，占了地方，建了炝子。到嘉庆二十年时，已建成了五座密营，人员都是从河北、河南、山东、山西等地来的，有逃难过来的，有串亲戚来的，也有被掳、被骗来的。咋骗的呢？当时的大清国从表面看，似乎国威势壮，百姓安居乐业，一片祥和的景象。其实不然，而是社会动荡，国势日危，治安状况不好，人心不稳，各个将军衙门内也挺黑暗，朝廷所面临的最大矛盾就是人口和土地。关里原本人口多，耕地少，加之旱涝虫雹等灾害频发，百姓辛辛苦苦劳作一年却颗粒无收。一家老小不能睁等着饿死呀，为了活下去只好逃难，往关外跑，认为那里人少、地多、河流多，盛产鱼虾，日子容易打发。尤其是辽东一带山高林密，泉水清澈，土质肥沃，乃满洲的发祥之地，有自己的语言和独特的风俗习惯，是穷人有衣穿、有饭吃的好地方。大清朝廷担心放汉人进来后，久而久之，满洲的习俗有可能改变，满洲的语言有可能废弃，从保护的角度出发，自乾隆年间便开始封禁。尽管如此，也未能挡住关内的难民纷纷冒死北上，朝廷派员阻拦，时常发生械斗，致使难民有被抓的，有被关的，有被杀的。

第三章　收服逆僧

除了黎民百姓闯关谋生之外，朝中的官宦、各地的财主、富豪也未闲着，纷纷借机发展自己的势力。他们暗地里相互勾结，串通一气，仰仗财大势焰违背封禁之举，将偷偷跑过来的难民收到自己名下，予以保护并为其立下户籍，以便有正当居住的权利，朝廷就不抓了。难民们为能在辽东站住脚，不再东躲西藏，只好依附于这些人，任其支使。其时，辽东满族聚居地的日子好过一些，但甚缺生活必需品，比如布帛呀、丝绸啊、茶叶呀等等，而且大多是从关里运进的，他们也欢迎商人把这些东西源源不绝地贩运到辽东来。商机不可错过，于是在州府县以及将军衙门直接管辖的地方出现了不少从关内来的小商贩，有的挑着挑子，有的担着担子，有的身背大囊袋，有的牵着驮马。卖梳子、笸子、针头线脑的，卖铜锅儿翡翠嘴儿大烟袋的，卖布头儿、绸缎的，卖棉鞋、皮靴的，卖满人戴的瓜皮小帽、汉人戴的棉帽以及老者戴的老姑帽的，卖苏绣、湘绣、绢丝以及各种瓷器的，不一而足。还有些郎中身背布袋子、肩挑药匣子从关里家出来，一路既卖药又诊病，到了关卡，用银子予以贿赂便能入关，当地的官府一般对郎中不太管。正因如此，遂被难民利用上了，装扮成做买卖的或郎中混进来，大多都能顺利入关。

这些人到了辽东之后，带来一股清新的气息，活跃了当地的文化生活，并将坐地户也带动起来了。范蔼仁正是瞅准了此时机，凭借上通天、下通地的人脉关系，先是把认为对自己有用的人收到自家门下，其中有掌握一技之长的难民、商人、落魄江湖的小头领、郎中等。然后在辽东、锦州打出"积德堂"的名号，听起来挺响亮，意思是专向穷苦人施舍，给他们一碗粥喝，拯救其生命，积德于天下。按朝廷颁布的封禁条例而言，甭管是谁，无论打出什么旗号，皆不许收留难民。然范蔼仁却有这个能耐，上头有人哪，声称我范某是替天行道，从关里逃来的难民只要到了积德堂，我立马赏你一两银子，帮着落下户籍，保护人身安全，官府亦不会抓了。另外，你收了我的银子，咱就订立契约，以此为据，否则便不收。契约大多是这么写的："兹大清某年某月某日，某某某与积德堂某某某立契为据，某某某自愿以身许之，由积德堂料理谋生事宜，不得违拗，否则将赔偿在积德堂时的每年五百两纹银。"即是说你在我这儿订立了契约，便是积德堂的人了，吃喝拉撒全管。从今往后，必须听喝儿，让干啥就得干啥，无条件可讲。如果不服从或者想离开积德堂，那就算一下在我这儿呆了多长时间，按每年五百两纹银赔偿。这不等于卖身契么？要知道，五百两纹银在当时可不是个小数目，谁能赔得起呀，无奈之下，只能顺从或呆下不走。这些人刚到辽东时，有的穷得叮当响，连顿饱饭都吃不上。又担心万一被逮住了，要么遣散，要么返乡，弄不好就得关入大牢。去了积德堂，给一两银子便能活命，还省得被官府抓，不用四处躲藏了，一个个就是这样被骗进来的。范蔼仁将他们领到了范家堡子，先是登记造册，然后吩咐管家予以安顿，紧接着脸一绷，声称既然立下了卖身契约，就得受家主支使，不能总在堡子里闲呆。身板儿结实的青壮年或一家好几口人的，无论男女皆送到阎王顶子，男子由专人训导，教授武功，将来作为范家堡子的庄丁、打手，替家主卖命。年轻女子就不用说了，成为范蔼仁的囊中物了，没看上的或转手卖掉，或分给各房儿当使唤丫头；看上的则留在身边，或陪睡或陪玩儿，随他。

这些人被带到阎王顶子后，当即傻眼了，原来此地竟是密营，一趟趟儿的房子搭盖得颇为特殊，跟牢房差不多，乃事先没想到的。从外表看，那些依山而建的房子还不错，一色用粗木搭成，举架挺高，房顶苫了一层厚厚的茅草。走进里头一瞅就不行了，全是长筒形的，根据离山沟远近的不同，所建房子的长度也不同，以步量之。离山沟近的，则建200步长的；稍远点儿的，则建300步长的；再远些的，则建500步长的。通常盖房子都在南墙留门，而此长筒房子的门却开在两边的山墙，即山花门。推开木门，可见中间是条长走廊，两侧是屋子，一间挨着一间，一溜儿七八间。各屋之间咋隔的呢？即把一根根粗檩子的一头儿埋在地底下，上通房脊，中间是横掌儿，像木笼子一样，互相能看见，俗称人窨。每间屋盘一铺炕，需睡五六个人，挤得连身都翻不了。靠东墙放一桶清水，渴了时喝，西墙处置一空桶，用来装屎尿的。为防逃跑，从外面用铁链子反锁之，门口儿设看守。每天放出去3次，早午晚各一次，或是习练武功，或是锻造兵刃，事毕押回木笼屋，再用铁链子把门锁上。到了用膳的时候，有专人抬着两个大盆往里送，一盆是饭，一盆是菜，够不够就这些，吃没拉倒。

密营里除了一趟趟儿木笼房子外，还有3座房子，一座是布库①房，由师傅教授武功，习练拳脚以及刀法、枪法、剑法。夺魂僧者和静空大师刚到范家堡子时，范蔼仁及其大夫人为啥明知人家是寻找师兄的，却显得格外热情、长期留其住宿、千方百计施展欺骗、收买之能事

第三章　收服逆僧

―――――――――
① 布库：满语，摔跤。

呢？只因他们早就思谋好了，想让二位师父去阎王顶子，向密营里的人传授少林功夫。范蔼仁曾跪在地上冲天磕头道："少林大师能够造访，既是各路神仙的眷佑，也是范家修来的福气，乃天助我也！"由于范氏家族上下人等对二位大师毕恭毕敬，一日三餐调样儿做，范蔼仁及大夫人又总是嘘寒问暖的，让夺魂僧者和静空大师很受感动，初始答应可帮其训导团练。天长日久，越处越近，对范庄主的所有请求全都应承，最后真的来到了阎王顶子，为范蔼仁招兵买马、扩充势力卖劲儿。师兄弟俩几乎天天长在布库房里，不接触外面任何人，别的没看着，只看到这处练武的地方了。加之进布库房的青、壮年男子皆着布库服，从未见过穿别的衣裳，所以不可能知其身份，更不知来此之细情。

　　另一座是烘炉房，即打铁、锻造兵器之地，里面备足了钎子、锤子、钳子、剪子等工具。炉膛儿内烧木头样子，给铁条、铁块儿加热，烧红后砸扁，再往凉水里一浸，用锉切削，方可磨制出利刃。

　　还有一座是扒皮楼子，把檩子的一头儿埋入地下，外面砌土坯而成。此房上下两层，上层作为审讯之处，下层是牢房，分地牢、水牢两种，乃专门用来惩治密营内一些不服管、三番五次反抗或逃跑之人，也包括范家堡子个别违拗大庄主的意志、不听喝儿、公然向外泄露本堡子秘密之人。他们全被抓到扒皮楼子关起来，带上手枷脚镣，啥时候表示服了，保证不逃了，啥时候开枷。阎王顶子的人皆言，只要关入扒皮楼子，就等于进了阎王殿，不死也得扒层皮。

　　师徒3人了解到这些情况后，无比愤怒，大骂范蔼仁太不是东西，一点儿人性没有，猪狗不如！这时，关在囚车里的夺魂僧者气呼呼地喊道："我俩本是做好事，向他们传授武功以自保，却给关了起来，天理何在？"

　　静空大师同样振振有词："大师兄，你为了名和利，心甘情愿被吉林将军衙门所收买，这种做法有违教规，不仅给少林寺和恩师丢份儿，连师弟都跟着脸红，能让人服气吗？"

　　一指禅师冲徒儿使了个眼色，意思是把他俩放出来，班布泰问道："师父，二位师叔浑身上下缠着铁链子呢，是否解开？"

　　一指禅师回道："不能解，拽过来，让其看看这些可怜的父老乡亲，想想自己到底在帮谁。佛家应以慈悲为怀，普度众生，且习武为了强身。他们可倒好，以所学功夫为富豪呐喊助威，胡作非为，同情弱者之心安在？"

班布泰向庞荣、"三槌"兄弟一摆手，5人一块儿走到囚车跟前，把门儿打开。刚欲伸手往外拽铁链子，夺魂僧者和静空大师两腿用力一蹬，抵住了粗木条子，硬是不出来，还认为自己蛮有理，讲正义，嚷嚷个没完。庞荣劝道："二位师兄啊，别犟了，最好听大师兄的，出来瞅一眼，瞧瞧你们所教之人受些啥罪吧！"

班布泰和"三槌"兄弟没管那套，一齐上手拽住二人身上的铁链子用力往外拖，一直拖至扒皮楼子。他俩四下一瞅，首先映入眼帘的便是扔到楼后已腐烂的尸体和堆堆白骨，令人不寒而栗。把一层的门推开，只见关在地牢、水牢中的男女老少个个瘦骨嶙峋，面如土色，或咳嗽不止，或齁噜气喘，有的已奄奄一息，令人触目惊心。离开扒皮楼子，又去了那几趟儿长筒房子，看看这里的人居住在怎样一个环境下。静空大师见他们都关在像笼子一样的屋内，个个破衣烂衫，有的只披了张皮子，门口儿设专人把守，感到很是奇怪，便冲两个小伙子问道："你们是这儿的么？总呆在里面哪儿成，为啥不出去走走？"

其中那个矮个儿的说道："师父，不记得了？我叫朱三，他叫王五，大家都认识您，乃传授武功的教头。我们每天进了布库房子就得穿布库服，离开后务必脱下，换上自己这身儿七窟窿八眼的衣裳，难怪您认不出了。为防备逃跑，才将我们关在屋里，设门岗把着，不得随便出去。"

静空大师听罢，摇了摇头，没再发问，口中直念阿弥陀佛。夺魂僧者看了一圈儿后，被深深触动了，心里觉得很不好受，不喊不叫了，乖乖让铁槌牵着铁链子又进了囚车。一指禅师唤过班布泰，说道："咱下一步需带这些人走，可他们连遮体的衣裳都没有，有的光着膀子，有的只挡块遮羞布，这样走在路上有伤大雅呀，如何是好？"

班布泰想了想，回道："师父，如果带他们走的话，咱那几辆车上不是装着起出的赃物么，既有金银财宝，也有衣裤、绸缎、丝绢、布帛，可把衣裤拿出来让他们穿上。要是不够，再将绸缎、布帛分发下去，把身子围一围、裹一裹，别露肉不就无伤大雅了嘛！带他们去哪儿呢？阎王顶子太荒凉了，山沟沟又多，附近没什么能呆的地儿。疙瘩梁比这儿稍好些，起码建了村寨，有了马群、牛群、羊群，到那儿可直接立户籍，编入噶珊。愿意留在这儿也行，山沟沟有它的特点，清净、空旷，你是打猎呀，还是开垦荒地呀，只要肯干、勤快就饿不着。为了将来生活得更好，不至于受人欺压，不妨像疙瘩梁一样，把大伙儿组织起来，建立噶珊，此地能建两三个，然后订立规章，选出珊达。对于既不

第三章　收服逆僧

愿去疙瘩梁、又不想留在阎王顶子而打算返乡的,咱也答应,把赃物中的银两拿出一些给每人分点儿,作为路上的盘缠。起获的赃物本应交归国库,不准私自动用,对此早有规定。然情况特殊,现在只能这么做了,待回返吉林将军衙门,徒儿会向将军大人禀报的。倘若因先斩后奏而领罪,我认了,听凭朝廷处治。"

一指禅师听罢,认为想法很好,也很具体,可谓对这些人最为妥善的安置,遂说道:"徒儿,这样吧,咱到了吉林将军衙门,本僧同你一块儿向将军通禀,或许大人能够体谅,特事特办,想必不会怪罪。真要认定此种做法有违大清律,罪名由师父担着,与徒儿无关。"

班布泰忙道:"师父,谢谢您的护徒之心,只是将军若追究责任,怎能让您顶罪呢?徒儿乃官家之人,肩负重任,该承担的必须承担,毫无二话。"

站在旁边的庞荣频频点头,称赏道:"班布泰,说得好,有骨气,男子汉大丈夫就要顶天立地,敢做敢当!"

一指禅师没有再坚持,脸上露出一丝不易察觉的笑容,心里话:"徒儿,可喜可贺呀,不仅成熟了,也成才了,不愧是将军大人的孙儿,好好儿干,前途无量啊!"

班布泰随即把大家集中在一起,讲明道理,并将准备怎样安置说了一遍。在场的人听了非常高兴,异口同声地表示哪儿也不去,就留在阎王顶子了,这里同样是大清的土地,会把其子民养活的。只是有点儿担心,因为我们大都是从关里逃到辽东的难民,有违封禁之策,官府若是派兵来抓怎么办?"

班布泰说道:"请各位父老、兄弟姐妹尽管放心,官府不仅不抓,还会给出路的,任由自己选。"

大伙儿扑通通全跪在地上了,纷纷磕着响头感谢天神的护佑,感谢朝廷的恩典!紧接着班布泰依照大清建屯寨之规定,就地组建起两个噶珊,分别起了名字,一个叫北狼洞子,一个叫南狼洞子。每屯30余户、五六十人,立了户籍,选出了噶珊达,并给各户分些银子。还告诉大家今后可以安心过活了,打猎耕田,捕鱼捞虾,只要勤劳就饿不死人。一定要奉公守法,遵章守纪,每年秋季朝廷派人来收租税时,主动按数缴纳。我回到江城后,必向吉林将军禀报这里的情况,大人会通盘筹划的。过些日子还会来,给你们送耕牛,每屯10头,各户串换着用,再带些种子和口粮,够大伙儿暂渡难关了。说完又向"三槌"兄弟下了命令,将范蔼仁派到这里管事的扒皮楼子大楼主、二楼主、布库房的两个师爷、5座密营的5个班头儿等9人全部上绑,一并押解吉林将军衙门候审。

一个时辰后,诸事完毕,将搜缴的兵器、起获的赃物全部装上车,加之被押解人员坐的车以及囚车,前前后后共15辆,由班布泰、一指禅师、庞荣、"三槌"兄弟护送。可是刚刚走出没多远,南、北狼洞子的男女老少呼喊着跑来了,15辆车立马停下了。其中一个后生拉住班布泰和一指禅师的手不放,看样子似乎很害怕,颤声儿哀求道:"军爷呀、大法师,别走了,非要走就带上我们吧,只有朝廷的人在身边,才能保护百姓的安全哪!"

一指禅师满脸疑惑地看着后生,觉得很是不解:"怎么了?方才还乐呵呵的呢,这会儿神色为啥如此惶遽呢?眨眼功夫不会出什么事儿呀!"

班布泰心里更是纳闷儿:"怪了,本来说得好好儿的,这么快就变卦了,为什么又不想留下了?"静下心仔细一琢磨:"对呀,阎王顶子原是打牲衙门所在之地,范蔼仁占用后,能不尽心经营么?如此大的密营不会就这么几个头领,一准还有大头目隐藏在某个角落里,只是尚未擒拿到,否则难民们不会恐惧不安。从抓到的那9个头领的言行举止看,一个个狗头鼠脑的,除了穷横没别的能耐,不像掌大权之人。范蔼仁多狡猾呀,能把权力交给酒囊饭袋么,必会派心腹、亲信或有能力的人来管理。再从这些难民平日里所受的约束、刑罚以及把范家堡子的所谓有罪之人送到扒皮楼子秘密关押这点来看,说明阎王顶子对于范蔼仁很重要,安排常住此处的管事人应是对付朝廷和吉林将军衙门所依靠之力,不该只大楼主、二楼主,布库房师爷及班头儿这几个人,顶多不过庄主的小腿子而已。真正握有实权的心腹、亲信正虎视眈眈地看着我们,非常危险,好悬让其脚底抹油溜之乎也,那损失可就大了,起码未能掐住范蔼仁的七寸。"想至此,便说出了自己的猜测,大伙儿听了直劲儿点头,人群中的一位中年汉子说道:"军爷,我们天天不是圈在木笼房子里,就是去布库房习武练功,再不于烘炉房打铁造兵刃,其余任何事不让过问,更不许插手。说实在的,早就觉得奇怪了,为啥呢?因指不定哪天、也不知什么时候冷丁便会冒出一小撮人,皆来自范家堡子,个个耀武扬威的。其中有的是庄主的亲信,有的是本支,也有大太太钱氏的娘家人,称呼什么大掌柜的、二掌柜的、总爷、护院大爷等,这些人的

第三章 收服逆僧

下头才是楼主、师爷、班头儿。还不知他们住在什么地方,来无影去无踪,办完事儿就走,行动诡秘,难以捉摸。"

班布泰听了这番话,心里犯了寻思:"他们的巢穴在哪儿?必须趁热打铁,挖出耗子洞,连窝端,一个不能跑掉,否则等于没有剿尽范蔼仁投放在深山老峪里的有生力量。特别是已经把疙瘩梁、阎王顶子给抄了,与此有关的人也抓了,那一小撮狂妄之徒若是得知此信息,能傻呆在这儿不跑么?逃回范家堡子便会引起连锁反应,不仅惊扰了庄主范蔼仁,也会惊动州府县衙与范氏家族有牵连的大小官员,随之警觉起来并想方设法予以抵制,那将不利于清查,故而务必在短时间内找到其巢穴。估计那些人住的地儿离此不会太远,也不可能在牢狱一样的密营附近吃苦受罪,得选择一处相对安全、方便、居高临下之所在,既能过得舒服点儿,又能监视5座密营中之男女老少的一举一动。那么,谁能知道他们的隐蔽之处呢?被看管的难民肯定不晓得,楼主、师爷、班头儿也不清楚?不太可能,他们应该知道,只不过不一定敢讲,怕遭报复。除恶务尽,无论如何得让其开口,道出实情,不然就动真格的。"想好后,便令"三槌"兄弟把楼主、师爷、班头儿等9人拉下车带到自己跟前,正言厉色道:"都给我听着,本将问你们,谁知道密营管事儿的住在哪儿?说出来可减轻处罚,有功者可就地释放。若是知道而不讲,那就是公然对抗朝廷,严加处治,概不轻饶!"

未承想这9个人皆一声不吭,连着问了好几遍仍装聋作哑,惟大楼主脑袋摇得如同拨浪鼓儿,意为不知道。班布泰一看,不给点儿厉害尝尝不奏效,遂冲铁槌努了努嘴。铁槌会意,走上前狠狠掐住大楼主的脖子,像拎小鸡似的提溜起来,致其当即憋得喘不上气儿,脸色青紫如猪肝,然并不讨饶,反倒挺硬气,只迸出仨字儿:"不知道!"

班布泰大怒道:"哼,你们这几只吸人血的臭虫,不知害死了多少无辜百姓。老天有眼,恶有恶报,到了给屈死的冤魂报仇雪恨的时候了,给我动手!"

话音刚落,铁槌从腰间欻地抽出匕首,只见寒光一闪,手起刀落,大楼主的左耳掉了下来,顿时鲜血直流,哇呀哇呀不是好声儿地惨叫。班布泰大睁双目死死盯着他那张疼得扭曲的脸,一字一板地说:"大楼主,怎么样啊,这滋味不错吧?要是还不讲,可别怪我不客气,那就再体验一把,把右耳朵也割下。何去何从赶紧的,我可没那么大耐心等!"

未待大楼主做出反应,铁槌薅住其右耳举起匕首就要削,大楼主吓得一缩脖儿，脸都白了，知道抗不过去了，慌忙跪地哀求道："军爷饶命，军爷饶命，我说，我说还不成么？请给小的做主啊，没有不透风的墙，总爷要是得知露底了，非活剥小的皮不可呀！"

班布泰应承道："好吧，本将一定给你做主，说话算数。这儿已不是范蔼仁的一亩三分地了，甭想再一手遮天，不用怕，大胆讲！"

大楼主这才哆哆嗦嗦地说："军爷，阎王顶子的南边有处沟口，顺着沟口的小毛道儿往前走不多远便到大盘肠沟的老母猪河了。绕过河可见一条铁车旱道，路面不宽，辙印挺深，不太好走，乃去蛟河屯惟一可行之路。旱道两侧生长着一片片的柞树林子，紧挨林子的道东有座二层小楼，黑红相间的门脸儿，门楣上方挂着长方形的匾额，上书'山货栈'3个醒目的大字。楼的西侧开了处酒馆儿，专门招呼赶山之人小酌，边用膳边歇脚。表面上是座山货栈，迎来送往，广收山民的各种土产。实际上是阎王顶子密营的三位掌柜、账房儿、总爷、护院大爷所住的团练总部，采用障眼法瞒着官府，怕知道底细予以查究。那里可谓是非之地，范庄主及其大夫人很少去，不过只要来阎王顶子，必住山货栈，为的是防备官兵进山剿匪。倘若官兵真的到了此地，只能抄袭密营，一般剿不到窝点。他们夫妻二人做事一向小心翼翼，尽量不露马脚，说什么留得青山在，来日绿林照样娇。"

另几个人见大楼主毫无保留地全端出来了，忙随声附和，并证明所言没错，句句是真，生怕自己的耳朵也被削掉。班布泰初步了解了情况，遂令"三槌"兄弟将9人押回车内，给大楼主的伤处包扎一下。又安抚了两个新建噶珊的珊达及难民们，让他们安心过日子，不必惧怕匪徒、歹人，几条臭鱼翻不起大浪，我们现在就去收降山货栈。珊达和难民听后不再惶恐了，心里踏实了，脸上露出了久违的笑容，将班布泰他们送出很远方回返。

班布泰等人押着15辆车直奔山货栈而去，那也是长长一溜哇，犹如一字长蛇阵。一指禅师、庞荣、仝槌作为开路先锋走在最前面，中间是石槌及其手下，班布泰和铁槌殿后，前后间隔约半里远。刚过老母猪河，一指禅师和庞荣便先行奔向山货栈旁的小酒馆儿，准备以行路饥渴、需化斋填饱肚子、润润嗓子为由查个究竟。到了酒馆儿前，店小二真以为是前来化缘的和尚，赶忙陪着笑脸出门相迎，柜台管账先生也未发现有什么异常。店小二将他们引领到紧挨南窗的东数第一张桌子边，待二人坐定，为其斟上了热茶，随后去了厨房。不一会儿，端来一小盆

第三章　收服逆僧

清炖大豆腐、4碟儿小菜、两海碗小米饭，请师父慢用。师兄弟俩边吃边暗中观察，看得出东边的山货栈生意挺红火，客人挺多，管事儿的不时迎进送出。伙计也不少，有提水壶的，有端杯子的，一面招呼着一面倒茶，楼上楼下人声嘈杂，说笑声不断。一指禅师把头伸出窗外往楼后瞅了瞅，见后院儿有座木板平房，是用来当仓房还是住人，一时弄不清楚。又抬起脚跺跺地，发出咚咚的响声，显然地面是悬空的，只以地板相隔。下头是地窖、地室还是暗道机关，里面是否藏着人，同样不得而知，心里思摸开了："范蔼仁及其大夫人的头脑不白给，身边的心腹也没闲着，肯定把大部分精力用到山货栈了，不可不百倍提高警惕。要想直取这处巢穴，硬拼不行，容易惊动歹徒。况且酒馆儿里有很多打尖用膳的，分辨不出哪个是本地之人，哪个是外来之客，真要动手不一定像先前估计得那么顺当，故而只能智取，不能强攻。"想到这儿，眼珠儿一转，计上心来，伸出左手食指在桌面儿点了三下。庞荣会意，赶紧吃完饭，结了账，与师兄一起出了酒馆儿，顺原路往回返，远远看见正向这边驶来的车队。一指禅师向走在前面的仝槌招了招手，又指指林边，仝槌立马明白了，于是按大法师之意引领车队下了道，钻进旁边的柞树林子，选了个背静之地，把大车小辆集中到一起，命戴着镣铐的楼主、师爷、班头儿蹲在一块儿。班布泰走到石槌跟前叮嘱道："让手下的兄弟们死死盯住他们几个，谁敢乱说乱动或想跑，格杀勿论！"

　　石槌表示道："请放心，一个也跑不了，我们包下了。"

　　班布泰点点头，转身出了林子，站在道边等候师父和四师叔。师兄弟俩放开大脚片疾步前行，很快便与班布泰会合了，3人一同进了柞树林。一指禅师见二十几个持刀仗剑的壮小伙儿将大楼主等人围在中间，严加看管，那认真劲儿让人看了很是放心，便冲石槌问道："怎么样，手下的兄弟们都有把子力气吧，想不想舒舒筋骨？"

　　石槌笑道："当然想，大法师，有啥活儿请尽管吩咐。"

　　小伙子们闻听此言纷纷围拢过来，异口同声道："大法师，让我们干啥都行，浑身的力气正没处使呢！"

　　一指禅师一抬手道："那好，除了石槌、铁槌及身担看管差务的留下，其他人随我来！"说着朝林子另一边的一处小平场走去，还特意绕了一个弯儿，班布泰、庞荣、仝槌及属下的十多个兄弟紧随其后。

　　这里得说一下，此处是片柞树林，一棵挨着一棵，密密麻麻的，枝叶繁茂，像堵墙一样遮挡着人们的视线。只要拐个弯儿，尽管离得近，互相也看不见。一指禅师今天要变场戏法儿，准备智取山货栈的歹徒，此前的一举一动必须保密，尤其不能让被抓的大楼主等人发现，所以才绕弯儿而行。不过大家并不知道是咋回事儿，到了大平场，其中一瘦高个儿后生等不得了，急不可待地问道："大法师，咱们来这儿干啥呀？"

仝槌嗔怪道："就你多嘴，大法师肯定有自己的打算，跟着干就行了，哪儿那么多废话！"小伙子一吐舌头不吱声儿了。

一指禅师拍了拍他的肩膀道："小伙子，不是浑身的劲儿没处使么，这回让你们出身臭汗，赶紧到附近伐些干树桩、砍些树枝来。"

这些后生们正当年，一个个像小牛犊子似的，有力气，手勤脚快，又能干，不大工夫便伐倒不少胳膊粗的干树桩，砍下一大堆树枝。一指禅师指挥他们把树桩、树枝扛到平场子内，围成一个小院儿，留出院门，把院内打扫干净，摆放一些木头墩子。又吩咐班布泰领几个人去装赃物的几辆车那儿，将箱内的布疋、幔帐取出拿来，抖开后将院子四周围上。一指禅师每次出行都背个囊袋，袋内备件袈裟，因必要时需换装。腰间还挂两个葫芦，一个装药，一个装水，缺一不可。他先是把袈裟从囊袋中取出，作为少林僧衣挂在院子西侧那支起的木架上，代表少林先师、少林风范、少林宗派，使人顿生肃穆之感。然后唤过班布泰，说道："徒儿，将我送你的那把代表少林宗派的短剑借师父用一用。"

班布泰共有三件兵刃，一柄匕首，一把腰刀，一柄短剑，乃一指金刚侠收其为徒时，作为纪念品送给他的。其中那柄短剑非同一般，打造精良，锋利无比，是有名的少林剑，只要看到它，就知道来自嵩山少林寺。班布泰特别喜欢这柄剑，出门在外总是随身携带，感到似乎有股正气护卫着自己，威慑之力大增。此刻，当听师父说需借短剑一用时，赶忙从背在身后的剑囊中抽出，双手递之。一指禅师接过，挂于僧衣的下方，剑柄朝上，剑锋冲下，泛着青光。继而叮嘱徒儿要严加护卫，不可大意，还附其耳边小声儿嘀咕几句。班布泰听罢，应承道："知道了，请放心，徒儿定按师父之意行之。"

一指禅师又强调道："务要记住本僧的话，小心从事，绝对不许做错，否则这场戏就演砸了，那是大家都不愿看到的。"

班布泰频频点头称是，显得很有教养，礼貌而谦恭。准备好后，一指禅师和庞荣再返山货栈，不过庞荣没进去，而是躲在暗处。一指禅师交代道："我把楼内的人领走之后，你迅速进入山货栈，采用点穴之术将看守货栈的人制服。然后楼上楼下仔细搜查，看看有没有暗道、地室，里面是否藏有歹徒，如果发现了，一并带到柞树林子。争取好言劝他们去，尽量不捆绑，以免引起路人的注意，听明白没？"

庞荣回道："听明白了，大师兄，放心吧，不会出差错的。"

二人分开后，一指禅师这回没去小酒馆儿，而是径直来到了小二楼，一进屋便冲看门人手打佛号道："阿弥陀佛，请通报楼东，本僧从少林寺来，打此路过，很想见他一面，不知能否赏光？"

看门人抬眼一瞅，见来人天庭饱满，地阁方圆，秃头虬髯，乃和尚无疑。又听说是少林寺的，根本没敢多问，只有肃然起敬的份儿了。因为两位团练总教头也是少林寺的高僧，哪儿敢得罪呀，忙躬身施礼道："久仰，久仰，请大师父稍候，小的这就去通禀！"说完转身噔噔噔上楼了。

店东一听来了位少林寺的和尚，当然是夺魂僧者和静空大师的同宗了，不可怠慢，赶忙起身下得楼来，见了面先施礼道："大师父远道而来，小栈蓬荜生辉，欢迎，欢迎！"

一指禅师双手合十道："幸会，幸会，本僧同四师弟一块儿下山，刚刚云游至此，并且已在阎王顶子的修行洞里见到了二师弟夺魂僧者和三师弟静空大师，我是他们的师兄。我们师兄弟共5人，乃同一师父，即少林寺的长眉长老，恩师也到了辽东，过几天会来看望徒儿的。本僧此前已与二师弟和三师弟定好了，准备一块儿来拜望店东，然有件急办之事需要他俩跑一趟，估计很快就会回来，故而才只身一人前来。今儿个将在此设聚议堂，举行一次法会，为啥呢？依照少林宗派之礼节，每到异地见了施主、故人，应一起向袈裟、少林宝剑叩拜，弘扬佛法，共叙友情。本僧与二师弟、三师弟已4年未见了，十分想念，能够碰面非常不易。尤为可喜的是二位师弟联络了很多世俗友人，他们的朋友也是我的朋友，理应相识相知。所以恳请店东能给本僧一个面子，一块儿去聚议堂坐坐，师兄弟4人将与各位施主共同诵经，叩拜佛祖，祈祷安康。"

店东一听，来者讲得头头是道，天衣无缝，这还有假么，谁能装得那么像啊，肯定是真的。再者说了，团练总教头呆在阎王顶子的秘密洞穴里，除了少数几个人知道外，大多数并不知晓，可这位大和尚却一清二楚。巧的是夺魂僧者和静空大师也提起过他们师兄弟共5人，上有大师兄，下有两位师弟，与来者说得一字不差，全对上号了，没啥可怀疑的，于是表示道："大法师，本店东谢谢了，能与少林寺高僧共同诵经，叩拜佛祖，不胜荣幸之至，咱现在就去吧！"说罢吩咐管家暂停收购，留下两个伙计看守门户，其余人等一律前往聚议堂。旁边不是还有处小酒馆儿么，店东又亲自跑到那儿，站在地当间儿面冲正在用膳的顾客大声儿说道："哎呀，实在对不住了，本栈来了位贵客，有要事需办，只好早早撤幌儿了。希望大家抓紧点儿，欢迎改日再登门，本店东向各位道个过儿，请原谅！"

店小二、跑堂的听后，立马忙活开了，该结账的结账，该收拾的收拾，对每位顾客好言答对，并把门外的幌子摘了。用餐的也很理解，有的大口大口把饭菜扒拉到嘴里，有的干脆放下筷子不吃了，没一会儿全走了。一切就绪，山货栈只留下两个伙计看门，小酒馆儿则空无一人，门外上了把锁，其余的跟着一指禅师出了大门，朝前面的柞树林子走去。也就两袋烟的功夫便到了聚议堂，在一年轻后生的引领下进入院内，分别坐在木墩子上。

此时，庞荣见山货栈和小酒馆儿的人已经离去了，便从暗处走了出来，大摇大摆地进了山货栈。留下看门的两个伙计见来人了，以为是卖山货的，根本没防范，刚要上前问话，庞荣抬起右手照其额头啪啪点了两下，将他们定在那儿了。紧接着开始楼上楼下四处搜寻，无一漏失，结果在直达小酒馆儿的地室里发现一个中年男子，自称山货栈店东的朋友，也是收山货的。庞荣见其说话时显得特别紧张，且语无伦次、结结巴巴，觉得很是蹊跷，认定此人十分可疑，有说道，必须带走，就以强硬的口气请他一块儿去聚议堂。那人虽一再推托有事，不能前往，但拗不过庞荣，知道硬不去肯定不行，无奈之下，只好随其出了地室。

二人来到柞树林内的聚议堂，中年男子骨碌着眼珠子四下一踅摸，山货栈、小酒馆儿的人全到齐了，三位掌柜、账房儿总爷、护院大爷正坐在木墩子上与一位大和尚聊得热乎，便也找个木墩子坐下了，两只手一会儿放于双膝上，一会儿放于大腿两侧，很不自在。这些细节吸引了一指禅师的目光，见其眼神儿有些慌乱，躲躲闪闪，不敢正视，举足无措，恨不得有条地缝儿都能钻进去。加之山货栈的人本来有说有笑的，一看此人进来了，立即闭了嘴，都不出声儿了，更未向他打招呼，知道来者不寻常。为了活跃一下现场的气氛，一指禅师笑呵呵地开口道："众位施主，两位团练总教头办事去了，尚未转回，还得稍等一会儿。这样吧，咱们互相认识一下，本僧先自我介绍，然后大掌柜再逐一予以引见，好不好？"

第三章　收服逆僧

大家异口同声地赞同道:"好,好!"

一指禅师说道:"本僧一指金刚侠,于河南嵩山少林寺修行,云游四方到此。这位是我的四师弟鹰爪消魂侠庞荣;另两位师弟同大家常在一起,一位是二师弟冲霄五毒侠,另起法号夺魂僧者;一位是三师弟云水轻身侠,另起法号静空大师,乃同一师父的师兄弟。二师弟、三师弟下山已4年之久,我作为大师兄能不惦念么?经师父允准,才云游辽东,在此地见到了他们。得知二位师弟承蒙各位施主的多方关照,别来无恙,一切顺利,本僧感激不尽,在这儿谢谢大家了!"

话音刚落,坐在一指禅师身边的蓄须壮汉站了起来,先是鞠了一躬,然后说道:"大法师,我来引见一下,敝人叫范德刚,任山货栈大掌柜;左边这位叫范德强,任二掌柜,我俩皆为范家堡子大庄主之侄,范蔼仁是我们的本家叔叔;右边这位叫钱兆年,任三掌柜,乃庄主的大夫人钱氏之侄;身后这位是大庄主之远房弟弟,名儿叫范赫群,任账房儿总爷;那两位一个叫钱积福,一个叫钱积善,任护院大爷,乃大太太钱氏之本家。"

一指禅师心里明镜似的,钱积福和钱积善实际上是团练总管,也是大太太钱氏的心腹,在阎王顶子山货栈可谓说了算的人。见火候儿已到,便缓步走到小院儿西侧木架子那儿,小心翼翼地取下袈裟捧在手里,说道:"各位施主请看,此乃登封少林寺的袈裟,约百年历史,乃众僧侣一针一线织就的。"

院内的人呼啦一下全站了起来,神情肃穆,双目紧盯着袈裟仔细观瞧着。少顷,一指禅师又取下那柄短剑道:"此乃少林寺留存之宝剑,锋利无比,独一无二,各位施主可一饱眼福。"

众人刚刚凑到跟前,只见大和尚脸色突变,右手仗剑,左手揪住范德刚的脖领子,轻蔑地说:"好嘛,本僧久闻阎王顶子山货栈大掌柜之名,今天总算见真人了!"

范德刚不禁一愣,忙问:"大法师,有话好说,为啥薅我呀?"

一指禅师用鼻子哼了一声道:"难道不该么?你是真不知道还是装不知道,非得本僧提醒不成?山货栈的都听着,老老实实呆在原地,不许乱说乱动,否则少林剑可不认人,先把大掌柜脑袋剁下来!"

大伙儿一听,全吓麻爪了,有的抱着头蹲在地上大气儿不敢出,有的坐在那儿张大嘴巴傻呆呆地望向一指禅师,有的喊爹唤娘、妈呀妈呀直叫,有的跪地吭吭磕着响头哀告道:"大法师饶命,大法师饶命啊!"

一指禅师说道:"这会儿知道害怕了,早干啥了?都抬起头来,看看谁来了?"

众人抬头一瞅,一位身穿四品武服的英俊小伙儿带领手下将院子围住了,只见他扫视一圈儿,朗声儿道:"本将班布泰,在吉林将军衙门干差,今奉将军大人之命来到此地,清剿疙瘩梁、阎王顶子一带的匪徒。你们中间有的人坏事做尽,对抗朝廷,罪恶多端,必须予以严惩。识时务者乖乖受降,胆敢放肆或欲行反抗,刀不饶人!"

话音刚落,"三槌"兄弟及十多个小伙子手持家巴什儿走上前来,将三位掌柜、账房儿总爷、两个护院大爷以及亲随、打手们逐一拿下并用粗绳子捆绑之。一指禅师双手合十口念佛号道:"阿弥陀佛,善有善报,恶有恶报,平日多积点儿德,断不会有今天的下场啊!"

班布泰手一挥下令道:"师叔、石槌,带领众兄弟把他们押下去!"

庞荣、石槌及手下听命,把6个头目和亲随、打手们押出小平场,径直朝不远处那停放着15辆车的地儿走去。班布泰接着便向山货栈、小酒馆儿的伙计、店小二、跑堂儿的、打更的、上灶的交代政策,讲明出路,强调主犯必办,胁从不究,并将其当场释放,每人给点儿银两,让他们自谋生路。这些人感动得热泪盈眶,一时不知说啥好了,只知跪在地上千恩万谢,还是在一指禅师的多次催促下,方起身一步三回头地离去了。其后,班布泰与师父、仝槌、铁槌一同去了山货栈,收缴了所有财物,全部装入木箱内,再一箱一箱搬上车准备拉走。待人走车离后,铁槌点了一把火,山货栈及小酒馆儿呼啦一下着了起来,火光冲天,劈啪作响,只一袋烟的工夫便化为灰烬。

此刻,柞树林子内关在囚车里的夺魂僧者和静空大师安静多了,知道自己这几年无意中陷入了泥潭不能自拔,做了不少错事,不可饶恕,既然被吉林将军衙门派人擒获就跑不出去。也知道那一车车装的全是赃物,范蔼仁及其大夫人钱氏敢冒天下之大不韪,抢夺、强占民脂民膏,贪得无厌,犯下了累累罪行。而自己却不辨是非,被谎言和表象迷住了双眼,同他们穿一条裤子,不仅违犯了大清律,也亵渎了佛法。早知如此,悔不当初,只有听天由命、等候处治了。当山货栈的头目及亲随、打手们看到囚车里关着团练总教头、另两辆车里圈着阎王顶子密营的楼主、师爷、班头儿且被铁链子、粗绳子捆缚时,全耷拉脑袋了,知道彻底无望了,大掌柜仰天长叹道:"完了,完了,连根儿都掘了,看来末日到了,该挨刀喽!"说完再一瞅,往日耀武扬威的二掌柜、三掌柜、

第三章 收服逆僧

账房儿总爷、护院大爷及打手们有的哆嗦成一个团儿，有的堆缩成一滩泥，有的脸色灰白犹如死人幌子，有的吓尿了裤子，丑态百出，不堪入目。

班布泰等4人回到柞树林子后，见庞荣、石槌和几个小伙子正忙着埋锅造饭、往葫芦里灌水，便也伸手帮忙。待大家吃饱喝足了，班布泰这才下令起程，押解着十几辆车出了林子，朝东而去，奔赴江城。没承想走到半路却发现少了一个人，谁呢？就是庞荣从山货栈地室里搜出的那个中年男子，不知啥时候逃之夭夭了。班布泰后悔得直拍大腿："咳，咋就没看住呢，谁都没少，偏偏那小子跑了，还未来得及问清姓甚名谁呢！"

一指禅师上前劝慰道："徒儿，别急，不管那人是谁，早晚能抓住，让他再多活几天。"

那么，这位中年男子何许人也？班布泰他们回到江城又发生了哪些事情，富俊就任吉林将军后如何施政的，是否顺利，欲知详情，请听我朱伯西继续讲唱下章乌勒本。

第四章　乱世重逢

　　朱伯西我分出话茬儿，再讲讲吉林将军富俊，前书虽涉及到一些，但不够详细。老大人不仅是一品封疆大吏，也是吉林通，可谓名副其实。诸位阿哥，您不妨翻翻吉林的历史，自康熙二十五年原镇守宁古塔将军移驻吉林始，没有任何一位官员连续两朝就任吉林将军且在位时间长，惟富俊如此。嘉庆至道光年间，他曾先后四次执掌吉林将军印，即嘉庆八年六月首任，嘉庆十九年三月二任，嘉庆二十三年九月三任，道光四年四任。威望之高，能力之强，人人称道，众口一词，乾隆爷、嘉庆帝、道光帝对其信任有加，乃朝廷不可多得之名宦。老大人呕心沥血治理吉林，从中年到老年，把那颗忠于朝廷的赤诚之心以及过人的智略、充沛的精力全部用在了这片黑土地上。对地方事务的谙熟程度超乎寻常，父老乡亲们有目共睹，称其为可亲可敬的清官，百姓离不开他，历朝历代也忘不了他。这位从乾隆、嘉庆乃至道光的三朝老臣长期做地方官，新疆、内蒙、盛京、黑龙江、吉林皆呆过，大半生都是在满洲的发祥之地辽东度过的。无论在哪儿任职，一向身体力行，精明干练。所担差务办得有条不紊，有始有终，极少出差错，而且把属员也带动起来了，得到了圣上的喜欢和重用。

　　时进道光四年，富俊从属相算，年龄应是六十有二。别看岁数儿大了，由于乐观、豁达、善于养生，故而身子骨儿十分硬朗，走起路来腿脚利落，脑后的辫子粗而发亮，思维敏捷，耳聪目明。他办差有个特点，即是不管去城镇，还是到乡村，首先与百姓一起拉家常，通过闲聊建立感情，获知信息，了解下情。在处理民案时，认真细致，反复核查，不偏不倚，力求公正。谁摊上官司或遇上不可解的难事儿了，总是指名道姓地找富俊大人出主意，就信着他了。也难怪，经其手办过的所有案子，当事双方皆心服口服，没一个上访告状的。他有自己独特的癖性，虽然是一品大员，但从不以高官自居，不摆官架子，不讲排场，不修边幅，跟在身边时间长的人没有不知道的，并素有"富俊四癖"之说。

　　其一癖是不愿穿补服，喜欢着民装。富俊外出办差，通常不穿与品级相对应的官服,而是一身儿平民打扮,或是深蓝色丝缎镶绦边的蒙古长衫儿,或是古铜色的满洲八旗长袍儿。还笑称服饰简约,穿着随便、得劲儿,少披老虎皮,省得吓跑小兔子。从其身旁走过的人打眼一看那装束,以为不是闲居的老者,就是乡野村夫,谁都不会想到是位将军,这在朝廷的官员中是很少有的。

  当时的大清朝如何识别官员品级的高低呢?无非看两样东西,一个是头上戴的帽子,一个是身上穿的衣裳。朝廷的文武官员只要整衣戴冠出行,比其职衔低的州府县衙之官员一瞅其冠盖,便知来者官位的品级,并以与之相应的礼数迎送叩拜,排场也不一样。富俊是位文官,在吉林、盛京先后任过三品官、二品官、一品官,应穿什么样的衣裳呢?当然是补服,又称为朝服,除了上朝、上公堂、参加重要活动、身处外交场合时需要穿,去各地巡视、到下边调查也要穿,既精神又威武。他曾穿过三种品级的官服:一种是三品孔雀补服,前后胸绣有蓝色的海水、浪花和绿孔雀;一种是二品锦鸡补服,前后胸同样绣有蓝色的海水、浪花和翩翩起舞的金色冠毛锦鸡;一种是一品仙鹤补服,前后胸绣着一片鲜红色的祥云,祥云中间有只飞翔的白仙鹤,生动、漂亮,光彩照人。那时候,盛京、吉林、黑龙江三地的将军与其他地方的将军职权范围有所不同,他们既管文又管武,需穿两种补服,一种是文官的,一种是武官的。富俊也不例外,除了有文官的一品仙鹤补服外,还有武官的一品麒麟补服并备有铠甲。补服的前后胸绣着头上长角、全身有鳞甲、象征祥瑞的麒麟,威仪凛然,望而生畏,四周是色彩斑斓的云霞、花朵。

  富俊一生为官,去外地任职一般不带家眷,只让府邸中的家人宝靖阿跟在身边,后来又带上了孙儿班布泰。宝靖阿是位普普通通的白发老者,从小跟着卓特氏家族从蒙古草原来到辽东,14岁时开始侍奉富俊的母亲哲代氏,可谓尽心尽力,照顾得无微不至,老夫人十分满意。富俊的父亲早年因病过世了,母亲后来也身染重疾,久治不愈。哲代氏考虑到当时于朝廷吏部任侍郎的儿子终朝每日不是办差,就是抱着书本彻夜研读,无暇料理自己的生活,很是不放心,便让贴身家人宝靖阿照顾儿子的起居。两个月后,老夫人的病势急转直下,于一日清晨溘然长逝了。

  宝靖阿自打到了富俊身边,主子去哪儿,他跟到哪儿,从不离左右,整日为其衣食住行操劳,像对待自己的孩子一样精心,啥都想在头里。比如每天早晨起床端来温热的洗脸水呀，小心翼翼地为其梳理发辫呀，熬点儿姜汤、枸杞汤、人参汤给大人补补身子骨儿啊，晚上就寝时给掖掖被角儿等等，总之是思虑周到，事无巨细。冬日里，每当富俊聚精会神地翻阅文件时，宝靖阿怕主子凉着，便为其轻轻披件衣裳。夏日里，见主子汗水淋淋，便拿把蒲扇坐在旁边一下一下地扇。每当膳后，担心主子口渴，便沏好香茗奉上，凉了再换一壶。主子啥时候歇息，老人家啥时候回房，否则就那么一眼不眨地守着。闲下来时，宝靖阿常常眉飞色舞地给主子讲有趣儿的故事，逗得富俊哈哈大笑，紧绷的神经立马感到轻松了，用膳时还能多吃一碗饭。别看宝靖阿个头儿不高，骨架不宽，精瘦精瘦的。然力气蛮大，布库技能超群，真若比试起来，身强力壮的小伙子未必是他的个儿，一不小心会被摔个嘴啃泥。他不张扬，不显山露水，不多言多语，心中只惦着一个人，那就是主子富俊。他对将军大人有多少件补服一清二楚，平时总是一个箱子一个箱子地装好，只要主子上朝便拿出一套为其穿上，不用的仍放在原处，从不乱翻乱动。主子调到新的地方，他首先要做的即是把衣服箱子捆紧装车，到了官衙再卸下，打开箱子取出衣裳晾晒。宝靖阿常说："我的家务较繁杂，为主子保管、收拾衣裳乃其中之一，不过做起来颇为轻松。因为虽然补服一套一套的，但大人很少穿，每月帮着穿脱顶多么二三回，平时用不着。"

　　日复一日，年复一年，一晃16载过去了。在十几年的朝夕相处中，富俊对宝靖阿充满了感情，十分尊敬这位长者，从不直呼其名。那时的叫法儿跟现在不同，不是单一的，也不是固定的。比如像富俊和老家人这种关系的，有称老哥哥的，有称老伯伯的，还有称老爷子的。富俊称宝靖阿为老哥哥，当做自己的兄长看待，亲密无间，相依为命。宝靖阿不仅想得周到，干活儿利落，脑子也不白给，遇事挺有办法，曾为主子探得了不少重要情报。富俊每每惊喜之余，甚觉奇怪，老人家咋知道这么多呢？并且所提供的信息准确无误，可信度极高。究其原因，宝靖阿凭的就是多年养成的处处留心、勤于打听、事事较真儿之习惯，从而掌握了世间一些奇谈、秘闻、轶事，结果真就有了回报，以此帮助主子顺利审理了不少较为棘手的案子。如此一来，富俊对宝靖阿何止是尊敬啊，而是与孙儿班布泰一样，看做是自己的心腹、左右臂、不可或缺的好帮手，曾不止一次地笑着说："我该满足了，别看身边这一老一小不起眼儿，快成出谋划策的智多星了，此乃上天赐给老夫的宝贝呀！"

第四章　乱世重逢

富俊长期担任封疆大吏，之所以对任职之地的山山水水、沟沟汊汊以及风土人情了如指掌，对百姓的生活状况、期盼与诉求知道得清清楚楚，对棘手之事能够提出切实可行的办法予以解决，并有先见之明，其秘诀就在于能从府门走出去，与地位低下的黎民打成一片，滚爬在一起，吃住在一起，广为视听，用心观察，动脑琢磨，仔细分析，获知真情实况。老大人在下边什么样的衣裳都穿，新旧不嫌弃，穿啥衣裳吃喝啥，唬住不少人。服饰一变，身份随之也跟着变，时而是落魄的仕宦子弟，时而是镖行的代书先生，时而是私塾特聘的饱学之士，时而是能诵诸葛孔明、刘伯温马前课的占卜名师。他穿过七排纽襻儿的白汗褟儿，腰间系条白围裙，一看就是饭馆儿跑堂儿的，你想品尝哪道菜呀，是否来壶酒哇，问清后高声儿一吆喝，真挺像样儿。把衣裳一换，又成了码头上跑船的，与船老大唠得热热乎乎，与岸上的纤夫一起拉纤，出了一身透汗，从而对上游、下游水流的大小、水面儿宽窄、是否畅通、载重多少等一清二楚。再不就穿上货栈掌柜的长袍儿，外罩坎肩儿，手拿水烟袋，走几步弹弹袖子，说些行话，其言行举止挺像那么回事儿，一点儿看不漏。牛马市也是常去之地，手指在宽大的袖筒儿里一屈一伸地讲价，跟那些买卖牲口的贩子打哑语没啥区别。比如这匹红鬃马几岁了，牙口老不老哇，你出的价码低了点儿、看看我这个数儿中不中啊等等，大都捏掐得较为准确。许多人信得过他，认为这是位好把式，很老道，经其手肯定卖掉不少牲口。富俊由此对牛马市的行情也略知一二，边学边用，外行变成了内行。这么做的目的只有一个，即话能与百姓说到一起，力能用到一块儿，同声相应，同气相求，体察民情，便于治理一方。由于富俊天生聪明，善于动脑，勤奋好学，知识面广，阅历深，容易与生活在社会底层的民众投缘，就是俗话讲的能随和人，故而接触的人多而杂，三教九流、五行八作皆能说上几句，不管去哪儿都能摸到社会跳动的脉搏，知道百姓的所思所想，边疆各族人民的冤屈、怨恨亦全在心里。正因皇上闻听富俊有这方面的能耐，所以一遇难办之要事，便派他前去当顶门杠，率领八旗官兵具体实施，处理得不但圆满，而且不留后患，朝中上下人等没有不佩服的。

其二癖是出行不打执事，不愿乘车轿，喜欢乘坐骑。富俊每次去各州府县巡视时，向来轻车简从，不铺张，不设仪仗，更不鸣锣开道。认为那种礼仪太烦缛，既浪费人力，又浪费物力，无形中也给当地的官员添了不少麻烦，还是与人方便、与己方便为好。在清代，东北三地的将军出门时,皆习惯于骑马而行。他们青壮年时,几乎长在马背上,年岁大了,腿脚不灵便了,才不得不坐车轿。富俊也不例外,平时出行不愿坐人抬的轿,也不愿坐马拉的车轿,除非参加一些重要活动,比如祭奠哪、迎迓呀、随驾返京啊必须乘轿,多数情况下喜欢骑马,而且不挑剔马的品种如何、毛色好坏、个头儿高矮、是公是母、体格壮弱等,能跑路就行。除此以外,不管到什么地方,无论春夏秋冬,喜欢独往独来,不愿带仆人、随从、护兵,觉得有他们跟着不随便,还影响办差速度。一个人走多好哇,一身轻不说,想去哪儿就去哪儿,由着自个儿心思,自由自在,遇到问题随时解决。仆人、随从一多,前前后后呼呼啦啦跟了一大帮,必然引起人们的注意,继而近前围观,那就啥事儿也办不成了,不窝火才怪呢!可仆人、随从不放心哪,万一出点儿啥事儿咋办?到某个地方需要帮助,身边没人哪行?走到半道儿身子骨儿不舒服了,谁去请郎中疗治?富俊却嘿嘿一笑道:"大可不必担心,本官又不是小孩子,能够应付可能发生的一切,你们该忙啥忙啥去。"如果非带随从、戈什哈不可,顶多允准去四五个,一色庶民打扮,并强调谁也不许暴露自己的身份。富俊若是到穷乡僻壤微服私访,便不骑马了,而骑大青骡子或小毛驴各处走,犹如乡间的农耕老翁漫游闲逛,一个十足的散游仙。驴耳朵一摇,张大嘴巴一叫,便说这是给主人唱歌呢!

更有趣儿的是他骑在驴背上,身后放一褡裢,像两个包袱似的一边一个,装得鼓鼓的。这是出行时所带之必不可少的物件,简直成万宝囊了,什么路上随时脱换的衣服哇、喝的水、吃的干粮啊,零用的散碎银子呀,还有文房四宝等不少东西。走着走着觉得累了就停下,取下褡裢,将驴往树上一拴,摘下草帽往脸上一扣,躺在旁边的草地上呼呼便睡,丝毫不在意凉不凉、潮不潮。到了哪个屯子,第一件事就是吩咐随从把褡裢从驴背上卸下,脸都来不及洗便开始办差。在田间、地头儿或农舍,则先将褡裢摊开,取出笔纸,然后与农夫攀谈,了解情况,边听边刷刷刷往下记。有时一忙起来天天闲不着,从这个屯子到那个屯子不停脚,老人家心疼小毛驴,怕累坏了,咋办呢?他挺有招儿,让随从背着褡裢走,自己牵着驴走村串户。久而久之,吉林一带乡间的男女老少皆知有位"褡裢老翁",却不知道那就是吉林将军富俊大人。后来渐渐传开了,一传十,十传百,再到清查田亩行辕大营求见富俊时,既不称找将军,也不称找大人,而是口口声声要见"褡裢老翁"。富俊喜欢这个称谓,觉得亲切、近乎,无陌生感,更无距离感。自己就是民众中的

第四章 乱世重逢

一员，若能做到想百姓之所想，急百姓之所急，完全与其融为一体，那才算是合格的父母官。

其三癖是不稀罕山珍海味，喜食农家饭。富俊对吃什么从不讲究，作为朝廷的命官，每每身处特殊场合或参加盛宴时，天上飞的、地上跑的、水里游的一样儿不少，七碟八碗的美味佳肴摆满餐桌，然他对此不向往也不稀罕，惟对庄户人家常吃的苞米饼子、粘豆包、大葱蘸大酱情有独钟。每天用膳时，除了小米粥、粘豆包或苞米饼子外，两棵大葱、一碟儿大酱、一碗黄酒、半杯米醋必不可少，顿顿离不开，早已习惯了。说是有这几样儿足矣，可助人远游，终朝每日乐消遥。还能讲出一番道理来："知道老夫为何喜食农家饭么？它好比一剂良药，粘食可解饥饿，大葱可驱体毒，黄酒可却寒疡，米醋可防中风。"富俊下去察访无论到哪家哪户，主人都喜欢这位平易近人的老头儿，啥说道没有，像一家人一样。到用膳时，无需准备大鱼大肉，主人吃啥他吃啥，好待承，与那些追求灯红酒绿之徒根本不是一路人。老少爷们儿一点儿不怕他，心里有什么话不敢跟历届将军讲，惟独敢向"褡裢老翁"和盘托出，一吐为快，这样的地方官能不受尊重和欢迎嘛！

其四癖是不虚度年华，喜做"书虫"、画匠。富俊颇有天赋，打小就勤奋好学，涉猎了大量古籍。入仕后更加珍惜时光，一有空闲便钻入书房，静心翻阅各个流派的著述，精读各个朝代的名家诗词歌赋，摘记千古传诵的名句，从中获取丰富的知识，一日不读书好像缺点儿什么似的，而且学以致用。每到异地，只要时间允许，除了游历名山大川、人文景观，就是关注风土人情，洞悉民瘼，并做详细的记录以备用。除此还擅长水墨丹青，曾言"一日三餐可废，纪实绘画不可少，仕农工商、五行八作皆可入画。"他在长白山附近和双城一带办差期间，亲眼目睹了当地民生凋敝，家境贫穷，百姓在凄风苦雨中挣扎，感触颇多，竟突发奇想："不如把这些活生生的见证留下，有朝一日天子看到了，便可据此掌握下头的实情，有的放矢地颁下旨意，更好地治理之。"于是每天都抽出时间画一幅，渐渐越积累越多，结果一批佳作真就问世了。画面中，对辛勤劳作的庄稼汉、采挖棒槌的参农、码头拉纤的纤夫、身背孩子洗衣的妇女以及开垦荒地、草原放牧、渔舟穿梭等情景有着逼真、生动的描画，成为珍贵的人文地理史料，给大清国留下了一笔不可多得的精神财富。

有一年夏季，连日大雨下个不停，致使松花江水泛滥，白亮亮一片,数百里沦为泽国,庄稼被淹。富俊急忙赶赴京师,在向皇上禀报下情的同时,呈上了自画的百幅"汪洋北国百姓啼饥号寒图"。当时的东北三地处于一种什么情况呢?旗民分得的土地由于多种原因,时间一长,有的撂荒了,有的被富豪大户强霸了,有的被大小官吏侵吞了,成为个人占有之田产。国家无法收缴租税,万千硕鼠得以中饱私囊,而百姓却无地可种。遇到荒年,颗粒无收,填不饱肚皮,只好外出逃难,四处乞讨,流离失所,苦不堪言。嘉庆帝御览百幅画作后,不禁泪沾龙袍,感叹不已,心情十分沉重,于是下了御旨,以国帑赈济灾民,由吉林将军富俊主持调查、处理东北三地旗民典地诸案。过了一段时间,经富俊及属下认真、细致的梳理,不少积案有了结论,一些新案得到了确认。皇上非常满意,龙心大悦,称赞其"邦基清土,卿心昭世",给以了很高的评价。正是由于富俊脑子里装着各任职之地的名山大川、人文地理,熟悉民情,故而民间称其为"文神"。

此后,富俊又遵旨接下了大任,即重点对黑龙江、吉林两地重新进行田亩清查。这副担子可不轻,辛苦自不必说,还免不了挨骂,与人结怨。然富俊不管那套,乐而为之,一丝不苟,曾几次遭歹人暗算,皆化险为夷,缘何呢?就因他到哪儿不乘车轿,以"褡裢老翁"的身份出现,骑着大青骡子或小毛驴各处走,不管是大道还是小毛道儿全知道,想去什么地方不至于走冤枉路,谁要向他打听某户人家的位置一指一个准。还不住大帐,大地和乡民的炕头儿便是办差、歇息之处,今天在这家,明天去那家,歹人寻不到行踪,没有下手的机会,从而使其躲过了多次危难。他天天为旗民应得之土地忙前忙后,为食不果腹之百姓奔走呼号,任劳任怨,鞠躬尽瘁,故而民间又称其为"谷神"。富俊曾言:"翁乃地理仙,寿永百百年",其豁达大度、乐观向上、面对危险毫无惧色的气势令匪类胆寒。

富俊抛家舍业、义无反顾地带领孙儿班布泰及八旗骑兵前往双城堡,到那儿的当日便设立了清查田亩行辕,随即开始着手清丈各家各户所占土地数额,登记造册闲散田亩数额,收回富豪、地主、大户等积年强霸之耕地,分拨给无地可种之家户和逃难到此之流民。在这个过程中,他们宵衣旰食,风餐露宿,吃尽了辛苦。有付出就会有收获,不仅解决了不少旗民之间因土地归属不清而引发的纷争,也消除了多年的积怨。所采取的方法是首先到各家各户调查了解,然后据此一一盘究,掌握第一手材料。以说和、规劝为主,强制为辅,少抓、少罚、少囚、少剐，能放则放，租税能减则减。大事化小，小事化了，把一切暗藏之危机尽量化解，乃至烟消云散，使得田亩清查终有起色，拉林河两岸出现了片片新庄。不过此种做法也引起一些富豪、劣绅、大户的强烈不满，认为触犯了家族的利益，因而结下了切齿仇恨，埋下了祸根。范家堡子的庄主范蔼仁就是其中之一，此人乃辽东地方一霸，朝廷、盛京皆有靠山，若出手予以惩治，那将是牵一发而动全身。他孤假虎威，肆无忌惮，跟富俊所设的清查田亩行辕对着干，有时在明处，有时在暗处，恨不得把这些官兵一个个掐死、害死才出气。

耿直、正义、有股子倔脾气、咬死理儿的富俊对这一切心知肚明，不过根本没在乎，并下决心非同范蔼仁干到底、拔掉这根毒钉不可。他身体力行，无论是烈日炎炎的夏季，还是北风凛冽的冬季，双城堡的大地上总能见到其率领八旗官兵清丈土地的身影。渴了喝口清泉水，饿了嚼块硬干粮，从不叫苦，无一句怨言。当地百姓看在眼里，记在心里，为朝廷有这样一位清官拍手叫好儿，无数次感动得热泪盈眶。富俊有自己的人生信条，在所住的小土屋墙壁上画了一方棋盘，棋盘上放了个"卒"字儿的棋子，说道："你们别小看这个'卒'，一盘棋的胜负关键在于'卒'，人的一生能充当好卒子足矣。"正如所言，他既是个马前卒，又是个为旗民调停争端的和事佬，哪里需要便到哪里去，多么棘手、复杂的难解之事都能迎刃而解。富俊有句口头禅："老天让我来到世间，命中注定就是帮人解麻团儿。"由此得一绰号"解麻团将军"。有关这方面的故事太多了，在双城、拉林一带广为流传，朱伯西我不妨给大家讲几段儿。

第一个故事　脱坯师傅

富俊及其率领的八旗官兵所承担之差务不轻，除了清查田亩、重新登记造册、解决旗民之间的土地纷争外，还要安置准备在辽东安家落户的旗人和汉人。住在双城、拉林河一带的居民大多是坐地户，也有一些是打京师移驻到此的闲散旗民，还有一些是从外地返回故乡的。这部分人来到此地后，首先得有个住处，需将他们安置在平原地带，为其盖房子，分给土地。这些土地中，有的是未经开垦的荒地，有的是从未耕种过的生地，有的是已停止耕种的撂荒地，有的是多年耕种的熟地。自家种也行，搭伙儿种也可，就是不准外租，外租土地违法。

那么，当时原本住在京师的闲散旗人日子过得好好儿的，为啥跑乡下来了呢？皆因皇上下了御旨，令其搬离京师，移驻辽东。说实在的，其中大多数人不愿去，可不愿挪窝儿也得挪呀，谁敢违抗圣命啊，脑袋还要不要了？无奈之下，只好携家带口前往。此举对他们而言是个巨变，原先在城里不愁吃不愁穿，冻不着饿不着，想干啥就干啥。想去馆子撮一顿不用现找，满街都是，随便挑；想出去散散心，有的是美景可供欣赏，十几天逛不完；想消遣解闷儿就去戏楼，各个戏班儿犹如走马灯般登台献艺，想听哪出点哪出。舒服自在，悠哉游哉，早已习惯于那种乐天知命的生活了。这回移居乡下可倒好，终朝每日面朝黄土背朝天，农活儿不会干，播种、间苗儿全不懂，连牲口都不知怎么使唤，纯粹是找罪遭、卖苦大力来了。故而初始个个情绪不高，愁眉紧锁，后来才渐渐好些了。按照规定，凡是从城里移驻到乡间或返回故地的，朝廷动用国库银两为每户盖房4间，11丈宽，20丈长，四周围上用土坯垒的院墙。随着移驻的旗人越来越多，行辕忙不过来，就得雇佣当地的住户和泥瓦匠帮忙盖房子。请到谁皆乐而为之，先伐木截成段儿做檩子支起房架，再和泥脱土坯砌墙，最后垒院墙。还是人多好干活儿，大家齐动手，速度挺快，一座座房子立起来了，院墙也围上了，看上去蛮像样儿。

单说有一旗户，家中5口人，一对儿老夫妇和两个孙女，惟一的儿子尚在云南从军。老头儿乃尼玛察氏，即满洲杨姓，原是本地人，年轻时身强力壮，勤劳能干，木匠活儿有一套，是个好把式。到成亲的年龄了，经媒人介绍，将邻村的瓜尔佳氏，即满洲关姓姑娘娶进了家门，婚后先后生下两个男孩儿，其中一个没满月就夭折了。儿子10岁那年，夫妻二人携子去了京师，安顿下来后，仍以干木匠活儿为生。后来儿子长大成人了，也娶媳妇儿了，相继生下两个女儿，一家6口其乐融融。儿子25岁那年入了军旅，将妻子、女儿留在家中，由阿玛、额娘照管，老夫妇俩可谓尽心尽力。3年前，儿媳突患重病，虽多方求医问药，但无回天之力，最终还是走了，全家哭成一团。老夫妇俩尽管在京师居住多年，却一直思念着故土，总觉得城里不如乡下自在，这次便带着两个孙女回到老家，按规定住进了刚刚盖完的新房，只是院墙还未垒上。老夫妇俩60多岁了，早已不比当年，身子骨儿都不好，老头儿齁噜气喘，老太太直不起腰来，根本干不了活儿。两个孙女是在城里出生的，大的15岁，小的13岁，没见过地咋种的、房子咋盖的，更别说脱坯、砌

第四章　乱世重逢

墙了。

这天头响，富俊安排完行辕的事儿，身着民装一个人出得门来，打算去各处转转，看看那些从京师移驻至此的旗民安置得怎么样了。当走到行辕大西头儿时，见前面不远处有户人家，房子已经盖好了，院墙尚未垒，屋外有人影儿晃动。于是快步走到跟前，抬眼一瞅，南墙窗下堆着一堆土，里面搀些干草，两个闺女正在土堆旁边忙乎着，一个吃力地拎起半桶水往土堆中间儿倒，一个笨手笨脚地用铁锹和泥，泥点子崩得哪儿都是，活儿没干咋样，自己快成泥人了。还有两位老者，老头儿蹲在东墙根儿，双目不错眼珠儿地盯着那两个闺女，时不时地指点几句，说一句得喘半天，看上去既着急又无奈，老太太站在一边直抹眼泪。富俊开口问道："老哥哥、老嫂子，急的哪门子呀？垒院墙的银子不是拨给各家各户了么，是没找到帮工还是咋的？"

老太太打了个唉声道："咳，银子是发到手了，舍不得用啊！3年前，儿媳得病死了，在云南八旗军营的儿子年纪不算大，不能总孤单一人生活，将来回到家得续弦，手头儿没钱哪行？所以我就把垒院墙的银子留下了，寻思不雇帮工了，还是自个儿干吧，好歹砌上能用就成。可你看见了吧，俩孙女吃奶的劲儿都使出来了，不会干哪，怎么也和不成这泥了，更别指望砌墙了。一早来了位拨什库帮忙，去井边提来两担水，没一会儿却因有事被人叫走了。孩子她爷爷老毛病又犯了，上气不接下气的，不仅干不了活儿，说话还费劲，愁死人了。老兄弟，能不能指点指点我孙女，这泥得怎么和、院墙得怎么砌？"

富俊笑道："行啊，老嫂子，不瞒您说，和泥、垒墙我是内行，跟谁都敢比试。这么的吧，外头风大，老哥哥本来就气喘，禁不得风吹，你俩进屋歇着，活儿由我来干，两个孙女打下手儿。"

老太太很是过意不去，忙道："哎呀，哪能麻烦老兄弟呢，也是一把年纪了，不能受累了，只需告诉她们咋干就行了。"

富俊风趣地说："老嫂子，您可小看老弟了，身板儿硬朗着呢，若是来个骑马蹲裆式，几条牛不见得拽得动。放心吧，累不着，没事儿，赶紧进屋吧！"

老太太一看拗不过，也就不再吱声儿了，弯下身扶起老伴儿相互搀扶着回屋了。富俊把衣袖儿、裤腿儿挽起，脱下鞋子放在一边，拎起木桶往土堆中间儿又倒了些水，光着脚在土堆里来回走着和泥，两个闺女也跟着照做。泥和好后，富俊拿过做土坯的木头模子放在地上，吩咐道："丫头哇，你俩用锹撮泥，倒进这个木框儿内。"

两个闺女乖乖按其所说一锹一锹地撮起泥倒进模子里，富俊则用铁铲将泥抹平、压实，然后把模子往起一拔，土坯便脱成了。3人在泥堆前忙得不亦乐乎，又撮泥又拔模子的，收效蛮显著呢，一块块的土坯摆了一地。那对儿老夫妇在屋里哪能坐得住哇，出来好几次，老太太边看边说："老兄弟，辛苦了，你是个热心肠儿，可帮了大忙了，谢谢了，否则不知猴年马月才能把院墙垒上。才刚我说朝廷发的那银子给儿子留着娶媳妇，看来不用了，等他回家后自己挣吧，银子应该给你才是呀！"

富俊嘿嘿笑道："老嫂子，不用客气，呆着也是呆着，不如干点活儿活动活动筋骨，这多舒服哇，银子还是给儿子留着吧！"

老太太问道："老兄弟，敢问尊姓大名，家住何处？"

富俊摆摆手道："老嫂子，不用问了，咱们是邻居，前后院儿住着，啥说没有，伸把手是应该的。"

老太太听罢，转身回了屋，端出一碗温水递给富俊道："老兄弟，喝口水润润嗓子，岁数不饶人哪，歇一会儿吧！"

富俊接过碗咕嘟咕嘟一口气喝个精光，抹抹嘴道："老嫂子，我不累，别忙乎了，院子里又是泥又是水的，小心摔着，快扶老哥回屋吧！"

老太太见自己帮不上啥忙，反倒碍手碍脚的，只好嘱咐两个孙女多学着点儿，给脱坯师傅当好下手儿，随后扶着老伴儿进屋了。说起来脱坯是个挺累的活儿，挑水呀，和泥呀，没把子力气还真干不动，壮小伙子干一会儿也得满头大汗，何况老者和十多岁的小姑娘呢？富俊此刻浑身上下没块儿干净地方，脸上也崩了不少泥点子，再与汗水混在一起，已瞅不出原来的模样了，即使站在谁面前，也不一定认得出此乃行辕的官员。你还别说，先头确有几位骑兵打此经过，富俊见属下的人来了，忙把头上的大草帽向下一压，蹲下身往起拔模子，骑兵竟然真就没认出自己的上司。

3人干得正欢呢，富俊偶然一抬头，远远看见宝靖阿急匆匆地朝这边走。老家人怎么来了呢？原来到了晌午，宝靖阿未见主子转回，心有些不落体，站也不是，坐也不是，上哪儿去了呢？他知道大人很忙，天天不是去这儿，就是去那儿，一大堆事儿等着处理。不过即使再忙，人是铁饭是钢，一顿不吃饿得慌，总得用午膳哪，于是出得行辕大门各处寻。东瞧瞧，西望望，再往前瞅瞅，忽然发现一户人家窗前干活儿的那人衣着很像主子，遂大声儿喊道："大人，大人！"

第四章　乱世重逢

富俊装作未听见，也不吭声儿，蹲在地上该干啥干啥。两个闺女抬头看了看，以为在喊别人，便没在意，继续往模子里撮泥。宝靖阿走到富俊跟前弯下身一瞅，没错，正是主子，脱口惊问道："哎哟，大人，咋脱上土坯了？"

富俊扭过头冲其摆摆手道："小点声儿，别嚷嚷！"

宝靖阿仔细一打量，主子挽着袖子、裤腿儿，满身泥点子，脸上还有泥道子，简直成地地道道的泥腿子了，一时竟不知说啥好了，局促地站在一旁。富俊却不以为然，冲其唤道："老哥，别光站着呀，过来伸把手，帮我把这些泥都脱成坯，明个儿还得用呢！"

宝靖阿当然得听主子的，二话没说，赶忙脱下外罩，拿把铁锹又撮泥又拔模子的，一直干到掌灯时分，脱了180块土坯，主仆二人方返回行辕。

转天一早，宝靖阿引领着4个兵丁又来到那户人家门前，不歇气儿地连续脱了360块土坯，两天加起来拢共540块，差不多够了，待土坯干后便可垒院墙了。老夫妇俩未见老兄弟来，便打听昨个儿是从哪儿来的脱坯师傅啊？一连问了好几遍，宝靖阿才朝行辕大营方向一指道："不远，从那边来的，是你们的屯邻。"

老太太感叹不已，说道："那位脱坯师傅勤劳又善良，干了一大天活儿，不吃一口饭，不要一文钱，天底下哪有这样好的人哪！"

老两口儿后来才知帮自家脱坯的老兄弟竟是清查田亩行辕的大官富俊，此前曾三任吉林将军，乃朝廷的一品大员。脱坯师傅的故事很快便在辽东大地一阵风般传开了，越传越远，尽人皆知。

第二个故事　看牛棚的老头儿

按朝廷之规定，从京师移驻辽东的闲散旗民以及返乡之人除了能住上新房子、分得土地外，还给耕牛、牛具、锹、镐、犁杖等，并发些生活所需之银两和日用品。依照什么标准分配呢？通常情况下，每户给一头能干活儿的牛、一副牛具，外加一头猪，根据每个家庭劳动力的状况不同而分配不同的牛。劳力强的，一般分给相对体弱一些的牛犊子；劳力差的，不单单急需牲畜耕地、还需干些杂活儿，分得的则是成年牛，膘肥体壮。人口多的人家所得土地也多，故而给两头牛、两副牛具，外加一至两头猪，力求公平合理。有一天下晌，富俊途经一个刚组建不久、尚未取名儿的小屯子，见一座座房子基本盖好了，新来的旗民都住进去了，耕牛也分到户了，一派祥和的景象。当走到屯子东头儿时，发现前边不远处，七八头耕牛正悠闲地啃吃着地上的嫩草，旁边围了一堆人，有的高声儿嚷嚷着，有的扯开嗓门儿喊叫着，有的面红耳赤地争执着，还有两个壮汉已厮打在一起。富俊一看，这成何体统，急忙三步并作两步地跑到壮汉跟前边拉架边制止道："快松手！一个屯儿住着，低头不见抬头见的，怎么打起架来了？朝廷拨银给咱们盖新房子，分给土地、耕牛，是让大家安安稳稳过太平日子，不是比试谁胳膊粗力气大，这么做不怕坏了在旗兄弟的名声啊？"

两个壮汉像未听见似的，一个拽着对方的脖领子，一个薅着对方的头发，谁也没松手，就那么僵持着。富俊见不奏效，只好用力掰开双方的手将其拉开，板着脸说道："像话么，不觉得丢人哪？无论缘何都不该动手啊，哪像个男子汉大丈夫哇！"

两个壮汉仍不理茬儿，其中那个中溜个儿的指着高个儿的鼻尖儿吼道："你还是人么，咋胡说八道呢，那头黄牛明明分给我家了，啥时候成你家的了？"

高个儿一百个不服："你才胡说八道呢，睁大眼睛好好儿看看，本来就是我家的牛，凭啥硬说是你家的？"

富俊听明白了，原来是因分不清哪头牛是谁家的而引起了争执，觉得又好气又好笑。怎么回事呢？每家每户分得的耕牛是从赤峰那边买来的，其中黄牛居多，别的颜色较少。头头皆挺结实，蹄子、犄角不大，个头儿几乎一般高，大多是一两岁的牛犊子。此屯共13户人家，人口都不多，全是新安置的旗人。每户得到一头牛，因为刚刚分至各家，所以这些牛尚不认识自家的主人。分配耕牛时，富俊曾叮嘱属下一位拨什库："你带着兵丁把牛牵到各户后，让他们先在院内立根木桩子，将牛拴上。拴个十天半拉儿月的，加之亲自饲养，牛就认识主人了。这个期间，要抓紧盖牛棚，以防风、防雨、防寒、防野兽侵袭，耕牛便会安稳地呆在里面。不要嫌麻烦，一样儿一样儿地教他们做，人家一直住在城里，哪接触过这些呀，慢慢才会懂。"拨什库听令，领着兵丁将耕牛牵到各家各户并详细交代一番后，由于新组建的村屯挺多，转而又去另一个屯子了。或许是家主没注意听，或许是未当回事儿，除四五家把牛拴在院内的桩子上外，多数人家没拴。牛犊子喜欢聚群，未被拴的很快凑到了一起，况且黄牛颇多，站在一块儿都一样，便分不清哪头牛是谁家

第四章 乱世重逢

625

的了。于是大伙儿就在牛群旁挑开了,谁不想要好的呀,往往看哪头身量儿高、体又壮就说是自家的。那头牛的主人一听当然不干了,净想美事呢,我的牛咋成你的了?再敢胡掰跟你拼命!你一言我一语的互不相让,从吵吵发展到动手,这不就打起来了。

富俊弄清此情后,耐心地劝解道:"乡亲们,不要吵了,同住一地,同吃一口井里的水那是缘分,亲兄弟还不一定能常见面呢,邻居可是天天见。无论如何别为小事儿伤了和气,应像一家人一样相处,真要舌头碰到牙了,也得有话好好儿说不是?"

那个高个儿壮汉一边上上下下打量着富俊,一边不是好气儿地说:"哎,你是谁呀,真是站着说话不腰疼,挺爱管闲事儿呢!"

富俊并不介意,笑了笑道:"我到这儿两年多了,住在前屯,咱们算是邻里,没事儿出来溜达溜达,正好碰上你们了。各位是从京师来的吧?大家刚刚安顿下来,相互之间尚不认识,用不多长时间就熟悉了。居家过日子不易,谁都有求着谁的时候,只要互相帮助,互相关照,没有解决不了的事儿。"

高个儿壮汉态度有所缓和:"说得倒也是,谁都不愿吵架,应该好好儿相处,可这牛咋能分得清啊?"

富俊摆摆手道:"没啥难的,好办,我给大家出个招儿。今年开春时,为建这个屯子,砍伐了不少树用来盖房子,有些没用上的倒木仍堆在山下。你们这就去抬回来,人多好干活儿,先搭处牛棚再说。"

在场的人倒挺听话,呼呼啦啦地全去了,到了山根儿底下,两人一伙儿抬回一些倒木,很快便搭起一个大牛棚。富俊围着牛棚转了一圈儿,点点头道:"嗯,搭得还不赖,乡亲们若是信得着,辨牛之事就交给老夫了。今儿个是来不及了,天快黑了,明儿个一早,谁家的牛还给谁,肯定错不了。我比你们早来两年,行辕的那些官兵也都认识,会向他们打听出哪头牛是谁家的。现在请各位按老夫说的做,将那8头牛赶进牛棚里,我给大伙儿看着。"

此话一出,在场的人无不愕然:"嘿,这老头儿莫非是吃饱撑的,干点啥儿不好,却有闲心给别人看牛棚?"

一位中年妇女直言不讳地问道:"老人家,我没听错吧,不计报酬白给看?"

富俊回道:"当然了,白看,一文不要,谁让咱是邻里了。只要大家和和气气的不吵架,遇事好好儿商量,老夫就高兴。噢,对了,谁去西边那个屯子把行辕的拨什库找来？"

一瘦长脸膛儿的后生应声儿道："我去！"说着撒丫子就跑走了。到了西屯，找到正在带领兵丁各处巡查的拨什库，告诉他："有个老头儿闲来无事溜达到我们屯儿，主动提出晚上为大伙儿看牛棚，让你赶紧去一趟。"

拨什库心里划了魂儿："这是谁呀？真够怪的，竟自告奋勇地帮着看牛棚，牛棚还用看吗？不管咋的，去瞧瞧再说。"想至此，向兵丁们交代一番后，便跟着后生走了。

二人进了屯子，径直来到东头儿，拨什库一看，原来所谓的老头儿不是别个，而是自己的顶头上司。刚要施礼，富俊忙冲其摆了摆手并使了个眼色，意思是礼节免了，不要声张，然后面冲人群说道："好了，天不早了，都回去歇着吧。大家也看到了，今晚老夫和这位拨什库一块儿看牛棚，明天一早谁的牛谁领回，说话算数，放心吧！"

大伙儿你看看我，我瞅瞅你，谁也没吱声儿，三三两两地各回各家了。待最后一个人离去后，富俊这才回过头来板着脸批评拨什库："我早就提醒过你，把牛牵到各户时，一定要教他们怎么饲养，怎么管理，讲明为啥必须入棚。你可倒好，如此粗枝大叶，原本可以避免的岔子，却由于交代得不细而引起了旗人间的冲突，不应该呀！"

拨什库低着头诺诺称是，知道大人对下属要求很严，哪儿敢辩解呀，只剩下虚心认错儿的份儿了。那么，富俊将如何辨识这8头牛的归属呢？各位有所不知，此前他曾留一手儿，在给各户分拨耕牛时，每头牛皆有标号，用刀刻在犄角的下方，那就是牛的印记，并一一予以登记造册。当天晚上，富俊打发拨什库返到行辕，取出此屯分配耕牛的登记册带回，二人按册比对，把每户分得的几号牛一头一头找出来，再为每头牛系上不同颜色的彩带作为标记。第二天一早，富俊开始给各户按号返牛，并讲明其根据，大伙儿高高兴兴地领到手后满意而去。此事不胫而走，当旗民们知道又拉架又看牛棚的老头儿真实身份时，无不感慨万端，纷纷竖起大拇指称赞不已。

第三个故事　好心的巴彦玛发

这个故事同样发生在一个组建不久的无名小屯儿，行辕为各家各户分拨了耕牛，还给送些柴米油盐以及生活所需之银两，每人60钱。屯中的住户中,其中有两家是从京师来辽东的路上认识的,一家扎拉里氏,即满洲张姓;一家吴扎拉氏,即满洲吴姓。张家4口人,一对儿老夫妇和儿子、儿媳,按规定领取生活费四六二百四十钱,即二两多银子。分得 10 垧熟地,加上多要的 3 垧生地,拢共 13 垧。吴家是父子俩,按规定领取生活费二六一百二十钱银子,分得 5 垧熟地。这一日,张老汉来找吴老汉,说道:"老弟呀,有件事儿咱商量商量,我家地多,种不过来,能不能让你儿壮壮给我家帮工,到秋后以一定数量的粮食作为报酬,你看咋样?"

吴老汉寻思一会儿,觉得也行,壮壮身板儿结实,有的是力气,种地累不死人,还能挣回口粮,便爽快地答应了。就这样,吴老汉的儿子壮壮去了张家,张姓的四口之家变成 5 口了,一块儿种那 13 垧地。

单说此前,张老汉的老伴儿娄氏生怕领取到手的二两多生活用银丢喽,放到哪儿都觉得不安全,故而今儿个藏这儿,明儿个塞那儿,天天换地方。一来二去的,自己有时也糊涂了,记不得放哪儿了。就在壮壮来的第二天,娄氏想把银子再换个地儿,却说啥找不着了,炕席底下、被垛里、墙旮旯儿全翻遍了也没有。张家老少急得团团转,娄氏更是哭得鼻涕一把泪一把的,待静下心来一想,自家人不会拿,一准被外人偷走了。能是谁呢?噢,对了,帮工昨儿个刚到,今儿个银子就丢了,十有八九是他干的,随即叫来壮壮兴师问罪。小伙子这个窝火呀,气得连跺脚带叫屈的,才来两天就遭怀疑,我怎么知道银子放在哪儿?若是查不清,还不得背一辈子黑锅呀,简直冤出大天了!

吴老汉得知后,立马操起棍子来到了张家,进屋不分青红皂白地举起棍子就打儿子,边打边说:"你个不争气的混账,竟干这种缺德事儿,再穷也不能偷哇!"

壮壮一面躲闪一面辩解道:"阿玛,冤枉啊,纯粹是诬良为盗。若真是我干的,天打五雷轰,不得好死!"

谁的孩子谁了解,吴老汉相信一向老实厚道的儿子不会干这种事,遂转过头冲张老汉说道:"听见了吧,钱不是壮壮偷的,未承想帮工倒帮出不是来了,怎能无端往我儿头上扣屎盆子呢?"

娄氏当即不爱听了,阴阳怪气地嘲讽道:"哎呀,那可就奇了,我家除了壮壮无外人,若是没人拿,难道是银子长腿儿跑了?还是长膀儿飞了?"

吴老汉和壮壮寸步不让,反唇相讥,两家人各说各的理,吵得不可开交。这时，富俊正巧从门前经过，听见屋内哭的哭、叫的叫、喊的喊，房盖儿几乎快掀开了。哎，这是为啥呢？不妨看个究竟，随手推门进去了。两家人扭头一瞅，来个陌生人，反正都是新安置在屯子的，管他是谁呢，也没在意，回过头接着吵。富俊问道："怎么了？大伙儿好不容易凑到一起，干吗吵架呀？都消消火儿，说说缘由我听听。"

气得脸红脖子粗的吴老汉首先开口道："老哥哥，你说哪有这种事儿呀，我们两家是来辽东的路上认识的，一边走一边聊，唠得挺投缘，到这儿以后处得也挺好。他家连生地带熟地分了13垧，我家分了5垧熟地，没另要生地，寻思人口少，只爷儿俩，够吃就行了。他家地多，人手不够，张大哥便找到我，说是能否让我儿壮壮到他家帮工，咱也别算细账，到秋后给些粮食顶帮工钱。我当时是出于好心，一个大小伙子闲着也是闲着，邻里乡亲的住着，能帮则帮嘛，便应下了。哪知壮壮去的第二天，朝廷发给张家的二两多银子找不着了，一口咬定是帮工偷走了。我闻听后啥话没说，来了就把儿子揍了一顿，壮壮一再叫屈，发誓从未拿过一文银子。儿子是自己养的，能不知其脾气、禀性、啥人品么，我认定壮壮不会偷别人的钱，这个保票还是敢打的。可他家不相信，劈头盖脸连损带冤的，谁能让啊，就跟他们掰扯起来了。如此诬赖好人，哪儿敢继续帮工啊？不干了！"

娄氏听罢，气得嘴唇直哆嗦，手指吴老汉连珠炮般数落开了："老吴头儿，你想得倒美，一拍屁股走人哪，没那么容易！你打保票？说得好听，这年头谁敢给谁打保票，你是他肚子里的蛔虫啊，年纪轻轻不学好的有的是。我问你，不是壮壮偷的谁偷的？那些银子一直放在家里，从未动用过，也未少过一文。可你儿子一来钱就没了，而且连窝端，还口口声声称自己没拿。自家人总不会偷自家吧，你不觉得太邪门儿了吗？虽然未抓到现行，但明眼人一看便知跑不了壮壮，别无理狡辩了，那没用！"

富俊说道："行了，行了，别急也别恼，都别说了。这样吧，我来给你们断断，看看银子到底丢了没有，眼下在哪儿，可否？"

两家人异口同声地表示道："那敢情好，快给断断吧，要不都成心病了，先谢谢了！"

于是富俊让壮壮跟自己进了后面的小暖阁，向其询问昨儿个什么时辰来到张家的、啥时候出的工、晚上在哪屋歇息、今儿个是否出工等，壮壮不假思索的一一作答。原来小伙子昨儿个一早便到了张家，本身又

第四章 乱世重逢

恨活儿，是个急茬儿。未待气儿喘匀呢，就扛起锄头下地了，午饭是娄氏送到地头儿的，直到太阳落山方收工。壮壮洗了把脸后，与张家人一块儿在厨房用罢晚膳，觉得有点儿累，屋里、院外全没转，直接回到指定的房间歇息了，一觉睡到大天亮。吃完早饭又下地了，午饭仍是娄氏送至地头儿的，傍黑儿时回到张家便听说银子丢了。富俊据此分析，壮壮来到张家后，接连两天出满工，除了自己歇息的房间，未到其他屋子去过，故而不可能知道家中有多少银子以及放在哪儿，怎么会拿呢？况且也没机会。为了把握起见，富俊又经反复询问，壮壮神态自若，每次回答都一样，没有任何出入，可以肯定丢银子与他无关。这才与壮壮回到前屋，对吴老汉说："老弟呀，你们爷儿俩回家等着，我再问问。"

吴老汉点点头道："好，我听老哥的，只要能还儿子清白，等几天都行！"说完拉着壮壮转身出屋了。

富俊目送父子俩离去后，转过头来问娄氏："弟妹呀，置放或取出银子时，被外人看见过吗？"

娄氏回道："没有，外人看不见，每次都是关起门来办的。"

"银子放于何处，家里人是否全知晓？"

"只有我知道，有时也告诉老伴儿，儿子、儿媳不知。"

"时常变换地方吗？"

"是呀，总换，三天两头儿挪个地儿。"

富俊紧接着又问："最后这次是啥时候挪的，放在什么地方了？"

娄氏摸摸脑门儿想了想，然后答曰："是壮壮来的头天晚上挪的，好像是放在炕琴中间儿那个抽屉里了……噢，不对，放在一个小扁匣的二层格里了？也不是，或许藏在一件久未上身的旗袍儿内兜了？唉，到底放哪儿有点儿记不清了，不过所有可藏之地都翻遍了也未找到。老哥哥，咋办哪，那是朝廷发给的安家费，很多东西未来得及买呢，眨眼间全丢了，往后一家老小的日子可怎么过？我真是没用啊，白活呀！"

富俊劝慰道："弟妹呀，别上火，我估计那银子没丢，仍在家里，只是记不准放在什么地方了。看得出来，你们一家也不是不讲理的人，没想故意讹赖壮壮，一时情急而已。"说到这儿，从内怀掏出一个红布包儿递给娄氏道："这3两纹银你们先用着，家里的银子继续找，找到了就还我，找不着就送给你们了。人与人之间在交往过程中，难免出现这样那样的摩擦或矛盾，应怎么解决呢？就是不能凭想当然办事，进而出口伤人。要重证据，以和为贵，不能给满洲人脸上抹黑。"

娄氏听后，脸腾地红了，觉得自己方才对吴家父子有些过分，没有根据胡乱猜忌，致使人家无端受过，实在不该，表示不能收下那3两纹银。富俊又道："弟妹呀，别客气，我一个老头子花不了这么多，暂时也没有用钱的地儿，拿着吧！咱们前后屯住着，乡里乡亲的，这不算啥。"

娄氏见素不相识的老者如此诚心诚意相帮，很受感动，眼睛也湿润了。想到现在确实急需银子安家，这才伸手接过，施礼致谢道："老哥哥，谢谢您雪中送炭，帮我们大忙了，真是好心的巴彦玛发呀！咱认识一回，请问尊姓大名、住在哪个屯儿？日后也好串个门儿，常走动走动。"

富俊回道："老夫卓特氏，住在前屯，道西有片土坯房，到那儿就找着我了。"

张家来到此地不多日子，对周围的环境尚不熟悉，不知老哥所说的前屯具体指哪个屯子，还要再问时，富俊已转身出屋离去了。

3天后，张家夫妇和吴家父子一块儿去前屯找好心的巴彦玛发，到那儿一看，哪有什么屯子呀，只有处军营，经向一过路的后生打听，方知此乃吉林将军衙门设立之清查田亩行辕。4人走到门岗跟前说明来意，刚巧班布泰从院内出来，一听是找巴彦玛发的，估计指的是爷爷，便热情地引领他们去了东数第三间房子。此刻，富俊正坐在桌案前低头翻阅着已经核准的土地档册，身后站着两位亲随。4人进了屋，见正前方坐着一位老者，定睛一瞅，当即怔住了，哎呀，这不就是咱们要找的巴彦玛发嘛，原来是位八旗高官哪！富俊抬起头来，笑呵呵地打招呼道："你们来了，怎么，看上去是和好如初了？"

娄氏先施万福，然后从衣兜儿掏出个红布包儿道："老哥哥，是我错了，脑袋浑又犯疑，让孩子受了委屈。我那天晚上把银子放在碗架子后头就忘了，昨儿个打扫灶屋时才发现，一文没少。今儿个来，一是为拜望恩人，二是为还钱，这是3两纹银，请收好。"

富俊说道："找着就行了，这钱我不要了，送给你们两家了，一家一两五，刚刚安顿下来，正需要银子呢！你们是近邻，跟一家人没啥区别，往后好好儿相处，遇事多动脑，三思而后行。壮壮是个好后生，出外帮工却被家主冤枉，但并未因此而记仇，这就对了。人与人之间多些理解、宽容，社会方能安定、和谐，你们说是不是这个理儿呀？"

张家夫妇和吴家父子纷纷点头称是，连连鞠躬施礼，感谢好心的巴

第四章 乱世重逢

彦玛发缕析银踪。

诸位阿哥，富俊亲民、爱民的故事太多了，三天三夜讲不完，咱就不占用那么多时间了，还是把话拉回来，书归正传。就在富俊带领官兵为完成皇上交办的要务而竭尽全力的时候，接到了朝廷的折子，令他暂时结束清查田亩行辕诸务，赶赴吉林将军衙门大堂，就任吉林将军。其时，田亩清查仍在有序的进行，一部分旗户所占之土地已丈量完毕，一些转租、出让、转卖之陈年老账基本弄清，但与此有关的材料尚未得到全部认证，还有很多急待处理的事儿没来得及做。这种情况下，行辕只要已经展开调查了，就不好抽身，既需弄清数字之账，又需梳理同一家族甚至不同姓氏的传袭之账，光这些流水账就多了去了，卷宗堆起几大摞，下个准确的结论实乃不易。还有一种情况，某家某户所占有的土地数额究竟多少，往往是这家原先曾由吉林将军认定过，后来又经黑龙江将军二次认定；那家原先曾由伊兰将军认定过，后来又经盛京将军二次认定，前后不统一。此次要想重新甄别，确定归属，除了仔细审阅卷宗外，还需下去了解、调查其源头，官兵们已经这么做了，而且初见成效。富俊考虑到如果中途停手，所做过的那些将前功尽弃，太可惜了。如果继续往下查，抽丝剥茧得需一定的时间，起码现在不能动身赴吉。加之身边的四品护卫、佐领班布泰已同庞荣去蛟河一带寻找线索了，尚未返回，其结果不得而知，故而打算等三两天，二人回来后再一起去江城。无奈朝廷催得紧，连下3次急折，由细作①飞马打京师送到盛京，再从盛京转送双城堡。折中要求无论如何先放下手中的差务，赶快起程，吉林将军衙门不可一日空缺将军，并强调若误了行期而出现闪错，一切后果均由富俊承担。富俊一看拖不了，谁敢抗旨呀？脑袋要不要了，责任也负不起呀！于是命官兵停止调查，回到行辕，速行整理。要求账本按大清年代的前后顺序排列、归拢，一摞摞的卷宗用绳子捆上，一应文书、档册等全部入箱，不可折损或遗漏，待一切就绪，连同账本、卷宗一块儿由马驮护军送往江城。匆忙中，又草拟一纸信函留给在行辕处理后事的十人长宋起，让其见到班布泰后交之。亲随准备护送大人赴吉，富俊却拒绝道："不用，大可不必为我担心，自有安排，让宝靖阿陪着就行了。你们要记住，务必好生照管那些账目、卷宗、文书、档册等，不得由于粗心大意而出丝毫纰漏。此乃咱们的命根子，也是将

---

① 细作：满语，送信人。

近5年的辛劳成果,一定安全带回吉林将军衙门,以便给朝廷一个交代。"亲随诺诺称是,并请大人放心,保证万无一失,不会少一页纸头。

说起来,从嘉庆七年至道光三年,前后共10届、6位吉林将军坐镇吉林将军衙门,有秀林、富俊、赛冲阿、喜明、松菻、松筠,其中在治理上屡见成效、功绩显著的当数声誉颇高的富俊。由于他善于疏导,想方设法安抚民众,措施得力,起到了积极作用,方使吉林地方混乱的治安状况趋于平稳,一些矛盾得以缓和,故而两任皇帝4次派其去吉林做父母官,道光帝曾曰:"富俊心沉民,朕心慰焉。"富俊之所以多次任吉林将军,除了本人能力强、亲民爱民、勤于政务、忠于朝廷、受到天子的宠信外,还与两位老臣的极力举荐密不可分。他们都是封疆大吏,又是务实之人,对东北之民情了如指掌。曾为解决民间田亩纠纷绞尽脑汁、四处奔波,深知此事关系到龙兴之地的安宁,所以始终关注着朝廷选贤任能,把有才干之人用在刀刃上。

咱们先讲讲在史料中记述较少的松菻大人,隶属蒙古正蓝旗,乾隆朝进士,曾任热河副都统,嘉靖十五年八月调任吉林副都统。为人忠厚,不喜张扬,办差兢兢业业,像头老黄牛似的吃苦耐劳,尤其胸怀坦荡、不计个人得失是出了名的。嘉庆二十一年二月,他到西宁平息民乱时,走遍了大小村落,察访了家家户户,想尽一切办法阻止村屯与村屯、旗人与汉人之间的械斗,因为双方拉架受过3次刀伤。身边的亲随不干了,这还了得,竟敢一而再、再而三地伤害大人,欻的一声抽出利剑,非要置对方于死地不可。而松菻却捂着伤口说:"不可动手,人在气头儿上难免失控,造成误伤情有可原,勿要计较。"其爱护百姓之心、宽宏大量之举感动了现场所有人,纷纷扔掉了手中的家巴什儿,扑通通跪了满地,声泪俱下地向大人谢罪。自此,不仅械斗停止了,民乱平息了,松菻还给当地留下了"爱民如子的大好将军"之美名。

嘉庆二十二年初,松菻被皇上从西宁召回,任命为吉林将军。转年九月调任热河都统,处理蒙边诸务,在其推荐下,由富俊接任吉林将军。一年后,即嘉庆二十四年十一月,鉴于富俊头脑机敏、应变能力强、有一口流利的俄语、此前曾接触过外交事务、多次就中俄边界之争端与对方打交道等方面的因素,嘉庆帝下了御旨,任其为理藩院尚书,专司与俄罗斯交涉,并将松菻从热河召回,二任吉林将军。此时,松菻年事已高,身子骨儿不是很好,还患有失眠症。白天忙于翻阅文书,审理各类积案,感到疲倦时偶尔能打个盹儿。夜晚却不能入眠,心里总琢

第四章 乱世重逢

磨关乎百姓生计的一些事,越想越睡不着,只能翻来覆去苦熬长夜。时进道光三年六月,鉴于松𦬊的身体状况越来越差,难以处理衙门的日常事务,道光帝下旨,由正在内阁当差的松筠接任吉林将军。在松筠没有正式卸任、松𦬊已离任的这个当口儿,吉林将军衙门诸事堆积如山,松𦬊大人看着心急如焚,有时也去衙门过问一下。当年九月,在一次升堂审理此前曾经手的土地纠纷案时,松𦬊发问后,跪在地上的人正回禀呢,侍卫忽然发现老大人头靠在椅背上,微闭双目一动不动,似乎睡着了。待仔细一瞅,感到了异样,忙伸手试了试鼻息,已没了呼吸,老大人竟溘然离世了,享年80整。松𦬊将军重返吉林不到4年就走了,留下许多牵挂和遗憾,再不能为百姓排忧解难了,把那颗赤诚之心献给了这片黑土地,怎能不令人痛心、惋惜!

咱们再说说另一位与吉林有关的老大人,也是在皇上面前极力举荐富俊的伯乐,就是松筠将军,字湘浦,玛拉特氏,隶属蒙古正白旗。初始于理藩院任差,后升任内阁学士兼副都统,专司与俄罗斯交涉诸务,以其博学、睿智为乾隆帝所器重。当时,东北三地的封疆大吏必须面对两件大事,一件是与俄罗斯的边务纠纷,一件是旗民的土地归属之争,处理起来都很棘手,不仅需要称职的将军坐镇,属员也不能用孬种。然而10个指头伸出还不一般长呢,将军也好,属员也罢,见解有高有低,能力有强有弱,其办差效率大不一样,其仕途有顺有逆。有的热情很高,敢于挑重担,但由于缺乏经验,往往适得其反,致使解决问题不利而调离他任;有的缩手缩脚,面对急情没了章程,甚至束手无策,最后就地摔倒,被摘乌纱而返乡;有的既讲策略,又有魅力,及时发现症结所在,有针对性地速战速决而功名成就。松筠老大人乃其中的佼佼者,尽管年事已高,然思维敏捷,头脑清晰,记忆力不减当年。在与俄罗斯使臣就东北边务进行交涉时,态度恳切,言必有中,有理有据,寸步不让,很有民族气节,对方常常惧他三分。乾隆爷、嘉庆帝乃至道光帝对这位三朝元老所取得的成绩非常满意,对其办差能力给以了充分肯定,对其敦厚的品性称赞有加,为身边有这样一位谋士、重臣而龙心大悦。

松筠时年六十有九,比富俊年长7岁,是位好兄长,对老弟总是另眼相看。二人都曾于朝中任职,在长期的共事中,从同僚发展成知己,不仅意气相投,政见相同,行事作风也极为相似,皆雷厉风行,不拖泥带水,不以麾下呈文为依据,以亲自下去调查所得出的结论为准。属员们没有不知道他们的禀性啥样、如何为官的,办事不细不实、拈轻怕重、偷奸取巧、不身体力行者,甭想在其手下端饭碗,立马得走人。

道光三年九月,松菻老大人溘逝于吉林将军衙门大堂上,松筠此前已受命接任吉林将军。当时由于朝廷催得紧,所担差务没有来得及向下一任交代便从京师匆匆赴吉了,故而后任当涉及到一些与前任有关的疑难问题时,免不了找松筠商议,这就需要经常回京理事,一时难以脱手。无奈人的精力是有限的,何况那么一大把年纪了,两头儿跑哪受得了哇,顾得了这头儿顾不了那头儿。而且大部分时间得在京师,致使吉林将军衙门急待处理的大事小情堆积如山,衙门外前来诉讼的各方人等如云,大门几乎推不开了。这种情况下,道光帝准备重新物色一位一品官接任吉林将军,就不让松筠来回跑了,省得累坏了身子骨儿。松筠得知此情后,立马上奏折,推荐早已离开理藩院、于双城堡田亩清查行辕大营办差的富俊,说是奴才现在就可以走,但吉林让人放心不下呀,土地归属引起的纷争与旗人、汉人之间产生的矛盾搅合在一起,事儿太多了,没人坐镇哪行?富俊曾三任吉林将军,对那里的山山水水都很熟悉,在地方治理上积累了丰富的经验。如能让其再次执掌吉林将军大印,不失为明智之举,只有他到了,奴才方能走,否则不敢动。道光帝阅毕,放下奏折仔细思忖,觉得言之有理,遂与众臣商议。大家一致认为松筠老大人的举荐可谓慧眼识英雄,富俊德才兼备,智略过人,所作所为有目共睹,无可挑剔,没有比他更合适的人选了,尽快接任吉林将军乃当务之急,松筠方能得以彻底脱身回到朝中。道光帝采纳了众臣之言,于道光四年二月下旨,命仍在双城堡清查田亩的富俊速返江城,赴任吉林将军。其时,松筠的办差重点一直放在京师那边,吉林将军衙门已经七八个月没有将军正经八百坐镇了,将军之职实际上等于空缺,可见朝廷连下3次催折事出有因。

富俊担心此去江城路上不是很安全,因为清查田亩不可避免要得罪一些人,甚至由于强烈不满而结下了仇怨,他们或许会在暗地里窥探自己的行踪,以便伺机报复。他又不愿兴师动众,更不想让亲随陪同,于是决定微服出行,并让老家人宝靖阿也换换装,一同秘密前往。富俊扮成要账先生,身着藏青色团寿长袍儿,外罩"万"字坎肩儿,头戴顶端镶有红玛瑙珠儿的瓜皮小帽,骑一头很不起眼儿的褐色、白眼圈儿、大耳朵的小毛驴。宝靖阿身穿深蓝色长袍儿,肩挎褡裢袋,腰系鹿皮围裙,也骑着与富俊那头毛色差不多的小毛驴,手握短杆儿皮鞭,一看便知乃为主人背账本的奴仆。二人一大早就上路了,边走边吃喝着,一副

第四章 乱世重逢

悠闲自得的样儿。饿了去道边儿的小酒馆儿打尖,渴了喝口清泉水,累了歇一会儿,不急也不慌。可能是道上的毛驴客颇多,他们的衣着打扮与常人又没啥两样,故而不被路人所注意。天刚擦黑儿,二人便到了吉林城外,疲惫不堪的小毛驴伸直脖子仰天大吼,震耳欲聋,好像在说:"主人哪,总算要进城了,咱先去大车店喝口水吧,嗓子都冒烟了。"

宝靖阿拍了拍小毛驴笑道:"叫唤啥?忘不了你呀,快走吧!"随即又冲富俊说道:"萨克达额真,依老叟看,最好先不去府衙,一露面,那些伸冤告状的人还不得把大人围上啊,想歇歇脚都不容空儿。"

富俊问道:"老哥哥,你怎么知道我要去府衙?"

宝靖阿回道:"我观察额真多时了,一路上没说几句话,多美的景色也不看,净琢磨事儿了,恨不得一步就迈进府衙。老叟知道,额真此番重掌将军印乃临危受命,一大堆的难题等着您呢,肩上的担子不轻啊!可再着急也得悠着点儿,卷宗得一页一页看,积案得一桩一桩审理,矛盾得一个一个解决,心急吃不了热豆腐。远的不讲,就说眼面前儿吧,为了尽早赴任,您同官兵一起整理文书、档册,一连忙了两三天,到了晚上都不能很好安歇,总是合衣而卧,只要想起啥事儿了,立马起身就去办,这么下去哪行?铁打的身子也受不了。等会儿进了城,先找家客栈住下,睡上一宿好觉,养足精神,明儿个头晌再去府衙。何况班布泰还未回来,不知情况怎么样,有否收获,心里不托底。再有就是眼下仍在府衙任总管的秦名远及身边的狐群狗党得知您来坐镇了,能甘心么?必想尽办法设置障碍,制造麻烦,不能让您顺当就是了。因此请额真别着急,先仔细想想该怎么办,犹如下棋,待把棋子摆好了再走不为晚矣。"

诸位阿哥,听到了吧?富俊身边的这位老家人的的确确是其不可或缺的宝贝,最关心、最理解主子了,主仆二人可谓心心相印。宝靖阿猜得没错,他所讲的正是富俊所想的,只不过后者比前者思虑得更细致、更全面而已。富俊十分清楚,朝廷之所以连续3次飞马传书,令自己放下手中的差务,速去吉林将军衙门正堂,实乃出于无奈。因为人无分身之术,顾此失彼会误事的,松筠老大人已经尽力了。作为吉林将军,属地内的大事小情、是非利害皆应牢记在心并一一解决,如同一个医道高明的郎中,通过望闻问切弄清脉象及病之症结所在予以疗治一样。凡是地方官,必须牢记天、地、人3个关口,即天灾、地害、人祸。尤其是人祸关乎民生大计,务要做到心中有数,兵来将挡,水来土掩,经过疏通、安抚,达到平灾驱祸之目的。纵有千难,万死不辞,想方设法予以克服,使百姓安居乐业,方堪称为一地的父母官。

从嘉庆二十五年至道光四年已五载,总的来看,吉林地方天公还算作美,未给出太大的难题。只是道光初年夏季,松花江水涨至岸堤,百姓纷纷焚香祭祀神灵,请阿布卡恩都力护佑草本生灵,七八天后大水全线退去,除洼地的庄稼被淹外,其他地方基本保住了。还有一回是旱灾,发生在道光三年的春季,大地干裂,秧苗耷拉头,池塘干涸。幸好谷雨过后不久,龙王爷连续赐予两场透雨,紧接着暖阳高照,秧苗没有受到太大损失,旱情得以缓解。富俊认为吉林目前的老病症状仍是土地归属以及旗人与汉人之纷争,最大的矛盾来自官庄,官商勾结,鱼肉乡里,百姓怨声载道。身为庙堂之臣,既然食君禄,就应报皇恩,不能光占名分却不为社稷出力,必须有所作为。俗话讲得好:在其位,谋其政。当官的就是个泥瓦匠,对所守护之室该修补时得修补,除掉废坯,选用新坯,不可手软,不可姑息搪塞、畏葸不前。富俊之所以比老家人宝靖阿思虑得多,因其为掌印人,此印是皇上给的,千斤重啊,该如何掌?他很清楚吉林地方眼下仍保持着嘉庆二十五年的格局,纷争未结,矛盾未减,范家堡子的庄主范蔼仁没有被动一根汗毛,秦名远等不法之徒几次都像夹着尾巴的狼一样从眼皮底下溜过去了,这回就看你富俊有没有胆识、能不能收拾这些社会渣滓了。前些年,秦名远的恶行不是没败露过,无奈京师的一位侍郎为其说情,在任将军只好放过一马。加之他头脑灵活,善于阿谀奉承,攀亲道故有一套,又称松菻为姨父的,又拜松筠为义父的,故而受益颇多。后来二位老人知道其人品不怎么样,遂不再理会了,但并未依法处置,至今仍逍遥法外。

单说主仆二人进了吉林城门,跳下坐骑,富俊将手中的缰绳交给宝靖阿一块儿牵着,边往前走边思摸:"先上哪儿好呢?如果去府衙,真像老哥哥所言碰巧有告状的等在那儿,一准被围上,难以抽身。直接去客栈吧,也不妥。刚到江城,对一些新信息尚不掌握,总得扫听扫听,以便心里有底,不至于被动,一头钻进客房,向谁打听去?到老友家暂住一宿、顺便了解一下情况呢,好倒是好,不过那会给人家添些不必要的麻烦,影响夜晚安寝。"思来想去,一时拿不定主意,便对宝靖阿说:"老哥哥,这样吧,咱们往小河沿儿走,那儿有处客栈,几位老友的家离客栈不远,不妨先去看看再说。"

宝靖阿听后,立刻想到了大人所说的老友是谁,即曾在吉林将军衙

第四章 乱世重逢

门做门房的老夕旦赵西丹、马木斤等人，皆为嘉庆八年以后认识的。富俊首任吉林将军时，这几位老八旗都健在，身板儿蛮硬朗，相互之间以兄弟相称。特别是老赵头儿给人留下的印象深，心地善良，性情耿直，见着不公平的事儿就得管，有话说在面儿上，从不掖着藏着，是位受人尊敬的长者。宝靖阿与赵西丹、马木斤的关系挺密切，到一起有唠不完的嗑儿，很长时间没聚了，能不惦念么？所以富俊未开口之前，他就寻思过，最好能去两位老哥们儿家小歇，不仅能见上一面，还可叙谈叙谈。没承想大人也是这么个打算，与主子想到一块儿去了，高兴得咧嘴直乐。

主仆二人穿过街道，尽量避开过往行人，朝东边的小河沿儿走去。过了两袋烟的工夫便到了，远远望见岸边一块大石头上坐着两位白胡子老者，身旁各放一根拐杖，正直眉愣眼地往这边瞅呢！二人忽然同时站起身来，拿起拐杖就向富俊和宝靖阿走了过来，前头的那位边走边大声嚷嚷道："哎哟，实在是太奇了，我们老哥儿俩刚才还合计呢，觉得大人该回来了。这不，可倒不禁念叨，说曹操曹操就到了，哈哈哈！"

这位又说又笑的老者是谁呢？正是赵西丹，紧随其后的是马木斤。富俊刚刚还琢磨着去不去找他们呢，人家却像事先得到通报或有神人指路一样迎面出现了，真乃心有灵犀一点通啊，忙紧走几步上前问候道："二位老哥，一向可好？刚到江城咱就见面了，莫非知道老夫的心思？看起来二位老哥悠哉悠哉呀，坐在石头上望山观水，此乃神仙过的日子哟！"

马木斤笑道："将军大人，看见了吧，我们老哥儿俩好着呢，就是想你们哪！早已算计到要来了，果然不出所料哇，大伙儿都盼着呐！"

富俊逗趣儿道："老哥呀，咋猜得这么准呢，难道忽然又有占卜之能了？老弟得刮目相看喽！"

这时，宝靖阿才插空儿上前打招呼，然后冲富俊说道："额真哪，方才还寻思上哪儿歇脚呢，这下行了，哪儿都不用去了，就到二位老弟家住一晚吧，好好儿唠扯唠扯，诉诉别后情。"

未等富俊表态呢，赵西丹急不可待地说："大人哪，到城里了，当然得去老朽那儿住了，总要尽地主之谊呀，这还用说么，走，回家！"

前书讲过，富俊是一位亲民爱民、不摆官架子、不讲排场、不在乎身份和地位高低、平易近人的好官，在吉林交下了不少知心朋友，有的已成为心腹、耳目，赵西丹、马木斤便是其中的两位。他之所以身不在江城，却能准确掌握此地动态，原因只有一个，就是靠这些老朋友帮忙。此刻，富俊二话没说，唤上宝靖阿，随着二位老人家离开江岸往西去了。走出没多远，来到与江岸斜对着的一座土坯房前，这便是赵西丹的居处，隔壁是马木斤的居处，离将军衙门不远。老赵头儿刚打开院门，老马头儿却坚持让去自己家，富俊躬身致谢道："谢谢马老哥的好意，住谁家都一样，今晚就在赵老哥处歇了，以后有机会再去马老哥家，这总成了吧？"说罢，4人又是一阵开怀大笑。

富俊第一个进了院儿，赵西丹接过宝靖阿手中的缰绳，牵着两头小毛驴走到东山墙旁边的马棚前，与自家的小毛驴拴在一起，又往木槽子里倒了些豆饼，爱抚地拍了拍驴背道："小家伙，驮着大人走那么远的路，辛苦了，想必早就饿了，快吃吧！"牲口也通人性，3头小毛驴好像此前就认识似的，不争也不抢，低下头啃着槽子里的豆饼，嚼得蛮香。

说起来，赵西丹和马木斤的住房还是嘉庆八年富俊首任吉林将军时，考虑到仍在将军衙门当差的几位立有战功、始终未成家的老骑兵晚年孤身一人过活原本就有很多不便，如果住处再今天漏雨、明天透风的，年纪大了实在难以应付，除了为其解决生活上的困难，住处也应舒服点儿。于是专门划拨了银两，在距江边不远的斜对过儿一块平场上盖了十几座坐北朝南的土坯房，围了院子，垒了院墙，分给屡建战功的老八旗住，此举实乃空前绝后，令人赞叹。过去那些年来，吉林将军换防频繁，来去匆匆，正所谓铁打的衙门流水的官，谁能把老兵的衣食住行放在心上呢？惟有富俊，故而都打心眼里感激，跟这位将军大人越处越投缘，越来越融洽无间，无话不谈。富俊在三任吉林将军后、调任京师理藩院任尚书时，几位老骑兵眼含热泪送出十多里，该回返了，还三步一回头地难舍难分呢！他们牢牢记住了富俊大人告辞时说过的话："老兄弟们，我喜欢吉林这片黑土地和居住在这里的人，并且产生了深厚的感情，永远不能忘怀。放心吧，虽然相隔两地，但将时时想着你们，只要有机会，定会回来看望各位的。"果不其然，富俊没有食言，还真兑现了，此次是四任吉林将军，骑着小毛驴而来。各位有所不知，富俊和宝靖阿骑的那两头褐色小毛驴还是4年前，赵西丹、马木斤等5位老骑兵凑钱给买的。当时富俊再三推辞，可人家说啥不牵回去，如数给银子吧，又死活不要。实在没招儿了，富俊只好接受了，并让孙儿班布泰送去些银两，声言若是执意不收，我爷爷可真生气了，再不理你们了，几位老兵才不得不勉强收下了。这不,不仅老朋友们相聚高兴异常,3头小毛驴也混熟了,显得特别亲近,或许因为它们都是从锦州一块儿贩来的吧!

老赵头儿将富俊和宝靖阿引进了东屋,沏上热茶,让二人先歇着,随即转身去了后厨房。富俊环顾四周,摆设简单,窗明几净,清爽整洁。北墙挂着赵西丹当年用的马鞭、腰刀,刀柄儿、刀鞘擦得锃光瓦亮,可以看出老人家对往昔的眷恋之情以及作为八旗老兵的自豪感,时时激起他对新生活的向往。又去西屋瞅了瞅,同样很干净,地上连根草棍儿都没有,一切井然有序。此时,两位老兵已经忙活开了,赵西丹从水缸里捞出一条打松花江捕来、又养了些日子的金翅大鲤鱼放在案子上,操起刀剫膛破腹,刮掉鳞片;马木斤回家抱来一坛子白酒,里面泡着乌蛇、人参、鹿茸、龟甲等;宝靖阿也来帮忙了,生火、烧水、淘米、洗菜,锅碗瓢盆一顿响。半个时辰后,晚膳做好了,香喷喷的菜肴摆上炕桌。马木斤先请富俊、宝靖阿上了炕,又往杯子里斟满了酒,4人围坐在一起,边开怀畅饮边叙旧,你一言我一语的话不落地。过了一会儿,赵西丹夹起一块鱼肉放进富俊的碗里,然后端起酒杯咕嘟咕嘟连喝两口,用衣袖儿抹抹嘴道:"大人有所不知,江城的男女老少听说您将接过松筠将军的担子,一个个高兴得不得了,四处奔走相告。一时间街谈巷议,皆言已经盼了多日了,终于没白盼,真正的父母官又回来了,此乃吉林父老乡亲的福分哪!老哥几个也乐坏了,又捕鱼又备酒肉的,只等相聚的那一天。不过未上任前,老哥得提醒您,吉林将军衙门府可不那么风平浪静,秦大门牙、柳小辫儿,就是后到的柳祥等人仍把持着衙门日常的一应事务,狂妄自大,除了将军,谁都不在话下。而为人耿正、廉洁奉公的副都统都克尼权势太弱,一年前调进衙门的,不仅控制不了他们,还受其排挤。恕老朽直言,多年来,将军衙门内鱼龙混杂,是非不辨,一些案件的审理异常缓慢,长时间没个头绪,难以下结论,因此应进行必要的整饬。不知大人是怎么打算的,啥时候处治范蔼仁,还是继续拖下去?大伙儿可都等着您快刀斩乱麻呢,给他来个喊哩喀嚓,决不可手软。当官得为民做主,不能占着茅坑不拉屎,须干实事,给百姓一个交代,对得起头上的顶戴花翎,不辜负皇上的信赖。"

赵西丹在说这番话时,坐在旁边的老马头儿两次扯了扯他的衣襟儿,意思是富俊刚到,还未来得及去将军衙门正式赴任呢,你先劈头盖脸地造一通儿,大人会感到有压力的。而老赵头儿是个炮筒子脾气,有一说一,有二说二,直来直去,看不过眼的事儿想憋都憋不住,非端出来不可。况且自己同富俊已是几十年的交情了,无论讲得对与错、轻与重、深与浅,大人全能听进去。也就没顾及对方是何心情,热辣辣的酒一下肚,便把心里话一股脑儿全掏了出来,说完就不觉得憋得慌了。富俊太了解赵西丹的脾气了,对他的一通儿炮不仅不反感,还认为老朋友嘛,就应该这么爽快,有啥说啥,遂笑道:"老哥讲得好,捅到要害处了,这还是轻的呢,骂一顿都不为过,当官不为民做主,不如回家卖红薯。"

富俊是怎么想的呢?自嘉庆七年至道光三年,吉林先后有 6 位封疆大吏执掌将军印,自己亦是几进几出。经 22 年的治理,吉林地方有些变化,不过问题也不少。究其原因,首先得扪心自问,在办差过程中竭尽全力了吗?是在其位谋其政、脚踏实地地干事、更好的安抚民心、为民除害、使百姓安居乐业呢?还是像走马灯一样去这个来那个、犹如一片浮云飘在吉林上空?看来是后者。否则不会多年来的土地归属纷争依旧,旗人与汉人之间的矛盾未减,流民没有全部得到妥善的安置,豪强横行无忌,奸佞小人当道。比如范家堡子的庄主范蔼仁多年来,干了不少违反大清律的勾当,早在嘉庆八年自己首任吉林将军时就知道。然由于多种原因至今未予惩治,结果愈演愈烈,贻害无穷。再比如桂良大人所荐之尤成额从京师来到吉林,准备担任左翼官学教习之职,倒不算什么大事,可时过四载未予聘任。其时,嘉庆帝召众臣赴京晋见,商讨国政要事,吉林将军松薾也在其列,于京师耽搁数日,达禄副都统尚未处理完水患便调往山东平乱。就在这个节骨眼儿上,尤成额已到吉林,未承想却被秦名远钻了空子,欺上瞒下,企图偷梁换柱,致使本应任教习的尤成额一直无差使可干。记得道光三年四月,在京师见到了桂良大人,当提及此事时,自己无言以对。尽管那时早已离开将军衙门了,带领兵丁在双城堡忙于清查田亩重任,但也深感汗颜,于是请松薾兄办妥此事。老大人答应得挺痛快,谁知未等办呢,竟突发痼疾,仙逝于大堂之上。松筠接任吉林将军后,秦名远不可能向其禀报教习仍然空缺,因自己所要安插之人并未如愿。松筠当然不知此事的来龙去脉,尤成额就任左翼官学教习之职就随之搁浅了,无人过问,至今没有解决,实在说不过去。在双城堡清查田亩行辕大营的 5 年时间里,曾与各种各样的人打交道,与百姓同吃同住,感触颇深,可以说比任何时候都理解朝廷亲派的地方官吏如若不为百姓着想,不拯救民众于水火之中,那真是有罪

第四章 乱世重逢

呀，对不起皇上的知遇之恩.

就在4人推杯换盏、喝到兴头儿上的时候，忽从远处传来嗒嗒嗒的马蹄声儿和清脆的銮铃声儿，到了近前，只听院门吱嘎一声被推开了。赵西丹赶紧下了炕，哈腰刚穿上鞋，一位身着官服的武将已掀开门帘儿进得屋来，身后跟着两个戈什哈。他抬起头一瞅，原来是副都统都克尼，遂笑道："好嘛，来得早不如来得巧，快上炕，陪将军大人喝两杯！"

都克尼抹了一把脸上的汗，给坐在炕上的富俊见礼并自我介绍道："将军大人，在下乃吉林将军衙门副都统，名儿叫都克尼。松筠大人返京前留下话，让在下速去双城堡，接将军大人来吉。当时我身在五道沟，便从那儿直接赶到了行辕大营，见几位骑兵正在拆房舍，经打听方知大人一早就上路了。于是掉转马头，立即追赶，终未能撵上。到了江城见大人未在衙门府，猜想或许先看故友了，这才又来赵老爷子家，果不其然正在这里。"说着从内怀掏出一纸信函奉上："将军大人，这是行辕的十人长宋起让在下转交您的。"

富俊接过，抽出信函展开细阅，内中是孙儿班布泰向自己禀报有关疙瘩梁的搜查情况，收获颇丰，心里暗暗高兴，又像忽然想起什么似的，问道："都克尼，见没见过一个叫尤成额的文士？"

都克尼答道："回大人，在下见过尤公子夫妇，也认识其身边的女帮手，是赵老爷子引见的，他们住在凤楼。"

赵西丹赶忙接过了话茬儿："副都统说的女帮手就是白面娘子，很能干，是个热心肠儿，肯于帮助人。尤公子自打来到吉林，不仅未能就任左翼官学教习之职，还让秦大门牙折腾够呛，那火可上大发了。4年多换了两任吉林将军，如果认定他当不上教习，总该向人家解释清楚，这么等下去，啥时候是个头儿哇？白面娘子很是气不忿儿，前些日子曾带着尤成额的夫人去衙门府求见松筠将军，却被秦大门牙手下的一帮虎狼之辈拒之门外。衙门府的门房何旺老弟看见茗兰站在那儿哭，旁边的白面娘子也陪着掉眼泪，怪可怜她们的，便悄悄告诉二人来找我这个不怕死的老头子。老朽听了茗兰的哭诉后，知道了事情的原委，转天就去衙门找秦大门牙，他不敢见我并躲了起来。当时，松筠将军在任，不过已去了京师，只见到了副都统都克尼，便把情况讲给他了。都大人听后，对尤公子的不幸遭遇深表同情，立即随我去凤楼看望尤成额夫妇，并告诉他们不要着急，4年都等了，不差十天半月的，朝廷新委任的吉林将军很快就要到任了。这不,真被他言中了,果然来了。"

马木斤高兴地说:"这下好了,将军大人一向重视人才,尤公子总算有出头之日了。

都克尼说道:"大人,衙门府的上下人等已知新将军到吉,一切皆准备就绪,府邸也清扫干净了,只等大人赴任了。"

此刻,富俊再无心思喝酒,于是起身下了炕,冲宝靖阿吩咐道:"老哥哥,不用陪我了,这两位戈什哈先送你去将军府邸歇息,我还有事要办。"

宝靖阿诺诺称是,随护兵出了屋,走到马棚那儿牵出两头小毛驴,两位戈什哈一人牵一头,推开院门径直朝南去了。3人走后,富俊让都克尼随自己去看望尤成额夫妇,赵西丹、马木斤表示要送一程,被富俊婉拒了,说是二位老哥已经累了,还是早点儿歇着吧!随即谢过两位老人家的热情款待,与都克尼出得门来,前往名声在外的凤楼。

那么,尤成额一家眼下生活得怎么样?有啥变化没有?身怀六甲的茗兰早该生产了,是男还是女?这恐怕是在座的各位所关心的。我来告诉您吧,他们在白面娘子的关照下,生活上没什么变化,依如往日。惟一让人高兴的就是添人进口了,茗兰于今年初春喜得贵子,模样儿周正、大眼生生、虎头虎脑的,一逗弄就笑,特别招人喜欢。尤成额每天仍耗在书房里,或读读八股文章,或写写诗词,以此打发日子,有时夜晚就歇在那儿。由于一直未能在将军衙门属下的左翼官学任职,尽管表面上不说什么,内心却十分焦虑,又不愿同夫人讲,怕她跟着着急。由于胸中的郁闷无法排解,所以总是高兴不起来,食不甘味,寝不安席,去年冬日曾两次病倒。他是个要强的文士,始终想不明白,是本人的文才不行呢,还是其他什么原因呢?致使到了吉林如同石沉大海,不仅未接到录用函,连个说法都没有。这种情况下,无论是谁都得上火,更不会甘心稀里糊涂地打起行李卷儿返回京师,只能硬挺着。

茗兰带着孩子住在二楼东屋,主要是担心其哭闹,影响夫君的功课或休息。她是个通达、贤惠的妻子,对爱根①体贴入微,凡事皆替对方考虑,委屈自己受,苦头儿自己尝,怨气自己咽,在丈夫面前总是一副笑脸儿,遇难解之事则轻声细语地予以安慰。尤成额病卧榻上,茗兰伺候在侧,又端水又喂药,日夜不得歇。

---

① 爱根:满语,丈夫。

第四章 乱世重逢

善良的白面娘子早在茗兰怀孕5个多月时，便决定放下手头儿所有的事儿，长期住在凤楼，陪伴尤公子那还有4个多月将临产的夫人。她曾不止一次地嘱咐茗兰："姐姐，不用操心家里的事儿，啥也不用你动手，交给妹子和侍女就行了。你要处处小心，行动越慢越好，千万别扭着、闪着，每天在院子里溜达溜达。想吃什么吱声儿，让王师傅做，别忘了，现在不同于从前，姐姐一个人吃，却是两个人得呀，饿着我那小外甥可不成。"

茗兰怀孕8个多月时，小腿、双足浮肿，身子笨拙，行动不便。尽管如此，心里所想的仍不是自己，而是夫君，天天还是撑着做些力所能及的事。一日夜半时分，偶感风寒的尤成额发着高热，口干舌燥，想要喝杯热水。茗兰完全可以点上灯，唤醒侍女，让其去厨房烧点儿水端来。又考虑到侍女累一天了，此刻正睡得香，还是让她们多歇会儿吧！于是灯也没点，摸黑儿下了地，刚走到厨房门口儿，不小心被门坎儿绊了一下，随之咕咚一声便摔倒了。睡在西屋的白面娘子被响声惊醒，赶忙起身跳下地，点上灯端着出屋一看，见茗兰头东脚西躺在厨房门口儿，下身有血，当即吓得脚都软了，不是好声儿地唤侍女。小曼、小香慌慌张张跑来，尤成额也晃晃悠悠而至，庞庆、小满堂早已噔噔噔上了二楼，大伙儿小心翼翼地把茗兰抬到东屋炕上。全仗白面娘子四处求医问药，一日两次把药煎好让其服下，连续喝了十几服，由于治疗及时，茗兰无大碍，胎儿也保住了。

一个多月后的一天清晨，一声婴啼划过凤楼上空，茗兰顺利分娩，宝贝儿子呱呱落地，接生婆就是白面娘子。茗兰产后身子骨儿极其虚弱，疲乏无力，下肢还不听使唤，且吃不下饭，奶水不足，嗷嗷待哺的婴儿饿得直哭。白面娘子心里这个急呀，只好让小满堂去集市买羊奶喂孩子，自己则一刻不离茗兰左右，为其洗脸擦身、端屎端尿、按摩双腿。侍女见她一个人放下这样儿干那样儿，根本不得闲，想替其分担一些，常常抢着哄逗又哭又闹的婴儿。然茗兰不让，怕她们毛手毛脚的不知轻重，碰疼细皮嫩肉的儿子，只让妹子帮着伺候，就信着她了。这下可倒好，白面娘子朝天每日既要关照尤公子，也要无微不至地伺候茗兰，还要细心喂养没满月的婴儿，忙得脚打后脑勺儿，恨不得能有分身术。茗兰一看，这样下去哪儿成啊，把妹子累坏咋办？便吩咐小曼侍奉夫君，小香伺候自己，小满堂照管全家的饮食起居，孩子则全权交给白面娘子了。别看只是个婴儿，麻烦事儿比大人还多，一会儿吃奶、一会儿喝水，一会儿拉，一会儿尿，一会儿怕热着，一会儿怕凉着，都得照顾到，仍然忙得不亦乐乎。

那么，白面娘子一直呆在凤楼，花仙楼谁照应啊？不用管了，早于半年前关门歇业了。白面娘子自打与尤成额夫妇及庞荣、庞庆同住凤楼后，公子与夫人的品德、为人全看在眼里，让她感动；出家修行的两位少林大师以慈悲为怀，普度众生之虔诚，犹如英雄好汉之豪情大义，让她敬佩；土地爷爷、班布泰哥哥以及行辕的官兵们为完成大清朝廷交给的重任，不辞辛苦、风餐露宿、日以继夜地清查土地，再苦再累毫无怨言，让她由衷赞叹，并庆幸自己能有缘与这些好人相识。常言道：跟什么人在一起就学什么人，近朱者赤，近墨者黑，此话不假。4年来的耳濡目染，白面娘子变了，明白了应该怎样活在世上，怎样做才能称得上是堂堂正正、光明磊落之人。当知道对方需要帮助时，能毫不犹豫地施以援手，使其从困境中解脱出来，这便是积德之举。又想到在秦名远的指使下所开的花仙楼，只为那些高官、富豪、商贾以及玩物丧志的纨绔子弟消遣作乐提供场所，与此同时，有多少可怜的姐妹陷入污泥中不能自拔，身染重病得不到疗治而仰天哀号。她的内心被深深触动了，觉得不能这样继续下去了，损人利己、只认钱不认人是有悖良心的，所犯罪孽必将受到老天的报应。终于有一天，白面娘子不仅未跟秦名远商量，连招呼也没打，坚决关掉了花仙楼，给了每位窑姐儿足够的银两作为盘缠和安家费用，让她们回乡自谋生路。一夜之间，花仙楼门前的灯红酒绿、车水马龙不见了，再也听不到往日的笙歌、看不到高高挂起的红灯笼了，四周一片沉寂。

秦名远转天便从安插在花仙楼的亲信、专司迎来送往的冯大爹口中得知这一消息，奇怪的是他既没暴跳如雷，也没找白面娘子兴师问罪，而是从此匿影藏形了。因为从花仙楼开张那天起，白面娘子就住在那儿了，平时很少回家。即使回去，也不让秦名远近身，显露出一脸的冷漠，心中只有恨，没丝毫的爱恋。日久天长，秦名远对其没了兴趣，原本也谈不上爱，只是一种兽性的发泄。他心里明镜似的，白面娘子自做主张，把尤成额夫妇接到凤楼，身边有两位武功高超的大师保护，身后有富俊、班布泰作靠山，从未把我放在眼里，两人不是一股道上跑的车。何况将军衙门走了松筠，来了富俊，自己今后处境维艰，祖坟都哭不过来，哪有闲工夫哭乱葬岗子、与白面娘子争个高低？说实在的，有没有这个人已经不重要了，妓馆有的是，随便找个窑姐儿玩玩儿还有新

第四章 乱世重逢

鲜感呢！她在身边反倒不便，或许更加危险，不如分道扬镳，各走各的路。从此，秦名远不见影儿了，白面娘子再未看到过他，然暗地里却开始了较量，此乃后话。

还要提到一个人，即与白面娘子一同住在花仙楼的小金佛，现在怎样了呢？前书讲过，他和母亲自打被秦名远从穷山沟叫到城里后，日子好过多了，再不用犯愁吃穿了，心里对这位远房哥哥很是感激，表示愿意为其效劳，保证惟命是从，指东决不往西。花仙楼开张后，小金佛便按秦名远之意，以帮衬、保护白面娘子为由，暗地里对其行踪进行监视，包括每天干些啥、与哪些人经常联系等该告诉秦名远的，全部如实通报，使其便于掌握之。在这个过程中，白面娘子和小金佛认识了黑道儿的一些人，互相称兄道弟，视为朋友，不仅常打交道，还入伙儿了，有些行动也参与其中，小金佛同样将此情告诉秦名远了。惟有一事是背着他的，那就是小金佛被白面娘子天仙般的美貌所倾倒，私下里与其偷偷好上了，还在乎你什么远房哥哥呀，我乐呵就行。秦名远丝毫没有察觉，以为小金佛挺贴心呢，始终蒙在鼓里。

小金佛和白面娘子先后被庞荣擒获时，经茗兰反复开导，二人良心发现，改弦易辙，一起帮助尤成额夫妇渡过难关，时不时还同宿凤楼。花仙楼关掉后，小金佛和白面娘子再不用抽工夫往凤楼跑了，而是彻底住在那儿了。时间一长，小金佛渐渐对这种平静的生活厌倦了，觉得毫无生气，犹如一潭死水，远没有与黑道儿的那帮哥儿们在一起刺激。那些人多牛啊，想吃啥、穿啥了，可伸手冲为自保而不敢得罪咱的富豪要；没钱花了，可四处打家劫舍，把把不空。自由自在，我行我素，今儿个替这个主子卖命，明儿个为那个主子效劳，谁给的报酬多谁就是爹。再者说了，花仙楼要是不歇业也行啊，天天笙歌不断，通宵达旦，看着窑姐儿们的扭妮作态，听着嫖客们的淫声笑语，尽管自己恋那口，却因有白面娘子在身边而不敢放肆，不过看看、听听心里舒坦哪，起码不会感到寂寞无聊。现在可倒好，天天陪着毫无瓜葛的尤成额一家，远离亲戚秦大哥，没人给钱花了，这种日子得过到猴年马月呀？终于在七月的一天头晌，全不顾与白面娘子往日的情分，怀揣银子说是去药房给茗兰抓药便出门了，这下可就肉包子打狗一去不回了，从此互不通气，彻底断了联系。

白面娘子是又气又恨又无奈，拍着桌子大骂道："这个兔崽子，不讲良心，不讲情意，还是人么？那就让他吃屎去吧，脚上的泡是自己走的,到头来怨不得任何人,有他后悔的那一天!"话虽这么说,但心里放不下,毕竟与小金佛在一起好几年了,能没感情么?不仅时常想起他,也打心眼儿里惦记他,闲来无事总是琢磨,这小子究竟钻到哪个耗子洞里去了?据我所知,他没地方可去呀,只能找黑道儿那帮哥儿们一起鬼混,或许投奔秦大门牙为其卖命。世上三百六十行,什么行当不能干,为啥非干坑崩拐骗行抢之勾当?看来小金佛是块坏坯子,不想好了,像只臭虫似的无缝不钻、无处不去,又像只屎壳郎专往脏地儿拱,不可救药了。以前跟他好时,也看不惯其为人,贪婪、好色不说,有时举止张狂,有时胆小如鼠,有时诡诈奸猾,有时愚笨可笑,是个两面人,让人琢磨不透,不得不存有戒心。唉,人哪,来到世上各有各的命,各有各的活法儿,谁也左右不了谁,没招儿哇!

单说这日用罢晚膳,茗兰斜靠在枕头上逗弄怀里的婴儿,尤成额坐在炕沿边儿一脸笑意地看着母子俩,白面娘子则在厨房烧水沏茶。正在此时,忽听院门吱嘎一声响,白面娘子赶紧跑出厨房从门缝儿往院子里瞅,见两位官员一前一后地走了进来,这在冷清、寂寞的凤楼可是很长时间没有过的事儿了。推开门仔细一打量,不由得一声惊呼,走在前面的竟是富俊将军,后面穿着武服的那位乃吉林将军衙门的副都统都克尼。她的心怦怦直跳,喜悦之情溢于言表,一时不知说啥好了,回过身仰脖儿便冲二楼喊道:"尤公子、茗兰姐姐,衙门府来人看你们了,一位是土地爷爷,一位是都大人,喜从天降啊!"

二人一听,精神立马为之一振,茗兰忙把孩子放在炕上,坐直身子整理衣衫。尤成额则起身推门欲下楼迎接,来人已迎面进屋了,都克尼首先问候道:"尤公子、少夫人,一向可好?今天是个非比寻常的日子,将军大人刚从双城堡归来,还未顾得上去府衙呢,却急着先来凤楼看望老朋友了,足见心里一直记挂着你们哪!"

夫妻二人无比激动,尤成额慌忙跪在地上叩道:"晚生不知将军驾到,有失远迎,多有慢待,在这儿给大人叩头了!"

富俊抬抬手道:"尤公子,不必多礼,快快请起!"

茗兰早已泪流沾襟,将军爷爷到舍,晚辈为表示对长辈的敬重,能不起身施礼么?可她力不从心,双腿疼得站不起来,只好跪在炕上叩道:"松岩爷爷,谢谢,谢谢又来看望晚辈。大人的威名如雷贯耳,不仅为清查土地四处奔波,重新分拨旗田,使万民享有乐土,拯救苍生于

第四章 乱世重逢

饥寒，而且谙熟农耕，有乌圲贝勒①之称。不管在哪儿为官，首要的是关注民生，日夜为百姓操劳，父老乡亲无不尊崇备至，小女也为能有这样一位可亲可敬的爷爷感到无比自豪。由于身有疾患，难以下地施礼拜万福，只能在这儿给您老人家叩头了，请原谅晚辈不孝。"

富俊走到炕边将茗兰扶起道："孩子，身体不适，却仍行跪拜，爷爷看了心疼啊！我一向佩服桂良大人，年龄比我小二十几岁，魄力可不小，有远见，有胆识，乃后起之秀、大清国的栋梁。你是他的外甥女，也是我的外孙女，来到凤楼便是到家了，把老夫当成家中的一分子就行了。"

茗兰掏出丝帕擦了擦顺脸淌下的泪水，尤成额走上前请二位大人就坐，白面娘子奉上了热茶。富俊端起杯子呷了一口道："5年来，我一直承担着田亩清查之任，天天东跑西颠的，未待交差呢，又接皇命，今天将正式进驻吉林将军衙门。刚才在两位故友那儿闲聊时，赵老爷子提到你们并介绍了现状，说心里话，我听了有点儿着急。身为吉林将军没有安置妥帖，让你们受苦了，很是惭愧，也对不住桂良大人，故而便同都大人一块儿来了，顺便也看看老相识白面娘子。"

尤成额忙道："将军大人，千万别这么说，一切都过去了，不提了。"

白面娘子与尤成额夫妇不一样，别看年纪不大，刚二十出头儿，然久经世面，各色人等全见识过，地位多高的官宦一概不惧，何况面对的是再熟悉不过的土地爷爷。她施了个蹲礼道："将军大人、副都统大人，小女给二位请安了！大人来得正好，茗兰姐姐一家有一肚子委屈、怨愤无处诉，这回既有说理的地儿了，也有愿意听的人了，我都替他们高兴。尤公子满腔热情地从京师来到吉林，却被当头泼了一瓢冷水，未能如愿就任左翼官学教习，一等就是4年，至今没个结果。世上哪有这种事呀，到底咋的总该给个痛快话吧？去衙门打听根本不让进，还声称什么为百姓办事，说出来能让人笑掉大牙！尤公子一家真够可怜的了，茗兰姐姐生完孩子后，不知缘何双腿不好使了，下不了炕，奶水又不足，或许是连着急带上火所致。婴儿可是少爷和少奶奶的心头肉，已经3个多月了，不能让他饿着，只好以羊奶喂养。我不仅同情他们的不幸遭遇，也恨世事的不公，好人受欺，坏人当道，天理难容。土地爷爷，您

① 乌圲贝勒：满语，农神。

的公正无私世人皆知,您的知人之明有目共睹,一定得给少爷、少奶奶做主啊,他们全家将没齿不忘将军大人的恩德,京师的桂良大人也会感激不尽的。"

白面娘子口齿伶俐,句句在理,说到动情处,不禁潸然泪下,在场的人无不感动,富俊眼圈儿也红了,说道:"尤公子、茗兰,我知道你们的处境十分困难,家人又不在身边,如果没有白面娘子帮衬着,恐怕会比现在还糟,作为一地的父母官难逃其咎。左翼官学教习缺额不是现在,而是好几年了,不从别的方面考虑,仅就授课质量而言,也早该补足了。至于应采取什么方式录用合适的人选,我们回去再商量商量,然万变不离其宗,那就是优胜劣汰,公平竞争。尤公子,本官可以保证,此事不会再拖了,马上就办,不妨做一下准备,别到时候措手不及。"

尤成额听罢,高兴极了,觉得笼罩在头顶的乌云刹那间散开了,脸上露出了久违的笑容,连连点头,诺诺称是,深深地鞠了一躬,对二位大人的到来一再表示感谢。接着大家又唠了一会儿闲嗑儿,富俊问了问茗兰还有什么需求及白面娘子的近况,然后起身告辞,与都克尼一起离开了凤楼。

雷厉风行是富俊的一贯作风,无论干什么,只要想好并决定了,必立办不拖。他和都克尼从凤楼一出来,便打消了先在老友那儿住一宿、转天再赴任的念头,而是直接前往将军衙门府。认为既然已从赵西丹口中了解一些情况了,就应据此抓紧时间办差,一项一项落实,一改往昔久拖不决、互相推诿、养痈遗患等做法。老夫已四任吉林将军,不少事儿以前是经手的,至今尚未解决,自己能没责任么?起码没有尽心尽职。今后再不能辜负圣上的重托了,一定要认真司职,惩恶扬善,为民造福,替百姓申冤,还以公道,让吉林大地现出朗朗青天,能有新的起色。

富俊和都克尼赶到将军衙门府时,见府门大开,因衙门的上下人等早就得悉新任将军已到江城,故而没一个回家的,全在府内恭候。富俊一到,大家蜂拥而出,齐声儿叩拜将军大人。富俊于大堂的太师椅上落座后,众位属员依次呈上文书,大多为久压未决而留中的公案,只等新将军审阅批核。富俊大致翻了翻,见卷中所涉人数较多,来龙去脉颇为复杂,须细细梳理,短时间不会得出结论。接着开始翻阅吉林将军衙门各主事呈递的文书,首页一角有前任松筠的朱笔批示"请新届将军酌定"字样。又翻开一大摞陈年案牍,发现最上面的几档公事、文本似曾

第四章 乱世重逢

相识,有份文本之"留中待议"字样上有5位将军、大吏的手泐,其中亦有富俊之名讳。仔细阅罢,实感惭愧,慨叹不已,早该了结的案子竟拖延至今,又到己手,称得上地地道道的老掉牙积案,涉及田亩转让、强行霸占以及由于频繁更迭、世代延续、渐渐理不出头绪、致使田产归属不清而引发的纷争之嚣。有的牵扯到土豪劣绅,有的牵扯到地方官吏,有的牵扯到朝野重臣,有的甚至瓜连到皇上,成为吉林将军衙门经办之诸案中最为棘手的案子。亲故相保,实难公正,久拖不决,必生祸端,酿成大乱。方使得一些像范蔼仁那样的田庄逐渐坐大,成为地方之毒瘤,予以蓻除难上加难。

富俊挑高灯芯,继续翻着文本细览,多种积案跃然纸上,什么"呈办范家堡子私垦田亩殴械滋命案",显然是动家伙致人死地了,乃一桩命案。什么"原驻防旗民田亩承租争讼案",乃外户租耕、强抢土地案。还有什么"范蔼仁聚丁谋逆缉查积档",这个更厉害,范蔼仁胆大包天,竟敢图谋不轨了。这些文本中,只范家堡子的积案、新案就二十多桩,富俊心想:"看来已经到开刀的时候了,明知却不过问、绕着走或放过去不予理会,都是绝对不可以的。如果那样做,对朝廷而言是极端不负责任,对恶行而言是包庇、纵容,对无辜百姓而言是一种犯罪。以前在吉林将军任上审查这些案子时,就感到十分犯难,因为牵扯面儿广,所涉官宦多,上上下下皆有。有的是顶头上司,有的与自己同级,有的是下级,有的是老世交。方方面面都得顾及到,一时半会儿又解决不了,很不好办,放在谁身上谁都头疼。无奈之下,只好写上"留中"二字,推给后任去处理。历届将军皆如此,一个一个往下推,推到今日,还是落到了我富俊头上,可谓自食其果呀!唉,不能责怪前任和同僚,自己的责任比谁都大,更不能再给后任留下麻烦,弃签"留中",即使是老虎口,也要伸进手去拔牙。

趁富俊翻阅文本之空当儿,再来说说衙门府的上下人等是什么态度,内心是怎么想的。富俊没到任之前,大家早已闻知此信儿,背地里议论纷纷,不知新将军来后将怎样理事,是否着手审结积案,会有什么举动,咱得好好儿观察观察。如果不想干实事,走马观花,该处理的不处理,以各种借口继续拖,那咱也跟着一块儿拖;如果脚踏实地,毫不含糊,公案、积案必审理个水落石出,那咱就有多大劲儿使多大劲儿,一块儿干。今天,新将军终于到任了,进了府衙,既没跟众位属员寒暄,也没让摆宴接风,而是直接坐在大堂之上,一头扎进卷宗中,一页一页地翻看、详读，时不时在某页夹上纸条儿，并提起笔在纸条儿上写些什么，显然是有备而来。大伙儿一看这架式，心里有数了，暗暗高兴，从副都统都克尼到档房主事、掌案主事、刑司主事、文部主事以及笔帖式等排了一大溜儿，手里拿着呈文准备递上，请将军大人审阅。这些属员各管各口，手中皆有积案，多数是留中的，早就盼着能尽快批复，以减轻多年守卷之重压。

富俊伏案细研，大约过了半个时辰，抬头环视一圈儿，见这么多属员都手拿文本急切地等着自己审阅，一下子哪能看得过来呀，便对站在身边的都克尼附耳道："我先看看有关范家堡子的呈文，其余各类文本待明日一一详审，不用全在这儿等了，各位主事可以退班了。"

都克尼点点头，遂把将军的话转述给众官员，并请各位退下。大家转身刚往门外走，富俊又冲都克尼吩咐道："都大人，请文部主事过来，我要查阅两翼官学的档册。"

都克尼听令，随即向将要散去的官员们高声儿通报，将军大人请文部主事留下说话。已经步出大堂的文部主事常喜急忙返回，快速走到桌案前，恭恭敬敬地施礼道："将军大人，久未得见，甚是想念。见您忙得头不抬眼不睁的，在下未敢打扰，只要能看着，心里就舒坦了。"

富俊坐直身子笑道："常喜呀，俗话说得好，十年河东，十年河西。这不，你我又聚到一起了，在同一衙门办差不是很好么，把档册递上来吧！"

常喜闻言，忙将抱在怀里的几卷档册轻轻放在桌案上，然后站在一旁禀道："大人，您知道的，吉林将军衙门属下的左翼官学教习从嘉庆二十五年开始空额，一直没有补缺。4年前，除了京师桂良大人的外甥女婿尤成额、盛京卢涟大人的妻弟鲍昌欲求此职外，另外还有3位学士。然并无进展，只因总管秦名远从中作梗，节外生枝，才不得不搁浅。自松萳、松筠两位将军大人相继坐镇至今，呈递申报入仕帖子的总共47人，由于久等无果，使他们进退两难，有的还来衙门递帖质问，有的甚至当面谩骂，要求给以解释。吾等担心生乱，惧而避之，长此以往，苦不堪言。此番大人新任，吾等企盼能果断处之，尽快定夺，给学士们一个交代，以振吉林将军衙门为民操劳之风。"

富俊听后没言语，重新伏在桌案上，低着头一卷一卷地翻看、细阅。说起来，文部主事乃将军衙门中事情最多、与民众接触最广的职务，上至两翼官学教习，下至各地旗籍诸民，执掌整肃教化之权，监察

第四章 乱世重逢

两翼官学教习之品学、才能、功过，负责减剔庸员、增补优贤之士。文部主事也是将军身边文武两臂之一臂，可谓不可或缺的帮手，关系到将军衙门的声威，历来被朝野上下人等所看重。常喜乃满洲正黄旗人，从小在吉林长大，成人后入伍，嘉庆十四年于吉林将军赛冲阿手下办差。嘉庆十八年，赛冲阿调往四川成都任都统，临走前，在盛京将军衙门任职的富俊特意赶来送行。赛冲阿是位很有头脑、天资聪敏、智略过人、又有先见之明的一品官，知道富俊曾于嘉庆八年六月首任吉林将军，当年八月调走，虽然只在任两个月，但通晓吉林民情，受到百姓的拥戴。认为这样难得的好官将来必会再次承担吉林将军大任，于是便乘此见面之机，把自己颇为信任的四品官常喜向其引见之。赛冲阿手下那么多属员，为啥不引见别人，偏偏引见常喜呢？因为赛冲阿在吉林将军任上4年中，曾几次以办差能力高低为由考核属员，结果常喜总是拔取头筹。他认为此人在深入下层、扶赞官学、选贤任能等方面很有成效，是块可用的好坯子，再继续摔打摔打，未来前途无量。在这个时候，将其带到陌生的成都欠妥，不如留在故乡发挥才干，遂把此想法跟常喜说了。常喜当然希望留下，守家在地总比抛家舍业强，何况还有二老需要照顾，十分感谢大人的知遇之恩，赛冲阿这才决定向富俊推荐之。富俊早闻常喜为人诚朴，办差认真，对上峰忠心耿耿，指到哪儿打到哪儿，这样的属员哪有不愿要的？当即表示可暂先将其安排在盛京将军衙门。

一年后，即嘉庆十九年，富俊果不然接到圣旨，令其急返江城，二任吉林将军，常喜随之跟回。嘉庆二十二年，富俊再调盛京，没带已任文部主事的常喜走，让其继续留在吉林将军衙门。嘉庆二十三年，富俊三任吉林将军，两年头儿调往京师理藩院任尚书，不久被派往双城堡设立行辕，带领八旗官兵清查田亩。常喜则先后在松萨、松筠手下办差，干得不错，二位将军都很满意。嘉庆二十五年春夏之交，尤成额从京师来吉林准备赴任左翼官学教习，常喜是知道的，因为此前他亲自接的写有尤成额名讳的帖子，而且是达禄副都统给办的。遗憾的是正赶上达禄带领官兵投入到治理水患之中，其后又突接命令，前往山东平乱，便将此事全权委托给秦名远了。当年，富俊刚刚调往京师理藩院，坐镇吉林将军衙门的是松萨大人，故而尤成额到吉林未与富俊、达禄碰上面，而是擦肩而过。

将军衙门的总管秦名远尽管没多大能耐，不过很会来事儿，善于揣摩主子心思，阿谀奉承有一套，故而被上峰看好，颇受器重。当他感到自己已站稳了脚跟，私欲随之膨胀，唯利是图，欺上瞒下，阳奉阴违，玩弄权术于股掌之间，由于伪装得好，松筠将军并未看清其真面目。卢涟大人欲为妻弟鲍昌谋得左翼官学教习之职，求到了秦名远，并以重金贿赂。拿人家手短，秦名远便不顾达禄副都统的委托，对来到吉林的尤成额不是置之不理，就是百般刁难，最后硬是给塞到了江北拘缉营。文部主事常喜只是四品官，在将军衙门里肯定远不如三品官的秦名远有实权了，人家身后还有靠山，有时甚至可代表将军说话，又特别霸道，所以对尤成额任教习这件事只能干着急。他曾问过秦名远："总管，达禄副都统交办的那个帖子已接很长时间了，啥时候录用啊？"

秦名远当然知道文部主事指的是尤成额，遂不阴不阳地说："主事勿挂心，此乃伪帖，由本官处理。"

常喜一听，对方是在故意搪塞，还声称什么"伪帖"，压根儿就没想办，能有啥招儿？胳膊拧不过大腿，只好不吱声儿了。

富俊是在清查田亩行辕大营听说尤成额遇阻未能任教习的，下绊子的人就是秦名远，当即气得火冒三丈，可又能怎样？自己早已离开吉林将军衙门了，不在其位，不谋其政，只能静观松筠大人怎么处理了。

时进道光四年，当常喜得悉富俊再次调回衙门四任吉林将军时，高兴得觉都睡不着了，这可是期待已久的大喜事，尤成额终于有盼头了，于是首先做的即是把两翼官学档册重新整理一番。这不，富俊刚到任，常喜便把关于尤成额申报帖子的文本摆在手中档册的最上头放在案子上，希望将军大人第一眼就能看到并尽快解决，还尤成额以公道。

富俊阅毕两翼官学档册已是午夜时分了，合上文本后，心里很不是滋味儿，寻思道："尤成额的申报帖子送到吉林将军衙门时，正是我去京师理藩院之时，不管什么原因，至今未能如愿，我有不可推卸的责任。如果说尤公子不是那块料，没有文才，品德又不怎么样，即使桂良大人再是老友、旧交，这个面子也不能给。然事实并非如此，本人不仅才高八斗，而且人品出众，任官学教习绰绰有余，结果却未经考核而推到一边不管了，这纯粹是对人才的浪费。尤公子无端遭劫难，其夫人卧病在床，让人看着心疼，说明我这个将军没尽职。一定要彻底查清此事，还其本来面目，人尽其才，否则愧对朝廷的信任，也无颜面对桂良大人，更对不起尤成额一家。"想到这儿，抬起头来，目光落在了站在一旁的文部主事身上。在他的心里，仍把常喜看成是当年那个踏实肯干的年轻属员，实际上人家已到不惑之年，身着四品官的海水、浪花、云雁补服,蛮威武挺秀呢!富俊移开目光,开口道:"常喜呀,我想听听你这位文部主事对尤成额怎么看,审报帖子是否采用?"

常喜回禀道:"大人,卑职已查明,尤成额乃正人君子,终朝每日伏案苦读,是个地地道道的文士,从不惹事生非。由于怕担仰仗权贵举荐之嫌,尽管受了很大委屈,也未曾到衙门诉冤,一直忍气吞声,以学识自荐。如此难得的德才兼备之人不是多了,而是太少了,理当录用之。卑职以为两翼官学乃大清训育人才之所,教习一职非等闲之辈可担,用谁不用谁须慎而又慎。秦名远想要安排的鲍昌练过武功,然才学疏浅,只求功名而无所作为,若入两翼官学则将误人子弟,害莫大焉。想必大人知晓这些下情,是非曲直必会水落石出,吉林将军衙门欠下尤成额的4年文债早该还了。不能再彷徨犹豫了,应当机立断,言必信,行必果,这才是大人的一贯作风。卑职斗胆进言,当与不当,请大人审慎度之。"

文部主事的这番话讲得头头是道,有理有据,富俊听了,感到十分欣慰,与自己的想法不谋而合。真是不简单哪,对常喜得刮目相看了,这几年锻炼得不错,大有长进,于是点点头道:"嗯,所言极是,如何公正对待47个申报帖子尚需琢磨琢磨,你有什么好办法?"

常喜不假思索地说:"大人,很好办,设考榜,以学识高低择优录用。可召集那些递交申报帖子之士入考场,将军大人亲自任考官,独占鳌头者即是我们所要的,谁能不服?尤成额本是博览群书之文士,不惧考榜,相信定会交上令人满意的答卷。不过考试无常,一旦未答好排在后头了,只能自恨才浅,怨不得任何人,也不会给桂良大人留下责难口实。倘若鲍昌等人落榜了,大人可理直气壮地据实函告其靠山,他们焉能说出什么?"

富俊听罢,脸上露出了满意的笑容,这一点又和自己想到一块儿了。当即定夺,命都克尼、常喜做好准备,明日设考榜,作为本将军到任首办的第一件事。

朱伯西给大家简单介绍一下吉林官学。吉林乃圣朝根本之地,康熙二十三年,由八旗官员捐资,在距吉林文庙西南约半里地处修建了吉林官学,分左翼官学和右翼官学。左翼官学房屋8楹,那时称"间"为"楹",8楹即8间。初建时,青砖砌墙,以草苫顶,后用青瓦盖顶。每楹前面有长廊,门的两侧各立一根大立柱,8楹共立16根,显得非常气派,教授对象乃八旗中的正黄、镶黄、正白、正红之子弟。右翼官学房屋6楹，每楹前面同样有长廊，门的两侧各立一根大立柱，6楹共立12根，也很不一般，教授对象乃八旗中的正蓝、镶蓝、镶红、镶白之子弟。每年春秋两季招收生员，每翼有教习4名，助教3名，主要教授清文，即满文，此乃国语。除此之外，还教汉语、汉文，再一个就是骑射。吉林官学名声在外，不次于盛京、黑龙江，培养了大批文武之士，成为社稷的栋梁之才。历届将军皆很重视，常去官学巡视，过问学生的受业情况，从中选拔优秀人才充实到将军衙门以及各州府县。还十分关注房屋的维修，乾隆七年进行了初次修葺，乾隆三十一年再次修葺，嘉庆十一年因遭火灾又修了一次。清代除了正式的春秋两季开科取士外，像吉林将军衙门这样为属下两翼官学选拔或补缺教习、助教也不可小觑，如同考状元一样，既严肃又认真，此次只为左翼官学补一教习缺额，右翼官学已满额。

富俊设下考榜后，常喜转天头晌便拟就了告示，经将军大人审阅毕，于江城较醒目的场所、街道张贴出去。在考榜告示的旁边还贴了一张告示，即富俊为整肃法纪、便于各方人士监督在职官员的所作所为而亲书的"约法三章"：

一、节简银粮，忌行百宴，铺张浪费者罚。

二、万民乐业，匪滋不生，贪污受贿者罚。

三、忠诚职守，勤于政务，赎官贿爵者罚。

这可是多年没有的事儿了，很快便轰动了全城，男女老少纷纷走出家门围观，边看边议论，无不佩服新将军的胆识和魄力，交口称赞"约法三章"措辞严厉，切中时弊，乃恣意妄为者的照妖镜。

尤成额早在4年前就呈递过帖子，其时乃呈帖第一人，这回需重新申报，为啥呢？榜上明文规定，以前呈上的帖子不算数，以此次为准，5天后参加榜试。在早文武之士若想入仕，首先需递交申报单子，即帖子，经审合格者参加面试，然后再入考场进行笔试。在填报帖子时，以正楷写上名讳、年龄、民族、籍贯、学历、家庭状况，要求工整、细致。考官主要通过这几点得知考生是出身于名宦之家呢，还是普通人家呀，曾在哪个学堂读书哇，官学还是私塾啊，由何人授课呀等等，一目了然。从正楷字可看出你的书法如何，笔砚功夫达到什么程度，是否得上录用的起码标准。尤成额按照要求认真填写完申报帖子并收好，一副胸有成竹的样子，没有丝毫临考前的慌乱，只等5日后的堂试了。

这天终于到了，白面娘子一大早就起来了，先去厨房叮嘱正在准备早膳的王师傅要把饭菜做得顺口儿,接着又让小曼伺候少爷洗漱,然后打开衣柜取出几件新衣裳,在茗兰的指点下为公子穿上。4年多来,尤成额因事事不顺、处处碰壁,所以心情很不好,肤无光泽,面容枯槁,十分憔悴。经过一番打扮后,立马变样儿了,眉端的愁绪不见了,显得精神多了,儒雅之风十足,比原先还要年轻。大家围桌用餐时,茗兰苦于无法亲自送夫君前往考场,又放心不下,便劝尤成额道:"夫君,多吃点儿,肚子有底心不慌。到了考场什么都别想,静下心来,稳稳当当、仔仔细细答卷就行了。"又侧过头对身旁的白面娘子附耳道:"妹子,还得辛苦跑一趟,陪公子去应试,有劳你了。路上要安抚公子别紧张,更不要有负担,心态平和是关键。我一点儿不担心公子堂上的笔试,只怕在回答考官的问话时,他不像你那样伶牙俐齿、能说会道的,万一讲不上去,考官不满意,很可能事倍功半。因此千万别忘提醒公子不要着急,把该回答的表述清楚,将学识展示出来,将军大人才会知人善任。成败在此一举,机会难得,拜托了,姐姐先谢谢了!"

白面娘子小声儿说道:"外道了不是?妹子记住了,把心放到肚子里吧!我有一种预感,此去十拿九稳,必操胜券。根据啥呢?那天土地爷爷一到吉林城,连将军衙门还未去呢,就直接来凤楼看望你们了。此举即是告诉咱,请相信本官将秉公办事,只要公子是那块料,绝不埋没人才,一定会如愿的。姐姐,别操那没用的心了,好好儿在家呆着,养足精神,静等佳音。"

茗兰听后,轻轻点了点了头,不再说什么了。用罢早膳,大伙儿把尤成额和白面娘子送出门,因时间尚早,二人并不着急赶路,而是边走边唠,白面娘子把茗兰的交代重复了一遍。到了将军衙门府,见副都统都克尼正站在门外迎接前来应试的考生,并把递上来的申报帖子收齐,交给文部主事常喜。几位笔帖式站在院内,一一嘱告各位考生,今日将军大人要亲任主考官,上堂开宗明义,进行会考,你们无须紧张,只要沉着冷静应考、认真答卷即可。将军大人一向主持公道,不徇私情,榜首者必夺筹。意思是请大家放心,谁答得好,而且成绩排在第一位,我们就选谁做教习,定当公正办理,以此安抚考生。文部主事把收到的申报帖子审清后,将每位考生的名讳用墨笔写在宣纸上并张贴于院墙,大伙儿皆围在那儿观瞧,看看有没有自己的名字,惟恐落下。尤成额、鲍昌也不例外,名字自然列在上面,一切都是公开的。

离考试时间还有一会儿,常喜便吩咐笔帖式引领着考生进入衙门府西院儿的青砖瓦顶会馆内,即筑建有年的"倡议堂"稍稍歇息一下。门楣上方所挂匾额"倡议堂"3个大字很是醒目,乃乾隆朝中期,满洲正蓝旗人恒禄任吉林将军时留下的墨宝。这么多年来,房屋已几次修葺,没少更窗换门,然匾额依旧。倡议堂是历届将军大人获悉言论之所,接待八方人士,开宗盛听,广征民瘼。室内布置得既庄重又典雅,摆设着各种各样的装饰品,比如梅花鹿茸啊,百年老山参哪,上等熊掌、貂皮呀等等,皆具有吉林地方特色。冲正门的北墙悬挂着巨幅"五虎鸣瀑图",画工精细,出自乾隆初年一位有名的丹青画师之手。画儿上的5只老虎姿势不同,神态各异,有的趴着,有的站着,有的前扑,有的狂奔,生动逼真,妙趣横生。再配以流泻的瀑布,使观者似乎听到了山泉流淌发出的叮咚声儿,犹如身临其境。过了一袋烟的工夫,常喜领着考生从倡议堂出来,穿过长廊尽头的小圆门,进入后面的"招贤堂"。此乃从倡议堂辟出的房屋,专门作为招收文武之士的会考之所,门口儿有差官把守。考生只要来到这里,就说明已办好了一应手续,经过审查,该填报的各项皆已完备。进了招贤堂,首先看到的是藏衣间,即放衣裳的地方。考生需将脱下的外袍儿和随身携带之囊袋等放入写着自己名讳的大木匣子内,自锁自取,然后进入赐衣间。凡是应试者都得在这里换上将军衙门备办的外衣,一色浅灰色长衫儿,没兜儿没带儿,以防携带作弊之物,穿好后才能进入招贤堂。屋内摆放着一排排方形高桌,一把把靠背椅,桌与桌互有间隔,以防传递纸条等,桌上有文房四宝,一人一具。待众考生就坐后,常喜讲了讲考试之要旨,又强调一下应注意的事项,望各位遵守之。这时,副都统都克尼引领吉林将军进得屋来,并向考生做了介绍。富俊开口道:"诸位考生,本将军今天有幸与大家见面,非常高兴,为了吉林的振兴,欢迎更多年轻、有才干之人前来应试。左翼官学教习空额已4年有余,早应补缺,却久拖未决,为上下人等所系念。我受前任之托,上任伊始,着手做的第一件事就是选拔适合担任教习之人。此职官只空额一名,却有40多人求之,竞争比较激烈。为公平起见,特设考榜,以遴选品学兼优者堪任。下面由本将军出榜题,望各位广展智海,大显身手,交上令人满意的答卷。榜题不难,相比之下颇为简单,先要详审之,慎度之,而后作答。"说罢,提起桌案上的毛笔蘸饱墨,在一张红纸上写下"荀子"二字,甲题:《荀子》出自何代,何人所作,其遗著多少卷、多少篇,"劝学"、"儒效"为何卷何篇,任选两篇中的佳句共三节书之。

乙题：以下诸言源自何书？

子：君子周而不比

丑：天降大任于斯人也

酉：天行健，君子以自强不息

卯：绵绵若存，用之不勤

书毕，都克尼和常喜走到桌案前，各拿大红纸的一角将榜题贴在面冲考生的墙壁上。考生中有十几个人边看边议论，有的紧皱眉头道："还说颇为简单呢，这也太难了，从未见考官如此出题的，怎么作答呀？"

有的连题意都未弄懂，摸着后脑勺儿道："为什么还劝学？我们爱学习呀，不用劝，这究竟什么意思呢？"

有的更可笑，两手托着下巴颏儿，双眼看着墙上的试题磕磕巴巴念不成句子："天行……健君子……以自……强不息"，还一个劲儿地问邻座考生："兄弟呀，你弄明白没，咋答呀？"

嗓门儿最大的当数鲍昌，抱着膀子嚷嚷道："哎哟，这算哪门子考试呀，口口声声说什么检验大家学识水平的高低。要我看哪，纯粹是故意难为人，甭管出啥题，总得让我们知道试题啥意思吧？"说实在的，他心里比谁都着急，好不容易有个当教习的机会了，还得参加考试，择优录取，此前的礼是白送了。考就考吧，也坐进招贤堂了，可人若倒霉呀，喝口凉水都塞牙，未承想当天就碰上了硬钉子，又是"劝学"又是"儒效"的，谁能啃得动啊？嚷嚷过后，见考官没吱声儿，静下心来寻思道："劝学……劝学……"忽然眼前一亮："哎，想起来了，劝学很好理解呀，老父时常劝我要认真学习，听得耳朵都磨出膙子了，不过那可是关起门来教导儿子，主考官怎么知道的？唉，真够丢脸的了。也罢，既然让我讲讲高堂老大人平日是怎么劝学的，只好如实回答了。"想到这儿，不再听周围的人说啥了，趴在桌子上闷头儿开答了。

说来这47位应试者中，大多数是正经八百的读书人，整日卷不离手。少数人则是纨绔子弟、庸碌之辈，家中既有大妻，又有小妾，天天玩鸟、溜马、赌钱，成营生了。再不就去烟花柳巷里混，没日没夜迷迷瞪瞪的，没心思读书。要知道，学习文化首先得能耐得住寂寞、坐得住板凳，要不咋说苦读寒窗呢，确实不容易。不爱学习的人也没有鸿鹄之志，虽然人在学堂里，但心早飞了，根本坐不住板凳。往往趁老师转身的工夫，他便开溜了，看都看不住，跟老师捉迷藏的学生能有出息才怪呢！更有甚者，平时在答不出老师留的作业时，或抄别人的，或雇人代笔，到了真正需要临场作答就露馅儿了，瞪着一对儿傻呆呆的眼睛不知所云。

此刻，考场的秩序有点儿乱，一些人仍在发牢骚。都克尼和常喜看着他们的丑态，听着不着边际的议论，暗自好笑。唉，真是愚昧无知到了极点，大清的应试者中，怎会有这样的人呢？连"劝学"的出处都不知，更别说默写了，还想到左翼官学任教习，真成笑话了。富俊也直摇头，见不制止不行了，便道："诸位考生，要保持考场肃静，不得妨碍他人。试题浅显易解，没有难度，只要平时稍下功夫皆能答上。请仔细审读，认真思索，用心答卷。如果继续发议论，将会把你逐出招贤堂，等于自己主动撤回申报帖子，不再给机会。"

那些考生听罢，你瞅瞅我，我看看你，立马闭嘴了。一个个坐在那儿，眼睛死盯着桌子上的文房四宝，脑袋一片空白，急得长吁短叹，抓耳挠腮。而尤成额等30多位考生对这一切全然不知，埋头答卷，一声不出。考场内安静了，负责护卫的差官在院子里走来走去，时不时地提醒那些等在门外、陪着应试者一块儿来的家人、仆从不要大声儿说话，保持考场周围肃静，以免分散考生的注意力。实际上，他们比考生还紧张，心提溜到嗓子眼儿，生怕答不上来，一遍遍地为其祈祷，但愿神安顺遂，有问必答。也有不紧张的，比如白面娘子，看上去颇为轻松，坐在大门对面的上马石上东瞧瞧西望望的，只等尤成额从院内走出。她心里有底，平日里，亲眼目睹了尤公子手不离卷，勤勉苦读，积累了广博的知识。坚信功夫不负有心人，只要不出意外，定会拔得头筹，所以她心里一点儿都不慌。

铜钟连响3声，一个时辰的榜试终结了，常喜开始按桌收卷子。在答卷的过程中，有的考生一字答不出或写上一两句，索性不答了，放下卷子扬长而去。有的草草作答或答出一半儿，明知入选无望，也就不愿坐在椅子上干受罪了，只过一个钟点便抬屁股走人了，所以十多张桌子已经空了。当常喜收到尤成额桌前时，尤公子站起身来，双手拿着卷子恭恭敬敬地递上。常喜接过，点了点头，估计能答得不错。因为早就注意到了，尤公子神态自若，没有丝毫的紧张感，一直刷刷地写着。到钟声敲响时，已认真检查两遍了，整个考场像他这样的没几个。

收完卷子，都克尼领着余下的考生去驿馆用膳、歇息，下晌再回到招贤堂听结果。常喜则捧着卷子出了招贤堂，穿过长廊尽头的小圆门来

第四章 乱世重逢

到倡议堂,交给等在那儿的将军大人。富俊一张张地翻阅着试卷,无论答得好与坏,都看得非常仔细,并记下了每张卷子的名讳。当翻到尤成额的答卷时,发现不但字写得工整,而且格式也很规范。先审甲题,答曰:

《荀子》出自战国末期,荀况所作,又名孙卿,山西南境人。其遗著共20卷,32篇,"劝学"乃第一卷第一篇,"儒效"乃第四卷第八篇。默写佳句三节,一节"劝学":"君子曰:学不可以已,青,出之于蓝而青于蓝;冰,水为之而寒于水。木直中绳,輮以为轮,其曲中规,虽有槁暴,不复挺者,輮使之然也。故木受绳则直,金就砺则利,君子博学而日参省乎己,则知明而行无过矣。"

二节"劝学":"积土成山,风雨兴焉;积水成渊,蛟龙生焉;积善成德,而神明自得,圣心循焉。故不积跬步,无以至千里;不积小流,无以成江河。骐骥一跃,不能十步;驽马十驾,功在不舍。锲而舍之,朽木不折;锲而不舍,金石可镂。螾无爪牙之利,筋骨之强,上食埃土,下饮黄泉,用心一也。蟹六跪而二螯,非蛇鳝之穴无所寄托者,用心躁也。是故无冥冥之志者,无照照之明;无惛惛之事者,无赫赫之功。行衢道者不至,事两君者不容。目不能两视而明,耳不能两听而聪。腾蛇无足而飞,鼫鼠五技而穷。《诗》曰:'鸤鸠在桑,其子七兮。淑人君子,其仪一兮。其仪一兮,心如结兮。'故君子结于一也。"

三节"儒效":"故人无师无法而知,则必为盗;勇,则必为贼;云能,则必为乱;察,则必为怪;辩,则必为诞。人有师有法而知,则速通;勇,则速威;云能,则速成;察,则速尽;辩,则速论。故有师法者,人之大宝也;无师法者,人之大殃也。"

富俊看罢甲题,又惊又喜,拍案叫绝:"妙哉,妙哉,积年未见如此难得之才子,堪可为师也!"为啥赞不绝口呢?当然是有原因的。尤成额默写的三节佳句十分精准,一字不差,犹如荀子的"劝学"、"儒效"摆在面前。倘若不把全书背得滚瓜烂熟,牢牢刻在脑子里,绝对达不到这个程度。要知道,不光吉林将军衙门选录教习如此出题,往昔的八股科考全是这样,每篇文章皆需背诵。主考官富俊在众多书海中随意抽出两篇作为试题，考生惟有遍读古籍并铭记于心，才能对答如流。古人讲究熟而默记，默记贵在通晓，通晓方可默记，博闻强识，易于中的，便有夺魁之可能。即是说考官问啥，你就能答啥，若只瞄准一个靶子，问那么多能知道么？所以必须得通读大量古籍，在理解的基础上熟记，方可做到在考官出任何一道题时，都在自己的掌握之列，否则将名落孙山。说实在的，别看每位举子皆苦读十几载，那也不一定能把古籍看全，更谈不上背诵熟记了。

富俊平时也十分注重知识的积累，认为人的一生不能彷徨歧途或虚度年华，应珍惜寸阴，孜孜不倦的学习，奋发有为。尤其是年轻人要多读书，用心学，把全部精力倾注于书海之中，以便丰富自己的知识，不断挖掘自己的智能，为振兴大清献出一份儿力。目前，吉林将军衙门正是用人之际，为官者要慧眼识英才，选拔那些勤勉好学、志向远大之人入仕，挑起肩上的重担。正因为富俊求贤若渴，故而才想到了荀子的"劝学"篇、"儒效"篇，篇中所告诉人们之应该怎样学习、如何做人等，恰恰合乎此次设考榜的中心要旨。尤成额选出佳句三节中之一节取自"劝学"篇，是说学习不可随意终结，三天打鱼两天晒网也不行，必须坚持下去，持之以恒，方能达到青出于蓝而胜于蓝之境地。人之苦读，如同把木料做成车轮，把金属削成利器，全靠打造磨制之功，才会对人类有用，人类便因此赢得了最高的智慧。也就是古人所讲的学无止境，只要功夫深，铁杵磨成绣花针，此乃一个道理。

二节也取自"劝学"篇，是说所有的成功都缘于点点滴滴的积累，只有从一做起，方能积沙成塔，积腋成裘。无论干什么，务要专心致志，切记驰心旁骛，有志者事竟成。

三节取自"儒效"篇，是讲在社会上如何立足，应效仿什么，怎样才能把"人"字写好。文中强调需靠两条，一条是师教，一条是法度，这对一个人的健康成长极为重要。人的智慧，人的胆识，人的能力，人的作为，人对事物准确的观察、见解的通达、分辨是非的火眼金睛、剖析问题的透辟、谈吐的犀利、果断等皆来自师教，不学无术之人是立不起来的，在社会上也站不住脚。除此之外，还要有法制观念，凡事依法而行，以法度规范自己的所作所为，否则必出盗贼，成为害群之马。听从老师的教诲，以法度约束言与行，就会成为有用的人，乃人类之宝。此节申明了师教和法度的重要，立人立本在于学，在于教，在于自觉遵守法律。国家也如此，倡行教育，重视德才兼备，严格执法，人与人之间才会和谐共处,社会才会蓬勃发展。否则必将导致秩序紊乱,引发灾难,招惹祸殃。

富俊接着往下看第二命题,即乙题,答曰:

"君子周而不比"源自《论语》

"天降大任于斯人也"源自《孟子》

"天行健,君子以自强不息"源自《周易》

"绵绵若存,用之不勤"源自《老子》

乙题同样答得完全正确,毫无谬误,富俊甚为高兴,感慨万端,抬起头对身边的常喜、都克尼说道:"不得不承认吉林将军衙门负有延误子弟入仕之过呀,尤成额这样的文士早应坐于庙堂了,却得之晚矣。为官者如果不严于律己,玩忽职守,那将贻害一方一域,后患无穷,我们都要引以为戒才是。"说完又低下头审阅其他考生的答卷,发现有几位答得也挺好,比如来宝、德成、喜尔仲、乌巴图、尧子兴等,不过与尤成额相比稍逊一筹,做教习不行。当审到最后一张,即鲍昌的答卷时,觉得颇有意思,还是有生以来头一回看到如此答题的。鲍昌误以为主考官知道自己是背谬父命而前来应试的,依据对命题的错误理解胡诌起"劝学"一文来,可谓风马牛不相及。答卷中陈述了本人乃习武之士,自幼始练刀剑棍棒和如意铜锤,一直坚持至今。由于看到在盛京将军衙门任吏部侍郎的姐夫卢涟平日深居简出,天天与古籍、文房四宝为伴,不受风吹雨淋之苦,只要出行便以车轿代步,很是羡慕。于是几次请求家严为自己谋取官学之任,结果不予支持,均遭怒拒。当时难过已极,泪流满面,痛不欲生,转而哀求家慈帮忙。老母心疼儿子,便来到女儿家,让女婿出山,其夫人也在一旁催促。卢涟无奈之下,只好致函辽西故友、于嘉庆七年当过吉林将军的秀林,说是请想办法为妻弟鲍昌谋得吉林将军衙门属下之左翼官学教习之职,若补正教习无望,替补教习也可,以解夫人苦缠之烦。信的末尾是千恩万谢,万谢千恩。秀林看在旧友的面子上不能不管哪,可又苦于早已不在吉林将军衙门了,眼下身在甘肃,远水解不了近渴,找谁办好呢?左思右想,猛然想到了秦名远,曾在自己的手下任差,平时关系不错,又言听计从,应该能帮上忙,随即发去信函,并告知卢涟直接与秦名远取得联系。卢涟与秦名远不是很熟,只几面之交,总不能白求人吧,遂取出白银千两馈赠之。秦名远受人之托,又接人之银,觉得头拱地也得办成。正欲运作之时,未承想忽然蹦出个尤成额来,而且达禄副都统已打过招呼了,只等人家来赴任了。这下秦名远的火可上大发了，又生气又无奈，于是采取了偷梁换柱之法，打算用鲍昌代替尤成额，但久未如愿。后来我良心发现，觉得与尤公子原来无冤无仇，不该坏了人家的好事，那会受天谴的。可又无颜回盛京，惧怕家严之厉色，对不住家慈之良苦用心。就在进退两难、犹豫不定之时，恰逢将军大人设考榜，其中的命题之一"劝学"正与家严训喻十载的劝学之言相吻合，故而答之。乍一开始，看到试题不知所云，拿起笔却写不出一个字，还发了一番牢骚，实乃不该。都是晚生的错儿，在这儿赔罪了，也恨自己不肯认真读书、未下苦功夫学才落到今天这个下场。俗话讲，败子回头金不换，亡羊而补牢，未为迟也。从今往后，晚生必头悬梁，锥刺骨，苦读圣贤书，以报将军大人命题之用心也。

富俊审完这张离题万里的答卷，知道了此前求职的来龙去脉，不仅没生气，反而乐了："嗯，看来鲍昌走得距正道不算远，后生可教也。真是可怜天下父母心哪，谁不希望自己的儿子成为龙虎之将呢？谆谆教导、循循善诱尤为重要，其家严不必一味责怪也。"然后冲副都统问道："都大人，眼下将军衙门各部武职有何空缺？"

都克尼回道："城巡狩七品武职的骁骑校依里布因病退役，尚未补缺；城防巡查八品武职久未补缺；校场武备六品武职的副将佟海新选调京师建锐营，需补缺。"

富俊思忖片刻，说道："可将鲍昌留在衙门，校场武备六品武职副将对他而言尚显高就，难当此任，当后勉。补城巡狩七品武职之缺比较合适，二位以为如何？"

都克尼点头道："我看行，听说鲍昌的武功不错，正好可以发挥他的一技之长。"

常喜也表示赞同，并道："将军大人，光顾审阅答卷了，午膳还没用呢，肠子肚子早打架了吧？"

富俊笑道："哈哈，可不是么，你这一提呀，倒勾出馋虫来了。走，去后堂，让厨师炒几盘儿菜，咱们边吃边聊，把准备录用谁、任何职议一议，下晌得宣布呢！"说罢，3人起身出了倡议堂，向后堂走去。

到了申时，常喜和都克尼引领众考生来到将军衙门中堂，一字排开，总共32位，占考生的三分之二。为啥少三分之一呢？因为头晌那些或根本答不上、或草草作答、或答得半半拉拉的考生知道没有录取的可能，早已提前离开招贤堂径自回家了，原本就没想来。富俊正襟危坐

第四章 乱世重逢

于太师椅上,向桌案下看了看,朗声儿宣道:"本将军审阅了各位的答卷,水平参差不齐,有的答得不错,有的还算可以,有的差一截儿,望今后继续努力。本衙门根据各位递交的申报帖子及命题答卷,从德与才两个方面综合考量,选录如下:来宝、德成、喜尔仲为吉林将军衙门属下两翼官学候补教习,分拨左右翼试用,届期三载,依教优长另行补正或分到衙门各部任职,由文部主事常大人负责选派。请各位切记,将来不管在哪儿干差,务要勤勉忠职,克己奉公,尽心尽力,优则擢升,劣则除缺,望好自为之,听清了吗?"

来宝、德成、喜尔仲一起跪地叩头道:"听清了,谢将军大人抬爱,所言必牢记在心!"然后站起身来,高高兴兴地随常喜退堂而去。

富俊接着宣道:"将军衙门有3个武职缺额,由乌巴图补校场武备六品武职副将之缺,尧子兴补城防巡查八品武职之缺。"说到这儿忽然停住了,向堂下扫了一眼问道:"鲍昌何在?"

鲍昌此刻正无精打采地站在队列里,心灰意冷,情绪低落,因在交完试卷后,下去一打听,知道全答错了。"劝学"根本不是像自己理解的乃老父训教之言,而是荀况遗著中之一篇,所答驴唇不对马嘴,令人啼笑皆非,脑袋顿时就大了。看来此次彻底玩儿完了,未得到红鸭蛋,只能背着黑鸭蛋回盛京了,怎么向父母交代呀?那时,"红鸭蛋"即指朱笔批阅,所画红圈儿为对号儿;"黑鸭蛋"即指墨笔批阅,所画黑圈儿为错号儿。就在他愁眉紧锁、胡思乱想之时,忽听将军唤自己的名字,慌忙出列,扑通一声跪在地上叩道:"鲍昌叩见大人!咳,平时不下功夫学,用时方恨少,卷子答得一塌糊涂,无话可说。我知道,犹如黑老包的家严不会饶过不争气的儿子,家慈也会大失所望,是做儿子的不孝,对不起二位高堂的养育之恩,悔之晚矣。蠢辈真的觉得无颜面对将军大人,有条地缝儿都想钻进去,我错了,我错了……"说着说着,已经泣不成声了。

都克尼见此,怕他情绪过于激动再出个一差二错的,便上前将其扶起道:"鲍昌,冷静点儿,男子汉大丈夫哭什么呀?将军大人对年轻后生一向是既爱护又严格,希望个个成为有用之才,就像父亲对待子女一样,但凡有可能都会给机会的。"

富俊说道:"鲍昌啊,从你的答卷中获悉了内情,得知此前曾以其他方式谋求官学教习之职未果,知错必改就是好样儿的。念你在答卷中说了实话,尚属坦诚,看出求职心切,不想自暴自弃,愿意趁年轻力壮多为大清效力,让本将军颇受感动。考虑到虽文采欠缺,但武功习练有年,自有优长,可补城巡狩七品武职骁骑校。从今往后,要严于律己,振奋精神,踏踏实实习文,认认真真习武,朝能文能武的方向努力。功夫不负有心人,有付出就会有收获,相信前面的路会越走越宽的。"

鲍昌一下子怔住了,初始以为耳朵出了毛病听错了,转而环视了一圈儿在场的人,大家都在看着自己,没错,是真的,的的确确被将军衙门录用了,激动得重又跪在地上连连叩头致谢道:"谢谢,谢谢将军大人给了机会,小的没齿不忘,为吉林地方的安宁愿效犬马之劳!"

富俊抬了抬手道:"起来吧,嘴巴说得好听没用,就看以后的行动了,本将军拭目以待。"转而吩咐都克尼:"都大人,可以走了,送他们去赴任吧!"

都克尼上前一步道:"乌巴图、尧子兴、鲍昌,请随我来!"说着大步流星地出了中堂,3人紧随其后,前往任职之处。

待都克尼安排完毕返回中堂时,见将军大人仍坐在那儿,其他未被录用的考生不见了,只有尤成额和常喜从院外唤来的白面娘子静候一旁。富俊说道:"都大人,方才我让余下的26位考生退下了,虽然所答试卷还算入流,但留在官学不够格.鉴于眼下正是用人之际,你征求一下他们的意见,愿留者,可先在副都统手下当马甲或巴雅喇①,于军前效力,视日后表现另酌升迁。不愿留者,可随其便,一二年后,本将军会再设考榜选才。务必好生抚慰,给以鼓励,告知不要气馁,机会有的是,就看能不能把握住。惟如此,方可使他们有盼头,放下包袱,感戴而归,继续努力。"都克尼诺诺称是,表示一切按将军大人之意办。

尤成额自打进考场到现在,始终一声不吭,也没想主动同任何人搭话。今儿个一早,初见前来应试的考生个个怨声载道,对吉林将军衙门一肚子气,自己也有同感,只是觉得委屈无处诉、没有发泄而已。到了下晌,听罢将军大人宣布了录用名单,又见大多数考生虽然没有如愿被录为左翼官学教习,但对量才而用的做法皆未提出异议,而且颇为满意。现场反应也不一样,有的感激之情,溢于言表;有的自惭形秽,发自肺腑;有的涕泪满面,后悔莫及;有的毫不气馁,再待时机。他的内心深受触动,敬重将军大人勇于主持公道,言行一致,表里如一。感喟其思虑周到,办事细致,设身处地为考生着想。使得被录用者雄心勃

---

① 巴雅喇:满语,传报人。

勃、大展身手，未被录用者重整旗鼓，以利再战。能做到这样实在不容易，真乃体恤民情的父母官，难得呀！这么一想，心气平和了，心情舒畅了，苦恼、愤懑随之一扫而光、烟消云散了。这时，只听将军大人亲切地唤道："尤公子！"

尤成额赶忙应声儿道："晚生在！"随即走到紫色檀香木桌案前，双膝跪倒叩道："晚生尤成额叩见大人！"

坐在太师椅上的富俊站起身来，面带微笑道："经过设考榜选优，有些考生已各得其所，总算完成一件必办之事，本将军很是高兴。请尤公子随我来，咱们去会客厅，边喝茶边聊天，放松放松。噢，白面娘子也不能落下呀，一块儿走。"

于是富俊在前，都克尼、常喜在后，尤成额和白面娘子紧紧跟随，缓步穿过长廊，进入南面的会客厅，即将军接待来客或与知己、故旧谈心之处。室内散发着扑鼻的香草味儿，陈设颇为雅致，三面墙上皆挂有历代名家的墨宝及风格独特的水墨画、水彩画。画幅都不大，所表现的天地十分广阔，有白雪皑皑的群峰，有绿荫蔽日的古林，有潺潺流淌的山泉，有暖阳高照的田野，充满诗情画意，令人心旷神怡。5人坐定后，衙役奉上了香茗，富俊请大家品茶。白面娘子哪有这心思呀，只想立马知道尤公子是否被将军衙门录用了，可土地爷爷偏偏不提此茬儿，急得坐立不安的。尤成额同样焦炙万分，只是出于礼貌不能发问，尽力镇静自己，继续等待，不过神情已分明流露出了内心的急切。这一切，富俊全看在眼里，呷了一口茶后开口道："尤公子，俗话讲得好，人生难得一知己。本将军之所以单独请你到会客厅，是对其深湛学识的尊重，对修养、才能的认可。以往不算太熟，只见过两次面，不甚了了。耳闻不如目见，今天亲睹公子的答卷，不但文字工整，有问必答，而且准确无误，如读原著，此乃非一日之功也。公子博览群书，满腹经纶，十三经等宝典刻于脑中，犹如国学之藏书屋，难能可贵，钦佩之至。从心而论，早就渴望能与公子这样有才气之人共创文化之光，振兴吉林，巩固北疆，也是一直以来之夙愿。从今日起，任你为左翼官学五品补正教习，试用二载，依教优长经审合格后，擢升为四品教习。在吉林将军衙门为首席两翼官学总教学，除教授子弟外，兼顾教习、补正教习、候补教习的考核、升迁诸务。"说到这儿，指了指常喜道："这位是文部主事常大人，公子早就认识了，有什么困难尽管提出来，凡事找他协办就是了，抓紧时间做好莅任的准备。"

坐在尤成额身边的白面娘子听了可高兴坏了，乐得嘴都合不拢了，未等尤公子给将军大人叩头呢，抢先站起身来道："土地爷爷，您老人家是天下最公正、最无私、最讲良心的将军了，终于使我家公子如愿以偿了，小女代表尤公子及其夫人在此谢谢大人的录用、提携之恩！"随即扑通一声跪在地上，咣咣咣连磕了3个响头，接着又道："土地爷爷，小女要先行一步了，想必病中的茗兰姐姐早已等不及了，我得赶紧回家报喜呀，省得她惦念。也要告知凤楼的老老少少，大家肯定急得火上房了，正翘首企盼呢！"说罢，未待富俊表态，一阵风般跑出了会客厅。

富俊伸出食指点了点白面娘子的背影儿笑道："这丫头，风风火火的，也好，总得有个通风报信的嘛！想必各位比她还高兴呢，咱接着唠，待聊得差不多了，一块儿喝两盅儿如何？"

都克尼、常喜不住地点头，尤成额仍感到有些拘谨、放不开，又不好拒绝，除表示感谢外，只有听便了。正这时，门军来报，说是班佐领带领一些人赶着十几辆车到了将军衙门。都克尼和常喜刚要出门迎接，风尘仆仆的班布泰已快步而入，先给三位大人施礼，然后禀道："爷爷，告诉您一个期盼已久的好消息，我见到一指金刚大法师了，并随孙儿一同回返。此番对大疙瘩梁的钱家祖茔和阎王顶子进行了搜查和清剿，查抄出不少范蔼仁私自藏匿的赃物、地契、卖身契以及范氏家族的土地大账，俘获其派驻在那儿的心腹，收降了所谓的乡丁百多人，囚禁了团练总教头夺魂僧者和静空大师，师叔庞荣和'三槌'兄弟押解着人犯正候在衙门外。"

富俊听罢，命副都统都大人带领亲随帮着班布泰、"三槌"兄弟将押解的人犯一一收监，听候发落。又让文部主事常大人派衙役去把来宝、德成、喜尔仲、乌巴图、尧子兴、鲍昌等人请来，再到后堂告知大厨速速备宴，以素食为主，鱼肉兼而有之，为清剿阎王顶子的有功人员接风洗尘，为新人入仕吉林将军衙门庆贺。吩咐完毕，这才叫上尤成额一块儿出了门，见到了一指金刚侠和鹰爪消魂侠。一阵寒暄过后，富俊为双方做了引见，随即左手拉着大法师，右手拉着庞荣，在众人的簇拥下往后堂走去。此时，都克尼依将军之命，率领亲随与班布泰、"三槌"兄弟及手下先将人犯押至刑司，严加看管。接着命车夫赶着装满赃物的十几辆车来到偏院儿，将大小箱子全部卸下，一一清点入库。诸事完毕，把库门锁好，要求衙役昼夜巡逻，不可马虎大意，谁出纰漏拿谁是问，之后领着班布泰他们匆匆去了后堂。

第四章 乱世重逢

大约过了半个时辰,酒宴备好了,常喜见人到齐了,先给大家引见了来宝等人,班布泰则介绍了仝槌、铁槌、石槌及手下的众兄弟,小伙子们纷纷跪在地上给将军大人叩头,富俊表示欢迎并请各位落座。宴席共摆两桌,一桌坐的是富俊、常喜、一指禅师、庞荣及尤成额等新入仕之6人,富俊为主人;另一桌坐的是都克尼、班布泰、仝槌、铁槌、石槌及手下的兄弟们,都克尼为主人。都大人显得尤为高兴,他与富俊的孙儿班布泰此前互知其名,但从未见过。今天是首次碰面,往后又一起共事,班布泰在副都统麾下任一重要武职,做其左膀右臂。加之"三槌"带着手下众兄弟投奔了朝廷,将在自己的统领下为大清效力,给将军衙门增加了新鲜血液,你说他能不乐嘛!

开宴伊始,富俊首先表达了自己此时此刻的心情,说道:"今天是个特殊的日子,对于吉林将军衙门而言,可谓双喜临门。其一喜是班布泰在两位大师的协助下,对疙瘩梁、阎王顶子进行了搜查和清剿,挖出了范氏家族秘藏于钱氏祖茔的赃证,捣毁了范蔼仁设在阎王顶子的窝点,为当地居民建了噶珊,且颇为顺利、圆满,比预想的还要好。在这个过程中,他们为吉林地方的安宁跋山涉水,明察暗访,获得了极为重要的贼赃贼证,为除掉埋藏在阎王顶子多年的毒瘤铺平了道路。尤其让人敬佩的是二位高僧谨遵佛门戒律,善恶分明,不因师兄弟之情袒护逆僧之恶行,而是向将军衙门施以援手,鼎力相助,以正压邪,功不可没。本将军准备把大师的功绩上报朝廷,奏请嘉奖,让天下人皆知少林高僧的善举和公德。二位大师辛苦了,为吉林办了件大好事,我代表将军衙门和父老乡亲谢谢你们!"说着深深地鞠了一躬。

一指禅师和庞荣赶忙起身揖礼道:"使不得,使不得,将军大人客气了。千万别言谢,驱除邪祟、扶危济困人人有责,应该做的。"

富俊接着又道:"其二喜是本将军上任后,办的第一件事就是补左翼官学教习之空额,设考榜招贤,选取德才兼备之人入仕。强国之本在于发展经济,而教育则是培养新生一代准备从事社会生活的整个过程,必须给以足够的重视。然教习之缺一拖4年,耽搁至今,有碍吉林满洲八旗子弟之及时训迪,实在不该。经过考核,已于半个时辰前决定择优录用才学出类拔萃的文士尤成额任教,并担当两翼官学总教习,此乃吉林之大幸也。"

话音刚落,尤成额便站起躬身施礼道:"大人过奖了,晚生不敢当,今后一定不负将军的信任。愿把自己所学毫无保留地传授给八旗子弟,将毕生精力倾注于吉林的教育事业，鞠躬尽瘁，死而后已！"大家报之以热烈的掌声。

席间，一指禅师打量着坐在对面的尤成额，见其仪表堂堂，五官端正，印堂有光，耳垂搭肩，认定福分不浅，其祖上必有佛缘。相面者历来如此，若视某人眉宇不凡，目光炯炯，神态自若，谈吐不俗，举止稳健，性情沉静，头脑敏思，深藏若虚，大有文殊菩萨点化之光，那么将来很可能成为名儒。他越看越觉得尤成额有这些相兆，日后肯定大有作为，愈加敬重，遂起身走到跟前，挨其而坐，轻声儿说道："尤教习，本僧观你的面相，很像胸怀五车之人，未来将前途无量。今日能有机会结识两翼官学总教习，真是有缘哪，乃本僧之幸也。"紧接着又问了问妻儿及家世，尤公子一一作答，二人聊得甚为投机。

此刻，富俊虽然以主人的身份时不时地招呼大家尽情喝酒，并与以茶代酒的一指禅师、庞荣碰杯，互道老友之情，但脑子却未闲着，一直在琢磨事儿，首先想到的是仍关在囚车内的夺魂僧者和静空大师该如何处理。二人均为少林寺的高僧，又是一指金刚大法师的师弟、庞荣的师兄，他们之间有同堂坐禅、同师学技之谊，皆应是我们的朋友。可二人来到辽东竟一脚迈进范家堡子，为范蔼仁训练逆兵，干出了违犯大清律、有伤天理之事，其所作所为本该大劈。然仔细审度，他们是在不明真相的情况下，由于受范蔼仁的蛊惑、欺骗，一时分不清是非而盲目出手或不得已而为之，好在尚未造成更严重的后果。其师父长眉长老乃大清的得道名僧，因不放心徒儿，眼下正在辽东一带云游。不妨将他请到将军衙门，同三位弟子一起说服夺魂僧者和静空大师，以师情感化之，以师训悟彻之。使其认识到自己的错误，分清是非曲直，迷途知返，回心向佛，日后也可帮助朝廷做些有益之事。这么一想，感到轻松些了，继而又思摸尤成额一家："尤公子乃一介书生，肩不能担担，手不能提篮，终朝每日背诵四书五经，生活上得由仆人伺候。入仕后，他将为两翼官学效力，相信会尽其所能，不辜负将军衙门的重用和信任。其夫人茗兰乃名门闺秀，同样满腹经纶，为跟随夫君而告别亲人来到吉林。未承想却屡遭不顺，伤心又无奈，且产后得病，卧床不起。这种情况下，尤成额必然时时刻刻牵挂着病重的爱妻，怎能一心一意为官学的未来操劳呢？作为吉林地方的父母官，不仅要关心百姓的衣食住行，也要为属员排忧解难，使其轻装上任……"

一个时辰后，席散了，富俊吩咐"三槌"带领小兄弟们去将军衙门属下的小红楼驿馆歇息,然后走到一指禅师、庞荣跟前说道:"大法师、庞大师,想必二位比我更清楚,由于多种原因,夺魂僧者和静空大师走上了邪路,犯下了不可饶恕的罪过。考虑到你们皆为少林寺高僧,又是同一师父的兄弟,本将军不忍重罚,破例暂不关入大牢,并愿以宽广的胸怀接纳之,请进驿馆,以礼相待,好生服侍。你们有手足之情,应耐心引导,劝其远离邪恶,回归正道,以光佛法。事关重大,要严加防范,勿使其逃遁。现在就把他们交给二位了,希望通过说服、感化,晓以是非阐明利害,能收到预想的效果。"

二人非常感动,千恩万谢,一指禅师由衷地表示道:"请将军大人放心,本僧一定劝说两位师弟低头认罪,回心转意,尽快帮助衙门清除匪逆。此前不是未劝过,可他俩尚未想通,仍坚持己见,请容我几天,继续争取之。"

富俊点点头道:"好,可以理解,若想从罪恶的泥潭里拔出腿来,是需要点儿时间。春风化雨,润泽如玉,相信心田之门终会被打开,本将军拭目以待,静候佳音。都大人和班佐领将亲自送你们去驿馆,连续十几天的劳顿已经十分疲惫,早早安歇才是。我还有事需与尤教习相商,无法陪同前往,深感抱歉,请二位大师海涵。"

一指禅师说道:"您太客气了,本僧这就告辞,先行一步,不打扰大人了。"说罢出得门来,庞荣、都克尼、班布泰随其后,一同往偏院儿走去。

这里咱们多说几句。富俊对夺魂僧者、静空大师采取的策略不是一棍子打死,而是尽量想办法争取过来为我所用,显然是极为高明的,说到不少人心坎儿里去了,包括其孙儿。因为班布泰知道,是大法师和庞荣亲手将夺魂僧者、静空大师抓获的,师兄弟重新聚到一起应该高兴才是,可师傅和师叔心里却十分难过,当晚整宿未曾合眼。也是呀,亲如手足的师兄弟得到恩师的允准,一块儿下了嵩山,打算到关外走一走,见见世面。原本想去盛京,又想去吉林长白等地,最后决定朝辽东而来。未承想半道儿分手后,老二、老三鬼使神差去了范家堡子的范蔼仁处,从此住了下来,改了名号,受其摆布,为其卖命,走上了歧途。不仅不能一块儿返嵩山了,回去也无法向恩师长眉长老交代,心里能好受么,肯定是又着急又生气,恨铁不成钢。在前往江城的路上,他听到师父和师叔边走边小声儿商量着,好像是说见到了吉林将军,不妨诚乞大人开恩,手下留情,从轻发落。或者请求把二位师弟带回嵩山,交给住持，按佛门之规予以处置。然而见了面后，他们又觉得张不开嘴为师兄弟求情，毕竟犯下了大罪，理当依法惩治，僧侣也不例外。如果提出请求，肯定令将军大人左右为难，给人家找麻烦的事儿不能做，终未启齿。万万未料到自己没好意思讲出的话，富俊大人却替他们说了，可以想象，当时那种感激之情无法用语言来形容，连班布泰都为其高兴。他也暗暗捏了一把汗："夺魂僧者和静空大师眼下执迷不悟，经过说服教育真能迷途知返、痛改前非，那当然最好，不管怎样，总算给他们机会了。倘若把握不住，思想上仍顶牛，放着阳关大道不走，偏走独木桥，那可怪不得任何人，何去何从，就看自己选哪条路了。爷爷的做法可谓既讲究策略，又不失原则，很得人心。难怪大家皆服气，的确无可挑剔，以后得多学着点儿。"

一行4人很快进了偏院儿，走到囚车前，都克尼命看守打开囚笼，请二位师父下车。夺魂僧者和静空大师从疙瘩梁到江城的一路上，始终端坐在囚车内闭目合掌诵经，两耳不闻周边事，水不饮食不进，谁若与其答话，一概不理。一指禅师、庞荣曾几次走到跟前送水送饭，人家权当没看见，丝毫反应没有。这会儿将囚笼打开后，不管你咋说，二人硬是不出来，就像钉在那儿一样。实在没招儿了，都克尼命看守将其强行拉出，然后连同一指禅师、庞荣一并送到驿馆，班布泰还派人把仍在风楼的庞庆也叫去了。当晚，师兄弟5人同住一室，一指禅师眼含热泪动情地说："各位师弟，自从少林寺一别，好几年才相聚，实乃不该呀！千错万错都是我的错，没有尽早找到你们，使得在那么长的时间里未能见面，老二、老三还走错了路、投错了主。从现在起，请各位师弟翻过前事不提，以今日聚首为契机，共谋佛门普度，安抚民怨，祈福求祥，此乃师兄弟拜别恩师远涉东土之初衷也。"

话音刚落，夺魂僧者便忿忿地开口道："师弟再叫你一声大师兄，明告诉你们，别枉费心机了，那没用。我和老三既然已成阶下囚，要关要剐随便，没啥可说的，痛快点儿就行了，哪儿那么多废话！"

静空大师又把老话搬出来了："大师兄，我一直想不明白，咱们是同一师父的少林弟子，看着自己的师弟关进囚笼，你的脸上就光彩了？作为老大，更不该施计擒拿我们，有能耐真刀真枪比试呀，背地里下绊子怎能让人服？"

夺魂僧者随声附和道："说得好，死都不服，要不现在就拉出去溜溜！"

第四章 乱世重逢

二人嘴硬得很，你一句我一句的话不落地，一百个不服，一千个不满，说到激动处，夺魂僧者还把伙房送来的饭菜扔了满地。这下可把庞氏兄弟气坏了，当即与他俩吵了起来，各讲各的理，谁也不让谁。一指禅师起身出了屋，告诉站在门口儿的都克尼和班布泰："都大人，这样吧，你们不妨回去，该歇就歇，该睡就睡。请放心，没事儿，这儿有本僧呢，谁也跑不了。"

都克尼点点头道："那好，大法师，我和班佐领先回去，把亲随留下，有什么事儿及时联系。"接着又向身边的亲随做了一番交代，然后与班布泰去了灶房，叮嘱厨师继续给两位师父送水送饭，直到他们吃了、喝了为止，一切安排妥当方告辞离去。

再说将军衙门后堂共进晚宴的众人走后，屋内立马安静下来，富俊示意尤成额坐下，让常喜陪在一旁，说道："尤公子，噢，今后再不能这么称呼了，过几天正式入仕吉林将军衙门，咱们便同朝为官了。你是大清的栋梁之才，又是本将军选中的教授八旗子弟之先生，望多多出谋划策，使吉林两翼官学教育有新的起色。只有热情不行，还要有足够的思想准备，操心挨累，任重道远。上任之前，首先得把家中的人和事安顿妥帖，无后顾之忧才能安心教学。据我所知，一指金刚大法师双掌十指能传送功力，尤其食指非常厉害，可点穴通窍，驱除风寒，称得上道行颇深的疗疾活神仙，多种疑难杂症都不在话下。明日我陪他去凤楼，请其为茗兰诊治，相信对病体的恢复会大有裨益的。再有就是顺便看看白面娘子，多年前，我得悉了她的不幸遭遇，小小年纪便吃苦受罪、甚至被歹人欺辱、摧残，很值得同情。好在她不甘沉沦，没有因此而失去活下去的勇气，咬牙挺过来了。还是个热心肠儿，主动为你们提供了住处，帮着料理家务带孩子，使得公子的学习也未耽搁，一个弱女子能做到这一点着实难得呀！"

尤成额听后，甚为感动，眼眶里含着泪水，起身致谢道："晚生谢谢将军大人的体恤属员之心，想得太周到了，早就期盼着医术高明之人能治好夫人的病，看着她有双腿却不能走，又着急又心痛。大法师若肯亲自登门疗疾，真是求之不得呀，祖祖辈辈不会忘此大恩大德。大人所言极是，白面娘子热情爽朗，心地善良，乐于助人，帮助萍水相逢的一家人脱离窘境，渡过难关，我作为直接受益者不知如何感谢才好。从与其4年多的接触中，发现她胆大心细，见多识广，脑筋活泛，善于结交各界朋友，五行八作皆有，且游刃有余，是位让人敬佩的女中豪杰。晚生常想,倘若将军身边能有白面娘子这样的人出主意,肯定不会差,一准是个好帮手。可惜她是个女子,经历坎坷,出身微贱……"

二人正唠着呢,从驿馆返回的都克尼、班布泰进了后堂,恰巧听到了尤成额的这番话。都克尼走到跟前,先是向将军禀报了把夺魂僧者和静空大师送到驿馆后,态度仍很蛮横、拒不认错等情况,接着又道:"大人,您不是常说眼下是用人之际么?在下也看出来了,正像尤教习讲的,白面娘子的确精明强干、有头脑、点子多,不妨大胆起用,请其出山。江北拘缉营目前仍圈着一些不该关的人,男女老少都有,包括沿街乞讨的、偷鸡摸狗的、打架斗殴的以及各地逃难的流民等。这么多年过去了,至今没有选中一位既有能力、又可信赖的管事人,也未彻底弄清所关之人中,哪些是无罪的,哪些是有罪的,哪些是犯下滔天大罪杀不可赦的。致使怨声载道,积羽成舟,年年鼓包,令历届将军十分头疼。在下以为现在是该解决的时候了,如果把白面娘子派去,本身具有与各种各样的人打交道之本领,通过认真调查、仔细甄别、加强管理,相信会有改观的。"

副都统讲的这些,富俊作为老吉林人能不知道么?全在心里装着呢!只是马上要办的事情太多了,如何把棋子摆正,哪个先动,哪个后动,怎么走好,一直苦思不决。朝廷上下人等皆知,富俊向来崇尚荀子之言,重在教、在法、在用,败子可以回头。故而大半生不但在各地精心培养了不少文武之士,而且不拘一格提拔人才,其中有的还是大盗出身。他认为凡是所谓江洋大盗必有奇才奇志,由于生不逢时或家境贫寒,为了生计不得不四处奔走,无机会进学堂读书,个人的智能才没有用到该用的地方,甚至误入歧途。究其原因,一个是朝廷对这部分人疏于管理,一个是地方官吏没有因势利导、充分发挥其专长所致。爱民表现在关心民之疾苦,不管是何出身、干什么行当的,应一视同仁。爱民还在于指拨大家如何做好人,做对社会有用的人,人尽其才,物尽其用。富俊对此深有体会,世上有多少卫国干城之将出身不那么显赫,半世经历非常坎坷,自身或许还有污点,不过不要紧,总比那些饱食终日、无所用心之酒囊饭袋强得多,经过教育是可以改弦易辙走上正道的。归根结底,人的力量是无穷的,意志是不可违背的,然必须正确予以引导、驾驭,此乃朝廷命官应尽之责。富俊常讲:"好驭手愿骑骐骥,关键在于调教。"基于此,他身边的人虽出身各异,有高有低,有优有劣,但最有奇能,遇百事皆能迎刃而解。富俊还有句口头禅:"我不喜欢泥面人，喜欢蛟龙、猛虎，也爱摆弄毒蝎、黄蜂。"此刻，当尤成额和都克尼提到了白面娘子时，他说："很好嘛，白面娘子如果是那块料，决不埋没人才，本将军必当面迎请。话虽这么说，但干什么都得有个程序，一步一步来。如同做饭一样，生火、烧水、淘米、下锅，水的多少需放得正合适，火候儿大小需掌握得恰到好处，焖出的饭才又香又松软。对于白面娘子而言，我以为不是用不用的问题，而是一定得用，只是尚未到用她的时候，不要轻易移动这个棋子。你们想想，4年来，尤教习一家一直是白面娘子帮衬着，现在仍离不开，里里外外全靠她张罗。正因如此，尤教习也就不用去思虑柴米油盐那些杂七杂八的事儿了，可以彻底脱身，把全部精力投入到两翼官学上，这不比什么都重要么？都大人，从明天起，你和班布泰把从阎王顶子俘获之人一一进行核实，分辨出黑白、真假、罪恶轻重。凡是在范蔼仁的逼迫下不得不去那儿的，本人此前是良民，有点儿小毛病，比如爱占便宜了、小偷小摸了、打架斗殴了等等，这不算啥大事儿，可以从轻发落。有本领有专长的，可留在火器营或健锐营，充实八旗军的力量。啥能耐没有的，愿意在吉林讨生活可以留下，不愿留者，给点儿银子作为盘缠放其回乡。不过要讲清，将军衙门已经有他们的前科册子了，是上了账的，倘若再干违法之事，两罪并罚，决不轻饶。对于罪不可赦或欠下血债、有人命官司的，由刑司查究清楚后上报朝廷，待秋日斩决，杀一儆百，引以为戒。在具体办理过程中，切忌粗枝大叶、草率从事，一定要认真、细致，丁是丁，卯是卯，不可出现丝毫谬误，将处理结果造册并呈本将军过目。我们目前所查实的范蔼仁所犯罪行已是秃子脑袋虱子明摆着，不管是抓他还是剐他，皆可信手拈来，谅其跑不了，也无处可逃。关键在于是否完全掌握他的罪行，明的已知，暗的或许还有遗漏，起码现在不敢打包票。据我所知，范蔼仁恶贯满盈，宗宗件件皆属于祸灭九族之罪，故而几十年来不得不处处小心谨慎，行踪十分诡秘。他采取了乌龟下蛋的策略，即把逆兵窝点、暗道设于四处，东几个西几个，目的是防止清兵发现踪迹后一网打尽。我们务必找到乌龟蛋的窝儿，一窝一窝地刨，一窝一窝地端，就像端锅一样，彻底清除所有隐患。他还采取了葡萄架上爬葡萄秧的策略，即上下左右连线，四处爬蔓，使得恶势力遍布各地，面儿铺得越来越广。我们要做摘葡萄的好手儿，无论秧蔓爬到何处，必须把葡萄全部摘下，装进篮子里，不能落下一粒。这就要牢牢掌握爬往四处的葡萄秧，将主根、枝杈、秧蔓都掐在股掌之中，到那个时候,恐怕得请出白面娘子施展奇能了。总之一句话,要打有准备之仗,先攥住老虎的须子,迫使其不服也得服,匍匐在我们脚下听从调遣。切记,在具体实施过程中,不要声张,更不能大肆宣扬,只需闷头儿做就行了。至于争取夺魂僧者和静空大师为我所用,不能操之过急,思想上的转变需要时间,不可能一朝一夕就能认识到自己的错误和罪行。一定要耐心劝化,水到才能渠成,想必功夫不会白下。好了,天不早了,都回去歇着吧,孙儿呀,你把尤教习送到凤楼。"班布泰应了一声,4人起身出了后堂,各回各家。

　　转天头晌,富俊只身一人前往小红楼驿馆,进了大门刚想去客厅,却被门房拦住了。他不认识将军,因其未着官服,来衙门没几天,故而尚未见过。门房连珠炮般一顿盘问,富俊并未回答,而是笑着说道:"不用问那么多了,老夫来看昨晚入住的一指金刚大法师,不进去也行,你去通报一声,请他下楼就是了。"

　　门房不屑一顾:"这老头儿,咋那么没礼貌呢,大法师可是出名的高僧啊,你让下楼人家就下呀,总该报上名讳吧?"

　　富俊说: "报名讳就不必了,麻烦你跑一趟吧,大法师肯定能下楼。"

　　门房见拗不过,只好放富俊进了客厅,然后噔噔噔上了二楼,走到最里边的那间屋,向大法师如实通报。一指禅师忽听楼下有人找,感到十分纳闷儿,这是谁呢?吉林城没有熟悉的人哪,赶忙穿上外袍出了屋。也凑巧了,此时,驿馆的管家柳祥、外号儿"柳小辫儿"正好从账房出来。他早已从将军衙门总管秦名远口中得悉老倔头儿富俊又回来任吉林将军了,叮嘱其嘴巴闭严点儿,不可乱说乱动,更不能无事生非,惹出没必要的麻烦。富俊一向六亲不认,不管你是怎么个来头儿,只要被他抓住小辫子没好儿,轻易不会放手,想逃脱难上加难。况且尤成额也跟着翻身了,腰板儿立马直了,倘若把旧账全折腾出来,咱哥儿俩还不知咋样呢,只能硬挺了,熬到哪天算哪天吧!柳祥对秦名远的这番话真往心里去了,又紧张又害怕,天天大气儿不敢喘,从不多说一句话,生怕落下把柄,只因此前也同样做过不少见不得人的事儿。

　　朱伯西在本部乌勒本开篇时曾讲过,尤成额一行刚到吉林便来到这处将军衙门属下的小红楼驿馆,4年过去了,而今一切如旧,只是比以前更阔气、更排场了。当年的管家是杜宝,后来突患暴病一命呜呼了,秦名远就把身边的亲信、与杜宝一丘之貉的柳祥提起来了,由于有总管做后台，管家这个位子自然稳如泰山。秦名远也好，柳祥也罢，皆为心怀叵测之人，乃吉林将军衙门内的蛀虫。那会儿，松菻将军老来多病，大事都管不过来，哪有精神头儿关注驿馆哪，平时很少登门。偶尔去一回，柳祥等人便围着身前身后转，净拣好听的说，竭尽阿谀奉承之能事，结果老大人被他们迷惑住了，认为管家柳祥干得不错，值得信赖，久而久之，竟成为将军身边的香饽饽。松菻交印时，松筠匆忙接印，千头万绪尚未归拢好，又不得不匆忙离任，仍回到内阁办差。正是在这种情况下，秦名远再次乘机钻了空子，使得两届将军皆不知尤成额千里迢迢赴吉准备任教习一事，更不知被总管和当时的管家杜宝以及柳祥合谋送到了江北拘缉营。此次富俊一回来，秦名远、柳祥等人知道这位将军很难对付，凡事较真儿，一是一，二是二，从不囫囵吞枣。他们担心尤成额的事儿不定哪天露了馅儿，到那时就糟了，富俊决不会轻饶，所以总是忐忑不安、小心翼翼的，暗暗祈祷千万别出一差二错。昨天傍晚，班布泰、都克尼及其亲随带着一指禅师等4位大师来到驿馆时，柳祥一看副都统登门了，身旁的班布泰职位虽然比都克尼低两级，只是四品佐领，但那是将军大人的宝贝孙子呀，也得像军爷一样侍奉，不能有丝毫怠慢。于是赶忙笑脸儿相迎，热情接待，又端茶又送果品的，使出浑身解数极力讨好儿之。当得知4位大师需住在驿馆时，不仅将其安排在走廊尽头的那间幽静、宽敞、明亮的东屋，还令手下把对过儿的西屋倒出来，床铺桌椅全搬走，设立禅堂，北墙挂上佛祖像，地上放张供桌，摆上供品，燃上香，香烟缭绕，庄严肃穆。一指禅师不知细情，见柳祥跑前跑后忙得一脑门子汗，把师兄弟几个安排得妥妥帖帖，大事小情想得周周到到，印象不错，觉得这位管家能力挺强，腿脚勤快，有眼力见儿。

当柳祥慢腾腾地来到客厅时，忽见富俊大人正候在那儿，又见门房引领着大法师下得楼来，知道他不认识站在客厅的是吉林将军，这不闯下大祸了么？一时又气又怕又不便发火儿，慌忙走上前把门房拉到一边，扑通一声跪在地上叩头道："不知将军大人驾到，小的有失远迎，万望恕罪！"

富俊对柳祥略知一二，根本未理茬儿，眼皮都没挑，转身走出客厅，面带微笑地冲着已到跟前的一指禅师问候道："大法师，怎么样，昨夜歇息得如何，住得惯吗？"

一指禅师揖手道："谢大人关照，歇息得很好，这里环境舒适，十分安静，上了炕一觉睡到大天亮。如果没猜错的话，大人是有事而来，派个侍卫通报一声就行了，何必劳您大驾亲自跑一趟？不仅不坐轿，随从也不带，这样的将军实在少见哪，本僧敬佩之至！"

富俊说道："大法师，搅扰了，的确有件事求您帮忙。听说您是治疗疑难杂症的高手儿，我的属员、新任左翼官学教习尤成额的内荆产后患病，双腿不好使，难以行走。可否请您上门为其诊治，服点儿灵丹妙药，也好药到病除，本将军替尤教习全家先谢谢了。"

一指禅师听罢，没有丝毫犹豫，爽快地答应道："将军大人不必客气，更谈不上谢，应该的，本僧一定尽力而为。"说着顺手摸了摸腰间的小布袋儿，好好儿挂着呢！这可不是装衣物用的，而是用来装各种各样灵丹妙药的，可谓百宝袋。接着又道："将军大人，若无别的事，咱现在就去？"

富俊头一摆道："好哇，走吧！"

于是二人肩并肩地出了驿馆，边走边聊，径直向东而去。管家柳祥想献媚取宠却无机会，遗憾得直拍大腿，只好跟在屁股后头撵，见人家头也没回地走出挺远了，这才不得不停下脚步，像根麻秆儿似的杵在那儿，既尴尬又狼狈。他越寻思越窝火，新任将军登门，正好可以借机展示一下自己迎来送往的本事，未承想全泡汤了。哼！都是那个有眼不识泰山的蠢蛋门房惹的祸，争面子的事儿干不来，反倒给添堵，看我怎么收拾你，反身气急败坏地找门房大发雷霆去了。

再说文部主事常喜不仅头脑聪明，善解人意，举止沉稳，考虑问题还细密周到，啥事儿都能想到头里。他在富俊身边办差那么多年了，早吃透其脾气禀性了，知道大人无论干啥，从来都是有条不紊，一杆子插到底，干净利落，不留尾巴。而且本性纯厚，为人诚朴，关心属员，让你觉得暖呼呼的，也常常为此感动不已。今儿个头晌，他发现富俊将军处理完衙门的诸事后，不骑马也不坐轿，急匆匆地往驿馆所在方向去了，估计是去见住在那儿的师父们。因为此前大人曾说过，尤教习的心理负担挺重，其夫人正卧病在炕，不妨请大法师给瞧瞧，如能治愈不更好么，那便解了尤教习的后顾之忧了。常喜仔细一思量，若真是这样，驿馆距凤楼正经有段路呢，步行太慢，耽误时间，应当骑马去。随即赶忙跑到后院儿，从马厩里牵出富俊的红鬃马，另外又备了两匹，一人牵着3匹坐骑的缰绳出了后院儿，往小红楼驿馆那边迎去。果不其然，没出多远，就见富俊和一指禅师走了过来，常喜紧走几步迎上前道："将军大人、大法师，打算去凤楼吧？马已备好，每人一匹，骑上吧！"

富俊从心里喜欢常喜这个机灵劲儿，想得周到，办事稳妥，从不张扬，遂笑道："嗯，来得正好，走吧，一块儿去！"说着接过缰绳，一骗腿儿上了红鬃马，一指禅师跨上另匹黑马，3人3骥并辔前行，朝凤楼驰去。

过了约半个时辰，一行3人便看见坐落于江东岸的小木楼了，院外草木青青，幽雅而恬静。正在屋内忙乎着的白面娘子听到远处传来了嗒嗒的马蹄声儿，立即放下手中的活计，叫上尤成额出了大门，往西一瞅，见跑在最前面的是土地爷爷，紧跟着的肯定是一指金刚大法师了，文部主事常喜随其后，心里一阵高兴。3人很快到了跟前，翻身跳下马，未等尤成额见礼呢，白面娘子抢先开了腔儿："哎哟，太好了，不仅土地爷爷驾到，还带来了大法师以及我家公子的顶头上司常大人，凤楼今天可是蓬荜生辉呀！早就听说大法师的大名，还是庞家哥哥告诉的呢，今儿个终于有幸得见，谢谢特意为茗兰姐姐疗疾，快请进！"说罢一面与尤成额一起把客人引进门，一面吩咐侍女上茶，3人于一楼的厅堂落座，由尤成额招呼着。

欣喜若狂的白面娘子一步两磴地跑上楼，直接去了茗兰住的东屋，回身关上门乐不可支地嚷嚷开了："姐姐，贵客登门了，土地爷爷带着懂医道的大法师来了，还有文部主事常大人陪同，这下可好了，姐姐的病有救了！"

茗兰此时正和衣躺在炕上，忍受着病痛的折磨，这些日子越发严重，一翻身腰部疼得像断了似的，两条腿犹如针扎一般。她是个要强的女子，从不哼哼唧唧的，总是咬紧牙关硬挺着。实在疼得厉害了，就用被子蒙住头呻吟几声，生怕被夫君听见，担心其原本心情就不好，再看到自己这个样子，更得雪上加霜了。当听白面娘子说贵客已经到了，茗兰挣扎着坐了起来，白面娘子拿过枕头倚在其身后，又给披上一件外衣，把头发捋了捋，这才叮嘱道："姐姐，你等着，妹子这就把客人领来，马上便能看到了。"说罢转身推门出了屋，嗵嗵嗵下楼了。

没一会儿，富俊、一指禅师、常喜便在白面娘子的引领下进了东屋，茗兰为表示对贵客的尊重，也不管双腿是否听使唤了，忙让白面娘子搀扶自己下地跪拜，富俊走到炕边劝阻道："孩子，万万不可，咱不讲那些礼节，你的心意爷爷领了，快坐下说话。"

茗兰执意不肯，遂跪在炕上眼含热泪叩道："松岩爷爷，小女听夫君讲,您从双城堡归来所做的第一件事就是为补缺左翼官学教习而忙前忙后,设立考榜,审阅试卷,成额终于如愿以偿。今儿个又请大法师登门为小女疗疾,真不知如何感激才好,只能在炕上叩拜万福了,谢谢将军大人,谢谢大法师,谢谢常大人!"

富俊上前将茗兰扶起,让她靠在枕头上,然后坐下冲尤成额说道:"既然是一家人,就得唠点儿心里话,有些事你可能不知道,班布泰和白面娘子已经告诉我了,茗兰的病与到吉林后的遭遇有关。你们来这儿4年多了,又添丁了,所带盘缠快用光了。为了节省些银两,茗兰同下人一样,天天吃的是粗茶淡饭,鱼肉不动,未购置一件新衣,还变卖了自己的首饰贴补家用。最让人感动的是所有这些都是瞒着你的,不愿让丈夫为生计操心,只需读好书就行了,你自然始终蒙在鼓里,今儿个我把这层窗户纸捅破了。尤教习呀,茗兰是个难得的好妻子,隐忍、贤惠,有苦往肚子里咽,一心为丈夫着想,打着灯笼都找不着哇,今后要好好儿疼她。若是做得不好,我这个大胡子爷爷可不饶,一准找你算账!"

尤成额听了这番话,倍感惊讶,激动不已,眼圈儿红了,看着茗兰轻声儿道:"夫人,真是难为你了,一直为我吃苦受累,对不起。唉,我咋如此愚笨呢,终朝每日只背诵那些诗词歌赋,这些事儿一点儿未曾想到啊!"

富俊接着又道:"茗兰哪,我还知道你不愧为京师闻名的才女,为了减轻家中的负担,支付日常开销,背着尤教习让小满堂去集市卖画儿。老夫有幸得到了5张丹青,上写出自'凤楼女'之手,'凤楼女'指的就是你吧?5张丹青的画名我都背下来了,一是'松江花月夜',二是'渔歌蓑笠翁',三是'龙潭瑞雪',四是'北山古刹',五是'牧归',对不对?"

茗兰听罢,一下子怔住了,继而恍然大悟,脸腾地红了,不好意思地说:"松岩爷爷,原来就是您……哎呀,让您老见笑了。那天,小满堂乐颠颠地跑回家告诉我,说是一位诸葛装束的算命先生看中少奶奶的丹青了,把5张全包了,给不少银子呢!其实不过几张画儿,哪值那么多钱呀,况且画功根本谈不上,练练笔而已。小女一直庆幸遇上好人了,在最困难的时候,用那些银两帮我们渡过了难关,心里特别感激。做梦没想到买走画儿的竟是爷爷呀,实在太巧了,小女代夫君谢谢啦!"

富俊笑道:"谁说那5张丹青不值钱?我看值,真值!所得银两尽管用,干净得很,皆为老夫的俸禄,算是略表心意了。茗兰哪,我接任吉林将军没几天,千头万绪总得捋清了,然后再一件一件地做。此番来到凤楼,既是看望你们的,又是还债的。一指金刚大法师乃河南嵩山少林寺长眉长老的亲传大弟子、当今的世外高僧,也是吉林将军衙门敬请的佛家大师。为了北地周边的安宁,大法师奔走各地,风里来雨里去,很是辛苦,昨晚方从阎王顶子回返江城。今儿个刚刚得知尤教习之夫人身有疾患,行动困难,奔儿都没打,立即随老夫一起来了。大法师有起死回生之神功,接触过不少疑难杂症,积累了丰富的经验,何况你只是腰腿疼,放心吧,肯定能治好。"

茗兰眼含热泪连连致谢道:"谢谢将军爷爷,谢谢大法师,给你们添麻烦了,能得到世外高人的诊治,小女太幸运了。"

一指禅师起身手打佛号道:"阿弥陀佛,善哉,善哉!本僧十分敬重尤公子的文才,少夫人也是女中魁首,又不得不饱受病痛的折磨,让人心里不好受,这才随将军大人前来给以疗治,请伸出右手把把脉。"说着走到炕沿边儿,将脉枕放在茗兰伸出的手腕下,闭目凝神地开始号脉。富俊和常喜则由小满堂引领着下了楼,进入厅堂,坐在桌边品茶。一指禅师把了一会儿右手脉,又把了一会儿左手脉,看了看舌苔,以空拳对腰部和双腿轻轻叩诊,然后从腰间解下布袋儿,取出一个玻璃瓶儿,拧开盖儿,顿时散发出一股药香味儿,往手上倒了几滴药液,涂抹在茗兰的腰部和双腿上,边涂边道:"这是本僧浸泡了20多年的百步活络酒,药力很大,只要擦在身上,瞬间便能渗入筋骨,周身生热发汗,大有通七窍、驱寒痹、熨热力、活经络、化淤滞之功效。接下来将以气功为你调理,会感到热胀酸痛,难以忍受,疼得厉害就喊两声。从脉象得知,少夫人初得此病时,虽然及时服药了,但并未有针对性的调理,饮食上营养欠缺,故而病情没能得以缓解,且越来越重。然大可不必担心,运用药物和气功疗法,是能够标本兼治的,会像从前一样能跑能跳,只是需要一些时间。治疗期间,你得有信心,好好儿配合。如果能下地了,就尽量多活动活动,那对病体的恢复将大有益处。"

茗兰点点头道:"大法师,谢谢您为我鼓劲儿,请放心,一定按您的话去做,以积极的态度战胜病魔。"

一指禅师涂完药酒后,开始发功了,不到一分钟,茗兰便有了感觉,似乎一束束光柱射入后腰和两腿各穴位,又疼又胀又麻又酸,灼热难忍,渐渐的腰部、腿脚、两臂乃至周身大汗淋漓。茗兰深信大法师的神功，期盼着能为自己治好病，早早站起来，再难受也咬紧牙关挺着，一声不吭，旁边的白面娘子时不时地为其拭去顺脸滚落的汗珠儿。过了两袋烟的工夫，一指禅师长舒了一口气，双臂垂落，缓缓收功，然后说道："好了，今天就到这儿，少夫人的体力已损耗不少，首次做的时间不宜太长。"随即从布袋儿里拿出一个小葫芦，打开盖儿倒出30粒黄豆大小的药丸儿，用纸包好递给茗兰交代道："每日早晚各服一次，每次5粒，3天服完。我会隔天再来，仍以一指功施治，接着继续服30粒药丸儿，9天之内做5次气功疗法、服90粒药丸儿，少夫人便可以下地行走了。"

此话一出，躺在炕上的茗兰抬起上半身惊喜地大睁双目看着大法师，继而眼泪噼里啪啦往下掉，颤声儿致谢道："谢谢大法师，谢谢大法师！"

亲眼目睹了整个治疗过程的尤成额、白面娘子以及小满堂似乎不太敢相信，你瞅瞅我，我看看你，心里都在划魂儿："就这么个治法儿，9天后便可见成效，能那么快么？不过没别的招儿哇，一天天推着看吧，反正治总比不治强。"

一指禅师在尤成额、白面娘子的陪同下来到一楼厅堂，常喜起身相请道："大法师，累了吧，快坐下歇歇！"

一指禅师摇摇头表示不累，刚刚坐定，侍女便为其斟上了热茶。这时，富俊从内怀掏出一个红布包儿，冲白面娘子道："小白丫，4年多来，你主动帮助素不相识的尤教习一家，操持家务，照料病人，且无怨无悔，难能可贵，我代表将军衙门谢谢你。如果可以的话，暂时还得辛苦你关照他们，帮着茗兰抚育小少爷健康成长。这些银两是爷爷对你所做过的一切之奖赏，也是一点儿心意，收下吧！"说着把红布包儿递了过去。

白面娘子执意不肯收，说道："土地爷爷，您是知道的，当年造成尤公子和茗兰姐姐身陷困境我是有责任的，暗地里懊悔不已，出手相帮是为了赎罪。在后来的相处中，二人的文才、品德让小女敬佩，从其身上学到了很多东西，而且越处越投缘，甚至觉得离不开了，也很愿意照顾他们，因此而受奖心里有愧，实不敢当。"

富俊点点头道："嗯，小白丫成熟了，能够独立思考了，得刮目相看了。今后还要多做好事、善事，看到谁有困难主动施以援手，在帮助别人时，自己的心灵也得到了救赎。倘若人人都这么做，社会风气将大

第四章　乱世重逢

有改观，社会的安宁秩序将得到维持，值得大力提倡。你已先行一步了，给大家做个表率吧，表现得好就得以资鼓励，若坚持拒领心意，爷爷可不高兴了。"

白面娘子一听土地爷爷这么说，觉得不便再推却，只好收下并致以谢意。大家又聊了一会儿，富俊、常喜、一指禅师才起身告辞，出了院子跨上马原路返回。

第三天，一指禅师只身来到凤楼，仍以一指功为茗兰施治，并补以10粒药丸儿。第五天发完功后，茗兰果真觉得见好，腰部、双腿疼痛明显减轻，像被一股仙气吹了似的。第七天便能站起来了，在侍女的搀扶下，把着桌子可以慢慢挪几步了。到了第九天，不用任何人搀扶，竟在院子里走了几圈儿，只是腿脚尚不十分利落。茗兰激动得不能自持，扑到夫君怀里喜极而泣，尤成额忙掏出丝帕为妻子擦拭着泪水。大伙儿都为茗兰高兴，个个欢欣鼓舞，纷纷竖起大拇指称赞大法师的一指神功。当天下晌，常喜骑马来到凤楼，见茗兰迎出大门给自己鞠躬下拜，那真是喜出望外呀，乐得嘴都合不拢了，连连表示祝贺！进屋后，说是将军大人很忙，抽不出时间亲自前来探望，这才打发自己到凤楼看看少夫人的疗效如何。未承想恢复得如此之快，竟像常人一样行动自如了，过些日子还不得能跑能跳哇，喜事一桩啊！接着又向白面娘子询问了家中的近况、有否困难等，然后告诉尤成额："明日辰时正刻，衙门将备彩轿来凤楼，迎接公子正式入仕两翼官学，请做好准备。"

在场的人一听乐坏了，这一天终于盼来了，可谓双喜临门哪，那是千声祝福、万声感谢呀，你一言我一语话不落地。常喜说道："好了，我可通报完，得赶快回去给将军大人报喜，一直惦着少夫人的病治得怎样了，等着听信儿呢！天不早了，你们也该张罗张罗了，告辞了！"说罢起身出屋，尤成额等人将其送出大门外，一直看着所骑的黑马隐入一片树林中方返回。

常喜一走，凤楼的上下人等立马忙活开了，茗兰从衣柜里拿出了新长袍儿、新坎肩儿、新帽子、新靴子，仔细检查一遍后，一一摆在炕上晾一晾，去去潮气；尤成额把靠墙摞着的红木箱子全部打开，从中挑选出教学所用的书籍，一本一本地集中到一个箱子里备用；小满堂去河边提来一桶水，把挑书担子找了出来，刷了又刷，擦了又擦，破损的地方补了又补；白面娘子从仓房里拎出半袋麦子交给厨师王师傅，让其去米铺磨磨，明儿个早膳全家吃宽心面；两个侍女清扫楼上楼下、屋里屋外,连犄角儿旮旯儿都扫得干干净净,还将各处所堆放的东西重新进行了归拢。大家忙得不亦乐乎,傍黑儿时才算就绪,用罢晚膳,一起聊了一会儿便早早安歇了。

当晚,小满堂躺在炕上,一会儿看看靠墙边放着的书担子,一会儿瞅瞅柜子上摆着的白面娘子给做的新衣裳,翻来覆去说啥睡不着了,越寻思越兴奋。离开京师时,老爷就曾嘱告要尽心尽力地侍奉少爷,为其挑好书担子。可是到了吉林后,天不遂人愿,少爷教习未当成,自己的书担子也未挑成,每天只是侍奉二位小主子。4年过去了,书担子始终放在墙角处,从未动过,每每看见,心里就酸酸的。直到昨儿个下响,常大人前来通报,转天辰时将迎接公子入官学,当即顿觉一扇始终关着的大门突然打开了,眼前立马亮堂了,喜悦的心情溢于言表。一个是为少爷、少奶奶高兴,苦日子总算熬出头了,可以学有所用了。再一个是自己也可按老爷的嘱托做了,终于挑起了书担子,还能跟着少爷风光一把……

那个时候,陪着公子的书童所挑的担子是两个竹箱子,每个箱子分上下两层。其中一个的上层装着盥洗用的毛巾、牙刷、梳子、搪瓷缸以及路上吃的干粮、果品、肉干儿等,下层则是换洗的衣服、薄丝被、小枕头,半道儿若是累了,可随时拿出来或铺或盖。另一个的上层装着压纸石和文房四宝,下层放的全是书籍,皆为主人离不开的东西,走到哪儿带到哪儿。无论去的地方有多远,主人是骑马还是坐轿,书童只能挑着担子在后头跟随。昨晚小满堂在收拾书担子时,就曾问过少爷打算带哪几本书,尤成额告知:"官学的教学情况尚不清楚,只把每日必看的《史记》《十三经》带上即可,以后需要再添不迟。"小满堂照做了,把应放进担子的一应物品都装好了,一样儿不落。

次日清晨,公鸡报晓,凤楼的上下人等全起来了,白面娘子赶紧下楼去厨房,打算亲自做宽心面,把面和好放那儿醒一会儿,然后再切成条儿。可进去一瞅,还是起晚了,王师傅比她先行一步,正在将刚刚切完的又白、又长、粗细均匀的面条摆放在面案上,只等下锅了。她转身出来,待大家都洗漱完毕了,便吩咐王师傅煮面。不一会儿,香喷喷、热腾腾的面条做得了,倒进绿瓷盆里,白面娘子小心翼翼地端到桌子上,一碗一碗地盛出后,兴冲冲地招呼道:"快来呀,庆贺公子入仕,庆贺茗兰姐姐康复,吃宽心面喽!"

话音刚落,一个个乐颠颠地跑来了,围桌而坐,边品尝边夸赞王师傅的厨艺了得，竟能把面条做得如此好吃，不比山珍海味差。膳罢，茗兰和白面娘子分别为尤成额、小满堂换上了新衣，左观右瞧地打量着。这时，忽听院外吹起了唢呐，敲起了锣鼓，响起了噼噼啪啪的鞭炮声儿。忙跑出门一看，见一队人马抬着两台轿子向凤楼走来，为首的是位骑着高头大马、身着四品补服的官员，细一瞅，乃文部主事常大人，左右两侧各跟着3个随从。身后的第一台轿子是空的，本应这位四品官坐，为显得隆重、声势大，便没有坐轿，选择骑马而行。空轿的后头是台彩轿，装饰得华丽、漂亮，显然是给尤成额预备的。看热闹的男女老少多的是，兴高采烈、连呼带叫的，把路都堵住了，常喜身边的随从不得不高声儿喊道："让开路，让开路，往两边站站！"边喊边分开人群，在让出的一条窄道上缓缓前行，渐渐靠近了凤楼。

一个小校跑着来到院门前，双手抱拳通报道："常大人到，迎接尤教习前往左翼官学赴任，可喜可贺！"

尤成额夫妇回以谢意，赶忙迎上两步，向刚刚走到跟前的常大人施礼问候。常喜跳下马来，面带微笑地上下打量着尤成额，见其从头到脚好一番精心打扮，猜想肯定是茗兰和白面娘子的主意，看得对方怪不好意思的。尤成额今日可谓焕然一新，内穿白色丝绸衣裤，外着棕色长缎袍儿，上印淡黄色福团。何为"福团"？即一个团儿一个团儿的两只蝙蝠相对、取用"蝠"字之谐音"福"。长袍儿的外面罩着紫缎镶绦、红琵琶襟儿的坎肩儿，头戴一顶黑底镶蓝丝绦的便帽，脚蹬皂色丝纱印花面儿的文士靴。冷眼一瞅，脖颈处露出的是白丝绸内衣领，棕色缎袍儿上印着淡黄色的福团，再以紫缎镶绦、红琵琶襟儿坎肩儿搭配，显得格外鲜亮、醒目，这还是在京师时，茗兰拉着夫君到绸缎庄挑选合适的料子量身定做的。常喜亲切地拍了拍尤公子的肩膀道："嗯，不错，精神抖擞、风度翩翩哪！本官奉命率领两翼官学的学正、教习、候补教习以及所有生员前来接您入学馆，正式作为教习传授知识。按照礼节，走之前，需叩拜供奉的祖先牌位，由于祖上有德，才培育出文才出众的后生，也要叩拜先师、亚圣，然后方能上轿。"

这里插说几句。自有清以来，盛京、吉林、黑龙江三地受京师影响，满洲各家各户世代皆重视子弟受业，并供奉孔子、孟子的画像，祈祝有朝一日金榜题名，官运亨通，光宗耀祖。凡科考及第或被州府县衙张榜录用之文士皆受到世人的尊敬，视为文曲星光照，乃光耀门楣之大事。除隆重的迎接礼仪外，还要叩拜孔孟之圣像，且十字披红，胸戴大红花，乘坐彩轿，鼓乐齐鸣，出门时阖家叩贺礼。家主需宰杀一只雄鸡，把鸡血洒在庭院内，敬献众神祇、土地爷儿、宅神、喜神等，以诚谢多年来守宅之安宁及对中榜者的庇佑。这一切做完之后，才打鼓敲锣骑马游街，一路风光地前往应去之地。吉林将军衙门也不例外，迎接尤成额入仕左翼官学，成为深受仰慕的教习，礼仪是不可少的。吉林已好几年未有这等喜事了，今日在江城出现了，一传十，十传百，住在周围的居民扶老携幼地前来观看，不无羡慕地赞叹道："瞧哇，这一家子多风光啊，是得好好儿训育儿孙哪，将来个个有出息，到那时，咱也能满门灵光呢！"

尤成额于京师的家中西墙专有一个供奉神龛的地儿，即供奉三代宗亲的牌位，也供奉先师孔子、亚圣孟子之画像。离家时，他把神龛和孔孟圣像装入书箱带了出来，一路上心中暗暗朝拜祖先和圣贤。住进吉林的凤楼后，在二楼尽头那间北屋的西墙上供放了神龛，供奉了孔孟画像，终朝每日于晨昏之时焚香叩拜。此刻，当常大人提出需叩拜先祖、圣贤时，尤成额夫妇一边答应着，一边同其一块儿进入楼内，上了二楼来到北屋，面冲西墙向早已焚香供奉的神龛和孔孟圣像叩头。拜罢站起身，常喜从亲随双手捧着的彩釉铜盘内拿起红绸子和大红花，亲自为尤成额披红戴花。然后下得楼来，走到院子中间儿，白面娘子给尤成额、茗兰各一只酒杯，进屋端来米酒为每只杯子斟满，二人跪地将酒杯高高举过头顶，再把杯中酒泼洒在地，敬天敬地，望天神、地祇庇佑子孙，光耀门第。之后，凤楼的上下人等跪在院子里，由王师傅操刀，将事先早已准备好的一只大红公鸡宰杀，把鸡血洒在通往大门的甬道上和凤楼的四周。再用高杆把公鸡挑起，竖在院子中央，献给守宅之神鹰享用。接着摆上香炉，插满大籽香，点燃后香火红红，象征入仕者的前程文光普照，万事锦上添花。

供奉完毕，茗兰及家人将尤公子和小满堂送到大门口儿，千叮咛万嘱咐了一番。常喜骗腿儿上了马仍走在前头，尤成额坐进了彩轿，轿旁是挑着书担子、身穿黑色长裤、绛色马褂儿的小满堂，看上去蛮精神。紧跟彩轿的是那台空轿，其后是两翼官学的学正、教习、候补教习及众生员，最后面是秧歌队、高跷队，还有打鼓的、敲锣的、吹唢呐的，整整排了一大溜儿，好不喜兴。街道两旁人山人海，水泄不通，又鼓掌又叫好儿的，欢笑声儿、呼喊声儿、议论声儿、赞叹声儿混杂在一起，好不热闹。尤成额终于如愿以偿，正式入仕左翼官学任补正教习，官职为

第四章　乱世重逢

五品，两年后任教习，官职晋升为四品。从此苦尽甘来，昂首阔步地走上了育人之路，令人感动，令人高兴，为他道贺，为他祝福！

富俊第四次坐镇吉林将军衙门的第二天，便张贴告示、设考榜，着手办理已拖延5年之久的左翼官学教习补缺事宜。三日后开考，当天确定了人选，第十天补正教习就到任了，将军衙门的上下人等及江城百姓无不称赞新将军雷厉风行的办差作风。说来几位前任之所以久拖不决，其中一个主要原因就是人人皆知两翼官学非同一般，乃夫子所在之地，在当时的大清国声望很高，受到尊崇、敬重。当教习不同于浑身上下都是土、在大地里风吹日晒的庄稼汉，而是天天穿着整洁的衣服坐在学馆里，年年拿着俸禄，吃穿不愁，这么好的差事谁不想干哪？一些不学无术者千方百计地往官学里挤，凭借此肥缺混日子。也不是任人都能混得上，能来的全是有根基的，或是朝廷重臣的子孙，或是地方官吏的内亲外戚，一个个纷纷来将军衙门找自己的亲朋好友说情。在任将军或负责此事的属下官员碍着面子，谁都不想得罪，既不说行，也不说不行，左右为难，一时不知如何是好，只能一拖再拖。这回富俊谁的面子也不看，采取设考榜、公平竞争、择优录取的办法，参选者全部齐登大雅之堂，用试卷说话，以德才取人。结果效果甚佳，对最终夺魁者尤成额的入仕，将军衙门的上下人等皆举双手赞成，无一微词、异议，且无不敬佩将军大人勇于主持公道，一视同仁，让人心服口服。

那么，一指禅师给茗兰施治的这9天里，富俊还在忙什么呢？他是个闲不住的人，干事儿麻利，往往是左右开弓，双管齐下，且收效甚佳。富俊常讲："世间最贵者，当有宁事之心，天下兴焉。谁不想无所牵挂地睡宿安稳觉、做个好梦啊？人人都想，国家亦然。怎么办呢？就清廷的对头而言，本将军之意是能争取一个就争取一个，能减少一个就减少一个，对头越少越好，惟如此方可迎来社稷的安宁、祥和以至长远。"正是基于这样一种想法，他才命都克尼和班布泰对从阎王顶子抓获的范蔼仁派出之头领及其亲随、打手们进行调查核实，要求务必认真细致，准确掌握所犯罪行，不可遗漏，不可出现错谬，查毕一并呈上。经甄别，按所犯罪行大小给以不同的处理，其中的大多数尽量争取过来，为大清效力。他还叮嘱庞氏兄弟一定要耐心规劝夺魂僧者和静空大师，使其认清是非，回归正道。二位师父虽有大罪，与范蔼仁沆瀣一气，但若能幡然醒悟，不敢说为吉林将军衙门增加了力量，至少为朝廷减少两个对手。说服一个尚未认识到自己罪行的人回到正道上固然不容易，不过世上没有克服不了的困难，只要尽力了，就会有效果。与此同时，又提出要选出能者操持、管理江北拘缉营，不能像以往那样是非不清、正邪不分了，必须下大力气根治这个积年的顽痈，使其变成一个育人的塾堂。除此之外，他考虑到近些年来，江河日下，风俗颓败，偷窃、殴斗之事日增，谦恭、礼让难以传扬。于是令常喜充分做好迎接新人的准备，此次选录颇有才学的尤成额等能人贤者入仕两翼官学，可谓如虎添翼，吉林文运亨通有望了。此乃吉林将军衙门在道光四年的一件大喜事，要大张旗鼓地操办一下，越热烈越红火越好。按照以往的礼仪，入仕的官学教习应十字披红、骑彩衣马游街，表示大清朝尊师重教，重视文治。此次难得的机会不能错过，既尽人皆知了，又达到宣传目的了，使正气上升，邪气下降。他自己则投入到始终萦系于心的范蔼仁之大案中去，白天处理衙门诸务，晚上和衣而卧，四更天便爬起来坐在油灯下一本一本地翻阅卷宗。9天里，没睡上一宿囫囵觉，没来得及细细品味一壶香茗，没四平八稳地吃上一顿好饭，常常是一手拿着饽饽，一手拿块儿咸菜，嘴里嚼着，眼睛却不离档册。多么壮的身板儿也禁不住这么折腾啊，何况是位老者呢？眼瞅着日渐消瘦。可富俊全然不在乎，却把老家人宝靖阿心疼坏了，时不时地唠叨几句："萨克达额真哪，看上去现在比清查土地那会儿还要累，长此下去哪儿行啊，身子骨儿受不了哇，得悠着点儿。"富俊像未听见似的，只是嘿嘿一笑，该干啥还干啥。

一天傍晚，宝靖阿手托一套内衣进了书房，对正在灯下低头翻阅卷宗的富俊说："大人哪，身上那套内衣穿十多天了，该洗洗了，把这套换上吧！"

富俊心想："行啊，老哥说啥是啥吧，否则禁不住这顿磨呀！"于是乖乖脱下换了。

宝靖阿手指上衣又道："大人，衣兜儿里有样东西忘了吧？拿出来看看。"

富俊一愣，忙掏出细瞧，原来是用黄绫包着的一串儿佛珠儿，猛然想起是位老僧的，拍了拍脑门儿高兴地说："哎呀，老哥哥，可得谢谢你了，这几天太忙了，险些把大事误了。一切都好了，迎刃而解了，老仙翁来助阵啦！"

此话把宝靖阿给说糊涂了，丈二和尚摸不着头脑，根本不解其意，一时也怔住了。那么，这串儿佛珠儿到底哪儿来的呢？还是富俊在双城

第四章　乱世重逢

堡行辕大营时得到的。其时,班布泰不在行辕,已奉命同庞荣去疙瘩梁阎王顶子一带调查范蔼仁私自养兵的细情了。此间,富俊不仅接到了圣旨,也接到了从盛京转来的督催前往吉林将军衙门坐镇的帖子,要求立即启程。这可把他急坏了,除了抓紧时间将官兵们已清丈完的田亩数额以及调查、处理土地纠纷的情况记录在案,还需在小孤屯、大崴子、三道梁子、牤牛沟、老伙计窝棚等地建立新屯寨,每屯选一个屯达,5个屯选一个总屯达,并要安排好流人的生产生活。连续忙活了五天五夜,只是抽空儿打个盹儿,诸事毕方略感轻松。

这日,富俊吩咐宝靖阿收拾行囊,自己则去林子里漫步,喝了几口清泉水,呼吸一下新鲜空气,嘴里嚼着红皮大萝卜。回到行辕后,换了一身儿干净衣裳,从马棚里牵出小毛驴一骗腿儿骑上了。宝靖阿见其又要独自出门,哪能放心哪,刚准备去牵毛驴一块儿走,却被富俊制止了:"老哥,别去了,不用陪着我,忙你的。就这身儿打扮走东串西、常来常往的,谁知道是干啥营生的?放心好了,安全着呢,用不多长时间就回来了,出去转悠转悠而已。"

宝靖阿当然知道主子的脾气,他若说不行,你就别犟,犟也没用,只能听喝儿。于是叮咛了几句,又给拽了拽衣裳,转身回到屋内继续收拾行囊、马具去了。

富俊骑着小毛驴,驴背上放着个用鹿皮缝制的褡裢,是大孤屯的一位老妪送给他的,专门搭在牲口背上,比人背的褡裢既长又宽,不仅能放东西,也是个装饰。再看那头小毛驴,毛色发亮,精神、壮实,放上鹿皮褡裢一点缀,越发招人喜欢。其实呢,褡裢里装的全是用不着的布片、棉絮等,塞得鼓鼓的,外人一瞅,会以为这骑驴老客一准有不少银票呢!富俊身着蓝缎长袍儿,外罩紫红绦子镶边儿的黑坎肩儿,头上扣顶部缀着红玛瑙的瓜皮小帽,帽子前檐儿镶块白玉,戴着一副墨镜,脚穿白色粗布袜,蹬一双黑丝绢上绣牡丹的文士靴,显得很是素雅。只看这身儿装束,谁都得认为此人颇有修养,或是饱学之士闲来无事随意郊游,或是店铺掌柜去哪儿讨债,或是教书匠出外踏青,或是算命先生游走四方,肯定不是做官的。

富俊此次缘何外出呢?正像他所说的,其实没啥事儿,就是觉得这些日子太累了,神经总是绷得紧紧的,想放松放松,没什么目的地。小毛驴跟在富俊身边五六年了,知道主人的脾气、喜好,出行往往都是任自己往前走,走到哪儿算到哪儿。它见主人没吆喝,便像每回出行一样，踏着茸茸的绿草，沿着乡间小道向双城堡的集市而去。富俊骑在驴背上东瞧瞧西望望，初始蛮有精神，没一会儿感到有些困倦，便趴在驴脖子上打起盹儿来，瞅着像是睡着了，然耳能听声，眼能看路，时刻警惕着，已是多年养成的习惯了。每次骑驴出行，尽管常常打盹儿、睡觉，有时还仰面躺在驴背上小酣，却从未掉下过。这头小毛驴很通人气，感到主人睡着了，走得愈加稳当，慢腾腾有节奏地前行，犹如一片小舟在荡漾的春波中悠游。

　　小毛驴悠哉悠哉地走啊走，背上的富俊微闭双目睡得正香，忽觉毛驴停下了，并未睁眼，还那么眯着。毛驴站了一会儿，见主人没动静，便打了两声响鼻，打算将主人唤醒。富俊这才睁眼四下瞅了瞅，哎，此地好眼熟哇，原来已到三人堡子小集市了，距双城堡的大集市尚有5里多地。赶集的男女老少还不少，来来往往的，吆喝声儿、说笑声儿、讲买讲卖声儿混杂在一起，热闹得很。随着一阵清风吹拂，飘来了油炸麻花、馓子的香味儿，铁锅里的油滋滋作响，搅得肚子里的馋虫直劲儿鼓动。富俊抬起上身，发现毛驴前面的地上坐着一位年近八旬的和尚，身穿袈裟，外罩半长不短的布斗篷，脑袋裹着蓝包头。此人长相很有特点，面容慈和，宽额头，高鼻梁儿，一对儿罗汉耳。雪白的眉峰下弯，眉梢耷拉到两颊，颏下银髯飘洒胸前，颇具仙风道骨，令人肃然起敬。再看他那风尘仆仆的样子，可能是远道而来，觉得疲顿了，坐在地上歇歇脚，抬头仰望着富俊，嘴里念叨着："快人一语，快马一鞭，万年一念，一念万年，若知明日，老僧敢言。"

　　富俊又瞅了瞅小毛驴，此刻竟是头冲和尚站着，心里有点儿着急，赶忙吆喝道："喂，怎么杵在佛家跟前呀？快绕过去，驾！"

　　奇怪的是小毛驴头一遭不听主人的，任凭富俊怎么喊，它却一动不动，坐在地上的游僧揖手道："阿弥陀佛，这位施主，你我萍水相逢，想必是今生有缘也。虽然此前不认识，但小毛驴显得挺亲近，看见老衲就不走了，莫不是让我碰上贵人了？幸会，幸会！"说着站了起来，拍了拍身上的土。

　　富俊方才在驴背上似睡非睡地眯了一觉，感觉挺舒坦的，听了游僧的这番话，立马来了精神，跳下毛驴抱拳施礼道："今儿个能路遇仙家，乃祥瑞之兆，借老仙翁吉言，老夫才是碰上贵人了。"说罢，见道的左边有处茶馆儿，门口儿一侧摆张高柜台，柜台一角挂着带红穗儿的蓝板幌子，上写"龙井毛峰，干鲜果品，瓜子松仁"字样，显然是可以边喝

第四章　乱世重逢

茶边品尝各种干果,于是又道:"老仙翁,既然有缘幸会,不妨进茶馆儿小坐,老夫请您品茶如何?"

游僧倒很实在,也未推让,点点头道:"好哇,好哇,正口渴呢,谢谢施主!"

富俊牵着小毛驴走至道边,将缰绳系在拴马桩上,瞧了一眼褡裢却并未取下。因对这一带较熟悉,知道此地风气尚可,很少有丢失物品的。所以就像其他赶集的一样,不管进哪个商铺办事,从不背着褡裢,而是留在牲口背上。他引领游僧进了茶馆儿,与靠窗边的桌边就坐,吩咐跑堂儿的上壶龙井茶,又点了几样儿干果。待茶水和干果摆在了桌子上,游僧一点儿没客气,边品茶边嚼着干果,吃得蛮香。富俊首先开口道:"敢问老仙翁从何而来,准备到何处去,在哪座宝刹修行啊?"

游僧回道:"老衲远在河南少林寺修行,此次是从蛟河而来,云游辽东福地将近3个月了。途经盛京时,拜谒了千山古寺,来到吉林拜谒了拉法、北山古寺,前往何处尚未定。"说完先是目不转睛地看着富俊,继而上上下下打量了一番,呷了口茶后接着言道:"大官人,您骑驴而卧,似乎睡意正浓。毛驴在老衲面前已站一会儿了,仍不见主人醒转,便打了两声响鼻,官人方起身。老衲观察有时,官人大白天的能在驴背上睡踏实,想必是数日劳累、百务缠身所致,够辛苦的了。又见毛驴自由自在地信步而行,可以断定官人外出无目的,只是为了散散心、排遣一下忙碌所带来的疲惫而已,待回去之后,还不知得熬上多少时日呢!此种劳心智之人,既不是商行的掌柜,也不是追求功名利禄的文士,更不是名店、艺馆的色夫,而是朝廷派驻到地方的重臣,为国为民冥思苦索,把毕生精力倾注于一方水土的治理,可钦可敬。"

富俊听了极为惊讶,心里话:"仙家真是了得,太神了,咋推测得这么准呢?"

游僧继续说道:"大官人,老衲还猜到了您既不在京师办差,也不在州府县衙,而是在大片土地上摸爬滚打。从您言谈举止以及出行一不坐轿、二不骑马、跨上小毛驴四处游走、无一随从陪同来看,驻地离此不远,顶多4里地,即朝廷委派重臣于双城堡设立的清查田亩行辕大营,您便是在那儿坐镇的赫赫有名的富俊大人,称得上远离红尘、不贪图利禄、不忘民以食为天、为保全家家户户的耕地而不懈努力的劳心者。老衲虽从衣着上看不出大官员的品级,但总还是父母官嘛,吉林将军的大任正等着您,在这儿给您施礼下拜了!"说着站起身来,口诵佛号,双手合十揖礼,刚要下拜,富俊赶忙一把扶住道:"老仙翁,不必多礼,您猜得没错,吾乃富俊也。刚刚可以喘口气了,的确为散心出外随便走走,有幸巧遇仙翁,老夫应该给您下拜才是呀!"说着抱拳躬身深深施礼,然后请其就坐并给斟上热茶,边倒边说:"仙翁的眼力好哇,我经常着便装外出,头一回被认出来,老夫敬服了。"

游僧并未因此而放过,立即接过了话茬儿:"富俊哪,请允许老衲直呼大名,您不单单是散心,此乃搪塞之词。俗话讲得好:'没心没肺者外出,百日不知愁;繁难缠身者外出,片刻心不宁。'别看您上半身趴在驴脖子上,两条腿耷拉着似乎睡得挺香,实则半睡半醒,脑子并未得闲,反复思虑着桩桩大事,难道还需瞒着老衲么?可不可以告知,究竟哪些烦冗之事缠绕心间?老衲愿帮官人排忧解难。这样吧,您蘸着茶水在桌面上写个字,啥字儿都行,只要是想写的,老衲据此便知官人的心思了。"

富俊见游僧推测准确,言必有中,谈吐风雅、自信,内心早已钦佩之至,遂伸出食指往茶杯里蘸了一下,低头思摸道:"我是骑驴而来,不是乘车而至,不管怎么着,总还是走嘛。"于是随手写了个"走"字,然后抬起头来,笑眯眯地瞅着老仙翁,看其对此字能说出什么子丑寅卯来。

游僧双眼盯着桌面上的字儿思忖片刻,开口道:"这'走'字嘛,是说官人要离开清查田亩行辕大营了,不日将赴新任。把'走'字分开,上头是个'土'字,下头是两个'人'字,据此推断官人已不再更多惦念土地清查、分拨之事了,那么在思虑什么呢?噢,有了,是在为前后左右的一些人着急犯愁,对不对?"

富俊没有作答,反问道:"请问仙家,老夫在想些什么人?"

游僧回道:"从'走'的字面儿看,压在心头之上让您盘算、牵挂的人还真不少,至少四五位以上。这些人中,有的是敌手,有的是朋友,有的是务必争取的,有的是急需帮助的,且有男有女。"

富俊紧接着又问:"何以见得有男有女?"

游僧手指"走"字道:"官人请看,'土'字下头挨着的'人'字正瞧像'卜'字,竖为阳,横为阴,阳为男,阴为女,故而男女皆有。"

富俊听罢,暗暗赞叹眼前的游僧确有奇功,能穿透人的内心,犹如肚子里的蛔虫,不由你不信服。是呀,这些日子天天盘算的就是如何清算范蔼仁等恶霸的罪恶,惩治八旗败类秦名远等歹徒,说服夺魂僧者、静空大师回归正道,帮助尤成额一家脱离窘境,牵挂着各地逃来的流民是否全部得到妥善的安置,一点儿也没错,随即连连点头道:"仙翁真乃神人也,老夫有眼不识泰山,原来是大师驾临了,失敬,失敬!正如仙翁所测,本官受命清查田亩、安民抚众暂告终结,余务与盛京、吉林一并办理,最晚后天赶到吉林将军衙门就任吉林将军。唉,逝者重负千钧,尚未释解,来者又接旨匆匆,首尾难顾。左思右想,彻夜不眠,方骑驴于旷野赏玩,只为散心耳。老仙翁所言,切中要害,万事皆与人有关。眼下确实在盘算几个人,乃案中人、逃匿人、欠债人,必须予以严惩,否则会留下后患,有悖民意、圣恩也。"

游僧说道:"富俊哪,佛言善缘终得结,好事有人帮。您心中一直盘算的案中人已被拿下了,不日将押入吉林将军衙门,说明为民保平安之心感动了天地,值得祝贺呀!"

富俊听了一愣,心想:"莫不是班布泰、庞荣没白跑,此去疙瘩梁有重大收获,端了范蔼仁的老窝了?"刚欲发问,游僧手一摆道:"大官人,不必问了,很快会知道的。老衲该走了,临别留下一句赠言:'多求谐,少积怨,多盈笑,少恋血。'惟按此话去做,方能事半功倍,在吉林将军任上一顺百顺,顺而又顺,巧度十载远凡尘、万事空啊!此乃佛家偈语,请于晨钟暮鼓时,仔细揣摩之。也是与官人前生有缘,今儿个讨得一杯茶,以此略表谢意吧!"说完起身拔腿就走。

富俊一看着急了,连忙上前拉住游僧的胳膊道:"老仙翁,话未说完哪能走啊,老夫不少事儿需讨教呢!"

游僧说:"大官人,还讨教什么呀,老衲不都讲清楚了么,再讲也是啰嗦。那临别赠言就是十二字符,管保后半生享用不尽,望切记切行。富俊哪,你非寻常之人,凡事会办得比出家人更巧妙、上乘、周至。话不便言实,虚虚实实,实实虚虚,自去领悟,自去践行,必会功成名就的。走喽,走喽,回河南嵩山老家去也!"边说边欲往外走。

富俊并未松手:"老仙翁,请等等,老夫还不知仙家的尊姓大名呢,能否告知并留个念想啊?"

游僧点点头道:"嗯,此话倒是提醒了我,不用问名号了,老衲有两件事需求大官人。"说着从怀里掏出一串儿佛珠儿递给富俊道:"第一件是请您把佛珠儿交给老大,即一指金刚侠,告知从今往后,师兄弟之间的事皆由他自行处理。第二件事始终让老衲记挂于心,无法释怀,惟大官人能帮上忙……"

富俊十分好奇，插问道："老仙翁，什么事儿让您如此惦念哪？"

游僧接着说道："曾一日，天气晴朗，万里无云，老衲出外化缘。走到半路，天忽然阴了下来，继而乌云压顶，闪电雷鸣，随之下起了瓢泼大雨。那两天原本就偶感风寒，经雨一淋，浑身又湿又冷，不由得打起了哆嗦。抬眼一看，前面不远处有座二层小木楼，忙跟跟跄跄地跑到跟前，未待敲门呢，眼前一黑便晕倒在这家大门口儿了。过了不知多长时间，雨停了，老衲醒转过来，觉得连站起的力气都没有。这时，二楼的一扇窗户打开了，一女子伸出头往外看时，正好发现了我，忙回头冲屋内喊道：'快，师父倒在大门口儿了，赶紧扶进来！'话音刚落，从楼内跑出两个侍女，一边一个将我搀进屋，这才看见那位女施主是位即将生产的孕妇。她吩咐侍女冲了碗糖姜水给我喝，又找出一套干爽的衣裳、一双傻鞋让我换上，用罢热腾腾的斋饭后，觉得好些了。经询问，方知那户人家所居之宅为凤楼，女施主叫茗兰，其夫婿叫尤成额。家里的人都出去了，可能是由于大雨阻隔尚未返回，只有她们三位女子在舍中。我很是感激，谢过后离去，不过从此心里压上了块大石头，为啥呢？因见那位女施主长得倒挺有福相，吉星高照，必有大贵。然仔细端详，印堂晦暗，两眼无光，似有愁绪萦怀，眉宇间还显露出其夫有官星相克，仕途不顺。老衲也帮不上什么忙，惟一能做的就是为可怜的女施主一家诵经祈祷，求菩萨大发慈悲，早日时来运转，喜降凤楼。富俊哪，您仪表堂堂，具有北斗之威，驱遁官星之人非将军莫属，茗兰之心事拜托了。民之苦，民之冤，民之怨，倾听诉求者当为一方父母官，铲除邪祟者亦为一方父母官，关键是肯不肯于做。请代为向女施主一家问候，老衲将继续为其诵经祈祷，祝愿他们远离邪恶，早脱苦海，阿弥陀佛！"说完一闪身扬长而去。

富俊急忙追出，四下一瞅，老仙翁早已无影无踪。又跑到十字路口，朝着刚刚隐去的方向久久凝望，怅然若失，不忍离去。无奈人已走了，惋惜有啥用？只好叹息着回到茶馆儿，结算了茶钱，赏给跑堂儿的几文碎银。跑堂儿的接过，千恩万谢，殷勤地将他送出门，从拴马桩上解下缰绳扶其上了毛驴，富俊轻轻拍了一下毛驴道："老伙计，走吧，咱们该回家了。"小毛驴真像能听懂主人言似的，打了一声响鼻儿，扬起四蹄嗒嗒嗒小跑着往回返。

富俊骑在驴背上，头脑可没闲着，越寻思越觉得蹊跷。本打算诸事办完，将赴江城接任新职，趁这个空当儿歇息一天。不知为何突发奇想，非要骑小毛驴出外走走不可，还无目的地，任其行之。毛驴偏偏往三人堡子小集市去了，又天缘巧合遇到了世外高人，站在人家跟前不走了，且见亦匆匆，别亦匆匆。老仙翁坐禅河南嵩山少林寺，修行甚深，眉宇间透着一股刚毅，言谈举止不俗，使你不得不尊崇、信服。特别是所言值得推敲，令人玩味，什么"多求谐，少积怨，多盈笑，少恋血"十二字符啊，什么"你非寻常之人，凡事会办得比出家人更巧妙、上乘、周至"呀，什么"具有北斗之威，驱通官星之人非将军莫属"哇，什么"巧度十载远凡尘、万事空"啊，什么"民之苦，民之冤，民之怨，倾听诉求者当为一方父母官"哪等等。这些话语很有分量，字字千钧，字字珠玑，是在点化、规劝我，作为一地的将军该如何掌握好手中的权柄，真正做到体恤黎民，爱护百姓，勿要一味地生杀予夺。大师的训诲非常中肯，循循善诱，有的放矢，掷地有声，实乃难得，够后半辈子享用了。知心呵，知音呵，感谢神人相助，老仙翁乃富俊的恩师也！接着又想到了游僧不肯告知名号，却让把佛珠儿交给大法师，并交代从此师兄弟之间的事儿皆有他自行处理。而且直呼其老大一指金刚侠，听起来特别亲切，显然是道行高之人对自己徒儿的称谓，非知近之人不会如此。这说明游僧不仅熟知大法师，还十分喜欢、器重、信任，难道老仙翁乃一指金刚侠的师父长眉长老？真要这样那可太巧了，很多事都好办了，争取、劝说夺魂僧者、静空大师为我所用，或许可在短时间内奏效。对了，我得尽快见到大法师，把佛珠儿交给他，然后静观其变。想至此，摸了摸装在衣兜儿里的佛珠儿，这可是件宝贝呀，说不定是打开心锁的钥匙呢，千万不能弄丢了。

富俊回到行辕后，见宝靖阿已经准备好了，次日便与其一同上路了，赶往江城赴任。到了吉林将军衙门，在短短的几天里，又是翻阅各主事呈上的档册、文书，又是前往凤楼看望尤成额一家，又是设考榜择优选任左翼官学教习，又是迎接从阎王顶子归来的班布泰等人，紧接着又投入到审查范蔼仁的大案中去。加之衙门需要处理的事儿太多了，根本应付不过来，天天没早没晚地干，忙得头不抬眼不睁的，连歇气的工夫都没有，结果竟把游僧托交佛珠儿之事忘脑后去了。全仗宝靖阿发现并及时提醒，他才想起来，能不高兴么，眼下啥最重要？交还佛珠儿最重要，别的皆可暂时放一放。事不宜迟，富俊放下手中的档册、卷宗，把黄绫包儿揣进内怀出得门来，也没带随从，只身前往小红楼驿馆。

细细品之，游僧所言及留下的佛经偈语可谓语重心长，鉴往知来，值得警醒,甚至把将军任在余下的时间里该如何做都一一点化了。富俊聪明过人,深刻领会了仙家之意,悟彻其理,切记十二字符并依其做了。在四任吉林将军的4年中,想百姓之所想,急百姓之所急,施以德政,取得了可喜的佳绩,此乃后话。

单讲富俊很快到了驿馆,上得二楼,走到尽头的东屋,推开门一看,大法师、庞氏兄弟、班布泰正坐在一块儿闲聊呢,其中庞庆说得正欢。4人见将军大人来了,忙起身让座,班布泰为爷爷斟上了热茶。各位阿哥有所不知,师兄弟5人中,现在最高兴的当数庞庆。自打兄长庞荣陪同班布泰去了疙瘩梁,留在凤楼的他除了保护尤成额一家的安全,再无别的事可做。天天早上起来先去小树林站桩、练通儿拳脚,回来后劈劈柈子、担担水、扫扫院子,没一会儿就干完了。其他时间打坐、诵经、拜佛,每每独处时,暗自盼着兄长早点儿回来。令人惊喜的是终于在一天傍晚,不仅兄长回来了,大师兄、二师兄、三师兄也随其而至,师兄弟们又像在少林寺那样睡一铺炕了,一起练功,一起诵经拜佛,觉得开心多了。班布泰把师父、师叔们安顿好后,自己的心也长草了,只要一有空儿就往驿馆跑,不但可以伺候伺候几位师父,而且可以通过交谈,劝说二师叔、三师叔回心转意,何乐而不为呢!富俊早看出孙儿的心思了,每当用完晚膳,便向守在身边的班布泰催促道:"孙子,爷爷这儿有宝靖阿呢,不用你守着了,去吧!"班布泰一蹦老高,推开门撒丫子就跑,乐颠颠地朝驿馆而去,几乎成那儿的常客了。

此刻的东屋内,夺魂僧者和静空大师去小树林打拳了,尚未回返。富俊坐在桌旁边喝茶边打量着师兄弟3人,见个个气色很好,精精神神的,遂笑了笑道:"大法师呀,老夫此番来,既是看望各位师父的,也是向您道歉的,这几天忙昏头了,竟把一件要紧的事儿给忘了。那还是来江城赴任的前一天,我骑着毛驴出外随便走走,到了三人堡子集市,遇上一位年近八旬的老仙翁,自称是从河南登封少林寺而来,于辽东一带游方已3个多月了。我们在茶馆儿聊了一会儿,很是投缘,临别时,老仙翁托我把一样东西交给您并转达一句话,即从今往后,师兄弟之间的事儿皆由一指金刚侠自行处理。回到行辕后,考虑到让我转交的东西乃佛家所用之物,又是老仙翁珍爱之物,做工精致,外形美观,雕刻技艺高超,怕弄脏了,便用黄绫包上了。今日特意带来交给您,对不起,耽误了几天,敬希见谅。"说着,从衣兜儿掏出黄绫包儿,双手递给大法师。在场的人都十分好奇,眼睛全盯着黄绫包儿,不知里面装的是

第四章 乱世重逢

何物。

　　一指禅师接过后，并未马上打开，而是急切地问道："将军大人，那位老仙翁个头儿高矮、体态胖瘦、长相啥样儿？"

　　富俊便将其给自己留下的印象，包括衣着、举止、身材、长相、谈吐等一一描述一番，师兄弟3人听后全乐了，异口同声道："将军大人，老仙翁就是我们的恩师长眉长老，正不知眼下云游到什么地方呢，却被您碰到了，真是有缘哪！"

　　一指禅师打开黄绫包儿一看，原来是串儿棕红色的佛珠儿，不禁有些激动，自言自语道："师父，您老人家今在何处？弟子曾查知您到过拉法、蛟河，遗憾的是前去寻找未果，一直惦记着呢！"随后冲富俊说道："将军大人，师兄弟几个都认识这串儿佛珠儿，乃恩师随身携带之物。之所以托您交给本僧，想必有些事已知，并且有训教传谕。"说着两手抻直佛珠儿，低下头来仔细观瞻，从左至右一个珠子一个珠子地细摸细瞅。当触到最后一粒珠子时，觉得有些异样，似乎不是一个整体，略松，珠子正中有道肉眼看不见的缝儿。轻轻一拧，珠子开了，内有一薄薄的纸片。原来此珠儿是由两瓣儿合成，每瓣儿均有丝扣，自左向右旋转便可开，圆圆的木珠儿随之分成两个半拉儿的珠子。一指禅师小心翼翼地取出纸片展开，见上面果真写有手谕："五徒别少林，分赴辽东有余，师甚念焉。三月舍寺东游，广布佛法，闻两逆徒助纣为虐，汝等俘之，佛祖悯人，务引其知返。嘱告将军戒屠戮，世态乖违，人心散离，忌伤众，宽赢人。箪食壶浆，心向王师，江山安矣。金刚、消魂、消锋携逆徒回寺，师自裁夺，以行佛规。寒露重阳，恰逢嵩山、武当、峨眉百届三山法会，吾返程也。汝等勿误盛节，免师翘盼，阿弥陀佛。"看罢，将纸片递于将军大人，请其详阅。富俊看完交还大法师，师兄弟3人共同研读师训，犹如恩师就在眼前，感到分外亲切，又跪在地上虔诚地顶礼膜拜，遥祝恩师归途安顺。起身后，庞荣对一指禅师说："大师兄，依师父之手谕，咱们在吉林的时间不多了，得抓紧劝导二师兄和三师兄，否则来不及了，真够急人的。"

　　富俊接茬儿道："庞大师，不要着急，可以共同想办法，老仙翁强调的'忌伤众，宽赢人'对每人而言都是重要明示。说实在的，在未赴任吉林将军前，我就有一朝掌权柄必开杀戒、清除恶气、洗雪一腔愤懑之打算。然细细想来，万万不妥，还是目光短浅哪！人心皆是肉长的，仇怨宜解不宜结，要以抚慰为先、劝化为主，心中之愤懑需慢慢疏导，继而得以化解。这些日子我也在揣度，若想全面、彻底地清剿范蔼仁几十年苦心经营之秘密巢穴，最好采用分化范氏家族成员的方法，首恶必办，胁从不问，你们不是已经尝试过了么？与袁小鬼和范蔼仁的四夫人一块儿夜探钱家坟茔，结果真就拿到了范氏家族违犯大清律的诸多罪证，这是个很有说服力的例子。"

听了富俊这番话，师兄弟3人觉得轻松不少，感动于将军的宽宏大量，无论干了多么大的错事，哪怕犯了罪，只要愿意悔改，都给出路。一指禅师双目盯着手中的佛珠儿思忖良久，方恍然大悟，说道："明白了，看来师父请将军把心爱之物交给我们，是有意安排的，目的是将佛珠儿作为一把开心锁，打开老二、老三的心。"

庞庆赞同道："没错，见到佛珠儿就是见到恩师了，咱就用这串儿佛珠儿拉回两位执迷不悟的师兄吧，一准能行。"

一指禅师转向富俊道："将军大人，我们兄弟3个合计合计，准备一下，今晚再同二师弟、三师弟唠唠。好在还有恩师的手谕，估计会柳暗花明的，等着明日听喜讯吧！"

富俊笑道："好哇，本将军静候佳音，先告辞了！"说罢转身出了屋，师兄弟3人和班布泰赶紧跟随下了楼，将其送到大门外。

那么，夺魂僧者和静空大师被请进驿馆后是怎么个情况呢？初始，尽管四周环境幽静，所住居室十分舒适，又有专人侍奉，一会儿沏茶、一会儿送点心、一会递热毛巾的，伺候得周周到到，二人的抵触情绪却没有丝毫收敛，对这一切从不正眼瞅，似乎什么都未看见，该怎样还怎样。老大金刚、老四庞荣、老五庞庆没事时便与老二、老三促膝谈心，把范蔼仁为固守范家堡子的地盘儿，妄图永远一手遮天，竟敢目无国法，暗通土匪，杀人越货，私设公堂，凡是违拗自己意志者随意处治，杀人犹如拍死蚊子一样轻而易举等大逆不道之罪证一一摆出来，他们不愿听，更不愿相信这是真的，总是闭目而坐，一言不发。可二人毕竟是佛家弟子，从小耳濡目染了佛门的教规，戒杀生、戒淫邪、戒恶舌、戒妄语、戒贪欲已牢牢刻在脑子里，自觉遵之，与范蔼仁根本不是一路人，怎能辨不出黑白、嗅不出香臭呢？也觉得范蔼仁做人做事不地道，太过分。何况亲眼目睹其图谋不轨，暗地里私开作坊制造兵刃，招兵买马，看到了从钱家坟茔抄出的一张张地契、卖身契及搜刮的金银财宝，能不触目惊心么？听到了一桩桩血案、一件件罪行，内心能不受到触动么？他俩的心也是肉长的，不是那种抱着屎橛子给麻花都不换的人，凡

第四章 乱世重逢

事压不过一个"理"字，在事实面前不得不承认自己有眼无珠看错了人，陷入了钱氏花言巧语设下的迷魂阵。在范蔼仁的蒙骗、蛊惑、挑唆下，不辨真伪，颠倒黑白，将官府视为害民之祸端。甚至认为大师兄被官家收买并充当打手，反过来却把帮助范蔼仁看作是为民撑腰，是在做好事、善事，这才堂而皇之地成为范家堡子的座上宾，走上了背师违戒之路。二人在师兄弟们的多次规劝之下，虽然对自己的错误做法有了认识，但嘴巴却不愿服输，脸始终绷着。尤其是老二冲霄一向争强好胜，从小就有股子不服大师兄的劲儿，你让这样，我偏那样，甭想管我，谁的话也不听，只听师父的。不过他们5个现在可是住在一间屋内，天天吃在一起、睡在一块儿，又有几十年的兄弟情分，一来二去的，老二、老三便绷不住了，态度有所缓和，也肯于开口说话了。

一指禅师、庞氏兄弟和班布泰回到了二楼的住处，简单合计了一下今天的佛事该如何做，接着便忙活开了。老大金刚先是吩咐老四、老五和徒儿把佛堂清扫干净，拭去窗台、供桌等处的灰尘，地上不得有一根草棍儿。然后拿着银子下楼去找柳祥，请其打发伙计到附近的店铺买点儿线香、果品回来，越快越好。柳祥二话没说，满口答应，并立刻派人去办。人就是这样，俗话讲：看人下菜碟。柳祥见吉林将军对几位大师很是敬重，其孙儿班布泰又常来常往的，哪儿敢不尽心尽力照顾啊？反倒比以前更有眼力见儿了，让干啥就干啥，不带说个"不"字儿的，还得陪着笑脸儿，时不时地围在身边献殷勤。总之一句话，他就是根儿墙头草，哪边风硬往哪边倒，没事时常常寻思："咳，当初要是知道尤成额能有今天，也不会跟在秦名远屁股后头仗势欺人了。结果油水大都被其捞去了，自己未得多少不说，还让人恨得一贴老膏药，可把我害苦了，肠子都悔青了。"这么一想，就像换了个人似的，处处表现自己如何有悔罪之心、抱歉之意，试图改变大家的看法。特别是在富俊将军、都克尼副都统、常喜主事跟前，只要有机会，便极力讨好儿之。

半个时辰后，一切准备就绪，一指禅师、庞荣、庞庆穿上了袈裟，重新燃香、摆供品，将恩师的佛珠儿放在佛祖像下，这才又回了东屋。没一会儿，夺魂僧者和静空大师收功回来了，一指禅师说道："老二、老三，就等你俩了，恩师驾到，抓紧入佛堂，先做佛事，而后聆听师谕。"

二人听罢，赶忙脱下练功穿的那身儿短打扮，换上了袈裟，师兄弟5人推门出屋去佛堂，班布泰作为一指禅师的弟子随其后。进了佛堂，首先映入眼帘的是供奉在西墙的佛祖像，正在迎候弟子们到来，似乎在说："佛门广大，佛光普照，朝佛者乃我虔诚弟子。万念皆空，襟怀坦荡，胸装万万亿亿恒河沙……"班布泰回身将门关上，敲木鱼声儿、诵经声儿随即响起，大约过了一个时辰，佛事结束，一指禅师站起身来道："弟子一指金刚侠受长眉长老之命，代传师谕！"说着从佛祖像下捧起佛珠儿走到老二、老三跟前。

夺魂僧者和静空大师一看，确实是师父平日手腕上戴的那串儿棕红色木质佛珠儿，见佛珠儿如见人，大师兄不是故弄玄虚，难怪声称恩师驾到呢，老人家果真不放心哪，千里迢迢赶来辽东看望徒儿了。师父那么大年纪了，还不辞辛苦四处游方，广布佛法，普度众生。徒儿却浑浑噩噩好几年，忘了下山所为何，没有履行师训，有悖其谆谆教诲。当恩师知道徒儿的所作所为时，采取了收回又放过的做法，不外乎是给一条自新之路。然徒儿没有把握住，仍不知悔改，我行我素，老人家肯定既生气又懊恼，否则怎会不辞而别？唉，徒儿早已不是当年不懂事的孩子了，长成壮年汉子了，却不知好歹，真是浑哪，就这么回寺，有何颜面见恩师呀……二人正寻思呢，金刚又道："冲霄、云水，听听恩师的手谕吧！"说着将装在其中一粒佛珠儿中的薄纸片取出展开，从头至尾念了一遍。

二人听罢，仿佛从噩梦中突然醒来，又回到了佛祖怀抱，激动得扑通通跪叩在地，夺魂僧者哭拜道："师父，迷途弟子冲霄不听大师兄的劝告，放任自流，干下了大逆不道之事。虽然已知范蔼仁罪行累累，但吃了人家的，喝了人家的，深陷其中难以自拔，弟子有罪，罪不可赦呀！"

静空大师忏悔道："师父，迷途弟子云水修行不到家，所做的事、所走的路全错了。没有履行恩师殷殷嘱托的为民祈福之言，违反了佛门规矩，让您失望了，弟子后悔莫及，愿受佛祖惩戒！"

一指禅师见老二、老三言出肺腑，内心深自愧恨，这才长长出了一口气，上前将其一一扶起道："师谕之意是让咱们师兄弟同心戮力，协助吉林将军衙门铲除余孽，揭发范蔼仁的谋逆之举，还百姓一个朗朗青天。望二位师弟以师谕为念，好自为之，改过自新，不辱佛门，待回到少林寺，恩师方会既往不咎。"

夺魂僧者表示道："大师兄，冲霄想好了，也服气了，心甘情愿接受将军大人的任何处治。我的罪孽深重，不仅对不起恩师的苦心栽培，

第四章　乱世重逢

也对不起师兄的多年关照，还无缘无故地错怪了老四、老五，跟与自己有几十年同窗之谊的师兄弟过不去，实在不该。我和老三尽管始终在一起，且同时被缚，然走到今天这一步，错儿不在他，而在我。云水曾多次劝我赶紧离开范家堡子，此乃是非窝不是咱该呆的地儿。我却听不进去，觉得自己有一身功夫，走遍天下无敌手，啥也不用在乎。结果却钻进了范蔼仁夫妇设下的圈套，迷失了方向，在错误的道路上越走越远。刚被大师兄和四师弟囚至江城时，心里一百个不服，认为此乃奇耻大辱，有朝一日非找回面子不可。几天来听了师兄和师弟苦口婆心的规劝，今又看到恩师的佛珠儿、手谕，方改变了原先那些愚蠢的想法，认识到大师兄之所以这么做，是代恩师以佛法束缚违反佛门规矩的迷途弟子，是在往正道上拉我呀！"说着又是一阵儿悔泪长流，静空大师也跟着抹眼泪。

一指禅师好言抚慰，见二人情绪逐渐平定下来了，便指着站在一旁的班布泰道："冲霄、云水，前两天给你们引见，不理不睬。现在正式介绍一下，这位是我的徒弟、富俊将军的孙儿、八旗四品佐领班布泰，从今往后，可视为咱师兄弟5人的徒弟了。"

班布泰抱拳施礼道："二师叔、三师叔，请原谅徒儿多有得罪之处，打也好，骂也罢，绝无二话，今后还将多多向师叔讨教。吉林将军衙门今儿个是吉星高照唯，又多了两位身怀绝技、武功超群的护国大师，乃大清之福祉也！"

冲霄和云水揖手道："惭愧，惭愧，早闻班佐领大名，后生可畏呀！"

一指禅师摆摆手道："好了，好了，先不说了，有话回房唠。"

一行人出了佛堂，回到东屋，班布泰重新沏了一壶热茶。当晚，师兄弟5人才算真正聚到了一起，边喝边聊，掏掏心窝子话，诉诉委屈，泄泄火气，解解疙瘩。越聊话越多，越唠越热乎，至夜半更深时，竟激动得哭抱在一起，像小孩子似的你捶我一下，我拍你一掌，满屋洋溢着兄弟般的暖暖亲情。班布泰看着这一切，那是打心眼儿里高兴，功夫终于没白下呀，总算收到了奇效，暗暗佩服爷爷的以抚慰为先、劝化为主的做法实在是高明。

次晨起床后，班布泰随师父、师叔去驿馆东边的小树林打了一通儿拳，练了一会儿气功便告辞了，急匆匆地跑回将军衙门向爷爷报告喜讯，说是夺魂僧者和静空大师看了佛珠儿，听了师谕，哭拜在地，愧悔不迭，彻底回心转意了。二人表示无颜面见将军，打算负荆请罪，求得大人原谅并愿接受任何处治。富俊听罢，同样非常高兴，说道："告诉他们，负荆请罪就免了，本将军心领了。两位高僧能认识到自己错在哪儿，迷途知返，重新皈依佛门，站在朝廷一边，还算很及时，是件大好事。冲霄和云水是范家堡子团练的军师、总教头，将其争取过来，等于砍掉了范蔼仁的一只胳膊，使我们得到了破解范氏家族发家史的钥匙。眼下对于范蔼仁的社会网、朝中网以及伸向吉林、盛京、黑龙江等地的魔掌究竟有多大范围、所涉浑水有多深尚不十分清楚，今后有与其打过交道的二位大师相助，或许能迎刃而解，此乃天助大清也！孙儿，你现在就去后堂，告诉大厨今晚设酒宴，素食要备办得丰盛些。再派人去小红楼驿馆把柳祥叫来，让他帮着张罗张罗，抓紧点儿！"班布泰得令而去。

到了酉时，该开宴了，将军衙门的上下人等全去了后堂。班布泰和都克尼赶往驿馆接来了少林寺的大师，见将军大人已在门外恭候，师兄弟5人走到跟前手打佛号揖礼，富俊抱拳还礼后，将他们请进后堂，分宾主而坐。这次盛宴，可以说是吉林将军衙门有史以来最隆重、最热烈、到场人数最多的大团聚了，共备5桌。第一桌就坐的是富俊将军、5位大师及都克尼、班布泰、乌巴图、尧子兴、鲍昌等武官；第二桌是常喜、尤成额、来宝、德成、喜尔仲等文官；第三桌是已颐养天年的赵西丹、马木斤等老八旗；第四、第五桌是驻守在吉林将军衙门的众兵勇、衙役等。开宴前，富俊起身说道："尊敬的各位大师，我代表吉林将军衙门上下人等欢迎你们的到来，并备办了素宴，以此诚谢一指金刚大法师、鹰爪消魂侠庞荣、如意削锋侠庞庆的大力协助，迎迓冲霄五毒侠、云水轻身侠的转向回归，庆贺5位师兄弟的再次聚首。特别是冲霄、云水两位大师在明辨是非后，能悬崖勒马，幡然悔悟，反戈一击，本将军既欣慰又感动。不久前，曾有幸亲睹大清名僧、坐禅河南嵩山少林寺的长眉长老之仙颜，聆听了老人家的训育、教诲以及对未来世道风云的预测，受益匪浅。对其胸怀四海、各处游方、不辞辛苦感叹不已，对其广施法力、普度众生十分敬佩，从而倍加尊崇少林之风。在座的诸位大师皆为长眉长老的亲传弟子，个个身手不凡，能到敝衙门协助本官抚民施政，惩恶扬善，真乃莫大荣耀。通过此次聚会相识相知，望今后精诚团结，凝集八方力量，共扫残渣余孽，为吉林地方的安宁做出贡献，黎民百姓将会永世铭记在心的，谢谢你们！"

第四章 乱世重逢

席间，富俊领着师兄弟5人挨桌给众位引见，冲霄和云水从将军衙门上下人等和老八旗的脸上看不出对自己有丝毫的轻蔑，而是投以真诚、信任的目光，想到此前在范家堡子的所作所为，感到无地自容，愧悔莫及。当走到文官席前时，众位起身施礼，抱拳参拜5位大师。富俊还特意将尤成额介绍给冲霄和云水，夸赞这位左翼官学教习品性敦厚，待人诚恳，读书万卷，文才出众，不可多得。其夫人乃名门闺秀、本朝的才女，嘉庆皇爷在世时，十分喜欢她的水墨丹青，每每赞不绝口……刚说到这儿，一指禅师忽然手拍脑门儿似乎想起了什么，侧过头冲二师弟说道："冲霄，尤教习的夫人3个月前突患由风、寒、湿等引起的腰脊痹症，腰部、肢体疼痛，双腿不能站立。我用一指功法和丹药给以了疗治，不过效果尚不尽人意，虽然可以下地行走了，但动作仍不太利落，恢复到正常需一些时日。你有驱散五毒之功，倘若在此基础上继续施治，以毒攻毒，相信神技必现。"

一旁的云水接过了话茬儿："大师兄所言极是，二师兄疗治痹症确有神功，且奇方在心，定会手到病除的。"

富俊笑道："那太好了，这回还非请冲霄大师帮忙不可了，本官将静观您一展奇功疗疾，在此代尤教习夫妇先谢谢了！"说罢，深深鞠了一躬。

冲霄忙双手合十揖礼道："将军大人，千万不要客气，本僧理应上门给以诊治，一定尽力就是了。"

盛宴结束后，冲霄大师没有回到驿馆，而是在班布泰、尤成额的引领下，直接去凤楼为茗兰疗疾。大家有所不知，这老二长大成人后，养成个好习惯，即不拘泥所学知识，遇事好动脑，仔细琢磨、研习，直至弄明白为止，故而得到了长眉长老的偏爱。举个例子说吧，师父传授的活络筋骨拳脚原本可以达到通经活血、驱风祛寒之目的，冲霄也屡试不爽。后来在小树林练功时，发现地上时不时地爬有毒蝎、蜈蚣、土蛇子等，师父和大师兄劝其少碰那些东西，以免中毒遭害。可他不在乎，偏伸手去抓，还啃咬其尾，尝尝啥滋味，只觉得又苦又辣又咸，两腮发麻。啃咬完后，把口中的唾液涂在麻雀的头上，立即便会昏睡过去；涂在马或牛的眼睛上方，黑眼珠儿会起一层白蒙，看不见路；涂在自己的眼皮上，一连好几天瞅不清东西，且头昏脑涨，打不起精神。师兄弟们问他怎么了，要么不说，要么胡编一通儿，要么声称中了邪风所致。闲下来时，就去小树林里转，一次次地从蝎子、蜈蚣、土蛇子、篾头蜂癞蛤蟆身上取出毒腺焙干，研磨成粉，再加入乌头等，终于制成了"夺魂散"。此药十分了得，在沙场上两军交手、其中一方处于劣势的情况下，只需顺风向对方扬撒"夺魂散"，官兵们便会因视力迷离恍惚而被擒，使战局转败为胜。后来经过反复试验，在"夺魂散"的基础上，又配制成了"夺魂五毒针"。此药更厉害，倘若不小心中针，立即晕厥，伤口溃烂，数日后不治而亡，其效果远远超出了少林门派的真传。

说来甚是神奇，茗兰所患的腰脊痹症在冲霄的多次施治下，两个月后真就痊愈了。不仅行动自如，能跑能跳，而且精力较前充沛了，头脑愈加清晰了，根本看不出曾患过重疾。全家人高兴得天天给菩萨烧香磕头，并向冲霄大师致以深深的谢意，感谢却病之恩。

诸位阿哥，朱伯西我好长时间未提吉林将军衙门的总管秦名远了，难道调离了不成？不，没有走，仍在衙门任原职。这小子可谓奸猾透顶，去年九月，他便得知富俊有可能回来四任吉林将军，心里不免有些发慌，于是早早做了准备，呈上一纸文书，说是奉养的继父亡故，需丁忧致仕。何为"丁忧致仕"？即自己的父亲或母亲去世了，身在职场的儿子得向上峰递假条，请求允准回家为老人办理丧事并守孝。其时，松棻将军刚过世，此前继任其职的松筠在京师内阁所担差务尚未交接，需两地来回跑，吉林处于空当儿时，朝廷让副都统都克尼暂时代行将军之权。都克尼一看秦名远的假条，其继父病逝，需丁忧致仕，这种事无论谁是上司都得答应，当即批准了。秦名远得为继父守孝3年，此时尚不到一年，自然没有返回任上。富俊一到任，便发现总管不在，都克尼遂将其已递假条之事禀之。富俊对秦名远的人品是了解的，知其长期与当地的恶霸、豪绅暗中勾连，干了不少坏事，一些积案也与他有关，所以早在双城堡清查田亩行辕大营之初便有了防范。而今得知此情，并不觉得有啥奇怪，心里话："秦大总管，隐蔽挺深哪，甭管是真丁忧，还是假丁忧，总得露面儿吧？纸里包不住火，会有真相大白的那一天，将军衙门不可有这样的害群之马！"富俊不是有十几位退役的老哥儿们在江城么，都是其心腹、耳目，秦名远刚到吉林将军衙门那会儿，当门子的赵西丹、马木斤背地里就开始注意他的一举一动了，看看经常跟哪些人来往，干些什么见不得人的勾当，亲信是谁，其狗腿子、小红楼驿馆的管家柳祥也未跑出他们的视线。眼下，他表面上看起来老实多了，究竟是真老实，还是假老实，这些老八旗可经管着呢，想不被人知没那么

第四章 乱世重逢

容易。

就在将军衙门为庆贺少林寺5位大师重新在江城聚首而操办了盛宴的第四天亥时，赵西丹、马木斤来到了将军衙门，请门房通禀求见将军大人。富俊每日用罢晚膳后，先出外溜达一圈儿，然后回到衙门翻阅堆在桌案上、白天没时间看的一摞摞文本、卷宗，直到敲过三更都放不下。即使准备歇息躺在炕上了，脑子也不闲着，寻思这琢磨那的，一时半会儿不能入睡。今日也如此，他正聚精会神地审阅一提案呢，门房报称老八旗赵老爷子、马老爷子求见，说是有要事禀告。富俊吩咐赶紧放人进来，心里却有点儿纳闷："哎？今儿个下晌还与二位打过照面呢，当时没说有啥要紧的事儿呀，或许是觉得不方便讲，晚上才又特意前来？"这么想着，顺手拿起外袍披在身上，快步出了二门，将已到跟前的两位老人家迎进书房。为什么没去客厅而到书房呢？富俊平时喜欢在书房办公务，累了可以躺在长椅上歇歇或眯一小觉，待缓过乏了再起来，继续伏几该审的审，该查的查。毕竟已到古稀之年了，精力不像年轻人那样旺盛，时有疲惫之感，过度劳心劳神有些吃不消了。富俊请两位老者就坐，又端来香茗放在茶几上，然后说道："老哥哥，我知道，你们无事不登三宝殿，尤其是晚上而至，必有急情，说吧！"

马木斤开口道："大人，您猜猜我们发现什么了？"

赵西丹急不可待地甩出一句："这下好哇，咱们不用四处找了，人家就在江城呢！"

富俊是丈二和尚摸不着头脑，问道："老哥哥，你们说的到底是谁呀？"

赵西丹笑了笑道："还能是谁？秦大门牙呗，啥时候回来的不清楚，但这小子的狐狸尾巴已经露出来了。"

富俊点点头道："嗯，这可是个好消息，怎么发现的？"

赵西丹回道："3天前，我和老马参加了庆贺5位大师重新聚首的盛宴，看见柳小辫儿忙活得最欢，里一趟外一趟的脚不沾地儿。待人都到齐开宴了，他一屁股坐到我们桌了，那也没闲着，不是给这个斟酒，就是给那个夹菜，显得特别热情，劝酒嗑儿一套一套的，希望大家喝得尽兴。酒过三巡，一个小厨子走到柳小辫儿跟前捂着嘴耳语几句，他冷丁一惊，四下瞅了瞅，起身就去灶房了，这一走半天没回来。柳小辫儿是秦名远的亲信、小红楼驿馆的管家，平时衙门迎来送往、杂七杂八的事儿不少，特别是备办酒席宴时，他会把驿馆的大事小情全放下而到府内帮忙，几乎回回不落。为的是什么呢？因为知道这种场合肯定少不了将军大人，可乘机大献殷勤，围在身前身后转，多说奉承话，极力讨好儿之，以便给将军留下好印象，每每一直陪到散席方离开。还真没白忙乎，效果不错，前两任将军对其颇为信任，加之总管秦名远的提携，管家的位子坐得挺牢稳。这回可够反常的，盛宴上竟不辞而别，没啥要紧事儿哪能走呢？其中肯定有说道。我觉得应探探虚实，便给老马使了个眼色，我们老哥儿俩在大家畅怀痛饮时悄悄离席，出了大门，从前院儿绕到后院儿，隐在仓库旁盯着灶房的后门。不一会儿，柳小辫儿出来了，身后跟着那个冲他咬耳朵的小厨子，肩上挑着副担子，上头用白布蒙着，估计里面装的是吃食，看上去走路很小心。二人到了前院儿大门口儿，柳小辫儿接过担子，独自出门朝西街去了。我和老马见小厨子原路返回了，这才出了大门，远远跟在柳小辫儿后头。他一口气走到秦家大院方停下，敲了敲黑铁门，里面没人应声儿，轻轻一推就进去了，原来门没插。我和老马猫在墙角处盯着，院内一点儿动静没有，看门的老霍头儿住的那间小房空着，一直等到星星出来，也未见柳小辫儿的影儿。此后一连三日天一擦黑儿，我们老哥儿俩便去秦家大院附近转悠，到了酉时，柳小辫儿必挑担子来。种种迹象表明，很可能是秦名远回来了，柳小辫儿给他送吃的。不过从担子的轻重看，好像装了不少饭菜，几个人吃不了。今儿晚他又挑着担子去秦家大院了，像每回一样，我俩等了两个时辰也未见出来，只好急匆匆地赶到衙门向大人禀告。我们认为现在已到抓捕秦名远的时候了，决不能让这小子跑喽，倘若逃走了，必惊动其身边的那帮人，下一步不定干出啥事儿呢！"

富俊点点头道："老哥所言极是，正犯愁没处去寻呢，那也是狡兔三窟哇，到底还是现身了。此信儿来得非常及时，做得很好，谢谢二位。请尽管放心，如何把他从耗子洞里揪出来，我自有办法，不会让其逍遥法外的。你们连着折腾了三四天，一大把年纪肯定吃不消，想必早就累了，快回去歇着吧！"说罢站起身来，将两位老人家送到大门外，见其走远了，抬头看了看天，夜已深，心想："太晚了，同大师们一块儿住在驿馆的孙儿早已进入了梦乡，让他好好儿睡个安稳觉吧，明儿个再商量也不迟。"

次日天刚蒙蒙亮，富俊就起来了，去小树林打了一会儿拳，活动活动腿脚，锻炼锻炼筋骨。回到衙门洗了把脸，草草用罢早膳，吩咐侍从去驿馆将班布泰叫回，随即又让人唤来了都克尼。工夫不大，班布泰疾

第四章　乱世重逢

步进入将军衙门侧厅,见爷爷和都大人正等在那里。坐下后,富俊先把昨晚赵西丹和马木斤特地到衙门送信儿的经过讲了一遍,认为事不宜迟,应尽快弄清秦名远究竟藏身何处。接着又道:"现已查明,他在吉林将军衙门任总管这几年里,借职务便利之机,贪污受贿,大捞不义之财。所掌管的银库出入账目混乱,私自购买田产、房产、茔地等,皆以化名而为。除此,还私通土匪,又是范蔼仁的狗头军师,向其提供各种信息,密报将军衙门之内情,帮其出谋划策,犯下了不可饶恕的罪行,擒拿的时机已经成熟。"

都克尼表示赞同将军的想法,并道:"秦名远归案后,可通过审讯掌握其它罪证,扩大战果,有助于揭穿范蔼仁的阴谋诡计,使其多年以来与朝廷唱对台戏的罪行暴露无遗。"

在合计采用什么方法予以擒拿时,班布泰说道:"依我看,不妨把情况向几位大师通报一下,听听他们的意见。有老八旗传递信息,有师父和师叔相助,秦名远插翅难逃。"

富俊思忖片刻,说道:"好吧,可以向几位大师说明一下情况,共同拿出个稳妥的办法,集思广益,群策群力嘛!如果在驿馆商议,容易被注意,事儿未等办呢,却引起了各种各样的猜测,不利于行动的实施。班布泰,你马上去驿馆,把大师请到衙门来,还是小心为上。"

班布泰听命,拔腿就往驿馆跑,很快便将5位大师请到了衙门的侧厅。富俊首先介绍了目前所掌握的有关将军衙门总管秦名远蓄意谋反、暗中与富豪、劣绅、土匪勾搭连环、与大清朝廷为敌等情况,又讲了目前尚不知确切的藏身之处、只要发现、必予以擒拿之想法,请大家帮着出出主意。还特别强调道:"秦名远在吉林的根子很深,从嘉庆中期到现在,已积蓄了十多年的人气力量,上至将军、都统、参领,下至各州府县衙的官员,还有范蔼仁等残渣余孽以及黑道上的狐朋狗友鼎力相助,形成了一张庞大的关系网,犹如蜘蛛网一样,即使扯断几根也无关紧要,动摇不了多年形成的人脉,须全部彻底摧毁方可。无论采取什么行动,一定要谨慎小心,保守机密,不能出丝毫纰漏。万一由于疏忽大意而走漏了风声,他立即便会知晓并采取相应的对策,设置障碍,不利于我们破获牵扯东北三地的许多积案。不可把此次行动看成是仅仅捉拿秦名远一个人,要知道,牵一发而动全身,其周围的人必将随之而起,暗中与我们较劲。各位请想,秦名远明知新将军已上任,也知道衙门在找他、查他,那所谓的丁忧时限未到,却敢明目张胆地回到吉林。只能说明他已做好了充分准备,或许在向我们示威,或许试探一下,看看新将军有什么举动。此人信息十分灵通,肯定知晓我们对疙瘩梁、阎王顶子进行了清剿,与范蔼仁也是通了气的,这个时候回江城乃善者不来、来者不善。因此大家要慎之又慎,困难要充分估计到,不可盲目乐观,以为抓住秦名远就万事大吉了,那就错了,必须认真对待。"

冲霄大师首先开口道:"将军大人,本僧和三师弟同秦名远打过几次交道,觉得此人心狠手辣,阴险诡诈。这个时候提前返吉,很可能已知师兄弟们站在了衙门一边,遇到什么事不会袖手旁观。如果他等不及了有所动作,本僧以为不妨将计就计,静观其变,不主动出击。这样一来,他摸不着底细,不知将军的意图,反而会惊恐不安。慌乱中,即使不想收敛,我们也易于抓其破绽而取之。"

话音刚落,金刚、云水、庞荣、庞庆纷纷表示赞同,觉得他的分析颇为准确,有的放矢,有理有据,应予采纳。都克尼、班布泰也认为言之有理,采取行动前,应尽量避免打草惊蛇,关键得先弄清秦名远藏在什么地方。就在大家议论之时,侧厅的门被轻轻推开了,尤成额、白面娘子走了进来,后面跟着小满堂,肩上挑着副担子,大伙儿赶忙起身相迎。小满堂把担子放下,掀开蒙在上面的白布,里面装的可不是书籍或文房四宝,而是散发着香味儿的吃食。富俊笑问道:"哎,你们怎知大师在我这儿?难道茗兰担心衙门后厨菜烧得不好、招待不周,特意打发三位给送午膳来了?"

尤成额忙道:"噢,不不,是这么回事。我刚刚到官学授课,对教学的进度及有关情况尚不熟悉,昨晚求教于两位教习,并一起住在了学馆,没有回家。头晌刚刚给学生授完课,夫人怕我们饿肚子,便打发白面娘子和小满堂挑着不少吃食送到了学馆。那么多哪能吃得了哇,除了给两位教习留下一些,余下的全挑到了衙门,寻思再去把几位大师请来,和将军大人一块儿品尝。未承想大师们恰好都在,蛮有口福呢,不用现请了,凑个热闹吧!"

班布泰走到担子跟前,弯下身先后端出两个瓷锅放在桌子上,掀开盖儿一看,其中一个里面装着浇汁金翅大鲤鱼,上下两层,每层各一盘儿;另一个装着一瓶白酒、好几盘素菜以及香喷喷的乌拉白小米饭,还冒着热气呢!白面娘子开口道:"土地爷爷、大师们,尤教习说得不完全对,倘若以为我们光担心公子能否吃好,根本不挂记着在座的各位,那可是冤枉人了。今儿个一早,茗兰姐姐就把我和小满堂喊起来了,让我俩去江边钓鱼。松花江的金翅大鲤鱼味美肉厚,钓两条回来,收拾完立刻就做,又香又鲜好吃着哪!我和小满堂拿起鱼竿儿便往江边跑,到那儿以后,挽起裤腿儿站在水中甩了线。真够快的,只一袋烟工夫,两把竿儿全咬钩了,提起一瞧,嚯!钩儿上挂的果真是亮闪闪的金翅大鲤鱼。等我们回到家中,茗兰姐姐已把几样儿嫩绿的青菜摘完洗净,只等下锅了,说是多做点儿,让将军爷爷和几位大师也尝尝。当然了,知道大师不吃肉,不喝酒,几样儿素菜炒得蛮地道。那不是王师傅做的,而是我和茗兰姐姐的手艺,同样不一般,尝尝就知道了。饭菜管够,酒可不管够,这瓶白酒只给土地爷爷预备的,都大人和班佐领不过跟着沾光而已。"说罢咯咯咯地笑了起来,如同银铃一般,感染着在场的每一个人,大伙儿也忍不住乐了。

富俊说道:"小白丫呀,代我谢谢茗兰的一片心意,想必你们仨还未来得及吃就先送这儿来了,大家一块儿尝鲜吧!不过吃可是吃,不能白吃,得有回报才行。坐下,坐下,咱边吃边聊。"

白面娘子把瓷锅里的菜一样儿一样儿端了出来,摆了满满一桌子,把素菜放在几位大师跟前。随后为土地爷爷、都大人、班佐领、尤公子分别斟上酒,又转了一下鱼盘儿,使鱼头冲向将军大人,请其先动筷。富俊夹了一块儿肉放进嘴里,大伙儿方伸筷,边品尝边夸赞称得上美味佳肴,色香味俱全。过了一会儿,白面娘子说:"土地爷爷,刚才进来时,听见你们正在唠秦大门牙。那是个地地道道的大坏蛋,我恨死他了,把尤公子和夫人害惨了!"

富俊喝了一口酒,放下杯子道:"小白丫,我不是说了么,这顿饭你不能白吃,得有回报。秦名远离开吉林有几个月了,5天前发现秦家大院有了动静,估计他回来了,是否住在那儿尚不确定。此人十分狡猾,行踪不定,已经有了防备。我们打算予以擒拿,又怕不知底里打草惊蛇,使其溜之乎也,正为此而绞尽脑汁呢!爷爷知道你认识的人多,各行各业都有,其中也有秦名远的心腹和手下,不知有没有办法找到他的巢穴?"

白面娘子听了这番话,深受感动,寻思道:"土地爷爷仍跟从前一样,没有小瞧我,也未计较曾经开过妓馆以及跟黑道上的人胡混之经历,不仅不当外人看,还特别信任,就凭这,也应该为其做点儿什么。再者说了,真要抓住秦大门牙并给以处治,几年来瘀滞于胸中的恶气可出了,尤成额夫妇满肚子的委屈可泄了,将军衙门的蛀虫可除了,何乐而不为？此忙必帮，义不容辞！"想到这儿，便爽快地说："土地爷爷，据我昔日对秦大门牙的了解，找他哪儿都不用去，只到江北拘缉营一带转转就行，定能发现其踪迹。小女愿在将军面前立下军令状，前往江北明察暗访，要是搜出这小子，大人准备赏我什么吧？"说完，忽闪着一对儿水灵灵的大眼睛笑眯眯地盯着富俊。

富俊熟知白面娘子其人，想当年蛮风光的，名声不小，家喻户晓。从小就是杂艺班里的名角，后来开过妓院，有颇为广泛的社会关系网，在各帮派中挺有人缘，黑道上亦有人脉。这几年与尤成额一家住在一起，接触得多了，受公子及夫人的影响开始大变样了，善良的本性凸显出来，同情弱者，助人为乐。此刻听了白面娘子的主动请缨，富俊打心眼儿里高兴，笑道："一言既出，驷马难追，想要什么，本官就赏什么，咋样，痛快吧？老夫没看错人，今天的白面娘子仍是当年的小白丫，详细讲讲吧，爷爷洗耳恭听。"

白面娘子反倒有点儿不好意思了，脸腾地红了，说道："照理呢，在各位大人和大师面前，一个女流之辈不能随便讲话。可小女感觉到了你们的信任，也非常敬重各位，所以愿意把自己的想法说一说。我是个炮筒子脾气，一提起秦大门牙气就不打一处来，这些年始终憋在心里，没地儿发泄。将军大人能给撒气的机会，让小女痛快痛快，干吗不充分利用啊，在此先谢谢了！依我看，最好别去秦家大院，里面修了暗道、夹层墙，易于藏身，若对这些心中无数，即使明知秦大门牙躲在那儿，也不好找。他不太可能住在家中，平时都很少回去，多半是在江北拘缉营附近鬼混，住的地儿也是一天三换。那一带可谓藏污纳垢之地，啥人都有，啥事儿都干，其中有不少人是秦名远的耳目，往往未等咱们到地儿呢，人家早就知道了。因此只能抄秦名远的后路，一杆子直接杵到北大营那儿，肯定能打听出他的下落或发现踪迹。我这几年一直陪着尤公子和茗兰姐姐呆在凤楼，哪儿都没去，心里痒痒的。这回也该露一手儿了，去那儿转转，让各位大人和大师们看看打小便在江湖上混的小白丫到底有多大能耐！"说完又憋不住乐了。

一指禅师思忖片刻，说道："将军大人，本僧以为白面娘子所言极是，秦名远猴精的，不会傻等在家中被抓。行动之前，必须掌握线索，方能顺藤摸瓜，主动出击，胜算也就大了。如果需要，我们师兄弟可于暗中保护白面娘子，助一臂之力。"

富俊点点头道："嗯，抄后路颇为便捷，不用撒大网了，省不少事

第四章　乱世重逢

儿，你们几位意下如何？"

都克尼、班布泰没有提出异议，认为应该打有准备之仗，此乃万全之策。冲霄、云水、庞荣、庞庆则纷纷表示赞同，并明确了自己的态度，我们虽是佛家人，具有佛门心，以慈悲为怀，但对虎狼之辈决不留情。肩担惩戒恶魔之任，该狠时不能手软，只要将军大人用得着，知会一声就成。

富俊说道："好哇，本将军谢谢了，那就请小白丫准备准备，抓紧时间跑趟江北，可否透露一下打算怎么寻访？"

白面娘子一本正经地说："将军大人，这可是小女的秘密，恕难从命，请原谅。哎哟，别光顾说话呀，快点儿吃吧，凉了味道就不那么鲜美了，岂不把我和茗兰姐姐的厨艺给糟践了？"

都克尼指了指桌面儿道："说得对，都赶紧伸筷，先把佳肴消灭了再说！"

大伙儿不再吱声儿了，闷头儿吃了起来，待把桌子上的饭菜全部填进肚，富俊方放下筷子道："尤教习，回去跟茗兰说一下，小白丫一走，家里的事只能由她多操心了，也会更累了，得悠着点儿。"

尤成额忙道："谢大人关心，夫人的病先后经两位大师的疗治已彻底康复了，啥活儿都能干了，儿子也能照看着。加之还有侍女帮着忙乎，没有丝毫不便，大人不用惦着。白面娘子这回可是肩负重任，干的是大事，我们都支持她，晚生想帮还帮不上呢！"

白面娘子接过了话茬儿："土地爷爷，尤公子说得没错，茗兰姐姐若是知道我被将军选中替衙门办差，高兴还来不及呢，这也是为国从戎啊，不但会全力支持，而且会感到无比荣耀的。"

富俊笑道："好，这我就放心了，回去后抓紧安排一下，走之前，到衙门来一趟。今天有劳各位大师了，也谢谢尤教习送来的美味佳肴，金翅大鲤鱼把老夫的馋虫都引出来啦！"

大家又与将军聊了一会儿便起身告辞了，5位大师回了驿馆，尤成额前往学馆，白面娘子和挑着装有杯盘担子的小满堂返回凤楼。当晚，5位大师于小树林练完功后，洗漱完毕早早上炕歇了，可冲霄和云水却翻来覆去说啥睡不着了，索性趴在被窝里小声儿唠了起来。二人觉得自从到了吉林将军衙门府，将军大人及衙门的上下人等，包括副都统都克尼、文部主事常喜、佐领班布泰给以了充分的尊重，口口声声称大师，没有丝毫的轻蔑，过去的事儿只字不提。不存戒心，十分信任，较大的举动必在一起商量，征求意见。大师兄和两位师弟处处表现得仍像以前那么亲近，同在一间屋，同睡一铺炕，有啥说啥，半点儿隔阂没有。再想想自己的所作所为，实在不该，对不起将军大人那忧国忧民的赤诚之心。越唠扯越感到汗颜无地，总不能跟哑巴似的一声不响眯着吧？得为衙门做点儿啥。范蔼仁之所以闹腾得欢，又招兵买马又锻造兵刃的，不就是仰仗咱俩为其做靠山么，当做与大清朝廷对着干的两把利剑了。这些日子也都看见了，范蔼仁横行乡里，欺压百姓，强占民脂民膏，公然违反大清律，罪恶滔滔。既然剃度为僧，就应超凡脱俗，广布佛法，普度众生，使天下人出苦海。咱现在与其天天在驿馆里闲呆，无所事事，不如回到范家堡子现身说法，规劝范蔼仁向朝廷认罪，改邪归正，别再干出伤天害理的事了，否则会在罪恶的泥潭里越陷越深的。倘若怎么劝都不认罪，继续与朝廷作对，不能坐视不管，纵有金锁网也要想办法冲破，协助将军大人惩治之。云水思摸一会儿，说道："二师兄，咱们的想法倒挺好，也应这么做。可毕竟到将军衙门时间不长，要是提出回范家堡子现身说法，富俊将军能信么？脑子还不得划魂儿呀，万一不让去咋办？总得琢磨出个什么辙，把心掏出来给他看，使其相信才能行。"

冲霄平时无论做什么事一向麻利，只要想好并决定了，必立即实施，一天不能拖。此刻听师弟这么一说，觉得云水有点儿前怕狼后怕虎，便道："老三哪，不用想那么多，将军若真信不过，不放咱们走，那也留不住，必须去，不能再等了。你已经看见了，连白面娘子都能主动请缨闯山门，我们还称高僧呢，却白吃干饭不干事儿，未免太丢人了吧？"

云水劝道："二师兄，不要急，我觉得现在提出离开江城不是时候，弄不好会引起不必要的怀疑。将军大人或许认为此乃托词，又未钻到咱心里去，哪能知道是真是假？轻易不会答应，还是从长计议吧！"

冲霄一听来气了，嗓门儿也跟着大了："老三，怕的是哪门子呀，咋净说泄气话呢？我就不信那个邪。算了，你留下，我自己去，看看五毒侠能否走出江城！"

云水仍耐着性子道："二师兄，有话慢慢说，发什么火儿呀？咱哥儿俩不是在商量嘛！"

冲霄随即甩出一句："商量个屁，就这么定了，天亮动身！"

云水坚持道："我不同意，无论干啥，总得打个招呼不是？一拍屁股走人了，真要问起来，那不更说不清了嘛！"

两个人你一句我一句地争论开了，一声比一声高，谁也不让谁。冲霄本是炮仗脾气，点火就着，不掖着藏着。云水试图说服师兄，反倒把对方惹恼了，一掀被子腾地坐了起来，气哼哼地盯着他。此前，大师兄金刚虽然早已躺下了，但并未睡着，正在闭着眼睛想心事。晌午用膳时，富俊将军讲了讲下一步准备怎么做，白面娘子也提出了很好的建议，我们师兄弟得出点儿力吧，具体做些什么呢？绞尽脑汁地想啊想，越寻思越精神，结果睡意全无。正这时，忽听老二和老三小声儿嘀咕开了，说什么要离开江城，去范家堡子劝服范蔼仁走正道，又怕引起将军的怀疑而不允。说着说着冲霄来气了，声音也不由得提高了，若不是云水压着，就得吵起来。实际上，冲霄和云水要做的，金刚早就想到了，希望二位师弟能主动提出前往范家堡子，为将军衙门最终剿除土匪、恶霸铺平道路。他俩认识那里的人，当过团练的总教头，熟悉情况，也最方便接近范蔼仁。其优势别人不具备，只要二番脚回去，范蔼仁必会往心里去，恐怕连板凳都坐不住了。然而尽管心里这么想，却一直没说出来，因为不知两位师弟到底怎么打算的。毕竟过来只个把月，是真的站在了衙门一边，还是权宜之计，很难看得透。身为大师兄，说话得掌握分寸，这种时候发问，二位师弟很可能会以为是在替将军探口气，是对他们的不信任。琢磨来琢磨去，觉得此话不该自己说出口，只看他们俩有没有帮助衙门干事儿的心思了。这会儿一听，心里挺高兴，看来老二、老三还算有良心，果真站到了衙门一边，勇于改过自新，仍是原来的师弟，称得上恩师的好弟子。哪知两人说着说着竟弄僵了，想装睡偷听都不成，不能不干预了，只好坐起劝道："冲霄，小点声儿，哪来那么大火气呀？你和云水说得都对，都在理，都是我的好师弟，师兄相信你们。据我观察，富俊将军乃胸怀坦荡之人，不仅敬重恩师长眉长老，对咱师兄弟也高看一眼，很是信得过。你们的想法挺好，明儿个不妨去趟衙门，开门见山地向将军讲清意图，我陪你俩去。"

睡在炕梢儿面冲墙的庞荣其实早就醒了，也不眯着了，翻过身来接茬儿道："好哇，我也去，帮师兄说说。"

于是4人便小声儿合计开了，明天该怎样向将军大人表诉衷肠，献上真心。越合计越兴奋，你一言我一语的话不落地，惟庞庆酣然入梦，呼噜声儿震天。

次晨，师兄弟5人练功时，庞庆方得知此情并举双手赞成。用罢早膳，金刚领着4位师弟径直前往将军衙门，面见将军大人。富俊则热情接待，一瞅他们的神情便知准是想出惩治范蔼仁的好点子了，遂问道："昨晚老夫一夜未眠，反复思考范家堡子的事儿，想必大师们也是为此而来吧？"

一指禅师回道："将军大人，您说对了一半儿，的确如此，不过还另有别情。"

富俊笑道："噢？讲讲看。"

一指禅师便把昨夜师兄弟几个在一起都唠扯些啥原原本本地学了一遍，话音刚落，冲霄急不可待地开口道："将军大人，本僧和三师弟有眼无珠，修行不到家，做了不该做的事，惹出了不少麻烦。谁惹的谁就应担责，我们对范家堡子的情况比较熟悉，不是夸口，那里的上下人等不仅认识我俩，还都听喝儿，范蔼仁也不得不让几分。是他请我和老三为其训练庄丁的，指挥大权操在我们手里，这就等于握住了范家堡子的开门钥匙，掐住了他们的命脉。将军大人，本僧和三师弟犯了大错，违反了佛门教规，理应受到惩罚。大人却不计前嫌，以坦荡的胸怀接纳之，并处处给以关照，不胜感激。越是这样越觉得愧疚，卧不安、食无味，心里只有一个想法，就是为朝廷出力，为自己赎罪。我同老三合计了半宿，打算回范家堡子会会庄主范蔼仁，行应行之举，办应办之事，不知大人能否信得过并让我们了却心愿？"

富俊笑道："冲霄大师，想到哪儿去了？咱们以心换心，彼此的心意相通，早已是一家人了，相信你们说的每一句话、所办的每一件事都是站在大清朝廷一边的，还犹豫什么？想干就干吧，本将军全力支持！"那掷地有声的话语感染了在场的每一个人，也缓解了紧张、沉闷的气氛，接着又道："二位大师为使众生得到解脱，不辞辛劳，不顾安危，深明大义，主动请缨深入虎穴，不能不令人赞佩。请大师正告范蔼仁，不要以为攀附权贵便可为所欲为，那是痴心妄想，玩火者必自焚。要及早收敛逆心，勿存侥幸，大清律铁面无私，身溺渊中难保命，瞻前顾后慎思之。"然后又告诉一指禅师，各位师父想做什么，由大法师自行酌定，如果需要，班佐领可随行之。

5位大师与富俊将军议妥之后，起身告辞，回到驿馆，又经一番仔细商量，定下了日后联络之法。金刚叮嘱道："冲霄、云水，出门在外要处处小心，遇事多动脑，三思而后行。范蔼仁及其大夫人钱氏不可小觑，乃地地道道的老狐狸，眼下不知是否听说了你俩已反戈。估计即使知道了，也会装作不知，还会继续施以笼络的手段，不甘愿放弃这棵救命稻草。表面上，他们对你俩会比以前更加敬重，惟命是听，百依百顺。暗地里却虎视眈眈，早有对策，耍尽把戏。务要切记：他有千条妙计，咱有一定之规。决不可被其蒙蔽，受骗上当，吃过一次亏就要吸取教训，不能再吃二次亏。恩师留字嘱告，三山设坛法会不许迟误，故而一切需抓紧，师兄随时与你们联系。"

云水说道："大师兄，请放心，我们定按你的话去做，不会上当受骗了，过些日子将把在范家堡子所行之事告知。"

金刚点点头道："那好，如果没别的事，用罢午膳就打点行囊，备齐一应物品，晚上睡宿好觉，明儿个一早上路。"

转天清晨，冲霄、云水用罢早膳，向师兄、师弟告别，也没让出城相送，揖手施礼而去。金刚、庞荣、庞庆目送二人拐过山脚，进入一片密林，仍久久伫立道边。他们对老二、老三的人品是相信的，心地善良，没有恶意，只怕以慈悲为怀、不识蛇蝎之心而上当，弄不好再陷入范蔼仁、钱氏设下的迷魂阵可就得不偿失了。个个心里思量着："到了关键时刻将亲自前往，暗中保护冲霄和云水，师兄弟5人携起手来，共同对付范蔼仁，做到万无一失。"

师兄弟3人回到驿馆，刚准备去佛堂，屋门被推开了。抬头一看，将军大人、都克尼副都统和班布泰佐领来了，一指禅师赶忙迎上前道："何劳将军大驾？有事儿尽管宣嘛，这可让我们很是过意不去呀，快请进！"

3人就坐后，庞庆分别为其斟上热茶，富俊开口道："本想早点儿来，两位大师此次前往范家堡子，是为衙门办大事去了，我作为吉林将军得送一送。可身不由己呀，衙门的事儿太多了，刚刚安排完便赶来了。"说道这儿，四下瞅了瞅，问道："冲霄和云水大师呢？"

一指禅师回道："大人，二师弟是个急猴子，与三师弟一大清早就上路了，现在起码走出二三十里了。昨儿个下晌，师兄弟几个合计过，认为目前是三方争兵，不可偏废，务必进行适当调配，我们也应做一下分工。一方是吉林将军衙门，此乃主帅之位，有良将为谋，务必保护好大人的安全，严防匪徒乘机攻击老窝，也是第一要务。另一方是范家堡子，冲霄和云水已去，须密切关注，必要时施以援手。眼下不用惦记，凭两位师弟之武能，肯定应付得了，过一两个月接应不迟。到那时，四脚落地了，天也放亮儿了。再有一方就是白面娘子，只身探狼窝，即便有本事，也不能大意，我们师兄弟得帮她，多个人多份儿力。"

富俊说道:"谢谢大师考虑得如此细致,安排得如此周到,有劳各位了。将军衙门这方不必费心,我身边有以都大人为首的训练有素的兵马,已经足够了。还是请多多顾及一下范家堡子、白面娘子这两方吧,因为去的人多不便行动,反而误事,只需暗中配合……"

几个人正唠着呢,忽听门外传来了脚步声,扭头一看,白面娘子撩起门帘儿进来了,左胳膊挎一花布包儿。上下一打量,一身儿短打扮,上穿绣着菊花的浅蓝色丝绸衣,下穿藏青色软缎裤,腰系镶着黄绦子的石榴红围裙。黑、红、黄、蓝4种颜色搭配在一起甚是显眼,特别精神,很像作坊的女掌柜或成衣铺的裁缝。见富俊将军、都克尼副都统、班布泰佐领也在,忙把布包儿放下,躬身行万福:"小女给大人、大师见礼了!各位有所不知,我突然有了占卜之术,测算得蛮准的。本打算到将军衙门向土地爷爷告别的,后来一琢磨不能去那儿,将军的心里肯定挂记着马上要办的大事,没准儿正在驿馆同大师们商议呢,于是出门就直奔这儿来了。怎么样,果然不出所料,既拜见了大人,又拜望了大师,一举两得呀!"说完咯咯咯地笑了起来,两颊现出了小酒窝儿,显得愈加妩媚动人。

富俊一看白面娘子笑得特别开心,也忍不住乐了,边笑边道:"小白丫是谁呀,聪明得很,来得早不如来得巧,快坐吧!"

白面娘子施了个蹲礼道:"谢大人!"然后坐在了班布泰身旁的那把椅子上。

富俊说道:"小白丫,爷爷本想先来驿馆送送冲霄、云水两位大师,然后去凤楼看你准备得怎么样了。未承想两位大师一早就出发了,你的腿比我还快,竟跑到驿馆来了,看样子是要上路吧?"

白面娘子点点头道:"嗯,一会儿就走。"

富俊接着又道:"我思虑再三,觉得把你一个人派出去甚为不妥,毕竟是个女子,且孤立无援。眼下世道颇乱,什么事都可能发生,万一出个一差二错,后悔可就来不及了。想来想去,决定由班布泰陪同前往,再挑选两位武功高强的随从交给你全权调遣。这样一来,身边有人保护了,大路、小道儿皆能走,甚至可以坐着车轿吹吹打打地去江北,没人敢拦。"

白面娘子摆摆手道:"不用,不用,爷爷想得太多了,身边有3个人陪着,如同给快骥套上了笼头,支巴不开,不自在。我就像那无拘无束的野兔,喜欢漫山遍野地跑,从未觉得世上有多么可怕。什么张飞、李逵的，全敢跟他们过招儿，逃不出我的手心儿。自打前天向将军夸下了海口，欲抖抖往日的威风，协助将军衙门及早抓住秦大门牙，我便着手准备了。请将军大人把心放进肚子里吧，既然敢立下军令状，自告奋勇出征，就有办法干成。俗话讲得好，见什么人唱什么戏，站什么门市吆喝什么嗑儿，等着好消息吧！"

富俊说："小白丫，此行若真能如愿，本将军不单单是深表谢意了，还得为你请功呢！不过万万不能轻敌，必须认真对待，身边有人，遇事总可以商量着办。要不这样，可任选一位，看谁合适尽量提出来，反正不能让你独自去江北，否则不光我这位将军哪，谁都不会放心的。"

白面娘子思忖片刻，说道："土地爷爷，究竟是独往独来，还是有人陪同，小女不是没琢磨过。最终还是觉得人少目标小，行动方便，不易引起怀疑，故而不想动用衙门的一兵一卒。再者说了，即使搬兵，也不能是班大哥呀，他一直在您身边，不可随便离开。万一遇上急难险事，有佐领护驾，相对安全些。我同庞大哥打过好几年交道了，互相颇为熟悉，配合也很默契。必要时，或许得麻烦大法师把庞大哥借我一用，有功夫了得的鹰爪消魂侠在身边保护，我怕啥呀？身价还跟着提高百倍呢！"

一指禅师笑着答应道："行啊，本僧有求必应，到时候四师弟就交给你了。"

白面娘子躬身致谢道："谢谢大法师！小女来驿馆，是向各位辞行的，不知还有什么要交代的？"

富俊问道："小白丫，家里都安排好了么？有什么困难或需要帮忙的尽管提出来。"

白面娘子回道："土地爷爷，一切安排定当，没有困难，也不需帮助。小女此番出门，尤公子一再鼓励，茗兰姐姐全力支持，感觉就像出征一样，任何事都得放下，了无牵挂，一心对敌。家中诸事，包括柴米油盐皆由小满堂打理，看家、护院、跑集市、挑书担子他都能干，差不了。尤公子和茗兰姐姐由小曼、小香侍奉，每天从早到晚应干些啥，我一样儿一样儿全告诉她俩了，并叮嘱务必做到让少爷、少奶奶满意才行。"

大伙儿听后，皆点了点头，认为想得很周全。一指禅师问道："能否告诉我，你庞大哥啥时候出发？"

白面娘子回道："现在不用去，先忙你们的，听我信儿，该用时自有搬兵之术。如果没什么事儿了，小女就此别过，不用担心，也不用打听我的行踪，到时候必当来见各位大人和大师，再见了，后会有期！"说完犹如壮士般抱拳告辞，颇有巾帼不让须眉之气，拿起花布包儿转身出屋。富俊等人下楼相送，出了驿馆院门，白面娘子回头挥了挥手，大步流星地向北走去。

　　前书讲过，白面娘子七八岁便随东坡杂艺班闯荡江湖，后来由于走钢丝的技艺高超渐渐有了名气，所经之地家喻户晓。开花仙楼时，经小金佛牵线，使其认识了黑道上的一些人。曾有一段时间，相互之间来往密切，打得火热。其中几个头目对白面娘子总是高看一眼，也愿意听其吩咐，他们几个便是此行要找的人。别看白面娘子平时大大咧咧的，性格爽朗，有说有笑，其实心蛮细的。她一边走一边思摸："土地爷爷不是说了么，眼下世道挺乱，出门在外，应多加注意才是。秦大门牙那帮人嗅觉十分灵敏，说不准知不知晓我现在的底细，还是隐蔽点儿颇为稳妥，不妨化化装，省得被路人认出来。"想至此，走到一片柳林边站住了，四下瞅了瞅，见没人注意，快速钻入林中，折下一些细柳枝，麻利地剥去外皮，然后坐在树墩子上，那双灵巧的双手将一根根柳条掫上绕下、横拉竖拽，一口气编了6个元宝筐儿。抬头看了看天儿，太阳西斜，天色渐晚。于是解开花布包儿，拿出两件衣裳，把身上的那套换下，又用包头布把脑袋一围，纯粹一乡村大嫂。换衣服的目的是为了能顺利穿过热闹的街市，因为认识她的人多，需十分小心才是。如果穿戴太显眼，容易引起人们异样的目光，再指手画脚地胡乱猜测一番，会惹出不必要的麻烦。一切就绪，用皮条儿把元宝筐穿在一块儿，撅根干木棒挑起扛在肩上，大摇大摆地朝前边不远处的屯子走去。到了近前，亮开嗓门儿吆喝道："柳条筐喽，元宝筐喽，快买呀，贱卖啦……"小白丫不简单吧？摇身一变，成了沿街叫卖的小贩了，那吆喝声儿，那肩扛木棒的架式，谁也看不出任何破绽，你别说，还真有上前问价的："哎，大嫂，这筐咋卖呀？"

　　白面娘子回道："贱卖了，一文钱一个，天晚了，着急回家呢！"见对方无心买，也不停留，急匆匆地穿过屯子，朝北街去了。之所以途经此屯，只因这是条近道儿，路又熟。

　　白面娘子很快出了北街，按照江湖上的规矩，先往江北拘缉营附近的那片杨树林子走去。她知道，穿过林子，后面有座小庙，由于多年无人修缮，很是破旧。原先庙门前卧着一对儿石狮子，不知怎么弄的，后

第四章　乱世重逢

来只剩一只了。小庙有个看门的，俗称"看门狗"，此人还真姓苟，当地人叫他苟大爷，住在小庙旁的青砖拱门房子中。西边有块富户家族的茔地，所雇的看坟人原先就住在那间青砖房里，主人来上坟时，请一些僧道为逝者诵经，祈祷早日升天。3年后，主人携一家老小迁往外地，将看坟人辞了，再也没来上过坟，小庙及那座青砖房便被黑道的人占了，看门人换成了苟大爷。住下后，里里外外收拾一番，小庙的四周围上了柞木障子，又有杨树林子挡风，倒也不错，成了江北一景。附近的家家户户皆知杨树林子后有座小庙，住在那儿的苟大爷是给黑道老大看门的，很少有人涉足。

　　这里插讲几句。当时的大清百姓分旗人、民人两种，旗人即指满洲人，有家有业；民人即指汉人或其他民族的人，没有家业，讨个差使非常不易，常遭欺凌。汉人中的一些老户大多是由于家乡受灾而从关内逃荒至此，闯过了封禁，最后安居在这里。渐渐的民人中有的成富户了，有的仍很贫穷，大致分为上、中、下三层。下层人比较多，社会地位低下，从事各种所谓下等职业，比如艺人、脚夫、吹鼓手等，属于下九流，全是些不入流或与官府没关系的人。当时有那么句嗑儿："石公公，花鸨娘，水老鸹，会不着你，也能会着他。"此话什么意思呢？"石公公"指的是石匠，也包括铁匠、木匠、泥瓦匠等，都是卖苦大力的，往往是边干活儿边聊天，心窝子话一股脑儿地往外搬。"花鸨娘"指的是妓院老鸨子，平时也笼络一帮人，除了以出卖色相、肉体为生的妓女，就是迷恋窑子的嫖客，没事儿时常往一块儿凑。"水老鸹"指的是撑船的，冬季歇息，春、夏、秋三季纷纷来到松花江边，为船主撑船或搬运货物，只要在一起，就天南海北唠个没完。总之，同声相应，同气相求，生活在社会底层之人愿扎堆儿，互相能淘换到各种信息，比如可以了解当下局势是否平稳哪，行情是否看好哇，需采取什么方法应对等等。也可发泄一下心中的怒气，诉诉冤情，得到些许安慰、同情、帮助，继续将苦日子撑下去。渐渐的越聚越多，越来越熟，人熟为宝啊，唠得对心思了，觉得缘分到了，便按江湖上的规矩拜把子，成为兄弟，往后遇事好有个照应。除此之外，还可找到唱亮歌的人。什么是"唱亮歌的人"呢？即指反清义士。"亮"字嘛，有"日"和"月"才能明亮，与前朝的"明"字意同。下九流中的大多数是反清的，他们期盼着结识前朝之反清义士，可以说到一块儿，一个鼻孔出气。

　　清王朝经历了康乾盛世，到了嘉庆朝便开始由盛转衰，各种矛盾逐渐暴露出来。加之灾害频发，从关里逃到关外的汉人越来越多，生活贫困，受到土豪的重利盘剥以及官府的欺压，使其既无立足之地，又无路可走。官逼民反，反清的地下暗流随之涌动，不过还只是细流。进入道光朝之后，越来越大发了，义军频频起事，摁下葫芦起来瓢。过去讲究"六制"，即一官、二吏、三僧、四道、五医、六工、七猎、八民、九儒、十丐，其中的"七猎、八民"也有称"七匠、八娼"的，指的是人的社会等级。前四制，即官吏、僧道衣食住行不愁，生活有着落，故而少有入围者，郎中或于作坊中干活儿的工匠亦不算多。生活最差的就是乞丐和娼妓，人数较多，极其贫困。这个等级什么人都有，其中有被称为"六婆"的，包括以介绍人口买卖为业、从中取利的牙婆；为男女双方牵线、说合以促成亲事的媒婆；开设妓院做人肉生意的虔婆，即鸨母；以装神弄鬼、替人祈祷为业的药婆，即巫师；以接生为业的稳婆，即接生婆；为家主占吉凶、测宜忌的师婆。也有瘾君子，指抽大烟上瘾者，有阿芙蓉之癖；醉鬼，有刘伶之癖；耍钱的、推牌九的、打麻将的，有竹城之癖；登台唱戏的，有周郎之癖；还有季常之癖、断袖分桃之癖、新台之癖等。总之，什么人找什么人，鲶鱼找鲶鱼，嘎牙子找嘎牙子，闲来无事便往一块儿凑，从中找知己、觅知音，那时社会就这样。

　　单说这苟大爷是个老江湖，外号儿"黑狗"，50多岁，光棍儿一条，讲义气，为同道兄弟可两肋插刀。别看年纪不小了，身板儿倒挺硬朗，手大脚大，肩宽腰圆，一脸黑胡茬儿，专干看门报信儿的差事，很得道上老大的信任。黑道有黑道的规矩，甭管是谁，若想求见老大绝非易事，比登天还难。那得怎么办呢？必须先拜苟大爷，由他牵线引路，方可得见。倘若在他这儿卡壳了，那就甭想见，咋来的咋回去。你要不服，硬闯庙门或通过其他途径求见，越过苟大爷这道坎儿，不仅见不到，还得被"剜了眼"，就是被杀了或废了，即使活在世上，也是痛苦一生。故而不可小觑这看门狗，那是拜上堂的第一门、第一关、第一卡，由老大养着，吃穿不愁。要求他必须忠贞不二，嘴巴子把得牢，稳稳当当做事，不张扬，不显山露水。所挣的饷钱中，包括正银、赏银、拜门银三份儿收入，根本花不了，富得流油，天天吃香的喝辣的，犹如神仙过的日子，一般人比不了。白面娘子这次来当然也不例外，需先找到苟大爷，因很长时间未登门了，不知老大换了没有。她一边往杨树林子走，一边四下踅摸，见周围还是老样子，没啥变化，穿过林子前方

30 米远便是那座小庙。于是清了清嗓子,按黑道的规矩放开喉咙唱起了"打伙歌":

> 伙计好,
>
> 伙计妙,
>
> 缺吃少穿伙计要。
>
> 伙计好,
>
> 伙计妙,
>
> 断头台上相关照。

唱着唱着就走到了小庙前,见石狮子底座上躺着一个人,光着膀子,身上盖件粗布褂子,正打着呼噜呢!白面娘子仍高一声低一声地继续唱,那人总算醒了,不过躺着没动,睡眼迷离地扫了一眼白面娘子,遂问道:"哎,你是从哪儿钻出来的,我咋不认识?"

白面娘子回道:"我是前屯的,家中的羊不见了,就找到这儿来了。"

那人掀开粗布褂子坐起身,显得很不耐烦:"他妈的,吃饱没事儿撑的呀,羊丢了与我何干?刚刚喝了一顿痛快酒,寻思好好儿睡一觉,却被你给吵醒了,这不是成心么?对了,你怎么会唱'打伙歌',跟谁学的?"

白面娘子漫不经心地说:"这还用学么,听人唱一遍就会了,瞎哼哼呗,请问贵姓啊?"

那人口气有所缓和:"免贵姓费。"

白面娘子又问:"咋不回家睡觉呢,莫不是在这儿看门儿?"

那人回道:"是呀!"说完又赶紧把话拉了回来:"不不,我不是看门的,喝完酒正好溜达到这儿。"

白面娘子白了他一眼道:"哼,男子汉大丈夫说话应掷地有声,吐口吐沫都能砸出坑来。你可倒好,说了不算、算了不说的,纯粹一拉屎往回坐的货,半点儿出息没有,老弟是小费、外号儿'草上飞'吧?"

这一问不要紧,当即把那人震住了,忙站起身连连作揖到:"是是,我是草上飞,大嫂是……"

白面娘子撇了撇嘴,摘下包头布,把发髻往后一推,忽闪着一双美丽的大眼睛道:"年龄不大,忘性不小,好好儿看看我是谁?"

草上飞大睁双目上上下下、仔仔细细打量一番后,惊诧道:"哎呀妈呀,我的祖奶奶,这不是鸭母白面娘子嘛!道上的人都说你金盆洗手不干了，也不打算搭理我们了，眼下在哪儿发财呢？"

白面娘子一挑眉毛道："说得容易，发什么财呀，还是老样子。小费呀，你有所不知，去年我突患伤寒倒炕了，一躺就是5个多月，以为肯定一命呜呼了。后来胡乱服了些草药竟挺了过来，身子骨儿渐渐恢复了，好人一个。现在给一大户当管家婆，尽管再忙，心里却总惦记着兄弟们，这不就找上门来了。"说罢见对方两眼紧盯着自己，那神态似乎有些犯疑，紧接着又道："老弟，这儿怎么只你一个人哪，看门望风的苟大爷呢？大哥过江龙，还有云中燕、窜山虎、雪中豹、小金佛都在哪儿，他们一向可好？"

草上飞回道："看来鸨母还行，有点儿情分，没忘了当年给花仙楼护场子的兄弟们，连绰号都记得准确无误。放心吧，他们挺好的，给哪个主子卖命不得用钱供着？啥也不缺，吃穿不愁……"

白面娘子打断道："别说那些没用的，告诉我，兄弟们上哪儿去了？我想见他们。"

草上飞毕竟好几年没看到白面娘子了，对其眼下干些啥真的不清楚，所说的话也不太敢相信，便敷衍道："哎呀，这个么……我可有些日子没跟他们联系了，最近也没一个来这儿的，哪知道哇！"

白面娘子双眼一立睖道："草上飞，要是识趣儿就别耍滑头，我是容易糊弄的傻瓜吗？方才还说得那么肯定呢，一调腔啥也不知道了，谁信呢？你明知我和小金佛好过一阵子，不就是想看看他嘛，为啥隐瞒不让见？"

草上飞当然知道白面娘子不好惹，从小随杂艺班在江湖上闯荡时，其师傅教她的可是少林功夫，有两下子。开妓院当老鸨那时也是前呼后拥的，净跟上层人物和入流的官员打交道了，平时很少回家。秦名远那么厉害拿她都没辙，反过来得听她的，不让往花仙楼跑真就不敢去，不得不派小金佛盯着，结果不仅没看住，俩人背地里还好上了。草上飞不知道的是白面娘子与尤成额一家及庞氏兄弟结识后，同住凤楼，相处融洽，情同手足。少林寺的两位大和尚庞荣、庞庆每日早晚去林子里习武时，白面娘子有时也跟着去，先是站在旁边看，记住要领，然后照着比划。做得不对或不到位，大师及时给以纠正，一来二去便像模像样了，并始练掌腕、手指功夫。庞氏兄弟的鹰爪功厉害无比，独一无二，十指如铁杵。庞荣常讲，无论男女皆可学此功，关键在于苦练、勤练、用心，还要不怕流汗、不怕吃苦方可练就。白面娘子原本天资聪敏，悟性

第四章　乱世重逢

高，学啥像啥。加之善于动脑，边练边琢磨，故而长进很快，已基本掌握鹰爪功的一招一式了，十指也有把子力气了。

草上飞见白面娘子变脸了，暗自寻思道："这主儿是不好对付，可无论多难缠总得拖拖看，不能马上告诉她，实在不行再说。"随即摆出一副受了委屈的样子，摊开双手道："祖奶奶，我确实不晓得他们在哪儿，要是知道能不告诉你么？"

白面娘子听罢，越发来气了，走上前伸出右手一把薅住其左耳并逐渐加劲儿，草上飞疼得嗷嗷直叫，两手用力去掰那掐住耳朵的手指，可哪里掰得开呀，两根手指犹如铁钳般死死地夹着。白面娘子说道："小费，咋样啊，这滋味不错吧？若是识时务就别把老娘惹急了，照实说，免得遭罪，否则没你好果子吃！"

说实在的，草上飞一开始没太在意，此前从未领教过白面娘子有多大能耐。以为自己的功夫不错，面对的不过一个女流之辈，尽管小时候跟师傅学过少林功，也强不到哪儿去，不在话下。没承想白面娘子真不白给，竟有如此厉害的手上功夫，没两下子很难挣脱，好汉不吃眼前亏，只好告饶道："哎哟，祖奶奶，快松手，我服了还不成么？"白面娘子并未松手，草上飞眼珠儿一转又道："行了，行了，祖奶奶，跟我走吧，领你去见他们。"

白面娘子是个鬼灵精，一般人唬不了，一看小费那样儿，就猜出是想来个金蝉脱壳，靠草上飞之功溜之乎也，做梦！必须得控制住，绝不能让他跑掉，方可从其口中得知那帮人在哪儿，随之右手从耳朵处滑下紧紧攥住其左手腕。草上飞不由得暗暗叫苦，整个人几乎堆缩成一个团儿了，咋的呢？左手腕被白面娘子一攥不要紧，好像立马被锁住了似的，动弹不得。若想逃脱，只能白白送给人家一条胳膊，那也不敢保证一定能跑得了。他见无法脱身，转而一想，犯不上跟白面娘子较劲，何况原先曾在一块儿混过，告诉她也没啥，遂道："姐姐，说实话，刚才你提到的那几位兄弟已不在这儿了，云中燕、窜山虎去范家堡子了，眼下只有已成为老大的过江龙、兄弟们尊称为龙爷时不时地回小庙看看，身边的跟班乃苟大爷，手下有几十号人。想知道得更细点儿，可找小金佛，现在是龙爷的心腹，天天吆五喝六的，下边的兄弟都怕他。姐姐，听我一句劝，别去会过江龙了，就见小金佛吧。反正你跟他有一腿，再怎么着，也不会太过分。"

白面娘子思忖片刻，觉得言之有理，自己与过江龙相识毕竟是小金佛介绍的，只是在花仙楼时打过交道，歇业后就不来往了，贸然去见不一定妥当。还是应先找小金佛，别的姑且不讲，起码对其脾气、秉性了如指掌，能聊得来，或许可成为自己的帮手，再从他的口中打听到所要知道的有关情况。想至此，松开手问道："小费，去哪儿能找到小金佛？"

草上飞甩了甩手腕子，不屑地哼了一声道："不知他是长能耐了还是咋的，行踪诡秘，独往独来，总是私下里与过江龙联系，从不通过我。我也懒得问，更不想四下打听，没工夫管那些闲事儿，吃饱喝得睡一觉比啥都强，只需看好小庙就行了。姐姐，对不起了，此忙帮不上，自己去寻吧，看你的运气如何了。费某人不敢骗姐姐，若有半句假话不得好死，天打五雷轰。顺便提醒一句，别忘了江湖上那套嗑儿：'石公公，花鸨娘，水老鸹，会不着你，也能会着他。'去试试吧！"说罢转身走进小庙旁的青砖房，很快又出来了，左手提着一小筐儿苞米面饼子，右手拎着一只烤熟的野兔，皮薄肉厚，白里透红，闪着亮光，直往下滴油汁儿，香味扑鼻。他把小筐儿放在石狮子底座儿上，晃了晃手中的兔肉道："姐姐，跑了那么远的路，肠子肚子早打架了吧？咱们姐弟见面不易，不能让你空肚子走，来吧，尝尝我烤的野兔味道如何。"

白面娘子还真饿了，也没客气，拽下一条兔腿坐在石狮子底座儿上吃了起来，又连啃了两个饼子，喝了一大碗水。吃饱喝得后，起身谢过小费便告辞了，边走边思摸："到什么地方去找小金佛呢？草上飞把江湖上那套嗑儿搬出来显然是一种暗示，可与小金佛不沾边呀，别说正在黑道上混，即使生活无着落，也不会去江边的码头给船主撑船、当帮工，他根本吃不了那苦。更不会去作坊跟工匠师傅学艺，就现在的身板儿，干不了石匠、铁匠、泥瓦匠。噢，对了，真有个地儿备不住去，即烟花柳巷，狗改不了吃屎，他好那口儿，馋饥难忍时愿到妓馆泡窑姐儿。"转念又一想："不成啊，娼妓所呆之处女子不便去，被老鸨子看见也不让进哪，怎么办？唉，没别的招儿，只能拉上小费。若是不跟我走，对不起了，就来个软硬兼施。"想到这儿，反身折回。

此刻，草上飞正沾沾自喜呢，边喝酒边津津有味地嚼着兔肉，寻思道："谢天谢地，总算把那主儿送走了，咱可惹不起，忒厉害。"一抬头，见白面娘子二番脚回来了，心中好生纳闷儿："这是唱的哪儿出哇，来了走、走了回的，不会是又想出什么幺蛾子吧？"赶忙起身迎上前，假惺惺地问道："姐姐，还有什么事？尽管讲，只要老弟能办到的。"

第四章 乱世重逢

白面娘子先说软话："好兄弟，帮人帮到底，只有你能帮我找到小金佛，算姐求你了，走吧！"

草上飞根本不想去，多一事不如少一事，谁知这老鸨找小金佛干吗呀，惹出麻烦还不得吃不了兜着走？于是推辞道："姐姐，我不能动地儿，得看着小庙。不是早就说了么，此忙老弟帮不上，还是自己去吧！"说罢转身就往青砖房走。

白面娘子见软的不行，便来硬的了，紧走两步赶上前，一把抢过草上飞手中的兔肉往地上一摔，拽住左胳膊就朝杨树林拖。草上飞哪能扛得住那铁钳般的手劲儿呀，疼得龇牙咧嘴的，只好告饶，心不甘情不愿地跟着去了。路上，白面娘子说道："老弟，谢谢你的提醒，我估摸小金佛没事儿必在烟花柳巷混。到了街里，咱一家一家地找，进妓馆你比我方便，逢人就打听，哪怕他钻进耗子洞，也得给姐提溜出来，听见没？"

草上飞明知不照此话办不行，能说啥呀，只剩下诺诺称是的份儿了。半个时辰后，二人进了街里，草上飞接连去了3家门面较小的妓馆，经打听，没有小金佛。又拐向另一条街，这里颇为热闹，人来人往的，铺面多，门口儿皆挂着幌子和红灯笼。他们边走边瞧，走到尽头，有座二层青砖小楼很是醒目，悠扬的乐曲从楼内传出，男男女女的嬉笑声儿、打情骂俏声儿清晰可闻。站定细观，小楼的门楣上挂着一块黑底红字长方木匾，上刻楷书"酣苑"二字。此妓馆名声在外，馆内的娼妓大多是从江南买来的，个个眉清目秀，体态娇娆，如出水芙蓉，吸引着嫖客们纷至沓来。妓馆应接不暇，生意很是兴隆，天天灯火通明，笙歌达旦。草上飞大模大样地进去之后，从一楼到二楼，只要碰见身穿白汗褡儿、给各屋沏茶送水的小白脸儿就上前打听。这些年轻男子是妓馆从当地专门挑选来的，皆有潘郎之貌，举止得体，态度谦卑，嘴巴还甜。草上飞一连询问了三四个小白脸儿，又点头又哈腰的，好话说尽，也没人回答小金佛是否在这儿。无奈之下，只好出了妓馆，告诉等在外头的白面娘子，说是里面没有小金佛。白面娘子一听，气不打一处来，怒目横眉地盯着草上飞低声儿骂道："混账！胆儿不小哇，竟敢糊弄老娘，明明找到了，愣说没见影儿，难道这么一会儿肉皮子又紧了，想放松放松不成？"

草上飞急得直跺脚，生怕她再薅自己的耳朵或掐手腕子，那可太疼了，实在挺不了哇，忙起誓发愿道："祖奶奶，我问了一大圈儿，确实没个结果。有的小白脸儿说只认识窜山虎、云中燕，是这里的常客，不知何因，最近未登门。至于小金佛，皆摇头表示不认识，是真是假，鬼才知道。祖奶奶若不信，我可冲天发誓，有半句假话，必遭雷劈！"说着抬头上望，忽然二楼东头儿的那间屋子吸引了他的目光，眼前一亮，好像想起什么似的拍了拍脑门儿道："哎哟，祖奶奶，你把我吓得啥都忘了，想起来了，想起来了！前些日子小金佛曾喜滋滋地告诉我，说是醋苑的头牌窑姐儿万人迷被他包月了，晚上常住在那儿，很少回家。看来不是吹牛，你瞅瞅，楼上楼下的每间屋子全挂乳白色的窗帘儿，惟独最东头儿亮着灯的那间挂着兰花布窗帘儿，左右两边和底边镶着黄穗儿，很是显眼，那便是头牌接客之处。若无特殊情况，小金佛必在里面，这会儿或许正搂着美人儿消魂呢！"

白面娘子仰脖儿瞅了瞅，为万无一失，追问道："小费，我要听实话，有否把握，能叫准不？倘若存心欺骗老娘，决不轻饶！"

草上飞十分肯定地说："没错，一准在那儿，敢拿脑袋担保。"

白面娘子从内怀掏出十两纹银扔给小费道："好吧，那就信一回，谅你也不敢蒙骗老娘，回去吧，后会有期！"

草上飞谢过，随即告辞，拿着纹银乐颠颠地往回走。白面娘子见其走远了，方转身离去，考虑到夜晚行路不安全，便找了一处小店住下。第二天一早，结清了店钱，原路返回江城，直接去了驿馆，拜见3位大师，把所查到的情况原原本本地讲了一遍，接着又道："至于过江龙及其手下是否知道范蔼仁所干下的违犯大清律的事儿、相互之间究竟是什么关系、暗地里是否与秦大门牙有勾连、这条线有多长多粗等，尚且不清楚，有待继续详查。不过凭我几年来与小金佛打交道得知，他们在黑道上绝非等闲之辈，而是有头有脸儿的人，下边的小泥鳅没有不惧怕的。事实正是如此，即使不得不投靠哪个主儿，也得挑门坎儿高的，咱摁住其中一两个，或许是找到秦名远的突破口。"

一指禅师听后，认为白面娘子不简单，有能耐，只要出马就有收获，让人佩服，于是说道："你的意思是若想知道秦名远藏在哪儿，至关重要的是得先抓住过江龙一伙儿中的人，你以为先擒谁最为妥当？"

白面娘子不假思索地回道："当然是小金佛了，奸懒馋滑又好色，没多大脓水，会点儿武功却不精，还不如我呢！由于眼下是过江龙的心腹，故而在黑道那帮人中的地位随之比以前高了，为有所防范，身边或许有保镖跟着，否则不敢一个人出来进去。小金佛虽然是秦名远的亲

第四章 乱世重逢

戚，但对其一些做法也看不惯，二人的关系若即若离。草上飞说他常去酣苑消遣，独霸那里的头牌窑姐儿，时不时地还包宿，没有足够的银子肯定不行。那么，谁能大把大把地给他钱花呢？一切行为都是有目的的，如果是秦名远，又缘何如此？其中必有不可告人的秘密。再有就是酣苑二楼东头儿那间屋或许只是他的虚设之地，挂个幌子而已，另有藏身之处，以防被抓。小女之所以急匆匆返回，一来是通报一下调查所得，看看下一步该怎么办，请3位大师给出出主意。二来是刚刚摸到小金佛的线索，倘若有个风吹草动，他很可能脚底抹油溜了。据此想建议衙门尽早捉拿之，撬开他的嘴，方能得到咱们所要的。"

庞氏兄弟对白面娘子的分析很是赞同，庞荣说道："这样看来，小金佛是个关键人物，要想获知秦名远的行踪，先从他下手颇为稳妥。应当机立断，不能拖延，只需告诉我们所在酣苑的准确位置便可。"

一指禅师问道："白面娘子，小金佛离开凤楼后，对所发生的一些事儿知道否？"

白面娘子想了想，回道："他应该知道土地爷爷已回将军衙门掌印、尤公子已赴任左翼官学教习，不一定知道我怎么想的，一年多来是个什么状况。这次见到草上飞，从其说话的口气中，感觉到他虽然防范我，但由于不知底细或认为女流之辈干不了啥，总还是多多少少透露一些，没有守口如瓶。"

一指禅师说道："白面娘子，依本僧之意，在他们未弄清真情实况前，你不妨将计就计，大大方方地去见小金佛，重修旧好，取得其信任。我们在得到将军大人的允准并前去擒拿他时，将连你一同俘获，估计小金佛不会起疑心，你便可从他的嘴里套出秦名远藏身何处。"

话音刚落，庞荣、庞庆异口同声地叫起好儿来，此乃妙招儿也！白面娘子也风趣地说："不愧为大法师呀，堪比智多星吴用啊，与小女的想法不谋而合，总可以借机自夸一回了。走，是时候了，去见土地爷爷！"说罢站起身来，与3位大师一块儿出了驿馆，前往将军衙门，面见了吉林将军富俊大人，关上门密商一番后，行动方案就此敲定了。

回过头咱接着说秦名远。他自打向衙门递上了丁忧致仕的假条，既未回家，也未去外地，而是一直呆在江城，根本没动窝儿。那么，其继父果真刚刚离世吗？纯属一派胡言，继父早于十多年前就故去了，人总不能死两次吧？秦名远之所以用为继父奔丧之由向衙门告假，其实是因为当时其姨夫松筠将军身子骨儿欠佳需离任，听说富俊将接任吉林将军,立马慌神儿了,也坐不住板凳了,心里犹如十五个吊桶打水,七上八下的。他知道富俊办差认真,对自己所犯下的贪赃枉法之罪绝不会放过,非查个底朝上不可,待证据确凿,必严加处治。往日的靠山秀林大人早已调往甘肃,鞭长莫及,帮不上忙,没有给撑腰的了。富俊身边有几位大和尚帮着出谋划策,上任之后,首先得调查范蔼仁违犯大清律的桩桩大罪,渐渐铺展开来,肯定牵涉到自己,事情就会败露,总不能睛等着挨查、束手待毙吧?无奈之下,只好以告假暂避风头,妄图躲过此劫。十多天后,闻听到任吉林将军的不是富俊,而是松筠,暂时还需兼任京师内阁之职,不得不京师、吉林两边跑。他稍稍松了一口气,马上又紧张起来了,心中暗想:"一人兼二职不是长久之计,用不多长时间,富俊恐怕还得回来接。到那时,尤成额便可顺顺当当的录用为左翼官学教习,鲍昌自然没希望了,这不是让我坐蜡吗?"他天天琢磨这些事儿,又不知如何应对,能不犯愁么?吃不好睡不香的。后来得知松林将军猝死于大堂之上,7个月后,果不其然,松筠离任,富俊接任,执掌吉林将军大印。秦名远这下更上火了,急得犹如热锅上的蚂蚁团团转,恨得牙根儿痒。越寻思越来气,我秦某人凭啥栽在一个瘸老头儿身上啊?既然你富俊不给我出路,我也不能让你舒坦了,那就一不做,二不休,破釜沉舟,拼个鱼死网破,拔掉这根眼中钉,即使杀不了他,也得害了尤成额,决不能让个四体不勤、五谷不分的书生占便宜,谁叫你半道儿蹦出来给我添堵了。从此便躲在家里,白天不露面,一到晚上就出去四处活动,用各种方式和手段网罗愿意为自己卖命的各色人等,领到秦家大院练功习武,以便有朝一日能助一臂之力。功夫没白下,还真网罗来20多人,遗憾的是虽然各有各的能耐,但谁也不服谁。一盘散沙不行啊,必须得有个武功超群的高手儿把大家组织起来,再加以适当的管束方可。于是每当天一擦黑儿,秦名远仍出门各处溜达,两只眼睛不停地四下踅摸着,看看能不能碰上一个只要有钱花,就肯于死心塌地为主子干事儿的亡命徒,然一连多日,没有丝毫收获。

当年八月的中秋之夜,秦名远像往日一样,用罢晚膳便从家中出来了,打算去江边遛遛。途经大车店时,见店主和门房正拽着一个瘦弱的中年汉子的胳膊往外拖,边拖边骂:"你个穷鬼,身上分文没有还想赖着不走,哪有白住的店哪?赶紧给我滚,滚得远远的!"到了门外往地上一扔,回头就进屋了。

旁边一些看热闹的人议论纷纷,有的说:"这种人撵出去就对了,

第四章 乱世重逢

活该，谁让他不干正事儿了。"

那个道："这小子白来世上走一回，江湖上没混明白，学了点儿武功还用不到正地方，最后竟落得连个栖身之处都没有……"

秦名远一听，暗自高兴："嘿，太巧了，有武功好哇，恰恰就是我所要找的人，真是踏破铁鞋无觅处，得来全不费功夫啊！"见那人从地上爬起来，拍拍身上的土，趔趔趄趄地往江岸走去，便不动声色地尾随其后。

中年汉子何许人也？姓李名二孟，今年三十有一，因有盗窃之能，得一外号儿"李二扒"，至今未成家，光棍儿一条。老家在山东，年轻时，曾跟距家不远的一座深山古寺的和尚学过武功，其功夫在村子里算数得着的。后因遭灾而离开故土独闯辽东，从此开始混迹江湖，结交一些不三不四的人，啥缺德冒烟的事儿都干，梁上君子照做，只要能弄到钱花就行。认识他的人不知其本名，皆以为"李二扒"就是大号呢，坏名声随之传扬出去了。今年初春的一天傍晚，李二扒在经过一段山路时，不小心两脚踏空滚下了山崖，还算命大，没摔死，只是晕了过去。后被路人发现，见其浑身是伤，不知家住哪里，便把他抬到了大车店，就此在那里将养，每天除了交住店钱、饭钱，还得抓药疗伤。初始尚有几个狐朋狗友前来探望，渐渐的一个不见影了，腰兜儿的银子只出不进，眼瞅着一天比一天少。半年后，身子骨儿倒是养好了，但腰兜儿已蹦子儿皆无，时常饿肚子不说，店钱也交不起了，只能是今天推明天，明天推后天。店主当然不让了，这不，终于在中秋之夜将其撵了出来，怎么哀求再住一宿都不准。他现在可谓是穷困潦倒，无依无靠，别说吃块月饼啊，连栖身之地都没有。当晃晃悠悠地来到松花江边时，举头上望，皎洁的圆月高挂空中，星光闪烁，月色清幽。放眼远观，青山连绵，江水涟漪，杨柳依依，美不胜收。这是个阖家团圆的的日子，男女老少纷纷手提果匣儿来到江岸，为月神、月娘娘供奉月饼和各种果品，边赏月边聊天。中秋之夜到江边赏月已成为当地的习俗了，家家如此，热闹异常，其乐无穷。而此刻的李二扒心情坏到了极点，不仅无心赏月，也不愿这样苦熬日子了，只想一死，一了百了。可去何处才能痛痛快快如愿呢？江边赏月的人越来越多，你呼我唤，男欢女笑，没有一块儿宁静之地。又不能在众目睽睽之下，去寻那倒映在水面上的江中之月，唉，死都找不到个没人的地儿。他在江岸徘徊了一会儿后，便向下游走去，并未注意到有个人正留心观察自己。走啊走，走出好远再一看，这块儿没人，随即下了堤岸往水里走，江水很快没过了脚脖子，裤腿儿也湿了。一边走一边四下瞅，生怕被人发现，不知不觉中已进入了深水处，水没腰了。就在这时，忽听岸上有人喊道："兄弟，天涯何处无芳草，好死不如赖活着，何苦非走这条绝路呢？"

此人便是秦名远，这一嗓子不要紧，李二扒冷丁一激灵，下意识地站住了。本以为这块儿远离人群，是个僻静之处，正好可投身江中，不至于搅乱大家中秋赏月的兴致，未承想此地也有人。他猛然一回头，影影绰绰看见岸上的一棵歪脖树下站个男子，反背着双手，一副坦然自若的样儿，寻思道："这种闲来无事、有到江边逛游之雅兴的人我见得多了，他们多半家境殷实，衣食无忧，个个自扫门前雪，哪管他家瓦上霜，能顾我啥？该死该活全由自己，不嫌累随他喊去吧！"想至此，回转身继续朝江心走，水越来越深，快没到胸口儿了，只听那人又喊道："兄弟，有啥想不开的？是缺银子还是没老婆呀，或是被人欺负了，能不能跟大哥说说？世上没有过不去的坎儿，不管咋的有大哥呢，肯定给你做主，说话算数！"

李二扒听了这番话，心里觉得热乎乎的，此人是干什么的？我与他素昧平生，心肠咋这么好呢，遂再次停下脚步回过头向岸边张望，见那人仍站在歪脖树下未动，一边摆手一边喊道："兄弟，过来，快过来，把难处告诉大哥，一准帮你。再不可解的事儿，只要有大哥在，没有摆不平的，过来吧，咱哥儿俩唠唠！"

李二扒终于动心了，看上去人家是真想救我，否则干吗站在那儿不走哇？行了，先别死了，过去听听他讲些啥。于是返身往回走，越走水越浅，提溜着裤腿儿上了岸，走到秦名远跟前站住了，上上下下打量着。见其也是个中年男子，年龄大自己六七岁，门牙往外龇龇着。衣着颇为讲究，上身穿一件紫缎长袍儿，外罩琵琶襻儿褐色坎肩儿，下穿黑锻裤，一看便知不是同自己一样的下层人。再瞅瞅四周，静悄悄的，没一个赏月的，人都在上游呢，此处只有他们两个。心里很是纳闷儿，为什么惟独他在此闲游，莫不是跟上我了？遂开口问道："这位大哥，我是因为活不下去了，所以才寻一个僻静之地了却一生，您怎么也到这儿来了？"

秦名远并不回答，只是说："兄弟，看上去顶多三十二三岁，年纪不算大，为何非寻短见呢？不值得呀！这条命是父母给的，能活下来就不易，应该珍惜才对。原先是做什么的？哪里人？只要说清楚了，大哥不会坐视不管的。"

李二扒听罢，不仅不感到那么绝望了，心里还立马亮堂了，哎呀，多亏本人命大、造化大呀，尚未到阎王爷收二扒的时候。没准儿是老天发慈悲呢，让我好好儿活着，这是哪辈子修来的福哟！这么想着，索性将自己的身世一股脑儿和盘托出，并讲了刚刚已被大车店的店主轰了出来，现在是吃没吃、穿没穿、住没住，实在活不下去了。寻思不如两眼一闭去阴曹，了无牵挂，倒也清净。

秦名远问道："能在江湖上闯荡那么多年，总得有点儿本事，功夫如何呀？"

李二扒是个混世魔王，一听此话，就像抓住了救命稻草，往日的能说会道、大吹牛皮派上了用场。先是声称自己不仅有飞檐走壁之功，也有上天入地擒拿之能，还拜坐禅古刹的老僧为师，学得一身武功，随后便伸胳膊撂腿儿地比划开了，又打拳又折跟头的，使出浑身解数，累得呼哧带喘，头、脸、衣服、裤子上全是沙子。秦名远摆了摆手，假惺惺地笑道："行了，行了，别折腾了，跟我走吧！"

李二扒高兴极了，真是没想到啊，竟能绝处逢生，该着我命中注定有贵人相帮，出头之日随之而来也未可知，往后保不齐会发大财呢！于是又作揖又致谢的，浑身也有劲儿了，乐颠颠地跟着秦名远沿江岸往回走。到了上游时，已是月悬中天，逗留在此的男男女女仍不见少。他俩的心思当然不在赏月上，亦无心享受月夜下江中渔火点点的良辰美景，而是一步不停地前行。过了两袋烟的工夫，来到了秦家大院，看门人老霍头儿将黑铁门推开，二人穿过院子直接进入中堂。首先映入李二扒眼帘的是屋内不俗的陈设，墙壁上挂有多幅名人字画，桌案上摆着一尊白瓷弥勒佛，约3尺高，满面笑容，憨态可掬。只要看见这尊佛，烦乱的心绪便会畅快起来，忧郁、愁闷不再萦怀，全部被抛至九霄云外。秦名远唤来一位老奴仆，吩咐其带着李二扒去偏屋洗个热水澡，再给找几件衣服换上。老奴仆一边应承着，一边瞅了一眼李二扒，说道："跟我来！"言罢转身就往偏屋走，李二扒赶忙随其后。

时候不大，李二扒洗漱完毕，换上了质地上好的新衣裤，在老奴仆的引领下回到中堂。抬眼一看，救命恩人早已脱下紫缎长袍儿，穿了一套丝绸英雄衫，腰间系着黑缎带，正坐在茶几旁喝着香茗，显然是在等自己。李二扒自打进入这座宽绰的宅院，看到未曾见过的十分雅致的摆设，就有一种异样的感觉，当即长出了一口气，知道自己真的遇上贵人了，心也放到肚子里了。认为此宅非寻常之家，救命恩人亦非寻常之人，来头儿不小。故而当重新回到中堂再见秦名远时，便不是原先那只是揖手致谢的样儿了，而是提起长衫扑通一声跪在地上，咣咣磕着响头道："恩人哪，小的与大哥萍水相逢，却百般劝慰并主动相帮，感激不尽。救人一命胜造七级浮屠，在此给您叩头了，谢谢救命之恩，今生今世没齿不忘！"

秦名远弯下身将其扶起道："兄弟，不必如此，更不必客气，大哥没那么多讲究。看来咱俩有缘哪，鬼使神差让我在江边碰上你了，实在太巧了，快坐下说话。"

李二扒听命，走到茶几的另一侧坐下，老奴仆为其斟上一杯热茶后退下。秦名远呷了一口茶，放下杯子道："老弟，从今往后，你我以兄弟相称，如果愿意的话，可长住这里。你也看见了，房子多的是，爱住哪间住哪间。想吃什么尽管说，先把身子骨儿养养，待壮实些了，再干事儿也不迟，肯定累不着，你看咋样？"

李二扒当然求之不得呀，忙表示道："那敢情好，谢谢大哥，只要我能干的尽管盼咐。斗胆问一句，老弟尚不知大哥姓甚名谁以及在哪儿干差，能否告知？也好清楚自己该如何称呼您。再者说了，不牢记恩人的名讳，小的算什么人哪，也太对不住大哥的真心诚意了，知恩图报嘛！"

秦名远笑了笑道："好哇，可以告诉你，我在吉林将军衙门当差，任总管、总师爷，大号秦名远。"

李二扒不听便罢，一听吓得脸都变色了，好悬没叫出声儿来！早就听说将军衙门有个叫秦名远、人送绰号"秦大门牙"的，阴险狡诈，心狠手辣，一肚子坏水儿。做梦没想到竟让我给碰上了，看来今后得在他身边听喝儿了，万一伺候不好，再出个一差二错的，惹得人家不满意，还不得收拾我呀？指不定啥时候就没命了，咋死的都不知道。他静了静心，站起身来，手提长衫重又跪地叩道："秦大总管在上，小的出身卑微，与总师爷不是一个层次的人，也从未与高官打过交道。小的该死，有眼无珠，不知天高地厚，闯进了总管大人府，多有得罪，这就告退，容后再谢救命之恩！"说罢起身便走。

秦名远上前一把将其拽住道："忙什么呀，是大哥请老弟上门的，还能让你走不成？快坐下！"

李二扒哪敢硬来呀，只好回转身，乖乖坐在椅子上。这时，秦名远

第四章 乱世重逢

的态度不像先前那样温和了，而是急转直下，如同换了一张面孔，摆出一副咄咄逼人的架式，冷冷地说："李二扒，知道我是谁了吧？实不相瞒，因为看中了你，所以才施救的。从今以后，必须按我的盼咐去做，指东不能往西，无条件服从，将来才能过上神仙般的日子，再不用愁吃愁穿愁住了，否则没你好儿，听明白没？"说完故意显露出一脸杀气，瞪大双目死死盯着对方，观察是个什么反应。见其像具僵尸一般坐在那儿，蠕动着嘴唇想要说什么，却一句也讲不出来，更不敢动地儿。估计这是吓酥骨了，从心理上已被降住了，接着又道："李二扒，看来你有些健忘啊，要不要提醒一下？是我救了你，没我就没有你，做人得讲良心，方能在世上混。眼下正是用人之际，你可不要小看自己呀，是被我选中的将才，也相信能干大事，错不了。不要三心二意了，更不要胡思乱想了，那已经没用了。告诉你没啥，想从那扇铁门走出去，比登天还难！老弟是个聪明人，识时务者为俊杰，听大哥的吧，不会亏待你，会得到许多好处呢！"言罢不容分说，起身拉着李二扒的胳膊就走，推开另一间屋子的门。此乃宴客厅，窗台上摆放着一盆盆的花卉，有的含苞待放，有的正盛开着，鲜艳夺目。东墙上挂着一排鸟笼子，各种各样叫不出名儿的小鸟叽叽喳喳地叫着，清脆悦耳。靠在西墙的铁架子上放着鱼缸，水中的鱼儿自由自在地游来游去，舒适而悠闲。从宴客厅穿过去，进入紧挨着的一间不起眼儿的小屋，秦名远说道："你先在这儿养几天，有人送水送饭，啥都不用自己动手。记住，老老实实呆着，可以在宴客厅活动活动，甭想打什么歪主意！"说完把门一关走了。

  第六天头晌，秦名远来到小屋，唤出李二扒，假模假式地询问一番后，领其出了前门，绕到后院儿，进入东厢房。把摆在地当间儿的一张大木床挪开，再将床下地面铺着的一层木板掀起，露出个较宽的地窖口儿，上面扣着一张铁板，有锁环儿但没上锁。捆起铁板，顺着斜搭在窖口儿的梯子下去，里面是处地室，墙上挂着刀枪剑戟，斧钺钩叉，二十几个壮汉正在练功。李二扒仔细一瞅，那位老奴仆也在其中，手持一柄60斤重的鬼头大刀舞得呼呼响，早已汗流浃背了。秦名远给他一一予以引见，各有各的名号，什么小无常、单刀慢、棍中王、赶山鞭、绊马锁、小屠匠等，个个身怀绝技。那位对外扮成老奴仆的便是教头，曾于五台山习武，已年过半百了，仍体壮如牛。因其面色黝黑，鼻宽嘴阔，发起怒来两眼冒凶光，故而得一绰号"赛阎罗"。他走上前来，代表众兄弟表示欢迎并请李二扒露一手儿，秦名远也在一旁鼓动。

说实在的，李二扒心里还真没底，觉得自己那两下子在家乡能数得上，在这儿未必，顶好能弄个比上不足，比下有余。可再怎么样，也得给大家个面子，不能做缩头乌龟呀，于是顺手操起三截棍走到地当间儿舞了起来。尽管舞得上下翻飞，令人眼花缭乱，然一看就是花架子，没真功夫，在场的人皆嗤之以鼻。放下三截棍，又与小无常比剑法，打了两个回合，结果不分上下。秦名远看在眼里，喜在心中，刚刚紧绷的脸松弛了，以为是李二扒手下留情，没把本事全露出来，头一次与兄弟交锋，总得让对方下得了台。不过又很想知道李二扒究竟有多大能耐，当用不当用，便冲教头使了个眼色。赛阎罗会意，带领大家出了地室，来到院外小树林中的一片空地上。这里竖着两根粗木杆子，称为试武杆，足有6丈高，两杆之间有一条铁索链。每天练功时，要求从地面跃上左边的高杆后，在铁索链上站立、行走，走到右边的高杆处，手把杆子头朝下滑落到地。然后站起身，重新跃上右边的高杆，走过铁索链，于左边的高杆处头朝下滑落到地，看谁用的时间短。秦名远自打令人立起这两根试武杆，至今已月余，网罗来的这些人天天你上他下地折腾，却没有一个能通过铁索链。教头赛阎罗的武功40岁以前还可以，现在年纪大了，胳膊腿都硬了，练轻功谈何容易？相比之下，手下那帮人更不行，秦名远为此很是生气。这回把李二扒带来了，正好借机让他试一试，检验一下本事高低。

这时，众人已围成一圈儿，秦名远双手抱膀站在一旁，赛阎罗向李二扒讲了一下此功的要求。李二扒听罢，心中窃喜："哎呀，你们不知道哇，我可是惯偷，没有高超的轻功端不了这碗饭，爬树、上房顶、穿屋檐乃雕虫小技，不仅长练也常用。上高杆走铁索对我而言实在是太容易了，轻车熟路、小菜一碟呀，好吧，本爷让你们开开眼！"想至此，在众目睽睽之下，大模大样地走到左边杆子处，运了运气，噌的一声蹿上高杆，在铁索链上从左至右、从右至左像猿猴似的来回走了三趟，速度之快令人咂舌。接下来又在杆子上倒立，气不长出心不跳，手一松，身体贴着杆子滑下，滚翻落地，前后不到两分钟。秦名远乐坏了，大门牙越发往外龇龇着，嘴都合不拢了。李二扒走到他跟前抱拳道："大哥，这不算啥能耐，咱们回大院儿，老弟再露一手儿如何？"

秦名远更高兴了："好哇，老弟，咱拭目以待。"随即冲大伙儿一挥手道："走！"

这帮人回到院内，李二扒走到青砖瓦房前，单脚一点地噌地跃上房

第四章　乱世重逢

顶,从东头儿只三纵便到了西头儿,双手把住房檐儿脑袋朝下,身子紧紧贴在灰瓦上。大伙儿屏住呼吸睁大双目瞅着,这要是不小心掉下来,还不得摔个头破血流啊!而李二扒就像贴树皮,胸腹部如同钩子般固定在灰瓦上,纹丝不动,双手则伸向房檐下,竭力去够窗棂,在场所有人的心都提到了嗓子眼儿。就在此时,只见李二扒忽地直射下来,众人吓得一声惊叫,以为这下肯定没命了。未承想他的脑袋在即将接触地面的瞬间抬了起来,紧接着一个鹞子翻身,稳稳地站在地上,什么事儿也没发生。赛阎罗及手下的兄弟们呼啦一下将其围住了,纷纷竖起大拇指表示服气,李二扒这下可了不得了,简直是他们眼中的圣人了。赛阎罗见李二扒功夫比自己强,遂按主子之意主动让位,由他当教头,执掌今后的习练。从此,走投无路的惯偷摇身一变,成为这个团伙的新成员。秦名远很是得意,犹如凭空得了件宝贝似的爱不释手,天天好吃好喝供着,大把大把给银子花,尽量使其满意,为的就是防止日后改弦易辙。

秦名远在网罗这些社会渣滓时,可谓费尽了心机,凡是认为能替自己卖命的,全在脑中过了一遍筛子,其中包括小金佛。闻听此人离开凤楼后,重操旧业,仍在黑道混,便开始四下踅摸。说句心里话。他对小金佛充满了怨恨,当年本打算让其到花仙楼看着白面娘子的,结果咋样?这小子却全然不顾亲情,反倒背着自己和白面娘子勾搭成奸。这哪是人干的事儿呀,决不能放过他,此仇不报非君子,必须予以收拾。现在终于是时候了,先把小金佛找到,想方设法笼络之,然后让其为自己效劳。如不顺从,就地往死里整,以解夺妻之恨,我秦某人哪能吃这种亏呢!后来得知小金佛和那几个拜把子兄弟过江龙、雪中豹、窜山虎、云中燕等常住江北的一座小庙,便打发赛阎罗前去传话儿,说是很长时间不见,想自家弟了。如果可以,请随来人到秦家大院呆几天,哥儿俩也好亲近亲近。

小金佛也挺鬼,对秦名远是存有戒心的,深怕因跟白面娘子有一腿而受到报复,所以回到黑道一直未主动与其联系。这回当大哥的冰释前嫌,派人专程上门迎请,做弟弟的总得给个面子吧?否则说不过去呀,便随赛阎罗去了。到了秦家大院,秦名远显得特别高兴,不仅热情款待,还关切地询问离开凤楼一年多过得咋样,眼下有什么困难没有?跟哥用不着客气,尽管提。在外头混手头儿紧哪儿成啊,哥这儿有钱,你可随便花,多少都行,没了再给,只要弟弟觉得痛快就好。小金佛一听,当即感动得热泪盈眶,还得是自家哥哥呀,无论到啥时候不带不管的。所存的那点儿戒心也就随之烟消云散了,只剩有朝一日报恩了,一再表示只要是大哥让办之事,弟弟绝不含糊,赴汤蹈火,在所不辞。秦名远一看有门儿了,立马投其所好,又给买新衣又给银子的,各种饰品也没少送。还答应将来为其置办处房产,不能老住在外面,总得有自己的窝儿。小金佛越发感激涕零,一时不知说啥好了,对这位大哥佩服得五体投地。腰兜儿的钱一多,不单单去上等饭庄解解馋,还去赌场过过瘾,再去烟花柳巷泡泡妓,不知名的窑姐儿玩儿够了,就到名声在外的妓馆包头牌。老鸨子才不管你是什么身份呢,只要腰兜儿鼓囊、肯于往外掏银子,点谁给谁,有钱能使鬼推磨嘛!一来二去的,小金佛独霸了醑苑年轻貌美、新开脸儿的头牌"万人迷",鸨母持意把他俩调换到了二楼东头儿那间屋,环境幽静,无闲人打扰。二人终朝每日在一起缠磨,茶饭妓馆全包,反正嫖客有的是金锞子、银元宝,求之不得全花在我这儿。

秦名远也未闲着,稳坐钓鱼台静观其变,见火候儿差不离儿了,一天头晌,把小金佛唤到跟前,笑呵呵地问道:"小老弟,咋样啊,在哥这儿呆得不错吧,玩儿得尽情么,银子够不够用?"

小金佛回道:"托大哥的福,钱足够用,玩儿得痛快着呢,赶上神仙过的日子了。"

秦名远点点头道:"噢,那就好,暂时收收心,给哥办件正事儿吧!"

小金佛忙道:"大哥请讲,不管啥事儿,头拱地也得办成。"

秦名远收敛了笑容,说道:"小老弟恐怕不知道,这几年大哥心里一直不痛快,有个人暗地里总跟我作对,我俩可谓不共戴天。他的野心不小,不仅要惩治范家堡子的庄主范蔼仁,也要把我收拾掉,为此大哥目前只能东躲西藏的……"

小金佛插问道:"他是谁呀,胃口那么大?"

秦名远回道:"就是坐镇吉林将军衙门的瘸老头儿富俊,简直成我一块心病了,他活着,我的气儿没个喘匀乎,现在已到了有他没我、有我没他的地步。思来想去没别的招儿,只能一不做二不休,将其宰了,从衙门彻底消失,永远闭上那张到处调查我的嘴巴。此事必须秘密进行,只能用自己人,想必你也猜到了,惟小老弟莫属。至于在什么时间、什么地点、怎么动手,一切随你,我只要他的人头。"

小金佛一听,当即怔住了,什么?取吉林将军富俊项上之头,是不

第四章 乱世重逢

是耳朵出毛病了？再一看秦名远那样儿，一脸凶气，牙关咬得咯咯响，既不是胡诌，也不是开玩笑，的确动真格的了。这一惊非同小可，面色煞白，头冒冷汗，浑身直劲儿哆嗦，腿肚子都朝前了。只听说秦大门牙阴险狡诈、吃人不吐骨头，未承想杀红眼了，胆大包天，竟敢要当朝一品官的性命，罪不容诛啊！不干吧，花了人家那么多银子，给了不少好处，半辈子也还不上，他不可能饶过我。干吧，这可是连坐九族的大罪，自己死了不要紧，还得拐带着亲族、家属、邻居活不成，这可如何是好？再瞅瞅秦名远，一对儿鼠眼正阴冷地盯着自己，能剜到你心里，令人不寒而栗。唉，谁让我不知好歹、吃人家花人家的了，人情债总得还，只能是一条道跑到黑了。此刻的小金佛彻底被秦名远的横施淫威吓住了，尽管极不情愿，也得硬撑着，遂答应道："行，没说的，就是上刀山下火海也心甘情愿，谁让我欠哥的了。"

　　秦名远不禁喜形于色，刚要说点儿鼓励的话，小金佛紧接着讨价还价道："不过答应可是答应，这么大个事儿，一个人哪能干得了哇，得有条件的。富俊是吉林将军，身边有亲随、侍卫跟从，保护甚严，难以近前。加之一个人孤掌难鸣，到时候叫天天不应，叫地地不灵，没帮手哪儿行？大哥知道的，老弟的几个拜把子兄弟个个不是吃素的，如果将他们及手下招呼来一块儿干，或许有点儿把握。动手前需做些准备，你得给我三千两银子，为啥呢？养着那帮生死弟兄啊，无论吃的、穿的、用的、花的，全得用钱打发，惟有将其笼络住，人家才能去卖命。大哥若是不愿破费，真就办不了，即使让小老弟死在哥面前也认了。"

　　秦名远听后，暗自思摸道："我现在的处境十分危险，几乎已到穷途末路了，只能孤注一掷、拼死一搏了。倘若运气不好，成为富俊的刀下鬼，攒那么多家产有啥用？还不如为救自己而派上用场呢，何况又有范蔼仁做后盾。留得青山在，不怕没柴烧，只要小金佛把富俊杀了，该舍的就得舍，雇人干事儿总得出点儿血，哪有白卖力气的？"想至此，二话没说，从牙缝儿里挤出一个字儿："成！"

　　小金佛接下这个黑道所说的"暗差"后，立马张罗开了，先向过江龙讲明了秦名远的打算以及请咱们出手相帮的缘由，至于帮还是不帮，当然得听大哥的，不知意下如何？过江龙纯粹是个人渣，性情粗暴胆子大，天不怕地不怕，只要给足银子，什么天怒人怨的事儿都敢干，人肝也敢尝一尝。他听了小金佛的一番话，立刻来精神了，正好最近手头儿紧，既然有利可图，为啥不干？二话没说便答应了。随后把窜山虎、云中燕、草上飞、雪中豹和手下的兄弟们聚到一起,连看庙门的苟大爷也未落下,全带到了秦家大院。小金佛不知从哪儿又雇来一些盗贼、江湖骗子、地痞流氓充当打手,皆因腰兜儿有银子,全是奔钱来的。所凑的这帮乌合之众由过江龙管着,每天除了练武,就是大吃大喝,浑浑噩噩,一醉方休,要么狂喜,要么暴跳如雷,要么为一件小事吵得昏天黑地。其中一个具有百步连环腿之能、绰号叫"卷地风"的,脾气急躁,说话嘴损,以为自己有两下子,在兄弟中功夫算是数得着的,对过江龙不太服气,平时话里话外有所流露。一次习练时,二人话不投机顶上牛了,旁边还有为卷地风帮腔儿的,矛头直指过江龙。过江龙一气之下,挥起刀咔嚓一声便将卷地风从头顶劈到胯下,在场的人全吓傻了,没有敢吱声儿的。他这样做的目的显然是杀鸡给猴看,以此震慑不服自己的人,敢于顶撞老大,这就是下场。当时小金佛怕他再要其他兄弟的命,扑通一声给过江龙跪下了,咣咣磕着响头哀求道:"老大呀,原本人就不多,事儿还没办呢,先起内讧了,这哪儿成啊?千万不可自相残杀呀,请大哥手下留情,饶了兄弟们吧!"

过江龙瞪着一双牛眼盯着那几个帮腔儿的好一会儿,见个个早吓筛糠了,这才扔下刀转身离去。云中燕、窜山虎一看,这过江龙心太狠,翻脸不认人,很难交得下,给多少钱也不能跟他混饭吃。遂于一天深夜,二人悄没声儿地离开秦家大院,偷偷去了范家堡子的大庄主范蔼仁处,反正在哪儿干都一样,总比呆在老大身边指不定哪天脑袋掉了强。草上飞相比之下胆子小,然鬼心眼儿多,善于自保。尽管认为过江龙太过分,却从不在其跟前说什么,担心万一哪句话听着不顺耳或杵肺管子了,一变脸把他宰了,成为刀下的冤鬼。为不至于天天担惊受怕,气儿能喘匀乎些,便主动提出做眼线,时不时地回老窝小庙看看,可离过江龙远点儿。

小金佛为两个拜把子兄弟的离去很生过江龙的气,可又不得不听人家的,因为武功有两下子,比自己强多了。加之此人暴戾成性,心肠歹毒,不出手便罢,出手就是狠的,想夺谁性命只能用这样的人。他不止一次地暗自思忖,取富俊人头决不能拖,只要有机会就赶紧办。成与不成不重要,宁可沿街乞讨,也不会再为秦名远效劳了,太难为人了,谁能总干要命的暗差呀?眼下是没招儿了,硬着头皮也得挺着,花人家手短哪!他曾小心翼翼地与过江龙商量:"大哥出马,一个顶俩。能否到将军衙门附近打探一下,以便掌握富俊出入之规律,再据此制定擒拿

第四章 乱世重逢

方案?"

过江龙心里老大不乐意,寻思道:"这才几天哪,银子尚未供足呢,就想巧使唤人,凭啥听你的?没门儿!"这么想着,白了小金佛一眼,像未听见似的,根本不动地儿。小金佛当然知道这是不愿意去,多一句也不敢说,便让草上飞去。草上飞则声称道有道矩,行有行规,早就讲下了,我是守门护驾的,别的事儿不干。可倒好,以一个堂而皇之的理由拒绝了,谁也说不出什么来。小金佛这个时候不想惹兄弟们不高兴,生怕逼急了再走两个,自己不得唱独角戏呀!万般无奈之下,不得不亲自出马,几次扮成小商贩去将军衙门附近转悠,见那里戒备森严,手持兵器的巡哨在门外走来走去,院内的官兵只要出动就是一彪人马。富俊也不比在行辕大营了,那时常常一个人出行,要么骑大青骡子,要么骑小毛驴,身边顶多有老家人宝靖阿跟着。现在不同了,外出有时骑马,有时坐轿,身边跟着随从,副都统都克尼、佐领班布泰不离左右,必要时,还有一指禅师等世外高人保驾。尤其班布泰乃富俊的孙儿,保护爷爷的安全肯定是一马当先,遇有危情必以性命相拼,歹徒轻易不敢造次。另外便是富俊一天出入衙门好几趟,时间不定,有时一大早就离开了,有时半夜了还未返回,根本没个规律,无从下手,小金佛为此很是犯愁。那边秦名远着急呀,三天两头儿催促道:"小老弟呀,怎么样啊,准备这些天了,一直不见动静,啥时候下手哇?夜长梦多,不能再拖了。富俊呆在府衙还好办,哪天去京师就难了,必须速战速决,否则我要限时了。"

小金佛哪儿敢回嘴呀,只能诺诺称是,并请大哥放心,一定尽早办。背地里这火可上大发了,满嘴起燎泡,吃不下饭睡不好觉,看着白花花的银子反倒头疼了。他有气无处撒,天天往醉苑跑,在万人迷的怀里一躺就是大半晌。作为窑姐儿当然得小心伺候嫖客了,还得陪着笑脸儿,不能随便离开,老鸨子也没辙,人家给银子了。小金佛现在最不愿意见的便是秦名远,认为纯粹一个催命鬼、丧门星,与其结识可倒八辈子血霉了。而秦名远呢,别看表面催得紧,实际上心一直悬着,为啥呀?就怕小金佛撂挑子。银子的确花了不少,倘若逼急了,那小子不给你干或者跑了,即使抓回来砍喽,又能得到啥?不仅心头之患未除,范蔼仁那儿也交代不下去呀!故而对小金佛只能是又哄又追又施威。

前几天,范蔼仁的大夫人忽然来到秦家大院,与秦名远躲在小暖阁里密议,还把小金佛唤去了。钱氏恶狠狠地说:"范家堡子的团练正在加紧训练，兵器全部备好，准备近日行动。不过此前必须除掉富俊，只有在将军衙门没有主心骨儿的情况下，万事才好办。放心吧，朝廷想要抓住人犯没那么容易，总不至于傻得等着官兵上门吧？此前早已远走高飞了，让他们连影儿都看不见。富俊这是自作自受，仇家不光大庄主，遍布各地，个个对其恨之入骨，盼着他早早升天，咱也是为民除害了。"

小金佛听了这番话才如梦方醒："哎呀，原来吉林将军衙门的总管竟与范蔼仁沆瀣一气呀，隐藏挺深哪！"

钱氏此次还带来一帮新招募的打手，其中3个头领皆有背景，一个叫贾旺，乃出了名的地痞无赖，打家劫舍，欺行霸市，无所不为。另一个叫毕衍，乃江洋大盗，只认钱，不认人，有奶便是娘。再一个叫仇友，乃劫牢反狱被抓之囚徒，趁看守不备，刚从监舍逃出来。总之，这是一帮穷凶极恶的亡命徒，范蔼仁施以重金并许愿将其收买，让大夫人亲自交给秦名远，安置在后院儿的地室，作为过江龙的手下，由小金佛统领。钱氏在秦名远的引领下去了地室，吩咐赛阎罗把大伙儿聚到一起，然后交代道："请各位听好了，务必在八月中秋前后选个良辰吉日送富俊见阎王，动作要利落，一刀毙命，只许成功，不许失败。"

面对主子的淫威，个个立下军令状，不杀富俊，决不罢休！钱氏仍不放心，令人摆上供桌，倒了一大碗酒，每人将食指咬破，鲜血滴进酒碗里，再喝上一口，以此聚拢人心，互相打气。大家照做后，钱氏又独出心裁地提出一个更恶毒的做法，即让几个领头儿的剁指冲天盟誓，这回可下狠茬子了。秦名远命李二扒搬来一个柳木墩子，旁边放一把利斧，头领需把左手的小指搭在木墩子的边缘，自行操斧剁掉小指的一节。一个个还真没在乎，乖乖行之，发誓必成就此事，以回报庄主爷和秦总管，否则点天灯，以死治罪。轮到小金佛时，他战战兢兢地把左手小指搭在柳木墩子的边缘，举起斧子一咬牙一瞪眼咣的一声剁了下去，手指的小节掉在地上，顿时鲜血直流。站在旁边的过江龙从火盆里抽出烧红的烙铁往断指处一贴，只听滋啦一声，断指处立马变得焦黑，血是止住了，小金佛却疼得昏了过去。钱氏冲仇友努了努嘴，仇友会意，端来一盆冷水哗啦一声朝其头上泼，小金佛方从昏迷中苏醒，浑身仍在冒冷汗。待几个领头儿的剁完手指，钱氏一字一板地说："我先把话撂这儿，若出师不利，一次未成，就继续剁手指，一节一节地剁，直至办成为止。可以告诉你们，所有用掉的银子除秦总管出一小部分外，大头儿全是庄主爷拿的，钱总不能白花吧？该怎么做，自己照量着办！"

第四章 乱世重逢

在场领头儿的皆已尝过剁手指的滋味了，那可是疼得撕心裂肺呀，当然不想来二回了。纷纷表示请范庄主、大太太、秦总管放心，这几天就要富俊的命，事成之后，提其脑袋去见主子。钱氏听罢，这才点点头，转身离去。过江龙咂摸咂摸觉得不是味儿了，这是何苦哇，事儿还没办呢，干嘛非剁手指不可呀，也太划不来了。不行，不能呆在地室了，憋闷倒能忍，不定哪天又想出什么新花样儿再折腾我们，没必要如此听喝儿吧？干脆回老窝儿去，银子还得供着，到时候随叫随到，准保出人就是了，否则便放挺儿。想至此，连招呼都没打，带上手下的兄弟们出了地室，扬长而去。秦名远怕他翻把不认账，银子岂不白花？根本未敢拦，只好仍让李二扒领着那帮人练功。

3天后的晌午，愁眉苦脸的小金佛来到醋苑，万人迷赶紧迎上前，挎其胳膊进了自己那间屋。坐下后，小金佛喝起了闷酒，没喝几口便托着左手妈呀妈呀直叫唤。陪在一旁的万人迷仔细一瞅，见其左手小指用白纱布缠着，上面渗出了血水，不禁大惊失色，忙问缘何如此？小金佛并不回答，时而喝口酒，时而哼哼几声，时而望着窗外发呆，不知在想些什么，整个下晌一句话没说。直到天擦黑儿时，脸已红得如关公，才把杯子一扔，仰面躺在炕上打起了鼾声，酒气熏天。这时，老鸨的丫环领着一位年轻男子上了二楼，走到东头儿万人迷的屋前，边敲门边轻声儿唤道："姐姐，姐姐！"

万人迷把门开条缝儿，问道："啥事儿？"

丫环回道："姐姐，有位少爷求见小爷，说是小爷欠他钱，专程上门要账的。"

万人迷点点头道："噢，知道了。"顺手关上门，反身走到炕边，推了推小金佛道："小爷，醒醒，醒醒，一位少爷在门外候着，声称你欠他钱，见还是不见？"一连说了3遍，小金佛方醒转，睡眼迷离地问明白咋回事儿后，感到好生奇怪，心里思摸道："我不欠任何人钱哪，再说住在醋苑一般人不知道哇，他咋找来的？一准有人透露出去了，哼！跑不了眼前这个臭婊子。"想至此，一骨碌爬了起来，手指万人迷的鼻尖儿骂道："好哇，你个骚货，爷爷没少给银子吧？天天提溜耳根子提醒你要保密，把嘴巴闭严了，别各处胡唠唠。结果咋样？全当耳旁风了，到底还是把我给递出去了，活腻歪吱声儿啊！"

万人迷感到十分委屈，眼眶里含着泪水，起誓发愿道："小爷，不能冤枉人哪，我不傻不茶，又时不时得到小爷一些好处，干吗出卖你呀？若真是对外讲了，必遭天谴，不得好死！"

小金佛嗓门儿越发高了："臭婊子，就是你宣扬出去的，还嘴硬，给我闭嘴！"

万人迷也来气了，尖着嗓子嚷嚷道："我吃饱撑的找骂呀，这地方谁都可以来，只要露面了，没有不透风的墙，能瞒得住吗？除非具有隐身之术，还得把人家的嘴巴缝上，否则跑不了你……"

二人正吵得不可开交呢，只听吱嘎一声响，等在外头的来客推门进来了。他身穿天蓝色长衫儿，外罩米色绣花坎肩儿，头戴一顶瓜皮小帽，手拿一把圆形百蝶香扇。长相标致，衣着讲究，阔气而英俊，站在门口儿四下观瞧着。先是抬头看看天棚，瞅瞅墙壁的装饰，环顾一下屋内的摆设。然后定睛盯了万人迷几秒钟，再上下打量一番，方啧啧称赞道："嗯，果然名不虚传，如花似玉，美若天仙哪！"

小金佛见此人未经允许擅自闯入，还品头论足的，也太不懂礼貌了。刚想发怒，又考虑到就那身儿打扮看，显然是位公子哥儿，不知啥来头儿，只好把话咽回去了，心想："怪了，我从来不跟读书人打交道，更谈不上欠他钱，这是哪位呢？"于是开口问道："请问少爷从何而来，姓甚名谁？"

那人收回目光，可能是屋内酒味儿太大了，直打鼻子，便摇了摇手中的香扇，再往身后一背，并不报字号，而是冲其挖苦道："你吵吵啥呀？挺有精神头儿哇，在这儿耍威风了。不能怪罪万人迷，与她一点儿关系没有，我是慕名而来。小金佛，不错呀，走桃花运了，挺过瘾吧？小弟特意前来祝贺！"

小金佛一听更蒙了，这是从哪儿蹦出个小弟呢，根本不认识呀，还能叫出我的诨号"小金佛"。以前到任何一家妓馆消遣，从未报过此号，连万人迷都不知道，只称我小爷，他是怎么知道的？这么想着，两眼直勾勾地盯着对方没做声儿。来者也盯着小金佛，看着看着，禁不住扑哧一声乐了。小金佛白了他一眼，没好气儿地给了一句："笑啥？"说的同时，仍在注意观察着对方，那站立的姿势、举手投足的作派、说话的腔调儿、脸颊两侧的酒窝儿以及迷人的眼神看上去咋这么熟呢？实际上，小金佛的这种感觉没错，一个自己熟知的人已经刻入心里了，尽管换了服饰、化了装，然精神状态、音容笑貌是改不了的，一时或许认不出，但很快就能辨认得清。果不其然，小金佛忽然怔住了，脑袋顿时大了："哎哟，我的妈呀，这哪是什么少爷、公子哥儿啊，分明是白面娘子嘛！

第四章 乱世重逢

越怕见越躲不过，她咋知道我在醋苑包下了头牌窑姐儿？竟找上门来了，总不能不认哪！"遂让万人迷暂到一楼客厅回避，等接待完少爷再回来。

万人迷没说什么，看了看来者，转身出屋，扭搭扭搭地下楼了。小金佛把房门关好，见白面娘子背对自己脸冲窗外轻轻摇着手中的香扇，便走过去在其旁边跪下道："白面娘子，许久未见，一向可好？真是老天有眼哪，知道我终朝每日思念你，这不，又让咱俩见面了，谢天谢地！"

白面娘子一声没吭，也不瞅他，绷着脸站在地当间儿一动不动。小金佛又道："姑奶奶，消消气，饶了我吧！知道你瞧不起我，恨铁不成钢，打我骂我皆可，只要觉得痛快，任凭处置。"

白面娘子转过身来，两眼闪着泪花儿，强压怒火道："小金佛，难得你还认识本娘子，别说什么天天思念我，鬼才相信，躺在窑姐儿怀里能想我么，真让人恶心！"

小金佛赶忙向前爬了几步，刚要抱其大腿继续求饶，白面娘子一闪身躲开道："别碰我！小金佛，我就不明白了，为什么放着康庄大道不走，非走独木桥，而且是跟范蔼仁、秦名远同流合污？还不顾廉耻地重新回到这种肮脏之地，亏你干得出来，临走连个招呼都不打，哪有一点儿情分可言！"

小金佛张了张嘴，似乎想解释解释，终于没有说出口。白面娘子瞟了他一眼，一抬手道："行了，别跪着了，起来吧！"小金佛没敢动。白面娘子双目一瞪道："耳朵聋了，听见没有，赶紧起来！"

小金佛这才磕了个响头道："谢谢姑奶奶！"然后站起身来，请白面娘子坐下说话，并为其倒了一杯茶。

白面娘子坐在靠走廊窗户的一把椅子上，努力使自己平静下来，说道："小金佛，今儿个来是想问件事儿，务必得照实讲，不许诓我。否则立马走人，从今往后再不理你了，彻底断交。"

小金佛一听白面娘子的语气有所缓和，心就不那么慌了，赶忙陪着笑脸儿道："有事儿尽管问，只要是我知道的，保证无半句假话。也差不多能估摸出要问啥，离开凤楼后，我无处可去，只能回到黑道那帮哥儿们身边。向你交个实底儿吧，我们仍像原先一样，谁出钱为谁办事消灾，眼下不仅听秦名远使唤，还多了个范蔼仁。兄弟们皆认为靠上好主儿了，有钱有势不说，出手又大方，银子可劲儿花。再不必为吃穿犯愁了,更不用过穷日子了,天天自由自在的,觉得挺好。不知你现在过得咋样,如果不愿在凤楼呆了,干脆跟着我得了。咱们重修旧好,只要乖乖听喝儿,银子全给你,行不?"

白面娘子听罢,早已气得七窍生烟,霍地站起身来,扬起右手啪的一个嘴巴扇过去,立睖着眼低声儿吼道:"住口!你这个不知香臭的东西,范蔼仁、秦名远能白白供养你们吗?傻子都能想明白为啥,是不是出卖良心了,说!"

小金佛捂着热辣辣的左脸辩解道:"姑奶奶,范庄主的祖上不一般,由于水上运粮有功而受过皇封,永享皇恩,坟头儿立座六眼透龙碑的有几个呀?秦名远是吉林将军衙门的总管、历届将军的亲信,乃一跺脚地三颤的人物,为他们干事有错吗?人活在世上没钱玩儿不转……"话未说完,房门哐啷一声被踢开了,穿着佐领武服的班布泰走了进来,身后跟着鹰爪消魂侠庞荣,班布泰宣道:"小金佛,本将奉将军大人之命,前来拿你归案!"说着把盖有吉林将军大红印章的缉捕令举到他面前,小金佛当即瘫倒在地,庞荣上前用绳子将其五花大绑。

班布泰又唤来老鸨子和大茶壶,声称他二人窝藏匪徒,犯连坐之罪,将同小金佛一起带走,回将军衙门问话。老鸨子、大茶壶吓坏了,扑通一声跪在地上,磕着响头哀求道:"官爷,妓馆的门是敞开的,谁都可以进,有钱便可包下头牌。小的此前确实不知小爷的身份,也无权过问客人是干什么的,决无故意窝藏匪徒之意。望官爷高抬贵手,饶过小的不知之罪,以后定会多加注意。"

班布泰抬抬手道:"行了,行了,起来吧,饶你们一回,交三百两罚银!"老鸨子千恩万谢,赶忙去账房取来纹银递上才算了事。

班布泰接着装模作样地冲白面娘子问道:"请问少爷,你到这儿干什么,常与小金佛来往么?"

白面娘子回道:"不常来往,我是来向小金佛讨账的,他欠我钱。"

班布泰转过头又问老鸨子:"你认识这位少爷么,他与小金佛是不是一块儿来的?"

老鸨子回道:"官爷,小的不认识这位少爷,平时未见登门。今儿个是头一遭,进来就说是找小爷讨账的,他们二人肯定不是一伙儿的。"

班布泰听罢,没再吱声儿,遂与庞荣押着小金佛下到一楼,出了酣苑,一指禅师正等在大门外。那么,大法师为啥没进妓馆呢?原来他与徒儿和四师弟到了酣苑门前时,就跟二人讲了:"我等在外面,实在不愿进这种平庸鄙俗之地，只能委屈师弟了，你俩快去快回。倘若里头有武功高强之人无端干预或妨碍公务，马上知会一声，本僧再上楼不迟。"班布泰非常理解佛家之人对人肉生意场所的鄙弃，自己也有同感，本打算不让师叔进去，但庞荣不放心，坚持陪着徒弟同行，便只剩一指禅师等在外面了。

班布泰一行押着小金佛回到了吉林将军衙门，向将军大人禀报后，富俊连夜升堂突审。在审讯过程中，小金佛表现得十分狡猾，对所涉及到的一些具体的人和事不是装聋作哑，就是避重就轻，再不干脆矢口否认，拒不认罪。富俊一看，这样耗下去不行，没有足够的证据无法定罪。如果现在就将其投进牢房，穿上囚服，镣铐相加，效果不一定好，很可能适得其反。一番思索后，决定换一种方式让嫌犯开口，随即宣布退堂，并令班布泰唤来了白面娘子，对她说："小白丫，爷爷有要事相商，还请施以援手。你与小金佛曾有较深的交往，了解其脾气、秉性，如果出面予以规劝，或许能听你的。可向其交底，有罪就得认，躲是躲不过去的。秦名远坏事干尽，与朝廷背道而驰，必须与其划清界限，千万不能跟在屁股后面继续蹚浑水了，到时候后悔都来不及了。时间不等人，摆在小金佛面前的只有一条路，即如实交代自己所犯罪行，反戈一击，揭发同道，将功赎罪，弃暗投明。知己知彼方能百战百胜，若想让他从思想上彻底转变，你就得有耐心，以情感之，以心化之，争取将其拉过来。我们通过他的交代，便能掌握秦名远这些日子究竟干了什么，进而抓住真凭实据，将其捉拿归案，绳之以法，听明白没？"

白面娘子点点头道："明白了，土地爷爷，放心吧，小女知道其中的利害，会尽力而为的。"

富俊又冲站在一旁的班布泰吩咐道："就目前情况看，小金佛是重要人犯，想法儿撬开他的嘴乃当务之急。衙门方面应配合白面娘子的收降，采用心理战术，给以嫌犯特殊的待遇，使他感到自己同别人一样，不被歧视，受到尊重，必会收到理想的效果。这样吧，让驿馆在几位大师所住房间旁边腾出两间屋，打扫干净后，一间给白面娘子住，一间给小金佛住。务要严守机密，不能让任何人知道，将军衙门内有秦名远的人，一旦走漏风声，则将带来不必要的麻烦。尤其需避开柳祥，让他只知里面有人住，但不知是小金佛。一日三餐由小白丫备办，因为她知道小金佛的口味，做好后，你和庞大师送过去，以此拉近感情，相信三五天就会有结果。"

班布泰听令,将近亥时,才唤上两个侍从与一指禅师、庞荣、白面娘子一块儿带着小金佛前往驿馆,因为每天这个时辰,没有特殊的客人需要安排住宿,柳祥已离开驿馆回家了。一行人很快到了驿馆,直接上楼进入大师们的房间,庞庆为每人斟上了热茶。班布泰推开对过儿挨排两间屋的门,见刚好没人住,遂命侍从赶紧打扫干净,更换被褥。事毕,白面娘子住进了左边的那间屋,小金佛住进了右边的那间屋,并在其门外设了岗,看守便是那两位侍从,其他住宿之人不可靠近。

转天用罢早膳,白面娘子便去了小金佛那屋与其拉家常,或共忆往事,或唠唠昔日的花仙楼,或互相打听打听共同认识的一些人混得咋样了,就是只字不提秦名远、范蔼仁以及黑道上的兄弟,一连三天皆如此。小金佛吃着白面娘子所做的可口饭菜,穿着白面娘子为他准备的换洗衣服,住在窗明几净的房间里,门外又有哨兵把守,不用担心是否安全,觉得颇为放松,心情渐渐好些了。到了第四天,白面娘子开始切入正题,耐心劝导,分析时世,晓以利害,指明出路。可小金佛却油盐不进,无论你说啥,我只是支着耳朵听,耷拉着脑袋不接茬儿。白面娘子是个聪明的女子,善于察言观色,暗自思摸道:"不可让他有侥幸心理,以为能挨过去,必须一杆子插到底,直杵痛处。"想至此,忽然话锋一转,数落道:"小金佛,你能瞒过别人,还能瞒过我么?那日我去醋苑,刚走到万人迷的屋门口儿,就听你冲她大声儿嚷嚷,担心她出卖你。到底怕的是啥呀?贼人才胆虚呢,肯定是干了见不得人的事儿。秦名远除了供给银子花,还得到什么好处了,值得如此卖命?实话告诉你,现在他是吉林将军准备查办的头号要犯,罪行累累,十恶不赦。你却不知好歹,围着他身前身后转,听其使唤,任其摆布,是缺心眼儿呀,还是活够了?我一向认为你的脑袋不白给,是个鬼灵精,这会儿怎么了,咋忽然不转弯儿了,成死脑瓜骨了,难道我愿让你走窟窿桥不成?"

小金佛听到这儿,抬头瞅了瞅白面娘子,张了张嘴,欲言又止,再次低下了头。白面娘子看出对方犹豫不决,便趁热打铁,接着又道:"小金佛,别犯糊涂了,赶紧猛醒吧,将军衙门这次是下了狠茬子的,无路可逃。知道为啥抓你吗?人家早就摸到须子了,逮着你,等于薅住秦名远的尾巴了。明眼人一看便知,秦名远肯于舍出那么多钱让你去名声在外的醋苑混,好吃好喝供着,睡着头牌窑姐儿,天天如此,绝不是无缘无故的,必有所图。再说了,有谁能像他似的大把大把地往外掏银子呀?就是那些阔少也办不到,每月不过三天两宿而已,惟秦名远是下了血本的。这就说明让你所干之事非同小可,生死攸关,弄不好脑袋指不定保不住呢,如不悬崖勒马,替罪羊是当定了。"

小金佛听了这番话,觉得骑虎难下了,想拖又拖不了,想说又不敢说,事儿太大了,真要实话实说,小命就没了,一时急得抓耳挠腮,原本白净的脸红得如同猴腚。白面娘子这两天就发现他总是下意识地护着左手,像拿着什么宝贝怕人看见似的始终缩在袖筒儿里,于是冷不丁一把拽过那用白纱布缠着小指的手,小金佛疼得急赤白脸地喊道:"哎哟,快放开,快放开!"

白面娘子松开手,以一种不容置疑的口气说道:"解下纱布,我看看!"

小金佛无奈,只好慢慢解下一层层纱布,露出少了一节的小手指。细看断指处,显然是锐器所致,伤口已经化脓,周围红肿。白面娘子二话没说,起身出屋,去对过儿大师们住的房间要了红伤药回来,先以白酒清洗伤口,然后敷上药面儿,再用新纱布包好。一切妥帖,方开口问道:"小金佛,怎么弄的,难道连这也保密吗?其实我早就知道了,只是想亲耳听你讲,看看对我还有没有点儿情、存没存点儿意。若绝口不谈,可真让我寒心了,那么对不起了,从今往后咱俩分道扬镳。"说罢脸一绷,眼睛望向窗外。

白面娘子当然是故意诈唬他的,知道小金佛胆量小,没主见,只要紧逼不松口,就会乱了方寸,以前两人在一起时,常用这种办法制之。小金佛确实挺怕白面娘子那张嘴的,伶牙俐齿,得理不饶人。每每对阵,他总是嘴下败将,乖乖交待,啥也瞒不了。这回又被白面娘子连珠炮般的盘问给轰蒙了,见其真生气了,一时不知所措,捂着左手小声儿道:"这是……是范庄主的大夫人钱氏出的高招儿,让我们自己用斧子剁的,以此举盟誓。"

白面娘子瞪大双目道:"什么?为了他们的一己之利竟逼人自残,亏那老妖婆想得出来,如此狠毒,如此凶虐,令人发指!小金佛,十指连心哪,你却忍受了,凭什么呀?到了这步田地得为自己想想了,若是继续替他们瞒着,执迷不悟,同流合污,那可傻透腔儿了。机会失去将不再来,赶紧醒醒吧,向将军衙门说清楚,惟如此方能自救,因为你已经深陷范蔼仁、秦名远联手反叛朝廷的罪恶泥潭里了。3天前在大堂上,将军大人之所以没有揭你的老底儿,目的是留有充分悔过的余地,认清形势,主动交待,求一条生路。何去何从,别人说破嘴皮都没用,关键是看自己走哪条路了。"

小金佛眉头紧皱，长吁短叹，仍不敢说，两手抱着头噼里啪啦掉起眼泪了。白面娘子见其有悔过之意了，立马添了一把火，又道："小金佛，啥时候变得这么窝囊啊，天大的事儿有我白面娘子顶着，怕的哪门子呀？再说了，咱俩是什么关系别人或许不知道，你心里可明镜似的。难道忘了，以前在一起的时候，好多事儿不都是我替你出面嘛！不管现在如何，总归情意在，我还能骗你呀。到了该说实话的时候了。"

小金佛不由得抽泣起来，鼻涕一把泪一把的，边哭边道："唉，白面娘子，你是不知内情啊，我犯下不可饶恕的大罪了，将军大人肯定得下令砍我的头哇，后悔也来不及了。"

话音刚落，一直站在门外听声儿的富俊推门进屋了，身后跟着都克尼、班布泰。此乃事先合计好的，先由白面娘子规劝小金佛，到一定火候儿了，即对方准备开口了，他们再应声儿而入，就地升堂。然此次审讯不同以往，颇为特殊，主审官富俊不是在大堂之上正襟危坐，桌案放着惊堂木，执刀仗剑、威风凛凛的武士肃立两旁，现场气氛萧森。而是态度十分温和，与人犯以谈心的方式进行交流，引导其说出事实真相。富俊审案时，向来不主张逼供、催供、诱供，更不武供，即不问青红皂白地先拳脚相加胖揍一顿，如不老实招供，再施以各种刑罚逼其开口。他认为用棍棒得来的口供不靠谱儿，大多为了保命而胡诌一气，反倒给最后的审理带来麻烦。首先应想方设法揣度人犯的心理，是打算和盘托出呢？还是犹豫不决呢？甚或是死硬到底呢？然后再据此采取不同的方法得到是否有罪的证据，以情感之为首选。就小金佛而言，谁能解开其心结、说服其揭发同伙、站在朝廷一边呢？当然得是家人、亲人、故友，此人非白面娘子莫属。事实证明果然起了作用，小金佛在白面娘子的耐心启发、劝导下，悔泪长流，终于决定交代自己所犯罪行了。富俊不仅没有严词喝问，还示意班布泰搬把椅子让他坐下说话，又亲自给倒了杯茶润润喉，并以慈祥的目光看其喝了口茶后，方缓缓说道："小金佛，本将军对你多少有些了解，出生于贫苦之家，饱尝了生活的艰辛，对母亲颇为孝顺，骨子里不坏。无论有多么大的错儿，干了多少违反大清律的事儿，我相信那绝非本意，而是受制于人，不得已而为之。别看你天天不愁吃，不愁穿，逛妓院，玩女人，手中有大把的银子可随意挥霍。但心里并不高兴，只因不愿授人以柄，被当枪使，而期盼能过上自由自在的日子。我体谅你，理解你的苦衷，且以吉林将军的名义保证，

第四章 乱世重逢

只要没有丝毫隐瞒,道出实情,哪怕犯下了滔天大罪,也会尽量为你请求免死,给个重新做人的机会,将来报答朝廷,为国出力,本官说话是算数的。"

白面娘子接过了话茬儿:"听见了吧?土地爷爷用心良苦啊,这是在挽救你呢,还不快谢谢大人!"

小金佛赶忙站起身来,扑通一声跪在地上叩道:"谢谢将军大人救命之恩,小的真浑哪,罪该万死呀,我说,我全说!"

富俊抬了抬手道:"起来吧,是否有诚意,就看你的行动了,坐下慢慢说。"

小金佛坐回到椅子上,静了静心,遂把范蔼仁和秦名远私通土匪、招兵买马、准备近日发难、逼迫自己领着黑道的兄弟们务取将军大人之头等事竹筒儿倒豆子一股脑儿全说了。富俊听罢,问道:"秦名远眼下身在何处?"

小金佛答道:"回大人,他的行踪十分诡秘,从不告诉任何人,亲信也不例外。有时一连好几天不见影儿,曾扬言要去范家堡子,不知是真是假。不过有一点是肯定的,秦家大院的后院儿有处地室,里面藏匿一些歹徒,有的是秦名远雇来的,有的是钱氏送来的,有的是我黑道的兄弟。所花所用银两皆由秦名远、范蔼仁支付,秦名远时不时地去那儿瞅一眼,几个头目的膳食还是将军衙门提供的呢!"

富俊不禁一惊,忙问:"送膳食的人是谁?"

小金佛回道:"禀大人,乃这处小红楼驿馆的管家柳祥。"

此话一出,富俊恍然大悟:"噢,小金佛所言没错,与前些日子赵老爷子反映的柳祥挑着饭食偷偷送到秦家大院之事相吻合。虽然秘密跟踪了好几天,但始终未发现有什么异常举动,当时以为是送给借为养父丁忧之机而躲在家中闭门谢客的秦名远了。现在真相已大白,原来是柳祥遵秦名远之命,背地里供养那几个暗藏于秦家大院地室的歹徒首领。"想至此,接着又道:"小金佛,我问你,愿不愿协助大清朝廷清除孽根,立功赎罪?"

小金佛忙不迭地回道:"愿意,愿意,只要大人不弃,让小的干啥都行。"

富俊说道:"那好,今儿个先唠到这儿,你暂时需要呆在驿馆,有什么要求尽管提。要记住,惟有改邪归正,彻底站在朝廷一边,才能走上光明之路,还有很多差事等着你去做呢!"

富俊的这几句话，让小金佛感到十分温暖，似乎回到了久违的土地爷爷怀抱，激动得热泪盈眶，一再叩头谢恩。富俊起身出屋，都克尼、班布泰、白面娘子随其后，直接进入对过儿大师们住的房间，一指禅师、庞荣、庞庆都在，富俊向副都统下了命令："情况已经清楚了，为避免打草惊蛇，须从内而外。先派人监视目前已掌握的秦名远安插并把持将军衙门属下各个驿馆的亲信柳祥等人，控制在我们的视线之内，不能使其察觉有什么异常，要在暗中进行。此举绝对不能露，不得让将军衙门的上下人等感到身处紧张的氛围之中，一切照旧，事不宜迟，立即去办。"

都克尼得令，转身出屋，向守护在小金佛房门外的侍从交代一番后，迅疾离去，回返将军衙门。富俊又冲白面娘子竖起大拇指道："小白丫，干得不错，挺有办法，本将军先给你记一功！不过差务尚未完成，帮人帮到底，还需继续说服小金佛，让他把身边及黑道的人尽量笼络过来，将功补过，为朝廷出力。那些人中，有的原先很守本分，自食其力，后来由于各种原因或生活所迫，受人蛊惑、蒙蔽做了坏事。不是么，为了要我的人头，钱氏、秦名远竟逼着一个个剁掉手指，这也太残忍了，真乃野蛮凶狠，可恶至极！还是那句话，无论他们犯了多大的罪，只要良心发现，调转枪口，痛改前非，本将军既往不咎。请你替我转述这些话，把本官的心意、朝廷的态度——告知，何去何从，三思而行。"

白面娘子表示道："土地爷爷，小女懂了，也会尽力的。正如爷爷说的，据我所知，草上飞等人当年确因家境贫寒、衣食无着、被逼无奈才走上这条路的，又被范蔼仁、秦名远推进了火坑，拯救他们就是积德行善了，谢谢将军大人！"

富俊侧过头向班布泰吩咐道："孙儿，小白丫和小金佛前去劝说或许有危险，个别的死硬分子非常野蛮，不仅不听规谏，还容易走极端。因此千万要注意保护，不得出一差二错，听明白没？"

班布泰抱拳道："孙儿明白，请放心，会安排妥帖的。"

富俊不无感慨地说："唉，若不是官身不由己，真想去会会那些歹徒，秦名远不是誓取我的首级么？好哇，来吧，老夫从未被什么杀呀、剐呀吓倒过，让那些不明真相之人见识见识，看看我是否该杀。如果不是，便可明了真正该杀的人是谁，继而停下罪恶的脚步，反身站到朝廷一边，为民除害，重新做人，实现自我救赎。相信正义终将战胜邪恶，到了那一天,我们才能称得上可向国人交代了。大法师,我琢磨着是时候了,饭菜该端上席了。"

一指禅师一听就明白了,将军之言是指范蔼仁、秦名远之流所犯下的反叛朝廷之罪的所有证据已全部在手,现在该收网了,可谓万事俱备、只欠东风了,遂笑道:"没错,本僧举双手赞同!"

富俊又道:"吉林将军衙门这边的事儿全交给都大人了,对此我心中有数,也有把握。觉得没底的是范家堡子那边,不知冲霄和云水两位大师去了之后怎么样了,约摸也差不多了。如果可以的话,不妨双管齐下,两边一齐动,使这把火燃得更旺些,饭菜出锅则会更快、更顺利,大法师以为如何?"

一指禅师表示道:"将军之言正合本僧之意,说心里话,这些日子总是记挂着大人的安危,头绪纷繁,千万条线皆集中在您的身上,担子不轻啊!我和两个师弟不敢有丝毫的疏忽,始终未敢离开驿馆。这下行了,既然大人胸有成竹、打算收网了,便可放心了,本僧将带着庞荣、庞庆一起前往范家堡子。范蔼仁在那儿经营了数十年,横行霸道,一手遮天,没人敢惹,是个虎狼窝。冲霄和云水虽然已去一段时间了,但生怕因势单力薄而事与愿违,所以越快点儿动身越好,同4位师弟合力惩治范蔼仁。估计秦名远已做好准备了,所藏匿之地不会离此太远,更不可能去范家堡子,他得与范蔼仁在两地遥相呼应,暗中勾连。为啥呢?显而易见,秦名远要是去了范家堡子,江城这边群龙无首,必然乱了阵脚,还怎么发难?因而肯定呆在城内一个不易被发现的极为秘密之地,暗中指挥那些歹徒并做其后盾。他能够冲将军大人公开叫号儿,就说明已到狗急跳墙的地步了,必将一意孤行,死了也要找个垫背的。大人千万要提高警惕,小心谨慎,不可大意,到了关键时刻,我们师兄弟会全力以赴的。"

富俊点点头道:"大法师所言极是,也提醒了本官,秦名远极有可能躲于附近,一定要找到。范家堡子是本案主犯之巢穴,大戏全在那儿呢,几位大师乃先锋官哪,吾将调集兵马见机而行。江城这边目前有两个堡垒,一个是暗哨草上飞,大头儿在其后;一个是秦家大院,里面藏着一些十分危险的亡命徒。本官以为在去会草上飞的同时,务要控制住秦家大院,擒拿地室的歹徒,及早消除祸害。"

班布泰说:"那帮歹徒中,有的武功尚好,不如趁师父、师叔在,明晚就去捉拿之。我对秦家大院早已摸清楚了,旮旮旯旯都知道,完全可以带路，这得感谢柳祥呢！前些日子发现他去那儿送吃食，为知详情，便找个借口去了趟秦家大院，里里外外踅摸了一圈儿，可惜当时不掌握后院儿一间不起眼儿的房子下边有处地室，结果啥也没查出来。"

富俊思忖片刻，说道："依我看，为防万一，还是兵分两路，同时行动，时间就定在明晚……"话未说完，前去将军衙门的副都统都克尼向兵马司交代了对柳祥等人的监控后，急匆匆地返回驿馆，向将军大人做了禀报。几个人又商量了一会儿，诸项定下后，一同回到衙门，富俊将军下了命令：命都克尼点出二百兵，做好准备，明日下晌由白面娘子、小金佛带路，前往江北擒拿过江龙、草上飞等人；命佐领关大鹏率一哨人马前往江北拘缉营，按照事先掌握的人员清册，抓捕秦名远安插的爪牙，不能让他们在那里继续为非作歹了；命班布泰领兵前往秦家大院搜查所藏匿之歹徒，并亲笔拟就了缉捕文告，告称："秦名远及其爪牙乃朝廷要犯，人赃俱在，须速速捉拿归案。乖乖就擒尚可保命，倘若负隅顽抗，杀无赦！"上盖吉林将军大印。通常情况下，班布泰既然已获将军之命，即使不率兵马，也可与3位大师一块儿穿上夜行衣，强行闯入秦家大院进行搜查，这是合乎大清律条的。为了使此次行动更有把握，决定带上"三锤"兄弟，还有将军衙门的十几个小校及手下兵丁。他们只是作为后续接应，专门负责护卫，严加看守被俘歹徒，该捆绑的捆绑，该上枷的上枷，待清剿完毕，一并押解将军衙门。

准备就绪，转天戌时，班布泰率3位大师及一哨人马乘夜悄悄赶往秦家大院。到了那儿，先令众小校带领兵丁将房宅四周团团围住，然后冲师父使了个眼色。一指禅师会意，闪到院墙的西北角，双腿一屈，身子噌地向上一纵跃入院内。班布泰与庞荣、庞庆、"三锤"兄弟来到院门外左侧更夫所住的青砖小房前，见一切如旧，没啥变化，只是小房的对面，即院门右侧又盖了一间大些的青砖房。前书讲过，更夫霍振江在早也是八旗兵，于军营干了几十年，虽未立过大功，但小功不断，身上留下好几处伤疤。退役后，也像赵西丹、马木斤一样，曾在将军衙门属下的驿馆当过门子。由于年岁一年比一年大，身子骨儿又弱，后来门子也干不了了，便被总管秦名远要来了，为其看宅护院。班布泰一行推门进了屋，庞荣上前将已睡着的老霍头儿推醒，问道："老人家，一向可好，认不认识我了？"

迷迷瞪瞪的老霍头儿大睁双目仔细一瞅，连连点头道："认识，认识，你不是赵老爷子的朋友么，有些日子没见了，今儿个怎么来了？"

庞荣说道:"老人家,事情紧急,没工夫唠这个,容后再聊。我们是来找秦名远的,他在不在?"

老霍头儿回道:"不在,究竟去哪儿了,谁也不知道,平时很少回来。"

庞荣又问:"对过儿的那间看上去也是更房,谁住啊?"

老霍头儿答曰:"赛阎罗。"

班布泰明白了,赛阎罗不仅是秦名远的管家,也是所豢养的那帮歹徒之头领,除了在地室督促他们习练武功外,还要监管秦家大院的安全,当然得住在更房里了,随即一挥手道:"走!"

几个人相继出了门,走在最后的铁槌回头告诫老霍头儿:"老老实实在屋呆着,不许乱说乱动,否则刀不留情。"

老霍头儿一声没出,只是摆了摆手,意思是你们去吧,该干啥干啥,我这儿放心,肯定予以配合。班布泰一行进入对过儿的大青砖房一看,屋内空空如也,未见赛阎罗,反身便出来了。原来赛阎罗那老东西每天晌午吃饱喝得了,必须睡一觉,到了晚上才会有精神各处巡查,属夜猫子的。当晚,他像往日一样,蹲在院内一棵高高的杨树上四下瞭望,观察动静。这是棵生长了40多年的穿天杨,树干粗壮,枝杈繁茂。赛阎罗所在的位置十分隐蔽,加上稠密的树叶遮挡,很难被发现,且居高临下,他能看到来人,来人却看不到他。秦名远的防范意识很强,每次离开宅院,都将一应诸务交给老管家赛阎罗。叮嘱其千万要小心,不可麻痹大意,官府没准儿啥时候听到风声了,便会派兵来此搜查,必须随时做好应对的准备。赛阎罗表面上诺诺应承,背地里却不以为然,富俊能知道啥呀,不至于捕风捉影吧?真要是派兵,估计是副都统都克尼或佐领班布泰带人来,最多挥舞几下长矛短剑、喊几嗓子造造声势而已。他们的辗转腾挪功夫是不错,不过论力气可比我差远了,根本不是个儿。还告诉手下的众兄弟不用在乎,一切听我的,乖乖在地室里呆着,不让出去就别离窝儿。自从过江龙带着手下兄弟离开、由李二扒领着大伙儿练功之后,他天天没事儿便里里外外地转悠,只盼着草上飞或小金佛来,因为可从他们的口中得知一些信息。然这些日子一直未见二人的影儿,气得常常大骂小金佛:"这个好吃懒做的货,钻进哪个耗子洞里啃食去了?不用猜,肯定又被酣苑那个头牌万人迷拖住腿了,只知打情骂俏,不干正事儿,真没出息!"

此刻,赛阎罗蹲在树上已一个时辰了,感到两腿有些发麻。刚想起身伸伸腰换个姿势，忽见不知从哪儿钻出一哨人马把房宅围住了，不由得猛然一惊，意识到这是衙门派的兵，跳下树跑到后院儿通报已来不及了。接着发现五六个人推门进了老霍头儿的更房，很快就出来了，又去自己那间屋瞅了瞅，心里思摸道："哼，看你们到底有啥能耐，做梦想不到后院儿有处地室吧？顶多把老霍头儿逮起来。那老糟头子什么也不知道，啥用没有，愿抓就抓，误不了大事，不到掯劲儿的时候，我是不会现身的。真要公开露面了，决轻饶不了你们，一巴掌下去，非拍死几个不可，让小子们尝尝我赛阎罗的厉害！"正琢磨呢，见那几个人单脚一点地纵身跃入墙内径直往后院儿去了，哎哟，大事不好！刚要呼喊，只觉后脑勺儿被什么东西杵了一下，立马浑身瘫软，四肢打颤，蹲不住坐不稳，随之一个跟头从树的顶端大头朝下摔了下去。要知道，赛阎罗在秦家大院一向横膀子逛，谁也不敢惹。闲来无事时，不是吃就是喝，净养肥膘了，落得个肚腹滚圆、脑袋大、脖子粗、两颊的赘肉往下耷拉着。虽说体大力不亏，但身子沉哪，从那么高的树上摔下来还能有好儿吗？当即晕过去了。待苏醒过来时，感到昏沉沉的，睁不开眼睛，五脏六腑疼得如刀割，身子动弹不得，脸上似乎有小虫在爬。伸手一摸，满头满脸全是血，正不住地往下淌呢，以为是枝杈把头皮刮烂了。他勉强抬起左胳膊用衣袖胡乱抹了抹脸上的血，费力睁开双目一看，吓得妈呀一声，一个从未见过的大和尚站在面前，两手叉腰道："赛阎罗，久仰啊，知道怎么掉下来的吗？"

赛阎罗彻底蒙圈了，一双无神的眼睛死死盯着大和尚，嘴巴张了几张却说不出一句话。这位大和尚便是一指金刚侠，方才在腾身而起纵入院内的一瞬间，两眼并未闲着，迅疾扫视四周及上下各处，此乃武林高手必须具备的功夫，不仅动作要快，眼睛也得跟上，以防患未然。否则光顾翻墙了，对方万一投来暗器怎么办？墙根儿及隐蔽处藏着准备逮你的人怎么办？只能瞎等着吃亏。一指禅师在纵身腾跃的同时，已将院内看了个一清二楚，空无一人，惟见穿天杨上有个黑影儿，想必是赛阎罗无疑了。落地后，顺势折了两个跟头到了树下，紧接着一个鹞子翻身，随即是猿猴上树，脚踩枝杈蹬了几蹬便到了顶端，隐在赛阎罗身后。平地提气拔葱上树十分不易，要求速度快，动作轻巧，不得发出声响，未经十几年的苦练是做不到的。如果说没一点儿声响也不太可能，然高树不是静止的，哪怕微风吹拂，枝杈都会摇晃，树叶发出沙沙的响声，刚巧把噌噌噌的上树声儿给淹没了。而此刻的赛阎罗是蹲在树上的，当一

第四章　乱世重逢

指禅师翻滚到树下时，由于有茂密的枝叶遮挡，只能直上直下地瞅，故而难以看到树下有人，自然发现不了一指禅师。当他斜向观望并发现院外的几个人正在进出更房时，双目一眨不眨地盯着，看有什么动静没有，丝毫未提防别个，想不到早已有人蹽上树并站在了自己背后。又为什么傻傻地只朝一个方向瞅呢？因其不具备高超的武林功夫，没有眼观六路、耳听八方的能耐。当一指禅师看见班布泰他们翻墙而入时，便伸出右手食指冲赛阎罗后脑穴位处点了一下，那手指犹如铁杵，得亏没使劲儿，若是稍微用点儿力，脑袋还不捅个窟窿啊！尽管轻轻一点，赛阎罗也受不了哇，浑身立刻散架子了，大头朝下摔到地上。一指禅师随之也跳下树来，低头一看，见其呼吸急促，头部肿大，满脸是血，口吐白沫儿，除了眼睛能动外，再无生气，知道不行了，遂揖手道："赛阎罗，我们有要事需办，你就躺在这儿继续给秦名远站岗、看家护院吧，阿弥陀佛！"说完便追赶班布泰他们去了。

　　一指禅师与班布泰、庞荣、庞庆、"三槌"兄弟会合后，一同去了后院儿，进入那个不起眼儿的房间，把大木床挪开，将铺在地上的木板一块块儿撂到一旁，露出了扣在地窖口儿的铁板，发现已上了锁。班布泰小声儿吩咐石槌道："赶紧去更房，问问老霍头儿开启地室铁板的钥匙在哪儿，快去快回！"

　　石槌反身出屋，疾步来到大门口儿，打开门闩进入院外的更房，向老霍头儿说明来意，对方告知钥匙在赛阎罗身上。石槌来到奄奄一息的赛阎罗跟前，弯下腰从衣兜里翻出一串儿钥匙，起身便往后院儿跑，进了那间房，挑出一把钥匙打开铁板上的锁。捆起铁板，6人依次蹬着顺在里面的梯子下到地室，见那帮歹徒有的坐着，有的蹲着，有的靠墙微闭双目眯着，有的四仰八叉躺在地上打着呼噜。没睡觉的已听到铁板捆起的声儿了，以为赛阎罗来了，谁也没在意，该怎样还怎样。未承想进地室的竟是6个壮汉，仔细一瞅，全是陌生人，正愣神儿之际，班布泰大喝道："都给我听着，站在你们面前的是吉林将军衙门的官兵，奉将军之命到此清剿。丑话说在头里，务必放老实点儿，乖乖就范，谁敢轻举妄动，概不留情！"说罢晃了晃手中的短剑。

　　由于事发突然，毫无防备，多数歹徒原地未动，不敢做声儿。小无常、单刀慢、棍中王、赶山鞭等则一跃而起，拉开架式刚欲反抗，却被3位大师三下五除二给撂倒了，躺在地上直哼哼。而贾旺、毕衍、仇友见来人不多，哪肯束手待毙？起身便往地室口儿跑，班布泰他们挡都没挡，任其所为。这时，院外的数十个八旗兵在小校的带领下早已守候在地窖口儿，见3个歹徒一个挨一个地登梯而上，暗自好笑，不动声色。走在最前面的贾旺到了地室口儿抻脖儿往外一瞅，一双双眼睛正盯着自己，吓得妈呀一声，赶紧退了回来，两脚恰好踩在了紧随其后的毕衍脑袋上，结果3人噼里啪啦地重又滚落而下。小校及众兵丁立即进入地室，用绳子把歹徒一个个全绑上了，并给小无常、单刀慢、仇友、毕衍等死硬分子戴上枷，然后拉出地室。庞荣、庞庆对地室的犄角儿旮旯儿仔仔细细搜查一番，见再无藏匿之人，这才出了地室。紧接着又将秦家大院的各个房间踅摸个遍，搜出未来得及花掉的纹银千两，经过高树下时，发现赛阎罗已经蹬腿儿了，到阎王爷那儿报到去了。班布泰见缉查完毕，人赃俱获，遂命一小校带几个兵丁留下，把守、看管秦家大院，等候处理。要求他们用吉林将军亲笔书就的"缉封查抄"4个大字、上盖富俊大印、写有大清年号的封条把秦宅的大房小屋全封上，还要在黑铁门上张贴告示，以广视听。

　　班布泰率领一哨人马押着众歹徒胜利班师，到了将军衙门面见吉林将军富俊，把人赃俱表奏之，上下欢腾。一指禅师揖手道："将军大人，按照此前的既定安排，我与两位师弟这就告辞了，前往范家堡子去会冲霄和云水。江城这边有都大人和班佐领在，本僧颇为放心，遗憾的是秦名远在逃，相信他跑不了，早晚必抓获，只是大人还得费点儿心罢了。今后若有什么事，可及时与我们联系，随叫随到，不知大人有否盼咐或需交代的？"

　　富俊说道："噢，没有，没有。各位大师这些日子够辛苦的了，今夜不妨于驿馆小歇，明日一早上路不迟。"

　　一指禅师笑了笑道："谢谢将军大人，不必了，两位师弟还在范家堡子等我们，心里不定多着急呢！"

　　富俊只好作罢，就此别过，陪着3位大师走到大门外，盼咐孙儿代送，并道："班布泰，是时候了，送走大师后，带领人马前往各个驿馆，把已经被控制的柳祥等人抓捕归案。"

　　班布泰领命，跟随师父、师叔回到驿馆，帮着收拾好行囊，备足干粮带上水。然后一块儿下得楼来，推开大门离去，一直将其送出五六里方恋恋不舍地返回将军衙门，率领一哨人马奔赴各个驿馆。自此，5位师兄弟于范家堡子会合，施巧计把那儿折腾得人仰马翻，范蔼仁和钱氏吓得屁滚尿流，这才有了"驼背和尚夜闹范家堡，六僧人齐聚义开新

第四章　乱世重逢

灶"之传说,此乃后话①。

转天,秦家大院被查封的消息一阵风般传开了,江城的男女老少奔走相告,纷纷走出家门前去看个究竟。到了那儿,见院内有八旗兵看守,所有的房间全用白纸黑字的封条封上了,黑铁门上还赫然张贴着告示,人心大快,七嘴八舌地议论开了。有位白发老者说:"这可真是今非昔比呀,以前别说站在秦宅门口儿观瞧哇,即使在附近转悠也不行啊,倘若被那帮如狼似虎的看家狗看见了,打不死也得扒层皮呀!"

一中年妇女接茬儿道:"是呀,是呀,谁愿找那不自在呢?咱只能离得远远的,甚至绕道儿走,实在太可恶了,路都被他给霸了。"

一虎彪彪的小伙子说:"现在好了,将军衙门给百姓出气了,开始收拾秦名远了,这才叫痛快呢!也难怪,坏事干尽的人终会遭报应的,活该,此乃自作自受……"

一时间,秦名远成了万众诅咒的叛逆,被查抄的秦家大院成为一道惩恶扬善的风景线,凡从此经过之人无不驻足观看。

另两路人马分别在关大鹏、都克尼的率领下,于当天下晌同时出发,走到江北的一岔路口分手,一路前往拘缉营,一路由小金佛、白面娘子带路,前往小庙。都克尼这路一到地儿,正在庙旁那间小房内喝茶的草上飞便听到了动静,以为有人求见过江龙,遂站起身推开门抻脖儿往外瞅,却发现不仅同伙儿来了,八旗兵也站在距小庙稍远一点儿的道边,知道坏事儿了,赶忙又缩回去了。都克尼冲小金佛和白面娘子使了个眼色,二人会意,走到小房前推门而入,见草上飞已吓得浑身直筛糠,堆缩在椅子上。白面娘子首先开口道:"小费,今儿个是来当面致谢的,要不是你给我引路,哪能那么顺利地找到小金佛?谢谢了!实话告诉你,吉林将军衙门马上要对秦名远实施抓捕了,因其违反大清律,收买、利用流氓、盗匪、叛贼与朝廷唱对台戏,犯下了滔天大罪。现在证据确凿,他已经自身难保了,还能顾得上你们么?小金佛是个聪明人,选择了反正,站在朝廷一边,决定不再替秦名远卖命了。你打算怎么办?庙门外的八旗官兵可都等着呢,就看咋选择了,还是多为自己想想吧!"

---

① 在《德青天传》原本中,曾讲有少林寺五大僧人以及长眉长老新收门生驼背和尚受师命,前往辽东范家庄惩治违诫之徒、鞭挞脊杖、聚义立坛盟誓等情节,因这部分内容已遗失,故而未能收入说部中,至上下文断接。

小金佛则用亲身经历予以规劝,既讲了秦名远的狠毒,也列举了范蔼仁的凶残。并说由于当初不明真相,前些天曾把兄弟们带到了秦名远那边,都是我的错儿,不能继续错下去了,只有回头方可保命。草上飞听罢,叹了口气道:"唉,仔细想想,你做得对,我也干够了。反正得被囚,那就不如早点儿,省得这颗心终日提到嗓子眼儿,寝食不安、担惊受怕的,比坐牢还难受。"说到这儿,与二人一同出了屋,走到身穿武服的都克尼跟前跪叩道:"大人,小的有罪,情愿投降,听凭发落,让干啥就干啥。"

都克尼双手往后一背道:"起来吧!本官愿意相信你真心悔过,悬崖勒马,但要以实际行动证明之。可否由你带路,领我们去见过江龙,将功赎罪?"

草上飞满口应承,谢过后,领着八旗官兵朝江北的一片密林走去。过了约半个时辰,天刚擦黑儿,人马到了林边,可见林内有几座狩猎者为晒兽皮而临时搭的马架子,估计是过江龙的手下住在里面。还有一座土坯房,看上去是新盖的,自然是老大的歇息之处了。草上飞平时不常来,过江龙也不许他没啥事儿总往这儿出溜,除非需向其传报什么重要信息或有人要求见龙爷,他才能去。求见之人得先与草上飞联系,由他去通报过江龙,答应了,方可领去。倘若过江龙不想见,草上飞便告知老大不在,过几天再说吧,就这么给支走了,所采取的拒绝见客的方法同苟大爷在时一样。还有一种情况,即草上飞若发现有兵马从小庙附近经过并向密林方向而去,则立即抄小道儿前去通报过江龙,看看该怎么办,再依其命行事。由此可见,草上飞所干的差事就是为同伙儿充当眼线,迎来送往,通风报信。过江龙及其手下为安全起见,从不在一个地方长住,三天两头儿挪窝儿。这就要求做眼线的必须精明,还得熟悉路,从哪条道走近,去哪儿会过江龙。见面后,什么情况下可以说话,什么情况下只能当哑巴或装作不认识,都得熟记于心,即兴应对,而且对黑道及绺子所使用的暗语、禁忌了如指掌,对答如流。按照规矩,草上飞无论带谁来,都是他一个人先进去,这次也不例外,都克尼向其叮嘱一番后,遂命官兵及小金佛、白面娘子隐藏在道边的高草棵子里。

此刻的草上飞称得上除了高兴还是高兴,一想到很快便能脱离秦名远、范蔼仁、投靠吉林将军衙门了,从此不用怕任何人要挟了,不必过那种惶惶不可终日的生活了,可以挺胸做人了,心里就像雷雨过后太阳钻出了云层,觉得一下子亮堂了。加之他把此事看得过于简单了,不就

第四章 乱世重逢

是把老大骗出来么，凭我一通儿摇唇鼓舌，那还不容易？所以当他进入林子去土坯房见过江龙时，抑制不住的兴奋全显现在脸上，未有丝毫掩饰。而对方一看他那乐不可支的样儿，顿时觉得不对了，为啥呢？因为草上飞自打替秦名远做事，从未乐呵过，总是愁眉苦脸的。不管愿不愿意，一切得听人家的，要求务必同朝廷对着干，还预谋要杀害吉林将军富俊。每每想到这些，浑身直冒冷汗，认为太危险，干不得。再有便是特别惧怕过江龙，深知此人犹如凶神恶煞，不光对手下，即使是拜把子兄弟哪句话说潮了，立马翻脸，先揍几拳解解恨再说，这是轻的，重的则要命。他曾亲眼目睹卷地风被除掉的情景，事后很是寒心，既不敢说啥，也不敢劝，更不敢像云中燕、窜山虎那样拔腿去了范家堡子，因自己没那两下子。无奈之下，只能硬着头皮寄人篱下，不仅受过江龙管，还得小心翼翼从事，生怕哪件事没办妥帖而惹恼了人家，连说话都不敢大声儿。正是由于草上飞今儿个的神态与往日大相径庭，过江龙好长时间未见了，当然会感到奇怪，暗自寻思道："他怎么了？平时不这样啊，见到我吓得哆哆嗦嗦、缩头缩脑犹如龟孙子不说，大气儿也不敢喘，好像有今儿个没明儿个似的。这回倒好，眉飞色舞的，乐得嘴都合不拢了。啥事儿那么高兴啊？太反常了，得防着点儿。"想至此，警惕地四下瞅了瞅，问道："小费，喜滋滋地来见我，所为何事？"

由于此话说得太快，未给对方容空儿，草上飞竟被问住了，不由得倒吸了一口凉气。再看过江龙，正瞪着一对儿露有凶光的鹰眼盯着自己，懊悔极了，思摸道："唉，我真够蠢的了，太大意了，咋将都大人的一再叮嘱抛至脑后了呢？来这儿是引过江龙出林子的，千不该万不该，不该一脸喜气呀，结果把所想的全暴露在其面前了。"后悔已经没用了，总得回话呀，于是故作漫不经心地说："噢，小弟没啥事儿，多日不见想大哥了。今儿个天气特别好，晴空朗朗，万里无云，天天呆在林子里不觉闷得慌么？不如小弟陪大哥出外走走，散散心。"

过江龙听罢，越发怀疑了，脸一绷道："你小子不老老实实在小庙守着，跑到这儿来声称什么陪我散散心，吃饱没事儿撑的呀？一进门就看出你他妈不是好乐，说吧，是不是投靠吉林将军衙门了？人家是答应给一官半职了，还是送金山银山了，要不咋会一调腔就坐过去了，而且不是自己来的吧？照实讲，若有半句假话，必劈了你个兔崽子！"

草上飞吓坏了，知道由于自己考虑不周，彻底露了馅儿，一时不知如何是好。其实呢，如果这个时候稳住架儿，不慌不忙地边琢磨边应对，或许就过去了。可他早蒙圈了，平日里的那点儿小聪明派不上用场了，伶俐的口齿也变得笨嘴拙舌竟结巴上了："小弟……我真的……是想大哥的……所说全……是实话。"

狡诈的过江龙知道已一语破的，眼珠子骨碌碌乱转，勉强挤出一丝笑容，拍了拍草上飞的肩膀道："行了，行了，是大哥不对，错怪你了。好哇，难得这份儿思兄之情，咱哥儿俩出去转转，你等会儿，我去穿件外袍儿就来！"说着进了后屋。

草上飞真以为过江龙上当了，心中窃喜，稳稳当当地坐在椅子上候着。等啊等，一袋烟工夫过去了，仍不见出来，又没有理由往里闯，只能耐着性子继续等。此刻，藏在草丛中的都克尼双目一直盯向密林，开始觉得不对劲儿了："草上飞进去半天了，咋还未把过江龙引出来呢，或许是出岔子了？不对，不能再等了，得赶紧行动！"随即手一挥，官兵们一跃而起，快速冲进巢窟，却发现个个马架子空无一人，惟草上飞坐在土坯房内。经仔细搜查，原来后屋的北墙开有一扇小门，过江龙谎称穿外袍儿从此门溜出，带着手下穿过东边的山洞逃往后山了。草上飞气得直跺脚，恨自己愚蠢透顶，未想到过江龙能从后小门溜之乎也。都克尼问道："除了你，还有谁可与过江龙联系，估计会逃向哪里？"

草上飞回道："都大人，小金佛十多天前尚可直接面见过江龙，不过现在也得通过我方能得见。过江龙既是黑道老大，又是几个拜把子兄弟之长，还是秦名远亲点之头领，虽各有分工，但一切都得听他的。小的猜测，过江龙或许带领兄弟们逃往范家堡子了，因为云中燕、窜山虎也在那儿，总还是拜把子兄弟。"

都克尼没说什么，考虑到在此逗留已毫无意义，遂命官兵原路返回，待向将军禀报后再作打算。大约一个时辰的急行军，人马顺利到达将军衙门，都克尼带着白面娘子、小金佛、草上飞面见将军大人，把此次清剿扑空的情况从头至尾讲了一遍。富俊听罢，想了想，说道："倘若过江龙及其手下真的逃往范家堡子，我们将不惜一切代价捉拿之，不能让其得逞，否则对5位大师十分不利。我倒觉得从过江龙的脾气、禀性看，不太可能马上去那儿，因其不愿听人摆布，没准儿正躲在某个地方谋划着下一步该怎么办。小金佛、草上飞，依你们平日对他的了解，以为如何？"

小金佛回道："大人所言极是，过江龙一向不知天高地厚，自以为是，尤其近些日子动不动就口出狂言，说是非干件大事不可，以显示自己的能耐。他和秦名远一样，仇恨心、报复心极强，且贪得无厌，所以才被秦名远一眼看中并让其当领头儿的。要干的大事即是替范蔼仁、秦名远出气，了结将军大人的性命，以便得到更多的赏银。正是基于此，过江龙在这个时候才不会去范家堡子，所谓的大事尚未办，拿什么去请功啊？"

白面娘子看了看草上飞，单刀直入道："小费，将军大人既往不咎，恩重如山。你又是个知恩图报之人，若想痛改前非，那就必须见诸行动，有啥说啥。据我所知，你们不止这一处巢穴，除了小庙，还有不下四五个藏身之处，该说说了吧？"

草上飞迟疑片刻，才开口道："将军大人，小的是眼线，专门与过江龙联络，为其通风报信。虽然怕他、恨他、不愿见他，但既然干这个，就得硬着头皮打交道，为的是混口饭吃。白面娘子说得对，我们确实有几个藏身之处，为防万一，兄弟们分散到其他巢窟，由雪中豹带着……"说到这儿忽然停住了。

白面娘子鼓励道："老弟，不用怕，姐姐给你撑腰，接着讲，那几处巢穴在哪儿？"

草上飞先是咳嗽一声，稳定稳定情绪，随后便竹筒倒豆子，详细介绍了4处巢穴的所在地点。富俊听罢，下了命令，由副都统都克尼点出五百骑兵，带上小金佛、草上飞，立即开拔追寻过江龙一伙儿，对那4处巢穴进行清剿，还特别叮嘱小金佛、草上飞："这是一次难得的机会，就看你二人了，一定要珍惜并把握住。若能协助官府捉拿过江龙等，便可洗刷曾经犯下的一些罪恶，从黑道回归正道，重新做人。"

小金佛、草上飞跪地叩道："请将军放心，小的决不辜负大人的信任，定将竭尽全力，以报不杀之恩！"

一旁的白面娘子见没让自己参战着急了，赶忙提醒道："土地爷爷，您把小女忘了吧？我得和他俩一块儿去。"

富俊当然没忘，他是位对属下非常体贴的将军，在给都克尼下令时，本打算仍由白面娘子、小金佛、草上飞陪同前往。可考虑到小白丫从打自告奋勇协助衙门剿除匪患，天天东跑西颠的，有时一个人出去，已一连多日没有好好儿歇息了。毕竟是个女子，体力不如男人，便决定不让她去了，说道："小白丫，有小金佛和草上飞引路，都大人亲自率兵前去捉拿过江龙一伙儿，难道还不放心么？你的功劳不小哇，也够累的了，该回凤楼歇歇、养养精神了，茗兰肯定早就想这个妹子了，陪陪她吧!"

白面娘子听罢,扑哧一声乐了,将军大人都这么说了,不好再坚持,告辞后乖乖回到了凤楼。都克尼则率领五百骑兵出发了,按草上飞提供的地点,前往江北一带搜寻过江龙,连查3处巢穴,踪影全无,估计这伙儿歹徒已聚合一处了。接着又马不停蹄地赶到了马尾山后沟的罗圈营子,果然发现了一片密林遮掩下的十来座帐篷,歹徒们全躲藏在里面。都克尼命官兵分散开来,将帐篷团团围住进行包剿,正睡大觉的头领过江龙、雪中豹于梦中束手就擒,同时被俘的约70余人。过江龙后悔莫及,唉,要是早点儿跑到范家堡子,何必挨抓呢!他又急又气又恨,竟一口咬掉了舌尖儿,顺嘴淌血,昏死过去。清理完现场,都克尼令随从把过江龙抬到马背上,然后率领骑兵押解着70余歹徒回返将军衙门。

第二天下响,富俊缓步来到大堂,身后跟着都克尼、常喜、班布泰等。刚刚入座,佐领关大鹏疾步而进叩见将军,禀道:"奉大人之命,已将秦名远派往江北拘缉营执掌管理大权的爪牙27人全部抓获,无一漏网并带回关押。留下一部分官兵正在清查这些人的家宅及资财,责令将不义之财登记造册,以备案待审。我们还对拘缉营一带进行了地毯式搜寻,没有发现秦名远的踪迹,可以肯定,他未藏身在那儿。"

富俊点了点头,说道:"好哇,班布泰已将秦名远安插在各个驿馆的亲信柳祥等15人抓捕到案,我坚信,他就在不远的地方躲藏,蹦跶不了几天了。若想砍断其魔爪,可先提审柳祥,通过招供,尽快将他们一伙儿所干下的反叛朝廷之勾当理清,过些日子范家堡子也会有头绪了。到那时,范蔼仁、秦名远两案可一并核查,按律定罪,上报朝廷,以安民心。"

都克尼说道:"大人所言极是,秦名远和柳祥一起办差有年,时常看见他们鬼鬼祟祟的,不知在密谋什么。衙门内曾出现一些怪异之事,只要一查,皆与他俩有关,抓住柳祥,就等于揪住秦名远的狐狸尾巴了。"

话音刚落,一小校进来禀道:"将军大人,左翼官学教习尤成额的夫人候在大门外,请求面见将军,看样子非常着急,且泪流不止。"

富俊听罢,很是纳闷儿:"咦?怪了,啥事儿至于这样啊,茗兰竟亲自跑到衙门来?"于是命道:"宣进!"小校转身退下。

不一会儿,泪涟涟的茗兰在白面娘子的搀扶下走了进来,小满堂随其后。富俊抬头一瞅，3人顺脸往下淌汗，浑身湿淋淋的，头发有被火燎过的痕迹，小满堂脚上的那双鹿皮靴子前脸儿已经开口并成灰黑色了，不禁一惊！刚要发问，白面娘子急不可待地开口了："土地爷爷呀，不好了，也不知是哪个挨千刀的放了把火，把凤楼给点着了。那可全是用木头造的呀，年深日久，木头又干又燥，火苗儿呼啦一下就从二楼蹿起来了，整条西街烟气腾腾的。慌乱之中，我们啥也顾不上了，赶忙把正在屋内的教习一家救出。周围的邻居大呼小叫地提着水桶赶来，好几十人呢，总算把火扑灭了，待准备坐下歇一会儿时，却发现尤公子不见了。初始以为火着得太旺，不能近前，故而躲到一边去了。后来一想不可能啊，他肯定得救火呀，是不是被熏晕了？大伙儿赶紧分头找，结果在房门外东墙角处发现一张折叠的纸片，大人请看！"说着从衣兜儿掏出，双手奉上。

富俊接过，展开纸片，站在两侧的都克尼、常喜、班布泰也凑上前来，见上面用墨笔写了10个字："想见尤成额，除非在梦里。"这一看不要紧，个个惊诧不已，难道尤教习被歹徒抓走当人质了？真若如此，那可凶多吉少哇！正着急呢，又一小校匆匆进了大堂，急切地禀道："大人，衙门外来了几位朝廷的官员，是传圣旨的。"

此话一出，大堂内的气氛立刻紧张起来，白面娘子和小满堂扶着茗兰赶忙退至后堂回避，随从及众衙役亦退下。这时，一行人鱼贯而入，站定后，钦差双手捧着圣旨道："本钦差奉皇命，请吉林将军富俊接旨！"

富俊起身走下堂来，整饬衣冠，匍匐在地叩道："奴才接旨。"

钦差展开圣旨高声儿宣道："近日邪端犯上，大内难宁。卿忠贞勄劳，朕股肱之臣，妖言安生焉。特宣燕山同尔速审具奏，钦此。"

宣罢，富俊口呼"奴才知道了"，接过圣旨，叩头谢恩，但没有立即起身。他不止一次地接过皇上的圣旨，却从未像今天这样越听越糊涂，不明所言何意，感到莫名其妙。"妖言安生"这4个字儿吓了他一大跳，怎么了，出啥事儿了？又不能当着属下的面儿向钦差发问，那可就大不敬了，只说了句"奴才知道了"。实际上，他什么也不知道，心中万分焦急，百思不得其解："兴许是自己不小心，无意中得罪哪位朝中大员了，对方在皇上面前奏了一本？或是由于思虑不周，处理不当，闯下大祸了？"钦差等了一会儿，仍不见富俊起身，便将圣旨卷起，双手捧着放在桌案上，然后走到富俊跟前，附身轻轻拍拍其肩膀道："将军大人,圣旨已宣毕,为何不起身?"

富俊一听,方缓过神儿来,慢慢站起,这才看清宣旨的钦差竟是老友玉德之子桂良大人,一股暖流顿时涌上心头。二人寒暄几句后,富俊令常喜好生款待随钦差而来的官员,然后拉着桂良出了大堂,进了书房,请其正座,刚要下拜,桂良忙起身把富俊摁到太师椅下,躬身下拜道:"松岩大人,您德高望重,是我的恩师。燕山乃后辈,岂能颠倒过来给晚生下拜?实乃不敢当啊!不久前,我从湖广返京,圣上暂命协助刑部梳理积案,故而有幸来吉并借机拜望您,还要感谢大人帮外甥女婿得以入仕之劳呢!"

富俊摇摇头道:"哪里,哪里,千万别言谢,尤成额是凭借出众之文才入仕的,实在谈不上帮忙。燕山哪,你了解我的禀性,当着真人不说假话,听完圣旨,一时是丈二和尚摸不着头脑,'妖言安生'何意呀?到底出什么事了,还是有人在圣上面前故意挟嫌报复?"

桂良忙道:"大人,别着急,容晚生慢慢禀明原委,再共同计议。一听圣旨便知,皇上十分信任大人,未有丝毫怀疑,不必多想。事情是这样的:去年三月初,皇六子和硕恭亲王奕䜣于宫中丢失了宝刀'白虹',此乃皇上亲赐之物,自然不可小觑。'白虹'之称谓,源于明代吴承恩在《西游记》里的诗句:'一派白虹起,千寻雪浪飞。海风吹不断,江月照还依。'可是半年之后,一首可恶的民谣流传开了:'得虹刀,披黄袍;得虹刀,披龙袍;得虹刀,披皇袍;现白虹,拜新皇。'这显然是反朝廷的,犯了大逆不道之罪,而且一张写有此民谣的纸片被刑部得到并呈给了皇上。皇上看后,龙颜大怒,当即下旨,追溯源头,依法究办。经查,这首民谣来自龙兴之地,但不能确定到底是吉林呢,还是盛京或黑龙江。最近又有人造谣,说什么'若追虹刀事,富俊难逃脱',矛头直指将军大人。初始,皇上及满朝文武十分气愤,然细细品味,没有一个相信的。皆认为大人一向襟怀坦白,耿正无私,在清查田亩过程中秉公办事,或许是因而得罪了一些人,所以才故意栽赃陷害的。皇上思虑再三,特命晚生前来,问清此言从何而生,有否显露蛛丝马迹,寻出始作俑者,以洗大人不白之冤。"

富俊听罢,长出了一口气,说道:"丹心埋忠骨,何惧腥血污?平生秉正气,终见红日出。燕山哪,老夫不在乎这些,也没啥可怕的,既然坐在这个位置上,对一些贪赃妄求之人总不能熟视无睹吧?往后该得罪的还得得罪,该处治的必须处治,做一天和尚撞一天钟,岂奈我何!"

第四章 乱世重逢

说到这儿,想到尤成额一个时辰前突然失踪,茗兰还在后堂哭泣,燕山既然来了,又是其舅,怎可隐瞒?应直言相告才是。于是便将此事和盘托出,也讲了自己的猜测,估计是被歹人掳走,并恳请燕山帮着出个主意。随后亲自去了后堂,把茗兰等3人请到书房,拜见桂良大人。

　　茗兰是红着眼圈儿进来的,做梦没想到舅舅在此,当即哭拜在地,白面娘子、小满堂也上前施礼跪叩。桂良可是久经战阵的沙场武将,什么惊涛骇浪未见过?虽然得知外甥女婿被劫,事态严重,生死未卜,但显得异常冷静,自若、凝重,先是轻声儿劝慰道:"茗兰,别哭,碰到难解之事勿悲戚或焦躁,毫无裨益。天下舵工不惧浪,天下英雄不怕死,越遇凶险越要沉稳,越身处逆境越要坚强。惟有善观世事之能,方可善观世事之变,晓其利害,巧妙应对,各个击破,化险为夷。"

　　茗兰边听边点头,觉得舅舅的这些应事经脱口而出,不仅安抚了自己,也启迪了在场的人,使大家获益匪浅。桂良接着又爱抚地拍拍外甥女的肩膀道:"茗兰,稳住架儿,相信将军大人定会还你夫君的,只需静待佳音。你和成额已好几年未见家人了,事成之后,该回京师或去长沙与亲人团聚些日子了,望多多珍重。"然后转过头来对富俊说:"将军大人,晚生所呈圣旨,请详度之。看来眼下恶风挺猛,一浪高过一浪,务要静观动向,稳而平之。皇上素来敬重老大人之忠贞不二,不听邪言鬼祟,故而又颁御旨又遣钦差速速到吉的,护臣之心昭然也。晚生深信大人因忠勤而遭非议,甚至惹出祸端,不必放在心上。等有结果了,望大人赴京回朝面圣,详奏之。晚生不便多扰,明日将返京,以免皇上系念。"

　　几个人聊了一会儿后,桂良站起身来,向富俊深施一礼,步出书房,回到大堂,在都克尼、常喜的陪同下,与随行官员一起前往驿馆安歇。富俊吩咐班布泰派人把茗兰的儿子、两个侍女及王师傅接来,暂时安顿到驿馆,以方便照看可爱的小少爷,并叮嘱白面娘子、小满堂好生陪着,多多劝慰,有什么困难吱声儿。

　　翌日辰时,桂良用罢早膳,同外甥女、外孙别过,出得驿馆,翻身上马,与随行官员启程返京,富俊带领属下送出10里方回。这里朱伯西得多说两句,桂良乃嘉庆、道光两朝的重要佐臣,性情坦率,办事沉稳,有头脑,机敏过人。尽管官职已到高位,却从不张扬,对前辈、老臣十分尊重,谦虚恭谨,自称晚生。他知道,吉林将军富俊多年来始终忠于朝廷,忠于皇上,勤勤恳恳,任劳任怨,秉公执法,不徇私情,是位不可多得的好官。在率领骑兵清查田亩、铲除叛逆的过程中，免不了得罪一些图谋不轨之人，他们反过来为了一己私利而陷害忠良，一点儿不奇怪。基于此，桂良才奉皇命千里迢迢来到吉林，除了向富俊传旨外，还一再强调圣上信任你，满朝文武也相信你，不用把流言蜚语当回事儿。纸里包不住火，早晚会真相大白的，反叛者必被绳之以法。又考虑到自己初来乍到，一些事没有参与，情况不甚了解，不可讲得太多，那会干扰大人的行动步骤，无意中带来不必要的压力，所以只是从大的方面叮嘱几句便告辞了，可谓用心良苦也。

　　富俊送走钦差一行后，回到衙门立马升堂，审讯小红楼驿馆的管家柳祥。大堂之上，富俊正襟危坐于正中，左边是副都统都克尼、文案主事常喜，右边是佐领班布泰、关大鹏，堂下两侧分别站着一排执刀仗剑的武士，个个威风凛凛。衙役咚咚咚猛击堂鼓，带着镣铐的柳祥在两个狱卒的押解下进入大堂，扑通一声跪倒在地。"威——武——"之声随即响起，富俊啪地一拍惊堂木道："柳祥，知罪否？不用提醒吧，从实招来！"这一拍不要紧，堂下摆放的各种刑具、锁链哐啷啷、哗啦啦一齐响，令人毛骨悚然。

　　柳祥紧张得直冒冷汗，却又抱着一种侥幸心理故作镇静，摆出一副满不在乎的样子。以为自己平日里装得挺老实，在各位大人面前一向小心行事，把小红楼驿馆管理得井井有条。尽管在衙门的眼皮底下办差，谁也没抓到我任何把柄，不仅不认罪，还反问道："将军大人在上，小的平素勤恳办差，奉公守法，实在不知犯了什么罪，招啥呀？"

　　富俊冷冷地说："你不会不知道，本将军在审案中，同诸多大盗匪首较量过，同凶神恶煞对峙过，最终他们皆败下阵来，乖乖招供。你也一样，不信就试试，想蒙混过关，对抗到底，做梦！"

　　柳祥跪在那儿不吭声儿，也不抬头，心里合计着："哼！别看你是将军，拿不出证据来，能把我怎样？还不是干瞅着。"

　　富俊早已将其心思看透了，接着单刀直入道："柳祥，以为我们不掌握证据是吧？实不相瞒，你在将军衙门属下的小红楼驿馆办差十几年，干的坏事太多了，罪行累累，不胜枚举。首先回答我，秦名远在哪儿？记住，就这一次机会，讲不讲由你！"

　　柳祥一听"秦名远"三个字儿，冷丁一激灵，继而全身不住地哆嗦，寻思道："唉呀妈呀，这富俊真乃非同寻常，太厉害了，哪壶不开提哪壶，最怕提的就是秦总管，偏偏第一个端的便是他。那可是衙门正在缉拿的要犯哪,也涉及到我的小命是否能保住,得赶紧把自己摘出来,要不就麻烦了。"想至此,结结巴巴地回道:"大人,秦总管……秦师爷乃小的上司,行踪……诡秘,去哪儿怎会告诉我?小的确实……不知其眼下在何处。"

富俊又问:"知道他都干了哪些违法之事吗?"

柳祥敷衍道:"要说秦总管平日里……贪吃贪喝、多拿点儿银子……这事儿倒是有,别的就不晓得了。"

富俊见他不往正题上谈,拒不招供,索性不再问了,站起身手一摆道:"将人犯打入死牢,退堂!"说罢拂袖而去。

柳祥事先根本未料到富俊这么个审法儿,三言五语就给定死罪了,上哪儿说理去?正愣神儿时,忽见两位武士手握砍刀向自己走来,慌忙就地打了个滚儿想躲开,早有狱卒像提溜小鸡似的将其从地上薅起。柳祥吓得魂飞魄散,脸都白了,不是好声儿地大喊道:"大人,将军大人哪,小的求您了,快让他们住手吧,我招,招还不成么?"

稳坐于后堂的富俊听得清清楚楚,反身回到大堂,冲狱卒使了个眼色。狱卒会意松开手,只听扑通一声响,柳祥摔了个嘴啃泥,富俊向案下一指道:"别啰嗦,快快招来!"

柳祥稳了稳神儿,四下瞅了瞅,刚要开口又闭上了,心里话:"秦总管哪,对不起了,兄弟实在保不了你了。千万别恨我呀,要恨就恨将军吧,是他们逼的,不得不说了。唉,这下算彻底完了,招不招都是个死啊……"

富俊见其仍有些犹豫,举棋不定,于是换了一种口气道:"柳祥啊,我知道你不是主谋,而是受人指使,被人利用,乃从犯。你出身于贫苦之家,原是个本分人,后来被秦名远带坏了,走上了邪路。本将军对事一是一,二是二,谁的罪谁领,不冤枉一个好人,也不放过一个坏人。你当然清楚,在秦名远的操纵下,你们一伙儿无视国法,贪占勒索,巧取豪夺,恣意妄为,并网罗歹徒背叛大清,犯下了不赦之罪。不过只要肯招,低头认罪,本官可上表朝廷,免你一死,何去何从自定。奉劝一句,别犯糊涂,认清形势,勿要错过千载一时的赎罪机会。侥幸心理要不得,既然抓你,就有证据,难逃干系。给你点儿时间,好好儿想想,若拒不交待,那可没人能救得了了。"

柳祥听了这番话,觉得还有一线生机,便不那么慌了。是呀,将军说得对,我不是主谋,顶多是胁从,都到这份儿上了,干吗替别人着想啊？蝼蚁尚求一生，何况人乎？干脆招了吧，保命要紧，于是一咬牙道："禀大人，小的知道秦名远在哪儿，这会儿正躲藏于衙门后院儿那座小楼上层的顶棚，我负责给送饭。他都这样了，还洋洋得意地吹嘘呢，说什么本大总管可是绝顶聪明，衙门的上下人等个个是蠢蛋，谁也想不到我会在他们眼皮底下消消停停呆着。俗话讲：'灯下黑，灯下安，灯下藏身最稳当。'既然架势拉开了，那就抖起来看，最后的赢家肯定是我秦某人。他确实以各种手段网罗了不少人，干啥的都有，能耐有大有小。天天用钱供着，其中大部分花销由范蔼仁出，小部分由秦名远出，是下了血本的，曾多次密谋要……要……"说到这儿停住了。

富俊鼓励道："不用怕，大胆讲，要什么？"

柳祥回道："要取将军大人的首级，大话是撂到那儿了，不过至今没有敢下手的。秦名远也曾找过我，说是你常去衙门，接触瘸老头儿的机会多，他也不会防备，只要小心从事，容易得手。可小的哪能干这种丧尽天良的事儿呀，即便有那贼心，也没那贼胆儿，便以各种理由推托，今天推明天，明天推后天。秦名远一看，手下这些人让做啥都听喝儿，就是要将军的命不干，而且长时间没个结果。他气坏了，火冒三丈，竟狗急跳墙，唆使几个兄弟劫走了尤成额，声称只要本师爷出手，必是出其不意之举，给衙门多制造些麻烦。教习失踪了，所担当的课业无人教授，那些八旗子弟自然会不满并抱怨不已。吉林的父老乡亲由此也会认为将军无能，管理不当，维持治安不到位，连个教习都保护不了，还能干什么呀，太不称职了。这样一来，朝廷很可能将大人调离将军任，甚至罢官、摘去乌纱也未可知……"

富俊插问道："秦名远将尤成额劫走后，藏于何处？"

柳祥回道："大人，小的不敢撒谎，真不知道。秦名远手下的那些人各有分工，有负责联络的，有看门放哨的，有通风报信的，我专管钱粮和一应用品。他曾不止一次地告诫我们，自己干自己的，别人的事儿不要插手，更不许乱打听……"

审讯只进行了半个时辰，这个期间，主审官的问话、人犯的招供，文部主事常喜一字不漏地记录在案。审毕，常喜拿着供词簿走到柳祥跟前，从头至尾念了一遍，确定无误，让其在上面签字、画押。富俊办案就这么痛快，退堂后，命令班布泰率兵勇前去捉拿秦名远。

吉林将军衙门的后院儿有座二层小楼，里面存放着陈年老账和文书、档册，平时几乎无人去。此楼建于嘉庆初年，青砖墙，起脊顶，上

第四章　乱世重逢

铺灰瓦,其它为木质结构,外墙有雕饰,大多为花卉。为防止文档受潮,上下两层皆吊木棚,室内宽敞明亮,通风好,又干燥又保暖。上脊棚乃明清以来就有的建筑形式,两脊各留有小门儿,便于出入或定期修缮。秦名远藏于二层的棚顶,由于过于自信,以为手下会是生死弟兄,与朝廷势不两立,到啥时候都不会出卖主子。天天又有专人送膳食,倒也悠哉悠哉,此刻正四仰八叉地躺在铺着山羊皮的棚板上呼呼大睡、不时地打着鼾声、或许还做着美梦呢!当班布泰率兵勇冲上二楼、哐啷一声踹开小门儿、一把将其薅起时,他才从梦中醒来,见神兵天降,不禁大惊失色,未待喊出声儿,已被五花大绑押出小楼。

吉林将军衙门总管秦大门牙被抓获,江城一阵风地传开了,人们初始是震惊,接着是解恨,很快便成为街头巷尾、茶余饭后的谈资了。富俊没有耽搁,立即升堂,提审人犯。面对审讯,秦名远满不在乎,心想:"本师爷十几年没白忙乎,根基深,别看秀林将军远在甘肃,照样是棵可以依靠的大树,为我遮风挡雨,你富俊能怎样?这回就当哑巴了,想撬开我的嘴,没那么容易,咱不妨较量较量!"于是摆出一副死猪不怕开水烫的架式,任你问啥,就是一言不发。富俊也不急,耐着性子从早到晚、从深夜到天明连轴转地审,不给饭吃,不让睡觉,使其没有喘息之机。两天之后,秦名远挺不住了,气急败坏地喊了起来:"富俊,别费劲儿了,一条命够顶了。实话告诉你吧,手下兄弟,包括范蔼仁所做的一切皆是本人的主意,要杀要剐随便,哪怕下油锅、点天灯,我要吭一声就不姓秦!"

富俊见其终于开口说话了,遂问道:"秦名远,不用嘴硬,凤楼是你支使人放的火,尤教习也是你派人劫的,关在哪儿了?"

秦名远冷笑道:"没错,全是我干的,至于尤成额关在什么地方,为啥要告诉你呢?别忘了,本人专玩儿灯下黑,再过几天,他就一命呜呼了,看你怎么交代。富俊哪,你既然不让我过好日子,我也不让你继续当将军,等着朝廷治罪吧!"

富俊见秦名远死硬到底了,又冒出一句"专玩儿灯下黑",决定不再审了,命孙儿重新搜查衙门后院儿的那座小楼,看看能不能获得有价值的线索。班布泰得令,带领几位小校去了小楼,里里外外、上上下下、旮旮旯旯儿仔仔细细地搜了一遍,结果发现铺在棚板上的山羊皮下角处有一小纸团儿,捡起展开一看,上面写满了"裤裆街"3个字。字迹潦草,似乎是随意划拉的,之后揉巴揉巴就扔了,除此再未搜到别的什么。班布泰令小校们撤回,把字纸交给了在正厅等候的爷爷,富俊边看边思摸:"裤裆街离此不太远,乃江城的一条老街,已有三百多年的历史了。上面的字的确是秦名远的笔体,他不写别个,为啥偏偏写这仨字儿呢,难道那条街的某处是联络点?或是装兵器的暗库?还是关尤教习之地?此疑团必须解开。"正这时,得知秦名远已落网的赵西丹、马木斤等几位老八旗来了,后面还跟着茗兰、白面娘子、小满堂,一进屋,老赵头儿便嚷嚷开了:"将军大人,好哇,到底把秦大门牙从耗子洞里薅出来了,整个江城都传遍了,大快人心哪!"

老马头儿兴奋地说:"衙门的上下人等正议论纷纷呢,说是秦名远表面像个人似的,又担任将军衙门的总管,天天不是围着各位大人转,就是对下属呼来换去的,看上去颇为尽职尽责。未承想心肠如蛇蝎,背地里净做不是人该干的事儿,还打起将军大人的主意了,真是吃了豹子胆了,这回可到算总账的时候了……"

小满堂插言道:"街上的男女老少也仨一帮、俩一伙儿地议论不休,有人声称见过秦名远去范家堡子,肯定是与大庄主范蔼仁勾搭连环,没准儿是其狗头军师呢,得好好儿审审,让他彻底交待!"

茗兰接茬儿道:"大人,不知审得怎么样了,秦名远交代没?小女的夫君有信儿没?"

富俊回道:"已审过一堂,秦名远尚未开口,放心吧,一切会水落石出的。刚刚从其藏身处搜到一小纸团儿,上写'裤裆街'3个字,或许与尤教习有关。正好各位来了,不妨出出主意,看看怎么办更为妥帖。"

话音刚落,白面娘子便道:"土地爷爷,小女有个想法,不知当讲不当讲?"

富俊风趣地说:"哎哟,小白丫怎么还客气上了?道眼多可是出了名的,谁敢封你的嘴呀,讲来听听!"

白面娘子谢过,说道:"尤公子是昨儿个下晌失踪的,今儿个秦名远被抓,可据此推测其一步未曾离开藏身之处。若真是他派手下干的,从时间上看,不可能把尤公子关到很远的地方,那样容易败露,再者也不容空儿。十有八九在城内的某处关着,裤裆街的面儿大,别的地方不用去,不妨先到那儿查查。"

富俊言道:"小白丫,你说的这些我都想过,裤裆街位于江城中心,人口多,房屋密集,是个鱼龙混杂之地。如果事先没个抓挠儿,对这条

第四章　乱世重逢

长街的个个巷子又不熟,想找到关押尤教习之处谈何容易?"

白面娘子点点头道:"的确很难,可秦名远硬是不吐真言,咱也指望不上,总不能干等啊!不如这样,先派人去裤裆街转转,人越少越好,呼呼啦啦一大帮太显眼,对搜寻不利。小女对吉林的老街巷颇熟,小金佛也差不离,这些天由于良心发现,有不小的转变,觉得对不起大人的宽宏,很想立功赎罪。将军大人下令吧,让班佐领带着我俩去裤裆街走一遭,各处查查看,或许能有所收获。"

富俊思忖片刻,说道:"好吧,主意不错,就这么定了。"随即命身边的关大鹏去后院儿暂押嫌犯的拘留房,把小金佛提来。

不一会儿,关大鹏带着小金佛进了正厅,富俊将尤成额被秦名远的手下劫走、眼下不知关在哪儿等情况讲了讲。小金佛表示很是同情,并道:"秦名远打算对将军大人下手也好,劫走尤教习也罢,都不是亲为,而是派其爪牙去干,因他不想白白送命。估计是把尤教习关在一个外人轻易不能进的地儿……"说到这儿停下了,似乎想起了什么,忽然一拍脑门儿道:"对呀,前些日子的一天头响,秦名远让我把四百两纹银用红布包好,送到裤裆街的彤大奶子处。银子是送去了,但未见到本人,由一位老堂役转交的。据小的所知,彤大奶子是秦名远的老相识,还认了干亲呢,关系挺密切,尤教习能不能关在她那儿呀?"

白面娘子一听,小金佛所说的地点与刚刚搜寻到的那张纸上所写之地十分吻合,非常高兴,说道:"小金佛,你的猜测不是没有道理,无论结果怎样,总算办了件人事儿。那就见诸行动吧,咱们一起去趟裤裆街,会会彤大奶子如何?"

小金佛爽快地答应道:"好哇,我可以带路,只是彤大奶子处庭院森严,高墙壁垒,对她的其它情况知之甚少,光咱俩行么?"

富俊说道:"小金佛,不用担心,班佐领跟你俩一块儿去。要切记,不能性急,更不能露出马脚,须小心谨慎,探个究竟再说,立即出发!"

这时,一旁的茗兰着急了,其心中一直系念着夫君的安危,便恳请将军大人允准自己一同前往。富俊劝道:"茗兰,别去了,你走了,儿子怎么办,只靠侍女照顾哪儿成啊?他们仨只是打前站,先去探一探,真若发现了尤教习,除非能平平安安带回,否则不可盲目施救,须回禀后再决定怎么办。你呢,就在驿馆乖乖呆着,该干啥干啥,把心放宽,等着听信儿。"茗兰一听大人这么说,只好点点头,不再坚持了。

单讲女扮男装的白面娘子和班布泰由小金佛带路,径直前往裤裆街,走了约一个时辰,远远望见了彤大奶子家。到了跟前一看,发现这座宅院与邻里房舍迥然不同,周围各条胡同的巷子里全是绿瓦青砖、石砌小门楼的平房,整齐雅观,十分清净。惟彤大奶子家特殊,大门两侧各长两棵长青松,两扇金黄色的木板大门用桐油漆成,明光闪亮。大门上方有两道醒目的横木,仿佛是商家悬挂匾额用的,只不过没见什么牌匾,而是贴着"招财进宝"4个硕大的红字,十分耀眼。院子一色用碗口粗细的黄花松原木围成,木栅高高,阴森森的,显得既古怪又神秘。外人路过都得仰脸张望,那也不一定能看清院套里的真面貌,只知绝非一般人家所有。江城自明清以来就是流筏的集散地,汇聚了长白林海丰饶的木材资源,此种构筑在吉林并不新鲜。班布泰仔细审视着这块陌生之地,看了半天也未猜出究竟是何等所在,此种门的式样是属于哪类行业,在商埠中很少见。他边寻思边走向前用力推那两扇木板门,可大门只是微微晃了晃,没有推开,原来里边有两道门闩插着。又贴近大门的缝隙往里面观瞧,庭院内静悄悄的,连个人影儿都没有,遂冲身后的白面娘子摇了摇头。

  此时的白面娘子也在思索,彤大奶子到底是何等人氏?单从这座气派的宅院看,也不可小觑。再一瞅小金佛,到了院门前就瘪茄子了,头都不敢抬,猫着腰一个劲儿往后缩,心里似乎在打着小算盘,阿弥陀佛,千万别让我上前去喊人。白面娘子知道就凭小金佛那德行,这里真不是他能常来的地方,此刻没时间搭理他。凭着早年在江湖上跑趟的经验,望了望这森严高峻的构筑,也觉得眼力不及了,暗自猜测着:"此地是暗娼之所?那又何必以木栅围之,不像;是哪方财主在此新开设的宝局?可院里院外并没有来往的车轿和阔佬,冷清而寂静,也不像;难道是尚未发现的匪窟?真若是还来对了,必须留心观察,即使探不到尤公子的下落,也要把这里的一切弄清楚。"突然间,她的目光停留在大门两侧贴着的几张彩绘的群女像上,并引起了联想。白面娘子自打结识了尤成额和茗兰小姐,耳濡目染,无形之中受到影响。加之学了不少诗文、礼仪,望见群女彩像,便想到了公子吟诵的"窈窕淑女,君子好逑"之诗句,不由得眼前一亮:"对呀,这些美女像或许是生意幌子,此院所经营的行当必与美女有关。"随之回过身薅着小金佛的耳朵说:"装什么哑,这骚臭的地场还能少了你呀,说说跟彤大奶子办了哪些肮脏事儿!"

  小金佛赶忙解释道:"不,不是,不像你猜得那样。我是来过一趟,

第四章 乱世重逢

那是替秦名远送银子,并未见着彤大奶子,而是交给了下人。我真不认识彤大美人,听说她凡人不搭语,不是任谁都能贴乎上的,秦名远也得拿银子巴结。"

小金佛脱口而出的话,引起了白面娘子和班布泰的注意,互相使了个眼色后,便让小金佛讲讲他所知道的彤大奶子。小金佛为了好好儿表现,尽量讨好儿以赎罪,先是绞尽脑汁回忆所闻之事,然后说道:"咱可先讲下,我不认识彤大奶子,所知道的全是听来的,不一定准。有人讲这个黄金板门大院是妓馆,虽不属吉林一流,但在江城颇有名气。彤大奶子是出了名的美人儿,怎么来的江城一直是个谜,有人说是一位阔佬领来的,也有人说是秦名远打威远堡拐来的。还有人说彤大奶子是靠秦名远帮忙,在这一带买下平房30多间,整个院套儿皆为土坯房,乃很不起眼儿的民居,只是围上了木栅高墙,外观才挺显赫。秦名远为彤大奶子出了一部分银子,与她合伙经营这个妓院,彤大奶子是鸭母,秦名远是不露声色的大茶壶,靠自己是将军衙门的总管、总师爷之大名,税官和地保不敢过问,痞子也不敢来此捣乱。彤大奶子巧妙经营,不嫌弃粗俗、贫贱的下层各色人等光顾,使得妓院越开越红火,到这儿宿窑姐的有匠人、技工、脚力,大多是往返船家的老大、舵公、桨手,也有上下江放木排的,上门的嫖客比哪个妓院都多。吉林位居松花江中游,长白山森林的木筏、松花江黄金水道的沙金从此经过,彤大奶子这些年正是靠这片宝地日进斗金,挣了数万两白银。不少工人在上下江一走半年或数月,一回到吉林江城,便把攒下来的积蓄全扔在彤大奶子的每间小平房里了。她六亲不认,只认白花花的银子,谁的腰兜儿鼓囊,才能讨得彤大奶子的奉承,把最年轻最漂亮的姑娘引见之。常有搂着窑姐儿不放苦缠的,直到银两皆无,还欠下了钱,还不上账有被打死的,无人过问。"

经小金佛的一番介绍,引起了白面娘子和班布泰的警觉,觉得彤大奶子的影子比先前清晰了。白面娘子暗自思忖道:"因为心疼茗兰姐姐带个襁褓中的婴孩儿十分辛苦,尤公子又突然失踪,使她的精神完全崩溃了,不单单身体支撑不住要垮下来,也照顾不了可怜小宝贝,很是急人。所以就没顾深浅,自告奋勇在将军大人面前揽下此差使,与班布泰一块儿察访彤大奶子,尽快寻得尤公子,以安抚茗兰姐姐忧伤的心。心情好了,孩子就有奶水吃了,这条线牵扯的是一家三口啊!看来劫数未尽,事与愿违,有些急于求成了。事情并不像预想得那么简单,彤大奶子不是个省油的灯,她的来历还得密探。在人们的印象中,只知秦名远巴结彤大奶子,其身边又有不少阔佬,孰真孰假,尚不清楚。至于尤公子的失踪与彤大奶子有否关联,亦有待详查,既然来了,总不能空手回转将军衙门吧?"班布泰也是天不怕、地不怕的脾气,啥都不在乎,就喜欢碰刺猬。俩人一合计,管他河深河浅,总得先蹚一蹚,会会彤大奶子,摸摸这里的情况再想辙。于是让小金佛煞后,他俩走近木板门前,班布泰起先挺客气,轻轻拍门道:"彤老板在家么?"等了等,听听没声儿,接着再敲。过了一会儿,仍无动静,便按捺不住了,用拳头边使劲儿砸门边喊道:"开门,开门哪!"

由于声响很大,惊动了屋子里的人,随之出来一位头戴琥珀顶珠瓜皮小帽、身着长袍儿、外罩福字团花彩缎大坎肩儿、下穿白细布宽裤、扎着绑腿的老堂役,一看穿戴就不一般,仗着彤大奶子有钱有势,做佣人的也傲气十足。他迈着四方步,不紧不慢地前往走,到了院门跟前没有打开大门,而是从门缝儿往外瞅了瞅,见是两位年轻后生,很不耐烦地喝斥道:"谁呀,乱敲什么? 没看门上挂着红布条嘛,今儿个梳理内廷,我家奶奶有话,无论谁,不待客!"说完,转身就走。

这时,白面娘子才看到木板大门上方挂有一串儿红布条,忙客气地叫住老堂役道:"老人家,请等等,我们远道而来,有事求见彤老板,麻烦通报一下。"

老堂役根本不理茬儿,照样反背双手往里走,头都不回,边走边道:"啥事儿我没经过? 什么远道近道的,想进来找彤大奶奶啥谎不撒呀,见得多了。也不报报带多少银子,有银子让你们进,没有哇,少捣蛋,休谈!"

眼看老堂役快开门进屋了,白面娘子仍一个劲儿地说好话,班布泰急了,冲着门内喊道:"站住,我们是将军衙门的,为一桩公案来找彤老板,开门!"

老堂役一听是将军衙门的,站住了,然毫不畏缩,态度越发轻慢,回过身往前走两步,冷笑道:"什么,将军衙门的? 更跟我家八杆子打不着。大奶奶有吩咐,我们是吃女人姻粉的,不懂啥叫重案,其它任何事一不知,二不沾,三不管,四不理,请回吧,你们找错门了!"

班布泰气坏了,刚想从院外纵进去好好儿治一治老堂役,被白面娘子一把拽住了:"师哥,别忘了爷爷的嘱咐,咱们不是跟彤大奶子怄气的,为的是尤公子,急不得,更不可莽撞。"

第四章 乱世重逢

班布泰想了想，不得不压下怒气，忍住了。白面娘子接着便向老堂役好言好语地解释道："老人家，我兄弟性急，望多多担待。请帮帮忙吧，此事很重要，与秦名远有关，是将军大人让我们来找你家彤老板的，开开门好吗？"

老堂役沉思片刻，摇摇头道："实话告诉你，门是不能开，死了这条心吧。谁都知晓我家奶奶菩萨心肠，初到吉林可谓瞎家雀子乱闯，置下这些家业不易。在藏龙卧虎之地谋食，知道有多少王公贵戚盯着？总是小心翼翼的，生怕得罪了哪路太岁。说句俗套话，求财得仰仗地头蛇呀，多亏秦大总管指点，才算勉强走到今天。没人家下话，任何事不敢妄为，他说的比圣旨还顶用。若是惹恼了秦大总管，还有我们喘气的地儿么？弄不好命都得搭上。除此，我家奶奶我行我素，与秦大总管泾渭不扰。请转告将军大人，冰冻三尺非一日之寒，能饶人处且饶人，否则到头来网雁凄凄堪自怜哪！"说完，转身进屋了，院子里又鸦雀无声了。

彤大奶子身边的这位老堂役语出惊人，白面娘子和班布泰万万想不到在这向被世人蔑视、鄙弃的低俗之地竟有不凡之士，哪里是什么堂役呀，大人身边也少见有这般口才的人。说实在的，凭白面娘子念的那点儿书，开头听着还明白，后头越听越糊涂，根本不懂其意，只觉得深奥不解。二人心情十分不快，这也太扫兴、太不顺当了，徒劳大半日，不仅尤公子的消息毫无所获，又遭彤大奶子佣人的巧言数落，还吃了闭门羹，真够窝火的。这时，站在后侧的小金佛走上前，说道："你们别怪彤大奶子，秦名远就是这种人，独断专行，说一不二，不听不行。对我们那些手下人也是这样，一切他说了算，谁也不敢违拗，否则非骂即打，那是个没有心肝的阎王。"

班布泰分析道："你俩想过没，彤大奶子为啥如此小心谨慎？一个开妓馆的，来客人了，连大门都不让进，又那么听秦名远的，未免太奇怪了。此处根本不像妓馆，那么是不是歹徒的据点呢？还有一些他的爪牙没有抓到，一瞅咱们就不是逛窑子的，想必是怕被发现才不让进的。看来这处阴森森的高院大有讲究，不是那么容易跨进的，非得有一场龙争虎斗不可。"

三人简单合计了一下，认为继续等下去毫无意义，人家不开门，硬闯不是办法，也不应惊动更多人。不妨先回去，把所见所闻一五一十地学给将军大人听，大家一块儿破解彤大奶子这一窝子人有何隐匿未露的枝节，好好儿商议商议再决定下一步怎么办。于是反身往回走，没走出几步,发现周围不知何时聚来了一些人。原来他们方才大声儿叫门的举动引起了邻里的好奇,一位中年妇女走到跟前,关切地问道:"你们是哪儿的?头一次来江城吧,京师里有没有人哪?没有靠山可别揽瓷器活儿,不能小看这大院,一般人惹不起。我和妹妹就住附近,整天提心吊胆的,常瞧见来大院讨债的,也有到此寻找丢失儿女的外乡人,个个哭哭啼啼的,结果也像你们一样不让进。若是愣闯,便遭踢打,不讲理呀!"

人群里,一个壮年汉子说道:"你们有所不知,彤大奶子的闺房艳事传得沸沸扬扬,这一带的人都听说了。据讲她原本是丐女,姿容秀丽,一次偶然邂逅,野钓京骑贝勒,从此一步青云,财势骤盛。将军衙门的总管秦名远得知后,为巴结彤大奶子,认其做干妹子。彤大奶子来吉林,身边带有两个心腹,一老一少、一男一女,称老者为'潘爷',称少者为'胖姑'。二人皆会武功,办事干练,独当一面,彤大奶子很放心,把料理妓院的一应诸事几乎全托付给他俩了,是其主要帮手和管家人。凡来妓院的常客,也都跟着彤大奶子一样称呼他们,俨如二掌柜、三掌柜,挺有权势。"

班布泰他们一听,方知刚才出来的老堂役不是什么仆人,而是二掌柜潘爷无疑了。三人同大伙儿唠了一会儿,得知了一些信息,见天色已晚,便施礼辞别众位好心人,表示或许还会讨扰大家,后会有期。

白面娘子和班布泰带着小金佛走在回返的路上,心里特别着急,恨不得一步就跨进将军衙门,直奔将军的书房而去,快快拜见大人,把此行的情况禀报之。他老人家可是一肚子文韬武略,精明强干,必能识别那二掌柜让我们转告的话是何用心。紧走快赶,到了将军衙门,前脚刚一迈进大院,就感到气氛不大对劲儿。发现不仅调来了不少兵马,衙门里的官员进进出出的,互不答话,神色紧张,还增加了许多生面孔,皆为附近州县的大人和捕快。进了门,见正厅外站有数名武士,握刀挺立,戒备森严。白面娘子和班布泰头一次看到这种情势,吃惊不小,估计是衙门出大事了。门口儿的卫士见班佐领回来了,知道大人正在等待回话,不敢怠慢,急忙闪开一条道,请他们进去。三人进屋一看,将军大人正聚精会神地听取众文武官员的奏报,便站住了。富俊抬眼瞅了瞅,手一摆打断了副都统都克尼的话,命班布泰先将小金佛带回后院儿为案犯专设的拘处,交讫后速回议事。班布泰领命,带走了小金佛,没一会儿就回来了,悄悄坐在白面娘子身旁。二人虽见将军一脸严肃、凝

第四章 乱世重逢

重的神情,但总算平安无事,心里平静了许多。不过仍很惦记衙门里缘何有这么大的举动,究竟发生了什么要紧之事,又不敢造次发问,只能耐心等着了。

富俊为官有个习惯,哪怕自己正在用膳、或正在熟睡、或正在审阅档册,只要有人察访归来,有案情禀报,必摆在头一位,仔细听完才办别的事。他曾说过:"为官者勤政,头聪耳灵,惟求源头活水,勿做糊涂官。"

白面娘子和班布泰正琢磨呢,果不其然,富俊冲他俩问道:"裤裆街的情况咋样?怪我考虑不周,往返徒劳了吧?"

白面娘子一愣,反问道:"土地爷爷,还未来得及禀报呐,您老怎么知道往返徒劳啊?"

富俊笑道:"班佐领一进屋,那张阴沉的脸就告诉我此行不顺利,对吧?"很显然,大人的笑,是有意缓和一下堂内长时间沉闷的气氛。

班布泰回道:"大人,不能说完全徒劳无益,我们了解了一些重要情况。"随后便详细地介绍了在彤大奶子家院外所见到的一切,讲了周围的邻人是怎么议论的,还有那位老堂役让他们向将军大人转达的话。

富俊大人听罢,说道:"要我看哪,老堂役讲得中肯,旁观者清,彤大奶子这个人不简单。夫子有训:'没有远虑,必有近忧。'老夫近日有些察觉,这不,已经自尝苦果了,惨哉呀!你们走后,我才发现主次颠倒了,被老狐狸秦名远的伎俩所蒙骗,舍本求末,这边去找彤大奶子,那边秦名远跑了。应该是任他死不开口,也要穷追到底,不给半点儿喘息之机。我们对歹徒估计不足,尤其是柳祥,表面上装出一副怕死的假相,人被关起来了,暗中仍与过江龙联络。秦名远当夜在大牢里佯装患了绞肠痧,满地打滚儿,大喊要去茅厕,甚至撞头寻死,众看守一时不知所措。副都统都大人考虑到秦名远是吉林众多积案的首犯,擒获不易,恐生意外,担心真要有个三长两短,难交上差。情急生乱,都大人忙令一看守背着秦名远去茅厕,另有3名看守押解。谁知竟上了当,黑夜中,不知从哪儿蹿出蒙面高手儿,接连刺伤毫无防备的3名看守,于混乱中劫走了秦名远,可见嚣张已极。我们盲目乐观,以为得计,到头来却让歹徒得逞。方才经大家回忆,茅塞顿开,找出了蛛丝马迹,是秦名远、柳祥、过江龙等采用声东击西、金蝉脱壳之故伎,把老夫和众位欺骗了,如何向朝廷交代呀!"富俊边说边搓手,官员们也频频叹息。

副都统都克尼站起身来,跪在地上请求道:"将军和众位大人,由于末将愚顽、疏忽而酿此大祸，追悔莫及。惟望不瓜连各位，恳请大人下令将我五花大绑，押送京师都察院，此乃罪有应得，挨刀挨剐甘愿受罚。"

富俊说道："都大人，尔何行此举？要说重罪难赦、愧负朝廷重托及皇恩者，乃我富俊也！本官蒙赐将军顶戴，承捧皇家虎印，理应居安思危，殚精竭虑。然却浮傲失谋，运幄错谬，忘记伯温'事未预而先策'之训，致使顽寇夭遁得计，富俊难推主责。都大人，不要独揽其过，快快请起！"言罢俯身将都克尼扶起，搀到座位上，接着又道："众位大人，奏报朝廷请罪等事宜，我自当负荆。眼下危难之际，追责相斥，实愚钝而不齿。事关至急要务者，集思广益，精诚同心，趁贼寇初逃未几，举全力搜捕，不可迟怠片刻，富俊诚谢矣！亡羊而补牢，未为迟也，速速整旌旗鼓，精神抖擞，围剿匪徒密穴，必将逃犯抓捕归案！"

富俊接下来与众位大人议决，人尽其用，细致分工，分拨儿审讯。组成两支精干文武官员，由班布泰内外联络，沟通侦情，双管齐下，以收事半功倍之效。富俊见众位大人各司其职，紧张有序地忙碌开了，疲惫的身心才略感轻松，抬头瞅瞅仍坐在椅子上愁眉紧锁的白面娘子，走过去道："小白丫，爷爷知道你为茗兰伤心，不要怕，歹徒再狡猾，也逃不出咱的掌心，会救出尤公子的。走吧，陪爷爷呆一会儿，到书房坐坐。"

白面娘子站起身来，上前扶着爷爷，一老一小向书房走去。她自从有幸认识富俊将军及其孙儿，感到乃一生莫大的福气，尤其敬佩和崇拜土地爷爷的博学和为人。富俊是朝廷命官、封疆大吏，肩负重任，非一般人等能高攀得上的。他又像一位好管事的慈祥老者，其貌不扬，不坐堂时从不着官服，喜穿百姓衣，手提一壶烈酒，访茅屋、踏田埂，与农夫交谈，对方竟不知其为一品大将军。富俊大人就像亲爷爷，把无父无母的白面娘子看成自己的亲孙女，一口一个小白丫地叫着，白面娘子的心里比蜜甜。二人进了屋，富俊让她坐下并为其倒了杯热茶，说道："小白丫，爷爷知道，此前你为尤公子一家做了很多事，教习被劫的调查也与班布泰一块儿去跑，真是难为你了。当下突发的案犯逃逸之事也全听到了，的确万分紧急，衙门的上下人等皆枕戈待旦，准备出征。小白丫，这些日子哪儿都不能去，那母子俩就托付给你了。好好儿陪伴茗兰，为其宽心解愁，照看婴孩儿，防生疾患。茗兰信任你，你就是她的主心骨儿，一刻也离不开，辛苦你了。放心吧，我们将竭尽全力寻找并

第四章 乱世重逢

救出尤公子,让他们一家早日团圆。"

这时,班布泰进来禀报,盛京衙门的图格陪同京师都察院之差官郎布理到府,要见大人。富俊忙安抚白面娘子几句,让她去驿馆告诉茗兰,凡事不必惦记,这边自有安排。然后整饬衣冠,与班布泰前往客厅,边走边寻思:"京师都察院派人到此,难道清查田亩又生枝节?真若如此,必与范蔼仁案有关。吾当坦然面对,为官一身清,何惧鬼举刀。"为啥想到这儿了呢?因为他认识图格,现在是佐领衔,屯田主事。在盛京任职时,图格曾是其手下,为人诚恳、正直,也得过富俊的提携,对大人很是敬重。富俊这几年被皇上派做外官,于双城堡设立了清查田亩行辕,终朝每日忙碌于丈量土地,登记造册,确定归属。这是谁都不愿解的百年乱麻账,农事、民事、刑事、军事像一锅粥般搅和在一起,一干就是五载。尽管已调任吉林将军,也未脱开一些理不清的积案,这不,连京师都察院的人都介入了。大人耿正无私,为官大半生,还真没跟监察吏纪的都察院打过交道,这是头一次。

富俊走进客厅,只见图格正谦躬地陪着年轻的差官说着什么,双方只寒暄几句。那位差官可能嫌等候时间长了,有些不耐烦,既未礼让,也未说句客套话,从皮囊中取出烙有都察院火印的公函交给富俊。富俊见他那趾高气扬的傲慢样儿,早已猜出八九分,按其资历、年岁,都远在自己之下,不过就是仰仗着都察院左副都御使博启图的权势有恃无恐,满朝皆知。博启图,满洲镶黄旗人,其姊乃嘉庆帝之恭顺皇贵妃钮祜禄氏。道光帝承继大宝时,依仗先皇仁宗之孝和睿皇后、恭顺皇贵妃的帮助和支持,尊奉为皇考,故而博启图颇有声望。差官虽然狗仗人势,但富俊胸怀宽广,并不介意,仍笑脸礼待上差。未等开讫火印公函呢,郎布理便数落开了:"哎呀,大老远奔你这一亩三分地儿来可真不易呀,快累死本官了,还不都是为了你嘛!将军本应为皇上解忧,只可叹尔等一味着眼于清查田亩诸务,弄得四面树敌,惹得庶民怨声载道,甚至闹到了龙廷。这不,皇上旨下,一应在案人等并其庭审所记文书、档册悉数呈交都察院核定。你赶紧看看我家大人公函吧,完事本官就走,呆不惯这土里土气的地方。"

富俊听了这番话,暗自好笑:"京师的官员饱食终日,清高自大,竟如此德行,真是令人齿冷。"随即展开公函,楷书倒挺工整匀称,文字不多,上书:

　　富俊将军勋鉴:谨启者兹为双城堡地亩田产勘务酿怨愤,

考荒田旧契顺治迄今久有年矣，积债难讼。将军居执尊位，惟和惟稳，滋端增事，安求乐业。怨怼上聪，业由民部转都察院处理，一应档册、诉讼文书悉存待奏。博启图下浣顿首

富俊阅罢，脸都气白了，什么"酿怨愤"，什么"惟和惟稳，滋端增事"，纯属颠倒黑白，一派胡言。满纸皆为身后以皇家贵胄为依托的范蔼仁之类张目，为秦名远一伙作奸犯科者开脱，漠视无立锥之地的众血泪赤贫者之生计。若依此浑噩怪论，为虎作伥，社稷安能不生祸端？他非常生气，恨不得当着差官的面儿撕碎公函，驱逐其滚出衙门。可老将军毕竟是久在官场之人，考虑到差官终是来传达左副都御使口信儿的，没必要与其计较，思摸道："先把此账记下，抓紧安排好将军衙门的一应诸事，等抓到秦名远，救回尤成额，再去京师面君，向皇上交差。任你们有多大来头儿，身后是何靠山，老夫有一定之规。像郎布理这样的人最喜欢煽风点火，善于兴风作浪，成事不足，败事有余。若稍有不慎，他便会给制造麻烦，还须警惕为妙。我的对头是左都御使满达礼，背地里不知收受多少范蔼仁的雪花银，待老夫详查，那些妄图包庇祸国殃民的众贼之举休想得逞！"尽管心里一个劲儿地翻腾，然并不流露出来，而是满脸带笑道："不愧是都察院的大人哪，思虑周全，求快求稳。老夫年近古稀，何尝不想早一天痛痛快快地向皇上交差、推出这摊子双手抱刺猬的活儿呀？只可惜要犯秦名远已在歹徒的帮助下逃遁。烦请差官代为向左都御使大人禀报，本官乃受皇命担此大任，事必有终，不敢抗圣命而交上一本乱账，尽速捕拿逃犯，亲赴京师将要犯并案档呈报圣上。"

郎布理见富俊口气执拗、强硬，遂站起身来，一字一板地说："本差官是奉左副都御使大人带火印公函八百里到吉林，就怕你不体察朝廷之良苦用心，不是已经传知了么，就不用管那么多了。将军大人哪，你本是朝中老臣，年事已高，该颐养天年了。别为秦名远那些人的琐事操心了，勿可有违朝廷之命，处理所有的纠葛之事由我们全权代劳吧！"

富俊越听越看清了他们的用心，不就是让我蒙在鼓里，试图包庇那些人的丑恶嘴脸么？往日里只听辘辘把响，不知井在哪儿。现在明白了，原来有股很强的邪风、暗流在冲击着清查田亩之举，而且异常猛烈。当年范蔼仁奉承、利用嵩山少林寺高僧夺魂僧者和静空大师，想乘大清已失康乾盛世之威、武备松弛之机招兵买马，啸聚庄勇，与秦名远等密结朋党，联络各方势力，遥相呼应，跟朝廷对着干，气焰十分嚣

张,看来症结就在满达礼一伙。老臣我殚虑社稷不永,几番上疏先帝,应将自大清定鼎百余年以来,东北各地农耕田亩积账重新核查清理,严禁府州县闲散土地撂荒或财主、权贵巧取豪夺、吞占良田,致使贫富不均,盗匪孳生。先帝信任老臣,委以大任,从此带领官兵披星戴月在黑土地上摸爬滚打,田亩清查方见成效。此举有人喜,有人忧,有人怒,有人恨,结怨于权贵。老夫只要一息尚存,这辆为百姓生计而转的小车就得推到底,不平民愤誓不罢休。富俊想到这些,尤感肩上担子的沉重,对待此等劣辈非一言两语可以争取的,且又不可不巧言应对,便软硬兼施道:"此言差矣,俗话说得好,没生过孩子的人不知肚子痛啥滋味儿。郎布理大人请谅,老夫在其位,谋其政,亦系无奈耳。故此,既在将军任上,就得挑起这副担子,不可受任何人蛊惑,务必管下去无疑。秦名远乃我衙门府里任职多年的总管,本将军不处置自己的属下,却推出去交给你们,有违臣子之责。请转告左副都御使大人,麻烦他为此小事操心了,一切有我。"

富俊的这番话左右逢源,竟把郎布理气得牛眼珠子一阵儿扁,一阵儿长,一阵儿红得像猴腚。本以为摆出一副不可一世的架式,便能震住倔老头子富俊,实现他们的如意算盘。未承想到头来憋了一肚子气,干瞪眼说不出一句话,连常喜特意请江城名厨为其烹饪的人参哈什蚂羹都没喝,在盛京衙门的图格陪同下,打马回京了。

差官走后,富俊丝毫没有感到轻松,深知他必向满达礼、博启图搬弄是非,挑唆其向太后告黑状,诬陷我老夫。越琢磨越觉此事非同一般,不可小觑,必须认真对待。又联想到近日负案在逃的秦名远,于将军衙门的眼皮底下竟能遁迹,必有内应,而且京师立马知晓,迅速派人到吉林明目张胆地干涉办案。可以断定,在深宫大内,太后的耳朵里可能早就灌满了谣诼,且此风将会祸及皇上。纵然皇上信任老臣,久之必蒙太后申斥,十分被动,有伤圣聪。富俊不想则已,想来心惊肉跳,起身疾步回到书房,唤孙儿侍候文房四宝。班布泰一听便知,爷爷又要发感慨了,这是老习惯了,每有激情之事,定展纸研墨,信笔挥毫,以抒胸臆。说来富俊大半生家资空空,然小轩中书法记事则摞如小山,书就后均署时日,自曰"笔轩",藏满书室。富俊焚香,遥向京师宫阙大礼下拜,老泪纵横,饱墨挥毫道:

圣上啊,圣上,奴才老来庸碌愚钝,筹谋不周,酿成祸端,致圣上系念,有辱圣恩,罪难恕也。臣近悉谤告清田策者若炽,诋诬先帝遗志而不知悔,助纣为虐而不知羞,此皆误国误民、图谋不轨者为。帝素喜臣性,精诚耿正,疾恶如仇。今有悖清律、作奸犯科者一应归案,赃证昭昭,法网恢恢,非攀高结贵、流言粉饰可逍遥也。祈帝谏言勿惑,虚情勿悯。臣必当依法秉公审理,尽快身背铮铮铁卷叩拜丹墀,以释帝念,以报先帝知遇之恩。

　　道光四年仲秋　　　　富俊叩首

　　书罢,将狼毫插入香木笔架,长出了一口气,心情似乎同当年在龙廷叩见皇上禀奏完毕那般爽快。班布泰手捧水盆和毛巾站立在旁,富俊回转身来洗了洗手,擦了擦,问道:"孙儿,侧厅还有人吗?"

　　班布泰回道:"爷爷,从京师那个差官到此直至离去,都克尼、常喜等大人不知他们缘何而来,心里惦挂着您,怕因什么事再上火,所以始终未走,正悄没声儿地在侧厅候着呢!"

　　富俊听了很是感动,转身出门,穿过长廊往侧厅走,腿脚还那么灵便,一点儿不像古稀老人,班布泰紧随其后。一进屋,富俊便道:"让各位大人惦记了,不必担心,不管什么情势下,咱们务将皇上交办的差事办好,不听蝲蝲蛄叫,不惧东南西北风。差官走了,我的肚子也饿了,原本好意想让差官品尝一下咱江城的人参哈什蚂羹,可惜他们没那福气。来,咱们偏得了,再让大厨炒几盘菜,共进精诚团结宴。"

　　话音刚落,只听门外传来一声亮嗓:"不烦劳大厨师傅了,我们上灶,看看手艺如何?"

　　众人随之望去,进来两位女子,一位是身搭羊剪绒透龙花素质连珠穗披肩、内穿荷叶纹旗袍儿的茗兰,秀美的面容依然显得十分憔悴,另一位是白面娘子。富俊忙起身迎上前,心疼地看着茗兰,犹如万箭穿心。她本是京中著名的才女,多少王公贵胄苦苦追求,舅舅桂良大人就看中了尤成额公子,并将胞妹之女许配之。没多久,茗兰便陪着夫君远离京师,来吉林求取功名。谁想路漫漫,坎坷何其多,总算如愿以偿地当上了左翼官学教习,而今公子却下落不明,这突如其来的打击谁能受得了哇!富俊关切地问道:"茗兰,你和孩子好么?身为一方父母官,竟保护不住……"

　　茗兰马上打断道:"松岩爷爷,您老别说了,小女都懂,也能理解。听白面娘子讲京师来了上差,不知所为何事,不太放心,这才跟着妹子来了。公子被劫,踪影全无,已使众位大人日夜难眠。秦名远又逃跑

第四章　乱世重逢

了，一难加一难，小女帮不上忙，还给大家添麻烦，真是对不起。请将军大人别着急，小女能承受，有难同当嘛！"

富俊点点头道："茗兰，你能这么想，老夫就放心了。请你相信我们，仍按照既定计划兵分两路，一路追捕秦名远，一路请高僧帮忙尽早找到尤教习。本官自有锦囊妙计，何况手下无弱兵，明天就开审，会给你一个满意的交代。为了能让我们全力以赴地寻找尤教习，你得帮助我呀，那就是要保重身体，少忧伤，把小宝贝养得胖胖的，别让爷爷为此分心。好了，去后厨吧，和小白丫一块儿给大家露一手儿，我们的肠子肚子早打架了。"

茗兰和白面娘子答应一声转身出屋去了后堂，在大厨的帮忙下，很快便把香喷喷的饭菜备好并端进屋，大家围桌而坐，边品尝边异口同声地夸赞不次于曾给乾隆爷献御膳的"天颐轩"名厨手艺。20多天来，在场的人总算看到了茗兰小姐那微露的笑意，内心稍感宽慰些。

各位听者，朱伯西我趁富俊大人与属下用晚膳之机，再讲讲秦名远昨夜逃跑的情况。一贯伤害尤成额、罪行累累的秦名远前些日子终落法网，在进入关键的审讯之时，昨晚午夜，这个狡猾的狐狸谎称患了绞肠痧，在看守的押解下去往院内茅厕的途中被同党救走。刚过丑时，监押官副都统都克尼敲响富俊的房门，惊报此通天大案，痛心疾首，后悔莫及。富俊大人久经战阵，什么危难险情都遇到过，听了都克尼的禀报，也吃了一惊。自再任吉林将军后，设了考榜，择优增补一些文武之士入左翼官学和健锐营，继而将重犯秦名远缉拿归案，进入审理阶段。稍许喘口气时，得报要犯突然逃遁，犹如晴天霹雳！冷静下来后，并未因此而指责憨厚忠诚的都大人，而是严肃地说："事已至此，悔恨何用？勿可张扬，保守秘密，对监犯人等严加拘控。事不宜迟，去把几位佐领叫来，一块儿合计合计。"

都克尼领命，转身出屋，很快便带着属下佐领回来了。富俊让各位就坐，首先共同分析、回忆了这些日子将军衙门的大事小情，然后逐渐缩小范围，把所议之重点放在了吉林将军衙门的后角小院儿。那里幽雅清静，四周白杨环绕，院外有木栅围墙，院内有一溜儿十间青砖瓦房，原为京师众大人、差官们来到江城、或为年节备宴、或为某爵爷庆寿而运取松江鲜牲的临时居所。嘉庆以后，此事均归打牲乌拉衙门统理，这些房舍便闲置了。富俊此番受命四任吉林将军，从双城堡带来了尚未结案的各类档册，此房恰好派上了用场。小院套儿从此不再清静了，旗兵驻守，人来人往，俨然一个新设的旗衙门。这十大间房舍，南向的那间装了满满一屋子档册；东侧4间供副都统都克尼、佐领班布泰和仝槌、铁槌、石槌办差与护卫专用；西侧5间则为本案缉拿来的待审嫌犯拘留处，由"三槌"兄弟从蛟河带来的兵勇轮流看守。这5间房依次是小金佛和草上飞住一间；挨着小金佛、草上飞的是柳祥，挨着柳祥的是过江龙，挨着过江龙的是秦名远，剩下那间则是看守兵丁的歇息之处。很明显，秦名远逃跑前，能得以互相通气和暗地里相助者，最近便的人就是过江龙和柳祥。

从这些天对他们的观察可知，小金佛经白面娘子的规劝，有悔过之表现，与秦名远逃跑大致可以排除。草上飞匪性虽足，但无主见，胆子小，在班布泰的严加惩治下，天天抖落自己的罪孽，近期大有改变。至于柳祥可难说，在押期间没见有半点儿悔罪之意，整天低着头一言不发，不知在琢磨些啥。初被擒时，仍有股子为上司秦大总管两肋插刀、在所不辞的劲儿，直到审讯过程中一只耳朵被削掉，才不得不说出秦名远藏匿之地，使其被捕。此人阴险狡诈，诡计多端，没见服输过，秦名远脱逃很可能与他有关。最后一个是过江龙，另个绰号叫"窜地龙"，乃范蔼仁的亲信。在大庄主与众匪之间往来穿梭，通风报信，很像水泊梁山的鼓上蚤时迁，神出鬼没。现已查明，他是范蔼仁和秦名远监视将军衙门动向的暗哨，夜里来夜里去，没少为他们卖命。在押期间，曾经大骂小金佛、草上飞出卖弟兄，胆小如鼠，没骨气。时不时还四仰八叉地装死狗，妄图伺机而动，秦名远出逃与过江龙不无干系。把5个人的所言所行过了一遍筛子后，大家的目光都集中到了富俊身上，因为皆知将军是出了名的智多星，总是给人以信心和力量。富俊看了看在座的各位，开口道："咱们挨着人头捋了一遍，就是要在烂麻团里理出线头儿来，找出破案切入点。谁是开锁的钥匙呢？不妨在柳祥、过江龙、草上飞3人身上下功夫，给他来个敲山震虎，看谁先跳出来。"接着又面授机宜，得这么着这么着，大家洗耳恭听，心领神会，心里亮堂了许多，直至寅时方各自歇息。

班布泰从裤裆街回来的第二天头晌，都克尼便命"三槌"兄弟将草上飞、过江龙、柳祥从监室提出，押至东侧第一间屋候审。没一会儿，只听外面一声高喊："将军大人到！"随之八旗将士的跑步声儿、刀枪剑戟的撞击声儿、震耳欲聋的喊杀声儿撼天动地，任何人听了都会胆寒。富俊大人在都克尼、班布泰的陪同下，健步走了进来，怒目横眉，一脸神威。草上飞、过江龙、柳祥蹲在地上，龟缩着身躯，辫子头低得快挨地了。富俊向都克尼和班布泰使了个眼色，暗示要精心点儿，逐一验视，不可错漏，察颜观色揪帮凶。他先给三嫌犯来了个下马威，然后双目死死盯着柳祥和过江龙，试图从其瑟瑟发抖的情态中找出蛛丝马迹。片刻，突然抬手指着他们吼道："来人哪，都给我绑上，拉出去！"

仝槌、铁槌、石槌应声而入，个个膀大腰圆，紧瞪双目，上前死死攥住嫌犯的衣领往外拖。3人以为"拉出去"就是立即斩首，未承想富俊竟如此断案，不问青红皂白便定死罪了，不禁大惊！尤其是草上飞万分惶恐，浑身筛了糠，不是好声儿地哀叫道："大人，小的前夜啥也没干，冤枉啊，大人饶命啊！"

富俊毫不理会，转身就走，都克尼、班布泰随其后，径直来到大堂。富俊正襟危坐于太师椅上，左边是兼做录士的常喜，右边是副都统都克尼、佐领班布泰，桌案两侧各站一排执刀仗剑的武士，威严肃穆。这时，只听一声高喊："带人犯！"

"三槌"兄弟立即将草上飞、过江龙、柳祥押上堂来，到了桌案前，草上飞扑通一声跪下了。过江龙和柳祥仍站着不肯跪，铁槌、石槌上前当的一脚踢其后腿，二人身子一歪跪倒在地。富俊决定仍采用敲山震虎的办法审讯，随即啪地一拍惊堂木道："大胆匪类，以为本将军好欺骗的么？众目睽睽，竟敢合谋帮助大清重犯秦名远逃遁，证据早在掌握中，已犯凌迟大罪。各位恐怕皆知什么是凌迟之罪吧？就是用锋利的牛耳尖刀先分割你的肢体，然后切断咽喉，再把身上的肉从上至下一刀刀片下来，须要剐割一千多刀，直到剩个骨头架子为止。分秒贵如金，本将军无暇奉陪，只想弄清谁是逃犯同谋？招了，可恕尔不死；不招，刀斧手伺候，自行其便！"

话音刚落，两侧站堂的武士齐声儿道"动刑喽——动刑喽——"喊声山摇地动，慑人心魄。

众武士不容分说，走上前摁倒了还在跪着的3人，扯大腿的扯大腿，掐脖子的掐脖子，欻啦啦撕下衣衫，"三槌"兄弟手握闪着寒光的牛耳尖刀，揪住3人的胸脯肉就要割，吓得草上飞慌忙颤声儿哀告道："大人哪，小的求您了，别下刀哇，那晚我睡得如死狗，确实什么都不知道啊！"而过江龙和柳祥则紧闭双目，摆出一副死猪不怕开水烫的架式，一声不吭。

富俊见此，觉得基本与事先的预料相合，随即手一摆。"三槌"兄弟立马退至一旁，武士们也都松了手，然后说道："柳祥，你死不开口，想必是渴了吧？用不用把臭泔水提来，从鼻子往里灌哪？"

柳祥一听，将军冲自己来了，肯定不是无缘无故的，看来是抓到一些把柄了，不交待点儿难以混过关，于是开口道："我说，秦名远曾授我暗语：'夜狗三叫，速谋援救。'小的被囚后，一连几夜闻得狗叫，不过我什么都未做。前来者是何人事先不知，逃往何处也不知，不敢胡诌。"

富俊知其避重就轻，继续审下去效果并不好，徒劳无益。不如将其押回，严控其室，磨其锐性，再择时机另审，遂向仝槌和铁槌使了个眼色。二人会意走上前来，一边一个提溜起柳祥带下堂去。富俊最擅长攻心、对症下药了，不仅不接着审了，还别出心裁的小声儿令班布泰过一会儿将草上飞和过江龙带至虎啸厅。又向都克尼耳语几句，都大人边听边点头，而后起身去了厨房。初始，草上飞和过江龙以为将军大人为查清秦名远出逃底细，必升堂严加拷问，弄不好得动大刑。未承想堂上毫发无损，又被带到了小客厅，厅内正中放一张大圆桌，桌面儿摆满了佳肴，香气扑鼻，越发惊愕，以为领错了门，直劲儿往后退。坐在桌边的富俊笑道："二位请坐吧，到这儿来的都是客，咱们好好儿聊聊。"

二人连头都不敢抬，哪里敢坐，站在那儿不知如何是好，内心十分忐忑，不知将军大人这是唱的哪儿出。原来富俊在虎啸厅摆下的是野意合心宴，用鹤、雉、鸠、鹌鹑、飞龙之大小禽蛋加桂花、大枣、枸杞、莲子同烹而就，清香雅淡，补心养肾，隐含同心团圆之寓意。正这时，都大人，常大人推门而进，身后跟着白面娘子和小金佛。过江龙一看，先是一愣，继而脸色骤变。白面娘子走到草上飞跟前，说道："小费，怎么了，那敢闯的劲儿哪儿去了，赶紧坐呀！"然后侧过身面冲过江龙，右手放于肋间，头一低施了个蹲礼道："郭大哥，想什么呐，大人请你入座呢！"见其没反应，紧接着又道："大哥，莫非是妹子惹你生气了？那就在这儿给大哥赔罪了，不能让妹子一直弯着腰不准起来吧？"

说实在的，以过江龙为首的黑道上那帮人都打心眼儿里喜欢美貌、聪慧、武功不一般的白面娘子，要说有气，也是因为小金佛引起的，那么多弟兄，惟小金佛得到了白面娘子，个个忌妒得要死。而过江龙除了对此不满，还有股子怒火，认为小金佛抛弃生死哥儿们，迅速反水，没有良心。我那么信任你，为了自保竟背信弃义，关键时刻站到富俊一边，罪过一笔勾销，真是没有骨气。此刻听了白面娘子的道歉，态度那

第四章　乱世重逢

么诚恳,声音那么动听,心里犹如十五个吊桶打水,七上八下的。唉,还是白妹子聪明啊,不像我们这帮弟兄,为范蔼仁和秦名远卖命干,到头来没得啥便宜不说,还成了朝廷缉拿的帮凶和要犯,远不如一个女流之辈呀!越寻思越觉得自己太窝囊,都到这份儿了,还装哪门子相儿啊,遂弯下身将白面娘子扶起道:"白妹子,女人中你是好样儿的,大哥不如你。"

白面娘子笑道:"行了,先不说这些,快入席吧,各位大人都等半天了。"

这时,过江龙才抬起头来,双目看着桌面上的各样菜品,心想:"我活了三十有七载,有生以来头一次进将军府赴宴,不会是在做梦吧?"愣怔之时,还是白面娘子将其拉到小金佛旁边坐下了。过江龙注意到,同桌吃饭的除了富俊将军以及他们4人之外,再有就是吉林将军衙门的副都统都克尼、文部主事常喜、佐领班布泰。看来这丰盛的宴席真是为我和草上飞特备的,愈加百思不得其解,甚或有受宠若惊之感。富俊端起酒杯冲小金佛、草上飞、过江龙说道:"今日老夫格外高兴,不是啥年节,总还是与几位头一次打交道,俗话讲得好,不打不相识嘛!你们不必客气,大家难得相聚,一块儿吃顿舒心饭,边吃边唠。"说罢一仰脖儿,杯中酒下了肚。

刚开始,草上飞、过江龙,包括小金佛都很拘谨,放不开,白面娘子边给他们夹菜边道:"咋都腼腆得像个大姑娘啊,快吃吧,可别辜负了大人的一片心意哟!"3人这才敢动筷了。

富俊见气氛有所缓和,觉得是时候了,又喝了一口酒道:"草上飞,不,还是叫你费路十吧,谁不希望有自己堂堂正正的名号啊!起绰号,用匿名,多因人间不平,生活所迫,又遭歹人蛊惑,误入岐途。人非圣贤,孰能无过?迷途知返,败子回头金不换,就是好样儿的。本将军由于多年任一方父母官,养成了一种怪癖,即常去民间询访一些天涯沦落人之身世。名医张仲景有句还病家以重生之名言:'诊病务知源,治人先求心。'拯救世人,就要先晓彻其人生殊途,洞悉其心,知其情所由衷,然后方可对症下药,治疗疾患。今日老夫就测测你的人生路,看看说得对否,想听么?"

草上飞一听要测自己的身世,不以为然,心想:"当官的怎能知道一个普通人家的孩子从光腚娃娃起、直至现在的经历呢?连我都说不清楚,纯属逗趣儿。"富俊见其脸上现出不屑的神情,遂问道:"谁是费老六？"

草上飞冷丁一激灵，立马站起身深鞠一躬道："谢大人问起，费老六乃小的得以重生之养父，乃救命恩公。"

富俊说道："这就对了，人生最怕无情人，本将军钦佩费老六。嘉庆二年秋的一天，砍柴奴费老六从山上回来，路过一座破马架子时，听到里面传出孩子的哭声。他不忍走开，便问几个从身边匆匆而过的农夫，皆言此屯因闹瘟病，住户几乎躲光了，或许孩子的父母不在世了也未可知。费老六放下推柴的独轮小车，走进屋去，见炕上躺着一男一女，已被伤寒夺走了性命，抛下个嗷嗷待哺的周岁男孩儿，遂将其抱到柴草车上回了家。从此，费老六除了为财主家砍柴外，还当起了爹，一把屎一把尿地拉扯着孩子，为其取名儿费路十。可叹天不假寿，5年后费老六砍柴时不小心坠落山崖，一命呜呼。刚刚6岁的小费被费老六的主人以还债的名义卖给一李姓大户，从此羊入虎口，沦为李家奴。小费成年后，不甘心终朝每日为主家卖命，于一日深夜逃出，来到江城。总得活下去呀，混饭吃的杂役难寻，偏巧松花江岸江狗子招看守一堆堆原木垛子的护场奴才，小费便去了。哪知一年四季都得守在江边，再冷再热不能动地儿，没有工钱又吃不饱。无奈之下，再次逃走，开始闯荡江湖。后来入了黑道，结识了一帮兄弟，现为秦名远、范蔼仁所诱惑，钻进了他们编织的大口袋，与朝廷作对，干了不少坏事。不过如能改邪归正，弃暗投明，未为晚也。从今往后，走阳关大道，为朝廷效力，也算对得起费老六的养育之恩了。"

草上飞听到这儿，似乎受到了深深触动，眼睛也湿润了。白面娘子趁热打铁道："老弟，将军大人最忌杀戮，为拯救走上歧途的人是下了些功夫的。你有所不知，大人曾几次派官兵和老八旗四处了解你们为啥能走上反朝廷的邪路，你的身世是赵西丹等老人家不辞辛苦地到拉林河刘家崴子，即你的出生地打听到的。人心都是肉长的，将军大人与你非亲非故，对所犯之罪不是简单处治了事，而是想办法从泥潭中拉出来，其良苦用心连老天也会感动，自己好好儿想想吧！"

草上飞终于忍不住了，眼泪噼里啪啦往下掉，真诚地致谢道："谢谢将军大人的不杀之恩，谢谢都大人的信任，谢谢老八旗爷爷的关怀。小的自打降了将军衙门，感觉有了依靠，知恩不报非君子，便一心想立功以表衷肠。前儿晚可下有了机会，遗憾的是我对夜里发生了什么完全不知道，转天见各位大人查看秦名远的住屋，才听说他逃跑了。我那几

第四章　乱世重逢

天已发现柳祥的举止不太正常,心里也产生过怀疑,只是未说而已。出事之后,方恍然大悟,原来他是在为秦名远的逃跑做准备。柳祥平时不声不语,天天几乎不出屋,总在炕上倒着,有几次送进的饭食都不吃。可是近几天变了,专于夜深人静之时出屋去茅厕解手,我曾碰见过几回。我出于好信儿,有一天到了夜半,便悄悄起炕下地了。我的住屋挨着柳祥,没一会儿,果不然听到那屋的门吱嘎一声开了。于是赶忙出得门来,在后面偷偷跟着,想看看究竟干些啥。大月亮地儿的不易躲藏,好在四周老杨树又高又粗,树影婆娑,风再一刮,发出点儿声音也听不见,遂隐在了茅厕墙角处。结果真就瞧见了惊人之举,柳祥哪是出来撒尿哇,而是秘密会人。此人身穿黑衣,头戴黑面罩,从高树上飞快地滑下,纵入院内,与柳祥会合后交谈几句就分开了,随即单脚一点地嗖地跃上树,在风吹树叶发出的响声中消失了,动作利落而迅捷。黑衣人一上树,柳祥警惕地四下瞅了瞅,立马转身返回屋。我当时极其紧张,心惊肉跳,不知如何是好。考虑到自己降过来不久,所犯罪孽已经不少了,几天来柳祥又没啥动静,若是告知衙门,人家能信么?多一事不如少一事,弄不好再刮连到自己就犯不上了,还是当睁眼瞎颇为稳妥,所以就搁心里了,未向任何人提起。"

富俊笑道:"小费,怕刮连自己是藉口,恐怕是担心秦名远一伙儿有朝一日下毒手,对我们的能力没有信心是主要的吧?"草上飞摸摸后脑勺儿不吱声儿了。

富俊又冲低头不语的过江龙道:"过江龙,不,本官也称呼你的大号郭庄儿。"

过江龙忽听将军说出自己好久不用的名字,猛然一惊,辛酸的往事闪现在眼前,像一把利剑撕裂他麻木不仁的心,抬起头来十分不解地望着大人。富俊继续说道:"郭庄儿,你打小便失去了父母,从此沦落街头,成为阿什河畔的丐儿,三五聚伙,乞讨求食。12岁那年,被卖锅碗瓢盆的郭老汉碰到了,因其膝下无子,只有一个女儿,加之看你挺机灵,遂领回家中,认作义子。郭老汉乃五常八家崴子人氏,喜欢义子的聪明以及肯于吃苦,便让你随了郭姓,起名郭庄儿。6年后,郭老汉因你缠恋他的出嫁女屡劝不听,一气之下,将你赶出了家门。恰逢范蔼仁护庄人手不够,你就去了范家堡子,开始习武练功。你生性放荡,时间不长便看中了范庄主的大夫人钱氏,并因此而得罪了人家。在那儿没法儿呆了,不得不离开范家堡子,一脚迈入了黑道,成为江湖游盗,又被秦名远收罗到手,充当他的帮凶。"

过江龙听罢,羞愧得无地自容,起身扑通一声跪在地上磕着响头道:"大人哪,小的有眼无珠,您是活神仙,对我这见不得人的丑事都一清二楚,小的有罪呀!"

白面娘子接过了话茬儿:"郭大哥,不要自作聪明,有罪就得领。大哥有所不知,少林寺高僧夺魂僧者和静空大师早已认清了范蔼仁的真面目,而今是将军大人的谋士,什么秘密能瞒得过去呀,快把你们合谋干的见不得人的勾当竹筒倒豆子、痛痛快快讲出来吧,我都替你着急。"

过江龙见大势已去,啥招儿没有了,只好心一横道:"将军大人,小的瞒不过您的神机妙算,打心眼儿里服了,愿意老实招供。自打被八旗官兵抓住,从未想就此罢手,而是歹念不死。一日傍晚,我在院内碰上了柳祥,他走过来故意掉我脚下一个小纸团儿。捡起回屋一看,纸片上画着一条往缸外蹦的鱼,此乃暗语,即救主,协助秦名远出牢。从那天起,便静候秦名远发出异样的声响,以便冒死相助。前儿个夜半,忽听秦名远那屋有异动,大声儿嚷嚷肚子疼,说是患了绞肠痧。我乘都大人派手下兵丁背其去茅厕之机,偷偷赤脚溜了出来,甩流石制造混乱,帮助黑衣人刺伤看守,放走了秦名远,随即赶紧跑回房钻进了被窝儿。"

都克尼起身将过江龙扶起,请其坐回椅子上,富俊这才问道:"郭庄儿,可知那蒙面人何许人也?"

过江龙回道:"禀大人,就那身儿装束和武功来看,乃云中燕无疑。我与他很久没有联系了,范蔼仁立下了规矩,不担活儿者不准私下跟干活者打连连,为的是防止走漏风声,贻害全局。大人,小的不敢再隐瞒,要想弄清底细,必须撬开柳小辫儿的嘴,他肯定知道。"

富俊心里十分清楚,柳祥不仅诡计多端,而且有老猪腰子。刚刚审讯时,不管怎么威胁恫吓,他一口咬定什么都没做,继续逼其吐出真情,不是轻而易举的事儿。现在已知秦名远在押期间真正的内应就是柳祥,当务之急是无论如何也得想办法制服之,从其嘴里获知线索,顺藤摸瓜,尽快找到秦名远的藏匿之地,进而摸清尤教习究竟身在何处。事不宜迟,直追到底,不能给歹徒喘息之机。于是便道:"俗话讲得好,众人拾柴火焰高,人多智谋大。在座的各位都动动脑筋,知无不言,言无不尽,共议追查秦名远和争取柳祥反正的计策。"

班布泰开口道:"我认为惩治柳小辫儿没啥难的,他那是鼻孔插大葱硬装象儿,其实也是个怕死鬼。前些天审他时,本不想招秦名远的藏

第四章 乱世重逢

匿地点，结果割下一只耳朵像杀猪似的嚎叫不说，立马老实了，到头来还不是乖乖交待了？不同的人采取不同的方法，对症下药，对他可照旧那么办。"

深受感动的过江龙说道："云中燕可谓我们弟兄中最为歹毒之人，很受范蔼仁的器重，常住在范家堡子，没啥要事不出来。前几天亲自出马到江城，目的就是帮助秦名远逃走，也是小的该死，助了他一臂之力。大人这样信任我们，为了赎罪，献上一个拙办法。小的以为云中燕纵有三头六臂，带着秦名远走，目标太显眼，难以远遁，定藏城内，以后再找机会逃之夭夭。故而不妨派出大批人马，于同一时间分别清查江城，想必秦名远无法逃脱天罗地网。"

白面娘子直言道："郭大哥，清查江城是最起码的，这算啥计谋？我认为板门大院彤大奶子处很值得怀疑，上次与班佐领去时，好话说了一大堆，人家根本不让进。那个不给开门的老堂役话说得很硬气，是冲着将军大人来的，看样子来头儿不小，其中必有缘故，没准儿秦名远就猫在里边呢！"

白面娘子的话像把火一样燃了起来，大家的情绪随之高涨，你一言我一语话不落地，注意力集中在了裤裆街那位奇怪的女人彤大奶子身上。这时，"三槌"兄弟笑嘻嘻地推门而入，铁槌大声儿说道："大喜嘞，大喜嘞，给大人报喜嘞，快看呐，谁回来了？"

大伙儿扭头一看，只见少林寺高僧庞荣、庞庆迈着大步走了进来，到了富俊跟前双手合十揖礼道："多日不见，本僧给将军大人请安了！"

富俊惊喜万分，赶忙站起躬身还礼道："哎哟，这可真是大喜呀，盼英雄，英雄就到，你们怎么来了？长眉长老、大法师和冲霄、云水一向可好？"

庞荣回道："好，都好，他们让我俩代为向大人问安呢！"说罢兄弟二人又向围过来的都克尼、班布泰、白面娘子揖手问候，3人还礼后，都大人请他们坐下聊，白面娘子斟上了热茶。

富俊先是唤进守候在门外的侍卫，令其将小金佛、草上飞、过江龙带至后院儿拘押处，各回各屋。接着让班布泰去后堂，盼咐大厨抓紧备素宴，为二位大师接风洗尘。然后坐在庞荣、庞庆身边，亲切地说："大师有所不知，你们一走，可把大家想苦了，天天叨念哪，耳根子早发热了吧？快把别后的情况说来听听！"

庞荣道："大人，我们也很想各位呀！重阳节前，大师兄领着4位师弟星夜兼程赶回河南少林寺，叩见了恩师长眉长老，并如期参加了嵩山、峨眉、武当三山法会，会后返回嵩山古刹，在佛前日夜潜心诵经，弥补游方所疏漏之功业。前不久，恩师长眉长老唤我们5个弟子到佛前，训示曰：'老衲近时不宁，需闭坐数旬，以便养心。这期间，金刚代掌寺院，冲霄、云水则要养性克诚，悟经勿怠，以补前愆。眼下，天子之佐臣吉林将军不顺，万事缠身；茗兰伉俪，鹊桥两分。庞荣、庞庆，汝本尤教习驭夫，富俊有事，理应下山襄助，事毕速速归寺。'说实在的，前些日子回到少林寺后，一想起茗兰一家，心里就觉得不落体。又听了恩师的这番话，立马坐不住了，很替天天为民事操心、可钦可敬的大人着急，恨不得一步就迈进将军帐前效力。金刚大师兄也深深系念着将军、众位大人以及尤教习，这次送我兄弟下山直至城外告别时，还不忘嘱咐道：'恩师通易卜神算，既然命你俩赶赴吉林，必有远虑。路上不可耽搁，注意安全，早早拜见将军大人，并代本僧致意。'我兄弟来的这一道边走边合计，分析来分析去，可以断定，此事一准是秦名远等大胆恶徒所为，休得饶他，必须将其搜到，救出尤公子。"

庞荣兄弟的到来，可谓如虎添翼，使在座的各位踌躇满志，信心大增。富俊由衷地敬仰长眉长老，遥向嵩山拜谢道："老仙翁慧眼神算，本官正陷入难上加难的困境，不仅尤成额教习失踪，要犯秦名远又在同伙儿的合谋下逃遁。就在这关键时刻，老仙翁派二位弟子前来一展身手，真乃及时雨呀，谢谢了！"拜罢转向庞荣、庞庆道："二位大师长途劳顿，十分辛苦，先去歇歇，过一会儿咱们再畅叙别情。"

庞荣忙道："大人，我们习惯了，不觉累。不如趁这个空当儿，白面娘子领我们去驿馆看看茗兰妹子吧，好在离得近，很快就回来。"

富俊连连点头道："好哇，好哇！"白面娘子便同庞氏兄弟一块儿出去了。

半个时辰后，富俊在小客厅设素宴，为庞氏兄弟接风洗尘，到场的有都克尼、常喜、班布泰、白面娘子，茗兰由于身体欠佳婉谢了。富俊大人坐主位，请庞氏兄弟坐左右位，庞荣谦让道："我和弟弟本受湖广总督桂良大人所雇，做尤公子一家的役佣，从京师来到吉林。后来发生了一系列的事，全仗白面娘子代为操劳，并且为侍奉苦命的茗兰母子终朝每日不得闲，可谓劳苦功高，该坐上席。"

白面娘子极力推辞，最后还是富俊大人发话了："别客气了，今天是给二位大师接风，理应坐上席，请吧！"庞氏兄弟这才遵从而坐，白

第四章 乱世重逢

面娘子挨着庞荣,那边是班布泰;都克尼挨着庞庆,那边是常喜。富俊首先举杯道:"本官代表吉林将军衙门向嵩山少林寺众位仙长、高僧大德的虔诚祝福致以谢意,欢迎消魂、消锋二位大师重返吉林,共除妖孽,老夫先干为敬!"说完一仰脖儿,满满一杯长白参茸老白干下了肚。

庞荣以茶代酒道:"各位大人,本僧和弟弟此次尊师命前来助阵,也是因为确实放心不下。方才见茗兰妹子身体虚弱,精神恍惚,思夫心切,泪流涟涟,心里很不好受。让我们共同举杯,祈求上苍保佑茗兰一家,吉人自有天相,相信尤公子会早日脱离羁绊、平安归来的!"大家站起身来,举杯共祝,一饮而尽。

庞荣接着又道:"本僧向大家报个喜讯,我们在来吉林的路上巧遇一位大贵人,在其身处险境时曾出手施救,他有话让代为转告大人呐!"

富俊笑道:"好嘛,二位大师碰到谁了?快讲来听听!"

于是庞荣讲起了这段奇遇,庞庆也时不时地补充几句,经过是这样的:庞氏兄弟那日下山前,考虑到此去路途遥远,穿着袈裟得谨遵佛家礼序,遇事不好周旋,不利于沟通。为行走方便,迅速融入市井,多了解一些信息,还是穿上百姓衣较为妥当。二人遂脱下僧服,把原先赶大车的那身儿衣裳找出来穿上,很像游侠的紧身小打扮。衣内藏一把匕首,带着攀登用的索钩等物,腰间缠着一把藤鞭,既是赶车用的鞭子,又是长龙摆尾的藤蛇刀。兄弟俩告别了大师兄便出发了,一路施展轻功术,行走如飞,如期来到闻名于世的"天下第一关"城下。守门的八旗兵查验过"通关卡契"顺利放行,二人来到道边一处临时支起并挂着幌子的小棚子向施主化缘,对方端上两碗豆腐脑儿、4个苞米饼子、一碟咸黄瓜,胡乱填饱了肚子后,直奔出关的林荫大道而去。

说来很巧,庞氏兄弟刚过前卫营,就听身后传来嗒嗒嗒的马蹄声。回头一看,只见旌旗招展,尘土飞扬,跑在最前面的是5个骑兵,边向前奔边大声儿喊道:"回避喽,回避喽,王爷的车轿过来了,小心马踏着喽!"

骑兵这么一喊,果然奏效,走在道上的男女老少哇,车马呀,一些推独轮车、拉木炭的车夫们哪,互相招呼着赶紧往两侧躲,让出中央的大路,待官府的车轿过去了,再继续赶路,生怕被撞着。那几个开路的骑兵驰过之后,紧跟着过来的是腰别刀剑的兵勇,长长的一大溜儿,打着旌旗伞盖,其中一面镶黄边儿、绣红穗儿、刺有"京旗督巡"4个蓝色大字的大纛最显眼。后头是一辆四马拉的黄缨穗儿、黄帷幔的雕花彩轿，驭手紧紧拽着缰绳，不停地吆喝着，车辚辚，马萧萧，尘飞扬。庞氏兄弟是赶车的好手儿，不仅喜欢车，也喜欢骏马。拉着彩轿的4匹红鬃烈马引起了他们的注意，高身量，粗蹄碗，喷鼻咆哮，雄威勇悍，一匹比一匹可人。二人迷恋得站在那儿不动步了，久久凝望，称赞不已。正在品评之际，由于人喊马嘶的喧嚣打破了周边的宁静，惊动了道边右侧密林中站在高高穿天杨上的一只白头大雕，突然嘎嘎叫着从树巅俯冲而下，鹰翅几乎扫到了轿幔，在彩轿上方盘旋一圈儿后，飞向道边左侧的莽林。就在这一瞬间，竟把拉着雕花轿车的4匹红鬃烈马惊得前蹄竖立，欲挣脱逃之。你想啊，那马拉轿车上的根根长皮绳都是用西域的牦牛皮精制而成，坚韧无比，马如何能逃脱得了啊，索性拉着轿车尥蹶子，车身忽而离地半尺高，忽而又落下，快把彩轿颠零碎了。驭手惊慌失措，咋吆喝都不听，终被甩出几丈外的沟壑里丧了命。4匹火龙驹相互厮咬着、暴跳着，要么四蹄蹬开狂奔，要么疯了似的横冲直撞，要么扬鬃竖尾地拖着彩轿左突右冲，尽管兵勇们死命地围阻也无济于事。那些打着旌旗伞盖的旗兵们什么都不顾了，全扔了，一个个跟头把式地哭喊着在后面追惊马，口里念叨着："王爷呀，王爷，奴才罪恶滔天哪，千万别出啥事儿呀！"

"王爷呀，奴才可惹大祸了，您要有个好歹，我们也不活了，求求阿布卡恩都力保佑王爷吧！"

站在道边避让的人看到这惊心动魄的场面全傻了，心都快要跳出来了，个个搓手顿足干着急，一点儿辙没有，谁有这等神力能将惊马捉住啊，异口同声地大叫道："我的妈呀，这可惨了，若是再不停下，车里的人必死无疑了！"彩轿里也传出了女子"救命啊，救命啊"的哭喊声。

这时，只见王爷从彩轿里探出头来，冲众官兵喝斥道："混账，都他妈白吃干饭的，快上车勒住马！"

话音刚落，彩轿冷丁起而又落，王爷的头可能碰到轿顶了，随即便没声儿了。官兵们在后面追呀追，累得呼哧带喘也未撵上，瘫倒一大片。就在这千钧一发之际，方才还在饶有兴致地欣赏红鬃烈马的庞荣、庞庆忽见险象环生，不由得惊叫一声："大事不好！"遂疾步向前，撵过追兵，先后噌噌跃上轿车，庞庆紧勒缰绳，庞荣从腰间抽出藤鞭叭叭叭连抽几鞭子，4匹烈马当即两耳滴血，双腿直打颤，不得不站住了。二人麻利地卸下马，牵到道旁粗树下拴好，然后跳上彩轿，将车内已被震昏的一男两女抱下车来，平放在地上。这时，追赶惊马的兵勇们方大呼小叫地赶到，见轿车里的人已被救出，没有大碍，万分感激，扑通通跪地叩头道："谢谢二位壮士，你们犹如马神爷下凡哪，不仅救了王爷、福晋，也救了小的们命了！"

庞荣见王爷额头有一长条伤口在流血，忙从腰间取下小布袋，找出红伤药敷上以止血。又拿出内装琥珀安魂散的小葫芦，打开盖，用手捏一点儿往3人的鼻孔里抹。不一会儿，3人开始打喷嚏，最先苏醒的是那个侍女，一骨碌爬起来跪在王爷的夫人身旁，边轻轻推着边唤道："福晋，醒醒，快醒醒，都怪奴才没照顾好，奴才有罪呀！"

庞荣说道："不要怕，没啥大事儿，很快就会缓醒。"接着又冲周围的人吩咐道："草地太潮，去拾些干柴垫在地上，再铺上皮子。伤者受到惊吓，得躺一会儿，静静心就好了。"

此刻，庞氏兄弟在这些兵勇的眼里成了活神仙，惟命是听。一位领兵的头目带着手下很快捡来了细枝条，又从彩轿内取出熊皮、鹿皮、狍皮铺在干柴上，再把二人抬到皮子上，侍女则从水罐中倒出一杯水一勺儿一勺儿地分别喂给王爷和福晋。少顷，福晋醒了过来，王爷随后也睁开了双眼，定了定神，冲那位领兵头目吩咐道："段春哪，扶我坐起来。"

领兵头目一听王爷说话了，喜出望外，边答应"嗻！"边蹲下身搀扶道："王爷，您可醒了，谢天谢地，吓死奴才了。"

兵勇们立马围拢过来，跪地叩头请安，侍女给王爷系系衣衿，捋捋发辫，用手巾轻轻擦拭脸和手。王爷以眼神儿示意众兵勇退后，左右环顾，看到了道边树下拴着的4匹红鬃烈马正在啃吃着青草，又瞅了瞅眼前两位陌生的壮士，方从噩梦中彻底清醒过来。段春跪在地上叩道："王爷洪福齐天，危境之中幸遇贵人，从死神手里救下。千错万错都是奴才的错儿，对不起王爷和福晋，请赐罪于奴才。"

王爷晃了晃双臂，骨头节儿咔咔作响，爽朗地笑道："罢了，罢了，本王爷还没糊涂。段春哪，我平日里嘴皮子几乎磨破了，嘱咐尔等天上不会掉馅饼，把势不练祸临头。这下好，今日可开眼界了，真金火中炼，天外有天，人外有人哪！"说至此，便令段春搀扶自己站起来。

庞氏兄弟看出王爷的意思了，这是要感谢救命之恩，庞庆忙道："王爷，您头上有伤，刚敷过药，稍许歇息为好，勿激动。"

王爷这才坐着没动，又道："我有话说，请二位近前，坐身边来。"

庞荣和庞庆坐过去后，王爷说道："二位壮士有所不知，我一生爱马,不惜千金广罗名骥,这4匹红鬃烈马可谓京中出了名的火龙驹。御手乃万里挑一的'莫林巴图鲁'①,由于一时不慎,辕马受惊而惹大乱,我也险遭横祸。全仗遇到了世外高人,把我们夫妇俩从阎罗手里抢了回来,谢谢救命的大恩人,万分感激不尽哪!"

庞荣说道:"王爷何必在心?谁遇到危难都会鼎力相助的,此乃人应遵之公德,不言'谢'字。"

王爷问道:"敢问二位何方人氏?做何种营生?"

庞荣考虑到惊马已经制伏,前边要走很远的路,既不愿继续耽搁下去,也不愿暴露身份,于是便道:"回王爷,我们兄弟住在东边那个屯子,乃乡野农夫,还有事需办,得先走一步了。"说完与庞庆一块儿起身,揖手告辞后,转身就要离去。

王爷哪里肯放,执意不让走,吩咐领兵头目赶紧拦住,段春说道:"二位壮士可是积了大德了,你们真有福气,知道救的是谁吗?乃当今圣上之御弟和硕惇亲王及其诰命夫人,尚未给以褒奖、赏赐,怎能放走呢?"

惇亲王招手道:"来来,请坐下,咱们话还没唠完呢!"

庞荣、庞庆只好重又坐下,惇亲王说道:"二位壮士,我很钦佩你们方才那临危不惧、力挽狂澜、降伏惊马之举,仗义施救,非常人可为,是我平生遇到的奇人,乃地地道道的大英雄。可是不知何因,二位对我问的话却敷衍以对,感觉待人不够恳切,心怀不够坦荡。你们是什么乡野农夫?大丈夫应光明磊落,或许能欺瞒别人,然很难骗得过本王爷。当时,我虽困在车内,但外面的一切动向皆知。在车里骨碌来骨碌去,好不容易挣扎着爬起来,便呼喊众兵将赶紧制伏惊马,结果他们被甩得越来越远,觉得恐怕活不成了。可喜的是天不灭我,就在脑袋碰在木框上刚要失去知觉时,忽见两个飞人如雄鹰一般扑向轿车,而后又用灵丹唤醒我。看到那4匹爱驹双耳带血,正是驯驽之窍,知其必为驭马老手儿。在荒野巧遇二位英雄,大难不死,此乃缘分哪!"

庞荣、庞庆见惇亲王仁慈、诚恳,同富俊将军和桂良总督一样平易近人,可亲可敬,很受感动,双膝跪地叩头道:"小的不知王爷、福晋驾到,万望恕罪!"

惇亲王忙道:"免了,免了,快快起身,我不是说了么,咱们有缘

---

① 莫林巴图鲁:满语:驯马英雄。

第四章 乱世重逢

795

哪，以后见王爷的礼节全免了！段春哪，我和福晋没事儿了，可以起程了。不如这样，你派小校先行一步，知会锦州府尹，就说王爷的车驾随后即到，省得他们急着迎候。天不早了，二位英雄也同我们齐到锦州驿馆，好好儿叙谈叙谈，不会耽误你们办事的。"

　　王爷既然有话，庞荣、庞庆也不便违拗，只能听命，段春还分别给每人一匹马。简单修理一下彩轿后，解下红鬃烈马套上车，王爷和福晋由贴身丫环搀扶着重新坐入轿内，庞氏兄弟便随惇亲王的车驾到了锦州，州府文武官员迎接礼仪隆重繁缛自不必说。当天晚上，庞荣和庞庆受到王爷和福晋优渥的礼遇，信任有加，并被安排在其旁边的房间歇息，比段春挨得近。惇亲王并不急于召见州府的文武官员，而是偕夫人与庞荣、庞庆在客厅攀谈，兴致颇浓。二人在王爷的坦诚相待下，如实地把自己本是少林寺长眉长老之爱徒，受湖广总督桂良大人的雇用，4年前护送尤成额夫妇赴吉林求取功名所受到的屈辱和不幸遭遇以及富俊大人的无私相助等，一五一十地讲了一遍。正因为他俩始终跟随着茗兰一家，发生的大事小情都装在心里，所以讲得很细，情动之处几乎是在哭诉。王爷和夫人如听天下奇闻，完全被吸引住了，并被他们的坎坷经历所震憾，福晋感叹道："王爷呀，这简直像听汉人说评书了，世上竟有此等事！"

　　惇亲王言道："二位大师，不瞒你们说，我正是为此事出行盛京的。前不久，皇上阅览奏折，内有涉及富俊于双城堡清查田亩牵罪疏，皆为都察院呈递的折子。由于皇上向来敬重、信任富俊老臣，认为其刚正不阿，办差认真，不谋私情，故委以清田棘务，对谗言屡有驳斥。然此风近期日炽，皇上不单御览疏文中涉及到将军，寿康皇太后亦有圣训，即皇上应宽仁爱民，本朝上下宜宣和谐之音。皇上降旨本王为东北三地巡督，暗访原委，始作俑者何也？现已初有定论，不外乎范家堡子大庄主范蔼仁等人。富俊也过于耿直，能饶人处且饶人，凡积案必有其因，不可树敌太多，闹得太后和皇上不得消停。二位本佛家子弟，以慈悲为怀，戒杀生，少积怨，以宽容之心待人，世道何求不宁？你们去吉林代我转告富俊，圣上治国欲改前风，施行法治，倡导仁政则得民心焉，且忌惹太后嗔怪，使皇上为难。本王此行不到吉林，让他理清积年之重案档卷，留待议定，近日抽暇务必来盛京面叙。"言罢特赐庞荣、庞庆各鲛皮短剑一把，乃江南名匠锻造之精品，剑柄镶有9颗蓝宝石，熠熠生辉。王爷手指两把剑道："送恩人留念，不成敬意，后会有期。到了江城，需要时可带此剑去裤裆街板门大院，必有人相助，诸事可解。"

富俊大人万万没有想到庞荣、庞庆半路搭救了皇上之御弟和硕惇亲王绵恺，而且相互结缘，知道一些皇宫大内的消息，真乃及时雨呀！说来富俊的确够不顺的了，其属下尤成额刚刚如愿以偿就任左翼官学教习，缺额得以补足，教学开始走上正轨。突然凤楼起火，尤成额失踪，继而被关押的秦名远于月黑夜逃走，他感到了大有风雨欲来之势。博启图派差官传书，得知朝中逆风颇盛，认为这是可以预见的，不足惧。当庞氏兄弟到吉后，转告了惇亲王的口信儿，对这位老臣来说犹如晴天霹雳，打击非同小可。如今皇上也开始退让和自责了，清查田亩将会虎头蛇尾，最终仍是富者乐悠悠，穷者泪涟涟。不管咋样，富俊毕竟是当朝重臣，襟怀坦荡，担忧之心在众人面前丝毫没有显露出来，而且举杯敬酒道："二位大师功高盖世，所救之王爷是先帝仁宗第三子、当朝最受尊敬的亲王，百官都喜欢与其倾吐胸臆，王爷安康乃万民之洪福。在你们没到之前，都察院的差官已来吉林指手画脚，趾高气扬地斥责老夫，闹得上下不安。当时，我对差官之所以傲慢无礼的奥秘虽猜到几分，但仍不敢妄测，只是愤懑在怀。差官走后，我让班布泰研墨，在书房挥毫奏明天阙，向皇上发泄郁郁积怨。未承想而今奥秘被二位大师破解了，为老夫带来颇为及时的信息，谢谢你们！"

白面娘子说："土地爷爷，这回好了，庞家哥哥一来，我们就有了帮手，不怕任何邪恶之人恐吓了。我和班佐领去过裤裆街板门大院，当时就觉得特别奇怪，连个堂役都那么狂妄，缘何如此？听庞大哥这么一讲明白了，裤裆街板门大院是惇亲王挂了号的，说明彤大奶子绝非一般。我们当时向周围的邻人了解过，对其来历讲法不一，甚或大相径庭。看来必须得弄清楚她和秦名远是怎么认识的，有什么过往，尤公子的失踪与她有否关联。"

班布泰接茬儿道："板门大院很有说道，从外表看，好像是暗娼之所。实在不行，我和'三槌'兄弟带帮兵丁将其围上，狠狠查一查。"

庞庆连连摆手道："不可，不可，决不能盲动。我和兄长好奇，进入吉林城时天还未亮，就没有马上来将军衙门，想着先打听打听，暗探一下那神秘的裤裆街板门大院啥样，房主究竟何许人也？有哪些长处才讨得了王爷和福晋的信任和青睐。我们到那儿一看，板门大院确与周围的宅院不同，木栅围墙，前后皆有用木板制成的两扇向内对开的大门，非常显眼，想必主人很重视自我保护。围着木栅墙绕了一圈儿，才发现

第四章 乱世重逢

后门沿街有三幢相连的青砖瓦房,犹如砖墙。遂从后院儿攀登越脊而入,站定一看,原来幢幢房舍相连,整个大院足有 40 余幢之多。院套儿很大,从上观之,中间筑有砖墙,前后分隔成品字形 3 个院落。前院儿房屋不多,不知所为何用;后院儿分隔成东西两个整齐的院落,西院落不知作何用场。这 3 个小院儿别具匠心,设计很有特点,墙中有墙,各有门道,皆为独立的四合院儿。我们从后院儿西侧房脊行至东侧房脊,来到东小院儿,发现有一幢房舍亮着灯,说明屋里有人。悄悄等候片刻,见一老年妇女打下屋推门而出,直接去了后角茅厕。等她从里面出来,我俩从房顶跳下,将其带到暗处。经询问,方知此人雇来不久,专司看门和打扫庭院。兄长给了她银两,叮嘱日后为免受瓜葛,把嘴闭严,什么都别说,老嬷嬷一一答应。她虽然知道得不多,但也大致了解一些,这个板门大院全为女人居所。女主人姓彤,名甜甜,人称'彤大奶子'。她和贴身丫环住一幢正房,左右两侧各有一幢厢房,分别为女主人专用的库房、女佣们的居室。带门楼儿的下屋是第四幢,主要用来作厨房、沐浴间和看门老嬷嬷的歇息之处。我们也问了后院儿西院套儿的情况,老嬷嬷详情不知,只知居住者多为残疾人,由房主彤甜甜出银供养。前面的大院套儿除了彤甜甜管理外,秦名远也过问,具体细情不详。老嬷嬷告诉我们,这个大院儿非同寻常,听说原先是吉林将军秀林的私宅,秀林调往甘肃后,由将军衙门秦总管代为管护。还有人讲秀林与京师的一位王爷交情甚厚,王爷就占用了这个大院套儿,不知怎么后来又交给彤甜甜管了。彤甜甜是位姿容秀美、风度翩翩、性格泼辣的女佳人,自称是皇上御弟惇亲王福晋的妹子,不愿居深宫大内,偏爱江城山水,顺便替王爷和福晋办事,广行善举。到底是真是假,将军大人,您得派人好好儿察访一番。"

富俊想了想道:"如此说来,倘若所言为真,裤裆街板门大院的彤甜甜便是王爷的人了,看来我又遇难事了。老夫在嘉庆爷坐殿时就担任清查田亩之差,时常听到逆耳之音,不过从不往心里去,手中有先帝尚方宝剑,何惧几块顽石挡路?如今时过境迁,世事多变,应谨遵亲王之口信儿而行之。我明日即去盛京,叩拜惇亲王,领悟圣意。事不宜迟,你们不必等我,在两位大师的帮助下,尽快捉住秦名远,救出尤教习。为此,老夫还得求助于小白丫,你曾去过裤裆街,板门大院的家主彤甜甜与你年龄相仿,两个女人之间容易沟通。只能麻烦再跑一趟了,在两位师父的协助下,二探板门大院,揭开彤甜甜的神秘面纱,或许她就是那开锁的钥匙。"

用罢接风宴,富俊并未休息,而是准备与都克尼、常喜、班布泰前往小红楼驿馆看望茗兰,庞荣、庞庆可顺便跟回。富俊很是惦记茗兰,其夫被劫后,更是放心不下。有位郎中曾告诉他,如果一个人遇到愁心的事儿不露声色,更不向别人讲,只是暗自忧伤洗泪;有话总憋在心里,愤懑得不到宣泄,烦闷得不到释放,郁郁寡欢,日积月累,很容易坐病,严重的将会伤及一生。富俊始终记着郎中的话,深知茗兰性格内向,愈加替其担忧,生怕出个一差二错。去往驿馆的路上,富俊问常喜:"常大人,凤楼被烧后,修复进展得怎么样了?要抓紧时间,尽早让白面娘子陪着茗兰搬回去住,使其心情能稍好一些。"

常喜回道:"大人,修复很顺利,一切都在有序地进行,再有个三天五日即可搬回。"

富俊松了口气,点点头道:"嗯,越快越好。回迁之前,派衙役把凤楼的里里外外打扫干净,一应诸事安排得妥妥帖帖,以示将军衙门对属员的关怀,让他们有家的感觉。"

常喜诺诺称是,表示定遵令照办,绝不含糊。

富俊一行刚到驿馆的院门前,白面娘子便抢先跑进院儿,推开大门噔噔噔上了二楼,还未到茗兰那屋就喊开了:"姐姐,姐姐,土地爷爷看你来了!"

此刻,侍女小曼已把煎好的汤药放在炕桌上,小满堂正清洗着药罐子,斜靠于炕头儿的茗兰刚欲起身喝药,白面娘子闯了进来。茗兰一听松岩爷爷来了,也顾不上吃药了,赶忙披衣下了地,鞋还未穿上呢,富俊已经进屋了,笑着问候道:"茗兰,母子二人怎么样啊,还好吧?这些日子大家都在为尤公子的事分头忙碌着,你放心,一定会把教习找回来,完璧归赵,不办利索,老夫宁肯摘掉乌纱帽。常大人负责左翼官学的管理,有啥为难之事不用客气,你可让白面娘子找他,会妥善处理的。"

常喜说道:"将军大人所言极是,尤教习是我的属下,家中的事当然得管了。四五天后,请茗兰小姐带着家人搬回凤楼,房屋已经修葺一新。外廊、栏杆、四壁该粉刷的粉刷了,该涂漆的涂漆了,新打造的松木铁箍大门也安好了。只剩点儿零七八碎的小活儿了,很快便可交工了,请放心吧!"

茗兰眼含热泪躬身施礼道:"谢谢将军爷爷,谢谢各位大人,给大

第四章 乱世重逢

家添麻烦了。我和孩子挺好的,有那么多人关照,一切都会过去的。"

白面娘子高兴地说:"姐姐,这就对了,不许再落泪了,得心疼小少爷不是?你要相信土地爷爷和众位大人,公子不会有事的,庞家哥哥不是又千里迢迢从河南来了吗?妹子已经嘱咐过小满堂和侍女了,让他们好好儿陪伴少奶奶,我们就要去抓逃犯秦大门牙、营救尤公子了,在家等着听好消息吧!"

富俊说道:"茗兰,务要多保重,你不上火,才能照顾好孩子。我明儿个去盛京拜见惇亲王,需耽搁几日,别着急,很快便可见分晓。"

大家聊了一会儿,又向茗兰嘱咐一番,而后便告辞了,庞荣、庞庆仍被安排在东屋歇息,富俊和都克尼、常喜、班布泰则回返将军衙门。

转天头晌,富俊与众官员话别后,出得衙门,坐进了班布泰为其备好的双马小轿车。这种车当年很时兴,轮轴和框架是铁制的,车辕、门框、窗框都是选用上好木料做的,再涂上油漆,结实耐用。车上安有摇铃,有些达官显贵只套一匹马,轿车行驶于街上,铃声如歌,引来不少羡慕的眼光。班布泰备的这挂轿车远比单套轿车实用得多,完全是按照双套两匹骏马设计的,更坚固,更安全,便于长途行路,里面不仅有采暖设施,还有双铺双盖,可容两人安寝,十分舒适。班布泰举起鞭子一摇晃,道了声:"爷爷,坐好啊,上路啦!"两匹快骥像通人语似的,四蹄蹬开,飞一般向盛京奔去。

坐在车内的富俊没有心思观瞧一路的风光,心急如焚,只想尽快见到惇亲王,因为吉林将军衙门的上下人等都在等待着将军回去颁令呢,涉及到范蔼仁、秦名远一伙究竟是关还是放。爷儿俩可谓马不停蹄,终于在第三天头晌到了盛京,富俊都没顾上用膳,直接前往王爷府叩见惇亲王绵恺。行过大礼后,王爷将其领进内堂,屏退贴身侍从,俩人叙谈起来。惇亲王一向敬重富俊的为人,深知其脾气、禀性,早已心中有数。故而不论富俊怎么讲,即使是发火儿,王爷都洗耳恭听,时不时地插几句,想法儿让对方平静下来。富俊强忍怒火道:"殿下,为何做的明明是圣上交办的要务,且公正无私,背地里却总有人掣肘作梗,在朝中还遭非议,岂非咄咄怪事?为了大清社稷的稳定,应把那些恣意妄为者、假公济私者、设置障碍者、违犯大清律条者抓起来,严审细查,予以问罪才是。"

惇亲王摇摇头道:"老将军,言重了,世事难以预料。清查田亩之举措虽自乾隆朝高宗皇爷提出,但真正做起来,还是从嘉庆朝仁宗皇爷开始的。乾嘉两朝不少名臣皆畏葸此任落到自己名下，甚至退缩躲避，尽量不在皇上跟前露面。偏是你富俊不惧，不嫌沾腥，让挑重担决无二话，皇上是知道的。"

富俊感叹道："是啊，可总是一波未平、一波又起呀，费力不讨好儿啊！"

惇亲王说道："有一点我必须告知，太后和皇上都深知老将军忠心耿耿，为了大清社稷鞠躬尽瘁，对此感激不尽。只不过一时有一时的苦衷，道光皇兄承继大统时日不久，江南水患、冀鲁蝗祸、国库银匮齐奏，今非昔比。太后期盼国泰民安，人人宽厚相待，和睦融洽，老将军要领悟太后和圣上的体恤苦心也。人生在世，安能事事随意？委曲求全亦是宽厚，英雄不唱昨日经。鉴于老将军年事已高，何况将军衙门卷案甚繁，够操心的了，不劳思虑了。不如将多年未解之积案交给后生们，由他们去斟酌办理吧，你也难得一个清静。"

富俊听罢，心知肚明，最怕出现的预感终于出现了，且无言以对。诸位阿哥，本书曾多次提及富俊率领官兵在双城堡设立清查田亩行辕大营，讲得略显零碎，不够细致，其中也涉及到屯田事务。为易于谙其原尾，需要向大家补述一番。嘉庆朝屯田要略，乃大清朝廷之固国良策，名垂青史。其要义者何，请各位阅览嘉庆十七年四月初二日上谕，便可一目了然：

> 八旗生齿日繁，京城各佐领下户口日增，生计拮据，虽经添设养育兵额，而养赡仍未能周普。朕宵旰筹思，无时或释。前日举行大阅典礼，各旗营队伍整齐，在南苑先期训练，祗遵约束。朕嘉旗人服习教令，更念养先于教，为之谋衣食者益不可不周。国家经费有常，旧设甲额现已无可复增，各旗闲散人等为额缺所限，不获挑食名粮。其中年轻可造之材，或闲居坐废，甚或血气方刚，游荡滋事，尤为可惜。因思东三省原系国家根本之地，而吉林土膏沃衍，地广人稀。闻近来柳条边外采参山场日渐移远，其间空旷之地不下千余里，悉属膏腴之壤，内地流民，并有私侵耕植者。从前乾隆年间，我皇考高宗纯皇帝轸念八旗人众，分拨拉林地方，给与田亩，俾资垦种，迄今该旗人等甚享其利。今若仰循成宪，斟酌办理，将在京闲散旗人陆续资送前往吉林，以闲旷地亩拨给管业，或自行耕种，或招佃取租，均足以资养赡。将来地利日兴，家计日裕，旗人等

第四章　乱世重逢

在彼尽可练习骑射,其才艺优娴者仍可备挑京中差使,于教养之道实为两得。著传谕赛冲阿,即查明吉林地方自柳条边外至采参山场其间道里共有若干,可将参场界址移近若干里。自此以外,所有闲旷之地悉数开垦,计可分赡旗人若干户。并相度地势,如何酌盖土锉草房,俾藉栖止。其应用牛具籽种每户约需若干。再该处现有闲散官员是否足资统束,抑或须增设佐领、骁骑校之处,一并详细妥议章程,并绘图贴说具奏,候朕酌度。或先派旗人数百户前往试行,俟办有成效,将来即可永资乐利。此事经营伊始,该将军等毋得畏难观望,务尽心筹划,以副委任。将此谕令知之。钦此。

　　读罢这篇上谕,深敬嘉庆皇爷良苦用心。国家富强,必求国晏民安,民安则以食为天,足食则赖以谋食之地。民有立锥之地,应时耕耘,安生流民之忧。富俊多年奔波,受命清查双城一带万亩平畴沃土肥壤。自大清开国历朝迄今,人口增加、流徙,农田占有、租佃、撂荒几度变迁。富者愈富,佃奴多如牛毛;贫者愈穷,久无立锥之地,社会难宁,为匪盗酿祸推波助澜。经几年来的认真梳理,效果斐然,现清查田亩告一段落。富俊结案之时,发现借权势窃据东北三省数十万亩良田,最大的地主便有范蔼仁等人。又如借权势招揽佃农佣工,即占有田产的地棍,如秦名远等权贵,皆有自己的靠山、自己的兵马,这在大清国历朝是罕见的。州府疏于治理,日久天长,使之坐大,成为一域之霸,任何州府不敢惹,连朝廷都不敢轻碰。富俊遇上这些棘手境况,锐意要以雄兵铲除毒瘤,烈火随之燃起来了。一方以范蔼仁、秦名远等为首的人,攀龙附凤,为其张目,诬陷富俊屠戮无辜。一方以富俊为首的吉林将军衙门,欲行先皇嘉庆御旨,清查田亩,处理巧取豪夺者,以平民怨,防微杜渐。富俊办事,泾渭分明,从不苟且偷安,难免得罪清查田亩中的拦路虎。这虎有大有小,有显有贵,有财奴虎,有地痞虎,有勋爵虎,有皇亲虎,碰谁谁张牙舞爪。富俊哪里听邪,专啃"刺头",到末了终于闹腾到皇帝那儿去了,道光觉得到了这个地步可就不好办了。你想啊,范蔼仁等人皆有皇亲国戚,秦名远与一些在任大将军也有默契关系,手心手背都是肉,只想大事化小,小事化了,睁一眼闭一眼过去吧!这不,皇上把善于周旋的御弟搬了出来,此乃惇亲王受命为三省巡督的奥秘。王爷绵恺很擅讲,处事圆滑,他点拨富俊道:"老将军,依本王之见,你在吉林将军任上得把尤成额找回来,免得桂良总来找我,给其外甥女一个阖家团圆的宁静日子就可以了。"

富俊问道:"王爷,范蔼仁怎么办?"

惇亲王手一摆道:"唉,就交给博启图吧!"

富俊又问:"那么,我吉林将军衙门的总管秦名远呢?"

惇亲王说:"秦名远?老将军哪,你性刚烈,人家惧你,你对人家不甚知悉。这些年来,秦名远身陷将军衙门那个最繁杂的乱差使里,实属不易呀!他先后侍奉过松萪、松筠、加上您共3位吉林将军,前两位皆言其干差兢兢业业,管理得井井有条。你恐怕也听说了,他跟嘉庆八年至十四年曾任吉林将军的秀林关系不一般,缘何如此呢?有一年,秀林将军率兵在湖广围剿叛匪时,不小心被冷箭射中,身负重伤,昏死在牯牛寨。已是骁骑校的秦名远带领手下赶到陌生的牯牛寨,撒下人马漫山遍野地搜寻,终于在牯牛河附近找到了气息奄奄的秀林,背了百余里,走出群峰,救回吉林。兵部称赞秦名远智勇双全,如神兵天降,把一品大员从死神手里夺了回来,获阿什哈尼哈番。老将军此次调查秦名远罪状时,秀林从甘肃奏文皇上,以一品顶戴衔保奏秦名远免罪,皇上交本王酌议。我想告知将军,袒护秦名远者非秀林一人,大有人在。这位总管于吉林将军衙门后院儿囚禁期间,虽然把守严密,但还是被秦名远之友、范蔼仁部众云中燕在内应的帮助下救走了。秦名远本人亦有申辩,待将军回到吉林后,可直接问他。需要提醒的是将军对秦名远切忌动武,可询问有关案情,然后将其交给博启图,我自有安排。"

富俊听罢,气得浑身战栗,脸都白了,刚要与其争辩,早已看在眼里的惇亲王忙笑着说:"老将军,别急,且息怒。您有所不知,恭慈皇太后曾屡训皇上,说是你没有先祖和皇考的智谋,初登大宝,务行政通人和,凡事宜解不宜结,无碍大计的鸡毛蒜皮之事别管,勿因臣子吵架而不能自制。天子位居九鼎,皇恩浩荡,安有不求国晏民安的?自然得谨遵太后之命了。老将军乃三朝佐臣,一向很有涵养,倘若如是,本王亦释圣命矣,众望所归,以慰圣心。"

富俊一听亲王已讲到这个份儿上,纵然有一腔积愤,还有何可说?不想继续逗留,遂婉辞酒饭,匆匆叩别亲王和福晋,班布泰已等在轿车旁,准备早早赶回吉林。富俊前脚刚刚迈出府门,猛然想起庞荣和庞庆谈到的关于彤甜甜的身份之事,觉得必须当着亲王的面儿问清楚,免得得罪王爷和福晋,忙又折了回去。就在他反身时,恰好亲王和福晋因已察觉到老将军心情不快,所以双双也走出门来,打算送一送,结果3人

第四章 乱世重逢

撞了个满怀。惇亲王笑道："将军，我方才不是说了么，何必如此匆忙呢，已经传下话了，大厨正在备膳，待喝完我的饯行酒再上轿不迟呀！"

富俊谦恭地说："感谢王爷和福晋的盛意，不必了，衙门有一堆事等着处理。只是忽然想起还未向王爷和福晋道歉呢，彤甜甜住在我的一亩三分地，听说是王爷和福晋的身边人。老夫反应迟钝，多有怠慢，请见谅。"

惇亲王没有正面回答："噢，甜甜这孩子任性，是你们拉林河的人。总是想老家，流眼泪，夫人心疼，这才准她回北边居住的。"

福晋接茬儿道："甜甜是个不错的闺女，心眼儿好，愿意做善事，我很惦记她，烦请将军多多关照啊！"

富俊一听全明白了，庞荣所言果然是真，于是再次与王爷和福晋告别。走到府门外，班布泰搀其上了轿车，身下铺着暄腾的羊羔皮，后背和腰间给垫上被子，关紧车门，叮咛道："爷爷，坐稳喽，养养神，最好能睡上一小觉，等醒了，咱就到家了！"说完鞭子一扬上路了。

富俊打心眼儿里喜欢孙儿，不仅能文能武，还像保姆一样照顾他。班布泰每次陪爷爷外出，都把自己的草骊走马拴在轿车后边跟着，不另用驭手，亲自执鞭驾驭。因为他最知道爷爷什么时候要阅卷，什么时候累了需眯上一觉，也好据此掌握车行速度的快慢。班布泰平日里习惯于观察爷爷的一言一行，一举一动，揣摸其想些啥，把里里外外的大事小情都做在头里，富俊很是称心，不止一次地夸赞道："窝莫罗，你是爷爷肚子里的虫啊，啥也瞒不过哟！"这次来到盛京，班布泰见爷爷未顾得上歇息，大半个时辰都在跟王爷谈事，不想吃不想喝，太劳累了。回返吉林的路上，发现爷爷的气色不好，心情异常沉重，往常跟自己有说有笑的，这会儿闷坐在车里一声不吭，很是心疼。盛京至吉林的旱路原本就崎岖不平，加之这两天又下了几场大雨，越发泥泞难行，轿车左右摇晃着向前移动。班布泰既要找稍平的道走，又要紧勒缰绳控制着两匹马，后来索性跳下车踏着泥路牵马走，为的是防止车轮陷入泥坑或碾轧在尖石上，让爷爷在车里不会感到过于颠簸。走出 30 多里后，富俊耐不住性子了，掀开轿帘儿道："窝莫罗，车内太闷了，我得下去透透气，真不如骑马来得痛快，给我卸下一匹。"

班布泰一声吆喝，轿车立即停住了，随即卸下一匹马，放好鞍鞯，把缰绳交给爷爷道："孙儿不能骑马陪着您老，路不好走，可要留心哪！"

富俊应了一声，一骗腿儿上了坐骑，于是爷爷骑马走在前头，孙子赶车跟在后头，一老一小缓缓走在漫长的泥泞土道上，谁也不说话，对一路的景色视而不见，经过铁岭那诱人的古塔遗迹都浑然不觉，因为祖孙俩的心没在这上。班布泰惦记着年事已高的爷爷，担心老人家郁闷不乐的，一时想不开再上火，别憋出病来。富俊的思绪仍停留在与绵恺亲王的面谈之中，由此引起一番回念，往事如梭。五载行辕，拉林夜渡，双城晓月，朝夕丈亩。以为只要解民倒悬，均平地亩，便可荒田走牛，百姓安食，皆大欢喜。实则想得过于简单，清查田亩涉及千家万户，一旦触犯私利，勃然大怒，势若兵火，结果是穷欢富怨，痛及权贵。如今皇上刻意求安，浅尝辄止，是受命之时难以料到的。碰了头方悟彻，皆缘秉性刚直，疾恶如仇，拙于世道应酬，难与善谋的赛冲阿、稳健的松林、豪勇的秀林等将军比肩，才到这步田地。想至此，反倒觉得轻松了，甚而豁然开朗了，老夫不贪一文之利，何惧个人沉浮，赢得百姓感激皇上恩德，也就心满意足了。到头来辞官乡里，安享天年，任它东南西北风呢！正这时，一只野兔从草丛中蹦出，蹿向土道，好险没被富俊的坐骑踩上，大黑马一闪身，猛然将沉思着的富俊甩了出去。班布泰一路上最怕出现的险情发生了，虽然看在眼里，但前去施救已经不赶趟儿了，全仗拜一指金刚大法师门下为徒时学了数招儿，以腾空术从轿车上忽地跃起，扑向爷爷，致使富俊沉重的躯体没有实实在在地摔到泥石满地的土路上，而是砸在了孙儿身上，班布泰仰面紧紧抱住了爷爷。富俊终因年事已高，加之冷不防被甩，身子噌地蹿了出去，下坐力大，脑袋磕在了孙儿的肩胛骨上，当即晕了过去。班布泰吓坏了，大声儿唤道："爷爷，摔哪儿了？醒醒，快醒醒！"

过了一会儿，富俊苏醒过来，睁开眼一瞅，自己躺在孙儿的怀里，班布泰快急哭了，遂问道："窝莫罗，没事儿，扶爷爷上车。"

班布泰小心翼翼地将爷爷抱进车，平放在羊羔皮上，刚要解开衣衫看看伤，富俊摆了摆手道："不用看了，无大碍，起车吧，早些回家再说。"

班布泰只好作罢，遂从内怀掏出大法师送给的一直未派上用场的小小"保身瓶"，内装活血止痛红伤药，倒出几丸儿给爷爷服下。又为其盖上被子，然后跳下车，把大黑马套上，赶着车继续前行。富俊静静躺在那儿，觉得头发沉，右臂和左脚踝骨处疼痛难忍，根本动不得。过了两袋烟的工夫，药劲儿上来了，疼痛有所缓解，只想睡一觉，便微闭双

第四章　乱世重逢

目眯着。

　　自打富俊、班布泰离开吉林将军衙门前往盛京后,副都统都克尼、文部主事常喜以及白面娘子、茗兰等人总觉得没着没落的,心里一直牵挂着祖孙俩。特别是富俊将军,为完成清查田亩之重任,5年来,远离一品大员的丰衣美食,一头扎向双城堡。天天像个为氏族生计奔波的穆昆达,为流民盖房子,分牛具,拨籽种,劝阻因争熟地而引发的殴斗,还要充当排难解纷的和事佬,有时会遭到诬陷、辱骂,受了不少委屈。而朝廷往往被别有用心之人的鼓噪所迷惑,动不动就冷言冷语敲打几句,使其蒙受不白之冤,郁郁寡欢,头添华发。此番去见惇亲王,大家也为他捏了一把汗,生怕那颗赤胆忠心受挫,暗暗祝愿老人家可要多多保重啊,翘首企盼着早早归来。好几天过去了,今儿个总算回来了,班布泰赶着车到了将军衙门院门前。上下人等一窝蜂地迎上去,方知大人受了伤,赶忙搀扶进府衙。都克尼唤来郎中,经诊察,发现全身有多处擦伤,右小臂骨折,左脚踝骨裂,且伤处红肿,显然摔得不轻,若不是班布泰及时扑过去施救则更糟。郎中开了方子,既有治疗跌打损伤的敷药,也有口服的接骨药,叮嘱要按时服药,专人护理,静躺为宜。

　　富俊盛京一行摔伤的消息,很快便被皇上和皇太后知悉了,遂特派郎太医赶往吉林,为将军疗伤。陪同郎太医来江城的,还有都察院左副都御使博启图,到了将军衙门后,一块儿入堂屋拜见富俊。伺候在侧的班布泰见京师来人了,刚要扶起躺在炕上的爷爷,郎太医和博启图忙上前轻轻按住并顺势坐在炕边,博启图首先代为转达太后和皇上的系念,富俊谢恩。然后他又好言劝慰,说是啥也没有身子骨儿重要哇,老胳膊老腿的,愈合较慢。不妨放弃一切政务吧,好好儿养伤,别操没用的心了。说实在的,富俊一见博启图,心里就犯了寻思,差官回京不多日,他为何也来吉林?正想发问,博启图早已看出对方心思了,立马从怀里掏出一份信函交之。富俊展开一看,乃惇亲王的手谕:

　　　　松岩如晤:盛京面叙,返京奏帝,帝欣允矣。惊悉虎驾欠
　　安,痛惜甚甚,恭祈早愈。帝旨博启图赴吉,三省清查田亩一
　　应讼案,责其承办速奏。

　　　　道光四年秋稔　　　　　　　　　　　　绵恺

　　富俊阅罢,笑容可掬地说:"博大人,那就有劳您了,将军衙门的其他事宜也劳您越俎代庖吧!"随即命班布泰请来了都克尼,引见给博

启图。互相寒暄数语后，富俊吩咐都大人为左副都御使安排宿处，再陪其去府衙，见见将军衙门的上下人等，还可去后院儿转转，禀报一下有关范蔼仁、秦名远积案的详情。都克尼引领博启图离开后，郎太医开始为富俊诊病，查体、号脉、观舌苔后，说道："由于将军的年岁大了，所以骨伤的疗治需要些时日，不可性急，最好静养，少活动。我给将军带来了东印度的接骨药，按时服用，即见神效。"

富俊表示道："谢谢太医，大老远从京师跑来为老夫疗疾，真是辛苦了！"说罢，让班布泰送太医去后堂用膳，然后到驿馆歇息。转天一早，郎太医起程返京，班布泰送出40余里方回。

博启图的突然来吉，使得都克尼不知如何行事是好，便乘其在驿馆歇息之时，跑到富俊大人处询问之。富俊说道："老夫未承想他这么快就来了，我们就遵照悼亲王钧意，对范蔼仁的调查暂停，交给博启图。秦名远为吉林将军衙门的故人，与尤成额失踪案有关，能否抓获他，是一场善与恶的较量。故而要继续查找，务必从耗子洞里揪出来，审问完毕后也交给博启图，想怎么处置随他，咱们不管。唉，老夫现在动不了，不能同你们一块儿去寻索尤教习，望都大人着即会同诸方代我行事，拜托尔等精诚竭力一搏了。"

都克尼谨遵富俊大人之命，将庞荣、庞庆和白面娘子请到自己在将军衙门旁边的官邸，转达将军对下一步行动的安排，共议捉拿秦名远归案、平安找回尤公子之策。白面娘子最信着庞氏兄弟了，执意要听庞家哥哥的高见，都克尼更是一个劲儿地点头，庞荣也就不谦让了，开口道："好吧，我先说说。从所掌握的线索分析，已经很清楚了，尤成额的失踪与秦名远有直接关系，两人之间实际上是因果相关的一宗事，即只要擒住秦名远，尤成额随之便会水落石出。到哪儿去找秦名远呢？从眼下看，用不着撒下人马各处找了，所有的指向都集中在裤裆街板门大院的家主彤甜甜身上。此人依仗王爷之威，有潘爷、胖姑等人的推波助澜，加之长期接受秦名远的恩惠，目空一切，凡人不搭语，难以走近她。而秦名远为自身安危可下抓住了这根救命稻草，心甘情愿匍匐在彤甜甜的脚下，心腹爪牙皆奉其如圣母，自然也都千方百计地庇护秦名远，绝对不会道出其藏匿之处，因为他们之间休戚相关。彤甜甜并不知道我和庞庆的身份，即使登门造访，会以为仅是凭王爷之短剑求助于她，暗地里还得观察我们究竟有多大能耐。因此必须露几手儿，把秦名远提溜出来，摆在她面前，使其无话可讲……"

第四章 乱世重逢

刚说到这儿,门被推开了,4人抬头一看,班布泰和亲随带着柳祥来了。柳祥刚要给副都统叩头下拜,都克尼忙将其扶住道:"不必如此,缘何而来?"

班布泰接过了话茬儿道:"噢,是这样的,他跟看守讲,说是有要事求见都大人,我就带着来了。"

柳祥说道:"都大人、班佐领,小的被关押这些天里,晚上睡不着觉就思摸,将军和各位大人待我这么好,又特别讲义气,若是继续瞒下去,那还是人吗?不能总犯糊涂哇,不应再受秦名远'不求同生,但求同死'的鬼话骗了,更不该卖力死保他了,所以就来了。是想禀告大人,秦名远并没有逃出江城,他呆的地儿我知道。"

听了柳祥的话,大家非常兴奋,都克尼让他坐下慢慢说。柳祥谢过,坐在椅子上,接着又道:"我曾随秦名远去过裤裆街板门大院,说是此宅子是秀林大人调任吉林将军期间,将一家金铺掌柜的私邸买下并发现一处房舍内有早年挖的地道,里面有砖道通风孔,关锁地门,自成独立门户。如有什么事需要躲藏,可长期隐蔽于此,不易被人察觉,故一直秘而不宣。后来秦名远把这儿当成了他的密室,常与心腹聚议要事,不是跟随他的兄弟都知晓。"

白面娘子不以为然:"这算什么好地方啊,上面的地门一扣,那不贼等着被人一窝端嘛!"

柳祥说:"哪儿像你想得那么简单呀,地室另有与外边联络的秘密通道,秦名远为啥对我和窜山虎、云中燕高看一眼、又赏银子又送金条的,就怕我们反水,揭这个老底儿。都大人,我记得很清楚,其中有一条暗道口就在您坐的太师椅后边的帷幔下面。"

都克尼立马站起身来,拉开帷幔,搬桌子,挪椅子,卷地毯,隐约可见地上确有一个长方形的地道口,上头扣着木板,与地面平行。由于长期不用,木板的缝隙已被尘土添满,仅有大致的轮廓,不仔细看很难发现。都克尼虽是吉林将军衙门的副都统,但到任的时间不算长,真不知屋内竟有个暗道。柳祥说:"秦名远这几年一直充任将军衙门总管,此暗道可直通秀林大人的内宅,没准儿是他给凿开的也未可知。"

都克尼好奇地抬起脚使劲儿跺跺地,感觉很硬实,木板下似乎不是悬空的。遂令班布泰去找家巴什儿,没一会儿拿着根铁棍转回,想把木板撬开,可费了挺大力气就是撬不动。又取来铁镐刨,没几下便将厚厚的木板刨裂了,露出了青砖,原来地道口儿已被堵死。都克尼决意挖开看个究竟，于是大家一齐动手起砖，起完第四层，地道口儿的木板门终于露出来了。庞荣手抓门上的大铁环用力一拽，果然下面是一米宽的洞口儿，出来一股儿寒气。班布泰俯身往里望，见洞壁上竖着一个窄梯，里面漆黑一片，估计地道又深又长，没有火把照明根本无法下去。柳祥说道："此地室有两个出口，这是其中的一个，既然已被砌死，说明早就废弃了。另一个出口在距板门大院东边不远的一片小树林中独有的两棵穿天杨之间，铁板上有一层薄薄的泥土覆盖，肯定仍在用。我们起先不知板门大院的女主人叫啥名儿，只知其绰号，缎子旗袍儿一穿，光彩照人，就显出那对儿大奶子了，是个人见人爱的美人儿呢！"

白面娘子瞪他一眼道："柳小辫儿，咋三句话不离本行呢，总忘不了唠扯女人。"

柳祥自知语失，不该说这话，瞅了瞅都克尼，忙道："噢，我的意思是向都大人禀报板门大院的家主身边有两个保镖，一个人称'潘爷'，一个人称'胖姑'，挺有能耐，且忠心护主。我估摸着地道的入口处一准是靠他俩或云中燕、窜山虎把守着，云中燕手黑着呢，要是没有十分把握，不能轻易冒险。"

都克尼说："柳祥，只要你真心悔过，我们欢迎，今天的行动就证明了这一点。先回去吧，继续想，想到什么了及时禀告，争取立功赎罪。"

柳祥点头哈腰地诺诺称是，班布泰和亲随将其带走后，都克尼转向庞氏兄弟道："二位大师，咱已经掌握了裤裆街板门大院的机关暗道，尽管尚不知彤甜甜的底细，也可按将军大人的吩咐去做，事不宜迟，先逮秦名远。不妨双管齐下，我带人马守在小树林中地室的出口儿，断秦名远的逃路，倘有内贼外窜，立即擒拿。二位师父身带短剑，与白面娘子一块儿前往板门大院去会彤甜甜，见机行事。因其有王爷庇护，遇事要谨慎，决不可妄动。具体怎么做，你们仨合计合计，我明儿个就带人在地道出口儿等你们，连守几天，相信不会白等。"

庞荣和庞庆可是少林寺长眉长老的得意高徒，机敏过人，性情沉稳，功夫了得。正因如此，恩师才让兄弟俩二番脚来吉林，助富俊一臂之力。庞荣想了想，说道："彤甜甜孤傲不群，又自恃有王爷做靠山，谁也不放在眼里。我虽有王爷赏赐的鲛皮短剑，但前去捉拿彤甜甜十分得意的秦名远，肯定不会认同，耍起娇来王爷都让她三分。最要紧的是秦名远朝中有人，逮他是将军大人逆王爷之命而为，必须慎而又慎。如果彤甜甜不肯，闹到王爷那里，秦名远更得受到保护了，我们的努力将全部落空，岂不前功尽弃？因此只能施巧计，速战速决。我已经想好怎么做了，请都大人放心，不会让你失望的。"

都克尼又千叮咛、万嘱咐一番后，3人方告辞出了官邸，来到一个较为僻静的地方，庞荣把自己的想法详细说了一遍，白面娘子和庞庆连声儿赞同。于是各自分头准备，紧张忙碌了一阵儿后，待3人再聚到一起时，互相一看，不禁哈哈大笑起来。怎么的呢？庞荣和庞庆倒没啥变化，衣着未改，依旧是壮士打扮。白面娘子的变化可大了，扮成了一个穷困潦倒的乞丐，脸上用锅底灰左抹一道子，右涂一道子，蓬头垢面，衣衫褴褛，赤脚穿着前脸儿已顶出窟窿的鞋子，根本看不出原来的模样儿了。庞荣特别嘱告白面娘子："我们从惇亲王的夫人口中得知，彤甜甜好行善事，或许不是很坏的人。这台戏就靠妹子演主角了，在任何情况下不准改口，不能说错，就照我交代的去演，越活灵活现越好，装得越像，成功率越大。"

白面娘子频频点头道："嗯，知道了，瞧好吧，别忘了，本人可是演杂耍儿的，打小就登台哟！"

一切就绪，3人用罢晚膳，又从衙门借了两匹马，庞庆骑一匹，庞荣和白面娘子骑一匹，于戌时出发了。当夜，北斗升天，繁星烁烁。在飞马去裤裆街的路上，嗒嗒嗒的马蹄声惊动了家家户户的看门狗，立马传来了阵阵犬吠声，有的人家随之亮起了灯光，此乃江城常见之景象。富俊大人嘉庆年间初进吉林时，曾写下题为《夜色》的小诗，其中就有"夜闻邻犬吠，喜报征人归"之美句。工夫不大，3人便到了裤裆街板门大院门前，翻身跳下马。白面娘子与班布泰曾来过这里，算是熟悉，抬起手刚要敲门，庞荣忙给她使了个眼色，意思是你咋忘了自己所扮演的角色了？白面娘子一吐舌头做了个鬼脸儿，赶紧放下手，拍了拍脑门儿站在一边了。庞荣把缰绳交给庞庆，上前去叫门："彤老板，彤老板，开门哪！"

片刻，只听院里正房的门吱嘎一声开了，出来一位老者，慢腾腾地朝院门这边走。白面娘子一看，正是那天让给将军大人传口信儿的老堂役，到了跟前把门闩一拉，推开一条缝儿，盛气凌人地问道："哪位呀？都什么时候了还来搅扰，不让歇息了？"

庞荣说道："老人家，我们兄弟打京师而来，路过此地，求见彤老板，麻烦转达一声。"

老堂役故伎重演，根本不理茬儿，刚欲关上大门，庞荣立即从内怀掏出那把短剑在他眼前晃了晃，话都没说一句。老堂役眼神儿那个好使呀，马上把门推开，满脸堆笑地躬身施礼道："哎呀，都怪老朽眼拙，不知上差驾到，快请，请！"随即又回身冲院里喊道："胖姑，快出来，迎接上差呀！"

这一嗓子还真亮堂，只见正房的屋门被推开了，拥出四五个女人，为首的那位胖如地缸，然行动却比小姑娘灵巧百倍，快速跑到跟前，憨声憨气地问候道："三位好啊，嚄，又是人又是马的，贵客登门，喜事随至呀，快请进！"说着上前接过庞庆手中的缰绳，交给另两个女人牵着。

于是老堂役在前头引路，庞荣、庞庆随后跟进，白面娘子故意把脚步放慢，与他们保持一定的距离，目的是与身边的胖姑多些接触的机会，身后是那几个女人。进了院儿，两个牵马的女人径直去了西侧的马棚，从马棚旁边的小茅屋里走出一个老马倌儿，把缰绳接了过去，一一拴好，喂上草料。庞荣、庞庆自迈入板门大院的门坎儿，两眼就没闲着，一边走一边四下踅摸，注意观察房屋的布局，哪里有路，通到哪里，哪里有天井，机关暗道可能设在哪座房舍等，因为他们须尽快掌握这里的情况。此刻，胖姑一直在偷偷打量着白面娘子，见其身着破衣烂衫，脸也没洗，脏兮兮的，低着头在后面跟着，一声不吭，样子十分惹人怜，很是气不忿儿，寻思道："这两个该杀的上差，一块儿来的，撂下人家不管了，瞧不起咱穷姊妹还是咋的？这姑娘的境遇同13年前的我一样，天爷祖奶奶呀，怎么又冒出一个小可怜见的？"想到这儿，侧过身拉着白面娘子的手，爱抚地捋捋她那乱蓬蓬的头发，大声儿说道："妹子，别怕，有我呐！看你不像他们一起的，告诉姐，是捡来的，还是抢来的？或是准备把你卖到窑子里？这俩男盗女娼的混账东西，不得好死，非天打雷劈不可！"

走在前面的3人忽听从身后传来了胖姑气哼哼的谩骂之声，一时不知所以然，庞荣、庞庆以为白面娘子惹祸了，老堂役以为胖姑看不上来客，无缘无故发彪。待回头看时，老堂役见胖姑用手指了一下白面娘子，这才注意到了女子的装束，完全理解了胖姑火儿从何来，并冲其摇了摇头。胖姑会意，不吱声儿了，搂着白面娘子的肩膀和大家一同进了客厅。客厅很大，正面高挂着明末清初大画家江韬的"虎啸龙吟图"，两侧硕大的白瓷瓶上分别印有和合二仙像，虎头铜炉里燃着桂香，靠墙

第四章　乱世重逢

的地面摆放着一盆盆翠绿的兰草，令人精神舒爽。白面娘子看着厅堂的陈设，心里很是纳闷儿："咦？这里也不像与班布泰初访时所辨析的是纳娟之窑舍，究竟是干什么营生的呢？"正琢磨着，只见老堂役热情相请庞荣和庞庆坐于上宾席，又吩咐侍女奉上香茗，分别为客人斟上。胖姑把白面娘子拉到庞荣身边扶其坐好后，随老堂役一块儿出了屋，可能是通报去了。

少顷，忽听胖姑在厅外喊了一嗓子："大奶奶来了！"话音刚落，客厅小圆门的水晶帘子哗啦一声被侍女撩起，老堂役和胖姑先进了屋，分别站立两侧。庞荣、庞庆和白面娘子看这阵势，知道女主人要上场了，便礼貌地起身相迎。这时，彤甜甜由两个丫环陪着缓步走了进来，面无表情，目不斜视，稳稳坐在正中的太师椅上。为使其坐得舒服点儿，其中一个丫环将抱于胸前的外包金丝绒的小木凳轻轻放在她的脚下，以便暖脚。另一个头梳钻天锥的小丫环手捧香木盘，盘子上放有主人专用的景泰蓝瓷杯，规规矩矩地站在身旁，看得出彤甜甜在接待外客时很能放份儿。白面娘子上上下下打量开了，见其头梳高高的盘云髻，髻上插一支亮闪闪的金簪。身着上绣群蝶戏菊的紫缎紧身旗袍儿，尤显身材修长，外罩石榴红丝质坎肩儿，脚穿前脸儿有小绒球的寸子鞋，端庄秀丽，姿色不凡。再仔细一瞅容貌，竟惊诧得心嘣嘣直跳，差点儿没叫出声儿来！不仅眉眼口鼻和自己太像了，两颊也有酒窝儿，肤色亦那么白皙，简直就是一个模子里刻出来的，难道坐在眼前的彤甜甜是我失散多年的一奶同胞姐姐大白丫？庞荣见其有些失态，忙拽了一下她的衣袖儿。白面娘子侧过头一看，见庞家二位哥哥都在盯着自己并使了个眼色，意思是我们和你有同感，不过要稳住架儿，不露声色，尽量保持镇静。这一切彤甜甜丝毫没有察觉，她谁也不看，先端起小丫环捧着的香木盘子里的景泰蓝瓷杯呷了一口茶，放下杯子后，开始低头欣赏自己的长指甲，左看看右瞧瞧，过了一会儿方开口道："三位辛苦了，请坐吧！"

庞氏兄弟和白面娘子坐下后，彤甜甜接着又道："你们拿着老王爷的鲛皮短剑来我这儿干吗？别以为得了那玩意儿就敢胡作非为，老娘可不在乎这个。"

此话一出，屋内的气氛顿时紧张起来，鸦雀无声。庞氏兄弟用余光一扫，瞥见老堂役和胖姑手中皆掐暗器，只要彤甜甜发出个动静，必是一场激烈的打斗。二人互觑一眼，起身向前走3步，抱拳施礼，庞荣说道:"彤老板,初次见面,给您请安了!介绍一下,我俩是兄弟,我叫庞荣,弟弟叫庞庆,都在当朝湖广总督桂良大人身边效力。前数日,途经盛京,巧遇当今皇上御弟、惇亲王的车驾出巡,4匹火龙驹突然被白头大雕惊吓,拉着内坐王爷和福晋的轿车狂奔,驭手丧命,领兵头目和士卒都被抛得远远的,彩轿几乎颠零碎了。就在这生死关头,我们兄弟跳上车制伏了惊马,救出受伤的王爷和福晋。王爷在锦州设宴致谢,赠鲛皮短剑留念,并嘱咐我俩来吉林裤裆街板门大院拜识彤老板,转告王爷、福晋平安吉祥。"

彤甜甜听庞荣讲这件事的时候,初始浑身紧张,屏气凝神,继而吓得汗毛都竖起来了,心惊肉跳!一直到得知王爷和福晋被平安救下,这才长出了一口气,眼泪也止不住了,完全没有了倨傲无礼的样子。她显然受了感动,起身走到庞荣、庞庆跟前施了个蹲礼道:"王爷和福晋之所以叫你们来这里,是因为太累太忙了,想让我代其感谢二位的救命大恩,谢谢,谢谢啦!"

老堂役走了过来,说道:"大奶奶,见到恩人,感激的话千言万语说不完,明儿个备宴,开怀畅饮述衷肠!"

彤甜甜这时注意到,胖姑不知啥时候站在了那个蓬头垢面的女子身后,双手搭在其肩膀上,嘴噘得老高,便走了过去。胖姑的注意力没在女主人身上,也不瞅她,只是低下眼侧过头望着白面娘子所穿的那双窟窿鞋。彤甜甜随其目光看去,陌生女子那一身儿既脏又破的衣衫很是刺眼,同情之心油然而生,转而又愤怒不已,手指白面娘子冲庞氏兄弟吼道:"你俩给我站起来,快说说,这是怎么回事?"

其实呢,刚才庞荣在向彤甜甜陈述救王爷的经过时,眼角儿不时地扫视白面娘子的一举一动,见其装出一副可怜兮兮的样子,很是招人疼爱,对她的聪慧和领悟能力由衷满意。而且看到胖姑独自陪伴着白面娘子,心里期盼着快点儿将彤甜甜的目光吸引过去,戏就演到家了。当忽然听到彤甜甜喊了一嗓子时,兄弟俩暗地里乐了,赶忙故作慌张地站起来,庞荣说道:"彤老板,请息怒,方才只顾回您的话了,事儿得一件一件说,一张嘴忙不开呀!您看这个妹子多可怜啊,我们兄弟来吉林的半道上遇到了她,当时正要寻死上吊呢,谁也不能眼瞅着不是?好说歹说才给劝住了。想到听王爷和福晋讲过彤老板敬佛行善,索性就带其投奔您这儿了,给点残羹剩饭、旧衣裳,也算赏她一条小命了。"

庞庆紧接着对白面娘子说:"妹子,别怕,这就是我曾告诉你的救苦救难的活菩萨,快给大奶奶磕个头!"

白面娘子本来从小就失去了父母,无依无靠,流落江湖,四海为家,是个苦命人。一想到这些,不用作戏,泪水立马溢出了眼眶儿,哭着跪在地上咣咣磕着响头叩谢大奶奶的收留之恩。哭声那么凄惨,那么揪心,那么感人,使得彤甜甜、胖姑和丫环们也不禁抽搭开了,继而哭成了一团。老堂役赶紧好言劝慰主子,劝了半天无济于事,只好把胖姑拉到一边,面有愠色道:"快住声吧,你跟着凑啥热闹啊,不心疼咱家大奶奶了?"

这话还真起作用了,胖姑止住了哭声,回头又劝大奶奶别哭了,彤甜甜抱着白面娘子互相擦拭着眼泪。过了一会儿,彤甜甜坐回到太师椅上,说道:"这位妹子确实可怜,很是招人疼,我决定收下了。二位救命的大恩人,从今儿个起,咱们就是一家人了,我该叫你们哥哥。为使大家尽快熟悉,相互有个照应,先给介绍一下。这位姓潘名中顺,京城门头沟人氏,既是本人的保镖,又是板门大院的护卫,负责处理本院一应诸务,大伙儿尊称为'潘爷'。那个胖丫头是管家,院内人员的衣食住行由她和潘爷统筹安排,也是个苦命的孩子,从小不知生身父母是谁。13年前我俩在拉林河相遇,当时她12岁,从此姐妹相称,始终跟在身边。从没起过大号,长得又胖,得一绰号'胖姑',尚未找婆家。这几年,范家堡子来了两位少林寺的高僧坐镇,法号分别为夺魂僧者、静空大师。我听到这个信儿后,觉得机会难得,就让胖姑前去拜师,习练武功。练了一年有余,臂力增强了,武功尚差得远,回来跟着潘爷继续学。板门大院的环境不错,颇为幽静,二位大哥多住些日子,好好儿叙谈叙谈,人熟为宝嘛!胖姑啊,赶紧吩咐厨师备便宴,大哥走那么远的路,早已又饿又乏,用罢膳好早点儿歇息。"

庞庆忙道:"彤老板,不必麻烦了,我们路上已经吃过了。"

彤甜甜点点头道:"噢,那好吧!潘爷呀,给二位大哥安排一个清静的房间,舒舒服服睡一觉,解解乏,明儿个咱接着唠!"

潘中顺答应一声,头前带路,庞荣、庞庆向彤甜甜告辞后跟出。彤甜甜目送3人离去,遂侧过头对白面娘子说道:"老妹子,走吧,今晚睡在我那儿。"

白面娘子假意推诿道:"不行不行,我是个穷要饭的,四处流浪,浑身是土,又脏又臭,哪儿敢与大奶奶同宿啊!"

彤甜甜笑道:"说哪里话,出身卑微怎么了?我不嫌弃。"

彤甜甜的居室很讲究，宽敞、洁净，卧室挨排3间，头室她住，二室胖姑住，三室为沐浴间。由于北地冬季严寒，显贵人家均如此筑屋，一色朝阳，另有密室，非主家人不许擅入。室内搭锅灶，烧火做饭，更衣沐浴，房外设茅厕，溲便不出院儿，由嬷嬷清扫。胖姑直接把白面娘子领到了自己住的二室，甜甜吩咐她带老妹子去沐浴间洗个澡，梳梳头，再给换套新衣裳。胖姑先生火烧热水，然后出去抱来新被子、新褥子和两套衣裳，边把褥子铺在炕上边告诉白面娘子："老妹子，你是不知道哇，大奶奶心眼儿好，这些铺盖都是她的，让拿出来给你用，我还没享过这福呢！"

白面娘子站在地当间儿左观观，右瞧瞧，忽然被四壁吸引住了，细一看全是用小块儿涂漆的楠木镶嵌的，上有雕花，非常漂亮，感觉好像置身于一间花屋。胖姑说："大奶奶住的屋子比这屋还亮堂，墙面也是用打磨过的一万块儿楠木拼成的，听说原来是秀林将军和大夫人的卧室，咱这屋子是二夫人的居室。"

白面娘子问道："大奶奶是京城人，那儿多好哇，为啥到吉林来？"

胖姑说："大奶奶可不是京城人，父母从关里逃荒到东北，她出生在拉林河。从小父母双亡，逃难时又与妹妹走散，她便成了流浪儿，沿街乞讨，后来给渔霸当晒网、织网的童工。有一年得了重病，差点儿没死了，刚将养好，就被渔霸卖到盛京的一家妓院，幸好乘人不备半道儿逃了。大奶奶吉人天相，偏巧遇上王爷偕眷出巡归来，福晋见其模样儿俊俏、清秀，喜欢得不得了，遂带回京师拜了干姐妹。从此大奶奶便是格格了，住在王爷府内，过上了锦衣玉食的生活，天天除了读书写字，就是学习琴棋书画。不知你方才在客厅是否注意到，挂于正面墙上的那幅名画就是老王爷赏赐的，大奶奶特别喜欢。她心里一直怀念自己的出生之地，不忘拉林河，加之母亲也葬在那儿，故而总想回去。老王爷和福晋拗不过，于是请吉林将军在江城给她摸个合适的居处，便来到了这里，闲暇时，常回拉林老家寻找故人。"

听了胖姑的一番话，白面娘子更加确信板门大院的女主人彤甜甜就是自己14年前走散的亲姐姐，此乃阿布卡恩都力的眷佑啊，让我圆了思亲梦，姐妹终于可以团聚了！正在她按捺不住心中的喜悦之时，胖姑告知洗澡水已经烧热了，进去好好儿洗洗，不用着急。白面娘子谢过，回身拿起炕上的新衣裳，撩起门帘儿去了沐浴间。过了两袋烟的工夫，白面娘子洗罢，换上了新衣，出了沐浴间回到屋内，见彤甜甜也在，正坐在椅子上与胖姑闲聊着。二人抬头一看，不由得一声惊呼，张大的嘴巴半天合不拢，不是在做梦吧，这不又一个活脱脱的彤甜甜嘛！胖姑忙起身走上前把白面娘子拉到甜甜身旁一打量，那身材、那长相、那肤色一模一样，分不出伯仲，都那么美丽，那么光彩照人，招人爱看。彤甜甜眼睛湿润了，仔细端详着白面娘子的体貌，两手抚摸其脸颊，颤声儿道："你……是我的妹妹小白丫吧？"

白面娘子使劲儿点点头道："没错，我是小白丫，见面的头一眼就认出你是姐姐大白丫了。"说罢，一头扎进甜甜怀里，任喜悦的泪水不住地流。

甜甜紧紧搂着白面娘子喃喃道："小白丫，我的好妹妹，你还活着，今生今世总算见到了，见到了……"

一旁的胖姑也激动得热泪盈眶，上前一把将二人抱住了，高兴地说："太好了，太好了，梦境变成了现实，值得庆贺！我正觉得奇怪呢，大奶奶平时虽然同情穷苦人，但从不让谁到自己的居处，哪怕是孩子也不准。能在身边久坐的人不过二三，惟跟我最合得来，当成亲姐姐一样看待，无话不谈，只因同是天涯沦落人。今儿个却一反常态，破天荒头一遭把陌生人领来同宿一处，这可太不易了。现在明白了，原来是好人有好报，年年岁岁所虔诚叩拜的拉林河神母娘娘显灵了，赐福于大奶奶，把日夜思念的亲人送来了，满足了彤氏姐妹心中的祈愿。今天可是个吉星高照的日子，快别站着了，坐下好好儿亲近亲近，唠扯唠扯。"

甜甜松开手，掏出丝帕为妹妹擦拭着泪水，说道："小白丫，走，到姐姐屋去，胖姑也去，今晚咱们姐儿仨同住一间屋，同睡一铺炕，叙叙别后情，我就盼着这一天呢！"

夜深了，3人来到头室，和衣躺在热炕上。此刻，白面娘子初始对板门大院的厌恶、鄙视一扫而光，并有一种家的感觉，那么温暖，那么亲切，恨不得把满腹的委屈一股脑儿吐出，十几年的辛酸泪一下子流完，那会无比痛快，从此与姐姐快快乐乐的生活。她在回忆自己的不幸遭遇时，当年被咆哮的拉林河水吞没、冥冥之中被人救起、跟赛燕青师傅学艺、随杂艺班四处搭台、邵勤的可恶、秦名远的无耻、不愿苟活投河自尽、身置妓院的八面逢迎等场景历历在目，悲愤、屈辱、痛苦、感激之情一齐涌上心头，讲得声泪俱下。随着白面娘子泣不成声的就是甜甜和胖姑了，3个女人搂抱在一起，泪水流在一起，话说到一块儿。甜甜动情地说："小白丫，姐在客厅与你一照面儿，也不知怎么了，就觉得有缘,打心眼儿里喜欢,愿跟你亲近,一举一动都对我心,好像老早就认识似的。人们都说双胞胎心相通,遇事相互有感应,看来此言真对呀,姐姐何尝不期盼着立刻找到你呀!我也吃了不少苦,遭了不少罪,只能咬牙挺着,想法儿活下去。后来巧遇贵人王爷和福晋,跟着去了京师,从此成了金枝玉叶,不愁吃穿。可我并不快乐,心里始终记挂着亲人,宁肯离开安适的京城,也要回到北地的老家拉林,就为寻找你这个惟一的妹妹,不知是否活在世上。噢,小白丫,你把左手伸出来让姐看看。"

白面娘子顺从地伸出纤细的左手,甜甜拉过一看,小指明显短了一节。继而捧着左手摩挲着,爱抚地贴在脸颊上,亲也亲不够。就这样,3个女人没有丝毫困意,只有唠不完的嗑儿。甜甜搂着妹妹,胖姑偎依在白面娘子身旁,几乎成一体了,似乎生怕有人再把她们分开。直到三更敲过,白面娘子才开始进入正题,郑重地说:"二位姐姐,我从小长这么大,一直没取彤姓大号,在杂艺班时起了艺名,叫白面娘子。作为妹妹,不能不告诉姐姐实情,希望你们能按我说的去做。"

甜甜和胖姑异口同声道:"当然了,见到妹妹更有主心骨儿了,不听你的听谁的呀?"

白面娘子说:"我和庞荣、庞庆这次到板门大院,不仅是按王爷、福晋之意前来看望你们,还为吉林将军办一桩公案。说来十分可气,茗兰之夫尤成额博学多才,不愿凭祖上声名在京师谋取仕途,便由其舅湖广总督桂良大人所雇用的庞氏兄弟陪同,于嘉庆二十五年初夏赴吉林左翼官学任教习。时任吉林将军衙门总管的秦名远因已收受盛京衙门吏部侍郎卢涟的贿赂,所以便想移花接木,让其妻弟鲍昌顶替。于是从中作梗,百般刁难,派人将尤成额夫妇送到江北拘缉营,使之申述无门,受尽屈辱。直至道光四年富俊四任吉林将军,在审理积案时,方弄清此事的来龙去脉,随即设考榜,在大人的主持下,凭答卷择优录用。结果尤成额榜上有名,夺得头筹,正式成为吉林左翼官学教习。秦名远因此怀恨在心,一个月前将尤成额劫走,至今音信皆无,生死不明。其妻担惊受怕,郁郁寡欢,身子骨儿每况愈下,令人揪心不已。姐姐,据我所知,你虽与秦名远一直打交道,但不一定了解其人品,说他罪恶昭彰,心狠手辣,一点儿不为过。别的且不讲,这些年来,他跟咱姐儿俩何止是认识?心里明镜似的,只有双胞胎才会长得如此相像,还知道你我的乳名以及都在寻找对方。可他却牙口缝儿不欠,那边凌辱着我,这边围

第四章 乱世重逢

着你极力周旋，眼瞅着一对儿姐妹不能团聚，实则为了自保，世上还有比他更坏的人吗？我一向认为看谁有困难是该主动相帮，每个人都应如此，但不能不问青红皂白而施以援手。我估计眼下秦名远藏在板门大院，若真是这样，你肯定是受其蛊惑、不明底里才助其逃避官府的追查，妹子讲得对么？"

甜甜迟疑片刻，说道："妹子，姐姐不瞒你，秦名远是在这儿。所说的一些事，姐听了既吃惊，又气愤，他在我跟前只字未提过。我到吉林来，是老王爷给搭的桥，一应诸事全靠潘爷去张罗，去疏通。正因如此，潘爷跟秦名远以及范家堡子的庄主范蔼仁接触的机会多，关系比我近。近些日子胖姑曾告诉我，说是大院出现几个生面孔，不知是干何营生的。我听了没太往心里去，寻思反正有潘爷呢，一切由他安排、处理，也就没细问。妹妹有所不知，刚到江城那会儿，两眼一抹黑，谁也不认识，秦名远帮我出了不少力，跑前跑后地跟着忙乎，心里很是感激。后来他讲了不少富俊的坏话，说什么那癞老头儿总跟我过不去，动不动就找茬儿，要么就问罪开刀，够难伺候的了。我听了挺有气，这不明摆着欺负人吗？所以对富俊的印象不是很好。"

白面娘子说："富俊大人乃三朝元老，是皇上信任的佐臣，尽人皆知。我可领你们去将军衙门，只要与大人见个面、攀谈一会儿，便知道他是什么样的人了……"

暂且不讲白面娘子和甜甜、胖姑越唠越投机，解开一些对吉林将军衙门和富俊大人的误解，对秦名远有了进一步的了解。再说潘爷领着庞荣、庞庆出了客厅，来到一个颇为宽敞的房间，说道："今晚二位就住在这里，相比之下，较别的屋清静，便于歇息。要是起夜，不必出门，容易受凉，外屋地已备好了大木桶，往里尿就行了，明早自有人拎出倒掉。需要提醒的是大奶奶喜欢狗，院子里养了十几条从蒙古买来的猎犬，生性、厉害，我都曾被咬过，你们千万别去惹。对门儿歇着的3个仆从供二位支使，有什么事儿需要帮忙，可唤他们去做。"交代完毕，勉强挤出一丝笑容，转身退出了。

庞氏兄弟心知肚明，潘爷之所以用狗吓唬人，显然是为了防范。看来初进大院被迎进客厅时，对立的双方便形成了，即以潘爷为一方，以我俩为一方。潘爷表面上有说有笑，暗地里却在较劲，随时准备拿出看家本事与对方比试。什么看家本事呢？就是充分利用那些看家犬，一见生人必叫，让任何心存不轨之人皆寸步难行。潘爷肯定很自信，认为这护院狗我俩难以对付,想闹也闹不出个啥名堂来,只要狗叫,本爷就开抓。我们缘何而来呀,还不是要弄清板门大院究竟是个什么所在,特别是地道口在哪屋?秦名远藏在哪儿?吉林将军衙门副都统都大人正率手下在小树林内的地道出口焦急地等着与我们会合呢!第一步已经实现,顺利地进入了板门大院,下一步就是站稳脚跟,尽快摸清各个房间的底细。聪明的白面娘子久经世面,什么人都能应付,深信她一准会赢得甜甜和胖姑的好感。我们兄弟也不能当孬种,要施展所学之能耐,把板门大院查个底朝上。

书中暗表,庞荣和庞庆带个丐女突然造访板门大院,对此首先引起怀疑的就是老堂役潘爷。他有些功夫,负责大院里里外外的护卫,还要保护彤甜甜的安全。潘爷早年追随赛冲阿将军,成为其健锐马步营中的一名骁骑校,转战南北,屡立战功。有一年参加平定荆州匪乱时,他身负重伤,授"雅勒哈巴图鲁",即像豹子一样的勇将。赛冲阿是嘉庆皇爷的虎臣,遂将自己的这位爱将带回京师养伤,派太医诊治。潘中顺伤愈后,身子骨儿大不如前,便想离开军营,干个力所能及的差事。当时,嘉庆帝之三子绵恺亲王正在习练武功,赛冲阿和桂良便向其极力举荐潘中顺做武师,得允后,从此在王府里教授武功。前些年惇亲王和福晋偶遇甜甜,非常喜欢,福晋与其拜了干姐妹。后来甜甜缠磨王爷和福晋要回吉林,二人只好答应,惇亲王把潘中顺派了去,并请时任吉林将军的松筠予以妥善安置,松筠则将潘中顺和彤甜甜全权托付给将军衙门的总管秦名远,令其好生侍候。秦大门牙多鬼呀,最善于察言观色了,发现潘中顺习惯于动脑筋,什么事考虑得最多,彤甜甜很听他的,便知这是王爷和福晋的贴心人。于是对潘爷远远高于彤甜甜,3日一小宴,5日一大宴,时不时地馈送金银首饰等。当得悉其已两丧妻室,眼下尚未续弦,便从烟花柳巷买来冯氏小娇,大办3天,操持合卺。秦名远收买了潘中顺,就控制了彤甜甜,遇到什么不可解的事儿找潘爷,潘爷找甜甜,甜甜再找王爷和福晋,没有办不成的。秦名远能在板门大院隐蔽下来,自然离不开潘爷的帮忙和谋划,今儿个大院突然来了几个生人,他能不犯疑吗?尤其看见庞荣、庞庆格外眼晕,心里思摸道:"这两个人到底干啥的?还大摇大摆地来,难道真实用意只是因为救了王爷和福晋、特意上门向大奶奶报个功、讨个赏?不会那么简单。"这么想着,便暗暗嘱咐甜甜:"大奶奶,我久经战阵,什么高手儿都见过。现在习武的人多了,谅他俩比胖姑那样的初学者也强不到哪儿去。不过得小心

第四章 乱世重逢

为上,别被其蒙骗喽,这俩人就交给我对付吧!"

然而潘中顺再狡猾,还是疏忽了,没有及时识破庞荣设下的连环套。来的路上,庞荣心里一直盘算着,此去板门大院,他们一准紧紧盯着我兄弟俩的一举一动。为啥呢?白面娘子扮成可怜巴巴的丐女,浑身上下脏兮兮的,谁愿看她呀,注意力肯定吸引到我和庞庆身上了,无形中减少了白面娘子的危险,要想接近彤甜甜和胖姑,不会有人提防。这样,我兄弟俩为一方,白面娘子为一方,互相既有配合,又各显其能,双管齐下,何愁揪不出秦名远、找到尤成额。庞荣此计果然奏效,白面娘子这出戏演得很到位,甜甜和胖姑真以为她是二位壮士半路救下而带进大院的要饭花子,并给以了深切同情,连潘爷都没看出有假,唬得一愣一愣的。

潘中顺走后,庞荣、庞庆没有急于歇息,而是沏了一壶茶,一边喝着,一边注意倾听周围的动静。到了丑时,整个大院静悄悄的,一点声儿没有,估计所有的人皆已进入了梦乡。于是二人换上了紧身黑色夜行衣,戴上黑帽子、黑面罩儿,脚穿带钉子的登脊软靴。腰间别着匕首,缠着锁链,内怀揣着迷蒙粉、攀爬钩、毒狗丸等,轻轻推窗而出,对门儿的那几个明说是侍候客人、暗地里监视他俩行为的仆役丝毫没有察觉,睡得蛮香。因白天二人被迎进大院时,早已把四周看个清清楚楚,窗外紧挨着烟筒垛子。所以在蹿出的同时,便能准确的飞身跃上,随之脚尖儿一点折了个跟头纵至房顶。正巧皎洁的明月悬在中天,月色溶溶,院内一排排屋舍尽收眼底。夜行人最烦看家狗了,偏偏南北两个大院全靠猎犬守着,时不时地叫几声,传递平安信息。庞氏兄弟出生于农家,户户皆养狗,熟知狗的习性,有一套联络夜狗的技巧。狗也是软的欺,硬的怕,溜须强者,恫吓弱者。狗中亦有首领,曰"头狗",头狗把最凶狠的狗制伏了,其余的狗便都听喝儿了。俗话说:"人有人言,兽有兽语",一点儿不假。庞荣和庞庆知道治狗须会斗狗,得掌握并会模仿各种狗的叫声,什么凶狗、孬狗、穷狗、阔狗、丢崽子的狗、失群的狗、急着要对母狗放骚的公狗等等,都能学得活灵活现,惟妙惟肖。藏在暗处捏着鼻子那么一哼哼,狗准会当真,竖起耳朵到处踅摸这个陌生的同类在哪儿,要干什么。二人今晚可不是没事儿斗狗玩儿,而是要密探板门大院,首先得征服那些凶恶的看家狗,使其老老实实呆在窝里。他俩蹲在房顶的黑旮旯儿处,庞荣挺胸运气头一扬,用手捏住鼻子,张嘴鼓舌从胸腔里发出似凶猛的大狼狗聚群之时的吼叫声,意思是告诉群狗,谁敢不服我的令,立马咬死你!庞庆则趴在地上,捂着嘴发出一种受凶狗欺负吓得要命的窝囊狗的哀号声。要知道,深夜里万籁俱静,如此大的犬吠声能传出老远,所有的狗立马都被惊醒了。它们纷纷从窝里蹿出,在院子里东窜西跑,显得很不安分,似乎有什么危险袭来,汪汪汪叫个不停。紧接着一阵阵凄惨的叫声儿,众狗又听到同类中有皮肉被撕裂、疼痛难忍的哀鸣声儿,有母狗为护崽子、疯了似的扑向大狼狗的相互厮咬声儿,有小狗被大狼狗咬死后、咔咔咔的嚼骨头声儿以及满嘴喷香的吧哒声儿。大狼狗似乎并不因此而满足,仍在夜风中不停地狂叫,告知同类谁若不怕死,那就来吧,作为我的口中餐!两个院落的狗全吓蔫了,也不窜来窜去地叫唤了,一只只夹着尾巴躲进窝里,静等主人前来帮忙。

  庞荣和庞庆一看,所打的这场天昏地暗的狗仗见效了,时机已到。随即腾身而起,像一股儿轻风从一排排屋脊上掠过,从外面晾晒的素色和花色衣裳推测,前院儿两排房住的有男有女,女人比男人多。中间是道青砖高墙,有门通到后院儿,已知的两个独立小院儿,左侧院内的那座房是彤甜甜的居处。他俩迅速来到右侧小院儿,跳下屋脊,走到房前,贴进窗台,用指尖舔着吐沫揉破窗纸。然后打小洞处往里观瞧,见南北各一铺炕,上面睡的全是孩子。二人看罢,相互示意,房舍情况已经明了,两个大院住着30多人,男女老少皆有,根本不是什么娼妓之所。那么,彤甜甜究竟在江城是做什么行当的?所谓的暗道应在哪一栋房舍里?不得而知。庞荣抬头看了看天,启明星快出来了,不能再耽搁了。遂冲庞庆挥了挥手,俩人按原路返回,仍从窗户跳入屋内,收起夜具,脱衣上炕倒头便睡,鼾声如雷。潘中顺一早来看望他俩,笑呵呵地问道:"怎么样,二位歇息得如何呀?"

  庞荣躺在热炕上,伸了个懒腰道:"嗯,不错,昨儿个可能太累了,一觉睡到大天亮。"

  用早膳时,潘中顺陪着庞氏兄弟来到后堂,刚刚落座,彤甜甜拉着白面娘子的手走了进来,跟在后面的是胖姑,坐在了他们的对面。3人抬眼一瞅,庞荣、庞庆倒没啥明显反应,心里自是为白面娘子巧遇姐姐而高兴。潘爷当即怔住了,不错眼珠儿地盯着白面娘子,咦?这可太奇了,昨日还是个又脏又丑的丐女,今儿个怎么面若桃花了?而且长相和主子极其相似,一样风姿秀逸,一样美丽动人,难道此人是大奶奶一直寻找的妹妹?正寻思呢,彤甜甜笑着开口了:"告诉大家一个天大的喜

第四章 乱世重逢

讯，菩萨显灵了，把14年前走散的双胞胎妹妹送到了我身边，你们看，长得像不像？真是做梦都想不到哇，太让人高兴了，我们姐儿俩昨晚聊了一宿未曾合眼，离别情三天三夜也说不完哪！她叫白面娘子，这么多年遭遇了许多坎坷和不幸，初始被现任吉林将军、人称土地爷爷的富俊大人收留了，眼下也有了安身之处。虽然是个苦命人，但仔细想想，还算幸运，不管怎样，我们终于相聚了，世上有多少人家骨肉分离不能团圆。从妹妹口中得知，吉林将军衙门的总管秦名远干了不少违犯大清律的事儿，官府曾将其收监，本人拒不认罪，后来在同伙儿的帮助下逃脱了，将军衙门正在全力抓捕。妹妹和两位壮士此次登门，就是为了寻找此人而来，并请我们协助之，我的意思是……"

　　未待甜甜说完，愣怔半晌的潘中顺插言道："大奶奶，我早就猜到这几位是富俊大人派来的，将军有求于咱，能帮的一定帮。不过天下这么大，我们总在大院里呆着，怎能知道秦名远在哪儿呀？甭管咋说吧，既然是大人的贵客上门，那就是瞧得起咱，务必上宾款待。何况姐妹重逢，喜事临门，应好好儿庆贺一番才是。不如晚上全院上下人等尽情把酒欢歌，借大奶奶的光沾点喜兴，这事我操办。"

　　白面娘子和庞氏兄弟一听，便知潘中顺这是在拐弯抹角的搪塞捉拿秦名远，庞庆刚欲直言，白面娘子忙冲其使了个眼色，顺水推舟道："好哇，潘爷办事就是周到，应该庆贺，我在这儿先谢了。庞家哥哥呀，我姐姐也好，潘爷也罢，那都是讲良心、要面子的人，将军大人的事儿能不帮么，放心吧！"

　　潘中顺暗自思摸道："看上去庞氏兄弟和白面娘子的关系十分密切，不像是八旗军营的人，那又凭啥来捉拿秦总管、替富俊效劳呢？能在危急时刻毫不犹豫地勇拦惊马救王爷，肯定身手不凡。本爷也不是吃素的，不妨跟他们比试比试，便可知道究竟是干什么的了。"想至此，说道："二位壮士，正好头晌没啥事儿，老叟这几天忙忙乎乎的，未得空儿舒舒筋骨，吃完饭咱们过几招儿咋样？权当给大奶奶姐妹俩祝兴了，让大伙儿开开眼。"

　　庞荣、庞庆异口同声道："潘爷有此兴趣，岂敢不奉陪？我兄弟乃无名小辈，愿向高手儿请教。"

　　膳罢，大家出了后堂来到院子，潘中顺在众目睽睽之下，很想借机展示一下自己的功夫，于是摆开架式道："二位壮士，准备好了么？上手吧！"

庞荣先是深深鞠了一躬,然后说道:"武场有武场的规矩,俩人斗一人太没礼貌,那不是欺侮人么?我先来!"说完也拉开了架式。

潘中顺不屑一顾:"按年岁,老叟得让着你,况且又是王爷的救命恩人、我们主子的贵客,不能留下话柄,说是板门大院的人不讲究,不仗义。"

庞荣笑道:"不必,不必,我们哥儿们从来都是只知还手,不先动手,请潘爷进招儿吧!"

潘中顺活到这大把年纪,很少碰到如此不知天高地厚的年轻人,心想:"天天杂事那么多,哪有闲工夫哄两个笨蛋玩儿呀,干脆速战速决。"于是便道:"这样吧,先习练习练,两招儿决胜负可否?"

庞荣赞同道:"好嘛,请潘爷赐教。"

话音刚落,潘中顺立马来了个骑马蹲裆式,腰杆子一挺,两腿半蹲,双目圆瞪,伸出左右拳向内一举道:"壮士来吧,把老叟的拳头打开。"

潘中顺这两个拳头一攥,犹如石头般坚硬,没有一定功夫的人很难打开。庞荣是谁呀,乃少林寺长眉长老的爱徒并亲传指上功,取名号鹰爪消魂侠,这点儿小伎俩能被唬住么?于是收起架式,走到跟前道:"潘爷,对不起,小辈得罪了!"随之左右手的大拇指和食指张开,往对方的双拳上一放。潘中顺立即觉得两个拳头好像插进了火炉子里,炙热难耐,慌忙后退一步,收回双拳,两臂顺势甩了过去,张开十指冲庞荣双耳而来。庞荣暗暗高兴,未承想这潘爷还有十指功法,算是个能耐,跟谁学的呢?得试试他的功法究竟有多深。说时迟,那时快,就在潘中顺两手十指伸向庞荣的耳际时,他迅速来个鲤鱼分水,反手一钩,用力掐住了对方的10个手指头,使其无论如何也挣脱不了,且越掐越重。潘中顺感觉那手指像钉子,几乎嵌入肉里,骨头快要断了,疼得满头大汗。庞荣见此,适时地抽回手,说道:"潘爷,这不算数,您不是说还有一招儿么?那就请吧!"

潘中顺定了定神,向大家一挥手道:"请各位跟我来!"说罢头前带路,把众人引到院子西头儿,那里有块场地,立着数根钻天松木杆儿,杆子与杆子之间以粗麻绳系之,足有十几丈高。庞氏兄弟知道,习武之人为苦练攀援之术,多有此类设施,少林寺也有。潘中顺二话没说,纵身攀杆儿而上,到顶端后再头朝下顺杆儿落地,动作干净利落。

庞庆问道:"潘爷,小辈想请教一下,你能不能手不攀杆儿而

第四章 乱世重逢

823

到顶?"

潘中顺摸摸后脑勺儿道:"手不攀杆儿怎么能上去?"

庞荣、庞庆未等他的话音落地,便各自从所站的杆子下单脚一点地,斜身像燕子一般飞向了高杆,空中一个鹞子翻身,分别轻松立于杆子顶端。继而脚踏杆顶腾挪,比武对打,各展神技,像两只大鹏搏斗,像两只老虎厮拼,像两条巨蟒翻滚。大家皆站在圈儿外仰头观望,看得个个张嘴咂舌,眼花缭乱,心惊肉跳,完全陶醉了,在板门大院上哪儿能观赏到如此高超的武功啊,只剩下拍手叫绝的份儿了。此刻,惟潘中顺显得很不自在,脸红一阵白一阵的,心里思摸开了:"这俩小子不白给,小觑不得,真有两下子。原以为自己的功夫了得,在板门大院无人可比,首屈一指。庞荣、庞庆的到来,又给了我显示本事的机会,所以才把大伙儿都给鼓动来了。这下可倒好,输得太没面子了,怎么办呢?"忽然一个坏主意闪过脑际,高杆儿是他亲自立的,最上头一截儿是后接的,安有铁插板。若扳动机关,上截儿顿时脱落,绳子立断,致使站在杆顶的人坠地,或伤或亡。此人的心术不正啊,自己不能稳操胜券,竟想出如此伤天害理的损招儿来。他抬头一看,见庞荣、庞庆站在杆顶上,或金鸡独立,或双手合十,口中背诵佛经。于是悄悄走了过去,猛然按动高杆儿下边的铁扳手,只听顶端发出嚓啷啷一声巨响,震耳欲聋,犹如地动山摇。高杆随之倒地,两个黑影儿被甩了出去,那截儿木杆儿和铁插板也掉了下来,砸得地面的尘土飞起老高。在场的众人当即吓傻了,皆紧闭双眼,不忍看见两位壮士被摔下的惨状。待回过神儿来,胖姑哭喊着直奔潘中顺冲了过去,手指其脑门儿怒骂道:"狼心狗肺的坏老潘,人家咋得罪你了,至于非要命不可么?那兄弟俩可是王爷的大恩人哪,活活被你给害了,这不是给大奶奶上眼药吗?你不得好死呀,让王爷千刀万剐、点天灯吧!"

甜甜原本与白面娘子站在人群中,一边有一搭无一搭地闲聊着,一边仰头望着高杆上的人比武,觉得十分惊险,渐渐被庞荣、庞庆非凡的高空武技所折服。长期以来,在她的心目中,潘爷就是无人可比的世外高人。此番再见庞氏兄弟的高杆比武,可谓大开了眼界,那动作迅疾如闪电,几乎看不出双脚是如何站立于杆子之端,辗转腾挪,轻若燕雀,如履平地。武林有句俗话:"把式不是吹的,露两手儿便能分出高下。"甜甜虽然没练过武功,但能看得懂,知道这回潘爷露馅儿了,差得远呢,务必得虚心向人家学学。"哪知就在一瞬间,危情顿生,灾祸临头,潘爷偷偷按动高杆儿的铁扳手，放倒了高杆，摔下了庞家兄弟。甜甜气冲头顶，又喊又叫，大发雷霆道："潘爷，你太让我寒心了，还够'人'字两撇么？我一向敬重你，觉得人不错，处处听你的。未承想人品这么坏，明着比不过人家，暗地里下绊子。再者说了，你和两位壮士初次见面，没有任何过节儿，却下如此歹毒的黑手，富俊不得冲我要人吗？王爷和福晋那儿也交代不下去呀！胖姑，赶紧给我绑上，送王爷府发落！"

潘中顺见甜甜变脸了，知道惹了大乱子，慌忙跪地磕头求饶。这时，忽然不知从哪儿传来了响亮的一嗓子："彤老板，放了他吧！"

大家循声望去，只见庞荣、庞庆从场地的北侧走了过来，好像什么事儿都未发生。一个个惊诧不已，全蒙圈了，不知来者是人还是鬼。方才还眼睁睁地看着兄弟俩在高杆倒地之时被甩出老远，以为必死无疑了，非摔成肉饼不可。这会儿竟大摇大摆地走了回来，且毫发无损，简直太神奇了，便将二人围在中间，上上下下打量着。胖姑转悲为喜，笑着嚷嚷开了："此乃天神的护佑啊，是人也好，是鬼也罢，见着影儿就行了！"

庞荣说道："这种低能劣技算得了什么？你看我们哥儿俩不是挺好么，安然无恙。"

跪在地上的潘中顺可吓坏了，顾不上甜甜大瞪双目冲自己发火了，赶忙爬到庞荣、庞庆跟前，匍匐在地痛哭流涕道："老叟有眼无珠，不知高人在此，比武无能，觉得挂不住脸，才做出人所不齿的勾当。请二位千万高抬贵手，别跟老叟一般见识，饶恕这一回吧！"

庞荣抬了抬手道："潘爷请起，看在曾于赛冲阿老将军马前效力的份儿上，可以放过你。"

站在一旁的甜甜虽然对潘爷的举动很气愤，但毕竟是陪护自己的人，总得护着点儿，遂走到庞荣、庞庆跟前致歉道："二位大哥，都是潘爷不好，毛手毛脚的，不小心碰错了机关，让你们受惊了，请原谅……"

潘中顺打断道："大奶奶，别说了，有错儿就得认，老叟给您丢脸了。"

庞庆实在憋不住了，说道："彤老板，听了王爷和福晋的介绍，我们很敬重您的人品。然未承想板门大院的保镖能以连盗贼都不用的暗器伤害来客，未免太不光明磊落了！潘爷说得对，有眼不识泰山，小瞧我们兄弟了。实话告诉你，方才一纵上杆顶，就估计到你心怀叵测，于杆

第四章 乱世重逢

底暗藏杀机。不过我们愿意往好了想,以为你们为防范冤家对头被迫设下了护身铜,不必大惊小怪。万万没想到竟敢用此对付我兄弟,欲置于死地,可见你心如蛇蝎,滥杀无辜。我和兄长练就的旋天术名闻武林,当一觉杆尖儿抖动,迅施老鹰腾云之法,凌空御风,轻功生翼,翩然而落,此拙技怎能慑服于我?"

在场的人像听神话一般,既惊奇,又敬慕,佩服得五体投地。潘中顺也顾不上老面子了,双手抱拳躬身下拜道:"老叟习武多年,走南闯北,头一次领教如此超凡的轻功,敢问二位得艺何山,恩师何人?"

庞庆回道:"我们兄弟自幼入了佛门,坐禅少林寺,恩师是长眉长老。胖姑不是曾在范家堡子拜师习武么?那两位师父也是长眉长老的弟子,乃我俩的二师兄、三师兄。"

潘中顺忙道:"唉呀,原来是嵩山少林寺的高僧啊,失敬,失敬!我与胖姑一块儿去的范家堡子,有幸叩见静空大师和夺魂僧者,夺魂大师还答应传授老叟五毒功法呐!"

胖姑更是高兴,拍拍脑门儿道:"对呀,我想起来了,静空大师曾说过,大师兄一指禅师和两位师弟都听吉林将军衙门的富俊调遣,那您二位就是桂良大人雇佣的驭手、陪护其外甥女来吉林的庞氏大师了,幸会,幸会,徒弟胖姑给二位师叔叩头啦!"说着扑通一声跪在地上,咣咣磕了两个响头。

庞庆弯下身把胖姑扶起,胖姑显得分外亲热,一定拉二位师叔到自己的住处坐坐,看看徒弟的武功练得咋样,好好儿指点指点。还是白面娘子给劝住了,说道:"胖姑姐,急的哪门子?学功夫好办呀,以后时间长着呢!妹子不是跟你说了么,我们这次来是有大事要办,难道姐姐忘了?"胖姑一伸舌头,不吱声儿了。

甜甜接过了话茬儿:"二位大师的功夫了得,果然名不虚传,让我们一饱眼福了,就冲这一点,也得感谢将军大人把你们派来。潘爷呀,今晚不是要设宴庆贺我们姐妹相逢么,正好顺便给二位大师压压惊。告诉后厨,荤素皆有,准备得丰盛些。好了,先散了,各忙各的吧!"说罢叫上白面娘子和胖姑,一块儿回了住处。

姐妹3人一进屋,甜甜便脱鞋上炕躺下了,看上去略显疲惫。白面娘子知道可能因昨晚一宿没睡,刚才又在院子里站了半天所致,忙从炕柜里拿出金丝小绒被给盖上,说道:"姐姐,你累了,睡一觉吧!"言罢轻轻按摩头部穴位,以便使其快速入睡。

甜甜微闭双目,若有所思,少顷,打了个唉声道:"咳,妹子,在早我没主心骨儿,都听别人的,许多事儿不知底里。用早膳时你也听到了,潘爷不情愿把秦名远交出来,他俩颇为知近。老人家的脾气倔,讲义气,要脸面,为朋友可两肋插刀。我自打离开王爷府来到吉林,潘爷一直跟在身边,任劳任怨的,大事小情全靠他张罗,操了不少心,对我那是十个头儿的,无可挑剔。看在姐姐的份儿上,你们得手下留情,不要硬来,尽量说服、争取之。秦名远受甘肃都统秀林大人之托,这些年不管心里怎么想的,对我们有求必应,为吃喝拉撒一些事儿跑前跑后的,没少帮忙。听了妹妹的一番倾诉,此人够坏的,肯定不是无缘无故帮我们,而是有所图。不管怎样,秦名远可以给你们,但有个要求,不能杀他。将军大人过于较真,秦名远又在其手下干过,关系似乎不太融洽,我信不过富俊能公正处置,还是交给王爷酌情裁夺吧!胖姑哇,呆会儿你去潘爷那儿,把我的意思转告他,别较劲了,官府的决定咱改不了,也管不了那么多,乖乖把秦名远交出就是了。"说完翻了个身,不再吱声儿了,很快便睡着了。

白面娘子为其掖了掖被角儿,嘱咐胖姑姐照顾着点儿,随即抽身前往庞家哥哥处。进了屋,先将甜甜的一番话告知,然后又道:"现已得知,板门大院对外之事由潘中顺全权处理,此人倔巴,认死理儿,与秦名远的交情不错,要小心应对。甜甜是个积德行善之人,住在院内的男女老少中,有的是无家可归的孤儿,有的是流落街头的乞丐,有的是误入娼门、身染重病的窑姐儿,她很同情这些挣扎在社会底层的人并领回板门大院供养。左邻右舍因不明真相,背地里多有贬语非议,使其遭到误解,甜甜对此不以为然,深信自己做的是好事,何惧他人指指点点。甜甜的住屋共有三大间,她住的那屋是当年秀林与大夫人的卧室,我住的屋是其二夫人的卧室,秀林将军另有一套会客、批阅公文和临时歇息之所,由潘中顺住着,地道的入口应在那儿屋。搜寻秦名远的重任就交给二位哥哥了,胖姑也可帮忙,我得陪着甜甜姐姐。事成之后,请转告将军和都大人,为了查明尤公子的下落,我需在板门大院住一段时日,并让他们放心,我知道该怎么做,不用惦记。也请茗兰姐姐别着急,在家带好小少爷,静候佳音。"说完,3人又互通了信息,白面娘子匆匆离去。

此刻的庞氏兄弟异常兴奋,啧啧称赞小白丫真乃女中豪杰,在最短的时间里,通过与分别十几年、刚刚见面的姐姐促膝长谈,便探到了大

第四章 乱世重逢

院几十座房舍中惟一的一间屋内的地道,实在不简单。即使是推断,秀林将军翻阅文牍之处挖有地道,也是合情合理的。事不宜迟,夜长梦多,要赶紧弄清地道入口的准确位置,秦名远很可能藏在里面,别的招儿没有,只能想办法让房间的主人开口。二人合计一番后,出得门来,直奔潘中顺的住处而去。到地儿一打量,眼前的这座房子同甜甜住的那幢相仿,也是砖瓦结构,外部式样基本一致,举架不高。未待叫门,或许是屋内的人发现有客到舍,或许是潘中顺已估计到庞氏兄弟必来找他,早有准备并下话了,只见立马从屋里走出一男一女两个佣人,衣着打扮都挺利索,先是打千儿、施蹲礼问安,然后做了个请的手势道:"小的恭迎二位大师,请!"

女仆头前带路,庞荣、庞庆随其后,进入会客厅,鸟笼里的八哥儿问候道:"大人好,大人好!"环顾四周,阳光充足,窗明几净,墙壁同样是用小楠木块儿拼成的,东墙留有月亮门,上挂布帘儿。庞荣掀帘儿而入,见里面挨排三间屋,刚要细瞧,潘中顺笑着从头一间迎出,说道:"哎哟,下人通禀二位大师登门,事先也没知会一声,有失远迎啊!"

庞荣故作羡慕状:"潘爷,行啊,一个人住三大间屋,够宽敞的了。"

潘中顺忙解释道:"非也,旁边这两间最近几位朋友住着,前儿个才走。"

庞荣刚要进屋瞧瞧,潘中顺立马挡在前面道:"噢,里面挺乱的,尚未来得及打扫,暂时放一些平日练功用的器物,没啥可看的,快请客厅坐吧!"

二人进了客厅,见庞庆已先行稳坐在太师椅上,佣人摆上了几盘儿干果,沏好了茉莉花茶。潘中顺向庞庆点点头,请庞荣就坐,令佣人退下。兄弟俩既未动茶几上的干果,也未品茶,庞荣开门见山地直呼其名道:"潘中顺,咱也不必客套了,我俩缘何而来,你很清楚。你的大名我们早有耳闻,当年在八旗军营时,有一次身负重伤,被赛冲阿将军带回京师治疗、调养。伤愈后,想在宫室谋一安逸之差使,曾求桂良总督帮忙。大人便同赛冲阿老将军一起向嘉庆皇爷举荐,方被允准在绵恺王爷府内任武师,也才有后日之荣。冠冕堂皇的话咱不讲,俗语云:'滴水之恩,当涌泉相报',做人总得讲良心吧?桂良大人之外甥女茗兰与夫君之所以在吉林遭欺数载,就因为秦名远受贿妒才,从中作梗,想必这些你都清楚。现已查明，尤成额的失踪与秦名远有关，秦名远逃离监舍后藏匿板门大院，说说吧，想怎么做？再交交手也成，随你！"

潘中顺一听，腿肚子直转筋，哪儿还敢跟大师交手啊，不比不知道，自己的武功差远了，根本不是对手。咳，这些年没少接受秦名远的恩惠，在云中燕、窜山虎带着范蔿仁的手书请求救救秦名远时，彤甜甜犹豫不决，不太想管。是本人一再说服其能帮则帮，实在不愿帮，可睁一眼闭一眼，由我设法藏匿起来。这不没事儿找事儿吃饱撑的么，现在富俊派人找上门来了，怎么办是好？潘中顺憋得满头是汗，最后想出个道眼，干脆往彤甜甜身上推，谁敢把她怎么样？于是敷衍道："二位大师，这事儿我说了不算，得看大奶奶啥意思。"

庞庆站起身来，拽住他的胳膊道："那好哇，走吧，到大奶奶那儿去！"

潘中顺耍起了死狗，身子使劲儿往后挣，愣不迈步，庞荣冲庞庆摆了摆手，说道："潘中顺，还装什么呀，你在这个大院是怎样一个身份，以为我们看不出来么？别怪事先没提醒你，务必放老实点儿，我们已让过几招儿，没去计较，够宽宏的了。如果不知自己吃几碗干饭的，不识好歹，继续死磨硬泡，撕破脸可没你好受的。既然连朋友都不能做，那就好办了，刀不容人，不能让昧良心做坏事的苟且之徒在世上多逗留一天，何去何从，自己酌量着办！"

潘中顺自知无力回天，耷拉脑袋了，只好说道："二位大师，实不相瞒，老叟这些年锦衣玉食，全凭王爷照应，也得到范蔿仁、秦名远不少好处。吃了人家嘴软，拿了人家手短，欠了一屁股人情债，就得处处听其摆布。您不是想看看那两间屋么，正是云中燕、窜山虎、雪中豹住着，个个杀人不眨眼，手黑得很。不服不成啊，我老喽，要是年轻时候，十几个一起上也不在话下……"

庞荣打断道："少啰嗦，活阎王来了也不怕，领我去看地道。"

潘中顺搪塞道："地道有啥可看的？我从不去那儿，老早就没人用了。"

庞庆说道："你从不去那儿？好办哪，随我们一块儿去瞧瞧，不就知道有没有人用了嘛！"

潘中顺一看这架式，不去肯定不行，只得老老实实听令，乖乖领路，带着庞荣、庞庆穿过月亮门，走到挨排三间屋的尽头，有一小暖阁。推开门，见向阳的窗户已用黑布帘儿遮挡，屋子里很暗，桌子上摆

第四章　乱世重逢

些用过的碗、筷、盘子等，还有残羹剩饭。地面是用长条木板铺就，桌子底下是一张硕大的黑熊皮，细一瞅，原来是两张拼成的。挪开桌子，掀起熊皮，露出了用薄铁板凿制、可以开合、遮掩地道口的两扇黑铁门。潘中顺小声儿说道："自从秦名远藏匿地道之后，这屋只有我和云中燕、窜山虎、雪中豹出入，其他人不得入内。初始，秦名远的饮食由他们仨负责取送，每天早晚各一次。后来由于大奶奶一向不与官府作对，不愿看到云中燕他们在院子里晃来晃去的，便让我将其撵走。为不使大奶奶嗔怪，我告诉他们不必住在这儿，最好少在院内露面，秦名远的饮食我来送。从此，云中燕等人白日不在住室，不知他们去哪儿，夜半方归，暗守小暖阁，还不是天天来。"

庞荣认为潘中顺越老越惜命，该说的基本都交代了，已无所隐瞒，遂问道："到今儿个为止，云中燕他们几天没来了？"

潘中顺回道："两天了，估计今晚会来，一般不超过3天。"

庞荣说道："这样吧，为保你两面不得罪人，今晚吃点儿苦，把你倒吊在树上，可以大声儿骂、大声儿喊，让不知在何处的云中燕等人听到，其它一应诸事交给我们兄弟。次日晨，倘若其同伙儿问你，就说被几个蒙面高人所绑，吃尽了苦头，便可避免迁怒于你，听明白没？"

潘中顺一琢磨："事已至此，又能怎样？绝不可让那帮虎狼之徒怀疑是我供出去的，否则今后没安生日子过。不过倒吊一会儿，挺挺就过去了，总比以后天天担惊受怕强。"想到这儿，满口答应道："听明白了，谢谢大师能为老叟着想，一定按您说的去做。"

这时，不知胖姑啥时候来了，站在客厅高一声低一声地喊道："潘爷，潘爷在里头吗？"

潘中顺忙答应道："来了，来了！"

3人赶紧出了小暖阁，回到客厅，胖姑一看就乐了，嚷嚷道："哎哟，二位大师也在呀，我多想跟你们常在一起多学学本事呀，那才叫能耐呢，省得遇到歹人挨欺负，三拳两脚就把他打趴下了。潘爷呀，大奶奶特意打发我来，让告诉你乖乖把秦名远交出来，别跟云中燕那伙人一个鼻孔出气了。今后你若再敢背地里与他们勾搭连环，别说大奶奶呀，我都翻脸不认人，决不饶你！"

潘中顺深知胖姑的脾气，说得出做得到，从不放空炮，只剩下又作揖又点头的份儿了："行，行，小姑奶奶，听你们的，少说几句吧！"

当晚，板门大院大办喜宴，上下人等皆到场，潘中顺挺卖力气，准备得十分丰盛，有荤有素，厨子的烹饪手艺不错，几道色香味俱全的素菜轮番上，鸡鸭鱼肉样样儿有，特别是江城的金翅大鲤鱼可堪称名肴。席间，庞氏兄弟以茶代酒，同大家一起祝贺姐妹重逢。甜甜和白面娘子也频频举杯，代惇亲王、福晋向二位大师致谢，感谢救命之恩。气氛热烈，其乐融融，直至亥时方散。各自回房的路上，庞荣偷偷向胖姑如此这般交代了一番，胖姑则告知其开启地道口黑铁门之口诀，并叮嘱务要小心从事，别让大奶奶惦着。

入夜，庞氏兄弟和潘中顺、胖姑来到院外的一棵榆树下，庞庆扶潘中顺爬上树，让其用绳子捆住双脚，另一头儿系在粗杈上。叮嘱他只要听到投过来一块小石头，那就是暗号儿，遂迅疾倒吊双腿头朝下悬着，声嘶力竭嚎个不停。胖姑需躲在院内暗处观察动静，看到秦名远的同伙儿被抓后，便把捆绑潘爷的绳子解开，搀起回房。庞荣和庞庆则在房顶等候，只要人一到，就将其擒获。陷阱设好后，到了子时，庞荣打出飞石，潘中顺还真听话，从树上倒挂吊下，哭嚎求救声儿夜间传出很远。没一会儿，果不其然从东边高墙上嗖嗖嗖纵下3个黑影儿，脸上均戴黑面罩儿，够狠心的，根本不顾被吊在树上又喊又叫的潘爷，理都没理，径直向后院儿其住处奔去。看来歹人很狡猾，怕是调虎离山，分秒必争，先去地道那儿察看秦名远是否安全。其实，这恰恰中了庞氏兄弟设下的圈套，就盼着他们听到喊叫声立即奔往潘中顺的居处，便于迅速擒拿，估计歹人做梦想不到房脊上早有两位武功超凡的少林寺高人在恭候他们的大驾。当三贼刚跑到住所跟前未待开门呢，趴在房脊上的庞荣顺风扬下一把金黄色的硫磺火粉，遇风化成热焰，灼得3人双目难睁，疼痛难忍，还不敢叫出声儿来。庞荣和庞庆乘机纵下地，分别薅其脖领子往屋内拖，使其束手就擒。兄弟二人之所以采用这种伤眼不瞎眼的快速擒拿法，是因为甜甜事先有话，要给潘爷面子，不许杀人。

胖姑当时就躲在墙角处，亲眼目睹二位大师不费吹灰之力将不速之客活捉，使在黑道上很有名气的云中燕等人没有来得及施展半点儿功夫，便莫明其妙地被拿下了。这可太厉害了，太过瘾了，竟高兴得跳了起来，刚想进去祝贺大师擒贼成功，马上被反身而出的庞荣捂住了嘴，小声儿说道："丫头，别声张，尽量不让歹人知道你帮我们了。快把吊在树上的潘爷放下，再转告大奶奶谢谢指教，贼人已捉到，未伤害他们，潘爷平安无事。"

胖姑双手抱拳道："遵命！"随即跑出院外，悄悄来到榆树下，用力

第四章 乱世重逢

砍断系在树上的绳索，潘中顺方得以落地，又解开捆着双脚的绳子，扶其回屋歇息。庞荣这样做完全出于好心，他办事向来都是独当一面，不愿给人增添麻烦，尽量避免牵涉更多人，皆为平民百姓，省得日后遭匪徒报复。现在3贼就擒，接下来就是下地道，捉拿秦名远。庞荣转身回屋，将3人双臂用锁链捆上，左手狠抓一贼后背，庞庆两手各抓一贼，像拎小鸡似的提溜到小暖阁。掀开铺在地上的熊皮，露出了黑铁门，按照胖姑所教的地道入口门闩开启口诀念道："左三圈儿，右四圈儿，拔下插关儿门自开。"话音刚落，黑铁门哗的一声大开，兄弟俩押着3贼进入地道后，庞荣接着又念地道入口门闩闭合口诀："左三圈儿，右四圈儿，落下插关儿门自关"，铁门哗的一声合上了。庞荣和庞庆一边催促3贼往里走，一边四下踅摸，发现地道一人多高，修得很坚固，洞壁全用青砖砌成，搀草的黄泥溜缝儿，台阶很深，越往下越觉凉。好在云中燕他们为给秦名远送饭方便，在每隔不远的洞壁凹坑处都摆放着油灯碗，既可照明，又可防潮。到了地道底部，可见左前方墙面有扇关着的铁门，显然是处地室。庞荣走到跟前，将门轻轻拉开，见地室面积不大，很简陋，估计是原建主人临时隐蔽之处。地当间儿用青砖铺成个小方桌，4 摞砖当凳子，四角悬吊着油灯碗，故而尚不昏暗。靠南墙放张木床，上躺一人，后背冲门，可能是听到了开门声儿，问道："今儿个咋了，为啥这么晚才来？"

庞荣说道："秦大总管，睁大眼睛看看，我们是奉吉林将军之命，擒拿逃犯而来。"

秦名远大惊，一骨碌爬起，回过头一瞅傻了眼，这不是曾为尤成额赶车的大师么？庞庆将3贼脸上的黑布罩扯下，手拿匕首指其鼻尖儿道："露露你们的真面目吧，跟主子报个到，自报家门！"3贼无声。

庞庆走过去，伸出食指分别往3人脊梁骨上轻轻一点，个个当即弯了腰，瘫在地上。要知道，庞庆的手指头硬比钢针，没触脑袋就算便宜他们了，否则非给捅出个窟窿不可。3贼这下老实了，服帖了，乖乖报号道："我是云中燕。"

"我是窜山虎。"

"我是雪中豹。"

庞荣怒喝道："云中燕，帮你从将军衙门劫走要犯秦名远的还有谁？你小子不是自比飞燕么，若敢袒护同伙儿，蒙骗本僧，别怪我不客气，就用这把匕首削下你的脚腕子，爬着找食去！"

云中燕方才已尝尽了硫磺火粉的苦头儿,眼睛到现在还疼呢,自认倒霉运了,碰上了世外高人,吓得连连作揖哀求道:"大师呀,千万手下留情,劫走秦总管的就我们3个混蛋,这不都在您眼皮底下、全包圆儿了嘛!"

庞荣和庞庆相互对视一眼,认为云中燕现在不敢扯谎,所言是真,应赶紧押解4犯与副都统都大人会合。秦名远此时脸色灰白,一脑门子冷汗,全身像散了架子似的,慢腾腾下了地,趴在青砖桌子上直劲儿哆嗦。庞庆将事先备好的铁链子套在他的脖子上,另一头儿握在自己手里,往后一拽道:"起来,别装死狗!"

迷蒙中,秦名远还回味着自以为得意的月余逃亡生涯,到头来不仅自己脖子上套上了锁链,心腹云中燕、窜山虎、雪中豹也全部落网,心中十分称奇,难道富俊真有马王爷三只眼,我钻到地底下都让他给薅出来了?

庞氏兄弟押着4犯沿地道向前走去,云中燕、窜山虎、雪中豹已无力反抗,秦名远只剩下跟跄紧随的份儿了。过了两袋烟的工夫,便看到了前面的台阶,说明已到出口了。庞荣既欣喜又激动,脑海中闪现出胖姑教的地道出口门闩开启口诀,一面上台阶,一面念道:"左四圈儿,右五圈儿,两敲铁门闩自开。"上到最后一级台阶,伸手摸到铁门敲了两下,哗的一声铁门大开,一片火光通明,夜如白昼。原来副都统都克尼、佐领班布泰率兵丁举着火把正站在地道口等候他们,四犯先出来的,班布泰一一过目。然后是庞荣、庞庆,都克尼上前紧握兄弟俩的手道:"二位大师辛苦了,将军因骑马摔伤不能亲来迎接,命我代其恭候你们凯旋。此举甚难,未想到如此神速,效果极佳,谢谢,谢谢啦!"

庞荣说道:"都大人,白面娘子有事尚不能返回,待回府衙后详禀。"

秦名远一见到将军衙门的人,吓得魂儿都没了,一屁股坐在地上动弹不得了,云中燕等3人也耷拉脑袋了。都克尼命"三槌"兄弟将套在秦名远脖子上的铁链子取下,把捆绑云中燕、窜山虎、雪中豹的绳子解开,然后给每犯披枷带锁,率一哨人马将他们押往江北铁牢。之所以这么做,完全是遵照富俊大人的叮嘱,为防止再生事端,不准像以前那样关押在将军衙门后院儿的平房内,不要嫌麻烦,务送江北铁牢收监。待将4犯审理清楚并在询问笔录上画押之后,如数移交博启图,任其处治。

第四章 乱世重逢

庞荣、庞庆回到将军衙门后，因一直惦记着富俊大人的伤情，便在都克尼、班布泰的陪同下前去探望。富俊仍不能活动，见庞氏兄弟来了，坐在炕上笑迎道："二位大师劳苦功高，终将秦名远等人抓捕归案，本官感激不尽哪！"

庞荣说道："大人，您过奖了，此行如此顺利，全仗白面娘子在关键时刻提供了重要信息。她的表演天才很是了得，以天资聪敏、善解人意、头脑反应快之优长赢得了板门大院上下人等的喜爱，并在短时间内消除了对我们突然造访产生的敌视和隔阂，才使我兄弟得以施巧计捉拿秦名远、云中燕、窜山虎、雪中豹，白面娘子功不可没。特别要告知一喜讯，这事儿可太奇了，真乃好人有好报啊，白面娘子在板门大院遇到了从小失散的双胞胎姐姐，知道是谁吗？就是彤甜甜，姐儿俩长得一模一样。她被和硕惇亲王和福晋认作干妹子，为人不错，多行善举于江城。我们到板门大院的当晚，这对儿姐妹就相认了，白面娘子将此去的目的和盘托出，得到了甜甜的支持和帮助，一切便迎刃而解了。"

在场的人听后，非常高兴，皆为白面娘子祝福，富俊感叹道："是呀，天灾人祸是百姓抗拒不了的，有多少家庭亲人离散哪！尤教习曾跟我讲过，其二舅、三姨也是在发大水逃难时，与他额娘走散了，老人家至今不能释怀，天天念叨弟弟、妹妹不知在哪儿、是死是活。尤教习到吉林后，四处打听二舅、三姨的下落，然终无结果，能找到的是极少数，小白丫算很幸运了。二位大师，说到尤教习，老夫还欠一笔账啊，茗兰眼巴巴地盼着能尽快找回夫君，一想起就躺不住、心不安哪，不知有信儿否？"

庞庆劝道："大人有伤在身，须安心静养，不能过于着急，白面娘子正是为此而留在板门大院没有回来。这两天在那儿经了解和密访，虽然没有发现尤成额的踪迹，但薅出了秦名远，说明不会把尤公子藏得太远，不久便能发现蛛丝马迹。"

都克尼说："大人，既然秦名远已到案，明天就开审，看他敢嘴硬。"

富俊摇摇头道："老夫前些日子去盛京见王爷，已知秦名远确实倚仗着秀林将军与我作对，而且恨之入骨。此番抓回来，必会跟咱耍死狗，顶到底，嘴里吐不出一句真话，没工夫任他折腾。白面娘子办事向来稳妥，甜甜又是她的姐姐，只凭这层关系，肯定会帮助她的。"

庞荣赞同道："大人所言极是，白面娘子会想办法的，不妨静候佳音。过几天，我们打算带着您对她们姊妹重逢的祝福再去板门大院，这回可不是突然造访，而是串亲戚，说不定尤公子已找到了呢！"

富俊笑道"嗯，行啊，说到我心里了。在盛京时，王爷和福晋多次提到甜甜，看出这孩子在他们心中的分量不轻，是个好姑娘，还让我多多关照呢！可惜老夫去不了，你们代我走一趟，别空手，准备一份儿厚礼略表心意。"

都克尼和班布泰听了，也是频频点头，大家想到一块儿了。待聊得差不多了，庞荣和庞庆起身告辞，说是受白面娘子之托，准备前往凤楼看望茗兰和小少爷，富俊忙让班布泰代为送出。

第四章 乱世重逢

在板门大院的白面娘子和姐姐彤甜甜这几天连觉都睡不着了，人生最大的快乐莫过于梦想成真，与骨肉至亲分别十几年后重又团聚了，能不激动么？欣喜的泪水流了又擦，擦了又流，沉浸在快慰、甜蜜之中，兴奋之情难以名状。姐妹俩吃住不分，同出同进，形影不离。每到晚上，共歇一铺炕，共盖一床被，或妹妹枕着姐姐的肩膀，或姐姐搂着妹妹，天南海北地聊，有唠不完的嗑儿，一唠就是大半宿。每当聊累了，妹妹睡着了，姐姐总是凝神而望，看呀，看呀，就是看不够。当姐姐进入了梦乡，妹妹发现其脸颊仍挂着泪珠儿，便小心翼翼地用食指轻拭，生怕碰醒姐姐。二人暗暗发誓，今后无论发生什么事，再也不分开，永远在一起，相依为命。头几天一擦黑儿，甜甜为解妹妹心中的疑虑，便让胖姑提着灯笼领其满院溜达，想看啥就看啥，随她。白面娘子这一看不要紧，内心深受感动，对久违的姐姐产生了敬慕之情。一个洪水余生的流浪儿，经历了许多苦难，后来有幸进入王府，过上了衣食无忧的生活。然心地仍很善良，同情弱者，没有泯灭拉林河贫贱相依的古风。这处早年秀林将军所居的诺大院套儿，而今被甜甜派上新的用场，变成了温馨的"积善坊"。整个板门大院前后两个院套儿，有几十座房舍，收留了数名孤儿以及无依无靠的乞讨者。尤其是女丐，多因久陷娼门，淫疮沉疴，终被扔至荒野，奄奄待毙。甜甜只要得信儿，便让潘爷带人前去抬回，依年龄大小、病势轻重，分拨在不同的房舍之中，为其请郎中予以诊治，由女仆侍奉。对体健者延聘业师教授女红、烹饪之术，以备离院独居后，能自谋生路。身患花柳病的娼妓向被鄙视，惧其脏臭且传染，为世人所不齿。甜甜怜惜姊妹卿卿性命，悄悄儿收留、救助，从不声张，深怕左右邻舍知晓而产生厌恶之感。可是没有不透风的墙，竟风传这里是暗娼，故而时有男女老少到板门大院寻找失散亲人，皆被潘爷和胖姑拒出，致使误解甚多。

一日，甜甜在整理珠饰时，发现木匣内有一小物件，忙唤道："妹子，妹子，快来呀，领你去个地儿，帮我办件事儿！"

白面娘子走了过来，见甜甜手中拿着一块绑有一绺儿白麻的长方形小木牌儿，上面写着自己不认识的满文字，瞅了半天不知何物，遂问道："姐姐，这是什么呀？"

甜甜回道："此乃赎身牌。十几天前，我和胖姑去温查街，偏巧碰上几个卖肉的，因占摊位大小不均吵起来了，越吵越厉害，最后双方竟动起手了，结果把旁边的人贩子吓跑了，就剩下这个赎身牌了。早想再去一趟，找找那个手拿赎身牌的人，这几天事儿一多给忘了，咱去看看那些插草卖身的孩子。"

白面娘子对温查街很熟，也常去，便点了点头，又唤上胖姑，3人一块儿出了门。

说起江城的温查街，那可颇有名气，是乾隆朝以来才有的商埠大集所在地。相传乾隆爷初访吉林时，清晨兴起，身着便装，在扈从的陪同下出外溜弯儿，东瞧瞧，西望望，凉风习习，十分惬意。走着走着，来到一条喧嚷的街市，农夫进城卖青菜赶的驴车、旗人赶集坐的马车随处可见。小贩的吆喝声儿、讲买讲卖声儿、马嘶驴叫人喊声儿混杂在一起，油炸果子的滋滋声儿令人馋涎欲滴，新出锅的豆浆香味儿阵阵扑鼻，一片繁华景象，热闹异常。乾隆爷见祖宗发祥之地物阜民丰，龙心大悦，流连忘返，遂问此为何地？扈从答曰："回皇上，此地无名儿。"

乾隆随口便道："此乃温查默乌达其也！""温查默乌达其"是满语，即"买卖街"。

乾隆爷的话很快在当地传开了，随着时光的流逝，渐渐把"温查默乌达其"简略成"买卖街"了。如今进入了道光朝，买卖街愈加有名气了，长约五里遥，不仅卖土产农货，凡人们生活之所需，如建房用料、金银首饰、文房四宝、江南绸缎、西藏红花、新疆羚绒等，在那里都可以找到。品种繁多，花样儿翻新，无所不售，而且比以前更热闹了，人头攒动，熙熙攘攘，逢年过节甚至通宵达旦。

甜甜一行很快到了买卖街，白面娘子以前真没注意，在街市最里边专有一个角落，让人看了触目惊心。地上跪着一排排男女，有老有少，最小的不过四五岁，最大的三四十岁。这些被卖者，有因家贫养不起的，有因葬亲无银两的，亦有被匪盗和人贩子劫掠、蒙骗至此的。贩者手拿钢针，哪个孩子若敢哭叫，便站在其身后悄悄往屁股上扎一下，孩子立马闭嘴了。凡卖身者标识不一样，小儿多在帽头上系有上写"廉价童子，薄银即领"的白布条儿，成人后背插着谷草把，即指当面议价，相互谈妥后，便可付钱领人。有的背上插块小木板儿，上书"为葬亲人，卖身换银，死不反悔"字样，有的上书"愿卖己身，终生为奴"字样。表示被卖者生活窘迫，急需银两，不讲售价，给银即可领走，而且终生不反悔，官府亦不会问及此事。

　　甜甜站在人群里大睁双目扫来扫去，终于找到了那个手拿赎身牌的人贩子，3人疾步走到跟前。低下头一瞅，其脚下跪着一个顶多七八岁的小丫头，身体瘦弱，圆圆的脸蛋儿没有血色，一对儿大眼睛闪着泪花儿，用红绒线扎着根辫子，怯生生的，很是招人疼爱。甜甜上次就相中她了，心里一直记挂着，这回是专门带足银子来赎的。再抬眼看看人贩子，见其40多岁，贼眉鼠眼，满脸横肉，肯定不是什么好饼、善茬儿，从内心里为这个小女孩儿脱离虎口而庆幸。人贩子从甜甜手里接过赎银，乐得合不拢嘴，躬身揖礼道："谢了，积德行善好哇，您一准会长命百岁！"接着又对小丫头说："傻跪着干什么，还不快给几位大奶奶磕头！"

　　胖姑立刻走过去，扶女孩儿站起搂在怀里道："别怕，跟姑姑走，离开这鬼地方。"然后转过头冲人贩子嚷嚷道："你还是人么？什么营生不能干，非干这卖人家孩子的下三烂勾当，真够缺德的了！"

　　人贩子被胖姑这一损，感到很没面子，笑容顿时收敛了，双目瞪得溜圆，猪肚子脸涨得通红，摆出欲动武的架式，有的同道也上来帮腔儿。胖姑是最不怕打仗的手儿，根本不在乎他们，也拉开了架式。甜甜不想跟这帮人纠缠，知道与无赖讲不出道理，便冲白面娘子使了个眼色，二人拉着胖姑、带着小丫头疾速离去，人贩子只剩下跺脚大骂的份儿了。

　　4人走到中街，见一家面铺外正在炸麻花，甜甜掏出散碎银子给小丫头买了一根儿。女孩儿抓在手里张嘴就咬，大口大口地嚼着，看上去饿坏了，吃得蛮香。胖姑直劲儿地说："孩子，别急嘛，小点口儿，没人跟你抢，小心噎着。"

　　白面娘子见甜甜和胖姑对小丫头这么亲，十分感动，遂问道："姐姐，准备把这孩子放哪儿？怎么养，跟谁住哇？"

甜甜笑道："尽操没用的心，能够领养，就有吃住的地儿，保证亏不着她。"

白面娘子越发着急了："姐姐，别卖关子了，快告诉我呀！"

胖姑憋不住了，抢着答道："妹子，你是不知道哇，大奶奶是个大善人，一见到无家可归的孩子就迈不动步，可不单单就这一个呀！这不，让秦名远帮的忙，在另一处买下了房子，收留了不少年龄不等的乞讨儿、没娘儿，我跟大奶奶隔三差五必去看看。那里算是连吉林将军都不晓得的大书斋呢，有专人授业，小点儿的孩子教'人手足，鸡犬豕，君臣师，礼智信'，半大的孩子教珠算和孔孟之书，并雇保姆照管他们的衣食住行。"

白面娘子听罢，方知甜甜除板门大院外，还有一处住地，便高兴地说："姐姐，这得让妹子开开眼，我最喜欢孩子了。"

甜甜点点头道："行啊，回去正好顺道儿，那就领你去看看吧！"

4人横向穿过几条街道，离闹市越来越远了，人也越来越少了。到了城边长满松树的小山坡下，绕过林荫路，可见前面有处用柞木条子围成的院套儿，里面盖有两排以耀眼的白桦皮为房盖儿的青砖平房，干净而整齐，听到从院内传出一阵阵孩子们的读书声。白面娘子被这可爱的童音所吸引，脚下步子迈得更大了，甜甜边走边说："妹子，姐几天听不到这声音，心里就想得慌。只要看见孩子们了，有多少愁、多大的难全忘了，受不了让他们再遭我那个罪。不管你怎么看，姐能买下这处房产，还得感谢秦名远，也算做了件好事。我一到江城，就苦寻一处可以用来收养孤儿的地儿，以了却多年的心愿。秦名远知我好行善举，喜欢孩子，便找到他的世交魏老员外，几乎磨碎了嘴皮子，才答应把所开设的'济世祥米栈'，即名下这处闲余的粮米仓转卖给我，周围很僻静，适合做课堂。我打发潘爷变卖了福晋赏赐的缅甸玉镯等饰品，找来工匠，围起了木栅墙，安装新门窗，粉刷四壁，使这处旧房宅变得亮亮堂堂的，怎么样，不错吧？"

白面娘子一边好奇地张望着，一边点点头道："嗯，岂止是不错？而是非常像样儿，乃地地道道的育人堂啊！"

4人到了院门前，未待叫门，早有两个看似保姆的中年妇女迎了出来，先施礼问候，然后做了个请的手势。甜甜手拉着白面娘子在前，胖姑领着小丫头在后，走进了管家住的大屋子，其中一位保姆上茶，另一位去找在外忙活的管家。甜甜吩咐胖姑带着赎来的女孩儿去盥漱室梳洗，领取衣被，吃顿饱饭，再领回来由管家安排住宿。胖姑和孩子离开不大工夫，进来一位30多岁、衣着整洁的男子，甜甜为白面娘子介绍道："妹子，他叫海柱，原先是潘爷在京师时的跟从，现在是这儿的管家，踏实能干，我放心。"

海柱一听大奶奶冲自己不认识的这位女子叫妹子，仔细一瞅，二人长得极为相似，分不出谁是谁，心想可了不得，必是亲妹子来了，慌忙下拜问安，还跪地磕了个头。白面娘子根本没准备呀，赶忙抬抬手道："快……快起来。"

甜甜笑道："妹子不必如此，管家恭敬你应该呀！"

这时，海柱从靠东墙立着的书柜里拿出一本账簿，走到甜甜跟前说道："大奶奶，上个月的进出账目已核算完毕，请您过目。"

甜甜接过，坐在桌边一页一页地翻阅，看得十分仔细。白面娘子一瞅，屋子里甜甜在忙碌，管家陪在一旁，自己也不便打搅，暗自思摸道："不能干呆呀，不如乘机到院子里走一走，浏览一下姐姐心中的学斋，再看看各房间的苦儿如今是怎样过活的。"想至此，没有惊动甜甜和海柱，悄悄儿出了屋，回身关好门，一位保姆迎上来要陪着，被她谢绝了。白面娘子缓步来到院子里站定一瞧，管家的住屋是院套儿里头排长筒房的第一间，另5间全是孩子们学文写字的课堂。对面还有一排长筒房，几个保姆出出进进的，估计是用作食宿及仓库。两排长筒平房之间是一条用碎石铺就的甬道，只要沿甬道而行，由于夏季各屋开窗，左右两排房舍内的情况便可一目了然。她无限感慨地凝望着小院，听着那朗朗的读书声，感到无比亲切，为饱经磨难的姐姐能办下这桩积大德的善事而激动不已。继而想起了近几年来，从打尤成额夫妇住进了凤楼，自己不知不觉中受到了熏陶，跟着学了一些诗文古乐，长了不少见识。每当尤公子坐在桌边全神贯注地闭目背诵诗词时，那抑扬顿挫的优美韵调不时传入耳鼓，听也听不够。于是便抢着替茗兰姐姐为公子斟茶倒水，见其额头上有汗珠儿，忙拿把蒲扇陪坐在旁轻轻地扇呀扇，只为能多听一会儿。长这么大，除了在行辕大营属下的孤儿营、土地爷爷为小伙伴们请来先生授业、学了一些文化知识外，从此再未进过学堂。背地里也曾无数次地憧憬着有朝一日享受学斋里的读书氛围，然非常遗憾，那不过是一种奢望。而今又听到了多年未闻的读书声，感觉心都要醉了，脸上露出了欣慰的笑容。白面娘子在甬道来回走啊走，时不时地站在窗外听啊听，又担心挨窗子太近被室内的孩子们瞧见，反倒会影响他

第四章　乱世重逢

们读书,刚举步要走,又舍不得离去,索性蹲在地上微闭双目听着。这时,忽然肩膀被人拍了一下,猛然一抬头,竟惊诧得张大嘴巴说不出话来。那人忙伸出食指,暗示不要做声儿,并将她拉到另一排最末间的小屋里,关上门问道:"白面娘子,你怎么在这儿?"

白面娘子初始怔住了,直瞪瞪地瞅着对方,接着又上下打量开了,暗自思摸道:"不是在做梦吧?此人真像尤成额,难道是秦大门牙之鼠辈所设的骗人术?"

那人见白面娘子几乎傻了,一琢磨,也难怪,分别正经有一段时间了,冷丁可能蒙住了,遂向前迈了一步,不动声色地让白面娘子仔细观瞧,少顷方笑道:"妹子,你好吧?我是成额,没错!"

白面娘子这才彻底清醒过来,认定站在眼前之人正是茗兰姐姐朝思暮想的夫君尤成额公子无疑,当即激动得难以自制,嘴唇微微颤动着,眼泪像决堤的水哗哗流。多少日子了,白面娘子为安慰茗兰,陪着流过不少同情泪。为照护他们的宝贝儿子,每每小满堂买回牛奶,都是由她亲煮亲喂,一顿不落,生怕孩子饿着。可以说,白面娘子为尤成额三口之家操碎了心,累得容颜也憔悴了。特别是尤成额失踪后,白面娘子没过一天安稳日子,凭着多年与人交往的本事,八方派人四处打听。此番同庞荣、庞庆来到板门大院,明捕秦名远,暗访尤成额,潘中顺却守口如瓶,只字不露。向甜甜和胖姑打听,都起誓发愿从未听说过尤成额这个名儿,即便有此人,也不在板门大院。白面娘子坚信,尤成额失踪必与秦名远有关,所以与庞荣、庞庆密议,把赌注下在了诡计多端的潘中顺身上。为此,白面娘子借与甜甜同叙姊妹亲情之机,住在了板门大院,既可免去潘爷等人的警惕,又可探查与外面有啥联系。功夫不负苦心人,果然不出所料,如今真就见到了尤成额,实现了她对富俊大人和茗兰姐姐的许愿,压在身上的千钧重担总算卸掉了,能不激动、不悲喜交加么?一想到茗兰怀抱娇儿苦苦等待夫君归家的情景,心里就发酸,禁不住不问青红皂白地埋怨道:"公子啊,茗兰姐姐的心天天悬在嗓子眼儿,茶饭难进,生怕夫君出个一差二错,急得快疯了。你可倒好,在这儿闲呆上了,啥都不寻思了,也不想找我们?"

尤成额打了个唉声道:"咳,怎么不想啊,一言难尽哪!管家看得严,平时很少出去,只在屋子里教几个大点儿的孩子,他们再分头教各屋的孩子。适才管家有些流水账让我帮着核算一下,算完给他送去后,回来望见甬道上有个女子低头不语,以为又是哪个保姆在这儿思亲抹泪呢，想上前开导开导，未承想竟是你。"

白面娘子问道："姐夫，你认不认识这院子的主人？"

尤成额回道："不认识，只知道管家最怕俩女人，人家有身份，忽而来忽而去，我从未碰到过。"

白面娘子又问："知道此地叫啥名儿么？又缘何陷在这儿？"

尤成额摇摇头道："既不知此处为何地，也不清楚为什么陷在这儿。闲下来时，天天都在思谋，想个什么法子能跟将军大人、茗兰和大师们联系上呢？我夜夜背诵《大悲咒》，老天有眼哪，终于把你给聚来了。成额乃读书人，范仲淹的'先天下之忧而忧，后天下之乐而乐'名句在心，对院主人之义举刮目相看。白面娘子，你能来这儿，想必是认识此院的大善人？"

白面娘子回道："姐夫，认不认识她，以后有工夫再细唠。你先告诉我，怎么到这里来的？近些日子过得咋样？"

尤成额叹了口气道："唉，说来话长。凤楼着火那天，当我和抱着孩子的夫人被大伙儿搡着从楼里跑出来时，瞧见堆在墙根儿的烧柴不知被何人点燃，满院烟尘，可能是从未经过此等事，一时不知所措。待回过神儿来，忙拎起木桶去提水，混乱中突然有人拉我走，刚跟过去脑袋就挨了一棒子，当即不省人事。苏醒后，发现嘴用白布堵上了，双臂用绳子捆绑了，躺在一辆轿车里，拉到一处陌生的院套儿内。也不知是怕我逃跑，还是怕富俊将军派兵来救，派有专人看管，拘禁在房间里达月余。从看守相互交谈中得知，此院有个保镖叫潘爷，按时令人送水送饭，解手可去院内的茅厕，不允许与板墙外边人等说话，没有过分为难我。一天下晌，潘爷进来告诉我：'公子很有福气哟，有位大善人要你去当孩子王，那可不是一般的地方，干好了会比左翼官学的教书匠差使强百倍。有人若问你是何人？可答我是范家堡子的王先生，其他一问三不知，以免生杀身之祸。'随后唤进一位车夫和两个妇女，看样子似乎是保姆，由他们仨把我用轿车拉到这处所在，与世隔绝。乍开始不习惯，孤寂难耐，一日如三秋。时间长了，天天在这方圆百余米的院子里转来转去的，除了思念亲人外，精力都用在教书上了。人之初，性本善，祸患生于污浊世道，岂可错责无辜苦儿？他们实可悲可悯。我终日授业于这群或过早失去双亲、或被迫与父母分开、或绺窃成性的市井丐儿，与其同餐共宿，久而久之，渐失蔑视，怜悯之心日增，不忍离去。而众儿视我如父，难舍难分，妹子此番耳闻目睹，也必会与我一样深有感触。成额蒙将军不弃,就任左翼官学教习,看着这些愚氓丐儿得益于大善人的义举而被拯救出水火,日后可望成为大清的栋梁之材,安可不为国尽心竭力?倘若将军大人与夫人知晓,不仅不会指责,还会赞成的。"

白面娘子听后,有感于尤公子的忧国忧民之心,反觉自己的心胸太狭隘了,于是说道:"我能理解姐夫的所思所想,放心不下这些苦儿,也想念茗兰姐姐和孩子,可家总得回呀,我帮你安排就是了。"

俩人越聊话越多,唠完家事唠国事,竟忘记了庭院里的上下人等。原来甜甜阅罢账目后,想起白面娘子了,见屋子里没有,随即出了门,向走过来的胖姑打听。胖姑说:"怎么,妹子没跟你在一起呀?"

甜甜一听着急了,白面娘子人生地不熟的,可别出啥闪失,便高声儿唤妹子,海柱也不敢怠慢,赶紧跑出门来,陪同一块儿找。这时,白面娘子听到了喊声,忙道:"姐夫,你照常行事,他们找我呢,那位大善人就是我寻找多年的双胞胎姐姐,一会儿见到别惊个跟头。"说着匆匆出了小屋,见胖姑、海柱正陪着甜甜站在甬道上东张西望呢,遂疾步迎了过去,高声称赞道:"姐姐行啊,妹子小时候很少上学读书,这回算开了眼界了,真羡慕孩子们有福气呀,你这大善人给咱家祖上积德了。我在前后院儿一转悠啊,眼睛都不够使了,不知从哪儿又飘来一股炒菜的香味儿,把馋虫还给引出来了!"

经巧嘴的白面娘子这么一夸,甜甜心里美滋滋的,满脸是笑,顿生一种无限的满足感,得意地说:"妹子,还想看不?姐姐领你挨屋瞧,一定奉陪到底。"

甜甜的话,正中白面娘子下怀,点点头道:"好哇,妹子求之不得,正想溜达个遍呢!"

管家海柱是个机灵鬼,为让甜甜高兴,忙接过了话茬儿:"小的引路,别光观瞧大奶奶所办的学堂,再去看看住处、洗衣间、膳房等。那里有几个姐妹是大奶奶从妓馆里赎出来的,刚到这儿时蓬头垢面,瘦得皮包骨,蔫头耷脑的,只有两只大眼睛骨碌碌转,样子十分可怜。如今一个个水水灵灵的,可精神了,全是干家务活的好手儿……"

甜甜嫌海柱嘴碎,插言道:"行了,行了,一说就没个完,头前带路吧!"

海柱立马把话咽回去了,赶紧在前头引路,先挨屋瞧瞧孩子们的住处,房屋建造虽简陋,但挺结实,收拾得干净整洁。海柱指着炕上摞着的被褥介绍道："这是大奶奶自掏腰包，让小的去集市买来上好的棉花和花布，再由保姆们一床床给缝制的，说是盖新被又松软又暖和。"

瞧完了住室后，又去洗衣间和厨房看望那几位姐妹，海柱声称一会儿请三位品尝从下江新网上来的金翅大鲤鱼。白面娘子惦记着尤公子，哪有心思吃鱼呀？正盘算着该如何引到正题上来，巧的是从膳房出来，经过的屋子正是方才所去的尤成额的住室，便佯装好奇，停下脚步，从门缝儿往屋内瞅。海柱说道："噢，最好别去打搅，那是色夫住的地儿。"

白面娘子问道："是教书先生么？"

甜甜笑道："是呀，妹子，色夫可不好找，我这儿就一个。"

白面娘子说："既然是先生，我们却越门不进，那可理亏呀！"

胖姑接茬儿道："妹子，还是你有见识，我陪大奶奶来过不少次，真没去拜望人家呐！"

白面娘子问道："怎么，你们从未见过呀？"

胖姑回道："是呀，我们能得这位色夫可不易，多亏大奶奶花重银、秦名远给淘换来的，潘爷打发两个保姆用轿车接到这儿的。"

海柱不打算引见，便道："大奶奶，这是个书呆子，死性得很，不愿见人，潘爷有话，最好别惹他。"

甜甜想了想，说道："妹子所言极是，越门不入不礼貌，进去看看吧！"

海柱没招儿了，只好推开门，通报道："先生，我家大奶奶看你来了！"说着躬身请甜甜、白面娘子、胖姑进去。

坐在炕桌边看书的尤成额一听有人来了，赶忙起身下了地，刚要施礼问候，甜甜却摆手制止道："免了，免了，王先生，早应来看看您，谢谢能帮我的忙，教孩子们读书写字，辛苦了。"

屋子太小，靠墙只放一把椅子，除此没有坐的地儿，大家都站着。白面娘子走到尤成额跟前，似乎刚刚见面，双目上上下下打量着，不由得惊呼道："哎哟，这不是我一直寻找的尤公子么，一向可好？原来你在这里呀！"回过头又道："姐姐、胖姑姐，他就是我跟你们说的茗兰的夫君尤成额。"

甜甜和胖姑听了十分诧异，你看看我，我瞅瞅你，觉着很是不解，甜甜问道："色夫，您的姓氏咋变来变去呀？潘爷明明告诉我，您是范家堡子的王先生。"

第四章 乱世重逢

尤成额不慌不忙地请甜甜坐在椅子上，躬身下拜道："今儿个得以见到家主，万分荣幸，在这儿给您施礼了！本人不姓王，也不知是何缘由，潘爷给定了王姓，还说无论谁问你，都得这么说，否则有杀身之祸。吾乃何图哩氏，名叫尤成额，隶属蒙古正蓝旗，京城人氏。嘉庆末年赶赴吉林，道光四年应考夺魁，蒙将军大人厚爱，受任吉林左翼官学教习，住在江城名居白面娘子的凤楼。前些日子被歹人劫走，辗转两地，后由潘爷安排至此。"

甜甜听罢，侧过头问道："海柱，其中的细情你知道么？"

海柱吓得扑通一声跪在地上道："回大奶奶，知道点儿，潘爷不让说，小的也不敢问。"

甜甜又问胖姑："你知道不？"

胖姑回道："别的不知，只知潘爷派了车夫和两个保姆去接人，我还以为全是大奶奶吩咐办的呐！"

甜甜脸色突变，大声儿嚷嚷道："原来你们都瞒我？气死人不偿命咋的，这成啥事儿了，让妹子听了，好像我故意演戏给谁看似的，其实真不知底细呀！"

白面娘子见甜甜认真了，显然此前是被潘爷蒙骗了，便道："姐姐，别生气嘛，能找到尤公子就阿弥陀佛了。真相已大白，也还了你一个清白，咱们姊妹能够见上面，倒是这宗事给引的线，应高兴才是。你这回看清秦大门牙的手段有多卑劣了吧？劫走尤教习，制造事端，搅扰官学授业，还给公子改名换姓，囚禁恫吓，做人很不地道！潘爷跟云中燕一伙儿藏匿官府追捕的要犯秦名远，这可不是小事，姐姐是王爷家的人，传出去有损你的名声。"

白面娘子的话软中带硬，目的是想进一步启发、诱导甜甜，不要自恃权贵，要珍惜声誉，约束好身边的人，免得惹世间非议。甜甜平时很傲气，在王爷和福晋处受到娇宠，从未听到有人数落自己。也只有白面娘子敢这样，况且句句在理，一时不知说什么好了，红着脸辩解道："姐姐只是为孩子们能读书识字，又不问什么百家姓，色夫爱姓啥就姓啥，搅扰官学跟我何干？为此才叫潘爷去找秦名远的。此人好讲面子，尽给我惹乱子，揽了不少烂事。海柱，跑着去，把潘爷找来问话！"

胖姑见甜甜既生气又无奈，也埋怨潘爷不该如此办事，催促海柱快去。此刻，尤成额多少日子以来心情从未这么舒畅过，觉得今天是个好日子，见到了老友白面娘子，也认识了其姐姐、学斋的主人彤甜甜，能让上下人等知道自己的真名实姓及身份了,从此做一位堂堂正正的教书先生。往日虽然没有见过学斋主人,但熟知其品性和为人,觉得社会上行此类善举的人太少了,故此打心眼儿里敬佩。现在一看本人,完全不是原来想象的什么慈眉善目的老者,而是一位年轻美貌的女子,同白面娘子长得一模一样,倍感惊奇,赞叹不已。他见甜甜满肚子的委屈,很是理解,慢条斯理地说:"大奶奶不必伤心,这事与您无关,我可以作证,对于改名换姓,余早忘却于九霄云外。子曰:'弟子入则孝,出则悌,谨而信,泛爱众,而亲仁。'大奶奶散财济贫,行善积德,多行义举,为世人所仰慕。成额身为教习,朝朝暮暮与苦儿在一起,育人寓教乃天职,已经习惯了。只要用心施教,不负主人一腔善意,拯民于水火之中,则心满意足矣。"

尤成额的几句话犹如春雨沁人肺腑,甜甜极为感动,眼眶里含着泪水,站起身来惊讶地望着尤教习道:"我在王府日日吟诵孔孟之书,喜读诗文,来到吉林以为罕有知音。未承想先生深解吾心,只恨相识太晚,不过总算遇见志趣相投的人了,甜甜愿叫您一声成额色夫。怨我孤陋寡闻,此前多有慢待,望能海涵,这厢给您施礼了!"说着深深下拜。

尤成额赶忙还礼道:"岂敢,岂敢,谢谢大奶奶夸奖。来日方长,各尽绵薄,将军大人若知您所为,也会赞赏的。"

白面娘子高兴地说:"姐姐,听其言,观其行,这会儿认识我们寻找的吉林左翼官学尤教习了吧?他可是才子,多么知人之明且通情达理呀!你还未曾见过教习之夫人茗兰小姐,乃湖广总督桂良大人之外甥女,自幼长于名门,诗文词赋、琴棋书画样样儿通,皇上都夸赞呐!姐姐,我跟他们住在凤楼4年多了,相处得非常融洽,亲如家人,受到尊重,得到关爱。不仅长了见识,学了知识,也明白了该如何做人,过几天妹子领你去看望茗兰小姐……"

胖姑急不可待地插言道:"哎,两位妹子,你们可不能忘了姐姐我呀!"

甜甜现在是冤和气全消了,故意做出嗔怪的样子道:"胖姑,都是我把你惯的,事事落不下,哪儿都少不了你!"

胖姑笑道:"大奶奶,我就知道落不下,这会儿鱼宴早备好了,咱们快去吧!"

甜甜拍了拍脑门儿道:"对呀,咋把这茬儿给忘了,你快去安排一下!"胖姑应声儿而出。甜甜又冲尤成额说:"色夫,认识您万分荣幸,

第四章 乱世重逢

白面娘子是我的双胞胎妹妹,十几年后才重逢。咱们算是有缘,这顿鱼宴请您也去,大家同桌共餐,一块儿畅饮团圆酒如何?"

尤成额用力点点头道:"好,好,谢谢大奶奶的盛情。"

尴尬的气氛立即化成笑语,于是甜甜手拉白面娘子与尤成额同行,来到了膳房,见餐桌上早已摆好了碗筷,保姆站立两侧。3人刚坐下,胖姑从灶屋走出,问道:"大奶奶,上菜么?估计潘爷快到了。"

甜甜脸一绷道:"别管他,咱们边吃边唠,想起来就有气,看我以后怎么收拾他!"

话音刚落,潘中顺和海柱推门进来了,可能是海柱已经告诉他大奶奶生气了,潘爷满脸堆笑地双手抱拳道:"大奶奶,您消消气,全是我的过儿。一年365天需要应付的事儿太多了,都推给大奶奶行么?王爷和福晋不得骂死我呀,这算什么大事,就是让你少操点儿心呗!尤教习,埋没了先生的学问、隐瞒了官讳,是我失礼了,容后向您道歉。哎哟,大奶奶,光顾赔罪了,贵客还在外面呢!"说着反身跑了出去。

白面娘子一看潘中顺那慌张劲儿,知道来的不是一般人,立马想到了一准是庞家哥哥回去后,将军派人来了,随即拉着胖姑激动地说:"胖姑姐姐,如果我没猜错的话,你敬佩的师父来了。"

二人刚要迎出门,见潘中顺引领着一位官员走进屋来,后面跟着的正是庞荣和庞庆。潘中顺给双方介绍道:"这位贵客乃吉林将军衙门文部主事常大人,这位是板门大院的家主彤大奶奶,这位是管家胖姑。"

常喜抱拳施礼道:"彤老板,久仰,久仰!将军大人因身体欠佳,不能当面儿向您致谢,特命卑职带上薄礼前来看望,略表心意。"

甜甜说道:"我妹子真成活神仙了,各位未等进屋呢,她就掐算到是你们了,都是朋友了,何必那么客气呀!"

这时,常喜、庞荣、庞庆的目光忽然盯向一处,都惊喜地望着站在一旁的尤成额,一齐围拢上去,常喜拉着他的手说:"尤教习,终于见到你了,这可是天大的喜事呀!将军大人在我们来时,还一再叮嘱无论如何请彤老板协助,找到被歹人劫持的尤教习,不能继续耽误左翼官学诸生课业了,富俊拜托了。尤教习,你受苦了,找到就好啊,值得祝贺!"

白面娘子接茬儿道:"常大人,公子很有福气呀,阴差阳错,竟被藏匿在我姐姐开办的这所学斋里,干起了老本行,每天只做一件事,就是教孩子们读书识字,真得感谢我姐姐呢!潘爷、胖姑姐姐,你们有所不知，文部主事常大人主管吉林两翼官学，尤教习乃大人属下的顶梁柱。公子没在家这些日子，都是常大人亲自前去送米送面，解决生活上的困难，我和茗兰姐姐也很感谢衙门的多方关照。"

常喜说道："不必，不必，这是应该的。彤老板，你们主持正义，帮助衙门找到了尤教习，功德无量，令人敬佩之至，我代表将军大人谢谢您！"说着从内怀掏出一张书函，又道："彤老板，这是将军命卑职献上的礼单，请查收。"

甜甜接过，展开细阅，上面写道：

彤甜甜惠览：

奉启者，日前参拜绵恺亲王、福晋，蒙聆钧谕，受益匪浅。格格普爱庶黎，弥重乡情，不惜王府之尊，不恋锦食之荣，屈尊敝地，抚民拯世，富俊敬慕焉。欣悉格格与白面娘子乃拉林洪患余生姊妹，天佑并蒂莲，人海苍茫，沉浮再聚，人生美谈，岂非神乎！诚贺格格与白面娘子重逢之喜，诚谢格格鼎力协办公务之劳，特与副都统都大人、文部主事常大人用吾等所蓄俸银置谷米十石、布帛十丈、豆油十数斤、烧柴五车奉上。寸心薄礼，供日用之需耳，尚有何求，必当竭力。

道光四年暮秋吉日　　　　　　　　富俊泐

甜甜看罢，将礼单交于潘爷，说道："常大人，甜甜悖王爷、福晋之心，执拗归里，实为寻亲。上天悯好生之德，赐降吾妹，祈梦成真，夙愿克遂。白面娘子受尽凌辱，幸得将军信任、怜爱，作为姐姐甚为感激。今常大人莅舍，二位大师再聚义，成额已成知己，有缘相会，实乃不易。请各位入座，屈尊便饭，晚上敝院设宴献酒。"

甜甜小时候混过群儿流丐，后来进了王府，学些诗文、礼仪，且多与宫中格格交友，乍回吉林，哪能看得起市井庶人？亲密者仅胖姑而已。加之平日里围其身前身后转的惟有保镖潘中顺，耳朵里灌满了他的奇谈怪论，对当地官宦多有贬斥。甜甜初见常喜到来，心中就有点儿气，知道准是将军的点子，暗自思摸道："哼，我刚还你秦名远，没道一声谢，闻风又来要尤成额。成额色夫还真对心思，又是位难得的才子，为了孩子们的学业必须留住他。都说富俊是关东一只虎，别人不敢惹，彤甜甜可不怕，看你是虎还是鼠！"尽管心里这么盘算，然说话一句不露，口中一片热语，把学斋的鱼宴变成欢迎贵客的便宴，白面娘子、尤成额、胖姑、潘爷、海柱全作陪。常喜一直在暗中观察甜甜，觉

第四章　乱世重逢

得并不像人们所传讲的那么豪横、高不可攀,显得蛮热情的。膳罢,甜甜特别邀请常大人、庞荣、庞庆二位大师同到板门大院,晚上将正式设宴招待贵宾。潘爷暂留在学斋与海柱议事,一切安排停当,随后赶过去。甜甜出行,一向都坐胖姑赶的单马小花轿车,待套好车后,甜甜让妹妹和尤成额也同坐此车回去。白面娘子笑道:"姐姐,恕妹不能从命,还是尤教习坐你的车吧!我好久没骑马了,想跟常大人、庞家哥哥一块儿骑马遛遛,过过瘾。"

甜甜心里明白,知道他们是想路上聊聊天,便嘱咐海柱选一匹稳当的走马,备好鞍鞯,交给白面娘子,然后让胖姑赶着小花轿车先走了。

白面娘子多少日子没有同将军衙门的人在一起了,一路上与常喜、庞荣、庞庆并辔而行,好像回到亲人身边一样,感觉格外温暖,说道:"常大人,我真羡慕您,天天都能见到土地爷爷。可我好久没看到了,不知伤势轻点儿没?老人家向来不会照顾自己,真让人不放心。"

常喜告知:"将军大人较前好点儿了,能下地走几步了,不过还得将养些日子,不必惦记。大人可没少称赞你,说是这次擒拿秦名远、找到尤成额、结识甜甜、疏通与王爷、福晋的关系等,小白丫立了大功啊,没想到诸事办得如此神速,得好好儿表扬表扬呢!"

白面娘子扑哧笑了,又道:"我还牵挂着茗兰姐姐,病好些没?小公子怎样?"

庞荣回道:"这也是将军派常大人来的缘故,深怕尤公子被秘密隐藏,看看能否帮你忙。眼下孩子倒挺好,只是茗兰心思太重,半夜常常突然哭叫,任谁劝不了,硬说大家骗她,成额早已不在人世了,看上去好像坐下病了。"

白面娘子问道:"常大人,那您这次来,准备怎么帮我?"

常喜笑着反问道:"一切如此顺利,还有我啥事儿?"

白面娘子说:"常大人,二位哥哥,我一见到你们,就不由得感佩土地爷爷思虑得如此细致、周到,说明老人家已估计到找着尤公子了。他能让常大人来,肯定顾及到了彤甜甜不是一般女子,头罩王爷和福晋的光环,又是王府的格格,谁敢去驳她的面子呀?反而言之,茗兰因想念夫君身患多症,尤成额理应尽早回家,小夫妻也好团聚。可是甜甜的个性我也品得差不离儿,那是我行我素惯了,想怎样就怎样,不会轻易放走尤公子,因为供养了那么多孤儿,找个称职的教书先生着实困难。我以为甜甜算是给足了将军大人的面子,否则不会两番盛情款待你们,什么用意显而易见。还有哇,我最知尤公子的秉性了,富有同情心,济世爱人。见到那么多没进过学堂的苦儿,身为一名教习,觉得教他们读书识字,自己责无旁贷,不忍心撂下就走。这也是找到尤公子之后,我正在冥思苦索、犯愁无法解决时,将军把大人派来了,真乃及时雨呀!咱们必须想出万全之策,甜甜是个争强好胜之人,若愣是跟咱对碰,不是给土地爷爷找麻烦吗?"

庞庆表示道:"所言在理,可是尤教习不立即回去,怎么跟茗兰交代呀?"

白面娘子说:"尤公子必须回去,而且越快越好,否则连我也无法面对茗兰姐。甜甜一心办善事,此义举不仅应弘扬,还要全力支持。常大人,这事我和二位大师办不了,甜甜也不信,现在需要您说话了。依我看,那处学斋大多是收拢来的丐儿,听尤公子说每天教他们《三字经》《庄农杂字》《百家姓》等,左翼官学的教习在这儿肯定是大材小用了。俗话讲,杀鸡焉用牛刀?不妨从官学请来一位幼学色夫教授,这也是吉林将军衙门对善举的莫大支持。甜甜通情达理,只要常大人说到她心里,我再帮腔儿,想必会听的,双方不就都满意了吗?"

常喜思忖片刻,点点头道:"嗯,此议甚好,怪不得皆言白面娘子聪明,果然名不虚传,有你的!"

一行4人到了板门大院,甜甜忙把白面娘子拉到一边,急切地问道:"妹子,你跟他们骑马走,我就知道是为了帮我说通常大人,留下尤教习,学斋需要先生啊,常大人答应没?"

白面娘子回道:"好姐姐,猜对了,答应了!"

甜甜似乎不太相信,紧接着又问:"小鬼头,跟姐说实话,真的留下尤成额了?"

白面娘子说:"姐姐,喜欢孩子的人岂止尤成额一个?你喜欢,我喜欢,江城喜欢孩子的名师多了,听妹子的,帮你挑个最满意的先生如何?"甜甜觉得十分扫兴,不吱声儿了。

盛宴中,常喜按白面娘子之意,详细介绍了吉林将军衙门属下的左右翼官学情况,有高、中、初三级,均依生员年令和学识逐步升级,尤成额是位才子,授业未来皇家殿试生员,魁首者为状元、探花、榜眼等。还明确应允官学可拨给学斋名师,义务授业,不要酬劳。甜甜说道:"常大人,听了您的介绍,让我大开眼界,谢谢了!彤甜甜一不能做有碍生员荣考殿试之事,二不能不成尤教习夫妻团圆之美,想必堂

第四章 乱世重逢

文部大人岂可置民间义斋于不顾？我关心的是将派来哪位名师，文才如何。"继而又冲白面娘子说："妹子，你不是讲过近日咱姐儿俩去凤楼探望茗兰夫人吗？我还真想看看，那时再酌定吧！"接着转向尤成额道："色夫，说句实在话，得闻您的大名太晚了，欣赏您的文才，舍不得您离开学斋。可是甜甜哪能那样无情啊，妹子一直惦念茗兰夫人的病，一家人应该团聚，您就随常大人走吧！"

尤成额站起身来，躬身致谢道："谢谢，谢谢大奶奶的关照、体谅。当初被劫时，拙荆即在病中，又有孩儿所累，成额心中无日不在牵挂。时隔月余，进入大奶奶为苦儿办的学斋后，不但为您的善举所感动，而且与孩子们有了感情，我心已在学斋并融为一体，今生今世都会关注此处的。"

白面娘子接茬儿道："姐姐，听明白了吧，连常大人和尤教习都忘不了你这苦儿学斋，我更会帮你说话，在将军大人那儿先挂上号，指不定将来会成为一所正式学斋呢！再者说了，谁不知道你是王爷、福晋的心尖宝贝呀，还能在江城住多久啊，老大不小了，总得出嫁吧？早晚得回京师，若不安排妥帖了，肯定得惦着。这下行了，孩子们挺有福分，名师教授，你还有什么不放心的？"

甜甜听罢，细细思量，觉得真是这么个理儿，妹子倒蛮有远见的，也就默许了。酒宴的气氛热烈而融洽，推杯换盏，有说不完的话、唠不完的嗑儿，互生浓浓的惜别之情。时近午夜，甜甜素有早睡早起的习惯，便和胖姑先行告辞回舍了，留下白面娘子、潘爷陪着常喜饮酒叙谈。白面娘子对庞氏兄弟说："二位哥哥，还得烦劳你们连夜赶回将军衙门禀告此消息并做好准备，免得土地爷爷惦念，我准备明天带姐姐一道回去见大人。"

庞荣、庞庆会意，起身告退，白面娘子也借故离席了。只有潘中顺兴致正浓，又取来两瓶闻名吉林的贡酒"月中仙"，常喜很有海量，边品尝美酒，边听潘爷侃侃而谈。原来潘中顺心事重重，知道甜甜不可能在吉林长呆，京师才是其久居之地。而自己年事已高，不服老不行啊，无法再回王爷府。适逢得识常大人，真乃三生之幸，为能有处颐养天年之所，便套起了近乎，直到天亮，在沉醉中方休。

白面娘子赶紧回了住处，蹑手蹑脚地进了屋，哪知油灯依然亮着，甜甜和胖姑并没睡，躺在炕上盖着被子等着她呢！白面娘子麻利地脱衣上炕钻进了被窝儿，问道："你俩大眼瞪小眼的干吗呢，为啥不睡，不困哪？"

甜甜叹了口气道："咳，妹子，姐哪来的觉哇！自打与你重逢，完全打乱了我的生活，天天都处于激动之中。由于办了这所学斋，方有幸认识了左翼官学教习尤成额，今天刚见面，还没处够呢，人家又要离开了，觉得这心里空荡荡的。"

白面娘子劝慰道："姐姐，是不是话到嘴边留半句、还有点儿想不通啊？你身在江城，仗义办学斋，是善人做善事，可谓帮助了吉林将军，为衙门分忧，百姓也会感激的。这次常大人亲自来了，对学斋的情况基本掌握了，尤教习走后，下一步怎么做，他会有安排的。你或许不十分清楚，在两翼官学当先生，不是有点儿墨水就能胜任的，那得设考榜择优录用。个个皆有文才，没有滥竽充数的，无论选派哪位到义斋来任教都差不了。另外妹子也是替姐姐着想，我不是说了么，王爷和福晋能答应让你来吉林只是暂时的，并不是这辈子再不挪窝儿了，何况姐妹相逢的夙愿得偿，过段时间能不召你回京么，他们见不到也想念不是？"

甜甜摇摇头道："我不，哪儿也不去，就跟妹子在一起。"

白面娘子笑道："行了，别耍小性子了，听妹的。明儿个尤成额夫妻团聚，咱们也去，妹子借此给二位姐姐引见吉林将军富俊。那可是三朝老臣，一位慈眉善目的好老头儿，平易近人，只要见了面就会感到无比亲切。然后再去凤楼，拜望你俩很想见的才女茗兰夫人，怎么样？"甜甜和胖姑一个劲儿地点头，这才高兴起来，3人又聊了一会儿，方各回各屋睡下。

次日晨，甜甜、白面娘子、胖姑起床后，简单梳洗打扮一番，又与常大人、尤成额共进了早膳，准备一同去吉林将军衙门。走之前，尤成额提出想去趟学斋，跟孩子们告个别。于是大家骑马的骑马，坐车的坐车，离开板门大院，往买卖街而去。到了学斋，孩子们和保姆不知怎么皆知道色夫要走了，早早排成长队在门口儿迎候。尤成额等人老远就下了车马，孩子们呼呼啦啦跑过来，边哭边抱着先生不让走。尤成额感动得热泪盈眶，说道："孩子们，我不是讲过么，男儿当自强，护国逞英豪。这位哈番就是为大清朝廷培养学子以壮国威的文部主事，快快过来，给常大人施礼！"

此话一出，孩子们立马不哭了，扑通通跪了一地，咣咣咣给常喜磕头，那小样儿蛮认真的，一旁的甜甜、潘爷、海柱高兴得泪流沾襟。常喜手一抬道："孩子们，起来吧！"然后把一个瘦瘦的男孩儿拉到身边，

第四章　乱世重逢

问道:"孩子,几岁了?叫啥名儿啊?"

男孩儿并不胆怯,挺着小腰板儿仰着脖儿答道:"回大人,今年7岁了,叫小牛。"

常喜笑道:"小牛?咋叫这名儿呢?"

潘中顺接过了话茬儿:"孩子到我们这儿5个年头儿了,当年有个老羊倌儿常在北山小牛沟放羊,赶上一天下暴雨,忽听草从中传出孩子的哭声。走到跟前扒开蒿草一看,是个顶多两岁的小男孩儿,满身泥水,快哭没气儿了,总还是条小命啊,就给我们大奶奶送来了。不知籍贯在哪儿,不知父母是谁,惟知在小牛沟捡到的,从此就叫小牛了。因孩子泡在泥水里的时间过长,又湿又冷,所以坐下了胃寒症,吃过不少服药了,现在还算胖点儿了。"

尤成额搂过一个十二三岁的孩子道:"常大人,这小家伙可聪明了,能背古诗,考考他。"然后拍着孩子的小脑袋瓜儿说:"铁蛋儿,色夫告诉你,这位常大人专管科考的。将来你长大了,要走仕途,科考文卷若没有大人红笔钦点,就得不到功名,永远不能出人头地,快给大人背首诗听听。"

铁蛋儿梗梗着脖子道:"我恨所有的大人,我家就是他们拆散的,阿玛被砍头,额娘改嫁,阿沙被卖,我蹲庙台,后被大奶奶领到这里来的。"

尤成额向常喜解释道:"铁蛋儿曾告诉我,他父亲在嘉庆二十三年春因逼催租税,血刃县丞,违犯了大清律条叛逆罪,在温德河子附近斩首示众,给孩子的心灵深处留下了仇恨的种子。"

常喜仔细端详孩子的长相,模样儿挺周正,只是肤色较黑,铁蛋儿的名字可能就是根据这个起的,遂道:"铁蛋儿,不是所有的大人都坏,我这个大人就爱听唐诗,你能背哪首?"

铁蛋儿不屑一顾:"唐诗三百首,你要听哪首?你不是大人么,不如先来一首,我再对一首,谁对不上谁输!"

常喜暗自笑道:"嚯,小家伙,叫上号了!既然这么说了,我不能不应啊,正好借机考考他。"于是说道:"好吧,我先来,你仔细听着:'春眠不知晓,处处闻啼鸟。夜来风雨声,花落知多少。'"

铁蛋儿不假思索地说:"大人,你背的是孟浩然的《春晓》,听我的:'千山鸟飞绝,万径人踪灭。孤舟蓑笠翁,独钓寒江雪'。"

常喜拍手道:"好,这是柳宗元的《江雪》,再听这首:'独怜幽草涧边生，上有黄鹂深树鸣。春潮带雨晚来急，野渡无人舟自横。"

铁蛋儿张嘴就来："知道，知道，这是韦应物的《滁州西涧》，听我的：'银烛秋光冷画屏，轻罗小扇扑流萤。天阶夜色凉如水，卧看牵牛织女星。'"

常喜点点头道："嗯，这我也知道，乃无名作《秋夕》，你能一气儿背下《百家姓》么？"

此话一出，孩子们嚷嚷开了，纷纷拉着常喜听自己背，互不相让，最后尤成额不得不说话了："孩子们，都松手吧，常大人知道你们有能耐，回屋看书去吧！"

小家伙们很听话，立马散了，往院内跑去。尤成额转过身对常大人说："玉不琢不成器，这些孩子求知欲很强，一到晚上就挤到我的屋子里，学我摇头晃脑地背古诗，困了跟我盖一床被子睡，小炕快挤塌了，淘气得很呐！大人，彤老板终究不会在吉林久呆，官学能否再办一所义学堂？"

常喜回道："想法不错，待回去向将军大人禀报后，再做决定。"

当天晌午，吉林将军衙门传出了多少日子以来未有的欢声笑语，爆竹声声，噼啪作响，热闹异常。正在养伤的富俊和身体瘦弱的茗兰分别由班布泰和侍女小曼搀扶着，站在衙门外石狮子旁，博启图、都克尼及众位主事均到场，连老八旗赵西丹、马木斤等寿星也来了，大家翘首企盼着尤成额归来。曾几何时，左翼官学教习被劫成为江城的一桩奇闻，不胫而走，没有不知道的，一时间人们议论纷纷。身为吉林将军的富俊当时压力很大，茶饭难进，夜不能寐。在积案难破、百事缠身、范蔼仁、秦名远等人屡屡作梗的情况下，光天化日的，一个大活人愣是不见了，这不火上浇油嘛，深感自己失职，愧对各方。加之又听了绵恺亲王的一番话，越发心事重重，思绪不宁，这也是从盛京返吉坠马伤骨的主要原因。昨晚庞荣、庞庆回来报信儿，说是一直牵挂的尤成额找到了，明日由常大人和白面娘子陪着彤甜甜一块儿送回。这可是天大的喜讯哪，富俊甚至觉得伤势立刻好了一大半儿，忙打发班布泰去凤楼告知好消息。茗兰得闻夫君找到了，明日回家，高兴得一夜没睡，转天早早就起来了，从炕柜里取出与成额从京师来吉时穿的那套新衣裳，由侍女帮着梳洗更衣。用罢早膳，满堂已备好了手推小轿子车，茗兰叮嘱侍女小香照看好小少爷，然后在小曼的搀扶下上了车，满堂一路推到了将军衙门。

第四章 乱世重逢

就在众人急切等待之时，忽听銮铃声响，从大街拐角处闪出一辆轿车，后面跟着两位骑马人，一位是常喜大人，另一位年纪较大，没见过。站在富俊身边的庞荣说道："大人，那位叫潘中顺，板门大院的上下人等尊称其为潘爷，原先是绵恺亲王府的管家，彤甜甜在吉林的生活始终由他照护。我们将其劝服后，在他的住处发现了地道，方抓住了秦名远等4人，白面娘子又顺藤摸瓜找到了被劫走的尤教习。"

富俊点点头，没说什么，让班布泰扶着自己往前迎迎。常喜见将军大人过来了，急忙翻身下马，疾走几步，单腿跪地抱拳施礼。潘中顺随之也到了跟前，跪地叩头道："久闻将军大名，今得一见，万分荣幸，惇亲王管家潘中顺给大人叩头了。"

富俊大人爽朗地笑道："欢迎，欢迎，谢谢你对我们的理解和帮助，老人家请起！"

潘中顺站起身来，又冲班布泰抱拳致意道："班佐领，老夫那日多有得罪，对不住了，望能海涵！"

班布泰回礼道："潘爷，不知者不怪，不必客气。"

这时，只见胖姑将手中的鞭子一甩，随之口中喊道："吁——"小轿车咯噔一声停下了。白面娘子掀开轿帘儿跳下车，回身搀下甜甜，手拉手双双来到富俊大人和茗兰夫人跟前，白面娘子施了个蹲礼道："土地爷爷，茗兰姐，小女回来了，见到你们真高兴，可想死我了。这位是板门大院的彤老板，也是我新近找到的双胞胎姐姐甜甜，之所以能顺利抓住秦名远，找到安然无恙的尤公子，全靠甜甜帮忙。"

富俊仔细打量着站在眼前的甜甜，窈窕淑女，美貌多姿，长相与白面娘子一模一样，仿佛画中的一对丽人，光艳夺目，难怪王爷、福晋百般钟爱。甜甜早已成为风云人物，吉林将军衙门明里暗里与其周旋数日，费了不少心机，终获皆大欢喜的结局，能不令人激动么，于是致谢道："谢谢，谢谢，谢谢彤格格所做的一切。老夫更为拉林河畔苦命人的后裔、一对儿从小失散的亲姊妹能在大千世界、茫茫人海里相遇而感动，十几年后的再次团聚，堪称天下奇闻。烈火识真金，好人有好报，上苍有眼哪，由衷地祝福你们！好啊，好啊，小白丫，你替老夫办了件牵肠挂肚的大事，劳苦功高，辛苦啦！"

此刻的茗兰热泪盈眶，搂过白面娘子动情地说："好妹妹，谢谢你，姐姐终生也报答不尽你的恩情啊！"

白面娘子掏出手帕为其擦拭脸上的泪水，边擦边道："姐姐，今儿个是大喜的日子，妹子把你的夫君找回来了，应高兴才是，咋还哭哇？"

茗兰抬头一看，尤成额已走到跟前，双眼含情脉脉地盯着自己，手扶肩膀问候道："夫人，你和儿子一向可好？别哭了，总算团圆了，知道你遭了不少罪，成额无时不在担心牵挂呀！"

夫妻团聚，悲喜交加，感染了周围所有的人，个个为之庆幸、感叹。在茗兰和成额双手握到一起的时候，甜甜的眼睛也湿润了，说道："忘却过去吧，一切都会好起来的，祝福你们！"然后转向博启图道："王爷说大人要来，没承想已经到了，好啊，有主持公道的人了。"接着拿着绢帕的双手轻抚右侧彩裙，双腿略屈，向众大人行了个仪表端庄的蹲礼，娇声细语道："甜甜给各位大人请安了！寄居吉林将军管辖之地有时，没少搅扰，多有得罪，想必早惹得众大人不高兴了吧？"

富俊那是久见世面的大将军，已知甜甜非同寻常，听了这番话当然得认真对待，便道："哪里，哪里，彤格格能光临府衙，乃江城之荣幸，有失远迎，还望多多海涵。老夫惭愧呀，身为一方父母官，耳聋愚钝，竟不知王爷、福晋钟爱的格格到我吉林宝地，有失护卫和关照之责。欠咎甚甚，若说讨罪，我还要请格格宽谅呐！日前，老夫去盛京叩见王爷和福晋，方知格格久居江城，多行善举，默默而为，不求回报，尤令老夫敬佩也。"

博启图赶忙走了过来，满脸带笑地说："好哇，鼓不敲不响，话不说不透。将军大人诸事在身，政务繁忙，日理万机，为吉林百姓忘我操劳，令吾辈崇仰，彤格格也敬慕在心。今日可谓格格头一次偕亲妹妹莅临府衙，给我们带来了福音，尤教习也平安归来，万事大吉，吉林将军衙门真是喜讯连连哪！将军大人，咱们少谈不愉快之事，误解消除了，都是一家亲嘛！您身体欠佳，请回府歇息吧，一应诸事我来安排。"

博启图到吉林后，尽量使出他那广交朋友的能耐，竭力讨好儿上下人等，以赢得众人对他的好感。这不，又找到机会了，一面鼓起如簧之舌消除富俊对他的戒心，一面阿谀奉承对自己有用的甜甜。博启图对富俊不恭的话语虽引起了众人的不满，但谁都不想惹事生非，顺水推舟而已。富俊亦心知肚明，一语遮掩过去道："那好，我正到吃药时分了，就不陪彤格格了，一切拜托博大人代劳了。务要妥善安排贵客的一切事宜，还要设宴款待，宾至如归，吃好喝好，酒醉尽欢。"说罢，拱手作别，在班布泰的搀扶下转身离去。

富俊走后，博启图并不把都克尼诸大人放在眼里，凡事自己做主，先将大家领到明亮的客厅,然后派人去后厨让赶紧备宴。白面娘子坐在椅子上,冲甜甜的耳根子悄悄儿私语了几句,随即站起身来道:"博大人,茗兰姐与尤公子刚刚团聚,又病疴缠身,我送他们回凤楼,告退了。"

庞荣和庞庆也表示陪同,告别了甜甜、胖姑,跟白面娘子、尤成额夫妇一块儿回了凤楼。博启图则与众大人陪着甜甜、潘中顺、胖姑尝果品茶,边喝边聊,话不落地。谈笑中宴席摆好,在博启图的引领下,众人步入膳房,分宾主落座。博启图的一通儿祝酒词说得客人格外高兴,大家推杯换盏,划拳行令,一个时辰后方散。

次日头晌,博启图与常喜商量后,为补尤成额给学斋授业之缺,特将左翼官学的何敬平和孙连生两位先生分拨给甜甜,助其教学,并拿出《三字经》《百家姓》《庄农杂字》《幼学琼林》、"四书五经"等百册和一些文房四宝馈赠学斋,甜甜表示万分感谢。遵从王爷钧谕,甜甜代行之,与博启图议定,原富俊所掌积案统由博启图率员审核裁决;秦名远前愆勾销,即日从吉林将军衙门除缺,赴甘肃秀林将军任内补缺;范蔼仁庄主案交由盛京将军复核后,呈户部议决,余不追诉。博启图送走甜甜等人后,踌躇满志地拿着议决文书去找将军,请其审阅。富俊览卷毕,脑袋嗡嗡响,犹如炸裂般疼痛。然半字未吐,极力控制着情绪,罢罢罢,留给后世去评说吧!惟一尚感慰藉的是好在不欠桂良总督的"人债"了,将其外甥女的爱婿尤成额毫发无损地交给了茗兰,没有终生挨骂之虞。自此以后,老人家总以骨伤未愈为由,远离政务,深藏隐衷,在九丈书斋里徜徉,读史吟诗,妙笔丹青。道光七年七月,富俊卸吉林将军任,博启图继任。富俊随即奉调京师,蒙皇上恩宠,授予协办大学士、太子太保,依然鄙视流俗,颂歌利禄不为所动。班布泰奉诏进京,任宫中侍卫,为天子护驾,"三槌"兄弟也随其去了京师健锐营。富俊孑身一人,府中只留几位家丁,还有两间书屋和那只形影不离的花狸猫相伴。老妻9年前撒手长眠,两儿在湖广、云贵当差,小女嫁于京官,终日为了喂养褓褓中的婴儿,无法脱身照顾老父。道光十四年秋,富俊突然不明晕厥,郎中束手无策。弥留之际,嘱咐家丁不必报知官府和故人,净身来,净身走,3天后安详而终。道光帝惊闻大恸,亲临吊丧,赐字文诚,入贤良祠,此乃后话。

尾声　亮星从凤楼升起

　　浮云恰似流水，时光宛若闪电，岁岁迟到的北国春天今年却来得急。煦风拂面，空中长长的雁阵啊，在云端里扇动着翅膀相互鸣叫着，欢乐地朝吉林故土飞来，给冰雪消融的松花江畔带来了一片生机。此时，正是道光八年戊子芒种后、端阳快到之前，江城处处呈现出过节的气象，街头小巷的货摊儿上摆放的物品琳琅满目，应节最抢手的莫过于葫芦。看哪，一大清早葫芦摊儿就摆出来了，其中有个摊子很别致，左侧插着一杆白绸红字旗，上书"朱家葫芦"。旗下是3排阶梯式的扯着彩线的细竹竿儿，竹竿儿上挂着一串串儿大大小小、系着红穗儿的葫芦，可算江城一景了。没一会儿便引来艳妆少妇和巧手姑娘的目光，争相聚到摊子旁，蛮有兴致地挑选吉祥葫芦。这可乐坏了白发银须的摊主朱老五，坐在凳子上不停地吆喝着："葫芦喽，葫芦喽，挑吧，挑吧，个个都好看，舍下小钱，讨个岁岁平安！"

　　别看朱老五只是个卖葫芦的，可名声在外呢，江城的大人小孩儿没有不认识他的。据讲祖上是河北通州老户，大明朝燕王朱棣在京师坐金銮殿时，他家就以卖葫芦为生，已经传十七代了，可谓葫芦世家。到了朱老五这辈儿，其上头的4个兄长皆在通州，他在家族中排行老小，嘉庆年间来吉林的，照做祖传的葫芦生意。这会儿，围在摊子前的男女老少越聚越多，坐在板凳上的朱老五站起身来，冲一位背着孩子挑选葫芦的女顾主说道："哟，这胖小子四五岁了吧？背着多累呀，来，让他坐这儿吧！"

　　女顾主笑道："谢谢，不累，还是你老坐吧。孩子今年虚5岁了，是我惯的，非得背着不行。"

　　朱老五点点头道："也是呀，当娘的都一样，哪有不娇惯自已宝贝儿子的。"

　　话音刚落，站在女顾主身旁的一位头插金簪、身穿绣着牡丹花的水粉色丝缎旗袍、外罩镶嵌着八宝东珠透珑红坎肩儿的美艳女子抬起头来，看了看朱老五，嗔怪道："朱老板，不知道就别胡说，这孩子不是我妹的，是替别人看的。"

朱老五眼力多尖哪，一瞅接茬儿女子的装束与众不同，所戴饰品颇为讲究，知道这主儿可得罪不起。再仔细一打量，姐儿俩长得十分相像，身材、五官、肤色几乎一样，分不出彼此，以前从未见过，一准是王公贵戚府上的格格了，遂赶忙躬身致歉道："唉呀，小的对不住了，该掌嘴，罪过，罪过！"说罢抬手从货架子上拿了一个用彩纸扎的小风车，凑到孩子跟前满脸堆笑道："哈哈济，送你了，瞧瞧，多好看呀！"

男孩儿接了过来，很有礼貌地说："谢谢爷爷！"然后瞅瞅手中的小风车，迎风便呼呼转个没完，觉得特别新鲜，高兴得咯咯直乐。真就不让大人背了，挣着下了地，坐在朱老五的板凳上把玩起来。

诸位阿哥，这两位女顾主不是别个，正是甜甜和白面娘子，身背的男孩儿乃茗兰的儿子。两姊妹自打重逢后，形影不离，白面娘子需帮着茗兰伺候孩子，甜甜则天天到凤楼看妹子，直到傍晚才走。白面娘子心里暗暗着急，这一日实在憋不住了，便假装生气道："姐姐，我觉得你变了，没了当年的锐气，有惰性了。早先那么有精神头儿，一心办学，救济穷孩子，现在却撒手不管了，为什么？"

甜甜不仅没生气，还扑哧一笑道："妹子，你咋看不透姐的心呢？你是知道的，自打有幸进了王府，过上了金枝玉叶的生活，王爷、福晋待我不薄。这种情况下，我还几次三番地嚷着要出关，前往北地，为啥呀？不就是为了找你嘛！初始王爷不同意，后来被缠磨得没招儿了，不得不勉强答应了。来到吉林后，老天保佑，真就给我送还了惟一的亲人。姐像得了稀世珍宝一样，生怕再失去，只有天天守着才放心。学斋那边有管家海柱，加上两位色夫帮着照看就行了，又不是不回去。"

白面娘子听了很受感动，眼睛湿润了，紧紧搂着甜甜道："姐姐，我的心情和你一样，何尝不是这样想啊，今生今世咱姐妹永不分开。可妹子遇上了尤公子一家，这也是缘分，能眼瞅着他们有困难不管么，就是你也不忍心不是？"

甜甜心肠软，既同情患病的茗兰，又疼爱忙里忙外不得闲的妹妹。后来姐儿俩商定，甜甜两头儿兼顾，学斋不能放手，抽空儿到凤楼看望妹子，帮着茗兰照护孩子也成她分内的事儿了。

说来如今凤楼较前萧条多了，故人已陆续离去，留下无尽的思念。德高望重的土地爷爷富俊道光七年丁亥七月奉诏回京，授予协办大学士、太子太保，带走了孙儿班布泰和"三槌"兄弟。日前，老大人曾来信询问成额的授业情况如何、茗兰的身体怎样、小少爷是否顽壮等，还问候和感谢白面娘子、甜甜两姊妹对尤家的仗义相助,并告知自己一切安好,精神矍铄,身板儿硬朗。班布泰现为皇家侍卫,"三槌"兄弟在京师健锐营干得不错,前程无量。庞荣、庞庆当年奉恩师长眉长老之命,来吉林协助将军衙门抓捕秦名远,找回失踪的尤成额。转年初春便告别凤楼及江城故友,返回河南嵩山少林寺,与众位师兄弟终日三稽首,闭目打坐,诵经苦修。以协办吉林积案为名于道光五年来到吉林的博启图,直到道光七年才好不容易迎来圣旨,如愿以偿地继任了吉林将军,都克尼仍为副都统。凤楼除尤成额日日到官学授业外,其他人各忙各的,与将军衙门没以前那么多来往。不过有一位故人已离开了凤楼,走时难舍难分,至今大家总是提起他,这就是各位听者非常熟悉的小满堂。小满堂本是尤成额的父亲都布纳及夫人高氏在京师的管家,因儿子偕妻赴吉林求取功名,便将其赐给他们做贴身家奴。小满堂手勤脚快,有眼力见儿,且为人忠厚,自打跟随小主子来到江城,八年如一日,从未小息,赢得一致赞许。而今已24岁了,尚未娶妻,茗兰有些着急,甚觉欠他太多。好在新招来一个巧巧作为贴身女童,便致函舅父,请其在府衙给满堂安排个适合本人做的上好差使,再帮着找个家室,以诚谢对尤氏家族的耿耿忠心。桂良来函准允,让小满堂立即返京,茗兰这才长出了一口气。未承想小满堂说啥不走,表示今生今世不离开小主子,生死与共,气得茗兰直跺脚。最终还是白面娘子向小满堂仔细讲了茗兰的良苦用心,说是人不能满足现状,更不可跑单帮。既要娶妻生子,也要为未来多考虑考虑,干出点儿名堂来,总算没白来世上走一回。小满堂思来想去,觉得奴仆连主子的恩惠都不接受,那也太不懂事了,只好答应了。于是跪谢了尤成额夫妇,亲了亲小少爷,告别了凤楼的草草木木,由白面娘子送他登上了帆船,哭得泪人似的离去了。

　　凤楼里近几年令人愁肠百结的是茗兰夫人患了轻度癔病,表现为有多疑心理,烦闷不易排解,有时情绪失控。究其原因,很难说得清楚,估计一个是与她的性格有关,内向,深沉,遇事好生闷气,情感不外露,轻易不谈自己的意见或想法。再一个是自从嘉庆二十五年随尤成额来到吉林,由于秦名远作梗,不但夫君不能赴任,而且事事不顺,受屈受欺,徒增不少烦恼,致使怨愤积于心,坐下了病。直至道光四年富俊重新执掌吉林将军印,闲居在舍将近5年的尤成额参加了榜试,方如愿以偿,当上了左翼官学教习。时隔不久,将军衙门连续出现几桩大案,其中凤楼失火、尤成额失踪、秦名远被同伙儿从牢狱中救走等,极大地

尾声　亮星从凤楼升起

刺激了茗兰的神经,天天以泪洗面,提起秦名远就恨得咬牙切齿。气愤、思念、担心郁结于胸,有时不吃不喝、不言不语,有时连续几天不睡,这位想当年连皇上都夸赞的才女终于被疾病摞倒了。后来白面娘子、庞荣、庞庆受命前往板门大院,经几番周折,抓住了秦名远,找回了尤成额。茗兰重新见到了夫君,一家团圆,多病之躯渐渐有了好转,能吃饭了,能睡觉了,大家非常高兴,都为她祝福。谁料想数日后,茗兰又急火攻心,致使病情加重了。事情的起因是这样的:尤成额自打回到了凤楼,一直没人通知其去官学授业,茗兰因有癔病变得敏感多疑,自然就往心里去了。她曾多次询问白面娘子和庞氏兄弟,少爷在家闲呆,不去官学,究竟是何缘故?其实他们仨也十分不解,心里很是焦虑,只是不敢在茗兰跟前显露,怕引起多虑,有碍养病。越是如此,茗兰越胡思乱想,以为是在故意隐瞒真相,不愿让自己知道,终于忍不住了,大声责问道:"你们为啥瞒着?是不是成额的差使被免了,让将军衙门给撵回家了?天哪,我们遵纪守法,未曾做过一件不该做的事,没有半点儿坏心,命怎么这样苦啊!"说着满炕打滚儿,又喊又叫,又哭又闹。白面娘子怕吓着孩子,赶忙将其引领到小暖阁,再反身出来好言相劝。尤成额放下教案从书房跑出,进屋百般抚慰,都无济于事,直至折腾得筋疲力尽方休。

到底是咋回事呢?原来尤成额不能复任教习之职,问题出在博启图身上。他初到吉林,暗有打算,想在官学私插亲属。正赶上尤成额被劫,踪影全无,便想乘机以自己的三小舅子取代之。尤成额回来后,他迟迟不通知其就职,此举马上被富俊和都克尼等人所识破,继而戳穿博启图偷梁换柱之图谋。这日,茗兰又为此事哭闹起来,大家正在极力劝解时,班布泰来到了凤楼,笑呵呵地说:"茗兰姐,又怎么了,事情不是你想的那样,谁也没有故意瞒你。我来是为通报一个好消息,明儿个一早,尤教习便可去官学上任了。我爷爷和都大人、常大人去找博启图共同商议了,认为尤教习是经过将军衙门按制设榜考取的魁首,无论发生什么事,谁也无权罢免其职,任何人均无资格顶替。"

茗兰听罢,立即安静下来,破啼为笑,没一会儿便睡着了。转天一早,尤成额在白面娘子、庞荣、庞庆的陪同下,一路高高兴兴地去官学上任。纵使博启图的三姨太坐在官学门口儿骂了半晌,照样啥用不顶,最终还是被将军衙门的巡官以"有碍大雅"之名强令逐走,博启图无力回天,眼睁睁地瞅着尤教习入堂授课。

白面娘子和庞氏兄弟深知，博启图盛气凌人，仗势揽权，有恃无恐。而富俊大人为政清廉，刚正不阿，哪看得惯朝中的种种咄咄怪事？一怒之下，退避三舍，恨不得把将军大权和印信一骨脑儿交给博启图。3人估计老将军心中肯定不快，只能在家中生闷气，这怎么行？若是一时无处发泄，日久天长会坐病的。不如趁此机会，请老人家来凤楼，同大伙儿饮酒消愁，一块儿乐和乐和。当天下晌，庞氏兄弟划木船于松花江上，甩暗钩钓获了一条又肥又大的金翅鲤鱼。提回凤楼后，白面娘子系上围裙喊哩喀喳收拾完毕，到了天擦黑儿时亲自掌勺，烹饪浇汁鲤鱼，只等与土地爷爷共用晚膳了。其实呢，白面娘子这是杞人忧天，担不必要的心。富俊大人襟怀坦白，海纳百川，不计较个人得失，现迷醉于水墨丹青，所绘之"老子牧牛图"颇有神韵，仿佛闻听人牛共语之音，堪可传世。

道光七年，皇上下旨，任命博启图为吉林将军。他可没有土地爷爷的胸襟，总觉得富俊名声在外，无人不知，无人不晓。而自己此前好几年无有皇上圣意，正式成为吉林将军的谕旨又下得太晚，如今倒是掌印了，然市井却不时传出流言蜚语。为能尽快予以平息，让大家庆贺他的荣升并宣扬出去，博启图决定在将军衙门摆宴，要求各部属员全到场，允许放纵喝酒，划拳行令，可通宵达旦。尤成额所在的官学也不例外，学馆诸师皆去府衙赴宴，且夜宿不归，一连几日皆如此。茗兰初始不知道尤成额为啥不回家，后来渐听人言，方知是博启图得意忘形，摆酒设宴，让属员们为自己歌功颂德。精神上患沉疴之人最怕心绪紊乱，烦躁不安，何况生气呢！一日深夜，茗兰的癔病发作了，突然出现了局部麻痹症状，表现为运动机能障碍，双腿没有知觉，凤楼上下人等一片惊慌。尤成额遍请吉林所有著名的郎中前来诊治，并且专门从京师、湖广寄购上等红花、三七、天麻、牛膝等药，服后均不见效。茗兰双腿不能行，只能终日卧榻，加之语意表达不清，急得直咬手指头，日夜哭吼。她曾几次持剪刀寻死，都被侍女发现，好言劝解抢下。白面娘子既要安慰、伺候茗兰，也要照看小少爷，忙得脚打后脑勺儿，没有一会儿闲工夫。尤成额在官学授业甚忙，回到家还需准备第二天的教授内容，故而对夫人的饮食起居照顾不了多少，全由白面娘子和侍女承担，没早没晚，周而复始。

八月的一天，尤成额登北山寺庙拜佛问卜，在观音堂叩头默念毕，求得一签，上云："万事天来助，吉祥有贵人。"他看了看签，寻思反正

尾声　亮星从凤楼升起

都是吉利话呗,也没在意,就匆匆下山回家了。事隔不久,一桩天大的喜讯降临凤楼,道光帝有感于三弟惇亲王辅佐功高,允其选配王妃,娶谁由王爷的福晋定。福晋那是早已心有灵犀,举荐了暂居吉林的甜甜,皇帝准奏。于是内务府和宗王府立即派员前往江城,传谕吉林将军衙门,一应诸事抓紧办理,不得有误。甜甜自打与妹妹重逢,依恋得很,不想离开左右,动不动就让胖姑陪同到凤楼接妹子去板门大院享福。可是茗兰有病,啥也干不了,白面娘子哪能脱开身哪!这个期间,惇亲王曾三番两次地派人来北地接甜甜回京,甜甜因牵挂妹妹,所以始终居住在江城,以善心广济苦儿,不舍南去。此番圣旨一下可不得了了,惊动了吉林上自将军,下至黎民,都在传讲皇弟绵恺亲王的妃子在江城,边塞小城一时间竟跃升为皇家王妃的娘家地了。最高兴的要数吉林将军博启图,可谓平步青云,出了大名,成为皇室亲王妻子所在地的娘家父母官了,自然感到脸上有光,地位显赫。世居吉林的所有遗老遗少、达官显宦更是跃跃欲试,都不想错过这机会,打算好好儿露露脸,于是各地良策如潮,汇入将军府。博启图也真是下了功夫,梳理出大婚聘礼程序,迅速决断,皆按遗老们提出的旧制操持。甜甜的居处早由将军衙门特派的武官率兵护卫,闲散人等退避三舍,不得靠前半步。博启图天天住在板门大院,潘中顺愈加耀武扬威,连吉林将军都让他三分。这日晌午,博启图安卧在虎榻上刚打个盹儿,潘爷就推门进来了,博启图听到动静赶忙起身,陪着笑脸道:"潘爷,请问有何吩咐?"

潘中顺说道:"王妃令我传告将军大人,让你速速进京,如实奏报王爷知晓:现住凤楼的白面娘子乃本王妃失散十几年才找到的孪生妹妹,也是惟一的亲人。作为姐姐,决不能弃胞妹而去,有福同享,如不遂愿,宁死不离吉林半步。"

博启图本是惇亲王的心腹,鬼得很,立即答应道:"好啊,好啊,理当如此。本官下晌快马进京,叩见王爷、福晋,禀告王妃之意,请放心吧!"说罢返回将军衙门,命侍从打点行囊,套好四马轿车赴京。一切就绪,博启图带两位亲随上了车,车夫将鞭子一甩,轿车咔啦啦飞驰而去。

第三天傍晚,博启图赶到了京师,直奔惇亲王府邸。绵恺初见博启图时,满脸堆笑,十分热情,一再感谢其辛劳。可是听完博启图传报甜甜的心愿,又愁眉不展犯了难,怕皇上知道后,认为这女子太琐碎而震怒,一旦下旨另选新人咋办?还是博启图点子多,进言道:"王爷,您深知王妃的身世和性情，能够不忘苦难，看重亲情，此等女子最可信赖也。王爷前去面君时，可细言王妃之美德，激帝情，撼帝心，何愁迎不进王府呢？"

惇亲王思忖良久，觉得博启图所言极是，只能照此办理。脾气执拗的甜甜这几年之所以不恋宫闱，就是因为怀念北地失散的亲人，既然寻到了，怎会舍得再分开？于是让博启图暂于府中歇息，待面圣后，再将结果告知。

绵恺亲王随即入宫，叩见皇上，按博启图之策如此这般一说，果然奏效，道光帝恩准，并书就一道圣旨交之，命在吉林宣谕。惇亲王如愿以偿，叩谢皇恩后退下，高高兴兴地回到府邸，把圣旨交给了宣读官。叮嘱博启图今夜在驿馆安歇，明日即可启程，王府迎妃人等、彩车亦一并前往。望速速办妥，早日送王妃回京，以行迎娶大礼。关于其妹之事，一应由爱妃定夺，本王爷听其便也。交代完毕，馈赠博启图玉观音一尊，以表诚谢。

转天一早，博启图率领迎亲队伍浩浩荡荡出发了，一路晓行夜宿，顺利回到了吉林。进了将军衙门，繁缛的迎接礼仪必不可少，省略不表。单说博启图迅即择吉日良辰，在板门大院行宣旨大典，吉林将军衙门的文武官员及左右翼官学的教习莅临，并用彩轿接来了白面娘子。板门大院彩带飘舞，管乐齐鸣，高桌上摆好香案，所有官员身穿袍服顶戴站立两旁。乐曲一停，身着一品官服的博启图缓步走到桌案前，虔诚地向着敬奉圣旨的香案行三拜九叩大礼，然后跪迎京师的宣读官进场。宣读官请彤甜甜、白面娘子到桌案前，同吉林将军一齐跪下听旨，然后宣道："襁褓水难，天各一方。茫茫人海，姊妹重逢。盛世佳瑞，天佑永享，朕心大悦，赐彤甜甜为绵恺之丽妃，丽妃之妹白面娘子为贵人，钦此。"宣罢，令人抬来一个箱子，里面装着皇家赏赐的金册、凤冠霞帔、金银玉珀等，说道："皇恩浩荡，恭贺丽妃、贵人，快快叩头谢恩！"

甜甜、白面娘子和博启图分别叩谢，待站起身来，潘中顺、胖姑、海柱等从人群中跑出来，围着姐妹俩又是祝福又是道喜的，官员们也纷纷表示祝贺，欢声笑语响彻板门大院上空。

当晚，白面娘子与甜甜同床共枕，嘱咐道："姐姐，王爷知道咱们的身世，从未嫌弃过，多年来待你一直挺好，这份情意难得呀！到王府后，对福晋、侧福晋要尊重、有礼貌，尽量处理好相互之间的关系，注意保护自己，姐姐会平安、幸福的。原谅妹子不能随你同行，也知道贵

尾声　亮星从凤楼升起

人即宫中女官，我不愿做，也做不来。拉林河神给妹子一条命，松花江神养育妹子十几载，有期盼，有欢乐，遇事还能逢凶化吉。命中注定这辈子为他人而生，为他人而活，这他人便是苦命多舛的茗兰母子。似乎阿布卡恩都力早有安排，将他们托付给白面娘子，助其洪福齐天，何况小少爷也离不开我，因此只能留下。姐姐走了，我放心，肯定会想的，将来找机会去京师看你，别忘了替妹子谢谢王爷的良苦用心。"

甜甜万万没想到妹子不准备去京师，初始十分惊愕，继而仔细一琢磨，一点儿不奇怪，妹子就是这样的品性，总是为别人着想，很少替自己打算。她与尤成额一家建立了深厚的感情，同住一幢房，同吃一锅饭，冷丁拔腿就走，放在谁身上都难以割舍。再者说了，虽然在宫中做女官，姐妹俩能常见面，可天天做自己不愿干的差使，这对她不公平，对其人生也毫无意义。怎么办？思来想去，只能尊重妹子的选择，无可奈何地打了个唉声道："咳，姐还不知道你的脾气么，犟得很，只要认准的事儿，十头牛也拉不动。行了，我会跟王爷说的，不过可不许忘了我，有谁敢欺侮你，务必招呼姐一声。"

次日一早，甜甜将板门大院的一应房产、器物、佣工以及买卖街的学斋、学生等，悉数移交给博启图派来的文部主事常喜大人，一一清点，登记造册，日后统由吉林将军衙门管理。到了下晌，甜甜请来尤成额、白面娘子以及在学斋任教的何敬平、孙连生两位色夫，一块儿吃了顿辞行饭，感谢以往所给予的无私帮助，并表示道："我虽然走了，但这颗心将永远和你们连在一起，更不会忘记苦儿们，盼望他们快快长大，早日成材。"

甜甜又特别与尤教习攀谈了一会儿，并叮咛道："小少爷非常招人喜欢，遗憾的是茗兰姐身有疾患，那么大的学问却教不了儿子，很是令人难过。我妹子心肠好，人品没挑的，因为想帮你们一家，所以才放弃去宫中做贵人。尤教习，你可不能只忙于官学授业，而忽视对小少爷的培养，子不教，父之过。基础需要打牢，经常督促也很重要，这方面你比我懂，绝对不能松懈。"

尤成额的眼圈儿红了，有感于甜甜的真诚、白面娘子的付出，谁又能不为之感动呢？他嚅动着嘴唇，想要说什么，终未说出一句话，只是一口喝干了杯中酒……

第三天头午，甜甜告别众人，带着两个贴身丫环上了迎亲彩车，在吉林将军博启图亲自率兵护送下，离开江城，直奔京师而去。

不讲甜甜此番被迎进京师,与绵恺亲王举行了异常热闹的婚礼,单说甜甜走后,当地的遗老和将军衙门的官员们个个不敢怠慢,纷纷前往凤楼揖手下拜。白面娘子心想:"嘿,自己没觉怎么样,他们却另眼相看了。仿佛世上降下了一位活神仙,了不得了,诚惶诚恐,毕恭毕敬,不说话老远先施礼,真够势利了。"越寻思越觉得可笑,竟笑得弯着腰喘不上气了,眼泪也流出来了,嚷嚷道:"哎哟,各位爷爷、大人哪,千万别这样,小女可受不了!我是星星沾了月亮光了,天生没有贵族血脉,没长贵人骨头,我就是白面娘子,走到哪儿也是我。"

茗兰对白面娘子宁可放弃赴京师宫中做女官,也要留在江城照顾自己和儿子万分感动,可惜疾病使其不能口齿清楚地与人交流,只能以手势表达心意。她先是伸出大拇指,上下点了两下,然后拉过白面娘子的手用力攥了攥。怕对方不解其意,又把那只手捂在自己的心口窝儿喃喃自语,仔细一听,似乎在说:"妹子呀,你是世上最好的人,心都给了大家,乃名副其实的大善人。你给大家带来了福分,给人间送来了温暖,是我们全家的恩人哪!"

自打茗兰患了癔病,其子昼夜皆由白面娘子照料,天天像个跟屁虫似的围着她身前身后转。每到晚上,白面娘子先伺候茗兰歇息,再哄小少爷睡下,接着便不声不响地忙碌开了。那双手也真巧,针线活儿不错,既会裁剪又会做。这不,用花丝缎给小少爷缝了一顶英雄帽,帽顶缀了一颗玉石,非常好看,戴上显得格外精神。小少爷喜欢得不得了,只要到院子里玩儿便戴在头上,左邻右舍的婶子、奶奶想看看,他都不摘下。

俗话说得好:"万绿丛中一点红"。朱伯西讲到这里,大家已看出来了,凤楼中众星捧月的中心人物便是尤成额、茗兰之子。毫不夸张地说,这对儿夫妻的心志、目光、冀盼都聚集在头戴英雄帽的胖小子身上,寄予了厚望。说来也奇,这孩子生于道光四年甲申春五月,临盆时,恰有一道流星闪过,故起乳名"乌西哈",汉译星星之意。乌西哈活泼可爱,聪明伶俐,是父母的心头肉。教乌西哈读书写字,是尤成额和茗兰最大的乐趣,孩子悟性很高,教两遍就会,3岁开始读唐诗,5岁能背宋词元曲。别看人小,却像个小先生,动不动就挺直小腰板儿端端正正地坐在小板凳上,童声童气地给你讲解他背诵的诗词,蛮是那么回事呢!人人喜欢乌西哈,人人爱逗乌西哈,跟小乌西哈在一起,仿佛再多的忧愁都会烟消云散。

乌西哈也是白面娘子的宝贝疙瘩,特别是近两年茗兰患病,白面娘子便代替了孩子的亲娘,给以了精心照护。庞荣和庞庆没走时,为使茗兰能静心养病,她把二楼尽头那间屋改造成小暖阁,六角窗,月亮门,门框上挂着自己绣的喜鹊登枝彩穗白布帘儿,安静而温馨,供茗兰和孩子住。茗兰最喜欢这间小暖阁了,住了一段时间后,考虑到每每犯病时,无力照看乌西哈,遂又回到了东屋,让白面娘子带着儿子住在里面。说来真是缘分,白面娘子只要同小星星在一起,就无比开心,一会儿见不到好像缺点儿什么似的,觉得心里空落落的。即使住在板门大院的那些日子里,也无时无刻不牵挂着孩子,生怕夜里哭闹而上火。乌西哈从打认人了,若赶上不顺心眼儿,见谁都哭。惟独见了白面娘子,小胳膊晃来摆去,小腿乱蹬蹬,咯咯笑个不停。有时乌西哈不知缘何突然哭闹开了,咋哄都不行,急得茗兰不知所措。只要白面娘子一抱,立马不哭了,拍一会儿便睡着了。白面娘子与茗兰夫妇相处越久,小星星对她的依赖越强,几乎寸步不离。孩子哭没哭啊,闹没闹哇,饿没饿呀,睡没睡呀,白面娘子一年365日、一天12个时辰常挂于心;孩子冷不冷啊,热不热呀,衣裳干不干净啊,被褥晒没晒呀,白面娘子一桩桩、一件件思虑于心,生怕觉得有什么不舒坦,委屈了尚不会说话的孩子,一时一刻闲不着。乌西哈快4岁时,已经很懂事了,茗兰让夫君给宝贝起个大号。尤成额颇动了一番脑筋,从《诗经·大雅》中的"温温恭人,惟德之基"之句取"德"字,从《礼记·乐记》中的"气载而化神,和顺积中而英华发外"之句取"英"字,组成"德英"二字作为儿子的大号。何图哩德英之名从此越叫越响,声威远扬,妇孺皆知。

说来德英挺幸运的,生于文人世家,其父尤成额是左翼官学教习,其母茗兰乃京师著名的才女。父母精通古史典籍,博学多才,为自己的业师,幼学地址就是甜甜于江城设立的学塾。而今,当年的管家和保姆没啥变化,基本上都是老人,大家相处得十分融洽。管家海柱是随潘中顺从京师来的,很能干,会办事。博启图派文部主事常喜接管后,对其兢兢业业、任劳任怨十分满意,赞许有加。这个学塾在将军衙门的支持、关注下,办得越来越好,左翼官学的众位先生隔三差五便来光顾一回。此处不像街里那样人声嘈杂,一进入郁郁葱葱的松林,心情格外好,既可舒缓给生员们讲授古文、经学之疲劳,又可呼吸新鲜空气,还可做些有利于公益的事。到这里授业的先生日渐增多,除了原先的名师尤成额以及后来的何敬平、孙连生外,其他先生分拨儿来,连小金佛都成孩子们的武师了。他现在可谓改邪归正、脱胎换骨了，变化很大，要强了，勤快了，不怕吃苦了，博启图对其刮目相看，实在不易呀，这还要感谢白面娘子呢！为啥呀？白面娘子总是不忘小金佛往日的情分，自从他与草上飞、过江龙、柳祥归附将军衙门后，时时惦记着，薅着耳朵叮嘱着，鼓励其要争脸面，长记性，不能混时光。白面娘子的话，小金佛的确听进去了，被派到学塾后，将自己仅有的功夫全拿出来了，教得很卖劲儿，孩子们学得也上心。前不久，吉林将军衙门举办一次竞武大赛，学塾挑选出十几个孩子参加，其中包括小德英。白面娘子既想看看德英的功夫学得如何，又想知道小金佛教得怎样，便鼓动茗兰一块儿到场观瞧，茗兰二话没说点头应下了。于是白面娘子把为尤成额特备的午膳做好，打发侍女送到官学，然后用小花车推着茗兰前往武场，和江城的百姓一饱眼福。比武中，参赛者各显神通，技法纯熟，发挥精到，不分上下。小金佛带领的童子队在高手如云的竞技中竟得了软功头筹，受到博启图将军的褒奖，茗兰和白面娘子心里乐开了花。

  满族及其先民为马上民族，个个弓马娴熟，崇仰"尚武精神"。长辈要求后代从小始练儿功，六七岁进学堂，逐渐造就成文武兼备的坯子，有一身过硬的本领，一朝入了军旅，便可在万马营中勇猛冲杀。白面娘子也喜欢习武，故而对小德英的体格发育和健康成长十分上心，从婴儿时，就向茗兰宣传育儿经："出生三个月，长带裹下身。双腿捆宜紧，儿大体尤直。不患罗圈腿，飞脚天下惊。"茗兰长于名门，受到瓜尔佳氏武风的熏陶，曾经练过功，对白面娘子的话自然心领神会，任其给儿子睡硬枕哪、用宽布带缠四肢呀、搣腰盘腿呀等等，从不干涉。功夫没白下，小德英在白面娘子的严格管护下，身段长得十分匀称，肩、臂、腰三直相并，臀部到腿成斜线形，过了练武所基本具备的身关。5岁开始练功，小金佛为武师，德英身穿白面娘子为其定身缝就的麻布武士服，腰系英雄缎带，个头儿没有桌子高，赤脚打拳，满地滚跳，已掌握七八套拳术。6岁入学堂，在先生的教授下学习"四书"、"五经"，"四书"即指儒家的主要经典《大学》《中庸》《论语》《孟子》四种书，"五经"即指易、书、诗、礼、春秋五种儒家经书。7岁被带进马厩，见群马不惧，喜骑烈马。9岁学马上技，4年后，马上站功、立功、卧功、滚功、左侧功、右侧功、前侧功、后侧功等不逊于骑手。

  其时，吉林左翼官学分文武殿科，为日后赴皇家考取进士以上人才授业，这部分生员在将军衙门专备的庭院中就读。富俊四任吉林将军

尾声　亮星从凤楼升起

后,学制改革,重才广育,大多在八旗养育兵中遴选子弟入学,眼下授业地点在原来甜甜所办的学塾。除后派去的何敬平、孙连生两位先生外,又增加了早已为孩子们所熟悉和喜爱的尤成额。尤教习以诚恳爱人的品德、博古通今的学问赢得了江城各界的广泛赞誉,公认其为弘扬儒风、训育后人的名师,故而携儿带女来官学拜师者络绎不绝。这可愁坏了文部主事常大人,需不断地向这些人解释无奈学堂房舍太少,实在容纳不下。这一天,常喜正在耐心劝说一对儿前来送子求学的夫妇回转,江城的长寿翁、80高龄的赵西丹拄着拐杖来了,笑着说道:"小喜子,你是咱吉林的文官爷,父母送子到这儿来拜孔圣人,可不该拒之门外呀!"

常喜连忙问候道:"赵爷爷,您怎么来了,身子骨儿一向可好?您老有所不知,将军大人日前准允,将惇亲王之丽妃彤甜甜办的这所学塾收归左翼官学管理。现在还没有进行修缮和扩建,旗民子弟甚多,原有的房舍哪能装得下呀?我这些天急得干跺脚,正想不出辙呢!"

赵西丹一抬手道:"喜子,靠你一个人的力量,能捅破天么?既然都愿意送子弟来官学,为啥不把大家动员起来,这么空旷的院子何愁不能变成大学堂?爷爷帮你指挥,人人动手平场院,搬砖运瓦,搭盖馆舍。"

老人家的话果然得到在场所有人的一致响应,拥挤的院落马上变成了沸腾的工地,众人拾柴火焰高,你一锹、我一镐地把场地平好了。没过几日,那片松树林内出现了几座新房舍,传出了孩子们的朗朗读书声。

德英6岁那年,正是道光十年庚寅,天天由白面娘子陪着,随父乘坐马车去学堂。一开始尤成额深感过意不去,认为这样白面娘子太辛苦,故而极力反对。可是茗兰怕德英冷丁到学堂人地生疏,没有亲人照顾,再受什么委屈,坚持让白面娘子陪着。二人意见不统一,曾为此发生过口角,茗兰又哭又闹的,埋怨夫君不疼爱孩子。白面娘子看不得茗兰难过,担心癔病再犯了不值当,总是好生劝慰,答应一定陪德英上学,茗兰才安静下来。

实际上,白面娘子愿意随同这对儿父子去学堂,因为那里恰恰是自己留恋和向往之地——甜甜为积德行善所开设的苦儿学塾。每去一次,见物如见人,仿佛看到了生活在京师的姐姐,还有那可亲可敬的土地爷爷。想当年,为抓捕秦名远、寻找尤成额,她受富俊将军之托,先后与班布泰、庞荣、庞庆察访板门大院，结识了彤甜甜。结果收获颇丰，不仅姊妹重逢，而且抓到了秦名远，在学塾发现了失踪多日的尤教习，为吉林将军衙门立了头功。因此，白面娘子对那里有着特殊的感情，认为于己有缘。

尤成额非常欣赏彤甜甜的善举，因被劫而去了学塾，竟是他到吉林之后人生的一大转折。接触了底层社会，结识了无家可归的乞丐和流浪儿，以前只知自已枉遭欺辱，哪知苦苦挣扎之人无计其数。身为官学教习，得享国家俸禄，不愁温饱，可是那些可怜的缺衣少食之人何其悲惨啊！济困扶危，传播文明，当仁不让，然路漫漫其修远兮。故此，他向博启图呈函，提出除教授左翼官学科考进士以上生员课业外，愿多多承担童蒙班授业之任，由于早与众儿相识，更有利于因材施教耳。此议深得将军赞许，当即批复，使得尤成额如愿以偿地重回甜甜所创办的学塾故地。每天教授包括德英在内的孩子们课业，闲下来时能与他们促膝谈心，从中体味人生苦乐，净化心灵。其中，给他留下印象最深的是几个比较淘气的孩子，有金顺、文祥、凤武、铁刚等。

说起尤成额的这几个弟子，均是出身低贱的流浪儿，尤成额相信朽木可雕，积岩琢玉，败子回头金不换，以爱心和耐心施教，待其长大成人后，在吉林可算是闻名遐迩了。

尤成额的弟子金福、金顺兄弟乃咸丰朝著名大将军，两次受命平息湖广匪患，双双被封为侯爷。同治年间，先后死于福建，皇帝下旨入贤良祠。《清史稿》中没有金氏兄弟的详细记载，仅称其出身"龌浊贫寒"，实际上大有来历。金氏兄弟的父亲是拉林河渡口的船工，被当地的富豪雇为驶手，"驶手"即元明以来，权贵人家所雇佣的技能高超之驾船工的俗称。这些人水性好，擅辨风向，遇大风大浪仍能驾驶木船平安返回，故而在当时很抢手。金氏兄弟之父由于有这等本事，备受众养船财主的宠用，纷纷找上门来，希望能为自家驾船。你争我抢，以至酿成血案，金顺的父母均被杀害，受株连的还有爷爷、奶奶、叔父和两个妹妹，惟有他和弟弟当时去集市买米未归，才躲过刀斧之祸。从此，金氏兄弟成了流浪儿，无依无靠，沿街乞讨。流落到江城后，与丐帮为伍，曾几番被送入江北拘缉营，又一次次逃脱。初春的一天，彤甜甜在买卖街遇到了这两个衣衫褴褛的苦儿，遂将其带到学塾，从此成为尤成额的学生。一开始，金氏兄弟因终日懒散惯了，受不了学塾所订立之规章制度的约束，常常趁先生不注意时，偷偷溜出学堂，不知去向。尤成

尾声　亮星从凤楼升起

额不愿就此放弃，总是四处寻找，找不着就蹲坐于庙台或临街磨坊苦苦等候。一日，暴雨滂沱，尤成额为寻逃学的金氏兄弟疲惫过度，竟昏倒在地。工夫不大，金氏兄弟刚巧从此路过，发现了躺在泥水里的色夫，知道又是为寻找自己才累得晕厥的。二人万分感动，双膝跪倒，痛哭流涕地保证再不逃学了，一定对得起先生的良苦用心。打这以后，兄弟俩变化很大，用心苦读，尊敬师长，道光十九年赴京科考，双双进士及第，先入翰林院，后入军机处，名声大震。

尤成额的得意弟子文祥，字博川，少年时曾是铁岭一带丐帮有名的小头领。赛冲阿率兵进剿时，文祥也是"落网游民"。老将军见其年龄小，聪明机灵，脑子反应快，不忍逐入游民册、发往矿山吃煤粉，便嘱其去了江城买卖街的学塾。从此成为尤成额的弟子，严加训教，都克尼也喜其禀性，亲传武功。后来，赛冲阿将其收留于门下，在府中与众儿男习文练武，共同切磋。文祥年少有志，14岁时，便奉老将军之命，与几位伙伴远涉黑龙江，抵达大兴安岭乌第河地方，密探罗刹的南犯踪迹。后因设哨卡、立封堆、俘敌有功，在赛冲阿的荐举下，进入京师皇家健锐营。道光二十五年，文祥进士及第，于朝中任工部主事。后赴西域讨贼，授巴图鲁①称号，成为同治年间的重要佐臣，为吏部尚书，太子太保。

文祥是个重情义之人，当年于学塾就读，在众儿中属于兄长辈，挺有正事的，时常协助先生管束小伙伴们，大家也愿听他的。有一天，白面娘子领着小德英去学塾，经过那片小松林时，看见一棵树下躺着个双眼紧闭、浑身是血、已昏死过去的男孩儿。走到跟前细瞧，发现全身都是棒打的伤痕，皮开肉绽，没一块儿好地方。白面娘子心疼极了，边掏出手帕给擦拭血迹，边用手指掐其人中。过了一会儿，男孩儿方苏醒，哇地哭出声来。白面娘子左手扶着男孩儿，右手领着德英进了学塾院内，正巧被文祥和小伙伴们看见了，立即围了上来，询问出了什么事，身上缘何有伤？当听男孩儿说是被人毒打所致时，个个气得攥拳跺脚，嚷嚷着非得找到那帮歹人理论理论不可，邪不压正，让他们知道江城如今有了专爱打抱不平的左翼八旗学塾！炮筒子脾气的金福冲文祥说道："祥哥，这也太胆大包天了，你前脚儿到学塾了，后脚儿竟有人敢代替

---

① 巴图鲁：满语，英雄。

大哥做声震松江的乌朱西①，走，平了他！"

文祥想了想道："凡事没那么简单，把一个孩子打成这样，肯定是有原因的，说不定碰上皮三强了。"

白面娘子听到了二人的对话，赶忙走上前叮嘱道："文祥，没弄清真相之前，可不许出外打架呀！去向武师要点儿红伤药，敷上后，过几天就能结痂，你们好生照看着。"

文祥点点头，和伙伴们把男孩儿扶进屋内，平躺在炕上。有的去找小金佛讨红伤药，有的给换衣服，有的端来温水为其擦身洗脸。一阵忙乎后再一瞅，嚯！这个小老弟长得够怪的，右脸上方连同眉梢有块黑痣，看上去似乎只长了半截儿眉毛。金顺拍了一下大腿道："这好哇，走遍天下丢不了，你叫什么名字？"

男孩儿回道："没起过大号，都叫我黑子。"

文祥问道："黑子，凭白无故为啥被打个半死？说说看，我们替你报仇！"

黑子躺在炕上双手抱拳道："谢大哥！"语气和举止纯粹是个地地道道的小江湖，随即将自己的身世简单讲了讲。原来黑子的命挺苦，父母早逝，被与自家一墙之隔无儿无女的李老汉抱养。7岁那年，李老汉突患重病死了，黑子只好离家四处流浪，饥一顿饱一顿的。这个期间，曾被一富户收留做家奴，终因不堪忍受打骂而逃了出来。黑子虽然长得瘦小，但能跑能跳，擅钻小洞，是个身捷如兔的机灵鬼。谁若是把东西掉进了原木垛、窄墙缝儿、地沟里内，都来求助他，一准能给找到。后来这点儿能耐便用不到正地儿了，两眼开始盯向富贵人家，翻墙头儿，钻小门儿，见啥拿啥，渐渐成为江湖上的小神偷。没过多久，被惯偷、外号儿"神手盗"的皮三强看中，连威逼带利诱地将其收在膝下，为其卖命。黑子本性喜欢独往独来，不愿受别人摆布，感觉好像脖子被脚踩住似的，喘不过气来，总想挣脱出去。而皮三强双目如鹰眼，心狠手辣，早把他那点儿心思看透了，时时提防，根本不给逃脱的机会。黑子只能忍气吞声，小心伺候，任其指使。

别看黑子年纪不大，却精明过人，观察能力强。前不久探得嘉庆年间被凌迟处死的桦甸金匪有一宝匣，尚未被朝廷收缴，究竟藏匿何处，神仙都不知道。黑子凭敏锐的嗅觉东查西寻，神出鬼没，竟探得八九不

尾声　亮星从凤楼升起

---

① 乌朱西：满语，头儿。

离十，然一直守口如瓶。为防皮三强猜疑，天天以患霍乱症为由，躺在炕上翻过来滚过去，就是不出屋。皮三强信以为真，怕被传染，躲得远远的，一连好几天不露面。黑子见已得计，便在一个雷雨交加之夜溜出房门，跑到正阳街同泰祥店铺前，紧缩身形、屏住呼吸从3米暗墙钻进后院儿，撬开当年盗匪聚众分赃的地窖，窃得金匪密藏于此内装金条的宝匣。

世上没有不透风的墙，皮三强很快知道了，遂大摆宴席，让他乖乖交出宝匣。黑子哪肯听喝儿？要么拒不认账，矢口否认，要么装聋作哑，打马虎眼。这下惹恼了皮三强，带着手下将黑子拽到一片松林内，劈头盖脸就是一通儿暴揍。黑子咬紧牙关挺着，宁肯闭眼等死，也不说出真情。打着打着，皮三强见其一动不动了，试试鼻息，十分微弱，以为快死了，可别宝匣未到手，再摊上人命官司，转身扬长而去。幸亏白面娘子领德英去学塾经过那片小树林，发现了奄奄一息的黑子，这才得救了。黑子从此留在了学塾，暂时摆脱了皮三强的魔爪，天天和伙伴们一起读书，尤成额为其取名儿李凤武。

事隔不久，引来了祸端，皮三强听说黑子没死，还入了学塾。宝匣未到手哪能甘心哪，于是兴师动众，带着几十号人来到学塾院门前，声言务要揪出黑子，交出宝匣，并用箭射进一封索命函，内曰："尤成额祖护盗贼，私藏宝匣，必遭恶报。速将黑子交出，万事皆休，否则火烧连营，片瓦无存！"这事儿可闹大了，惊动了吉林将军衙门的上下人等，都克尼及时向将军作了禀报。博启图先是命副都统率兵将闹事者驱散，然后与常喜大人来到学塾，了解细情，黑子将前因后果一一详禀，并带各位大人到后山狐仙洞中取出金匪当年藏匿的宝匣呈之。

文祥与黑子白天同进学堂，晚上同睡一铺炕，二人无话不谈，越处关系越近，对其身世了如指掌。有一天，文祥找到了都大人和常大人，说是据黑子讲，皮三强凶狠无比，贪得无厌，作恶多端，如果自己不是被救到了学塾，早就没命了。黑子曾和一帮孤儿被江城的一户有钱有势的大财主爱新觉罗氏、全有和全贵两兄弟收为己有，平日供给衣食，活着是他们的童奴，死了是无名野鬼，从不立档上册。从祖上至今，像这样无档册的人口不可数计，在爱新觉罗家主要是驯养鹰雕，黑子曾跟着主子到过郭尔罗斯和黑龙江以北的一些山崖沟谷。全有、全贵之所以敢这么做，就因本家是当朝的皇亲，满洲正红旗人，祖上系黄带子，与大内皇室有亲戚关系。哥儿俩以巧取豪夺等手段积攒下颇大的家业，京师、盛京、吉林皆有自己的房产,闲来无事时,便带领家丁到乌拉打牲衙门管辖的山林狩猎放鹰。这些山林均受皇上的恩赐,庶民不准染指,各种野兽统由打牲衙门派人捕猎,所有猎物定期运往京师大内。全有和全贵兄弟仰仗着祖上系黄带子的特权,想去就去,在那儿大摇大摆地横冲直撞,没人敢拦。回返的路上还抢男霸女,强行带回府上,做常年家奴,百姓敢怒不敢言。

都克尼、常喜对文祥所讲之事早有耳闻,二人十分清楚,富俊大人在任时,因治理有方,赏罚严明,迫使全有、全贵两兄弟有些收敛,不敢恣意造次。可是自从调往京师、博启图任吉林将军后,一改正法严纪之治,而取宽严相济之策,以"查无实据,皆属无稽"之由,将许多积年旧案撂在一边,连当年世人皆知的"范蔼仁案"、"秦名远案"也一一捂住,全有、全贵这样的豪强便愈加胆大妄为、肆行无忌了。眼下,范蔼仁携妻搂妾,宾朋盈门,高谈阔论,畅诉人生苦短、及时行乐之妙趣,共庆世间清平之乐。秦名远本为阶下囚,却轻易挣脱羁绊,调往甘肃将军衙门补缺。令人没想到的是在前往甘肃途中,经过一山间小路时,忽然天降暴雨,道窄路滑,马失前蹄,连人带车滚下了山崖,车毁人亡。这正应了那句话了,善有善报,恶有恶报,不是不报,时候未到,时候一到,一切都报,人不报天报,跑不了你。

博启图历来自有"逢王必敬,逢上必贡,宁做王犬,久而成祥"的升官经,也真是这样由笔帖式一步一步升为左副都御使,继而又得将军尊位的。范蔼仁和秦名远皆为其故交,他通过道光皇帝之弟绵恺亲王的暗助来到吉林将军衙门,极力揽权,试图挤走刚正不阿的富俊,窃取吉林将军位,再帮范蔼仁、秦名远渡过难关。范蔼仁的干姑娘乃道光帝的淑妃,为此深谢博启图,在皇上跟前曾几次为其委婉进言。终使博启图如愿以偿,将长久以来不愿干的都察院左副都御使之差推给了别人,春风得意地坐上了吉林将军的宝座,成为一品封疆大吏。高兴之余,还曾屠乌牛、白马,举办隆重的家祭,诚谢祖上护佑,荫庇子孙。

这日,博启图在府衙刚与京师来的人谈罢吉林熊胆贡和飞龙贡之事、正想喝茶时,侍从进屋传报,范蔼仁庄主的大夫人求见。大太太钱氏如今更了不得了,不仅在范家堡子是一跺脚地三颤的人物,仍然掌管着范氏家族的全部田产、家当,而且还沾了皇亲。前面提到的范蔼仁的干姑娘是钱氏从大绥河牛庄主手里买来的,当年只有11岁,为抵债而到牛家做小童。钱氏见其模样儿俊俏,唇红齿白,长大肯定是个美人坯子,当即给牛庄主留下足够的银子,将女孩儿领回范家堡子。在家养了5年,女孩儿越长越漂亮,成大姑娘了,貌美如花,钱氏喜不自禁。转年,皇上选妃子的消息从京师传出,钱氏忙带着姑娘坐上马车来到京师,通过熟人将其交给宫中刘公公,望能荐之,并表示事成必重谢。刘公公满口答应,结果一切顺利,姑娘果然被皇上看中,迎娶后封为淑妃。一人得道,鸡犬升天,从此钱氏便开始大模大样地出入皇宫大内了,这是她为范家立下的又一功劳。范蔼仁对大夫人也越发倚重了,遇事皆与她商量,各房分拨钱物皆由她做主。富俊在双城堡清查田亩时,范蔼仁感到大祸临头了,赶忙打发大夫人去了京师。钱氏从后宫的奴才、太监经常出入之小角门进了深宫,找到养了5年的干姑娘淑妃,说明来意。淑妃当然得帮忙了,总还是自己的干爹干娘嘛,不能眼瞅着范家的大片土地被收回,遂在孝全成皇后面前告了富俊一刁状,看出钱氏城府有多深了吧?为人有多阴险诡诈了吧?这次大夫人亲自来将军衙门,知道内情的博启图哪敢怠慢呀,稍有得罪,将直接关系到自己的顶戴花翎是否能长久。他赶忙起身三步并作两步地迎出门去,见钱氏已到跟前,便满脸堆笑、毕恭毕敬地问候道:"大太太,一向可好?难得登门,欢迎啊,快请进!"

　　钱氏没有搭言,进得厅来,环视一圈儿,未待主人引位,竟一屁股坐在了正面的那把虎头太师椅上。博启图对其举动感到十分惊讶,心想:"我的妈呀,这女人真够厉害,拿自己不当外人,还挺识货呢,那本是我这一品大员的座位呀!"又不好说什么,只得回身坐在了左首位,刚想询问来意,钱氏开口道:"我说博大人哪,能坐在阔绰的衙门里执掌将军印,不仅是皇上的恩典,也亏得有人举荐,这点恐怕你我比谁都清楚吧?"

　　博启图心里明白,钱氏这是想先给自己来个下马威,晋升之路当然瞒不过她。看其摆份儿的架势,盛气凌人,口气那么冲,绝不是为一般事而来。我自打继任吉林将军,处处以"宽严之相济策"行之,将前任富俊手里的积案一件件留中,已经对得起范蔼仁了,觉得挺坦然的,难道还不满意?于是说道:"大太太,有话请直言。"

　　钱氏以质问的口气道:"博大人,我一直认为咱们都是有情有义之人,你对范家的帮助,以后必拳拳相报。可大将军想过没,凡事已经做到家了吗?就说办学这件事吧,将军衙门占用了彤甜甜的学塾堂址,由官学派尤成额等先生教授。现在的情况是孤儿都被他们收走了,我的好友全有、全贵兄弟家中的小童也偷偷往那儿跑或被裹挟而去，难道不让我们有自己的小童吗？没有奴才伺候怎么活？天下哪有这个道理！我知道，你身为一方父母官要为百姓办事，我们也是百姓中的一员哪，不会因为是大庄主就该死吧？"

博启图听后，甚觉不快，这不是公开叫号么，太过分了吧？转念又一想，还是尽量别弄僵为好，便压住火气道："大太太，您有所不知，皇上曾两次下谕旨，礼部尚书亦多次来函，要求各地将军衙门关注两翼官学的授业和生源情况，以授业质量好坏、招收学员多寡考核属下两翼官学的优劣以及各地将军、各级司此职官员之政绩，故而加强两翼官学的管理、促进生源的不断扩大乃将军衙门的重任。无业游民和无家可归的孤儿实为国之负担，应让他们自食其力，做个对社会有用的人。将军衙门就得将其组织起来，收入官学之内，传授孔孟之道，播讲'四书五经'，因材施教，启迪庸匮愚氓，文治武功，历朝如此。您说得对，我身为将军，安可疏怠？"

钱氏很不耐烦地说："博大人，我不想跟你理论，也没那口才，一向直来直去，只说一句，不许收我们的小童和奴仆。谁管他们多大年龄、认不认字，从祖上到如今，只知奴才就是奴才，其荣辱富贵全由主子赏赐，要做的惟有干活儿、听喝儿，到啥时候都不能变。可以告诉你，现在各个庄子看在我家老爷的面子上，没有采取什么行动。如果将军不做主，一旦动起干戈来，捣毁你们的塾馆，抢走在读的学生，可别怪我帮不上忙，不给将军面子。"

听了钱氏的一通儿狂言，博启图才清楚登门的真正目的，她不是为个人或某几个人来的，而是代表着那些不可计数的财大气粗的庄主们向官府分庭抗礼的，好大的势派。不管怎么说，博启图那也是嘉庆年间的进士及第，科考答卷深得皇上赞许，初为庶吉士，后晋升为翰林院侍读、监察院笔帖士、监察副使等，身在官场几十年。尽管人品颇有微词，总还是理学出身，钟爱儒学，认为凡事皆有度。我坐在一品官的高位上，不循前任将军之道，也不能助长无理之意，不能让钱氏这号人得寸进尺，否则有愧于皇上的重托，于是学起了富俊大人的虎威，说道："大太太，本官施政采用宽严相济之策，小事可商量酌定，大事依法而行。请你转告各个堡子的庄主们，我虽然不赞同前任将军不注重缓解方方面面矛盾的做法，但不等于不恪守将军之责任，务求社会安宁，无论何人违规妄为，将军衙门肯定不会袖手旁观的。"

这软中带硬的一席话，听得一向巧言善辩的钱氏一时没了章程，不知怎么办好了，心里思摸道："原本是来叫板的，未承想不仅没叫住，姓博的还挺硬气。哼，走着瞧，把我惹得气不顺，谁也别想安生，非让你尝尝老娘的厉害不可！"想至此，二话未说，站起身来拔腿就走，连声招呼都没打，博启图也没留。

钱氏回到范家堡子后，立即吩咐家丁赶紧出城，将全有、全贵两兄弟及附近几个堡子的庄主请来，有要事相商，家丁飞马而去。当人到齐时，钱氏先把此去将军衙门毫无收获等情况如此这般学了一遍，接着气呼呼地说："那个博启图当上将军不知自己姓啥了，跟我哼哈的，摆上谱儿了。咱们得给他点儿颜色看看，制造个什么事端，使其疲于奔命，顾此失彼，难以在那把椅子上坐踏实。之所以把各位请到府上，为的就是一块儿动动脑筋想想辙，十个臭皮匠，顶个诸葛亮，最好合计出一个让他骨头不疼肉疼的损招儿来。"

全有不假思索地说："这好办哪，把从咱这儿偷偷跑到学塾的小童掠回来不就结了嘛，顺便捎上德英。尤成额在左翼官学是个有影响的人物，抢走教习的儿子，官学可谓挨了重重一击，作为将军的博启图还能坐得住么？"

钱氏白了全有一眼道："你一向如此，啥话不过脑子，拿过来就说。我告诉你，抢谁都行，惟一不能抢的就是德英。你们知道的，这孩子福大命大，近有衙门的副都统都克尼、文部主事常喜等大员关注，身边有干娘白面娘子不错眼珠儿地盯着，远有河南嵩山少林寺多位大师暗中保护，只要有事，随时可以赶来。无论哪一方面的人，在座的各位谁也应付不了，根本不是人家的对手，只能给我添乱。再者说了，原先彤大奶子所办的学塾早归官府了，院门口儿设仆役把守。孩子们吃住在那儿，白天在学堂受业，课间玩耍不出院儿，夜晚同宿一趟房子，怎能掠得走？即使抢来了，那可是长腿的活人哪，早晚还得跑回去，到头来不是瞎子点灯白费蜡么？此招儿根本行不通。谁若不听喝儿非这么干，惹出祸端，别怪老娘手黑不认人，肯定要他命，省得到了事发像疯狗一样乱咬人。"

在场的人无一不怕钱氏，皆知其心狠手辣，说到做到，作为小庄主只能惟命是听，不再吱声儿了。钱氏停顿片刻，继而又道："我看不如这样，咱也别闹大扯了，想法儿干扰他们的正常生活秩序，使其白天上不了课，晚上睡不了觉，不过三日，博启图必会急得犹如热锅上的蚂蚁团团转了，或许能把那些小童还给我们也未可知。"

话音刚落，全贵首先竖起大拇指赞同道："妙哉也！要不咋说大太太是能人呢，聪明绝顶，独出心裁，就这么定了。咱也别拖了，明儿个开干，先给他们来个下马威！"

其他庄主一看全贵表态了，亦随声附和，大伙儿又合计了一番，才各回各庄准备去了。

转天头晌，位于买卖街东边紧挨小树林的那处学馆像往日一样，一切井然有序，时不时地从院内传出老师授业的讲解声和孩子们的读书声。正在这时，看门的仆役忽见几个汉子慌慌张张跑了过来，一帮人在身后紧追不舍。到了学馆大门外撵上了，双方打起嘴仗了，听不出缘何，你骂我一句，我还你十句，吵着吵着竟交手了。仆役急忙上前轰撵，人家像未听见似的，继续连打带骂，且越骂越欢，致使学馆内的先生没法儿授课。学生没法儿听课，只听他们嚷嚷了，一直闹腾一个多时辰方散。

到了下晌，不年不节的，不知从哪儿来的秧歌队在学馆门前打开场子了。锣鼓一齐响，唢呐、长笛使劲儿吹，震耳欲聋，身着彩装的男女扭起来就没个完。看门儿的仆役劝他们另选地方，别在这儿影响授业，嘴皮子几乎磨破了，人家根本不理那个茬儿，照扭不误。

天一擦黑儿，孩子们吃完饭后，在院子里玩耍一会儿，便各自回屋睡觉了。到了夜半时分，忽听外面人声嘈杂，高喊捉贼呀，捉贼呀！孩子们全被惊醒了，忙把窗户捅起，见原本漆黑的大门外灯笼火把的，一群人把学馆围了个水泄不通。有的手拿镐头，有的腰挎长刀，有的肩扛钢叉，有的高举长矛，声称有人偷走了5匹马，往学馆这边来了，乖乖交出盗贼便罢，否则就见血！孩子们吓坏了，赶紧放下窗户钻进被窝儿，用被子盖住头，一声不敢出。此后一连3天都这样，今儿个这个事儿，明儿个那个事儿，专在学馆附近闹腾，不得消停。

副都统都克尼和文部主事常喜得知此情，认为于学馆门前聚众吵架、扭秧歌也好，高喊捉贼也罢，绝非偶然，乃有意为之。为弄清真相，二人不敢怠慢，分头行动，常大人先向将军博启图作了禀报，然后去找白面娘子、草上飞、小金佛、过江龙等人，请其帮忙。都克尼则亲率马队走街串巷，四下巡查，向乡民了解情况。结果没有发现异常，也未听说近几天有打架之事或有盗贼拜访过，更别说丢5匹马了，纯属无稽之谈。小金佛、草上飞、过江龙等人自然也未闲着，白日到各个庄子打探是否有打家劫舍之事发生，回答是否定的。晚上换好夜行衣，穿行于那些青砖绿瓦的房舍间，见江城处处平静如前，灯光闪亮，哑然无声，没有歹人的蛛丝马迹。

博启图听了都克尼通禀的这些情况后，心里明镜似的，既然查无此情，就可以肯定扰乱官学授课乃钱氏出的黑点子，指使、纵容各个庄主令府内豢养的打手为之，不过并没有立即表明态度以及将军衙门应该怎么办。都克尼见其无动于衷，似乎不想再触碰那些权贵，当时脑子转得也挺快，激将道："大人，白面娘子、小金佛他们嚷嚷着去嵩山搬救兵，说是少林寺的几位大师一到，再隐匿的盗贼也会立马现形，江城将会迎来往日的安宁。"说这番话的目的，是希望博启图听了能有所震动，倘若大师们从河南赶来了，你将军的面子也就丢尽了，还怎么在吉林呆下去？

此言真奏效了，博启图也怕把事儿闹大，再丢面子实在不值，便道："都大人，请你转告白面娘子，大可不必兴师动众。我已仔细考虑过，此事必有始作俑者，乃范蔼仁身边的女诸葛钱氏无疑。忍耐是有限度的，得让她知道谁强谁弱，不能太自以为是了。咱不妨走一遭，去范家堡子，想必万事即可迎刃而解。"说罢令都克尼点出人马，在亲随的护卫下，率兵前往。

此时的范家堡子城门紧闭，团练们见吉林将军亲自率兵来围堡子了，吓得慌忙跑去禀报老爷和大太太。钱氏显得挺镇定，冲范蔼仁说："你不用管，此事由我引起，自然得我去应对。"随后带着几个贴身丫环出屋，在团练的簇拥下来到东门，命人打开城门。只见门外兵马一字排开，最前边那位身骑红鬃烈马的正是吉林将军博启图，忙紧走几步施了个蹲礼道："大将军难得到敝堡子来，如此兴师动众，可为哪般？"

坐在马上的博启图抱拳道："大太太，几日不见，闹腾得挺欢哪！本官此来所为何事，您是聪明人，想必早已知晓，还是少费不必要的唇舌，让官学正常授业吧！"

钱氏佯装不知："哎哟，这可真是祸从天降，与我何干哪？本太太既没让谁干什么见不得人的事，也没抱谁家的孩子下井，朝天每日只陪老爷赏花玩鸟，品尝味道鲜美的松江大鲤鱼。刚才下人告知外面战马嘶鸣，我觉得很是奇怪，才来东门瞧瞧……"

博启图知道她啰嗦起来没个完，便打断道："大太太，本官一向不喜欢拐弯抹角，还是打开天窗说亮话吧！买卖街东边的那处学塾，原先是御弟惇亲王之丽妃彤甜甜开办的,现已收归为左翼官学。连日来,学馆的先生不能正常授业,学生无法听课,皆因一群无理取闹之徒故意破坏使然。还指桑骂槐,声称什么谁若惹了我,必将遭报复,早晚有一天把这所学馆砸烂,学生全部抢走,气焰十分嚣张。现已查明,参与者乃各个庄子豢养的打手,是有预谋并受人指使的,而且所采取的行动恰恰与大太太先前在将军衙门向我们叫板的言辞惊人吻合。由此看来,幕后操纵者是何人不必我说了,已经不言自明了。大太太,江城无人不知范氏家族受过皇封,祖上是做了贡献的。皇恩浩荡,大清的子民安居乐业,应谢主隆恩才对,哪能给皇上添堵呢,更不能让皇淑妃操心不是?吉林将军衙门属下的两翼官学是为大清培养栋梁之才所设的,乃天子最关注之地,受到各界人士的普遍尊敬和崇仰,岂能遭歹人随意亵渎?无论是谁,若警告无效,继续胡作非为,可别怪本官事先没打招呼,决不客气,不仅从严惩处、首恶必办,还要上报朝廷。何去何从,请范庄主、大太太三思,告辞了!"说罢掉转马头,率领官兵回返将军衙门。

  博启图这通儿旁敲侧击分量挺重,既搬出了当朝天子,又引出了皇淑妃、御弟之丽妃,还郑重申明了将军衙门的态度,听得钱氏一愣一愣的,本来就心虚,这会儿一句话也说不出来了。抬头瞅了瞅远去的大队人马,恨得牙根儿痒,有啥招儿?胳膊拧不过大腿,只好气急败坏地一调腔回府了。自此以后,钱氏不得不有所收敛,知道偷跑到学馆的小童永远回不来了。全有、全贵两兄弟及各个庄子的庄主也老实点儿了,不敢再捣乱闹事了,学馆门前消停了。孩子们在众位业师的教授、训育之下,学文习武,进步很快,一代新人正在茁壮成长。

  单讲德英在父亲尤成额的亲自教授下就读,课业繁重,管教甚严,稍有错谬,毫不留情。他不像有些人家的孩子娇生惯养,终日只知贪玩,而是比任何孩子都吃得了苦、受得了累。尤成额崇尚宋儒,敬仰朱熹、夫子,重视修身养性。不仅严以律己,而且对德英的举止言行,哪怕是站相坐姿亦分外关注,常训子曰:"有容德乃大,君子贵在正身守德,坐如松,立如钟。坐有坐规,立有立势,若似弱柳,靡志不齿。"

  道光十九年己亥,德英15岁了,个头儿不矮,宽肩膀,浓眉大眼,四方脸膛儿,没有书生的弱质,颇有武将的风采,人见人夸。茗兰这几年情绪比较平稳,精神上没有受到外来的刺激,故而病势较前有所好转,可以下地走路了,语意也能表达清楚了,生活基本能自理了。夏季

尾声 亮星从凤楼升起

的一天下响,凤楼喜事临门,适逢桂良进京述职,蒙皇上恩准,先来吉林探视外甥女一家。博启图将军陪同总督大人来到凤楼,见过茗兰和成额,亲人相见,热泪尽流,白面娘子赶紧吩咐王师傅摆家宴,同贺十四载后的团聚,共叙离愁别绪与思乡之情。这时,一早外出的德英回来了,刚一进屋,茗兰便介绍道:"儿啊,这是舅姥爷,从长沙来,快快见礼!"

德英大步走到桂良跟前,规规矩矩地敬立,掸袖大礼参拜道:"舅姥爷辛苦了,见到您老人家甚为高兴,外孙给您叩头了!"说着撩衣跪地磕了个头。

桂良见德英相貌英俊,仪表堂堂,举止大方,彬彬有礼,乐得合不拢嘴,忙摆摆手道:"孩子,过来,坐在舅姥爷身边,让我好好儿看看你。"

德英乖乖照办,坐下后,桂良侧过头仔细打量了一番,问道:"外孙哪,多大了?"

德英答曰:"回舅姥爷,今年15岁了。"

桂良点点头道:"嗯,快成大小伙子了,书读得咋样啊?"

德英回道:"白天在官学受业,晚上阿玛给补课,外孙正在努力。"

桂良说道:"好啊,舅姥爷考考你,《资治通鉴》何人编纂?"

德英答道:"此书乃司马光编纂,字君实,北宋陕州夏县涑水人,世称'涑水先生'。历仕仁宗、英宗、神宗、哲宗四朝,晚年官至门下侍郎,进尚书左仆射,不但是位政治家、史学家,而且在经济上、哲学上、文学上皆有重要主张。"

桂良接着又问:"《资治通鉴》为何书?多少卷,所涉内容何也?"

德英答曰:"此书是一部编年体通史,共294卷,上起战国三家分晋,即周威烈王二十三年;下讫五代之末,即后周世宗显德六年。记述了其间1362年的史事,以政治、军事、民族关系为主,兼及社会生活的其他方面和重要历史人物。面世的目的是'监前世之兴衰,考当今之得失',以'资治'给后人提供历史的借鉴,可谓迄今为止记述时间最长的极有价值的巨著。"

桂良再问:"第一卷'烈王'六年,齐威王召即墨大夫那段儿怎么说的了?"

德英答道:"齐威王召即墨大夫,语之曰:'自子之居即墨也,毁言日至。然吾使人视即墨,田野辟,人民给,官无事,东方以宁。是子不事吾左右以求助也!'封之万家。召阿大夫,语之曰:'自子守阿,誉言日至。吾使人视阿,田野不辟,人民贫馁。昔日赵攻鄄,子不救;卫取薛陵,子不知。是子厚币事吾左右以求誉也!'是日,烹阿大夫及左右尝誉者。于是群臣耸惧,莫敢饰诈,务尽其情,齐国大治,强于天下。"

桂良听罢,十分满意,笑道:"不错,不错,孺子不愧为书香门弟后裔,可教也。不过若成为国家栋梁之才,只通晓史书是远远不够的,须投身于桑田、宦海,体恤民间疾苦,方可为百姓除却水火于倒悬。"

德英表示道:"谢谢舅姥爷的教诲,外孙定将铭记在心,照此去做。"

桂良大人虽然长驻湖广,但一直系念着远居吉林的外甥女,见其不得不忍受疾病的煎熬很是心疼,恨自己无能为力。听了外孙的话,灵机一动,冲成额和茗兰问道:"你俩能否舍得把宝贝儿子交给舅舅、带他去外头吃吃苦、闯荡一番哪?"

此事的提出非常突然,夫妇二人没有丝毫准备,一时竟不知如何回答是好。还是白面娘子反应快,立马催促道:"公子、茗兰姐,快答应啊,这可是德英的造化,多好的机会哟,求之不得呀!"

成额和茗兰这才连连点头道:"舍得,舍得,谢谢舅舅,给您老添麻烦了。"可刚表完态,茗兰又犯开难了:"儿子长这么大,从未离开过家,头一次出门就去那么远的地儿,身边没人照料哪行?我的病尚未好利索,也不能跟去呀,真急死人了,咋办呢?噢,是了,倘若妹子能随同前往,那可太好了,一准照顾得周周到到,况且德英跟她也挺亲,不会感到孤独、寂寞。"想至此,便侧过头来,以一种求助的目光望向白面娘子。

其实呢,白面娘子早将这一切看在眼里了,知道茗兰肯定是放心不下德英,想让自己陪着去,心里思摸道:"我倒没啥说的,无后顾之忧,去哪儿都成,可茗兰姐和公子的起居怎么办?"想至此,便主动讲出了自己的打算和担心。茗兰一听,高兴极了,笑道:"妹子,难怪大家皆言小白丫聪明过人,姐怎么想的全知道,谢谢了!你放心跟德英走吧,大可不必惦着我们俩,家里不是有侍女吗,吃喝拉撒全交给她们就是了。"

尤成额也举双手赞成,认为一切都应从孩子的未来着眼,并对白面娘子表示了深深的谢意,此事就这么定下了。大家有说有笑地吃完饭,由于桂良大人需速去京师,述职罢再返长沙,不能在江城逗留,明日就得起程,所以早早歇息了。拾缀完桌子,白面娘子开始打点行囊,又叮嘱侍女务要伺候好少爷和少奶奶,交代了家中的一应诸事该如何安排等。转天一早,德英告别了二老,在白面娘子的陪同下,随舅姥爷前往京师。

德英此次离家,是人生的一大转折,犹如出巢的雏鹰飞向蓝天,走上新的征程,对探索未来之路有着极为重要的影响。自打从京师返回长沙,桂良大人开始严格训导德英,告诉他:"人生之路很长,不管遇到什么困难,都得咬牙挺住,绝对不许当逃兵,那是孬种。"并且不让他住在总督府,而是与巡抚衙门的捕快们滚爬在一起,有苦自己吃,不许身边的人伸出援手,事事亲自去做。德英尽管很要强,刚开始还真有点儿吃不消,背地里也流过眼泪,甚至暗暗埋怨道:"唉,这个坏老头儿,心太狠。"白面娘子虽然很心疼,也曾想在总督跟前替其求情,但终未说出口,因为深知大人爱外孙的良苦用心。不过德英从不服输,学习一刻不放松,无一日不练功,敢于同功夫不错的侍卫比武。桂良一有机会,便让他参与巡府办案,努力使其在未入仕之前得到锻炼。每次出外巡察,也不忘带上外孙,以便开阔眼界。曾到过闽南、闽北、江浙水乡、云贵高原等地,深入大小村寨,与乡民拉家常,了解风俗人情。白面娘子可谓不负茗兰的信任,无论德英去哪儿,自始至终都陪在身边,形影不离。德英刚到长沙时,对江南的水土不服,常闹肚子。她就上山采草药,拿回来用炆火煎,待凉温后给其服下,照护备至,亲如生母,德英深受感动。

道光二十年庚子,桂良奉调昆明,署理云南巡抚,白面娘子陪伴德英一块儿前往,进入巡抚府。德英尚未正式入仕,便在府内忙乎开了,书童、皂隶、侍卫等差都跟着做,且干得不错,得到舅老爷的充分肯定。

道光二十八年戊申,桂良得皇上恩宠,奉诏进京联姻。这段姻缘曾得到天子的御弟绵恺亲王和福晋从中几番游说、斡旋,丽妃甜甜也极力玉成此事,最后道光帝允准,桂良以小女嫁于皇六子奕䜣为妻。这是件莫大的喜事,所有皇亲国戚及满朝文武百官皆到场祝贺,博启图按桂良大人之意,将备数辆彩车护送尤教习夫妇千里迢迢赴京同贺。茗兰陪夫君自嘉庆二十五年庚辰春离京赴吉林考取文职,一路坎坷,到如今29年了,人已老,话沧桑,多少事,涕泪中!当闻知此讯时,茗兰初始考虑到自己的身体状况不宜前往,更不想烦扰众人,便不打算去了。然禁不起舅舅的几番传告，必须得来，最终只能由侍女扶着坐上轿车，在博启图的亲自护送下上路了。3天后，顺利回到久别的京中府邸，见到亲人，格外高兴。让夫妻二人尤感惊喜的是分别将近10年的儿子和白面娘子也随同桂良大人一块儿到京，德英扑到茗兰的怀里唤道"额莫，额莫！"

茗兰见儿子又长高了，黑胡茬儿都钻出来了，这么大的孩子哪能抱得过来呀，开心地笑道："儿啊，你已长大成人了，该正经八百地介绍一下自己了，让我们听听好吗？"

德英后退两步，给几位长辈打千儿请安后，朗声报号道："德英，字润堂，何图哩氏，隶蒙古正蓝旗，居江城北沙河凤楼。父尤成额任吉林左翼官学教习，母茗兰乃京旗瓜尔佳名门才女，有懿德……"

茗兰打断道："行了，行了，我的儿呀，能有今朝，全仗舅姥爷赐福哇，额莫也感恩不尽哪！白面娘子妹妹代我侍候你这些年，视如己出，关爱有加，应怎么称呼啊？"

没等德英回答，桂良笑着接过了话茬儿："茗兰哪，这不用你操心，我外孙既懂礼貌，又知孝道，当然是尊称你为生母、白面娘子为干娘了，怎么样，说得没错吧？你和成额总算回京了，好好儿歇着，多住些日子。我和你舅母为小女的大婚正经得忙活几天，等到诸事完毕，再办咱自家的事儿，还得有重要的交接礼呢！"

皇家娶亲，礼仪繁缛，还要面面俱到，热烈而隆重。这期间，丽妃甜甜多次来到桂良总督府邸，一个是与妹妹白面娘子欢聚，一个是看望尤教习和茗兰，时不时会带来漂亮的玛瑙、珍珠等饰品及玉雕工艺品送给各位留作纪念。大家共忆往事，有唠不完的嗑儿，聊得十分尽兴。

大婚完毕的第四天，桂良和夫人娉娉来到外甥女和外甥女婿的住处，桂良说道："本打算多陪你们几天，现在看不成了，明儿个就得南返任上。行前，有件事需交代一下，德英早已长大成人，未来的前程如何，只能看自己的造化了。我完璧归赵，外孙从哪儿来回哪儿去，准备参加后年的提学开科考试，该到大显身手的时候了。博启图将军可先行一步，你们不用急着走，我已吩咐管家备好车马，拉你们到各处转转，看看京城20多年的变化。再去八达岭走走，观瞧西山八旗演兵、马上竞技，权当散心了。"

前书讲过，桂良是本朝办事最稳健、干练、颇有声望的权臣，无论做什么，向来思虑周至，干起来有条不紊，往往于不声不响中把一切办

尾声　亮星从凤楼升起

妥了。这不，在德英离京前，他已将其回到吉林应该做什么安排好了，根本不用外甥女和外甥女婿操心，二人很是感激。成额说道："谢谢舅舅，让您老费心了，我们也不打算在京师逗留了。官学授业甚忙，一个萝卜一个坑，还是早些回去好，明天和舅舅一块儿离京。"

次日用罢早膳，桂良夫妇同大伙儿话别后，起程南下了，尤成额一家则往北走了，回返吉林。

道光三十年一月十四日，万民伤悲，道光皇爷驾崩于圆明园慎德堂，其四子奕詝承继大宝。因是大行皇帝国丧之年，故而一切政务搁置留办，转年，即咸丰元年方起办。翌年四月，吉林将军博启图命提学开科考试，收录附生。时年27岁的德英品学兼优，又有桂良大人多年的栽培和训诲，谙熟官场一切政务，深得多方赞赏。朝廷吏部候选官来到江城，与吉林提学合议，选拔文武兼优者入仕。德英文武科考均佳，收为附生，不久被任为笔帖式。"笔帖式"是清代的官名，掌管翻译满汉文章等，分为翻译笔帖式、缮本笔帖式和帖写笔帖式等，多为八品，乃进取功名最基层的进身之阶。德英踏实、勤奋、肯干，无论谁给派差使从不推却，且保证办得妥妥当当，成了将军衙门里得心应手的小官。刚入夏，绵恺亲王的丽妃甜甜做媒，将时任皇家侍卫的伊兴额之妹许配德英为妻。格格乃何图哩氏，与尤成额家族同姓，隶蒙古正白旗，世居吉林，其祖上为清代武将，曾从征台湾、四川等地，并有皇家封诰。何图哩格格自幼通晓诗文，绵恺亲王喜欢收纳颇为聪颖的旗人子弟，在府中独辟安静之所，招请名师教授满汉文化，所有费用皆出自王府。伊兴额兄妹便是其中的两位，甜甜早在府中就与他们友好，尤喜何图哩格格的贤淑、豁达，武功亦不在其兄之下。自去年初春，在桂良大人府中见到德英，得悉能文能武、人品好，便爱屋及乌，决定给妹子的干儿子选位秀女为妻，就做了这个大媒。茗兰的身体状况无法带儿去京师相亲，遂让成额、白面娘子陪同前往，并称可以替儿做主。到了京师后，结果一切顺利，相互之间都非常满意，很快选定了吉日良辰，办了一场热热闹闹的婚礼。此后德英赴任，除白面娘子等人随行之外，也有了夫人的车驾。咸丰四年，何图哩格格生下一子，长相酷似其父，取名儿忠清。长大后入伍从戎，光绪初年任蓝翎侍卫，此乃后话。

俗话讲："时势造英雄"。当年闰八月，京师发来急报，粤地广东花县洪秀全等大闹"拜天地会"，招摇惑众，迅速形成燎原之火，燃遍广东、广西、湖南、湖北等地，并顺江而下，直取江陵，建都南京，妄想与大清朝分庭抗礼。当时，各州府群起"灭贼"、"擒王"的呼声，纷纷速拨兵马驰援，以平定叛乱。吉林将军博启图奉旨集结青壮志士，创立了"赴粤剿寇营"，人选中就有德英。那么率领南征者的是谁呢？军机部选定皇家侍卫、现任健锐营马队统领伊兴额为主帅，由奉天、吉林、黑龙江三地精悍壮勇组成了靖逆铁军。真是巧得很，吉林将军衙门选拔的人中有德英，伊兴额是德英的大舅哥，德英是伊兴额的亲妹夫，家人一起奉命平乱，生生死死都有照顾，这可是天公在保佑啊！

出征那天，博启图与将军衙门的上下人等一拥而出，同江城的百姓夹道远送。德英胸戴红花骑在马上，挥手告别父母、妻子和干娘，入关征剿江南粤寇。不久，又随军转战中原，进入徐州、扬州等地清剿逆贼。结果不负吉林父老的重托，战绩突出，并晋升为骁骑校。之所以如此，皆因曾在桂良大人手下得到过锻炼，加之刻苦、勤奋、好学，武功超群，不怕死，颇有拼命三郎的豪气。德英打仗善于动脑，从不蛮干，常常实地侦察敌情，以做到心中有数。曾率兵一次俘敌上百，且身先士卒，深得都统大人的欣赏和信赖，成为官兵中难得的佐弼。

咸丰五年己卯，德英随军抵长江北岸，到达南京西北的江宁一带江浦地方，此乃长江天堑。其时，正逢洪水期，波浪滔天，不用说征战，看到滚滚流淌的水面都令人眩晕甚至呕吐。只见一群贼寇狂叫着，扯动舟帆冲犯浦口，形势万般危急。统领伊兴额忙命诸将沉着应对，不可乱了阵脚，又让大家迅速想出御敌之策。德英曾跟随桂良大人多次参加水陆征战，对这种场面习以为常，沉思片刻后，献计曰："统领，依我看，洪涛不足惧，我军不如趁贼寇正被大浪颠簸、只顾挣扎喊叫、尚未形成合力时，不避难险，一鼓作气，众舟齐攻那最嚣张的匪首所在之船，擒贼先擒王，万不可犹豫。"

伊兴额当即采纳了妹夫之策，令众舟齐攻那艘船，真就如愿俘获了贼酋，获大捷。四月间，据传报，大批余寇再围浦口塔山。伊兴额又依德英之计，巧扮赶海潮网龙虾的渔家小舢板，致使贼寇麻痹大意，狂抢大龙虾，迷蒙中全部陷入罗网，从头领到小卒无一逃脱，俘逆2000人。伊兴额奉命凯旋，江浦万民雀跃，鼓号齐鸣，德英之名由此声震江宁。

咸丰七年丁巳，33岁的德英奉诏随军战淮安，甚力。因屡建奇功，朝廷赏戴花翎，升四品佐领衔。

咸丰八年戊午，德英随钦差大臣胜保剿北路捻匪。捻军以织布捻线之喻，鼓励互相间友爱、团结，棒打不散。自咸丰元年以来，愈加发展

尾声　亮星从凤楼升起

壮大，屡剿不灭。直到如今，反清之势遍及中原数省，成为清廷心腹大患。时为吏部尚书的文祥原是尤成额的得意门生，正在筹划剿捻之事，想到同窗好友德英被世人传颂为军中的"小诸葛"，擅施巧计制敌，认为此人必用之。德英应文祥之荐，参加了剿匪鏖战，终于以计诛捻首李月，破敌据城垣十余处，立下大功。皇上大悦，赏赐花翎，以三品协领即补。德英在以往的征战中，向来不顾及个人安危，常冒飞矢而上，矢刺入体内力拔之，血溅而不知惧。此次剿捻激战，为俘捻匪另一头领，与之挥匕相刺，身中数刀，血流不止。头领就擒时，德英已昏厥，不省人事。回师途中，经随军郎中精心医治，血虽然止住了，但伤口已溃烂。到了大营后，统领考虑到伤势严重，体恤其苦，为便于疗伤，令德英疏文，以疾乞请回家中医治。得允后，德英回返江城，白面娘子拿出一直珍藏的少林寺一指金刚大法师送的九魄还魂续骨丹让其服下，加之小金佛天天给按摩，方救了德英一命。

时过不久，茗兰接到噩耗，在军机大臣上行走的桂良大人连日来身感不适，卒于京师府中。皇帝赐祭，赠太傅，入贤良祠，享年七十有七。

同治元年壬戌初夏，德英刀伤痊愈，行走自如，便给时署黑龙江将军的特普钦呈报禀册，敬书本人业已伤愈，可驭戎马、着征衣为朝廷效力。将军申奏朝廷，京师军机部鉴于时下除有捻党犯乱外，东北三地亦武备松弛，匪患连连，民怨日起。辽东义州城有个名叫王达的无地农民，于去年率众饥民反叛官府，不久被奉天兵马捕杀。此举大大震撼了清廷各州府县衙，辽东、内蒙等地的反清武装仍在此起彼伏，波及吉林、黑龙江各村屯，故此皇上正在遴选贤能之士充政。考虑德英勇猛精进，年轻有为，曾多次计俘顽寇，立下汗马功劳，遂下旨，命其迅赴黑龙江将军衙门，以协领衔镇守拉林，操持行旅，开平安水道，使贼子远遁，不生恶虞。

当时社会动荡，治安状况不好，沿江哨卡常发生劫掠命案。拉林河正是水陆要冲，德英到任后，严遵圣谕，狠抓武备，亲自率兵操练，使周围一些强贼妄图偷盗和抢劫财物的幻梦破灭了，没有得到动手的机会。德英治理拉林有功，人人称道，深得朝廷和黑龙江将军的赏识。一日，特普钦将军率兵一千由阿勒楚克而来，见拉林处处井然有序，水上帆船往来穿梭，渡江百姓悠然自得，看不到因匪徒突至、惊恐之下争相逃离之情景。这与从阿勒楚克巡江来时所遇境况大相径庭，那里沿江游人稀少,到处风声鹤唳,人心惶惶。德英叩见将军,遵其意,陪着察看各个兵营和充足的武备库藏,特普钦甚喜,说道:"润堂老弟,本将军求贤若渴,原来竟是一只虎,岂可区区蹲守渡口,大材小用也!"

将军话出有因,此时,黑龙江正逢数十年来从未有过的严重匪患。同治初年,松花江中上游一带有很多荒地,朝廷招民代垦。不少财主、地痞乘机与官家私通,将荒地占为己有,再高价卖于无地之民。经大半年耕耘,不仅不能中饱盘剥者,还债台高筑,根本没有活路,官府也不过问。有个叫葛成隆的人,外号儿"葛疯子",父亲为债所累投河自尽,母亲颇有姿色,被蓝姓县丞威逼改嫁之。家破人亡的现状使他伤心至极,心灰意冷,对人世不再留恋了。一天晚上,他出了家门,来到江边一棵柳树下准备搭绳子上吊,刚好被同村的老董头儿看见了,跑到跟前生气地说:"葛成隆,爹娘白养活你这么大了,不想为他们报仇了?真没出息,羞耻不?"

葛成隆蹲在地上双手抱着头一阵号啕,边哭边说:"董大爷,二老离我而去,往后孤零零一个人怎么活呀?"

老董头儿名叫董任田,是个落榜秀才,会阴阳八卦,还能相面、测字,村里村外的人遇到什么为难招灾之事,都找他给指条阳关道。他弯下身扶起葛成隆道;"大侄子,我前儿个夜里观星,发现一颗亮星出自东南,恰是混元老祖下凡,正落进你家院中。这两天便追随那光亮,今晚跟着光亮来到江滨,果然见到了你。你是干大事的人,受天之命,逼上梁山,相信必四方呼应,大志可成!"

听了这番话,葛成隆顿时像打了气的皮球有了精神,睁大双眼盯着老董头儿,意思是你说该咋办?董任田早有预谋,当即拉其进入小树林内密议,很快商妥以董任田为军师,葛成隆为统领,举旗造反。他们原定在同治二年癸亥冬月起事,未承想当把各路首领聚到一块儿合计时,被旗衙门巡夜的更夫何老三发现了。董任田怕他心怀疑忌,向上禀报致事情败露,决定提前发难。于是把义军分成三路,一路进攻乌斯浑屯,一路进攻黑瞎子沟,一路直扑漂阳河。义军突起,来势迅猛,官府的兵马没有防备,被其打得落花流水。此举得到了广泛支持,沿途的农民、船夫、矿工等纷纷响应,义军队伍不断壮大,很快发展到万余人。

黑龙江将军特普钦是闻名的马上英雄,曾得巴图鲁称号,勇敢而无畏。得信儿后,他立即率上千马队从齐齐哈尔星夜赶来,又集合各地援兵 3000 人,合计共 4000 余人,手下之兵马远比葛成隆匆匆忙忙召集的

尾声 亮星从凤楼升起

号称万人的平民百姓训练有素,也更有战斗力。特普钦指挥官兵在黑瞎子沟一带的丛林中巧设陷阱,包剿了义军,军师董任田当场毙命,统领葛成隆和陈胖子等头领身负重伤,带着被打散的余众逃进了黑背山的金场,重整旗鼓,准备再战。特普钦此次巡视拉林,顺便向德英表示了意向,打算向皇上递奏折,调他到阿勒楚克副都统衙门任职,撤换御敌不利的副都统舒通额。其实,舒通额是同治元年腊月由黑龙江协领任升迁到阿勒楚克的,仅上任一个多月便被特普钦剔除了。

特普钦离开拉林不久,德英便接朝廷旨令,命其到三姓赴任,升任正二品,署理阿勒楚克副都统。正如特普钦所预测,四月的一天,葛成隆联合黑背山金场流民于万籁俱寂的子夜时分而至,以为三姓的军民正在梦乡,霎时间,漫山遍野杀声震天,犹如一股洪涛向城内扑去。葛成隆有所不知,德英自上任以来,就将副都统衙门的全体文武官员暂行兵制,各司其职,不分尊卑,奖勤罚懒。初始,可闻怨怒声,德英挑选其中的狡赖不恭者公布其状,并言:"盗贼临门,不知守家,养此祸殃,天地何容?"然后上报都统。都统核查毕,批复曰:"罚俸开缺,永不录用。"由此,人人踊跃,上下一心。由于德英重兵日夜戒备,义军无机可乘,葛成隆不仅未能冲入三姓,反而遭军民击之,不得不逃往兴凯湖方向。德英手下的三姓军民与阿勒楚克抽出的部分兵马在特普钦将军率领下,深入兴凯湖丛林地带,准备围歼葛成隆义军。因其有民众保护,藏匿于莽林之中,所以不易被发现。特普钦的兵马分散在山岭、河谷,常遭葛成隆义军的暗器中伤,追剿又难寻踪迹,双方已僵持数周不下。时间一长,将士们不免有些急躁情绪,个别人竟冒出火焚层林、与贼匪共化灰烬的气话。德英不急不躁,献计道:"将军,此地人烟稀少,数千兵马长期驻守,粮草安求?贼匪尚难捕,我亦声气全颓矣,困非良策。不如将军率领军民回师,此地交给德英,吾有办法殄除之。"

特普钦认为德英所言极是,这么多人马在深山密林中搜寻,信息不通,供应不足,犹如伸展大巴掌拍跳蚤,划不来。他相信德英堪称军中的"小诸葛",点子多,不妨看其怎么唱这出戏吧!遂点头应允,领兵拨马而走。

葛成隆派出的探子立即得知官府的大军撤了,再细探,连德英也不知去向。葛成隆怕再遭袭击,觉得以往手下不知防范、我行我素的群氓行为不可取,须分外谨慎才是。探子报后,绞尽脑汁左思右索,终未解开官兵为何一夜间突然撤走、特普钦葫芦里究竟装的什么药。他不敢轻举妄动,与头领们商议半天,决定向兴凯湖的东山里转移,继续探听风声,静观其变。德英在特普钦率军走后,并没有在原地守候,而是领着众兄弟走山间小道,神不知鬼不觉地回到了阿勒楚克。当特普钦的兵马浩浩荡荡经过阿勒楚克副都统衙门时,德英与衙门的文武官员已站在门外迎接凯旋之师了,将军和众官兵见了倍感惊奇,异口同声道:"嚯,这简直太神啦!"

  德英办事向来不按常规走,神奇莫测,难以琢磨。自打随军南下,屡战屡胜,表面看似乎是他一人之功,其实身边有一群智囊,上有严父尤成额,下有白面娘子以及曾在黑道混的小金佛、草上飞、过江龙、云中燕等。他们深被富俊恩泽博爱之心所感化,早已回归正道,立誓随同白面娘子共辅尤成额父子。这些人不能小觑,久在江湖,身怀绝技,其中有结识各路宗派的牵线师,有神偷惯盗的大把头,有谙熟辽东大小山川的地行仙。德英升任拉林协领和阿勒楚克副都统后,天天为其忙前忙后、提匣担书、赶车护卫的随行家人除了操持德英生活起居的白面娘子外,再就是上述众位好友。德英刚一回到阿勒楚克,顾不上睡个安稳觉、吃顿可口的饭菜,立即请干娘白面娘子赶快把师傅们唤来,共议擒拿葛成隆的良策。待人到齐了,德英首先主张治贼不可穷兵黩武,耀武扬威。败者仇宜深,怨结何期无。患生皆有根,疏渠贵畅通。万恶亦惧情,安得煴其心。大家商量一番后,议定由云中燕、草上飞秘密前往葛成隆的老家热河,查清积怨始末。情况很快反馈回来,其父葛茂林被逼债寻了短见,其母甫氏被蓝县丞霸占。德英立刻调集人马,打着阿勒楚克副都统衙门的旌旗直抵热河,进入县衙门,全城百姓蜂拥般前来观看,人山人海。德英身穿二品官服坐在桌案后的太师椅上,众位持刀仗剑的武士两厢站立,随着堂上一声喊,跪在地上的蓝县丞立马被摘掉了官帽。这下傻眼了,吓得浑身哆嗦,屁滚尿流,话都说不出来了。德英一一述其罪状,什么鱼肉乡里,抢男霸女,逼迫葛茂林之妻甫氏为妾,酿成葛成隆起事,祸国殃民,震惊朝廷,至今将军衙门仍在平乱等。最终断案曰:"罪犯蓝县丞贬官入牢,甫氏返回葛家。籍没蓝氏家族所强占的旗民田产和搜刮之财物,以白银五千两补偿对甫氏造成的伤害,并为葛茂林重新立碑祭葬。"当地百姓听罢,欣喜若狂,宰羊祭天,齐颂德英乃为民申冤的好官,为大家出了一口恶气,大快人心。

  好事迅传千里,葛成隆闻知此信儿激动不已,想到死去的父亲失声痛哭,继而扔掉手中的砍刀道:"兄弟们,我与蓝县丞那个王八蛋有不

尾声 亮星从凤楼升起

共戴天之仇,故而一怒反清。而今既已昭雪,再这么干就不是人了,希望众位放下家巴什儿,随我一块儿向朝廷认罪吧!"

话音一落,有的表示赞同,有的坚决反对,劝其不要放下义旗,其中包括一路走来的生死弟兄,他却执意不肯。当年夏末,葛成隆率队到阿勒楚克副都统衙门叩见德英大人,表示愿降。由于葛成隆犯下叛乱重罪,被押解省城齐齐哈尔,经审,查其无辜杀人甚众,依照大清律条,秋斩决。时奉天昌图厅盗犯王五纠众劫掠,阑入吉林,德英率官兵驱之,并将据通沟残匪殄除。因其有功,事过不久,被实授阿勒楚克副都统。

同治四年乙丑,德英41岁,功名日盛,蒙殊荣奉旨入朝觐见。德英深知圣意,自咸丰朝以来,各地时不时便有揭竿而起者,且直斥朝廷之弊端,令人堪忧。皇上此番召见非同一般,主要是想听听下属的政见,以便审时度势,拿出切实可行的治国方略。我要有备而去,敢于启奏积年所思之良策,以报皇恩。德英到京后,直奔皇宫,叩见圣上。君臣二人侃侃而谈,当同治帝询问眼下应采取何种安抚民怨之策时,德英显得成竹在胸,跪地奏曰:"圣上,奴才对下情有所了解,已久虑此事矣。夫民怨之起,实乃各地官衙不察民瘼,姿意而为,百姓被苛捐杂税所逼,久成积怨。为官者必怀抚民之恤,必秉爱民之心,商周有访古问俗之制,量民心而为之,疏通百渠,何患不民和国泰乎!"

同治帝闻而勉曰:"善,卿践之,勿辜朕念也。"言罢下旨,德英署理吉林将军,即日赴任,并赐御宴,文祥等坐陪。德英的"疏通百渠"之说,道出了多年官民之间产生、交织积怨的缘由,强调为官者不得与民众对立,世道方能安宁,可谓为缓解民之仇怨献出一良方,一时成为朝廷上下的美谈。

各位阿哥有所不知,德英奉旨署理吉林将军,算得上是临危受命。同治皇爷将吉林的担子交给他来挑,可不像有些走马灯似的将军,或为攀登仕途、或为换换口味、或为儿孙的升阶而接过担子,且轻松如闲庭信步。这是在叫板,得拿出真章儿来,必须见成效。前书云,咸丰年间,闯关东的流民如潮涌,官府无法遏止,社会动荡,土匪猖獗。满洲发祥之地的辽东再不是安乐圣土,争地、殴斗、偷盗、匪患时有发生,举旗起事屡见不鲜。咸丰十一年腊月,王达反清于义州,不多日被歼。转年,朝阳的才宝善和刘珠拥戴刘凤奎为帝,攻占凤凰山,群民响应,波及昌图、广宁,后来蔓延至吉林和科尔沁境内,岌岌可危。德英署理吉林将军，正是在此危难之时赴任，协助吉林将军景淳"伏莽甚多，严防匪患"。当时，因为朝廷已命吉林骑兵驰援奉天并远袭徐州等地，所以驻地空虚。德英便开始征招民众，训练民团，日日由小金佛、云中燕、草上飞传授武功。俗话说得好，磨刀不误砍柴工，还真发挥作用了。匪首刘果发、王乐七领着反民闯入吉林、拉溪、岔路河等地大肆抢掠，小金佛等人率民团勇斗顽贼，最终将其驱散，远遁至黑龙江镜泊湖一带的密林。吉林民团又同黑龙江民团合力搜剿，匪徒们化整为零，隐入辽南作乱。与此同时，奉天、吉林、黑龙江吃紧，闻名吉辽的马震龙，外号儿"马傻子"也跳出来了，隐蔽山中的群匪循声响应。双方交锋时，清军八旗佐领保隆、参领常德先后战殁，随后叛乱者进入伊通、长春、双城、五常、伯都纳等地，官员逃之夭夭，贼寇披红挂彩，日夜狂欢。

德英一到关键时刻，就函请学兄文祥囊助。文祥是吏部尚书，由于连年洪水，颗粒无收，国库空虚，愁得茶饭难进。即使如此，也天天不得闲，因各州府县衙的急报频频传来，全是请求吏部速速批复，将用于固城强兵之银两补齐。文祥只能拆东墙补西墙，把四处筹得的银两、粮饷拿出一部分，先去应付那些嗷嗷待哺者。当然了，在这些求助的高官中，少不了吉林将军衙门的德英。文祥深知，德英所镇守之吉林地处东省的中央，乃南北咽喉之要道，巩固住吉林，便可稳定全局。何况德英是恩师尤教习之子，又是自己特别喜欢、看重的学弟，怎能让他为难呢！当德英策马去找学兄时，文祥正在奉天与多位求助官员细述难处，见学弟进了屋，头不抬眼不睁地甩出一句话："我顾不了你吉林，快去守住拉林，走吧！"

德英愣怔片刻，返身出了官衙正门，在上马石前一骗腿儿跨上马，边往回走边琢磨文祥那句没头没脑的话："守住拉林……噢，明白了，此乃学兄在情急之中向我喊出的暗语，若解这个谜，开锁的钥匙一准是在拉林了。"想至此，掉转马头直奔拉林城。到了那儿，协领满贵迎出门并引入内堂，叩拜后禀道："吏部文尚书昨夜过拉林，令我将白银五万两交于将军，叮嘱节衣缩食，精兵简政，厉兵秣马，吉林无损。"

德英听罢，十分感动，眼圈儿红了，暗下决心道："皇上，请放心，德英在，吉林在！"就这样，文祥在条件允许的情况下，全力帮助了德英，从国库拨银资助了吉林民团和军需，使其购置了兵刃，修葺了城墙、哨卡，真乃及时雨呀！

尾声　亮星从凤楼升起

德英有个特点，无论打仗或办什么事，喜欢动脑子。这些日子总在思摸，天天跟在叛民屁股后面东追西讨的，像老鸹似的飞来飞去，肯定不是什么好办法，还得是"兵来将挡，水来土掩"更为奏效。当时，民间流传着一套嗑儿，恰是东北三地的写照："自打咸丰年，流民连成片，遍地闹胡子，东省苦难言。"德英认为身为一方父母官，能让百姓过上安稳日子，是起码应该做到的，也是大家盼望已久的。现如今出了胡子，起了匪患，症结何在？说到底还是由于黎民生活贫困、缺吃少穿、甚或无地可种、居无定址所至。为能做到心中有数，干脆走下去，深入村屯，找那些杀人越货者唠扯唠扯，听听他们心底的呼声，以便把握这个日益紊乱无序的局面。想好后，他先将此打算跟时任吉林将军景淳讲了，景淳严肃地说："此乃胡言，以强盗理论，吾等岂不亦是强盗？德英，老夫不久将赴他任，尔勿负圣望，好自为之。"

德英不死心，又向奉天将军恩合讲了，恩合脑袋摇得如同拨浪鼓，语重心长地说："润堂，你去闯鸿门宴，难道不惧匪类高悬刀斧于颅顶乎？要切记，千万不可莽撞啊！"

德英有一天偶逢旧友，即由盛京户部侍郎调往京师户部的倭仁，此人也有股子冲劲儿，听完德英的想法后，点点头道："不妨试之，为社稷赴汤蹈火，值得！"

德英此心思未承想竟被家人猜到了，不仅没一个支持的，而且极力反对。特别是何图哩格格反应比谁都强烈，奉劝夫君万万不可造次，那是一群亡命徒，对官府恨得咬牙切齿，正好没有刀下鬼为他们祭旗敬祖呢！你身为朝廷命官，却甘心送上门去，真够糊涂的，绝对不能那么做。德英没说别的，只是好言安慰大家一番，私下仍在悄悄寻机而动，想找找小时候曾在彤甜甜所办的学塾里一块儿念书的学友"黑子"，即李凤武唠唠。

眼下"黑子"可了不得了，无人不知，无人不晓，很好打抱不平，口才又好，一般人辩论不过。他早就不叫李凤武了，又重新起了大号，叫李维藩。由于生来右脸上半边长一块黑痣，早年都称其"黑子"，后来世人送个绰号"乌痣李"。李维藩倒蛮喜欢，认为此乃雅号，人贵有奇相，预示着天降大任于维藩。"乌痣李"之名越叫越响，久而久之，竟把"黑子"、李维藩、李凤武等名儿废了，将"乌痣李"尊称为大号了。各地义军纷纷起事，狡猾的"乌痣李"并未公开站出来投入义军反叛，而是在观风向，试探着脱鞋下水，暗地里为其出谋献策，鼓劲儿张目。尽管如此，世人皆言将来"乌痣李"要比徐占一、才宝善、"马傻子"等义军头领有出息，能干出一番大事来。德英正因为访查到了这些信息，所以才决定设法会一会"黑子"，总还是当年干娘所救过的孩子嘛。然"黑子"成了难找难寻的大忙人，德英打听了好几天，终未见影。实际上，"黑子"已经知道德英在暗寻自己的踪迹，只是有所防范，不想见。又觉得不能轻易驳德英的面子，人家现在非寻常之人，乃大清朝的高官，惹恼了可不好。于是托老友捎来一纸信函，言称急着出远门探视病人，择日与学弟叙旧，话说得挺客气。德英看出这是有意回避自己，既然不想见，咱也别勉强，不能碍我办大事，时间不等人，便让小金佛把柳祥找来了。

柳祥如今已金盆洗手，不干那"暗道"的勾当了，也不跟任何狐朋狗友打连连，好长时间不露面了。人们私下里议论纷纷，这可真是太阳打西边出来了，连柳小辫儿都能学好了。在柳祥看来，自己不是学好了，而是原本没做过啥错事。富俊调出，博启图继任，秦名远所干过的违犯大清律之勾当不了了之，不仅未定罪，还调往甘肃任职，我一个小小的管家算啥呀？自然早就该出牢笼了。柳祥住在裤裆街东边的一座青砖房里，光棍儿一条，每天三个饱一个倒，自在逍遥，蛮有精气神儿。辫子还那么长，只是下巴留了3绺儿灰白色的山羊胡，不知道的还以为是满腹经纶的私塾先生呢！如今依然故我，讲派头儿，没见向谁低头哈腰服过软，总是表现为一千个不满、一肚子委屈，时不时地向人讲讲自己临堂不乱、巧斗高官的"壮举"。他曾跟着秦名远对尤成额赴任左翼官学教习从中作梗，多方干扰，一拖就是好几年。可人家说那全是秦总管的主意，何况都是从前的事，我柳祥对尤成额的学识和品德非常认可，也十分敬重。正因如此，德英打发小金佛请柳祥来，本人不但毫无反对之意，而且欣然前往，将其看做自己的晚辈。柳祥到后，德英起身让座，亲自奉上茉莉香茗，问候道："老爷子，怎么样啊？看上去身板儿不错么，蛮精神哪，一点儿不显老。"

柳祥捋了捋胡子，嘿嘿笑道："不错，不错，斗转星移，你都这么大了，我怎能不老啊！当年认识你阿玛、额娘时，还没你呢，如今已成了给吉林父老乡亲主事的父母官了，有出息。孩子，老朽就倚老卖老了，不称将军了，还是叫德英吧，这样显得近乎些。你这么忙，把我这个早被吉林将军衙门清除出去的糟老头子招呼来，有何贵干哪？"

德英说道："目前世风日下，人身安全没有保障，一些人突然拉杆

尾声 亮星从凤楼升起

子造反，致使社会秩序紊乱。人与人之间互不信任，昨日知己，今成路人，想凑到一块儿聊聊天都不愿见，不讲人情，世态炎凉，不知其因何。您久经世面，大风大浪不足为奇，故而很想听听老人家的高见，帮小辈指点迷津。"

柳祥听罢，直截了当地问道："德英，说说看，你认为这样的世道是好呢，还是不好？"

德英回道："那还用说么，当然不好。"

柳祥摇摇头道："孩子，这不行啊，你跟大多数人的看法大拧劲儿，不少为官者也和你一样。官民若是总拧劲儿，互相想不到一块儿去，肯定越闹越凶，越对立越仇视，何谈维持社会的安宁秩序？"

德英问道："老人家，您若认为世道好，能否讲讲好在哪儿？"

柳祥说："孩子，没回答前老朽得先声明，我终朝每日呆在屋子里，两耳不闻天下事，即使乱成一锅粥，官府也找不到老朽头上。你既然问我，那就是信得着这个老头子，可以把想法说说。德英啊，因你没受过官府欺，所以不能理解为啥那么多人纷纷举义旗、讨公道。自打咸丰末年起，大清的世道变了，官府瘫软了，百姓硬气了，有苦敢说了，有屁敢放了，有冤敢申了，有仇敢诉了。多少贪官的不明之财被抢，多少地痞被吊在树上示众，惩赃官，杀污吏，天下太平，难道不好吗？皇上不是期望国泰民安么，民冤得申，贪官得治，世道不就安宁了吗？孩子，我没把你当外人，说得对与否，不妨下去四处走一走，听一听，再下结论。老朽是过来人，什么沟沟坎坎都经着过，凡事想得多，你可别介意呀！"很显然，柳祥颇为圆滑，话又往回拉一拉，生怕刮连自己。

德英笑了笑道："老爷子，放心吧，在我这儿想说什么都行，不必有丝毫顾虑，敞开讲。"

柳祥这才又道："我新结识一家人，儿子参加了马傻子领头儿的义军，哪天领你跟他们认识一下，兴许就能听进我说的那些不着边际的话了。不过咱有言在先，你不能派兵马剿人家呀，那我可作下大孽了。"

德英忙道："老爷子，您说哪儿去了，是不是信不着德英啊？我身为朝廷命官，从小喜读圣贤书，受父母之严训，誓为黎民百姓做事，打心眼儿里恨透了那些鱼肉乡里的贪官、恶霸，该整治的决不手软！"

柳祥听罢，终于被感动了，态度不像方才那样若明若暗了，而是立马明朗了，一拍大腿道："好，孩子，我相信你，走，咱现在就去！需要提醒的是你得脱下官服，换一套民装，庄稼汉打扮最好。省得太显眼,谁看了都得戒备,不仅啥也听不到,还不安全。"

德英点点头,去里间换好衣服后,二人出得门来,骑马前往南郊五里河子。路上,柳祥的话匣子打开了,且喋喋不休。告诉他眼下义军之所以闹得这么凶,不单单因为各家各户少银两,缺吃穿,虽然这也是大家都想要的,但主要还是因为没有能够得到生存之必需的土地。有了土地,方能收获粮食;有了粮食,便有了能够换取生活资料的银子,小日子随之也活泛了。为了能争得一块耕地,穷人都起来了,数万的流民如同一群群的蚂蚁无有可去求食之地,整个社会就像被掘开的蚁穴乱营了,开锅了,翻腾了……德英始终是一边听着一边思摸着,并不插言。

大约过了两个时辰,方到五里河子,二人进入起事的民众之中,德英仔细地听他们讲,耐心地与其攀谈,终于弄清楚了。正像柳祥说的那样,此次民乱缘于土地集中在一些王爷、权贵之手,有地者数千数万亩,一望无际;无地者无立锥之地,他们要求分得耕田。柳祥又把德英领到一处不起眼儿的小院套儿前,院子四周的障子全是用树枝围成的,院门是用细柳条编的,还算齐整。二人把马拴好,推开院门,见院内只有一间土坯房,两扇窗,一扇门,房顶铺着厚厚的苫房草,上面以原木破成的条子压之。柳祥边往屋里进边冲一中年男子喊道:"丘池,你看,我带个人来,也许能帮上你的忙!"

丘池见来客人了,忙笑着相迎道:"哎哟,哪股风把柳大叔给吹来了,二位快请炕上坐!"

德英扶柳祥坐在北炕上,四下一踅摸,发现这间屋实在太小了。南北各盘一铺小炕,炕头儿用土坯垒起一尺高,墙那边就是锅台,上扣一口铁锅,锅盖四周往外冒着热气。灶膛里的烧柴噼啪作响,烟飘满屋,熏得直咳嗽。南炕炕头儿躺个老太太,身上盖床露着棉花的蓝花被,炕梢儿坐个老头儿,一看便知是丘池的父母,二老睁大双眼瞅着来人。地上空间不大,没摆桌椅,来四五个人就转不开身了。他大为吃惊,心想:"诺大的吉林城,空闲之地何其多,怎么盖拳头大的小房呢?还是头一次见到。"丘池站在地当间儿,搓着双手道:"柳大叔,真不好意思,您还带位客人来,也没什么好招待的,要喝水就从缸里舀。"

德英摆摆手道:"谢谢,我不渴,你们是哪地方人,啥时候到吉林的?"

丘池回道:"家乡在山东蓬莱,前年渡海到了辽东,我给一关姓税官看门护院干了一年。去年来了吉林,见这里有山有水有树林,觉着能好过些,经官府批准便安家落户了。眼下尚未分给土地,拨给一头耕牛和一副犁杖,只能租种别人的地。"

德英又问:"家中几口人,有兄弟姊妹吗?"

不问则罢,此话一出,未等丘池回答,躺在南炕的老太太抽泣起来,边哭边道:"我那可怜的丑妞啊,生生被人抢走了,啥时候能回家呀!"

坐在炕梢儿的老头儿瞟了一眼德英,侧过头数落老伴儿道:"行了,闭嘴吧,别哪壶不开提哪壶了,得罪不起还躲不起吗?你要一勾火儿,丘池再跑出去干傻事,一旦出个一差二错的,剩咱俩咋回山东老家见祖宗啊?"

老太太本来就一肚子火儿没处发,一听老头子横扒拉竖挡不让说,立马来气了,一掀被子坐了起来,冲老头儿嚷道:"这是什么世道啊,欺人太甚了,有委屈还不让讲,不得把人活活憋死么!"

老头儿也生气了,吼道:"就知道跟我喊,有能耐去那家把丑妞要回来呀,要不是看在你被气病的份儿上,站在院子里嚷嚷我都不管……"

二位老人越吵声儿越高,你一句我一句话不落地,如同一把火将刚才气氛还很沉闷的小屋一下子点燃了。此刻的丘池因为不知道柳祥带来的客人是干什么的,何况来吉林的时间不长,只认识一些山东老乡,对当地不熟,关键时谁能替自己说话呀!以前已经惹出乱子了,眼见二老一腔怒火难以忍住,不是又要惹祸吗?所以也顾不上劝慰父母了,赶忙走到北炕前,一手拉着柳祥,一手拉着德英道:"对不起,我爹娘心情不好,来客人也没给好脸色,请别见怪,咱爷儿仨到院子里唠吧!"

德英一看,知道是丘家曾含冤受屈,对朝廷有积怨。丘池还是挺懂事理的,见有外人在场,又不知底细,怕惹出是非,想把我支出去。这正是了解民情的好机会,柳祥引我到丘家,置身于百姓之中,最理想不过了,怎能离开老人而去院子里攀谈呢?于是便道:"丘池,千万别见外,更不必客气。按年岁,你应该是我的兄长,我是你的老弟,咱们都是一家人。一家人不说两家话,有什么苦、什么难、什么冤都讲出来,我想听一听,到时候或许能助一臂之力。我有股子犟脾气,最气不忿儿的就是那些仰仗权势强取豪夺之人,只要见到欺负谁了,必管无疑。"

德英这么一说,两位老人都住嘴了,转过头来上下打量着他,老太太问道:"孩子,听你这话好像不是一般人,从哪儿来的?是官府的吧,身担什么差使呀?"

柳祥刚要如实介绍,德英忙抢先回道:"噢,我和你们一样,也是庄稼人。今儿个闲来无事,老爷子说领我串个门儿,就到你家了。二位老人家,日子过得咋样啊,粮食够吃不?"

老头儿打了个唉声道:"咳,哪够哇,粥都喝不上溜儿了,勉强糊口吧!"

德英走到灶台前掀开锅盖,见铁锅内煮着苞米面和橡子面两掺的糊糊,没多少,只盖住了锅底。显然是一家3口的锅底饭就这么多,仅够一个人填饱肚子,至于下顿能不能吃上还两说着,心里很不好受。他盖上锅盖,回过身说道:"二位老人家,不用问我从哪里来,也不用问做什么差使的,就当是老天爷看不得你们遭这个罪,让我来瞧瞧。告诉我,一肚子怨气缘何而发呀?"

话音刚落,丘池的眼泪止不住了,一拍大腿蹲在地上,抱着脑袋泣不成声地说:"唉,都是我惹的祸呀,害了全家老小啊!"

儿子一哭,二位老人哪受得了哇,也跟着哭开了,哽咽得说不出一句话。柳祥见此,实在忍不住了,便给德英讲起了事情的来龙去脉。

原来半年前,五里河子旗衙门押解着五花大绑的丘池送到吉林将军衙门,本人还大喊着要告状。经审得知,一伙儿山东来的流民因租地而引发了矛盾,前往五里河子孟家闹事,领头儿的便是丘池。孟家的打手见主人孟彪被欺,领着一群家丁当夜冲到了丘家,抢起镐头砸烂了所有的家什,把丘池未出嫁的妹妹丑妞抢到孟家当奴才,又将丘池绑到旗衙门,控告其行凶作乱。丘池在大堂之上一个劲儿地喊冤,直言自己无罪,只想有一块儿求生计的土地。山地也好,河洼地也罢,绝不挑挑拣拣,能长出玉米、白薯就行,省得受这窝囊气。全家老小来到关东已3年,所带银两全花光了,未分到一垅耕田,靠租种土地活命。附近的田地属于谁家的我都知道,分属八个姓氏,有王家地、刘家地、齐家地、郑家地、关家地、许家地、赵家地、阎家地等。我本与赵家签了租地契约,可到了秋末,庄稼成熟了,竟被根本不认识的富户孟家全拉走了。这时方知,所说的八姓土地皆归属于孟家,其家主强调赵家只是我的亲戚、守田爪牙,与他签租种契约无效,孟家土地上长出的庄稼当然属于我。这简直太不讲理了,一年白干了不说,一粒粮食没得着,全家老小吃什么呀?

主审此案的协领乃三品官,名儿叫孟赫,是孟彪的本家兄弟,能不替自家人说话吗?边审边令人记录下了人犯的口供,见丘池一百个不服,当即脸子一摆,拍案大怒道:"好大的胆子,你知道不,告'锄板状'是犯了对抗主子大逆不道之罪,还有什么可说的?念你年轻,家中还有老人需要照顾,可既往不咎,当堂释放。从今往后,不许租种他人土地,退堂!"

就这样,丘池回了家,越寻思越憋气,觉得实在走投无路了,一咬牙投入了马傻子义军。发誓此仇必报,要与孟家算总账,救回为奴的妹妹。

实际上,多少年来,大清国的土地由于多种原因而高度集中,仅吉林而言,就分为主家地、下属租主地,往下又分为无数奴租地,层层盘剥。所谓"奴租地"便是底层了,耕耘之人没有一分田亩,称得上最悲惨的人家。他们没有人身自由,只要与主家签订了奴租地契约,一生一世将无条件由主家支配。租地主人看你家有几个劳力,以便相应地租给多少田亩,这些劳力即民间所说的长年累月"靠锄头板子吃饭"。主家时不时地派人监视"奴租地"的劳力是否生病了,能不能下地干活儿了,随时可以剥夺作为锄板奴的耕地权。正因如此,无地户不敢得罪租地主家,终生像牲口一样受其要挟、役使,毫无做人的权利,从而导致了阶级矛盾日益尖锐。咸丰朝至同治朝,各地流民到官府告租地主家"锄板状"的人满为患,尤其是吉林地方更显突出,丘池状告孟家就是其中一例。

德英听罢,方知事情的原委,说道:"俗话讲得好,冤有头,债有主,你受了委屈,找家主算账没有错。不过我要奉劝一句,赶紧退出义军,别跟着造反了,用不了多久,我会给你答复的。"说着从怀里掏出二十两纹银递给他:"丘池,用这银子买点儿粮米油盐,可暂时渡过难关。"

丘池接过,感激不尽,代表全家一再谢之。德英和柳祥随即告辞,出得门来,翻身上马,按辔徐行。到了裤裆街柳祥住处的门前,德英对其诚心诚意帮忙表示由衷的感谢,柳祥笑道:"孩子,说什么谢呀,这可外道了,老朽也是为了早年犯的错儿将功赎罪呢!"

德英告别柳祥,回到了将军衙门,唤来各怀神技的小金佛、草上飞、过江龙、云中燕等,请他们相助,速速探知孟家的情况。没几日,便把孟家查了个底朝上,毫无遗漏。所谓五里河孟家只是虚称,实际上家主在开原附近的一个庞大庄园里,砌了土围子,四角均设炮楼儿,由庄丁把守。南北各有一扇用厚松木板做的大门，外面包层黑铁皮，洋炮轰不破。此所在非同一般，乃当年吉林将军富俊关注之地、少林寺的夺魂僧者、静空大师住过之地、一指金刚大法师带领徒儿班布泰夜探之地，这便是范家堡子大庄主范蔼仁的豪宅之一。他的房产遍布奉天、吉林、黑龙江等地，数不胜数，蛟河山里还有一片范氏家族的墓地。此时，范蔼仁和大夫人钱氏以及二房、五房、六房已死，三房、七房、八房有的离开，有的改嫁。五姨太的女儿叫桃花，咸丰初年，嫁于京师宗人府孟太傅之子——护军统领孟彪。孟太傅凭借权势在东省肆无忌惮的巧取豪夺，强占大量良田为己有，由其子孟彪派人管理。同治初年，孟家庄园变成了孟彪在京师之外的宅第，委托全有、全贵两兄弟帮其收缴各地田亩租税。

　　德英连夜翻阅了当年富俊将军清理田亩积案的有关档册，而今看来，其所作所为、所行之策完全正确。合理分配无主之地，收回强占耕地拨给无地流人，既能救民于水火，又能使世道安定，社稷永固，何乐而不为？德英将众多亲审的涉及土地归属案卷背负进京，面圣详奏，同治帝经认真思考，一一准奏。德英回到吉林后，按旨裁定，收回范蔼仁及其姑爷孟彪积年强占、窃取之西辽河、松花江、拉林河、呼兰河、倭肯河、牡丹江沿岸等大大小小近数千顷良田，分拨给无地流民。接着又派人带着车轿将丘家老少请到吉林将军衙门，3人觉得很奇怪，为什么到这儿来？进入客厅，德英起身相迎，他们见其身穿一品官袍服，方知那天到家中访查的竟是将军大人，刚要跪地叩头，德英赶紧一一搀起道："二位老人家、丘大哥，不必如此，身为一地的父母官没有安排好百姓的衣食住行已经失职了，叩头谢罪的应是我德英啊！"说罢，将二位老人家扶进议事堂，请其坐下后，转身从卷柜里取出一摞卷宗，翻开其中的一页道："这是受皇命，重新核审你们在五里河租种主家地产的卷宗，土地的主人乃京师大内的孟太傅，由其子孟彪管理。孟彪依仗其父在宫中的势力，霸占、强买和囤积东省失主、无主或暗地交易的闲散田亩，然后再租给认为可靠的亲朋、下属，成为自己的守田爪牙。再由他们转租关内来的流民，签订霸王契约，租地种即为奴，身家人口均凭租主使唤，收获所得租主入柜支粮，旱涝自负。遇到大灾之年，颗粒无收，为了生计，女子沦为主妾，男子沦为主奴。有些流民在关内因天灾，携家带口逃到东北，身无分文，无力以银与租地者签订耕地契约，只能签'锄板子契约'。即租主给划定田亩，租者无权选择，租主旱涝

尾声　亮星从凤楼升起

保收。而且租者的全家不管几口人,皆为租主的奴才,听从家主支使,生死勿论,违者则以家奴问罪。此契约何等苛刻,乡民任其宰割,流民无处申冤。孟彪所占田亩业已查验清楚,非法所得全部收回,按规定,拨给你家耕田3亩,女儿丑妞从孟家接回,再不是他家的奴才了,仍为正身民人。"

3人听罢,感动得热泪盈眶,丘池扑通一声跪在地上,咣咣咣磕着响头道:"大人,谢谢,谢谢,您救了小的一家老小哇!以前是我错了,不该跟着马傻子胡闹,从今往后再也不会了,还要把附近村屯的乡邻都拉出来,站在朝廷一边,做拥护大清的子民。"

这次不光丘池一家,五里河子的流民皆分得了耕田、牛具,房子太破旧的给盖了新房,免除冻饿之苦,从此有了安身立命之所。人们欢呼雀跃,交口称赞吉林将军为使无地流民分得耕田而面圣的胆气,没齿不忘朝廷的大恩大德,齐声儿祝福同治皇帝万寿无疆!特别要提出的是德英的干娘白面娘子得知此情后,不禁潸然泪下,百感交集,思绪回到了嘉庆二十五年。土地爷爷富俊率领官兵于双城堡设立了清查田亩行辕,天天废寝忘食地忙碌着,白日为丈量田亩到处奔波,晚上坐在土坯房内一笔笔登记着各家各户的土地数额,獾油灯通宵不灭。尽管又累又辛苦,身子骨儿日渐消瘦,却乐在其中,因为是在为百姓谋福。可惜后来未能完全遂愿,最大的土地占有者范蔼仁仰仗皇亲的势力和祖上曾受过皇封,想方设法躲避、抵制清查,致使本应及时收缴到官府、另行分拨之大量强行占有的土地仍掌握在范氏家族手中,土地爷爷抱憾而终。如今,富俊大人早已作古,其孙儿班布泰已于平息白莲教起事中英勇捐躯。德英紧步老将军之后尘,以宁可被摘乌纱、也要替百姓做主的胆识,使范氏家族的发家史到了同治朝彻底露了馅儿,将其非法所得耕田全部收回,受到了应有的惩罚,告慰了英灵。

朱伯西我讲到这里,同样感慨万端,是呀,当年富俊带着孙儿班布泰及官兵们排除万难,力压群雄,用了近5年的时间对田亩进行清丈、梳理,使辽东这片黑土地百年来争执不休的归属大多得以重新印证,数十万闯关东的流民分得了耕田,动荡不安的社会秩序开始趋于稳定,这便是史上有名的"道咸之治",后又称为"同治中兴",三朝元老富俊可谓立下了汗马功劳,后人将这段历史写成《双城堡屯田记略》。

据传,吉林的匪患从此平息下来,也曾有一伙匪徒窜到乌拉街打牲衙门,妄图攻城略地。无奈军民防守甚严,根本攻不进,于是便跑到镇边的关帝庙前,堆积干柴想点火焚之。这时,忽听关老爷在空中怒声道:"田归黎民,饭碗不空。勿要烧我,好好安生。"匪徒们吓得魂飞魄散,屁滚尿流,哭爹喊娘地四下逃散了,不知去向。打那以后,留下了德英勇斗京官、分地救助流民的故事,且越传越远。

同治四年夏日,温德河子发生了一起凶杀案,是由德英亲自审理的。有一家两口人,老母年高,患了咳喘病,儿子来喜儿伺候在侧,靠上山采药换银两度日。一天头晌,来喜儿路过集市,瞧见面铺掌柜巴六指儿拎着内装粘豆包的柳条筐唱唱咧咧走了过来,未待打招呼呢,对方抢先问候道:"哎哟,这不是来喜儿兄弟么,老娘身板咋样啊?"

来喜儿打了个唉声道:"咳,家母还是老毛病,天一凉就喘。不瞒六哥,口粮断顿了,打算去娘舅家借几升米。"

巴六指儿为人豪爽,心眼儿好,对娘儿俩的处境很是同情,说道:"你我是老邻旧友,有难处应吱声儿,何必远求呢?六哥摘你几吊,买点儿粮油,以解燃眉之急。噢,对了,我常去北关卖饽饽,听说何船爷要雇个守宅家院,不如讨下这个差使,手头儿也能宽绰些。老弟呀,若是有福分,何家可有美貌婵哪!"

来喜儿忙道:"六哥真能开玩笑,瞧我这一身穷气,万不敢高攀,何船爷能用我么?"

巴六指儿一拍胸脯道:"找保人哪,有六哥呢,我早就看重老弟的人品了。"说着打怀里掏出5吊钱递给来喜儿道:"拿去,先买粮,3天后听信儿。"

来喜儿接过,千恩万谢,买了粮油返回家。第四天一大早,巴六指儿手拿一件蓝布长衫儿笑呵呵地登门来给娘儿俩道喜了,声称跟何船爷谈妥了,老弟今儿个便可去当家院了。随即把手中的长衫儿递上,说是送给来喜儿了,让他穿着去,乐得娘儿俩嘴都合不拢了。用罢早膳,老太太帮儿子把脑后的发辫重新梳了梳,又抹点儿头油,油黑发亮,再穿上蓝布长衫儿,显得很是干净利落。打扮完毕,来喜儿拜别老母,跟着巴六指儿上北关了。

北关的何家祖上曾拿爵禄,到了何船爷这辈儿,家境像霜打的茄子败落了,眼下是个有数艘船只、鱼网满院的网达,一生乐善好施。有一年,松花江发大水,白浪滔滔。何船爷发现水面上有个小丫头若隐若现,忙跳入江中将其救起,抱回家抚养,取名秀儿。前不久,夫人下世,一大摊子家业只靠年过花甲的何船爷一个人支撑,实在有些力不从心，名曰雇用家院，实则是想给 16 岁的秀儿挑个可心的女婿做顶门杠。何船爷见了来喜儿，先是仔细端量一番，接着又盘问了家世，觉得小伙子不错，长相也行，挺满意的，遂厚谢了巴掌柜。过了一段时间，来喜儿的手勤脚快、为人老实厚道、心地善良等很讨何船爷的喜欢，而且发现秀儿更是打心眼儿里相中了后生，不管是织网，还是摘菜，总唤来喜儿忙前跑后的，心里别提有多乐了。左邻右舍的大爷、叔叔、婶子们也齐夸小伙子人品好，踏实又肯干，还是个热心肠儿，将来对秀儿错不了。何家可谓福星高照，喜事临门，就等着扎彩轿迎娶了。

谁料乐极生悲，祸从天降，忽一日，远近知名的何船爷在家宅后院儿的木棚内歇凉睡午觉时死了。第一个发现之人是邻居卖麻花的冯二，说是当时隔墙听到木棚里有打斗声儿，扒墙一望，眼瞅有个穿蓝大衫儿的人一闪没影儿了。急忙跳过墙，跑到木棚内，见何船爷口角儿有白沫儿，已气绝身亡，顿时吓瘫在地，不是好声儿地喊人。秀儿正在上屋绣花，听到喊声，慌忙下地推门出屋，刚好与从地里干活儿回家的来喜儿撞了个满怀。二人三步并作两步地跑到后院儿的木棚子，见老人家大睁着双眼，脸色青紫，僵死有时，秀儿扑到阿玛身上号啕痛哭。

这时，街坊四邻越聚越多，早有人报到官府，刑房带着几个衙役和仵作匆匆赶来，首先询问冯二。冯二声称，何船爷死时，家中没旁人，只有来喜儿和秀儿。秀儿不是亲生的，乃何家抱养的，准备嫁给家院来喜儿。他是个穷小子，即使觊觎人家财产，也不能急着动杀机呀，这对儿狗男女可太没良心了，该千刀万剐！刑房听罢，令手下查遍宅院的旮旮旯旯儿，明堂瓦舍除了死者，的确只有一对儿青年男女，遂冲秀儿问道："今天可有外客进宅？"

秀儿哭告道："回大人，小女始终在家，未见有生人来过。"

其中一衙役在来喜儿房中搜得一件沾有血迹的蓝布长衫儿，刑房和仵作心里似乎明白了八九分，又问来喜儿："此衫何人所穿？"

来喜儿从未见过这等场面，显得十分紧张，连忙回道："这……这是我穿的。"

秀儿刚要解释，刑房不容分说，令衙役给二人披枷带锁。他俩齐声儿喊冤，刑房喝道："证据在此，还有什么可说的？给我掌嘴！"

衙役听命，抡起大巴掌啪啪啪一顿扇耳光，直打得二人头昏眼花，顺嘴角儿淌血，脸颊肿起老高，随即被揪发拧臂押出门，何宅贴上了封条。人命大案，不可小觑，府衙理事同知大人责令刑房和旗衙门的刑官合审。大堂之上，秀儿和来喜儿哭喊冤枉，请大人明察。主审官根本不听，动用鞭笞、夹杠、穿火鞋等酷刑，致两人筋断骨折，实在挨不住严刑拷打，只好招供画押。据此判定二人因急于继承遗产而合谋杀主，女犯枭首，男犯凌迟，册报将军衙门核查秋决。

来喜儿被判死罪，老母哭天抢地，去当铺当了破衣破被想给儿子赎身未果，转天于家中上吊寻了短见。邻里发现后，帮忙发送了老太太，从此绕着那间小房走。在冯二的鼓动下，北关不明真相的村民皆对面铺掌柜巴六指儿产生了怨恨，疑其与何宅凶杀案有关，认为是他使来喜儿深陷囹圄的。有人还声称曾看到巴六指儿拎着一件蓝长衫儿去了小树林，回来时，手中的衣服不见了。于是，请代书先生写了呈子，开列巴六指儿条条杀人大罪，花点儿碎银求差役递进府衙。刑官阅罢，觉得所言不无道理，暗地里派人四下访查。

俗话讲：人若倒霉，喝口凉水都塞牙。自打来喜儿和秀儿关押死牢后，巴六指儿心里既难过又不痛快，明知是桩冤案，却无能为力，天天眉头紧锁，只能借酒消愁。每当喝醉时，或指桑骂槐、或说些疯话，言语错乱。加之平时好打抱不平，冷语动粗伤过人，好事者便捡鸡毛凑掸子，有的也说，没的也讲，越嘞嘞越没边儿，越编造越邪乎，派出之人大获而归。刑官得报后，立即下令，将巴六指儿绑进大堂。面对审讯，巴六指儿毫无惧色，破口大骂，怒斥屌官长个猪脑子，昏庸无能，矢口否认与何船爷之死有关。刑官、刑房被骂得火冒三丈，下令棍棒相加，一通儿狠拍，直打得皮开肉绽，昏死堂上，醒来仍不招。刑官又命动用狼牙锯，巴六指儿的后背被锯得鲜血淋漓，疼痛难忍。忽然灵机一动，一个把水搅浑的念头闪过脑际，于是招认因图财杀死何船爷，怕事情败露，把血衣藏在小树林的枯柳洞里。仵作去了小树林，果然在枯柳洞内搜得一件旧短褂儿，上面沾有血迹。

案子越审越奇，谁是人命要犯，审谁像谁，几乎搅成了一锅粥。秀儿为救心上人出死牢，坚称本人杀了养父；来喜儿感激巴六指儿的仗义，咬定自己是凶犯；巴六指儿性好助人，同样独揽死罪。更稀奇的是差役在河边又捡到几件象征杀人凶案的蓝长衫儿，一时间闹得人心惶惶，谈衫色变，刑官无所适从，难以结案。无奈将军一再催办，怕人手不够，又委派副都统衙门司户大人参与审理。司户大人重新翻阅案卷，对口供、证词，进行一一审核。结果功夫没白下，端倪渐显，发现证人冯二有些可疑。何家四邻那么多，大白天的，为啥单单冯二一人听到了

尾声　亮星从凤楼升起

打斗声？他证实是个穿蓝大衫儿的人行凶，为什么搜得好几件同样的衣裳，所言是否真实？冯二与何船爷虽然是邻居，但平时没啥交往，何况他是个极其自私之人，即使真的听到了打斗声，肯于冒险跳墙前去查看并出手想帮么？没有确凿的证据，只凭家中惟一对儿青年男女，就一口咬定来喜儿和秀儿是杀人凶犯？加之得报近日冯二行为鬼祟，天天挑着担子不卖麻花，而是四处打探案情，既然于己无关，何必如此上心呢？越琢磨疑窦越大，于是把冯二唤来，提到堂上，二话没说，先令打嫌犯一百大板。冯二的屁股和两腿顿时血肉模糊，疼得五官扭曲，趴在地上高一声低一声地哀号道："饶命啊，大人明鉴，小的实在冤枉啊！生计不愁，素日无怨，缘何要杀何老翁？那日所见是实，句句真言，没半句假话。难道苍天无眼，正邪不分，世上再未有青天老大人了？我的妈呀，这可咋好，跳进黄河也洗不清了，只有以死相抵了！"说着起身便向桌案撞去，被手疾眼快的衙役及时拉住。

刑房、刑官鼻对鼻，眼对眼，你瞅我来我看你，一时不知如何是好。在场参与庭审的小声儿合计开了，有人认为冯二太狡猾，所言全是巧言诡辩；有人担心错审人证，日后吃罪不起。你一言，他一语，看法不统一，黑白难分，是非难辨。主审官没招儿了，只好令衙役把冯二拉下大堂，又不敢轻易放回，暂押轻罪牢内。

说来也巧，其时，阿拉楚喀副都统德英刚好接旨署理吉林将军。德大人谈吐诙谐，性情直爽，精明干练，审案子从不放过细枝末节。他到了衙门，一不升堂，二不宴客，闭门览卷7日。这天翻阅蓝衫案的呈报文书时，甚觉蹊跷，仔细看罢，批曰："理据不足，冤情恸天。"遂命人速速发下签子，停止审讯，将全部案卷统统送交将军衙门。德英决定亲办此案，挑选出两位有经验的仵作，带上几个差役先随他去北关验尸。当时正是盛夏，烈日炎炎，天气燥热。撬开棺盖儿，见尸体已开始腐烂，一股臭味儿直冲鼻子。德英让仵作在棺木四周点着苍术、皂角，生烟除秽，细观尸首，边验边报。看过正身，仵作禀道："脖颈处有掐痕，其它未见异常。"

德英说道："再验！"然后吩咐仵作翻过尸身，差役在旁不停地挥动树枝，轰赶着绿头蝇。

棺木周围恶气熏天，仵作和差役个个肝肠搅动，只觉胃里极不舒服，一阵阵恶心，快要吐出来了。再一偷瞧德大人，见其俯身棺内，头紧挨着尸体，细细观之，好像在一根根地数着汗毛，纹丝不动，只好屏住呼吸陪着。这时，德英发现腐尸后脑正中有数块深紫色瘀痕，似乎是用指甲抠进肉里留下的印迹。又细看发辫儿，忽见上粘手指肚大小、淡黄色的片状物，用镊子轻轻取下，放在黑绢上再瞧，竟是块儿面嘎巴儿。

德英暗自高兴，宣称验尸结束，扣上棺盖儿，恢复原样，打道回府。第二天头晌，德英特意穿上蓝长衫儿，挑着鸡血豆腐担子，由着一身儿民装的亲随跟着，先去巴六指儿所住的屯子转了一圈儿，见人就打听，然后来到北关何家附近，高声儿叫卖道："吃不够喽，吃不够，老少爷们儿们快来尝尝啊，吃了这顿想那顿了！"

这一喊还真有效，蹲在家门口儿的老者和过往行人三三两两围了过来，一看小贩的装束，皆直眉瞪眼地瞅着他，脸上流露出惶恐的神情，很快又转身离去了。惟有一个老头儿没在乎，买了一份儿鸡血豆腐，边吃边悄声儿说道："伙计，打外乡来的吧？这疙瘩有桩蓝衫凶杀大案尚未破。老叟劝你呀，还是快扒掉这张皮吧，当心受牵连，犯不上。"

德英假装不知，边给添汤边道："是么，多谢老人家，只能回家再脱了。我从东头儿过来时，发现有一家的大门被封了，为啥呀？"

老者回道："唉，那正是网达何船爷的宅院，老爷子被害了，可怜的女儿和家院已被押入死牢，待霜降就问斩了。"说到这儿，四下瞅了瞅，接着又道："不瞒你说，世上哪有公理可讲？我家住在嫌犯冯二的西侧，中间只隔一道墙。有天半夜，听见他们夫妻俩吵架，那女的嚷嚷道：'你哪儿好哇，良心让狗叼去了，邻邻居居住着，凭啥要人命啊？'也难怪，官府的人又不是夜游神，哪能知道那么多呀！"

德英看似不经意地问道："听说冯二是卖麻花的，每天啥时候做面活儿呀？"

老者回道："通常是他头晌在家和面，下晌老婆炸，冯二出去卖。"

日过正午，德英和亲随返回府衙，换好顶戴袍服，命差役把冯二老婆柳氏绑来，又令参与或审过蓝衫凶杀案的刑房、刑官、仵作等到堂庭审。这几个人很快接报，鱼贯进入大堂，依次就坐。德英坐在桌案后正中的太师椅上，传狱官带嫌犯冯秀儿、来喜儿、巴六指儿、冯二上堂，解下镣铐，跪于堂下，惟冯二带着哭腔儿大喊冤枉。德英捋着黑胡须笑道："哭哭笑笑，笑笑哭哭，真真假假我分清，哭变笑来笑变哭。"

坐于两侧的刑房、刑官、仵作等都大眼瞪小眼，一脸木然，不明其意。只听德英又道："本官得一宝，能卜吉凶，辨识真假。"说着提提马蹄袖儿，手掌露出，托着一块儿黑绢，绢上有片面嘎巴儿。在场的所有人皆惊诧地看着他的手，德英继续说道："这是验尸所获罪证，现已查明，蓝衫案犯是个会做面活儿的人。湿面方可粘发，案发当天晌午正热，嫌犯定是何家近邻，乘机跳墙而为，此人就在堂下。嫌犯中有两个靠面活儿吃饭的，经查，案发时段，巴六指儿参加屯邻儿子的婚礼，直到下晌方回转，有不在现场的人证。冯二头晌在家中和面，身上、双手必有面嘎巴儿，据此，杀人者乃冯二无疑！"

话音刚落，在座的人无不点头叹服，目光全盯向了已堆缩在地的冯二，秀儿、来喜儿、巴六指儿则长出了一口气。冯二仍不死心，哆哆嗦嗦地狡辩道："屯子里做面食的不光我一个，还有两家呢，离何家也不远，为啥偏偏认定是我干的？"

德英起身走下堂来，一把拽起冯二的右手，撸下中指套的铜箍儿，喝道："大胆刁徒，死者后脑呈现紫瘢，正是铜手箍所伤，还不从实招来！"

冯二一听，知道彻底玩儿完了，当即吓瘫了，磕头如捣蒜："大人在上，您是活神仙，明察秋毫，小的认罪。因贪恋何船爷万贯家财，看上秀儿美貌花容，便想纳秀儿为妾。可上门提亲时，却遭何船爷一顿臭骂，说我是癞蛤蟆想吃天鹅肉，故而怀恨在心。时过不久，由巴六指儿引见，何船爷雇用来喜儿做家院，并声称还将女儿嫁之。我嫉妒难耐，那天晌午，乘来喜儿在地里干活儿尚未回返，偷越后院儿院墙，欲闯进秀儿闺房行歹事。不想跳墙落地之声惊动了歇在木棚内的何船爷，怕事情败露，他再不依不饶扭送我去旗衙门，便顺势进了木棚，也是一时性急，狠狠掐住其脖子。可叹他年迈，只挣扎了几分钟，终无反抗之力，一会儿便不动了。担心他没死，我又抡起戴铜箍儿的右手猛捶后脑，直至确认命入黄泉才收手并开始喊人。由于平时来喜儿好穿蓝长衫儿，于是编造鬼话，栽赃陷害。"

冯二在说这番话时，德英发现坐在桌案左侧的刑房直劲儿冲身旁的仵作挤眉弄眼，心里明白了，显然是对审案结果不太服气，遂朗声儿说道："蓝衫大案之说，纯属庸人无知谬传，不乏有人谣言惑众，始作俑者乃柳氏。为帮夫开脱罪责，去河边乱扔蓝衫儿，妄图混淆视听，干扰办案，致使户见蓝衫色变，人心惶惶。另外，何老汉被掐身亡，没有溢血，何来血衣？人血味咸色褐，蓝长衫儿上的血淡黄无味，绝非人血，而是禽血。来喜儿，本官说得对否？"

来喜儿忙道:"大人英明,所言极是,真乃火眼金睛。案发的前一天,巴六指儿来到北关看望何船爷,老人家让我杀鸡待客。六哥主动上前帮忙,谁知一刀剁下去,大公鸡未死,四处乱扑棱,溅了我俩一身血。我把蓝长衫儿脱下扔进屋内,六哥那件褂子原本很旧了,便不想要了,去旁边的小树林解手时,脱下塞进枯柳洞里了。之所以承认是我杀的,只因审讯时不容申辩,屈打成招。"

至此,蓝衫大案终于水落石出,在座的几位参审者羞得面红耳赤,齐赞将军神明。德英说道:"身为一方父母官,当有怜悯蝼蚁之心,谈何神明?断案不需刑杖,而重慎细查验,百案可破。"

德大人最后裁决,秀儿、来喜儿、巴六指儿无罪,当堂释放。冯二秋后斩首示众,柳氏杖责五十。审过此案的刑房、刑官、作作等,因渎职分别被罚俸或贬官。来喜儿带秀儿洒酒祭扫了何船爷和老母的坟茔后,二人患难情深,由吉林将军德英做主,择吉日完婚。巴六指儿不卖饽饽了,跟着来喜儿夫妻俩经营船运、网鱼,欢乐百年,传为佳话。

同治五年春季一天头响,德英坐在书房翻阅州府呈送的一摞案卷,发现有一上写"蟋蟀案"的卷宗,觉得挺新鲜,世上真是无奇不有,难道斗蟋蟀也闹上了公堂?便认真审读起来。未承想越看越来气,看罢竟气得脸红脖子粗,拍案大怒道:"蛮横霸道,有恃无恐,草菅人命,岂能不问耶!"

原来这蟋蟀案涉及到很多人,死于非命的男女老少共12人,而今积案3年未果。德英无论遇到什么事,务要追根溯源,对不求甚解者、敷衍塞责者向来不齿之。蟋蟀案令他震惊,由娱乐而酿成这么大的血案,缘何所致,必求其因。又从此蟋蟀案理出了自道光朝以来在江城所发生的彼蟋蟀案,往昔均以聚众殴斗、有伤大雅之名论处,量刑过轻,远失严惩要旨。此后,便把案子挂在心上,注意留意这方面的情况。

一日,德英外出微服私访,来到集市,看见两个人正在临街的树阴下斗蟋蟀,其中一人手指蟋蟀罐儿气急败坏地喊道:"咬,咬,你他妈给我咬哇!"围观者很多,有的站着,有的蹲着,有的哈着腰,有的靠着树,皆低着头大睁双目观瞧,不时发出阵阵喝彩声。

有的阿哥或许不知,自古市井的娱乐赌具多为色子、牌九、纸牌、麻将,而胜于上述赌具百倍者当数蟋蟀。有史可考,斗蟋蟀始自周,唐宋元明以来颇为盛行,清代有较大发展,江南江北均很普遍。斗蟋蟀之所以为民众喜爱,就因为它不但能把世人拉入另一种血腥屠杀之境,观

尾声 亮星从凤楼升起

赏鸣虫的搏技,厮咬纵跃,胜负难测,从中享受别样的刺激。而且被视为聚众招贤的上好手段,生动活泼,雅俗共赏,其乐无穷,为八方人士所痴迷。宋金以后,斗蟋蟀渐渐演变成豪赌,小者倾家荡产,大者惨遭灭门。更为严重的是这种娱乐形式被那些暗藏深寓的憎世恨时之徒以及地痞流氓、恶棍们所利用,他们以蟋会友,以蟋通心,名为斗蟋,实则啸聚,图谋不轨。

　　玩蟋蟀的人也不简单,得会吆喝,据说嗓音高低粗细全是练出来的。蟋蟀能听懂主人的话,受其摆布,是进攻啊,还是后退呀,让怎么做就怎么做。他们凭玩儿蟋蟀笼络人心,占据一方,被称为师爷,各有一些拥戴者,很有势力,一般人惹不起。这些地头蛇不仅会斗蟋蟀,眼力也高,舍得花重银买不同品种且好斗的大蟋蟀,起的名字还豁亮,什么"震四方"啊,"压地王"啊等等。训练十天半月便开始打场子招徕观众,有专门雇佣的打手护场子,强逼观者交赏钱,少了不中,不掏更不行。若有年轻女子来凑热闹,这伙人故意往跟前挤,连摸带掐,戏弄挑逗,占点儿便宜,看上眼了的抢做妻妾。更有甚者,表面上以斗蟋蟀为名,暗地里勾连歹匪,煽风点火,谣言惑众,拉拢观者参与反清起事,若是不从,那就比比谁的拳头硬。正是由于在斗蟋蟀者和观瞧者之间有潜在的危机,或因赏银掏少了,或因女子被欺侮而反抗了,或因不愿同流合污反朝廷了,时不时地引发矛盾,先是口角、争吵,继而那些如狼似虎的护场子打手们便狗仗人势大打出手。被打者手无寸铁,有的打伤了,有的打残了,有的打死了,不少受害人到衙门伸冤告状,德英翻阅的那卷蟋蟀案只是其中的一例。

　　话说简短。德英低着头倒背双手向树下的人群走了过去,怕有人认出自己,便站在一高个子壮汉身后,想仔细观察一下那些玩儿蟋蟀者的面孔。他先扫视一圈儿,忽然发现树后蹲着一个头戴斗笠、且压得很低的中年男子,虽然五官看不大清,但总觉得有点儿面熟。再细细观瞧,噢,知道了,是"黑子",他怎么来了?正琢磨呢,只见"黑子"站起身抻了个懒腰,蹲在地当间儿的那两个斗蟋蟀者一直又叫又喊的,此刻立马闭嘴了,急忙将蟋蟀罐儿收拢到一起,装入竹篮内,提起篮子挤出人群头也不回地匆匆离去,打手们紧随其后,"黑子"也不见了。这样一来,方才还热闹异常的大树下顿时冷清了,围观者陆续散了,一边走一边连说带比划的,显然是余兴未尽。前边那帮儿提蟋蟀罐儿的人往东去了,似乎要到另一处打场子,再设赌局。德英明白了,不是自己哪里露出了破绽,而是被"黑子"认出来了,他肯定与这帮人关系甚密。今儿个跟定了,非弄清楚不可,看他们到底想干什么,随即拔腿追了过去。德英撵过一条街刚刚拐过墙角儿,不知从何方忽地抛来一物,由于根本未防备,整张脸被那物迎面罩住了,赶忙拽下一瞅,原来是件夹袍子。再放眼四望,那帮人早作鸟兽散没了踪影,气得抡起夹袍子撇出老远。

德英对"蟋蟀案"极其重视,务要找到为非作歹之人,查个水落石出,还百姓以公道,将首恶者绳之以法。他首先在将军衙门里遴选出3名精明强干之人,一位是刑房主事丁武进,一位是银柜仓爷鄂尔保,一位是镖车骁骑校甫震方。然后将他们召集到一起,要求不露本人身份,组成一个斗蟋蟀帮儿,公开打出名号"袁大挑子"。丁武进可谓玩儿蟋蟀的内行,辨识品种优劣的能力很强,其师傅便是自己的阿玛。其父丁孝堃,人称"丁阔佬",玩儿蟋蟀四十余载,乃专门收取和贩卖江南江北各地蟋蟀王的名师,生意越做越大,道上的朋友甚多。嘉庆末年,斗蟋蟀已形成了南七北六一十三个派系,制定了赛规,派系之间互不相让,各据地面,各养庄丁。进入咸丰朝,义军纷纷起事,斗蟋蟀的帮伙势强,颇有名气的"丁阔佬"被推举为聚众闹京师的总师爷,朝廷派兵予以镇压。好在本人尚不糊涂,见势不好急转身,带领兄弟们早早归降于负责平乱的绵恺亲王,并戴罪立功,协助朝廷缉捕在逃头领,故而没有被送刑部鞫审,其后代亦未受到牵连。此番德英正是利用了丁主事的一技之长,又有仓爷鄂尔保协助,迅速置办了上好的彩陶瓷罐儿,四出选购了体壮、腿粗、齿利的头排黑褐色大蟋蟀,就其种类和形状,冠名曰"金童"、"玉女"、"托塔天王"、"岳王爷"等。十几天后,开始带上蟋蟀出入于热闹的集市和大街小巷,很快便以其勇猛、凶悍名扬江城、威震群雄了。德英的主要用意当然是借此钓出那些以斗蟋蟀为名,行以强凌弱、称霸一方、对抗朝廷之实的地头蛇,了结几桩久而未决的蟋蟀案,给受害百姓一个交代。

在此期间,镖车骁骑校甫震方经了解,掌握了十数个"蟋蟀挑子"的内情,领头儿的大多是咸丰朝时与朝廷有积怨仇隙者。其中最大的一伙儿号称"盛家挑子",将近百人,光师爷就有十几位。他们北上京师,天津有蟋蟀场子,锦州、奉天、朝阳、铁岭也有几处,当地的男女老少没有不知道的。同治元年,"盛家挑子"进了吉林,不仅占据了一些乡镇同道的地盘儿,江城也有了不可摇撼的地界,呼兰、阿勒楚喀三姓、巴彦、拉林等地同样有盛家蟋蟀场子。同治三年，东北的黑龙江、辽宁、吉林三地闹起了马傻子反清，烧杀抢掠，恣意妄为，百姓苦不堪言。朝廷下令追剿马傻子叛匪，三地齐动，形成了包围圈，发现里面就有"盛家挑子"的头人。前书所讲的丘池一家遭受孟氏家族的欺凌，丑妞被孟彪抢去为奴，本打算一年后，将其送给"盛家挑子"的一位师爷做小妾。未承想柳祥领着德英亲登丘家门，得知内情后，不但将孟家非法占有的大量田亩收回分给流民，而且及时救出丑妞，送回老母身边，成为正身民人。为此，孟彪也好，"盛家挑子"也罢，皆恨透了德英，一直想找机会报复。

德英从不顾及这些，在其位，谋其政，双眼盯上了那些"蟋蟀挑子"。丁武进、鄂尔保、甫震方打出"袁大挑子"的旗号，"盛家挑子"在哪儿，哪儿就有"袁大挑子"，紧跟不放。过了些日子，便传出"袁大挑子"是吉林将军特备的捉凶利刃，那3个所谓的师爷全是将军衙门的人，天时地利人和，谁能与之拼得起呀，赶紧收手吧！围观的百姓得知此情，再也不在"盛家挑子"跟前逗留了，纷纷走到"袁大挑子"这边来，正所谓"盛家挑子"节节败退，"袁大挑子"步步紧逼，终于见分晓了。人们表面上似乎是在观赏斗蟋蟀，暗地里却借机伸冤告状，历数那些"蟋蟀挑子"的恶行，详述几次人命案子发生的始末以及凶手谁是，使得蟋蟀案总算浮出水面了。大家特别提到了"黑痣李"，即李维藩，说他早就参加了马傻子义军，咸丰末年就利用玩蟋蟀煽风点火，散布谣言，挑拨百姓与朝廷的关系。曾于朝阳、铁岭、吉林等地聚众殴斗，围攻官府，造成死伤无数，本人却巧妙地躲过了朝廷多次缉捕。

3人把情况汇总上来后，德英认为到该收网的时候了，便向骁骑校甫震方下了命令，尽快查清李维藩的落脚点，全力捕拿之。部署毕，由于阿勒楚喀有些要务急需处理，转天一早便去了副都统府衙，未承想家里竟出了大事，怎么的呢？同治二年夏季，连下几场暴雨，木质的凤楼年深日久，墙壁开裂，大梁倾斜，房顶漏雨，实在无法继续住了，衙门便让尤成额一家暂时搬到板门大院。这里原先是彤甜甜的宅院，自打进京之后，衙门将其救助的乞丐、老弱病残陆续分到了下边各个旗，由生活较富裕的人家收留，板门大院便空了下来，雇用两个更夫看着。小金佛、草上飞、云中燕、过江龙见老友白面娘子住进去了，也来凑热闹，反正院落大，房子多，能住得开，一来可以做伴儿，二来互相有个照应，都已是上了年纪的老人了。德英在追剿匪徒、调查"蟋蟀案"、收回吉林地方大户范氏家族、孟氏家族、宗族伊尔根私占农田的过程中,深深得罪了这些富豪,对他恨之入骨。加之甫震方率手下在各个乡镇暗查李维藩的行踪时,不知怎么走露了风声,当日夜半,李维藩带人越墙潜入了板门大院,直奔何图哩氏格格那屋而去,把睡得正香的12岁的小忠清抱走了。因何图哩格格偶得时令症,白面娘子给她吃了药,以便睡下发汗退热,所以丝毫没有察觉。倒是对面屋的白面娘子听到了异样的响动,忙起身出屋推开对过儿的门,见炕上的小忠清不见了,不禁大惊失色,不是好声儿地喊道:"快起来呀,家进贼了,把孩子抢走了!"边喊边往外跑。

一声惊呼划破了夜空,板门大院的上下人等全起来了,住在旁边那栋房的小金佛、草上飞、云中燕、过江龙操起家巴什儿跑出院门一看,见几个黑影儿向西北逃去,其中一人骑着马,腋下夹着又喊又叫的小忠清,前去施救已经不赶趟儿了。小金佛愤愤地说:"你们看,歹人逃去的方向是孟家庄,肯定是孟彪、'黑痣李'他们干的。这帮王八蛋,有能耐找德大人哪,与孩子何干?真不够人味儿!"

白面娘子想了想道:"衙门离咱这儿不算近,待通报后再派兵,天都快亮了。何况人多目标大,太惹眼,容易误事。不如这样,咱们几个去,人少不会引起对方注意,好施展。再者说了,歹徒来抢忠清前,一准知道德英不在家。大院除了几个老人就是仆从,即使救孩子,也得先把德英叫回来。又认为自己的行动人不知鬼不觉,大院的人不可能知道何人所为以及孩子被抢到了何处,他们高兴还来不及呢,不会有啥防备。咱现在就去,乘其洋洋得意之时想法儿救回小忠清,否则夜长梦多……"

早已急哭了的何图哩格格插言道:"老人家都这么大岁数了,腿脚也不灵便了,哪能对付得了那些年轻力壮的庄丁啊,可别人没救出来再伤着。"

过江龙说:"放心吧,身板儿硬朗着呢,原先练就的那些功底总得派上用场。抢回小忠清就是胜利,彻底收拾那帮恶霸是德大人的事,别耽搁了,快走吧!"说着去了马棚,白面娘子、小金佛、草上飞、云中燕等4人紧随其后。

何图哩格格见状,顾不得自己正在病中以及公婆此刻有多么着急了,匆匆叮嘱侍女好好儿在家照护二老,然后也奔向马棚,牵出马骗腿儿而上,跟着向孟家庄驰去。大约过了一个半时辰,远远看见了筑有围

尾声 亮星从凤楼升起

911

墙的孟家庄,里面有灯光闪现。6人下了马,手握缰绳往前走了一段路,分别将马拴在了道旁小树林内的干树桩上。反身出来,走到围墙木门前轻轻一推,门竟开了,无人把守。只见左前方有处高门楼儿,灯火辉煌,人声嘈杂,不时传出说笑声儿和划拳行令声儿。估计这就是孟彪的居所了,正在举杯庆贺呢,连看门人也去凑热闹了。再往东一瞅,距高门楼儿约30米处有趟长筒房子,看样子好像是仓库,里面亮着灯,门口儿有3个手提灯笼的人影儿晃动,个个不由得一阵窃喜,小忠清关在那儿无疑了。白面娘子分派开了,让小金佛等4人专门对付看守,自己进入仓库,抢出小忠清,得手后迅速脱离险境。何图哩格格隐在原地接应,见到孩子立即带其回返,不用等大家一块儿走。定下后,白面娘子一行5人沿着墙根儿悄悄儿摸向长筒房,待快到跟前了,才大摇大摆地径直走了过去。

　　站在门前的看守见来人了,以为是特意来替班儿的,也好去前房讨杯酒喝。可又觉得这几个人似乎是生面孔,其中一看守举起灯笼刚要照,身手仍然敏捷的草上飞一把将灯笼打掉,3个看守立即从腰间抽出短刀,双方对打起来。白面娘子乘机跑进长筒房内,见里面有五六个粮食囤子,墙边堆着各式各样的农具,便顺手操起一把镐头。尽头的地上铺着谷草,小忠清面冲门侧身躺在上面,旁边立一张破桌子,上放一盏獾油灯,一个壮汉背对着白面娘子站在那儿。聪明的小忠清一看奶奶进来了,知道是来救自己的,为了吸引那人的注意力,一翻身坐了起来,大声儿嚷嚷道:"放我出去,我要回家,我要回家!"

　　壮汉手指小忠清的鼻尖儿吼道:"小兔崽子,死到临头了,还有精神头儿喊,给我闭嘴!"

　　这时,白面娘子已蹑手蹑脚地走到了壮汉身后,举起镐头刚要刨,那人感到有股儿凉风吹来,一转身抓住了白面娘子的双手,镐头喳嘟一声掉在地上,二人厮打起来,白面娘子一边薅住对方的衣领,一边冲小忠清喊道:"窝莫洛,不用管奶奶,快跑,门口儿有好几位爷爷呢,额莫正在院外等着你,快跑哇!"

　　小忠清起身撒腿就跑,壮汉急了,一使劲儿将白面娘子的手掰开并推倒在地,抽身欲要去撵小忠清。白面娘子猛一扑,死死抱住了对方的双腿,二人滚在了一起。壮汉两眼圆瞪,一翻身将白面娘子压在身下,挥拳向其面部抡去。未承想这老太太武功底子不薄,左躲一下右闪一下地招架,竟一拳也未抡上。白面娘子抓住一个空当儿向对方下腹猛蹬一脚,壮汉头朝后向桌子撞去,碰翻了放在上面的油灯,獾油洒在干燥的谷草上,灯捻儿立马把草点着了,大火呼啦一下燃了起来,红红的火团蹿向原木作梁的棚顶,火舌舔噬着粮食囤子噼啪作响。此刻的小金佛、草上飞、云中燕、过江龙已把那3个看守解决了,刚才在对打的过程中,只见小忠清跑出了院外,却未见白面娘子出来。待回身要进仓房时,一股热浪将他们逼退,门口儿早已被喷射的火焰封堵,浓烟滚滚,无法近前,且越烧越旺,整个仓房瞬间便吞没在火海里。4人不顾头发、眉毛被燎,撕心裂肺地呼喊道:"白面娘子,你在哪里,听见了应一声啊!"没有半点儿回音。眼瞅着前房喝庆功酒的人纷纷向这边跑来了,再不能有片刻停留,只好含泪告别老友的英魂,隐入黑暗之中,返回板门大院。

3日后,德英才从阿勒楚克回来,一进屋,见二老和夫人何图哩格格哭得像泪人儿。经询问,方知干娘为救自己的儿子已葬身火海,尸骨无收,而小忠清则毫发无损。德英听罢,悲伤难抑,痛哭着来到白面娘子的灵前,跪地叩拜道:"干娘啊,干娘,您一生一世为尤家三代人而活呀,为救孙儿不惜以老命相拼,不仅是何图哩氏家族的大恩人,也是救苦救难的观世音菩萨呀……"在大家的一再劝慰下,德英方止住了哭声,焚香祭奠,并以葬祖之祭礼为白面娘子建墓立碑。据传讲,在立碑时,正值两位游僧从此路过,当得知白面娘子为救他人而火化升天时,很是敬佩,遂跪地诵经祈祷,为其超度。为慰勉民众向佛之心,又将其灵牌奉入庙宇,春秋享祭。同治四年,德英上书朝廷,望旌表白面娘子为烈女。同治帝有感其忠义之举,准奏,封白面娘子为"申义烈女",立祠永祭。此后香火炽旺,香客如云,申义烈女的故事传讲不衰。

自打白面娘子去世,尤成额一家老小就像丢了魂似的,人人都在思念那最亲的亲人,连平日的生活习惯也打破了。早先,凡事皆由白面娘子安排,而且亲手去做,什么起居呀,用膳哪,出行啊,没有操不到的心。现在只能由何图哩格格打理了,还真挺能干,里里外外张罗着,终日不得闲。每当年节全家上下人等一起聚餐时,她总忘不了为白面娘子摆上一份儿匙箸于桌上,斟酒献之,尽管阴阳两隔,然亲情永在。何图哩格格是个孝顺的好儿媳,近些日子发现公公呼吸不畅,有时憋得脸色青紫,婆婆的病势也一天比一天沉重,暗地里甚为焦急。她知道二老忘不了干娘,受到的打击也最大,一想起来就止不住眼泪,也完全理解老人的心情,自己何尝不是如此呢!

尾声 亮星从凤楼升起

同治五年丙寅初春的一天晚上，何图哩格格听见婆母呻吟不止，过去探问时，却闭目不语，觉得不妙，便派家丁去告知夫君快点儿回来。德英身在阿勒楚喀副都统衙门，正忙于给榆树林沿江各村屯分拨朝廷统一赈济的耕种款，连大年都没在自家过，而是与百姓在一起。耕种款数额有限，需要赈济的家户很多，为争此款常发生纠纷，甚或吵架、动手。加之当时各地的反清叛乱尚未完全平息，无论说服还是劝慰，必须要耐心细致，以理服人，妥善安置，不可大意。为此，德英挨家挨户登门查核，了解情况，逐一落实，每每大半夜方能歇息。今儿个一大早，家丁飞马来报，称老夫人病重，须速回。其实，数日来亦有传报，告知额莫虽一直服药，但病情不仅不见好转，而且继续恶化。父亲的身子骨儿也不好，常言胸闷气短，心口儿疼。德英终因公务甚忙，未能抽身回去探望，觉得很对不住二老。这会儿得知此情，预感到不能拖了，立即把属下召集在一起，强调要认真办好耕种款的分发，不可出现疏漏，要做到笔笔有宗，属下诺诺遵命。交代完毕，出得门来，上了坐骑，与家丁疾驰板门大院。一到家，上下人等见德大人回来了，皆长出了一口气。面色略显憔悴的何图哩格格走到夫君跟前，红着眼圈儿说道："总算回来了，打昨儿个起，额娘已滴水未进了，昏睡中时不时地唤着你的名字，就是想儿呀！刚刚又请郎中看过了，说是挺不过明天了，让赶紧准备后事。"

德英听罢，心头一阵酸楚，泪水顺脸往下淌。推门进了屋，见母亲仰面躺在炕上，双目微睁，望向窗外，似乎在等待着什么。父亲陪坐在一旁，神情忧郁，怀里搂着小忠清。于是先向阿玛揖礼问安，然后脱鞋上了炕，俯身唤道："额莫，额莫，德英回来看你了！"茗兰缓缓转过头来，德英又道："额莫，德英知道您老想儿，天天盼儿归。儿也思念二老啊，然一直不能陪伴在侧，原谅儿子不孝吧！"

茗兰轻轻点了点头，费力地抬起右手抚摸着德英的脸，仔细端详着，好像要把儿子的模样儿深深刻在脑子里，断断续续地说："儿呀，额莫……知道，皇家的事……再小，也比……家事大，额莫……不怪。要……照顾好……阿玛，把忠清……培养成人……"后边说些什么已听不清了。午夜时分，茗兰走到了生命的尽头，在德英的怀里含笑而终。德英与家人在办理丧事时，按母亲遗言，一切从简。

相濡以沫数十载的老夫人溘然长逝，尤成额心里痛楚万分，从此郁郁寡欢，不思茶饭，身子骨儿越来越虚弱。稍有点儿精神时，或到官学问问学生的受业情况,或在家听听孙儿背诵古诗名句,或去茗兰的坟头儿说说话、道道别后情。当年盛夏的一天,成额用罢晚膳,刚准备回房歇息,突感不适,儿媳忙将其扶身炕上躺下,德英转身就去请郎中,前脚还未迈出去,只听夫人一声撕心裂肺地呼唤:"阿玛,阿玛,醒醒,醒醒啊!"回头一看,见老父已平静地睡去,再也没有醒过来。

尤成额生于乾隆四十九年甲辰,嘉庆二十五年庚辰赴吉林,因秦名远等人作梗,迟迟未能入仕。直至道光四年甲申富俊四任吉林将军时,方得以考取功名,任吉林将军衙门属下左翼官学教习。自此全身心投入教书育人之中,兢兢业业,废寝忘食,鞠躬尽瘁,为吉林的教育事业效力,一干就是43年。其子德英是其学生,后任吉林将军、黑龙江将军。清代著名将领金福、金顺、文祥、依克唐阿等,皆为他的得意门生,堪称桃李满天下。同治五年丙寅夏,尤成额病逝后,弟子悲痛之余,为其敬献一块红枣木大匾,上书"一代师圣",流传后世。尤成额的夫人茗兰一生喜欢写诗作画,然诗词、绘画作品多已佚失,仅存几首散曲,乃忆故人白面娘子的,其中的《难断情》有两首:

(一)

新秋至,
人乍别,
顺长江水流残月。
悠悠思情东去也,
这思量,
绵绵何时能歇。

(二)

美貌娘,
慈幼心,
一生都为他人忙,
肝胆涂地不知惜。
爱她那凤眼秀姿,
愿赏那立马灵技,
烈火英风傲百世。

二老半年内相继离世,犹如晴天霹雳,让德英猝不及防,难过至极,痛哭失声。匆匆书就奏折,命人飞马报京师,因父母丧事,呈请丁忧。经准,德英百日孝服期间,一应政务由吉林将军衙门专员统理。丁忧期满，已临寒冬，德英将家事托付给夫人和家丁照料，急急回阿勒楚喀副都统衙门复任。同治六年丁卯秋，43岁的德英奉旨署理黑龙江将军，携妻儿前往。从此，德英彻底脱离了吉林地方政务，在黑龙江的农村乡镇朝朝暮暮顶着酷暑、冒着严寒为民事操劳。平时，德英身穿员外服，脚蹬农家大嫂给做的牛皮靰鞡，肩上挂个褡裢，人送绰号"英老怪"。进了农家院儿如同到自家，粗茶淡饭吃得香，冷炕热炕睡得着。各村屯的流氓、无赖都怕他，因听说此人是"神算子"，独具慧眼，什么汪洋大盗也逃不过其掌心。有的人不服气，非跟他斗斗不可，结果根本招架不了，只能甘拜下风，对簿公堂时，方知对方乃当朝的大将军。日久天长，由于德英为百姓的生计四处奔走，深谙民间疾苦，想方设法为他们解决实际困难，故而得到了普遍拥护，齐颂德大人乃济公在世。当地的不少人家不仅供灶君，灶君旁还有一小木匾，上写"德青天"。

　　同治十三年甲戌冬腊月，大年将至，家家户户喜气洋洋，敲锣打鼓迎新春。德英越到这个时候越闲不着，带上装吃食的柳罐儿和盛水的葫芦出得衙门，前往下边的村屯看望众乡亲，向耆老们问候、祝福。谁若遇有什么不可解或想不通的事儿，他便留下来，躺在土炕上与其彻夜长谈。单说这日，德英来到小小的霍洛门，村民不多，正赶上组织秧歌队，就跟着忙乎开了，直到亥时方歇息。转天清晨，这家曾当过游走郎中的老爷爷穿衣下地出了东屋，发现睡在西屋的大将军没像以往那样天一亮就起来，觉得有点儿不对劲儿。赶紧推开门细瞧，见其微闭双目仰面躺在炕上，脸色灰白，一动不动，不禁大惊！慌忙唤醒家人，经诊脉，方知大将军已离开人世，信步西游，顿时哭声一片。

　　噩耗急报京师，朝廷震荡，同治帝泪流沾襟，赐函吊唁。出殡那天，黑龙江城镇的居民纷纷走出家门，有的穿麻衣孝衫，有的头扎谷草圈儿、手拿佛朵，含悲饮泣争相前去为将军送行，都想最后见上一面，说几句心里话。大人哪，我们得过您的救助，受过您的保护，享过您的恩泽，您是黑水最好的父母官，最惦记生灵的德青天，为黎庶操劳不顾命啊！哀乐凄切，纸钱儿飞扬，哭声恸天。人们想起了将军的乳名乌西哈，是呀，德英就是一颗永不殒落的星辰，照亮大地，与北疆各族人民不离不弃，将永远活在百姓的心坎上……

后 记

自2002年至今，经本人记录、整理已出版的10部满族说部中，其内容在类型上既有歌颂祖先丰功伟绩的包衣乌勒本，即家传、家史，也有记述真人真事以及历史传说人物的巴图鲁乌勒本，即英雄传。《松水凤楼传》讲唱的则是清代末年，朝廷针对东北各将军辖区采取的一项重大举措，就是重新清查、丈量、分拨旗地，查核归属，以解决存在多时的土地兼并问题。在这样的大背景下，说部汇聚了许多鲜活的历史人物，浓墨重彩地描写了底层民众的困顿生计、不幸遭遇，揭露了官宦、富豪、大户各色人等的贪得无厌、阴险狡诈，集中、立体地展示了那个年代强凌弱、众暴寡之本质特征，在一定程度上触及了清王朝之所以灭亡的根本原因，从而引发人们对社会现象的审慎思考，也补充了各类文献对那个特定历史时期的有关记载。

吉林，满语谓"吉林乌拉"，乃江边之意。指的是哪条江呢？当然是松花江，满语称"松阿里"，意为天上流下来的河，从吉林的中心地带穿越，流域面积达78180平方公里。一江清水滋润着两岸的黑土地，草木茂盛，林涛呼啸，各族百姓在这里繁衍生息，正是天上有多少白云，地上有多少众生。

清初建置，吉林辖属称将军，始驻宁古塔，称宁古塔将军。康熙十年移驻吉林乌拉，称吉林将军。清入主中原后，推行拓荒屯田，开始圈占土地，将其赏给王公大臣和八旗将士。康熙二十三年停止圈占，规定"凡八旗官兵所授之田，毋许越旗买卖及私授于民，违者以隐匿官田论。"当时的旗人不善耕种，秋末打下的粮食较少，难以维计，无奈之下，只能靠出卖土地糊口。咸丰三年，皇帝正式下诏，允许旗地买卖。官绅、富商、大户乘机揽荒渔利，土地由国有变为私有，官田向民田转化。在吉林，随着禁垦令的废除、旗地不准授于民之规定的解禁，土地兼并不但没有得到有效扼制，反而逐渐加剧，愈演愈烈。

《松水凤楼传》的故事发生在吉林将军辖境的江城大地上，它遵循"评说重大历史事件，具有极严格的历史史实约束性，不许隐饰"之原则，直观现实，绘声绘色地演义了清官与贪官的争斗，好人与坏人的比拼,善良与邪恶的对抗,人性美与丑的较量,同时也再现了五光十色的民俗风情。

首先,说部把当朝的官员分成清官、贪官两大派,清官与贪官在这里面对,清流与浊流在这里碰撞。清流乃涓涓细水,浊流乃污泥黑浪,其搏击点即吉林将军辖境内的土地兼并与反兼并。清官的代表人物是吉林将军富俊。他按旨深入各地清丈每家每户的田亩,调查被强占的土地数额,一丝不苟地按大清律行事,乃为黎庶请命、廉洁奉公的当权者之象征。贪官的代表人物是吉林将军衙门总管秦名远。他职权虽小,但能量颇大,为中饱私囊可谓机关算尽,乃为上至朝廷、下至地方贪赃枉法的当权者之象征。此场争斗表现得异常激烈、复杂,纵横捭阖,又十分微妙。富俊本是奉旨去吉林清查土地的钦差,在基本丈量完毕并准备安良除暴之时,当朝皇帝却突然调离其职,派另一位官员来接替。该人为求彼此相安,采取了大事化小、小事化了、息事宁人的调解之法,从而导致了涓涓细流被堵死,污泥浊水恣意横流,地主、豪强越发变本加厉,贪官污吏愈加肆无忌惮,这样的结果完全符合历史真实。

其次,说部将好人与坏人的比拼、善良与邪恶的对抗进行了原生态的记录。好人:心慈面软,就是善。其代表人物是出身于官宦人家、谙熟"四书"、"五经"的公子尤成额,象征着大批从关内逃往东北的难民、遭受欺凌摧残的妇女、苦苦挣扎的奴隶等。他的交往之道即"交有德之友,绝无义之朋";"遇贤而思齐,遇不贤而自省"。行事之道即"不以恶小而为之,不以善小而不为。"平日里,其希冀寄托于纸头砚池,其感悟融入于笔情墨趣,其爱憎挥洒于诗词华章,其扶弱助困之心尺幅难宣。这样一个好人却成了坏人的眼中钉、肉中刺,被欺侮,被变相拘禁,陷入两难境地。然最终好人定能冲出樊笼,战胜坏人,善永远是社会的主流。

坏人:心狠手辣,就是恶。其代表人物是范家堡子的大庄主范蔼仁,象征着鱼肉百姓的乡绅、横行霸道的地痞流氓、与清廷对峙的叛匪等。他们杀人越货,巧取豪夺,无恶不作。致使龙兴宝地哀鸿不绝,灾民饥寒交迫,甚至抛尸荒野。然多行不义必自毙,到头来坏人定遭灭顶之灾,被社会所摒弃。

这场善与恶的对决,有眼泪,亦有欢乐;有绝望,亦有希望。希望自然是太平景象,国运昌隆,民气旺盛,也算是说部中的人世大观了。

再次,说部着力礼赞了美的人性,对丑的人性予以了无情鞭挞。比较正史而言,这里有更多底层民众的历史活动和社会各界的细节描写,特别是对女士的心理刻画尤为精致。文中涉及到两位奇女子,一位是满族的茗兰小姐,一位是汉族的白面娘子。茗兰出身名门,知书达理,过着锦衣玉食的生活。虽然身居上层,远离庶民,但并未因此而泯灭人性。她有一颗同平民一样的平常心,同情弱者,救助命途多舛的妇女,关爱衣食无着的流人,痛恨欺压百姓的恶棍,为自己贴了一张圣洁的标签。

白面娘子出身贫苦,一场水灾致使亲人离散,死里逃生来到了关东,竟被恶人侮辱、践踏,尝尽了人世的艰辛。尽管处境凄惨,为改变命运而不择手段的捞取钱财,也同样没有泯灭良知、吞噬理性,而是近乎传奇地从蜷缩在社会最底层忽然伸展四肢腾跃到上层。无论在底层还是上层,皆以一颗纯粹的爱心去关照需要帮助的人,以至为救满人的后裔而献出了生命,完成了人性的救赎。

通过对两位女子人性之自然性、社会性的描述,让我们在精神层面上印证了一个民族不断完善的轨迹,人性美仍然是时代的最强音,鉴于此,中华民族的德性才得以永存。

《松水凤楼传》篇幅长,时间跨度大,又是从录音下载,加之在具体操作过程中遇到了一些难题,用了3年的时间才整理完毕,是10部说部中耗时最长、花费心血最多的一部。按照满族口头遗产传统说部丛书编委会的要求,在记录、整理时,需严格保持口述史的原创性、科学性、真实性,保持讲述者的讲唱风格、特点,保持民间口头文学的生动性,原汁原味地呈献给读者。本人以为其前提应是力求故事的发展脉络合情合理,让听者听得懂,读者看得懂,方不失为口耳相传之瑰宝所散发出的色泽和香气。

进入案头工作后,我注意到本说部有的章节存在不妥之处,比如事物发展不合逻辑,故事情节不连贯或有头无尾,人物关系、经历前后矛盾,褒义词与贬义词用法不当以及行为描写有不健康的语言等。在着手处理时,首要的是先用心斟酌,仔细推敲,然后再认真梳理,尽量保持原貌。具体做法是:对事物发展不合逻辑,采取不动经线,辅以枝杈,使之趋于合乎客观规律性;对故事情节不连贯或有头无尾,采取沿袭原脉络,加以补充,上下衔接;对人物关系、经历前后矛盾等,采取确认其一,更正谬误,全线贯穿;对褒义词与贬义词用法不当,采取按章取义,逐句订正,文通字顺;对行为描写有不健康的语言,因其不是主流，情节上自有其存在之必要，采取适当删减，予以少许保留。相信广大读者在批判的继承民族文化遗产原则指导下，取其精华，弃其糟泊，不健康的东西会得到剔除。

搁笔之日，2014年的钟声敲响了，屈指算来，投入抢救满族口头遗产说部工作历经12个春秋了。这四千多个日日夜夜对于太阳系光年而言，转瞬即逝；对于一个女人而言，却占去了生命中最好时光的六分之一。即便如此，并不遗憾，反而倍感欣慰，只因往昔的付出为这座艺术宝库添了几块砖，加了几片瓦，而且获益匪浅。面对着录音磁带，每每的屏息谛听，每每的伏案秉笔，竟惊喜地看到了满族及其先民绵长的一脉相承之历史以及蛮荒古祭、氏族聚散、发轫兴亡、征战迁徙、生产生活等多个侧面，感受到了中华民族大家庭中的一员那"讲究慎终追远，重视求本寻根，唱诵祖德至诚"的习俗所构筑的深厚根基，从而创造出光辉灿烂的文化，认识到了满族传统说部的民俗学、历史学，文学的审美价值，提高了把握口头语言转换为带有自身特色的书面语言之能力。

此时此刻，闭目凝思，感喟不已。12年中，不知磨秃了多少支笔、手指上的老膙退去了多少层、换了几副老花镜、添了多少华发，倏然间，我的孙儿也长成大人了。付梓之时，顿生惜别之情，不舍那流淌去的文字，怀念那曾为之热泪盈眶的满族英雄，留恋那悄悄逝去的岁月。

俱往矣，这一切的一切，连同自己皆已成为历史！

于 敏
2014年1月

富育光小传

富育光,满族,1933年5月生,黑龙江省瑷珲县人,1958年毕业于东北人民大学(现吉林大学)中文系,毕业后被分配到中国社会科学院吉林省分院文学研究所,投身于民间口碑文学挖掘、搜集与研究工作。1984年9月,由吉林人民出版社出版了其搜集整理的满族传说故事选《七彩神火》。这是中华人民共和国成立以来,我国最早的一部满族传说故事选,受到国内外好评。1986年2月,由中国民间文艺出版社出版了其与他人合作整理的《康熙的传说》。1989年2月,由中国文联出版社出版了其与他人合作整理的满族传说《风流罕王秘传》。

富育光曾任吉林省民间文艺家协会理事、副理事长,现为吉林省民族研究所研究员、中国社会科学院民族文学研究所萨满文学研究中心顾问、长春师范大学萨满文化研究所名誉所长、吉林省民俗学会名誉理事长;1993年起享受国务院颁发社会科学有突出贡献政府特殊津贴;曾承担和主持国家"八五""九五"萨满教研究课题,参与国家"十五"社会科学基金项目《满族史诗〈乌布西奔妈妈〉研究》;独立或合作出版、发表萨满文化研究专著及论文集六部、民族文化研究编著二十余部、论文七十余篇。

于敏小传

于敏，1943年生，吉林省德惠县人，大学本科。历任演员、播音员、吉林省艺术研究院编辑、副编审、编审，系中国戏剧家协会吉林分会会员。

自二十世纪八十年代以来，始终致力于文化艺术研究、戏剧理论研究和编纂、撰写文艺史志。主要学术成果有：在省、市、国家级报刊及全国性理论研讨会上发表论文、调查报告五十余篇，主编《文化管理研究》《当代艺术信息》《少男少女互赠箴言祝词》，任《新剧种论》《吉林省志·文化艺术志·艺术》《文化艺术资料汇编》（第十集）副主编，为《吉林省志·文化艺术志·社会文化》（获中国地方志评比二等奖）、《吉林省志·文化艺术志·艺术》《吉林省志·科学技术志·科技》《吉林省志·建置沿革志》撰稿计117万字，是《中国戏剧年鉴》《中国共产党百科要览》《中国农业全书》《中国改革全书》《吉林采珍》《苦难与斗争十四年》等著述的撰稿人之一。

2002年至今，投身于满族传统说部的记录、整理工作，已出版十部，即《萨大人传》《东海沉冤录》《萨布素外传》《绿罗秀演义》《木兰围场传奇》《伊通州传奇》《松水凤楼传》《寿山将军家传》《侬将军传》《金太祖传》，近五百万字，期间为满族传统说部申报国家级非物质文化遗产名录的记录片撰文兼解说。

图书在版编目(CIP)数据

松水凤楼传 / 富育光讲述；于敏整理. -- 长春：吉林人民出版社, 2018.8

（满族口头遗产传统说部丛书）

ISBN 978-7-206-15272-6

Ⅰ. ①松… Ⅱ. ①富… ②于… Ⅲ. ①满族 – 民间故事 – 中国 Ⅳ. ①I277.3

中国版本图书馆CIP数据核字(2018)第189147号

松水凤楼传（上下册）
SONGSHUIFENGLOUZHUAN

丛书主编：谷长春　　　　出品人：林　毅
讲述者：富育光　　　　责任编辑：刘子莹
整理者：于　敏　　　　装帧设计：张　娜　杨　硕
吉林人民出版社出版 发行（长春市人民大街7548号　邮政编码：130022）
印　刷：天津画中画印刷有限公司
开　本：670mm×970mm　　　　1/16
印　张：59.25　　　　　　　　字　数：880千字
标准书号：ISBN 978-7-206-15272-6
版　次：2018年8月第1版　　　印　次：2021年1月第2次印刷
定　价：178.00元

如发现印装质量问题，影响阅读，请与出版社联系调换。